AF714711

EDUGORILLA™
PUBLICATION

झारखंड सामान्य ज्ञान

JPSC, JSSC, JTET, JSERC, SI/ASI, JHC

झारखंड की सभी प्रतियोगी परीक्षाओं के लिए विशेष रूप से उपयोगी

प्रकाशक EduGorilla Community Pvt. Ltd.

प्रकाशक का पता :

12/651 प्रथम तल, अरविन्दो पार्क के सामने, निकट जामा मस्जिद, इंदिरा नगर, लखनऊ, उत्तर प्रदेश, 226016, भारत।

फोन: +91 - 7307048680

ईमेल: books@edugorilla.com

www.facebook.com/edugorilla.com

www.twitter.com/edugorilla

www.edugorilla.com

ISBN: 9789355566485

EduGorilla Community Pvt. Ltd. द्वारा निर्मित और मुद्रित

प्रस्तावना

झारखंड हमेशा से ज्ञान का केंद्र रहा है और यह पुस्तक उसकी परंपरा को दर्शाती है। इस पुस्तक के माध्यम से हम झारखंड की विस्तृत एवं महत्वपूर्ण जानकारी से अवगत होंगें, इसमें राज्य के प्राचीन इतिहास, भारतीय स्वतंत्रता संग्राम में झारखंड का योगदान, आर्थिक विकास एवं राजनीति और सांस्कृतिक विविधता जैसे कई अन्य विषय शामिल हैं। इसके अतिरिक्त झारखंड राज्य में हाल ही में हुये विकास व बदलाव को भी विस्तारपूर्वक बताया गया है। यह पुस्तक प्रतियोगी परीक्षार्थियों के साथ-साथ सभी पाठकों के लिए भी रोचक तथ्यों से परिपूर्ण है।

शिक्षा के प्रतिष्ठित प्रौद्योगिकी संगठन **EduGorilla Publications** ने, संगठन के सीईओ, रोहित मांगलिक के व्यक्तिगत मार्गदर्शन के साथ व्यापक पुस्तक **'झारखंड सामान्य ज्ञान'** का सृजन किया है। यह पुस्तक पाठकों को राज्य की अनूठी पहचान, इसकी चुनौतियों एवं क्षमता की गहन समझ प्रदान करने के लिए विशेष रूप से डिज़ाइन की गई है।

चाहे आप एक विद्यार्थी हों, एक शिक्षक हों, अथवा किसी भी पद पर हों जो झारखंड राज्य के रोचक तथ्यों को जानने में रुचि रखते हों, तो यह पुस्तक आपको राज्य के सभी पहलुओं से अवगत कराएगी।

यह **पुस्तक झारखंड लोक सेवा आयोग (JPSC), झारखंड कर्मचारी चयन आयोग (JSSC)** जैसी अन्य झारखंड सम्बन्धित परीक्षाओं की तैयारी करने वाले अभ्यर्थियों के अध्ययन में सहायता के लिए उपयुक्त है। इस पुस्तक में प्रत्येक विषय को विशेष रूप से झारखंड में आयोजित परीक्षाओं के अनुरूप डिज़ाइन किया गया है, और इसका उद्देश्य अभ्यर्थियों को प्रत्येक दशा में सफलता प्राप्त कराना है।

यह परीक्षा की तैयारी के लिए एक संरचित और व्यापक दृष्टिकोण प्रदान करता है, और प्रमुख अवधारणाओं और विषयों में एक मजबूत नींव बनाने में आपकी सहायता करता है।

विषय-सूची

झारखंड मानचित्र

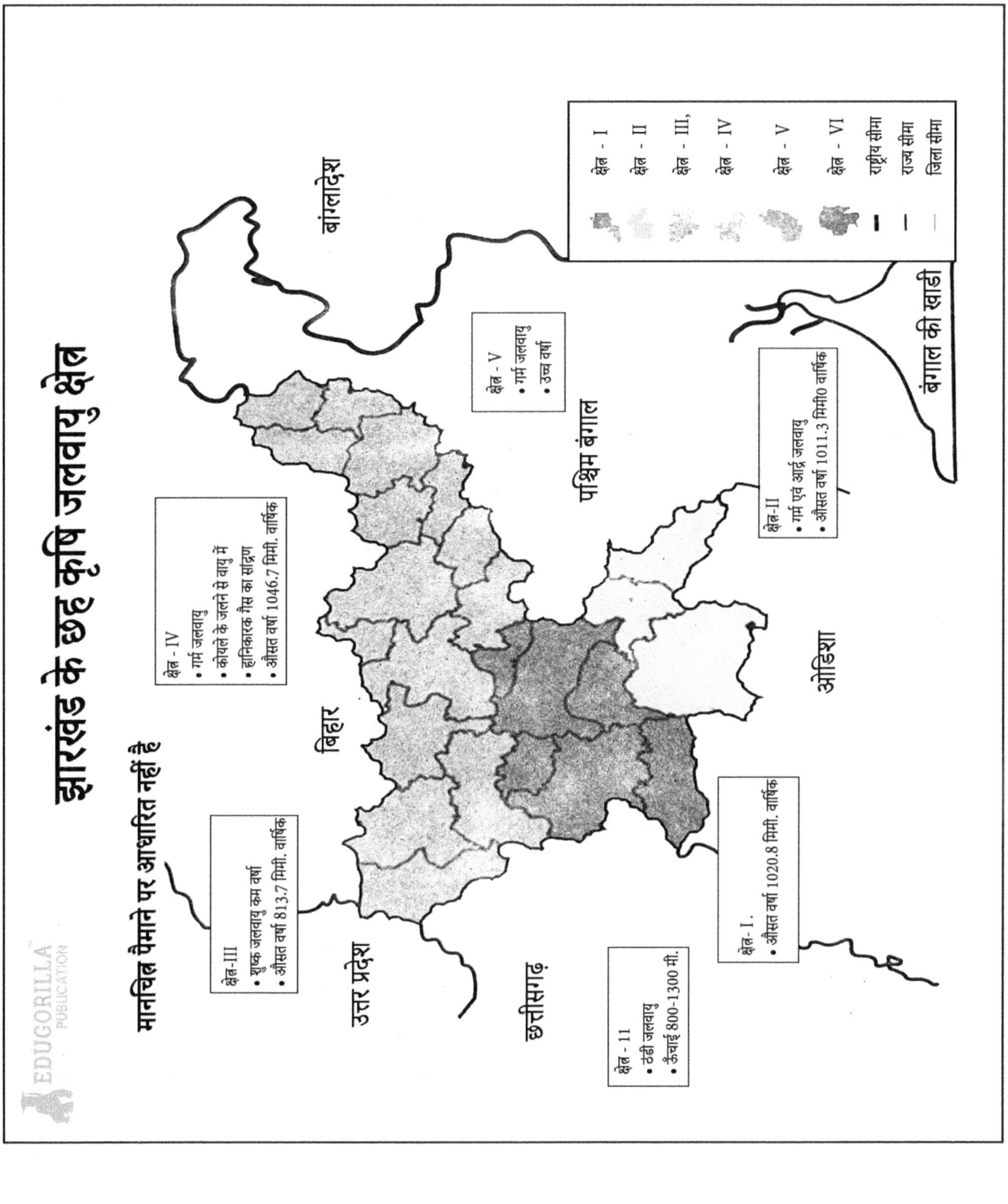

झारखंड के छह कृषि जलवायु क्षेत्र
मानचित्र पैमाने पर आधारित नहीं है
क्षेत्र - IV • गर्म जलवायु • कोयले के जलने से वायु में • हानिकारक गैस का सांद्रण • औसत वर्षा 1046.7 मिमी. वार्षिक
क्षेत्र-III • शुष्क जलवायु कम वर्षा • औसत वर्षा 813.7 मिमी. वार्षिक
क्षेत्र - V • गर्म जलवायु • उच्च वर्षा
क्षेत्र-II • गर्म एवं आर्द्र जलवायु • औसत वर्षा 1011.3 मिमी0 वार्षिक
क्षेत्र - I. • औसत वर्षा 1020.8 मिमी. वार्षिक
क्षेत्र - 11 • ठंडी जलवायु • ऊँचाई 800-1300 मी.
बांग्लादेश
बिहार
पश्चिम बंगाल
उत्तर प्रदेश
छत्तीसगढ़
ओडिशा
बंगाल की खाड़ी
क्षेत्र - I
क्षेत्र - II
क्षेत्र - III,
क्षेत्र - IV
क्षेत्र - V
क्षेत्र - VI
राष्ट्रीय सीमा
राज्य सीमा
जिला सीमा
EDUGORILLA PUBLICATION

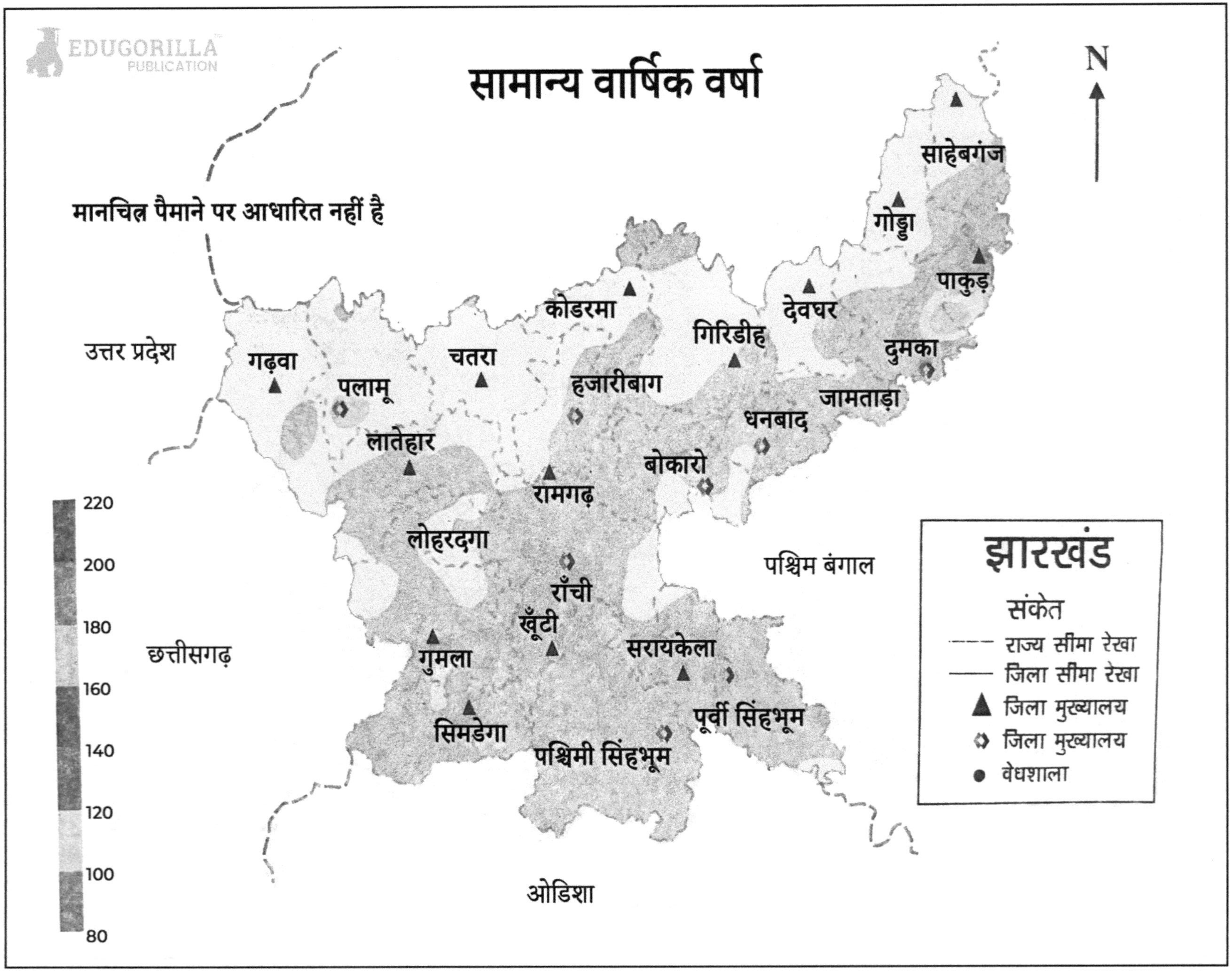
सामान्य वार्षिक वर्षा
मानचित्र पैमाने पर आधारित नहीं है
N
उत्तर प्रदेश
छत्तीसगढ़
ओडिशा
पश्चिम बंगाल
गढ़वा
पलामू
लातेहार
चतरा
कोडरमा
हजारीबाग
गिरिडीह
देवघर
गोड्डा
साहेबगंज
पाकुड़
दुमका
जामताड़ा
धनबाद
बोकारो
रामगढ़
लोहरदगा
राँची
खूँटी
गुमला
सिमडेगा
सरायकेला
पूर्वी सिंहभूम
पश्चिमी सिंहभूम
220
200
180
160
140
120
100
80
झारखंड
संकेत
राज्य सीमा रेखा
जिला सीमा रेखा
जिला मुख्यालय
जिला मुख्यालय
वेधशाला

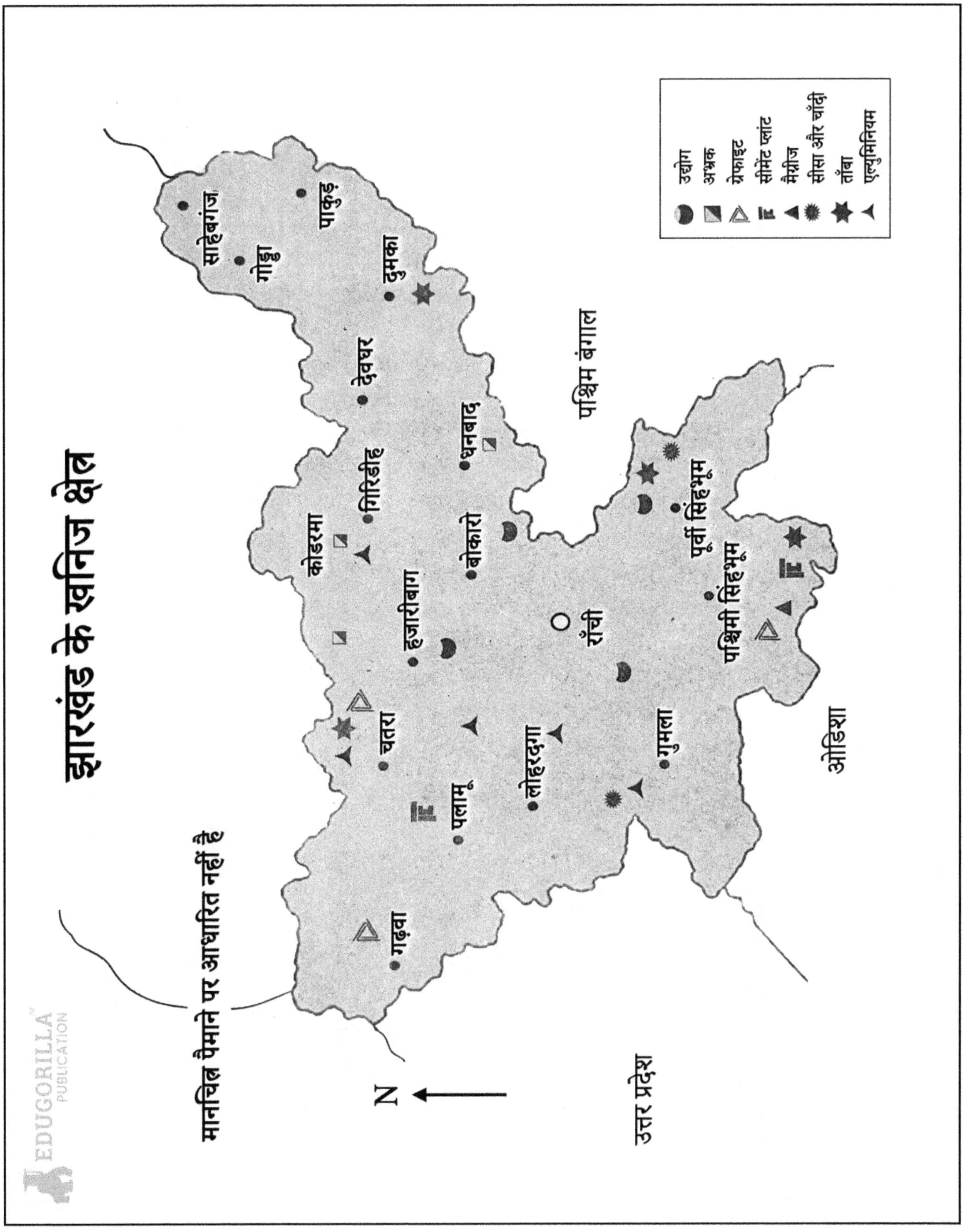
झारखंड के खनिज क्षेत्र
मानचित्र पैमाने पर आधारित नहीं है
N
उत्तर प्रदेश
पश्चिम बंगाल
ओडिशा
साहेबगंज
गोड्डा
पाकुड़
दुमका
देवघर
धनबाद
गिरिडीह
कोडरमा
बोकारो
हजारीबाग
चतरा
पलामू
लोहरदगा
गढ़वा
राँची
गुमला
पूर्वी सिंहभूम
पश्चिमी सिंहभूम
उद्योग
अभ्रक
ग्रेफाइट
सीमेंट प्लांट
मैंग्नीज
सीसा और चाँदी
ताँबा
एल्युमिनियम
EDUGORILLA PUBLICATION

झारखंड के कृषि क्षेत्र

मानचित्र पैमाने पर आधारित नहीं है

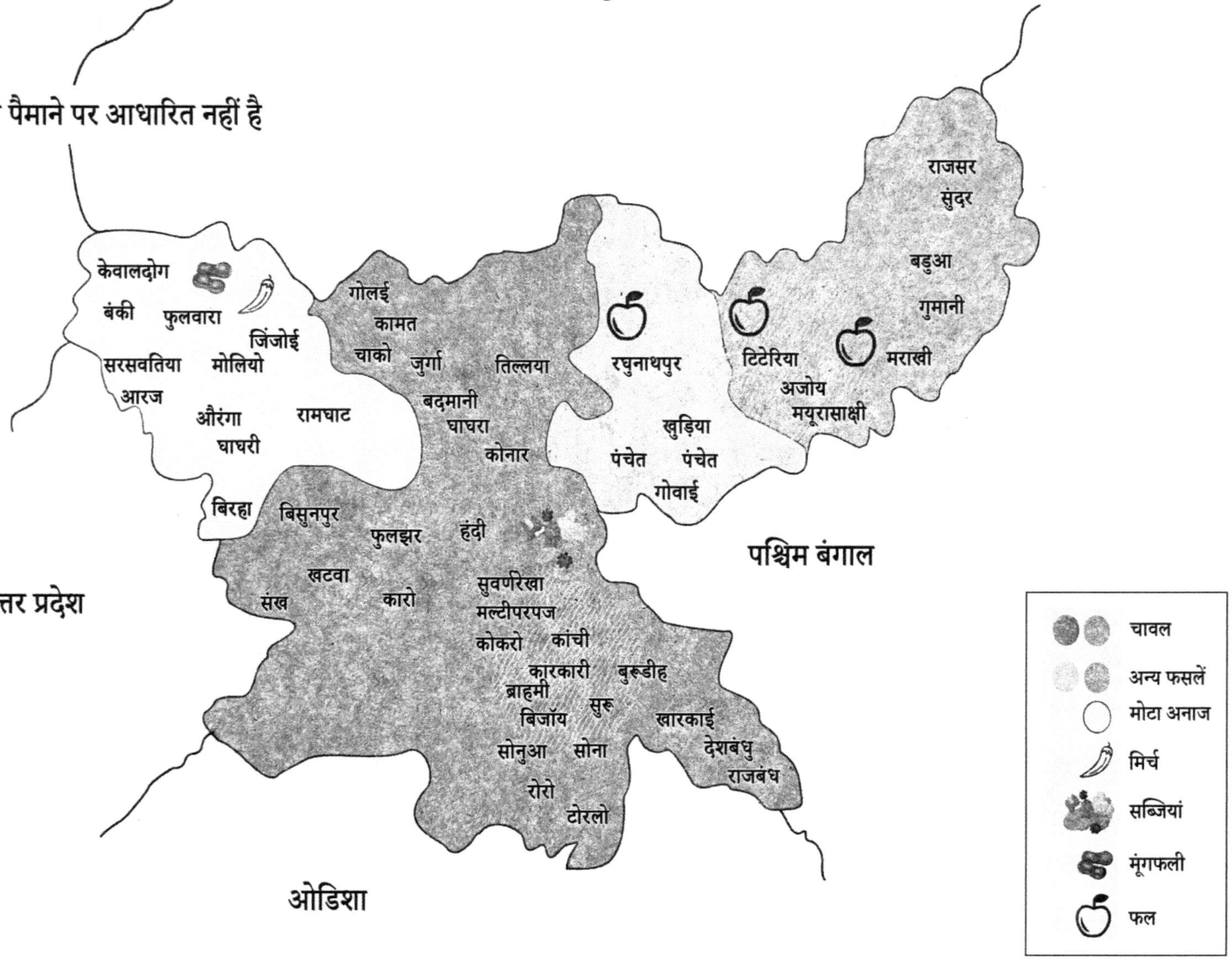

झारखंड की प्रमुख नदियां

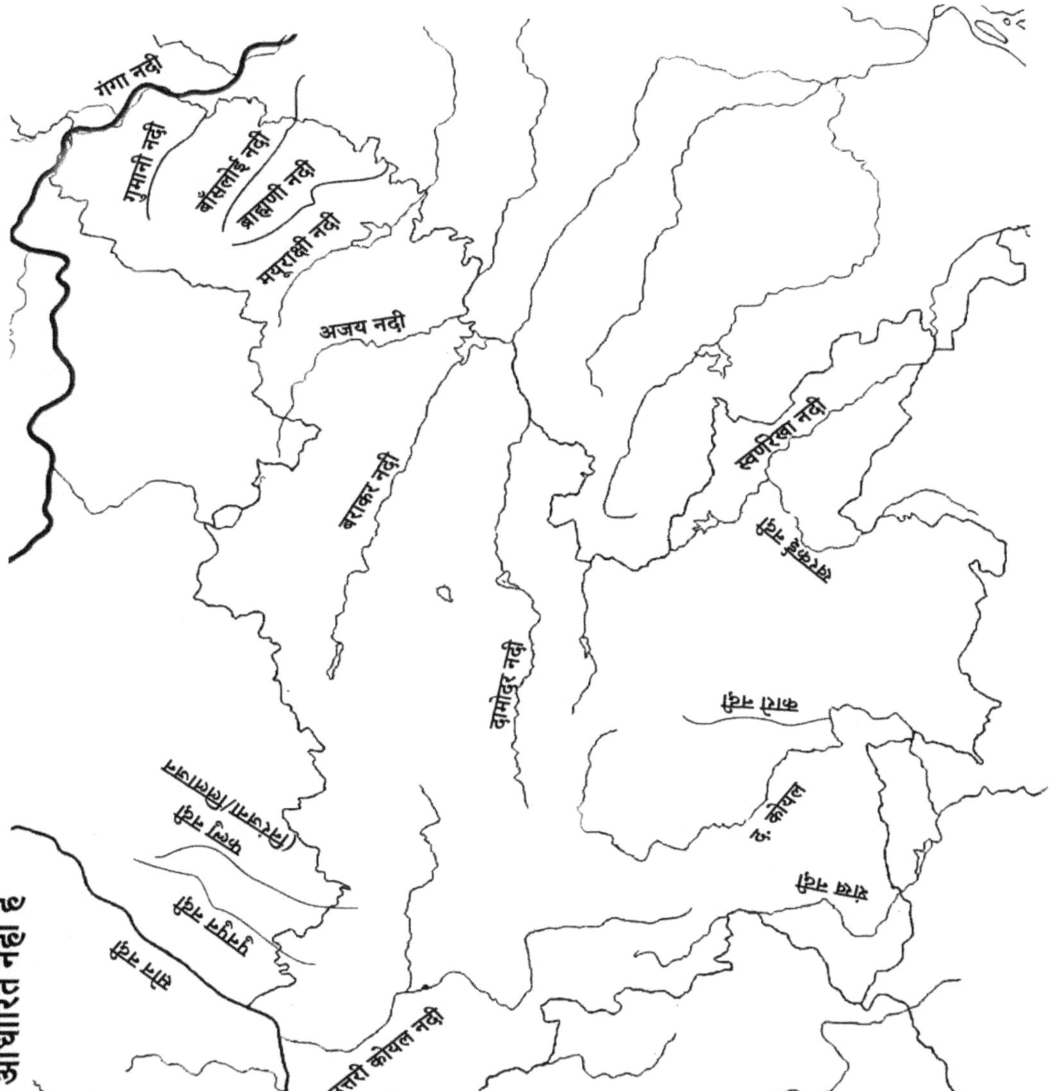

मानचित्र पैमाने पर आधारित नहीं है

झारखंड में अभयारण्य

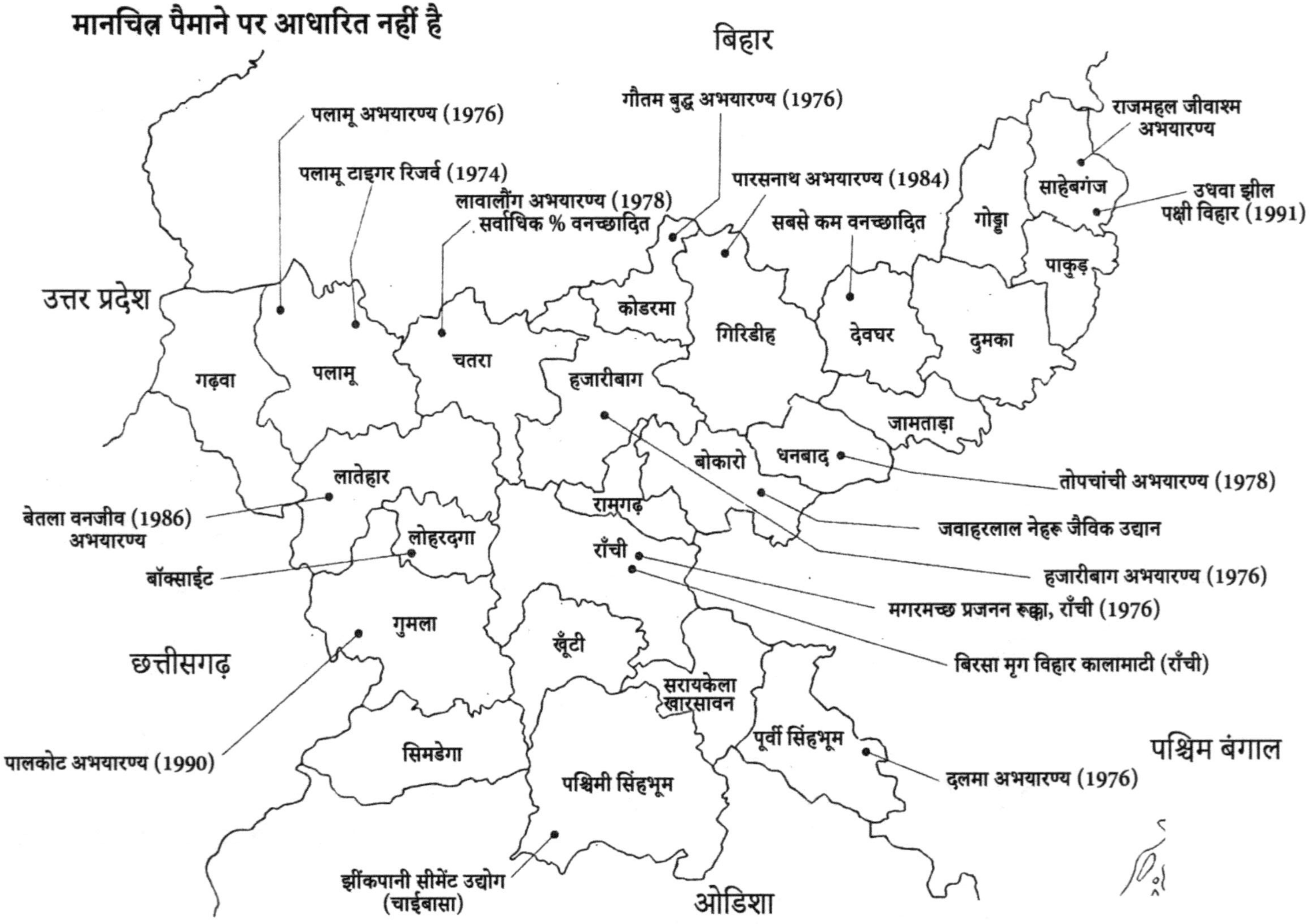

झारखंड की जनसंख्या

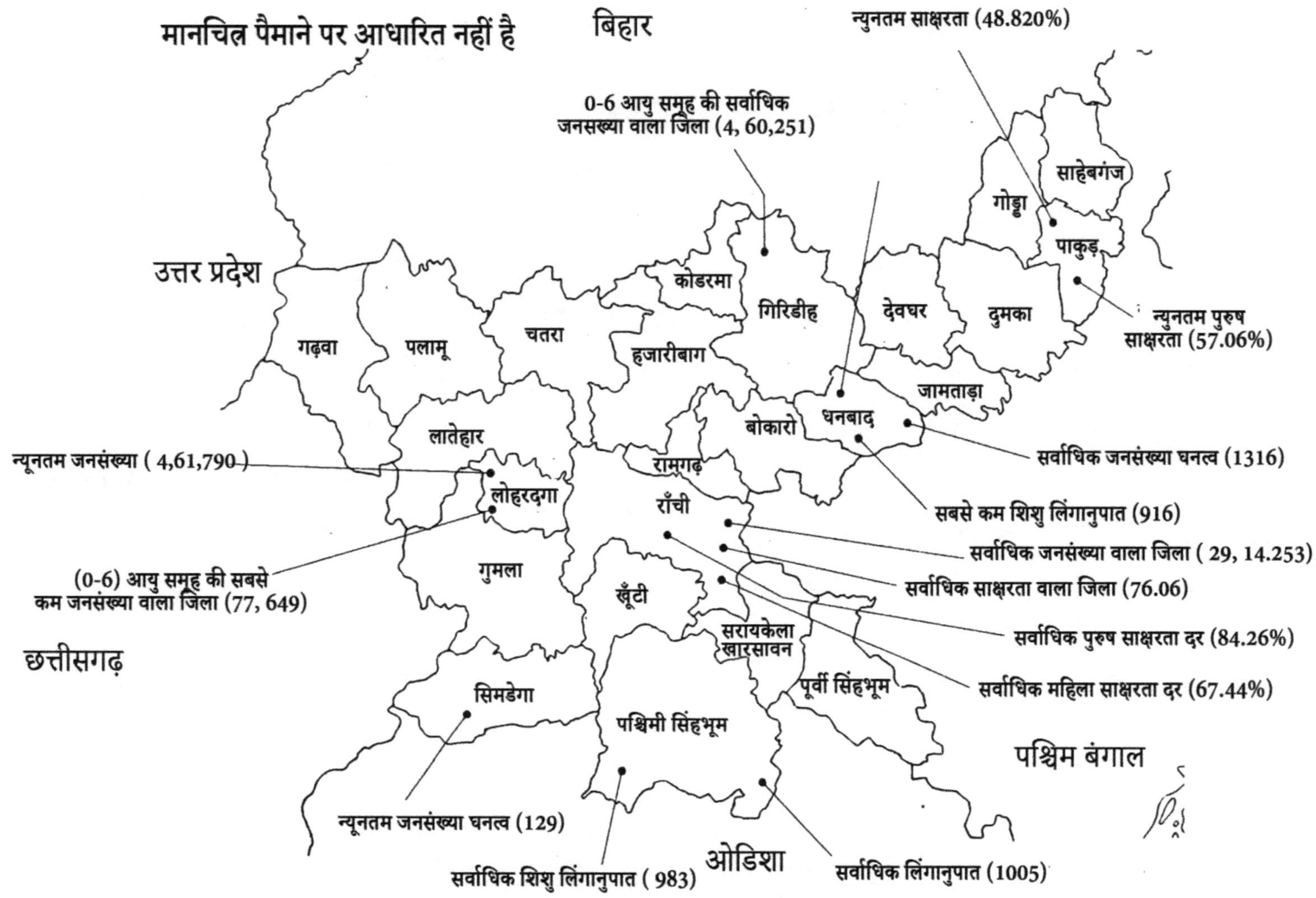
मानचित्र पैमाने पर आधारित नहीं है
बिहार
उत्तर प्रदेश
छत्तीसगढ़
ओडिशा
पश्चिम बंगाल
गढ़वा
पलामू
चतरा
कोडरमा
गिरिडीह
हजारीबाग
देवघर
दुमका
गोड्डा
साहेबगंज
पाकुड़
जामताड़ा
धनबाद
बोकारो
रामगढ़
राँची
लातेहार
लोहरदगा
गुमला
खूँटी
सरायकेला खारसावन
पूर्वी सिंहभूम
सिमडेगा
पश्चिमी सिंहभूम
न्युनतम साक्षरता (48.820%)
0-6 आयु समूह की सर्वाधिक जनसख्या वाला जिला (4, 60,251)
न्युनतम पुरुष साक्षरता (57.06%)
न्यूनतम जनसंख्या (4,61,790)
(0-6) आयु समूह की सबसे कम जनसंख्या वाला जिला (77, 649)
सर्वाधिक जनसंख्या घनत्व (1316)
सबसे कम शिशु लिंगानुपात (916)
सर्वाधिक जनसंख्या वाला जिला (29, 14.253)
सर्वाधिक साक्षरता वाला जिला (76.06)
सर्वाधिक पुरुष साक्षरता दर (84.26%)
सर्वाधिक महिला साक्षरता दर (67.44%)
न्यूनतम जनसंख्या घनत्व (129)
सर्वाधिक शिशु लिंगानुपात (983)
सर्वाधिक लिंगानुपात (1005)

झारखंड की भौतिक संरचना

झारखण्ड का भौगोलिक विभाजन

झारखंड एक नजर में

गठन	15 नवम्बर, 2000 (28वाँ राज्य)
राजधानी	राँची
उपराजधानी	दुमका (प्रस्तावित मेदिनीनगर, चाईबासा, गिरिडीह)
भौगोलिक स्थिति	21′58″100 से 25′19″150 उत्तरी अक्षांश तथा 83′19″500 से 87′57″ पूर्वी देशांतर तक
राज्य का विस्तार	उतर से दक्षिण 380 किलोमीटर तथा पूर्व से पश्चिम 463 किलोमीटर
भौगोलिक सीमाएँ	उतर में बिहार, दक्षिण में उड़ीसा, पूर्व में पश्चिम बंगाल तथा पश्चिम में छत्तीसगढ़ एवं पश्चिमोतर में उतर प्रदेश
क्षेत्रफल	79,714 वर्ग किलोमीटर
देश के कुल क्षेत्रफल का प्रतिशत	2.42%
ग्रामीण क्षेत्रफल	77,922 वर्ग किलोमीटर (97.75%)
शहरी क्षेत्रफल	1,792 वर्ग किलोमीटर (2.25%)
राज्यपाल	सी.पी. राधाकृष्णन
मुख्यमंत्री	हेमंत सोरेन (11वां मुख्यमंत्री)
विधानसभा अध्यक्ष	रविन्द्र नाथ महतो (कार्यवाहक सहित 11वें अध्यक्ष)
नेता प्रतिपक्ष	बाबूलाल मरांडी (भाजपा)
मुख्य न्यायाधीश	न्यायाधीश संजय कुमार मिश्र (14वाँ)
उच्च न्यायलय	राँची (देश का 12वाँ)
विधायिका	एकसदनीय
विधानसभा सीट	82 (निर्वाचित-81 एवं मनोनीत-1)

लोकसभा सीट	14(SC-01, ST-0 5,OBC-08)
राज्यसभा सीट	06
प्रमण्डल	05
वर्तमान जिला	24
राज्य निर्माण के समय जिला	18
अनुमंडल	45 (राज्य निर्माण के समय 33 अनुमंडल थे)
प्रखंड	263 (झरिया प्रखंड का धनबाद नगर निगम में विलय के बाद)
अधिसुचित प्रखंड	112
पंचायत समिति	212
शहरी स्थानीय निकाय	50
नगर निगम	राँची, धनबाद, देवघर, आदित्यपुर, चास, मेदिनीनगर, हजारीबाग, मानगो, गिरिडीह
नगर परिषद	20 (31 दिसंबर, 2020 को गोमिया नगर परिषद के भंग होने के बाद)
नगर पंचायत	20
अधिसूचित क्षेत्र समिति	01 (जमशेदपुर)
राँची नगर निगम की स्थापना	15 सितम्बर, 1979
शहरों की संख्या	228
राज्य में 1 लाख से 10 लाख तक नगरीय जनसंख्या वाले जिले	बोकारो, रामगढ, सरायकेला-खरसावां, कोडरमा, देवघर, हज़ारीबाग, पश्चिमी सिंहभूम, साहेबगंज, पलामू, गिरिडीह
राज्य में महानगर की संख्या	धनबाद, जमशेदपुर व राँची
छावनी बोर्ड	रामगढ

राष्ट्रीय राजमार्ग	3,367 किलोमीटर
राजकीय राजमार्ग	1232 किलोमीटर
विश्वविद्यालय	01-केन्द्रीय, 11-राज्य, 01-डीम्ड, 14-निजी, 05-राष्ट्रीय महत्व के संस्थान)
राजकीय भाषा (प्रथम)	हिन्दी
राजकीय भाषा (द्वितीय)	16 (उर्दू, संथाली, बांग्ला, मुंडारी, हो, कुड़ुख, कुरमाली, खोरठा, पंचपरगनिया, नागपुरी, मगही, भोजपुरी, मैथिली, अंगिका
सबसे बड़ा शहर	जमशेदपुर
प्रमुख औद्योगिक नगर	जमशेदपुर, धनबाद, बोकारो, हजारीबाग
झारखंड गठन के बाद निर्मित जिले	लातेहार, सिमडेगा, जामतारा, सरायकेला-खरसावां, खूँटी, रामगढ़
सर्वाधिक प्रखंड वाले तीन जिले	पलामू (21), गढ़वा (20), राँची (18)
सर्वाधिक जिला वाला प्रमण्डल	उतरी छोटानागपुर (7)
राज्य में पुलिस थानों की संख्या	427

सबसे कम जिला वाला प्रमण्डल	पलामू एवं कोल्हान (03)
सबसे नवीनतम प्रमण्डल	कोल्हान
सबसे बड़ा संसदीय क्षेत्र	पश्चिमी सिंहभूम
सबसे छोटा संसदीय क्षेत्र	चतरा
अनुसूचित जनजाति	32
आदिम जनजाति	08
झारखंड पुलिस का ध्येय वाक्य	सेवा ही लक्ष्य
राज्य में केन्द्रीय कारा की संख्या	05 (बिरसा मुण्डा केन्द्रीय कारा, राँची-दुमका केन्द्रीय कारा, दुमका जय प्रकाश केन्द्रीय कारा, हजारीबाग-पलामू केन्द्रीय कारा, मेदिनीनगर-धागिडीह केन्द्रीय कारा, जमशेदपुर
राज्य में डाकघरों की कुल संख्या	3097
राज्य में पहली बार राष्ट्रपति शासन	19 जनवरी, 2009
भारत मानव विकास सूचकांक में झारखंड की स्थिति (2021)	0.589
HDI में देश में स्थान	33वाँ रैंक

झारखंड गठन के बाद निर्मित जिले

क्र.सं.	जिले का स्थान	निर्माण की तारीख	जिला का नाम	जिसमे पहले शामिल था
1.	19वाँ	04, अप्रैल, 2001	लातेहार	पलामू
2.	20वाँ	26, अप्रैल, 2001	जामताड़ा	दुमका
3.	21वाँ	30, अप्रैल, 2001	सिमडेगा	गुमला
4.	22वाँ	30, अप्रैल, 2001	सरायकेला-खरसाँवा	पश्चिमी सिंहभूम
5.	23वाँ	12, सितम्बर, 2001	खूँटी	राँची
6.	24वाँ	12, सितम्बर, 2001	रामगढ	हजारीबाग

झारखंड के राजकीय प्रतीक

प्रतीक	चिन्ह
राजकीय वृक्ष	साल
राजकीय पुष्प	पलाश
राजकीय पशु	हाथी
राजकीय पक्षी	कोयल

अर्थव्यवस्था से जुड़े तथ्य			
1.	झारखंड राज्य में प्रथम कोल वाशरी	घाटो (रामगढ़)	टाटा स्टील ओपन-कास्ट वेस्ट बोकारो कोलियरी का स्वामित्व करते है, जिसे 1951 में देश की पहली कोल वाशरी शुरू करने का उल्लेखनीय सम्मान प्राप्त है।
2.	झारखंड राज्य में प्रथम लोहा -इस्पात उद्योग	टिस्को	26 अगस्त, 1907 को, जमशेदजी टाटा और दोराबजी टाटा ने टाटा आयरन एंड स्टील कंपनी (टिस्को) की स्थापना की और झारखंड के जमशेदपुर में स्थित भारत का पहला लोहा और इस्पात निर्माण संयंत्र स्थापित किया।
3.	झारखंड राज्य में प्रथम उर्वरक कारखाना	सिंदरी, धनबाद	झारखंड राज्य के धनबाद जिले में स्थित, सिंदरी भारत में पहला उर्वरक संयंत्र का कारखाना है। सिंदरी संयंत्र का 1974 में आधुनिकीकरण हुआ। 2015 में, सरकार ने "बोली मार्ग" "(बिडिंग रूट)" के माध्यम से सिंदरी संयंत्र को पुनर्जीवित करने की अपनी योजना की घोषणा की।
4.	झारखंड राज्य में प्रथम इस्पात कारखाना	साकची (जमशेदपुर)	साकची टाटा स्टील साइट और सुबर्णरिखा नदी के बीच स्थित एक क्षेत्र है।
5.	झारखंड राज्य में प्रथम बहुउद्देशीय परियोजना	दामोदर नदी घाटी परियोजना	दामोदर नदी, जिसे "बंगाल का शोक" भी कहा जाता है, हुगली नदी की एक सहायक नदी है। भारत की स्वतंत्रता के बाद, 1948 में दामोदर घाटी निगम की स्थापना की गई, जिससे यह देश की पहली बहुउद्देशीय नदी घाटी परियोजना बन गई।
6.	झारखंड राज्य में सबसे बड़ा विस्फोटक कारखाना	गोमिया	झारखंड में स्थित, बोकारो (गोमिया) एशिया का सबसे बड़ा विस्फोटक संयंत्र है और भारत में अपनी तरह का एकमात्र है।
7.	झारखंड राज्य में सबसे बड़ा अर्थेन बाँध	तेनुघाट बांध	तेनुघाट बांध, झारखंड, भारत में बोकारो जिले के पेटरवार ब्लॉक में स्थित है, जो दामोदर नदी पर फैला है। बांध का निर्माण 1973 में शुरू हुआ और 1978 में समाप्त हुआ।
8.	सबसे अधिक खनिज संसाधन वाला राज्य	झारखंड	झारखंड कोयले सहित प्रचुर खनिज संसाधनों का दावा करता है, जैसे-लौह अयस्क (भारत के भंडार का 26%), तांबा अयस्क (भारत के भंडार का 18.5%), यूरेनियम, अभ्रक, बॉक्साइट, ग्रेनाइट, चूना पत्थर, चांदी, ग्रेफाइट, मैग्नेटाइट और डोलोमाइट इत्यादि।
9.	कोल बेड मीथेन परियोजना	उत्तर कर्णपुरा और बोकारो, झारखंड	झारखंड कोल बेड मीथेन के पास 26 बिलियन क्यूबिक मीटर से अधिक का व्यापक संसाधन आधार है, जो 27 वर्ग किलोमीटर के क्षेत्र को कवर करता है। कोल बेड मीथेन प्राकृतिक गैस का एक अपरंपरागत रूप है जो कोयले की परतों में जमा होता है।

झारखंड राज्य के प्रमुख अखबार

क्रम संख्या	प्रमुख अखबार (समाचार पत्र)	प्रकाशित स्थान	भाषा
1.	उदित वाणी	जमशेदपुर	हिन्दी
2.	हिन्दुस्तान	राँची	हिन्दी
3.	दैनिक आज	राँची	हिन्दी
4.	आब्जर्वर	धनबाद	हिन्दी
5.	दैनिक नवीन मेल	डाल्टेनगंज	हिन्दी
6.	दैनिक चमकता आइना	राँची	हिन्दी
7.	डेली टेलीग्राफ	जमशेदपुर	अंग्रेजी
8.	जनमत	धनबाद	हिन्दी
9.	राँची एक्सप्रेस	राँची	हिन्दी
10.	अमृत बाजार पत्रिका	जमशेदपुर	हिन्दी
11.	प्रभात खबर	राँची	हिन्दी
12.	दैनिक फारूखी तंजीम	राँची	अंग्रेजी
13.	आवाज	धनबाद	हिन्दी
14.	हिन्दुस्तान टाइम्स	राँची	अंग्रेजी

झारखंड का इतिहास

झारखंड में इतिहास के स्रोत

- झारखंड की पौराणिक एवं ऐतिहासिक सांस्कृतिक पहचान की झलक हिंदू धर्म के प्राचीन ग्रंथ मनु संहिता सहित विभिन्न धर्मग्रथों से प्राप्त होती है।
- महाभारत के दिग्विजय पर्व में झारखंड को पुंडरीक तथा पशुभूमि के नाम से उल्लेखित किया गया है।
- वायु पुराण की कथाओं के अनुसार इसे मुरण्ड या मुंड देश कहा गया है।
- रसिक मंगल नामक पुस्तक में झारखंड के छोटानागपुर क्षेत्र को नागभूम के नाम से उल्लेखित किया गया है।
- झारखंड का शाब्दिक अर्थ है- जंगल झाड़ वाला क्षेत्र जिसका विवरण ऋग्वैदिक तथा उत्तरवैदिक काल से भी प्राप्त होता है।
- चीनी यात्री फाह्यान ने अपनी पुस्तक में झारखंड के छोटानागपुर क्षेत्र को कुक्कुट-लाड जबकि राजमहल क्षेत्र को कि-चिंग-काई-ला के नाम से सम्बोधित किया है।
- अबुल फजल की रचना आइन-ए-अकबरी में झारखंड को कोकरा के नाम से सम्बोधित किया गया है।
- जहांगीर ने अपनी आत्मकथा तुजुक-ए-जहांगीरी में झारखंड को खोखरा के नाम से सम्बोधित किया है।
- गुलाम हुसैन, शम्स-ए-सिराज अफीफ (तारीख-ए-फिरोजशाही) तथा सलीमुल्ला (तारीख-ए-बांग्ला) ने इस क्षेत्र को सर्वप्रथम झारखंड के नाम से सम्बोधित किया है।
- माथिर-उल-उमरा के लेखक शाहवाज खाँ ने झारखंड को कोकराह के नाम से सम्बोधित किया है।
- मिस्र यात्री टॉलमी ने झारखंड को मुंडल के नाम से सम्बोधित किया है।
- प्रागैतिहासिक काल से ही झारखंड का छोटानागपुर क्षेत्र जंगलों से परिपूर्ण था जबकि कैमूर तथा विन्ध्य की भौगोलिक स्थिति ने उत्तर से होने वाले आक्रमणों से झारखंड को अभयदान प्रदान किया था।
- भारत में मौर्य, कुषाण आदि वंशों में प्रतापशाली राजा हुए परन्तु गुप्त तथा शशांक वंश के शासकों को छोड़कर किसी ने भी झारखंड पर अधिक समय तक शासन नहीं किया।
- झारखंड में प्रागैतिहासिक से लेकर आधुनिक काल तक के पुरातात्विक सामग्री के साक्ष्य प्राप्त होते हैं।
- झारखंड में जनजातीय समूह प्राचीन काल से ही निवास करती है जिनमें बिरहोर, खड़िया तथा असुर छोटानागपुर के क्षेत्र की प्राचीनतम जनजातियाँ है।
- झारखंड में अन्य जनजातियों में मुंडा, हो, उराँव, कोरवा, चैरों, खेरवार, भूमिज, संथाल, सहित 32 जनजातियों का अपना-अपना समग्र इतिहास रहा है।
- झारखंड में गंगा के किनारे राजमहल क्षेत्र में उराँव जनजाति के बसने का प्रमाण प्राप्त होता है, जिनकी वंशज वर्तमान में मालेर जनजाति है।
- झारखंड में बौद्ध धर्म का गहरा प्रभाव मिलता है, यहां के अनेक स्थानों पर बौद्ध धर्म से संबंधित अवशेष प्राप्त हुए है।
- झारखंड के गिरिडीह जिला की पार्श्वनाथ पहाड़ी पर 8वीं शताब्दी ई. पूर्व में जैन तीर्थंकर पार्श्वनाथ को निर्वाण प्राप्त हुआ था।
- झारखंड में विभिन्न ऐतिहासिक राजवंशो का उदय हुआ जिसमें छोटानागपुर में नागवंश, पलामू में रक्सैस व चेरों, सिंहभूम में सिंहवंश, रामगढ़ में राजा दलेल आदि थे।
- झारखंड के इतिहास में यहां के आदिवासी जनजाति की शासन व्यवस्था अपने आप में अद्वितीय है जो अपनी संस्कृति को आज तक जीवित रखे हुए है।
- 1857 ई. की क्रान्ति में झारखंड का योगदान अविस्मरणीय है जिसमें टिकैत उमराव सिंह, नीलांबर-पीताबंर, तेलंगा खड़िया आदि क्रान्तिकारियों ने अपना महत्वपूर्ण योगदान दिया है।
- भारत की स्वतंत्रता में झारखंड के तिलका मांझी, सिद्धू-कान्हू, बिरसा मुंडा, बुधु भगत, वीर तेलंगा खड़िया, ठाकुर विश्वनाथ शाहदेव, पाण्डेय गणपत राय, शेख भिखारी, फूलो-झानों, जतरा भगत आदि सेनानी भारत की स्वतंत्रा के लिए शहीद हो गये थे।
- झारखंड में अंग्रेजों की हड़पनीति, अत्याचार, नये-नये कानून यहां की जनजातीय एवं गैर जनजातीय जनता को स्वीकार नहीं होने के कारण तथा अपनी संस्कृति और समाज की रक्षा के लिए उन्होंने अनेक विद्रोह किये जिसमें ढाल विद्रोह (1767-1777), चुआर विद्रोह (1769-1805), चेरो विद्रोह (1800-1802), पहाड़ीया विद्रोह (1772-1780), तमाड़ विद्रोह (1782-1820), हो विद्रोह (1820-21) आदि प्रमुख थे।
- झारखंड अपनी लोक साहित्य, नृत्य, संगीत, वाद्य, दर्शनीय स्थल एवं आदिवासी संस्कृति के लिए भारतीय इतिहास में अद्वितीय स्थान रखता है।
- प्राचीन काल के लेकर आधुनिक काल तक झारखंड को अनेक नामों से जाना गया है जिसका विवरण निम्नलिखित है-

क्र.सं.	काल	नामकरण
1.	ऋग्वेद	कीकट प्रदेश
2.	अथर्ववेद	व्रात्य प्रदेश
3.	ऐतरेय ब्राह्मण	पुण्ड्र या पुण्ड
4.	वायु पुराण	मुरण्ड
5.	भागवत पुराण	किक्कट प्रदेश
6.	विष्णु पुराण	मुण्ड
7.	समुद्रगुप्त का प्रयाग प्रशस्ति	मुरूण्ड
8.	महाभारत (दिग्विजय पर्व में)	पुण्डरीक / पशुभूमि / कर्क खण्ड / अर्क खण्ड
9.	पूर्वमध्यकालीन संस्कृत साहित्य	कलिंग देश
10.	13 वीं सदी के ताम्रपत्र में	झारखंड

11.	तारीख-ए-फिरोजशाही	झारखंड
12.	तारीख-ए-बंग्ला	झारखंड
13.	सियार-उल-मुतखरीन	झारखंड
14.	कबीर के दोहे में	झारखंड
15.	जायसी द्वारा (पद्मावत में)	झारखंड
16.	अकबरनामा	झारखंड
17.	नरसिंहदेव द्वितीय के ताम्रपत्र में	झारखंड
18.	आइने-अकबरी	कोकरा / खंकराह
19.	कौटिल्य का अर्थशास्त्र	कुकुट / कुकुटदेश
20.	टॉलमी द्वारा	मुण्डल
21.	फह्यान द्वारा	कुक्कुट लाड
22.	ह्वेनसांग द्वारा	की-लो-ना-सु-का-ला-ना / कर्ण-सुवर्ण
23.	मुगल काल	खुखरा / कुकरा / कोकराह
24.	तुजुक-ए-जहाँगीरी	खोखरा
25.	ईस्ट इण्डिया कंपनी के शासनकाल में	छोटानागपुर

- झारखंड में विभिन्न जनजातियों ने निवास किया था जो भारत के विभिन्न क्षेत्रों से विस्थापित होकर झारखंड में आयी थी जिनका विवरण निम्नलिखित है-

क्र. सं.	जनजाति	निवास स्थान तथा झारखंड में प्रवेश
1.	मुण्डा, उराँव	• मुण्डाओं ने नागवंश की स्थापना में योगदान दिया था। • उराँव झारखंड में राजमहल तथा पलामू नामक दो शाखाओं में बसे थे।
2.	हो	• असिरिया नगर (मिस्र)
3.	बंजारा	• राजस्थान के मारवाम क्षेत्र
4.	चेरो, खरवार एवं संथाल	• 1000ई.पू. तक चेरो, खरवारों एवं संथालों को छोड़कर झारखंड में पायी जाने वाली सभी जनजातियाँ छोटानागपुर क्षेत्र में बस चुकी थी। • पूर्व मध्यकाल में संथाल हजारीबाग में बसे और ब्रिटिश काल में संथालों का विस्तार संथाल परगना क्षेत्र में हुआ।
5.	असुर	• झारखंड की प्राचीनतम जनजाति (राँची, लोहरदगा, गुमला)
6.	बिरजिया, बिरहोर तथा खड़िया	• संभवतः कैमूर की पहाड़ियों से होकर छोटानागपुर में प्रवेश
7.	भूमिज	• सिंहभूम, धालभूम, मानभूम, बड़ाभूम
8.	पहाड़िया	• भागलपुर बिहार के क्षेत्र से पलायन के बाद संथाल परगना में प्रवेश
9.	चिक बड़ाईक	• छोटा नागपुर पठार के दक्षिणी और पश्चिमी भाग में निवास स्थान।
10.	कोल	• मध्यप्रदेश के रीवा, सतना शहडोल सीधी सिंगरौली आदि जिलों से झारखंड के छोटानागपुर में प्रवेश

इतिहास के स्रोत

- इतिहास के विभिन्न स्रोतों में पुरातात्विक सामाग्री, स्मारक, भवन, ताम्र पत्र, मंदिर, चित्रकला, धार्मिक साहित्य, आदि को सम्मिलित किया जाता है।
- पुरातात्विक उत्खनन से प्राप्त विभिन्न सामग्रियों से विभिन्न काल तथा स्थानों के बारे में जानकारी प्राप्त होती है।
- पुरातात्विक स्रोत के अंतर्गत अभिलेख, कलाकृतियाँ, मिट्टी के बर्तन आदि का अध्ययन किया जाता है।
- साहित्यिक स्रोत के अंतर्गत पौराणिक साहित्य, यूनानी साहित्य, चीनी एवं तिब्बती आदि साहित्यों का अ ध्ययन शामिल है।

झारखंड के ऐतिहासिक स्रोतों को निम्न भागों में विभक्त किया गया है-

(I) पुरातात्विक स्रोत
(II) साहित्यिक स्रोत

(I) पुरातात्विक स्रोत:

- 'झारखंड के पुरातात्विक स्रोतों में शिलालेखों, मूर्तियों, लिपियों और वस्तुओं के अवशेष शामिल हैं।
- 'झारखंड के प्रसिद्ध पुरातात्विक स्थलों में अंतरजीखेड़ा, जोहपुर, बाँकीबाँध, रांची का पहाड़, दलमा, जमशेदपुर और चांदीपुर शामिल हैं।
- पुरातात्विक स्थलों से मिली वस्तुओं और अवशेषों के आधार पर हम 'झारखंड के इतिहास तथा उसकी स्थापत्यकला, धार्मिक जीवन, आर्थिक विकास और सामाजिक संरचना' के बारे में जानकारी प्राप्त करते हैं।

पुरातात्विक सामग्री-

झारखंड राज्य के कई क्षेत्रों से पुरातात्विक सामग्री एवं औजार प्राप्त हुए हैं। इनमें से कुछ स्थानों एवं प्राप्त सामग्री का विवरण निम्नलिखित है:

झारखंड में विभिन्न स्थानों से प्राप्त पुरातात्विक अवशेष

क्र.सं.	स्थान		पुरातात्विक अवशेष
1.	हजारीबाग	सीतागढ़ पहाड़	• चीनी यात्री फाह्यान द्वारा अपनी पुस्तक में सीतागढ़ा पहाड़ का वर्णन • गौतम बुद्ध की चार आकृतियों से युक्त एक स्तूप • काले-भूरे बलुआ पत्थर की सुन्दर स्त्री की खण्डित प्रतिमा • बौद्ध मठ का अवशेष (छठी शताब्दी में निर्मित)
		दूधपानी	• 8वीं शताब्दी के अभिलेख
		दुमदुमा	• शिवलिंग
		इस्को	• दिर्घ शैल चित्र • प्रस्तर पर उत्कीर्ण • आदिमानव चित्र • खुला सूर्य मंदिर आदि।
2.	पलामू	पलामू प्रमण्डल	• पुरापाषाण, मध्यपाषाण तथा नवपाषाणकालीन के औजार
		लातेहार	• भगवान बुद्ध की भूमि स्पर्श मुद्रा मे एक मूर्ति
		पाण्डु	• मिट्टी के कलश एवं दीवार • तांबे के औजार • चार पाये वाली पत्थर की चौकी (पटना संग्रहालय)
3.	सिंहभूम	बेनूसागर	• 7वीं शताब्दी निर्मित जैन मूर्तियां
		बानाघाट	• नवपाषाणकालीन प्रस्तर • काले रंग का मृदुभाण्ड
		बारूडीह	• पाषाणकालीन मृदुभाण्ड के टुकड़े • पक्की मिट्टी के मटके • प्रस्तर की हथौड़ी
		बोनगरा	• प्रस्तर के मनके, कुल्हाड़ी, वलय-प्रस्तर • हाथ से बने मृदुभाण्ड
4.	छोटानागपुर का पठारी क्षेत्र		• आदिमानव का निवास स्थल का साक्ष्य
5.	नामकुम राँची		• तांबे के औजार • लोहे के औजार एवं बाण के फलक
6.	लूपगढ़ी		• कब्रगाह के अवशेष • कब्रगाह के अंदर से तांबे के आभूषण व पत्थर के मनके
7.	मुराद		• तांबे की सिकड़ी • कांसे की अंगूठी
8.	लोहदरगा		• प्रागैतिहासिक कालीन कांसे का प्याला
9.	भवनाथपुर (गढ़वा)		• प्रागैतिहासिक आखेट का चित्र (शिकार का चित्र), जिसमें हिरण, भैंसा, आदि पशु है, प्राकृतिक गुफा आदि।

अभिलेख एवं शिलालेख:

(i) **अशोक का 13वाँ शिलालेख:** इस शिलालेख में झारखंड को आटविक क्षेत्र के नाम से वर्णित किया गया है।

(ii) **समुद्रगुप्त का प्रयाग प्रशस्ति:** झारखंड का उल्लेख समुद्रगुप्त की प्रशस्ति में मुरुण्ड देश के रूप में किया गया है।

(iii) **महेंद्रपाल का इटखोरी शिलालेख:** महेंद्रपाल का इटखोरी शिलालेख हजारीबाग में स्थित है। यह अभिलेख पाल वंश के प्रभाव को दर्शाता है। इसमें झारखंड के प्राचीन इतिहास का वर्णन किया गया है।

(iv) **ताम्रपत्र अभिलेख:** यह अभिलेख 13वीं सदी का है जो उड़ीसा के शासकों से संबंधित है। जिसमें झारखंड शब्द का प्रयोग पहली बार छोटानागपुर क्षेत्र के लिए किया गया है।

(v) **कवि गंगाधर का प्रस्तर अभिलेख:** यह अभिलेख धनबाद जिले के गोविंदपुर में स्थित है। इस अभिलेख में धनबाद के मान राजवंश के बारे में वर्णन है।

(vi) **गहड़वाल शासकों का शिलालेख:** यह शिलालेख पलामू क्षेत्र से प्राप्त हुआ है। इस अभिलेख में गहड़वाल शासकों की स्तुति की गई है।

(vii) **हापामुनी मंदिर के शिलालेख:** यह शिलालेख गुमला जिले के घाघरा में स्थित है। हापामुनी मंदिर झारखंड का सबसे प्राचीन मंदिर माना जाता है, जिसे 10वीं शताब्दी में निर्मित किया गया था।

(viii) **बोडेया मंदिर अभिलेख:** यह अभिलेख रांची के बोडेया गांव में स्थित है जो 1727 ई. में निर्मित हुआ था। इस मंदिर के दीवारों पर प्राचीन इतिहास का वर्णन हैं तथा मंदिर में भगवान शिव की मूर्ति स्थापित है।

चित्रकला

- हजारीबाग के इस्को गांव में प्रागैतिहासिक काल के चित्र बहुतायत में प्राप्त हुए है जिसमें आदिमानव के चित्र और भूल भुलैया जैसी आकृतियां पाई गयी हैं।
- इन चित्रों को देखकर प्रागैतिहासिक काल में इस क्षेत्र में रहने वाले लोगों की जीवनशैली और संस्कृति को समझा जा सकता है।
- गढ़वा जिले के भवनाथपुर से प्रागैतिहास कालीन आखेट के चित्र मिले हैं। जिसके चित्रों की तुलना सिंधु सभ्यता के चित्रकला से की जाती है।

स्थापत्य एवं मूर्तियां

(i) **पारसनाथ पहाड़ी** - यह पहाड़ी झारखंड राज्य के गिरिडीह जिले में स्थित है और इस पर जैन तीर्थंकरों की मूर्तियां और मंदिर हैं। पहाड़ी की ऊँचाई करीब 1350 मीटर है।

(ii) **बाबूसराय** - यह स्थान झारखंड राज्य के सिंहभूम जिले में है जहां सातवीं और आठवीं शताब्दी के हिंदू देवी-देवताओं और जैन तीर्थंकरों की मूर्तियां हैं।

(iii) **दुमदूमा** - यह स्थान झारखंड के हजारीबाग जिले में है जहां से पालकालीन मूर्तियां प्राप्त हुई हैं।

(iv) **खुखरागढ़** - यह स्थान रांची जिले के बेड़ो प्रखंड में है जहां से 14वीं शताब्दी के मिट्टी के बर्तन एवं ईटों से निर्मित मंदिर के अवशेष प्राप्त हुए हैं।

(v) **प्रतापपुर** - यह स्थान झारखंड के चतरा जिले में है जहां मुगलकालीन कुंदा किले के अवशेष मिले हैं।

(vi) **कोलुआ पहाड़** - यह स्थान हंटरगंज में है जहां मध्यकालीन दुर्ग के अवशेष मिले हैं जिसमें हिंदू, जैन और बौद्ध धर्म की मूर्तियां भी हैं।

सिक्के

(i) **रांची:** रांची से कुषाणकाल के सिक्के मिले हैं। कुषाण वंश के शासक पहली से तीसरी सदी ईसा पूर्व में भारतीय उपमहाद्वीप में शासन करते थे।

(ii) **सिंहभूम:** सिंहभूम से रोमन सम्राट के सिक्के मिले हैं। इन सिक्कों के आधार पर माना जाता है कि रोमन संस्कृति और भारतीय संस्कृति के बीच व्यापारिक संबंध थे।

(iii) **चाईबासा:** चाईबासा से इंडो सिथियन राजाओं के सिक्के मिले हैं, जो चांगाजी की भाषा में होते थे।

(II) साहित्यिक स्रोत:

- 'झारखंड के साहित्यिक स्रोतों के बारे में जानकारी हमें हिंदी, उर्दू, बंगाली, संथाली, उड़िया और अंगिका भाषा में लिखे गद्य और पद्य से प्राप्त होती हैं।
- 'झारखंड के साहित्यिक स्रोतों में महाकवि जयदयाल जौहर, रामधारी सिंह दिनकर, बंधुनाथ सिंह, श्रीकृष्ण सिंह, नीरजा और रामनंद तिवारी जैसे महान कवियों की रचनाएं शामिल हैं।
- झारखंड की जनजातियों के लोक साहित्य में विभिन्न गाथाओं, कथाओं और गीतों के साथ रंगमंच नाटक भी शामिल हैं।
- झारखंड के आधुनिक साहित्य के स्रोत में राजेन्द्र प्रसाद सिंह, शरत चंद्र चट्टोपाध्याय, अरुणा चंद्र गुप्ता, महाश्वेता देवी, आलोक दुर्ग अधिकारी और महेश्वर तिवारी जैसे लेखकों की रचनाएं शामिल हैं।
- झारखंड के विभिन्न स्थानों पर अवस्थित प्राचीन मंदिर, गुफाएं और अन्य पुरातात्विक स्थलों से साहित्यिक सामग्री प्राप्त होती है।
- झारखंड के साहित्यिक विरासत के अन्तर्गत कहानियाँ, कविताएं, नाटक तथा विभिन्न लेखन शामिल हैं।

प्रागैतिहासिक काल

- प्रागैतिहासिक काल उस काल को कहा जाता है जिस काल में पृथ्वी पर मानव का अस्तित्व तो था वह लेखन कला से अनभिज्ञ था।
- प्रागैतिहासिक काल को पाषाण काल के नाम से जाना जाता है क्योंकि इस काल में पाषाण के उपकरणों की प्रधानता मिलती है।
- भारत में रॉबर्ट ब्रूस फुट को प्रागैतिहासिक काल के पिता के रुप में जाना जाता है।
- प्रागैतिहासिक काल के विभिन्न उपकरण झारखंड में विभिन्न स्थानों से पाये गये है।
- झारखंड में प्रागैतिहासिक काल को समयानुसार निम्न भागों में विभक्त किया जा सकता है-

प्रागैतिहासिक काल

पुरापाषाण काल (100000-9000 ई.पू.)	मध्यपाषाण काल (9000-4000 ई.पू.)	नवपाषाण काल (3000-1500 ई.पू.)

पुरापाषाण काल-

- 1991 ई. में हजारीबाग जिले में स्थित इस्को, सरैया, रहम, देहांगी आदि पुरातात्विक स्थलों के उत्खनन से पाषाण युगीन चित्रकला के साक्ष्य तथा पाषाण उपकरण प्राप्त हुए हैं।
- इस्को से मिले चित्रों में भूलभुलैया की आकृति, गुफा, आदि शामिल हैं।
- झारखंड के रामगढ़ में दामोदर नदी क्षेत्र तथा हजारीबाग के बाँदा क्षेत्र से पुरापाषाण कालीन हस्तकुठार, पाषाण उपकरण प्राप्त हुए हैं।
- झारखंड में पूर्वपाषाण काल के अवशेषों में फलक, तक्षणी, बेधनी, पत्थर की कुल्हाड़ी, खुरचनी आदि अवशेष हजारीबाग, संथाल परगना, राँची तथा सिंहभूम से प्राप्त हुए हैं।
- राँची जिला के दुबलाबेड़ा, सलगी, तोरंगरवेल, बरवे, बिंदा, नावागाँव, कंडरा आदि स्थान पुरापाषाणकालीन हैं जहां से अनेक साक्ष्य तथा पाषाणकालीन औजार प्राप्त हुए हैं।

- पूर्वी एवं पश्चिमी सिंहभूम जिले के दहिगाड़ा, लोटा पहाड़, बारबिल, बारदा, अमाईनगर एवं हरिनदुबरी से पुरापाषाणकालीन साक्ष्य प्राप्त हुए हैं।
- झारखंड के बोकारो से हरा अभ्रकीय-स्फटिक हस्तकुठार प्राप्त हुआ है।
- कर्णकोलाजोर नदी जो कि देवघर जिले में प्रवाहित होती है की सतह से पाषाण युगीन औजार प्राप्त हुए हैं।

मध्यपाषाण काल-

- झारखंड में 9000 ई.पू. से 4000 ई.पू. के मध्य, मध्यपाषाण कालीन संस्कृति के प्रमाण गढ़वा जिले के भवनाथपुर, झरवार, बालूगारा एवं नाकगढ़ में किए गए उत्खनन से मिले हैं।
- झारखंड के राँची जिला क्षेत्र के डामरी, जामटोली, बाँसजोर, कुरूमगढ़, तोरपा, कुचाझरिया आदि स्थानों को मध्य पाषाणकालीन संस्कृति का क्षेत्र कहा जा सकता है क्योंकि इन स्थानों से अनेक मध्यपाषाणकालीन साक्ष्य प्राप्त हुए हैं।
- पलामू के धारी पहाड़, ढोंका पहाड़, घोटमा, घुटार, प्रतापपुर, भागाडीह-रमना, इसुनपेरा आदि क्षेत्रों से मध्यपाषाण कालीन साक्ष्य एकत्रित किए गए हैं।
- पूर्वी सिंहभूम के घाटशिला, हिरजीहाती, जगन्नाथपुर आदि क्षेत्र से मध्यपाषाणकालीन साक्ष्य प्राप्त हुए हैं।
- झारखंड के संथाल परगना के हरहरघाटी, मधुवन, अमरापाड़ा, घोड़ालाश, सूरजबेड़ा पहाड़ी, कर्णकोलाजोर आदि क्षेत्र से भी मध्यपाषाणकालीन साक्ष्य पाए गए हैं।

नवपाषाण काल-

- झारखंड में नवपाषाण संस्कृति का काल 3000 ई.पू. से 1500 ई.पू. तक माना जाता है।
- झरवार, भवनाथपुर, नाकगढ़, बालूगारा आदि क्षेत्रों से कुल्हाड़ी, खुरचनी, तक्षणी जैसे नवपाषाणकालीन उपकरण पाए गए हैं।
- झारखंड में नवपाषाणकालीन अन्य प्रमुख स्थलों में बुर्ज बुरहाड़ी, रारू नदी (चाईबासा), बुरूहातू, दरगामा, चक्रधरपुर (चाईबासा), बूढ़ाडीह एवं तमाड़ (राँची) आदि हैं।
- पुरातत्ववेत्ता बोरमैन की पुस्तक 'द निरयोलिथिक पैटर्न इन द प्री हिस्ट्री ऑफ इंडिया' में नवपाषाण काल के 12 प्रकार के हस्तकुठारों की खोज का वर्णन है।
- नवपाषाण संस्कृति दो चरणों में विभाजित थी, प्रथम चरण 3000 ई.पू. के आस-पास था जबकि द्वितीय चरण 1500 ई.पू. में था।
- द्वितीय चरण के समय में मुंडा जनजाति, जो कि एक प्रोटो-ऑस्ट्रेलॉयड प्रजाति की है, का आगमन झारखंड में होने लगा था।
- झारखंड के दक्षिणी छोटानागपुर प्रमंडल के क्षेत्रों जैसे - बारटोला, चिरौंदी, कामडारा, अनगड़ा, कुंजला, मारांगहातु, तमाड़ आदि से हस्तनिर्मित औजार प्राप्त हुए हैं।
- झारखंड में नवपाषाण संस्कृति के साक्ष्य पश्चिम सिंहभूम क्षेत्र के चांडिल, हरिबेड़ा, चाकुलिया, दुगनी आदि स्थानों से प्राप्त हुए हैं।
- झारखंड के बोनगरा के निकट बानाघाट स्थल से नवपाषाणकालीन चार वलय तथा काले पत्थर की थापी, पत्थर की पाँच कुल्हाड़ियाँ, काले रंग के मृदभाण्ड, पक्की मिट्टी की थापी आदि प्राप्त हुए हैं।
- झारखंड के राँची लोहरदगा व सिंहभूम क्षेत्र में नवपाषाणकालीन संस्कृति के चिन्ह प्राप्त हुए हैं।
- झारखंड के पलामू तथा सिंहभूम क्षेत्रों में धातुओं का प्रयोग नवपाषाण काल के पश्चात शुरू हो गया था।
- नवपाषाण काल के पश्चात ताँबे के साथ-साथ पाषाण का भी प्रयोग होता रहा था जिससे इस काल को ताम्र पाषाणिक काल भी कहा गया है।
- झारखंड की जनजातियों में बिरजिया, बिरहोर तथा असुर आदि जनजातियाँ 4000 ई. पू. में ताँबा से अयस्क निकालने का कार्य करती थी।
- ताम्र पाषाणिक युग की समाप्ति के उपरान्त कांस्य युग की शुरुआत हुई थी। छोटानागपुर क्षेत्र में ताबें के बाद असुर और बिरजिया लोगों ने कांसे का उपयोग करना शुरू किया था। यद्यपि इसका पुरातात्विक साक्ष्य अभी तक उपलब्ध नहीं है।
- कांस्य युग के बाद लोहे का युग आरंभ हुआ था। यह युग 2000 ई.पू से 1000 ई.पू. तक के विकास काल के रूप में माना जाता है।
- झारखंड का लोहा उच्च कोटि का माना जाता है। दमिश्क की विश्व प्रसिद्ध तलवार का निर्माण भी झारखंड के लोहे से किया जाता था।
- असुर जनजाति का लोहे से गहन संबंध था और इस जनजाति के लोग लोहे को पिघलाकर अपना जीविकोपार्जन करते थे।
- असुर जनजाति लोहा निकालने में बेहद दक्ष थी। झारखंड में असुर अधिवासियों के कुछ चिन्ह लोहे के अवशेषों को दर्शाते हुए पाए गए हैं।
- झारखंड में उत्खनन के दौरान प्राप्त साक्ष्यों का विवरण निम्न सारणी में दिया गया है-

झारखंड के प्रमुख पाषाणकालीन स्थल

क्रं सं.	पाषाण चरण/काल	झारखंड के प्रमुख क्षेत्र	प्राप्त साक्ष्य, उपकरण, प्रस्तर लेख, आदि
1.	पुरापाषाण काल	• हजारीबाग (सरैया, देहोंगी, इस्को तथा रहम)	• प्रस्तर की कुल्हाड़ी व भाला • प्रस्तर के आदिकालीन उपकरण
2.	मध्यपाषाण काल	• नाकगढ़ • भवनाथपुर • झारवार • पलामू प्रमंडल	• मध्यपाषाण कालीन उपकरण • प्रस्तर के औजार
3.	नवपाषाण काल	• बुरहादी • बुरजू • चाईबासा - रारू नदी • बुरूहातू • बोनगरा बानाघाट • राँची तथा सिंहभूम	• प्रस्तर की सेल्टी • लोहा तथा तांबे की आरी • ·स्लेट प्रस्तर की छेनी • चार वलय तथा काले पत्थर की थापी, पत्थर की पाँच कुल्हाड़ियाँ, काले रंग के मृदूभाण्ड और पक्की मिट्टी की थापी आदि। • नवपाषाणकालीन संस्कृति के चिन्ह
4.	ताम्रपाषाण काल	• बसिया • दरगामा गांव	• तांबे की कुल्हाड़ी • तांबे की सेल्ट, तांबे तथा लोहे की आरी

प्राचीनकालीन इतिहास

- झारखंड के प्राचीन इतिहास के संबंध में पारंपरिक वंशावलियों, अनुश्रुतियों तथा लोककथाओं का योगदान अद्वितीय है।
- झारखंड के प्राचीन इतिहास में जनजातियों की संस्कृति, परंपराएँ, रीति-रिवाज, गोत्र-व्यवस्था आदि का भी अहम योगदान है।
- असुर जनजाति भवन निर्माण कला में निपुण थी। असुर जनजाति द्वारा बनाये गये असुरगढ़ों के अवशेष उत्खनन में प्राप्त हुए है।
- पुरातात्विक उत्खनन के दौरान छोटानागपुर क्षेत्र से असुर जनजाति द्वारा बनाये गये औजार प्राप्त हुए है।
- झारखंड के वनक्षेत्र में खड़िया, असुर तथा बिरहोर जनजातियाँ निवास करती थी तथा बाद में इस क्षेत्र में मुंडा, उराँव, संथाल, चेरो, खरवार और भूमिज जनजातियाँ भी निवास करने लगी थीं।
- खड़िया जनजाति का निवास स्थान झारखंड के मानभूम तथा सिंहभूम क्षेत्र में था।
- पुरातात्विक उत्खनन के दौरान खड़िया जनजाति के निवास स्थान का प्रमाण दक्षिणी कोयल नदी के तट पर स्थित पोरा क्षेत्र से तथा पोटा के पास वीरू कसलपुर से प्राप्त होता है।
- खड़िया जनजाति का संबंध द्रविड़ परिवार से माना जाता है जो विंध्य को पार करके झारखंड क्षेत्र में निवास करने के लिए आये थे।
- झारखंड में निवास करने वाली मुंडा तथा उराँव जनजाति रोहतागढ़ से होते हुए छोटानागपुर क्षेत्र में निवास करने लगी थी।
- झारखंड के छोटानागपुर में निवास करने वाली जनजातियों में मुंडा तथा उराँव के अतिरिक्त चेरों, खरवार आदि थी।
- छोटानागपुर में निवास करने वाली जनजातियों में मुंडा तथा उराँव का नेतृत्व मदरा मुंडा नामक व्यक्ति द्वारा किया गया था।
- मदरा मुंडा ने सुतिया पाहन नामक व्यक्ति को अपना नेता नियुक्ति किया, जिसके नाम पर इस क्षेत्र का नाम सुतिया नागखंड पड़ा तथा मुंडाओं ने नागवंश की स्थापना की थी।
- मुंडा जनजाति के लोग सूर्य की पूजा सिंगबोंगा नाम से करते थे, जिससे इन्हीं के नाम पर सिंहभूम शब्द की उत्पत्ति मानी जाती है।
- मेगस्थनीज ने अपनी पुस्तक इंडिका में किंचुग क्षेत्र की एक जनजाति का उल्लेख किया है जिसे मीदो-गेब्रोगोड के नाम से जाना जाता है।
- उराँव जनजाति का संबंध द्रविड़ से माना जाता है जो दक्षिण भारत से विस्थापित होकर झारखंड में निवास करने आये थे।
- उराँव जनजाति के लोग दक्षिण भारत के उत्तर-पश्चिम दिशा से प्रवसन होकर झारखंड में रोहतास के पहाड़ी क्षेत्र में आकर बसे थे।
- उराँव जनजाति की भाषा कुडुख और कन्नड़ में समानता पायी जाती है।
- उराँव जनजाति के लोग स्वंय को खरख का वंशज मानते थे।
- उराँव जनजाति दो भागों में विभक्त थी पहली मलेर जनजाति जो कि राजमहल क्षेत्र तथा दूसरी पलामू के क्षेत्र में निवास करती थी।
- संथाल, भुईया आदि जनजातियाँ झारखंड के छोटानागपुर क्षेत्र में निवास करती थी।
- भूमिज जनजाति झारखंड के मानभूम जबकि भुईया, पलामू तथा हो जनजाति सिंहभूम में निवास करती थी।
- हो जनजाति की भाषा, संस्कृति एवं सामाजिक रीति-रिवाज मुंडा जनजाति से मिलती है जिससे यह माना जाता है कि हो जनजाति पहले सिंहभूम के क्षेत्र में निवास करती थी।
- झारखंड में पुरातात्विक उत्खनन के अनुसार यहां की अधिकांश जनजाति प्राचीन काल से ही स्थायी है।
- मुंडा, द्रविड़, उराँव आदि की संस्कृति, सामाजिक, धार्मिक तथा रीति-रिवाज के संबंध में एकरूपता पायी जाती है।
- झारखंड की प्राचीनतम जनजातियों में खड़िया है जो प्रारम्भ में रोहतास से लेकर पाटलिपुत्र तक निवास करते थे परन्तु वर्तमान काल में यह जनजाति सिंहभूम तथा मानभूम के क्षेत्र में निवास करती है।
- चेरों और शबर जनजातियाँ ऐतरेय ब्राह्मण के रचना काल के समय से ही मगध क्षेत्र में निवास करती थी।
- भारतीय समाज में जनजातियों की अविरल धारा आज भी झारखंड के क्षेत्र में प्रवाहित हो रही है।

झारखंड- वैदिक काल

- वैदिक काल में झारखंड को कीकट प्रदेश के रूप में उद्धृत किया गया है।
- वैदिक काल में झारखंड में खड़िया, असुर एवं बिरहोर जनजातियाँ निवास करती थी।
- वैदिक काल में झारखंड की जनजातियों के लिए असुर शब्द का उल्लेख मिलता है।
- झारखंड के वैदिक कालीन इतिहास को दो भागों में विभक्त किया गया है।
  1. ऋग्वैदिक काल
  2. उत्तर वैदिक काल

ऋग्वैदिक काल

- ऋग्वेद में झारखंड को कीकटानाम ढशोअनार्य प्रदेश कहकर सम्बोधित किया गया है।
- ऋग्वेद के अनुसार झारखंड की जनजाति के लोग शिश्नोदेव की पूजा करते थे।
- ऋग्वेद के अनुसार झारखंड की अधिकांश जनजातियाँ वैदिक आर्यों की विरोधी थी।
- ऐतरेय ब्राह्मण के अनुसार शबर, चेरों आदि जनजातियाँ मगध महाजनपद में निवास करती थी।

उत्तर वैदिक काल

- अथर्ववेद के अनुसार कीकट प्रदेश अंग, मगध, पुण्ड्र, कलिंग आदि प्रदेशों में विभक्त था।
- अथर्ववेद के अनुसार कीकट प्रदेश के लोगों को व्रात्य नाम से सम्बोधित किया जाता था।
- झारखंड में उत्तर वैदिक काल में लोहे का प्रयोग शुरू हो गया था।
- उत्तर वैदिक काल में मगध के क्षेत्र में आर्यों का विस्तार हुआ जिससे झारखंड की जनजातियाँ छोटानागपुर में निवास करने लगी थी।
- उत्तर वैदिक काल में आर्यों ने झारखंड में एक किले का निर्माण करवाया था जो सोन नदी के तट पर स्थित था।

झारखंड-महाभारत काल

- इस काल में झारखंड में जरासंघ का शासन था जो कि बृहद्रथ वंश का शासक था।
- कीकट प्रदेश का अंग, मगध, पुण्ड्र, कलिंग आदि क्षेत्र जरासंघ के आधिपत्य में थे।
- जरासंघ शिव का महान उपासक था जो झारखंड की असुर जनजाति से संबंधित था परन्तु कुछ इतिहासकारों का मत है कि जरासंघ कहार जाति से संबंधित था।

झारखंड-बौद्ध धर्म

- झारखंड में उत्खनन के दौरान अनेक स्थानों से बौद्ध धर्म से सम्बन्धित अवशेष प्राप्त हुए है।
- झारखंड का धनबाद जिला बौद्ध धर्म के एक प्रमुख केन्द्र के रूप में

अवस्थित था।

- पुरातात्विक उत्खनन के दौरान धनबाद के दालमी, दियापुर तथा बौद्धपुर के क्षेत्र से बौद्ध स्मारक प्राप्त हुए हैं।
- धनबाद के बौद्धपुर का बुद्धेश्वर मन्दिर सबसे महत्वपूर्ण है।
- हजारीबाग के निकट बरही के सूर्यकुण्ड से बुद्ध की प्रस्तर की मूर्ति प्राप्त हुई है।
- दुमदूमा क्षेत्र में किये गए उत्खनन में 8वीं से 12वीं सदी के पाल शासको के शासन काल के समय के अवशेष प्राप्त हुए है जिससे यह स्पष्ट होता है कि बौद्ध धर्म का विस्तार दुमदूमा क्षेत्र तक था।
- पुरातात्विक उत्खनन के दौरान झारखंड के खूँटी से एक बौद्ध विहार का अवशेष प्राप्त हुआ है।
- पलामू के करूआ क्षेत्र से एक बौद्ध स्तूप का अवशेष प्राप्त हुआ है।
- 1919 ई. में ए. शास्त्री ने उत्खनन के दौरान साथो नटोंगरी पहाड़ी में बौद्ध चैत्य में काले चिकने प्रस्तर की बुद्ध की मूर्ति की खोज की थी जिसकी दोनों भुजाएं खण्डित हैं।
- साथो नटोंगरी पहाड़ी में बौद्ध चैत्य में उत्खनन के दौरान अष्टभुजी देवी की प्रतिमा प्राप्त हुई है जो एक सिंह पर सवार है।
- साथो नटोंगरी से एक लेख प्राप्त होता है जो अर्द्धबंग्ला नागरी लिपि में उत्कीर्ण किया हुआ है जिसका संबंध बंगाल के शासक विजयसेन के देवपाड़ा प्रशस्ति लेख से है।
- झारखंड के गुमला क्षेत्र के कटुंगा गांव तथा सिंहभूम क्षेत्र के भूला गांव से बुद्ध की प्रतिमा व पूर्वी सिंहभूम के ईचागढ़ से महाश्री तारा की प्रतिमा प्राप्त हुई है।
- झारखंड के चतरा क्षेत्र के ईटखोरी से भद्रकाली मंदिर प्रांगण से बुद्ध की विभिन्न मुद्राओं में 7वीं सदी की चार दुर्लभ प्रतिमा प्राप्त हुई है जिनमें एक प्रतिमा में बुद्ध मुकुट पहने तथा अन्य में तपस्यालीन है।
- कनिष्क द्वारा बौद्ध धर्म की महायान शाखा को प्रश्रय दिया गया था जिसके साक्ष्य संपूर्ण बिहार-झारखंड के क्षेत्र से प्राप्त होते है।
- कनिष्क के शासन काल में झारखंड के क्षेत्र में बौद्ध धर्म अपने उत्कृष्ट काल में था जबकि गुप्त काल में इस क्षेत्र में बौद्ध धर्म शिथिल हो गया था।
- चीनी यात्री ह्वेनसांग के यात्रा-वृत्तांत से ज्ञात होता है कि गुप्त वंश के पतन के बाद झारखंड के आस-पास के क्षेत्रों पर बंगाल के कट्टर शासक शशांक का शासन स्थापित हुआ जिसने बौद्ध धर्म के केन्द्रों को नष्ट कर दिया था।
- पाल तथा हर्यंक वंश कालीन झारखंड के अलग-अलग क्षेत्रों से बुद्ध की एक फीट की विभिन्न प्रकार के प्रस्तरों पर उत्कीर्ण मूर्तियां प्राप्त हुई है।
- हर्षवर्द्धन तथा पाल वंश के शासक धर्मपाल के शासन के समय में बौद्ध धर्म के प्रभाव में वृद्धि हुई थी।
- पाल वंश के शासक धर्मपाल, गोपाल, देवपाल आदि शासकों ने बौद्धधर्म की वज्रयान शाखा को प्रश्रय दिया था।
- पाल वंश के शासन काल में झारखंड में रजरप्पा की छिन्नमस्तिके शक्तिपीठ की स्थापना हुई थी।
- भगवान बुद्ध ने बौद्ध धर्म का प्रचार-प्रसार कुरुक्षेत्र के जनपद, संथाल परगना और हिमालय से विंध्य श्रृंखला तक के क्षेत्र में किया था।
- झारखंड पर तुर्क आक्रमण तथा छोटानागपुर क्षेत्र में हिंदुत्व के प्रचार-प्रसार के कारण बौद्ध धर्म विलुप्त हो गया था।

झारखंड-जैन धर्म

- झारखंड की पावन भूमि पर बौद्ध धर्म के साथ-साथ जैन धर्म का भी प्रचार-प्रसार हुआ है।
- झारखंड पर छठी शताब्दी ई. पूर्व में हुए धार्मिक आन्दोलन का गहरा प्रभाव हुआ था।
- आठवीं शताब्दी ई. पूर्व में जैन धर्म के 23वें तीर्थंकर पार्श्वनाथ को निर्वाण की प्राप्ति झारखंड के गिरिडीह जिले की पहाड़ी पर हुआ था, जिससे इस पहाड़ी को पारसनाथ पहाड़ी या सम्मेद शिखर के नाम से भी जाना जाता है।
- पारसनाथ पहाड़ी को शाश्वत तीर्थ कहा गया है।
- पारसनाथ की पहाड़ी पर जैन धर्म के 20 तीर्थंकरों को मोक्ष की प्राप्ति हुई थी।
- पारसनाथ पहाड़ी के अलावा देवली, पलमा, गोलमरा आदि स्थानों से जैन मूर्तियां उत्खनन के दौरान पायी गयी थी।
- झारखंड का छोटानागपुर तथा मानभूम जैन सभ्यता एवं संस्कृति का प्रमुख केन्द्र था।
- झारखंड के मानभूम क्षेत्र में अनेक जैन मूर्तियों की प्राप्ति हुई है। जिसका उल्लेख विनय घोष द्वारा किया है।
- झारखंड के देवली, पाकबीरा, गोलमारा, पवनपुर, तुईसामा आदि स्थानों से समृद्ध मूर्तियों एवं मंदिरों वाले जैनस्थली केन्द्र पाये गये है।
- झारखंड के दामोदर एवं कंसाई नदी घाटी में जैन धर्म के अवशेष प्राप्त हुए है।
- पलामू के हनुमाण्ड गाँव में जैन धर्म से सम्बंधित पूजा स्थल प्राप्त हुआ है।
- झारखंड के बोड़ाम, बलरामपुर तथा कर्रा आदि स्थानों से जैन मंदिरों के साक्ष्य प्राप्त हुए है।
- सिंहभूम के आरम्भिक निवासी जैन धर्म के अनुयायी थे जिन्हें सरक कहा जाता था।
- जैन धर्म के आचारंग सूत्र में झारखंड का छोटानागपुर क्षेत्र तथा बंगाल के कुछ क्षेत्र को मिलाकर लाध क्षेत्र के रुप में जाना जाता है।
- महावीर स्वामी का लाध क्षेत्र में परिभ्रमण का उल्लेख जैन धर्म के आचारंग सूत्र से प्राप्त होता है। जिसमें यह भी उल्लेख मिलता है कि लाध क्षेत्र के लोग धृष्ट थे उन्होंने महावीर स्वामी पर कुत्तों द्वारा आक्रमण करवाया था।
- झारखंड के उत्खनन के दौरान कर्नल डाल्टन द्वारा पलमा, कर्रा तथा गोड़ाम में कई जैन मंदिरों के अवशेष प्राप्त हुए है।
- पलमा, कर्रा तथा गोड़ाम से पायी गयी कई मूर्तियां वस्त्रविहीन है जिससे यह ज्ञात होता है कि इस क्षेत्र में जैन धर्म के दिगंबरों का निवास होता था।
- सिंहभूम के आरम्भिक जैन निवासी को श्रावक कहा जाता था क्योंकि ये लोग गृहस्थ जीवन में जैन धर्म के नियमों का अनुसरण करते थे।
- झारखंड के पलामू क्षेत्र पर जैन धर्म का प्रभाव बहुत ही कम परिलक्षित होता है फिर भी सतबरवा में जैनियों के पूजास्थल प्राप्त हुए है।
- कौटिल्य के अर्थशास्त्र के अनुसार झारखंड में जैन धर्म का प्रभाव का था।

झारखंड- महाजनपद काल

- बिहार-झारखंड के क्षेत्र में गौतम बुद्ध के समय छठी शताब्दी ई. पूर्व में महाजनपद काल की स्थापना हो गयी थी।
- महाजनपद काल में 16 राज्य थे जिनमें से केवल मगध महाजनपद का कुछ क्षेत्र झारखंड में स्थित था।

झारखंड-मगध महाजनपद काल

- मगध महाजनपद काल का वर्णन महाभारत में भी किया गया है जिसमें बताया गया है कि मगध के राजा जरासंघ असुर जाति के थे।
- मगध महाजनपद का विस्तार दक्षिण में विंध्य, उत्तर में गंगा नदी तथा पश्चिम में सोन नदी तक था जिसमें झारखंड का पहाड़ी, पर्वती तथा जंगली क्षेत्र मगध महाजनपद के अन्तर्गत आता था।
- झारखंड क्षेत्र से मगध महाजनपद को लोहा तथा लोहे से बने हथियारों का निर्यात किया जाता था।
- झारखंड के हजारीबाग, सिंहभूम आदि के जंगलों से मगध शासकों को हाथियों की आपूर्ति की जाती थी।

हर्यंक वंश/नंद वंश

- हर्यंक वंश के शासनकाल में झारखंड के विषय में अधिक जानकारी प्राप्त नहीं होती है।
- अजातशत्रु के शासन में झारखंड के जंगलों में रहने वाली जनजातियों में बौद्ध धर्म के प्रचार-प्रसार की बात की गयी है।
- नंद वंश के शासकों ने झारखंड के जंगलों से अपनी सेना के लिए हाथियों की आपूर्ति की थी।

झारखंड-मौर्य साम्राज्य

- चन्द्रगुप्त मौर्य ने विष्णुगुप्त अर्थात चाणक्य की सहायता से नंद वंश के शासक धनानंद को हराकर मगध पर मौर्य साम्राज्य की स्थापना की थी।
- विष्णुगुप्त अर्थात चाणक्य ने अपनी पुस्तक अर्थशास्त्र में झारखंड को कुकुट प्रदेश अथवा कुकुट देश के नाम से सम्बोधित किया है।
- चाणक्य ने बताया था कि मगध एवं मौर्य साम्राज्य तथा दक्षिण भारत के बीच जो व्यापार होता था वह मार्ग झारखंड के बीच से होकर गुजरता था।
- चाणक्य ने झारखंड में प्रवाहित होने वाली इन्द्रवाहक नदी में पाये जाने वाले हीरे के बारे में उल्लेख किया है। सम्भवतः यह नदी ईब एवं शंख रही होंगी।
- प्रसिद्ध इतिहासकार आर. रामशास्त्री के अनुसार चन्द्रगुप्त मौर्य का साम्राज्य आधुनिक झारखंड तक विस्तृत था।
- चन्द्रगुप्त मौर्य की सेना में झारखंड के जनजातीय लोगों को भर्ती किया जाता था।
- चन्द्रगुप्त मौर्य की सेना में कीकट प्रदेश (आधुनिक झारखंड) के जनजातीय सैनिकों के साथ-साथ हाथियों की विशाल सेना भी शामिल होती थी।
- मौर्य सेना में आटविक के अधीन वनाध्यक्ष, नागपाल, नागाध्यक्ष तथा वनपाल जैसे अधिकारी भी शामिल होते थे।
- मौर्य सेना में आटविक तथा उसके अधीनस्थ अधिकारियों की नियुक्ति झारखंड क्षेत्र की जनजातियों को नियंत्रित तथा मगध को सुरक्षित करने के लिए की जाती थी।
- चन्द्रगुप्त मौर्य ने झारखंड क्षेत्र का उपयोग खनिज सम्पदा तथा सेना के लिए हाथियों की आपूर्ति के लिए किया था।
- झारखंड की जनजातियों पर सम्राट अशोक (273-232 ई. पूर्व) ने अप्रत्यक्ष रूप से नियंत्रण रखा था।
- झारखंड के सरगुजा से प्राप्त अशोककालीन अभिलेख से यह ज्ञात होता है कि झारखंड क्षेत्र पर अशोक का शासन था।
- अशोक के 13वें शिलालेख से ज्ञात होता है कि अशोक के निकटवर्ती राज्यों की सूची में आटविक राज्य तक अशोक का राज्य विस्तृत था जिसकी सीमा उड़ीसा के समुद्र तट तक थी जिसमें आज का झारखंड भी शामिल है।
- झारखंड राज्य के सिंहभूम से रोमन सम्राटों के सिक्के प्राप्त हुए है।
- मौर्यों का व्यापारिक मार्ग झारखंड क्षेत्र से गुजरता था जो बंगाल के ताम्रलिप्ति बंदरगाह को वाराणसी, पाटलिपुत्र तथा गया को जोड़ता था।
- बंगाल के ताम्रलिप्ति को पाटलिपुत्र को जोड़ने वाले मार्ग पर झारखंड के तेलकुप्पी, झरिया तथा रघुनाथपुर आदि क्षेत्र अवस्थित थे।
- चाणक्य के अर्थशास्त्र के अनुसार मौर्य कालीन दक्षिणापथ मार्ग झारखंड से होकर गुजरता था जो उत्तर भारत को दक्षिण भारत से जोड़ता था।

उत्तर मौर्यकाल

- मगध पर मौर्य साम्राज्य के पतन के बाद बिहार-झारखंड में कुषाण, गुप्त, नाग, गौड़, पाल, सेन, सिंह आदि वंशों ने शासन किया था जिनका विवरण निम्नलिखित है-

कुषाण वंश

- कुषाण वंश के शासक कनिष्क ने झारखंड के पुलिन्दों को बौद्ध धर्म में दीक्षित किया था।
- झारखंड के राँची, सिंहभूम आदि जिलों से कनिष्क शासनकालीन सिक्के प्राप्त हुए है।

गुप्त वंश

- गुप्त वंश का संस्थापक चन्द्रगुप्त प्रथम था जिसने तीसरी-चौथी शताब्दी में सम्पूर्ण भारत पर गुप्त साम्राज्य की स्थापना की थी।
- गुप्त साम्राज्य का प्रसार झारखंड क्षेत्र में समुद्रगुप्त के शासनकाल के दौरान शुरू हुआ था।
- समुद्रगुप्त के दरबारी कवि हरिषेण द्वारा रचित प्रयाग प्रशस्ति में झारखंड का नाम मुरुण्ड देश के रूप में प्रयोग हुआ है।
- समुद्रगुप्त ने अपनी विजय के दौरान झारखंड एवं मध्य प्रदेश के वनवासी राजाओं को अपना सामन्त बनाया था।
- झारखंड की विभिन्न ग्रामीण शासन व्यवस्थाएं जैसे महतो, मुंडा, मण्डारी आदि की व्यवस्था गुप्त शासकों की देन है।
- झारखंड के महुँदी पहाड़ को काटकर बनाए गये मंदिर गुप्तकालीन प्रतीत होते है।
- झारखंड के सतगाँवा के उत्तरी क्षेत्र के किये गये उत्खनन में प्राप्त मंदिरों के अवशेष गुप्तकालीन है।
- राँची के निकट पिठोरिया पहाड़ पर पाये गये मंदिर भी गुप्तकालीन है।

पाल वंश

- झारखंड के चतरा जिले के ईटखोरी प्रखंड में पाल वंश के शासक महेन्द्रपाल के शासन का शिलालेख प्राप्त हुआ है, जिसमें नौवीं शताब्दी के उत्तरार्ध में गुर्जर प्रतिहार राजवंश ने झारखंड के सीमावर्ती क्षेत्रों को अपने अधीन कर लिया था।
- झारखंड की राजनीति और संस्कृति पर गुर्जर-प्रतिहार, राष्ट्रकूट और पाल राजाओं द्वारा कन्नौज को लेकर हुए पारस्परिक प्रतिद्वंद्विता का असर भी दिखाई दिया।
- महेन्द्रपाल ने मगध क्षेत्र पर अपना आधिपत्य स्थापित किया था।
- मोहन राय (811-869 ई.) और गजघट राय (869-905 ई.) नागवंश के शासक महेन्द्रपाल के समकालीन थे।
- झारखंड में पाल वंश के शासकों का शासन नागवंश के शासकों से अलग था।

गौड़ वंश

- गौड़ शासक अंगराज जयनाग ने अपनी राजधानी कर्ण सुवर्ण (सिंहभूम) को बनाया था।
- गौड़ शासक अंगराज जयनाग का शासन झारखंड के रोहतासगढ़ तक था।
- इतिहासकार हेविट के अनुसार बंगाल के शासक शशांक ने अपनी राजधानी झारखंड के दुलमी में बनाया था जबकि कनिंघम के अनुसार उसकी राजधानी बंगाल के बड़ाबाजार में थी।
- बंगाल के शासक शशांक ने झारखंड में बौद्ध-जैन धर्म के स्थान पर हिंदू धर्म की स्थापना की थी।
- शशांक ने झारखंड के दुलमी, पाकबीरा, तेलकुप्पी में हिंदू मंदिरों का निर्माण कराया था।
- शशांक की उग्र नीति के कारण ही झारखंड में हिंदू धर्म स्थापित हुआ था।

झारखंड-स्थानीय राजवंशों का उदय

- ऋग्वैदिक काल से ही झारखंड विभिन्न जनजातियों के निवास स्थल के रूप में उदय हुआ था।
- झारखंड में निवास करने वाली बहुसंख्यक जनजातियों ने विभिन्न क्षेत्रों में विभिन्न वंशों की स्थापना की थी।
- झारखंड में विभिन्न जनजातियों के शासन का विवरण निम्नलिखित है-
    1. झारखंड का मुंडा शासन

2. छोटानागपुर खास क्षेत्र का नागवंश
3. पलामू का रक्सेल वंश
4. पलामू का चेरों वंश
5. सिंहभूम का सिंहवंश
6. मानभूम का मानवंश
7. रामगढ़ राज्य
8. खड़गडीहा राज्य
9. पंचेत राज्य
10. पूर्वी सिंहभूम के ढाल वंश

झारखंड का मुंडा शासन

- झारखंड की स्थानीय जनजातियों में मुंडा जनजाति राजनीतिक रूप से अधिक प्रभावशाली जनजाति थी।
- झारखंड में सर्वप्रथम मुंडा जनजाति ने अपने राज्य की स्थापना की।
- मुंडा जनजाति ने सर्वप्रथम रीसा मुंडा के नेतृत्व में राज्य का निर्माण किया था।
- रीसा मुंडा ने ही सुतिया पाहन नामक व्यक्ति को मुंडाओं का शासक नियुक्त किया था।
- सुतिया पाहन ने सुतिया नागखंड नामक राज्य की स्थापना की थी जो 7 गढ़ों में विभक्त था जिसका विवरण निम्नलिखित है-

  1.लौहागढ़ (लोहरदगा) 2. हजारीबाग 3. पालूनगढ़ (पलामू) 4. मानगढ़ (मानभूम) 5. सिंहगढ़ (सिंहभूम) 6. केसलगढ़ 7. सुरगुगगढ़ (सरगुजा)
- सुतिया पाहन ने उपरोक्त 7 गढ़ों को 21 परगनों में विभक्त किया था जो निम्न है-

  1. ओमदंडा 2. दोईसा 3. खुखरा 4. सुरगुजा 5. जसपुर 6. गंगपुर 7. पोड़हाट 8. गीरगा 9. बिरूआ 10. लचरा 11. बिरना 12. सोनपुर 13. बेलखादर 14. बेलसिंग 15. तमाड़ 16. लोहारडीह 17. खरसिंग 18. उदयपुर 19. बोनाई 20. कोरया 21. चंगमंगकर
- झारखंड में जैन धर्म, बौद्ध धर्म तथा आर्यो की संख्या के बढ़ते दबाव के कारण अलग-अलग क्षेत्रों में नए राजवंशो का उदय होने लगा था जिनमें नागवंश प्रमुख राज्य था।

छोटानागपुर खास क्षेत्र के नागवंश

- झारखंड के छोटानागपुर के क्षेत्र में प्रथम शताब्दी (64 ई.) में नागवंश की स्थापना का श्रेय फणिमुकुट राय को जाता है।
- फणिमुकुट राय ने झारखंड के छोटानागपुर के क्षेत्र बरवा, रामगढ़, पलानी, गोला, तमाड़, हजमा आदि क्षेत्रों में शासन किया था।
- फणिमुकुट राय के राज्याभिषेक के समय अधिकांश आबादी जनजातीय थी तथा राज्य की राजधानी खुखरा के सुतियाम्बे में थी।
- नागवंश के पूर्व में पंचेत राज्य जबकि दक्षिण में क्योंझोर राज्य था।
- फणिमुकुट राय वाराणसी में रहने वाली पार्वती का पुत्र था जिनका विवरण नागवंशावली द्वारा प्राप्त होता है।
- नागवंशावली के अनुसार फणिमुकुट राय का विवाह पंचेत राज्य की राजकुमारी के साथ हुआ था।
- फणिमुकुट राय ने पंचेत के राजा की सहायता से क्योंझोर के राजा को युद्ध में पराजित किया था।
- फणिमुकुट राय ने अपनी राजधानी सुतियाम्बे में एक सूर्य मंदिर का निर्माण कराया तथा इन्हीं के शासन काल में ठाकुरबाड़ी की प्राण-प्रतिष्ठा, जगन्नाथपुरी के महंत द्वारा करायी गयी थी।
- फणिमुकुट राय ने अपने राज्य में गैर-जनजातीय लोगों को भी बसने की अनुमति प्रदान की थी।
- इनके दीवन का नाम पांडे भवराय था जो बेलकुप्पी का निवासी था।
- फणिमुकुट राय नागवंश के राजाओं में सबसे श्रेष्ठ था जिसे आदि पुरूष भी कहा गया है।
- नागवंशावली के अनुसार फणिमुकुट राय ने अपने राज्य को 66 परगनों में विभाजित किया था।
- फणिमुकुट राय की हत्या बाघदेव सिंह ने की थी।
- फणिमुकुट राय के बाद मुकुट राय, मदन राय, भीम कर्ण, शिवदास कर्ण तथा प्रताप राय आदि ने शासन किया जिसका वर्णन नागवंशावली द्वारा प्राप्त होता है।

भीम कर्ण

- 12वीं सदी में गंधर्व राय की मृत्यु के उपरान्त नागवंश की सत्ता पर भीम कर्ण का अधिकार हुआ था।
- भीम कर्ण ने कलचुरी राजवंश के सम्पर्क में आकर राय के स्थान पर कर्ण की उपाधि धारण की थी।
- भीम कर्ण का शासन 1095 ई. से 1184 ई. तक था।
- बरवा की लड़ाई भीम कर्ण तथा सरगुजा के रक्सेल राजा के मध्य हुई थी जिसमें रक्सेल राजा ने भीम कर्ण पर 12000 हाथियों तथा विशाल पैदल सेना के साथ आक्रमण किया था, जिसमें भीम कर्ण विजयी हुए।
- भीम कर्ण ने बरवा की लड़ाई में रक्सेलों को लूटा जहां से वासुदेव की एक मूर्ति भी प्राप्त हुई थी।
- भीम कर्ण ने 1122 ई. में अपनी राजधानी को चुटिया से खुखरा तथा पुनः कोकराह स्थानान्तरित की जिसका मुख्य कारण राजधानी चुटिया तुर्क क्षेत्रों के अति निकट होना था।
- भीम सागर का निर्माण नागवंशीय शासक भीम कर्ण द्वारा कराया गया था।

शिवदास कर्ण

- 14वीं शताब्दी में गो कर्ण की मृत्यु के उपरान्त शिवदास कर्ण ने नागवंश की सत्ता पर अपना अधिकार किया था।
- शिवदास कर्ण ने झारखंड के गुमला जिले में उत्खनन के दौरान पाये गये संस्कृत में लिखे एक शिलालेख के अनुसार 1401 ई. में हापमुनि मंदिर में विष्णु मूर्ति की स्थापना की थी।
- सन् 1931-1933 ई. के दौरान कोल विद्रोहियों ने हापमुनि मंदिर को नष्ट कर दिया, जिसका वर्णन नागपुरी कविता में किया गया है।

प्रताप कर्ण

- नागवंशी वंश का चतुर्थ शासक प्रताप कर्ण था जिसने अपनी राजधानी को सुतियाम्बे से परिवर्तित कर चुटिया कर दिया था।
- गुर्जर-प्रतिहार, राष्ट्रकूट तथा पाल वंश के शासक नागवंश के समकालीन थे जिनकी आपसी प्रतिद्वंद्विता का असर झारखंड में देखने को मिलता था।
- घटवार राजाओं का विद्रोह प्रताप कर्ण के शासन के दौरान हुआ था।
- नागवंश पर प्रताप कर्ण का शासन 1451 ई. से लेकर 1469 ई. तक था।
- तमाड़ के राजा ने खुखरागढ़ में नागवंशी राजा के किले पर आक्रमण करके प्रताप कर्ण को बंदी बना लिया था।
- प्रताप कर्ण ने स्वंय को आजाद कराने के लिए खैरागढ़ के राजा बाघदेव से मदद मांगी।
- खैरागढ़ के राजा बाघदेव ने तमाड़ के राजा को पराजित करके प्रताप कर्ण को स्वतंत्र कराया था।
- प्रताप कर्ण ने बाघदेव को कर्णपुरा परगना का फौजदार बनाया तथा उसने तमाड़ विद्रोह को दबा दिया जिससे प्रताप कर्ण ने बाघदेव को कर्णपुरा का राजा घोषित किया फलस्वरुप रामगढ़ राज्य का उदय हुआ।
- नागवंशावली के अनुसार प्रताप कर्ण के बाद नागवंश का राजा छत्र कर्ण बना था।

छत्र कर्ण

- नागवंश का प्रतापी राजा छत्र कर्ण लोदी वंश के समकालीन था।
- कोराम्बे में विष्णु की मूर्ति की स्थापना छत्र कर्ण ने की थी।
- कोराम्बे में विष्णु की मूर्ति से प्रभावित होकर वैष्णव संत चैतन्य महाप्रभु 16वीं सदी में मथुरा की यात्रा के समय यहां रुके थे।
- वैष्णव संत चैतन्य महाप्रभु की चरितामृत रचना के द्वारा झारखंड के भौगोलिक आकार का वर्णन प्राप्त होता है।
- झारखंड के अनेक क्षेत्रों में वैष्णव संत चैतन्य महाप्रभु ने ठाकुरबाड़ी की स्थापना की थी।
- झारखंड में वैष्णव धर्म का प्रचार-प्रसार वैष्णव संत चैतन्य महाप्रभु ने किया था।

यदुनाथ शाह

- नागवंशी शासक राम शाह की मृत्यु के उपरान्त यदुनाथ शाह नागवंश का शासक बना था।
- नागवंशी शासक यदुनाथ शाह मुगल बादशाह फर्रूखसियर के समकालीन था।
- यदुनाथ शाह का शासन सन् 1715 ई. से 1724 ई. तक था।
- यदुनाथ शाह के समय टोरी परगना जो कि नागवंशियों के अधिकार में था उस पर पलामू के चेरों शासक रणजीत राय ने रामगढ़ के शासक दलेल सिंह की मदद से आक्रमण कर विजय प्राप्त की थी तथा तीन वर्षों तक अपने अधीन रखा था।
- 1717 ई. में मुगल सूबेदार सरबुलंद खाँ ने नागवंशी शासक यदुनाथ शाह पर आक्रमण कर दिया जिसके फलस्वरूप यदुनाथ शाह ने मुगलों को 1 लाख रूपये की मालगुजारी देना स्वीकार किया था।
- मुगलों के आक्रमण के उपरान्त यदुनाथ शाह ने अपनी राजधानी को दोइसा से पालकोट स्थानांतरित कर लिया था।
- 18वीं शताब्दी में मराठों ने पालकोट पर आक्रमण किया था।
- यदुनाथ शाह की मृत्यु 1724 ई. में हो गयी थी।

शिवनाथ शाह

- यदुनाथ शाह की मृत्यु के उपरान्त नागवंश का शासक उसका बड़ा पुत्र शिवनाथ शाह हुआ।
- शिवनाथ शाह का शासन काल 1724 ई. से 1733 ई. तक था जिसकी राजधानी पालकोट थी।
- मुगल सूबेदार फखरूद्दौला ने सन् 1730 ई. में शिवनाथ शाह पर छोटानागपुर क्षेत्र में आक्रमण किया था।
- शिवनाथ शाह ने मुगल सूबेदार फखरूद्दौला को 12000 रूपये की मालगुजारी देना स्वीकार किया था।

उदयनाथ शाह

- शिवनाथ शाह की मृत्यु के उपरान्त उदयनाथ शाह छोटानागपुर खास का नागवंशी शासक बना।
- उदयनाथ शाह का शासन काल 1733 ई. से 1740 ई. तक था जिसकी राजधानी रातूगढ़ थी।
- उदयनाथ शाह के शासन काल के समय में बिहार का सूबेदार अलीवर्दी खाँ था।
- सूबेदार अलीवर्दी खाँ रामगढ़ के शासक विष्णु सिंह तथा टेकारी के जमींदार सुंदर सिंह से वार्षिक मालगुजारी वसूलता था।
- रामगढ़ के शासक विष्णु सिंह के माध्यम से नागवंशी शासक उदयनाथ शाह भी नियमित रूप से अलीवर्दी खाँ को मालगुजारी का भुगतान करता था।

श्यामसुंदर शाह

- उदयनाथ शाह के उपरान्त श्यामसुंदर शाह छोटानागपुर खास का नागवंशी शासक बना।
- श्यामसुंदर शाह का शासन काल 1740 ई. से 1745 ई. तक था।
- झारखंड के छोटानागपुर में मराठों का पहली बार आक्रमण नागवंशी शासक श्यामसुंदर शाह के समय हुआ था।
- सन् 1743 ई. में मराठा रघुजी भोंसले ने झारखंड पर अधिकार करने की कोशिश की थी।
- 31 अगस्त 1743 ई. को रघुजी भोंसले एवं पेशवा बालाजी राव के बीच झारखंड में एक संधि हुई थी।
- संधि के तहत झारखंड के क्षेत्रों पर रघुजी भोंसले का प्रभाव स्थापित हुआ था।
- मराठों के द्वारा झारखंड तथा बंगाल पर आक्रमण के कारण झारखंड से मुगलों का प्रभाव कम हो गया तथा मराठों का प्रभाव स्थापित हो गया था।

अन्य नागवंशी शासक

- श्यामसुंदर शाह के उपरान्त छोटानागपुर खास पर राजा बलराम नाथ शाह, राजा महिनाथ शाह, राजा धुपनाथ शाह, राजा देव नाथ शाह, राजा गोबिंद नाथ शाह देव (1806-1822), महाराजा जगन्नाथ शाह देव (1817-1872), महाराजा उदय प्रताप नाथ शाह देव (1872-1950), महाराजा लाल चिंतामणि शरण नाथ शाहदेव (1950-1952) आदि शासकों का शासन स्थापित रहा था।

पलामू का रक्सेल वंश

- पलामू पर चेरों वंश से पहले रक्सेल वंश का शासन था।
- रक्सेलों के शासन का अधिकांश क्षेत्र दक्षिण-पूर्वी पलामू था।
- रक्सेल का संबंध राजपूत जाति से था, जिनका मूल निवास राजस्थान था तथा वे रोहतासगढ़ के रास्ते पलामू क्षेत्र में आये थे।
- रक्सेल दो शाखाओं में विभाजित हो गये थे जिनमें पहली शाखा वह थी जो हरहरगंज व महाराजगंज से होकर आये थे जिनका निवास स्थान देवगन था जबकि दूसरी शाखा वह थी जो चतरा एवं पांकी से होकर आये थे जिनका निवास स्थान कुंड़ेलवा था।
- रक्सेलों की पहली शाखा ने देवगन को अपनी राजधानी बनाया और वहां पर किले का निर्माण कराया जबकि दूसरी शाखा ने कुंड़ेलवा को अपनी राजधानी बनाया और वहां पर किले का निर्माण कराया था।
- गोंड, खरवार, किसान तथा कोरवा आदि प्रमुख जनजातियां रक्सेलों के समय झारखंड में निवास करती थी।
- रक्सेलों का शासन क्षेत्र झारखंड के साथ-साथ छत्तीसगढ़ के सरगुजा में भी था।
- रक्सेलों की राजनीतिक राजधानी का केन्द्र सरगुजा में था।
- कलचुरी शासकों ने रक्सेलों पर आक्रमण करके सरगुजा तथा पलामू के सीमावर्ती क्षेत्रों पर अधिकार कर लिए थे।
- रक्सेलों का युद्ध नागवंशियों के साथ हुआ था जिसे बरवा की लड़ाई के नाम से जाना जाता है।
- रक्सेलों तथा नागवंशियों का दूसरा युद्ध कोराम्बे (लोहारदरगा) में हुआ था जिसे झारखंड में हल्दीघाटी युद्ध के नाम से जाना जाता है।
- रक्सेल वंश के अंतिम शासक राजा रामसिंह थे।

पलामू का चेरों वंश

- 1572 ई. में भागवत राय ने रक्सेल के अंतिम राजा रामसिंह की हत्या करके चेरों वंश की स्थापना की थी।
- पलामू के चपला क्षेत्र में शासन करने वाली खरवार जनजाति सबसे प्रमुख जनजाति थी।
- पलामू पर चेरों वंश के कई शासकों ने शासन किया था जिनका विवरण निम्न है-

साहेब राय

- पलामू पर चेरों शासक साहेब राय का शासन काल सन् 1697 ई. से 1716 ई. तक था।
- साहेब राय मुगल शासक बहादुरशाह, जहाँदार शाह और फर्रूखसियर के समकालीन थे।

रणजीत राय

- पलामू पर चेरों शासक साहेब राय के उत्तराधिकारी रणजीत राय हुए थे।
- पलामू पर रणजीत राय का शासन काल 1716 ई. से 1722 ई. तक था।
- मुगल सूबेदार सरबुलंद खाँ रणजीत राय के शासन काल में पलामू आया था।
- रणजीत राय ने सरबुलंद खाँ से टोरी परगना को कब्जा करके 1722 ई. तक अपने अधिकार में रखा था।

जयकृष्ण राय

- 1722 ई. में रणजीत राय की हत्या करके जयकृष्ण राय ने पलामू राज्य पर अपना अधिकार किया था।
- जयकृष्ण राय ने पलामू राज्य पर 1722 ई. से 1770 ई. तक शासन किया था।
- बिहार के मुगल सूबेदार फखरूद्दौला ने 1730 ई. में जयकृष्ण राय से 5000 रूपये वार्षिक मालगुजारी वसूल की थी।
- मुगलों का चेरों राजाओं पर अंतिम आक्रमण जैनुद्दीन खाँ के सैन्य अधिकारी हिदायत अली खाँ के द्वारा किया गया था।
- 1750 ई. से 1765 ई. के दौरान पलामू में राजनीतिक सत्ता का संगठन हुआ जिससे जयकृष्ण राय के दरबार में षड़यंत्र प्रारंभ हो गया।
- 1750 ई. से 1765 ई. की अवधि के दौरान दक्षिणी पलामू पर चेरो राजाओं का अधिकार था जबकि उत्तरी पलामू पर राजपूत और मुस्लिम जमींदारों का प्रभुत्व स्थापित हो गया।
- 1765 ई. में ईस्ट इण्डिया कंपनी ने बिहार, बंगाल तथा उड़ीसा की दीवानी प्राप्त कर ली जिससे पलामू क्षेत्र में कंपनी को अधिक लाभ प्राप्त हुआ था।
- ईस्ट इण्डिया कंपनी ने 1771 ई. में गोपाल राय को पलामू का शासक नियुक्त किया तथा 1771 के मध्य तक ईस्ट इण्डिया कंपनी ने सम्पूर्ण पलामू पर अधिकार कर लिया था।

सिंहभूम का सिंहवंश

- झारखंड के सिंहभूम में हो जनजाति निवास करती थी जो सिंगबोंगा नामक कुल देवता की पूजा करते थे।
- हो जनजाति के अनुसार उनके कुल देवता सिंगबोंगा के नाम पर ही सिंहवंश का नाम पड़ा।
- वंशप्रभा जिसे सिंहवंश के ग्रन्थ के रूप में जाना जाता है के अनुसार सिंहवंश दो शाखाओं में विभक्त था – पहली शाखा तथा दूसरी शाखा।

पहली शाखा

- सिंहवंश की पहली शाखा की स्थापना का श्रेय काशीनाथ सिंह को जाता है।
- 7वीं सदी के अन्त में सिंह झारखंड के सिंहभूम के भुइयों एवं सरकों जनजाति के साथ संपर्क हुआ तथा यहीं से 8वीं शताब्दी के पूर्वार्द्ध में सिंहवंश की पहली शाखा की स्थापना हुई।
- सिंहवंश की पहली शाखा में 13 राजाओं ने शासन किया था।
- 8वीं शताब्दी में सिंहवंश के राजाओं ने नागवंशी शासको के अधीन शासन किया परन्तु बाद में स्वतंत्र शासन किया था।
- सिंहवंश की पहली शाखा का शासन 13वीं सदी के प्रारंभ तक रहा था।

दूसरी शाखा

- सिंहवंश की दूसरी शाखा की स्थापना का श्रेय 1205 ई. में दर्प नारायण सिंह को जाता है।
- दर्प नारायण सिंह के बाद दूसरी शाखा के शासक युधिष्ठिर बने थे।
- दूसरी शाखा के शासक युधिष्ठिर की शासनावधि 1262 ई. से 1271 ई. तक थी।
- युधिष्ठिर के बाद काशीनाथ सिंह दूसरी शाखा के शासक बने थे।
- काशीनाथ सिंह के बाद अच्युत सिंह दूसरी शाखा के शासक बने इन्हीं के शासन काल में सिंह वंश की कुल देवी पौरी देवी की प्राण-प्रतिष्ठा हुई थी।
- अच्युत सिंह के बाद अर्जुन सिंह प्रथम, दूसरी शाखा के शासक बने थे।
- अर्जुन सिंह प्रथम के शासन काल में भुईयाँ जनजाति ने विद्रोह कर दिया था।
- अर्जुन सिंह द्वितीय ने अपने चाचा विक्रम सिंह को 12 गाँवों का एक जागीर दान दिया था।
- विक्रम सिंह को 'सिंहभूम पीर' के नाम से जाता था।
- विक्रम सिंह ने अपनी राजधानी सरायकेला को बनाया जो बाद में सरायकेला राज्य के नाम से जाना गया था।
- विक्रम सिंह ने पटकुम राजा के शासित क्षेत्र कांडू तथा बंकसाई पीर पर कब्जा कर अपनी उत्तरी सीमा को विस्तारित किया।
- विक्रम सिंह ने खरसावां एवं उत्तर-पूर्व में गम्हरिया पर भी कब्जा किया।
- पोड़हाट क्षेत्र में जगन्नाथ सिंह चतुर्थ के शासनकाल के समय में कोल तथा हो जनजातियों का विद्रोह हुआ था।
- जगन्नाथ सिंह चतुर्थ ने छोटानागपुर खास के नागवंशी शासक दर्पनाथ सिंह के साथ हो विद्रोह को दबाने के लिए आक्रमण किया परन्तु हो जनजाति ने संयुक्त सेना को पराजित कर दिया था।
- वर्ष 1767 ई. में जगन्नाथ सिंह चतुर्थ ने अंग्रेजों की सहायता से हो तथा कोल विद्रोह को दबा दिया था।

मानभूम का मानवंश

- 8वीं शताब्दी के दूधपानी शिलालेख तथा 14वीं शताब्दी के गंगाधर द्वारा निर्मित गोविन्दपुर शिलालेख से मानभूम के मानवंश की जानकारी प्राप्त होती है।
- मानवंश का शासन क्षेत्र झारखंड के मानभूम (धनबाद) एवं हजारीबाग क्षेत्र में विस्तारित था।
- मानभूम के मानवंश शासक अत्याधिक अत्याचारी थे जिससे इनके शासन काल में 10वीं शताब्दी में भूमिज स्वराज आंदोलन हुआ था।
- मानभूम के मानवंश शासकों ने झारखंड की सबर जनजाति पर सबसे ज्यादा अत्याचार किया था जिससे सबर जनजाति मानभूम क्षेत्र को छोड़कर पंचेत क्षेत्र में निवास करने लगी थी।
- मानभूम का सबसे शक्तिशाली राज्य पंचेत राज्य था।

रामगढ़

- 1368 ई. में रामगढ़ राज्य की स्थापना का श्रेय बाघदेव सिंह को जाता है।
- नागवंशी राजाओं के दरबार में रामगढ़ के संस्थापक बाघदेव सिंह व उनके बड़े भाई सिंहदेव दोनों सामन्त थे परन्तु नागवंशी शासकों के साथ इनका मतभेद हो गया था।
- नागवंशीय राजाओं के साथ मतभेद के बाद दोनो भाई बड़कागाँव क्षेत्र कर्णपुरा में चले गये तथा इस क्षेत्र को अपने अधिकार में कर लिया था।
- बड़कागाँव क्षेत्र कर्णपुरा पर अधिकार करने के बाद बाघदेव सिंह ने 21 और परगनों पर अधिकार कर लिया जिनको मिलाकर रामगढ़ राज्य की स्थापना की थी।
- बाघदेव सिंह अपने राज्य को स्थायित्व प्रदान करने के लिए समय-समय पर अपनी राजधानी को स्थानांतरित किया करते थे।
- रामगढ़ राज्य के सबसे प्रतापी शासक दलेल सिंह थे।
- रामगढ़ पर दलेल सिंह का शासन 1667 ई. से 1724 ई. तक था।
- रामगढ़ के राजा दलेल सिंह ने 1718 ई. में छय राजा मगर सिंह की हत्या

कर उनके कई क्षेत्रो पर अधिकार कर लिया था।

- मगर सिंह के पुत्र रणभस्त खाँ ने 1724 ई. में दलेल सिंह पर आक्रमण कर पराजित किया तथा अपने राज्य को पुनः प्राप्त कर लिया था।
- दलेल सिंह की मृत्यु के पश्चात रामगढ़ राज्य का शासक विष्णु सिंह बना था।
- रामगढ़ पर विष्णु सिंह का शासन काल 1724 ई. से 1763 ई. तक था।
- रामगढ़ के शासक विष्णु सिंह ने छय राज्य पर पुनः अधिकार कर लिया था।
- छय राज्य पर 1747 ई. में मराठा शासक भास्कर राव के आक्रमण तक यह राज्य विष्णु सिंह के अधीन था।
- बंगाल के नवाब अलीवर्दी खाँ ने हिदायत खाँ को रामगढ़ राज्य पर आक्रमण करने के लिए भेजा था।
- सन् 1740 ई. में हिदायत खाँ ने रामगढ़ राज्य पर आक्रमण किया तथा रामगढ़ पर 12000 रूपये वार्षिक मालगुजारी तय किया।
- बंगाल के नवाब मीर कासिम को एक सूचना मिली कि विष्णु सिंह नवाब विरोधी गतिविधियों में शामिल हो गया है। जिससे, 1763 ई. में मीर कासिम ने मरकत खान और असदुल्लाह खान के नेतृत्व में सेना भेजी थी।
- मरकत खान और असदुल्लाह खान ने विष्णु सिंह को पराजित किया तथा अवैध रूप से नियंत्रण में लिए गए क्षेत्रों को उनके मूल मालिकों को वापस कर दिया।
- विष्णु सिंह तथा मीर कासिम के मध्य संधि हुई तत्पश्चात मीर कासिम को मुआवजा दिया गया।
- रामगढ़ राज्य की प्रथम राजधानी सिसिया थी तथा अंतिम राजधानी पद्मा थी।
- रामगढ़ राज्य की राजधानियों का क्रम निम्न प्रकार है:-

क्र. सं.	रामगढ़ के शासक	रामगढ़ की राजधानी
1.	बाघदेव सिंह	सिसिया
2.	बाघदेव सिंह	उरदा
3.	हेमन्त	बादाम
4.	दलेल सिंह	रामगढ़
5.	तेज सिंह	इचाक
6.	ब्रह्मदेव नारायण सिंह	पद्मा

- कामाख्या नारायण सिंह 1937 ई. में रामगढ़ राज्य के शासक बने।
- 26 जनवरी, 1955 को बाघदेव सिंह द्वारा स्थापित रामगढ़ राज्य को बिहार राज्य भूमि सुधार अधिनियम की धारा-3 के तहत समाप्त कर दिया गया।

खड़गडीहा राज्य

- हंसराज देव ने खड़गडीहा राज्य की स्थापना 15वीं सदी में की थी।
- हंसराज देव ने बंदावत जाति के शासक को पराजित कर हजारीबाग पर अपना प्रभाव स्थापित किया।
- खड़गडीहा राज्य का विस्तार वर्तमान झारखंड के गिरिडीह जिला क्षेत्र तक सीमित था।
- हंसराज देव दक्षिण भारत के रहने वाले थे।
- हंसराज देव ने उत्तर भारत के ब्राह्मणों से वैवाहिक संबंध स्थापित किया था।
- खड़गडीहा राज्य पर राजा शिवनाथ सिंह, मोद नारायण, गिरिवर नारायण देव आदि ने शासन किया था।

ढालभूम का ढाल वंश

- ढालभूम क्षेत्र का विस्तार झारखंड के सिंहभूम क्षेत्र में था।
- नरबलि प्रथा का प्रचलन ढाल वंश के शासनकाल में था।

पंचेत राज्य

- पंचेत राज्य मानभूम का सर्वाधिक शक्तिशाली राज्य था।
- कपिला गाय का पूँछ या चँवर पंचेत राज्य का राजकीय राजचिह्न था।
- कपिला गाय का पूँछ या चँवर के कारण इस राज्य के राजाओं को गोमुखी राजा कहा गया है।

विभिन्न काल से संबंधित झारखंड के कुछ प्रमुख स्मारक स्थान

क्र.स	स्मारक/स्थान का नाम	अवस्थिति	प्रमुख विशेषता
1.	शाहपुर किला	मेदिनीनगर (पलामू)	मुगलकालीन स्थापत्यकला
2.	तेलियागढ़ी किला	राजमहल (साहेबगंज)	मुगल सरदारों द्वारा निर्मित
3.	नवरत्नगढ़ किला	गुमला	दुर्जन साल द्वारा निर्मित
4.	कोल्हुआ पहाड़ी	चतरा	दंतकथाओं की चित्र प्राप्त
5.	हाराडीह मंदिर समूह	तमाड़ (राँची)	दुर्गा व काली के प्राचीन मंदिर
6.	असुर स्थल	खूँटीटोला (खूँटी)	ऐतिहासिक स्थल
		सारिदकेल (खूँटी)	
		कथरटोली (खूँटी)	
		हंसा (खूँटी)	
7.	पुराना टीला, कुलगढ़ा	ईटागढ़ (खरसावां)	ऐतिहासिक स्थल
8.	पुराना किला	रूआम (पू० सिंहभूम)	ऐतिहासिक स्थल
9.	प्राचीन स्थल	बेनीसागर (प० सिंहभूम)	5वीं-6वीं सदी से संबंधित
10.	शिव मंदिर	शेकपरता (लोहरदगा)	मध्यकाल से संबंधित
11.	जामा मस्जिद	हदफ (साहेबगंज)	16वीं सदी से संबंधित
12.	बारादरी	अर्जीमुखीपुर (साहेबगंज)	16वीं सदी से संबंधित

मध्यकालीन इतिहास

- मध्यकालीन भारत में राष्ट्रीय स्तर पर होने वाली राजनीतिक हलचलों से मध्यकालीन झारखंड का इतिहास बहुत हद तक अपने आप में पृथक तो था परन्तु सल्तनत काल में अपनाई गई दमनकारी नीतियों के बावजूद झारखंड अपनी सांस्कृतिक और राजनीतिक पहचान को बनाये रखने में सक्षम रहा।
- अकबर के दरबारी कवि अबुल फजल की पुस्तक अकबरनामा तथा अफीक जो एक सल्तनतकालीन इतिहासकार थे की रचना शम्स-ए-सिराज के अनुसार मध्यकालीन झारखंड का आरंभिक काल कई छोटे-छोटे हिंदु राजाओं के द्वारा शासित होता था जिनमें पलामू के रक्सेल, सिंहभूम के सिंहवंश तथा कोकरा के नागवंशी थे और यह सम्पूर्ण क्षेत्र झारखंड के नाम से जाना जाता था।
- मध्यकालीन झारखंड पर तुर्क, रक्सेल, सिंहवंश, नागवंशी, चेरो, सल्तनत काल, मुगलकाल, सूरवंश तथा उत्तर मुगलकाल के शासकों ने शासन किया था।
- मध्यकालीन झारखंड के इतिहास को हम निम्न तीन भागों में विभक्त कर सकते हैं-

मध्यकालीन झारखंड

सल्तनत कालीन झारखंड | मुगल कालीन झारखंड | उत्तरमुगल कालीन झारखंड

सल्तनत कालीन झारखंड

- 1206 ई. में कुतुबुद्दीन ऐबक ने दिल्ली सल्तनत की स्थापना की जो 320 वर्षों तक कायम रहा जिसमें 5 राजवंशों सहित 32 शासकों ने शासन किया जिनके प्रभाव से झारखंड अछूता नही रह सका था।
- सल्तनत काल के अनेक शासकों ने झारखंड में अपने सेनापति/सूबेदारों के माध्यम से शासन किया जिसका विवरण निम्न है-
- **गुलाम वंश कालीन झारखंड (1206-1290 ई.)**
  - बख्तियार खिलजी, कुतुबुद्दीन ऐबक का सेनापति था ने बिहार के नालंदा, ओदंतपुरी और विक्रमशिला विश्वविद्यालय पर आक्रमण किया था जिसमें अनेक लोग मारे गये थे।
  - बिहार पर आक्रमण के पश्चात बख्तियार खिलजी ने झारखंड के रास्ते बंगाल पर आक्रमण किया जहां पर सेनवंशी शासक लक्ष्मण सेन शासन करता था तथा उसकी राजधानी नदिया (लखनौती) थी।
  - 13वीं शताब्दी में झारखंड एक पृथक भू-भाग के रूप में संगठित था जिसकी जानकरी एक ताम्रपत्र के द्वारा मिलती है।
  - बंगाल पर विजय के उपरान्त कुतुबुद्दीन ऐबक ने बख्तियार खिलजी को झारखंड का सूबेदार नियुक्त किया था।
  - झारखंड में उराँव जनजाति का प्रवेश बख्तियार खिलजी के बंगाल पर आक्रमण के दौरान हुआ था।
  - इल्तुतमिश और बलबन का अभियान अल्प काल के लिए झारखंड में हुआ जिसको छोटानागपुर के नागवंशी शासक हरिकर्ण ने विफल कर दिया था।
  - दिल्ली पर गुलाम वंश के शासन के दौरान झारखंड पर तीन महत्वपूर्ण राजाओं ने शासन किया था-
    1. हरिकर्ण राय- 1206-1234 ई. तक
    2. शिव कर्ण राय – 1235-1276 ई. तक
    3. फेनुकर्ण राय- 1277- 1299 ई. तक
- **खिलजी वंश कालीन झारखंड (1290-1320 ई.)**
  - छज्जू मलिक जो कि अलाउद्दीन खिलजी का सेनापति था ने 1310 ई. में छोटानागपुर पर आक्रमण किया और वहाँ के राजाओं को कर देने के लिए बाध्य किया।
  - मलिक काफूर जो कि अलाउद्दीन खिलजी का सेनापति था ने नागवंशी शासक फेनूकर्ण राय को कर देने के लिए बाध्य किया था।
  - दिल्ली पर तुगलक वंश के शासन के दौरान झारखंड पर दो महत्वपूर्ण राजाओं ने शासन किया था-
    1. टिहली करण राय 1361-1398 ई. तक
    2. शिवदास करण राय- 1399-1427 ई. तक
- **तुगलक वंश कालीन झारखंड (1320-1414 ई.)**
  - 1340 ई. में मलिकबयां जो कि मुहम्मद बिन तुगलक का सेनापति था, हजारीबाग के चाई-चम्पा पर आक्रमण किया था।
  - 1340 ई. में इब्राहिम अली जो कि मुहम्मद बिन तुगलक का सेनापति था के नेतृत्व में दिल्ली की सेना ने झारखंड के बीघा के किले पर आक्रमण किया और अधिकार कर लिया।
  - मुहम्मद बिन तुगलक के समय झारखंड का डोइसा, पलामू आदि क्षेत्र तुगलकवंश के अधीन था।
  - फिरोज शाह तुगलक जो कि मुहम्मद बिन तुगलक के बाद दिल्ली की गद्दी पर बैठा था ने बंगाल के शासक शम्सुद्दीन इलियास शाह पर आक्रमण किया और उसे पराजित करके हजारीबाग के सतगाँव के एक बड़े भू-भाग पर अधिकार कर लिया था।
  - फिरोज शाह तुगलक ने सतगाँव को अपनी राजधानी बनाया तत्पश्चात इसी रास्ते से उसने उड़ीसा पर आक्रमण किया था।
  - बाघदेव सिंह ने रामगढ़ राज्य की स्थापना फिरोज शाह तुगलक के समय में ही की थी।
  - फिरोज शाह तुगलक के समय में ही नागवंशी शासक शिवदास कर्ण राय ने घाघरा, गुमला में महामाया व हापामुनि मंदिर का निर्माण करवाया था।
- **सैयद वंश कालीन झारखंड (1414-1451 ई.)**
  - सैयद वंश के सुल्तानों का झारखंड में किसी प्रकार के हस्तक्षेप का कोई प्रमाण उपलब्ध नहीं है।
- **लोदी वंश कालीन झारखंड (1451-1526 ई.)**
  - जिस समय दिल्ली पर लोदी वंश का शासन था उस समय झारखंड के अलग-अलग क्षेत्रों में पांच राजाओं का शासन था जिनमें नागवंशी शासक प्रतापकर्ण, छत्रकर्ण, विराटकर्ण तथा पृथ्वीकरण राय थे।
  - लोदी वंश के शासकों के समय झारखंड दिल्ली के अधीन नही हुआ था।
  - दिल्ली पर लोदी वंश के शासनकाल के दौरान झारखंड को उड़ीसा के गजपति वंश के शासक कपिलेन्द्र गजपित का सामना करना पड़ा था।
  - गजपति वंश के शासक कपिलेन्द्र गजपित ने संथाल-परगना, हजारीबाग तथा कुछ और क्षेत्रों को छोड़कर झारखंड के बड़े भू-भाग पर आधिपत्य कर लिया था।
  - लोदी वंश के समय नागवंशी राजा पृथ्वीकरण राय के विरुद्ध घटवारों ने विद्रोह किया था।
  - सिकंदर लोदी के शासनकाल में संध्या के राजा ने नागवंशी राजाओं पर आक्रमण कर उनको पराजित किया था।
  - 1494 ई. में जौनपुर के शासक हुसैन शाह शर्की ने सिकंदर लोदी के भय से झारखंड के साहेबगंज में शरण लिया था।

- **मुगल कालीन झारखंड-**
  - भारत में मुगल वंश की स्थापना का श्रेय तैमूर लंग और चंगेज खान के वंशज जहीरुद्दीन मुहम्मद बाबर को जाता है।
  - बाबर ने 1526 ई. में पानीपत के प्रथम युद्ध में दिल्ली के शासक इब्राहिम लोदी को पराजित कर भारत में मुगल साम्राज्य की स्थापना की।
  - मुगलकाल के बाद दिल्ली का शासन कुछ समय (1540-1555 ई.) के लिए सूर के अधीन रहता है परन्तु पानीपत के द्वितीय युद्ध (1556) के बाद मुग़ल पुनः सत्ता में आ जाते है।
- **बाबर कालीन झारखंड –**
  - दिल्ली पर बाबर द्वारा मुगल सत्ता की स्थापना के समय झारखंड मुगलों के प्रभाव से मुक्त रहता है और यहां पर बिना किसी हस्तक्षेप के क्षेत्रीय शासकों का शासन चलता रहता है।
  - बाबर के शासन काल में झारखंड में चेरों राजवंश ने रक्सेलों को पराजित करके पलामू क्षेत्र में एक नये राजवंश की स्थापना की थी।
  - बाबर के समय में झारखंड को खोखरा नाम से जाना जाता था।
  - बाबर के समय झारखंड मुगल विरोधी अफगानों का आश्रय स्थल था।
- **हुमायूँ कालीन झारखंड –**
  - हुमायूँ के दिल्ली पर शासन के समय शेरशाह सूरी बिहार व झारखंड में एक शक्तिशाली राजा के रूप में उभरा था।
  - बंगाल विजय के दौरान, हुमायूँ झारखंड के राजमहल के रास्ते बंगाल गया था।
- **शेरशाह कालीन झारखंड-**
  - शेरशाह सूरी का वास्तविक नाम फरीद खां था। वह बैजवाड़ा (होशियारपुर) में सन् 1472 ई. में पैदा हुआ था, और उनकी माता एक अफगानी थी, जबकि उनके पिता का नाम हसन सूर था, और वह बिहार के सासाराम के जमींदार थे।
  - बंगाल पर आक्रमण करने के लिए जब शेरशाह प्रस्थान किया तो वह झारखंड के मार्ग से होकर गुजरा था।
  - बंगाल के नवाब को पराजित करके लूटी हुई संपदा के साथ शेरशाह राजमहल के पास गंगा नदी को पार कर मुगलों को चकमा देते हुए झारखंड के रास्ते रोहतासगढ़ पहुँचा था।
  - शेरशाह के बंगाल सैन्य अभियान के दौरान झारखंड के चेरों राजाओं द्वारा सैन्य अभियान में बाधा उत्पन्न किया जाता था।
  - शेरशाह के सेनापति दरिया खाँ तथा खवास खाँ ने झारखंड के पलामू क्षेत्र के चेरों शासक महारथ चेरों पर आक्रमण कर उन्हें पराजित कर दिया था।
  - शेरशाह के अभियान का वर्णन तारीख-ए-शाही में मिलता है जिसमें झारखंड के राजा महारथ चेरो के विरुद्ध युद्ध का वर्णन है।
  - 1539 ई. में चौसा के युद्ध में शेरशाह ने हुमायूँ को पराजित किया था।
  - चौसा के युद्ध में विजय के उपरान्त बिहार के रोहतास, झारखंड और बंगाल के वीरभूम तक शेरशाह का अधिकार हो गया था।
  - चौसा युद्ध के उपरान्त 35 वर्षों तक शेरशाह और उसके वंशजों का शासन राजमहल पर रहा था।
- **मुगल बादशाह अकबर कालीन झारखंड-**
  - अकबर के शासनकाल में झारखंड के प्रमुख शासकों में कोकरा के नागवंशी, सिंहभूम के सिंहवंश और पलामू के चेरो शामिल थे।
  - अकबर के समय कोकरा के नागवंशी राजा सुतियाम्बे से अपनी राजधानी खुखरा में स्थापित कर ली थी।
  - सर्वप्रथम अकबर ने कोकरा की ओर ध्यान दिया और इस संदर्भ में कहा जाता है कि कोकरा की शंख नदी में पाए गए हीरों के कारण ही मुगल बादशाहों का ध्यान इस ओर आकर्षित हुआ था।
  - नागवंशी राजा कोकरा तक पहुँचने में दुर्गम मार्ग के कारण कठिनाई महसूस करते थे जिसका उल्लेख अबुल फजल ने किया था।
  - अकबरनामा व माथिर-उल-उमरा के अनुसार मुगल आक्रमण (1558 ई.) के समय नाग वंश का शासक मधुसिंह था, जिसने मुगल अधीनता स्वीकार नहीं की थी।
  - अकबर के सेनापति शाहबाज खाँ ने 1585 ई. में नाग वंश पर आक्रमण कर उन्हें पराजित कर दिया था।
  - रामगढ़ के राजा की स्थिति भी कोकरा राजा की हार से बदली, क्योंकि रामगढ़ उस समय नागवंशी शासक के ही अधीन था। हालाँकि कोकरा और रामगढ़ पर नियंत्रण मुगलों के लिए क्षणिक साबित हुआ।
  - टोडरमल के 'असल-ए-जमा-तुमर' में इन दोनों प्रदेशों को शामिल नहीं किया गया था, किंतु छोटानागपुर का एकाकीपन तो अब निश्चित रूप से समाप्त हो चुका था और इसे राजनीतिक तथा सामरिक दृष्टि से महत्त्वपूर्ण समझा जाने लगा था।
  - 'अकबरनामा' और 'महाथिर-उल-उमरा' के अनुसार अकबर के आक्रमण के समय कोकरा का शासक मधु सिंह था, किंतु वेंस्टर जैसे लेखकों के अनुसार इस समय कोकरा का राजा बैरीसाल था।
  - अकबर ने अपने शासन काल में झारखंड के तीनों वंशो - नाग वंश, चेरो वंश एवं सिंह वंश को अपने अधीन किया था।
  - अकबर के शासनकाल के दौरान झारखंड में सक्रिय मुगल विरोधी अफगानों का उदय हुआ था जिसे अकबर ने दबा दिया था।
  - जुनैद कर्रानी और अब्दुल रहीम खान-ए-खाना के नेतृत्व वाली सेनाओं के बीच 23 मार्च, 1576 को टकरोई का युद्ध हुआ, जिसमें जुनैद की पराजय हुई।
  - पोड़हाट के सिंह शासक लक्ष्मीनारायण सिंह, नरपत सिंह तथा कामेश्वर सिंह अकबर के समकालीन थे।
  - 'आईन-ए-अकबरी' तथा 'अकबरनामा' के अनुसार 1592 ई. में उड़ीसा-विजय अभियान के दौरान सिंहभूम के राजा रंजीत सिंह के शासनकाल में राजा मानसिंह सिंहभूम से होकर गुजरे थे।
  - पलामू का चेरो वंश पुनः अकबर के समय में विकसित हो चुका था तथा यह इस समय अकबर के नियन्त्रण से बाहर था। इसलिए अकबर ने चेरों राज्य पर अपना नियन्त्रण स्थापित करने हेतु मानसिंह के नेतृत्व में सेना भेजी। इस समय पलामू का चेरों शासक रणपत चेरों था।
  - रोहतासगढ़ के किले का निर्माण मानसिंह ने पलामू पर आक्रमण करने के लिए किया था।
  - 1589 ई. में मानसिंह के नेतृत्व में मुगलों ने चेरों को परास्त कर अपने अधीन कर लिया था।
  - 1605 ई. में अकबर की मृत्यु के पश्चात् चेरों राज्य पुनः स्वतंत्र हो गया था।
  - अकबर के शासन काल के समय झारखंड पर निम्न राजवंश शासन कर रहे थे-
    1. कोकरा के नागवंशी शासक
    2. पलामू के चेरों वंश
    3. हजारीबाग क्षेत्र में रामगढ़ राजा
    4. सिंहभूम के सिंह शासक
    5. गिरिडीह में खड़गडीहा राजा
- **जहाँगीर कालीन झारखंड-**
  - जहाँगीर के शासनकाल में झारखंड और मुगलों के सम्बन्धों में एक नवीन युग की शुरुआत हुई थी।
  - जहाँगीर के शासनकाल में पलामू में अनन्त राय और सहबल राय दो

चेरों राजाओं का शासन था।

- मानभूम का विष्णुपुर क्षेत्र जहाँगीर के समय में मुगलों के अधीन था।
- मानभूम पर जब चेर शासक अनन्त राय थे, तब जहाँगीर ने अफजल खान और इबादत खान को पलामू में युद्ध के लिए भेजा, लेकिन उन्हें सफलता नहीं मिली।
- 1612 ई. में अनन्त राय की मृत्यु हो जाने पर सहबल राय उत्तराधिकारी बने, जो मुगलों के विरोधी थे।
- जहाँगीर ने 1612 ई. में जफर खान और 1615 ई. में इब्राहिम खाँ को इस क्षेत्र का सूबेदार बनाया।
- जहाँगीर ने अपनी आत्मकथा 'तुजुक-ए-जहाँगीरी' में झारखंड के स्थानीय लोगों द्वारा शंख नदी से हीरे प्राप्त करने के तरीके का वर्णन किया है।
- टालमी ने 'एडमास' नामक नदी का उल्लेख किया है, जिसका ग्रीक भाषा में अर्थ हीरा होता है।
- दुर्जनसाल मधुकरण शाही के बाद कुकरा का शासक बना था।
- दुर्जनसाल हीरों का बहुत अच्छा पारखी था और 'हीरों का राजा' के रूप में प्रसिद्ध था।
- जहाँगीर के शासनकाल में कुकरा के शासक दुर्जनशाल ने मुगल दरबार को कर देना बंद कर दिया था, इसलिए जहाँगीर ने जफर खाँ को कुकरा के हीरे की खानों पर अधिकार करने के लिए भेजा लेकिन कुछ समय बाद वह बीमार पड़ गया और अन्ततः उसकी मृत्यु हो गयी।
- 1615–1616 ई. में इब्राहिम खाँ ने दुर्जनसाल पर हमला कर ग्वालियर के किले में उसे बंदी बनाया।
- जहाँगीर ने इब्राहिम खाँ को चार हजार का मनसब प्रदान किया तथा उसे फतेह जंग की उपाधि से नवाजा।
- मुगल दरबार में हीरे की शुद्धता को लेकर विवाद होते रहते थे। इसलिए विवाद को हल करने के लिए दुर्जनसाल को बुलाया गया और उसने हीरे की उचित पहचान की। इसके फलस्वरूप, जहाँगीर ने खुश होकर दुर्जनसाल को शाह की उपाधि दी और उसका साम्राज्य उसे लौटा दिया।
- दुर्जनसाल को उसके राज्य का पट्टा दिया गया, जिसके बदले में वह कर देने के लिए सहमत हुआ।
- जहाँगीर की कैद से मुक्त होने के बाद, नागवंशीय दुर्जनसाल ने कोकराह क्षेत्र में अपनी सत्ता स्थापित की और दोईसा को अपनी राजधानी बनाया।
- दुर्जनसाल ने दोईसा में नवरतनगढ़ नामक भव्य इमारत का निर्माण करवाया था जिसका उपयोग झरोखा दर्शन करने के लिए किया जाता था।
- दुर्जनसाल ने झरोखा दर्शन की प्रथा मुगलों से सीखी थी तथा दोईसा स्थापत्य कला में मुगल कला का प्रभाव स्पष्ट रूप से दिखाई पड़ता है।
- 1624 ई. में अहमद खाँ जो कि इब्राहिम खाँ का भतीजा था, ने नागवंशी सत्ता पर आक्रमण किया परन्तु वह असफल रहा था।
- 1627 ई. में दुर्जनसाल ने नागवंशी सत्ता पर आक्रमण किया और उनको पराजित किया।
- अनन्तराय जो कि एक चेरों राजा था ने कुकरा पर 1630 से 1661 ई. तक शासन किया था।

- शाहजहां कालीन झारखंड-
  - दिल्ली पर जब शाहजहां का शासन था उस समय झारखंड में चेरों का शासक प्रताप राय था जो कि सहबल राय का उत्तराधिकारी था।
  - प्रताप राय ने चेरों के सीमावर्ती क्षेत्रों में कोठी, कुंडा तथा देवगन मे किला का निर्माण कराया जिससे चेरो राज्य अत्यंत शक्तिशाली हो गया था।
  - प्रताप राय ने मुगलों को पलामू क्षेत्र से कर देने से मना कर दिया था।
  - प्रताप राय के कर देने से मना करने के बाद 26 जनवरी 1641 ई. को शाइस्ता खाँ ने पलामू पर आक्रमण कर दिया था।
  - 26 जनवरी 1641 ई. को बकोरिया गाँव में बरसार-ए-दोराहा में चेरों और मुगलों के बीच युद्ध हुआ जिसमें प्रताप राय पराजित हुआ।
  - प्रताप राय ने एक संधि की थी जिसमें मुगलों को सालाना कर देने की बात स्वीकार की थी तथा शाइस्ता खाँ को 80 हजार रकम भेंट की थी।
  - चेरों परिवार में कलह हुआ जिससे दरिया राय और तेज राय ने मिलकर प्रताप राय को बन्दी बना लिया तथा तेज राय ने स्वयं को चेरों का शासक घोषित कर दिया था।
  - 15 नवम्बर 1643 ई. को सूरत सिंह का पुत्र मदन सिंह तथा सबल सिंह ने चेरों पर आक्रमण किया और प्रताप राय को मुक्त करा कर तेज राय को अपदस्थ किया और पुनः प्रताप राय को शासक नियुक्त किया।
  - 1644 ई. में शाहजहां ने प्रताप राय को एक हजार मनसब प्रदान किया था।
  - प्रताप राय के बाद 1662 से 1674 ई. तक भूपाल तथा मेदनी राय पलामू के चेरों के राजा बने थे।
  - मेदनी राय ने मुगलों को कर देना बन्द कर दिया था जिसे एक न्यासी राजा के रूप में जाना जाता है।
  - मेदनी राय ने राज्य को सश्क्त व समृद्ध बनाया था जिससे इसके काल को चेरो का स्वर्ण काल कहा जाता है।
  - मेदनी राय अपने शासन काल के दौरान अपनी प्रजा से कभी कर वसूल नहीं किया था।
  - झारखंड के पोड़हाट जो कि सिंहभूम के अन्तर्गत आता है के सिंहवंश के शासकों ने शाहजहां की अधीनता स्वीकार कर ली थी।
  - 1639 ई. में शुजा जो कि शाहजहां के शासन काल में बंगाल का सूबेदार था ने अपनी राजधानी राजमहल में बनायी थी तथा यही पर एक शाही टकसाल स्थापित किया था।
- औरंगजेब कालीन झारखंड-
  - दिल्ली पर औरंगजेब की विस्तारवादी नीति के प्रभाव से झारखंड अछूता नहीं रहा था।
  - औरंगजेब के शासन काल तक झारखंड के मानभूम तथा सिंहभूम जैसे क्षेत्र मुगल सत्ता के अधीन नही हुए थे।
  - औरंगजेब ने झारखंड के मानभूम तथा सिंहभूम के राजाओं को वार्षिक कर देने के लिए बाध्य किया था।
  - औरंगजेब के समय में कोकरा के नागवंशी राजा रघुनाथ शाह का शासन झारखंड के अधिकांश भाग पर था।
  - रघुनाथ शाह की राजधानी दोईसा थी, तथा इनके गुरु का नाम हरिनाथ था जिन्हे रघुनाथ ने अपना सम्पूर्ण राज्य दान कर दिया था लेकिन गुरू ने आदरपूर्वक राज्य को पुनः लौटा दिया था।
  - दोईसा में रघुनाथ शाह ने कई भवनों तथा मंदिरों का निर्माण करवाया था जिसमें जगन्नाथ का मंदिर सबसे प्रसिद्ध था।
  - जगन्नाथ मंदिर की दीवारों पर उत्कीर्ण अभिलेखों से पता चलता है कि मदनमोहन मंदिर जो कि बोड़या रांची में है का निर्माण भी रघुनाथ शाह के द्वारा किया गया था।
  - रघुनाथ शाह का शासनकाल अति शान्तिप्रिय तथा धार्मिकता से परिपूर्ण था।
  - मेदनी राय ने कोकरा पर आक्रमण किया जिस पर रघुनाथ शाह का शासन था, युद्ध में मेदनी राय ने अत्यधिक लूटपाट कर धन प्राप्त किया।
  - 1690 ई. में रामशाह रघुनाथ शाह के उत्तराधिकारी के रूप में

नागवंशी शासक बना तथा 1690 से 1715 तक शासन किया।

- 1710 ई. में रामशाह का राज्य उड़ीसा तक विस्तृत था जिसका प्रमाण कपिलनाथ मंदिर के अभिलेख से प्राप्त होता है।
- रामशाह ने पलामू के राजा पर आक्रमण किया था, जिससे रीवा के बघेल राजा ने रामशाह पर आक्रमण कर दिया जिससे दोनों के बीच संधि हुई जिसमें ऐनी शाह जो कि रामशाह का पुत्र था की शादी रीवा के शासक की पुत्री के साथ हुई।
- रामशाह ने जयंतगढ़ पर आक्रमण किया था जो सिंहभूम के राजा जगन्नाथ की राजधानी थी।
- औरंगजेब के शासन काल में चेरों द्वारा मुगल प्रदेशों पर आक्रमण किया जाने लगा था जिसका प्रमाण माथिर-उल-उमरा से प्राप्त होता है।
- माथिर-उल-उमरा से ज्ञात होता है कि औरंगजेब के शासन काल में चेरों शासकों द्वारा मुगलों को कर देना भी बन्द कर दिया गया था तथा पलामू के सीमावर्ती राज्य में कब्जा भी प्रारम्भ हो गया था।
- 23 अप्रैल 1660 को दाऊद खाँ के नेतृत्व में मुगल सेना ने पलामू पर आक्रमण कर दिया और चेरों राजाओं को पराजित किया तथा कर देने के लिए बाध्य किया।
- दाऊद खाँ ने मई 1660 ई. में मुगल कोठी पर कब्जा कर कुंदा की तरफ आक्रमण किये तथा कुंदा को नष्ट कर दिये जिससे वहां के शासक ने इस्लाम धर्म स्वीकार कर लिया था।
- कुंदा के राजा द्वारा इस्लाम धर्म स्वीकार करने के कारण चेरो शासक मेदनी राय के इशारे पर सुरवर राय ने उसकी हत्या कर दी थी।
- मुगलो का कब्जा पलामू पर 1660 से 1666 ई. तक रहा था तथा यहां का सूबेदार मनकली खाँ था।
- 1666 ई. में मनकली खाँ को बिहार भेज दिया गया जिससे मौके का फायदा उठाकर मेदनी राय ने पलामू पर पुनः कब्जा कर लिया था।
- 1667 ई. में रामगढ़ का शासक दोलन सिंह बना जिसने रामगढ़ की राजधानी बादाम में स्थापित की थी।
- 1674 ई. में मेदनी राय की मृत्यु हो गयी इसके बाद- रुद्र राय (1674-80 ई.), दिकपाल राय (1680-97 ई.) तथा साहेब राय (1697-1706 ई.) ने शासन किया।
- औरंगजेब की मृत्यु के बाद नागवंशी राजाओं के अतिरिक्त झारखंड पर निम्न वंश के शासकों ने शासन किया था-
  1. छोटानागपुर का खास राज्य – खास राज्य का शासक रामशाह तथा उसके बाद यदुनाथ शाह गद्दी पर बैठा था।
  2. सिंहभूम क्षेत्र - यहां का शासक काशी राम सिंह तथा उसके बाद विक्रम सिंह गद्दी पर बैठा था।
  3. हजारीबाग क्षेत्र – इस समय हजारीबाग में चार राज्य थे-रामगढ़, खड़गडीह, चेरो तथा केन्दी।
  4. मानभूम क्षेत्र – इस क्षेत्र में 1700 ई. के आस-पास मुगल सत्ता स्थापित हो चुकी थी।
  5. राजमहल क्षेत्र – औरंगजेब की मृत्यु के समय फर्रूखसियर इस क्षेत्र में ही था।
  6. पलामू क्षेत्र – यहां का राजा साहब राय तथा उनके बाद रजित सिंह गद्दी पर बैठा था।

- उत्तरमुगल कालीन झारखंड-
  - 1707 ईस्वी में औरंगजेब की मृत्यु के बाद, उत्तर मुगलकालीन शासकों का साम्राज्य कमजोर और शक्तिविहीन हो गया था।
  - औरंगजेब की मृत्यु के बाद उत्तर मुगल सम्राट के दौरान निम्न नागवंशी शासकों ने झारखंड पर शासन किये थे-
  - **1. रघुनाथ शाह 2. रामशाह 3. शिवनाथ शाह 4. यदुनाथ शाह 5. उदयनाथ शाह 6. श्यामसुंदर शाह**
  - उत्तरमुगल में कोकराह क्षेत्र में नागवंशी राजा रामशाह शासन कर रहे थे उन्होंने मुगलों को कर देना बंद कर दिया था।
  - मुगल शासक फर्रुखसियर ने बिहार के सूबेदार सरबुलन्द खाँ को रामशाह से युद्ध के लिए भेजा। इस युद्ध में हारने के बाद, रामशाह मुगलों को एक लाख रुपये वार्षिक कर देने के लिए प्रतिबद्ध हुआ था।
  - 1707 ई. में औरंगजेब की मृत्यु के समय साहब राय झारखंड के पलामू क्षेत्र के राजा थे। साहब राय के उत्तराधिकारी रणजीत राय ने पटना के मुगल अधिकारियों की अवहेलना की थी।
  - रामशाह का उत्तराधिकारी यदुनाथ शाह ने 1715 ईस्वी से 1724 ईस्वी तक राज्य का प्रबंध किया।
  - यदुनाथ शाह ने अपनी राजधानी को दोईसा से पालकोट स्थानान्तरित कर दिया था।
  - दलेल सिंह (1718-1724 ई. तक) ने चाई-चम्पा तथा उसके आठ अन्य तालुकाओं पर अधिकार किया था।
  - 1719 ई. में चेरो शासक रणजीत सिंह ने रामगढ़ के शासक दलेल सिंह की सहायता से नागवंशी शासक से टोरी परगना छीन लिया।
  - 1722 ई. में जयकृष्ण राय ने दीवान अमर सिंह ठाकुर की सहायता से विद्रोह किया और रणजीत सिंह की हत्या कर स्वयं पलामू का शासक बन गया।
  - जयकृष्ण राय ने मुगलों की अनदेखी की जिसके कारण फखरूद्दौला ने पलामू पर आक्रमण किया, लेकिन भारी विरोध के कारण वे पलामू में प्रवेश नहीं कर पाए।
  - फखरूद्दौला से समझौता होने पर जयकृष्ण राय ने 5 हजार रूपये का भुगतान किया।
  - 1746 ई. में जब हिदायत अली खान ने रामगढ़ के शासक विष्णु सिंह पर आक्रमण किया तो जयकृष्ण राय ने उसकी मदद की।
  - 1724 ई. में शिवनाथ शाह शासक बना जो कि यदुनाथ शाह का ज्येष्ठ पुत्र था।
  - 1724 से 1732 ई. तक शिवनाथ शाह का शासन चला था जिसमें उन्होंने मुगलों को कर देना बन्द कर दिया था।
  - बिहार के सूबेदार फखरूद्दौला ने छोटानागपुर क्षेत्र पर आक्रमण किया था जिसको नागवंशी शासको का सामना करना पड़ा अन्ततः नागवंशी शासकों को फखरूद्दौला को 12 हजार रुपये वार्षिक कर देना पड़ा था।
  - 1733 ई. में अलीवर्दी खाँ बिहार का सूबेदार बना इसने जमींदारो के बढ़ते वर्चस्व को दबाने का निर्णय लिया। इस क्रम में अलीवर्दी खाँ ने टेकारी पर आक्रमण कर सुंदर सिंह को बंदी बना लिया।
  - झारखंड पर प्रथम मराठा आक्रमण उदय शाह के समय हुआ था जो कि एक नागवंशी शासक था।
  - 1740 ई. में श्याम सुंदर शाह नागवंशी शासक बनता है जो कि उदयनाथ शाह का पुत्र था।
  - श्याम सुंदर शाह के समय में मराठा आगमन होने लगता है क्योंकि यह क्षेत्र मराठों के बंगाल विजय के रास्ते में आता था।
  - उत्तर मुगल काल में पोड़हाट के सिंह वंश का शासन झारखंड के सिंहभूम में था।
  - काशीराम सिंह इस काल के महत्वपूर्ण शासक थे तथा छत्रपति सिंह, अर्जुन सिंह, जगन्नाथ सिंह, पुरूषोतम सिंह तथा विक्रम सिंह आदि क्रमशः इनके उत्तराधिकारी थे।
  - विक्रम सिंह जो कि जगन्नाथ सिंह का कनिष्ठ पुत्र था ने सरायकेला राज्य की स्थापना की तथा इसे अपनी राजधानी बनाया।
  - अर्जुन सिंह जो कि पुरूषोतम सिंह का पुत्र था, को सिंहभूम पीर की

जागीरदारी मिली जिसमें 12 गाँवों का क्षेत्र आता था तथा जिसके उत्तर में संजय तथा दक्षिण में खरकई नदियाँ प्रवाहित होती थी।

- विक्रम सिंह के सरायकेला राज्य एवं पुरूषोतम सिंह के सिंहभूम पीर के बनने से पोड़हाट राज्य की विशालता कम हो गई थी।
- पोड़हाट राज्य के कमजोर होते ही कोल्हान क्षेत्र पर विक्रम सिंह व पुरूषोतम सिंह की पकड़ कम हुई जिससे इस क्षेत्र में अशांति व्याप्त हो गयी थी।
- महीपत खाँ के पश्चात लाल खाँ शासक बना। इसने रामपुर के जमींदार रत्न सिंह एवं नरहत समया के जमींदार कामगार खाँ से रामगढ़ राजा विष्णु सिंह के खिलाफ सहायता मांगी।
- कामगर खाँ द्वारा रामगढ़ पर आक्रमण किया गया जिसमें विष्णु सिंह पराजित हुआ।
- भास्कर राव के नेतृत्व में छोटानागपुर पर मराठों ने आक्रमण किया।
- मराठों ने विष्णु सिंह को पराजित क्षेत्रों पर कब्ज़ा करने में मदद की, लेकिन कामगार खाँ ने इन क्षेत्रों को विष्णु सिंह से लेकर शत्रुध्न सिंह तथा लाल खाँ को वापस दिला दिया।
- 1763 ई. में मीर कासिम के स्थान पर मीरजाफर बंगाल का नवाब बना। उस समय उन्हें सूचित किया गया कि रामगढ़ का शासक विष्णु सिंह विद्रोहियों को आश्रय दे रहा है।
- नवाब ने मरकत खान को रामगढ़ पर हमला करने के आदेश दिए। विष्णु सिंह युद्ध में पराजित हुए, जिससे मुकुंद सिंह रामगढ़ का नया शासक बना।
- मुकुंद सिंह ने बीघा तथा इटखोरी के किले पर कब्जा कर उन्हें ध्वस्त कर दिया तथा छह परगनों पर भी अधिकार कर लिया।
- 1765 ई. में अकबर अली खाँ जो कि कामगार खाँ का पुत्र था की मृत्यु के बाद, शासक बना।
- मुकुन्द सिंह ने छह राज्य क्षेत्रों में से तीन राज्यों का वार्षिक कर नहीं चुकाया था इसलिए 1766 ई. में अकबर अली खाँ ने रामपुर, जागोड़ीह और इटखोरी जैसे क्षेत्रों में लूटपाट की जिससे मुकुंद सिंह बकाया राशि का भुगतान करने के लिए तैयार हो गया।

झारखंड की विभिन्न शासन व्यवस्थाएँ

- प्राचीन काल से ही झारखंड एक जनजातीय बाहुल्य क्षेत्र है जिसकी अपनी सामाजिक, सांस्कृतिक विशेषताएं तथा प्रशासनिक एवं राजनैतिक व्यवस्था है।
- झारखंड पर विभिन्न शासकों का शासन रहा परन्तु इसने अपनी सामाजिक, सांस्कृतिक विशेषताएं तथा प्रशासनिक एवं राजनैतिक व्यवस्था को जीवित रखा है।
- झारखंड की प्राचीन शासन व्यवस्थाओं का महत्व आज भी इसके क्षेत्रों में प्राप्त होता है।
- झारखंड की विभिन्न जनजातियों की शासन व्यवस्थाएं निम्नलिखित है-
    1. मुंडा शासन व्यवस्था (पड़हा पंचायत शासन व्यवस्था)
    2. नागवंशी शासन व्यवस्था
    3. माँझी शासन व्यवस्था
    4. ढोकलो सोहोर शासन व्यवस्था (खड़िया शासन व्यवस्था)
    5. उराँव जनजाति की शासन व्यवस्था
    6. हो जनजाति की शासन व्यवस्था (मानकी मुंडा शासन व्यवस्था और विलकिन्सन रूल)
    7. असुर जनजाति की शासन व्यवस्था
    8. बंजारा जनजाति की शासन व्यवस्था
    9. बथुडी जनजाति की शासन व्यवस्था
    10. बेदिया जनजाति की शासन व्यवस्था
    11. बिंझिया जनजाति की शासन व्यवस्था
    12. बिरजिया जनजाति की शासन व्यवस्था
    13. बिरहोर जनजाति की शासन व्यवस्था
    14. बैगा जनजाति की शासन व्यवस्था
    15. भूमिज जनजाति की शासन व्यवस्था
    16. चेरो जनजाति की शासन व्यवस्था
    17. चीक बड़ाईक जनजाति की शासन व्यवस्था
    18. गोंड जनजाति की शासन व्यवस्था
    19. गोड़ाइत जनजाति की शासन व्यवस्था
    20. करमाली जनजाति की शासन व्यवस्था
    21. कँवर जनजाति की शासन व्यवस्था
    22. खरवार जनजाति की शासन व्यवस्था
    23. खोंड जनजाति की शासन व्यवस्था
    24. किसान जनजाति की शासन व्यवस्था
    25. कोल जनजाति की शासन व्यवस्था
    26. कोरा (कोड़ा) जनजाति की शासन व्यवस्था
    27. कोरबा जनजाति की शासन व्यवस्था
    28. लोहरा जनजाति की शासन व्यवस्था
    29. माहली जनजाति की शासन व्यवस्था
    30. माल पहाड़िया जनजाति की शासन व्यवस्था
    31. सौरिया पहाड़िया जनजाति की शासन व्यवस्था
    32. परहिया जनजाति की शासन व्यवस्था
    33. सबर जनजाति की शासन व्यवस्था

- **मुंडा शासन व्यवस्था (पड़हा पंचायत शासन व्यवस्था)-**
    - झारखंड में मुंडा समूह एक शक्तिशाली एवं सशक्त कोलेरियन जनजाति है।
    - मुंडा जनजाति को विद्वानों ने प्रोटो ऑस्ट्रोलॉयड समूह के अन्तर्गत रखा है।
    - झारखंड में मुंडा समूह मुंडरी भाषा का प्रयोग करते है जो कि ऑस्टो-एशियाटिक भाषा परिवार के अन्तर्गत आती है जिसे स्थानीय भाषा में होडो जगर कहा जाता है।
    - मुंडा जनजाति झारखंड के रांची, गुमला, हजारीबाग, गिरिडीह, सिंहभूम तथा संथाल परगना क्षेत्र में पायी जाती है।
    - मुंडा जनजाति की आबादी झारखंड में तीसरी सबसे बड़ी जनजाति वाला समुदाय है।
    - झारखंड में मुंडा जनजाति का प्रवेश लगभग 600 ई.पू. भारत के दक्षिण-पश्चिम भाग से माना जाता है।
    - झारखंड में मुंडाओं के प्रवेश के बाद ये लोग जंगलों को साफ करके कृषि कार्य करने में लग गये तथा स्थानीय निवासी बन गये।
    - मुंडाओं ने अपने गावों में विशेष प्रकार के तीन स्थानों का निर्माण किया था जो निम्नलिखित है-
        1. सरना- यहां पर मुंडाओं के देवता निवास करते थे।
        2. अखाड़ा- यहां पर इनकी पंचायतों की बैठक होती थी एवं रात्रि के समय युवक-युवती सामूहिक नृत्य करते थे।
        3. सासन- यहां पर समाधि स्थल होता था जहां पर पत्थर के शील रखे जाते थे जिसे सासनदिरी कहा जाता था।
    - मुंडाओं के गावों में युवागृह को गीतिओड़ा कहा जाता था जो गाँव के

बाहर होता था।

- मुंडाओं के मुख्य देवता – सिंहबोंगा, ग्राम देवता – हातुबोंगा तथा पहाड़ देवता को – बुरूबोंगा के नाम से जाना जाता है।
- मुंडाओं के द्वारा बनाये गये खेत, खूँटकट्टी खेत तथा उनके गाँव, खूँटकट्टी गाँव के नाम से जाने जाते थे।
- खूँट का अर्थ परिवार से था तथा इनकी प्रशासनिक व्यवस्था खूँटकट्टीदार व्यवस्था कहलायी।
- खूँटकट्टी गांवों की सामाजिक, सांस्कृतिक, धार्मिक, प्रशासनिक एवं राजनीतिक व्यवस्थाओं का संचालन पैतृक गांवों के द्वारा किया जाता था।
- खूँटकट्टी गाँव की जनसंख्या वृद्धि के साथ ही इनका विकास भी हुआ जिससे पड़हा का निर्माण हुआ तथा इनकी पंचायत को पड़हा पंचायत के नाम से जाना गया।
- मुंडा जनजाति के प्रत्येक खूँटकट्टी गाँव की एक पंचायत होती थी जिसके प्रमुख को मुंडा के नाम से जाना जाता था।
- एक से अधिक गांवों को मिलाकर पट्टी बनती थी जिसके प्रमुख को मानकी के नाम से जाना जाता था।
- एक से अधिक पट्टियों को मिलाकर पड़हा बनता था जिसके प्रमुख को पड़हा राजा के नाम से जाना जाता था जिसमें एक ही कुल के सदस्य चुने जाते थे।
- पड़हा पंचायत में शासन व्यवस्था को सुचारू रूप से चलाने के लिए प्रमुख पदों का निर्माण किया गया था जिनका विवरण निम्नलिखित है-
  1. हातु मुंडा- हातु को गाँव के रूप में जाना जाता था तथा उनके प्रधान को हातु मुंडा के नाम से जाना जाता था।
  2. मुखिया – ग्राम पंचायत के प्रमुख को मुखिया कहा जाता था।
  3. पड़हा पंचायत – कई गांवों की पंचायतो को मिलाकर पड़हा पंचायत का निर्माण किया जाता था।
  4. पड़हा राजा – पड़हा पंचायत के सबसे उच्च अधिकारी को पड़हा राजा के नाम से जाना जाता था जो कार्यपालिका, विधायिका व न्यायपालिका का प्रमुख होता था जिसका निर्णय सर्वमान्य होता था।
  5. दीवान– पड़हा राजा का मंत्री
  6. ठाकुर– पड़हा राजा का सहायक
  7. पाण्डेय – दस्तावेजों का रखरखाव करने वाला अधिकारी
  8. बरकंदाज – गाँव का सिपाही
  9. दारोगा – सभा की कार्यवाही का नियंत्रक
  10. लाल – सभा का वकील
  11. पाहन - मुंडा गाँव के धार्मिक प्रधान को पाहन कहा जाता था।
  12. महतो – यह पाहन का सहायक होता था।
- पड़हा राजा का चुनाव मनोनयन द्वारा किया जाता था इसका पद वंशानुगत नहीं होता था।
- मुंडा-मानकी-पड़हा-सरदार की प्रशासनिक व्यवस्था को प्रथम गणतांत्रिक व्यवस्था के रूप में जाना जाता है।

नागवंशी शासन व्यवस्था-

- प्रथम शताब्दी में झारखंड में नागवंशियों का शासन आरम्भ हुआ, जिनके प्रथम राजा फणिमुकुट राय थे।
- उन्होंने पड़हा व्यवस्था को बिना किसी मौलिक परिवर्तन के अपना लिया था।
- नागवंशी काल में भी पूर्व की कर व्यवस्था, भू-व्यवस्था और शासन व्यवस्था आदि मुंडा व्यवस्था की तरह सुचारू रूप से चलता रहा।
- मुगल यहां के राजाओं से नजराना वसूल करने लगे जिसे मालगुजारी कहा जाता था जबकि नागवंशी शासन काल में मालगुजारी की वसूली नहीं की जाती थी।
- मुगलों के द्वारा कर के भार बढ़ने के कारण नागवंशी शासकों ने प्राचीन मुंडा व्यवस्था को बदल दिया था।
- नागवंशी राजाओं ने पड़हा के प्रमुख को भूईहर कहा तथा उसे मालगुजारी वसूल करने के लिए प्राधिकृत किया था।
- अंग्रेजों द्वारा झारखंड के क्षेत्रों में कर की नियमित वसूली के लिए 1793 ई. में स्थायी बन्दोबस्त प्रणाली लागू की गयी जिसके तहत नागवंशी राजाओं को जमींदार बना दिया गया था।
- स्थायी बंदोबस्त व्यवस्था के लागू हो जाने से नागवंशी शासन व्यवस्था समाप्त हो गयी और एक नयी शासन व्यवस्था का जन्म हुआ था।

माँझी शासन व्यवस्था –

- झारखंड की जनजातियों में सबसे अधिक जनसंख्या संथालों की है जो व्यवस्थित कृषि के लिए जाने जाते है तथा यह लोग पहाड़िया समुदाय के नाम से भी जाने जाते है।
- संथाल जनजाति झारखंड में बसने से पूर्व बंगाल में निवास करती थी जहां इसे साओतार के नाम से जाना जाता था।
- झारखंड में माँझी शासन व्यवस्था को संथाल जनजाति शासन व्यवस्था के नाम से भी जाना जाता है।
- संथाल जनजाति के लोगों द्वारा शासन को उचित रूप से चलाने के लिए बच्चों को बचपन से ही नियमों एवं उपनियमों की शिक्षा दी जाती थी।
- संथाल जनजाति में नियमों की अवहेलना करने पर आर्थिक तथा शारीरिक दोनों प्रकार के दण्ड का प्रावधान था।
- संथालों ने अपनी शासन व्यवस्था को सौरिया पहाड़िया जनजाति के द्वारा ग्रहण किया था।
- माँझी ग्राम पंचायतों के माध्यम से हत्या जैसे गंभीर अपराध को छोड़कर अन्य सारे मामलों का निस्तारण करते थे।
- विवादों के निर्णय में चर्चा के लिए कुछ वरिष्ठ सज्जन होते हैं, जिन्हें 'भग्दो प्रजा' कहा जाता है।
- अपराध में आर्थिक या शारीरिक या दोनों रूप से दंडित किया जाता है।
- यदि दोषी अपराध के लिए दंडित होने से इनकार करता है, तो उसे देशमाँझी या परगनैत भेज दिया जाता है।
- यदि कोई विकल्प नहीं है, तो संथालों की सबसे कठोर सजा 'बिताला (सामाजिक बहिष्कार) कर' व्यक्ति को पूरी तरह से बहिष्कृत, अपमानित एवं तिरस्कृत कर दिया जाता है।
- एक परगना 15-20 गांवों से मिलकर बना होता है, जो एक अंतर-ग्रामीण संगठन होता है जिसका प्रमुख 'परगनैत' होता है।
- 'परगनैत' पंचायत विभिन्न गांवों के बीच की कड़ी तय करती है। जो मामला देशमाँझी या माँझी नहीं सुलझा पाते, उसे परगनैत के पास भेज देते हैं।
- संथाल समाज में 'बिटलाहा' सबसे कठोर दंड है। यौन अपराधों को सबसे निंदनीय और दंडनीय माना जाता है।
- जब किसी महिला पर किसी जाति या गैर-संथाल के पुरुष के साथ यौन संबंध बनाने का आरोप लगाया जाता है, तो उसे 'बिटलाहा' से दंडित किया जाता है।
- 'बिटलाहा' की सजा को खत्म करने का भी प्रावधान है। दोषियों से क्षमा माँगने के लिए एक बड़ा सामाजिक भोज आयोजित किया जाता है।
- माँझी परगना प्रशासन से संबंधित महत्वपूर्ण पदों, संस्थाओं एवं संबंधित तथ्यों का विवरण निम्न प्रकार है:-

- माँझी
  - शासन की इस प्रणाली में, प्रत्येक गाँव में प्रधान माँझी की अध्यक्षता में एक पंचायत होती है।
  - माँझी गाँव की प्रशासनिक व्यवस्था को चलाने के लिए मुखिया के रूप में जिम्मेदार होता है।
  - माँझी ग्राम पंचायत के माध्यम से संपत्ति विवाद, तलाक, आपसी विवाद आदि का समाधान करता है।
  - माँझी हत्या जैसे गंभीर अपराध को छोड़कर गाँव के लगभग सभी मामलों का निर्णय करता है।
  - हत्या के मामले में सरकार का हस्तक्षेप जरूरी होता है।
  - माँझी को कर वसूलने तथा विवाह कराने संबंधित अधिकार प्राप्त है।
- प्रामाणिक
  - माँझी की अनुपस्थिति में उनके कार्यों का संचालन प्रामाणिक करता हैं जिसे उप माँझी के नाम से भी जाना जाता है।
- जोगमाँझी
  - सुचारू प्रशासन व्यवस्था चलाने के लिए माँझी की सहायता के लिए एक जोगमाँझी होता है।
- देशमाँझी/मोड़े माँझी
  - देशमाँझी परगनैत के सहायक होते हैं, जो 5-8 गांवों के मुखिया होते हैं। इस प्रकार एक परगनैत में एक से अधिक सहायक होते हैं।
  - माँझी द्वारा हल नहीं किए जाने वाले मामले को देशमाँझी के पास भेजा जाता है और देशमाँझी की पंचायत के अनसुलझे मामलों को परगनैत में स्थानांतरित कर दिया जाता है।
  - इस प्रकार यह व्यवस्था लोकतान्त्रिक, राजनीतिक व्यवस्था के समान प्रतीत होती है।
- दिशुम परगना
  - यह परगनैत से ऊँचे स्तर पर स्थित होता है। जिन मामलों को परगनैत की विधानसभा में हल नहीं किया जाता है उन्हें दिशुम परगना में स्थानांतरित कर दिया जाता है।
- गुड़ैत/गोड़ाइत
  - गुड़ैत माँझी के सचिव के तौर पर काम करते है।
  - किसी भी त्यौहार या कार्यक्रम की जानकारी गावों तक पहुँचाने का कार्य गुड़ैत द्वारा ही किया जाता है।
  - गुड़ैत गाँव के खातों से संबंधित जानकारी भी एकत्र करता है।
- चौकीदार
  - यह एक पुलिस वाले की तरह काम करता है।
  - चौकीदार माँझी के आदेश पर किसी व्यक्ति को गिरफ्तार कर सकता है।
- नायके
  - गाँव का धर्मगुरु नायके होता है।
  - धार्मिक कट्टरपंथियों का न्याय स्वयं नायके द्वारा किया जाता है।
- कुडाम नायके
  - यह उप नायक की तरह काम करता है।
  - गाँव के बाहर देवी-देवताओं की पूजा कुडाम नायके द्वारा सम्पन्न करायी जाती है।
- सेंदरा बैंसी
  - सेंदरा बैंसी माँझी शासन व्यवस्था में शिकार परिषद् होती है।

ढोकलो सोहोर शासन व्यवस्था (खड़िया शासन व्यवस्था)

- खड़िया झारखंड की एक प्रमुख जनजाति है, जो प्रोटो-ऑस्ट्रोलॉयड से संबंधित है।
- खड़िया समुदाय की मूल भाषा खड़या है, जिसमें मुंडारी, उराँव और आर्य भाषा के भी शब्द होते हैं।
- खड़िया समुदाय के लोग झारखंड में गुमला, सिमडेगा और राँची क्षेत्र में निवास करते हैं, तथा ओडिशा और छत्तीसगढ़ राज्यों में भी निवास करते हैं।
- झारखंड में खड़िया लोगों का अधिकांश निवास स्थान बीरू क्षेत्र (सिमडेगा) में है।
- खड़िया तीन प्रकार के होते हैं - पहाड़ी खड़िया, दूध खड़िया और ढोलकी खड़िया।
- क्षेत्र में खड़िया लोगों की पारंपरिक स्वशासन व्यवस्था में महतो, पाहन और करटाहा शामिल होते हैं।
- इस समाज में महतो, पाहन, करटाहा और अन्य बुजुर्गों द्वारा सामूहिक रूप से गाँव के विवादों को सुलझाया जाता है।
- विवादों के निराकरण संबंधी बैठक में महतो की उपस्थिति अनिवार्य होती है। सजा आदि का फैसला सर्वसम्मति से होता है।
- ढोकलो-सोहोर प्रशासन से संबंधित महत्वपूर्ण पदों, संस्थाओं एवं संबंधित तथ्यों का विवरण निम्न प्रकार है:-
- महतो
  - महतो गाँव का प्रमुख व्यक्ति है। जिन लोगों ने एक बार गाँव की स्थापना की, उन्हें गाँव का मुख्य व्यक्ति कहा जाता है और उन्हें 'महतो' की उपाधि दी जाती है।
- पाहन
  - जो व्यक्ति गाँव के उत्सवों में पूजा करता है उसे पाहन कहा जाता है।
  - पाहन को 'कालो' के नाम से भी जाना जाता है।
  - पाहन को विवाह एवं सार्वजनिक उत्सव जैसे फागू पूजा, कर्म पूजा, नई फसल की पूजा, कुआं, वृक्ष का विवाह आदि में बुलाया जाता है।
- करटाहा
  - प्रत्येक गाँव में एक करटाहा होता है। वह गाँव का नेता और संचालक होता है।
  - ग्रामीण, करटाहा की सलाह और अनुमति से काम करते हैं।
  - करटाहा विवादों को सुलझाता है तथा गाँव की समस्याओं को हल करता है।
- खूँट
  - दो या अधिक गाँव के अनुबंध के लिए गोत्र के सभी गाँवों को मिलाकर एक क्षेत्रीय प्रशासन प्रणाली बनाई जाती है, जिसे खूँट कहा जाता है।
- खाड़िया घाट
  - खूँट (अंतर-ग्राम पंचायत) के अध्यक्ष आपस में से चुने गए एक करटाहा होते हैं और इस पद को खड़िया घाट कहा जाता है।
- ढोकलो
  - पूरे खड़िया समाज की बैठक को ढोकलो के नाम से जाना जाता है।
  - खड़िया जनजाति सालाना ढोकलो का आयोजन करती है

जिसमें महतो, पाहन और करटाहा जैसे सभी गांवों के प्रमुख प्रतिनिधि भाग लेते हैं।
 - हर 3 साल में ढोकलो सोहोर (पूरे खड़िया समाज का राजा) विधानसभा के माध्यम से लोगों द्वारा चुना जाता है।

- ढोकलो सोहोर
  - ढोकलो का नेतृत्व पूरे खड़िया समुदाय का राजा करता है, जिसे ढोकलो सोहोर कहा जाता है।
  - ढोकलो सोहोर स्थानीय लोगों द्वारा चुना जाता है।
  - प्रमुख मामलों का निर्णय राजा स्वयं अपने मंत्रियों की सहायता से करता है।
- लिखाकड़
  - लिखाकड़ राजा का कोषाध्यक्ष होता है जो राज्य के आय-व्यय का विवरण तैयार करता है।
- देवान
  - देवान राजा का सलाहकार होता है जो विभिन्न प्रशासनिक मामलों का संचालन करता है।

उराँव जनजाति की शासन व्यवस्था

- उराँव जनसंख्या की दृष्टि से झारखंड की एक महत्वपूर्ण और दूसरी सबसे बड़ी जनजाति है।
- उराँव सामाजिक और राजनीतिक दृष्टि से शक्तिशाली जनजाति है।
- प्रारम्भ में उराँव जनजाति छोटानागपुर में निवास करती थी।
- जो व्यक्ति गाँव की व्यवस्था संचालन तथा धार्मिक गतिविधियों के संपादन का कार्य करता था उसे पाहन कहा जाता था।
- पाहन जिस कबीले से संबंधित होता था उसे 'पहान खुंट' कहा जाता था।
- उराँव जनजाति की शासन व्यवस्था को पड़हा पंचायत व्यवस्था भी कहा जाता है।
- पड़हा पंचायत व्यवस्था मुंडा जनजाति शासन व्यवस्था से मिलती जुलती व्यवस्था के रूप में जानी जाती है।
- पड़हा पंचायत के अन्तर्गत शामिल एक गाँव को राजा गाँव, दूसरे गाँव को दीवान गाँव, तीसरे गाँव को पनेरे गाँव, चौथे गाँव को कोटवार गाँव तथा शेष गाँव को प्रजा गाँव कहा जाता था।
- पड़हा जनजाति शासन-प्रशासन से संबंधित महत्वपूर्ण पदों, संस्थाओं एवं संबंधित तथ्यों का विवरण निम्न प्रकार है:-
- महतो
  - उराँव जनजाति की शासन व्यवस्था में प्रत्येक ग्राम का एक मुखिया होता है, जिसे महतो कहा जाता है।
  - महतो ग्राम स्तर के मामलों से संबंधित होता है।
  - गाँव के अनुभवी और बुजुर्ग लोग इस काम में ग्राम प्रधान की मदद करते हैं।
  - महतो के पास न्यायिक और प्रशासनिक दोनों प्रकार के अधिकार होते हैं।
- माँझी
  - माँझी पंचायती आदेशों को गाँव के लोगों तक पहुँचाने का कार्य करता है।
  - माँझी पंचायत में महतो का सहयोगी होता है।
- पड़हा/परहा
  - 5, 7, 11, 21 या 22 गांवों से मिलकर बनी पंचायत को परहा/पड़हा कहा जाता है।
  - परहा/पड़हा का कार्य दो या दो से अधिक गाँवो के बीच उत्पन्न विवादों को निपटारा करना होता है।
  - परहा/पड़हा तीन भागों निम्न, मध्य तथा उच्च पंचायत में विभक्त होता है।
  - यदि कोई विवाद निम्न पंचायत पर हल नहीं हो पाता तो उसे मध्य या उच्च पंचायत के लिए भेजा जाता था जिस पर उच्च पंचायत अपना निर्णय देती थी।
  - परहा/पड़हा पंचायत की कार्यवाही में पुरुषों के साथ महिलाओं की भी सहभागिता होती है।
- पड़हा राजा
  - परहा/पड़हा पंचायत का प्रमुख पड़हा राजा होता है।
  - ऐसे मामले जिनका निर्णय ग्रामीण स्तर पर महतो द्वारा नहीं किया जा सकता था, उसे पड़हा राजा को हस्तांतरित कर दिया जाता था।
- पड़हा दीवान
  - पड़हा दीवान सर्वोच्च प्राधिकरण होता है जो सर्वोच्च न्यायालय की तरह कार्य करता है।
  - यह सभी पड़हा राजाओं से ऊपर होता है तथा उनके बीच समन्वय बनाता है।
  - अनिर्णित मामलों को पड़हा राजा द्वारा पड़हा दीवान को स्थानांतरित कर दिया जाता है।
- पाहन
  - पाहन गाँव के धर्मगुरु होते हैं। गाँव की सभी धार्मिक रस्में, पूजा-पाठ, त्योहार, शादी-ब्याह आदि से जुड़े कार्यक्रम पाहन के द्वारा ही करवाए जाते हैं।
- बैगा
  - बैगा गावों में देवी-देवताओं की पूजा कर उन्हें शान्त कराने का कार्य करते थे तथा यह गाँव के पुरोहित एवं लौकिक प्रधान होते थे।
- डाडा पड़हा
  - डाडा पड़हा कई गांवो को मिलाकर बनाया गया एक संगठन होता है जिसमें प्रत्येक गाँव को सदस्यता के रूप में अधिकृत किया जाता है।
- पड़हा पंच
  - पड़हा पंच का आयोजन पूर्णिमा के दिन किया जाता है।

हो जनजाति की शासन व्यवस्था (मानकी मुंडा शासन व्यवस्था और विलकिन्सन रूल)

- हो जनजाति जनसंख्या की दृष्टि से झारखंड की चौथी सबसे बड़ी जनजाति है।
- झारखंड में हो जनजाति के क्षेत्र को कोल्हन के नाम से जाता है।
- हो जनजाति की सामाजिक एवं राजनीतिक व्यवस्था की एक विशिष्ट पहचान है।
- हो जनजाति के गाँव में एक पंचायत है, जो गाँव के झगड़ों एवं आपसी विवादों का निपटारा करती है।
- हो जनजाति में अन्य जाति के लोगों के यहां खाने-पीने पर प्रतिबन्ध होता है।
- हो जनजाति के सबसे बड़े अपराध में सामाजिक बहिष्कार की सजा दी जाती है।
- हो जनजाति की शासन व्यवस्था को मुंडा-मानकी शासन व्यवस्था या विलकिन्सन रूल भी कहा जाता है।
- पारिवारिक विवाद, झगड़ों, सम्पत्ति विवाद, आदि मामलों का निर्णय करने के लिए पंचायत की सहायता ली जाती है।

- हो जनजाति की पंचायत का प्रधान गाँव का मुंडा होता है तथा मुंडा के सहायक को डाकुआ के नाम से जाना जाता है।
- कई गांवों को मिलाकर एक अंतर्ग्राम्य पंचायत का निर्माण किया जाता है जिसे पीड़ के नाम से जाना जाता है जिसके प्रधान को मानकी के नाम से जाना जाता है।
- 5 से 10 गांवों को मिलाकार एक पीड़ बनता है परन्तु अपवाद स्वरूप कुछ पीड़ में अधिक गाँव भी होते है और वहां पर एक से अधिक मानकी कार्य करता है।
- हो जनजाति या मुंडा-मानकी शासन-प्रशासन से संबंधित महत्वपूर्ण पदों, संस्थाओं एवं संबंधित तथ्यों का विवरण निम्नलिखित है:-
- मुंडा
    - मुंडा द्वारा गाँव के प्रशासनिक, न्यायिक तथा लगान कर इकठ्ठा करने का कार्य किया जाता है।
- डाकुआ
    - डाकुआ मुंडा का सहयोगी होता है जो मुंडा के आदेशों एवं निर्णयों को गांवों के लोगो तक पहुँचाने का कार्य करता है।
- मानकी
    - पड़हा का प्रमुख मानकी कहलाता है जो सभा को आयोजित करता है जिसमें मुंडा तथा डाकुआ की उपस्थिति होती है जिसमें मानकी सर्वसम्मत्ति से मामलों का निर्णय करता है।
- पीरपंच
    - पीरपंच पड़हा का न्यायिक प्रधान होता है।
- तहसीलदार
    - तहसीलदार गाँव का राजस्व अधिकारी होता है जो लगान वसूली का कार्य करता है।
- दिउरी
    - दिउरी गाँव के धार्मिक विवादों का निर्णय करता है तथा गाँव का धार्मिक प्रधान होता है जो पूजा-पाठ, पर्व-त्योहारों, शादी-विवाह आदि धार्मिक अनुष्ठानों में भाग लेता है।
- यात्रा दिउरी
    - यात्रा दिउरी, दिउरी का सहायक होता है जो पूजा-पाठ, पर्व-त्योहारों, शादी -विवाह आदि धार्मिक अनुष्ठानों में दिउरी की सहायता करता है।

असुर जनजाति की शासन व्यवस्था

- असुर जनजाति झारखंड की जनजातियों मे से एक है जो आदिम जनजाति के नाम से जानी जाती है।
- असुर जनजाति शासन व्यवस्था उनकी पुरानी परंपरागत प्रथा से शासित होता है जिसके अधिकारी महतो, बैगा, गोड़ाइत आदि होते है जिसमें गाँव के सभी वयस्क नागरिक भाग लेते है।
- असुर जनजाति पंचायत में कम से कम 05 गाँव के वरिष्ठ पुरुष भाग लेते है जो सभी प्रकार के विवादों का निर्णय करते है जिसे पंच के नाम से जाना जाता है।
- असुर जनजाति अपने समाज में संगठन को कायम रखते है तथा अपराधियों एवं दोषियों को सजा के रूप में शारीरिक व आर्थिक दोनो प्रकार के दण्ड दिये जाते है।
- असुर जनजाति में सबसे बड़ा दण्ड सामाजिक बहिष्कार होता है।

बंजारा जनजाति की शासन व्यवस्था

- बंजारा जनजाति झारखंड की 32 जनजातियों में से एक है।
- बंजारा जनजाति को घुम्मकड़ जनजाति के रूप में भी जाना जाता है।
- बंजारा जनजाति मुख्य रूप से झारखंड के संथाल परगना, दुमका तथा राजमहल क्षेत्रों में पायी जाती है इसके अतिरिक्त इनकी आबादी झारखंड के अन्य क्षेत्र में भी पायी जाती है।
- बंजारा जनजाति राजनीतिक जागरूकता के अभाव के कारण संगठित रूप में नहीं पाये जाते है।
- बंजारा जनजाति की एक पंचायत होती है जिसे परिषद् के नाम से जाना जाता है जिसका संचालक नायक कहलाता है।
- बंजारा जनजाति के नायक का चुनाव वयस्क व्यक्तियों के द्वारा किया जाता है।
- इनकी पंचायत को वर्तमान समय में बंजारा सेवक संघ के नाम से भी जाना जाता है।
- बंजारा जनजाति के घुम्मकड़ी होने के कारण इनकी पंचायत स्थायी नहीं होती है जिससे इनकी जनजाति अधिक सशक्त नहीं बन पायी है।
- बंजारा जनजाति की परिषद में कोई व्यवस्थित स्वशासन प्रणाली नहीं पायी जाती है।

बथुडी जनजाति की शासन व्यवस्था

- झारखंड में बथुडी जनजाति एक लघु जनजाति के रूप में पायी जाती है जिनका मुख्य निवास स्थल सिंहभूम क्षेत्र है।
- बथुडी जनजाति की जातीय संगठन को पंचायत के नाम से जाना जाता है जिसके मुखिया को देहरी के नाम से जाना जाता है।
- बथुडी जनजाति में देहरी पुरोहित का भी कार्य करता है जिसका पद वंशानुगत होता है।
- बथुडी जनजाति में प्रत्येक परिवार का सदस्य देहरी का सदस्य होता है जो सभी प्रकार के विवादों का निपटारा करता है।
- बथुडी जनजाति का अपना एक कानून होता है जो पारंपरिक होता है जैसे पिता की मृत्यु के बाद सम्पत्ति को सभी पुत्रों मे बराबर रूप से विभाजित करना, दत्तक पुत्र को सम्पत्ति का हक आदि।
- बथुडी जनजाति में अंतग्राम्य पंचायत का मुखिया प्रधान होता है।
- बथुडी जनजाति में सगोत्र विवाह गंभीर अपराध की श्रेणी के अन्तर्गत आता है जिसका बृहद दण्ड सामाजिक बहिष्कार होता है।
- बथुडी जनजाति की पंचायत के अधिकार के अन्तर्गत तलाक भी आता है यदि कारण सही है तो पंचायत द्वारा तलाक को मंजूर कर लिया जाता है अन्यथा पंचायत तलाक की अनुमति नहीं देती है।

बेदिया जनजाति की शासन व्यवस्था

- बेदिया जनजाति अपने समाज को नियंत्रित रखने के लिए जानी जाती है।
- बेदिया जनजाति में ग्राम स्तर से लेकर पूर्ण समाज स्तर तक के संगठन पाये जाते है।
- जनजाति में एक व्यवस्थित स्वशासन प्रणाली पायी जाती है।
- ग्राम स्तर पर पंचायत का प्रमुख प्रधान कहलाता है तथा कुछ क्षेत्रों में इसे महतो या ओहदार भी कहते है।
- बेदिया जनजाति में प्रधान, महतो या ओहदोर गाँव की सामाजिक समस्याओं पर निर्णय देता है, जिसका निर्णय सर्वमान्य होता है।
- महतो या ओहदोर के सहायक को गोड़ैत के नाम से जाना जाता है।
- प्रधान गाँव के विवादों का निर्णय करता है जिसे पूरा गाँव मानता है।
- गौड़ैत का मुख्य कार्य गाँव के महतो या ओहदार के संवादों को गाँव के लोगों तक पहुंचाना होता है तथा प्रधान के निर्णय को गाँव वालों तक पहुंचाना होता है।
- बेदिया जनजाति में सरकार का चुनाव विभिन्न गाँव के प्रधानों के द्वारा किया जाता है।

- बेदिया जनजाति में सबसे बड़े प्रधान को परगनैत कहा जाता है, जिसका पद आनुवांशिक होता है।

- **बिंझिया जनजाति की शासन व्यवस्था**
    - बिंझिया जनजाति झारखंड में एक अल्पसंख्यक जनजाति के रूप में जानी जाती है।
    - बिंझिया जनजाति के गांवों में जाति पंचायत होती है जिसके दो प्रधान होते है, जिसे मादी तथा गाद्दी के नाम से जाना जाता है।
    - बिंझिया जनजाति पंचायत में जातीय विवादों का निराकरण किया जाता है।
    - गौमांस भक्षण, माता-पिता से दुर्व्यवहार, व्यभिचार आदि अपराध माने जाते हैं और इसके लिए कठोर दंड का प्रावधान है।
    - जनजाति पंचायत में शारीरिक दंड या जुर्माना आम सजा होती है।
    - गौमांस भक्षण की एकमात्र सजा जाति-बहिष्कार है और ऐसे लोगों का समाज में दोबारा प्रवेश करना असम्भव होता है।
    - जनजाति पंचायत में एक प्रतिनिधि समिति होती है जिसमें प्रत्येक सदन के प्रतिनिधि भाग लेते हैं, जिसका मुखिया 'करटहा' कहलाता है।
    - 'करटहा' का निर्णय अंतिम तथा सर्वमान्य होता है तथा अपराधियों एवं दोषियों को सजा में शारीरिक व आर्थिक दोनो प्रकार के दण्ड दिये जाते है।
    - कुछ अपराधों के मामलों में गाँव को सामूहिक भोज देने पर समाज से बहिष्कृत लोगों को पुन: समाज में शामिल कर लिया जाता है।

- **बिरजिया जनजाति की शासन व्यवस्था**
    - बिरजिया समाज में राजनीतिक संगठन के नाम पर जातिगत पंचायतें की जाती हैं।
    - जाति का एक प्रमुख और सम्मानित व्यक्ति इसका मुखिया होता है।
    - जाति पंचायत में बैगा, बेसरा, धावक व गाँव के गणमान्य लोग हिस्सा लेते हैं।
    - यह पंचायत हर तरह के जातिगत मामलों का निराकरण करती है।

- **बिरहोर जनजाति की शासन व्यवस्था**
    - बिरहोर जनजाति झारखंड में एक अल्पसंख्यक जनजाति है।
    - बिरहोर जनजाति में राजनीतिक रूप से संगठन नहीं पाया जाता है।
    - बिरहोर जनजाति के लोग कई समूहों में बंटे होते है जिसे टंडा के नाम से जाना जाता है।
    - टंडा विभिन्न कुलों या परिवारों के भीतर समूहों या शिकार समूहों में विभाजित रहते हैं, जो बिरहोर का सर्वोपरि संगठन माना जाता है।
    - बिरहोर जनजाति का एक मुखिया होता है, जिसे 'नाथा' कहा जाता है, जो सामाजिक, धार्मिक, राजनीतिक और आर्थिक गतिविधियों का संचालन एवं नियंत्रण करता है।
    - 'नाथा' का एक सहायक होता है, जिसे 'दिगुआर या कोतवार' कहा जाता है।
    - 'नाथा' तथा 'दिगुआर या कोतवार' दोनों आवश्यकता होने पर पंचायत बुलाते हैं, जिसमें प्रत्येक परिवार के मुखिया भाग लेते हैं।
    - पंचायत अपराध-विवादों का निर्णय करती है तथा नियमानुसार दंड देती है, जिस दंड को स्वीकार करना पड़ता है।

- **बैगा जनजाति की शासन व्यवस्था**
    - बैगा जनजाति मुख्य रूप से झारखंड के पलामू, गढ़वा, रांची, लातेहार, हजारीबाग आदि जिलों में पायी जाती है।
    - बैगा समाज में संगठन गोत्र या ग्राम स्तर पर पाया गया है।
    - बैगा जनजाति की पारंपरिक जाति पंचायती ग्राम स्तर पर है।
    - बैगा समाज में ग्राम संगठन के प्रमुख को 'मुकद्दम' कहा जाता है जिसका पद वंशानुगत होता है।
    - बैगा समाज में मुखिया के सहायक 'सायना' और 'सिख' होते हैं।
    - 'सायना' और 'सिख' दोनों पदों का चुनाव ग्रामीणों द्वारा किया जाता है।
    - बैगा समाज में एक संदेशवाहक भी होता है, जिसे 'चरिदार' कहा जाता है।
    - ग्राम पंचायत में ग्राम विवाद, विरासत संपत्ति विवाद, यौन अपराध, विवाह या तलाक के फैसले, जादू टोना, व्यापार या चोरी के मामलों आदि का निराकरण किया जाता है।
    - ग्राम पंचायत द्वारा विवाह पूर्व या विवाहेतर यौन संबंध और जाति के बाहर विवाह से संबंधित समस्याओं का भी निराकरण होता है।
    - ग्राम पंचायत द्वारा दोषी या अपराधी व्यक्ति को आर्थिक या शारीरिक दंड से दंडित किया जाता है।
    - पंचायत के फैसले का सभी सम्मान करते हैं और उल्लंघन करने वाले का गाँव के वरिष्ठ सदस्यों की मदद से सामाजिक बहिष्कार किया जाता है।
    - पंचायत ग्राम देवता की पूजा और अन्य सामाजिक कार्यों में सहयोग एवं मदद करती है।

- **भूमिज जनजाति की शासन व्यवस्था**
    - भूमिज जनजाति मुख्य रूप से झारखंड के सिंहभूम, रांची, हजारीबाग, चतरा, कोडरमा, धनबाद, बोकारो, लातेहार, पलामू, दुमका, जामताड़ा, देवघर जिलों में निवास करती है।
    - भूमिज जनजाति जो घने जंगलों में रहती है उसे 'चूहाड़' उपनाम नाम से जाना जाता है।
    - इस जनजाति की अपनी जाति पंचायत है जिसके मुखिया को 'प्रधान' कहते हैं, जिसका पद वंशानुगत होता है।
    - भूमिज पंचायत ग्रामीणों के सभी विवादों का निराकरण करती है तथा पंचायत के अपने पारंपरिक नियम और कानून होते हैं।
    - भूमिज पंचायत की एक परंपरा है कि पैतृक संपत्ति को भाइयों में बराबर बांट दिया जाए और अगर बेटा नहीं है तो बेटी को हक मिलेगा, बशर्ते उसका पति ससुराल में ही रहे।
    - भूमिज पंचायत में सगोत्र विवाह निषिद्ध है, इसका उल्लंघन अपराध माना जाता है।
    - भूमिज पंचायत में व्यभिचार को एक गंभीर अपराध माना गया है।
    - पंचायत में अपराधियों एवं दोषियों को सजा में शारीरिक व आर्थिक दोनो प्रकार के दण्ड दिये जाते है।

- **चेरो जनजाति की शासन व्यवस्था**
    - चेरो जनजाति को झारखंड में 'बारह हजारी' एवं 'तेरह हजारी' के नाम से भी जाना जाता है।
    - चेरो जनजाति मुख्य रूप से झारखंड के लातेहार, पलामू, गढ़वा आदि जिलों में पायी जाती है।
    - चेरो जाति की अपनी पंचायत होती है, जो गाँव, अंचल और मंडल स्तर पर कार्य करती है।
    - ग्राम और अंचल स्तर पर पंचायत के प्रमुख को 'मुखिया' और जिला स्तर के प्रमुख को 'सभापति' कहा जाता है।
    - ग्राम पंचायतों के द्वारा संपत्ति का बंटवारा, अवैध यौन संबंध, बलात्कार, व्यभिचार, चोरी, तलाक, रिश्ते के मामले आदि का निराकरण किया जाता है।
    - पंचायत द्वारा दोषी पाये जाने पर जुर्माना या दंड लगाया जाता है तथा पंचायत का निर्णय सर्वमान्य होता है।
    - जातिगत भेदभाव का उल्लंघन करने पर पंचायत द्वारा सामाजिक

बहिष्कार का निर्णय दिया जाता है।

- ## चीक बड़ाईक जनजाति की शासन व्यवस्था
  - चीक बड़ाईक जनजाति झारखंड की एक बुनकर जनजाति है जो मुख्य रूप से कपड़ा बुनने का काम करती है।
  - इस जनजाति को हाथ से बने कपड़ों का जनक भी कहा जाता है।
  - यह जनजाति मुख्य रूप से झारखंड के रांची, खूंटी, गुमला, सिमडेगा और लोहारदगा जिलों में निवास करती है।
  - चीक बड़ाईक जनजाति की अपनी जातीय शासन प्रणाली नहीं है।
  - चीक बड़ाईक जनजाति के प्रत्येक गाँव में 15-15 परिवार रहते हैं। वे मिश्रित गांवों में रहते हैं। इसलिए संयुक्त ग्राम पंचायत द्वारा ही उनकी समस्याओं का समाधान किया जाता है।
  - अनेक ग्रामों को मिलाकर उनकी अंर्तग्राम्य परिषद् बनायी जाती है, जिसके प्रधान को 'राजा' कहते हैं।
  - राजा की सहायता के लिए दीवान, पानरे आदि होते हैं, उनका पद वंशानुगत होता है।
  - राजा की परिषद् द्वारा सभी विवादों का निराकरण किया जाता है।
  - चीक बड़ाईक जनजाति के रीति-रिवाजों के अनुसार, उनके अपने नियम-कायदे होते हैं, जिन्हें ध्यान में रखते हुए राजा द्वारा निर्णय लिया जाता है।
- ## गोंड जनजाति की शासन व्यवस्था
  - गोंड जनजाति की शासन व्यवस्था मे इनकी एक जाति पंचायत होती है।
  - जाति पंचायत में हर परिवार का मुखिया सदस्य होता है।
  - गोंड जनजाति की पंचायत के मुखिया को 'बैगा' कहा जाता है, तथा इसे 'सायन' के नाम से भी जाना जाता है।
  - गोंड जनजाति की पंचायत में संपत्ति के बंटवारे, तलाक, व्यभिचार, बलात्कार, अवैध या अनैतिक यौन संबंध, फसल विवाद, चोरी, जादू-टोना आदि के मामलों का निराकरण किया जाता है।
  - गोंड जनजाति का निर्णय सर्वसम्मति से लिया जाता है, जिसे सभी स्वीकार करते हैं।
  - गोंड जनजाति की पंचायत के निर्णय का उल्लंघन करने वाले को अपराधी घोषित कर दिया जाता है तथा उसे जाति से बहिष्कृत कर दिया जाता है।
  - गोंड जनजाति की पंचायत से क्षमा मांगकर उसे पुनः समाज में शामिल करने की प्रथा भी गोंड समाज में पाई जाती है।
- ## गोड़ाइत जनजाति की शासन व्यवस्था
  - गोड़ाइत जनजाति कम आबादी वाले मिश्रित गाँव में रहते है, इसलिए इनकी कोई संगठित पंचायत नहीं है, जो नियमित और सुचारू रूप से कार्य करती हो तथापि इनकी एक जाति पंचायत होती है।
  - गोड़ाइत जनजाति जाति विवाद एवं अन्य विवाद वरिष्ठ व्यक्तियों की एक समिति द्वारा निराकरण जाते हैं।
  - गोड़ाइत जनजाति पारंपरिक मिथकों के अनुसार, पिता की संपत्ति पुत्रों के बीच समान रूप से विभाजित की जाती है। बेटी का पिता की संपत्ति में कोई अधिकार नहीं होता है।
  - गोड़ाइत जनजाति तलाक और विधवा पुनर्विवाह के मामलों में पंचायत सहमति देती है।
- ## करमाली जनजाति की शासन व्यवस्था
  - झारखंड में करमाली जनजाति का कोई राजनीतिक संगठन नहीं है।
  - करमाली जनजाति द्वारा विवादों के निराकरण के लिए वे पाहन तथा मुंडा या अन्य ग्राम अधिकारियों पर निर्भर रहते हैं, तदोपरान्त यह जनजाति में पारंपरिक जाति या ग्राम पंचायतों को बनाए रखा जाता है।
  - करमाली जनजाति में ग्राम स्तर पर जाति पंचायत के मुखिया को 'मालिक' कहा जाता था जिसका पद वंशानुगत होता है।
  - करमाली जनजाति में विवाह गोत्र, अनैतिक यौन संबंध, विवाह, तलाक आदि से संबंधित जटिल समस्याओं को हल करने के लिए एक पंचायत होती है जिसे 'सत गँवइया' पंचायत कहते है जो परगना स्तर पर कार्य करती है।
  - करमाली जनजाति में ग्रामीण मामलों से संबंधित पंचायत होती है जिसके मुखिया को 'परगना मालिक' कहते हैं।
  - शिखर स्तर पर 'बाईसी' पंचायत होती है, जिसमें 17-22 गाँव शामिल होते हैं।
  - 'बाईसी' पंचायत मुखिया के प्रमुख को 'बाईसी' या 'प्रमुख स्वामी' को कहा जाता है।
  - पंचायतों में अपराध निर्धारण के लिए प्रत्यक्षदर्शियों की गवाही ली जाती है।
  - 'बाईसी' द्वारा भूमि विवाद, चोरी, मारपीट, अवैध संबंध आदि के मामले भी बड़ी सावधानी से निराकरित किये जाते हैं।
  - सजा के विभिन्न तरीके हैं जैसे मौद्रिक दंड, शारीरिक दंड, सामूहिक उपवास, दावत आदि।
  - पंचायत की बैठक एवं पंचायत के संदेश की जानकारी गोड़इत द्वारा दी जाती है।
- ## कँवर जनजाति की शासन व्यवस्था
  - कँवर जनजाति अपने समाज के संचालन एवं नियन्त्रण के लिए पारम्परिक जाति पंचायत होती है, जिसके मुखिया को 'सायन' कहते हैं।
  - जाति पंचायत जातीय मामलों का निराकरण करती है।
  - जाति पंचायत के पास प्रधान या पटेल की अध्यक्षता वाली एक ग्राम पंचायत भी है जो गाँव के झगड़ों का निराकरण करती है।
  - जाति पंचायत द्वारा प्राय: यौन अपराधों, व्यभिचार, विवाह कानून के उल्लंघन, चोरी, भूमि विवाद आदि से संबंधित विवादों का निराकरण किया जाता है तथा अपराधियों को दंडित और जुर्माना लगाया जाता है।
  - कँवर जनजाति में कई गांवों को मिलाकर अंचल का गठन किया जाता है, जो गाँव के लोगों के आपसी झगड़ों को सुलझाता है।
  - कई अंचलों से बनी एक केंद्रीय संगठन भी होती है, जो पूरे क्षेत्र या पंचायत के फैसलों के खिलाफ निर्णायक के रूप में सुनवाई करने का कार्य करती है।
- ## खरवार जनजाति की शासन व्यवस्था
  - खरवार समाज में पारंपरिक जाति पंचायत पाई जाती है जिसका मुखिया गाँव का वरिष्ठ और सक्षम व्यक्ति होता है।
  - खरवार पंचायत के माध्यम से अंतर्जातीय या सगोत्री विवाह, विवाह पूर्व यौन संबंध, जादू-टोना, तलाक, संपत्ति के बंटवारे आदि मामलों का निराकरण किया जाता हैं।
  - खरवार पंचायत में एक अंतर-ग्राम पंचायत होती है, चार गाँव की पंचायत को चट्टी, पाँच गाँव की पंचायत को पचौरा और सात गाँव की पंचायत को सतौरा कहा जाता है।
  - खरवार पंचायत द्वारा गांवों के बीच के झगड़ों का निराकरण किया जाता है।
  - पंचायत का निर्णय सर्वमान्य होता है तथा इसका उल्लंघन करने पर जाति से बहिष्कर कर दिया जाता है।
- ## खोंड जनजाति की शासन व्यवस्था
  - प्राचीन काल में खोंडों का पारंपरिक ग्राम संगठन होता है, जिसके

मुखिया को 'गौटिया' कहा जाता है।

- 'गौटिया' द्वारा उनके सभी विवाद सुलझ जाते थे लेकिन अब अधिकांश गांवों में गौटिया नहीं है।
- 'गौटिया' अब ग्राम पंचायत का हिस्सा बन गए हैं, जिसकी अध्यक्षता आमतौर पर दूसरी जनजाति करती है।
- 'गौटिया' की अपनी अंतर-ग्राम जाति पंचायत होती है, जिसमें उनके जातिगत विवाद सुलझाए जाते हैं।
- पंचायत द्वारा जाति या गोत्र के बाहर विवाह, यौन संबंध आदि सामाजिक अपराध माने जाते हैं।
- 'गौटिया' द्वारा दोषियों को दंडित किया जाता है, जिसमें शारीरिक दण्ड व आर्थिक जुर्माना दोनों का प्रावधान होता है।

किसान जनजाति की शासन व्यवस्था

- किसान जनजाति की शासन व्यवस्था में कोई राजनीतिक संगठन नहीं पाया जाता है।
- गाँव में जाति पंचायत और ग्राम पंचायत पाई जाती है।
- किसान जनजाति की शासन व्यवस्था में गाँव के विवादों के निराकरण के लिए एक अस्थायी पंचायत बुलाई जाती है।
- लगभग एक दर्जन गाँवों को मिलाकर परगना पंचायत का गठन किया जाता है, जो गाँवों के बीच के विवादों को सुलझाती है।
- महतो और सरदार या कोतवार पंचायत अधिकारी होते हैं जिसमें प्रत्येक वरिष्ठ सदस्य पंचायत की कार्यवाही में भाग ले सकता है।
- किसान जनजाति की शासन व्यवस्था में पंचायत का खर्च उस व्यक्ति द्वारा वहन किया जाता है जो पंचायत बुलाता है।

कोल जनजाति की शासन व्यवस्था

- कोल जनजाति को झारखंड की 32वीं जनजाति के रूप में मान्यता वर्ष 2003 में मिली थी।
- कोल जनजाति झारखंड में मुख्यतः दुमका, देवघर, गिरिडीह आदि में क्षेत्रों में निवास करती है।
- कोल जनजाति के लोग सरना धर्म के अनुयायी होते हैं और सिंगबोंगा को प्रत्यक्ष देवता के रूप में मानते हैं।
- कोल जनजाति के लोगों में राजनीतिक चेतना का पूर्ण अभाव है।
- कोल जनजाति की परम्परागत पंचायतें प्रचलित हैं, जिसके प्रमुख को मांझी कहते है।
- कोल जनजाति की पंचायत उनके सभी जाति, सामाजिक और आपसी झगड़ों का निराकरण करती है।

कोरा (कोड़ा) जनजाति की शासन व्यवस्था

- कोरा जनजाति शासन व्यवस्था में 'महतो' की अध्यक्षता वाली एक पारंपरिक ग्राम पंचायत होती है।
- गाँव के सभी परिवार के वयस्क सदस्य पंचायत के सदस्य होते हैं तथा महतो उनका अध्यक्ष होता है।
- कोरा जनजाति शासन व्यवस्था में प्रामाणिक और जोगमांझी महतो की सहायता के लिए नियुक्त होते है।
- पंचायत का फैसला सर्व मान्य होता है।
- कोरा जनजाति शासन व्यवस्था में कोई लिखित कानून नहीं होते हैं।
- जनजाति शासन व्यवस्था में भेदभावपूर्ण सामाजिक नियंत्रण होता है।
- जनजाति में परंपराएं, नियम, आदर्श और प्रथाएं होती हैं, जिसे कानूनी मान्यता है।
- कोरा जनजाति शासन व्यवस्था में अपराधियों एवं दोषियों को सजा में शारीरिक व आर्थिक दोनो प्रकार के दण्ड दिये जाते है।

कोरबा जनजाति की शासन व्यवस्था

- कोरबा जनजाति की शासन व्यवस्था में प्रायः हर गाँव में उनकी पारंपरिक जाति पंचायत होती है।
- जाति पंचायत वैवाहिक स्थिति, सामाजिक आचरण के नियमों की संरक्षक होती है।
- कोरबा जनजाति की जाति पंचायत में संपत्ति-वितरण विवाद, पति-पत्नी विवाद, विवाहोत्तर यौन संबंध, अंतर्विवाह या अंतरजातीय विवाह, तलाक, जादू टोना आदि का निवारण किया जाता है।
- कोरबा जनजाति में सबूतों के आधार पर विवादों का निवारण किया जाता है तथा गवाहों को शपथ दिलाकर उनकी सत्यता की जांच की जाती है।
- जब कोई व्यक्ति अपने जाति के बाहर विवाह करता है, तो उसे जुर्माना या जाति से बहिष्कार करके दंडित किया जाता है।
- बहिष्कृत व्यक्ति ग्राम भोज कराने के बाद पुनः समाज में शामिल हो जाता है। इसे 'भात-भीतर' कहते हैं।
- जातिपंचायतके अलावा प्रधान की अध्यक्षता में एक ग्रामपंचायत भी होती है।
- कोरबा जनजाति की जाति पंचायत में गाँव के बड़े-बुजुर्ग इसके सरपंच होते हैं तथा बैठक की अध्यक्षता मुखिया करता है।
- अंतर्ग्रामीण विवादों का निराकरण ग्राम पंचायतों के सदस्यों द्वारा किया जाता है, जिसे 'बड़ा मुखिया' कहा जाता है।
- कोरबा जनजाति में 'बड़ा मुखिया' समाज में एक सम्मानित व्यक्ति के रूप में जाना जाता है।

लोहरा जनजाति की शासन व्यवस्था

- लोहरा जनजाति की जनसंख्या गाँव में बिखरी हुई होती है जिसके कारण उनका कोई राजनीतिक संगठन नहीं होता है।
- लोहरा जनजाति के लोग पारंपरिक ग्राम पंचायत के कार्यकारी अंग भी होते हैं, जो स्वेच्छा से अपनी आय, परिस्थितियों के अनुसार अपनी जाति पंचायत बनाते हैं।
- लोहरा जनजाति की पंचायत द्वारा उनके सभी आपसी विवादों का निराकरण किया जाता है।
- लोहरा जनजाति की पंचायत पारंपरिक नियम और कानून बनाती है।
- जनजाति पंचायत को एक अंतर्ग्राम्य परिषद का रूप दे दिया जाता है, जो दो गाँवों के बीच उत्पन्न विवादों का समाधान करती है।

माहली जनजाति की शासन व्यवस्था

- झारखंड में माहली जनजाति दूर-दराज के गाँवों में बिखरी बस्तियों में निवास करती है जिसके कारण इनका कोई सामाजिक संगठन विकसित नहीं हो पाया है।
- माहली जनजाति के लोग अपने विवादों के निराकरण के लिए गाँव की पंचायत से मदद लेते हैं।
- पंचायत पूरे गाँव को नियंत्रित करती है तथा हर तरह के वाद-विवाद, लड़ाई-झगड़े आदि का निस्तारण करती है।
- माहली जनजाति पंचायत व्यभिचार, यौन संबंध, उत्तराधिकार विवाद आदि को मुख्य अपराध मानती है।
- माहली जनजाति पंचायत में मौद्रिक दंड या शारीरिक दंड दोनों की व्यवस्था पाई जाती है।
- संथाली क्षेत्र में एक प्रधान या परगनैत तथा मुंडा क्षेत्र में मुंडा मुखिया ही माहली का मुखिया होता है।

माल पहाड़िया जनजाति की शासन व्यवस्था

- माल पहाड़िया जनजाति की शासन व्यवस्था में गाँव ही राजनीतिक संगठन की इकाई होती है, जो गाँव के स्तर पर उनके सामाजिक,

धार्मिक और राजनीतिक जीवन को नियंत्रित तथा संचालित करती है।

- माल पहाड़िया जनजाति की शासन व्यवस्था में गाँव के मुखिया को मांझी कहते हैं।
- मांझी ग्राम पंचायत का प्रधान होता है।
- मांझी की मदद के लिए गोड़ाइत और दीवान होते हैं।
- कुछ क्षेत्रों में, विशेषकर सलवान पर्वत में, 'प्रमाणिक' नामक एक अन्य अधिकारी होता है जिसका पद वंशानुगत होता है।
- माल पहाड़िया जनजाति की परंपरागत पंचायत में गाँव के सभी वरिष्ठ व्यक्ति सदस्य होते हैं। इस पंचायत में गाँव के झगड़ों और समस्याओं का निराकरण किया जाता है।
- गाँवों के आपसी झगड़ों के निराकरण के लिए कई गाँवों का एक बड़ा संगठन बनाया जाता है, जिसके मुखिया को 'सरदार' कहा जाता है।

सौरिया पहाड़िया जनजाति की शासन व्यवस्था

- सौरिया पहाड़िया जनजाति का राजनीतिक जीवन बहुत ही लोकतांत्रिक होता है।
- जनजाति के गाँव का प्रबंधन मांझी द्वारा किया जाता है, जो ग्राम प्रधान या पुजारी भी होता है।
- माँझी की सहायता गिरि, कोतवार और भंडारी या गोड़ैत द्वारा की जाती है।
- सौरिया पहाड़िया जनजाति की ग्राम पंचायत गाँव के सभी प्रकार के विवादों और झगड़ों का निराकरण करती है।
- विभिन्न गांवों के बीच विवादों को निपटाने के लिए दो प्रकार के अंतर-ग्रामीण संगठन हैं।
- 15-20 गाँवों में एक नायक और 70-80 गाँवों में एक सरदार होता है जबकि मुखिया पूरे क्षेत्र का प्रभारी होता है।
- ब्रिटिश शासन के दौरान सरदार, नायक और मांझी को मान्यता दी गई तथा उन्हें वेतन भी दिया जाता था।
- सरदार, नायक और मांझी के पद वंशानुगत होते हैं।

परहिया जनजाति की शासन व्यवस्था

- परहिया जनजाति झारखंड की एक अल्पसंख्यक आदिम जनजाति है।
- परहिया जनजाति के लोग मुख्यतः झारखंड के लातेहार, पलामू, गढ़वा और हजारीबाग जिलों में निवास करते हैं।
- परहिया समाज या ग्राम के संचालन में खूँट की विशेष भूमिका होती है।
- प्रत्येक गाँव की अपनी जाति पंचायत होती है, जिसे 'भैयारी' या 'जातिगोठ' कहा जाता है।
- 8-10 गाँव मिलकर एक अंतर-ग्राम पंचायत बनाते हैं, जिसे 'कारा भैयारी' कहा जाता है, जो विभिन्न गांवों में विवादों का निराकरण करती है।
- ग्राम पंचायत के मुखिया को महतो या प्रधान कहा जाता है। इसका सहायक 'कहतो' या 'खातो' कहलाता है।
- महतो द्वारा प्रथागत नियमों के अनुसार फैसला सुनाया जाता है।
- महतो के नेतृत्व में उत्सव या धार्मिक उत्सव समारोहों का आयोजन गाँव में किया जाता है।
- महतो, बैगा को निर्देश देते हैं कि वे संकट के समय में गाँव के कल्याण के लिए पूजा करा कर देवी-देवताओं को प्रसन्न करें।

सबर जनजाति की शासन व्यवस्था

- सबोरों की अपनी परम्परागत पंचायत होती है, जिसके मुखिया को 'प्रधान' कहते हैं।
- 'प्रधान' को गोड़ाइत द्वारा सहायता प्रदान की जाती है, जो एक संदेशवाहक का कार्य करता है।
- सबर जनजाति में गोड़ाइत के पद वंशानुगत होते हैं।
- सबर जनजाति के अपने पारंपरिक नियम, कानून और रीति-रिवाज हैं, जो उनके सामाजिक आचरण को नियंत्रित करते हैं।
- सबर जनजाति के अन्तर्गत चोरी, व्यभिचार, जादू-टोना आदि अपराध माने जाते हैं और इसके लिए दोषियों को सजा दी जाती है।
- सबर पंचायत आर्थिक, सामाजिक और धार्मिक सभी प्रकार के विवादों का निपटारा करती है।
- सबर जनजाति में राजनीतिक चेतना का अभाव पाया जाता है।

भारतीय स्वतंत्रता संग्राम में झारखण्ड का योगदान

- 1707 ई. में बादशाह औरंगजेब के निधन के बाद मुगल साम्राज्य शक्तिहीन हो गया था जिससे झारखंड के विभिन्न क्षेत्रों में अनेक राजाओं ने स्वतंत्र राज्य की स्थापना की थी जिसमें कोकराह (छोटानागपुर खास) क्षेत्र, पलामू, पोड़हाट, रामगढ़, मानभूम, सिंहभूम, राजमहल आदि थे।
- उत्तर मुगल शासन के दौरान ईस्ट इण्डिया कंपनी ने झारखंड के विभिन्न क्षेत्रों में अनेक सैन्य अभियान चलाये थे।
- कंपनी ने झारखंड के कई राजाओं से कर के रूप में वार्षिक मालगुजारी वसूलनी प्रारम्भ कर दी थी जिससे झारखंड के स्थानीय राजाओं तथा वहां के लोगों में आक्रोश व्याप्त हो गया तत्पश्चात उन्होंने अंग्रेजों के खिलाफ अनेक क्रांतिकारी कदम उठाये थे।

- इलाहाबाद संधि में मुगल शासक, शाह आलम द्वितीय ने बिहार, बंगाल तथा ओडिशा की दीवानी अंग्रेजों को सौंप दी थी, जिससे अंग्रेजों ने झारखंड के आदिवासी, तथा वहां की खनिज संपदा का शोषण किया था।
- आधुनिक झारखंड विभिन्न क्षेत्रों में बंटा हुआ था जिससे विभिन्न क्षेत्रों में विभिन्न राजाओं का शासन था जिसका विवरण निम्नलिखित है-

छोटानागपुर का खास क्षेत्र

- कोकराह (छोटानागपुर खास) क्षेत्र में नागवंशी राजा रामशाह के बाद, उसके पुत्र यदुनाथ शाह ने 1715 ई. से 1724 ई. तक शासन किया।
- 1716 ई. में यदुनाथ शाह ने मुगल सम्राट फर्रूखसियर को कर देने से मना कर दिया था।
- मुगल सम्राट फर्रूखसियर के आदेश पर बिहार के सूबेदार सरबुलंद खां ने नागवंशीय शासक यदुनाथ शाह पर हमला किया।
- यदुनाथ शाह ने सरबुलंद खां के साथ एक संधि की जिसमे उसे एक लाख रुपए सालाना कर देने के लिए बाध्य होना पड़ा।
- सरबुलंद खां के आक्रमण के बाद यदुनाथ शाह ने अपनी राजधानी को दोइसा से पालकोट स्थानांतरित किया।
- 1719 ई. में चेरो शासक रणजीत राय ने नागवंशी राज्य पर आक्रमण

किया तथा नागवंशी क्षेत्र टोरी परगना पर तीन वर्षों तक अधिकार बनाये रखा था।

- औरंगजेब की मृत्यु के बाद फर्रूखसियर शासक बना जो कि एक कमजोर शासक था जिसका लाभ उठाकर बंगाल का नवाब, मराठों तथा ब्रिटिश ईस्ट इण्डिया कंपनी ने झारखंड के इतिहास को प्रभावित किया था।
- 1734 ई. में बंगाल के नवाब अलीवर्दी खां और हिदायत अली खां ने झारखंड के चतरा पर आक्रमण किया तथा वहां के किले को पूरी तरह ध्वस्त कर दिया था।
- उदयनाथ शाह प्रथम शासक था जिसके शासनकाल में झारखंड पर मराठा आक्रमण हुआ था।
- जिस समय अलीवर्दी खां बंगाल का नवाब बना, उसी समय उदयनाथ शाह की मृत्यु हो गई तथा उसका छोटा भाई श्याम सुंदर नाथ शाह नागवंश का शासक बना।
- श्यामसुंदर नाथ शाह ने 1740 ई. से 1745 ई. तक नागवंश पर शासन किया।
- 1740 ई. तक राजनैतिक परिस्थितियाँ इस प्रकार थी कि अंग्रेजों एवं मराठों ने छोटानागपुर, बंगाल, बिहार और उड़ीसा पर अपना प्रभुत्व स्थापित करना प्रारंभ कर दिया था।
- मराठों के आक्रमण के कारण झारखंड क्षेत्र में मुगलों का प्रभाव शून्य हो गया था।
- झारखंड में अंग्रेजों का आगमन नागवंशी राजा दर्पनाथ शाह के शासनकाल में हुआ था।
- झारखंड के नागवंशी राजा मणिनाथ शाह ने मराठों तथा अंग्रेजों के जमींदारों पर अत्याचार करना प्रारंभ कर दिया।
- मणिनाथ शाह ने बरवा, सिल्ली, बुंडू, राहे और तमाड़ के जमींदारों का दमन कर उन्हें अपने अधिकार में कर लिया।
- मणिनाथ शाह के शासन काल में झारखंड में कोई नया जमींदार बनता तो उसे नागवंशी राजा को नजराना भेंट करना पड़ता था।
- 1750 से 1765 ई. के बीच नागवंशी राजा दीपनाथ शाह और मणिनाथ शाह ने अपनी शक्ति और क्षेत्र का व्यापक विस्तार कर लिया था।

पलामू

- झारखंड के पलामू क्षेत्र का दक्षिणी पलामू क्षेत्र चेरो के अधीन जबकि शेष भाग जमींदारों के नियंत्रण में था, जो मुस्लिम, राजपूत और मराठा द्वारा समर्थित थे।
- हिदायत अली खां जो कि एक जमींदार था ने हुसैनाबाद और हैदरनगर नामक नए नगर की स्थापना की तथा हुसैनाबाद को अपनी राजधानी के तौर पर स्थापित किया था।

पोड़हाट

- झारखंड के नागवंशी शासक रामशाह के समकालीन शासक पोड़हाट क्षेत्र में सिंह वंश के राजा महिपाल सिंह व जगन्नाथ सिंह का शासन था।
- पोड़हाट के सिंहवंशीय राजा जगन्नाथ सिंह के दो पुत्र- पुरुषोत्तम सिंह और विक्रम सिंह थे।
- पोड़हाट के राजा विक्रम सिंह ने सरायकेला राज्य की स्थापना की।
- पोड़हाट के राजा त्रिभुवन सिंह के शासन काल में सिंह वंश की शक्ति कम हो गयी थी जिससे हो जनजातियाँ विद्रोह करने लगी थीं।
- पोड़हाट के राजा त्रिभुवन सिंह ने नागवंशी शासक दर्पनाथ के सहयोग से हो जनजाति विद्रोहियों पर आक्रमण किया।
- हो विद्रोहियों ने पोड़हाट के राजा त्रिभुवन सिंह को पराजित कर दिया था।
- पोड़हाट क्षेत्र में मराठों का नियंत्रण स्थापित नहीं हो सका था।

रामगढ़

- 1707 में औरंगजेब की मृत्यु के समय, झारखंड के रामगढ़ क्षेत्र में राजा दलेल सिंह का शासन था।
- दलेल सिंह ने छय के राजा मगर खां की हत्या कर उसकी राजधानी बीघा पर अधिकार कर लिया था।
- दलेल सिंह ने रामगढ़ के छय क्षेत्र को 1718 ई. से 1724 ई. तक अपने नियंत्रण में रखा था।
- दलेल सिंह ने 1719 ई. में नागवंशियों के खिलाफ चेरो राजा रणजीत सिंह की सहायता की थी।
- 1724 ई. में दलेल सिंह की मृत्यु हो गई तथा विष्णु सिंह रामगढ़ राज्य के राजा बने।
- विष्णु सिंह ने बंगाल के नवाब को वार्षिक कर देना बंद कर दिया था।
- बंगाल के नवाब अलीवर्दी खां ने 1740 ई. में हिदायत अली खां को विष्णु सिंह के विरुद्ध युद्ध करने के लिए आदेशित किया था।
- हिदायत अली खां ने विष्णु सिंह से 80,000 रुपये के रकम को बलपूर्वक वसूल किया था।
- हिदायत अली खां के इस अभियान में पलामू के चेरो राजा, सिरिसा-कुटुम्बा तथा शेरधाटी के जमींदारों ने उसका सहयोग किया था।
- हिदायत अली खां ने विष्णु सिंह पर 12,000 रुपए सालाना कर के रूप में अधिनियमित किये थे।
- 1747 ई. तक विष्णु सिंह ने रामगढ़ के छय पर शासन किया था।

मानभूम

- उत्तर मुगल शासनकाल में, मानभूम क्षेत्र के झालदा पंचेत राज्य के साथ-साथ मिदनापुर, पाटकुम और बाघमुंडी रामगढ़ राज्य के हिस्से थे।

राजमहल

- 1707 ई. में औरंगजेब की मृत्यु के साथ ही संथाल परगना पर मुगलों का नियंत्रण कम हो गया था।
- शाह आलम के सत्तारूढ़ होने के बाद 1710 ई. में फर्रूखसियर मुगल बादशाह के प्रतिनिधि के रूप में राजमहल में आये थे।
- 1712 ई. में जब बहादुरशाह की मृत्यु हो गयी थी तो बंगाल के नायब नवाब ने राजमहल की किलाबंदी करायी थी।
- बंगाल के नवाब अलीवर्दी खां के पिता को राजमहल के पास मोसुहा गांव में दफनाया गया था।
- बंगाल के नवाब अलीवर्दी खां ने अपने भाई अताउल्ला खां को राजमहल का फौजदार नियुक्त किया था।

झारखंड : ईस्ट इण्डिया कंपनी का आगमन

- ईस्ट इण्डिया कंपनी का आगमन झारखंड में सन् 1767 में हुआ था जबकि आधिकारिक रूप से इसका आगमन 1765 ई. की इलाहाबाद संधि से शुरू हो गया था।
- इलाहाबाद संधि में मुगल शासक शाह आलम द्वितीय ने बिहार, बंगाल तथा उड़ीसा की दीवानी अंग्रेजों को सौंप दी थी।
- इलाहाबाद संधि के बाद से ईस्ट इण्डिया कंपनी के अधिकार में बिहार, बंगाल तथा उड़ीसा के अधिकांश क्षेत्र आ गये थे।
- इलाहाबाद संधि के अनुसार, झारखंड को बिहार का अंग माना गया था।
- झारखंड क्षेत्र प्राकृतिक संसाधनों से परिपूर्ण होने के कारण अंग्रेजों का ध्यानाकर्षण किया था।
- अंग्रेज बनारस जाने के क्रम में झारखंड के जंगली-पहाड़ी क्षेत्र से एक सुरक्षित मार्ग का प्रयोग करते थे।

- 1763 ई. में मेजर एडम्स के नेतृत्व में अंग्रेजी सेना ने झारखंड से होकर बंगाल के नबाब मीर कासिम पर सैन्य अभियान चलाया था।

सिंहभूम एवं अंग्रेज

- 1767 ई. में पोड़हाट के राजा त्रिभुवन सिंह के शासन काल में अंग्रेजों ने सिंहभूम क्षेत्र में प्रवेश किया था।
- ईस्ट इण्डिया कंपनी ने 1767 में फर्ग्युसन के नेतृत्व में सेना को सिंहभूम पर आक्रमण के लिए भेजा था।
- फर्ग्युसन द्वारा 22 मार्च, 1767 को घाटशिला, राजमहल पर अधिकार कर लिया गया।
- फर्ग्युसन ने ढालभूम की बागडोर ढाल राजा के भतीजे जगन्नाथ ढाल को 5,500 रुपए सालाना कर देने की शर्त पर सौंप दिया।
- जगन्नाथ ढाल स्वाभिमानी राजा था और अंग्रेजों की अधीनता नहीं चाहता था जिससे उसने 1768 ई. में कर देने से मना कर दिया और स्वयं को स्वतंत्र राजा घोषित कर दिया।
- ईस्ट इण्डिया कंपनी ने जगन्नाथ ढाल के विरुद्ध लेफ्टिनेंट रूक के नेतृत्व में एक सेना भेजी।
- ईस्ट इण्डिया कंपनी के पहुँचने पर जगन्नाथ ढाल भाग गया, परन्तु उसका भाई नीमू ढाल पकड़ा गया।
- ईस्ट इण्डिया कंपनी ने पुनः कैप्टन चार्ल्स मार्गन को ढालभूम क्षेत्र पर नियंत्रण के लिए भेजा।
- ईस्ट इण्डिया कंपनी के आदेश पर कैप्टन चार्ल्स मार्गन ने जगन्नाथ ढाल को अपदस्थ कर नीमू ढाल को शासक नियुक्त कर दिया।
- नीमू ढाल के शासक बनने के उपरान्त उसने भूमिजों को कर के लिए परेशान करना शुरू कर दिया जिससे क्षेत्र में विद्रोह की शुरुआत हुई थी।
- नीमू ढाल ने अंग्रेजों की सहायता से विद्रोह को दबा दिया।
- जगन्नाथ ढाल ने 10 वर्ष तक कंपनी के साथ संघर्ष किया और अधिकांश क्षेत्र पर पुनः कब्जा किया।
- 1777 ई. में कंपनी ने नीमू ढाल को पदस्थ करके पुनः जगन्नाथ ढाल को राजा घोषित कर दिया।

पोड़हाट एवं अंग्रेज

- झारखंड के पोड़हाट पर राजा जगन्नाथ सिंह के शासन के समय उनके चचेरे भाई शिवनाथ सिंह राजा के खिलाफ विद्रोह कर दिया था।
- राजा जगन्नाथ सिंह ने अपने भाई के खिलाफ ईस्ट इण्डिया कंपनी से सहायता की मांग की थी जिसको कंपनी ने स्वीकार कर लिया था।
- 1773 ई. में कंपनी ने अंग्रेज अधिकारी फोरबिस के नेतृत्व में पोड़हाट के राजा जगन्नाथ सिंह पर संधि के लिए दबाव बनाया।
- ईस्ट इण्डिया कंपनी ने संधि में अनेक शर्तें रखीं थी जो निम्नलिखित है-
  1. पोड़हाट के राजा जगन्नाथ सिंह कंपनी विरोधी तत्त्वों को आश्रय नहीं देगें।
  2. राजा जगन्नाथ सिंह मराठों द्वारा किये जाने वाले व्यापार को अपने क्षेत्र का उपयोग नहीं करने देगें।
  3. राजा मराठों का सहयोग नहीं करेंगे।
- ईस्ट इण्डिया कंपनी ने सन् 1793 में सरायकेला के कुंवर और खरसावां के ठाकुर राजाओं को भी इस तरह की संधि पर हस्ताक्षर करने के लिए बाध्य किया।
- जब वर्ष 1803 ई. में द्वितीय आंग्ल-मराठा युद्ध शुरू हो गया तो लॉर्ड वेलेजली तथा अंग्रेज सेनापतियों ने सरायकेला के कुंवर को मराठों को सहयोग न देने का दबाव बनाया था।
- 1809 ई. में पोड़हाट के राजा ने कंपनी शासन के संरक्षण में अपने राज्य को सौंपने का अनुरोध किया जबकि सिंहभूम को ईस्ट इण्डिया कंपनी ने अपने अधीन कर लिया।
- 1 फरवरी 1820 ई. को कंपनी के एजेंट रसेल और पोड़हाट के राजा घनश्याम सिंह के साथ समझौता हुआ, जिसमें राजा ने कंपनी की अधीनता स्वीकार कर ली।
- पोड़हाट के राजा घनश्याम सिंह के साथ समझौता होने से हो जनजाति के लोगों ने विद्रोह कर दिया जिससे कंपनी ने पुनः उन पर नियंत्रण स्थापित किया।

कोल्हान एवं अंग्रेज

- झारखंड के कोल्हान क्षेत्र में हो जनजाति निवास करती थी।
- कंपनी ने टी.एस. विलकिन्सन की सलाह पर कोल्हान क्षेत्र में सेना भेजी तथा विद्रोह को दबा दिया अन्ततः हो जनजाति के लोगों ने 1837 ई. में आत्मसमर्पण कर दिया।
- कंपनी ने कोल्हान क्षेत्र में नई रणनीति बनाई जिसमें एक प्रशासनिक इकाई गठित की गई जिसे एक अंग्रेज अधिकारी के अधीन कर दिया गया।
- हो जनजाति के लोग कंपनी को कर देने के लिए मान गए, इस प्रकार कंपनी ने 'हो' जनजाति पर अंकुश लगाया।
- 1765 ई. के बिहार दीवानी के 72 साल बाद, अंग्रेजों ने 'हो' क्षेत्र में सफलता हासिल की।

पलामू एवं अंग्रेज

- जिस समय पलामू के चेरो राज्य पर जयकृष्ण राय का शासन था उसी समय गढ़वा पर अमर सिंह का शासन था।
- राजा जयकृष्ण राय का गढ़वा के राजा अमर सिंह के बेटे सयनाथ सिंह के साथ मतभेद रहता था।
- 1770 ई. में जयनाथ सिंह जो की सयनाथ सिंह का भतीजा था ने चिरंजीत राय से मिलकर चेतमा में जयकृष्ण राय की हत्या करा दी।
- चिरंजीत राय ने पलामू किले पर अधिकार करके स्वंय को राजा तथा जयनाथ सिंह को अपना दीवान बना लिया था।
- अंग्रेजो ने साजिश के तहत गोपाल राय को पलामू का राजा बनाया ताकि क्षेत्र को अर्धस्वतंत्र रखा जा सके।
- ईस्ट इण्डिया कंपनी के पटना काउंसिल ने कैप्टन जैकब कैमक के नेतृत्व में एक बड़ी सेना के साथ 19 जनवरी, 1771 को पलामू पर आक्रमण करने का आदेश दिया।
- कैप्टन जैकब कैमक के नेतृत्व में अंग्रेजी सेना ने कुंडा में 25 जनवरी 1771 ई. को प्रवेश किया।
- कैप्टन जैकब कैमक ने 29 जनवरी, 1771 ई. को पलामू किले की घेराबंदी की, जिससे कैमक ने चेरो को आत्मसमर्पण करने के लिए बाध्य किया, लेकिन चेरो ने अस्वीकार कर दिया।
- अन्ततः 21 मार्च, 1771 को चेरों ने अंग्रेजों के सामने आत्मसमर्पण कर दिया तथा अंग्रेजों ने पलामू पर अधिकार कर लिया।
- चिरंजीत राय और जयनाथ सिंह ने भागकर रामगढ़ में शरण ली तथा अपने प्राण बचाए।
- 1 जुलाई, 1771 ई. को गोपाल राय को सालाना 12 हजार रुपए की मालगुजारी शर्त पर राजा घोषित किया गया।

छोटानागपुर एवं अंग्रेज

- नागवंशी राजा दर्पनाथ शाह छोटानागपुर खास क्षेत्र में शासन करते थे।
- 1770 के बाद दर्पनाथ शाह पर कई राजाओं के आक्रमण होने शुरू हो गये थे जिसका कारण यह था कि दर्पनाथ शाह ने विद्रोहियों का साथ दिया था।
- पोड़हाट क्षेत्र के राजा ने छोटानागपुर खास पर आक्रमण कर सोनपुर,

बेलसिया, बसिया आदि क्षेत्रों में लूटपाट की।

- रामगढ़ के राजा मुकुन्द सिंह भी दर्पनाथ शाह का विरोधी था और नागवंशी राज्य पर अक्सर आक्रमण करता रहता था।
- नागवंशी राजा दर्पनाथ शाह अपने आस-पास के राजाओं के आक्रमण से भयभीत होने पर अपने वकील को पटना काउंसिल के कैप्टन जैकब कैमक के पास भेजा था।
- दर्पनाथ शाह ने स्वयं भी सतबरवा (पलामू) जाकर कैमक से मुलाकात की थी तथा कंपनी की अधीनता स्वीकार की थी।
- कंपनी ने सालाना 12000 रुपए का कर निर्धारित करके दर्पनाथ शाह को अधीनस्थ राजा घोषित कर दिया था।

रामगढ़ एवं अंग्रेज

- हजारीबाग क्षेत्र में रामगढ़ राज्य प्रमुख था जिसके राजा मुकुंद सिंह अंग्रेजों की अधीनता स्वीकार नहीं करना चाहते थे।
- रामगढ़ के राजा मुकुंद सिंह ने कैप्टन जैकब कैमक के पलामू अभियान के समय चेरो की सहायता की थी तथा अंग्रेजी दूत की हत्या कर दी थी।
- कैप्टन जैकब कैमक ने रामगढ़ के राजा पर अधीनता स्वीकार करने के लिए दबाव बनाया था।
- कंपनी ने 1769 ई. में खड़गडीहा को नियंत्रण में ले लिया लेकिन कुंडा पर कोई कर आरोपित नहीं किया क्योंकि कुंडा के राजा धीरज नारायण सिंह ने कैमक के पलामू अभियान में सहयोग किया था।
- हजारीबाग क्षेत्र में सभी राजा कंपनी को कर दे रहे थे जबकि रामगढ़ के राजा ही अंग्रेजों के प्रमुख प्रतिद्वन्दी के रूप में थे।
- जॉन काटियर जो कि अंग्रेज सेनापति था ने रामगढ़ के राजा मुकुंद सिंह को आदेश दिया कि राजा बने रहने की स्थिति में 20 हजार रुपये वार्षिक कर दें अन्यथा उनके राज्य पर आक्रमण कर कंपनी के अधीन कर लिया जायेगा।
- मुकुंद सिंह ने अपने वकील ठाकुर रामचंद्र सिंह को कैप्टन जैकब कैमक के पास भेजा तथा जैकब ने मुकुंद सिंह के प्रस्ताव को स्वीकार किया तथा इसकी सूचना पटना काउंसिल को दी।
- मुकुंद सिंह ने दो किश्तों में कर भुगतान के प्रस्ताव रखा था जिसे कैप्टन जैकब ने उसे अस्वीकार कर दिया।
- मराठों ने अंग्रेजों के विरुद्ध मुकुंद सिंह को सहायता करने के लिए आश्वासन दिया तथा मराठा लड़ाकों की एक टुकड़ी को सहयोग के लिए भेज दिये तथा यह जानकर आस-पास के राज्य जो अंग्रेजों के विरोधी थे वे भी राजा को सहयोग करने के लिए तैयार हो गये थे।
- पटना काउंसिल ने रामगढ़ पर कैमक को आक्रमण करने का आदेश दिया।
- अक्टूबर 1772 ई. में कंपनी की सेना ने रामगढ़ पर आक्रमण किया।
- मराठों ने किसी कारणवश राजा मुकुंद सिंह की सहायता नहीं की जिससे राजा ने भीषण युद्ध और रक्तपात को देखते हुए अंग्रेजों से युद्ध नहीं किये।
- कैप्टन जैकब कैमक ने रामगढ़ पर अधिकार कर लिया तथा वहां पर तेज सिंह को राजा घोषित कर दिया।

मानभूम एवं अंग्रेज

- मानभूम क्षेत्र में अंग्रेजों के आने से पूर्व वहां पर एक मजबूत जमींदारी व्यवस्था कायम थी
- मानभूम क्षेत्र में झरिया, कतरास, पर्रा, रघुनाथपुर, कर्राह, झालदा, जयपुर हेसला, बालमुंडी, ईचागढ़, बलरामपुर, पंचेत, सुपुर, अमियनगर, चतना और बड़ाभूम आदि में शक्तिशाली जमींदार थे।
- मानभूम में अंग्रेजों का प्रवेश फर्ग्यूसन के नेतृत्व में हुआ था जिसे जमीदारों के प्रतिरोध का सामना करना पड़ा था।
- कंपनी ने फर्ग्यूसन के नेतृत्व में सैन्य चौकियां स्थापित करके इस क्षेत्र में कर वसूली की प्रणाली स्थापित की थी।
- फर्ग्यूसन ने मानभूम के बलरामपुर में, जबकि लेफ्टिनेंट गुडयार ने दुमजोर में थाने की स्थापना की।
- दुमजोर के जमींदारों ने कंपनी की अधीनता स्वीकार करने से इंकार किया।
- रायपुर, फुलकुसमा, मानभूम, बड़ाभूम आदि के जमींदारों ने बहाने बनाकर कंपनी के खिलाफ विद्रोह किया।
- फर्ग्यूसन ने सुपुर, अभियनगर, बड़ाभूम, मानभूम और चतना के जमींदारों के साथ 2001 रुपए वार्षिक कर निर्धारित किए थे।
- फर्ग्यूसन मानभूम के सभी जमीदारों को कंपनी के अधीन करना चाहते थे परन्तु सन् 1767 में फर्ग्यूसन के सभी प्रयास असफल रहे थे।

सरायकेला, खरसावाँ एवं अंग्रेज

- झारखंड के सरायकेला और खरसावाँ क्षेत्र में अंग्रेजों की स्थिति अच्छी नहीं थी परन्तु धीरे-धीरे सन् 1837 ई. में अंग्रेज ने इस क्षेत्र को अपने अधिकार में ले लिया था।
- सरायकेला राज्य कई पीरों में बंटा हुआ था जिसमें गम्हरिया, दसनी, बेकसै, इचा, कंदरा, सदन्त आदि थे।
- सरायकेला राज्य की स्थापना राजा विक्रम सिंह ने की थी।
- विक्रम सिंह की मृत्यु के बाद सरायकेला, खरसावाँ और आसनतली राज्य में विभाजित हो गया था।
- मानभूम के सरायकेला में पहली बार अंग्रेजों का आगमन 1770 ई. में हुआ था।
- सरायकेला के राजा अभिराम सिंह ने आंग्ल-मराठा युद्ध में अंग्रेजों की मदद करते हुए 1820 ई. में तमाड़ (राँची) क्षेत्र के विद्रोही रुर्दूम सिंह को गिरफ्तार किया था।
- 1857 की क्रांति में सरायकेला ने अंग्रेजों का सहयोग किया जिसके पुरस्कार स्वरूप पोड़हाट का एक भाग अंग्रेजों ने सरायकेला के राजा को दे दिया था।
- 1893 ई. में खरसावाँ का क्षेत्र स्वतंत्र था जिसकी स्थापना विक्रम सिंह के द्वितीय पुत्र द्वारा स्थापित हुआ था।
- 1899 ई. में कंपनी ने सरायकेला राज्य पर कर अधिरोपित करना प्रारम्भ कर दिया था।

राजमहल एवं अंग्रेज

- मुगल राजकुमार शाह शुजा ने संथाल परगना क्षेत्र में राजमहल को अपनी राजधानी के रूप में स्थापित किया था।
- कंपनी का एजेंट गेब्रियल बाउघटन कंपनी को व्यापार करने के लिए मुगल राजकुमार शाह शुजा से शाही फरमान हासिल करने में सफल रहा था।
- 1767 ई. में मुगल शाही टकसाल से कंपनी के लिए भी रुपया ढाला जाने लगा था।
- कंपनी और मुगलों के बीच संबंधों में तब तनाव उत्पन्न हुआ जब 1702 ई. में औरंगजेब ने कंपनी के अधिकारियों को राजमहल में बंदी बनवा दिया।
- 1763 ई. में मेजर एडम्स ने मीर कासिम को पराजित करने के साथ ही राजमहल क्षेत्र पर भी अधिकार स्थापित कर लिया था।
- 26 अगस्त 1765 ई. को मुगल बादशाह शाह आलम द्वितीय ने बंगाल के नवाब की इच्छा के विरुद्ध जाकर कंपनी को बंगाल, बिहार तथा ओडिशा की दीवानी कंपनी को 26 लाख वार्षिक कर पर दे दिया था।
- बंगाल, बिहार तथा उड़ीसा की दीवानी प्राप्त करते ही कंपनी ने कुछ समय में ही राजमहल पर अपना आधिपत्य स्थापित कर लिया था।

झारखंड के प्रमुख आंदोलन

सदान

- झारखंड के मूलनिवासियों को दो वर्गों में विभक्त किया गया है: सदान और आदिवासी।
- झारखंड राज्य में सामान्यत: गैर-जनजातियों को सदान कहा जाता है, परंतु सभी गैर-जनजातियां सदान नहीं है।
- वास्तव में सदान झारखंड के मूल गैर जनजातीय लोग हैं।
- व्युत्पत्ति की दृष्टि से 'सदान' शब्द का एक तद्धित शब्द है जो सद+आन से बना है।
- सद का शाब्दिक अर्थ है: - विश्राम करना, बैठना, बस जाना।
- इस प्रकार 'सदान' शब्द का अर्थ है, ऐसे लोग जो झारखंड में बसे हुए थे या ठहरे हुए थे।
- सदानों की भाषा मौलिक रूप से - खोरठा, नागपुरी, पंचपगनिया और कुरमाली है।
- झारखंड की सदानी भाषा 'नागपुरी' में घर में रहने वाले कबूतरों को 'सदपरेवां' कहते है और घर में नहीं रहने वाले कबूतरों को 'बनया कबूतर' कहा जाता है।
- इसी प्रकार 'सदपरेवां', सदान जनजाति के लोग होते हैं तथा 'बनया कबूतर' की तरह वनवासी या आदिवासियों लोग होते हैं।
- सदान वर्ग में अनुसूचित जाति, सामान्य वर्ग, पिछड़ा वर्ग तथा अल्पसंख्यक सभी लोग आते हैं।
- सदानों का आरंभिक अधिवास झारखंड ही है।
- झारखंड में सदानों की संख्या आदिवासियों से अधिक है।
- सदानों का प्रजातीय वंश आर्य, द्रविड़वंशी, आग्रेय है।
- झारखंड में 'असुर' जनजाति के पूर्व की जनजाति सदान है।
- 'असुर' जनजाति के बाद 'मुंडा' और फिर 'उराँव' जनजाति आती हैं।
- सदानों के लिए 'दिकू' उपनाम अंग्रेजों द्वारा एक साजिश के तहत थोपा गया था।
- इस नाम से आदिवासी भ्रमित हुए जिसमें सदान और आदिवासी आपस में भिड़ गए।
- सदान लोग महामारी जैसे हैजा, चेचक आदि को देवी का प्रकोप मानते हैं तथा इससे बचने हेतु शीतला देवी की पूजा करते हैं।
- आर्थिक दृष्टिकोण से सदान की स्थिति आदिवासियों से अच्छी है।

सदान और आदिवासियों में अंतर:

सदान	आदिवासी
सदान गैर-जनजातीय मूल निवासी हैं।	आदिवासी जनजातीय मूल निवासी हैं।
सदान समुदायी होते हैं।	आदिवासी कबिलाई होते हैं।
सदान स्थायी स्वभाव के होते हैं।	आदिवासी घूमन्तू स्वभाव के होते हैं।
एक समान जनजाति के रूप में अनुसूचित हैं।	कई आदिवासी अनुसूचित नहीं हैं।

जाति के दृष्टि से सदानों का प्रकार:

- सदानों को दो वर्गों में विभक्त किया जा सकता है:
- पहला - वे सदान जो सिर्फ झारखंड में पाए जाते हैं जैसे - रौतिया, बड़ाइक, देशावली, धानुक, घासी, पान, भुइयां, गौडाइत, प्रमाणिक, तांती, गोसाई, रक्सेल, स्वांसी, भाट, बाउरी, बिंद, झोरा, कोस्टा, सरक, मल्हार, बरगहा, खंडत, लौहाड़िया आदि।
- कुछ सदान ऐसे भी होते है जिनका गोत्र स्थानीय आदिवासियों की तरह है, उनका मूल-निवास स्थान भी झारखंड माना गया है।
- दूसरा - वे सदान जो झारखंड के अलावा देश के अन्य भागों में भी पाए जाते हैं जैसे - राजपूत, ब्राह्मण, कुम्हार, चमार, सोनार, कोयरी, माली, लोहार, दुसाध, तेली इत्यादि।
- जो सदान बाहर से आकर यहाँ बसे हैं, उनके गोत्र कन्नौजिया, अवधिया और तिरहुतिया होते है।

झारखंड का सदानीकरण:

- झारखंड के सबसे प्राचीन निवासी सदान थे।
- मुंडा, असुर तथा उराँव जनजाति के आगमन के उपरांत आदिवासियों की जनसंख्या अधिक थी।
- सदानीकरण के कारण, सदानों की संख्या अधिक हो गयी।
- झारखंड में सदानों की संख्या 60% है।
- झारखंड में सदानीकरण के कुछ कारण: -
    - नागवंश के संस्थापक 'फणिमुकुट रॉय' ने उत्तर प्रदेश के ब्राह्मणों तथा अन्य जातियों को झारखंड के छोटानागपुर में बसने के लिए निमंत्रण दिया था।
    - समुद्रगुप्त के आटविक राजाओं से विजय के दौरान आदिवासियों और सदानों को मुख्यधारा में लाने के लिए भी सदानीकरण किया गया।
    - 1202-03 में कुतुबुद्दीन ऐबक के सेनापति बख्तियार खिलजी ने दक्षिण-बिहार में आक्रमण किया और नालंदा, उदंतपुरी और विक्रमशिला विश्विद्यालय को नष्ट करवाया और बड़ी मात्रा में हिन्दुओं का रक्तपात हुआ।
    - प्राणों की रक्षा के लिए हिन्दुओं के विभित्र समूहों को झारखंड में शरण लेना पड़ा। इस तरह यहाँ झारखंड में नए मानवसमूहों का आगमन हुआ।
    - तुगलक वंश के काल में फिरोज शाह तुगलक, मलिक बया, मुगल सेनापतियों के आक्रमण के दौरान भी झारखंड का सदानीकरण किया गया।

धर्म:

- सदानों में 'सराक' नामक एक छोटे से क्षेत्र में स्थित जाति जैन धर्म से प्रभावित है।
- ये लोग सूर्य अस्त होने के बाद भोजन नहीं करते हैं और ये लोग शाकाहारी होते हैं।
- ये लोग मनसा देवी एवं सूर्य के उपासक हैं।
- मूल सदान अराध्य देव तथा पुरखों की अस्थियों का तपान अर्पित करते थे।

- कुछ सदान वैष्णव परम्परा से प्रभावित हैं।
- 16वीं सदी के बाद से इस्लाम धर्म के लोग भी यहां बस गये, जिन्हे बाद में सदान कहा गया।
- हिन्दु सदानों में देवी-देवता की पूजा-अर्चना करने की धार्मिक परम्परा है।
- इसके अतिरिक्त प्रत्येक सदान कुल देवी–देवताओं की भी पूजा करते हैं।

शारीरिक गठन:

- सदानों के शारीरिक गठन में आर्य, द्रविड एवं आस्ट्रिक तीनों के कमोबेश लक्षण दिखाई पड़ते हैं।
- सदान लोग आदिवासियों से पूर्णतया भिन्न दिखाई देते हैं।
- सदान काले, गोरे और सांवले रंग के हो सकते हैं।
- उनकी कद/काठी छोटी, मध्यम और लंबी तीनों ही वर्ग में होती है।

वेश भूषा :

- सदान लोगों की पारम्परिक वेश-भूषा धोती, कुर्ता, गमछा, चादर आदि है।
- वर्तमान समय में उपर्युक्त वस्त्रों के अतिरिक्त पैंट, शर्ट, कोट, टाई, पायजामा, सलवार, कुर्ता, साड़ी आदि प्रायः सभी तरह के बिहार और बंगाल के प्रचलित वस्त्र भी शामिल हैं ।

आभूषण:

- बिहार और बंगाल में प्रचलित आभूषण सदानों में अत्यधिक प्रचलित हैं।
- आदिवासियों के कुछ आभूषण सदानों में भी प्रचलित हैं।
- कंगन, पोला, साखा, बिछिया, हार, पईरी, हंसली, कंगना, सिकरी, छूछी, बुलाक, बेसर, खोंगसो नथिया, तरकी, करन फूल, मंगटीका, पटवासी आदि आभूषण महिलाओं में प्रचलित हैं।
- सदान लोगों में आदिवासियों की तरह 'गोदना' का भी प्रचलन है।

गृहस्थी के सामान:

- आजकल स्टील, प्लास्टिक, हेंडालियम एवं एल्युमिनियम के सामान प्रायः गांव से शहर तक सभी सदानों के घरों में दिखाई पड़ते हैं।
- सदान लोग कांसे और पीतल के बर्तनों को समृद्धि का प्रतीक मानते है।
- किन्तु गांवों में अभी भी 60% सदान आदिवासी मिट्टी के बर्तनों का प्रयोग करते हैं।
- सदानो के घरों में हंडिया, गगरी, ढकनी और चुका निश्चित ही दिखाई पड़ते हैं।
- सदान लोग सामूहिक भोज में पत्तल और दोने का प्रयोग करते हैं।

शिकार के औजार:

- आदिवासियों के साथ-साथ सदानों में भी शिकार प्रचलित है।
- इनमें मछली मारने के लिए जाल, कुमनी, बंसी, डांग, पोलई, घोघी, तीर-धनुष और तलवार, भाला, लाठाचोंगी, गुलेल आदि औजार शामिल हैं।
- सदानों में बंदूक रखने की परंपरा जमींदारी के कारण से रही है। वर्तमान समय में यह प्रचलन कम है।

नातेदारी:

- सदानों का समाज पितृ-सत्तात्मक है तथा यहाँ माता एवं पिता के कुल में वैवाहिक संबंध स्थापित नहीं किया जा सकता है।

पर्व-त्योहार:

- सदनों के उत्सव वही हैं, जो आदिवासियों में होते हैं।
- दशहरा, होली, दीवाली और काली पूजा के अतिरिक्त जितिया, करमा, सोहराय, सरहुल, मकर संक्रांति, टुसू, तीज, मुहर्रम, ईद आदि सदानों के मुख्य पर्व-त्योहार हैं।

नृत्य एवं गीत:

- सदानों के गांवों की पहचान 'अखरा' नृत्य से होती है।
- 'अखरा' नृत्य आदिवासियों की तरह सदानों के गांवों में भी प्रचलित हैं।
- 'मधुकरपुर' गांव (जिला बोकारो) में नृत्य गीत-संबंधी जो सूचना मिलती है उसके आधार पर यह स्पष्ट है कि 'करम' उत्सव में लड़कियों का 'अखरा' सामूहिक नृत्य होता है।
- सदानों में 'जावा' जगाने के लिए प्रत्येक रात्रि नृत्य होता है।
- इसके अतिरिक्त शादी-विवाह में भी महिलाएं नृत्य करती हैं। झूमटा, डमकच, झूमर आदि सामूहिक नृत्य हैं जो आम महिलाएं 'अखरा' में या घर-आंगन में करती हैं।
- इसके अतिरिक्त, नटुआ नृत्य, छउ नृत्य नचनी नृत्य, घटवारी नृत्य और महराई नृत्य आदि विविध प्रकार के नृत्य होते हैं।
- सदानों के गीत कई प्रकार के होते हैं जिसके राग भी उन्हीं के नाम अथवा सुर के नाम पर नामित हैं।
- इनके अतिरिक्त गणेश नृत्य, कार्तिकेय नृत्य सदानों का शास्त्रीय नृत्य है।
- गीतों के प्रकार निम्नलिखित हैं –डमकच, झूमटा, अंगनाई या जनानी झूमर, सोहर, विवाह गीत, मरदानी झूमर, रंग, फगुआ, पावस, उदासी, सोहराय आदि।

सदान समुदाय की जनजातियाँ:

- बिरझिया, चीक बड़ाईक, गोड़ाईत, कुरमाली, लोहरा, मछली, किसान एवं असुरा।

अत्यंत पिछड़ा वर्ग: (अनुसूची-1):
कपारिया, कानू, कलंदर, कोछ, कुर्मी (महतो), केवेट (कउट), कादर, कोरक, केवर्त, खटवा, खतौरी, खंगार, खटिक, खेलटा, खतवे, गोड़ी (छवी), गंगोता, गंर्धव, गुलगुलिया, गौड़ (महाकुड़), गोप, ग्वाला (पूर्वी सिंहभूम
प. सिंहभूम व सरायकेला-खरसावां के लिए), चाय, चपौता, चंद्रवंशी (कहार), टिकुलहार, ढकारू, तांती (ततवा), तमस्यि, तुरहा, तियर, धारू, धानुक, धामिन, धीमर, धीगर, धनवार, नोनिया, नइया, नाई, नामशुद्र, पाण्डी, पाल (भेड़िहार गड़ेरी), प्रधान पिनगनिया, पहिरा, बारी, बेलदार, बिंद
सेखड़ा, बागदी-बागती (बागची), भुईयार, भार, भास्कर, माली, मंगर, मदार, मल्लाह (सुरहिया), मझवार मारकंडे, मौरियारी, मलार (मालहोर), मोलिक
राजधोबी, राजभर, रंगवा वनपर, सोटा, शेरशाहवादी, बलखो (मुस्लिम), अदरखी, छिपी, तिलि, इदरीसी/दर्जी (मुस्लिम) सेकलगर, (मुस्लिम), लेट, कुनाई, पुष्पनामित बागाल/खण्डदाल, सिन्दुरिया, खैरा।

पिछड़ा वर्ग: (अनुसूची - 2):
कागजी, कमार (लोहार और कर्मकार), कुशवाहा (कोइरी) कोस्ता, गद्दी, घटवार, चनउ, जदुपतिया, जोगी (जुगी), तमोली, तेली देवहार, नालबंद (मुस्लिम), परथा, बढ़ई, बड़ई, बनिया (सुढ़ी) हलवाई मयरा (मैरा) (मोदक)
रोनियार, पनसारी, मोदी, कसेरा, केशरवानी, ठठेरा, कलवार, जायसवाल, जैसवार, कलाल, एराकी, बियाहुत,कलवार,पटवा, कमलापुरी, वैश्य, बनिया, माहुरी वैश्य, अवध बनिया, बंगी वैश्य, वर्णवाल, अग्रहरी वैश्य
बनिया, माहुरी वैश्य, अवध बनिया, बंगी वैश्य, वर्णवाल, अग्रहरी वैश्य, पोद्दार, कसोधन, गंधर्वनिक, मकरी, (मुस्लिम) यादव (ग्वाला, अहिर, घासी, मेहर)(सदगोप), रंगरेज (मुस्लिम) रौतिया, लहेडी, शिवहरी, सोनार (सुवर्ण वनिक)
सूत्रधार सुकियार, ईसाई धर्मावलंबी (हरिजन), ईसाई धर्मावलंबी (अन्य पिछड़ी जाति) भाट (हिन्दू) दांगी, कल्हैया, बैरागी, (वैष्णव) पाईक, लक्ष्मी नारायण गोला, चासा, कयाली।

- फणिमुकुट राय (नागवंशी राजा)
- रघुनाथ शाह (नागवंशी राजा)

- दुर्जन साल (नागवंशी राजा)
- लाल चिंतामणि शरण नाथ शाहदेव (नागवंशी राजा)
- बख्तर साय (स्वतंत्रता सेनानी)
- मुंडल सिंह (स्वतंत्रता सेनानी)
- पाण्डे गणपत राय (स्वतंत्रता सेनानी)
- ठाकुर विश्वनाथ शाहदेव (स्वतंत्रता सेनानी)
- टिकैत उमराँव सिंह (स्वतंत्रता सेनानी)
- बिनोद बिहारी महतो (सांसद)
- निर्मल महतो (राजनीतिक कार्यकर्त्ता)
- गिरधारी राम गोंझू (साहित्यकार)
- आदित्य साहू (सांसद)
- मुकुंद नायक (लोक गायक और नर्तक)
- दीपिका कुमारी (भारतीय महिला तीरंदाजी खिलाड़ी)
- पूर्णिमा महतो (भारतीय महिला तीरंदाजी खिलाड़ी)
- निक्की प्रधान (भारतीय हॉकी खिलाड़ी)

मुख्य जनजातीय विद्रोह

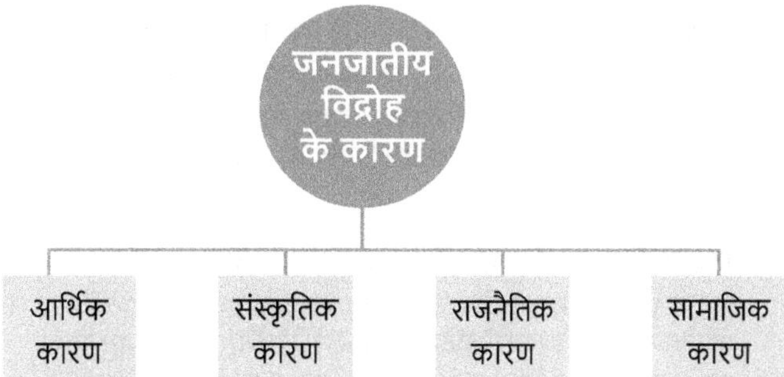

राजनैतिक कारण:

1. अदिवासी क्षेत्रों पर अधिकार का प्रयास
2. अदिवासी शासकों को नियंत्रित करने का प्रयास
3. आदिवासी स्वायत्ता पर नियंत्रण का प्रयास
4. ब्रिटिश नियमों व कानूनों को थोपने का प्रयास
5. ब्रिटिश कर्मचारियों द्वारा आदिवासियों का शोषण
6. जमींदारों द्वारा आदिवासियों को भड़काया जाना

आर्थिक कारण:

1. जमींदारों-साहूकारों द्वारा आदिवासियों का शोषण
2. अंग्रेजों द्वारा स्थायी बंदोबस्त लागू करना
3. अकालों की पुनरावृत्ति का प्रभाव
4. कृषि संबंधी अन्य समस्याएँ
5. वन कानूनों द्वारा निर्वाह साधनों पर नियंत्रण

सामाजिक - सांस्कृतिक कारण:

1. जनजातीय परंपराओं में हस्तक्षेप
2. दिकुओं द्वारा आदिवासियों को हीन समझना
3. इसाई धर्म के विस्तार हेतु प्रयास

ढाल विद्रोह (1767-1777)

- इस विद्रोह का अर्थ है 'ढाल राजा के नेतृत्व में संपूर्ण ढाल राज्य के लोगों का विद्रोह।'
- यह विद्रोह झारखंड राज्य में अंग्रेजों (ब्रिटिश सरकार) के विरुद्ध प्रथम विद्रोह था।
- 12 अगस्त 1765 को मुगल शासक शाहआलम द्वितीय ने ईस्ट इण्डिया कम्पनी को बिहार, बंगाल तथा उड़ीसा का उत्तरदायित्व सौंपा गया।
- 1765 ई. में छोटानागपुर का क्षेत्र ब्रिटिश शासन के अधीन आ गया।
- अंग्रेजों ने झारखंड में सबसे पहले सिंहभूम-मानभूम की दिशा से प्रवेश किया।
- उस समय, सिंहभूम में प्रमुख राज्य पोरहाट, ढालभूम और कोल्हान थे।
- ईस्ट इण्डिया कम्पनी सरकार ने मार्च, 1766 में यह निर्धारित किया कि यदि सिंहभूम के राजा कम्पनी का आधिपत्य तथा 'वार्षिक कर' देना स्वीकार कर लेते हैं तो उन पर सैनिक कार्यवाही नहीं की जाएगी।
- सिंहभूम के राजाओं ने ईस्ट इण्डिया कम्पनी की शर्तों को मानना अस्वीकार कर दिया।
- परिणामस्वरूप 1767 ई. में **फर्ग्युसन** के नेतृत्व में **सिंहभूम** पर आक्रमण हुआ। उस समय छोटानागपुर का पहाड़ी क्षेत्र विद्रोही जमींदारों के लिए एक सुरक्षित आश्रय था।
- 1767 ई. में अंग्रेजों के सिंहभूम में प्रवेश करने के बाद **ढालभूम** में तैनात **राजा जगन्नाथ ढाल** के नेतृत्व में एक विद्रोह हुआ, जिसे 'ढाल विद्रोह' के नाम से जाना जाता है।
- इस विद्रोह का प्रारंभ 1767 ई. में सिंहभूम क्षेत्र में हुआ जो 1777 ई. तक (10 वर्ष) चला।
- इस विद्रोह का दमन करने के लिए कंपनी ने **लेफ्टिनेंट रुक** तथा **चार्ल्स मैगन** को भेजा गया, लेकिन ये अधिकारी विद्रोह का दमन करने में सफल नहीं हुए।
- कंपनी द्वारा 1777 ई. में **जगन्नाथ ढाल को राजा स्वीकार** किए जाने के बाद यह विद्रोह समाप्त हो गया था।
- ढालभूम का राजा बनाये जाने के बाद जगन्नाथ ढाल द्वारा अंग्रेजों को अधिकतम 4000 रुपये कर देना स्वीकार करना पड़ा।
- कंपनी द्वारा 1780 ई. में इस राशि को बढ़ाकर 4267 रुपये कर दिया गया।

चुआर विद्रोह (1766 – 1816)

- अंग्रेज जंगलमहल के लोगों को चुआड़/चुआर (नीची जाति के लोग) कहते थे, जिसके कारण इनके विद्रोह का नाम चुआर विद्रोह पड़ गया।
- सामान्यतः चुआर लोग पशु-पक्षियों के शिकार, जंगलों में खेती व वनोत्पादों के व्यापार द्वारा अपना भरण-पोषण करते थे।
- इसके अलावा ये लोग स्थानीय जमींदारों के यहां सिपाही (पाइक) के रूप में कार्यरत थे।
- अंग्रेजों द्वारा चुआरों की भूमि पर अवैध कब्ज़ा कर जमीदारों को बेचने, जमीदारों के लगान में अप्रत्याशित वृद्धि तथा लगान नहीं देने पर जमीन की नीलामी करने, बाहरी लोगों को इनके निवास-स्थान में बसाने, स्थानीय चुआरों के स्थान पर बाहरी पुलिस को उनके स्थान पर नियुक्ति करने तथा अन्य आर्थिक मुद्दों के विरुद्ध यह विद्रोह किया गया।
- यह विद्रोह मानभूम, सिंहभूम, बाड़भूम और पंचेत राज्यों में हुआ।
- पाइक, घाटवाल और जमींदार समुदायों के समर्थन के कारण इस विद्रोह ने एक विशाल रूप धारण कर लिया।
- भूमिज जनजाति ने भी इस विद्रोह में सक्रिय भाग लिया।
- इस विद्रोह में श्याम गंजम, रघुनाथ महतो, सुबल सिंह, जगन्नाथ पातर (1769 - 71), मंगल सिंह (1782 -84), लाल सिंह, दुर्जन सिंह व मोहन सिंह (1798 - 99) ने महत्वपूर्ण भूमिका अदा की।

- दुर्जन सिंह मानभूम और बाड़भूम में इस विद्रोह के प्रमुख नेता थे।
- इस विद्रोह का प्रमुख नारा 'अपना गाँव अपना राज, दूर भगाओ विदेशी राज' था।
- ले. गुडयार, कार्टून फोर्ब्स एवं मेजर क्राफ्ड को इस विद्रोह के दमन हेतु भेजा गया था।
- 6 मार्च, 1800 ई. को एक प्रस्ताव द्वारा पुलिस व्यवस्था को पुनर्स्थापित किया गया जिसके परिणामस्वरूप स्थानीय लोगों को पुलिस अधिकरियों के रूप में नियुक्ति करने की व्यवस्था की गयी।
- पाइकों की जब्त भूमि की वापसी की गयी तथा जमींदारों की भूमि की अवैध नीलामी पर रोक का निर्णय लिया गया।
- 1805 ई. में जंगलमहल जिले के गठन के बाद इस क्षेत्र में फिर से शांति व्यवस्था स्थापित हो गई।

चेरो विद्रोह (1770 - 1819)

प्रथम चरण (1770 - 71):

- उतराधिकार की इस लड़ाई में पलामू के चेरो राजा चित्रजीत राय ने अपने दीवान जयनाथ सिंह के साथ मिलकर अंग्रेजों के विरूद्ध विद्रोह कर दिया।
- इस विद्रोह का मूल कारण अंग्रेजों द्वारा पलामू के राज-सिंहासन के उम्मीदवार 'गोपाल राय' को सहमति देना था।
- इस विद्रोह के प्रथम चरण का दमन कैप्टन जैकब कैमक ने किया था।
- अंग्रेजों ने चेरो विद्रोहियों को पराजित करने के बाद पलामू किले पर कब्जा कर लिया और 1 जुलाई, 1771 ई. को गोपाल राय को पलामू का राजा घोषित कर दिया।

द्वितीय चरण (1800-19):

- इस विद्रोह का दूसरा चरण 1800 ई. में भूखन सिंह के नेतृत्व में शुरू हुआ।
- इसका कारण चेरो जनजाति के लोगों में उच्च कर संग्रह और पट्टों के पुनः अधिग्रहण के खिलाफ फैला असंतोष था।
- कर्नल जोंस के नेतृत्व में 1802 ई. में 'राजा भूखन सिंह' को गिरफ्तार करके फाँसी दे दी गई, जिसके बाद यह विद्रोह कमजोर पड़ गया।
- इस विद्रोह को पूरी तरह दबाने के लिए 1809 ई. में अंग्रेजों द्वारा जमींदारी पुलिस बल का गठन किया गया था।
- 1813 ई. में, अंग्रेजों ने बकाया कर का भुगतान करने में असमर्थता के कारण चेरो राजा चूड़ामन राय के राज्य को नीलाम कर दिया।
- 1815 ई. में अंग्रेजों ने नीलाम किये गए राज्य को देव के राजा धनश्याम सिंह को बेच दिया जिसके परिणामस्वरूप ऐतिहासिक चेरो राजवंश समाप्त हो गया।
- धनश्याम सिंह ने जागीरदारों की जागीरदारी को भी राजस्व बढ़ाने के उद्देश्य से बेचना प्रारम्भ कर दिया।
- उपरोक्त घटनाओं के परिणामस्वरूप चेरो जनजाति के लोग जागीरदार एवं पूर्व के राजा व उनके समर्थकों ने सामूहिक रूप से अंग्रेजों के विरुद्ध विद्रोह करने का निर्णय लिया।
- 1817 में अंग्रेजों के विरुद्ध पुनः एक व्यापक विरोध प्रारम्भ हो गया।
- विद्रोह के इस दूसरे चरण का नेतृत्व चैनपुर के ठाकुर रामबख्श सिंह एवं रंका के शिव प्रसाद सिंह ने किया।
- इस विद्रोह का दमन करने हेतु अंग्रेजो ने रफसेज को नियुक्त किया जिसने कई जागीरदारों एवं विद्रोही नेताओं को गिरफ्तार कर लिया। इसके बाद भी विद्रोह को दबाया नहीं जा सका।
- अंततः 1819 ई. में अंग्रेजों ने पलामू को नीलाम करने के बहाने से पलामू किले को अपने अधिकार में ले लिया।
- पलामू की नीलामी के बाद अंग्रेजों ने इसके शासन की जिम्मेदारी भरदेव के राजा घनश्याम सिंह को सौंप दी।
- 1819 ई में चेरो ने धनश्याम सिंह व अंग्रेजों के विरुद्ध पुनः विद्रोह कर दिया।

भोगता विद्रोह (1770-1771)

- यह विद्रोह चेरो विद्रोह के पहले चरण के समानांतर शुरू हुआ और इसके पूरक के रूप में संचालित हुआ।
- इस विदोह का नेतृत्व जयनाथ सिंह भोगता (चित्रजीत राय के दीवान) ने किया।
- विद्रोह का मुख्य कारण कंपनी द्वारा जयनाथ सिंह को पलामू किला छोड़ने का आदेश दिया जाना था।
- जयनाथ सिंह कुछ शर्तों के साथ किला छोड़ने को तैयार थे, लेकिन अंग्रेजों ने उन शर्तों को स्वीकार करने से इंकार कर दिया था।
- परिणामस्वरूप, जयनाथ सिंह ने कंपनी के खिलाफ विद्रोह कर दिया।
- इस विद्रोह में भोगता और चेरो ने मिलकर अंग्रेजों का विरोध किया।
- हारने के बाद जयनाथ सिंह सरगुजा भाग गए, जिसके बाद गोपाल राय को अंग्रेजों ने राजा घोषित कर दिया और विद्रोह समाप्त हो गया।

घटवाल विद्रोह (1772 - 1773)

- घटवाल विद्रोह को रामगढ़ के घटवालों ने अंजाम दिया था।
- रामगढ़ के राजा मुकुंद सिंह के राज्य पर उसके एक संबंधी तेज सिंह ने अधिकार जताया, इस पर ब्रिटिश सरकार ने तेज सिंह का सहयोग किया।
- परिणामस्वरूप, घटवालों ने अपने राजा मुकुंद सिंह के प्रति अंग्रेजों के इस दुर्व्यवहार के खिलाफ विद्रोह कर दिया।
- यह विद्रोह 25 अक्टूबर, 1772 को शुरू हुआ, जब कैप्टन कैमक की सेना ने दक्षिण से रामगढ़ के राजा मुकुंद सिंह और उत्तर से तेज सिंह के राज्य पर एक साथ हमला किया।
- इस हमले में मुकुंद सिंह वहां से भाग निकले और घटवाल के लोगों से समर्थन मांगा।
- घटवाल के लोगों ने मुकुंद सिंह का समर्थन किया और कैप्टन कैमक का विरोध करने लगे।
- लेकिन जब घटवालों को पता चला कि मुकुंद सिंह फिर से राजा नहीं बन सकते, तो उन्होंने मुकुंद सिंह का साथ छोड़ दिया।
- इस प्रकार यह विरोध बिना किसी विस्फोटक स्थिति के समाप्त हो गया।
- इस विद्रोह में छै व चंपा के राजा ने भी मुकुंद सिंह का साथ दिया।
- अंग्रेजों ने ठाकुर तेज सिंह को रामगढ़ का शासक घोषित कर दिया।

पहाड़िया विद्रोह (1770-1771)

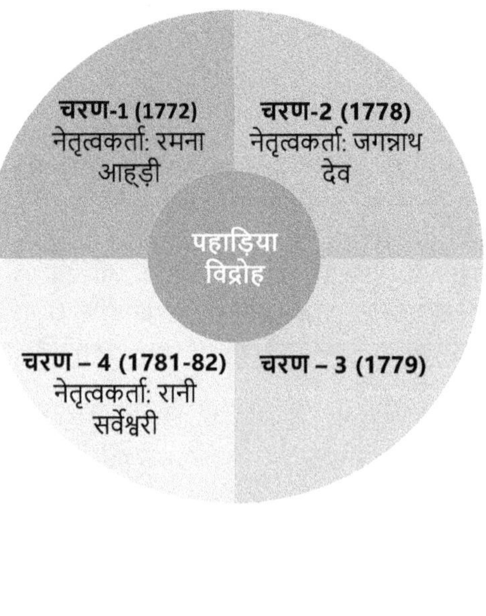

- पहाड़िया विद्रोह की तीन उपजातियाँ है-
    1. माल पहाड़िया
    2. सौरिया पहाड़िया
    3. कुमारभाग पहाड़िया
- माल पहाड़िया मुख्यत: बांसलोई नदी के दक्षिण में बसे हैं।
- सौरिया पहाड़िया बांसलोई नदी के उत्तर में राजमहल, गोड्डा और पाकुड़ क्षेत्र में निवास करते है।
- कुमारभाग पहाड़िया बांसलोई नदी के उत्तरी तट पर बसे हैं।
- पहाड़िया विद्रोह चार चरणों (1772, 1778, 1779 1781-82) में घटित हुआ तथा सभी चरणों मे इस विद्रोह के कारण भिन्न-भिन्न थे।
- यह विद्रोह 1772 ई. में शुरू हुआ जब मनसबदारों ने पहाड़िया जनजाति के मुखिया की क्रूरता और विश्वासघात से हत्या की, जबकि पहाड़िया जनजाति के लोग राजमहल क्षेत्र में मनसबदारों के नियंत्रण में थे और उनके मनसबदारों के साथ अच्छे संबंध थे।
- विद्रोह के इस चरण का नेतृत्व रमना आहड़ी ने किया था।
- 1778 ई. में जगन्नाथ देव के नेतृत्व में इस आन्दोलन के दूसरे चरण की शुरुआत हुई।
- जगन्नाथ देव ने अंग्रेजों द्वारा दिए जाने वाले नकद भत्ते को एक षडयंत्र बताकर पहाड़िया जनजाति को अंग्रेजों के खिलाफ संगठित करने का प्रयास किया।
- पहाड़िया जनजाति के लोगों का विश्वास जीतने के लिए अंग्रेजी सरकार के क्लीवलैंड द्वारा इस प्रकार के नकद भत्ते की घोषणा की गई थी।
- 1779 ई. में इस विद्रोह का तीसरा चरण प्रारंभ हुआ।
- 1781-82 ई. में यह विद्रोह महेशपुर की रानी सर्वेश्वरी के नेतृत्व में प्रारंभ किया गया।
- यह विद्रोह 'दामिन-ए-कोह' के विरुद्ध किया गया था।
- 1790-1810 के बीच अंग्रेजों द्वारा बड़ी संख्या में संथालों को इस क्षेत्र में आश्रय दिया गया था।
- 1824 ई. में पहाड़िया जनजाति की भूमि को अंग्रेजों ने 'दामिन-ए-कोह' का नाम देकर सरकारी संपत्ति घोषित कर दिया।

तमाड़ विद्रोह (1782-1821)

- इस विद्रोह का प्रारम्भ मुंडा आदिवासियों ने अंग्रेजों द्वारा बाहरी लोगों को प्राथमिकता देने तथा नागवंशी शासकों के शोषण के विरुद्ध तमाड़ क्षेत्र में किया गया।
- यह अंग्रेजों के खिलाफ सबसे लंबा, सबसे बड़ा और हिंसक आदिवासी विद्रोह था।
- यह विद्रोह छः चरणों में संचालित हुआ।

प्रथम चरण (1782-1783):

- रामगढ़, पंचेत और वीरभूम के लोग 1782 ई. में तमाड़ में संगठित हुए और इस विद्रोह को बल दिया।
- नागवंशी शासकों द्वारा इस विद्रोह को दबाने का प्रयास किया गया, जिसके जवाब में विद्रोहियों ने और आक्रामक रूख अख्तियार किया।
- साथ ही कुछ जमींदारों को भी इस विद्रोह का समर्थन मिलने लगा।
- ब्रिटिश अधिकारी जेम्स क्रॉफर्ड द्वारा 1783 के अंत में विद्रोहियों को आत्मसमर्पण करने के लिए मजबूर करने के बाद, विद्रोह अगले पांच वर्षों तक थम गया।

द्वितीय चरण (1789):

- पांच साल बाद 1789 ई. में मुंडाओं ने विष्णु मानकी और मौजी मानकी के नेतृत्व में कर देने से इनकार कर दिया, जिसके बाद विद्रोह पुनः प्रारम्भ हो गया।
- कप्तान होगन को विद्रोह को समाप्त करने के लिए भेजा गया था लेकिन यह प्रयास असफल रहा।
- एक अन्य ब्रिटिश अधिकारी लेफ्टिनेंट कुपर को विद्रोह को शांत करने का दायित्व सौंपा गया और कुपर के प्रयासों के परिणामस्वरूप अगले चार वर्षों तक विद्रोह शांत रहा।

तृतीय चरण (1794-1798):

- 1794 ई. में यह विद्रोह पुन: प्रारंभ हुआ तथा 1796 ई. में इसने व्यापक स्वरूप धारण किया।
- 1796 ई. में राहे के राजा नरेन्द्र शाही का अंग्रेजों का साथ देने के कारण सोनहतू गांव में आदिवासियों ने विरोध किया था।
- यह विद्रोह तमाड़ के ठाकुर भोलानाथ सिंह के नेतृत्व में प्रारम्भ हुआ।
- सिल्ली के ठाकुर विश्वनाथ सिंह, विशुनपुर के ठाकुर हीरानाथ सिंह, बुंडू के ठाकुर शिवनाथ सिंह और आदिवासी नेता रामशाही मुंडा ने भी इस विद्रोह में प्रमुखता से भाग लिया।
- राहे के राजा नरेंद्र शाही विद्रोहियों द्वारा अपने रिश्तेदार की हत्या के बाद फरार हो गए।
- 1798 ई. में कैप्टन लिमण्ड द्वारा इस विद्रोह के नेतृत्वकर्ता भोलानाथ सिंह तथा कैप्टन बेन द्वारा कई विद्रोहियों को गिरफ्तार किया गया, जिसके फलस्वरूप तमाड़ विद्रोह कमजोर पड़ गया।

चतुर्थ चरण (1807-1808):

- दुखन मानकी के नेतृत्व में 1807 में मुंडा जनजाति के लोगों ने पुनः विद्रोह शुरू कर दिया।
- कैप्टन रफसीज के नेतृत्व में 1808 ई. में दुखन मानकी को गिरफ्तार किये जाने के बाद यह विद्रोह शांत पड़ गया।

पांचवा चरण (1810-12):

- नावागढ़ क्षेत्र के जागीरदार बख्तर शाह के नेतृत्व में 1810 ई. में यह विद्रोह पुनः प्रारंभ हो गया।
- इस विद्रोह को दबाने के लिए अंग्रेज सरकार ने लेफ्टिनेंट एच. ओडोनेल को भेजा, जिसने 1812 ई. में नावागढ़ पर आक्रमण कर दिया।
- बख्तर शाह इस हमले में बच गया और सरगुजा भाग गया, जिसके बाद विद्रोह शांत हो गया।

छठा चरण (1819-1821):

- 1819 में यह विद्रोह फिर से भड़क उठा, जिसके सबसे प्रमुख नेता रुदन मुंडा और कुंटा मुंडा थे।
- दौलतराय मुंडा, मंगलराय मुंडा, गाजीराय मुंडा, मुचिराय मुंडा, भदरा मुंडा, झुलकारी मुंडा, टेपा मानकी, शंकर मानकी, चंदन सिंह, घुंसा सरदार आदि ने भी इसमें भाग लिया।
- तमाड़ के राजा गोविंद शाही द्वारा सहायता मांगे जाने पर अंग्रेज अधिकारी ई. रफसेज ने ए. जे. कोल्विन के साथ मिलकर विद्रोह को दबाने का प्रयास किया।
- इस ऑपरेशन के परिणामस्वरूप रुदन मुंडा और कुंटा मुंडा को छोड़कर सभी प्रमुख विद्रोही नेताओं को गिरफ्तार कर लिया गया।
- विद्रोह जुलाई 1820 में रुदन मुंडा और मार्च 1821 में कुंटा मुंडा की गिरफ्तारी के साथ समाप्त हुआ।

तमाड़ विद्रोह के विभिन्न चरणों का लिखित संक्षिप्त विवरण

चरण	अवधि	प्रमुख नेता	दमनकर्ता
1.	1782-83	ठाकुर भोलानाथ सिंह व मुंडा समूह	मेजर जेम्स क्रॉफर्ड
2.	1789	विष्णु मानकी व मौजी मानकी	लेफ्टिनेंट कुपर

3.	1794-1798	ठाकुर भोलानाथ सिंह	कैप्टन लिमण्ड व बेन
4.	1807-1808	दुखन मानकी	कैप्टन रफसीज
5.	1810-1812	बख्तर शाह	ले. एच. ओडोनेल
6.	1819-1821	रुदन मुंडा व कुंटा मुंडा	ई. रफसेज व ए. जे. कोल्विन

तिलका आंदोलन (1783-1785):

- 1783 ई. में तिलका आंदोलन की शुरुआत तिलका मांझी और उनके समर्थकों ने की थी।
- यह आंदोलन अंग्रेजों की दमन और विभाजन की नीति के विरोध में तथा अपनी भूमि पर अधिकार प्राप्त करने के लिए किया गया था।
- इस आंदोलन का प्रमुख उद्देश्य था -
  1. आदिवासी अधिकारों की रक्षा करना।
  2. अंग्रेजों के विरुद्ध लड़ना।
  3. सामंतवाद से मुक्ति प्राप्त करना।
- इस आन्दोलन का मुख्य केन्द्र वंचरीजोर था, जो वर्तमान में भागलपुर के नाम से जाना जाता है।
- झारखंड के संथाल परगना क्षेत्र में इस युद्ध का व्यापक प्रसार हुआ।
- तिलका मांझी उर्फ जाबरा पहाड़िया ने इस आंदोलन को जन-आंदोलन का स्वरुप दिया और अपने आंदोलन के प्रचार - प्रसार हेतु 'साल के पत्तों' का प्रयोग किया।
- इस आंदोलन के दौरान आपसी एकता को मजबूत बनाए रखने पर विशेष बल दिया गया।
- इस विद्रोह के दौरान 13 जनवरी, 1784 को तिलका मांझी ने तीर चलाकर क्लीवलैंड की हत्या कर दी।
- क्लीवलैंड की हत्या के बाद ब्रिटिश अधिकारी आयरकूट ने तिलका मांझी को पकड़ने के लिए एक व्यापक अभियान चलाया।
- जब अंग्रेजों ने तिलका मांझी के खिलाफ कार्रवाई की, तो तिलका मांझी ने छापामार युद्ध (गुरिल्ला युद्ध) का इस्तेमाल किया।
- संसाधनों के अभाव में तिलका मांझी कमजोर हो गए और अंग्रेजों ने उन्हें छल से पकड़ लिया।
- पहाड़िया सरदार जउराह ने तिलका मांझी को गिरफ्तार करवाने में अंग्रेजों की मदद की।
- 1785 ई. में तिलका मांझी को अंग्रेजों ने गिरफ्तार कर लिया।
- तिलका मांझी को 1785 में भागलपुर में एक बरगद के पेड़ से फांसी दी गयी थी।
- इस स्थान को उनकी की याद में बाबा तिलका मांझी चौक के नाम से जाना जाता है।

अन्य तथ्य: झारखंड के स्वतंत्रता सेनानियों में सर्वप्रथम शहीद होने वाले सेनानी तिलका मांझी हैं।
छापामार युद्ध की शुरुआत तिलका मांझी ने सुल्तानगंज की पहाड़ी से की थी।

मुंडा विद्रोह (1793-1832)

- झारखंड के इतिहास में मुंडाओं के विद्रोहों की संख्या तो बहुत है, लेकिन बिरसा मुंडा के नेतृत्व में किया गया 'मुंडा उलगुलान' उनमें सबसे अधिक संगठित और व्यापक था।
- बिरसा मुंडा के आन्दोलन से पूर्व मुंडाओं द्वारा विभिन्न उद्देश्यों से निम्नलिखित विद्रोह किये गये: -
  - 1793 में बुण्डू एवं राहे का मुंडा विद्रोह
  - 1796 में सिल्ली एवं राहे का मुंडा विद्रोह
  - 1807 में तमाड़ का मुंडा विद्रोह
  - 1819-20 का पलामू का मुंडा विद्रोह
  - 1832 का बुधू भगत का विद्रोह

1793 ई. में बुण्डू एवं राहे का मुंडा विद्रोह:

- 1793 ई. का मुंडा विद्रोह वास्तव में 1789 ई. में विष्णु मानकी के नेतृत्व में तमाड़ विद्रोह का विस्तार था, जो बुण्डू और राहे तक फैल गया।
- इस विद्रोह का कारण बुण्डू और राहे के जमींदारों द्वारा नागवंशी राजाओं की अधीनता की अस्वीकृति थी।
- इस विद्रोह को मेजर फॉलर ने दमन कर दिया था।

1796 में सिल्ली एवं राहे का मुंडा विद्रोह:

- 1796 में, सिल्ली और राहे के मुंडा विद्रोह का नेतृत्व रामशाही मुंडा और ठाकुरदास मुंडा ने किया था।
- इस विद्रोह के दौरान, मुंडाओं ने नरेंद्र शाही और कुवर लक्ष्मण शाही के गढ़ों पर कब्जा कर लिया।

1807 में तमाड़ का मुंडा विद्रोह:

- तमाड़ में मुंडा विद्रोह का नेतृत्व 1807 ई. में दुखन मानकी ने किया।
- इस विद्रोह का मुख्य उदेश्य बन्दोबस्ती व्यवस्था का विरोध करना था।

1819-20 ई. का पलामू का मुंडा विद्रोह:

- पलामू में 1819-20 में भुकन सिंह के नेतृत्व में मुंडा विद्रोह किया गया।

1832 का बुधू भगत का विद्रोह:

- 1832 ई. के मुंडा विद्रोह का नेतृत्व बुधू भगत ने किया।

हो विद्रोह (1820-1821)

- मुगलों या मराठों का प्रभाव 'हो देशम' (हो लोगों का निवास) पर कभी स्थापित नहीं हो सका।
- पोरहाट के राजाओं का इन पर कुछ प्रभाव होता था तथा वे 'हो' जनजाति से नियमित कर की अपेक्षा करते थे।
- 'हो' जनजाति के लोग स्वतंत्रता प्रिय व लड़ाका स्वभाव के थे।
- ये राजा को नियमित कर का भुगतान नहीं करते थे।
- पोरहाट के राजा जगन्नाथ सिंह ने 'हो' जनजाति के लोगो पर प्रत्यक्ष नियंत्रण

स्थापित करने के उद्देश्य से 1820 ई. में मेजर रफसेज की एक सेना के साथ 'हो देशम' में प्रवेश किया।

- जिसके परिणामस्वरूप 'हो' जनजाति के लोगों ने पोरहाट के राजा व अंग्रेजों के विरुद्ध विद्रोह कर दिया।
- इस दमन के बाद 'हो देशम' के उत्तरी क्षेत्र के लोगों ने पोरहाट के राजा को कर देना स्वीकार किया।
- परन्तु दक्षिणी भाग के लोगों ने कर देने से मना कर दिया व उपद्रव मचाना प्रारम्भ कर दिया।
- मजबूर होकर पोरहाट के राजा ने फिर मेजर रफसेज से मदद मांगी।
- रफसेज ने 1821 में कर्नल रिचर्ड के नेतृत्व में एक बड़ी सेना दक्षिणी भाग के 'हो' लोगो को नियंत्रित करने हेतु भेजी जिसका सामना 'हो' लोगो ने एक महीने तक किया।
- अंग्रेजों के विरुद्ध सफलता सुनिश्चित होने की सम्भावना क्षीण देखकर 'हो' लोगो ने अंग्रेजों की अधीनता स्वीकार करने तथा राजा व जमीदारों को प्रति हल आठ आना वार्षिक कर देना स्वीकार किया।
- बाद में पुनः 'हो' लोगो ने अंग्रेजों के खिलाफ मोर्चा खोला तथा 1831-32 के कोल विद्रोह में बढ़चढ़ कर भाग लिया।

कोल विद्रोह (1831 - 32)

- कोल विद्रोह झारखंड में पहला संगठित और व्यापक जनजातीय आंदोलन था।
- इसलिए विभिन्न आदिवासी विद्रोहों में झारखंड का विशेष स्थान है।
- इस विद्रोह के प्रमुख कारण निम्नलिखित थे -
    - लगान की ऊंची दरें तथा लगान नहीं चुका पाने की स्थिति में भूमि से मालिकाना हक़ की समाप्ति।
    - अंग्रेजों द्वारा अफीम की खेती हेतु आदिवासियों को प्रताड़ित किया जाना।
    - जमींदारों और जागीरदारों द्वारा कोल का अमानवीय शोषण और उत्पीड़न।
    - दिकुओं (अंग्रेजों द्वारा नियुक्त किये गए बाहरी गैर-आदिवासी कर्मचारी), व्यापारियों तथा ठेकेदारों द्वारा आदिवासियों और जनजातियों का आर्थिक शोषण।
    - ब्रिटिश सरकार द्वारा आरोपित अलग-अलग प्रकार के कर (जैसे: 1824 में हड़िया पर लगाया गया 'पतचुइ' नामक कर)।
    - विभिन्न मुकदमों के निस्तारण के लिए आदिवासियों की पारंपरिक 'पहड़ा पंचायत व्यवस्था' के स्थान पर अंग्रेजी कानून लागू करना।
- सोनपुर परगना के सिंदराय मानकी के 12 गांवों की भूमि छीन कर सिखों को दे दी गई और सिखों ने सिंगराई की दोनों बहनों का अपहरण कर लिया।
- इन घटनाओं के परिणामस्वरूप, सुर्गा मुंडा और सिंदराय मानकी के नेतृत्व में 700 आदिवासियों ने सिंदराया से छीने गए गांवों पर हमला किया।
- इस हमले की योजना बनाने के लिए तमाड़ के लंका गांव में एक बैठक आयोजित की गई थी, जिसकी व्यवस्था बंदगाँव के बिंदराय मानकी द्वारा की गयी थी।
- इस हमले में विद्रोहियों ने जफर अली के गांव पर आक्रमण किया तथा जफर अली और उनके दस लोगों की मृत्यु हो गयी।
- यह विद्रोह 1831 ई. में बड़ी तीव्रता के साथ शुरू हुआ था और छोटानागपुर, खास, सिंहभूम पलामू तथा मानभूम क्षेत्रों तक बड़ी शीघ्रता के साथ विस्तृत हो गया था।
- इस विद्रोह को मुंडा, हो, खरवार, चेरो आदि जनजातियों का भी व्यापक समर्थन प्राप्त था।
- इस विद्रोह में 'हो' जनजाति के लोगों का समर्थन होने के कारण एस. आर. टिकेल ने उन्हें 'लरका कोल' कहकर संबोधित किया।
- हजारीबाग में बड़ी संख्या में अंग्रेज सेना की मौजूदगी के कारण यह क्षेत्र इस विद्रोह से पूर्णतः अछूता रहा।
- इस विद्रोह के प्रसार हेतु प्रतीक चिह्न के रूप में तीर का प्रयोग किया गया।
- इस विद्रोह के मुख्य नेता बुधू भगत (सिल्ली निवासी) अपने भाई, पुत्र और 150 साथियों सहित विद्रोह के दौरान मारे गए।
- बुधू भगत को कैप्टन इम्पे ने मारा था।
- अंग्रेज अधिकारी कैप्टन विलकिंसन ने रामगढ़, बनारस, बैरकपुर, दानापुर और गोरखपुर की अंग्रेजी सेना की सहायता से इस विद्रोह को दबाने का प्रयास किया।
- विभिन्न अस्त्र-शस्त्रों और सुविधाओं से सुसज्जित ब्रिटिश सेना के विरुद्ध केवल तीर-धनुष से लैस विद्रोहियों ने दो महीने तक ब्रिटिश सेना का मुकाबला किया।
- पिठोरिया के तत्कालीन राजा जगतपाल सिंह ने इस विद्रोह को दबाने में अंग्रेजों की मदद की थी, जिसके बदले में तत्कालीन गवर्नर जनरल विलियम बेंटिक ने 313 रुपये प्रति माह आजीवन पेंशन देने की घोषणा की थी।
- सिंदराय मानकी और सुरगा मुंडा (बंडगाँव, सिंहभूम के निवासी) ने 1832 ई. में आत्मसमर्पण कर दिया, जिसके बाद विद्रोह कमजोर पड़ गया।
- इस विद्रोह के बाद छोटानागपुर क्षेत्र में बंगाल के सामान्य कानून के स्थान पर 1833 ई. का विनियम-III लागू किया गया।
- जंगलमहल जिले को खत्म कर दिया गया और एक गैर-नियमन प्रांत के रूप में संगठित किया गया।
- बाद में इसका नाम बदलकर साउथ-वेस्ट फ्रंटियर एजेंसी कर दिया गया।
- गवर्नर जनरल के एक एजेंट के माध्यम से क्षेत्र के प्रशासन को चलाने की व्यवस्था की गई और थॉमस विल्किसन को इसका पहला एजेंट बनाया गया।
- इस विद्रोह के बाद मुंडा-मानकी शासन प्रणाली को वित्तीय और न्यायिक अधिकार भी दिए गए।

कोल विद्रोह के विभिन्न क्षेत्रों के प्रमुख नेता व दमनकर्ता

क्षेत्र	प्रमुख नेता	दमनकर्ता
छोटानागपुर	सिंदराय मानकी (सोनपुर परगना), बुधू भगत (सिल्ली), बहादुर सिंह मुंडा (सिंदरी), लक्खी दास (कांची), मोहन सिंह, गोठुल मुण्डा, जीत राय मुंडा आदि	के. विल्किंसन, कै. इम्पे, कै. माल्टवी, कै. जानसन, कै. हार्सबर्ग, मेजर ब्लैकॉल आदि
पलामू	दुखन शाही, चंवर सिंह (बरिआतू), सुरजन सिंह, हारिल सिंह व हुक्म सिंह (जेरूआ) आदि	ले. कर्नल हॉट्रे, ले. मार्श, कै. एण्डूज, ले. हैमिल्टन आदि
सिंहभूम	सुर्गा मुंडा व बिंदराय मानकी (बंदगांव), दसई मुंडा व कार्तिक सरदार (कोचांग), मोहन मानकी, सुइया मुंडा (गोदरपिरी), सुगा मानकी आदि	कर्नल बोवेन, मेजर ब्लैकॉल आदि
मानभूम	विभिन्न भूमिज सरदार	एच. पी. रसेल, हार्सबर्ग आदि

भूमिज विद्रोह (1832-33)

- भूमिजों द्वारा संचालित ढालभूम के इस विद्रोह का नेतृत्व गंगा नारायण ने किया था।
- इस विद्रोह का उपनाम 'गंगा नारायण का हंगामा' है।
- आदिवासियों में अत्यंत लोकप्रिय होने के कारण गंगा नारायण को इस विद्रोह में कोल विद्रोह के नेता बिंदराय मानकी का भी सहयोग मिला।
- 1798 में अंग्रेजों द्वारा उत्तराधिकार के नियमों की अवहेलना करते हुए अनुचित तरीके से गंगा गोविंद सिंह को बाड़भूम का राजा नियुक्त कर दिया।
- अंग्रेजों ने उत्तराधिकार के नियमों की अवहेलना करते हुए लक्ष्मण सिंह के स्थान पर रघुनाथ सिंह को राजा नियुक्त किया था।
- लक्ष्मण सिंह को जेल में कैद कर दिया गया जहाँ उनकी मृत्यु हो गई।नव-नियुक्त राजा ने जनता पर तरह-तरह के अनैतिक कर लगा दिये जिससे जनता में राजा के प्रति असंतोष विस्तृत होने लगा।
- इसके अलावा बाड़भूम के दीवान माधव सिंह (राजा गंगा गोविन्द सिंह के सौतेले भाई) ने बड़ी चतुराई से अपने चचेरे भाई गंगा नारायण (लक्ष्मण सिंह के पुत्र) से जागीर बंद करवा दी।
- गंगा नारायण ने बार-बार कंपनी सरकार से अपनी जागीर दिलाने का आग्रह किया, जिसे हर बार अनसुना कर दिया गया।
- इस प्रकार विद्रोह के मुख्य कारण -
    - उत्तराधिकार के नियमों की अवहेलना
    - जनता पर अनैतिक कर
    - दिकुओं द्वारा जनता का शोषण
    - गंगा नारायण के साथ अत्याचार
- गंगा नारायण ने बदला लेने के उद्देश्य से भूमिजों को लामबंद किया और 26अप्रैल 1832 को दीवान माधव सिंह की हत्या कर दी, जिसके परिणामस्वरूप भूमिज विद्रोह हुआ।
- गंगा नारायण ने पूरे राज्य पर कब्जा करने के उद्देश्य से घाटवालों की एक बड़ी सेना के साथ बाड़भूम पर चढ़ाई की।
- इस अभियान में बुली महतो, सूरा नायक, गर्दी सरदार आदि गंगा नारायण के प्रमुख समर्थक थे।
- इस अभियान के दौरान, गंगा नारायण ने मई 1832 में रसेल के नेतृत्व वाली सेना तथा नवंबर 1832 में ब्रैडेन और ट्रिमर पर सफलतापूर्वक हमला किया।
- इस सफल आक्रमण के बाद नवम्बर 1832 में ब्रिटिश अधिकारी डेन्ट ने एक विशाल सेना लेकर गंगा नारायण और उनके साथियों के विरुद्ध अभियान चलाया और उनके कई गढ़ों को नष्ट कर दिया।
- इसके फलस्वरूप भूमिज विद्रोह कमजोर पड़ गया।
- गंगा नारायण समर्थकों के साथ सिंहभूम चले गए और कोल लड़ाकों के साथ खरसावां के ठाकुर चेतन सिंह के राज्य पर हमला कर दिया।
- 7 फरवरी, 1833 को खरसावां के ठाकुर चेतन सिंह से लड़ते हुए गंगा नारायण की मृत्यु हो गई, जिसके बाद यह विद्रोह और कमजोर पड़ गया।
- खरसावां के ठाकुर चेतन सिंह ने गंगा नारायण का सिर काटकर कैप्टन विल्किसन को भेज दिया, बदले में ठाकुर चेतन सिंह को 5,000 रुपये का इनाम मिला।
- इस विद्रोह का प्रसार मुख्य रूप से सिंहभूम और वीरभूम क्षेत्रों में हुआ।
- इस विद्रोह के बाद जंगलमहल क्षेत्र में व्यापक प्रशासनिक परिवर्तन किए गए।
- 1833 ई. के रगुलेशन-XIII के तहत राजस्व नीति में परिवर्तन किया गया तथा जंगलमहल जिला को समाप्त कर दिया गया।

संथाल विद्रोह (1855-1856):

- इस विद्रोह को संथाल हूल, हूल विद्रोह, मुक्ति आंदोलन, सिद्धू-कान्हू का विद्रोह आदि नामों से भी जाना जाता है।
- आदिवासी/जनजातीय भाषा में हूल का अर्थ क्रांति/विद्रोह होता है।
- इस विद्रोह को 'संथाल परगना की प्रथम जनक्रांति' भी कहते हैं।
- इस विद्रोह को फूलो-झानों, चांद-भैरव तथा सिद्धू-कान्हू ने शुरू किया। ये सभी भाई-बहन थे।
- संथाल परगना क्षेत्र 1790 ई. तक संथालों द्वारा बसाया गया क्षेत्र नहीं था।
- विभिन्न क्षेत्रों में हो रहे शोषण से मुक्ति पाने के लिए उन्होंने संथाल परगना के क्षेत्र को अपना निवास बनाया।
- 1815-30 के बीच इस क्षेत्र में सर्वाधिक संख्या में संथालों का आगमन हुआ।
- इस क्षेत्र में बसे संथालों का धीरे-धीरे अलग-अलग प्रकार से शोषण होने लगा।
- जमींदारों द्वारा लगान की उच्च दर, साहूकारों द्वारा अत्यधिक ब्याज दर पर ऋण, संथाल महिलाओं के साथ दुर्व्यवहार, ब्रिटिश सरकार द्वारा संथालों का शोषण (पुलिस और न्यायिक प्रणाली) आदि इसके विभिन्न रूप थे।
- इसके अलावा भागलपुर और वर्धमान के बीच रेल लाइन बिछाने के लिए संथालों को बेगार करने के लिए मजबूर किया जाता था और बेगार करने से इनकार करने पर उन्हें शारीरिक दंड दिया जाता था।
- यह विद्रोह 1855 ई. में शुरू हुआ जब संथालों ने ब्रिटिश उपनिवेशवाद और अंग्रेजों और गैर-आदिवासियों के शोषण के खिलाफ संघर्ष शुरू करने का फैसला किया।
- विद्रोह से पहले, एक स्थानीय साहूकार ने दिधी पुलिस स्टेशन के इंस्पेक्टर महेशलाल दत्त की मदद से चोरी के आरोप में संथालों को गिरफ्तार कर लिया।
- विजय मांझी नाम के एक संथाल की जेल में मौत हो गई।
- एक संथाल ने आक्रामक तेवर दिखाते हुए दरोगा की हत्या कर दी जिसका सभी संथालों ने समर्थन किया।
- 30 जून, 1855 को लगभग 400 गाँवों के 6,000 से अधिक आदिवासियों ने भोगनाडीह गाँव में एक सभा की, जिसमें 'अपना देश, अपना राज' का नारा दिया और विद्रोह का बिगुल बजाया।
- इस सभा में सिद्धू को राजा, कान्हू को मंत्री, चाँद को प्रशासक और भैरव को सेनापति नियुक्त किया गया।
- इस सभा में सिद्धू-कान्हू ने घोषणा की कि 'भगवान ने उन्हें स्वतंत्रता के लिए अब हथियार उठाने का निर्देश दिया है'।
- इसके साथ ही उन्होंने भविष्यवाणी की थी कि 'विदेशी शासन समाप्त होने

वाला है और अंग्रेज और उनके समर्थक गंगा के उस पार लौट आएंगे और आपस में लड़कर मरेंगे'।

- यह विद्रोह संथाल परगना क्षेत्र से शुरू हुआ और धीरे-धीरे वीरभूम, हजारीबाग और छोटानागपुर क्षेत्रों में फैल गया।
- लुबाई मांझी और अर्जुन मांझी ने हजारीबाग में और वीरभूम में गोरा मांझी ने इस विद्रोह का नेतृत्व किया।
- इस विद्रोह के दौरान 'जमींदारों, साहूकारों, पुलिस और सरकारी कर्मचारियों की बर्बादी' का नारा भी दिया गया था।
- इस विद्रोह को दबाने के लिए 7 जुलाई, 1855 को जनरल लॉयड के नेतृत्व में सेना की एक टुकड़ी भेजी गई, लेकिन संथालों के साथ युद्ध में सेना के मेजर बारो की हार हुई।
- 16-17 सितंबर, 1855 को लगभग 3000 विद्रोहियों ने सुंदरा और रामा मांझी और मुचिया कोम्राजेला के नेतृत्व में कई थानों और गांवों पर कब्जा कर लिया।
- करहरिया थाने के पुलिस इंस्पेक्टर प्रताप नारायण की हत्या कर दी गई।
- ब्रिटिश सरकार ने 13 नवंबर, 1855 को अशांत क्षेत्रों में मार्शल लॉ लगा दिया और विद्रोही नेता को पकड़ने के लिए 10,000 रुपये का इनाम घोषित किया।
- अंग्रेजों ने इस विद्रोह को दबाने के लिए क्रूर कदम उठाए और दिसंबर, 1855 में सिद्धू को गिरफ्तार किया।
- भागलपुर न्यायालय में उन पर मुकदमा चलाकर 5 दिसम्बर, 1855 को उन्हें फाँसी दे दी गयी।
- इसके बाद चाँद और भैरव को अंग्रेजों ने बरहेट में गोली मार दी थी।
- फरवरी 1856 में कान्हू गिरफ्तार कर लिया और 23 फरवरी 1856 को भोगनाडीह गांव के ठाकुरबाड़ी परिसर में उन्हें फाँसी दे दी गयी।
- इस विद्रोह को दबाने में अंग्रेज अधिकारियों कैप्टन एलेक्जेंडर, लेफ्टिनेंट थॉमसन और लेफ्टिनेंट रीड की महत्वपूर्ण भूमिका रही।
- इस विद्रोह में 50 हजार से अधिक संथाली स्त्री-पुरुषों ने भाग लिया, जिनमें से 15 हजार से अधिक लोगों की मृत्यु हो गयी।
- संथाल परगना के अलावा, विद्रोह हजारीबाग (नेता - अर्जुन मांझी और जुबाई मांझी) और वीरभूम (नेता - गोरा मांझी) क्षेत्रों में विस्तृत हुआ।
- इस विद्रोह के दौरान संथाल विद्रोहियों से बचाव के लिए ब्रिटिश सरकार ने पाकुड़ में मार्टिलो टॉवर का निर्माण किया था।
- संथाल विद्रोहियों ने इस विद्रोह के दौरान पाकुड़ की रानी क्षेम सुंदरी से मदद मांगी।
- इस विद्रोह के दमन के बाद 30 नवंबर 1856 को संथाल क्षेत्र को गैर-नियमन नामक एक अलग जिला बना दिया गया, जिसमें यूरोपीय मिशनरियों के अलावा किसी बाहरी व्यक्ति को प्रवेश करने की अनुमति नहीं थी।
- संथाल परगना जिले के प्रथम जिलाधीश एशले एडेन थे।
- ऐलिस एडम्स की रिपोर्ट के अनुसार, 1855 के अधिनियम-37 के आधार पर 'दामिन-ए-कोह' का नाम बदलकर संथाल परगना कर दिया गया था।
- इसकी नई सीमाओं का निर्धारण करते हुए दुमका, देवघर, गोड्डा और राजमहल नामक चार उप-जिले बनाए गए।
- 1856 में संथाल परगना में भागलपुर के कमिश्नर जॉर्ज यूल की मदद से 'यूल रूल' नामक एक नए पुलिस कानून की व्यवस्था की गई।
- इसके अंतर्गत पारंपरिक ग्राम प्रधान की व्यवस्था को लागू करते हुए ग्राम प्रधान को पुलिस अधिकार दिए गए थे।
- इस विद्रोह में व्यापक नरसंहार के कारण इसे 'खूनी विद्रोह' भी कहा जाता है।

अन्य तथ्य:

- 30 जून को 'हूल दिवस' के रूप में मनाया जाता है।
- काल मार्क्स ने संथाल विद्रोह को भारत की प्रथम जनक्रांति का उपनाम दिया है।

सरदारी आंदोलन (1858-1895)

- इस आंदोलन का दूसरा नाम 'मुल्की और मिल्की (मातृभूमि और भूमि) आंदोलन' है।
- 1831-32 के कोल विद्रोह के दौरान, कोल सरदार असम के चाय बागानों में काम करने के लिए चले गए।
- असम के चाय बागानों में काम करने के बाद जब कोल सरदार अपने गांव वापस लौटे तो उन्होंने देखा कि उनकी भूमि को दूसरे लोगों ने हड़प लिया है और वे भूमि वापस करने से मना कर रहे हैं।
- इस हड़पी हुई जमीन को वापस पाने के लिए कोल सरदारों ने करीब 40 साल तक आंदोलन किया।
- इसके साथ ही इस आन्दोलन के कारणों में बेगार को लागू करना और बिचौलियों द्वारा अवैध रूप से लगान में वृद्धि करना भी शामिल था।
- इस आंदोलन के दौरान कोल सरदारों को उरांव और मुंडा जनजातियों का भी समर्थन मिला।
- विभिन्न उद्देश्यों के अनुसार इस आंदोलन के तीन चरण परिलक्षित होते हैं - प्रथम चरण भूमि आंदोलन के रूप में (1858-81 ई. तक), द्वितीय चरण पुनर्स्थापना आंदोलन के रूप में (1881-90 ई. तक) तथा तीसरा चरण राजनैतिक आंदोलन के रूप में (1890-95 ई. तक)।

भूमि आंदोलन-प्रथम चरण (1858-81 ई.):

- यह चरण उनकी हड़पी हुई जमीन को वापस दिलाने से जुड़ा था।
- यह आंदोलन छोटानागपुर से प्रारम्भ हुआ और खुखरा, दोइसा, वसिया और सोनपुर इसके प्रमुख केंद्र थे।
- इस आन्दोलन के फलस्वरूप भुईंहरी उराँव की भूमि के सर्वेक्षण की जिम्मेदारी सरकार द्वारा लाल लोकनाथ को दी गयी।
- इस सर्वेक्षण के आधार पर सरकार ने भूमि की वापसी के लिए 1869 ई. में छोटानागपुर काश्तकारी अधिनियम लागू किया।
- कानून में पिछले 20 वर्षों में रैयतों से छीनी गई भुईंहरी व मंझियस भूमि (जमींदारों की भूमि) को वापस करने का प्रावधान था।
- इस कानून के लागू होने से भूमि वापसी की प्रक्रिया 1869-80 तक चली।
- इस कानून में राजहंस (राजाओं की भूमि), कोडकर (सदनों की भूमि) तथा खुंटकट्टी (मुंडाओं की भूमि) से सम्बंधित प्रावधान न होने के कारण सरदारी लोग पूर्णतया संतुष्ट न हो सके।

पुनर्स्थापन आन्दोलन-द्वितीय चरण (1881-90 ई.):

- आंदोलन के इस चरण का मूल लक्ष्य अपने पारंपरिक मूल्यों को फिर से स्थापित करना था।

राजनैतिक आंदोलन-तृतीय चरण (1890-95 ई.):

- आदिवासियों ने बार-बार विभिन्न ईसाई मिशनरियों, वकीलों आदि से अपनी हड़पी हुई भूमि को वापस लेने के लिए सहायता मांगी।
- लेकिन उन्होंने सहायता के नाम पर उन्हें हर बार झूठा आश्वासन दिया। परिणामस्वरूप आदिवासियों में निराशा की भावना जाग्रत हुयी।
- ब्रिटिश सरकार द्वारा जमींदारों और दिकुओं के समर्थन के कारण, आदिवासियों को ब्रिटिश सरकार पर भी विश्वास नहीं था।
- परिणामस्वरूप, आदिवासियों ने 1892 ई. में मिशनरियों और ठेकेदारों को मारने का निश्चय किया।

- लेकिन मजबूत नेतृत्व के अभाव में वे इस कार्य में सफल नहीं हो सके।
- बाद में बिरसा मुंडा के सफल नेतृत्व की चर्चा के बाद सरदारी आंदोलन का बिरसा आंदोलन में विलय हो गया।

साफाहोड़ आंदोलन (1870)

- साफाहोड़ का अर्थ 'सिंगबोंगा के लिए समर्पित होना' है।
- इस विद्रोह के तहत लाल हेम्ब्रम उर्फ लाल बाबा ने आदिवासियों के चारित्रिक और धार्मिक विकास पर बल दिया।
- लाल बाबा ने इस आंदोलन में सम्मलित लोगों को 'राम-नाम' का मंत्र दिया और उन्हें मांस और शराब के सेवन से प्रतिबंधित किया।
- लाल बाबा ने इस आंदोलन के दौरान संथाल परगना में 'देशोद्धारक दल' स्थापित किया।
- लाल बाबा को इस आंदोलन में पगान मरांडी, पाइका मुर्मू, भतू सोरेन तथा रसिक लाल सोरेन का समर्थन प्राप्त था।
- बंगम मांझी भी इस आंदोलन के मुख्य नेता थे।
- इस आंदोलन का मूल लक्ष्य संथालों में धार्मिक शुद्धता पर जोर देना था।

खरवार आंदोलन (1874)

- इस आंदोलन की शुरुआत भागीरथ माँझी उर्फ बाबा के नेतृत्व में 1874 ई. में संथाल परगना इलाके से हुई थी।
- इसे 'भागीरथ माँझी का आंदोलन' भी कहा जाता है।
- खरवार संथालों की एक उप-जाति है।
- ये प्राचीन काल को अपना स्वर्ण युग मानते थे और अपने प्राचीन मूल्यों को पुनर्स्थापित करना चाहते थे।
- यह पारंपरिक मूल्यों को पुनर्स्थापित करने हेतु एक जनजातीय सुधारवादी आंदोलन था।
- इस आंदोलन में सामाजिक सुधार व एकेश्वरवाद पर विशेष बल दिया गया।
- भागीरथ माँझी का जन्म गोड्डा के तलडीहा गाँव में हुआ था।
- आंदोलन के दौरान भागीरथ माँझी ने स्वयं को बौंसी गाँव का राजा घोषित किया तथा ब्रिटिश सरकार/जमींदारों को कर नहीं देने की अपील करते हुए खुद लगान प्राप्त करने की व्यवस्था प्रारंभ की।
- इस आंदोलन के दौरान जनजातीय लोगों में सुधार हेतु निम्न विचारों का प्रचार-प्रसार किया गया:
    - दुर्गा एवं सूर्य की उपासना के अलावा अन्य किसी भी देवी-देवता की उपासना की अवहेलना।
    - सिद्धू-कान्हू (संथाल विद्रोह के नेता) के जन्म स्थल को तीर्थ स्थल के रूप में मान्यता।
    - उप-संप्रदायों की संख्या को बारह तक सीमित करना और संथाल विरोधियों का मुकाबला करना।
    - उपासकों का साफाहोड़ (समर्पण के साथ उपासना करने वाले), भिक्षुक/बाबाजिया (उदासीनता के साथ उपासना करने वाले) तथा मेल बरागर (बेमन से उपासना करने वाले) में वर्गीकरण।
- इस आंदोलन के प्रसार को देखते हुए ब्रिटिश सरकार ने भागीरथ माँझी एवं उनके समर्थक 'ज्ञान परगनैत' को गिरफ्तार कर लिया।
- नवंबर, 1877 में दोनों को रिहा कर दिया गया, जिसके बाद यह आंदोलन संथाल परगना से होते हुए हजारीबाग तक फैल गया।
- हजारीबाग में इस आंदोलन का नेतृत्व दुबु बाबा ने किया।
- दुविधा गोसांई के नेतृत्व में 1881 की जनगणना के विरुद्ध खरवार आंदोलन का दूसरा चरण प्रारम्भ हुआ।
- लेकिन अंग्रेजों द्वारा 'दुविधा गोसांई' की गिरफ्तारी के बाद खरवार आंदोलन का अंत हो गया।

बिरसा आंदोलन (1895-1900)

- इस आंदोलन का प्रारंभ 1895 ई. में बिरसा मुंडा के कार्यक्षेत्र तथा नेतृत्व में हुआ था।
- बिरसा आंदोलन को 'मुंडा उलगुलान' भी कहा जाता है।
- उलगुलान का अर्थ 'विद्रोह हलचल' होता है।
- 19वीं सदी में हुए सभी आदिवासी आंदोलनों में यह सर्वाधिक व्यापक तथा संगठित आंदोलन था।
- इस विद्रोह का प्रारंभिक स्वरूप सुधारवादी था।
- यह आंदोलन राजनीतिक (स्वतंत्र मुंडा राज की स्थापना), धार्मिक (इसाई मुंडाओं को वापस अपने धर्म में लाना) एवं आर्थिक (मुंडाओं की जमीन पर पुनः अधिकार स्थापित करना) उद्देश्यों से भी प्रेरित था।
- इस आंदोलन के प्रमुख कारण निम्नलिखित थे-
    - खूँटकट्टी प्रणाली की समाप्ति से उत्पन्न रोजगार न होने की समस्या।
    - मिशनरियों द्वारा भूमि सुधार संबंधी झूठे आश्वासन।
    - मुंडाओं की समस्याओं के प्रति न्यायालयों की बेपरवाही।
    - छोटानागपुर वन संरक्षण अधिनियम 1894 के लागू होने से आदिवासियों की जीविका के साधनों पर संकट।
- 1895 ई. में बिरसा मुंडा ने 'सिंगबोंगा धर्म' का प्रतिपादन करते हुए लोगों को धार्मिक स्तर पर संगठित करने का प्रयास किया तथा विभिन्न बोंगाओं (देवताओं) के स्थान पर सिंगबोंगा की अराधना करने पर जोर दिया।
- बिरसा मुंडा ने स्वयं को 'सिंगबोंगा का दूत' घोषित किया और इस बात का प्रचार किया कि सिंगबोंगा द्वारा उन्हें किसी भी रोग को ठीक करने की चमत्कारिक शक्ति प्राप्त है।
- इस प्रकार प्रारंभ में इस विद्रोह का प्रमुख उद्देश्य सिंगबोंगा देवता की अराधना एवं उनके प्रति समर्पण के रूप में एकेश्वरवाद का विकास था।
- बिरसा आंदोलन का मुख्यालय खूँटी था।
- इस विद्रोह के समय रांची का उपायुक्त स्ट्रेटफील्ड था।
- इस आंदोलन में गया मुंडा (सेनापति), दोन्का मुंडा (राजनीतिक शाखा प्रमुख) तथा सोमा मुंडा (धार्मिक-सामाजिक शाखा प्रमुख) ने प्रमुख सहयोगी बनकर इस आंदोलन को विस्तारित किया।
- इस आंदोलन में गया मुंडा की पत्नी मानकी मुंडा ने महत्वपूर्ण भूमिका अदा की थी।

- इस आंदोलन के समय 'कटोंग बाबा कटोंग' नामक गीत प्रमुख था।
- इस आंदोलन के दौरान 'महारानी राज टुंडू (अब मुंडा राज प्रारंभ हो गया है तथा महारानी राज खत्म हो गया है), अबुआ राज एटेजाना' की घोषणा भी की गयी।
- इस आंदोलन के दौरान बिरसा मुंडा को दो बार डोरंडा जेल (रांची) में कैद करके रखा गया: -
  - पहली बार: 24-08-1895 से 30-11-1897 तक - अंग्रेज अधिकारी मेयर्स द्वारा गिरफ्तारी - ब्रिटिश सरकार के खिलाफ साजिश रचने के आरोप में गिरफ्तार।
  - दूसरी बार: 03-02-1900 से 09-06-1900 तक
- पहली बार गिरफ्तार होने के बाद बिरसा मुंडा को महारानी विक्टोरिया की हीरक जयंती के अवसर पर 30 नवंबर 1897 को जेल से आजाद कर दिया गया था।
- जेल से आजाद होने के बाद बिरसा मुंडा ने पुनः लोगों को एकत्र करना प्राम्भ किया तथा गाँव-गाँव को हथियारबंद करना शुरू कर दिया।
- 24 दिसंबर, 1899 को डुंबारू मुरू में आयोजित एक समारोह में बिरसा
- मुंडा ने अंग्रेजों के विरोध में विद्रोह करने की घोषणा की तथा वास्तविक रूप से विद्रोह 25 दिसंबर, 1899 को शुरू हो गया।
- बिरसा मुंडा ने हकिमों, जागीरदारों, ठेकेदारों व इसाईयों को मारने का आवेदन किया।
- बिरसा मुंडा ने एलान किया कि 'दिकुओं से अब हमारा युद्ध होगा तथा उनके रक्त से धरती इस तरह लाल होगी जैसे लाल झंडा'।
- इसके बाद इनके समर्थको ने आक्रामकता दिखाते हुए चर्चों में आग लगानी शुरू कर दी।
- देश के विभिन्न अखबारों ने बिरसा मुंडा के आंदोलन का समर्थन किया और इसके संबंध में समाचार प्रकाशित किए। इसमें मुख्य समाचार-पत्र सुरेन्द्रनाथ बनर्जी का 'द बंगाली समाचार पत्र' था।
- बिरसा के विद्रोहियों ने 1900 ई. में डोंबारी पहाड़ी (सैल रकब पहाड़ी) पर तैनात पुलिस पर हमला किया।
- अंग्रेज अधिकारी फारबेस और स्ट्रीट फील्ड के नेतृत्व में पुलिस ने विद्रोहियों को परास्त कर दिया।
- अंग्रेजों ने बिरसा मुंडा को पकड़ने के लिए 500 रुपये के इनाम की घोषणा की थी।
- बंदगांव के जगमोहन सिंह के शागिर्द वीर सिंह महली के कहने पर 3 मार्च, 1900 को बिरसा मुंडा को चक्रधरपुर के जमकोपाई जंगल में सोते हुए अंग्रेजों ने गिरफ्तार कर लिया था।
- बिरसा मुंडा की रांची जेल में 9 जून, 1900 को हैजे से मृत्यु हो गई।
- ब्रिटिश सरकार ने इस आंदोलन में शामिल 300 मुंडा विद्रोहियों पर मुकदमा चलाया, जिनमें से 3 को फाँसी दी गई और 44 को आजीवन कैद की सजा सुनाई गई।
- इसके अतिरिक्त 47 लोगों को कड़ी सजा दी गई, जिसमें 'गया मुंडा' की पत्नी मानकी मुंडा को 2 साल की जेल की सजा सुनाई गई।
- इस आन्दोलन के फलस्वरूप गुमला को 1902 में और खूँटी को 1903 में पृथक अनुमंडल बनाकर एक नया न्यायालय स्थापित किया गया।
- रांची जिले का सर्वे कर बेगार पर रोक लगाने की व्यवस्था की गयी।
- इस अधिनियम के तहत सामूहिक काश्तकारी प्रणाली (खूँटकट्टी) को फिर से लागू किया गया और बंधुआ मजदूरी पर प्रतिबंध के साथ-साथ किराए की दरों में कटौती की गई।
- बिरसा मुंडा का आंदोलन अपने मूल उद्देश्य (मुंडा राज की स्थापना) को प्राप्त करने में विफल रहा, लेकिन इसने एक अलग झारखंड के निर्माण की आधारशिला तैयार की।

अन्य तथ्य: इस विद्रोह के फलस्वरूप 11 नवम्बर, 1908 को छोटानागपुर काश्तकारी अधिनियम (CNT Act) पारित किया गया।

ताना/टाना भगत आंदोलन (1914)

- ताना भगत आंदोलन की शुरुआत 21 अप्रैल, 1914 ई. में जतरा भगत के नेतृत्व में 'गुमला' जिले से हुयी थी।
- इस आंदोलन को बिरसा मुंडा के आंदोलन या मुंडा आंदोलन का प्रसार कहा जाता है।
- यह एक प्रकार का संस्कृतिकरण आन्दोलन था जिसमें एकेश्वरवाद को अपनाने, जनजातीय नृत्यों पर प्रतिबंध मांस-मदिरा के त्याग तथा झूम खेती की ओर लौटने पर विशेष बल दिया गया था।
- इस आंदोलन का प्रसार करने में घाघरा में बलराम भगत, मांडर में शिबू भगत, विशुनपुर में भिखू भगत तथा सिसई में देवमनिया नामक महिला ने महत्वपूर्ण योगदान दिया।
- इस आंदोलन का मुख्य लक्ष्य स्वराज्य का प्रतिष्ठापन करना था।
- 'उराँव या कुरूख' जनजातियों का मूल धर्म होने के कारण इस आंदोलन को प्रारम्भ में 'कुरूख धर्म आंदोलन' के नाम से जाना गया है।
- जतरा भगत को 1916 में गिरफ्तार करके एक साल की सजा दे दी गयी।
- लेकिन बाद में उसे शांति बनाए रखने की शर्त पर जेल रिहा कर दिया गया।
- जेल से रिहा होने के दो महीने बाद ही जतरा भगत की मृत्यु हो गयी।
- इनकी मृत्यु का कारण उनको जेल में दी गयी प्रताड़ना थी।
- मांडर जिले में इस आंदोलन का नेतृत्व करने वाले शिबू भगत द्वारा ताना भगतों को मांस खाने की स्वीकृति प्रदान की गयी जिसके फलस्वरूप ताना भगत दो भागों में विभाजित हो गये।
- इनमें शाकाहारी वर्ग को 'अरूवा भगत' (अरवा चावल खाने वाले) तथा मांस खाने वाले वर्ग को 'जुलाहा भगत' का नाम दिया गया।
- धार्मिक आंदोलन के रुप में शुरू हुआ यह आंदोलन बाद में राजनीतिक आंदोलन में रूपान्तरित हो गया।
- इस आंदोलन का प्रसार 1916 ई. के अंत तक रांची जिले के साथ-साथ पलामू जिले तक फैल गया।
- ताना भगतों ने पलामू के राजा के समक्ष स्वराज्य प्रदान करने, भूमि कर को समाप्त करने, राजा का पद समाप्त करने तथा समानता की स्थापना की मांगे रखी।
- राजा के इन शर्तों को स्वीकार न करने के कारण राजा व ताना भगतों के सम्मुख तनाव की स्थिति उत्पन्न हो गयी। जिससे इस विद्रोह का प्रसार सरगुजा जिले तक हो गया था।
- छोटानागपुर प्रमण्डल में 1919 ई. में ताना भगत विद्रोह/ आंदोलन से जुड़े देविया भगत, शिबू भगत, सिंहा भगत, माया भगत और सुकरा भगत को गिरफ्तार कर उन्हें दंड दिया गया, परंतु आंदोलन तब भी जारी रहा।
- तुरिया भगत एवं जीतु भगत ने दिसंबर, 1919 ई. में चौकीदारी कर एवं जमींदारों को मालगुजारी नहीं देने का प्रस्ताव रखा।
- यह आंदोलन पूर्णतया अहिंसात्मक था तथा ताना भगतों ने इस आंदोलन के तीसरे चरण में महात्मा गाँधी के सविनय अवज्ञा आंदोलन में महत्वपूर्ण भूमिका निभाई।
- महात्मा गाँधी के 1921 ई के सविनय अवज्ञा आंदोलन में इन भगतों ने 'सिद्धू भगत' के नेतृत्व में योगदान दिया था।
- महात्मा गाँधी से प्रभावित होकर ताना भगतों ने चरखा एवं खादी वस्त्रों का अनुकरण किया।
- महात्मा गांधी के अनुसार ताना भगत उनके सबसे प्रिय अनुयायी और समर्थक थे।

- ताना भगतों ने कांग्रेस के 1922 के 'गया अधिवेशन' के साथ ही 1923 के 'नागपुर अधिवेशन' में भी भाग लिया था।
- यह विद्रोह विशुद्ध गाँधीवादी तरीके से लड़ा गया था।
- यह प्रथम आदिवासी अहिंसकवादी आंदोलन था।
- सरदार पटेल द्वारा 1930 ई. में बारदोली में कर न देने का आंदोलन चलाया गया था जिससे प्रभावित होकर ताना भगतों ने भी सरकार को कर देना बंद कर दिया।
- ताना भगतों ने 1940 के रामगढ़ अधिवेशन में महात्मा गाँधी जी को 400 रुपए उपहार के रूप में प्रदान किए थे।
- ताना भगत द्वारा 1948 ई. में 'रांची जिला पुनर्वास परिषद्' अधिनियम पारित किया गया था।

हरिबाबा आंदोलन (1931)

- यह आंदोलन 'दुका हो' उर्फ हरिबाबा के संचालन/नेतृत्व में सिंहभूम क्षेत्र में चलाया गया।
- यह एक प्रकार का शुद्धीकरण आंदोलन था।
- इस आंदोलन का मुख्य लक्ष्य 'हो' जनजाति के लोगों को बाह्य अत्याचारों से बचाने हेतु संगठित करना था।
- इस आंदोलन में बारकेला क्षेत्र के भड़ाहातू क्षेत्र के बामिया हो, भूतागाँव निवासी सिंगराई हो और गाड़िया क्षेत्र के हरि, दुला व बिरजो हो ने बढ़-चढ़ कर भाग लिया।
- इस आंदोलन में सरना धर्म का व्यापक प्रचार-प्रसार किया गया।
- यह आंदोलन महात्मा गांधी जी के विचारों से प्रभावित था।

जनजातीय आंदोलन				
आंदोलन का नाम	**अवधि**	**नेतृत्वकर्त्ता**	**दमनकर्ता**	**सम्बंधित क्षेत्र**
ढाल विद्रोह	1767-1777	जगन्नाथ ढाल	ले. रूक, कैप्टन मार्गन	ढालभूम
चुआर विद्रोह	1766 – 1816	रघुनाथ महतो, श्याम गंजम	ले. गुडयार, मे. क्राफ्ड	सिंहभूम
चेरो विद्रोह	1770 - 1819	चित्रजीत राय, जयनाथ सिंह	कैप्टन जैकब कैमक	पलामू
भोगता विद्रोह	1770-1771	जयनाथ सिंह	कैप्टन जैकब कैमक	पलामू
घटवाल विद्रोह	1772 - 1773	विभिन्न घटवाल सरदार	कैप्टन जैकब कैमक	रामगढ़
पहाड़िया विद्रोह	1770-1771	जगन्नाथ देव, सर्वेश्वरी	क्लीवलैंड	संथाल परगना
तमाड़ विद्रोह	1782-1821	अलग-अलग चरणों में विभिन्न नेता	विभिन्न अंग्रेज अधिकारी	हजारीबाग को छोड़कर सभी क्षेत्र
भूमिज विद्रोह	1832-33	गंगा नारायण	कैप्टन विलकिन्सन	बाड़भूम, सिंहभूम
संथाल विद्रोह	1855-1856	सिद्धू-कान्हू	कैप्टन अलेक्जेंडर	संथाल परगना
सरदारी आंदोलन	1858-1895	विभिन्न कोल सरदार	-	-
साफाहोड़ आंदोलन	1870	लाल हेम्ब्रम	-	-
खरवार आंदोलन	1874	भागीरथ माँझी	-	संथाल परगना
मुंडा उलगुलान	1895-1900	बिरसा मुंडा	कैप्टन फारबेस व स्ट्रीट फील्ड	रांची-खूँटी
ताना भगत आंदोलन	1914	जतरा भगत	-	-
हरिबाबा आंदोलन	1931	हरिबाबा उर्फ 'दुका हो'	-	सिंहभूम

भारतीय राष्ट्रीय आंदोलन एवं विद्रोह

झारखंड में 1857 के आंदोलन का प्रसार के कारण:

- अंग्रेजों के प्रति क्षेत्रीय शासकों में अविश्वास की भावना
- झारखंड की जनजातियों में अंग्रेजी सरकार, जमींदार, साहूकार आदि के प्रति असंतोष
- अंग्रेज अधिकारियों में जनजातीय समस्याओं की समझ का अभाव तथा प्रशासनिक सुधारों की कमी
- अंग्रेज सरकार द्वारा आदिवासी क्षेत्रों का निर्वासन स्थल के रूप में प्रयोग
- बाबू कुँवर सिंह के नेतृत्व में बिहार में 1857 के विद्रोह से प्रेरणा

1857 का विद्रोह

- झारखंड में 1857 का विद्रोह 12 जून, 1857 को रोहिणी गाँव (देवघर) से प्रारम्भ हुआ।
- 12 जून, 1857 को रोहिणी गांव में मेजर मैकडोनाल्ड के नेतृत्व में 32 वीं रेजिमेंट के सैनिकों द्वारा लेफ्टिनेंट नॉर्मन लेस्ली की हत्या के बाद विद्रोह शुरू हुआ।
- सैनिकों के इस हमले में मेजर मैकडोनाल्ड और सर्जन डॉ. ग्राण्ट घायल हो गए।
- इमाम खान के रूप में पहचाने गए हमलावरों पर मुकदमा चलाया गया और उन्हें फांसी दे दी गई और रेजिमेंट का मुख्यालय रोहिणी से भागलपुर स्थानांतरित कर दिया गया।
- इसके बाद यह विद्रोह हजारीबाग और रामगढ़ (30 जुलाई), रांची (2 अगस्त), सिंहभूम (3 सितंबर) और पलामू (26 सितंबर) तक फैल गया।

हजारीबाग में विद्रोह का प्रसार:

- 25 जुलाई, 1857 को दानापुर रेजिमेंट के सैनिकों ने विद्रोह कर दिया।
- इसकी सूचना पाकर हजारीबाग स्थित रामगढ़ बटालियन के सैनिक उत्तेजित हो उठे और 30 जुलाई, 1857 को उन्होंने भी विद्रोह कर दिया।
- इस विद्रोह के समय रामगढ़ बटालियन का मुख्यालय रांची में स्थित था।
- हजारीबाग में सैनिकों के विद्रोह के बाद, मेजर सिम्पसन (उपायुक्त) सहित विभिन्न ब्रिटिश अधिकारी कलकत्ता भाग गए और विद्रोहियों ने ब्रिटिश अधिकारियों के बंगलों और कार्यालयों को जला दिया और सरकारी खजाने को लूट लिया।
- इस विद्रोह की सूचना रामगढ़ के राजा शंभू नारायण सिंह द्वारा गवर्नर जनरल लॉर्ड कैनिंग को भेजी गई।
- विद्रोहियों ने कैदियों को जेल से भी रिहा करा लिया और संबलपुर के सुरेंद्र शाही के नेतृत्व में ये कैदी रांची की ओर चल पड़े।
- रांची के कमिश्नर ने विद्रोह को दबाने के लिए लेफ्टिनेंट ग्राहम के नेतृत्व में सैनिकों का एक दल रामगढ़ भेजा, लेकिन रामगढ़ के जमादार माधव सिंह और डोरंडा के सूबेदार नादिर अली खान और सूबेदार जयमंगल पांडे ने विद्रोह कर दिया, जिसके बाद लेफ्टिनेंट ग्राहम को अपनी जान बचाकर भागना पड़ा।

रांची में विद्रोह का प्रसार:

- 2 अगस्त, 1857 को हजारीबाग के विद्रोही सैनिक रांची आए और सूबेदार नादिर अली, जमादार माधव सिंह तथा जयमंगल पाण्डे के नेतृत्व/संचालन में यहाँ के सैनिकों ने भी विद्रोह कर दिया।
- इन सिपाहियों ने रांची में अफसरों के क्वार्टर एवं कोठियाँ जला दी, गॉस्सनर चर्च को तोप के गोलों से ध्वस्त कर दिया और कैदियों को जेल से छुड़ा लिया।
- विद्रोह के प्रसार को देखते हुए, रांची के तत्कालीन कमिश्नर डाल्टन की सलाह पर अगस्त में पूरे छोटानागपुर में मार्शल लॉ लागू कर दिया गया।
- बढ़कागढ़ के नागवंशी ठाकुर विश्वनाथ शाहदेव (विद्रोहियों के नेता) के नेतृत्व में विद्रोहियों ने डोरंडा में ब्रिटिश अधिकारियों के सभी बंगलों और प्रांगणों को जला दिया और खजाना भी लूट लिया। इसके साथ ही उन्होंने जेल से सभी बंदियों को भी मुक्त कराया।
- इसमें पाण्डेय गणपत राय (विद्रोहियों के सेनापति), शेख भिखारी, टिकैत उमरांव सिंह, दुखु, जगन्नाथ शाही तथा रामरूप सिंह ने विद्रोहियों का भरपूर साथ दिया।
- विश्वनाथ शाहदेव (झारखंड में 1857 के विद्रोह के प्रेरक) ने मुक्तवाहिनी सेना स्थापित की और इस सेना ने 1857 के विद्रोह में अविस्मरणीय योगदान दिया।
- शेख भिखारी और गणपत राय (कमांडर) भी इस सेना के प्रमुख सैनिक थे।

अन्य तथ्य: मुक्तवाहिनी सेना 1857 के विद्रोह में बाबु कुँवर सिंह के नेतृत्व में थी, जो बिहार में 1857 के विद्रोह को नेतृत्व प्रदान कर रहे थे।

चतरा में विद्रोह का प्रसार:

- 2 अक्टूबर, 1857 को मेजर सिम्पसन, मेजर इंग्लिश, सार्जेंट डाइनन, लेफ्टिनेंट अर्ल आदि के नेतृत्व में ब्रिटिश सेना और जयमंगल पाण्डेय के नेतृत्व में विद्रोहियों के बीच चतरा का ऐतिहासिक युद्ध हुआ।
- इस युद्ध में सूबेदार नादिर अली खाँ घायल हो गए और जमादार माधव सिंह भाग गए।
- अंग्रेजों ने जमादार माधव सिंह पर 1,000 रुपये का इनाम घोषित किया।
- 3 अक्टूबर, 1857 को सूबेदार नादिर अली खाँ और जयमंगल पाण्डेय को गिरफ्तार कर लिया गया।
- 4 अक्टूबर को कमिश्नर सिम्पसन के आदेश पर उन्हें चतरा के 'पंसीहारी तालाब' के पास फाँसी दी गई।
- विद्रोहियों के नेता ठाकुर विश्वनाथ शाहदेव एवं सेनापति पाण्डेय गणपत राय, लोहरदगा के वनों में छिप गए तथा वहीं से ब्रिटिश सरकार के विरोध में छापामार युद्ध करते रहे।
- रांची के कमिश्नर डाल्टन ने ओरमांझी के 12 गांवों के जमींदार उमराव सिंह और उनके दीवान शेख भिखारी को गिरफ्तार कर लिया और उन्हें रांची ले आए और 8 जनवरी, 1858 को टैगोर हिल के पास फांसी दे दी।
- इस फांसी की जगह को 'टुंगरी फांसी' के नाम से जाना जाता है।
- विश्वनाथ शाहदेव और गणपत राय को 21 अप्रैल 1858 को छोटानगर के तत्कालीन कमिश्नर डॉल्टन के आदेश के अनुसार फांसी दे दी गई।

मानभूम में विद्रोह का प्रसार:

- 5 अगस्त, 1857 को पुरुलिया में भी सैनिकों ने विद्रोह कर दिया, जिसके

कारण तत्कालीन उपायुक्त जी. एन. ओकस सहित अनेक अंग्रेज अधिकारीयों को भागना पड़ा।

- इसके बाद विद्रोहियों ने पूरे जिले पर कब्जा कर लिया और कैदियों को जेल से रिहा कर दिया और रांची की ओर जाने लगे।
- मानभूम के संथाल भी इस विद्रोह में शामिल हो गये तथा आसपास के गाँवों में लूटपाट करने लगे। पुरूलिया के असिस्टेंट कमिश्नर ओक्स को सितंबर में वापस लौटने पर इसकी जानकारी मिली।
- ओक्स ने विद्रोहियों को नियंत्रित करने हेतु पंचेत के राजा नीलमणि सिंह से मदद मांगी। परंतु नीलमणि सिंह सरकार की मदद करने के बजाय संथालों को भड़काया।
- ओक्स ने संथालों को नियंत्रित करने के लिए कैप्टन माउंट गोमरी के नेतृत्व/संचालन में सैनिकों का एक दल भेजा और संथालों पर कार्रवाई के बाद अक्टूबर 1857 तक पुरुलिया में शांति स्थापित हो गई।
- पुलिस कार्रवाई के बाद संथाल विद्रोही मानभूम से हजारीबाग की ओर चले गये। इसी बीच नवंबर में राजा नीलमणि सिंह को अंग्रेजों ने गिरफ्तार करके अलीपुर जेल भेज दिया जिसके बाद मानभूम में विद्रोह समाप्त हो गया।

सिंहभूम में विद्रोह का प्रसार:

- इस विद्रोह की शुरुआत सिंहभूम में रामनाथ सिंह और भगवान सिंह ने की थी, लेकिन पूरे सिंहभूम क्षेत्र में क्रांतिकारियों का नेतृत्व राजा अर्जुन सिंह ने किया था।
- 3 सितंबर, 1857 को चाईबासा के सैनिकों ने भगवान सिंह और रामनाथ सिंह के नेतृत्व में विद्रोह कर सरकारी खजाने को लूट लिया और कैदियों को जेल से मुक्त कर दिया।
- सिंहभूम के सहायक कमिश्नर मेजर शिशमोर विद्रोह शुरू होने से पहले चाईबासा की जिम्मेदारी अंग्रेज समर्थक सरायकेला नरेश चक्रधर सिंह को सौंप कर कलकत्ता भाग गए।
- लूटपाट के बाद विद्रोही रांची के लिए रवाना हो गए, लेकिन खरसावां नरेश हरि सिंह और सरायकेला नरेश चक्रधर सिंह ने संजय नदी के पास विद्रोहियों को रोक लिया।
- ऐसी स्थिति में ब्रिटिश सरकार के विरोधी पोरहाट नरेश अर्जुन सिंह ने विद्रोहियों की मदद करने का फैसला किया और अपने दीवान जग्गू की मदद से 7 सितंबर, 1857 को विद्रोहियों को संजय नदी पार करवा दी।
- विद्रोहियों के मन में अर्जुन सिंह के प्रति संदेह पैदा हो गया था, जिसके बाद विद्रोहियों ने अर्जुन सिंह को नेतृत्व सौंपना स्वीकार कर लिया जब अर्जुन सिंह ने पौरी देवी को साक्षी मानकर विश्वासघात न करने का प्रण लिया।
- 13 सितंबर, 1857 को आर. सी. बर्च ने सिंहभूम के नये जिलाधीश के रूप में कार्यभार संभाला तथा 16 सितंबर, 1857 को कैप्टन ओक्स की सेना ने चाईबासा शहर पर अधिकार कर लिया।
- आर. सी. बर्च ने अर्जुन सिंह को चाईबासा आने और आत्मसमर्पण करने का संदेश भेजा, जिसे अस्वीकार करते हुए अर्जुन सिंह ने खुद को 'सिंहभूम का राजा' घोषित कर दिया।
- आर. सी. बर्च द्वारा अर्जुन सिंह को विद्रोही बताते हुए उसके राज्य पर कब्जा करने और उसकी गिरफ्तारी के लिए 1,000 रुपये के इनाम की घोषणा की गई।
- अर्जुन सिंह अपने समर्थकों के साथ रांची के कमिश्नर डाल्टन के सामने आत्मसमर्पण करना स्वीकार करते हुए रांची आ गये, परन्तु 17 अक्टूबर, 1857 को अर्जुन सिंह के साथ रांची पहुँचे विद्रोहियों को कमिश्नर डाल्टन के आदेश के अनुसार गिरफ्तार कर लिया गया।
- इन गिरफ्तार सिपाहियों पर कोर्ट मार्शल चलाकर इनकी सजा तय की गई और 20 अक्टूबर, 1857 को 'शहीद चौक' के पास फांसी की सजा प्राप्त विद्रोहियों को फांसी दी गई।
- अर्जुन सिंह विद्रोहियों की फाँसी से बहुत दुखी हुए और पोरहाट आकर पुनः अंग्रेजों के विरुद्ध अभियान छेड़ दिया।
- 20 नवंबर, 1857 को ब्रिटिश अधिकारी कैप्टन हेल ने चक्रधरपुर पर कब्जा कर लिया और उसी दिन अर्जुन सिंह के दीवान जग्गू को गिरफ्तार कर लिया गया और उन्हें फांसी दे दी गई।
- 21 नवंबर, 1857 को आर. सी. बर्च ने पोरहाट पर कब्जा कर लिया और राजा अर्जुन सिंह के महल को जला दिया। लेकिन अर्जुन सिंह यहां से बचकर भाग निकले।
- अर्जुन सिंह ने अंग्रेजों के खिलाफ अपने अभियान को तेज कर दिया। उन्होंने सबसे पहले मुण्डा-मानकी को शामिल किया और दिसंबर, 1857 तक लगभग सभी जनजातियां उनके साथ विद्रोह में शामिल हो गईं।
- इसके बाद विद्रोहियों ने आसपास के बाजारों को लूटने के अलावा अंग्रेजी सैनिकों पर हमले शुरू कर दिए।
- विद्रोहियों के ऐसे ही एक हमले में कई ब्रिटिश अधिकारी घायल हो गए, जिसके बाद कर्नल फास्टर ने विद्रोहियों को दबाने के लिए रानीगंज से शेखावती बटालियन को चाईबासा भेजा।
- 17 जनवरी, 1858 को चाईबासा पहुंचने पर, शेखावती बटालियन ने चक्रधरपुर को पूरी तरह से नष्ट कर दिया और कई विद्रोहियों को मार डाला।
- अंग्रेजों द्वारा की गई दमनकारी कार्रवाई ने विद्रोह को कमजोर कर दिया। करीब एक साल तक विद्रोह को शांत देखने के बाद मयूरभंज के राजा की सलाह पर अर्जुन सिंह ने 16 फरवरी, 1859 को रांची के कमिश्नर डाल्टन के सामने आत्मसमर्पण कर दिया।

पलामू में विद्रोह का प्रसार:

- भोगता जनजाति के नीलांबर-पीताम्बर ने पलामू क्षेत्र में 1857 के विद्रोह का नेतृत्व किया।
- उन्होंने चेरो, खरवार और भोगता को एकत्रित करके एक सैन्य दल का गठन किया और स्वयं को एक स्वतंत्र शासक घोषित कर दिया।
- 26 सितंबर, 1857 को चकला के भवानी बख्श राय के नेतृत्व में चेरो जनजाति के लोग भी विद्रोह में शामिल हो गए।
- विद्रोहियों ने 21 अक्टूबर, 1857 ई. को शाहपुर किले पर आक्रमण किया।
- इस विद्रोह के दौरान शाहपुर थाना और लेस्लीगंज थाने के साथ-साथ चैनपुर गढ़ पर भी हमले हुए, लेकिन चैनपुर गढ़ के रघुवर दयाल सिंह इस हमले से बचने में सफल रहे।
- विद्रोहियों ने रंकागढ़ एवं 27 नवंबर, 1857 को बंगाल कोल कंपनी केराजहरा कोयला खान पर धावा बोला।
- 8 दिसंबर, 1857 को, मेजर कार्टर के नेतृत्व में एक सैन्य दल सासाराम से शाहपुर को लेफ्टिनेंट ग्राहम की सहायता के लिए भेजा गया था, जहां मेजर कार्टर ने एक विद्रोही नेता देवी बाणा राय को गिरफ्तार कर लिया।
- रांची के कमिश्नर ले. डाल्टन के आदेश पर मेजर मेकडोनेल एक टुकड़ी के साथ ग्राहम की सहायता के लिए पलामू पहुँचे, जिसके फलस्वरूप विद्रोहियों को पलामू दुर्ग से भागना पड़ा।
- डाल्टन के आदेश पर विभिन्न स्थानों (पलामू दुर्ग, लेस्लीगंज, हरणामांड गांव, बाघमारा घाट आदि) से विद्रोहियों को भगाने पर जोर दिया गया।
- नवंबर 1858 में, सिद्ध सिंह और राम बहादुर सिंह के नेतृत्व में विद्रोहियों की संख्या 1000 से अधिक हो गई, जिसके बाद विद्रोहियों ने पलामू दुर्ग पर फिर से नियंत्रण स्थापित करने का प्रयास किया।
- जनवरी 1859 तक, विद्रोही पलामू दुर्ग पर फिर से नियंत्रण स्थापित करने में सफल रहे, इसके लिए विद्रोहियों ने गुरिल्ला युद्ध का इस्तेमाल किया।
- जनवरी, 1859 में लेफ्टिनेंट की सहायता के लिए कैप्टन नेशन को भेजा गया, जिसके बाद विद्रोहियों के खिलाफ कठोर कार्रवाई शुरू की गई और इसमें चेरो जागीरदारों का भी सहयोग लिया गया।

- परिणामस्वरूप नीलाम्बर-पीताम्बर को भोगता क्षेत्र से पलायन करना पड़ा।
- चेरो जागीरदारों द्वारा अंग्रेजों के समर्थन के कारण भोगता कमजोर होने लगा, जिसका फायदा उठाकर अंग्रेजों ने नीलांबर-पीताम्बर पर कब्जा करने की कोशिश की।
- एक गुप्तचर की सूचना पर अंग्रेजों ने नीलाम्बर-पीताम्बर को घेर लिया और उन्हें समर्पण करने पर विवश कर दिया।
- 28 मार्च, 1859 को नीलाम्बर-पीताम्बर को लेस्लीगंज (पलामू) को फाँसी दे दी गई थी।

1857 के विद्रोह का प्रारंभ - प्रमुख स्थान		
स्थान	**विद्रोह आरंभ की तिथि**	**नेतृत्वकर्ता**
रोहिणी (देवघर)	12 जून, 1857	-
हजारीबाग	30 जुलाई, 1857	माधव सिंह व नादिर अली
रांची	2 अगस्त, 1857	-
डोरंडा (रांची)	-	जयमंगल पाण्डेय
मानभूम	5 अगस्त, 1857	संथालों द्वारा
सिंहभूम	3 सितम्बर, 1857	अर्जुन सिंह
पलामू	सितम्बर, 1857	नीलांबर-पीतांबर

अन्य तथ्य:

- 1857 के विद्रोह के दौरान अंग्रेजों की सहायता करने वाले जमींदारों, राजाओं आदि को सम्मानित किया गया।
- इनमें पाण्डेय गणपत राय को पकड़वाने वाले विश्वनाथ दुबे, नारायण शाही, नागवंशी राजा जगन्नाथ शाहदेव, जगतपाल सिंह (पिठोरिया), शिवचरण राय (नावागढ़), जनक सिंह, तथा कुंवर भिखारी सिंह (मनिका) आदि प्रमुख थे।
- ब्रिटिश सरकार की मदद करने के लिए रघुवर दयाल सिंह (चैनपुर) तथा किशनु दयाल सिंह (रंका) को 'रायबहादुर' की उपाधि दी गयी।
- लेफ्टिनेंट डौंट एवं सार्जेन्ट डाइनन (मरणोपरांत) को 'विक्टोरिया क्रॉस' से सम्मानित किया गया।
- सैन्य व्यवस्था में परिवर्तन करते हुए छोटानागपुर, कोल, संथाल आदि की जनता को सेना में सम्मिलित कर लिया गया।
- गोरखाओं और सिखों के साथ दुसाधों को भी रामगढ़ बटालियन में भर्ती किया गया था।

झारखंड में वहाबी आंदोलन

- शाह मोहम्मद हुसैन ने झारखंड में वहाबी आंदोलन का विस्तार किया था।
- झारखंड के राजमहल में वहाबी आंदोलन की शाखा खोली गई।
- पीर हुसैन ने संथाल परगना क्षेत्र में वहाबी आंदोलन का प्रचार किया।
- पाकुड़ इलाके के इब्राहिम मंडल को वहाबी आंदोलन के दौरान आजीवन कारावास की सजा सुनाई गई थी।

झारखंड में उग्र राष्ट्रीयता का प्रसार

देवघर:

- उग्र राष्ट्रवाद के दौर में 'देवघर' झारखंड में क्रान्तिकारी गतिविधियों का प्रमुख केन्द्र था।
- 1908 के अलीपुर बम कांड से जुड़े कई बंगाली क्रांतिकारी देवघर में 'शीलेर बाड़ी' नामक घर में छिपकर रहते थे और इस घर का उपयोग बम निर्माण और प्रशिक्षण के लिए किया जाता था।
- 1915 ई. में देवघर के 'शीलेर बाड़ी' नामक मकान से बम बनाने की सामग्री प्राप्त हुई।
- क्रान्तिकारी गतिविधियों के प्रसार के लिए वरिन्द्र कुमार घोष द्वारा देवघर में स्वर्ण संघ (गोल्डन लीग) नामक संस्था का गठन किया गया।
- झारखंड के देवघर स्थित मित्रा उच्च विद्यालय के प्रधानाचार्य शांति कुमार बख्शी द्वारा युवाओं को क्रांतिकारी प्रशिक्षण दिया गया।
- देवघर षड्यंत्र मामले में वर्ष 1927 में वीरेंद्र नाथ भट्टाचार्य के घर पर छापा मारकर हथियार और क्रांतिकारी साहित्य बरामद किया गया था।
- झारखंड के दुमका निवासी क्रांतिकारी प्रभुदयाल हिम्मद सिंह और बैद्यनाथ विश्वास को 'रोड्डा आर्म्स केस' में आरोपी बनाया गया था।

रांची:

- बंगाल से क्रांतिकारी रांची आते रहते थे।
- रांची में क्रांतिकारियों का नेतृत्व/संचालन गणेश चंद्र घोष ने किया था।

हजारीबाग:

- 1913 में, निर्मल बनर्जी ने हजारीबाग जिले के गिरिडीह शहर में एक स्तंभ पर 'आवर स्वाधीन भारत' शीर्षक के साथ पर्चे चिपकाए।
- क्रांतिकारियों को दुमका के हेमेन्द्र नाथ घोष और गिरिडीह के मनोरंजन गुहा (उपनाम - ठाकुर दा) द्वारा आर्थिक सहायता प्रदान की गई।
- झारखंड के 'संत कोलंबा महाविद्यालय हजारीबाग' के विद्यार्थी राम विनोद सिंह को 'हजारीबाग का जतिन बाघा' कहते है।
- 14 सितंबर 1918 को राम विनोद सिंह को गिरफ्तार कर लिया गया, जिसके खिलाफ हजारीबाग में छात्रों ने प्रदर्शन किया।

सिंहभूम:

- मैमनसिंह, ढाका और कलकत्ता से अनेक क्रांतिकारी सिंहभूम के जमशेदपुर और चाईबासा में आकर छुप जाते थे और गुप्त रूप से क्रांति का प्रचार करते थे।
- 1908 में, टाटा कंपनी के एक कर्मचारी गिरिंद्र नाथ मुखर्जी ने न्यूयॉर्क में एलान किया कि 'भारत को रक्तरंजित क्रांति के माध्यम से ही मुक्त किया जा सकता है'।
- गिरिंद्र नाथ मुखर्जी के भाई, अमरनाथ मुखर्जी भी क्रांतिकारी गतिविधियों में शामिल थे।
- क्रांतिकारी आंदोलन से जुड़े दुर्गादास बनर्जी, सुरेंद्र कुमार राय आदि टाटा कंपनी से जुड़े हैं।
- आनंद कमल चक्रवर्ती ने चाईबासा से प्रकाशित होने वाली 'तरुण शक्ति' नामक क्रांतिकारी पत्रिका का संपादन किया।
- इस पत्रिका में ब्रिटिश सरकार के खिलाफ लिखने के आरोप में उन्हें गिरफ्तार भी किया गया था।

अन्य तथ्य:

- काकोरी कांड के मुख्य आरोपी अशफाक उल्ला खां, कलकत्ता के प्रफुल्ल चंद्र घोष और ज्योति पंत राय जैसे क्रांतिकारियों ने भी कुछ दिन छिपने के लिए झारखंड में शरण ली थी।
- 1931-32 के आसपास डॉ यदुगोपाल मुखर्जी और बसावन सिंह के नेतृत्व/संचालन में छोटानागपुर क्षेत्र में क्रांतिकारी आंदोलन सक्रिय था।

- बिहार के गया में राजनीतिक डकैती के मामले में गिरफ्तार किए गए 18 क्रांतिकारियों में परमथ नाथ मुखर्जी और डाल्टनगंज के गणेश प्रसाद वर्मा तथा परमथ नाथ मुखर्जी भी शामिल थे।

गाँधीजी का झारखंड आगमन (1917-1940)

- महात्मा गांधी ने विभिन्न कारणों से 1917 और 1940 के बीच कई बार झारखंड का दौरा किया।
- गांधीजी पहली बार 3 जून, 1917 को झारखंड आए।
- गांधीजी की झारखंड की प्रथम 4 यात्राएं (1917) चंपारण आंदोलन से संबंधित हैं, जिनमें दूसरी यात्रा का उद्देश्य चंपारण जांच समिति की सभा (11 जुलाई 1917) में भाग लेना था।
- गांधीजी की पाँचवी यात्रा (1921) के दौरान उन्होंने धनबाद और झरिया का दौरा किया, इस यात्रा का मुख्य उद्देश्य राष्ट्रीय विद्यालय के लिए धन संग्रह करना था।
- गांधीजी की छठी यात्रा (1925) के दौरान, वह सी.एफ. एंड्रयूज के अनुरोध पर जमशेदपुर आए, इस यात्रा का उद्देश्य 1921 से चल रही हड़ताल से उत्पन्न तनाव के मामले में टाटा प्रबंधन और श्रमिक संघ के बीच समझौता करना था। इसी यात्रा के दौरान जमशेदपुर में एक सभा में गांधीजी को देशबंधु स्मृति कोष के लिए 5000 रुपये दिए गए।
- गांधीजी ने सातवीं यात्रा (1921) के दौरान पुरुलिया, चक्रधरपुर, चाईबासा, खूंटी और रांची का दौरा किया और इसी यात्रा में गांधीजी के विचारों से प्रभावित होकर टाना भगतों ने अहिंसा का व्रत लिया और स्वतंत्रता आंदोलन में भाग लिया।
- गांधीजी ने आठवीं यात्रा (1925) के दौरान भागलपुर, बांका और देवघर का दौरा किया।
- गांधीजी ने नवीं यात्रा (1927) के दौरान डाल्टनगंज (मेदिनीनगर), धनबाद, झरिया और कतरास का दौरा किया।
- गांधीजी ने दसवीं यात्रा (1934) के दौरान छोटानागपुर, देवघर, करमाटांड़, झरिया, रांची, चक्रधरपुर, कतरासगढ़ और जमशेदपुर (उद्देश्य - हरिजन आंदोलन) का दौरा किया।
- गांधीजी ने 3 मई, 1934 को हरिजन छात्र संघ को रांची में संबोधित किया।
- गांधीजी ने ग्यारहवीं यात्रा (1940) के दौरान रामगढ़, रांची के निवारणपुर और जमशेदपुर का दौरा किया। इस यात्रा का मुख्य उद्देश्य कांग्रेस के रामगढ़ अधिवेशन में भाग लेना और 14 मार्च 1940 को रामगढ़ में खादी प्रदर्शनी का उद्घाटन करना था।

अन्य तथ्य: 1925 में देवघर की अपनी यात्रा के बारे में लिखते हुए, गांधी ने 'यंग इंडिया' में देवघर के पंडालों और देवघर की परंपरा की प्रशंसा की। गांधीजी के अनुसार, "अन्य मंदिरों के विपरीत यहाँ अस्पृश्यता पर विचार नहीं किया जाता है और मंदिर सभी के लिए खुले हैं।"

रॉलेट एक्ट का विरोध (1919)

- ब्रिटिश सरकार ने सिडनी रॉलेट रिपोर्ट के आधार पर भारतीयों द्वारा सरकार विरोधी गतिविधियों पर अंकुश लगाने के उद्देश्य से एक कानून पारित किया, जिसका पूरे देश में व्यापक विरोध हुआ।
- झारखंड में रांची में बारेश्वर सहाय और गुलाब तिवारी ने इस कानून के खिलाफ सत्याग्रह का नेतृत्व किया।
- 6 अप्रैल, 1919 को पलामू के जिला विद्यालय के शिक्षक रामदीन पांडे ने छह छात्रों के साथ उपवास किया।

झारखंड में कांग्रेस कमेटी की स्थापना (1919-20)

- 1919 में पलामू में बिंदेश्वरी पाठक और भागवत पाण्डेय ने जिला कांग्रेस कमेटी की स्थापना की।
- 1920 में रांची और हजारीबाग में कांग्रेस कमेटी का गठन किया गया।

असहयोग आंदोलन (1920-22)

- 1920 में कलकत्ता में कांग्रेस के विशेष अधिवेशन में अहिंसावादी आन्दोलन का प्रस्ताव पारित किया गया, जिसका नेतृत्व गांधी जी ने किया।
- 1920 में झारखंड में भी असहयोग आंदोलन की शुरुआत हुई।
- गांधी जी, मोतीलाल नेहरू, डॉ. राजेंद्र प्रसाद, मजहरुल हक आदि प्रमुख राष्ट्रीय नेताओं ने झारखंड का दौरा किया और विभिन्न स्थानों पर सभाओं को संबोधित किया।
- 1921 में टाना/ताना भगतों ने भी इस आन्दोलन में उल्लेखनीय योगदान दिया, जिसकी गांधी जी ने बहुत प्रशंसा की।
- इस दौरान टाना भगतों ने ब्रिटिश सरकार को कर देना बंद कर दिया, जिसके बाद उनकी जमीनों की नीलामी कर दी गई।
- जाबरा पहाड़िया के नेतृत्व में पहाड़िया जनजाति ने भी इस आंदोलन में सक्रिय रूप से भाग लिया।
- इस आंदोलन के दौरान रांची, चतरा, गिरिडीह, धनबाद, पलामू और लोहरदगा में राष्ट्रीय विद्यालय की स्थापना की गई।
- झारखंड में असहयोग आंदोलन का केंद्र रांची था, लेकिन राज्य के अन्य हिस्सों (पलामू, हजारीबाग, सिंहभूम आदि) में भी बड़ी संख्या में लोगों ने भाग लिया।

रांची में असहयोग आंदोलन:

- असहयोग आंदोलन के दौरान रांची और इसके आसपास के इलाकों में कई जनसभाओं का आयोजन किया गया।
- आदिवासियों ने भी इस आंदोलन में सक्रिय रूप से भाग लिया।
- रांची में 1921 में आयोजित वार्षिक पिंजरापोल समारोह में अब्दुर रज्जाक, भोलानाथ बर्मन, अब्दुर रज्जाक, पद्मराज जैन आदि ने भाषण दिया।
- इस आंदोलन के दौरान लोहरदगा और रांची में राष्ट्रीय विद्यालयों की स्थापना की गई।

पलामू में असहयोग आंदोलन:

- इस आंदोलन के दौरान पलामू के आदिवासी नेता धनी सिंह खरवार के नेतृत्व/संचालन में जंगलों को काटकर कपास की खेती शुरू की गई।
- धनी सिंह खरवार को पलामू का राजा घोषित किया गया।
- इसी दौरान बिहार स्टूडेंट कांफ्रेंस का पन्द्रहवाँ अधिवेशन 10 अक्टूबर, 1920 ई. को सीएफ एंड्रयूज की अध्यक्षता में डाल्टनगंज में संपन्न हुआ।
- इस अधिवेशन में अब्दुल बारी, मजहरूल हक, जी. इमाम, हसर आरजू, चंद्रवंशी सहाय एवं कृष्ण प्रसन्न सेन आदि ने हिस्सा लिया।
- इसी आंदोलन के दौरान पलामू कांग्रेस ने डाल्टनगंज में राष्ट्रीय विद्यालय खोला, जिसका प्रधानाध्यापक बिन्देश्वरी पाठक को बनाया गया।

हजारीबाग में असहयोग आंदोलन:

- इस आंदोलन के दौरान हजारीबाग में कई छात्रों ने अपनी पढ़ाई और राम नारायण सिंह के साथ-साथ कई वकीलों ने अपनी प्रैक्टिस छोड़ दी।
- हजारीबाग में आंदोलन के व्यापक होने पर आंदोलन के नेता कृष्ण बल्लभ सहाय, बजरंग सहाय, शालिग्राम सिंह, सरस्वती देवी एवं त्रिवेणी प्रसाद को गिरफ्तार किया गया।
- बिहार छात्र सम्मेलन का 16वां अधिवेशन 5-6 अक्टूबर 1921 को सरला देवी की अध्यक्षता में हजारीबाग में हुआ।
- इस सम्मेलन को कृष्ण बल्लभ सहाय, बजरंग सहाय, राम नारायण सिंह आदि ने संबोधित किया।

सिंहभूम में असहयोग आंदोलन:

- इस आंदोलन के चलते सिंहभूम के चक्रधरपुर जिले में राष्ट्रीय विद्यालय की स्थापना हुई।
- झारखंड के जमशेदपुर जिले के गोलमुरी मैदान में 5-9 फरवरी के बीच कई सार्वजानिक बैठकों का आयोजन किया गया।
- इन बैठकों की अध्यक्षता/संचालन बी. जी. साठे (5 फरवरी), प्रभास चंद्र मित्रा (6 फरवरी), के. के. भट्ट (8 फरवरी) और अब्दुल गनी (9 फरवरी) के द्वारा की गयी थी।
- 8 मार्च 1921 को जमशेदपुर के गोलमुरी मैदान और 13 मार्च को चाईबासा में इस आंदोलन के दौरान एक जनसभा का आयोजन किया गया।
- जमशेदपुर जिले में 15 मार्च, 1921 को एक हड़ताल आयोजित की गयी।अन्य तथ्य:
- जून, 1921 में मजरुल हक, चक्रधरपुर पहुंचे।

अन्य तथ्य:
- गिरिडीह में पचंबा के बाबू बजरंग सहाय ने असहयोग आंदोलन को नेतृत्व व संचालन किया।
- जनवरी 1922 में असहयोग आंदोलन के समय साहेबगंज को अस्त-व्यस्त क्षेत्र घोषित किया गया था।
- सखाराम गणेश देउस्कर ने "देशेर कथा' की रचना इसी दौरान की थी।
- रांची के पी.सी. मित्रा और देवकी प्रसाद ने असहयोग आंदोलन के बाद कांग्रेस के गया अधिवेशन (37वें अधिवेशन) से लौटने के बाद 'तिलक स्वराज फंड' के लिए पैसा एकत्र करना शुरू किया।
- इस आंदोलन के बाद 6 अप्रैल से 13 अप्रैल 1923 को 'राष्ट्रीय सप्ताह' के रूप में मनाया जाने लगा।
- 1 मई से 18 अगस्त 1923 तक राष्ट्रीय ध्वज की सुरक्षा के लिए आयोजित नागपुर झंडा सत्याग्रह में झारखंड के टाना भगतों ने भी बड़ी संख्या में भाग लिया।

स्वराज पार्टी

- झारखंड के छोटानागपुर क्षेत्र में देवकी प्रसाद सिन्हा और राम नारायण सिंह के नेतृत्व/संचालन में स्वराज पार्टी की अभियान समितियों का गठन किया गया।
- 1923 ई. में हुए विधान परिषद के चुनाव में कृष्ण बल्लभ सहाय हजारीबाग में स्वराज पार्टी के प्रतिनिधि के रूप में निर्वाचित हुए।
- कृष्ण वल्लभ सहाय को बिहार प्रांतीय स्वराज पार्टी में सचिव के पद से सम्मानित किया गया था।
- सोनार सिंह खरवार को झारखंड के संथाल परगना क्षेत्र में स्वराज पार्टी का कार्य दिया गया था।
- 1923 में रामेश्वर लाल को दक्षिण संथाल परगना में स्वराज पार्टी के प्रतिनिधिक के रूप में निर्वाचित किया गया था।

खादी आंदोलन

- झारखंड क्षेत्र से विधायक नीलकांत चटर्जी ने बिहार विधान परिषद् में 1924 ई में खादी से संबंधित एक सुझाव रखा था।
- सिंहभूम के आदिवासियों ने 1924 ई. में विष्णु माहुरी के नेतृत्व/संचालन में बाजार कर न देने हेतु यह आंदोलन चलाया था।
- झारखंड में कई स्थानों पर चरखा आंदोलन को विस्तारित करने हेतु सरला देवी के नेतृत्व/संचालन में खादी डिपो की स्थापना की गयी थी।
- अखिल भारतीय खादी बोर्ड के अध्यक्ष जमनालाल बजाज ने देवघर जिले में खादी मेले का शुभारंभ किया था।
- जमशेदपुर जिले में टम्पल नामक एक ब्रिटिश द्वारा खादी प्रदर्शनी का शुभारम्भ किया गया था।

साइमन कमीशन

- 1928 ई. में साइमन कमीशन झारखंड आया।
- श्याम कृष्ण सहाय की अध्यक्षता में 1928 में एक बैठक आयोजित की गई जिसमें साइमन कमीशन के विरोध में एक प्रस्ताव पारित किया गया।
- पलामू निवासी कोहड़ा पाण्डेय के नेतृत्व/संचालन में रांची में साइमन कमीशन का विस्तृत विद्रोह हुआ।
- हजारीबाग में देवकी नंदन लाल और पी.सी. मित्रा के नेतृत्व में लोगों ने साइमन कमीशन के खिलाफ काले झंडे दिखाकर विरोध जताया।
- 1928 ई. में उन्नति समाज ने छोटानागपुर राज्य के गठन के लिए साइमन कमीशन को एक मांग पत्र प्रस्तुत किया।

मजदूर आंदोलन

- 1920 में जमशेदपुर वर्कर्स एसोसिएशन की स्थापना हुई, जिसका नेतृत्व एस.एन. हलधर और व्योमेश चक्रवर्ती ने किया।
- वर्ष 1920-22, 1925 और 1928 में टाटा आयरन एंड स्टील के कर्मचारियों और कई अन्य मिलों द्वारा हड़तालें की गईं।
- सुभाष चंद्र बोस ने 1928 में टाटा आयरन एंड स्टील के श्रमिकों और मिल प्रबंधक के बीच एक समझौता कराने में अग्रणी भूमिका निभाई थी।
- 20 अगस्त, 1928 को सुभाष चंद्र बोस को जमशेदपुर/टाटा मजदूर संघ का अध्यक्ष (9 वर्ष तक कार्यरत) चुना गया।
- सुभाष चंद्र बोस के प्रयासों के कारण 12 सितंबर को, टाटा यूनियन के प्रबंधन और कंपनी के श्रमिकों के बीच एक समझौता संभव हो सका।
- जवाहर लाल नेहरू की अध्यक्षता में 1929 में भारतीय ट्रेड यूनियन कांग्रेस का एक अधिवेशन झरिया में हुआ।
- 1938 ई. में अब्दुल बारी सिद्दीकी द्वारा 'टाटा वर्कर्स यूनियन' (टाटा वर्कर्स एसोसिएशन - 1920) की स्थापना की गयी थी।

सविनय अवज्ञा आंदोलन

- झारखंड के लोगों ने सविनय अवज्ञा आंदोलन में सक्रिय रूप से भाग लिया।
- गांधीजी द्वारा 6 अप्रैल, 1930 को प्रारंभ नमक आंदोलन में भी झारखंड के लोगों ने बढ़-चढ़कर भाग लिया तथा 13 अप्रैल, 1930 झारखंड के लगभग 50 स्थानों पर नमक बनाया गया।
- झारखंड में सविनय अवज्ञा आंदोलन का प्रमुख केन्द्र रांची था।
- राज्य के अन्य भागों में भी (हजारीबाग, पलामू, सिंहभूम, संथाल परगना आदि) में लोगों ने बढ़-चढ़कर हिस्सा लिया।

रांची:

- रांची में तरुण संघ द्वारा स्वाधीनता दिवस का आयोजन किया गया।
- 26 जनवरी, 1930 को तरूण संघ द्वारा आयोजित कार्यक्रम में डॉ. पूर्णचंद्र मित्रा ने स्वाधीनता दिवस मनाने के अवसर पर राष्ट्रीय ध्वज फहराया था।
- इस आंदोलन के दौरान रांची व उसके आसपास के क्षेत्रों में कई सार्वजनिक सभाओं का आयोजन किया गया
- 8 अप्रैल, 1930 को चुटिया में नागरमल मोदी की अध्यक्षता में एक सभा का आयोजन किया गया जिसे पी. सी. मित्रा व देवकी नंदन लाल समेत कई व्यक्तियों ने संबोधित किया।
- 15 अप्रैल, 1930 को जिला स्कूल के छात्राओं ने विद्यालय का बहिष्कार किया तथा 16 अप्रैल, 1930 को बुंडू में पूर्ण हड़ताल का आयोजन किया गया।

- 17 अप्रैल, 1930 को सिल्ली में तथा 18 अप्रैल, 1930 को कुंडु में एक सार्वजनिक सभा का आयोजन किया गया।
- 3 मई, 1930 को रांची बार एसोसिएशन की एक बैठक आयोजित की गयी जिसमें विदेशी वस्तुओं के बहिष्कार एवं खादी के उपयोग का प्रस्ताव पारित किया गया।
- 4 मई, 1930 को मांडर में महादेव स्वर्णकार, 12 मई, 1930 को पी. सी. मित्रा, नागरमल मोदी व देवकी नंदन लाल और 31 मई, 1930 को रवीन्द्र चंद्र व रामधनी दूबे को गिरफ्तार किया गया।
- 2 जून, 1930 को लगभग 40 टाना भगतों ने रांची में एक जुलूस निकाला जिसके बाद 8 टाना भगतों को गिरफ्तार कर लिया गया।
- ब्रिटिश हुकूमत से अपनी बातें मनवाने के लिए जगह-जगह पर व्यापक हड़ताल एवं प्रदर्शनों का आयोजन किया गया जिसके तहत 'स्वदेशी सप्ताह' (सितंबर, 1930 में तथा 'जवाहर सप्ताह' (नवंबर, 1930 में) मनाया गया।
- सविनय अवज्ञा आंदोलन का दूसरा चरण प्रारंभ होने के बाद 3 मार्च, 1932 को रांची के तरूण संघ नामक संगठन पर प्रतिबंध लगा दिया गया।
- 27 जुलाई, 1932 को नागरमल मोदी, बुलु साहू व ख्वाजा नसीरुद्दीन को गिरफ्तार कर लिया गया।

हजारीबाग:

- 26 जनवरी, 1930 को हजारीबाग में कृष्ण बल्लभ सहाय ने कचहरी पर झंडा फहराया था।
- कृष्ण बल्लभ सहाय ने खजांची तालाब के निकट नमक बनाकर इस आंदोलन को प्रसारित किया जिसके लिए उन्हें एक वर्ष के कारावास की सजा मिली।
- हजारीबाग में नमक सत्याग्रह में सीताराम दुबे, चक्र सिंह, मथुरा प्रसाद, सरस्वती देवी, मीरा देवी आदि ने भाग लिया।
- सरस्वती देवी हजारीबाग जिला कांग्रेस कमेटी की अध्यक्षा थीं।
- बंगम माड़े (बंगम मांझी) के नेतृत्व में हजारीबाग में संथालों ने सविनय अवज्ञा आंदोलन में अपनी सहभागिता दर्ज की।
- आंदोलन के प्रचार-प्रसार के लिए हजारीबाग जेल में बंद रामवृक्ष बेनीपुरी ने 'कैदी', महामाया प्रसाद सिन्हा तथा भवानी दयाल सन्यासी 'कारागार' ने नामक हस्तलिखित पत्रिका निकाली।
- इस आंदोलन के दौरान डॉ. राजेन्द्र प्रसाद ने हजारीबाग केंद्रीय कारागार में सूत कातकर कपड़ा तैयार किया था।

सिंहभूम:

- इस आंदोलन के दौरान सिंहभूम के आदिवासियों ने हाट कर देना बंद कर दिया।
- सविनय अवज्ञा आंदोलन के दौरान 6 अगस्त, 1930 को चक्रधरपुर में कांग्रेसियों ने जंगल काटकर सरकार के प्रति अपना विरोध प्रकट किया।
- इसे 'जंगल सत्याग्रह' के नाम से जाना जाता है, इसका नेतृत्व हरिसिंह हरिहर महतो तथा लालबाबू कर रहे थे।
- 16 नवंबर को जमशेदपुर के गोलमुरी मैदान में झंडा फहराकर 'जवाहर दिवस' मनाया गया।
- 19 नवंबर, 1930 को गोलमुरी में 3000 लोगों की एक सार्वजनिक सभा का आयोजन किया गया जिसमें सरकार के खिलाफ निंदा प्रस्ताव पारित किया गया।
- भगत सिंह, सुखदेव व राजगुरु को दी गयी फांसी के विरोध में 5 मार्च, 1931 को जमशेदपुर में हड़ताल की गयी।
- सविनय अवज्ञा आंदोलन के दूसरे चरण के शुरू होने के बाद महात्मा गाँधी व अन्य नेताओं की गिरफ्तारी के विरोध में 5 जनवरी, 1932 को गोलमुरी में एक सभा का आयोजन किया गया।
- 24 जनवरी, 1930 को जी. महंती के घर से स्वाधीनता दिवस से संबंधित एक परचा मिलने के बाद 4 लोगों के साथ उन्हें गिरफ्तार कर लिया गया।
- 26 जनवरी, 1930 को लोगों ने गोलमुरी मैदान में झंडा फहराने का प्रयास किया, जिसमे पुलिस ने लाठीचार्ज कर कई लोगों को गिरफ्तार कर लिया।

पलामू:

- पलामू में चंद्रिका प्रसाद वर्मा एवं सोनार सिंह खरवार ने नमक सत्याग्रह का नेतृत्व किया।
- इस आंदोलन के दौरान महात्मा गांधी की गिरफ्तारी की खबर मिलने पर डाल्टनगंज एवं गढ़वा में 8 मई, 1930 को तथा लातेहार में 11 मई, 1930 को लोगों ने हड़ताल की।
- डाल्टनगंज में कांग्रेस का दफ्तर बंद करवाने में सरकार की मदद करने हेतु भोला नाथ सिंह नामक व्यक्ति को सरकार द्वारा 'रायबहादुर' की उपाधि दी गयी।
- यदुवंश सहाय के नेतृत्व में सविनय अवज्ञा आंदोलन के दौरान झारखण्ड में संपूर्ण किसान आंदोलन चलाया गया।

संथाल परगना:

- संथाल परगना में शैलबाला राय के नेतृत्व में महिलाओं ने सविनय अवज्ञा आंदोलन में अपनी उपस्थिति दर्ज करायी। अन्य तथ्य:
- संथाल परगना के कांग्रेसी नेता शशि भूषण राय को इस आंदोलन के सिलसिले में मुंगेर जाने के बाद वहाँ गिरफ्तार कर लिया गया।

अन्य तथ्य: इस आंदोलन के दौरान झारखंड में चौकीदारी कर न देने हेतु आंदोलन चलाया गया, जिसका नेतृत्व निम्न लोगों ने किया:

- जे. एल साव
- मथुरा सिंह
- सीता राम दुबे
- सरस्वती देवी
- महादेव पाण्डेय
- चमन लाल

1935-39 के बीच झारखंड में प्रमुख गतिविधियाँ

- 1935 में पारित भारत सरकार अधिनियम के तहत, आदिवासी क्षेत्रों में बेहतर शासन के लिए राज्यपालों को अधिक अधिकार दिए गए थे।
- उड़ीसा को 1936 ई. में बिहार-उड़ीसा संयुक्त प्रांत से अलग कर दिया गया तथा छोटानागपुर के कुछ भाग (जैसे - गंगपुर क्षेत्र आदि) भी इसमें जोड़ दिये गये।
- भारत शासन अधिनियम, 1935 के तहत जनवरी, 1937 में झारखंड में स्थित क्षेत्रीय विधायिका हेतु चुनाव कराये गये। इसमें आदिवासियों हेतु 6 सीट सुरक्षित थीं।
- इस चुनाव में कांग्रेस, छोटानागपुर उन्नति समाज एवं किसान सभा ने भाग लिया, परंतु कांग्रेस के उम्मीदवारों की ही जीत हुई।
- इन चुनावों में इग्नेस बेक, बोनिफेस लकड़ा तथा देवेन्द्र प्रसाद सामंता (तीनों आदिवासी) को सामान्य सीटों पर विजय प्राप्त हुयी।
- इग्नेस बेक दिल्ली की संघीय विधायिका के जबकि बोनिफेस लकड़ा पटना की प्रांतीय विधानसभा के सदस्य बने।
- 30 मई, 1938 को रांची में छोटानागपुर उन्नति समाज की वार्षिक बैठक आयोजित हुयी, जिसमें छोटानागपुर उन्नति समाज के अलावा किसान सभा, छोटानागपुर कैथोलिक सभा, मुण्डा सभा एवं हो-मालतो मारंग सभा का एकीकरण करके छोटानागपुर-संथाल परगना आदिवासी सभा का

गठन किया गया।

- 1939 ई. में गांगपुर क्षेत्र (1936 में इसे छोटानागपुर से उड़ीसा में शामिल कर लिया गया था) में भू-बंदोबस्त कानून व मालगुजारी बढ़ाने के खिलाफ निर्मल मुण्डा नामक आदिवासी के नेतृत्व में आंदोलन शुरू हो गया।
- निर्मल मुण्डा के नेतृत्व में 25 अप्रैल, 1939 को उड़ीसा के सुंदरगढ़ जिले के रायबोगा थानान्तर्गत आमको-सिमको गांव में आदिवासियों की एक विशाल जनसभा आयोजित की गयी।

अन्य तथ्य: गांगपुर के पोलिटिकल एजेंट के आदेश पर ईस्ट इंडिया कंपनी के सैनिकों द्वारा इस जनसमूह पर जालियावाला बाग की तर्ज पर गोलियां चलाई गयी जिसमें लगभग 65 आदिवासियों की मौत हो गयी तथा 90 से अधिक लोग जख्मी हो गए।

इस घटना को 'सिमको हत्याकांड' या 'दूसरा जांलियावाला बाग हत्याकांड' भी कहा जाता है। इस हत्याकांड के विरूद्ध छोटानागपुर में भी व्यापक प्रतिक्रिया हुयी।

कांग्रेस का रामगढ़ अधिवेशन

- भारतीय राष्ट्रीय कांग्रेस के 53वें अधिवेशन 19-20 मार्च 1940 को झारखंड के रामगढ़ जिले में आयोजित किया गया।
- यह झारखंड में कांग्रेस का प्रथम अधिवेशन था।
- मौलाना अबुल कलाम आजाद इस अधिवेशन के अध्यक्ष थे।
- इस अधिवेशन की अवधि में सभा स्थल का नाम मजहर नगर और रामगढ़ में कांग्रेस के मुख्य द्वार का नाम 'बिरसा मुंडा द्वार' रखा गया था।
- इस अधिवेशन से पूर्व 14 मार्च, 1940 को गाँधी जी द्वारा 'खादी ग्रामोद्योग' का शुभारंभ रामगढ़ में किया गया।
- कांग्रेस कार्यकारिणी की सभा रामगढ़ में 15 से 18 मार्च 1940 को संपन्न हुयी।
- कांग्रेस विषय निर्वाचनी समिति की सभा 17 से 19 मार्च तक आयोजित की गयी थी।
- पंडित जवाहर लाल नेहरू ने इस अधिवेशन में सत्याग्रह का प्रस्ताव प्रस्तुत किया जिसका समर्थन जे. बी. कृपलानी ने भी किया।
- यह अधिवेशन महात्मा गाँधी द्वारा भी संबोधित किया गया तथा उन्होनें अपने संबोधन में अहिंसात्मक संघर्ष और रचनात्मक कार्यक्रम पर बल दिया।
- एक निर्वाचित संविधान सभा द्वारा देश के संविधान द्वारा वयस्क मताधिकार पर सबसे अधिक जोर दिया गया था।
- इस अधिवेशन में भाग लेने के लिए झारखंड राज्य के विभिन्न भागों से टाना भगत पैदल चलकर रामगढ़ गये थे तथा महात्मा गाँधी को इन्होनें 400 रुपये की एक थैली भी भेंट-स्वरुप दी थी।

प्रमुख व्यक्तित्व:

अध्यक्ष	मौलाना अबुल कलाम आजाद
स्वागत समिति के अध्यक्ष	डॉ. राजेन्द्र प्रसाद
स्वागत समिति के उपाध्यक्ष	श्री कृष्ण सिंह एवं डॉ. सैयद महमूद
स्वागत समिति के महासचिव	श्री अनुग्रह नारायण सिंह
स्वागत समिति के पदाधिकारी	श्री अंबिका कान्त सिंह
प्रचार पदाधिकारी	श्री ज्ञानचंद्र सोधी
प्रमुख स्वयं सेविकाएँ	सरला देवी, कुमारी इन्द्रमति जुनाज, कुमारी तारा पटवर्धन, कुमारी प्रेमा कण्टक, भ्योजो भटवरकर

अखिल भारतीय समझौता विरोधी सम्मेलन

- सुभाष चंद्र बोस के नेतृत्व में रामगढ़ के कांग्रेस अधिवेशन के दौरान अखिल भारतीय समझौता विरोधी समारोह का आयोजन रामगढ़ के पास बिहिटा में किया गया।
- स्वामी सहजानंद सरस्वती ने इस समारोह में मुख्य प्रस्ताव प्रस्तुत किया जिसका अनुमोदन सरदार शार्दुल सिंह कवीश्वर ने किया।
- कांग्रेस की नीतियों की अखिल भारतीय समझौता विरोधी सम्मेलन में कड़ी आलोचना की गयी तथा पूर्ण स्वराज की प्राप्ति के लिए जनता के अधिकार को प्रमुखता दी गयी।
- इसी अधिवेशन के दौरान फारवर्ड ब्लाक का निर्माण सुभाष चंद्र बोस के नेतृत्व/संचालन में किया गया।
- इसी अधिवेशन में चर्चित नेता मानवेंद्र नाथ राय ने रेडिकल डेमोक्रेटिक पार्टी की आधारशिला रखी थी।

व्यक्तिगत सत्याग्रह

- गाँधी जी द्वारा भारत की स्वतंत्रता के लिए ब्रिटेन पर नैतिक दबाव बनाने हेतु व्यक्तिगत सत्याग्रह आरम्भ किया गया जिसमें प्रथम सत्याग्रही विनोबा भावे तथा दूसरे जवाहरलाल नेहरू निर्वाचित किये गये।
- इस सत्याग्रह के दौरान गांधीजी ने आखिरी बार 1940 ई. में झारखंड का दौरा किया था।
- माइकल जॉन के साथ कुछ अन्य लोगों को भी झारखंड के जमशेदपुर जिले में गिरफ्तार कर लिया गया जिसके परिणामस्वरूप बसावन सिंह, जय प्रकाश नारायण एवं शिवनाथ बनर्जी ने एक जनसभा को जमशेदपुर जिले के गोलमुरी मैदान में संबोधित किया।
- इस जनसभा के बाद जय प्रकाश नारायण को भी गिरफ्तार कर लिया गया।
- महादेवी केजरीवाल, सत्याग्रह के दौरान संथाल परगना में खुद गिरफ्तार होने हेतु प्रस्तुत हुयी, लेकिन उपायुक्त ने उन्हें गिरफ्तार नहीं किया बल्कि उनकी गतिविधियों पर नजर रखने का आदेश दिया।

भारत छोड़ो आंदोलन

- 8 अगस्त, 1942 को बंबई में अखिल भारतीय कांग्रेस कमिटी की बैठक में 'भारत छोड़ो' प्रस्ताव पारित किया गया जिसके बाद गांधी जी के नेतृत्व में एक अहिंसक आंदोलन चलाने का निर्णय लिया गया।
- झारखंड में भी भारत छोड़ो आंदोलन में लोगों ने बढ़-चढ़कर हिस्सा लिया।
- इस आंदोलन के दौरान विभिन्न स्थानों पर सभाओं का आयोजन, जुलूस प्रदर्शन, आवागमन व संचार साधनों को बाधा पहुँचाने जैसी गतिविधियां संचालित की गयीं।

रांची:

- 9 अगस्त, 1942 को रांची में हड़ताल राखी गयी तथा 10 अगस्त, 1942 को नारायण चंद्र लाहिरी को रांची में गिरफ्तार कर लिया गया।
- 14 अगस्त, 1942 को रांची जिला स्कूल के पास जुलूस निकाल रहे छात्रों को गिरफ्तार कर लिया गया।
- इसके अतिरिक्त रांची के प्रमुख नेता जानकी बाबू, गणपत खंडेलवाल, मथुरा प्रसाद सहित कई नेताओं को भी गिरफ्तार किया गया।
- 17 अगस्त, 1942 को रांची में एक विशाल जनसभा का आयोजन किया गया जिसका अंग्रेज सैनिकों ने प्रतिशोध किया तथा जिला कांग्रेस कमिटी के कोषाध्यक्ष शिवनारायण मोदी को गिरफ्तार कर लिया गया।
- 18 अगस्त, 1942 को टाना भगतों ने विशुनपुर के निकट एक थाने को जला दिया।
- 22 अगस्त, 1942 को राहे में हड़ताल आयोजित की गयी तथा इटकी व टांगरबसली के बीच रेल पटरी को लोगों ने उखाड़ दिया।

- अंग्रेजों ने 22 अगस्त को पी. सी. मिश्रा को गिरफ्तार कर लिया।
- 28 अगस्त, 1942 को रांची की बिजली काट दी गयी तथा 30 अगस्त, 1942 को बालकृष्ण विद्यालय के रजिस्टर जला दिए गये।
- इस आंदोलन के दौरान नवंबर, 1942 तक रांची में 200 से अधिक लोगों को गिरफ्तार कर लिया गया था जिनमें आंदोलन में सक्रिय भागीदारी निभाने वाले विमल दास गुप्ता, केशव दास गुप्ता, सत्यदेव साहू, किशोर भगत आदि शामिल थे।
- आंदोलन के दौरान लोहरदगा के नदिया उच्च विद्यालय में छात्रों द्वारा राष्ट्रीय झंडा फहराया गया था तथा गुमला में हड़ताल का आयोजन व जुलूस प्रदर्शन किया गया।

हजारीबाग:

- भारत छोड़ो आंदोलन के प्रारंभ होते ही 10 अगस्त, 1942 को हजारीबाग के नेता राम नारायण सिंह व सुखलाल सिंह को हजारीबाग जेल में बंदी बना लिया गया।
- 11 अगस्त को हजारीबाग में सरस्वती देवी के नेतृत्व में एक जुलूस निकाला गया, सरस्वती देवी को अंग्रेजों द्वारा गिरफ्तार कर लिया गया।
- 14 अगस्त को हजारीबाग में उपायुक्त कार्यालय से यूनियन जैक उतारकर राष्ट्रीय ध्वज फहराया गया।
- इस आंदोलन के दौरान जयप्रकाश नारायण, 9 नवंबर, 1942 को हजारीबाग सेंट्रल जेल से अपने पांच साथियों (गुलाबी सोनार, सूरज नारायण सिंह, शालिग्राम सिंह, रामानंद मिश्रा और योगेंद्र शुक्ला) के साथ फरार हो गए थे।
- हजारीबाग जेल से जयप्रकाश नारायण व उनके साथियों के फरार होने के बाद जेल में बंद राम नारायण सिंह, कृष्ण बल्लभ सहाय तथा सुखलाल सिंह को भागलपुर जेल स्थानांतरित कर दिया गया।

पलामू:

- ब्रिटिश सरकार ने 10 अगस्त, 1942 को डाल्टनगंज (मेदिनीनगर) स्थित कांग्रेस के कार्यालय को अपने नियंत्रण में ले लिया।
- 11 अगस्त, 1942 को पलामू में जुलूस आयोजित किया तथा जपला में 'जपला मजदूर संघ' के सचिव मिथिलेश कुमार सिंह के नेतृत्व/संचालन में मजदूरों ने हड़ताल भी आयोजित की।
- 13 अगस्त, 1942 को छात्रों ने एक महाकाय जुलूस निकाला जिसके फलस्वरूप दशरथ राम और नंदलाल प्रसाद सहित कई लोगों को गिरफ्तार कर लिया गया।
- लातेहार में 18 अगस्त, 1942 को एक जुलूस निकाला गया और डालटनगंज में विष्णु प्रसाद और गनौरी सिंह को एक साल की सजा सुनाई गई।
- धनुष प्रसाद सिंह के नेतृत्व/संचालन में 19 अगस्त, 1942 को कई लोगों ने लेस्लीगंज पुलिसथाने में तोड़फोड़ की, जिसके फलस्वरूप धनुष प्रसाद सिंह समेत कई लोगों को गिरफ्तार कर लिया गया।
- कुमारी राजेश्वरी सरोज दास ने भी इस आंदोलन में महत्वपूर्ण भूमिका निभाई और उन्होंने मजदूरों और किसानों को संगठित किया।

सिंहभूम:

- जमशेदपुर में 10 अगस्त, 1942 को, चक्रधरपुर एवं चाईबासा में 14 एवं 16 अगस्त, 1942 को हड़ताल आयोजित की गयी।
- 15 अगस्त, 1942 को जमशेदपुर के प्रमुख नेता त्रेता सिंह, एन. एन. बनर्जी, एम. के. घोष एवं 17 अगस्त 1942 को एम. डी. मदन सहित कई नेताओं को ब्रिटिश सिपाहियों द्वारा गिरफ्तार कर लिया गया।
- 30 अगस्त, 1942 की रात को कई लोगों को गिरफ्तार किया गया और लोगों पर गोलियां चलाई गईं, जिसके खिलाफ 31 अगस्त, 1942 को एक पूर्ण हड़ताल आयोजित की गयी।
- जमशेदपुर में रामानंद तिवारी के नेतृत्व में सिपाहियों ने विद्रोह कर दिया और उन्होंने जमशेदपुर में 60 सदस्यों का इंकलाबी सिपाही दल बनाया।
- ब्रिटिश सरकार ने विद्रोह करने वाले कई लोगों और 33 सिपाहियों को गिरफ्तार कर लिया और उन्हें हजारीबाग जेल भेज दिया।
- 3-11 सितम्बर, 1942 तक नैय्यर और रामचंद्र पालीवाल के नेतृत्व में सफाई कर्मचारी हड़ताल पर चले गए।
- 15 सितंबर, 1942 को मुसाबनी में कमलानंदन, सीपी राजू और बास्टिन सहित कई श्रमिक नेताओं को बंदी बना लिया गया।
- 17 सितंबर, 1942 को घाटशिला में उड़िया और मद्रासी श्रमिकों द्वारा एक जुलूस निकाला गया।

मानभूम:

- 9 अगस्त, 1942 को मानभूम क्षेत्र के नेता वीर राघवाचार्य, पूर्णेन्दु भूषण मुखर्जी और विभूति भूषण दासगुप्ता को गिरफ्तार कर लिया गया।
- 10 अगस्त, 1942 को भी मुकुटधारी सिंह, पी. सी. बोस और बैजनाथ प्रसाद समेत कई नेताओं को गिरफ्तार कर लिया गया।
- 13 अगस्त 1942 को अतुल चंद्र घोष को तथा 16 अगस्त, 1942 को समरेन्द्र मोहन राय समेत अन्य लोगों को गिरफ्तार किया गया।
- 13 अगस्त 1942 को अतुल चंद्र घोष को तथा 16 अगस्त, 1942 को समरेन्द्र मोहन राय समेत अन्य लोगों को गिरफ्तार किया गया।
- इस आंदोलन के दौरान मानभूम क्षेत्र में आंदोलनकारियों द्वारा धरना प्रदर्शन, सभाएं, जुलूस निकालना, यातायात और संचार के साधनों को अवरूद्ध करना जैसी गतिविधियां की गईं।
- सरकार ने स्थिति को नियंत्रित करने के लिए कतरास, झरिया और धनबाद में कर्फ्यू लगाने का फैसला किया।

अन्य तथ्य: हरिराम गुटगुनिया द्वारा इस आंदोलन के दौरान देवघर से 'साइक्लोस्टाइल बुलेटिन' नाम की पत्रिका प्रकाशित की गयी।

संथाल परगना:

- देवघर में 11 अगस्त, 1942 को विनोदानंद झा के नेतृत्व एवं संचालन में एक जुलूस निकाला गया।
- इन्हे ब्रिटिश पुलिस ने 'भिखना पहाड़ी' से गिरफ्तार कर भागलपुर सेंट्रल जेल भेज दिया।
- गोड्डा कचहरी पर 13 अगस्त 1942 को राष्ट्रीय ध्वज फहराया गया।
- आंदोलनकारियों ने 13-14 अगस्त 1942 को विभिन्न स्थानों पर संचार और यातायात साधनों को ध्वस्त कर दिया गया तथा सरकारी भवनों को भी नष्ट कर दिया।
- इसके बाद भारत सुरक्षा अधिनियम के तहत रामजीवन, हिम्मत सिंह और मोतीलाल केजरीवाल सहित कई नेताओं को गिरफ्तार कर लिया गया।
- इस आंदोलन के दौरान आंदोलनकारियों द्वारा देवघर जिले के सरवन में एक समानांतर सरकार बनाई गई।
- 19 अगस्त, 1942 को दुमका में प्रेमा देवी और जांबवती देवी के नेतृत्व/संचालन में महाकाय जुलूस आयोजित किया गया।
- कृष्णा प्रसाद ने दुमका में इस आंदोलन का नेतृत्व /संचालन किया तथा इनके नेतृत्व में दुमका में 'पहाड़िया जत्था' संगठन बनाया गया।
- इस आंदोलन के दौरान प्रफुल्ल चंद्र पटनायक ने पहाड़िया सरदारों की मदद से बड़ी संख्या में आदिवासियों को आंदोलन में सम्मलित किया।
- उन्होंने पाकुड़, दुमका और गोड्डा के बीच स्थित डांगपाड़ा में अपने मुख्यालय की स्थापना किया।
- प्रफुल्ल चंद्र पटनायक के प्रभाव में एक परिवार का एकमात्र पुरूष सदस्य 'बादलमल पहाड़िया' आंदोलन में सम्मलित हो गया, गिरफ़्तारी के कारण

जेल में उसकी मृत्यु हो गयी।

- संथाल एवं पहाड़िया जनजातियों ने 25 अगस्त, 1942 को अलुवेरा स्थित वन विभाग के भवनों तथा डाक बंगला को आग लगा दी, जिसके परिणामस्वरूप ब्रिटिश सरकार द्वारा विभिन्न स्थानों पर सिपाहियों को भेजा गया।
- इस आंदोलन के दौरान ब्रिटिश सरकार ने प्रफुल्ल चंद्र पटनायक और उनके तीन साथियों पर 200 रुपये के इनाम का एलान किया। जिसके फलस्वरूप प्रफुल्ल चंद्र पटनायक को 7 नवंबर, 1942 को गिरफ्तार कर 16 साल कैद की सजा सुनाई गई।
- इस आंदोलन के दौरान संथाल परगना में लगभग 900 लोगों को गिरफ्तार किया गया था।
- वाचस्पति त्रिपाठी इस आंदोलन के दौरान गिरफ्तार होने वाले अंतिम नेता थे, उन्हें 22 अगस्त, 1943 को गिरफ्तार किया गया था।

झारखंड में भारत छोड़ो आन्दोलन के प्रमुख नेता

स्थान	नेतृत्वकर्ता
रांची	नागेश्वर प्रसाद, नारायण चन्द्र लाहरी, ताना भगत, विमलदास गुप्त, रामरक्षा ब्रह्मचारी, डॉ. यदुगोपाल मुखर्जी।
गुमला	गंगा महाराज, गोविन्द भगत, गणपत खंडेलवाल, लड्डू महाराज, मथुरा प्रसाद।
हजारीबाग	रामनारायण सिंह, सुखलाल सिंह, कृष्ण बल्लभ सहाय, सरस्वती देवी।
कोडरमा	विशुन मोदी, दुखन मोदी, बासन सोनार।
चतरा	राम अनुग्रह प्रसाद, नरसिंह भगत, उपेंद्र प्रसाद।
गिरिडीह	पुनीत राय, नरसिंह मारवाड़ी, लेखोराम, नारायण मोदी, अनन्त लाल।
पलामू	यदुवंश सहाय, भागीरथी सिंह खरवार, वाचस्पति त्रिपाठी, नन्दलाल प्रसाद, गणेश प्रसार वर्मा, राजकिशोर सिंह।
गढ़वा	गोपाल प्रसाद, गौरीशंकर, विश्वनाथ प्रसाद, रामकिशोर तेली।
सिंहभूम	टी. पी. सिन्हा, एम. जान, त्रेतासिंह, एन. सी. मुखर्जी।
संथाल परगना	प्रफुल्ल चन्द्र पटनायक, कृष्ण प्रसाद, के. गोपालन, जाम्बवती देवी, मोतीलाल केजरीवाल, विनोदानन्द झा, ऊषा रानी मुखर्जी, प्रेमा देवी।

अबुल कलाम आजाद की नजरबंदी

- होमरूल आंदोलन के दौरान अंग्रेजो ने रांची जिले में मौलाना अबुल कलाम आजाद को नजरबंद/कैद करके रखा था।
- अंग्रेजो ने मौलाना अबुल कलाम आजाद को कोलकाता से 31 मार्च 1916 - 27 दिसंबर 1919 तक रांची जिले में नजरबंद करके रखा।
- प्रथम विश्व युद्ध के दौरान मौलाना अबुल कलाम आजाद ने तुर्की की पराजय पर सरकारी समारोह और जश्न के विरोध में लोगों से काला बिल्ला (टैग) लगाने का आवेदन किया था।
- 8 जुलाई, 1916 को मौलाना अबुल कलाम आज़ाद को ब्रिटिश सरकार ने थाने में प्रतिदिन उपस्थिति होने/हाजिरी लगाने का आदेश जारी किया था।
- 1917 में मौलाना अबुल कलाम आजाद ने झारखंड के रांची जिले में मदरसा इस्लामिया और अंजुमन इस्लामिया की स्थापना में महत्वपूर्ण और प्रभावशाली योगदान दिया था।
- मौलाना अबुल कलाम आज़ाद ने अपनी 'अलबेलाग प्रेस' को बेचने के बाद प्राप्त राशि को मदरसे के अधिष्ठापन में लगाया था।
- मौलाना अबुल कलाम आज़ाद को 27 दिसम्बर 1919 को रिहा किया गया, जिसके बाद 3 जनवरी 1920 को वे रांची से कलकत्ता के लिए रवाना हुए।

मानभूम झण्डा सत्याग्रह (1945)

- राष्ट्रीय सप्ताह की घोषणा 6-13 अप्रैल 1945 तक की गई थी।
- राष्ट्रीय सप्ताह के दौरान मानभूम जिले में कांग्रेस नेता अतुल चंद्र घोष को कांग्रेस का झंडा फहराने के आरोप में गिरफ्तार किया गया।
- इसके फलस्वरूप लोगों ने झंडा सत्याग्रह शुरू कर दिया।
- कांग्रेस का झंडा फहराने के आरोप में मई 1945 में 3 महिलाओं समेत 5 लोगों को गिरफ्तार किया गया था।

ईसाई मिशनरियाँ और झारखंड

- ईसाइयों का सर्वप्रथम आगमन झारखंड राज्य में वर्ष 1845 में हुआ था।
- गॉस्सनर मिशन झारखंड में प्रथम ईसाई मिशन था।
- झारखंड में ईसाई धर्म के प्रचार के लिए सर्वप्रथम चार प्रचारक थियोडोर जैक, केल्सर अगस्ट ब्रांट, फ्रेडरिक वाच व एमिलो स्कॉच आए थे।
- इन प्रचारकों ने झारखंड में छोटानागपुर के डिप्टी कमिश्नर हेन्निगंटन और कमिश्नर कर्नल आउस्ले के समर्थन से राज्य गॉस्सनर मिशन की स्थापना की।
- इस मिशन द्वारा 1 दिसम्बर, 1845 को 'बेथे सदा' (दया/पवित्रता का घर) की स्थापना रांची जिले में की गई, जिसमें गरीबों, अनाथों व विधवाओं को भी सम्मलित किया गया।
- 9 जून, 1845 को इस मिशन के द्वारा चार कबीरपंथी आदिवासियों बन्धु, नवीन, केशव और घुरन को ईसाई धर्म में सम्मलित कर इनका 'बपतिस्मा' किया गया।
- 1869 ई. में गॉस्सनर मिशन का विघटन हुआ और इसका मूलभूत मिशन एस.पी.जी. मिशन रखा गया तथा इसका मुख्य रेक्टर जे. सी. व्हिटली को बनाया गया।
- झारखंड राज्य में 1869 ई. में ही रोमन कैथोलिक मिशन का आगमन हुआ, इस मिशन के फादर लिवेंस तथा जॉन बापटिस्ट हौफमेन जैसे धर्मप्रचारकों का झारखंड राज्य में आवागमन हुआ।
- पंचबा में 1871 ई. में डॉक्टरों ने एकसाथ मिलकर द यूनाइटेड फ्री चर्च ऑफ स्कॉटलैण्ड नाम के मिशन की स्थापना की गयी।
- डॉ. एण्ड कैम्पबेल को सन्थालों के बीच उत्कृष्ट सेवा करने के उद्देश्य से कैसर-ए-हिन्द की उपाधि से दी गयी तथा सन्थालों ने इन्हें देवदूत की भी उपाधि प्रदान की थी।
- द यूनाइटेड फ्री चर्च ऑफ स्कॉटलैण्ड का नाम वर्ष 1929 में परिवर्तन कर सन्थाल मिशन ऑफ चर्च ऑफ स्कॉटलैण्ड कर दिया गया।
- शैक्षिक प्रगति में झारखंड में मिशनरियों का महत्त्वपूर्ण योगदान है। यहाँ पर मिशन चर्च ऑफ इण्डिया, जी.ई.एल. मिशन, तथा रोमन कैथोलिक चर्च ने आधुनिक शिक्षा का प्रचार-प्रसार सक्रिय रूप से किया।

अन्य तथ्य: गॉस्सनर मिशन की स्थापना 1850 ई. में गोविन्दपुर में, 1851 ई. में चाईबासा में, 1854 ई. में हजारीबाग में और 1855 ई. में पिठौरिया में की गई तथा 18 नवम्बर, 1855 को लूथैरिन चर्च की स्थापना झारखंड राज्य में की गई।

राष्ट्रीय आन्दोलन में झारखंड की महिलाएँ

- झारखंड राज्य की महिलाओं ने भी भारत के स्वतन्त्रता आन्दोलन में महत्त्वपूर्ण भूमिका निभाई।
- राष्ट्रीय आन्दोलन में शैलबाला राय, ऊषा रानी, राजेश्वरी सरोजदास, प्रेमा देवी, जाम्बवती देवी व सरस्वती देवी इत्यादि प्रमुख क्रान्तिकारी महिलाओं ने योगदान दिया।
- सरस्वती देवी ने असहयोग आन्दोलन के दौरान हजारीबाग में महत्त्वपूर्ण योगदान दिया।
- भारत छोड़ो आन्दोलन के दौरान इन्होंने 11 अगस्त, 1942 को हजारीबाग में विशाल जुलूस का नेतृत्व किया, जिन्हें गिरफ्तार कर भागलपुर स्थित जेल में स्थानांतरित दिया गया।
- दुमका कांग्रेस कमेटी के अध्यक्ष की पत्नी श्रीमती महादेवी केजरीवाल ने दुमका में वर्ष 1941 में सत्याग्रह किया था।
- श्रीमती जाम्बवती देवी तथा श्रीमती प्रेमा देवी के नेतृत्व में 19 अगस्त, 1942 को विशाल जुलूस निकाला गया, जिसमे उन्हें गिरफ्तार कर लिया गया।
- ब्रिटिश पुलिस द्वारा सन्थाल परगना की आन्दोलनकर्ता बिरजी को 28 अगस्त, 1942 को गोली मार दी गई।
- पलामू में कुमारी राजेश्वरी सरोजदास के नेतृत्व/संचालन में जपला सीमेंट कारखाना में किसानों और मजदूरों को संगठित कर आन्दोलन किए, इनके इन कार्यों से भयभीत होकर ब्रिटिश सरकारी अधिकारियों ने भारत रक्षा कानून के अंतर्गत राजेश्वरी सरोजदास के विरोध में कार्यवाही की।

स्वतंत्रता सेनानी एवं उनके योगदान

- भारत के प्रथम स्वतंत्रता संग्राम (1857) से लगभग एक सौ साल पहले, झारखंड के आदिवासियों ने ब्रिटिश औपनिवेशिक शासन और उनकी साम्राज्यवादी शोषणकारी नीतियों के खिलाफ विद्रोह की घोषणा की थी।
- भारत में जमींदारों के खिलाफ पहला विद्रोह 1771 में आदिवासी बेल्ट के एक बहादुर संथाल नेता तिलका माँझी के नेतृत्व में हुआ था।
- झारखंड ने भारतीय स्वतंत्रता आंदोलन में महत्वपूर्ण भूमिका निभाई।
- इसने संघर्षरत कोयला खदानों और औद्योगिक श्रमिकों को वित्तीय सहायता प्रदान की और कांग्रेस के कोष में उदारतापूर्वक योगदान दिया।
- झारखंड एक औद्योगिक स्थान होने के कारण हमेशा अंग्रेजों द्वारा शोषण के लिए संवेदनशील था।
- बिहार और उड़ीसा के गठन के बाद झारखंड में क्रांतिकारी राष्ट्रवाद का प्रवेश हुआ।
- इस प्रकार झारखंड क्रांतिकारी गतिविधियों का एक महत्वपूर्ण केंद्र बन गया।

1. तिलका माँझी

- तिलका माँझी संथाल जाति से संबंधित थे।
- उनका जन्म मुर्मू के संथाल परिवार में **11 फरवरी, 1750 ई०** को भागलपुर जिला के सुलतानगंज थाना के अंतर्गत तिलकपुर ग्राम में हुआ था।
- इनके पिता का नाम सुंदरा मुर्मू था।
- तिलका मांझी को जाबरा पहाड़िया के नाम से भी जाना जाता था।
- आदिवासी सभ्यता से ताल्लुक रखने के कारण तिलका कुशल तीरंदाज थे।
- तिलका माँझी दृढ़ निश्चयी और स्वतंत्रता के परम पुजारी थे।
- उन्होंने अंग्रेजी शासन के खिलाफ स्वतंत्रता आंदोलन में भाग लिया।
- तिलका माँझी ने संथालों को अंग्रेजों की नीति, उनके शोषण और 'फूट डालो राज करो' की राजनीति की जानकारी दी।
- अंग्रेजों के शोषण और दमन के विरोध में तिलका ने भागलपुर के निकट वनचरीजोर नामक स्थान पर विद्रोह शुरू किया।
- 1771 में वारेन हेस्टिंग्स को मिलिट्री गवर्नर बनाकर भेजा गया।
- इसके बाद 1773 में अंग्रेज युवक ऑगस्टस क्लीवलैंड को युवा अधीक्षक बनाकर राजमहल क्षेत्र में तैनात किया गया।
- ऑगस्टस ने 9 महीने की अपनी कार्य अवधि के दौरान पहाड़िया गांव के 40 सरदारों को अंग्रेजों का समर्थक बना दिया।
- पहाड़िया लोगों से किसी प्रकार का कर नहीं वसूला जाता था किन्तु बाहरी लोगों से कर लिया जाता था।
- इससे सभी वर्गों के लोग तिलका माँझी के साथ सरकार के विरोध में शामिल हो गये।
- उन्होंने अंग्रेजों की कर नीति के विरुद्ध आंदोलन किया।
- तिलका मांझी या उसके संगठन का कोई सदस्य घटना स्थल पर पहुँच जाते तो जमीन्दारों के मुंशी और लठैत उन्हें बुरी तरह से जख्मी करते थे।
- संगठन के लोग गिरफ्तार लोगों को छुड़ा भी लेते थे, इससे तिलका की लोकप्रियता बढ़ने लगी।
- तिलका माँझी के विरूद्ध क्लीवलैंड ने 6 अधिकारियों की सहायता से बड़ा अभियान चलाया जो सफल नहीं हुआ।
- एक छोटे गाँव बनैयारीजोर से 1781 में तिलका माँझी के नेतृत्व में संथाल विद्रोह शुरू हुआ।
- एक तरफ भागलपुर के कलेक्टर क्लीवलैंड, सेनापति सर आयर कूट और पहाड़िया सेनापति जाउराह के नेतृत्व में ब्रिटिश सेना और दूसरी ओर तिलका मांझी के नेतृत्व में संथालों की तीर धनुष सहित लड़ाका टुकड़िया थीं।
- 1784 में 13 जनवरी को तिलका माँझी ने तीर चलाकर क्लीवलैंड की हत्या कर दी।
- इसके प्रतिशोध में अँग्रेजी शासन ने तिलका पर आक्रमण किया जिसमें उसके कई लोग हताहत हुए लेकिन वे स्वयं भाग गये और पहाड़ों से गुरिल्ला युद्ध प्रारम्भ किया।
- उस समय तिलका के पास संसाधनों की बहुत कमी थी, इसलिए बाद में अंग्रेजी सेना में कार्यरत सरदार जौराह ने उन्हें धोखे से पकड़ लिया।
- जनमानस को डराने के लिए तिलका को चार घोड़ों की रस्सी से बाँधकर उनके सामने घसीटा गया।
- मई 1785 में भागलपुर में उन्हें बरगद की डाल से लटका कर फांसी दे दी गई।

2. बुधु भगत

- बुधु भगत का जन्म 17 फरवरी, 1792 को उरांव परिवार में राँची जिले के चान्हो प्रखंड अंतर्गत कोयल नदी के किनारे बसे ग्राम सिलागाई में हुआ था।
- बुधु भगत के नेतृत्व में हजारों जन जाति और मूल जाति के लोगों ने ब्रिटिश शासन और उनके समर्थकों, जमींदारों के खिलाफ आंदोलन शुरू किया।
- यह आन्दोलन **'कोल' विद्रोह** के नाम से जाना जाता है।

- उनके साथी जंगलों में छिपकर अँग्रेजी सेना पर तीरों की वर्षा करते थे परन्तु 1832 में बुधु भगत को अँग्रेजों के गोला बारूद के सामने काफी क्षति उठानी पड़ी।
- 1832 में विलकिनसन ने पठारी क्षेत्र में प्रवेश किया, अंग्रेजों और विद्रोहियों के बीच में पिठौरिया, बुण्डू, तमाड़ आदि स्थानों पर भीषण युद्ध हुए।
- अंग्रेजों ने भगत को पकड़ने में अपनी सारी शक्ति लगा दी लेकिन वे सफल नहीं हुए।
- अंत में, अंग्रेजों ने 13-02-1832 को कैप्टेन इम्पे के नेतृत्व में एक सैन्य इकाई सिलगाई की ओर भेजी, जहाँ बुधु भगत अपने साथियों के साथ छिपे हुए थे।
- गोला बारूद के सामने वीर भगत की तीरदांजी नाकाम हुई और 14-02-1832 को वे शहीद हो गये।
- इस प्रकार वे झारखंड में स्वतंत्रता संग्राम के प्रथम शहीद बने।
- इस प्रकार बुधु भगत प्रथम जनजातीय स्वतंत्रता संग्राम के नायक थे, उनके नेतृत्व में आंदोलन ने एक महत्वपूर्ण मोड़ लिया।
- अंग्रेज अधिकारी भी यह मानते थे कि बुधु भगत के आंदोलन का मुख्य उद्देश्य अंग्रेजों सरकार को हटा कर अपना शासन स्थापित करना था।
- उनमें अद्भुत संगठन क्षमता थी जिसके कारण जनजातीय स्वतंत्रता आंदोलन मजबूत हुआ।

3. पाण्डेय गणपत राय

- पाण्डेय गणपत राय का जन्म लोहरदगा के भौरो ग्राम में 17 जनवरी 1809 को हुआ था।
- उनका जन्म स्थल वर्त्तमान में भंडरा प्रखंड के अन्तर्गत अवस्थित है।
- पाण्डेय गणपत राय का बचपन अपने चाचा सदासिव राय के साथ व्यतीत हुआ जो छोटानागपुर के महाराज के दीवान थे।
- राज घराने में नौकरी के कारण सदासिव राय ने पाण्डेय गणपत राय को उच्च शिक्षा प्रदान की और उन्हें अरबी, फारसी आदि भाषाओं का भी ज्ञान काराया।
- अपने चाचा सदासिव राय के मृत्यु के पश्चात् पाण्डेय गणपत राय छोटानागपुर के महाराजा के दीवान हो गये।
- दीवान के रूप में उन्होने कार्यकुशलता और निपुणता का परिचय देकर छोटानागपुर के राजा को काफी प्रभावित किया।
- पाण्डेय गणपत राय के स्वतंत्रता आन्दोलन में भाग लेने का कारण अंग्रेजों द्वारा महाराजाओं का उत्पीड़न था।
- 1870 में एडम हयूम को छोटानागपुर राज्य का प्रबंधक नियुक्त किया। इसी कारण से पाण्डेय गणपत राय के मन में विद्रोह की भावना पनपने लगी।
- विद्रोही सैनिकों ने ठाकुर विश्वनाथ शाहदेव को राजा और गणपत राय को सेनापति घोषित कर दिया।
- एक बड़ी योजना के तहत, पांडे गणपत राय और सेठाकुर विश्वनाथ शाहदेव, कुंवर सिंह मिलने के लिए वलूमठ चतरा जा रहे थे।
- दुर्भाग्य से 2 अक्टूबर 1957 को ब्रिटिश सेना ने उन पर हमला कर दिया और अंत में उन्हें भागना पड़ा।
- ठाकुर विश्वनाथ शाहदेव के साथ-साथ पांडेय गणपत राय पर भी प्रतिशोधात्मक कार्रवाई की गई।
- इस क्रम में पांडेय गणपत राय के 11 ग्रामों की जमींदारी खत्मकर दी गयी।
- पाण्डेय गणपत राय आंदोलन को पुनर्जीवित करने में सहायता के लिए लोहरदगा गये, वहां के एक जमींदार ने उनको धोखा दिया और अंग्रेज़ो को उनके आने की सूचना दे दी।
- कप्तान नेशन ने उन्हें गिरफ्तार कर लिया और राँची ले जाकर का मुक़दमा चलाया।
- 16 अप्रैल 1898 को उनको मौत की सजा सुनाई गई और 21 अप्रैल को फाँसी दे दी गई।

4. सिद्धू कान्हू

- सिद्धू कान्हू संथाल परगना क्षेत्र के एक महान योद्धा थे जिन्होंने हुकूत के खिलाफ आंदोलन चलाया।
- सिद्धू कान्हू के चार भाई थे- सिद्धू, कान्हू, चाँद और भैरो।
- उनके पिता का नाम चुन्नी माझी था और वे भगना डीह ग्राम के निवासी थे।
- सिद्धू का जन्म संभवतः 1815 में हुआ था।
- मई-जून 1854 के दौरान संथाल किसानों ने दामिन-ए-कोह क्षेत्र में साहूकारों के घरों पर हमला किया।
- इस समय संथालों का नेतृत्व बोरियों के वीर सिंह मांझी, हाटबंधा के डोमन मांझी आदि ने किया।
- 1855 में, सिद्धू कान्हू ने संथाल का नेतृत्व संभाला।
- सभी वर्गों के लोग उनके नेतृत्व में विश्वास करते थे और उन्होंने लोगों को आकर्षित करने के लिए आध्यात्मिक घटनाओं और विचारों का इस्तेमाल किया।
- चारों भाइयों ने ब्रिटिश शासन के अत्यधिक शोषण, भ्रष्टाचार और उपेक्षा के खिलाफ एक आंदोलन चलाया।
- विदेशी शासन काल में बाहरी व्यापारियों द्वारा व्यापार में बेईमानी, राजस्व कर तथा राजस्व के भुगतान पर नीलामी आदि के कारण संथालों में काफी असंतोष था।
- इन्हीं सब शोषणों का प्रतिफल संथाली 'हुल' के रूप में प्रकट हुआ।
- सिद्धू कान्हू ने संथालों को एकजुट करने के लिए पारंपरिक तरीकों को अपनाया।
- सिद्धू ने सभी माँझियों से कहा कि साल वृक्ष में कान लगाकर सुने जिससे एकजुटता का संदेश सुनाई पड़ेगा। उस साल टहनी का संदेश गाँव-गाँव घर-घर भेजा गया और यह सचमुच क्रांति संदेश प्रमाणित हुआ।
- आंदोलन का मुख्य उद्देश्य 'स्वराज्य' था।
- 30 जून 1855 को भगनाडीह में माँझियों को आमंत्रित किया गया जिसमें सिद्धु ने यह नारा दिया- 'करो या मरो' अँग्रेजों हमारी माटी छोड़ो।
- भगनाडीह की सभा में सिद्धू कान्हू को राजा, सिद्धू कान्हू को मंत्री, चाँद को प्रशासक और भैरो को सेनापति चुना गया।
- उसी बैठक में 'अबुआ राज' (अपना राज) की घोषणा की गई।
- इस प्रकार सिद्धू, कान्हू, चांद और भैरो के नेतृत्व में संथाल आंदोलन को गति मिली।
- 7 जुलाई, 1855 को सिद्धु कान्हु के अनुचरों ने दिग्घी के महेश लाल दत्त दारोगा को पकड़ लिया और उसे मौत की सजा सुना दी।
- 8 जुलाई को सिद्धू कान्हूअपने दल के साथ पाकुड़ गए और पाकुड़ से महेशपुर होकर राजमहल गए वहां लूट पाट की।
- 10 जुलाई, 1855 को, मेजर एफडब्ल्यू के तहत एक ब्रिटिश टुकड़ी को आंदोलन को रोकने के लिए भेजा गया था, लेकिन सिद्धू के नेतृत्व में संथालों ने ब्रिटिश सेना को पराजित कर दिया।
- संथाल विद्रोहियों को नियंत्रित करने के लिए भागलपुर में मार्शल लॉ लगाया गया और उनकी गिरफ्तारी के लिए कई पुरस्कारों की घोषणा की गई।
- कुछ दिनों बाद बरहैत के युद्ध में चाँद और भैरो शहीद हो गए।
- फरवरी 1856 में कान्हु उपरबंदा (जामताड़ा के उत्तर) में और बरहैत में सिद्धू कान्हू पकड़ा गया।
- 26 जुलाई 1856 को दोनों को बरहैत और भगनाडोह में फांसी दी गई।

5. ठाकुर विश्वनाथ शाहदेव

- ठाकुर विश्वनाथ शाहदेव का जन्म 12 अगस्त 1817 को बरकागढ़ की राजधानी सतरंजी में हुआ था।
- उनके पिता का नाम रघुनाथ शाहदेव तथा माता का नाम वाणेश्वरी कुँवर था।
- ठाकुर रघुनाथ शाहदेव छोटानागपुर महाराजा द्वारा प्रदत्त संतानवें गांवों के जागीरदार थे।
- ठाकुर विश्वनाथ शाहदेव ने उच्च स्तर की शिक्षा प्राप्त की थी।
- बचपन से ही वे शासन में अभिरुचि रखते थे और उन्होंने युद्ध कला का भी अध्ययन किया था।
- जागीरदारी का पद संभालने के बाद, ठाकुर विश्वनाथ शाहदेव ने पाया कि वास्तविक शासन अंग्रेजों के हाथों में था और जागीरदारों के पास कोई अधिकार नहीं था।
- उनके मन में दासता के विरुद्ध भावनाएँ बढ़ने लगीं और स्वतन्त्रता की इच्छा बढ़ने लगी।
- उन्होंने अंग्रेजी शासन का प्रतिकार करने का निर्णय लिया और इसके लिए वे योग्य अवसर की तलाश करने लगे।
- अंततः 1855 मे उन्होंने अंग्रेजी शासन के विरुद्ध विद्रोह का बिगुल फूँक दिया और खुद को स्वतंत्र घोषित कर दिया।
- जिस कारणवश अंग्रेजी प्रशासन ने ठाकुर विश्वनाथ शाहदेव पर जवाबी कार्रवाई करने के लिए डोरंडा स्थित रामगढ़ बटालियन की एक टुकड़ी को हमला करने का आदेश दिया, जिसमे उन्होने अँग्रेजों को परास्त कर दिया।

6. शेख भिखारी

- शेख भिखारी का जन्म राँची के ओरमांझी थाना के अन्तर्गत खुदिया में 1819 में हुआ था।
- उनके पिता का नाम शेख पहलवान था और वे 12 ग्रामों के जमींदार थे।
- उन्होंने घुड़सवारी और युद्धकला का अध्ययन किया था।
- शेख भिखारी, खटंगा के राजा टिकैत उमराव सिंह के दीवान थे।
- टिकैत उमराव सिंह ने स्वतंत्रता आंदोलन में बढ़ चढ़ कर हिस्सा लिया जिसमें शेख भिखारी ने भी योगदान दिया।
- 31 जुलाई 1857 को स्वतंत्रता संग्राम आंदोलन टिकैत उमराव सिंह की जमींदारी के तहत चुटुपाली घाटी से शुरू हुआ।
- इस आंदोलन का नेतृत्व श्री माधो सिंह और नादिर अली खान ने किया।
- टिकैत उमराव सिंह और शेख भिखारी ने भी उनका समर्थन किया।
- टिकैत उमराव सिंह और शेख भिखारी, दोनों की सहायता से विद्रोहियों ने डोरंडा छावनी को स्वतंत्र घोषित कर दिया।
- शेख भिखारी ने हजारीबाग क्षेत्र में संथाल विद्रोहियों से सम्पर्क किया और उन्हें भी अँग्रेजी हुकुमत के खिलाफ विद्रोह करने के लिए सक्रिय किया।
- 30 जुलाई 1857 को शेख भिखारी ने हजारीबाग जेल तोड़कर कैदियों को आजाद करा दिया।
- इस विद्रोह से भयभीत होकर वहाँ के उपायुक्त ने बरही में शरण लिया।
- इस बीच, बंगाल के गवर्नर अदली ने विद्रोह के दमन का आदेश दिया और इस प्रकार हजारीबाग के स्वतंत्रता आंदोलन को रोक दिया गया तथा लगभग 200 विद्रोहियों को फाँसी दे दी गई।
- हजारीबाग में विद्रोहियों को रोकने के बाद अंग्रेजी सेना चुटुपाली घाटी होकर राँची जाने लगे।
- रास्ते में टिकैत उमराँव सिंह और शेख भिखारी ने उन्हें रोकने का प्रयास किया लेकिन आयुध खत्म होने के कारण वे युद्ध में असफल हुए और 6 जनवरी 1858 को उन्हें गिरफ्तार कर लिया गया।
- 7 जनवरी, 1858 को उन्हें फांसी की सजा सुनाई गई।

7. बिरसा मुंडा

- बिरसा मुण्डा का जन्म खूंटी अनुमंडल के अन्तर्गत अड़की प्रखंड स्थित ग्राम उलिहातू में 15 नवम्बर, 1875 में हुआ था।
- बिरसा मुण्डा के दादा का नाम लकारी मुण्डा और पिता का नाम सुगना मुण्डा था।
- गरीबी के कारण माता-पिता ने बिरसा को पहले आयुभादु (माँ का गाँव) और बाद में खटगा भेज दिया।
- 7 मई 1886 को बिरसा मुण्डा का धर्मांतरण ईसाई धर्म में चाईबासा के लुथरन मिशन में हुआ।
- बिरसा मुण्डा की प्राथमिक शिक्षा उलिहातू ग्राम में हुई तथा आगे की पढ़ाई गुरजू मिशन स्कूल में हुई।
- उस समय ईसाई मिशनरी विशेष कर जर्मन लुथरन और रोमन कैथोलिक ईसाईयों द्वारा भूमि आंदोलन चलाया जा रहा था।
- कुछ दिनों बाद बिरसा मुंडा को कुछ मतभेदों के कारण स्कूल से निकाल दिया गया और वे 1886-1890 तक चाईबासा में रहे।
- ईसाई मिशनरियों के कार्यों से असंतुष्ट होकर बिरसा मुण्डा ने प्राचीन जनजातीय जीवन को पुनर्गठित करना प्रारम्भ किया।
- बिरसा ने ईसाई मिशनरियों के खिलाफ विद्रोह किया।
- बिरसा का मत था कि मिशनरियों ने मुंडा समुदाय को दो भागों में बांट दिया था।
- बिरसा आंदोलन ने धीरे-धीरे जन आंदोलन का रूप लिया, सरदारों ने भी आंदोलन में भाग लिया।
- बिरसा आंदोलन का मुख्य उद्देश्य शुद्ध प्राचीन आदिवासी संस्कृति को पुनर्स्थापित करना था।
- सरदारों के आन्दोलन को बिरसा के आन्दोलन से जोड़ने के कारण आन्दोलन का वास्तविक स्वरूप ही बदल गया।
- बिरसा की अहिंसा की नीति, सशस्त्र आंदोलन में परिवर्तित हो गई।
- ईसाई मिशनरियों ने अंग्रेजी सरकार को बिरसा के आंदोलनकारी कार्यो को रोकने का आग्रह किया।
- 22 अगस्त, 1895 को बिरसा की गिरफ्तारी का वारंट जारी करके बिरसा को गिरफ्तार कर लिया गया और उन पर मुकदमा चलाया गया।
- भारतीय दंड संहिता के नियम 505 के तहत उन्हें दो साल कारावास की सजा सुनाई गई।
- दमनकारी कार्रवाई से बिरसा मुंडा के आंदोलन पर बुरा प्रभाव पड़ा।
- ईसाई मिशनरियों ने पुनः धर्मांतरण करना शुरू कर दिया और बड़ी संख्या में लोगों का धर्म परिवर्तन किया।
- 30 नवंबर 1897 को बिरसा को जेल से रिहा कर दिया गया।
- जेल से रिहाई के बाद बिरसा ने करीब दो दशक तक अपने समर्थकों को संगठित करना शुरू किया।
- 1899 ई. में उन्होंने चक्रधरपुर, खूँटी, कर्षा, तोरपा, तमाड़, बसिया आदि क्षेत्रों में ईसाइयों तथा अंग्रेजों के विरुद्ध विद्रोह आरंभ कर दिया।
- बिरसा की विद्रोह कार्रवाई से अंग्रेजी सरकार बहुत क्रुद्ध हुई।
- 9 जून 1900 को अंग्रेजी सरकार ने बिरसा मुंडा को गिरफ्तार कर लिया
- उनकी राँची की एक जेल में उनकी मृत्यु हो गई।

अन्य तथ्य: आदिवासी स्वतंत्रता सेनानी, बिरसा मुंडा को सम्मानित करने के लिए 15 नवंबर को जनजातीय/आदिवासी गौरव दिवस मनाया जाता है।

8. टिकैत उमराव सिंह

- टिकैत उमराव सिंह का जन्म और पालन-पोषण ओरमांझी प्रखंड के खटंगा ग्राम में हुआ था।
- टिकैत उमराव सिंह दो भाई थे- टिकैत उमराव सिंह और टिकैत घासी सिंह।
- वे एक कुशल घुड़सवार और सफल तलवारबाज थे।
- टिकैत उमराव सिंह ने 1857 के प्रथम स्वतंत्रता संग्राम में महत्वपूर्ण योगदान दिया।
- हजारीबाग सेना में हुई कुछ विद्रोहकारी कार्यों को रोकने के लिए लेफ्टिनेंट ग्राहम के नेतृत्व में 1 अगस्त 1857 को राँची से एक सेना भेजी गई।
- इस सूचना को सुनकर जमादार माधवसिंह के नेतृत्व में लेफ्टिनेंट ग्रिम की सेना में विद्रोह हो गया।
- इस विद्रोह में टिकैत उमराव सिंह तथा उनके दीवान शेख भिखारी ने विद्रोही सैनिकों का समर्थन दिया।
- 2 अगस्त 1857 को विद्रोही राँची पहुंचे, कर्नल डाल्टन और लेफ्टिनेंट ग्राहम, जगतपाल सिंह की मदद से डोरण्डा छोड़कर काँके-पिठोरिया मार्ग होकर हजारीबाग भाग निकले।
- इस बीच विद्रोहियों का नेतृत्व बड़कागढ़ के ठाकुर विश्वनाथ शाहदेव और पाण्डे गणपत राय ने सम्भाल लिया एवं राँची स्वतंत्र हो गया।
- टिकैत उमराव सिंह ने अँग्रेजों का प्रवेश रोकने के इरादे से चुटुपालू मार्ग को ध्वस्त करके मार्ग को अवरूद्ध कर दिया।
- वीर कुवर सिंह के बुलावे पर विश्वनाथ शाहदेव, पाण्डेय गणपत राय आदि विद्रोही सेना के साथ चतरा जाकर रेहतसगढ़ की ओर रवाना हुए लेकिन रास्ते में उन्हें अंग्रेजी सेना का सामना करना पड़ा।
- जयमंगल पांडे और नादिर अली खान को गिरफ्तार कर लिया गया और उन्हें फाँसी दे दी गई।
- इस सफलता के बाद अंग्रेज राँची लौट गए एवं 23 सितम्बर 1857 को कर्नल डाल्टन भी राँची लौट गए।
- राँची में स्वतन्त्रता आंदोलन कमजोर पड़ गया तथा अंग्रेज अधिकारियों ने प्रमुख स्वतन्त्रता सेनानियों की खोज करना प्रारम्भ किया।
- इसी क्रम में टिकैत घासी को पकड़कर कैद कर लिया गया, और जेल में उनकी मौत हो गई।
- बाद में टिकैत उमराव सिंह और शेख भिखारी को भी गिरफ्तार कर लिया गया और 8 जनवरी 1858 को उन्हें फाँसी दे दी गई।
- इसके साथ टिकैत उमरॉव के 12 गाँवों की जमींदारी जब्त कर ली गई।

9. नीलांबर-पीतांबर

- नीलांबर-पीतांबर पलामू के दो महान स्वतंत्रता सेनानी थे जिन्होंने अंग्रेजों के खिलाफ विद्रोह किया।
- नीलांबर-पीताबर ने मिलकर भोक्ता और खरवार समुदाय को एकजुट कर एक दूरदर्शी संगठन बनाया।
- पलामू जिले में चेरो और खरवार जातियों का वर्चस्व है, इसमें भोक्ता खरवार जाति की एक उप जाति है।
- 1857 की क्रांति के दौरान नीलांबर पीतांबर भी स्वतंत्रता संग्राम में शामिल हो गए।
- दोनों ने अपनी सत्ता को सुदृढ़ करने की दृष्टि से चेरो के जागीरदार से मित्रता की और अपना अधिकार वापस पाने की शर्त पर उनका सहयोग प्राप्त किया।
- 21 अक्टूबर, 1857 को इन दोनों के नेतृत्व में चैनपुर, साहपुर, लेस्लीगंज पर आक्रमण हुआ, जिसमें वे कुछ हद तक सफल हुए।
- चैनपुर के जागीरदार रघुवर दयाल सिंह अंग्रेजों के पक्षधर थे।
- दोनों भाइयों ने उनपर हमला किया लेकिन रघुवर बचने में सफल रहे।
- अंग्रेजी सरकार ने इनका प्रतिरोध करने के उद्देश्य से मेजर कोर्टर के नेतृत्व में एक सैन्य टुकड़ी भेजी।
- ग्राहम भी उनके सहयोग के लिए साहपुर पहुंचे।
- नीलाबर-पीतांबर इस मजबूत संयुक्त सेना का सामना नहीं कर पाए।
- उन्होंने मनिका के वन में शरण ली तथा, जंगल में रहकर दोनों भाई अपने कमजोर संगठन को मजबूत करने लगे एवं मनिका और आसपास के इलाकों में अंग्रेजों के खिलाफ विद्रोह की तैयारी करने लगे।
- 16 जनवरी 1858 को कर्नल डाल्टन के नेतृत्व में एक सैन्य बल ने मनिका के जंगल से विद्रोहियों का उन्मूलन कर दिया।
- ब्रिटिश सरकार नीलांबर-पीताम्बर को गिरफ्तार की कोशिश करती रही, लेकिन उन्हें गिरफ्तार करने में सफल नहीं हुई।
- अंततः कर्नल डाल्टन ने इन दोनों भाइयों को एक भोज के अवसर पर गिरफ्तार कर लिया और संक्षिप्त परीक्षण के बाद, उन्हें मौत की सजा सुनाई गई।
- इसके पश्चात दोनों भाइयों की संपत्ति पर अंग्रेजों ने कब्जा कर लिया।

10. तेलंगा खड़िया

- तेलंगा खड़िया का जन्म 9 फरवरी 1806 को सिसई मुर्गू गांव में हुआ था।
- उनके पिता ढुइया खड़िया पाहन थे और छोटानागपुर महाराज के भंडारी भी थे। उनकी माता का नाम पेतो खड़िया था।
- तेलंगा बहुत साहसी थे, अनपढ़ होते हुए भी उनमें अद्भुत नेतृत्व क्षमता थी।
- 1831-32 के कोल विद्रोह के कारण की जानकारी थी उन्हें, किस तरह से अंग्रेजों ने आदिवासियों की जमीन को अपने कब्जे में कर लिया।
- थाने में न्याय के नाम पर आदिवासियों की संपत्ति लूटी जा रही थी और धार्मिक भावनाओं को आहत किया जा रहा था।
- तेलंगा अपने आदिधर्म के पक्के अनुयायी थे, अंग्रेजों के शोषणकारी नीतियों ने तेलंगा को बहुत क्रुद्ध किया।
- उन्होंने अंग्रेजों के खिलाफ छापामार युद्ध शुरू कर दिया। इसके प्रभाव में केवल खड़िया ही नहीं बल्कि उरांव, मुंडा और सदान भी शामिल थे।
- तेलंगा के छापामार युद्ध को रोकने के लिए, कंपनी बहादुर ने तेलंगाना खड़िया की गिरफ्तारी हेतु एक अभियान चलाया।
- अभियान के बाद भी अंग्रेजी सरकार तेलंगा खड़िया को नहीं पकड़ पाई, तो उनके परिवार को परेशान करना शुरू कर दिया।
- बिसिया के कुम्हारी गांव में एक दिवसीय तेलंगा खड़िया की जूरी पंचायत का आयोजन किया गया था। तेलंगा उन्हें संबोधित कर रहे थे तभी अंग्रेजों को इस आयोजन की जानकारी लग गई और उन्हें वहीं से गिरफ्तार कर लिया गया।
- तेलंगा के अनुयायी विद्रोह न कर दें, इसलिए उन्हें जेल में डाल दिया गया।
- 1857 का सिपाही विद्रोह दबाने में अंग्रेजी सरकार सफल हो गई। जनता पर अत्याचार बढ़ने लगा।
- 1859 के नए भू-कर कानून के लागू होने से किसानों की जमीन फिर से नीलाम होने लगी।
- भूमि को बचाने के लिए मिशनरियों ने धर्मान्तरित लोगों को लाभान्वित किया और खड़िया बड़ी संख्या में धर्मान्तरित होने लगे।
- तेलंगा का क्रोध अंग्रेजों के खिलाफ और मजबूत हुआ और उनके आंदोलन ने पहले से ज्यादा भयावह रूप ले लिया।
- अंग्रेजी सरकार ने विद्रोह को रोकने के लिए हत्यारे बोधन सिंह को तेलंगा को मारने का काम दिया।

- 23 अप्रैल 1880 को सिसई के अखरा में अपने प्रशिक्षण देने से पहले तेलंगा सिर झुका कर प्रार्थना कर रहे थे। तभी बोधन सिंह ने पीछे से उन्हे गोली मार दी।
- तेलंगा खड़िया शहीद हो गए। उनके अनुयायियों ने कोयल नदी के किनारे सोसो नीम टोली में उन्हे दफना दिया। जो आज भी तेलंगा तोपा टांड के नाम से प्रसिद्ध है।

11. सिनगी दई:

- रोहतासगढ़ की राजकुमारी सिनगी दई एक उराँव योद्धा थी।
- उरांवों के रोहतासगढ़ पर मुगलों ने आक्रमण कर दिया था।
- उन्होंने अपनी महिला सेना की सहायता से मुगल आक्रमणकारियों को परास्त कर इतिहास में अपना नाम दर्ज कराया।
- सिनगी दई को खबर मिली कि मुगलों ने उरांव पर आक्रमण करने की योजना बनाई है।
- सिनगी दई ने देखा कि जीत की खुशी में सारे पुरूष उत्सव में विलीन है, वे जंग करने की स्थिति में नहीं थे।
- सिनगी दई ने अपनी नारी सेना तैयार की, सभी ने पुरुषों का वेश धरा और हाथों में हथियार लेकर मुगल आक्रांताओं का सामना किया।
- सिनगी दई की वीरता से विजय हुई और मुगलों की पराजय हुई।
- यह घटना उरांव लोगों के राजा उरगन ठाकुर के रोहतासगढ़ की शासनकाल की है।
- रोहतासगढ़ की एक ग्वालिन लुंदरी ने मुगलों को नारी सेना का राज बता दिया।
- मुगल सेनापति को विश्वास नही हुआ कि वे नारी सेना से हार गए है।

12. गया मुण्डा

- गया मुण्डा, बिरसा मुण्डा के आंदोलन के सेनापति थे।
- उनका परिवार ब्रिटिश साम्राज्य के विरुद्ध बगावत में शामिल था।
- गया के गाँव में एटकेडीह में उलगुलान की योजना को लेकर एक बैठक थी। इसका नेतृत्व गया मुंडा ही कर रहे थे।
- गया मुण्डा को ब्रिटिश सिपाहियों के आने की खबर लग गई।
- मुंडा की गिरफ्तारी को रोकने के लिए, उनके 200 अनुयायी खूंटी थाना में आग लगाने को तैयार थे।
- मुंडा के बेटे समरे मुंडा को 22 अक्टूबर, 1901 को मौत की सजा सुनाई गई थी। बड़े बेटे डोका मुंड को उम्र कैद हुई।
- गया मुंडा की पत्नी माकी को दो साल के कठोर कारावास की सजा सुनाई गई। दोनों बहुओं को तीन महीनें की कैद हुई।
- गया मुंडा के दूसरे बेटे जयमसीह को आजीवन कारावास दिया गया।
- बिरसा मुंडा का यह वीर सेनापति अंग्रेजी सरकार के अत्याचार के विरुद्ध अपने प्राणों की आहुति देकर इतिहास में अमर हो गया।

अन्य तथ्य: बिंदराई-सिंगराई सन् 1831-1833 में हुए, कोल-खरवार विद्रोह के नेता थे।

13. पोटो सरदार

- पोटो सरदार 'हो' जनजाति के थे।
- कंपनी सरकार ने इस समुदाय को जबरन गुलाम बना लिया था।
- हो आदिवासी की सम्पति पर कंपनी सरकार ने जबरदस्ती अधिकार जमा लिया था।
- हो लोगों का अधिकार छीना गया और उनपर अंग्रेजी सरकर ने तमाम तरह के अमानवीय जुल्म किये।
- नौजवान पोटो और उनके साथियों ने अंग्रेजों के खिलाफ विद्रोह कर दिया।
- हो बाहुल्य कोल्हान क्षेत्र में लगातार कई विद्रोह हुए। फलतः कम्पनी सरकार को भी अपनी बर्बर नीति बदलकर हो आदिवासियों से समझौता करना पड़ा और विल्किन्सन रूल बना जो आज भी उस क्षेत्र में लागू है।
- यह रूल कोल्हान की स्थानीय स्वशासन व्यवस्था की स्वायत्तता को संवैधानिक मान्यता प्रदान करता है।
- वर्ष 1820-21 में तो कम्पनी सरकार हो विद्रोह को रोकने में सफल हो गई थी मगर उस दमन ने हो आदिवासियों के मन में कम्पनी सरकार के खिलाफ कई गुना अधिक नफरत पैदा कर दी थी।
- 1831-32 के कोल-विद्रोह में हो आदिवासियों ने हिस्सा लिया। कोल-विद्रोह को भी दमनकारी उपायों से रोक दिया गया।
- 18 जनवरी 1833 को सरायकेला में कंपनी के अधिकारियों ने एक हिल एसेंबली बुलाई थी। इस बैठक में कोल्हान कंपनी के अधिकांश मुंडाओं ने कंपनी की अधीनता स्वीकार कर ली थी।
- विल्किनसन जानता था कि हो लड़ाके पुनः संगठित होगे, इसको रोकने के लिए विल्किनसन ने पुलिसिया करवाई कर तमाम गांवों में कम्पनी की सत्ता कायम कर दी।
- दक्षिण- पश्चिम सीमांत एजेंसी का निर्माण किया गया और थॉमस विल्किन्सन को एजेंसी का एजेंट बना दिया गया।
- हो आदिवासी का इलाका उनसे छीन लिया गया था। गाँवों के मुण्डा मानकियों को कम्पनी सेना ने घोर अपमानित किया था।
- राजा बसा पीर के पोटो सरदार ने अपने कुछ जुझारू साथियों के साथ विद्रोह की घोषणा कर दी।
- इस तरह पोटो सरदार के नेतृत्व में हो आदिवासियों ने एक बार फिर स्वाधीनता की लड़ाई छेड़ दी लालगढ़, आवला जैसे कुल 22 पीर के लोग खुलकर विद्रोह में शामिल हो गए।
- कंपनी ने अगली लड़ाई के लिए गाँवों में गुप्त बैठकें करके सेना को आतंकित करना शुरू कर दिया।
- कोल्हान का नियंत्रण अभी अंग्रेज़ों ने लिया था, वे इस विद्रोह को किसी भी कीमत पर रोक देना चाहते थे।
- विद्रोहियों ने अपना ठिकाना पोकाम गाँव से हटाकर वालडिया मे बना लिया।
- ग्राम प्रधानों को तीर भेजकर विद्रोह में शामिल होने के लिए आमंत्रित किया गया, पूरे कोल्हान में अब सशस्त्र विद्रोह की आग फैल चुकी थी।
- विल्किनसन समझ गया था कि पोटो और उसके आदमी इस तरह नहीं पकड़े जा सकेंगे। उसने अपने साथ कुछ गद्दारों को मिला लिया।
- कुछ दिन में बोड़ो, नारो, बड़ाय, पंडुआ जैसे प्रमुख विद्रोही नेता को गिरफ्तार कर लिया गया।
- अंततः 8 दिसम्बर 1837 को पोटो और उसके सहयोगी डीवे को भी गिरफ्तार कर लिया गया।
- 31 दिसंबर को विकिल्सन ने पोटो, बोड़ो, पंडुआ, नारो और बड़ाय को फांसी की सजा दे दी।
- जनवरी 1835 में, जगन्नाथपुर में स्थानीय लोगों की एक विशाल सभा के सामने अंग्रेज़ो ने पोटो नारो और बड़ाय को फांसी दे दी।

14. रूदन एवं कोन्ता मुण्डा

- 1819 मे दौलत राय मुण्डा (इटकी) शंकर मानकी (कासु जंगा) रूदन मुण्डा व शिवनाथ मुण्डा (सिंदरी) चंदन सिंह व घुंसा सरदार (बगही), भद्रा मुण्डा और टेपा मानकी (बाघ बनिया) आदि तमाड़ विद्रोह के प्रमुख नेता थे।
- दिसंबर 1819 तक तमाड़ का यह विद्रोह आसपास के बड़े क्षेत्र में फैल गया।
- सरायकेला के कुंवर विक्रम की सहायता से रूदन मुण्डा जुलाई 1820 में पकड़ लिया गया।
- बन्दी अवस्था में रूदन की मौत हो गई। कम्पनी को लगा कि तमाड़ के

विद्रोह को रोक दिया गया है।

- 1821 में विद्रोह फिर से शुरू हुआ।
- कोंता के छिपने की जगह की जानकारी मिलने के बाद तत्कालीन ढालभूम के राजा को परवाना और मिदनापुर के मजिस्ट्रेट को पत्र भेजा।
- उन पर मुकदमा चला, उन्हें जेल हुई और जेल में ही उनकी मौत भी हो गई।
- कोन्ता की मौत के बाद विद्रोह का अन्त हो गया।

15. फेटल सिंह खरवार

- पलामू और आसपास के क्षेत्रों में खेरवार जनजातीय समुदाय की बहुलता है।
- खेरवार जनजाती ने स्वतंत्रता आंदोलन और वन भूमि अधिकारों के लिए बहुत संघर्ष किया।
- खरवारों की जमीनें ज़ब्त हो गयीं और वन उत्पादों के प्रयोग और मालिकाना हक में भी कटौती कर दी गई, जिसके कारण विद्रोह उत्पन्न हुआ।
- इस विरोध में खरवारों का नेतृत्व फेटल सिंह ने किया।
- फेटल सिंह का जन्म 7 मई 1885 को गढ़वा जिला के बहाहारा गाँव में हुआ।
- उनके पिता लगन सिंह उस क्षेत्र के पंचायत चट्टा के मुखिया थे।
- वन क्षेत्र में गांव होने के कारण जल, जंगल और जमीन की व्यावहारिक शिक्षा का उनको भरपूर ज्ञान था।
- युवा अवस्था में वह गांधीजी के आंदोलन से बहुत प्रभावित थे, अपने क्षेत्र में उन्होंने इसके लिए काम भी किए थे।
- उन्होंने गढ़वा से लेकर सरगुजा तक के लोगों को वन भूमि के अधिकार के प्रति जागरूक किया।
- उन्होंने भू-राजस्व की दो पद्धतियों का निर्माण किया गया - जमीदार पद्धति और रेयतदारी पद्धति।
- जनजाति बहुल इस क्षेत्र में डेढ़ी-बाड़ी (अत्यधिक सूद) के चलते बन्धुआ मजदरी की समस्या शुरू हो गई।
- आजादी मिलने के बाद फेटल सिंह को लग गया था कि धीरे-धीरे समस्याएं खत्म हो जाएंगी और आदिवासी समुदाय का उनकी वन भूमि पर अधिकार हो जाएगा।
- 1949 में जमींदारी उन्मूलन विधेयक लाया गया और 1950 में भूमि सुधार कानून बनाया गया।
- 1958 में इस कानून के विरोध में आंदोलन हुआ।
- जद्दोजहद, फेटल सिंह और उनके कुछ समर्थकों को गिरफ्तार कर लिया गया।
- तत्कालीन बड़े नेताओं ने राष्ट्रपति व राज्यपाल से उन्हें क्षमादान देने का आग्रह किया।
- अंततः फेटल सिंह को उनके स्वतंत्रता सेनानी और जेल में अच्छे आचरण के कारण रिहा कर दिया गया।
- वे भूमि अधिकार के प्रति अंतिम समय तक जागरूक रहे, 31 दिसंबर 1975 को उनका निधन हो गया।

महत्वपूर्ण संगठन

- झारखंड आंदोलन की प्रकृति और विकास के चार प्रमुख मुद्दें, भूमि और वन अलगाव, प्रवासन, सांस्कृतिक पहचान और अविकसितता हैं, जो मध्य भारत में इस आदिवासी बेल्ट के शांतिप्रिय लोगों को लामबंद करने में महत्वपूर्ण भूमिका निभाते हैं।
- यह आंदोलन आदिवासियों को बाहरी लोगों की अधीनता और अन्याय के खिलाफ आवाज उठाने के लिए प्रेरित करते हैं।
- ढाका छात्र परिषद की राँची शाखा के निदेशक जे. बर्थोलमैन को झारखंड आंदोलन का जनक माना जाता है।

क्रिश्चियन स्टूडेंट्स ऑर्गेनाइजेशन (1912)

- चाईबासा के रहने वाले और एंग्लिकन मिशन से जुड़े जे. बार्थोलमन ने 1912 ई. में ढाका विद्यार्थी परिषद (ढाका में आयोजित) से लौटने के बाद 'क्रिस्चियन स्टूडेंट ऑर्गेनाइजेशन' की स्थापना की।
- इस संस्था का प्रारंभिक उद्देश्य गरीब ईसाई छात्रों की मदद करना था।
- इस संगठन ने झारखंड राज्य के सभी आदिवासियों की सामाजिक-आर्थिक स्थिति में सुधार के लिए काम किया।
- जे. बार्थोलमन संत कोलंबा कॉलेज, हजारीबाग में शिक्षित हुए थे, बाद में वे सेंट पॉल स्कूल, राँची में प्रोफेसर भी रहे।
- क्रिस्चियन स्टूडेंट ऑर्गेनाइजेशन में बाद में शामिल लोगों ने ही जे. बार्थोलमन को इस संगठन से अलग कर दिया तथा इस संगठन का नाम परिवर्तित करके 'छोटानागपुर उन्नति समाज' कर दिया।

छोटानागपुर उन्नति समाज (1915)

- 1915 ई. में एंग्लिकन मिशन के बिशप केनेडी की सलाह पर 'क्रिश्चियन स्टूडेंट्स ऑर्गेनाइजेशन' का नाम परिवर्तित करके 'छोटानागपुर उन्नति समाज' कर दिया गया।
- 'छोटानागपुर उन्नति समाज' की स्थापना जुएल लकड़ा, पॉल दयाल, बंदीराम उराँव व ठेबले उराँव के नेतृत्व में की गयी थी।
- यह झारखंड का प्रथम अंतर्जातीय आदिवासी संगठन था तथा इसके सदस्य केवल आदिवासी ही हो सकते है।
- इस संगठन की स्थापना का मूल उद्देश्य छोटानागपुर की प्रगति और आदिवासियों की सामाजिक, राजनीतिक और आर्थिक स्थिति में सुधार करना था।
- 1915 ई. में मुंडारी भाषा में छोटानागपुर उन्नति समाज द्वारा आदिवासी नामक पत्रिका का प्रकाशन किया गया।
- 1928 ई. में 'छोटानागपुर उन्नति समाज' द्वारा बिशप बॉन हूयूक एवं जुएल लाकड़ा के नेतृत्व में 'साइमन कमिश्नन' को एक मांग पत्र सौंपा गया।
- इस मांग पत्र में इस क्षेत्र के आदिवासियों के लिए विशेष सुविधाएं उपलब्ध कराने तथा उनके लिए पृथक प्रशासनिक इकाई के गठन की मांग की गई थी।
- इस मांग पत्र को साइमन कमीशन ने अनदेखा कर दिया था।

किसान सभा (1930 ई.)

- 1930 ई. में छोटानागपुर उन्नति समाज से अलग होकर कुछ सदस्यों ने किसान सभा का गठन किया।
- इसके प्रथम अध्यक्ष ठेबले उरांव और प्रथम सचिव पॉल दयाल थे।
- इस संगठन की स्थापना के पीछे का मुख्य उद्देश्य झारखंड के किसानों के शोषण के खिलाफ संगठित होना था।
- 1935 में छोटानागपुर उन्नति समाज और किसान सभा का विलय हुआ और राजनीतिक सत्ता मजबूत हुई।

छोटानागपुर कैथोलिक सभा (1933 ई.)

- 1933 ई. में आर्च बिशप सेबरिन की प्रेरणा से छोटानागपुर कैथोलिक सभा का गठन किया गया था।
- छोटानागपुर कैथोलिक असेंबली के प्रथम अध्यक्ष बोनिफेस लकड़ा थे और

प्रथम महासचिव इग्नेस बेक थे।

- इस संगठन का प्रमुख उद्देश्य कैथोलिकों के हितों की रक्षा करना था।

छोटानागपुर संथाल परगना आदिवासी महासभा/ आदिवासी महासभा (1938 ई.)

- 1936 में बिहार से उड़ीसा के अलग होने के बाद झारखंड आंदोलन से जुड़े संगठनों ने अलग झारखंड बनने की उम्मीद जगाई, लेकिन ऐसा नहीं होने पर उन्हें निराशा हाथ लगी।
- 1937 में हुए प्रांतीय चुनाव के बाद गठित बिहार के मंत्रिमंडल में दक्षिणी बिहार से किसी भी कांग्रेसी नेता को शामिल न किये जाने से झारखंड के लोगों को अपनी उपेक्षा का एहसास हुआ।
- इन्हीं घटनाओं से प्रेरित होकर इग्नेस बेक ने झारखंड के सभी आदिवासी संगठनों को एकजुट करने का प्रयास किया।
- परिणामस्वरूप 1938 ई. में आदिवासी संगठनों ने मिलकर राँची नगरपालिका के चुनाव में 5 सीटों पर उम्मीदवार खड़ा किया व सभी पर विजयी हुए।
- इसी पृष्ठभूमि में 31 मई 1938 को राँची में आयोजित 'छोटानागपुर उन्नति समाज' की वार्षिक सभा में 5 आदिवासी संगठनों (छोटानागपुर उन्नति समाज, किसान सभा, छोटानागपुर कैथोलिक सभा, मुण्डा सभा एवं हो मालटो सभा) को मिलाकर 'छोटानागपुर-संथाल परगना आदिवासी महासभा' की स्थापना की गयी।
- इस नवगठित संगठन का प्रथम अध्यक्ष थियोडोर सुरीन, उपाध्यक्ष बंदराम उरावाँ तथा सचिव पॉल दयाल को चुना गया।
- जनवरी 1939 में इसका नाम बदलकर 'आदिवासी महासभा' कर दिया गया।
- आदिवासी महासभा के प्रमुख नेताओं के आग्रह पर जयपाल सिंह मुण्डा 1939 ई. में आदिवासी महासभा के अध्यक्ष पद पर आसीन हुए।
- जयपाल सिंह मुण्डा अध्यक्षता में ही 20-21 जनवरी, 1939 को राँची में आदिवासी महासभा का दूसरा अधिवेशन आयोजित किया गया। इस अधिवेशन के स्वागत समिति के अध्यक्ष सैम्यूल पूर्ति थे।
- इसी अधिवेशन के दौरान आदिवासियों द्वारा जयपाल सिंह मुण्डा को 'मरंड गोमके' (बड़े गुरुजी) की उपाधि दी गयी थी।
- इसी अधिवेशन के दौरान जयपाल सिंह मुण्डा ने पहली बार एक प्रस्ताव के द्वारा सरकार से भारत शासन अधिनियम की धारा- 46 के तहत छोटानागपुर-संथाल परगना क्षेत्र के रूप में एक पृथक गवर्नर के प्रांत का निर्माण करने का आग्रह किया था।
- जमशेदपुर के एन. एन. दीक्षित ने इस प्रस्ताव का अनुमोदन किया तथा सर्वसम्मति से प्रस्ताव को पारित कर दिया गया।
- प्रस्तुत प्रस्ताव के आलोक में देवकी नंदन सिंह की अध्यक्षता में 'पृथक्करण संघ' का गठन किया गया, जिसका मुख्य कार्य एक नए प्रांत के निर्माण का सुझाव देना था।
- फरवरी, 1939 में आदिवासी महासभा की मांग पर रायबहादुर सतीश चंद्र सिन्हा द्वारा बिहार विधानसभा में बिहार से पृथक करके छोटानागपुर - संथाल परगना प्रान्त के गठन का प्रस्ताव प्रस्तुत किया गया, जिसे बिहार के तत्कालीन प्रधानमंत्री (मुख्यमंत्री का उस समय पदनाम) श्रीकृष्ण सिंह ने अस्वीकृत कर दिया।
- मई, 1939 में राँची और सिंहभूम के जिला बोर्ड के चुनाव में आदिवासी महासभा ने कांग्रेस को पराजित कर दिया।
- आदिवासी महासभा ने राँची के 25 में 16 सीटों पर तथा सिंहभूम के 25 में से 22 सीटों पर जीत हासिल की।
- डॉ. राजेंद्र प्रसाद ने झारखंड में कांग्रेस के घटते प्रभुत्व के कारणों का पता लगाने के लिए जयपाल सिंह से मुलाकात की और आदिवासियों की शिकायतों को दूर करने के लिए सुझाव मांगे।
- 5 जुलाई, 1939 को आदिवासी महासभा के प्रतिनिधिमंडल ने डॉ. श्रीकृष्ण सिंह से मुलाकात की और अपनी मांगें रखीं, जिस पर श्रीकृष्ण सिंह द्वारा कोई कार्यवाही नहीं की गयी।
- 31 अक्टूबर, 1939 को द्वितीय विश्व युद्ध के प्रारम्भ होने के पश्चात् बिहार के काँग्रेसी मंत्रिमंडल ने इस्तीफा दे दिया।
- आदिवासी महासभा द्वारा इस दिन को 'मुक्ति दिवस' के रूप में मनाया जाता है।
- आदिवासी महासभा ने द्वितीय विश्व युद्ध में ब्रिटेन का समर्थन किया, जिसके परिणामस्वरूप युद्ध के उपरांत जयपाल सिंह मुंडा राँची के चीफ वार्डेन तत्पश्चात ईस्टर्न कमांड सर्विसेज सेलेक्शन बोर्ड के लीडर नियुक्त किये गए।
- दिसंबर, 1939 में सुभाष चंद्र बोस ने जयपाल सिंह से कांग्रेस का समर्थन करने की अपील की।
- मार्च, 1940 में राँची में हुए आदिवासी महासभा के तीसरे अधिवेशन में जयपाल सिंह मुंडा ने ब्रिटिश सरकार के प्रति वफादारी की घोषणा की तथा छोटानागपुर-संथाल परगना प्रांत का गठन किया।
- 8-10 मार्च, 1940 में राँची में आयोजित आदिवासी महासभा के चौथे अधिवेशन में मुस्लिम लीग के नेता भी आमंत्रित थे।
- 8-9 मार्च, 1942 में राँची में आयोजित आदिवासी महासभा के पांचवे अधिवेशन में बंगाल मुस्लिम लीग के नेताओं को भी आमंत्रित कर ब्रिटिश सरकार को समर्थन देने का प्रस्ताव लिया गया।
- मार्च, 1943 में राँची में आदिवासी महासभा के छठे अधिवेशन में जयपाल सिंह मुण्डा ने ब्रिटिश सरकार द्वारा आदिवासियों की मांगों की उपेक्षा करने का आरोप लगाया।
- उन्होनें ब्रिटिश सरकार से कहा कि "यदि आदिवासियों की मांगों को नजर अंदाज किया गया तो आदिवासी महासभा का कांग्रेस में विलय कर दिया जाएगा, जो सरकार के लिए नुकसानदायक होगा।"
- अगस्त, 1944 में मुस्लिम लीग के नेता रगीब एहसान ने पूर्वी पाकिस्तान एवं आदिवासिस्तान (छोटानागपुर - संथाल परगना व आसपास के आदिवासी बहुल क्षेत्र को मिलाकर) बंगेइस्लाम नामक एक परिसंघ बनाने का सुझाव दिया।
- 30 दिसंबर से 1 जनवरी, 1946 के बीच राँची में 'झारखंड -छोटानागपुर पाकिस्तान' कांफ्रेंस का आयोजन किया गया जिसको मुस्लिम लीग के कई प्रमुख नेताओं ने संबोधित किया।
- 2-3 फरवरी, 1946 को राँची में आयोजित 'आदिवासी महासभा' में जयल सिंह ने घोषणा की कि 'मुस्लिमों ने बिना शर्त उनकी मांग का समर्थन किया है'।
- आदिवासी महासभा ने 1946 के संसदीय चुनावों में भाग लेकर 3 सीटों पर विजय प्राप्त की।
- जयपाल सिंह ने खूंटी से चुनाव लड़ा, परन्तु गांधीवादी नेता/कांग्रेस उम्मीदवार डॉ. पूर्णचंद्र मित्रा से हार गए।
- इस चुनाव के दौरान आदिवासी महासभा के पांच आदिवासियों की मृत्यु हो गई थी।
- जयपाल सिंह, 1946 में मुस्लिम लीग के समर्थन से संविधान सभा के सदस्य चुने गए।
- 16 अगस्त, 1946 को मुस्लिम लीग द्वारा आयोजित प्रत्यक्ष कायंवाही दिवस के बाद जयपाल सिंह ने मुस्लिम लीग से संबंध तोड़ लिये।
- उन्होंने पृथक झारखंड गण के गठन तक आंदोलन जारी रखने की घोषणा की।
- जयपाल सिंह को सरदार पटेल की अध्यक्षता में अल्पसंख्यकों और आदिवासियों के लिए गठित मौलिक अधिकार समिति की एक आदिवासी उप-समिति का सदस्य बनाया गया।
- इस उपसमिति के अध्यक्ष ए.बी. ठक्कर थे।

- देश की आजादी के बाद आदिवासी महासभा का पहला वार्षिक अधिवेशन 28 फरवरी, 1948 को राँची में आयोजित किया गया, जिसकी अध्यक्षता जयपाल सिंह ने की थी।

यूनाइटेड झारखंड पार्टी (1948 ई.)

- 1948 ई. में जस्टिन रिचर्ड तथा जयपाल सिंह मुण्डा द्वारा यूनाइटेड पार्टी का गठन किया गया था।
- तत्पश्चात जयपाल सिंह मुंडा द्वारा झारखंड पार्टी का गठन किया गया।

झारखंड पार्टी (1950 ई.)

- 31 दिसबर से 1 जनवरी, 1950 को जमशेदपुर में आयोजित 'आदिवासी महासभा' के संयुक्त सम्मेलन में जयपाल सिंह मुंडा द्वारा आदिवासी महासभा का नाम परिवर्तित करके 'झारखंड पार्टी' कर दिया गया।
- जयपाल सिंह मुंडा को इस पार्टी का पहला अध्यक्ष बनाया गया।
- झारखंड पार्टी में आदिवासियों के साथ-साथ गैर-आदिवासियों को भी सम्मिलित किया गया।
- 2 जुलाई, 1951 को झारखंड पार्टी के नेताओं ने जयप्रकाश नारायण से छोटानागपुर-संथाल परगना प्रांत के गठन के लिए सहयोग मांगा, जिसका उन्होंने समर्थन किया।
- 1952 ई. के एकीकृत बिहार विधानसभा चुनाव में झारखंड पार्टी प्रमुख विपक्षी दल के रूप में उभरी।
- इस दल का चुनाव चिह्न 'मुर्गा' था, इसे 33 सीटें मिली थीं। (झारखंड पार्टी ने 1957 के चुनाव में 32 सीटें जीतीं, जबकि 1962 के चुनाव में उसने 20 सीटें जीतीं।)
- 1952 ई. के चुनावों में इस पार्टी का नारा था - "झारखंड अबुआ, डाकु दिकु सेनुआ" (झारखंड हमारा है, डकैत दिकुओं को जाना होगा) ।
- 1952 और 1957 के चुनावों में सुशील कुमार झारखंड पार्टी के नेता बने तथा बिहार विधान सभा में विपक्ष के नेता बने।
- झारखंड पार्टी ने लोकसभा और बिहार विधानसभा के समक्ष एक अलग राज्य की मांग रखी।
- 5 फरवरी, 1955 को राँची आए राज्य पुनर्गठन आयोग के समक्ष भी इस पार्टी ने पृथक राज्य निर्माण हेतु सिफारिश की।
- राज्य पुनर्गठन आयोग के समक्ष 16 जिलों (बिहार-7, ओडिशा-4, बंगाल-3 और मध्य प्रदेश-2) को सम्मिलित कर झारखंड राज्य के गठन का प्रस्ताव रखा गया।
- झारखंड राज्य निर्माण आंदोलन हेतु इस पार्टी को आदिवासियों के साथ-साथ गैर आदिवासियों का भी समर्थन प्राप्त था।
- 10 फरवरी, 1961 को सीताराम जगतराम द्वारा पहली बार बिहार विधान सभा में अलग झारखंड राज्य के गठन का प्रस्ताव किया गया था।
- विभिन्न चर्चाओं के बाद इस प्रस्ताव को रद्द कर दिया गया।
- 20 जून, 1963 ई. में बिहार के मुख्यमंत्री विनोदानंद झा की पहल पर झारखंड पार्टी का कांग्रेस में विलय हो गया।
- विनोदानंद झा की सरकार में जयपाल सिंह सामुदायिक विकास विभाग के मंत्री थे, परंतु मात्र एक माह पश्चात उन्होंने इस्तीफा दे दिया। (जयपाल सिंह मुण्डा की पत्नी 'जहाँआरा' इंदिरा गाँधी की मंत्रिपरिषद् में परिवहन एवं विमानन विभाग की उपमंत्री थीं।)
- 30 मई 1969 को जयपाल सिंह मुंडा ने झारखंड पार्टी को पुनर्जीवित करने के उद्देश्य से कांग्रेस को छोड़ दिया।

छोटानागपुर संयुक्त संघ (1954 ई.)

- छोटानागपुर संयुक्त संघ का गठन 7 फरवरी, 1954 को किया गया था।
- इसके प्रथम अध्यक्ष सुखदेव सिंह थे।
- बाद में राम नारायण सिंह इस संगठन के अध्यक्ष बने।
- राम नारायण सिंह को 'शेर - ए - छोटानागपुर' भी कहा जाता है। कांग्रेस के रामगढ अधिवेशन - 1940 के दौरान महात्मा गाँधी ने इन्हे 'छोटानागपुर केसरी' की उपाधि दी थी।
- छोटानागपुर संयुक्त संघ के गठन से पूर्व 11 नवंबर, 1953 को लोहरदगा में 'छोटानागपुर संयुक्त मोर्चा' की एक सभा का आयोजन किया गया।
- 10 नवंबर, 1953 को इसके प्रमुख नेता राम नारायण खलखों सत्यदेव साहु व मधुसूदन अग्रवाल सहित कई लोगों को सुरक्षा कारणों से गिरफ्तार कर लिया गया था।
- छोटानागपुर सयुक्त संघ द्वारा 7 अप्रैल, 1954 को 'छोटानागपुर सेपरेशन: दि वनली सॉल्यूशन' नामक 36 पृष्ठों सेवा दल (1965 ई.) की एक पुस्तिका के प्रकाशन में पृथक राज्य के गठन का समर्थन किया गया।

बिरसा सेवा दल (1965 ई.)

- 1965 ई. में आदिवासियों के आंदोलन को मुखरता प्रदान करने हेतु ललित कुजुर द्वारा बिरसा सेवा दल का गठन किया गया।
- यह झारखंड का पहला छात्र संगठन था।
- इसका गठन झारखंड पार्टी से विभाजित होकर किया गया था।

अखिल भारतीय झारखंड पार्टी (1967 ई.)

- 1967 ई. में बागुन सुम्ब्रई द्वारा अखिल भारतीय झारखंड पार्टी का गठन किया गया।
- 1969 ई. में अखिल भारतीय झारखंड पार्टी का विभाजन हो गया।
- इसके पश्चात 'झारखंड पार्टी' नामक एक अलग पार्टी का गठन किया गया।

झारखंड पार्टी (1969 ई.)

- इस पार्टी का गठन 1969 में अखिल भारतीय झारखंड पार्टी से विभाजन के दौरान हुआ था।
- इस पार्टी के प्रथम अध्यक्ष एन ई होरो थे।

हुल झारखंड पार्टी (1969 ई.)

- सन् 1969 में हुल झारखंड पार्टी का गठन जस्टिन रिचर्ड द्वारा किया गया।
- इसे 'क्रांतिकारी झारखंड पार्टी' भी कहा जाता है।
- यह पार्टी संथाल परगना क्षेत्र में सक्रिय थी।
- 1970 ई. में यह दल विभाजित हो गया।

सोनोत (शुद्ध) संथाल समाज (1970 ई.)

- सोनोत संथाल समाज की स्थापना सन् 1970 ई. में शिबू सोरेन द्वारा की गयी थी।

झारखंड मुक्ति मोर्चा (1973 ई.)

- 4 फरवरी 1973 को विनोद बिहारी महतो और शिबू सोरेन के नेतृत्व में झारखंड मुक्ति मोर्चा नाम की पार्टी का गठन किया गया।
- इसका गठन धनबाद के गोल्फ मैदान में हुआ था।
- विनोद बिहारी महतो को इस संगठन का अध्यक्ष और शिबू सोरेन को इसका महासचिव नियुक्त किया गया।
- झारखंड मुक्ति मोर्चा के गठन में ए. राय ने अहम भूमिका निभाई थी।
- झा.मु.मो. के गठन से पूर्व विनोद बिहारी महतो ने शिवजी समाज (1969 में), शिवू सोरेन ने सोनोत संथाल समाज (1970) तथा ए. के. राय ने मार्क्सवादी समन्वय समिति (1971) का गठन किया था।
- झारखंड मुक्ति मोर्चा ने पृथक राज्य निर्माण के लिए संघर्ष, महाजनी व्यवस्था का विरोध, विस्थापितों के पुनर्वास का नारा दिया।
- 1978 में शिबू सोरेन और ए. राय ने झारखंड के समर्थन में शक्ति प्रदर्शन के लिए पटना में आदिवासियों का जुलूस निकाला।

- 6 -7 मई, 1978 को राँची में झारखंड के क्षेत्रीय बुद्धिजीवी सम्मेलन की गोष्ठी का आयोजन किया, जिसमें शिबू सोरेन, विनोद बिहारी महतो डॉ निर्मल मिंज, डॉ रामदयाल मुंडा समेत कई लोगों ने भाग लिया।
- 1978 ई. में वन कानूनों के विरोध में झा.मु.मो. द्वारा वन कटाई अभियान चलाया गया।
- राँची के कांग्रेस नेता ज्ञान रंजन की पहल पर झा.मु.मो. ने 1980 के बिहार विधानसभा चुनाव में 13 सीटों पर जीत हासिल की।

ऑल झारखंड स्टूडेंट्स यूनियन (1986 ई.)

- 22 जून 1986 को झारखंड मुक्ति मोर्चा के निर्मल महतो और शिबू सोरेन के नेतृत्व में जमशेदपुर में ऑल झारखंड स्टूडेंट्स यूनियन (AJSU) नामक संगठन की स्थापना की गई।
- सूर्य सिंह बेसरा ने 'खून के बदले खून' की लड़ाई का ऐलान किया।
- ऑल झारखंड स्टूडेंट्स यूनियन (आजसू) का गठन असम के ऑल असम स्टूडेंट्स यूनियन की तर्ज पर हुआ था।
- आजसू पार्टी के प्रथम अध्यक्ष प्रभाकर तिर्की थे, इस पार्टी के प्रथम महासचिव सूर्यसिंह बेसरा थे।
- इस पार्टी का गठन झारखंड मुक्ति मोर्चा की छत्रछाया में किया गया था।
- 1987 ई. में ऑल झारखंड स्टूडेंट्स यूनियन ने खुद को झारखंड मुक्ति मोर्चा से पूरी तरह अलग कर लिया।
- 1991 ई. में ऑल झारखंड स्टूडेंट्स यूनियन के सहयोगी पार्टी के रूप में 'झारखंड पीपुल्स पार्टी' का गठन किया गया था।

झारखंड समन्वय समिति (1987 ई.)

- पृथक झारखंड का समर्थन करने वाले 53 दलों को आपस में संगठित करने के उद्देश्य से 11-13 सितम्बर, 1987 ई. को रामगढ़ में एक संयुक्त सम्मेलन का आयोजन किया गया।
- इस सम्मेलन के दौरान 'झारखंड समन्वय समिति' (जेसीसी) का गठन किया गया।
- डॉ विशेश्वर प्रसाद केसरी (बी. पी. केसरी) को इस समिति का संयोजक मनोनीत किया गया था।
- 10 दिसम्बर, 1987 में झारखंड समन्वय समिति ने भारत के तत्कालीन राष्ट्रपति आर वेंकटरमण को बिहार. प. बंगाल, उड़ीसा तथा मध्य प्रदेश के 21 जिलों को मिलाकर झारखंड राज्य के निर्माण सहित 23 सूत्री एक मांगपत्र सौंपा।
- इस समिति के सदस्यों में केन्द्र और बिहार सरकार के 9 अधिकारी तथा झारखंड आंदोलन से जुड़े 14 प्रतिनिधि शामिल थे।
- इस समिति द्वारा 'झारखंड क्षेत्र विकास परिषद्' के गठन की सिफारिश की गयी थी।

झारखंड क्षेत्र स्वशासी परिषद (1995)

- इसके गठन से पूर्व 20 दिसंबर, 1994 को बिहार विधानमंडल के दोनों सदनों में 'झारखंड क्षेत्र स्वशासी परिषद विधेयक' पारित किया गया था।
- 7 अगस्त, 1995 को झारखंड क्षेत्र स्वशासी परिषद् (JAAC - जैक) के गठन की राजकीय अधिसूचना जारी की गयी तथा 9 अगस्त, 1995 को औपचारिक रूप से इसका गठन किया गया।
- शिबू सोरेन को परिषद के अध्यक्ष के रूप में नामित किया तथा सूरज मंडल को परिषद के उपाध्यक्ष के रूप में नामित किया गया था।
- झारखंड क्षेत्र स्वशासी परिषद् का गठन संथाल परगना तथा छोटानागपुर क्षेत्र के 18 जिलों को मिलाकर किया गया था।

राज्य गठन - अंतिम चरण

- 22 जुलाई, 1997 को बिहार विधानसभा द्वारा अलग झारखंड राज्य गठन हेतु संकल्प पारित कर उसे केन्द्र सरकार को भेजा गया।
- 1998 में केन्द्र सरकार ने बिहार विधानसभा द्वारा पारित संकल्प के आधार पर वनांचल राज्य से संबंधित बिहार राज्य पुनर्गठन विधेयक तैयार कर उसकी स्वीकृति हेतु बिहार सरकार को भेजा जिसे बिहार विधानसभा से नामंजूर कर दिया गया।
- 25 अप्रैल, 2000 को बिहार सरकार द्वारा अलग झारखंड राज्य हेतु बिहार राज्य पुनर्गठन विधेयक, 2000 को स्वीकृति प्रदान की गई।
- 2 अगस्त, 2000 को लोकसभा तथा 11 अगस्त, 2000 को राज्यसभा द्वारा बिहार राज्य पुनर्गठन विधेयक को पारित कर दिया गया।
- **25 अगस्त, 2000** को राष्ट्रपति के. आर. नारायणन ने **बिहार राज्य पुनर्गठन विधेयक, 2000** पर हस्ताक्षर कर उसे अपनी स्वीकृति प्रदान कर दी।
- 5 नवंबर, 2000 को (बिरसा मुण्डा के जन्मदिवस के अवसर पर) देश के 28 वें राज्य के रूप मे भारत मानचित्र पर झारखंड नामक पृथक राज्य का चित्र अंकित हो गया।
- इसमें बिहार के 18 जिलों को शामिल किया गया था।

संगठन का नाम	स्थापना	संस्थापक/अन्यतथ्य
क्रिश्चियन स्टूडेंट्स ऑर्गेनाइजेशन	1912	जे. बार्थोलमन
छोटानागपुर उन्नति समाज	1915	जुएल लकड़ा, पॉल दयाल, बंदिराम उराँव व ठेबले उराँव
किसान सभा	1930	ठेवले उराँव
छोटानागपुर कैथोलिक सभा	1933	बोनिफेस लकड़ा
छोटानागपुर-संथाल परगना आदिवासी महासभा	1938	थियोडोर सुरीन
आदिवासी महासभा	1939	छोटानागपुर-संथाल परगना आदिवासी महासभा का नाम परिवर्तित किया गया
यूनाइटेड झारखंड पार्टी	1948	जस्टिन रिचर्ड एवं जयपाल सिंह
झारखंड पार्टी	1950	जयपाल सिंह (1963 में कांग्रेस में विलय)
छोटानागपुर संयुक्त संघ	1954	सुखदेव महतो
बिरसा सेवा दल	1965	ललित कुजूर
अखिल भारतीय झारखंड पार्टी	1967	बागुन सुम्ब्रई
झारखंड पार्टी	1969	एन. ई. होरो (अखिल भारतीय झारखंड पार्टी से अलग होकर निर्मित)
अखिल भारतीय आदिवासी विकास परिषद्	1968	कार्तिक उराँव
हुल झारखंड पार्टी	1969	जस्टिन रिचर्ड
शिवाजी समाज	1969	विनोद बिहारी महतो
सोनोत संथाल समाज	1970	शिबू सोरेन

मार्क्सवादी समन्वय समिति	1971	ए. के. राय
झारखंड मुक्ति मोर्चा (झामुमो)	1973	विनोद बिहारी महतो व शिबू सोरेन
ऑल झारखंड स्टूडेन्ट्स यूनियन (आजसू)	1986	निर्मल महतो / शिबू सोरेन
झारखंड समन्वयक समिति	1987	53 संगठनों का संयुक्त संगठन
झारखंड विषयक समिति	1989	भारत सरकार द्वारा गठित
झारखंड स्वशासी परिषद	1955	बिहार सरकार द्वारा गठित

खरसावां गोलीकांड

- स्वतंत्रता के बाद छोटानागपुर कमिश्नर के अंतर्गत शामिल सरायकेला एवं खरसावां देशी रियासतों को 1 जनवरी, 1948 को उड़ीसा में मिलाने की घोषणा की गयी जिसके बाद इसका व्यापक विरोध प्रारंभ हो गया।
- आदिवासी महासभा ने 1 जनवरी, 1948 को इसके खिलाफ सिंहभूम के खरसावां हाट मैदान में एक विशाल जनसभा का आयोजन किया।
- इस जनसभा में झारखंड अबुआ, उड़ीसा जारी कबुआ' (झारखंड अपना है, उड़ीसा शासन नहीं चाहिए) का नारा लगाकर विरोध प्रदर्शन किया गया।
- जनसभा में उड़ीसा पुलिस द्वारा इस भीड़ पर गोली चलाने का आदेश दे दिया गया जिसमें 100 से अधिक लोग मारे गए तथा 400 से अधिक लोग घायल हुए।
- इस घटना को खरसावां गोलीकांड के नाम सें जाना जाता है।
- बाद में भारत सरकार ने सरायकेला व खरसावां के उड़ीसा में विलय प्रस्ताव खारिज कर दिया जिसके परिणामस्वरूप 1 जनवरी, 1948 से 18 मई, 1948 तक (139 दिन) यह क्षेत्र उड़ीसा के अधीन रहने के बाद बिहार प्रांत में मिला दिया गया।
- सरायकेला-खरसावां को सिंहभूम जिला के अंतर्गत अनुमंडल का दर्जा प्रदान किया गया।

आधुनिक झारखंड का गठन

- बिहार पुनर्गठन अधिनियम, 2000 के तहत झारखंड का गठन किया गया।
- दक्षिणी बिहार के 18 जिलों का गठन करके इस जनजातीय बहुल राज्य का निर्माण किया गया।
- नव स्थापित झारखंड में 14 निर्वाचन क्षेत्र थे।
- राज्य विधानसभा की कुल 81 सीटें झारखंड को स्थानांतरित हो गईं।
- झारखंड दुनिया के सबसे अमीर खनिज क्षेत्रों में से एक है और भारत के खनिज और कोयले के भंडार का क्रमशः 40% और 29% का हिस्सा झारखंड में है।

वर्ष	गठन से संबंधित गतिविधियां
1765	सर्वप्रथम झारखंड में अंग्रेजों का प्रवेश (सिंहभूम)
1767	ढ़ालभूम (ढाल राजाओं का क्षेत्र), पोड़ाहाट (सिंह राजाओं का क्षेत्र), हो देशम /कोल्हान (हो लोगों का क्षेत्र) की पहली लड़ाई
1820	मेजर रफसेज का कोल्हान /देशाम में प्रवेश, चाईबासा के रोरो नदी तट पर युद्ध हुआ जहां अंग्रेजों को सफलता प्राप्त हुई
1821	अंग्रेजों द्वारा हो लोगों का दमन
1821	लड़ाई के बाद हो लोगों ने कंपनी की अधीनता स्वीकार की तथा 8 प्रति आना व बाद में ₹1 प्रतिवर्ष कर देना स्वीकार किया
1771	झारखंड क्षेत्र ईस्ट इंडिया कंपनी के अधीन आया
1785	तिलका मांझी का आंदोलन
1797	मुंडा विद्रोह (बूंदी) (नेता- विष्णु मानकी)
1800	चेरो विद्रोह (नेता -भूषण सिंह)
1819-20	मुंडा विद्रोह (तमाड़, नेतृत्व कर्ता- रुदू कोनरा)
1831-32	कोल विद्रोह (नेतृत्व कर्ता- दिनरे मानकी व सिधरे)
1832-34	भूमिज विद्रोह नेतृत्व कर्ता- गंगा नारायण सिंह)
1845	झारखंड में क्रिस्चियनों का प्रवेश।
1856-57	सिपाही विद्रोह (नेता – शेख भिखारी, विश्वनाथ शाही, गणपत राय)
1859	रांची में एंग्लिकन चर्च की स्थापना, छोटा नागपुर में "खरीद बिक्री कानून" लागू, सरदार आंदोलन की शुरुआत
1860	मुंडा विद्रोह (नेता- दुखन मानकी, तमाड़)
1869	छोटानागपुर काश्तकारी अधिनियम लागू
1872	संथाल परगना बंदोबस्त नियम लागू
1878	सरदार आंदोलन भारतीय कानूनवन कानून लागू (छोटा नागपुर)
1891	आर्य समाज की स्थापना (रांची) (इस समय आदिवासियों ने शुद्धिकरण का अभियान चलाया)
1895	उलगुलान (नेतृत्व कर्ता -बिरसा मुंडा)
1893	झारखंड में रेल परिवहन की स्थापना, झरिया में कोयला खनन प्रारंभ
1900	ओरिजिनल सर्व सेटेलमेंट (1901) बना
1903	काश्तकारी संशोधन कानून लागू तथा जमीन के स्थानांतरण पर रोक
1907	जमशेदपुर में लोहा इस्पात संयंत्र की स्थापना
1912	बंगाल से बिहार व उड़ीसा का विभाजन
1917	4 जून को गाँधी जी का रांची में प्रथम आगमन
1918	राम विनोद सिंह को 14 दिसंबर को गिरफ्तार कर लिया गया, इन्हें हजारीबाग का "जतिन बाघा" कहा जाता है
1919	जमशेदपुर व चाईबासा में "विरोध दिवस" मनाया गया
1919	27 दिसंबर को मौलाना अब्दुल कलाम को रिहा किया गया, 3 जनवरी 1920 को वे कोलकाता चले गए

1919	कांग्रेस कमेटी की स्थापना (पलामू) (नेता- बिंदेश्वरी पाठक तथा भागवत पांडे)
1920	रांची जिला कमेटी की स्थापना, भारतीय राष्ट्रीय कांग्रेस का कोलकाता में विशेष अधिवेशन
1920	गांधी जी ने झारखंड के दौरे पर एक पंक्ति कही- "कपास बाद, चरखा चलाओ, कपड़ा बुनो, छोटानागपुर आजाद हो जाएगा"
1920-21	गांधीजी ने धर्मशाला के सामने लंकाशायर मैनचेस्टर मेलों के विदेशी कपड़ों को जलाया
1920	पलामू के आदिवासी नेता धनी सिंह को "पलामू का राजा" घोषित किया गया ।(इन्होंने निर्णय लिया कि जंगलों को काट कर कपास की खेती की जाए)
1927	जनवरी में गांधीजी डाल्टेनगंज आए और साइमन कमीशन के विरोध में रांची इसका केंद्र बना
4 सितंबर 1920	राँची, असहयोग का आंदोलन प्रमुख केंद्र बना, डोरंडा, नामकुम, घागरा, इटकी, सेन्हा ओरमांझी, कोकर, तमाड़, बुंडू, गुमला तथा लोहरदगा में कई जनसभाएं आयोजित की गईं, जिसमें मौलवी उस्मान, गुलाब तिवारी और स्वामी विश्वानंद ने भाग लिया
1921	रांची में वार्षिक पिंजरापोल समारोह हुआ
1921	हजारीबाग में बिहार स्टूडेंट का 16 वां अधिवेशन हुआ
1922	चौरी -चौरा कांड के बाद कांग्रेस में विभाजन हुआ तथा स्वराज पार्टी की स्थापना हुई
1923	अप्रैल में राष्ट्रीय सप्ताह मनाया गया
1923	विधान परिषद बनी तथा कृष्ण बल्लभ सहाय "स्वराज पार्टी" के प्रतिनिधि चुने गए
1926	कंपनी के उच्चस्थ अधिकारी टेंपल द्वारा जमशेदपुर के खादी प्रदर्शनी का उद्घाटन
1928	छोटानागपुर उन्नति संघ की स्थापना
1930	नमक सत्याग्रह आंदोलन (दांडी मार्च) (नेतृत्व- मोहन महतो, गणेश महगे व सहदेव महतो), यह आंदोलन 12 मार्च 1930 से 6 अप्रैल 1930 तक चला।
6 अप्रैल 1930	सविनय अवज्ञा आंदोलन की शुरुआत। इस क्रम में सिल्ली, रांची, चुटिया, लोहरदगा, गुमला आदि जगहों पर सभाएं हुईं
3 मई 1930	रांची बार एसोसिएशन की बैठक में विदेशी वस्तुओं का बहिष्कार
1930	सितंबर में रांची में स्वदेशी सप्ताह तथा 16 नवंबर को सर्वत्र "जवाहर दिवस" मनाया गया
1936	बिहार से उड़ीसा को पृथक किया गया
1938	आदिवासी महासभा का गठन (नेतृत्व कर्ता -जयपाल सिंह)

1939	अखिल भारतीय फॉरवर्ड ब्लॉक का गठन (नेतृत्व कर्ता- सुभाष चंद्र बोस)
1940	रेडिकल डेमोक्रेटिक पार्टी का गठन (एम एन राय)
1942	भारत छोड़ो आंदोलन
अगस्त 1943	भारत छोड़ो आंदोलन से संबंधित होने के कारण, वाचस्पति त्रिपाठी को गिरफ्तार किया गया
1948	खरसावा आंदोलन, झारखंड आंदोलन
1953	"राज्य पुनर्गठन आयोग" की स्थापना की गई इसके बाद झारखंड के स्वतंत्र राज्य के रूप में गठन की मांग
1969	बिहार में गठबंधन सरकार बनी जिसमें प्रखंड क्षेत्र के प्रतिनिधि अलग राज्य बनाने का प्रयास करते रहे
1972	संसदीय चुनाव हुए जिसके बाद इंडियन नेशनल कांग्रेस भारी बहुमत से सत्ता में आए
1979	झारखंडी नेता शक्ति नाथ महतो की हत्या
1987	झारखंड समन्वय समिति का गठन (शिबू सोरेन व बाबूलाल मरांडी द्वारा)
1989	केंद्र सरकार ने झारखंड मसले पर एक समिति का गठन किया
1987	भाजपा का पृथक झारखंड राज्य बनाने की मांग पर समर्थन
1978	आदिवासियों में राजनीतिक चेतना जगाने हेतु काटो अभियान चलाया गया
1 फरवरी 1987	झामुमो पार्टी ने दिल्ली चलो का नारा दिया
1982	बिहार की कांग्रेसी सरकार ने छोटानागपुर विकास प्राधिकरण और संथाल परगना विकास प्राधिकरण नाम के दो स्वायत्त प्राधिकरण की स्थापना की
1987	भाजपा ने पहली बार झारखंड राज्य की मांग उठाई
23 अगस्त 1989	तत्कालीन प्रधानमंत्री विश्वनाथ प्रताप सिंह ने झारखंड राज्य के गठन की जांच के लिए 24 सदस्यीय समिति को उड़ीसा, बिहार, मध्य प्रदेश और पश्चिम बंगाल दौरा करने के लिए भेजा
1991	बिहार सरकार ने "झारखंड क्षेत्र विकास परिषद" का प्रस्ताव केंद्र सरकार को भेजा
1992	झारखंड गठन समिति ने जनरल काउंसिल की बैठक की संस्तुति की
1994	बिहार विधानसभा में 20 दिसंबर 1994 को तुलसी सिंह द्वारा परिषद् विधेयक पारित किया गया
1995	9 अगस्त को झारखंड क्षेत्र विकास परिषद का गठन हुआ जिसके अध्यक्ष शिबू सोरेन और उपाध्यक्ष सूरज मंडल बने

1997	बिहार विधानसभा से पृथक झारखंड (वनांचल) राज्य संबंधी प्रस्ताव पारित किया गया
1998	बिहार विधानसभा में बिहार पुनर्गठन विधेयक पर चर्चा, 3 दिनों का विशेष सत्र आयोजित किया गया, इस विधेयक के समर्थन में 107 वोट तथा विपक्ष में 181 वोट मिले थे
1999	झामुमो में मतभेद के कारण सन् 2000 में विधानसभा चुनाव में उपाध्यक्ष सूरज मंडल को दल से बाहर किया गया
2000	15 नवंबर 2000 को झारखंड भारत का 28 वां राज्य बना

आदिवासी आबादी की लंबे समय से चली आ रही मांगों को पूरा करने के लिए झारखंड को 15 नवंबर 2000 को बिहार से अलग किया गया था, जो अपने लिए एक अलग राज्य चाहते थे। झारखंड के बिहार से अलग होने के कुछ कारण इस प्रकार हैं:

1. ऐतिहासिक कारक: झारखंड की एक अनूठी सांस्कृतिक पहचान है जो बिहार से अलग है। झारखंड में आदिवासी आबादी का एक समृद्ध इतिहास और सांस्कृतिक विरासत है, जो बिहार के बाकी हिस्सों से अलग है। दक्षिण बिहार में आदिवासी आंदोलन देश के अन्य हिस्सों, जैसे तेलंगाना और छत्तीसगढ़ में अलग राज्यों के लिए हुए आंदोलनों से भी प्रभावित था।
2. आर्थिक और सामाजिक कारक: दक्षिण बिहार में आदिवासी आबादी काफी हद तक ग्रामीण है और अपनी आजीविका के लिए कृषि और प्राकृतिक संसाधनों पर निर्भर है। उन्होंने महसूस किया कि राज्य की आर्थिक और सामाजिक नीतियों में उनके हितों का पर्याप्त प्रतिनिधित्व नहीं किया जा रहा है, और उनकी चिंताओं को दूर करने के लिए उन्हें एक अलग राज्य की आवश्यकता है।
3. विकासात्मक कारक: झारखंड या दक्षिण बिहार भारत के सबसे अधिक खनिज समृद्ध स्थानों में से एक है, फिर भी इन संसाधनों का उपयोग इस स्थान के लाभ के लिए नहीं होता था, अधिकांश राजस्व इन खनिज संसाधनों से उत्पन्न होता था, जो उत्तर बिहार के विकास में उपयोग किया जाता था।

झारखंड के विभूति

लांस नायक अलबर्ट एक्का:

- लांस नायक अलबर्ट का जन्म गुमला जिले के डुमरी प्रखंड स्थित जड़ी गाँव में 1942 ई. में हुआ था, इनके पिता का नाम जूलियस एक्का और माता का नाम मरियम था।
- 1962 ई. के भारत-चीन युद्ध में उन्होंने अपनी वीरता का परिचय दिया और युद्ध के बाद उन्हें 'लांस नायक' की उपाधि दी गयी।
- अल्बर्ट एक्का ने 1971 ई. के भारत-पाकिस्तान युद्ध में वीरता, शौर्य और सैन्य कौशल का परिचय देते हुए अपनी इकाई के सैनिकों की रक्षा की।
- इस अभियान के दौरान वे बुरी तरह घायल हो गए और 3 दिसंबर 1971 को शहीद हो गए।
- इस बलिदान को देखते हुए भारत सरकार ने मरणोपरांत उन्हें सैनिकों को दिए जाने वाले सर्वोच्च पुरस्कार परमवीर चक्र से सम्मानित किया।
- इस सम्मान को पाने वाले एकमात्र झारखंडी हैं।

दिवा-किसुन:

- दिवा सोरेन का जन्म पश्चिमी सिंहभूम के राजनगर थाना अंतर्गत्त मातकोम बेड़ा गाँव में 1820 ई. में हुआ था।
- किसुन मुर्मू का जन्म राजनगर थाना क्षेत्र के गुमिदपुर में हुआ था।
- 1872 ई. में दिवा- किसुन का विद्रोह प्रारंभ हुआ। इस समय सरदारी आंदोलन भी चल रहा था।
- इस समय सरायकेला क्षेत्र सूखा और अकाल से ग्रस्त था।
- दिवा और किसुन ने क्षेत्र की जनता का नेतृत्व सँभाला और सभी धर्म के लोगों को संगठित कर आंदोलन चलाया।
- पोराहाट के सभी क्षेत्रों में इस विद्रोह का प्रभाव पड़ा।
- कुछ स्थानीय लोगों के द्वारा इनका पता अंग्रेजों को बताया गया परिणामत: इन्हें गिरफ्तार कर सरायकेला जेल में फाँसी दे दी गई।

रानी सर्वेश्वरी:

- पाकुड़ का सुल्तानाबाद परगना पहले सघन वनों से आच्छादित माल पहाड़िया जनजाति का निवास स्थान था।
- इस क्षेत्र में महेशपुर राज्य की स्थापना गोरखपुर से आए दो भाईयों आबू सिंह और बाकू सिंह ने की थी।
- इस क्षेत्र में अंग्रेजों के आगमन के समय रानी सर्वेश्वरी ही महेशपुर राज्य का शासन चला रहीं थी।
- रानी सर्वेश्वरी पर माल पहाड़िया लोगों को कंपनी के खिलाफ बगावत के लिए भड़काने और उनकी हिंसक कार्रवाईयों में मदद करने का आरोप था।
- 1781-82 ई. में कुछ पहाड़िया सरदारों के साथ मिलकर रानी ने कंपनी शासन के खिलाफ विद्रोह कर दिया।
- 1783 ई. में रानी पर मुकदमा चला और 6 मई 1783 ई. को इन्हें जमींदारी से मुक्त कर दिया गया।
- 6 मई, 1807 ई. को भागलपुर जेल में ही इनकी मृत्यु हो गई।

नृपेंद्र नाथ शाहदेव:

- राज्य के विश्व स्तरीय स्काउट पुरस्कार से सम्मानित कुमार नृपेन्द्र नाथ शाहदेव का जन्म 29 नवम्बर, 1919 ई. को तत्कालीन राँची जिला के जरियागढ़ में हुआ था।
- 15 अगस्त, 1947 ई. को लंदन के इंडिया हाउस में नृपेन्द्र नाथ शाहदेव ने तिरंगा फहराया था, इस कार्यक्रम की अध्यक्षता अनुग्रह नारायण सिंह ने की थी।
- कुमार नृपेन्द्र जुलाई, 1947 ई. में संयुक्त भारत की स्काउटिंग टीम लेकर फ्राँस में आयोजित छठी विश्व जंबूरी में भाग लेने गए थे।
- विश्व स्काउट-गाइड जंबूरी में स्काउटिंग के सर्वश्रेष्ठ सम्मान बुशमैन थॉग्स से नृपेन्द्र नाथ शाहदेव को सम्मानित किया गया।
- भारतीय टीम को द्वितीय स्थान प्राप्त होने पर ब्रिटिश सम्राट किंग जॉर्ज षष्ठम् और ब्रिटिश महारानी क्वीन मैरी ने पुरस्कार प्रदान किया।
- नृपेन्द्र नाथ शाहदेव ब्रिटिश भारत की स्काउटिंग टीम के अंतिम और स्वतंत्र भारत के पहले कप्तान थे।

शरत चंद्र राय:

- इनका जन्म 4 नवम्बर, 1871 ई. को पूर्वी बंगाल के खुलना जिले में हुआ था।
- शरत चंद्र राय राँची के जी.ई.एल. मिशन हाई स्कूल के प्रिंसपल बने।
- बाद में इन्होने त्यागपत्र दे दिया और 24 परगना के कोर्ट में वकालत करने लगे।
- कुछ समय पश्चात ये राँची आये यहाँ के ज्यूडिसियल कोर्ट में वकालत करने लगे।

- 1921 ई. में भारत का पहला मानवशास्त्री जर्नल इनके द्वारा शुरू किया गया था।
- इन्होंने 1912 ई. में 'द मुंडाज एंड देअर कंट्री' की रचना की। मुंडा जनजाति से संबंधित यह महत्वपूर्ण कृति है।
- इसके अतिरिक्त 'द उराँव ऑफ छोटानागपुर', 'द बिरहोर' एवं 'द खड़िया' आदि भी इनकी महत्वपूर्ण रचनाएँ है।
- 1917 ई. में राँची डिस्ट्रीक गजेटियर के निर्माण में इनका विशेष योगदान था।

राधाकृष्णः

- राधाकृष्ण झारखंड के जाने-माने पत्रकार थे।
- इन्होनें 1947 से 1970 ई. तक आदिवासी पत्रिका का संपादन किया।
- 1946 ई. में राधाकृष्ण की कहानियों का संग्रह 'रामलीला' का प्रकाशन पुस्तक भंडार पटना और लहेरिया सराय द्वारा हुआ। इस संग्रह में उनकी 18 कहानियाँ संग्रहित हैं।
- 1956 ई. में राधा कृष्ण की 27 लघु कथाओं का संग्रह 'गल्पिका' का प्रकाशन हुआ।
- आदिवासी पत्रिका का संपादन इन्होंने 1947 ई. से 1970 ई. तक किया।
- इनका लेखन हिंदी के अलावा नागपुरी भाषा में भी हुआ।
- राधाकृष्ण का चर्चित उपन्यास 'रूपान्तर' है, इसमें मान्धाता और सौभरि ऋषि की कथा है। कथा के माध्यम से भोग और कर्म का विश्लेषण किया गया है।

पंडित रघुनाथ मुर्मूः

- पंडित रघुनाथ मुर्मू का जन्म 1905 ई. में हुआ था।
- संथाल समाज में इन्हें धार्मिक नेता का दर्जा प्राप्त है।
- इन्होंने 1941 ई. में संथाली भाषा हेतु 'ओलचिकी' लिपि का आविष्कार किया।
- मयूरभंज आदिवासी महासभा ने पंडित रघुनाथ मुर्मू को गुरू गोमके (महान शिक्षक) की उपाधि प्रदान की थी।
- गुरू गोमके ने भाषा के माध्यम से सांस्कृतिक एकता के लिए लिपि के द्वारा जो आंदोलन चलाया वह ऐतिहासिक माना जाता है।
- प्रथम संथाली साहित्यिक नाटक (शीर्षक- 'विदू चांदन') का लेखन रघुनाथ मुर्मू द्वारा किया गया।
- इसे संथाली साहित्य का अमूल्य निधि कहा जाता है।
- रघुनाथ मुर्मू ने 'खेरवार वीर' नामक दूसरा नाटक 1952 ई. में लिखा, इस नाटक में मानवों और दानवों के संघर्ष का चित्रण है।

डॉ. कामिल बुल्केः

- फादर डॉ. कामिल बुल्के बेल्जियम से भारत आए एक मिशनरी थे।
- इन्हें साहित्य एवं शिक्षा के क्षेत्र में भारत सरकार द्वारा सन् 1974 ई. में पद्म भूषण से सम्मानित किया गया।
- कामिल बुल्के ने गुमला में पाँच वर्षो तक गणित के शिक्षक के रूप में कार्य किया।
- भारत की शास्त्रीय भाषा में इनकी रूचि के कारण इन्होंने कोलकाता विश्वविद्यालय से संस्कृत में स्नातकोत्तर डिग्री और आखिर में इलाहाबाद विश्वविद्यालय से हिंदी साहित्य में डॉक्टरेट की उपाधि प्राप्त की।
- इन्हें 1950 ई. में राँची के सेंट जेवियर्स महाविद्यालय में हिंदी और संस्कृत का विभागाध्यक्ष बनाया गया।
- 1950 ई. में वे बिहार राष्ट्रभाषा परिषद के कार्यकारिणी सदस्य नियुक्त किए गए।
- इन्होंने तुलसीदास की रचनाओं को समझने के लिए अवधी और ब्रज सीखी।
- इन्होने 'राम कथा' और 'तुलसीदास' व 'मानस कौमुदी' जैसी रचनाएँ तुलसीदास के योगदान पर ही लिखी थी।
- इन्होने हिंदी में बाइबिल का अनुवाद किया।

डॉ. कुमार सुरेश सिंहः

- डॉ. कुमार सुरेश सिंह भारतीय प्रशासनिक सेवा के अधिकारी थे।
- इन्होने झारखंड विषयक अनेक पुस्तकों की रचना की।
- राँची विश्वविद्यालय के जनजातीय एंव क्षेत्रीय भाषा विभाग की स्थापना में इनका महत्वपूर्व योगदान था।
- कुमार सुरेश सिंह का छोटानागपुर कमिश्नरी के कमिश्नर के पद पर राँची विश्वविद्यालय के कुलपति के रूप में तथा एंथ्रोपोलिजिकल सर्वे ऑफ इंडिया के अध्यक्ष पद पर इनका योगदान सराहनीय रहा।
- कुमार सुरेश सिंह की रचनाओं में 'कोलोनियल ट्राँस-फॉर्मेशन ऑफ ट्राइबल सोसाइटी इन मिडिल इंडिया', 'फेमिन इन इंडिया', 'द पीपल ऑफ इंडिया' आदि शामिल हैं।

सुधेन्द्र नारायण सिंहदेवः

- सरायकेला राज घराने में पल्लवित हुई छऊ नृत्य शैली का सर्वप्रथम प्रदर्शन 1938 ई. में यूरोप में सरायकेला के राजकुमार सुधेन्द्र नारायण सिंहदेव ने करवाया था।
- इन्हें संगीत कला अकादमी द्वारा सम्मानित किया गया।
- उन्होंने अपना पूरा जीवन छऊ नृत्य के विकास व संरक्षण में ही व्यतीत कर दिया।
- इस कला के क्षेत्र में विशिष्ट योगदान के कारण ही वर्ष 1991 में उन्हें पद्म श्री का सम्मान मिला।
- छऊ नृत्य के क्षेत्र में पद्म श्री का सम्मान प्राप्त करने वाले सुधेंद्र नारायण सिंह देव प्रथम कलाकार थे।

पी. एन. बोसः

- जमशेदजी टाटा ने 1907 ई. मे लोहा उत्पादन कंपनी 'टिस्को' की स्थापना जमशेदपुर में पी. एन. बोस के शोध निष्कर्ष के आधार पर की थी।
- इनका पूरा नाम प्रमथ नाथ बोस था।
- ये भारत के प्रसिद्ध भू-गर्भ शास्त्री थे, असम में पेट्रोलियम की खोज का श्रेय इन्हीं को जाता है।
- मयूरभंज स्थित लोहे की खान का सर्वप्रथम पता पी.एन. बोस ने लगाया था।

बाल कृष्ण सहायः

- बाल कृष्ण सहाय के संपादन में राँची से झारखंड का पहला साप्ताहिक "आर्यावर्त्त" का प्रकाशन 1898 से 1905 ई. तक हुआ था।
- ये 20 वीं सदी के उत्तरार्ध के प्रसिद्ध पत्रकार लेखक और समाज सुधारक थे।

नागरमल मोदीः

- नागरमल मोदी झारखंड, में स्वदेशी आंदोलन प्रारंभ करने वाले प्रमुख लोगों में से एक है।
- इन्हें राँची के मारवाड़ी समाज में आधुनिक शिक्षा का प्रचार-प्रसार करने वाले व्यक्ति के रूप में इन्हें जाना जाता है।
- नागरमल मोदी समाज सुधारक भी थे, इन्होंने बाल विधवाओं के कल्याण हेतु कई संस्थाओं की स्थापना की।

डॉ. दिनेश्वर प्रसादः

- झारखंड की लोक संस्कृति के ऊपर इनके द्वारा अनेक रचनाओं का प्रकाशन किया गया है।

- 'लोक साहित्य और संस्कृति' तथा 'ऑन मुंडारी पोयतरी' इनकी चर्चित रचनाएँ हैं।
- कामिल बुल्के रचित अंग्रेजी-हिंदी शब्दकोश तैयार करने में इनका सराहनीय योगदान था।

यदुगोपाल मुखर्जी:

- यदुगोपाल मुखर्जी के क्रांतिकारी व्यक्तित्व एवं कृतित्व के आधार पर शरदचंद्र ने उपन्यास की रचना की थी।
- ये युगांतर समिति नामक क्रांतिकारी संगठन के ये अग्रणी नेता एवं प्रसिद्ध स्वतंत्रता सेनानी थे।

पीटर शांति नवरंगी:

- पीटर शांति नवरंगी नागपुरी भाषा के जाने-माने साहित्यकार थे।
- इन्होंने 1950 ई. में 'ए सिम्पल सदानी ग्रामर' तथा 'नागपुरी सदानी बोली का व्याकरण' की रचना की।
- नागपुरी भाषा और साहित्य के विकास हेतु इनका योगदान उल्लेखनीय है।

जगदीश त्रिगुणायत:

- जगदीश त्रिगुणायत हिंदी और मुंडारी भाषा के प्रसिद्ध साहित्यकार थे।
- 1957 ई. में रचित 'बज रही बॉसुरी' और अरूणोदय इनकी चर्चित रचनाएँ है।

कार्तिक उराँव:

- कार्तिक उराँव का जन्म 29 अक्टूबर, 1924 ई. को गुमला के लिटा टोली में हुआ था।
- इन्होंने 1948 ई. में स्नातक की परीक्षा अभियांत्रिकी विषय में पास की और 1950 ई. में बिहार सरकार के अधीन अभियंता के रूप में कार्यरत रहे।
- ये 1952 ई. में उच्चतर शिक्षा के लिए विदेश गए, इन्होंने लगातार 9 वर्षो में विभिन्न डिग्रियाँ हासिल की।
- इन्हें ब्रिटिश एटॉमिक पावर डिपार्टमेंट लंदन में सिविल इंजीनियर के रूप में नियुक्त किया गया।
- कार्तिक उराँव विश्व के सबसे बड़े परमाणु विद्युत संयंत्र हिक्सले प्वाइंट के डिजायनरों में से एक थे।
- पंडित जवाहर लाल नेहरू के निमंत्रण पर कार्तिक उराँव भारत आए और यहाँ एच.ई.सी. कंपनी में सुपरिटेन्डेन्ट ऑफ़ कंस्ट्रकशन एंड डिजाइन के पद पर नियुक्त हुए।
- उन्हें 1980 ई. में केंद्रीय पर्यटन एवं नागरिक विमानन राज्य मंत्री बनाया था।
- कार्तिक उराँव के राजनीतिक जीवन का महत्वपूर्ण कार्य आदिवासी से ईसाई बन गए आदिवासियों का विरोध करना था।

ठेवले उराँव:

- ठेवले उराँव प्रसिद्ध समाज सेवी और स्वतंत्रता सेनानी थे, उन्होंने 1915 ई. में छोटानागपुर उन्नति समाज की स्थापना की।
- इस समाज ने आदिवासियों के लिए नौकरी तथा सरकारी सेवाओं में आरक्षण देने की माँग की।
- द्वितीय विश्व युद्ध के समय ठेवले उराँव के नेतृत्व में सनातन आदिवासी महासभा की स्थापना हुई।
- इसका उद्देश्य छोटानागपुर से सबंधित पृथक्कतावादी आंदोलन को मजबूत बनने से रोकना था।

सुशील कुमार बागे:

- सुशील कुमार बागे का जन्म सिमडेगा जिला के कोलेबिरा प्रखंड स्थित जोन्हाटोली गाँव में 9 जून, 1922 ई. को हुआ था।
- स्नातक की पढ़ाई करते समय इन्होने स्टूडेंट फेडरेशन एवं आदिवासी स्टूडेंट फेडरेशन का नेतृत्व किया।
- 1949 ई. में इन्होंने राँची महिला कॉलेज की स्थापना में श्रीमती भानुमती प्रसाद का साथ दिया था।
- 1952 ई. के चुनाव में झारखंड पार्टी के टिकट पर कोलेबिरा से विधायक बने।
- 1952 से 1962 ई. तक बिहार विधान सभा में विपक्ष के नेता बने।
- इन्होंने बिहार विधान सभा में 17 बार झारखंड अलग राज्य का प्रस्ताव रखा था।

प्रफुल्लचंद पटनायक:

- अंग्रेजी सरकार के विरुद्ध सशस्त्र क्रांति करने के लिए पहाड़िया और संथाल जनजाति के लोगों को प्रफुल्लचंद पटनायक ने संगठित किया था।
- श्री पटनायक प्रसिद्ध क्रांतिकारी नेता और साहित्यकार थे।
- प्रफुल्लचंद पटनायक की गतिविधियों के कारण अंग्रेज़ों ने इनके विरूद्ध देखते ही गोली मारने का आदेश जारी किया।

सिस्टर निर्मला:

- सिस्टर निर्मला, मदर टेरेसा की संस्था 'मिशनरीज ऑफ चैरिटीज' की प्रमुख थीं।
- सिस्टर निर्मला जोशी का जन्म 23 जुलाई, 1934 ई. को राँची में एक हिंदू ब्राह्मण परिवार में हुआ था।
- वर्ष 2009 में भारत सरकार द्वारा उन्हें देश के दूसरे सर्वोच्च सम्मान 'पद्म विभूषण' से सम्मानित किया गया था।
- सिस्टर निर्मला वर्ष 2009 तक मिशनरीज ऑफ चैरिटी के सुपीरियर जनरल के पद पर आसीन रही।
- 23 जून, 2015 ई. को सिस्टर निर्मला का कोलकाता में निधन हो गया।

मुकुट धारी सिंह:

- मुकुटधारी सिंह प्रसिद्ध स्वतंत्रता सेनानी, पत्रकार और मजदूर नेता थे।
- देश की स्वतंत्रता के लिए चल रहे आंदोलन के दौरान इन्होंने मजदूरों की समस्याओं को प्रमुखता से उठाया था।
- 'साप्ताहिक युगान्तर' नामक पत्र का संपादन इनके द्वारा किया जाता था। आपातकाल के दौरान युगांतर में सरकार का विरोध के कारण इन्हें जेल भी जाना पड़ा था।

रामनारायण सिंह:

- रामनारायण सिंह का जन्म चतरा जिले के तेतरिया गाँव में 18 दिसम्बर 1885 ई. को हुआ था।
- इन्हें 1942 ई. में कांग्रेस के रामगढ़ अधिवेशन में डॉ. राजेन्द्र प्रसाद ने 'छोटानागपुर केसरी' की विभूति से सम्मानित किया।
- रामनारायण सिंह 1925 ई.-1947 ई. तक हजारीबाग जिला कांग्रेस के अध्यक्ष तथा 1927 ई. में विधान सभा के सदस्य चुने गए।
- 1936 ई. में गोमियाँ के बोरोगेरा गाँव में बंगममणि के नेतृत्व में हजारो संथालों की सभा हुई थी। इस सभा को रामनारायण सिंह ने संबोधित किया था।

सरस्वती देवी:

- सरस्वती देवी जानी-मानी महिला स्वतंत्रता सेनानी थी। स्वतंत्रता आंदोलन में जेल जाने वाली हजारीबाग की पहली महिला थी।
- नमक सत्याग्रह के दौरान हजारीबाग जिला कांग्रेस कमिटी की अध्यक्ष

सरस्वती देवी को गिरफ्तार किया गया एवं 6 महीने कैद की सजा दी गई।

- 11 अगस्त 1942 ई. को हजारीबाग में सरस्वती देवी के नेतृत्व में विशाल जनसभा का आयोजन किया गया। इसी दिन इन्हें गिरफ्तार कर भागलपुर जेल भेजा गया।
- 12 अगस्त, 1942 ई. को सरस्वती देवी को भागलपुर जेल ले जाया जा रहा था तब छात्रों ने धावा बोलकर इन्हें पुलिस हिरासत से छुड़ा लिया गया।

नारायणजी:

- नारायणजी ने जनजातियों के मध्य महात्मा गाँधी के रचनात्मक विचार के प्रचार एवं प्रसार हेतु आदिम जाति सेवा मंडल के माध्यम से महत्वपूर्ण कार्य किया।
- ये एक प्रसिद्ध स्वतंत्रता सेनानी थे। इनके द्वारा 'ग्राम निर्माण' नामक पत्र का संपादन किया जाता था।

हवलधारी राम गुप्त 'हलधर':

- हवलधारी राम गुप्त झारखंड के प्रसिद्ध साहित्यकार और आरंभिक कहानीकार हैं। ये पलामू हिंदी साहित्य सम्मेलन के संस्थापक अध्यक्ष हैं।
- इनके द्वारा वैश्य समाज में समाज सुधार संबंधी अनेक कार्य किए गए। इनकी चर्चित पुस्तक 'पलामू का इतिहास' है।

सावित्री पूर्ति:

- सावित्री पूर्ति प्रसिद्ध अंतर्राष्ट्रीय महिला हॉकी खिलाड़ी हैं।
- सावित्री पूर्ति वर्तमान में रांची रेल मंडल में संचालन विभाग में कार्यरत है और साथ ही झारखंड और रेलवे की हॉकी टीम की प्रशिक्षक और राज्य महिला हॉकी संघ की महासचिव हैं।
- सावित्री पूर्ति का जन्म खूँटी जिला के मुरहू प्रखंड में 20 अप्रैल 1966 ई. को हुआ था। भारतीय महिला हॉकी टीम की कप्तान के रूप में इन्होंने अनेक टूर्नामेंटों में सफलता अर्जित की।

दीपिका कुमारी:

- दीपिका कुमारी एक रिकर्व भारतीय महिला तीरंदाज है। वे आज अंतर्राष्ट्रीय स्तर के शीर्ष खिलाड़ियों में से एक है।
- दीपिका का जन्म 13 जून, 1994 ई. झारखंड के राँची जिला के रातू नामक स्थान पर हुआ था।
- दीपिका ने 2006 में मैरीदा मैक्सिको में आयोजित वर्ल्ड चैंपियनशिप में कंपाउड एकल प्रतियोगिता में स्वर्ण पदक हासिल किया।
- राष्ट्रमंडल खेल 2010 में दीपिका ने न सिर्फ व्यक्तिगत स्पर्धा के स्वर्ण जीते बल्कि महिला रिकर्व टीम को भी स्वर्ण दिलाया।
- दीपिका कुमारी को वर्ष 2012 में अर्जुन पुरस्कार से तथा 2016 में पद्म श्री से सम्मानित किया गया है।

महेन्द्र सिंह धोनी:

- महेन्द्र सिंह धोनी पद्म भूषण, पद्म श्री और मेजर ध्यान चंद खेल रत्न पुरस्कार से सम्मानित क्रिकेट खिलाड़ी हैं।
- महेन्द्र सिंह धोनी की कप्तानी में भारत ने 2007 20-20 विश्वकप, 2011 क्रिकेट विश्व कप, आईसीसी चैंपियंस ट्रॉफी और बॉर्डर-गावस्कर ट्रॉफी आदि जीती।
- महेन्द्र सिंह धोनी को वर्ष 2008 में राजीव गाँधी खेल रत्न पुरस्कार, 2009 में पद्म श्री पुरस्कार प्रदान किया गया था।
- महेन्द्र सिंह धोनी की कप्तानी में भारत ने 28 साल बाद एक दिवसीय क्रिकेट विश्व कप में दुबारा जीत हासिल की।
- 2013 में इनकी कप्तानी में भारत पहली बार चैंपियंस ट्रॉफी का विजेता बना।
- महेन्द्र सिंह धोनी ने 4 जनवरी, 2017 ई. को भारतीय एकदिवसीय अंतर्राष्ट्रीय और 20-20 अंतर्राष्ट्रीय टीम की कप्तानी छोड़ी।

सिमोन उराँव:

- जल संरक्षण एवं पर्यावरण की रक्षा करने में पद्मश्री पुरस्कार से सम्मानित सिमोन उराँव झारखंड के प्रसिद्ध एवं महत्वपूर्ण व्यक्ति हैं।
- सिमोन उराँव राँची जिला के बेड़ों प्रखंड के हरिहरपुर गाँव के रहने वाले हैं।
- इन्होंने अब तक जल संरक्षण के लिए 6 बाँध बनवाये हैं। इन्होनें 5 तालाबों का भी निर्माण करवाया और साथ ही क्षेत्र में छोटी नहरों और कुओं का भी निर्माण कराया है।
- गाँव वालों के सहयोग से सिमोन उराँव ने देशी तकनीक के माध्यम से सिंचाई के लिए पहला बाँध गाय घाट का निर्माण करवाया था।उनके द्वारा निर्मित जन-समुदाय में लगभग 5500 लोग है।
- सिमोन उराँव ने कुँआ और तालाब के बाद छोटी-छोटी नहरों और बाँधों का निर्माण भी करवाया।

डॉ. राम दयाल मुंडा:

- आर. डी. मुंडा के नाम से लोकप्रिय राम दयाल मुंडा भारत के एक प्रमुख बौद्धिक और सांस्कृतिक शख्सियत थे।
- राम दयाल मुंडा का जन्म राँची जिला के दिउड़ी गाँव में हुआ था।
- अमेरिका में शोध अध्ययन के पश्चात् उन्होंने मिनिसोटा विश्वविद्यालय के साउथ एशियाई अध्ययन विभाग में 1981 तक एसोसिएट प्रोफेसर के रूप में अध्यापन कार्य किया।

- डॉ. मुंडा 80 के दशक के अंत में भारत सरकार द्वारा बनाई गई, कमेटी ऑन झारखंड मैटर के प्रमुख सदस्य थे।
- डॉ. मुंडा आदिवासियों के स्वतंत्र पहचान के पक्षधर थे। और इसके लिए वे धर्म को सबसे महत्वपूर्ण मानते थे इन्होनें आदिवासियों के पारंपरिक धर्म को आदि धर्म के रूप में स्थापित किया।
- नागपुरी, मुंडारी, हिंदी व अंग्रेजी में भारतीय आदिवासियों के भाषा, साहित्य, समाज, धर्म व संस्कृति, विश्व आदिवासी आंदोलन और झारखंड आंदोलन पर डॉ. मुंडा की 10 से अधिक पुस्तकें तथा 50 से ज्यादा निबंध प्रकाशित हैं।
- एक सफल शिक्षक और संस्था निर्माता के रूप में अपने काम के माध्यम से आदिवासी समुदायों के उत्थान के लिए इन्होंने आजीवन अथक श्रम, संघर्ष और अतुलनीय योगदान दिया।

मुकुन्द नायक:

- मुकुन्द नायक का जन्म सिमडेगा जिले के कोलेबिरा प्रखंड के ओकवा गाँव में 15 अक्टूबर, 1949 ई. को हुआ।
- लोक नृत्य झूमर को अंतराष्ट्रीय ख्याति दिलाने में इनका महत्वपूर्ण योगदान है। इन्हें पद्म श्री और संगीत नाटक अकादमी पुरस्कार से सम्मानित किया गया है।
- इन्होने लोक नृत्य झूमर को एशिया यूरोप और अफ्रीका के कई देशों तक पहुँचाया।
- इन्होने झूमर का कहीं विधिवत प्रशिक्षण नहीं लिया अपितु गाँव के अखरा से ही इसे सीखा।

अशोक भगत:

- अशोक भगत गुमला जिला के विशुनपुर प्रखंड स्थित एन.जी.ओ. विकास भारती के सचिव हैं। इन्हें पद्म श्री पुरस्कार से सम्मानित किया जा चुका है।
- इन्होंने विशुनपुर और आस-पास के क्षेत्रों में जल संरक्षण और पर्यावरण के क्षेत्र में महत्वपूर्ण कार्य किए हैं। इनके द्वारा जल संरक्षण हेतु बोरा बाँध योजना का कार्यान्वयन किया जा रहा है।
- मूलरूप से आजमगढ़ निवासी अशोक राय ने 1983 ई. में अपना नाम बदल कर अशोक भगत कर लिया। इन्हें क्षेत्र में बाबा के नाम से जाना जाता है।
- इनके द्वारा संचालित एन.जी.ओ. विकास भारती संस्था स्वास्थ्य, शिक्षा, कौशल विकास, कृषि बागवानी, स्वच्छत्ता एवं पोषण से संबंधित परियोजनाओं पर झारखंड में काम कर रही है।

पीताम्बर सोरेन:

- झारखंड, बंगाल और बिहार समेत आदिवासी बाहुल्य क्षेत्रों में संथाली फिल्म अभिनेता तथा स्टोरी राइटर के रूप में पीताम्बर सोरेन को जाना जाता है।
- इन्हें आइका व रास्का फिल्म फेस्टिवल में कई पुरस्कारों से सम्मानित किया जा चुका है।
- वर्ष 2014 में पीताम्बर सोरेन द्वारा लिखित फिल्म आमी दुलाड को बेस्ट संथाली फिल्म का पुरस्कार मिला।
- वर्ष 2015 में पीताम्बर सोरेन की मृत्यु हुई।

बलबीर दत्त:

- इन्होंने पत्रकारिता की शुरूआत राँची से की। इन्हें राष्ट्रीय स्तर पर देश रत्न डॉ. राजेन्द्र प्रसाद पत्रकारिता शिखर सम्मान से सम्मानित किया जा चुका है।
- वर्ष 2016 में साहित्य एवं पत्रकारिता के क्षेत्र में काम करने के लिए इन्हे पद्म श्री सम्मान प्रदान किया गया।
- इन्हे झारखंड सरकार द्वारा लाइफ टाइम अचीवमेंट पुरस्कार तथा झारखंड गौरव सम्मान से सम्मानित किया जा चुका है।

मधु मंसूरी हंसमुख:

- वर्ष 2020 में भारत के राष्ट्रपति द्वारा इन्हें पद्म श्री से सम्मानित किया गया था।
- ये राँची के समलिया रातू क्षेत्र के रहने वाले हैं। हंसमुख अपना पूरा जीवन नागपुरी वादन को समर्पित किया है।
- इन्हें नागपुरी गीतों का राजकुमार भी कहा जाता है। अपने इन्हीं गीतों से इन्होंने देश-विदेश के मंचो पर झारखंड को एक अलग पहचान दी है।
- लिखने और गाने के अलावा ये अच्छा मांदर (ढ़ोल जैसा ही झारखंड का एक वाद्य यंत्र) बजाने और झूमर के लिये प्रसिद्ध है।
- झारखंड आंदोलन एवं वनों की रक्षा हेतु इन्होंने कई गीत तथा पुस्तकें प्रकाशित की हैं।
- वर्ष 2011 में झारखंड सरकार ने इन्हें झारखंड रत्न से सम्मानित किया था।

गुरू शशधर आचार्य:

- इन्हें अपने असाधरण योगदान के लिए वर्ष 2020 में भारत के राष्ट्रपति द्वारा पद्म श्री से सम्मानित किया गया था।
- ये सरायकेला के रहने वाले हैं। सुप्रसिद्ध छऊ नृत्य को गाँव की पगडंडी से लेकर विदेशों तक पहुँचाने वाले शशधर आचार्य सरायकेला छऊ नृत्य के इतिहास में एक जाना पहचाना चेहरा है।
- ये नेशनल स्कूल ऑफ ड्रामा, नई दिल्ली के प्रोफेसर हैं और सरायकेला के आचार्य छऊ नृत्य विचित्रा के निर्देशक भी है।
- इन्होंने पाँच साल की उम्र से ही छऊ की शिक्षा शुरु की थी। अब तक इन्होंने अमेरिका, इण्डोनेशिया, ब्राज़ील, मलेशिया समेत 87 देशों में सरायकेला शैली के छऊ नृत्य का प्रदर्शन किया है।

झारखंड की कला एवं संस्कृति

वास्तुकला मनुष्य की सबसे स्थायी विरासतों में से एक है। यह मानव रचनात्मकता की बेहतरीन अभिव्यक्ति है। हड़प्पा सभ्यता के युग से ही, भारत में गुफाओं, स्तूपों, स्तंभों, मंदिरों और मस्जिदों के रूप में बड़ी संख्या में स्मारक बचे हैं।भारतीय वास्तुकला वास्तव में अपने इतिहास, सामाजिक आर्थिक जीवन, संस्कृति और धर्म में गहरी जड़ें जमाए हुए है।भारत में वर्तमान में चालीस विश्व धरोहर स्थल हैं,जो भारत को विश्व में विश्व धरोहर स्थलों की सूची में छठी सबसे बड़ी संख्या है।

भारतीय मंदिर वास्तुकला

- पहली शताब्दी ईस्वी से एक नए प्रकार की पूजा जिसे भक्ति के रूप में जाना जाता है। हिंदू धर्म का भारतीय उपमहाद्वीप में विस्तार और पुराने वैदिक देवताओं को शिव, विष्णु, कृष्ण, ब्रह्मा और देवी जैसे देवताओं द्वारा प्रतिस्थापित किया गया।
- जहाँ एक ओर स्तूप और उसका निर्माण जारी रहा, वहीं दूसरी ओर ब्राह्मणवादी मंदिरों और देवताओं की प्रतिमाएँ भी बनने लगीं।
- प्रारंभिक बौद्ध संरचनाएं जैसे कि स्तूप, पहले हिंदू मंदिरों का निर्माण रॉक-कट गुफाओं से किया गया था।
- फिर, चौथी से पाँचवीं शताब्दी ईस्वी में गुप्त वास्तुकला के आगमन के साथ, पहले मुक्त-खड़े हिंदू मंदिरों का निर्माण टॉवर और प्रोजेक्टिंआले जैसी सुविधाओं के साथ किया गया था।
- सबसे पहले उपयोग की जाने वाली सामग्री लकड़ी और टेराकोटा थी, लेकिन आर्किटेक्ट धीरे-धीरे ईंट और पत्थर, विशेष रूप से बलुआ वर्णनात्मक प्रतिनिधित्व का हिस्सा बन गए।
- पुराने मंदिरों में गारे का प्रयोग नहीं होता था।
- छठी शताब्दी ईस्वी का दशावतार मंदिर उत्तर भारत के सबसे शुरुआती मंदिरों में से एक है और यह भगवान विष्णु को समर्पित है। इसे गुप्त काल के दौरान बनाया गया था। मंदिर में भगवान विष्णु के दस अवतारों को दर्शाया गया है।
- पांचवीं से आठवीं शताब्दी ईस्वी के बीच निर्मित अजंता से तीस मील दूर औरंगाबाद के पास एलोरा में सबसे प्रभावशाली गुफा मंदिर पाए जाते हैं। उनमें से अधिकांश हिंदू थे, लेकिन कुछ बौद्ध और जैन थे।
- पुराणों में वर्णित मिथक ब्राह्मणवादी धर्म के वर्णनात्मक प्रतिनिधित्व का हिस्सा बन गए।
- सामान्यतःमंदिरों के पूजा घर तीन प्रकार के होते थे- (i) संधार प्रकार, (ii) निरंधार प्रकार, और (iii) सर्वतोभद्र प्रकार।

सामान्यतः भारत में तीन प्रकार के हिंदू मंदिर का वर्णन मिलता हैं:

1. नागर शैली:

- नागर शैली के मंदिर, जो पूरे उत्तर भारत में पाए जाते हैं, क्रूसिफ़ॉर्म ग्राउंड प्लान और कर्विलीनियर टॉवर (शिखर) हैं।
- इसकी दो विशिष्ट विशेषताएं हैं: नियोजन और उन्नयन।
- नागर शैली व्यापक रूप से भारत के एक बड़े हिस्से में वितरित की जाती है, प्रत्येक इलाके के अनुसार विकास और विस्तार की पंक्तियों में अलग-अलग किस्मों और प्रभाव का प्रदर्शन करती है।
- नागर वास्तुकला का एक उदाहरण कंदारिया महादेव मंदिर है, जो खजुराहो का सबसे बड़ा और सबसे ऊंचा मंदिर है, इसकी परिपक्व योजना, डिजाइन और आयाम हैं।

2. द्रविड़ शैली:

- इस शैली को द्रविड़ियन कहा जाता है क्योंकि यह कृष्णा नदी के दक्षिण में द्रविड़ देश (दक्षिण भारत) की विशेषता है।
- द्रविड़ शैली में, टॉवर में मंडपों की उत्तरोत्तर छोटी मंजिलें होती हैं।
- मंडप से मुख्य मंदिर में प्रवेश किया जाता है।
- मंदिर के चारों ओर चतुर्भुज में गोपुरम या पिरामिडनुमा प्रवेश द्वार, जो आमतौर पर केंद्रीय विमान से ऊंचे होते हैं।
- विस्तृत संकेन्द्रित प्रांगण।
- छतों पर नकली कोशिकाओं की श्रेणी।
- पारंपरिक शेर का इस्तेमाल आभूषण में किया जाता है।
- निर्माण के प्रमुख सिद्धांत के रूप में कोष्ठक का उपयोग।
- पल्लवों द्वारा द्रविड़ शैली का प्रथम बार प्रयोग किया गया , चोल काल में इसने उँचाइयाँ हासिल की तथा विजयनगर काल के बाद से यह ह्रासमान हुई।

3. वेसरा शैली:

- यह उत्तर भारतीय नागर शैली और मंदिर वास्तुकला की दक्षिणी भारतीय द्रविड़ शैली का संयोजन है।
- माना जाता है कि वेसर शब्द संस्कृत शब्द 'विश्र' से लिया गया है, जिसका अर्थ है लंबी सैर करने वाला क्षेत्र।
- वास्तुकला की वेसर शैली उत्तर भारत में प्रचलित नागर शैली और दक्षिण

- भारत में प्रचलित द्रविड़ शैली की तुलना में दक्षिण एशिया के दक्कन और मध्य भागों में प्रचलित थी।
- बेलूर, हलेबिडु और सोमनाथपुर के होयसल मंदिर इस शैली के सर्वोच्च उदाहरण हैं।
- बौद्ध और जैन भिक्षुओं के क्वार्टर जो शहरी क्षेत्रों को छोड़कर गुफा मंदिरों में रहने के लिए गए थे, उन्हें विहार कहा जाता था।
- इस शैली में निर्मित शुरुआती मंदिरों में सिरपुर, बैजनाथ, बरौली और अमरकंटक के मंदिर शामिल हैं।

जनजातियाँ

- आदिवासी शब्द का शाब्दिक अर्थ है 'प्रारंभ से रहने वाले लोग'।
- झारखंड का क्षेत्र पुरापाषाण काल से जनजातियों द्वारा बसा हुआ है।
- विभिन्न पौराणिक ग्रंथों में भी जनजातियों की चर्चा की गई है।

- झारखंड की जनजातियों को वनवासी, आदिवासी, आदिम और गिरिजन जाति जैसे शब्दों से पुकारा जाता है।
- अनुसूचित जनजातियों को भारतीय संविधान के अनुच्छेद 342 के तहत भारत के राष्ट्रपति द्वारा अधिसूचित किया जाता है।
- झारखंड राज्य में कुल 32 जनजातियाँ निवास करती हैं, जिनमें सबसे अधिक जनसंख्या वाली जनजातियाँ क्रमश: संथाल, उराँव , मुण्डा और हो हैं।
- झारखंड में 24 जनजातियाँ प्रमुख श्रेणी में आती हैं। शेष 8 जनजातियों को आदिम जनजाति की श्रेणी में रखा गया है, जिसमें बिरहोर, कोरवा, असुर, पेहरिया , माल पहाड़िया, सौरिया पहाड़िया, बिरजिया एवं सबर शामिल हैं।
- आदिम जनजातियों की अर्थव्यवस्था कृषि है और उनकी आजीविका शिकार और झूम कृषि पर आधारित है।
- झारखंड राज्य की जनजातियों में श्रीलंका के बेडड़ा और ऑस्ट्रेलिया के मूल निवासियों के साथ समानता है।
- 2011 की जनगणना के अनुसार झारखंड में जनजातियों की कुल संख्या 86,45,042 है, जो राज्य के कुल जनसंख्या का 26.2 % है।
- 2011 की जनगणना के अनुसार झारखंड में आदिम जनजातियों की कुल संख्या 1,92,425 है, जो राज्य की कुल जनसंख्या का 0.72 % है।
- झारखंड में कुल जनजातीय आबादी का 91% ग्रामीण क्षेत्रों में और 9% शहरी क्षेत्रों में निवास करती है।
- झारखंड का आदिवासी समाज मुख्य रूप से पितृसत्तात्मक है तथा इनमें प्राय: एकल परिवार की व्यवस्था पाई जाती है।
- झारखंड के आदिवासी समाज में लैंगिक भेदभाव की अनुमति नहीं है।
- यहाँ की जनजातियों में विभिन्न गोत्र पाए जाते हैं। गोत्र को किली, कुंदा, पारी आदि नामों से जाना जाता है।
- जनजातियों के प्रत्येक गोत्र का प्रतीक 'प्राणी, वृक्ष या पदार्थ' द्वारा चिह्नित किया जाता है, जिसे टोटम कहते हैं।
- कबीलों का प्रत्येक गोत्र स्वयं को एक विशिष्ट पूर्वज का वंशज मानता है।
- सभी जनजातियों में विवाह संस्कारों में सिंदूर लगाने की प्रथा है।
- जनजातियों में विवाह की रस्में पुजारियों द्वारा की जाती हैं, उन पुजारियों को पाहन, देउरी, नाये आदि कहा जाता है। कुछ जनजातियों में यह रस्में ब्राह्मणों द्वारा की जाती है।
- झारखंड की जनजातियों में बाल विवाह की प्रथा प्रचलित नहीं है।
- झारखंड की जनजातियों में पाए जाने वाले कुछ प्रमुख संस्थानों में अखरा और युवागृह हैं।
- झारखंड में ताना भगत जनजाति और सफाहोड़ जनजाति को छोड़कर, बाकी जनजातियाँ मांसाहारी हैं।
- जनजातियों का प्राचीन धर्म 'सरना' है जिसमें प्रकृति की पूजा की जाती है।
- जनजातियों के त्योहार, प्रकृति से संबंधित होते हैं।
- झारखंड की अधिकांश जनजातियों के मुख्य देवता सूर्य हैं, जिन्हें जनजातियों में अलग-अलग नामों से जाना जाता है।
- आदिवासी समाज में मरने के बाद शव को जलाने और दफनाने दोनों की प्रथा प्रचलित है।
- झारखंड में जनजातियों की मुख्य आर्थिक गतिविधि कृषि है, इसके अलावा ये पशुपालन, जानवरों का शिकार, वन उत्पादों का संग्रह, शिल्पकारी कार्य और आजीविका कमाने के लिए मजदूरी जैसी गतिविधियों को भी करते हैं।
- यहाँ की जनजातियों में वस्तुओं और सेवाओं के क्रय-विक्रय के लिए हाट का महत्वपूर्ण स्थान है।

झारखंड की जनजातियों में प्रचलित प्रमुख विवाह प्रकार

1. क्रय विवाह
   - इस विवाह के अंतर्गत वर पक्ष के द्वारा वधू के माता - पिता/ अभिभावक को धन दिया जाता है।
   - प्रमुख जनजातियाँ - संथाल, उराँव, हो, खड़िया, बिरहोर, कवर हैं।
   - संथाल जनजाति में इस विवाह को 'सादाई बापला' खड़िया जनजाति में 'असली विवाह' तथा बिरहोर जनजाति में 'सदर बापला' कहा जाता है।
   - मुण्डा जनजाति में इस विवाह के दौरान दिए जाने वाले वधू मूल्य को 'कुरी गोनोंग' कहते हैं।
2. सेवा विवाह
   - इस विवाह के अंतर्गत वर द्वारा विवाह से पूर्व अपने सास - ससुर की सेवा की जाती है।
   - प्रमुख जनजातियाँ - संथाल उराँव, मुण्डा बिरहोर, भूमिज , कवर।
   - संथाल जनजाति में इस विवाह को 'जावांय बापला' तथा बिरहोर जनजाति में 'किरींग जवाई बापला' कहा जाता है।
3. विनिमय विवाह
   - इस विवाह को गोलट विवाह या अदला-बदली विवाह भी कहा जाता है।
   - इस विवाह के अंतर्गत एक परिवार के लड़के तथा लड़की का विवाह दूसरे परिवार की लड़की तथा लड़के के साथ किया जाता है।

- यह झारखंड की लगभग सभी जनजातियों में प्रचलित है। संथाल जनजाति में इसको 'गोलाइटी बापला' तथा बिरहोर जनजाति में 'गोलहट बापला' कहा जाता है।

4. हठ विवाह
   - इस विवाह के अंतर्गत एक लड़की जबरदस्ती अपने होने वाले पति के घर में आकर रहती है।
   - हो जनजाति में इस विवाह को 'अनादर विवाह' तथा बिरहोर जनजाति में 'बोलो बापला' कहा जाता है।
   - प्रमुख जनजातियाँ - संथाल, मुण्डा हो, बिरहोर।
5. हरण विवाह
   - इस विवाह के अंतर्गत किसी लड़के द्वारा एक लड़की का अपहरण करके उससे विवाह किया जाता है।
   - सौरिया पहाड़िया में इस विवाह का प्रचलन सर्वाधिक है।
   - प्रमुख जनजातियाँ - उराँव, मुण्डा, हो, खड़िया बिरहोर, सौरिया पहाड़िया, भूमिज।
6. सह - पलायन विवाह
   - इस विवाह में माता - पिता की अनुमति के बिना एक लड़का व लड़की भाग कर विवाह कर लेते हैं।
   - प्रमुख जनजातियाँ - मुण्डा, खड़िया, बिरहोर।
7. विधवा विवाह
   - इस विवाह के अंतर्गत विधवा लड़की का विवाह किया जाता है।
   - प्रमुख जनजातियाँ - संथाल, उराँव, मुण्डा, बंजारा, बिरहोर।

संथाल जनजाति

- यह झारखंड की सर्वाधिक जनसंख्या वाली जनजाति है जो जनजातियों की कुल जनसंख्या का 35% है।
- यह भारत की तीसरी सर्वाधिक जनसंख्या वाली जनजाति है (प्रथम – भील, दूसरी गोंड)।
- "लुगु बुरू" को संथालों का संस्थापक पिता माना जाता है।
- झारखंड आने से पूर्व संथालों का निवास प. बंगाल में था, जहाँ इन्हें 'साओतार' कहा जाता है।
- इनकी सर्वाधिक सघनता झारखंड के उत्तर-पूर्वी क्षेत्र में है जिसके कारण इस क्षेत्र को संथाल परगना कहा जाता है।
- संथाल परगना के अतिरिक्त हजारीबाग, बोकारो, चतरा, राँची, गिरिडीह, सिंहभूम, धनबाद, लातेहार तथा पलामू में भी यह जनजाति पायी जाती है।
- राजमहल पहाड़ी क्षेत्र में इनके निवास स्थान को 'दामिन-ए-कोह' कहा जाता है।
- संथालों की प्रमुख भाषा संथाली को वर्ष 2004 में संविधान की आठवीं अनुसूची में शामिल किया गया था, इसके लिए संसद में 92 वाँ संविधान संशोधन, 2003 पारित किया गया था।
- संथाली भाषा की लिपि 'ओलचिकी' है, जिसका आविष्कार "रघुनाथ मुर्मू" द्वारा किया गया था।
- संथालों को चार वर्गों में विभाजित किया गया है - किस्कू हड (राजा), मुरमू हड (पुजारी), सोरेन हड (सिपाही), मरूडी हड (कृषक)।
- संथाल जनजाति में 12 गोत्र पाये जाते है। इन 12 गोत्रों के उप-गोत्रों की कुल संख्या 144 है।

गोत्र	प्रतीक
मरांडी	माडरा घास
हांसदा	जंगली हंस
मुरमू	नीलगाय
चोंडे	छिपकली
हेम्ब्रम	पान पत्ता
सोरेन	पक्षी
टुडू	पक्षी
बास्के	नाग सांप
पौड़िया	कबूतर
बेदिया	भेड़ा
बेसरा	बाज पक्षी
किस्कु	-

- संथाल एक अंतर्जातीय विवाह करने वाला समूह हैं और इनके बीच सगोत्रीय विवाह वर्जित हैं।

सामाजिक व्यवस्था से संबंधित विभिन्न नामकरण	
युवागृह	घोटुल
विवाह	बापला
वधू मूल्य	पोन
गाँव	आतों
ग्राम प्रधान	माँझी
उप-ग्राम प्रधान	प्रानीक
माँझी का सहायक	जोगमाँझी
गाँव का संदेशवाहक	गुड़ैंत/गोड़ाइत

- इनमें बाल विवाह की प्रथा का प्रचलन नहीं है।
- संथाल जनजाति में विभिन्न प्रकार के विवाह (बापला) प्रचलित हैं-
  - किरिंग बापला - विवाह का सबसे प्रचलित प्रकार है जिसके तहत माता-पिता द्वारा एक मध्यस्थ के माध्यम से विवाह किया जाता है।
  - गोलाईटी बापला - इसे गोलाट विवाह भी कहते है।
  - टुनकी दीपिल बापला - यह गरीब परिवारों में प्रचलित है। इसमें कन्या को वर के घर लाकर सिंदूर का दान कर विवाह करते हैं।
  - धरदी जावांय बापला - इसमें शादी के बाद दामाद को घर जंवाई के रूप में रहना पड़ता है।
  - अपगिर बापला - इसमें लड़का और लड़की को आपस में प्रेम हो जाने के कारण पंचायत की मंज़ूरी से विवाह करते है।
  - इतुत बापला - इसमें पसंद के लड़के से शादी की इजाजत न मिलने पर लड़का किसी भी मौके पर सिंदूर लगाकर लड़की से शादी कर लेता है। बाद में लड़की के परिजनों द्वारा स्वीकृति दी जाती है।

- राजा-राजी बापला - इसमें गाँव की स्वीकृति से प्रेम विवाह कराया जाता है।
- सांगा बापला - इसमें विधवा महिला का विधुर पुरुष से विवाह कराया जाता है ।
- इन विवाहों के अतिरिक्त संथाल जनजाति के अंतर्गत आने वाले विवाह हैं - निर्बोलक बापला, बहादुर और किरिंग जवाय बापला ।
- संथालों में विवाह के समय वर पक्ष द्वारा वधू पक्ष को वधू मूल्य दिया जाता है, जिसे पोन कहते हैं।
- संथाल समाज में "बिटलाहा" सबसे कठोर सजा है। यह सजा तब दी जाती है जब कोई व्यक्ति वर्जित यौन संबंधो का दोषी पाया जाता है।
- ग्राम प्रधान यानी माँझी के पास प्रशासनिक और न्यायिक अधिकार होते हैं।
- माँझीथान में संथाल ग्राम पंचायत बैठती है।
- इस जनजाति में महिलाओं को माँझीथान में जाने की पाबंदी है।
- संथालों का त्योहार आषाढ़ के महीने में शुरू होता है।
- बा-परब (सरहुल), करमा, ऐरोक (आषाढ़ के महीने में बीज बोते समय), बंधना, हरियाड (सावन के महीने में धान के हरे होने पर अच्छी फसल के लिए), जापाड, सोहराई (पशुओं के सम्मान में), सकरात (पूस के महीने में परिवार की भलाई के लिए), भागसिम, बाहा (फागुन के महीने में पवित्र जल से खेली जाने वाली होली) आदि संथालों के प्रमुख त्योहार हैं।
- इस जनजाति में चित्रकला की एक विशेष पद्धति प्रचलित है, जिसे 'कॉम्ब-कट चित्रकला' कहा जाता है। इस चित्रकला में विभिन्न प्रकार के बर्तनों का चित्रण किया गया है।
- इस जनजाति में माह को 'बोंगा' के नाम से जाना जाता है, तथा वर्ष का प्रारंभ 'मग बोंगा' माह से माना जाता है।
- संथाल चावल से बनी शराब का सेवन करते हैं जिसे 'हड़िया' या 'पोचाई' कहा जाता है।
- संथालों के प्रमुख देवता सिंगबोंगा या ठाकुर हैं जिन्हें ब्रह्मांड का निर्माता माना जाता है।
- संथालों के दूसरा प्रमुख देवता मरांग बुरू है।
- संथालों के प्रधान ग्राम देवता 'जाहेर-एरा' है जिनका निवास स्थान जाहेर थान कहलाता है।
- संथालों के गृह देवता को ओड़ाक बोंगा कहते हैं।
- संथाल गाँव के धार्मिक प्रधान को नायके कहा जाता है।

उराँव जनजाति

- यह झारखंड की दूसरी सबसे अधिक आबादी वाली जनजाति है और भारत की चौथी सबसे अधिक आबादी वाली जनजाति है।
- जनजातियों की कुल जनसंख्या में इनका प्रतिशत 18.14% है।
- इनकी सर्वाधिक सघनता दक्षिणी छोटानागपुर और पलामू प्रमण्डल में है। झारखंड की 90% उराँव जनजातियाँ इसी क्षेत्र में निवास करती हैं।
- इसके अलावा ये संथाल परगना, उत्तरी छोटानागपुर और कोल्हान प्रमण्डल में निवास करते हैं।
- ऐतिहासिक साक्ष्यों के अनुसार दक्कन को उराँव जनजाति का मूल निवास स्थान माना जाता है।
- उराँव खुद को 'कुडुख' कहते हैं जिसका शाब्दिक अर्थ है 'मनुष्य' ।
- उराँव 'कुडुख' भाषा बोलते हैं। यह द्रविड़ परिवार की भाषा है।
- प्रजातीय और भाषायी दोनों विशेषताओं के आधार पर यह जनजाति द्रविड़ समूह से संबंधित है।
- यह झारखंड की सबसे शिक्षित और जागरूक जनजाति है। यही कारण है कि झारखंड की जनजातियों में सर्वाधिक विकास उराँव जनजाति में हुआ है।
- उराँव जनजाति का प्रथम वैज्ञानिक अध्ययन शरच्चंद्र राय ने किया तथा इनके अनुसार उराँव जनजाति में 68 गोत्र पाये जाते हैं।
- उराँव जनजाति को मुख्यतः 14 गोत्रों (किली) में विभाजित किया जाता है।
- उराँव जनजाति के अंतर्गत आने वाले प्रमुख गोत्र हैं :

गोत्र	प्रतीक
किस्पोट्टा	सूअर की अंतड़ी
केरकेट्टा	गोरैया पक्षी
खाखा	कौआ
गाड़ी / तिग्गा	बंदर
तिर्की	चिड़िया
बेक	नमक
मिंज	सांपाकार मछली
बारला / बाड़ा	बट वृक्ष
किंडो	मछली
खलखो	मछली
लकड़ा	बाघ
बरवा	जंगली कुत्ता
कुजूर	लता
मुंजनी	लता
खोया	जंगली कुत्ता
खेस	धान
एक्का / कच्छप	कछुआ
टोप्पो	छोटी चिड़िया
बाखला	घास
रूण्डा	लोमड़ी

- उराँव जनजाति में समानगोत्रीय विवाह वर्जित है।
- इस जनजाति में 'आयोजित विवाह' सर्वाधिक प्रचलित है जिसमें वर को वधू मूल्य देना पड़ता है।
- इस जनजाति में 'सेवा विवाह' की प्रथा भी प्रचलित है, जिसके तहत होने वाला वर कुछ समय के लिए होने वाली वधू के परिवार की सेवा करता है।
- इस जनजाति में विधवा पुनर्विवाह का भी प्रचलन है।
- इस जनजाति में 'सहिया' को आपस में संबंध स्थापित करने के लिए चुना जाता है, जिसे 'सहियारो' कहा जाता है।

- हर तीन साल की फसल के बाद 'सहिया चयन समारोह' का आयोजन किया जाता है।
- इस जनजाति में आपसी मित्रता की जाती है। मित्र बने लड़कों को लड़कियां 'गोई' या 'करमडार' और मित्र बनी लड़कियों को लड़के 'लार' या 'संगी' कहते हैं।
- शादी के बाद वर को उनकी वधू 'लारिन' या 'संगिनी' कहकर बुलाती हैं।
- इस जनजाति में परिवार की संपत्ति पर केवल पुरुषों का अधिकार होता है।
- इस जनजाति में त्योहारों के दौरान पुरुषों द्वारा पहने जाने वाले कपड़ों को केरया कहा जाता है और महिलाओं द्वारा पहने जाने वाले कपड़ों को खनरिया कहा जाता है।
- उराँव जनजाति पितृसत्तात्मक और पितृवंशीय है।
- उराँव जनजाति का प्रमुख नृत्य 'यदुर' है।
- उराँव जनजाति के लोग हर साल वैशाख में विसू सेंदरा, फागुन में फागु सेंदरा और बारिश के मौसम की शुरुआत में जेठ शिकार करते हैं।
- उराँवो द्वारा किए जाने वाले अनौपचारिक शिकार को दौराहा शिकार कहते हैं।
- उराँव जनजाति का वर्ष नवंबर-दिसंबर में धन की फसल कटने के बाद शुरू होता है।
- इस जनजाति का प्रमुख पर्व करमा (भादो माह के शुक्ल पक्ष की एकादशी को), सरहुल, खद्दी (चैत मास के शुक्ल पक्ष की तृतीया को), जतरा (जेठ, अगहन और कार्तिक मास में धर्मेश देवता के सम्मान में), सोहराई (कार्तिक अमावस्या पर पशुओं के सम्मान में), फागु पर्व (फाल्गुन मास की होली के समरूप) आदि हैं।
- यह जनजाति कृषक बन गयी है।
- प्रारंभ में छोटानागपुर क्षेत्र में आने के बाद उराँव जनजाति के कुछ लोगों ने जंगलों को साफ करके कृषि कार्य करना प्रारंभ किया। ऐसे उराँवों को 'भुईहर' कहा गया तथा इनकी भूमि को 'भुईहर भूमि' व गाँव को 'भुईहर गाँव' कहा जाता है ।
- बाद में आने वाले उराँवों को 'रैयत' या 'जेठ रैयत' कहा गया।
- उराँवों में 'पसरी' नामक एक विशेष प्रथा पायी जाती है जिसके अंतर्गत किसी को हल-बैल देकर उससे खेत को जोतने में उसकी सहायता की जाती है।
- इस जनजाति का प्रमुख भोजन चावल, जंगली पक्षी तथा फल है।
- हड़िया इनका प्रिय पेय है।
- उराँव जनजाति के प्रमुख देवता धर्मेश या धर्मी हैं, जिन्हें जीवन तथा प्रकाश देने में सूर्य के समान माना जाता है।

इस जनजाति के अन्य प्रमुख दवी-देवता हैं	
मरांग बुरू	पहाड़ देवता
ठाकुर देव	ग्राम देवता
डीहवार	सीमांत देवता
पूर्वजात्मा	कुल देवता

- इस जनजाति में फसल बोने के समय 'भेलवा पूजा' और गाँव के कल्याण के लिए साल में एक बार 'गौरैया पूजा' का आयोजन किया जाता है।
- उराँव गाँव के धार्मिक प्रमुख को पाहन कहा जाता है और उनके सहायक को पुजार कहा जाता है।
- उराँव के मुख्य पूजा स्थल को सरना कहा जाता है।

सामाजिक व्यवस्था से संबंधित विभिन्न नामकरण	
युवागृह	घुमकुरिया
ग्राम प्रधान	महतो (मुखिया)
पंचायत	पंचोरा
नाच का मैदान	अखाड़ा

- इनके पूर्वजों की आत्माओं के निवास स्थान को सासन कहा जाता है।
- इस जनजाति में 'हड़बोरा' संस्कार जनवरी में आयोजित किया जाता है, इसमें गोत्र में साल भर में मरे लोगों की अस्थियों को नदी में प्रवाहित किया जाता है। इसे 'गोत्र-खुँदी' कहते हैं।
- ऐसा माना जाता है कि हड़बोरा संस्कार के बाद उनकी आत्मा पूर्वजों की आत्मा से मिलती है, जिसे 'कोहाबेंजा' कहा जाता है।
- इस जनजाति में जादू-टोना करने वालों को माटी कहा जाता है।
- ईसाई उराँव के शरीर को अनिवार्य रूप से दफनाया जाता है और उसके सभी अनुष्ठान ईसाई परंपरा के अनुसार किये जाते हैं।

मुण्डा जनजाति

- इस जनजाति को कोल के नाम से भी जाना जाता है।
- मुण्डा झारखंड की तीसरी सबसे अधिक आबादी वाली जनजाति है।
- जनजातियों की कुल जनसंख्या में इनका प्रतिशत 14.56% है।
- मुण्डा शब्द का सामान्य अर्थ विशिष्ट व्यक्ति होता है और यहाँ विशिष्ट का अर्थ गांव का राजनीतिक मुखिया होता है।
- मुण्डा लोग मुण्डारी भाषा का उपयोग करते हैं।
- मुण्डा खुद को होड़ोको कहते है और वे होड़ो भाषा भी बोलते हैं।
- आर्यों के आक्रमण के बाद यह जनजाति आजमगढ़, उत्तर प्रदेश में बस गई।
- कालांतर में कालंजर, गढ़चित्र, गढ़-नगरवार, गढ़-धारवाड़, गढ़-पाली, गढ़-पिपरा, मांडर पहर, बिजनागढ़, हरदिनागढ़, लकनौगढ़, नंदनगढ़ (बेतिया, बिहार), रिजगढ़ (राजगीर, बिहार) और रुईदासगढ़ मुण्डा जनजाति रहती आयी है।
- रुईदासगढ़ से यह जनजाति दक्षिण की ओर चली गई और ओमेडंडा (बुरमु, झारखंड) में बस गई।
- झारखंड में इस जनजाति का आगमन लगभग 600 ईसा पूर्व हुआ था।
- झारखंड में मुण्डा जनजाति की राँची जिले में सबसे अधिक सघनता है।
- इसके अलावा गुमला, सिमडेगा, पश्चिमी सिंहभूम और सरायकेला-खरसावां में भी यह जनजाति निवास करती है।
- तमाड़ क्षेत्र में रहने वाले मुण्डाओं को तमाड़ी मुण्डा या पातर मुण्डा कहा जाता है। यह जनजाति केवल झारखंड में पाई जाती है।
- वर्तमान समय में संचार के साधनों के विकास के कारण यह जनजाति झारखंड के निकटवर्ती राज्यों में भी निवास करने लगी है।
- मुण्डाओं द्वारा बनाई गई भूमि को 'खूँटकट्टी भूमि' कहा जाता है।
- इनकी शासन व्यवस्था में खूँट का अर्थ परिवार होता है।
- सामाजिक स्तरीकरण की दृष्टि से मुण्डा समाज ठाकुर, मानकी, मुण्डा, बाबू भंडारी और पातर में विभाजित है।
- मुण्डा जनजाति में सगोत्रीय विवाह वर्जित है।

- मुण्डाओं में विवाह का सबसे प्रचलित रूप आयोजित विवाह है।।

सामाजिक व्यवस्था से संबंधित विभिन्न नामकरण	
युवागृह	गितिओड़ा
विवाह	अरण्डी
विधवा विवाह	सगाई
वधू मूल्य	गोनोंग टका (कुरी गोनोंग)
ग्राम प्रधान	मुण्डा
ग्राम पंचायत	हातू
ग्राम पंचायत प्रधान	हातू मुण्डा
कई गाँवों से मिलकर बनी पंचायत	परहा / पड़हा
पंचायत स्थल	अखड़ा
पड़हा पंचायत प्रधान	मानकी
वंशकुल	खूंट

- इस जनजाति में तलाक को 'साकमचारी' के नाम से जाना जाता है।
- मुण्डा परिवार पितृसत्तात्मक और पितृवंशीय है। अधिकांश मुण्डा परिवारों में एकल परिवार पाया जाता है।
- इस जनजाति में वंश परम्परा को खूँट तथा गोत्र को कीली के नाम से जाना जाता है।
- रिजले ने मुण्डा जनजाति के 340 गोत्रों का उल्लेख किया है।
- मुण्डा जनजाति के अंतर्गत आने वाले प्रमुख गोत्र हैं :

गोत्र	प्रतीक
नाग	सांप
बोदरा	मोर
धान	वेंगाधान
भेंगरा	घोड़ा
अईद	मछली
सोय	सोल मछली
मुण्डु	बिरनी
टोपनो	लाल चींटी
पूर्ती	घड़ियाल
होरो	कछुआ
केरकेट्टा	पक्षी
बारजो	कुसुम फल
हंसा	हंस

- सोमा सिंह मुण्डा ने मुण्डा जनजाति को 13 उपशाखाओं में बांटा है, जिनमें महली मुण्डा और कंपाट मुण्डा प्रमुख हैं।
- सोसो बोंगा, मुण्डा जनजाति की एक प्रसिद्ध लोक कथा है जो उनकी परंपरा और विकास पर प्रकाश डालती है।
- इस जनजाति में पुरुषों द्वारा पहने जाने वाले कपड़े को बटोई या केरया कहा जाता है और महिलाओं द्वारा पहने जाने वाले कपड़े को परेया कहा जाता है।
- इस जनजाति के मुख्य त्योहार सरहुल/बा पर्व (चैत माह के शुक्ल पक्ष की तृतीया को बसंतोत्सव के रूप में), करमा (भादो मास के शुक्ल पक्ष की एकादशी को), सोहराई (कार्तिक अमावस्या पर पशुओं के सम्मान में), रोआपुना (धान बुवाई के समय), बतौली (आषाढ़ में खेत जोतने से पहले एक छोटे सरहुल के रूप में), बुरु पर्व (दिसंबर के महीने में मनाया जाता है), मागे पर्व, फागु पर्व (होली के समान), जतरा, जोमनवा आदि हैं।
- मुण्डा कृषि व पशुपालन करते हैं।
- पशु पूजा हेतु आयोजित त्योहार को सोहराई कहा जाता है।
- इस जनजाति के सर्वप्रमुख देवता सिंगबोंगा (सूर्य का प्रतिरूप) हैं।
- सिंगबोंगा पर मुण्डाओं द्वारा सफेद रंग के फूल, सफेद भोग पदार्थ या सफेद मुर्गे की बलि चढ़ाने का प्रचलन है।
- मुण्डा पूजा स्थल को सरना कहा जाता है।
- मुण्डा गाँव के धार्मिक प्रमुख को पाहन कहा जाता है, जिसका सहायक पनभरा है।
- इस जनजाति के ग्राम पुरोहित को डेहरी कहा जाता है।
- मुण्डा समाज में शव को जलाने और दफनाने दोनों ही प्रथाएं मौजूद हैं लेकिन दफनाने की प्रथा अधिक प्रचलित है।
- मुण्डा जनजाति के पूर्वजों की अस्थियों को जिस स्थान पर दफनाया जाता है उसे सासन कहते हैं।
- सासन में पूर्वज/मृतक की स्मृति में एक शिलाखण्ड रखा जाता है, जिसे सासन दिरि या हड़गड़ी कहते हैं।

हो जनजाति

- यह झारखंड की चौथी सबसे अधिक आबादी वाली जनजाति है।
- इस जनजाति की अधिकतम सघनता कोल्हान क्षेत्र में है।
- हो जनजाति की भाषा का नाम भी हो है, जो मुण्डारी परिवार से संबंधित है।
- हो जनजाति ने अपनी भाषा के लिए 'बारङचित्ति' नामक लिपि का विकास किया है। इस लिपि का आविष्कार 'लाको बोदरा' ने किया था।
- हो समाज पूर्व में मातृसत्तात्मक था जो अब पितृसत्तात्मक हो गया है।
- इस जनजाति में किली (गोत्र) के आधार पर परिवार का गठन होता है।
- हो जनजाति 80 से अधिक गोत्रों में विभक्त है।

हो जनजाति के प्रमुख गोत्र एवं उनके प्रतीक	
गोत्र	प्रतीक
पूर्ती	चूहा
जोजो	इमली
बालमुचू	कुमनी
हेम्ब्रम	लसोड़ा पेड़
बारला	बड़गाछ

- हो जनजाति में सगोत्रीय विवाह वर्जित है।
- हो जनजाति में बहुविवाह की प्रथा प्रचलित है।
- इस जनजाति में आदि विवाह को सर्वश्रेष्ठ माना जाता है। आदि विवाह में वर स्वयं विवाह का प्रस्ताव लेकर किसी परिचित के माध्यम से वधू के घर जाता है।
- विवाह के अन्य रूप हैं:-
    - दिक्कू आदि विवाह - हिन्दू प्रभाव तथा हिन्दू बहुल गाँवो में रह रहे परिवारों में प्रचलित
    - अंडी/ओपोरतीपि विवाह - वर द्वारा वधू का हरण करके विवाह
    - राजी-खुशी विवाह - वर-वधू की मर्जी से विवाह
    - आदेर विवाह - वधू द्वारा विवाह होने तक वर के यहाँ बलपूर्वक प्रवेश करके रहना

सामाजिक व्यवस्था से संबंधित विभिन्न नामकरण	
युवागृह	गोतिआरा
गोनोंग / गोनोम या पोन	वधू मूल्य
गाँव के बीच में बसा अखरा	एटे तुरतुड
ग्राम प्रधान	मुण्डा
मुण्डा का सहायक	डाकुआ
सात से बारह गाँवों का समूह	पीर / पड़हा
पड़हा का प्रधान	मानकी
पड़हा का न्यायिक प्रधान	पीरपंच

- मुंडा-मानकी प्रशासन हो जनजाति की पारंपरिक जातीय प्रशासन प्रणाली है, जिसमें लघु प्रजातंत्र की झलक देखी जा सकती है।
- इस जनजाति का पसंदीदा और पवित्र पेय 'इली' कहलाता है, जिसका इस्तेमाल देवताओं को चढ़ाने के लिए भी किया जाता है।
- माघे, बाहा, उमुरी, होरो, जोमनना, कोलोम आदि इस जनजाति के प्रमुख त्योहार हैं। इनमें से अधिकांश त्योहार कृषि कार्य से संबंधित हैं।
- हो जनजाति का मुख्य पेशा कृषि है।
- इस जनजाति में भूमि की तीन श्रेणियाँ हैं-
    - बेड़ो - सामान्य एवं उपजाऊ भूमि
    - वादी - धान की खेती की भूमि
    - गोड़ा - मोटे अनाज की खेती हेतु कम उपजाऊ भूमि
- मद्यपान इनका प्रिय शौक है।
- हो जनजाति के सर्वप्रमुख देवता सिंगबोंगा हैं।
- अन्य प्रमुख देवी-देवता हैं:-
    - पाहुई बोंगा - ग्राम देवता
    - ओटी बोड़ोम - पृथ्वी देवता
    - मरांग बुरू - पहाड़ देवता
    - नागे देवता - नाग देवता
    - दसाउली बोंगा - वर्षा देवता
- इस जनजाति की रसोईघर के एक कोने में पूर्वजों का पवित्र स्थान होता है जिसे 'अदिग' कहा जाता है।
- दिउरी धार्मिक अनुष्ठान करवाते है।

खरवार जनजाति

- यह झारखंड की पांचवीं सबसे अधिक आबादी वाली जनजाति है।
- इनका अधिकतम सघनता पलामू प्रमण्डल में है। इसके अलावा खरवार जनजाति हजारीबाग, चतरा, राँची, लोहरदगा, संथाल परगना और सिंहभूम में भी पाई जाती है।
- खेरीझार से आने के कारण इनका नाम खरवार हुआ ।
- पलामू और लातेहार जिले में इस जनजाति को 'अठारह हजारी' भी कहा जाता है और ये खुद को सूर्यवंशी राजपूत हरिशचन्द्र रोहिताश्व का वंशज मानते हैं।
- सत्य बोलने के गुण के कारण इस जनजाति की विशेष पहचान है। यह जनजाति सच्चाई के लिए अपना सब कुछ कुर्बान करने के लिए मशहूर है।
- खरवार जनजाति द्रविड़ जातीय समूह से संबंधित है।
- इस जनजाति की भाषा खेरवारी है।
- संडर के अनुसार खरवार की 6 प्रमुख उपजातियाँ हैं - मंझिया, गंझू, दौलतबंदी, घटबंदी, सूर्यवंशी तथा खेरी।
- खरवारों में सामाजिक स्तर का मुख्य निर्धारक भू-संपदा है।
- घुमकुरिया (युवा गृह) जैसी संस्था खरवारों में नहीं मिलती हैं।
- इस जनजाति का परिवार पितृसत्तात्मक और पितृवंशीय है।
- खरवार जनजाति में बाल विवाह को सर्वश्रेष्ठ माना जाता है।
- इस जनजाति के मुख्य त्योहार सरहुल, करमा, नवाखनी सोहराई, जितिया, दुर्गापूजा, दीपावली, रामनवमी, फागू आदि हैं।
- इस जनजाति में सुबह के भोजन को 'लुकमा', दोपहर के भोजन को 'बियारी' और रात के भोजन को 'कालेबा' कहा जाता है।
- खरवार जनजाति का मुख्य व्यवसाय कृषि है।
- इनका परंपरागत पेशा खैर वृक्ष से कत्था बनाना था।
- सिंगबोंगा खरवार जनजाति के प्रमुख देवता हैं।
- खरवार जनजाति में, पाहन या बैगा की मदद से बलि दी जाती है।
- गंभीर संकट या बीमारी के समय में यह जनजाति ओझा या मति की मदद लेती है।

खड़िया जनजाति

- पालकी (खड़खड़िया) ले जाने के कारण इस जनजाति का नाम खड़िया पड़ा।
- इस जनजाति की भाषा का नाम भी खड़िया है जो मुण्डारी समूह की भाषा है।
- झारखंड में इनका मुख्य निवास गुमला, सिमडेगा, राँची, लातेहार, सिंहभूम और हजारीबाग में है।
- झारखंड के बाहर, यह जनजाति उड़ीसा, मध्य प्रदेश, असम और बंगाल में पाई जाती है।
- यह जनजाति तीन वर्गों में विभाजित है- पहाड़ी खड़िया, ढेलकी खड़िया तथा दूध खड़िया।
- पहाड़ी खड़िया जीवन को आदिम तरीके से जीते हैं।
- आर्थिक संपन्नता के आधार पर इनका क्रम - दूध खड़िया, ढेलकी खड़िया तथा पहाड़ी खड़िया है। इन तीनों वर्गो में आपस में विवाह नहीं होता है।
- इस जनजाति में वधू मूल्य को 'गिनिंग तह' कहा जाता है।
- खड़िया परिवार पितृसत्तात्मक तथा पितृवंशीय होता है।
- खड़िया समाज में बहुविवाह प्रचलित है।
- इस जनजाति में सर्वाधिक प्रचलित विवाह का रूप ओलोलदाय है जिसे

असल विवाह भी कहा जाता है।

- खड़िया जनजाति के प्रमुख त्योहार हैं जंकोर, बंदई , करमा, कदलेटा, बंगारी, जोओडेम, जिमतङ, गिडिड पूजा, पोनोमोसोर पूजा, भडनदा पूजा, दोरहो दुबोओ पूजा, पितरू पूजा आदि है।
- इस जनजाति में सभी 'फागु शिकार' मानते है और इस अवसर पर 'पाट' और 'बोरम' की पूजा की जाती है और सरना में बलि दी जाती है।
- यह जनजाति बीज बोने के समय 'बा बिडि', नया अनाज ग्रहण करने से पहले 'नयोदेम/धननुआ खिया' उत्सव मनाती है।
- ये जनजातियाँ कृषि और शिकार करके अपना जीवन यापन करती हैं।
- इनका प्रमुख भोजन चावल है।
- इस जनजाति में फागो पर्व के माध्यम से इनकी आर्थिक स्थिति का पता लगाया जाता है।
- इनके प्रमुख देवता बेला भगवान या ठाकुर हैं जो सूर्य का प्रतिरूप हैं।
- इस जनजाति के लोग अपनी भाषा में भगवान को गिरिंग बेरी या धर्मराजा कहते हैं।
- इस जनजाति के धार्मिक प्रमुख को कालो या पाहन कहा जाता है।
- पहाड़ी खड़िया के धार्मिक प्रमुख को दिहुरी और ढेलकी कहा जाता है और दूध खड़िया का धार्मिक प्रधान पाहन कहा जाता है।

लोहरा / लोहारा जनजाति

- लोहरा जनजाति के लोग असुर के वंशज माने जाते हैं।
- झारखंड में इस जनजाति का निवास स्थान राँची, गुमला, सिमडेगा, पूर्वी सिंहभूम, पश्चिम सिंहभूम, सरायकेला-खरसावां, पलामू और संथाल परगना क्षेत्र में हैं।
- इनकी भाषा सदानी है।
- इस जनजाति के सात गोत्र - सोन, साठ, तुतली, तिर्की, धान, मगहिया और कछुआ हैं।
- इनकी सामाजिक व्यवस्था पितृसत्तात्मक और पितृवंशीय है।
- विश्वकर्मा पूजा, सोहराई, फगुआ आदि इनके प्रमुख पर्व हैं।
- इनका प्रमुख व्यवसाय लौह उपकरण बनाना है। ये मुख्यत: कृषि संबंधी उपकरण बनाते है।
- इनके प्रमुख देवता सिंगबोंगा तथा धरती माता हैं।

भूमिज जनजाति

- झारखंड के हजारीबाग, राँची और धनबाद जिलों में इनकी सर्वाधिक सघनता पाई जाती है।
- इनको 'धनबाद का सरदार' भी कहा जाता है।
- घने जंगलों में रहने के कारण मुगल काल में भूमिजों को चुहाड़ उपनाम से जाना जाता था।
- इनकी भाषा मुण्डारी है और यह बांग्ला और सदानी भाषा से प्रभावित है।
- इस जनजाति का समाज पितृसतात्मक होता है।
- इस जनजाति में कुल चार गोत्र – पत्ती, जेयोला गुल्गु, हेम्ब्रम पाए जाते हैं।
- इस जनजाति में सगोत्रीय विवाह निषेध होता है।

भूमिज जनजाति के गोत्र एवं उनके प्रतीक	
गोत्र	**प्रतीक**
पत्ती	पत्ती
हेम्ब्रम	एक बादाम
जेयोला	पक्षी
गुल्गु	मछली

- इस जनजाति में आयोजित विवाह प्रचलित है। इसके अतिरिक्त अपहरण विवाह, गोलट विवाह, सेवा विवाह, राजी-खुशी विवाह आदि भी इनमें प्रचलित हैं।
- इस जनजाति में तलाक की प्रथा है।
- इस जनजाति की जातीय पंचायत के मुखिया को प्रधान कहा जाता है।
- इनके मुख्य त्योहार धुला पूजा, चैत पूजा, काली पूजा, गोराई ठाकुर पूजा, ग्राम ठाकुर पूजा, करम पूजा आदि हैं।
- इस जनजाति का प्रमुख पेशा कृषि कार्य है।
- यह जनजाति अच्छी काश्तकार है।
- इनके सर्वोच्च देवता ग्राम ठाकुर और गोराई ठाकुर हैं।
- इनके धार्मिक प्रधान को लाया कहा जाता है।
- इस जनजाति में श्राद्ध संस्कारों को 'कमावत' कहा जाता है।

माहली जनजाति

- इस जनजाति का संबंध द्रविड़ परिवार से है।
- इस जनजाति की सघनता झारखंड में मुख्यतः सिंहभूम क्षेत्र, राँची, गुमला सिमडेगा, लोहरदगा, हजारीबाग, बोकारो, धनबाद व संथाल परगना क्षेत्र में है।
- इस जनजाति की व्यवस्था हिन्दू समाज के समान है।
- इस जनजाति की सामाजिक व्यवस्था पितृसत्तात्मक है।
- इस जनजाति में कुल 16 गोत्र पाए जाते हैं।

माहली जनजाति के प्रमुख गोत्र एवं उनके प्रतीक	
गोत्र	**प्रतीक**
केरकेट्टा	पक्षी
टोपवार	चिड़िया
चारधंगिया	एक पेड़
तिर्की	साँढ़
ढिलकी	वन सूअर
मुरूमल/मर्री	नीलगाय
कठरगाछ	कटहल

- यह एक कारीगर जनजाति है जो बांस कला में पारंगत है।
- रिजले द्वारा माहली जनजाति को निम्न पांच उपजातियों में विभक्त किया गया है :-
  - बांस फोड़ माहली - बांस से टोकरी बनाने वाले
  - पातर माहली - खेती कार्य
  - तांती माहली - पालकी ढोने वाले
  - सुलंकी माहली - मजदूरी व खेती कार्य
  - माहली मुण्डा - मजदूरी व खेती कार्य
- इनका विवाह टोटमवादी वंश में होता है।

- माहली जनजाति में बाल विवाह का प्रचलन है।
- इस जनजाति में वधू मूल्य को पोन टका और जातीय पंचायत को परगनैत कहते हैं।
- सुरजी देवी पूजा, मनसा पूजा, टुसू पर्व, दीपावली आदि इनके मुख्य त्योहार हैं।
- यह जनजाति बांस की टोकरियां और ढोल बनाने में निपुण है।
- इस जनजाति को कारीगर/शिल्पकार के रूप में वर्गीकृत किया गया है।
- इनकी प्रमुख देवी सूरजी देवी हैं। बड़ पहाड़ी और मनसा देवी इनकी अन्य देवता हैं।
- इस जनजाति के लोग पूर्वजों को गोड़म साकी (बूढ़ा-बूढ़ी पर्व) के रूप में पूजते हैं।
- सिल्ली क्षेत्र में इस जनजाति द्वारा की जाने वाली विशेष पूजा को 'उलूर पूजा' कहा जाता है।

करमाली जनजाति

- यह जनजाति झारखंड के सदान समुदाय की जनजाति है।
- इस जनजाति की मातृभाषा खोरठा है और बोली जाने वाली भाषा करमाली है।
- झारखंड में इनका निवास मुख्य रूप से हजारीबाग, चतरा, कोडरमा, गिरिडीह, राँची, सिंहभूम और संथाल परगना में पाया जाता है।
- इस जनजाति की व्यवस्था हिन्दू समाज के समान है।
- यह जनजाति सात गोत्रों - कछुवार, कैथवार, संढ़वार, खालखोहार, करहर, तिर्की और सोना में विभाजित है।

करमाली जनजाति के 7 गोत्र एवं उनके प्रतीक

गोत्र	प्रतीक
कछुवार	कछुआ
खालखोहार	साल वृक्ष
सोना	एक पदार्थ
कैथवार	एक वृक्ष
करहर	एक वृक्ष
संढ़वार	सांढ़
तिर्की	चूहा

- आयोजित विवाह, गोलाट विवाह, विनिमय विवाह, राजी-खुशी विवाह, ढुकू विवाह आदि इस जनजाति में प्रचलित हैं।
- इस जनजाति में वधू मूल्य को 'पोन' या 'हड्डुआ' कहा जाता है।
- इनके पंचायत के मुखिया मालिक कहलाते हैं।
- टुसू पर्व इस जनजाति में मुख्य रूप से मनाया जाता है। इसके अलावा ये सरहुल, करमा, सोहराई, नवाखनी आदि पर्व भी मनाते हैं।
- यह एक दस्तकार या शिल्पकार जनजाति है तथा इनका परंपरागत व्यवसाय लोहा गलाना और औजार बनाना है।
- अस्त्र-शस्त्र के निर्माण में यह जनजाति अत्यंत दक्ष होती है।
- इनके मुख्य देवता सिंगबोंगा हैं।
- इनके पुरोहित को पाहन या नाया कहा जाता है।
- इसी जनजाति में ओझा भी पाए जाते हैं जिनका पवित्र स्थान 'देउकरी' कहलाता है।
- इस जनजाति के लोग दामोदर नदी को बेहद पवित्र मानते हैं।

बैगा जनजाति

- बैगा झारखंड की एक उपेक्षित जनजाति है।
- यह जनजाति द्रविड़ परिवार से संबंधित है।
- इनकी सघनता मुख्य रूप से पलामू प्रमण्डल, राँची, हजारीबाग और सिंहभूम क्षेत्र में हैं।
- इस जनजाति के रीति-रिवाज खरवार जनजाति के समान हैं।
- बैगा की पंचायत के मुखिया को मुकद्दम कहा जाता है।
- करमा नृत्य इस जनजाति का प्रमुख नृत्य है। यहां झरपुट, विमला आदि अन्य नृत्य भी किये जाते हैं।
- इस जनजाति में 'दशन' या 'सैला' नृत्य पुरुषों द्वारा किया जाता है और 'रीना' नृत्य महिलाओं द्वारा किया जाता है।
- इनके साल का पहला त्योहार 'चरेता' है, जिसे बच्चों को भोज कराकर मनाया जाता है।
- इस जनजाति में हर 9 वर्ष पर 'रसनावा' नामक उत्सव का आयोजन किया जाता है। इसके अलावा सरहुल, दशहरा, दीपावली, होली आदि त्योहार भी प्रचलित हैं।
- इनका प्रमुख व्यवसाय वैद्य कार्य तथा तंत्र-मंत्र है।
- इसके अतिरिक्त ये खाद्य संग्रह व मजदूरी का कार्य भी करते हैं।
- ये पेड़-पौधों के अच्छे जानकार होते हैं।
- इस जनजाति का प्रधान देवता बड़ा देव है जिनका निवास साल वृक्ष में माना जाता है।
- यह जनजाति बाघ को पवित्र पशु मानती है।

खोंड जनजाति

- खोंड झारखंड की एक अल्पसंख्यक जनजाति है।
- यह जनजाति द्रविड़ समूह की है।
- ये मुख्य रूप से झारखंड के संथाल परगना में पाए जाते हैं। इसके अलावा ये उत्तर और दक्षिण छोटानागपुर, पलामू और कोल्हान क्षेत्र में भी निवास करते हैं।
- इस जनजाति की भाषा कोंधी है।
- इस जनजाति में वरमाला की प्रथा प्रचलित है।
- इनके ग्राम संगठन के प्रमुख को गौटिया कहा जाता है।
- सरहुल, सोहराई, करमा, दशहरा, दीपावली, रामनवमी इनके प्रमुख पर्व हैं।
- नवानंद पर्व में नए चावल पकाए जाते हैं।
- इनका प्रमुख व्यवसाय कृषि कार्य तथा मजदूरी करना है।
- इस जनजाति में झूम खेती को पोड़चा कहा जाता है।
- इनके प्रमुख देवता सूर्य हैं जिन्हें बेंलापून कहा जाता है।
- इस जनजाति में नरबलि की प्रथा प्रचलित है, जिसे मरियाह के नाम से जाना जाता है।

बथुड़ी जनजाति

- बथुड़ी झारखंड की एक अल्पसंख्यक जनजाति है जो खुद को आदिवासी नहीं मानते है।
- ये अपने को बहुतुली या बाहुबली कहते हैं जिसका अर्थ है - बाहुओं से तौलने वाला (क्षत्रिय)।
- इस जनजाति को भुईया का पूर्वज माना जाता है।

- यह जनजाति झारखंड के सिंहभूम क्षेत्र और ढालभूम के पहाड़ी क्षेत्र में निवास करती है।
- यह जनजाति द्रविड़ समूह से सम्बंधित है।
- इस जनजाति की व्यवस्था हिन्दू समाज के समान है।
- इस जनजाति में पितृसत्तात्मक व्यवस्था प्रचलित है।
- इस जनजाति में पाँच गोत्र पाए जाते हैं।
- इस जनजाति में विवाह का सबसे प्रचलित रूप 'आयोजित विवाह' है।
- इनके गाँव के मुखिया को प्रधान कहा जाता है।
- कहंगु, वंशी, झाल और मांदर नामक वाद्य यंत्र इस जनजाति में प्रचलित हैं।
- इस जनजाति के लोग मुख्य रूप से आषाढ़ी पूजा, शीतला पूजा, वंदना पूजा, धूलिया पूजा, सरोल पूजा, रास पूर्णिमा, मकर सक्रांति आदि त्योहार मनाते हैं।
- इनका प्रमुख व्यवसाय कृषि कार्य, वनोत्पादों का संग्रह एवं मजदूरी कार्य है।
- इनके प्रमुख देवता ग्राम देवता हैं।
- इनके गांव का पुजारी दिहुरी कहलाता है।

किसान जनजाति

- किसान जनजाति सदानों की एक जनजाति है जिसे नगेशर/नगेशीया के नाम से भी जाना जाता है।
- यह जनजाति खुद को नागवंश का वंशज मानती है।
- डाल्टन ने इन्हें पांडवों का वंशज बताया है।
- यह जनजाति द्रविड़ समूह से सम्बन्ध रखती है।
- इस जनजाति की भाषा मुण्डारी है।
- इनकी सघनता मुख्य रूप से पलामू, लातेहार, गढ़वा, लोहरदगा, गुमला और सिमडेगा जिलों में है।
- विवाह की दृष्टि से इस जनजाति के दो वर्ग हैं- सिंदुरिया और तेलिया।
- इस जनजाति में परीक्षा विवाह का प्रचलन है।
- इस जनजाति में वधू मूल्य को 'डाली' कहा जाता है।
- सोहराई, सरहुल, करमा, नवाखानी, जितिया, फागुन, दीपावली आदि इनके मुख्य त्योहार हैं।
- इस जनजाति के लोगों का प्रमुख व्यवसाय कृषि कार्य तथा लकड़ी काटना है।
- इनके सर्वप्रमुख देवता सिंगबोंगा हैं।
- इनका धार्मिक प्रधान बैगा कहलाता है।

बंजारा जनजाति

- बंजारा झारखंड की एक अल्पसंख्यक और घुमक्कड़ जनजाति है जो छोटे-छोटे समूह में रहती है। इनका कोई गांव नहीं होता है।
- 1956 ई. इनको जनजाति का दर्जा प्रदान किया गया था।
- इस जनजाति की सर्वाधिक सघनता संथाल परगना क्षेत्र में है।
- यह जनजाति अपनी भाषा को 'लंबाड़ी' कहती है।
- इस जनजाति का समाज पितृसत्तात्मक है।
- इनका परिवार एकल पद्धति का होता है जिसमें माता-पिता और अविवाहित बच्चे शामिल होते हैं।
- यह जनजाति चौहान, पवार, राठौर और उर्वा नामक चार वर्गों में विभाजित है।
- इस जनजाति में राय की उपाधि प्रचलित है।
- इस जनजाति में विधवा विवाह को नियोग कहा जाता है।
- इस जनजाति में वधू मूल्य को हरजी कहा जाता है।
- इस जनजाति के लोग मुख्य रूप से होली, दशहरा, दीपावली, जन्माष्टमी, नाग पंचमी, रामनवमी आदि त्योहारों को मनाते हैं।
- इस जनजाति में 'आल्हा-उदल' की लोक कथा बहुत प्रचलित है और वे 'आल्हा-उदल' को वीर पुरुष मानते हैं।
- इस जनजाति के गीतों में पृथ्वीराज चौहान का उल्लेख मिलता है।
- इस जनजाति में 'दंड-खेलना' लोकनृत्य प्रचलित है।
- व्यावसायिक रूप से इन्हें तीन वर्गों में बांटा गया है, जिनमें गुलगुलिया (भिक्षुक वर्ग) और कंजर (अपराधिक वर्ग) प्रमुख हैं।
- इनकी प्रमुख देवी बनजारी देवी है।

बिंझिया जनजाति

- बिंझिया जनजाति एक अल्पसंख्यक जनजाति है जो खुद को विंध्य निवासी बताती है।
- यह जनजाति द्रविड़ समूह की है।
- इनकी अधिकतम सघनता रांची और सिमडेगा जिलों में है।
- ये खुद को राजपूत मानते हैं और अपने नाम के अंत में सिंह शब्द लगाते हैं।
- इनकी भाषा सदानी है।
- यह जनजाति 7 गोत्रों में विभाजित है। इनका मुख्य गोत्र कुलुमर्थी, डाडुल, साहुल आदि है।
- इस जनजाति में सागोत्रीय विवाह वर्जित हैं।
- इस जनजाति में गुलैची विवाह, ढुकु विवाह और सगाई संधा विवाह प्रचलित हैं।
- इस जनजाति में वधू मूल्य को 'डाली कटारी' कहा जाता है।
- इस जनजाति में तलाक को 'छोड़ा-छोड़ी' कहा जाता है।
- इस जनजाति में हड़िया पीना प्रतिबंधित है।
- इस जनजाति के मुख्य त्योहार सरहुल, करमा, सोहराई, जगन्नाथ पूजा आदि हैं।
- इनका मुख्य व्यवसाय कृषि है।
- इनके सर्वाधिक प्रमुख देवता विंध्यवासिनी देवी है।
- ये चरदी देवी की भी पूजा करते हैं।
- इस जनजाति में तुलसी पौधा को पूजनीय माना जाता है।
- ग्रामश्री इनकी ग्राम देवी है।
- इनके पुजारी को बैगा कहा जाता है।

गोंड जनजाति

- गोंड भारत की दूसरी सबसे अधिक आबादी वाली जनजाति है और इनका मूल निवास मध्य प्रदेश और गोंडवाना क्षेत्र में है।
- झारखंड में इस जनजाति का मुख्य निवास गुमला और सिमडेगा में है।
- इसके अलावा यह जनजाति राँची, पलामू और कोल्हान में भी निवास करती है।
- यह जनजाति द्रविड़ समूह की है।
- इस जनजाति की भाषा गोंडी है, लेकिन ये लोग बोलचाल की भाषा में सादरी-नागपुरी का प्रयोग करते हैं।
- यह जनजाति तीन वर्गों में विभाजित है, राजगोंड, धुरगोंड, कमिया।
- गोंड लोग संयुक्त परिवार को भाई बंद और संयुक्त परिवार के विस्तारित रूप को भाई बिरादरी कहते हैं।
- यह जनजाति पितृसत्तात्मक और पितृवंशीय है।

- इस जनजाति में युवा गृह को गोटुल/घोटुल कहते हैं।
- फरसा पेन, मटिया, बुद्धदेव, कर्मा, सोहराई, सरहुल, जीतिया आदि इनके प्रमुख पर्व हैं।
- इस जनजाति का प्रमुख पेशा कृषि कार्य है।
- इस जनजाति द्वारा झूम खेती को दीपा या बेवार कहा जाता है।
- इनके मुख्य देवता ठाकुर देव/बुढ़ा देव और ठाकुर देई हैं।
- ठाकुर देव सूर्य के प्रतीक हैं और ठाकुर देई पृथ्वी की प्रतीक हैं।
- गोंड जनजाति में, प्रत्येक गोत्र द्वारा 'परसापन' नामक कुल देवता की पूजा की जाती है।
- कुल देवता की पूजा करने वाले व्यक्ति को 'फरदंग' कहा जाता है।
- इस जनजाति में पुजारी को बैगा और उसके सहायक को माति कहा जाता है।
- इस जनजाति में शवों को दफनाने के स्थान को 'मसना' के नाम से जाना जाता है।

चेरो जनजाति

- झारखंड में इनकी सर्वाधिक सघनता पलामू और लातेहार जिलों में है।
- यह जनजाति स्वयं को 'च्यवन ऋषि' का वंशज मानती है।
- चेरो जनजाति स्वयं को चौहान या राजपूत मानती है।
- यह झारखंड की एकमात्र जनजाति है जो जंगलों और पहाड़ों में रहना पसंद नहीं करती है।
- इनकी बोली जाने वाली भाषा सदानी है।
- इनका समाज पितृसत्तात्मक और पितृवंशीय है।
- यह जनजाति दो उपसमूहों में विभाजित है, बारह हजारी/बाराह हजारिया और तेरह हजारी/वीरबंधिया।
- बारह हजारी अपने को श्रेष्ठ मानते हैं।
- यह जनजाति 7 गोत्रों में विभाजित है। इनके प्रमुख गोत्र (पारी) छोटा माउआर , बड़ा माउआर, छोटा कुँवर, बड़ा कुँवर, सोनहैत आदि हैं।
- इस जनजाति में दो तरह के विवाह होते हैं, ढोला विवाह और चढ़ा विवाह । ढोला विवाह आमतौर पर गरीबों में होता है।
- इस जनजाति में वधू मूल्य को 'दस्तुरी' कहा जाता है।
- चेरो लोग गाँव को डीह कहते हैं।
- इस जनजाति के प्रमुख त्योहार सोहराई, काली पूजा, छठ पूजा, होली आदि हैं।
- इनका प्रमुख व्यवसाय कृषि कार्य है।
- इस जनजाति के धार्मिक प्रधान को बैगा कहा जाता है।
- इस जनजाति में जादू-टोना करने वाले व्यक्ति को माटी कहा जाता है।

चीक बड़ाइक जनजाति

- चीक बड़ाइक झारखंड की एक बुनकर जनजाति है जो झारखंड के लगभग सभी जिलों में पाई जाती है।
- इस जनजाति की सबसे अधिक सघनता गुमला-सिमडेगा क्षेत्र में पाई जाती है।
- इनकी भाषा नागपुरी है।
- इनका समाज पितृसत्तात्मक और पितृवंशीय है।
- यह जनजाति बड़ गोहड़ी (बड़ जात) और छोटे गोहड़ी (छोट जात) नामक दो वर्गों में विभाजित है।
- इस जनजाति की प्रमुख जनजातियाँ तनरिया, खम्बा और तजना हैं।
- इस जनजाति में पुनर्विवाह को सगाई कहा जाता है।
- इनका प्रमुख त्योहार सरहुल, नवाखानी, करमा, जितिया बड़ पहाड़ी, सूर्याही पूजा, देवी माय, देवठान, होली, दीपावली आदि है।
- इस जनजाति में पहले नर बलि की प्रथा प्रचलित थी, जो अब समाप्त हो गयी है।
- इनका मुख्य व्यवसाय कपड़ा बुनना है, जिसके कारण इन्हें 'हाथ से बने कपड़ो का जनक' भी कहा जाता है।
- इस जनजाति के प्रमुख देवता सिंगबोंगा हैं।
- देवी माई इनकी प्रमुख देवी है।
- इस जनजाति में शवों के दफनाने के स्थान को 'मसना' कहा जाता है।

बेदिया जनजाति

- यह जनजाति अल्पसंख्यक जनजाति है।
- जातीय रूप से, यह जनजाति द्रविड़ समूह से संबंधित है।
- ये अपने को वेद निवस या वेदवाणी कहते हैं।
- इस जनजाति के लोग खुद को उच्च हिंदू मानते हैं।
- ये लोग अपने नाम के साथ बेदिया और माँझी की उपाधि धारण करते हैं।
- इस जनजाति की सघनता मुख्य रूप से राँची, हजारीबाग और बोकारो जिलों में है।
- इस जनजाति में वधू मूल्य को 'डाली टका' के नाम से जाना जाता है।
- इनके गाँव के मुखिया को प्रधान कहा जाता है। इन्हें महतो या ओहदार भी कहते हैं।
- इनका नृत्य स्थल अखड़ा कहलाता है।

बेदिया जनजाति के प्रमुख गोत्र एवं उनके प्रतीक	
गोत्र	**प्रतीक**
थेरहार	एक पक्षी
सुंडी	एक पक्षी
चिडरा	गिलहरी
बाम्बी/आहोर	एक मछली
बड़वार	वट वृक्ष
फेचा	सूअर
काछिम	कछुआ

- इस जनजाति में सबसे प्रचलित विवाह आयोजित विवाह है।
- इनमें विजातीय विवाह को 'ठुकुर ठेनी' कहा जाता है और यह सामाजिक रूप से वर्जित है।
- इस जनजाति में पुरुषों का पारंपरिक पहनावा केरया, कच्छा होता है जबकि महिलाओं का पारंपरिक पहनावा ठेठी और पाचक होता है।
- इस जनजाति में दशहरा, दीपावली, छठ, सोहराई, करमा आदि त्योहार धूमधाम से मनाये जाते हैं।
- इनका प्रमुख पेशा कृषि कार्य है।
- इस जनजाति के प्रमुख देवता सूर्य हैं तथा इनमें सूर्याही पूजा का प्रचलन है।
- इस जनजाति के धार्मिक स्थल को सरना कहा जाता है।

गोड़ाइत जनजाति

- गोड़ाइत झारखंड की एक अल्पसंख्यक जनजाति है।

- झारखंड में यह जनजाति मुख्य रूप से रांची , पलामू, हजारीबाग, धनबाद, लोहरगा, संथाल परगना और सिंहभूम क्षेत्रों में निवास करती है।
- इस जनजाति के लोग सदानी भाषा का प्रयोग करते हैं।
- इस जनजाति में पितृसत्तात्मक व्यवस्था पायी जाती है।
- इस जनजाति में सगोत्र विवाह और विधवा विवाह प्रतिबंधित है।
- इस जनजाति के प्रमुख त्योहार देवी माय, पुरूबिया, मति आदि हैं।
- यह जनजाति मुख्य रूप से कृषि कार्य करती है।
- इस जनजाति के लोग पुरुबिया और देवी माई की पूजा करते हैं।
- पुरूबिया एक जनजातीय भूतात्मा है जिसके लिए साल में एक बार बकरे की बलि दी जाती है।
- इनके पुजारी को बैगा कहा जाता है।

कोरा जनजाति

- इस जनजाति को कई जगह 'दांगर' भी कहा जाता है।
- रिजले ने इन्हें द्रविड़ समूह में वर्गीकृत किया है।
- इस जनजाति की भाषा का नाम भी कोरा है जो मुण्डारी परिवार से संबंधित है।
- इस जनजाति की सघनता मुख्य रूप से हजारीबाग, धनबाद, बोकारो, सिंहभूम और संथाल परगना क्षेत्र में है।
- इस जनजाति का परिवार पितृसत्तात्मक और पितृवंशीय है।
- रिजले के अनुसार इस जनजाति की 7 उपजातियां हैं।
- यह जनजाति मुख्य रूप से ठोलो, मोलो, सिखरिया और बदमिया नामक वर्गों में विभाजित है।
- कोरा लोग अपने घर को ओड़ा और गोत्र को गुष्टि कहते हैं।
- इस जनजाति के युवा गृह को 'गितिओड़ा' कहा जाता है।
- इस जनजाति में वधू मूल्य को 'पोन' कहा जाता है।
- इस जनजाति में समगोत्रीय विवाह वर्जित माना जाता है।
- इनके गांव के मुखिया को महतो कहा जाता है।

कोरा जनजाति के प्रमुख गोत्र एवं उनके प्रतीक	
गोत्र	**प्रतीक**
मागढू	नगाड़ा
कच	कछुआ
चिखेल	गिलहरी
मेरोय	बकरी
बुटकोई	सूअर

- इनके गोत्रों में सबसे ऊपर 'कच' और सबसे नीचे 'बुटकोई' हैं।
- इस जनजाति के प्रमुख त्योहार सवा लाख की पूजा, नवाखानी, भगवती दाय, काली माय पूजा, बागेश्वर पूजा, सोहराई आदि हैं।
- इस जनजाति के प्रमुख नृत्य खेमटा, गोलवारी, दोहरी, झिंगफुलिया आदि हैं।
- इस जनजाति का परंपरागत व्यवसाय मिट्टी कोड़ना था, जिसके कारण इनका नाम कोरा पड़ गया।
- इनके पुजारी को बैगा कहा जाता है।

कवर जनजाति

- यह जनजाति कौरवों के वंशज है।
- इनकी भाषा कवराती (कवरासी) या सादरी है।
- कवर झारखंड की 31वीं जनजाति है, जिसे भारत सरकार द्वारा 8 जनवरी, 2003 को जनजाति की श्रेणी में शामिल किया गया है।
- यह जनजाति पलामू, गुमला और सिमडेगा जिलों में निवास करती है।
- इनका परिवार पितृसत्तात्मक और पितृवंशीय है।
- इस जनजाति में कुल 7 गोत्र पाए जाते हैं - प्राह्लाद, अभिआर्य, शुकदेव, तुण्डक, वशिष्ठ, विश्वामित्र और पराशर।
- इनका समाज बहिर्विवाही है अर्थात विवाह के लिए अपने वंश या गोत्र के बाहर की कन्या के साथ विवाह अनिवार्य होता है, जिसे 'कुटमैती प्रथा' कहते हैं।
- इस जनजाति में चार प्रकार के विवाह प्रचलित हैं जिनमें क्रय विवाह सर्वाधिक प्रचलित है।
- इसके अलावा सेवा विवाह, ढुकू विवाह और जिया विवाह की प्रथा भी इनमें मिलती है।
- इस जनजाति में वधू मूल्य को सुक-दाम कहा जाता है। जब वधू मूल्य के रूप में नगद के अतिरिक्त 10 खण्डी चावल दिए जाते हैं तो इसे 'सुक-मोल' कहते हैं।
- इस जनजाति के पंचायत प्रधान को सायन कहते हैं और इनकी ग्राम पंचायत का संचालन प्रधान या पटेल करते हैं।
- इस जनजाति के लोग मुख्य रूप से करम, तीज, जयाखानी, हरेली, पितर-पूजा आदि त्योहार मनाते हैं।
- इस जनजाति का मुख्य व्यवसाय कृषि है।
- कवर सरना धर्मावलंबी हैं तथा इस जनजाति का सर्वोच्च देवता भगवान है, जो सूर्य का प्रतिरूप है।
- इनके ग्राम देवता को खूँट देवता कहा जाता है।
- इनके गांव का पुजारी पाहन या बैगा कहलाता है।

कोल जनजाति

- इनकी भाषा का नाम भी कोल है और भाषा की दृष्टि से इनका संबंध कोलेरियन समूह से है।
- कोल झारखंड की 32वीं जनजाति है जिसे 2003 में भारत सरकार द्वारा जनजातियों की श्रेणी में शामिल किया गया है।
- झारखंड में इस जनजाति की सघनता मुख्य रूप से देवघर, दुमका और गिरिडीह जिलों में है।
- इनका परिवार पितृसत्तात्मक और पितृवंशीय है।
- यह जनजाति 12 गोत्रों में विभाजित है, जिनके नाम हांसदा, सोरेन, किस्कू, मरांडी हेम्ब्रम, बेसरा, मुर्मू, तुडू, चाउंडे, बास्के, चुनिआर और किसनोव हैं।
- इस जनजाति में वधू मूल्य को 'पोटे' कहा जाता है।
- इनके गांव के मुखिया माँझी कहलाते हैं।
- इस जनजाति का पारंपरिक पेशा लोहे को गलाना और उससे वस्तुएं बनाना है।
- वर्तमान में इस जनजाति के लोग तेज़ी से खेती को अपना पेशा बना रहे हैं।
- कोल जनजाति के लोग सरना धर्म के अनुयायी हैं और इनके मुख्य देवता सिंगबोंगा हैं।
- इस जनजाति पर हिन्दू धर्म का सर्वाधिक प्रभाव है।
- इस जनजाति में भगवान शंकर, बजरंगबली, दुर्गा और काली की भी पूजा की जाती है।

झारखंड की आदिम जनजातियाँ

माल पहाड़िया जनजाति

- यह एक आदिम जनजाति है।
- रिजले के अनुसार यह जनजाति द्रविड़ समूह की है।
- रसेल एवं हीरालाल के अनुसार यह जनजाति पहाड़ों में रहने वाली सकरा जाति के वंशज है।
- बुचानन हैमिल्टन ने इस जनजाति का सम्बन्ध मलेर से बताया है।
- इनकी सघनता मुख्य रूप से संथाल परगना क्षेत्र में पाई जाती है। इनकी भाषा मालतो है।
- इस जनजाति में पितृसत्तात्मक और पितृवंशीय सामाजिक व्यवस्था पाई जाती है।
- इस जनजाति में कोई गोत्र नहीं है।
- इस जनजाति में अंतर्विवाह की प्रणाली पाई जाती है।
- इस जनजाति में, सूअर को वधू-मूल्य (पोन या बंदी) के रूप में देने की प्रथा है क्योंकि सूअर इनकी आर्थिक और सामाजिक स्थिति का प्रतीक है।
- इस जनजाति में मुखिया को 'सिथू या सिथूदार' कहा जाता है।
- इस जनजाति में शादी का सारा खर्च दूल्हा ही उठाता है।
- इनके गाँव के मुखिया को माँझी कहा जाता है, जो ग्राम पंचायत के मुखिया भी होते है।
- यह जनजाति माघ के महीने में माघी पूजा और अगहन के महीने में घंघरा पूजा करती है।
- यह जनजाति कृषि कार्य के दौरान खेतों में बीज बोते समय बीचे आड़या और कटाई के समय गांगी आड़या की पूजा करती है।
- बाजरे की फसल की कटाई के समय पुनु आड़या पूजा की जाती है।
- करमा, फागू और नवाखानी इस जनजाति के प्रमुख त्योहार हैं।
- इनका मुख्य पेशा झूम खेती, खाना इकट्ठा करना और शिकार करना है।
- इस जनजाति में झूम खेती को कुरवा कहा जाता है।
- इस जनजाति में भूमि को चार श्रेणियों में बांटा गया है। ये - सेम भूमि (सबसे उपजाऊ), टिकुर भूमि (कम उपजाऊ), डेम भूमि (सेम और टिकुर के बीच उपजाऊ) और बाड़ी भूमि (सब्जियां उगाने के लिए प्रयुक्त) हैं।
- इनके मुख्य देवता सूर्य और धरती गोरासी गोंसाई हैं।
- धरती गोरासी गोंसाई को वसुमति गोंसाई या वीरू गोंसाई के नाम से भी जाना जाता है।
- इस जनजाति में पूर्वजों की पूजा को विशेष महत्व दिया जाता है।
- इनके गाँव के पुजारी को देहरी कहा जाता है।

सैरिया पहाड़िया जनजाति

- ये संथाल परगना के मूल निवासी माने जाते है।
- इनकी सघनता राजमहल क्षेत्र के 'दामिन-ए-कोह' में है।
- यह जनजाति खुद को मलेर कहती है।
- इनकी भाषा मालतो है जो द्रविड़ भाषा परिवार से संबंधित है।
- यह जनजाति बांग्ला भाषा का भी प्रयोग करती है।
- यह जनजाति मुख्य रूप से पहाड़ी क्षेत्रों में निवास करती है और इनके निवास स्थान को 'अड्डा' कहा जाता है।
- इस जनजाति की सामाजिक व्यवस्था पितृसत्तात्मक है।
- इस जनजाति के विवाहो में लड़की की रजामंदी जरूरी मानी जाती है।
- इस जनजाति में संगठित विवाह सबसे लोकप्रिय विवाह है।
- इनमें विवाह की रस्म निभाने वाले को 'वेद सीढ्ढ' कहा जाता है।
- इनमें बहिर्जातीय विवाह वर्जित है।
- इस जनजाति में तलाक और पुनर्विवाह की प्रथा है।
- इस जनजाति में वधू मूल्य को 'पोन' कहा जाता है।
- इस जनजाति के युवा घर को 'कोड़वाह' कहा जाता है।
- लड़कों के लिए युवागृह को 'मर्समक कोड़वाह' और लड़कियों के युवागृह को 'पेलमक कोड़वाह' कहा जाता है।
- इस जनजाति में गोत्र का प्रचलन नहीं है।
- इनके गाँव के मुखिया और पुजारी को माँझी कहा जाता है। यह ग्राम पंचायत की अध्यक्षता भी करता है।
- इनके गाँव के मुख्य अधिकारी सियनार (मुखिया), भंडारी (संदेशवाहक), गिरि और कोतवार हैं।
- इस जनजाति के प्रमुख त्योहार फसलों पर आधारित होते हैं जिन्हें आड़या कहा जाता है। इनके प्रमुख पर्व हैं –

गांगी आड़या	भादो में नई फसल काटने पर
ओसरा आड़या	कार्तिक में घाघरा की फसल काटने पर
पुनु आड़या	बाजरे की फसल काटने पर
सालियानी पूजा	माघ या चैत में मनाया जाता है

- ललित प्रसाद विद्यार्थी के वर्गीकरण के अनुसार, इस जनजाति द्वारा स्थानांतरित कृषि की जाती है, जिसे कुरवा कहा जाता है।
- पहाड़ी ढाल पर रहने वाले लोग जोत को कोड़कर कृषि कार्य करते हैं, जिसे 'भीठा' या 'धामी' कहा जाता है।
- इस जनजाति के प्रमुख देवता 'लैहू गोंसाई' हैं।
- इस जनजाति में सूर्य देवता को बैरू गोंसाई, चंद्र देवता को बिल्प गोंसाई, काल देवता को काल गोंसाई, राजमार्ग देवता को पो गोंसाई, सत्य देवता को दरमारे गोंसाई, जन्म देवता को जरमात्रे गोंसाई और शिकार के देवता को औटगा कहा जाता है।
- इस जनजाति में पितरों की पूजा का विशेष महत्व है।
- धार्मिक कार्यों का संपादन 'कांदो माँझी' द्वारा किया जाता है और इसके सहायक 'कोतवार' और 'चालवे' कहलाते हैं।
- रिजले के अनुसार इस जनजाति का धार्मिक संबंध 'जीववाद' से है।

असुर जनजाति

- असुर जनजाति झारखंड की सबसे आदिम एवं प्राचीन जनजाति है।
- इस जनजाति को 'पूर्वादेवा' भी कहा जाता है।
- इस जनजाति को सिंधु घाटी सभ्यता का संस्थापक माना जाता है।
- इनकी भाषा को मलय भाषा कहा जाता है।
- इस जनजाति का उल्लेख ऋग्वेद, आरण्यक, उपनिषद, महाभारत आदि में मिलता है।
- झारखंड में, इनकी सघनता मुख्य रूप से लातेहार, गुमला और लोहरदगा जिलों में है।
- यह जनजाति वीर, बिरजिया और अगारिया नामक तीन उप-जातियों में विभाजित है।
- असुर गोत्र को पारस कहा जाता है।
- इनका युवागृह 'गितिओड़ा' कहलाता है।
- इस जनजाति में बहुगोत्रीय विवाह प्रचलित है।

अंसुर जनजाति के प्रमुख गोत्र एवं उनके प्रतीक	
गोत्र	**प्रतीक**
केरकेट्टा	पक्षी
बाघना	बाघ
बेंग	मेढ़क
अईद	मछली
बरवा	जंगली पशु

- इस जनजाति में वधू मूल्य को 'डाली टका' कहा जाता है।
- इस जनजाति में 'इदी मी' नामक एक विशेष परंपरा है, जिसके तहत लड़का-लड़की बिना शादी किए पति-पत्नी की तरह साथ रहते हैं, लेकिन कभी न कभी इनके लिए एक-दूसरे से शादी करना अनिवार्य होता है।
- इनका परिवार मातृसत्तात्मक होता है तथा इनमें संयुक्त परिवार व्यवस्था पायी जाती है।
- इस जनजाति में गर्भवती महिला को ग्रहण देखने की मनाही है।
- इस जनजाति में संतान की रक्षा के लिए चमड़े का धागा धारण करने की परंपरा है, जिसे विवाह के समय खोला जाता है। इसे 'चामबंदी संस्कार' कहते हैं।
- इस जनजाति में दिन के भोजन को 'लोलोघेट्रू जोमेन्कू' और रात के खाने को 'छोटू जोमेन्कू' कहा जाता है।
- इसका मुख्य पेय हड़िया है जिसे 'बोथा' या 'झरनुई' के नाम से भी जाना जाता है।
- सरहुल, सोहराई, कथडेली, सरही, कुटसी, नवाखानी आदि इनके मुख्य त्योहार हैं।
- इनकी संस्कृति को 'मय संस्कृति' कहा जाता है।
- इनका नृत्य स्थल अखरा कहलाता है।
- इस जनजाति का मुख्य पेशा परंपरागत रूप से लोहा गलाना है।
- वर्तमान में यह जनजाति स्थाई कृषि भी करने लगी है।
- इस जनजाति के सर्वोच्च देवता सिंगबोंगा हैं और इनके धार्मिक प्रधान को बैगा कहा जाता है। बैगा के सहायक को 'सुबारी' कहते हैं।

बिरजिया जनजाति

- बिरजिया जनजाति सदान समुदाय की एक आदिम जनजाति है।
- इस जनजाति के लोग खुद को पुंडरिक नाग का वंशज मानते हैं।
- यह जनजाति असुर जनजाति का हिस्सा मानी जाती है।
- झारखंड के लातेहार, गुमला और लोहरदगा जिलों में इस जनजाति की सघनता सबसे अधिक है।
- बिरजिया शब्द का अर्थ है 'जंगल की मछली'।
- इनका परिवार पितृसत्तात्मक है।
- यह जनजाति सिंदुरिया और तेलिया नामक वर्गों में विभाजित है।
- विवाह के दौरान सिंदूर का प्रयोग 'सिंदुरिया' द्वारा किया जाता है और तेल का प्रयोग 'तेलिया' द्वारा किया जाता है।
- तेल वर्ग को दूध बिरजिया और रस बिरजिया नामक उपवर्गों में विभाजित किया गया है।
- इस जनजाति में बहुविवाह की प्रथा पाई जाती है।
- इस जनजाति में नाश्ते को 'लुकमा', दोपहर के भोजन को 'बियारी' और रात के खाने को 'कलेबा' कहा जाता है।
- इनके प्रमुख पर्व सरहुल, सोहराई, आषाढ़ी पूजा, करम, फगुआ आदि हैं।
- इनके पंचायत के मुखिया को बैगा कहा जाता है।
- इनका मुख्य व्यवसाय कृषि है।
- पाट इलाके में रहने वाले बिरजिया झूम खेती करते हैं।
- इनके प्रमुख देवता सिंगबोंगा, मारांङ्ग बुरु हैं।

परहिया जनजाति

- रिजले ने इस जनजाति को एक लघु द्रविड़ जनजाति कहा है।
- ये मूल रूप से पलामू प्रमण्डल के रहने वाले हैं।
- इसके अलावा ये राँची, चतरा, हजारीबाग और संथाल परगना में भी रहते हैं।
- इनकी जनजाति व्यवस्था हिंदुओं जैसी है।इस जनजाति में सम्बन्धों की व्यवस्था 'धैयानिया' और 'सनाही' में विभाजित है। 'धैयानिया' जन्म से जुड़े संबंध हैं जबकि 'सनाही' विवाह से जुड़े संबंध हैं।
- साक्षी प्रथा इस जनजाति में पाई जाती है।
- इस जनजाति में 'आयोजित विवाह' सबसे ज्यादा प्रचलित है।
- इनके घर को 'सासन' और इनके द्वारा बनाई गई झोपड़ी के घर को 'झाला' कहा जाता है।
- इस जनजाति में दुल्हन मूल्य को 'डाली' कहा जाता है। इनमें परिवार की गिनती कुराला (चूल्हे) से होती है।
- इनकी पंचायत को भैयारी या जातिगोढ़ कहा जाता है और ग्राम पंचायत के मुखिया को महतो/प्रधान कहा जाता है।
- इस जनजाति में वधू मूल्य को 'डाली' के नाम से जाना जाता है। सरहुल, करमा, धरती पूजा, सोहराई आदि इनके प्रमुख पर्व हैं।
- इस जनजाति का मुख्य पेशा बांस की टोकरी और ढोल बनाना है।
- परंपरागत रूप से यह जनजाति स्थानांतरित कृषि करती थी जिसे 'बियोड़ा' या 'झूम' कहा जाता है।
- इनके सबसे प्रमुख देवता 'धरती' हैं।
- इस जनजाति में 'मुआ पूजा' (पूर्वजों की पूजा) का अत्यधिक महत्व है।
- इनका धर्मगुरु 'दिहुरी' कहलाता है।

बिरहोर जनजाति

- बिरहोर जनजाति खानाबदोश जीवन जीती है।
- इनकी भाषा बिरहारी है।
- यह जनजाति खुद को सूर्यवंशी मानती है।
- झारखंड में इनकी सघनता मुख्यतः हजारीबाग, चतरा, कोडरमा, बोकारो, धनबाद, गिरिडीह, राँची, गुमला, सिमडेगा, लोहरदगा, गढ़वा, पलामू, लातेहार और सिंहभूम क्षेत्रों में है।
- बिरहोर शब्द मुण्डारी भाषा से लिया गया है, जिसका शाब्दिक अर्थ है 'जंगल का आदमी'।
- इनका परिवार पितृसत्तात्मक होता है।
- इनकी बस्ती/निवास स्थान को टंडा और इनकी झोपड़ी को कुम्बा/कुरहर कहते हैं। इसमें भी बड़ी झोपड़ी को 'ओड़ा कुम्बा' तथा छोटी झोपड़ी को 'चू कुम्बा' कहते हैं।
- इस जनजाति में 13 गोत्र हैं।
- इस जनजाति में युवा गृह को गीतिजोरी, गत्योरा या गीतिओड़ा' कहा जाता है। लड़कों के गितिओड़ा को 'डोंडा कांठा' और लड़कियों के गितिओड़ा को 'डींडी कुंडी' कहा जाता है।
- इस जनजाति में 10 प्रकार के विवाह प्रचलित हैं।

- इस जनजाति में खरीद विवाह सबसे लोकप्रिय विवाह है, जिसे 'सदर बापला' कहा जाता है।
- इनमें सेवा विवाह को 'किरिंग जवाई बापला', पलायन विवाह को 'उदरा-उदरी बापला', विनिमय विवाह को 'गुआ बापला', हठ विवाह को 'बोलो बापला' और विधवा विवाह को 'सांगा बापला' कहा जाता है। .
- करमा, सोहराई, नवजोम, जितिया, दलई आदि इनके प्रमुख पर्व हैं।
- इस जनजाति में डांग, लगरी और मुतकर नामक नृत्य बहुत लोकप्रिय हैं।
- तुमदा (मादंर या ढोल), तमक (नगाड़ा) और तिरियों (बांस की बांसुरी) इनके प्रमुख वाद्ययन्त्र हैं।
- इस जनजाति का मुख्य व्यवसाय लकड़ी काटना, शिकार करना और भोजन एकत्र करना है।
- खानाबदोश जीवन जीने वाले बिरहोर को उलथू या भुलियास कहा जाता है और बिरहोर जो एक स्थिर जीवन जीते हैं उन्हें जांघी या थानिया कहा जाता है।
- इनकी भूमि तीन प्रकार में विभाजित है। नीची भूमि को 'बेरा', मध्य भूमि को 'बाद' और उच्च भूमि को 'गोड़ा' कहा जाता है।
- इस जनजाति में जमीन को सामुदायिक संपत्ति माना जाता है, जिसे बेचना मना है।
- बिरहोर जनजाति के लोग पीतल, तांबे और कांसे के काम में दक्ष होते हैं।
- इनके मुख्य देवता सिंगबोंगा, ओरा बोंगा, कांदो बोंगा, होपरोम बोंगा, टण्डा बोंगा और देवी माई हैं।
- इनके धर्म प्रमुख को 'नाये' कहा जाता है।

कोरवा जनजाति

- इस जनजाति को कोलेरियन जनजाति समूह का जनक माना जाता है।
- इन्हे झारखंड सरकार द्वारा शिकारी संग्रहकर्ता माना जाता है।
- यह जनजाति मूल रूप से पलामू क्षेत्र में पाई जाती है।
- इनकी दो उप-जातियां हैं - पहाड़ी कोरवा (पहाड़ी क्षेत्र में रहने वाली) और डीहा/डिहारिया कोरवा (निचले गांव में रहने वाली)।
- इस जनजाति में 6 गोत्र पाए जाते हैं। जो हुटरटियें, खरपो, सूइया, कासी, कोकट और बुचुंग हैं।
- इस जनजाति में एकल विवाह प्रथा प्रचलित है तथा सगोत्र विवाह वर्जित है।
- इस जनजाति में चढ़के विवाह में वधू के यहाँ तथा डोला विवाह में वर के यहाँ पर विवाह होता है।
- करमा इनका मुख्य पर्व है।
- इस जनजाति में सर्प पूजा का विशेष महत्व है।
- इस जनजाति में विधवा विवाह को मैयारी कहा जाता है।
- ये जनजातियाँ कृषि, शिकार, पशुपालन, शिल्प निर्माण, मजदूरी आदि आर्थिक गतिविधियाँ करती हैं।
- इस जनजाति में स्थानान्तरित कृषि को 'बियोड़ा' कहा जाता है।
- इनके मुख्य देवता सिंगबोंगा, ग्रामरक्षक देवता 'गमेल्ह' और पशुरक्षक देवता 'रक्सेल' हैं।
- इसके पुजारी को बैगा कहा जाता है।

सबर जनजाति

- ये मुण्डा आदिवासी समूह से संबंधित हैं।
- यह झारखंड की एक अल्पसंख्यक आदिम जनजाति है।
- इस जनजाति के अस्तित्व का सर्वप्रथम उल्लेख त्रेतायुग में मिलता है। इसके अलावा इनका उल्लेख महाभारत में भी मिलता है।
- इनकी तीन मुख्य शाखाएँ हैं- झारा, बासु और जायतापति। इसमें से केवल झारा सबर झारखंड में पाये जाते है, शेष सबर उड़ीसा में मिलते हैं।
- इन्हे ब्रिटिश शासन के दौरान 'आपराधिक जनजाति अधिनियम, 1871' के तहत आपराधिक जनजातियों में से एक के रूप में वर्गीकृत किया गया था।
- प्रसिद्ध साहित्यकार महाश्वेता देवी ने सबर जनजाति पर विशेष रूप से कार्य किया है।
- झारखंड में, इनकी सघनता मुख्य रूप से सिंहभूम क्षेत्र में है।
- इसके अलावा यह जनजाति राँची, हजारीबाग, बोकारो, धनबाद, गिरिडीह, पलामू और संथाल परगना में भी निवास करती है।
- इनकी भाषा उड़िया, बंगाली और हिंदी हैं।
- इनका मुख्य व्यवसाय कृषि, वन उत्पादों का संग्रह और मजदूरी है।
- इनके मुख्य देवता काली हैं।
- इस जनजाति में पूर्वजों की पूजा का विशेष महत्व है।
- मृत पूर्वजों को 'मसीहमान' या 'बूढ़ा -बूढ़ी' कहा जाता है और इनमे मुर्गे की बलि दी जाती है।
- इनके गाँव के पुजारी को दिहुरी कहा जाता है।

प्रमुख लोक गीत एवं लोक नृत्य

लोक गीत

- नृत्य-गीत में जनजातीय समाज के जीवन की झलक दिखाई देती है।
- इनके मौखिक लोकगीतों में कुछ ही संग्रहित किये जा सके है।
- नृत्य- गीत में वाद्य यंत्रों की निपुणता भी देखने को मिलती है।
- मुरली, बनम, ढोल, तुरही, मृदंग, नगाड़ा, शहनाई, टुइला, भेइर और माँदर ऐसे वाद्य यंत्र हैं, जिनका प्रयोग क्षेत्रीय स्तर पर किया जाता है। इन वाद्य यंत्रों ने पूरे झारखंड के नृत्य-गीत को अपनी संगति दी है।
- नृत्य और गीत के ज्ञान ने भी देशी जनजातियों को बाहर से आने वाले लोगों से जोड़ने में मदद की, क्योंकि बाहर से आने वाले लोग नृत्य-गीत से अनभिज्ञ नहीं थे।
- इसका प्रभाव यह हुआ कि गीत और नृत्य आदिवासी और गैर-आदिवासी दोनों के लिए सार्वनिष्ठ बन गए। झारखण्ड के लोक गीत को मुख्यतः दो भागों में बाँटा जा सकता है-
  - जनजातीय लोक गीत
  - क्षेत्रीय लोक गीत
- आदिवासी लोक गीतों में संथाली, मुंडारी, हो, खड़िया और उराँव आदिवासी लोक गीत शामिल हैं जबकि नागपुरी, खोरठा, कुरमाली और पंचपरगनिया का लोक गीत क्षेत्रीय लोक गीत में गिना जाता है।
- बाहर से आकर बसे दीकुओं के लोक गीत ने भी प्रदेश में अपना अस्तित्व स्थापित किया है।
- वाद्ययंत्रों का प्रयोग करके गाये जाने वाले गाथा गीत ग्रामीण परिवेश में बहुत लोकप्रिय हैं, इनमें प्रायः सभी रस शामिल होते हैं। रस के अनुसार इनकी लय और सुर में उतार-चढ़ाव होता है।
- इन गाथा गीतों में आल्हा-ऊदल, नायक बंजारा, दीनाभदरी और बिजमैल आदि गीत गाए जाते हैं।
- खेत को जोतते समय किसान तेज आवाज में आनंद भरा गीत गाता है। फसल बोते समय भी गीत गाए जाते हैं। घर में नयान्न आने पर पूजा और नृत्य-गीत होते हैं।
- कजली स्त्रियों का गीत है। वर्षा ऋतु के लोक गीतों और उत्सवों में कजली

का अपना विशेष स्थान है। इस पर्व का महिलाओं से अटूट रिश्ता है।

- कजली को कजरी के नाम से भी जाना जाता है। लोक गीतों के माध्यम से यह कजली लोकगीत पीढ़ी-दर-पीढ़ी हस्तांतरित किये जाते हैं।
- सावन-भादो में कजली गीतों का प्रचलन बहुत पहले से है। इसे पावस काल में गाया जाता है। भोर से लेकर देर रात तक कजली गीतों से वातावरण गुंजायमान रहता है।
- कजली लोक गीत विरह व्यथा की अभिव्यक्ति है। इसलिए इसे विरह गीत भी कहते हैं। कजली के कई भेद हैं। जैसे- टुनमुनियाँ, झूमर, बारहमासा, झूलागीत आदि।
- सावन के महीने में नागपंचमी के दिन, महिलाएं कजली के लिए जई ज़माने के लिए तालाब या नदी के किनारे मिट्टी लाने के लिए कजली लोक गीत गाते हुए जाती हैं।
- इसके अलावा चातुर्मासी, हिंडोला आदि गीत भी हैं, जो समय-समय पर गाये जाते हैं।
- विद्वानों ने भी गीतों के संग्रह में सार्थक प्रयास किया है। डब्ल्यू. जी. आर्चर ने वर्ष 1861 में 'मुंडा दुरंग' में मुंडा गीतों का संग्रह किया था। इन्होने गीत संग्रह 'होड़ सेरेन' में भी तीन हजार संथाली गीतों का संग्रह किया था।
- जगदीश त्रिगुणायत ने मुंडारी गीतों के आठ भेद जदुर, गेना, ओर-जदुर, करमा, जरगा, जापी, जातरा और शादी बताए हैं।
- उराँव जनजाति के छब्बीस सौ गीतों का संग्रह 'लीलखोर से खेल' नामक पुस्तक में है।
- कुरमाली लोकगीतों में स्त्री-पुरूषों द्वारा सामूहिक रूप से गाये जाने वाले गीतों का पर्याप्त भंडार रहा है। प्राय: इसमें सभी गीत मौसमी होते हैं, जिन्हें उनके अलग-अलग स्वर और ताल के साथ गाया जाता है और साथ में नृत्य भी किया जाता है।
- कुरमाली लोक गीत में टुसू गीत शामिल है, जो एक महिला प्रधान गीत है, जो पौष महीने के पहले दिन से लेकर मकर संक्रांति तक गाया जाता है।
- समूह गीतों में उधवा, अढ़ाईयाँ, सरहुल, पाता आदि गीत शामिल हैं, जिसमें पुरुष और महिलाएं दोनों एक साथ गाते और नृत्य करते हैं।
- सरहुल में बसंत के पर्व पर सामूहिक नृत्य भी किया जाता है।
- 'ढप गीतों' को अगहन से फाल्गुन तक गाया जाता है। यह पुरुषों का सामूहिक गीत है। ये पुरुषप्रधान वैराग्य गीत होते हैं।

जनजाति	लोकगीत
संथाल	दोड (विवाह संबंधी लोक गीत) विर सेरेन (जंगल के लोक गीत) सोहराय, लागेड़े, मिनसार, बाहा, दसाय, पतवार, रिजा, डाटा, डाहार, मातवार, भिनसार, गोलवारी, धुरूमजाक, रिंजो, झिका
मुंडा	जदुर (सरहुल / बाहा पर्व से संबंधित लोक गीत) गेना व ओर जदुर (जदुर लोक गीत के पूरक) अडन्दी (विवाह संबंधी लोक गीत) जापी (शिकार संबंधी लोक गीत) जरगा, करमा
हो	वा (बसंत लोक गीत) हैरो (धान की बुआई के समय गाया जाने वाला लोक गीत) नोमनामा (नया अन्न खाने के अवसर पर गाया जाने वाला लोक गीत)
उराँव	सरहुल (बंसत लोक गीत) जतरा (सरहुल के बाद गाया जाने वाला लोक गीत) करमा (जतरा के बाद गाया जाने वाला लोक गीत) धुरिया, असाढ़ी, जदुरा, मठा आदि

प्रमुख लोक गीत व उनके गाये जाने के अवसर	
लोक गीत	**गाये जाने का अवसर**
झंझाइन	जन्म संबंधी संस्कारों के अवसर पर स्त्रियों द्वारा गाया जाता है।
डइड़धरा	वर्षा ऋतु में देवस्थानों में गाया जाता है।
प्रातकली	इसका प्रातः काल में गायन किया जाता है।
कजली	इसका गायन वर्षा ऋतु में किया जाता है। टुनमुनिया, बारहमासा तथा झूलागीत स्थानीय गीत के प्रकार हैं जो कजली की श्रेणी में आते हैं।
औंदी	यह गीत विवाह के समय गाया जाता है।
अंगनई	यह स्त्रियों द्वारा गाया जाता है।
झूमर	इस गीत को विभिन्न त्योहारों (जैसे- जितिया, सोहराय, करमा आदि) के अवसर पर गाया जाता है।
उदासी तथा पावस	यह नृत्यहीन गीत है। गर्मी के समय तथा वर्षा के समय गाया जाता है।

लोकनृत्य

- झारखंड का जीवन और संस्कृति सामूहिकता में विश्वास करती है। इसी कारण यहां के सभी नृत्य-गीत भी सामूहिक हैं।
- यहाँ के नृत्यों में प्राय: गीतों की प्रधानता होती है। इन गीतों के राग, नृत्य की मुद्रा को प्रतिबिंबित करते हैं।
- यह अलग-अलग मौसम और ऋतु में अलग-अलग तरह के नृत्य किये जाते है। यहाँ के नृत्य की कई शैलियों का समाज के अनुसार विभाजन मिलता है, जो निम्न है-

सदानी लोक नृत्य

- सदान यहां के मूल निवासी हैं। झारखंड के सामाजिक ढांचे में इनका बड़ा योगदान है।
- आदिवासी और सदान की भागीदारी ने एक अलग सामाजिक ताने-बाने को जन्म दिया है। सैकड़ों वर्षों के सह-अस्तित्व के कारण दोनों की प्रकृति और संस्कृति में बहुत समानता है।
- माँदर झारखंड का लोकप्रिय वाद्य यंत्र हैं। माँदर की थाप पर सदानी पुरुष और महिलाएं नृत्य करते हैं।
- सदानी लोकनृत्य के विभिन्न प्रकार हैं – पइका, फगुआ, डमकच, भादुरिया, मर्दानी झूमर, बँगला झूमर, जनानी झूमर, अँगनई, कली नृत्य, नटुआ, लहसुआ, ठढिया, डंइडधरा, लुझरी, उधउवा, रसिकर्रा, पहिल साँझा, अधरतिया, भिनसरिया, मंडा या भगतिया, माठा, जदुरा, सोहराई रास, घोड़ा नृत्य, छऊ नृत्य, ऊमतकोटन, पइनकाटन नृत्य आदि।

पइका लोक नृत्य

- झारखंड के सदान समुदाय में यह नृत्य, राजा, मंत्री, गुरु आदि जैसे सम्मानित अतिथियों के स्वागत में किया जाता है लेकिन यह मूल रूप से

एक युद्ध नृत्य है।

- इस नृत्य में नर्तक बाएं हाथ में ढाल और दाहिने हाथ में दोधारी तलवार रखते हैं। इन नर्तकों की वेशभूषा चमकीली, आकर्षक और झालरदार होती है। इनकी पगड़ी में मोर पंख जड़ा हुआ होता है।
- नृत्य के दौरान पगड़ी को ढीला होने से बचाने के लिए नर्तकों के हाथों, बाहों और छाती के चारों ओर रंगीन पट्टियां बांधी जाती हैं। इन रंग-बिरंगी धारियों के कारण रंग-बिरंगे पंखों का आभास होता है, इसीलिए इस नृत्य को पइका नाच कहा जाता है।
- यह नृत्य पुरुष प्रधान होता है इसलिए इस नृत्य के कलाकारों की भाव-भंगिमा पुल्लिंग होती है, जिसमें वीरता, साहस आदि का प्रदर्शन होता है।
- सदान आदिवासियों द्वारा कन्याहरण विवाह में वधू को जीतने पर मुख्य रूप से यह नृत्य किया जाता है।
- वीरता की भावना को दर्शाने वाला यह नृत्य प्रदेश की विशेष पहचान बन चुका है। डॉ. रामदयाल मुंडा, पइका नृत्य टीम को रूस में आयोजित भारत महोत्सव में ले गए थे।
- प्रसिद्ध नृतक अशोक कच्छप का संबंध इसी नृत्य से है।

फगुआ लोक नृत्य

- यह बसंतोत्सव या होली के अवसर पर किया जाने वाला नृत्य है।
- यह पुरुष प्रधान नृत्य है, लेकिन कहीं-कहीं पर नर्तकी (कली) भी इसमें भाग लेती हैं।
- नर्तकी पुरुषों के बीच नृत्य करती है। गायनव (गायक), बजनिया (वाद्यवादक) और पुरुष नर्तक, सब नर्तकी के चारो ओर नृत्य करते हैं।
- इसमें सभी रागों के गीतों पर नृत्य किया जाता है।
- फगुआ नृत्य के हर कड़ी में राग बदलते हैं।

डमकच लोक नृत्य

- यह सौम्य प्रकृति का नृत्य है। इसके नृत्य मधुर और सरल होते हैं।
- यह मूल रूप से महिला प्रधान नृत्य है, लेकिन इसमें पुरुष भी भाग लेते हैं।
- महिलाएं नृत्य के लिए कतार में एक-दूसरे के साथ हाथ मिलाती हैं और कलात्मक रूप से कदमों का प्रयोग करके नृत्य करती है।
- इसमें नर्तकियों के दो समूह होते हैं। यह नृत्य आमतौर पर घर के आंगन में किया जाता है।
- यह नृत्य देवउठान के दिनों से प्रारंभ होता है और रथ यात्रा के अंत तक किया जा सकता है।
- इस नृत्य के कई प्रकार होते हैं, जैसे जशपुरिया, असमिया, झुमटा, एकहरिया, दोहरी आदि।
- इस नृत्य में भाग लेने वाली लड़कियां अपने बालों को डमरू के आकार में सजाती हैं। डमरू के आकार के केश के कारण इस नृत्य रूप का नाम डमकच रखा गया है।
- इस नृत्य का क्षेत्र झारखंड और उसके सीमावर्ती राज्य-बिहार, बंगाल, उड़ीसा, छत्तीसगढ़, असम और अंडमान-निकोबार द्वीप समूह में हैं।
- यह नृत्य तीन रूपों में प्रस्तुत किया जाता है। ये तीन रूप हैं एकहरिया डमकच, दोहरी डमकच और झुमटा डमकच।

भादुरिया लोक नृत्य

- यह नृत्य दैनिक जीवन-शैली की भावनाओं और सौंदर्य चेतना का जीवंत अवतार है।
- यह नृत्य भादों के महीने में गांव-गांव में भादो देवी की प्रतिमा बनाकर किया जाता है।
- यह नृत्य वीरभूम और पुरुलिया क्षेत्र में व्यापक रूप से प्रचलित है।
- नृतक 'लड़कियों' के रूप में सजते हैं।
- इस नृत्य में झारखंडी लोकजीवन के उल्लास, उमंग, रोमांच, आध्यात्मिकता के साथ-साथ सामाजिक मुद्दों को भी गंभीरता से समाहित किया जाता है।

मर्दानी झूमर लोक नृत्य

- यह नृत्य झारखंड समाज की जीवंतता और उत्सव का प्रमाण है।
- यह पुरुषों का एक शक्तिशाली नृत्य है जो पौरुष सफलता को प्रदर्शित करता है।
- यह नृत्य इंद मेला, जतरा मेला या किसी रात्रि सांस्कृतिक समारोह के अवसर पर आयोजित किया जाता है।
- झारखंड राज्य के विभिन्न स्थानों जैसे सिमडेगा, गुमला, पिठोरिया, खूँटी, राँची, लचरागढ़ आदि में लगने वाले इंद मेले में इस नृत्य का प्रदर्शन किया जाता है।
- इस नृत्य के प्रसिद्ध नर्तक मुकुंद नायक हैं।

बँगला झूमर लोक नृत्य

- यह नृत्य राज्य के नागपुरी और पंचपरगना क्षेत्र में लोकप्रिय है।
- इस नृत्य में केवल पुरुषों की प्रधानता होती है, लेकिन नृत्य के दौरान नर्तकी भी मौजूद रहती है। यह नर्तकी पुरुषों के साथ मिलकर नृत्य नहीं करती है। ये नर्तकी नृत्य और गायन में निपुण महिला होती हैं।

जनानी झूमर लोक नृत्य

- यह महिला प्रधान नृत्य है। महिलाएं इस नृत्य को दलों में प्रस्तुत करती हैं।
- इस नृत्य में भाग लेने वाली महिलाएं साधारण श्रृंगार करती हैं।
- आगे की महिला करताल धारण करती है और पूरे नृत्य का नेतृत्व करती है।
- इस नृत्य के वादक पुरुष होते हैं।

अँगनई लोक नृत्य

- यह नृत्य महिलाओं द्वारा आँगन में किया जाता है।
- इस नृत्य को जनी झूमर भी कहा जाता है।
- इस नृत्य के कई रूप हैं, जैसे चढ़नतरी, पहिलसाँझ, अधरतिया, भिनसरिया, बिहनिया, उधउवा, ठढ़िया, लहसउवा, खेमटा, डंइड़धरा, ठहरुआ, रसक्रीड़ा आदि।
- क्षेत्र विस्तार के आधार पर इसके कई प्रकार हैं, जैसे - पूरबाव, पछिमाव, उत्तराव, दखिनाव, सोनपुरिया, नागपुरिया, जशपुरिया, गाँगपुरिया, हेठगढ़िया, असमिया आदि।
- यह नृत्य महिलाओं द्वारा वर्षा ऋतु में बहुरा, तीज, करम, जिउतिया, दसंय आदि त्योहारों पर किया जाता है।
- यह नृत्य आषाढ़ के महीने से शुरू होकर कार्तिक महीने में देवउठान तक जारी रहता है।
- इस नृत्य में गायन और नृत्य के समय ताली का प्रयोग किया जाता है, इसलिए इसे थपरी राग भी कहा जाता है।
- अंगनई के गीतों को थोड़ा उछल कर नृत्य के साथ प्रस्तुत किया जाता है। जशपुरिया अँगनई का जन्म स्थल छत्तीसगढ़ का जशपुर क्षेत्र है।
- इस क्षेत्र के माँदर की अपनी एक अलग विशेषता है। इसे जशपुरिया माँदर कहा जाता है।
- माँदर उस्ताद, जशपुरिया माँदर को सर्वश्रेष्ठ बताते है।

कली लोक नृत्य

- इस नृत्य को नचनी-खेलड़ी नाच भी कहा जाता है। इसमें नर्तकी अधिक श्रृंगार करती है।
- इस नृत्य में बालों की केश शैली निराली होती है। नर्तक बालों पर मुकुट धारण करता है।
- इस नृत्य में राधा-कृष्ण की भक्ति और गीतों को प्रमुखता से प्रस्तुत किया

जाता है।

- इस नृत्य की प्रमुख नर्तकी कली या खेलाड़ी कहलाती है।

नटुवा लोक नृत्य

- पंचपरगना क्षेत्र में पुरुष नर्तक को नटुवा कहते हैं।
- नटुवा 'नट' शब्द से बना है, जिसका अर्थ होता है नाचनेवाला।
- यह झारखंड राज्य के पंचपरगना क्षेत्र का अत्यंत लोकप्रिय नृत्य है।
- यह नृत्य, शृंगार और वीर रस का संगम है। इसकी शुरुआत प्राचीनकाल में हुई थी।
- इस नृत्य में कलाकार नृत्य के प्रदर्शन के साथ-साथ यह प्रदर्शित करते हैं कि लड़ाई के मैदान में वे दुश्मन के साथ किस तरह लड़ते हैं। यह नृत्य 'वीरता' का प्रतीक है।
- इस नृत्य में नर्तक के सिर पर पगड़ी बाँधकर उसमें पंख लगाया जाता है।
- इस सुसज्जित पगड़ी को पंचपरगना में 'कालगा' कहते हैं।

मुंडारी लोक नृत्य

- झारखंड में मुंडा समाज की अपनी अलग पहचान है। इस समाज के प्रमुख नृत्य हैं-जदुर, ओर जदुर, नीर जदुर, खड़िया, जापी, गेना, चिटिद, छव, करम, खेमटा, जरगा, ओरजरगा, जतरा, पइका, बुरू, जाली नृत्य आदि।

जदुर लोक नृत्य

- यह महिला प्रधान नृत्य है।
- इस नृत्य में नर्तक-नर्तकी लाल रंग के वस्त्र धारण करते हैं।
- यह नृत्य सरहुल के अवसर पर किया जाता है। किसी अन्य अवसर पर इस नृत्य का प्रदर्शन वर्जित है।

खड़िया या बरया लोक नृत्य

- यह नृत्य खूँटी के दक्षिण-पश्चिम क्षेत्र में प्रचलित है। इसे 'बरया नाचना' भी कहते हैं।
- इसका एक अन्य नाम राचा भी है।
- यह नृत्य मंडा पर्व पर जागरण के समय होता है।
- इस नृत्य में माँदर और घंटी का विशेष महत्व होता है।

संथाली लोक नृत्य

- संथाली नृत्य की मुद्राएं और वेशभूषा काफी कलात्मक होती हैं।
- साल भर ऋतुओं के परिवर्तन के साथ संथाली नृत्य भी परिवर्तित होता रहता है और इसके अनेक रूप देखने को मिलते है, जैसे - दसंय, डाहार, दोहा, दोंगेड़, आषाढ़िया, शिकारी, सोहराई, दोसमी, सकरात आदि।

दसंय लोक नृत्य

- यह नृत्य दशहरे के अवसर पर गुरु-शिष्यों के द्वारा किया जाता है।
- यह मूल रूप से प्रशिक्षण में ज्ञान प्राप्ति के अवसर पर होता है।
- पहले इस नृत्य में पुरुष वाद्य यंत्र बजाते थे और महिलाएं नृत्य करती थीं, लेकिन समय के साथ इस नृत्य का रूप पुरुष प्रधान हो गया है।
- इस नृत्य की सबसे बड़ी विशेषता यह है कि पुरुष वर्ग, महिलाओं के आभूषण और वेशभूषा धारण कर नृत्य करता है।
- यह नृत्य आदिवासियों का पारंपरिक नृत्य है, जिसे संथाल दशहरे के पहले दिन से लेकर विजय दशमी तक करते हैं।
- इस नृत्य में करताल की एक विशेष लय होती है।

डाहार लोक नृत्य

- इस नृत्य को लाँगड़े नृत्य भी कहा जाता है। यह माघ मास में किया जाने वाला नृत्य है।
- यह नृत्य माघ बाँगा पर्व के अवसर पर किया जाता है। इसमें पुरुष और महिलाएं सामूहिक रूप से भाग लेते हैं।
- यह नृत्य गाँव के अखरा में किया जाता है।

बाहा लोक नृत्य

- यह नृत्य फाल्गुन महीने में बाहा पर्व (सरहुल) के उपलक्ष्य में किया जाता है।
- इस नृत्य में स्त्री-पुरुष सामूहिक रूप से सम्मिलित होते हैं।
- यह नृत्य जाहेर या सरना स्थल पर किया जाता है।

दोहा लोक नृत्य

- इस नृत्य को दराम-दारू नृत्य भी कहा जाता है।
- यह नृत्य विवाह समारोह के अवसर पर किया जाता है। यह नृत्य उस व्यक्ति के आंगन में होता है जिसके घर में विवाह होता है।
- यह नृत्य वर और वधू दोनों के आंगन में विवाह संपन्न होने तक चलता है।

दोंगेड़ लोक नृत्य

- यह पुरुष प्रधान नृत्य है। यह नृत्य शिकार के अवसर पर वन भूमि में सामूहिक रूप से किया जाता है।
- यह जेठ मास का नृत्य है।

आषाढ़िया लोक नृत्य

- यह नृत्य आषाढ़ मास में किया जाता है।
- यह नृत्य जाहेर या सरना स्थान पर किया जाता है।
- इस नृत्य में त्रीव वाद्य यंत्रों द्वारा लाँगड़े गीत पर नृत्य किया जाता है।

शिकारी लोक नृत्य

- यह भादो मास में जामताड़ा उत्सव के अवसर पर किया जाता है।
- यह नृत्य पुरुषों द्वारा वृक्ष के नीचे किया जाता है।
- इसमें त्रीव पारंपरिक वाद्य यंत्रों का प्रयोग किया जाता है।

सोहराई लोक नृत्य

- यह नृत्य मवेशियों के लिए मनाए जाने वाले त्योहारों के दौरान किया जाता है।
- इस नृत्य में गौशाला में पूजा की जाती है। इस नृत्य में महिलाएं चुमावड़ी गीत गाती हैं।
- इस नृत्य के अवसर पर पुरुष गौ जमाव गीत गाकर नृत्य करते हैं।

दोसमी लोक नृत्य

- यह नृत्य अगहन के महीने में किया जाता है।
- यह नृत्य जाहेर या सरना में होता है।
- इस नृत्य में लाँगड़े गीत गाया जाता है।

सकरात लोक नृत्य

- पूस महीने के आगमन के साथ, संथाली समुदाय सकरात नृत्य करता है।
- संथाल आदिवासियों में अपने घर की चौखट की पूजा करने की पुरानी परंपरा है। पूस के महीने में पुरुष अपने-अपने घरों की चौखट पर पूजा करने के बाद सकरात नृत्य करने के लिये निकलते हैं
- सभी स्त्री-पुरुष अखारा में एकत्र होकर नृत्य करते हैं।

हो लोक नृत्य

- हो समाज मुंडा समुदाय का एक विशिष्ट अंग है।
- इस समाज के नृत्य-गीत की अपनी विशिष्ट छाप है।
- इसके प्रमुख नृत्य हैं-मागे, बा, हेरो, जोमनामा आदि।

मागे लोक नृत्य

- यह नृत्य पुरुषों और महिलाओं का सामूहिक नृत्य है।
- यह नृत्य माघ मास की पूर्णिमा के दिन किया जाता है।

बा लोक नृत्य

- यह नृत्य सरहुल के अवसर पर किया जाता है।
- इस नृत्य में स्त्री-पुरुष दोनों सम्मिलित होते हैं, परंतु दोनों का अलग-अलग दल होता है।
- इस नृत्य में पारंपरिक वाद्य यंत्र बजाए जाते हैं।

हेरो लोक नृत्य

- यह नृत्य धान बोने की समाप्ति के उपरांत किया जाता है।
- इस नृत्य में स्त्री-पुरुष दोनों शामिल होते हैं।

जोमनामा लोक नृत्य

- यह नृत्य नया अन्न ग्रहण करने की खुशी में किया जाता है।
- इस लोक नृत्य में नृत्य करने वाले और गीत बजाने वाले दोनों, पुरुष होते हैं।

खड़िया लोक नृत्य

- सांस्कृतिक दृष्टि से खड़िया समाज का अपना अलग अस्तित्व है।
- इनके नृत्य में सामूहिकता विद्यमान है। इनके प्रमुख नृत्य हारियो, किनभर, हलका, जतरा, इंद जतरा, डोयोर, जेठ लहसुआ कुझढ़ींग, कुवार अगहन लहसुआ, जेठवारी ठढ़िया, जेठवारी ठोयलो, करम ठढ़िया, जेठवारी अँगनई, चैत वैशाख ठढ़िया, लहसुआ, जदुरा, कुवार अंगहनी, सयलो आदि हैं।

हारियो लोक नृत्य

- यह युवाओं का जतरा नृत्य है।
- माघ के महीने में प्रत्येक गाँव के लोग जतरा आते हैं और महिला-पुरुष सामूहिक रूप से नृत्य करते हैं।

किनभर लोक नृत्य

- यह नृत्य फाल्गुन से वैशाख तक किया जाता है।
- यह नृत्य घर के आंगन में किया जाता है।
- इस नृत्य में गायक का गीत समाप्त होते ही नर्तकियाँ नृत्य आरम्भ करती हैं।

हलका लोक नृत्य

- इस नृत्य में पुरुष और महिलाएं दो समूहों में नृत्य करते हैं।
- पहले एक समूह गीत गाता है और नृत्य करता है, जैसे ही यह समूह नाचना और गाना समाप्त करता है, दूसरा समूह गीत गाना और नृत्य करना शुरू करता है।
- इस नृत्य में सभी आयु वर्ग के स्त्री-पुरुष भाग लेते हैं।
- इस नृत्य में पाड़ू गीत गाया जाता है। यह नृत्य अखरा में किया जाता है।
- इसमें जेठवारी और कुँआरी पाड़ू के गीत भी गाए जाते हैं।

जतरा लोक नृत्य

- इस नृत्य को कुअढ़ींग नृत्य भी कहा जाता है।
- इसमें युवक-युवतियाँ एक दूसरे के साथ करतारबद्ध नृत्य करते हैं। कभी वे वृत्ताकार तो कभी अर्ध-वृत्ताकार में नृत्य करते हैं।

इंद जतरा लोक नृत्य

- यह नृत्य आश्विन मास में संपन्न होता है।
- इसकी तीन श्रेणियाँ हैं, जो ठढिया, लहसुआ और राटा है।
- राटा नृत्य में महिला-पुरुष आगे-पीछे खड़े होकर कर वृत्ताकार में नृत्य करते हैं।

डोयोर लोक नृत्य

- यह नृत्य हलका नृत्य का दूसरा रूप है।
- यह मुख्य रूप से युवाओं का नृत्य है।
- इस नृत्य की विशेषता यह है कि इसमें नृत्य करने वाले लोग नृत्य करने के दौरान एक डंडा अपने कंधे पर रखते हैं।

जेठ लहसुआ लोक नृत्य

- यह नृत्य जेठ मास में किया जाता है।
- इसमें खड़िया युवा हर रात्रि को अखरा में जमा होकर नृत्य करते हैं।
- इसमें महिला-पुरुष पंक्तिबद्ध होकर हाथों से हाथ जोड़कर नृत्य करते हैं।

कुवार अगहन लहसुआ लोक नृत्य

- विशेष अवसरों पर नागपुरी सदरी गीतों के साथ यह नृत्य किया जाता है।
- यह नृत्य लहसुआ नृत्य के समान है।
- इसमें पुरुष और महिलाएं एक साथ नृत्य करते हैं।
- यह नृत्य मध्य रात्रि तक ही किया जाता है।

जेठवारी ठढ़िया लोक नृत्य

- इस नृत्य में सभी आयु वर्ग के स्त्री-पुरुष सम्मिलित होते हैं।
- इसमें बाएँ से दाएँ वृत्ताकार घूम कर नृत्य किया जाता है।

करम ठढ़िया लोक नृत्य

- इस नृत्य को कुवार ठढ़िया भी कहते हैं।
- यह नृत्य कलात्मक रूप से दाहिने ओर मुड़ते हुए किया जाता है।

जेठवारी ठोयलो लोक नृत्य

- इस नृत्य में सभी आयु वर्ग के स्त्री-पुरुष भाग लेते हैं।
- इसमें कतार में जुड़े नर्तकों का समूह सर्पिल गति में नृत्य करता है।
- यह एक तेज गति वाला नृत्य है।

जेठवारी अँगनई लोक नृत्य

- ये रसिकों का प्रिय नृत्य है।
- इस नृत्य में बाएँ पैर के बाद दाएँ पैर को उठाया और गिराया जाता है।

चैत-वैशाख ठढ़िया लोक नृत्य

- इस नृत्य में नाचनेवाली महिलाएँ पीछे से एक-दूसरे का हाथ पकड़ कर कतार में नृत्य करती हैं।
- इस नृत्य में माँदर की ताल का सौंदर्य अद्‌भुत है।
- यह नृत्य अखरा में किया जाता है।

चैत-वैशाख लहसुआ लोक नृत्य

- यह एक विशेष और मनोहारी नृत्य है।
- इस नृत्य में वादक अपनी पगड़ी पर मोर पंख लगाते हैं। इसमें पुरुष दल सेकोए, टेटेंगा, फेचका और झाइल पकड़कर नृत्य करते हैं।
- इस नृत्य की कलात्मक मुद्रा के कारण इसे स्वागत समारोह में प्रस्तुत किया जाता है।

उराँव लोक नृत्य

- उराँव समाज में लोक नृत्य अत्यधिक प्रिय माना जाता है। इनके नृत्य-गीत में काफी विविधता मिलती है। इनके प्रमुख नृत्य हैं-फग्गु खद्दी, करमा, डोडोंग, धुड़िया, घुड़िया सुरगुजिया, छेछाड़ी, घुड़िया टुंटा, देशवाड़ी, जदिरा, जेठवारी, तुसगो, डमकच, झूमर आदि।

फग्गु खद्दी लोक नृत्य

- यह नृत्य फाल्गुन मास में सरहुल पर्व से पूर्व किया जाता है।
- इस नृत्य के अंत में हुर्रे की आवाज की जाती है।
- इस नृत्य में अनेक गीत बजाए जाते हैं, जैसे- फागिनाही, डोल, तुंटा आदि।

करमा लोक नृत्य

- यह नृत्य उराँव समुदाय में भादो, अश्विन और कार्तिक के महीनों में किया

जाता है।

- करमा पर्व सितंबर के महीने में मनाया जाता है। यह करमा पूजा का नृत्य है।
- इस त्योहार की रात युवक और युवतियों का एक समूह इस नृत्य को प्रदर्शित करता है।
- करम के पेड़ की तीन शाखाओं को अखरा में गाड़ दिया जाता है और रात भर इसके चारों ओर नाच-गाना किया जाता है।
- इस नृत्य में करमा और धरमा की कथाओं का समावेश होता है।
- यह नृत्य सूर्योदय होने के बाद तक किया जाता है।

डोडोंग लोक नृत्य

- इसे जदिरा नृत्य भी कहा जाता है। यह जदुरा का उराँव रूप है।
- इस नृत्य में माँदर का विशेष महत्व है।
- यह नृत्य दो पंक्तियों में अगल-बगल खड़े होकर किया जाता है।
- इस नृत्य में पहिल, झाँसा, अधरतिया, भिनसरिया, जदिरा, चटनी आदि गीत प्रस्तुत किए जाते हैं।

घुड़िया लोक नृत्य

- यह नृत्य सरहुल के बाद संपन्न होता है।
- इसे धूल उड़ाने वाले नृत्य के रूप में पहचाना जाता है।
- इस नृत्य में माँदर की चाटी पलटते ही नृत्य की अगली कड़ी शुरू करी जाती है।

घुड़िया सुरगुजिया लोक नृत्य

- नृत्य में कंधे की शैली और हाथ झुलाने की शैली का अनुसरण किया जाता हैं।
- इस नृत्य में, नर्तक अंतिम कड़ी में अपने पैर के पंजो पर बैठते हैं।

छेछाड़ी लोक नृत्य

- इस नृत्य में कतारबद्ध होकर नृत्य किया जाता है।
- इसमें सबसे पहले दाएं पैर को उठाते हैं, इसके बाद नृतक और नर्तकी तोतकाना की क्रिया करते है। कलात्मक पद संचालन के साथ नृत्य में गति आती है।

घुड़िया टुंटा लोक नृत्य

- इसमें धुड़िया की तरह नृत्य होता है, लेकिन आरंभ और अंत में पद संचालन भिन्न होते हैं।

देशवाड़ी लोक नृत्य

- इस नृत्य में महिलाएं अपनी उँगुलियों को आपस में फँसाकर नृत्य करती हैं।
- कुछ पुरुष भी इस नृत्य में भाग लेते हैं। इसमें पद संचालन की कला अपनी होती है।
- इस नृत्य के 2 भेद होते हैं। दोनों नृत्यों की लय और ताल अलग होती है।

खद्दी लुझकी लोक नृत्य

- यह नृत्य, धुड़िया नृत्य जैसा है। इसमें झुककर नृत्य किया जाता है।
- नर्तक और नर्तकी गान के मुख्य कड़ी पर आगे बढ़ते हैं और फिर अगली कड़ी पर पीछे आते हैं। मध्य कड़ी में, वे उछलते और एक दूसरे से जगह बदलते हैं।

जेठवारी ठढ़िया लोक नृत्य

- यह नृत्य सरहुल के मौसम में किया जाता है।
- एक देशवाड़ी की तरह सब इसमें शामिल होते हैं।
- इस नृत्य में नर्तक गीत के अंत में उछलते हैं। प्रत्येक कड़ी के अंत में, पुनः पद संचालन शुरू होता है।
- इसे डोइरी नृत्य भी कहते हैं।

तुसगो लोक नृत्य

- करमा उत्सव समाप्त होने के बाद यह नृत्य किया जाता है।
- इसमें नृत्य गंभीर और धीमा रूप का होता है।
- यह नृत्य महिलाओं द्वारा किया जाता है। इसमें हर उम्र की महिलाएं हिस्सा लेती हैं।

करसा लोक नृत्य

- यह नृत्य महिलाओं के द्वारा किया जाता है।
- इस नृत्य में महिलाएं कलश लेकर नृत्य करती हैं।

छऊ लोक नृत्य

- लोक नृत्यों में छऊ नृत्य की विशिष्ट पहचान है।
- इस नृत्य को यूनेस्को द्वारा 2010 में विरासत नृत्यों में शामिल किया गया था।
- कहा जाता है कि इस नृत्य की उत्पत्ति सैनिक छावनी में हुई थी।
- यह नृत्य सिंहभूम के पोराहाट राज्य के सैन्य शिविरों में उत्पन्न हुआ था।
- इस नृत्य में नर्तक शरीर की गति, और संचलन के माध्यम से अपनी आंतरिक भावनाओं और विषयवस्तु को व्यक्त करता है।
- झारखंड, पश्चिम बंगाल और उड़ीसा, तीनों राज्य इस नृत्य को अपना होने का दावा करते हैं और यह नृत्य तीनों की लोक संस्कृति में शामिल है।
- इस नृत्य के मुख्य क्षेत्रों में झारखंड का सरायकेला, पश्चिम बंगाल का पुरुलिया और उड़ीसा का मयूरभंज शामिल है।
- इस नृत्य की उत्पत्ति 'सरायकेला खरसावाँ' नामक स्थान से हुई है।
- यह नृत्य उड़ीसा और पश्चिम बंगाल में प्रचलित है।
- इस नृत्य में मुखौटों का प्रयोग किया जाता है।
- पुरुलिया मानभूम शैली में बड़े मुखौटों का प्रयोग किया जाता है।
- यह नृत्य वीरतापूर्ण जुनून का नृत्य है, जिसमें महान जीवन शक्ति और पौरुष की सर्वोच्च पराकाष्ठा प्रदर्शित होती है।
- सरायकेला शैली अत्यंत शांत शैली मानी जाती है।
- इस नृत्य में केवल पुरुष कलाकार ही भाग लेते हैं।
- यह नृत्य सर्वप्रथम 1937 ई. में विदेश में प्रदर्शित किया गया था।
- यह नृत्य 1941 ई. में महात्मा गांधी के समक्ष भी प्रस्तुत किया गया था।
- यह एकमात्र नृत्य है जिसमें 6 लोगों को पद्मश्री पुरस्कार मिला है।
- पद्म श्री पुरस्कार पाने वाले कलाकारों में राजकुमार शुधेंदु नारायण सिंह, केदारनाथ साहू, श्यामाचरण पति, मंगलाचरण पति, मकरध्वज दरोगा और पंडित गोपाल प्रसाद द्विवेदी शामिल हैं।
- इस नृत्य शैली को यूरोप तक ले जाने का श्रेय राजकुमार शुधेंदु नारायण सिंह को जाता है, जिन्होंने 1938 ई. में यूरोप में इसका प्रदर्शन किया था।
- इस नृत्य के वर्तमान (2023) प्रसिद्ध नर्तक प्रभात कुमार हैं।
- राजकीय छऊ नृत्य कला केंद्र, सरायकेला की स्थापना वर्ष 1960 ई. में हुई थी।
- इस कला केंद्र में सरायकेला शैली और खरसावाँ नृत्य शैली का प्रशिक्षण दिया जाता है।
- इस नृत्य की मानभूम शैली के संरक्षण एवं विकास हेतु राजकीय मानभूम छउ नृत्य कला केन्द्र, दिल्ली की स्थापना 2011 ई. में की गई थी।

प्रमुख लोकनाट्य

जट-जटिन लोकनाट्य

- यह हर साल श्रावण से कार्तिक के महीनों के बीच अविवाहित लड़कियों द्वारा किया जाता है।
- इस लोकनाट्य में एक जट और उसकी पत्नी (जटिन) के वैवाहिक जीवन के सभी पहलुओं को बहुत ही मनोरंजक और भावपूर्ण तरीके से दर्शाया जाता है।
- इसमें दो समूह बनते हैं दोनों समूह में लड़कियां ही होती है।
- एक समूह जट की तरफ से और दूसरा समूह जटिन की तरफ से होता है।
- जट दल की लड़कियां दूल्हे का वेश धारण करती हैं, जबकि जटिन दल की लड़कियां आकर्षक साड़ियों और कुमुदिनियों से सज कर दुल्हन का वेश धारण करती है।

भकुली-बंका लोकनाट्य

- इसका आयोजन श्रावण (सावन) से कार्तिक मास तक किया जाता है।
- इसका प्रदर्शन जट-जटिन लोकनाट्य के साथ किया जाता है।
- इसमें भकुली (पत्नी) और बंका (पति) के वैवाहिक जीवन को दर्शाया जाता है।

सामा-चकेवा लोकनाट्य

- यह भाई-बहन के पवित्र प्रेम से जुड़ा लोकनाट्य है।
- इसमें समूह गान से विषयवस्तु को प्रश्नोत्तर शैली में प्रस्तुत किया जाता है।
- यह लोकनाट्य कार्तिक मास में शुक्ल पक्ष की सप्तमी से लेकर पूर्णिमा तक किया जाता है।
- इस लोकनाट्य में मिट्टी के पात्र बनते हैं, और बालिकाएं नाट्य करती है।
- इस लोकनाट्य की मुख्य नायिका को सामा कहा जाता है, नायक को चकेवा कहा जाता है, खलनायक को चूड़क/चुगला कहा जाता है तथा सामा के भाई को सांब कहा जाता है।

डोमकच लोकनाट्य

- इसमें हास्य संवादों के साथ गीत और नृत्य शामिल हैं।
- इनमें जलुआ, डोमिन, दरोगा और अनारकली जैसे पात्र शामिल हैं।
- इस नाट्य का कोई निश्चित विषय नहीं है।
- इसका आयोजन पुरुषों की अनुपस्थिति में घर और मोहल्ले की महिलाओं द्वारा किया जाता है इसलिए इस नाट्य को नितांत नारी प्रधान कहा जाता है।
- इस तरह से आयोजन के पीछे कारण यह है कि पहले घर या मोहल्ले के सभी पुरुष बारातियों के रूप में किसी शादी में जाते थे तो चोरों का प्रकोप बढ़ जाता था। इसलिए महिलाओं ने एकजुट रहने और पूरी रात जागकर रहने के उद्देश्य से इस नाट्य की शुरुआत की, जो ग्रामीण क्षेत्रों में बस गया।

किरतनिया लोकनाट्य

- यह एक धार्मिक नाट्य है।
- ढोलक, झाल और हारमोनियम इसके प्रमुख वाद्य यंत्र हैं।
- इस नाट्य में कलाकारों द्वारा श्रीकृष्ण की लीलाओं का मंचन किया जाता है।
- इसमें कलाकार अभिनय के साथ-साथ कीर्तन भी करते हैं।
- यह नाट्य-मंच भक्ति और ग्रामीण आस्था का स्पष्ट परिचय देता है।

प्रमुख लोक संगीत एवं वाद्य यंत्र

- आम तौर पर झारखंड के लोक संगीत को दो भागों में वर्गीकृत किया जाता है-
  - जनजातिय लोक संगीत
  - क्षेत्रीय या सदानी लोक संगीत
- संथाली, मुंडारी, हो, खड़िया, उराँव और अन्य जनजातिय समूह के लोक संगीत को जनजातिय लोक संगीत के अंतर्गत रखा जाता है।
- क्षेत्रीय लोक संगीत में नागपुरी, कुरमाली, खोरठा और पंचपरगनिया लोक संगीत शामिल हैं।
- इनके अलावा अन्य राज्यों से यहां आकर बसे लोगों का लोक संगीत भी यहां प्रचलन में आने लगा है।
- झारखंड के वाद्य-यंत्रों में मुरली, बाँसुरी, बनम, टुईला, शहनाई, ढोल, ढाक, नगाड़ा, भेइर, तुरही, ढप, मृदंग, मांदर, केंदरा, झाल, गुबगुबी, चोड़चोड़ी आदि प्रमुख है, जिनका उपयोग क्षेत्रीय स्तर पर गीत-नृत्यों में किया जाता है।

प्रमुख संगीत

नागपुरी लोक संगीत

- नागपुरी लोक संगीत सबसे समृद्ध लोक संगीत है।
- लोक गीतों और शिष्ट गीतों का नागपुरी साहित्य को समृद्ध करने में सर्वाधिक योगदान माना जाता है।
- सदानी भाषाओं में भी इस लोक संगीत का प्रचलन हैं, यह लोक संगीत भादरिया की एक शैली मानी जाती है।
- झूमर, गोलवारी झूमर, खेमटा, रंग, जिंगफुलिया ये सभी गीत, नागपुरी लोक संगीत के अंतर्गत आते है जो नृत्य प्रधान हैं।
- गोलवारी झूमर पंचपरगनिया क्षेत्र में प्रचलित झूमर का दूसरा रूप है।
- खेमटा, रंग, जिंगफुलिया ये सभी नागपुरी लोक संगीत का हिस्सा हैं, ये अपेक्षाकृत तेज गति के गीत हैं।
- नागपुरी लोक संगीत के अंतर्गत डमकच लोक संगीत की एक शाखा आती है।
  - डमकच लोक संगीत
    - यह एक नृत्य प्रधान संगीत है, जिसे महिलाओं द्वारा गाया जाता है।
    - इसके कई प्रकार हैं जैसे- एकहरिया, दोहरी, झूमटा आदि।
    - विवाह की रस्मों के अलावा विशेष अवसरों पर भी महिलाओं के द्वारा यह संगीत गाया जाता है, इसे उल्लास का प्रतीक माना जाता हैं।

कुरमाली लोक संगीत

- गीत और नृत्य, कुरमाली जीवन के मूल संस्कृति का हिस्सा है। गीत और नृत्य के बिना कुरमाली समुदाय का कोई भी अनुष्ठान पूरा नहीं होता है।
- कुरमाली के विभिन्न अनुष्ठानों में पुरुषों और महिलाओं का सामूहिक नृत्य और गायन आयोजित किया जाता है।
- कुरमाली लोक संगीत में अनेक राग-रागिनियों का प्रचलन है।
- कुरमाली के ज्यादातर संगीत मौसमी होते हैं।
- कुरमाली लोक संगीत के प्रमुख प्रकार है-

- टुसू लोक संगीत
  - टुसू संगीत मूलतः स्त्रियों का संगीत है।
  - पौष महीनें के प्रथम दिन से लेकर मकर संक्रांति तक टुसू पर्व से सम्बन्धित गीत गाये जाते हैं।
- ढप लोक संगीत
  - अगहन से फाल्गुन महीने तक गाया जाने वाला ढप गीत पुरूषों का सामूहिक गीत है।
  - यह वैराग्य प्रकृति का गीत है।
- सरहुल लोक संगीत
  - 'सरहुल' के अवसर पर स्त्री-पुरूष सामूहिक रूप से सरहुल नृत्य करते हैं।
  - यह बसंत पर्व में गाया जाने वाला संगीत है।
- पाता लोक संगीत
  - पाता लोक संगीत कुरमाली का सामूहिक नृत्य-गीत है।
  - इसे बारह मसिया गीत के नाम से भी जाना जाता है।
  - स्त्री-पुरूष एक दूसरे के हाथ पकड़कर वामावर्त नृत्य करते हैं।
- उधवा लोक संगीत
  - पौष संक्रांति से आषाढ़ महीने तक उधवा गीत गाने की परम्परा है।
  - स्त्री-पुरूष प्रश्नोत्तर शैली में इसे गाते हैं।
  - यह उच्च स्तर की रागिनी है।
- अढ़इया लोक संगीत
  - यह नृत्य ढाई कदमों का नृत्य कहा जाता है, जिसे करमा पर्व की समाप्ति के बाद स्त्री-पुरूषों के द्वारा सामूहिक रूप से किया जाता है।
  - इसमें कई प्रकार के ताल बजाये जाते हैं।

- कुरमाली लोक संगीत में इनके अलावा डहरवा, चांचर, कुंआरी झुपान, रोपनी, संस्कार आदि संगीतों का भी प्रचलन है।

खोरठा लोक संगीत

- खोरठा में संस्कार गीतों की परंपरा प्रचलित है।
- खोरठा लोक संगीत में नागपुरी, बंगला और मगही का आंशिक प्रभाव है।
- खोरठा लोक संगीत के रागों में भादरिया, भटियाली, झुमटा, खेमटा, लुझरी, सोहराई, सरहुल, बूड़ी, किसानी, उधवा, रासवारी, रास, चचाइर, गोवर कांदा, जगवा, भोकरन, बारहमासा आदि प्रमुख हैं।
- इनमें से अनेक राग सदानी मूल की लोक भाषाओं में शामिल हैं, जैसे सरहुल, सोहराई, उधवा, भादरिया, रास-नृत्य, बारहमासा, झुमटा, खेमटा, लूझरी आदि।
- झूमर नृत्य के गायन में झूमरा, भटियाली, खेमटा, लूझरी आदि शामिल हैं।
- खोरठा लोक संगीत के अंतर्गत आने वाले कुछ संगीतों की प्रस्तुति का विश्लेषण निम्नलिखित है :
  - उधवा या रिंझा लोक संगीत
    - उधवा संगीत बिना वाद्य यंत्रों के उच्च स्वरों में गाया जाता है। इसे रिंझा भी कहा जाता है।
  - करमा लोक संगीत
    - करमा पर्व के अवसर पर महिलाएं नृत्य करते हुए गीत गाती हैं।
  - भोकरन लोक संगीत
    - इसमें घूम-घूम कर भोकरन मांगा जाता है, इस संगीत को कई सुरो में गाया जाता है।
    - यह शिवरात्रि के अवसर पर किया जाता है।
  - रास लोक संगीत
    - कार्तिक पूर्णिमा के अवसर पर नर्तक द्वारा एकल अथवा युगल नृत्य किये जाते है, जिसमें विशेष संगीत प्रस्तुत किये जाते हैं।
  - सोहराई लोक संगीत
    - यह लोक संगीत कार्तिक अमावस (दीपावली) के पश्चात् सोहराई पर्व के अवसर गाया जाता है, इस संगीत के दौरान चांचइर, गोवारकांदा, गाय-जगवा और भोकरन मांगा जाता हैं।
  - बौउड़ी लोक संगीत
    - मकर संक्रांति के अवसर पर आयोजित मेलों में गाये जाने वाले संगीतो में टुसू, डाहा और बौउड़ी संगीत आते हैं।
    - इन गीतों को अक्सर प्रश्नोत्तर शैली में प्रस्तुत किया जाता है, इन्हे खोरठा में हाराबदिया के नाम से जाना जाता है।

पंचपरगनिया लोक संगीत

- पंचपरगना क्षेत्र की अवस्थिति के कारण इस क्षेत्र में प्रचलित बोलचाल की भाषा को पंचपरगनिया कहा जाता है।
- पंचपरगनिया लोक संगीत में उन सभी राग-रागिनियों का समावेश मिलता है, जो सदानी कुल के अंतर्गत आती हैं इसलिए नागपुरी, कुरमाली, खोरठा तथा तमाड़िया सभी भाषाओं का समावेश इसमें मिलता हैं।
- कुरमाली और नागपुरी से इसकी विशेष समानता है।
- इसके अलावा चैतन्य महाप्रभु के पंचपरगना क्षेत्र से गुजरने के कारण पंचपरगना क्षेत्र में बंगाली लोक संगीत का भी प्रभाव है।
- इसमें गीत आमतौर पर शिष्ट गीतों की श्रेणी के होते हैं, लेकिन स्वर, ताल और वाद्य-यंत्रों में रंग, खेमटा, लहसुवा, झिंगफुलिया, लुझरी आदि रागिनियाँ पूरी तरह से समाहित होती हैं।
- जितिया-गीत, सोहराई गीत, टुसू, भादरिया आदि गीत भी लोक जीवन में प्रतिष्ठित हैं।

वाद्य-यंत्र

- झारखंड के जीवन में संगीत और नृत्य का बहुत महत्व है।
- झारखंड क्षेत्र में प्राचीन काल से ही विभिन्न प्रकार के वाद्य-यंत्रों का प्रचलन रहा है।
- यहां के लोग त्योहार, विवाह, पूजा आदि विभिन्न अवसरों पर होने वाले नृत्य-गीतों में वाद्य-यंत्रों का प्रयोग करते हैं।
- ये वाद्य-यंत्र स्थानीय स्तर पर ही बनाये जाते हैं।
- मांदर, नगाड़े, बाँसुरी को झारखंड संगीत की जीवनदायिनी कहा जाता है। इनके बिना झारखंड संगीत अधूरा है।
- धुमकुरिया या गितिओड़ा में वाद्य-यंत्र सिखाए जाते हैं।
- झारखंड में महिलाएं आमतौर पर वाद्य-यंत्रों का इस्तेमाल नहीं करती हैं, लेकिन नृत्य करते समय घुँघरू, ठेचका, करताल जैसे वाद्य-यंत्रों का प्रयोग करती हैं।
- बाँसुरी, मुरली, शहनाई बनाम, केंदरा, टुहिला जैसे हल्के वाद्य-यंत्र भी महिलाओं के लिए वर्जित हैं।
- 13वीं शताब्दी के शारंगदेव ने अपनी पुस्तक 'संगीत रत्नाकर' में वाद्य-यंत्रों को मुख्यतः चार वर्गों में विभाजित किया है-
  - तत्वाद्य/ तत बाद्य/ तंत्री वाद्य-यंत्र
    - ये वो वाद्य-यंत्र है जिसमें तार से ध्वनि उत्पन्न होती है।

- इनमें केन्दरा/केन्दरी, टोहिला/टुइला, भुअंग, एकतारा तथा सारंगी आदि आते हैं।
- ये ऐसे वाद्य-यंत्र हैं जिनमें रेशम, ताँत, लोहे, ताँबे या पीतल की धातु के तार बँधे रहते हैं।

- सुषिर वाद्य-यंत्र
  - इन वाद्य-यंत्रों को फूंक कर बजाया जाता है जैसे बांसुरी, मदन भेरी, सानाई (शहनाई), तुमड़ी (बीन), सिंघा आदि।
- अवनद्ध वाद्य-यंत्र
  - इनमें विभिन्न प्रकार के चमड़ों से निर्मित वाद्य-यंत्र आते हैं जैसे नगाड़ा, मांदर, धमसा, ढाक, ढोल, रूंज, चांगु आदि।
- घन वाद्य-यंत्र
  - इनमें धातुओं से निर्मित वाद्य-यंत्र आते हैं जैसे करताल, मंदिरा, झांझ एवं थाला आदि।

तत्वाद्य/ तत बाद्ध/ तंत्री वाद्य-यंत्र

टोहिला

- इस वाद्य-यंत्र को शांत वातावरण में बजाया जाता है।
- इसे माँदर बहुत धीरे-धीरे बजाता है।
- यह पुरुष प्रधान वाद्य-यंत्र है।
- इसका उपयोग समूह में सीमित होता है।
- अकेले में इसका संगीत सुनना बहुत ही मधुर लगता है।
- इससे धीमे स्वर में गाने बजाए जाते हैं।

केंदरा

- यह धीमी गति से बजने वाला वाद्य-यंत्र है।
- इससे अति मधुर ध्वनि निष्पादित होती है।
- एकांत में इसकी ध्वनि कर्णप्रिय होती है।
- समूह में इसका उपयोग सीमित होता है।
- इसकी बनावट टोहिला की तरह होती है।
- यह वाद्य 'स्त्री' का प्रतीक माना जाता है पर इसे पुरूष ही बजाते है।
- इससे कोमल और कण प्रकृति के गीत बजाये जाते हैं।

केंदरी बनम

- यह टोहिला प्रकृति का वाद्य-यंत्र है।
- यह एकतारे की तरह बना होता है।

- इसे सारंगी की तरह बजाया जाता है।
- संथालों में यह लोकप्रिय है और यह मधुर वाद्य-यंत्र है।

भुआङ

- यह टोहिला की तरह बनने वाला वाद्य-यंत्र है।
- इस वाद्य-यंत्र का प्रयोग नृत्य-गीत में नहीं किया जाता है, इससे मात्र ध्वनि निकलती है।
- यह संथालों का प्रिय वाद्य-यंत्र है।
- शिकार के समय इस वाद्य-यंत्र का प्रयोग अधिक किया जाता है।
- सामूहिक नृत्य में इसका प्रयोग वादक करते हैं।
- इसे पुरूष ही बजाते हैं।

ओरभुआङ

- यह वाद्य-यंत्र संथाल समाज में लोकप्रिय है।
- दशहरे के समय इस वाद्य-यंत्र का प्रयोग मुख्यतः से होता है।

बनम

- यह मुंडा, संथाल, हो, खड़िया आदि समाज में प्रचलित वाद्य-यंत्र है।
- यह धीमी गति से बजने वाला मधुर वाद्य-यंत्र है।
- इसे एकल में सुनना ज्यादा आनन्ददायक होता है।
- एक से अधिक बनम वाद्य-यंत्रो को एक साथ समूह में एक स्वर से बजाया जाता है।

- धोदरो बनम और फेंट बनम इसके प्रकार हैं जो संथालों में प्रचलित है।

सोइखो / रेगड़ा

- संथाल समाज का यह विशेष वाद्य-यंत्र है।
- यह स्वर और ताल देने के लिए प्रयोग किया जाता है।
- इस यंत्र में रस्सी की तरह ऐंठे हुए समवृत्ताकार दो छल्ले होते है जो प्रायः लोहे के बने होते है।
- दोनो बड़े छल्लों पर 20-25 लोहे की छोटी-छोटी अंगूठियों की तरह छल्ले डाले जाते है।
- इसमें अँगूठियाँ रगड़ खाती हुई ध्वनि निकालती हैं इसलिए इसे रेगड़ा भी कहते हैं।

सेकोए (सेकोय)

- यह संथाली और हो समाज में विशेष रूप से उपयोग होता है।
- इससे सेकोए जैसी ध्वनि निकलती है इसीलिए इसे सेकोए कहा जाता हैं।

गोपी/गुपि

- गोपी वाद्य-यंत्र लकड़ी, बाँस और चर्मपत्र से बना एक तार वाद्य-यंत्र है।

एकतारा

- नाम के अनुरूप इस वाद्य-यंत्र में एक ही तार होता है जिसके कारण इसका नाम एकतारा पड़ा।
- यह एकल में, गीत के साथ बजाया जाता है।
- इसकी ध्वनि धीमी और मधुर होती है।

तीनतारा सांगी

- इसकी बनावट एकतारा या केंदरी बनम की तरह होती है परन्तु लम्बाई डेढ़ से दो फीट की होती है।
- इसमें एक तार के स्थान पर तीन तार तीन खूँटियों में बँधे होते हैं।
- इसे धनुष की आकृति वाले उपकरण की सहायता से बजाया जाता है।
- इसका उपयोग धीमी मधुर ध्वनि के गीत बजाने के लिए होता है व इससे सारंगी की तरह ध्वनि निकलती है।

ईशराज

- यह सारंगी की तरह बना होता है।
- यह लगभग 1 फीट लम्बे लकड़ी पर बना होता हैं।
- ऊपरी भाग में कई खूँटी या कनैठी लगी रहती हैं और निचले भाग में चमड़ा मढ़ा होता है।
- इसमें तारों की मोटाई अलग-अलग होती है।
- इसमें ताँबे के मोटे तारों का प्रयोग भारी आवाज़ के लिए होता है।

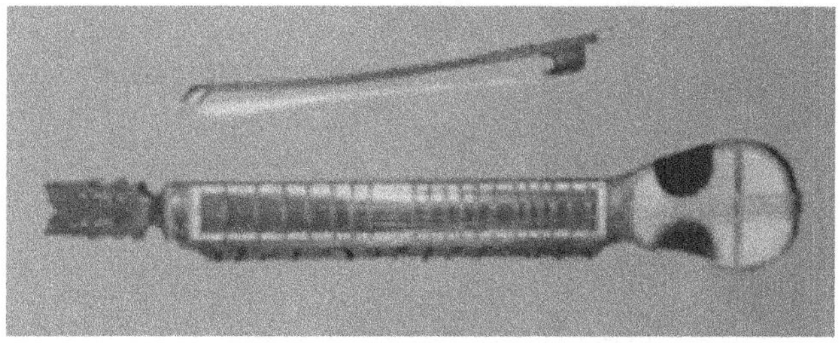

सारंगी

- यह लगभग डेढ़ फीट लम्बे, चार इंच चौड़े और तीन इंच मोटे लकड़ी के फ्रेम में बनाया जाता है।
- सारंगी, ईशराज की तुलना में मोटा और छोटा होता है।

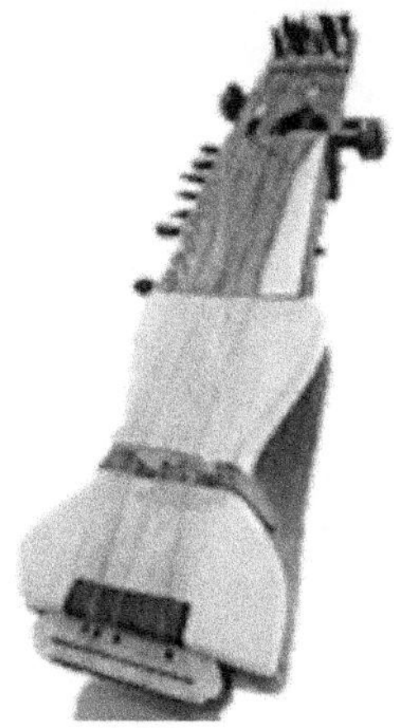

- इसे धनुष से सारंगी की तरह बजाया जाता है।
- यह सबसे लोकप्रिय वाद्य-यंत्र है।
- जोगी, साधु और रसिक इसका उपयोग करते हैं।

शेखर या सुषिर वाद्य-यंत्र

बाँसुरी

- झारखंड का सर्वाधिक लोकप्रिय वाद्य-यंत्र बाँसुरी है।
- यह झारखंड का आविष्कृत वाद्य-यंत्र है।
- यह रसिकों की कमर में सदैव लगा रहता है।
- यह चरवाहों की पशु हाँकने के लिए गैर-भौतिक लाठी होती है।
- यह 6 इंच से लेकर 3 फीट लम्बे खोकले बाँस के भाग से बनता है।

मोहनबाँसी

- यह बाँसुरी की तरह वाद्य-यंत्र है।
- यह लगभग तीन फीट लम्बा होता है और बाँसुरी से मोटा होता है।
- इसके बीच में गाँठ होती है, गाँठ से ऊपर छेंद होते हैं।
- इसके नीचे बाँसुरी की तरह छह छिद्र होते हैं जिस पर बाँसुरी की तरह अँगुलियाँ बैठती हैं।
- इसे बाँसुरी की तरह ही बजाया जाता है।

तिरयो

- यह वाद्य-यंत्र बाँसुरी समूह से सम्बंधित है।
- इसमें बाँसुरी के दो भाग होते हैं।
- प्रत्येक भाग में चार छिद्र होते हैं।

- इसमें दो बाँसुरी की आवाज एक साथ आती है।
- उराँव, मुंडा, खड़िया, सदानों में यह वाद्य-यंत्र खूब प्रचलित है।

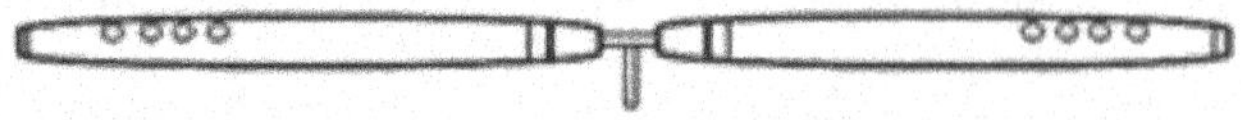

मुरली
- यह बाँसुरी की तरह का वाद्य-यंत्र है।
- यह खोखले बाँस से बनाया जाता है।

जोड़ा मुरली
- इसमें दो मुरलियों को आपस में 'V' की आकृति में जोड़ कर बनाया जाता है।

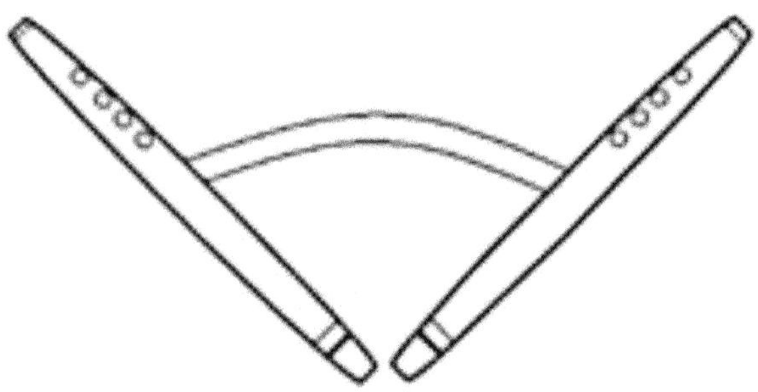

- इसमें प्रत्येक मुरली में चार छेद होते हैं।
- इससे गीत बजाए जाते हैं जो सुनने में मधुर होते हैं।

पेरेड़ेद / शहनाई / सनाई
- यह मुरली जैसा वाद्य-यंत्र है।
- इसको बनाने के लिए लकड़ी की नली में सात छिद्र किये जाते हैं।
- इसकी लम्बाई एक से डेढ़ फीट तक होती है।
- शादी, विवाह आदि नृत्यों में इसका उपयोग मुख्य रूप से होता है।
- इसे नगाड़े और ढांक के साथ उपयोग किया जाता है।

तुमड़ी / बीन
- यह सपेरों, मदारियों और रसिकों का प्रिय वाद्य-यंत्र है।
- इससे गूँजते हुए तीव्र स्वर निकलते हैं, जिससे इसकी ध्वनि मधुर लगती है।
- मलार सपेरे इसका उपयोग करते हैं।

सिंगा
- यह भैसों के सींग से बनाया जाता है।
- इसमें नुकीले सिरे से फूँक मारी जाती है।
- इसका प्रयोग शिकार के समय पशुओं को खदेड़ने के लिए किया जाता है।

- कहीं-कहीं इसका उपयोग छऊ नृत्य में किया जाता है।
- वर्तमान समय में यह ताँबे के 1 इंच मोटे तथा 5 से 7 फीट लम्बे पाइप से बनाया जाने लगा है।

भेइर
- यह वाद्य-यंत्र हल्का और लम्बा होता है।
- नटुआ, पैका, विवाह आदि के अवसर पर इसका प्रयोग विशेष रूप से होता है।
- इस वाद्य-यंत्र से जुड़ी मान्यता है कि इसकी ध्वनि से बाधा और भूत-प्रेत दूर भाग जाते हैं।

नरसिंघा
- इस वाद्य-यंत्र की आकृति अर्धवृत्ताकार होती है।
- इसकी बनावट भेइर की तरह होती है।

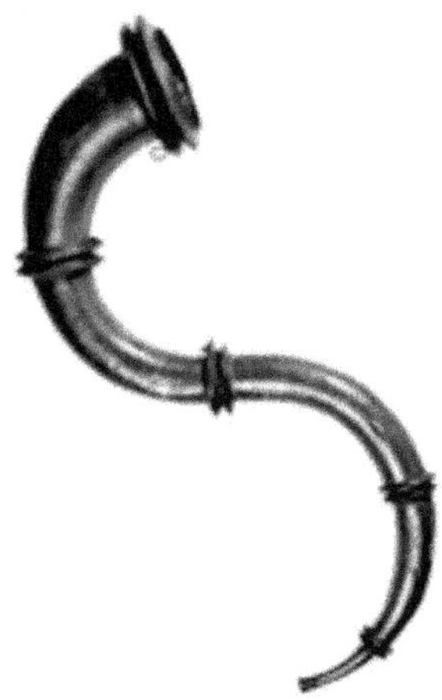

- यह लोहे, तांबे और पीतल की धातु से बनता हैं।
- यह विशेषतः नटुआ, पैका और छऊ नृत्य में प्रयोग होता है।
- यह युद्ध में प्रयोग होने वाला वाद्य-यंत्र है।

संखवा
- यह जंगली भैसों के सींगों से बनाया जाता है।
- फूँक मारने पर इससे शंख की तरह तीव्र ध्वनि निकलती है।
- यह विशेषतः नटुआ, पैका और छऊ नृत्य में प्रयोग होता है।

शंख
- शंख, सीप समूह का समुद्री जीव होता है।
- इसके हड्डी वाले भाग को फूंक कर बजाने लायक बनाया जाता है।
- युद्ध, पैका, छव, विवाह, पूजापाठ के अवसर पर इसे बजाया जाता है।

- हिन्दू घरों में यह प्रायः मिलता है।
- इसे जोड़े या एकल दोनों रूपों में बजाया जाता है।

अवनद्ध वाद्य-यंत्र

नगाड़ा

- यह झारखंड का प्रथम वाद्य-यंत्र माना जाता है।
- शुभकार्य, युद्ध, शिकार, नृत्य, मुनादी पीटने, अखरा में बैठक बुलाने आदि में इसका उपयोग विशेष रूप से होता है।

- इससे तीव्र ध्वनि निकलती है।
- नगाड़ा प्राय: तीन श्रेणी के होते हैं- (1) बृहद नगाड़ा (2) मध्यम नगाड़ा (3) छोटा नगाड़ा।

टमक

- टमक की रस्सी चमड़े की होती है।
- यह बहुत ही हल्का होने के कारण कमर में बाँधकर बजाया है।
- यह लोहे, लकड़ी या मिट्टी से भी बनाया जाता है।
- यह संथालों में प्रचलित है।

ढाँक

- ढाँक, झारखंड का तीव्र वाद्य-यंत्र है।
- यह बड़ी लकड़ी के खोल से बनता है।

- इसका वजन काफी होता है, बलिष्ठ व्यक्ति इसे बाएँ कंधे पर लटका कर बजाता है।
- बोझिल होने के कारण इसे जमीन पर रखकर भी बजाया जाता है।
- इसको एक बाँस की छड़ी से पीट कर बजाया जाता हैं।
- इसके बजाने वाले भाग को चना कहते हैं।
- चना भाग बकरी के चमड़े से मढ़ा होता है।

चोड़चाड़ी या कहड़ा या करह

- यह लगभग डेढ़ फीट लम्बा होता है।
- इसे दोनों हाथों से बाँस की दो पतली छड़ी से बजाते हैं।
- यह तेज़ ध्वनि उत्पन्न करने वाला वाद्य-यंत्र है।
- इसे दोनों कंधों पर टाँग कर सामने रख कर दोनों हाथों से बजाया जाता है।

ढोल, ढोलक, ढोलकी

- यह ढाँक जाति का वाद्य-यंत्र है परन्तु ढाँक से बहुत हल्का होता है।
- इसे दोनों ओर से बजाया जाता है।
- बाएँ हाथ में खाड़ी या छोटे पीटने वाले डंडे से तथा दाहिना भाग हथेली से पीटकर बजाया जाता है।
- इसके छोटे भाग में बकरी का तथा बड़े भाग में बैल का चमड़ा मढ़ा होता हैं।
- ढोलकी को दोनों हाथों से ही बजाया जाता है जबकि ढोल और ढोलक में एक ओर से खाड़ी से बजाया जाता है।
- इसका खोल लकड़ी का होता है।

मांदर

- मांदर झारखंड का सबसे लोकप्रिय वाद्य-यंत्र है।
- यह ढोलक प्रकृति का वाद्य-यंत्र है।
- यह मुख्यता मिट्टी का बनता है, पर अब यह लकड़ी का भी बनने लगा है।
- यह मिट्टी का होने के कारण ढोलक से अधिक भारी होता है।
- इसको मढ़ने के लिए बंदर के चमड़े का प्रयोग किया जाता है।
- इसके छोटे मुँह को चना या तुंग कहते हैं।
- इसके चौड़े मुँह को डिसना या गद कहते हैं।

घन वाद्य-यंत्र

घंटी

- घंटी, कांसे, पीतल तथा लोहे से बनायी जाती है।
- इसे छोटे डंडे से ताल के अनुरूप बजाया जाता है।

पीटा घंट

- यह घंटे की तरह गोल होता है।
- इसके पीठ भाग पर मूंठ डंडे से पीटा जाता है।
- यह कांसे या पीतल का बनाया जाता है।

घुँघरू

- इसका उपयोग पैरों में बाँध कर नृत्य करने के लिए होता हैं।
- कभी-कभी घुँघरू के गुच्छे को हाथों में पकड़ कर बजाया जाता हैं।
- इसका उपयोग नटुआ, छव, पैका, भगतिया और घुमराहा में विशेष रूप से किया जाता हैं।

घुघरा

- यह घुँघरू का बड़ा रूप होता है।
- यह लोहे, पीतल या तांबे से बनाया जाता हैं।
- केवल पुरुष नर्तक इसका प्रयोग करते हैं।
- इसका मुख्य प्रयोग गाय और बैल के गले में बांधने के लिए होता हैं।

ठेचका

- यह लकड़ी के मोटे पटरे से बना होता है।
- इस वाद्य-यंत्र को नृतक और नर्तकी दोनों बजा सकते हैं।

रामकठी

- यह झुनझुने का बड़ा रूप है।
- इसमें लोहे, पीतल, तांबे या स्टील के बने खोखले गोलक के अंदर लोहे की गोलियाँ भरी जाती हैं।

झाल

- यह मंजीरे का बड़ा रूप है।
- यह बनावट में मंजीरे की तरह बीच से रस्सी से जुड़ा होता हैं।

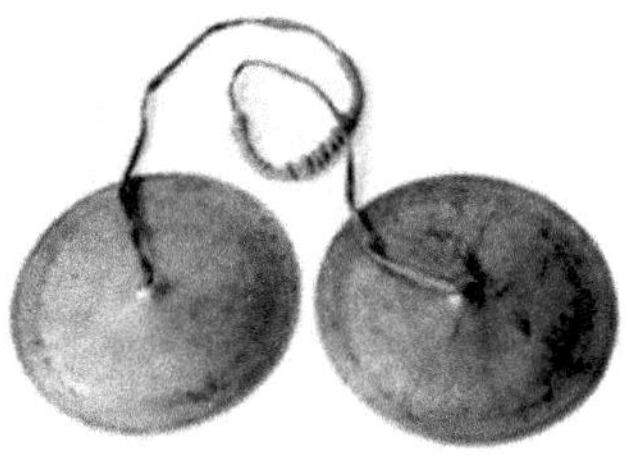

- इससे दोनों हाथों से ताल के अनुरूप झनकार देने का काम किया जाता है।

करताल

- यह मंजीरे का छोटा रूप है।

- यह नृतक और गायक, दोनों के द्वारा बजाया जाता हैं।
- यह ठेचका की तरह काम करता है।

बड़ा करताल

- यह करताल का एक बड़ा रूप है।
- 2 से 3 फीट लम्बे और एक इंच मोटे पटरे में छिद्र कर इसमें छल्ले जड़ दिए जाते है जिसे पकड़ कर ताल के अनुरूप बजाया जाता है।

डमरू ढोलक

- यह डमरू से बड़ा होता है, इसकी बनावट डमरू की तरह होती है।
- इसके सामने के भाग को एक हाथ से बजाया जाता है।

रुंज

- यह डफलीनुमा वाद्य-यंत्र है।
- यह उराँव जनजाति में काफी लोकप्रिय वाद्य-यंत्र है।
- इसके एक भाग पर चमड़ा मढ़ा होता हैं और दूसरे भाग पर चमड़े की रस्सी तनी रहती है।
- इसे गले में लटका कर बजाया जाता है, इससे मधुर आवाज निकलती है।

राटा

- यह एक मोटे डंडे पर बना होता है, इसको बनाने के लिए तांत की रस्सियों से लकड़ी के गोलकों को बाँध दिया जाता है।
- राटा नृत्य ईद के अवसर पर समूह में किया जाता है, जिसमे इस वाद्य-यंत्र का प्रयोग होता है।

टेटेंगा

- यह एक लम्बी बाँस की लाठी पर लकड़ी का बना होता है जो तांत से जुड़ा होता है।
- इसमें बाएँ हाथ में लाठी पकड़ी जाती है तथा दूसरे हाथ से इसकी रस्सी खींची जाती है।
- ढोलकी नृत्य तथा राटा नृत्य में टेटेंगा वाद्य-यंत्र का उपयोग किया जाता है।

चांवर

- यह नीलगाय की पूँछ से बनाया जाता है।
- इसका उपयोग संगीत संकेतो को देने के लिए किया जाता है।

पर्व-त्योहार एवं मेले

- भारतीय समाज में मनाए जाने वाले विभिन्न प्रकार के पर्व एवं त्योहार यहाँ के सामाजिक सद्भाव का प्रतीक है।
- इन त्योहारों पर लोग एक दूसरों को शुभकामनायें और उपहार देते है।
- गांवों और शहरों में मनाए जाने वाले जनजातीय त्योहार का अपना विशेष महत्व हैं, जो पूरे उत्साह और उल्लास के साथ मनाए जाते हैं।
- जनजातीय पर्व और त्योहार झारखंड राज्य के लोगों में उनकी समृद्ध सांस्कृतिक विरासत की भावना को संचारित करते हैं।
- ग्रामीण क्षेत्र में मनाए जाने वाले इन पर्वों की प्राचीनता तथा वर्तमान समय की नवीनता इनको अत्यंत मनोहर और आकर्षक बनती है।

प्रमुख पर्व-त्योहारों का वर्णन निम्न है :

सरहुल

- 'सरहुल' त्योहार "मुंडा, उराँव, खड़िया, संथाल और हो" जनजातियों का सबसे बड़ा पर्व है।
- यह त्योहार प्रकृति के परिवर्तन और उल्लास से संबंधित है।
- यह पर्व चैत / चैत्र माह के शुक्ल पक्ष की तृतीया को मनाया जाता है और इसकी अवधि चार दिनों की होती है।
- यह साल के वृक्षों पर फूलों के खिलने के उपलक्ष्य में मनाया जाता है, इसीलिए यह फूलों का त्योहार है।

- इस पर्व में 'साल के वृक्ष' की महत्वपूर्ण भूमिका होती है क्योंकि आदिवासी ऐसा मानते हैं कि 'साल के वृक्ष' में उनके देवता "बोंगा" निवास करते हैं।
- सरहुल की परंपरा के अनुसार, इस पर्व के दौरान गांव के पुजारी मिट्टी के तीन पात्र लेते है और उन्हें ताजे पानी से भरते है।
- प्रातः काल, उन पात्रों को देखते है, यदि पात्रों में पानी का स्तर घट गया होता है तो पुजारी अकाल की भविष्यवाणी करते है। यदि पानी का स्तर सामान्य रहता है तो इसे उत्तम वर्षा का संकेत माना जाता है।
- सरहुल की पूजा के दौरान ग्रामीणों द्वारा सरना (पूजा स्थल) को घेरा जाता है।

करमा

- इस त्योहार का प्रमुख संदेश कर्म की जीवन में प्रधानता है।
- यह भाई-बहन के प्रेम को प्रदर्शित करने वाला त्योहार है और इसमें गैर-आदिवासी भी उत्साहपूर्वक भाग लेते हैं।
- हिन्दुओं के भाई दूज से मिलता-जुलता यह पर्व भाद्रपद (भादो) माह के शुक्ल पक्ष की एकादशी को मनाया जाता है।
- इस पर्व में भाई के जीवन की कामना हेतु बहन द्वारा उपवास रखा जाता है।
- इस त्योहार में नृत्य के मैदान (अखड़ा) में करम वृक्ष की दो डालियाँ गाड़ दी जाती है तथा पाहन द्वारा लोगों को करमा कथा (करमा एवं धरमा आदि सात भाइयों की कथा) सुनाई जाती है।
- मुण्डा जनजाति में करमा की दो श्रेणियाँ हैं :
    - राज करमा - घर आंगन में की जाने वाली पारिवारिक पूजा
    - देश करमा - अखरा में की जाने वाली सामूहिक पूजा
- करमा (करम) पूजा से सात दिन पहले मुण्डा जनजाति की अविवाहित लड़कियाँ नदी से स्वच्छ बालू टोकरी में लेकर आती हैं और उसमें सात प्रकार के अनाज (जौ, गेहूँ, मकई, उड़द, कुर्थी, चना और मटर) की 'जावा' उगाने की प्रथा का पालन करती हैं।
- पूजा में खीरे की बेल सांकेतिक रूप से चढ़ाई जाती है ।
- मुण्डाओं में मान्यता है कि, इस पर्व के दौरान करमा (करम) गोसाई से मांगी गयी हर मन्नत पूरी होती है।

सोहराई

- भारतीय जन-जीवन की यह विशेषता है कि, यहाँ जनमानस के हृदय में पशु-पक्षी भी श्रद्धा के पात्र हैं।
- झारखंड राज्य में संथाल जनजातीय समाज द्वारा मवेशियों की पूजा और सम्मान के लिए सोहराई पर्व मनाया जाता है।
- यह पर्व दीपावली के दूसरे दिन, पौष माह में फसल कट जाने के बाद पांच दिनों तक मनाया जाता है।
- 'गोड टाण्डी' (बथान) में जाहेर एरा का आहवान, गोहाल पूजा, 'सण्टाऊ' प्रक्रिया की जाती है।
- पेंटिंग हेतु कृत्रिम रंगों के स्थान पर प्राकृतिक पदार्थों (पत्तियाँ, चावल, कोयला आदि) का प्रयोग किया जाता है।
- पशुओं को उनके सातों अनाजों से तैयार 'पखवा' खिलाया जाता है।

धान बुनी

- आदिवासी तथा सदान द्वारा मनाया जाने वाला यह प्रमुख त्योहार है।
- इस पर्व के दौरान धान की बुआई प्रारंभ होती है और हड़िया का तपान प्रसाद के रूप में वितरित किया जाता है।

बहुरा

- इस त्योहार को 'राइज बहरलक' के नाम से भी जाना जाता है।
- यह पर्व भादो माह में कृष्ण पक्ष की चतुर्थी के दिन, अच्छी वर्षा तथा संतान प्राप्ति हेतु महिलाओं द्वारा मनाया जाता है।

कदलेटा

- यह पर्व भाद्रपद माह में, जब पाहन तय करता है, तब करमा से पहले मनाया जाता है।
- यह जनजातीय पर्व मेंढकी भूत की शांति के लिए वृक्ष की पूजा करके मनाया जाता है।
- इस पर्व के दौरान पाहन हंडिया उठाने के लिए घर-घर से चावल एकत्रित करता है।
- इसमें अखरा में साल, भेलवा तथा केन्दु की डालियां रखकर पूजा की जाती है तथा मान्यता के अनुसार पूजा के बाद लोग इस डाल को अपने खेतों में गाड़ते हैं ताकि फसल को रोगमुक्त कर सके।
- इस पर्व में मुर्गी की बलि दी जाती है जिसे प्रसाद के रूप में वितरित किया जाता है और इसे स्थानीय भाषा में 'ताहरी' कहा जाता है।

टुसू

- यह सूर्य पूजा से संबंधित एक त्योहार है और यह मकर संक्रांति के दिन मनाया जाता है।
- इस त्योहार को टुसू नाम की कन्या की स्मृति में मनाया जाता है।
- टुसू मेला इस त्योहार के दौरान पंचपरगना में लगता है।
- इस त्योहार के दौरान लड़कियों द्वारा रंगीन कागज से बनी लकड़ी या बांस के फ्रेम को सजाया जाता है।
- इस फ्रेम को नदी में प्रवाहित कर दिया जाता है।

फगुआ

- यह फागुन (मार्च) माह की पूर्णिमा को मनाया जाता है।
- एक प्रकार से यह पर्व "होली का झारखंडी" रूप है।
- आदिवासी लोग पाहन के साथ मिलकर सेमल अथवा अरण्डी की डाली गाड़कर संवत् जलाते हैं तथा मुर्गे की बलि देकर हड़िया का तपान चढ़ाते है, जबकि गैर-आदिवासी लोग संवत् जलाते समय बलि नहीं देते हैं।
- अगले दिन, किसान उस आग की राख का तिलक लगाते और राख को अपने खेतों में बिखेरने जाते हैं।
- उसके बाद, वे सभी नदियों, तालाबों या झरनों में स्नान करते हुए अपने पितृों को अर्पण करते हैं।
- इस पर्व के दूसरे दिन "धुरखेल" मनाया जाता है।

नवाखानी (तुस्गो)

- यह पर्व करमा पर्व के बाद मनाया जाता है।
- नवाखानी का तात्पर्य है - 'नया अन्न ग्रहण करना', और नया अनाज गोंदली गोडा धान पकने पर यह पर्व मनाया जाता है।
- नये अन्न को घर लाकर शुद्ध ओखली व मूसल से कूट कर चूड़ा बनाया जाता है जिसे देवताओं व पूर्वजों को अर्पित किया जाता है।
- ग्रामीण पहले घर की देवी को भोग लगाते हैं और फिर पूरा परिवार उस भोग को खाता है।

जितिया

- आश्विन मास की कृष्णपक्षीय अष्टमी को यह व्रत पुत्रवती माताओं द्वारा अपने पुत्रों की दीर्घायु के लिए रखा जाता है।
- कहीं-कहीं यह व्रत 'अंगूठन' विधि से भी रखा जाता है।

देव उठान

- हिंदू धर्म में मान्यता है कि, आषाढ़ माह की नवमी को सभी देवतागण

शयन करने चले जाते हैं और यह पर्व कार्तिक शुक्ल पक्ष की चतुर्दशी के दिन मनाया जाता है।

- पितृों की पूजा चौकी पर देव को बिठाकर उन्हें पाँच बार उठाकर जाग्रत किया जाता है, इसीलिए 'देव उठान' मनाया जाता है।
- इस पर्व के बाद ही विवाह हेतु कन्या अथवा वर देखने की प्रथा आरंभ की जाती है।

छठ

- यह झारखंड राज्य का एक बहुत ही महत्वपूर्ण त्योहार है।
- छठ पर्व वर्ष में दो बार मार्च और नवंबर में मनाया जाता है।
- इसमें नदी या तालाब में स्थायित्व होकर अर्घ्य की वस्तुओं को टोकरी में रखकर डूबते सूर्य को अर्घ्य दिया जाता है।
- सूर्योदय के समय भी यही प्रक्रिया दोहराई जाती है।
- इस पर्व के दौरान प्रसाद हेतु मिठाई (व्यंजन) के रूप में 'ठेकुआ' का वितरण किया जाता है।

बंदना

- कार्तिक अमावस्या के दौरान एक सप्ताह तक इस उत्सव का आयोजन किया जाता है।
- इस पर्व की शुरुआत ओहिरा गीत से की जाती है।
- यह पर्व मुख्य रूप से पालतू पशुओं से संबंधित है।
- इसमें पशुओं को वस्त्र और आभूषणों से सजाया जाता है जिसमें लोक कलाकृतियों के प्राकृतिक रंग जन्तुओं पर अंकित किये जाते है।

रोहिन/रोहिणी

- यह त्योहार झारखंड राज्य में कैलेंडर वर्ष का पहला त्योहार है।
- इसे "बीज बोने" के त्योहार के रूप में मनाया जाता है।
- इस उत्सव के दौरान नृत्य प्रदर्शन तथा लोकगीतों का गायन नहीं होता है।

जनी शिकार

- यह भारत में केवल झारखंड राज्य में ही मनाया जाता है।
- यह पर्व कुम्भ मेले की भाँति 12 वर्षो के अंतराल पर मनाया जाता है।
- इस पर्व के दौरान महिलाओं द्वारा सामूहिक रूप से पुरूषों का वेश धारण करके परंपरागत हथियार से जानवरों का शिकार किया जाता है।
- यह जनजातीय शिकार पर्व पूरी तरह जनजातीय स्त्रियों के साहस और शक्ति-प्रदर्शन पर आधारित है।
- इस दौरान महिलाएँ बच्चों को बेतरा (बच्चों को पीठ पर बाँधने वाला एक कपड़ा) से अपनी पीठ पर बाँधकर शिकार के लिए निकलती हैं।
- विशेषता यह है कि, इनके शिकार में कोई पुरुष दखल नहीं देता, चाहे जिसका जितना भी नुकसान हो।

मण्डा पर्व

- झारखंड में महादेव (शिव) की यह सबसे कठोर पूजा और उपवास का पर्व है।
- यह पर्व बैशाख माह के अक्षय तृतीया को आकर्षक सामूहिक 'छऊ' नृत्य के साथ आरंभ होता है।
- यह पर्व आदिवासी और सदान दोनों में प्रचलित है।
- इस पर्व में उपवास रखने वाले पुरूष को "भगता" और महिला को "सोखताइन" कहते हैं।
- इस पर्व के दौरान भोगताओं को रात में धूप-धवन की अग्नि-शिखाओं के ऊपर उल्टा लटकाकर झुलाया जाता है, जिसे 'धुवांसी' कहा जाता है।
- इस पर्व में भोगताओं को दहकते हुए अंगारों पर चलना होता है, जिसे 'फूल-खूंदी' कहा जाता है।
- इस पर्व में भगता लोगों की माँ अथवा बहन भगवान शिव की आराधना करती हैं।

चाण्डी पर्व

- यह पर्व उराँव जनजाति द्वारा माघ पूर्णिमा के दिन मनाया जाता है।
- इस पर्व में महिलाएँ भाग नहीं लेती हैं तथा जिस परिवार में कोई महिला गर्भवती हो उस परिवार का पुरूष भी इस पर्व में भाग नहीं लेता है।
- इस पर्व में भाग लेने वाले पुरूष चाण्डी स्थल में देवी की पूजा करते हैं।
- इस पर्व में सफेद व लाल मुर्गा तथा सफेद बकरे की बलि दी जाती है।

बुरू पर्व

- बुरू का अर्थ 'पहाड़' होता है।
- यह पर्व मुंडा जनजाति द्वारा दिसंबर-जनवरी माह में मनाया जाता है।
- इस पर्व के अवसर पर बुरू बोंगा (पहाड़ देवता) को स्मरण किया जाता है।
- यह पर्व तीन दिनों तक मनाया जाता है।
- इस पर्व का मुख्य उद्देश्य "वन्य जीवों तथा मानव का तालमेल स्थापित" करना तथा प्राकृतिक प्रकोपों से समाज की रक्षा हेतु कामना करना है।

हेरो पर्व (हेरो - अंगा)

- हेरो शब्द का अर्थ छींटना या बुआई करना होता है।
- इस पर्व का आयोजन मुख्यतः बोरा बलौंजी पर्व (बाहा पर्व) के एक माह बाद, कोल्हान क्षेत्र में 'हो' जनजाति द्वारा किया जाता है।
- यह पर्व खेतों में बोये गए बीज की सुरक्षा हेतु मनाया जाता है।
- ऐसी मान्यता है कि, इस पर्व का आयोजन नहीं किए जाने पर कृषि कार्य को नुकसान होता है।

भगता पर्व

- यह पर्व बसंत एवं ग्रीष्म ऋतु के मध्य, तमाड़ क्षेत्र में मनाया जाता है।
- इस पर्व को सरना मंदिर में 'बुढ़ा बाबा के पूजा' के रूप में मनाया जाता है।
- इस दिन लोग उपवास रखते हैं तथा गांव के पुजारी को कंधे पर उठाकर सरना मंदिर ले जाते हैं।

सेंदरा पर्व

- सेंदरा उराँव जनजाति की संस्कृति एवं परंपरा से संबंधित है।
- सेंदरा का कुडुख भाषा में शाब्दिक अर्थ 'शिकार' हैं।
- सेंदरा के विभिन्न प्रकार है:
    - विशु (सू) सेंदरा: वैशाख महीने में होता है।
    - फग्गू सेंदरा: फाल्गुन महीने में होता है।
    - छछड़ा बेचना: इस सेंदरा में "शिकरा पक्षी" की मदद से शिकार किया जाता है। इस पक्षी को उराँव लोग बहुत शौक से पालते हैं।
    - वर्षा ऋतु के प्रांरभ होने पर जेठ शिकार करते हैं।
- उराँव जनजाति में महिलाओं द्वारा शिकार खेलने की प्रथा को 'मुक्का सेंदरा' के नाम से जाना जाता है।
- इस पर्व के दौरान, जनजातीय महिलाएँ पुरुषों के कपड़े पहनती हैं और पूरे

दिन जानवरों का शिकार करती हैं।

- यह पर्व उराँवों की आत्मरक्षा, युद्ध विद्या, भोजन व अन्य जरूरतों की पूर्ति से संबंधित है।

माघे पर्व

- यह पर्व माघ माह में मनाया जाता है और इस पर्व को झंडा पर्व भी कहा जाता है।
- यह पर्व मुंडा जनजाति द्वारा राँची जिले के कई प्रखंडों में मनाया जाता है।
- इस पर्व के अवसर पर 'जतरा' निकाला जाता है।
- इस पर्व के लिए यह आवश्यक है कि 'साल फूल' के गिरने से पहले ही इसे मना लिया जाए।
- इस पर्व के साथ ही कृषि वर्ष का अंत होता है तथा नया कृषि वर्ष प्रारंभ होता है।
- यह कृषि श्रमिकों (धांगर) की विदाई का पर्व है।
- इस पर्व के दौरान धांगरों को उनके पारिश्रमिक के भुगतान के साथ रोटी, पीठा व कृषि उपकरण आदि देकर ससम्मान विदा किया जाता है।

बोरा बलौंजी पर्व

- यह पर्व गोंदली के बीज तथा बेरा धान बोने के पहले चैत्र माह के अंत में मनाया जाता है।
- इस पर्व के समय पूरे गाँव की आनुष्ठानिक सफाई की जाती है, जिसमें प्रत्येक घर से टूटे हुए बर्तन, पुराने पात्र, झाड़ू, टूटे हुए हल आदि एकत्रित कर गाँव की सीमा के बाहर फेंक दिए जाते हैं।
- इस अवसर पर गाँव के लोग दिन भर बाहर रहते हैं, वहीं अपना भोजन पकाते हैं तथा संध्या में वापस लौटते हैं और दूसरे दिन सभी लोग बेरा धान तथा गोंदली के बीज अपने खेतों में बोते हैं।

बा पर्व

- 'बा' का शाब्दिक अर्थ फूल होता है अर्थात यह बसंत का पर्व है। इस पर्व में पवित्र साल वृक्ष के फूल की प्रमुखता होती है।
- यह पर्व तीन दिनों तक मनाया जाता है।
- मरंग बा मुख्य पर्व होता है।
- बागुरी के दिन घर-आँगन की लिपाई-पुताई की जाती है और तीसरे दिन बा बसि मनाया जाता है, जिसमें पूर्वजों, मृत आत्माओं एवं देवताओं के नाम दाल-भात, हड़िया अर्पित किया जाता है।
- जब तक बा पर्व नहीं मनाया जाता, तब तक साल फूल को घर में लाना वर्जित होता है।

आषाढ़ी पूजा

- यह पर्व आदिवासी तथा सदान दोनों द्वारा, आषाढ़ माह में मनाया जाता है।
- इस पर्व में घर-आंगन में बकरी की बलि दी जाती है तथा हड़िया का तपान चढ़ाया जाता है।
- ऐसी मान्यता है कि, इस पर्व से गाँव में चेचक जैसी बीमारी का प्रकोप नहीं होता है।

सूर्याही पूजा

- अगहन माह में होने वाली सूर्याही पूजा में सफेद मुर्गे की बलि दी जाती है एवं हड़िया का तपान चढ़ाया जाता है।
- इस पर्व को घर की किसी बारी या टांड़ (एक प्रकार का ऊँचा स्थान) पर केवल पुरूष द्वारा मनाया जाता है।

सावनी पूजा

- श्रावण माह के शुक्लपक्ष सप्तमी के दिन देवी की पूजा एक बकरे की बलि देकर की जाती है।
- प्रसाद रूप में बलि पशु का मांस घर-घर पूरे गाँव में वितरित किया जाता है।

सरना पूजा

- यह खड़िया समाज द्वारा वैशाख महीने में मनाया जाने वाला एक महत्वपूर्ण त्योहार है।
- इसमें सरना स्थल पर पाँच मुर्गों की बलि दी जाती है और इस त्योहार में दूध उबालने की प्रथा है, उबलता हुआ दूध जिस तरफ गिरता है उस तरफ से बारिश होने की भविष्यवाणी कालो (प्रधान पुजारी) द्वारा की जाती है।
- सरना पर तीन घड़े उलटकर रख दिए जाते हैं।
- प्रतीकात्मक रूप में इसी पर भात और बलि दिए गए मुर्गे का एक-एक टुकड़ा मांस फूलों के साथ चढ़ाया जाता है।

कुटी दहन पूजा

- यह पूजा गाँव भर में बीमारी से बचने और आकाशीय बिजली से बचने की कामना से की जाती है।
- इसमें सभी लोग एक झोपड़ी बनाते है और इसके आगे सेमल और रेंड की टहनियां गाड़ देते है। उसके बाद पुजारी आकर यहां पूजा की विधि करके चावल का ढेर लगा देता है, फिर वह इस पर अंडा रख देता है।
- इस पूजा में सफेद मुर्गे की बलि दी जाती है तथा दूसरे मुर्गे की बलि ग्राम देवता को अर्पित की जाती है।
- अंत में पुजारी झोपड़ी में आग लगा देते है और सभी गाँववाले उस आग से होकर गुजरते हैं।
- पुजारी द्वारा रेंड व सेमल की डालियों को छोटे-छोटे भाग में काट दिया जाता है, जिन्हें पवित्र मानकर लोग उन्हें अपने घर ले जाते हैं और अपने दरवाजों पर टाँग देते हैं।

अयप्पा पूजा

- यह पर्व राँची में रह रहे दक्षिण भारतीय लोग, श्री अयप्पा पूजा समिति एवं प्रीति शास्ता समिति द्वारा दिसंबर महीने में मनाया जाता है।
- इस पर्व में धार्मिक अनुष्ठान के साथ-साथ थालापोली और चेंदामेलम मुख्य आकर्षण होते हैं क्योंकि चेंदामेलम कंसर्ट की प्रस्तुति होती है।
- इस पर्व में केरल की पारंपरिक कला चकायर कूथ और दक्षिण भारतीय नृत्य की प्रस्तुति भी होती है।

अन्य प्रमुख पर्व-त्योहार		
पर्व-त्योहार	**जनजाति**	**विशेषता**
एरोक	संथाल	आषाढ़ महीने में बीज बोते समय मनाया जाने वाला पर्व है।
हरियाड़	संथाल	धान में हरियाली आने पर अच्छी फसल के लिए सावन माह में मनाया जाने वाला पर्व है।

साकरात	संथाल	घर-परिवार की कुशलता के लिए पूस माह में मनाया जाने वाला पर्व है।
बाहा	संथाल	फागुन माह में शुद्ध जल से खेली जाने वाली होली
जतरा	उराँव	जेठ, अगहन एवं कार्तिक माह में मनाया जाने वाला पर्व है।
गांगी आड़या	माल पहाड़िया	भादो माह में नई फसल कटने पर मनाया जाने वाला पर्व है।
कुटसी	असुर	लोहा गलाने के उद्योग की उन्नति हेतु मनाया जाता है।
मुक्का सेन्द्रा	-	इस त्योहार के दौरान जनजाति महिलाएँ पुरूष के कपड़े पहन कर दिन भर पशुओं का शिकार करती हैं।
भलवा फारेख	-	यह पर्व कदलेटा के दो-तीन दिन बाद मनाया जाता है। इसे भाख काटेक भी कहा जाता है।
जाडकोर पूजा	खड़िया	इस पूजा को प्रधान पुजारी (कालो) द्वारा की जाती है। यह पूजा मानव एवं पालतू पशुओं की रक्षा के लिए की जाती है।
भागसीम पर्व	संथाल	ये संथाल समुदाय द्वारा माघ महीने में गांव के ओहदेदार को अगले साल के लिए ओहदे की स्वीकृति देने के लिए मनाया जाता है।
शीतला अष्टमी	-	यह पर्व महिलाओं द्वारा चैत्र मास के कृष्ण पक्ष की अष्टमी को शीतला माता की पूजा करके मनाया जाता है।
बीचे आड़या	माल पहाड़िया	यह त्योहार कुरुआ (स्थांतरित कृषि) खेती में बीज बोने के उपलक्ष्य पर जेठ महीने में मनाया जाता।
पुनु आड़या	माल पहाड़िया	यह त्योहार बाजरा फसल कटने के उपलक्ष्य पर पूस महीने में मनाया जाता है।
ओसरो आड़या	माल पहाड़िया	यह त्योहार घंघरा फसल कटने के उपलक्ष्य पर कार्तिक महीने में मनाया जाता है।
जोओडेम त्योहार	खड़िया	यह खड़िया समुदाय की नवाखानी त्योहार है। खड़िया में दो नवाखानी मनाया जाता है एक गोंदली फसल पर और एक गौड़ा फसल पर गुडलू जोओडेम (गोंदली नवाखानी) और गोडअ जोओडेम (गोड़ा नवाखानी)।
दिमतअ त्योहार	खड़िया	यह खड़िया समुदाय का गौशाला पूजा है।
भदंडा पूजा	खड़िया	यह पहाड़ की पूजा है। इसे बड़ पहाड़ी पूजा भी कहा जाता है।
बिइना त्योहार	खड़िया	इस त्योहार को बाऊ बिडबिड भी कहा जाता है। यह बीज बोते समय मनाया जाने वाला उत्सव है।
मुर्गा लड़ाई	-	इसे एक प्राचीन सांस्कृतिक विरासत के रूप में मान्यता प्राप्त है। इस खेल में लोग पण लगाते हैं।
रोनोल पर्व	खड़िया	यह खड़िया समुदाय का फसल रोपनी पर्व है।
देशाऊली	-	यह देव-भूत की पूजा है और यह 12 वर्ष में एक बार मनाया जाने वाला उत्सव है।
चाँद बारेक	-	यह त्योहार भादो माह के कृष्णपक्ष में दो दिन रात्रि में चाँद न देखने पर मनाया जाता है। इस दिन घर की बड़ी-बूढ़ी महिलाएँ व्रत रखती हैं।
रोग खेदना पर्व	-	यह रोग बहिष्कृत करने का एक पर्व है।
जावा पर्व	-	यह पर्व भादो माह में और अविवाहित आदिवासी युवतियों में प्रजनन क्षमता में वृद्धि तथा अच्छे वर हेतु मनाया जाता है।

प्रमुख मेले

- झारखंड में मेलों की प्राचीन परंपरा है, यहाँ के जन-जातीय बहुल क्षेत्रों में, मेले को 'जतरा' कहा जाता है।
- इन मेलों का मुख्य उद्देश्य दूर-दराज के देहाती क्षेत्रों में रहने वाले जातीय समूहों की उपस्थिति और जुबली-मेले के समान माहौल को आकर्षित करना होता है।
- ब्रिटिश शासनकाल में झारखंड के ग्रामीण क्षेत्रों में भी प्रशासन द्वारा कुछ विशेष मेलों का आयोजन किया जाता था।
- मेलों की परंपरा भारत के सभी क्षेत्रों में प्राचीन काल से मौजूद है।
- हमारे देश में मेले दैनिक जीवन की नीरसता से मुक्ति पाने का पारंपरिक

साधन भी है।

- झारखंड में मेलों का रूप सामाजिक और कलात्मक होता है, जिसमें पूरे झारखंड की संस्कृति देखी जा सकती है।

झारखंड संस्कृति में प्रमुख मेले निम्नलिखित हैं :

देवघर का श्रावणी मेला

- यह विश्व का सबसे बड़ा वार्षिक मेला है, जो एक महीने तक चलता है तथा 'वैद्यनाथ धाम (देवघर)' जो कि हिंदू धर्मावलंबियों का प्रसिद्ध तीर्थस्थल है, यहाँ मनाया जाता है।
- शिव पुराण के अनुसार, यह शिव के बारह ज्योतिर्लिंगों में से एक है।
- झारखंड-बिहार में यह 'बाबा धाम' के नाम से भी जाना जाता है, श्रद्धालु इसे 'कामना लिंग' भी कहते हैं और मनोकामना पूर्ति की कामना करते हैं।
- श्रावण (जुलाई-अगस्त) मास में श्रद्धालु सुल्तानगंज से गंगा जल लेकर देवघर (झारखण्ड) तक 105 किमी की यात्रा तय करके 'बाबा धाम' में अर्पण करने जाते है।
- इस यात्रा के मार्ग में 'सूइया पहाड़' नामक स्थान पर दुर्गम पहाड़ी रास्ता है।
- श्रावणी मेले के अवसर पर देवघर बाबा धाम की यात्रा धार्मिक दृष्टिकोण से तो महत्त्वपूर्ण है ही, इसमें अब पर्यटन का पक्ष भी सम्मिलित हो गया है।

दुमका का हिजला मेला

- यह मेला दुमका, जो कि वर्तमान में झारखंड की उप-राजधानी है, यहाँ मयूराक्षी नदी के किनारे आयोजित किया जाता है।
- 'हिजला' शब्द हिजलोपाइट नामक खनिज का संक्षिप्त रूप है, जो बसंत ऋतु (फरवरी-मार्च) में संथाल परगना की पहाड़ियों में प्रचुर मात्रा में उपलब्ध है।
- इस मेले का प्रारंभ 1890 ई. में संथाल परगना के तत्कालीन उपायुक्त कास्टैयर्स द्वारा की गई थी।
- यह मेला बसंत ऋतु के साथ प्रारंभ होकर एक सप्ताह चलता है, और संथाल जनजाति में इस मेले का ऐतिहासिक महत्व है।
- इस मेले का प्रमुख उद्देश्य सुदूर ग्रामीण इलाकों में निवास करने वाले संथाल समुदाय के आदिवासियों की सामाजिक, आर्थिक और सांस्कृतिक स्थिति का मूल्यांकन करने के साथ-साथ सरकार की कल्याणकारी योजनाओं से जनसाधारण को अवगत कराना है।
- इसमें प्रमुख रूप से स्थानीय सांस्कृतिक दलों द्वारा पारंपरिक लागड़े, दोंग, पइकाहा और सोहराय आदि आदिवासी नृत्य संगीत प्रस्तुत किए जाते हैं।

राँची का जगन्नाथपुर मेला

- प्रसिद्ध ऐतिहासिक भगवान जगन्नाथ का 'जगन्नाथ मंदिर' के परिसर में प्रत्येक वर्ष आषाढ़ महीने के शुक्ल पक्ष की द्वितीया तथा एकादशी को रथयात्रा का आयोजन होता है, जो संपूर्ण झारखंड सहित पड़ोसी राज्यों ओडिशा और पश्चिम बंगाल में भी 'जगन्नाथपुर मेला' के रूप में सदियों से विख्यात है।
- जगन्नाथपुर में रथयात्रा एवं मेले का प्रारंभ बडकागढ़ के राजा ठाकुर ऐनीनाथ शाहदेव के शासनकाल में सन् 1691 में हुआ था।
- रथयात्रा के उद्देश्य से यहाँ जगन्नाथ मंदिर से कुछ दूरी पर मौसी बाड़ी निर्मित की गयी है।
- इस रथयात्रा के दौरान भगवान जगन्नाथ (कृष्ण), उनके भाई बलराम तथा बहन सुभद्रा की प्रतिमाओं को विशाल रथ से जुलूस यात्रा द्वारा मौसी बाड़ी तक ले जाया जाता है, जहाँ उन्हें 9 दिनों तक रखा जाता है। इसे ही 'रथयात्रा' कहा जाता है।
- 9 दिनों के बाद एकादशी को इस रथ की वापस यात्रा होती है, जिसे 'घुरती रथयात्रा' कहा जाता है।
- रथयात्रा के अवसर पर जगन्नाथपुर में नौ दिन तक चलने वाले मेले को स्थानीय लोग 'रथ मेला' कहते हैं।

मुड़मा जतरा मेला

- राँची-डाल्टनगंज मार्ग पर मुड़मा (राँची से 28 किलोमीटर दूर) नामक गाँव है।
- यहाँ प्रतिवर्ष दशहरे से दस दिन बाद 'मुड़मा जतरा' मेले का भव्य आयोजन होता है।
- झारखंड के आदिवासी समुदायों द्वारा इस मेले को 'जतरा' कहा जाता है।
- मौखिक इतिहास के अनुसार, 'मुड़मा जतरा' की स्थापना काल रोहतासगढ़ से उराँव आदिवासी समुदाय के प्रवास से संबंधित है।
- इस दौरान प्रातरू 'जतरा खूँटा' की पूजा की जाती है, जिसमें सभी दल 'जतरा खूँटा' की परिक्रमा करते हैं तथा सफेद, रंगुआ और काले रंग के मुर्गे की बलि विभिन्न देवी-देवताओं के लिए अर्पित की जाती है।
- ऐसा माना जाता है कि, प्रारंभ में 'जतरा खूँटा' को सामुदायिक रूप से मंत्रावेशित कर स्थापित किया गया था।

सिमडेगा का रामरेखाधाम मेला

- सिमडेगा (जहाँ प्राचीनकाल की गुफाएँ भी हैं) के रामरेखा नामक स्थान पर प्रतिवर्ष कार्तिक पूर्णिमा के दिन इस तीन दिवसीय मेले का आयोजन किया जाता है।
- ऐसी मान्यता है कि, भगवान श्रीराम दण्डकारण्य यात्रा के दौरान रामरेखा पहाड़ (सिमडेगा) पर कुछ दिनों तक ठहरे थे, इसी कारण इस मेले का आयोजन किया जाता है।
- इस मेले में झारखंड के अतिरिक्त उड़ीसा, छत्तीसगढ़ तथा मध्य प्रदेश के श्रद्धालु भी शामिल होते हैं।

फुसरो का हथिया पत्थर मेला

- बोकारो जिले के अंतर्गत फुसरो में 'हथिया पत्थर' नामक स्थान पर 'जरीडीह' नामक बाजार में मकर संक्रांति के अवसर पर विख्यात एवं विशाल 'हथिया पत्थर मेला' आयोजित किया जाता है।
- इस मेले के अवसर पर सामूहिक स्नान और यहाँ स्थित शिव मंदिर में पूजा-अर्चना करने की परंपरा है।

नवमी डोला मेला

- इस मेले का आयोजन टाटीसिलवे (राँची) में चैत महीने के कृष्ण पक्ष की नवमी को किया जाता है।
- इस दिन राधा-कृष्ण की मूर्तियों को एक डोली में रखकर झुलाया जाता है तथा उनका पूजन किया जाता है।
- यह मेला होली के ठीक 9 दिनों के बाद प्रत्येक वर्ष आयोजित किया जाता है तथा इसमें आदिवासियों की प्राचीन संस्कृति एवं परंपराओं का प्रदर्शन भी किया जाता है।

मण्डा मेला

- मण्डा मेला हजारीबाग, रामगढ़ और बोकारो में बैशाख, जेठ एवं आषाढ़ माह में आयोजित किया जाता है।
- इस रात श्रद्धालु अंगारों की नाली में नंगे पांव चलते हैं, जिससे उनकी आस्था का प्रदर्शन होता है, उस आयोजन को 'जागरण' कहा जाता है तथा उसके अगले दिन प्रातः 'मण्डा मेले' का आयोजन होता है।
- इस उत्सव में भगवान महादेव (शिव) की पूजा की जाती है।

सूर्यकुण्ड मेला

- इस मेले का आयोजन हजारीबाग में मकर सक्रांति के दिन से लेकर अगले 10 दिनों तक किया जाता है।

नरसिंहस्थान मेला

- नरसिंहस्थान मेला हजारीबाग में कार्तिक पूर्णिमा को आयोजित किया जाता है।
- यह मुख्यतः शहरी मेला है।

कुंडा मेला

- प्रतापपुर (चतरा) में 'फागुन शिवरात्रि' के दिनों में कुंडा मेले का आयोजन होता है।
- इस मेले की विशेषता यह है कि, इस मेले का आयोजन 'पशु मेला' के रूप में किया जाता है।

बुढ़ई मेला

- यह मेला देवघर में अगहन माह के शुक्ल पक्ष की पंचमी तिथि को नवान्न पर्व के रूप में आयोजित किया जाता है।
- नवान्न पर्व के बाद बुढ़ई पहाड़ पर स्थित बुढ़ेश्वरी मंदिर में तीन से पांच दिनों तक पूर्जा-अर्चना की जाती है।

बिंदुधाम मेला

- यह मेला बिंदुधाम शक्तिपीठ (साहेबगंज) में चैत्र माह में रामनवमी से एक सप्ताह तक आयोजित किया जाता है।
- यहाँ 'माँ विंध्यवासिनी' की अतिप्राचीन शक्तिपीठ है।

टुसू मेला

- झारखंड के पाँच परगना क्षेत्र में टुसू मेले का आयोजन किया जाता है।
- मकर संक्रांति के दिन टुसू महोत्सव और मेले का अंतिम दिन होता है।
- टुसू मेले का संबंध एक पौराणिक कथा से है, जिसमें टुसू के बलिदान की याद में ही 'टुसू मेले' का आयोजन किया जाता है।
- इस पूर्व रात्रि में जागरण होता है और 8 प्रकार के अनाजों को भूनकर टुसू का भोग लगाया जाता हैं।

गिरिडीह का लँगटा बाबा मेला

- गिरिडीह से लगभग 40 किलोमीटर दूर "खडकडीह" नामक स्थान पर पौष पूर्णिमा के दिन प्रतिवर्ष इस मेले का आयोजन किया जाता है।
- इस स्थान पर 'लँगटा बाबा' नामक सिद्ध पुरुष की समाधि है, जिनकी स्मृति में यह मेला लगता है।
- 'लँगटा बाबा' को झारखंड की साँझी संस्कृति का प्रतीक माना जाता है।

पलामू का भूत मेला

- जनश्रुति के अनुसार, इस मेले का विस्तार जम्होर (औरंगाबाद) से आए हलवाइयों के एक समूह के आने के बाद ही हुआ।
- पलामू के हैदरनगर में लगभग 2 एकड़ में फैले सुविख्यात 'देवी धाम' परिसर में प्रत्येक वर्ष चैत्र मास की प्रतिपदा से पूर्णिमा तक 15 दिनों का अनोखा 'भूत मेला' आयोजित किया जाता है।
- भूत-प्रेत से ग्रस्त लोग अथवा जिनके घर में सुख-शान्ति नहीं होती या संतान की मनोकामना वाले निस्संतान लोग इस मेले में बहुलता में आते हैं।
- जम्होर (औरंगाबाद) से आए हलवाइयों के समय से आज तक मेले में भूत-प्रेत से ग्रस्त लोगों को ओझाओं द्वारा झाड़-फूँक करते देखा जा सकता है।

जामताड़ा का करमदाहा मेला

- सत्रहवीं सदी के मध्य से आयोजित ऐतिहासिक करमदाहा मेले का आयोजन नारायणपुर (जामताड़ा) के करमदाहा नामक स्थान पर किया जाता है।
- प्रतिवर्ष, मकर संक्रांति के अवसर पर, पंद्रह दिन तक चलने वाला भगवान शिव के मंदिर परिसर में यह मेला आयोजित होता है।
- मान्यता के अनुसार, दुखिया महादेव शिवलिंग की खोज कर्ण नामक एक महाप्रतापी राजा द्वारा की गई थी, किंतु कालांतर में लोग इस स्थान को 'कर्णदाहा' के बजाए 'करमदाहा' कहने लगे।

इंद जतरा मेला

- इस मेले का आरंभ सुतियांबे गढ़ से हुआ है।
- यह मेला करम पूजा के विसर्जन के बाद त्रयोदशी को आयोजित होता है।
- इंद जतरा मेला लगाने में 12, 22, 24 एवं झींका (पड़हा) का विशेष योगदान होता है।
- मेले में एक विशाल 'टोप्पर' बनाया जाता है, जो 'गोवर्धन पर्वत' का प्रतीक होता है।
- इंद मेला की परंपरा के अनुसार, कुम्हरिया के पहानघर की अविवाहित लड़की अपने पैर से तीन बार टोप्पर को लात लगाती है, फिर इस टोप्पर को नौ दिनों तक के लिए गड़ा रहने दिया जाता है।

नुनबिल मेला

- यह मेला संथाल परगना के दुमका जिले में "केंद्र घाटा" नामक गाँव के नजदीक नुनबिल नदी के किनारे हर साल मकर संक्रांति के अवसर पर एक सप्ताह तक आयोजित होता है।
- यह पहाड़िया जनजाति का एक प्रमुख मेला है, जिसमें वो नुनबिल नदी के गरम कुंड में स्नान करते हैं और नदी के किनारे "नुनबूढ़ी देवी के पिंड" पर नमक और बतासा चढ़ाकर पूजा करते हैं।

बिसुआ मेला

- यह मेला गोड्डा जिले के बसंत राय प्रखंड में प्रत्येक वर्ष 14 अप्रैल को आयोजित होता है।
- इस मेले के शुरू होने से पहले तीन दिनों तक साफा होड़ आदिवासी समुदाय के लोग प्रसिद्ध तालाब में डुबकी लगाकर पूजा-अर्चना करते हैं।
- यह मेला आदिवासी एवं सदानों को आपस में जोड़ता है।

अन्य मेले तथा आयोजन स्थल

मेला	आयोजन स्थल
गाँधी मेला	सिमडेगा
तुर्की मेला	चाइबासा
उर्स मेला	गुमला
जतराही मेला	चतरा
रास मेला	कंचनबेड़ा (जामताड़ा जिला)
माघ मेला	साहिबगंज जिला
जेठ जतरा मेला	पंडरा नया टोली (राँची)
मुड़हर पहाड़ का मेला	----
फगडोल मेला	----

स्वर्णरेखा महोत्सव मेला	जमशेदपुर
बांग्ला सांस्कृतिक मेला	राँची
दुर्गा पूजा मेला	राँची
दशानन दहन मेला	----
सुकबन बुरू मेला	खूंटी

महामाया मंदिर का मेला	हापामुनी (घाघरा)
ऐतिहासिक फाल्गुन मेला	----
शहादत दिवस मेला	चांदाली (गुमला जिला)
बुधू भगत के गाँव का मेला	सिलगाई (राँची)
राष्ट्रीय खादी मेला	राँची

चित्रकला

- प्राचीन काल से ही मनुष्य अपने आस-पास की वस्तुओं, अपनी भावनाओं, प्रकृति के चमत्कारों और विभिन्न प्रकार के जीव-जंतु को गुफाओं की चट्टानों पर आकृत करता था। झारखंड भी इससे अछुता नहीं था।
- यहाँ के आदिवासी भी अपने भावों को मिट्टी से बनाये गये विभिन्न मानचित्रों के द्वारा व्यक्त करते थे।
- मिट्टी की शिल्पकला, प्राकृतिक रंगों से बने चित्र आदिवासियों को कलाकारों की एक विशेष श्रेणी में रखते है।
- झारखंड में चित्रकला विशेषकर लोक चित्रकला की समृद्ध परंपरा प्राप्त होती है।
- झारखंड के आदिवासी के लिए प्राकृतिक वातावरण उनकी चित्रकला का प्रेरणा स्रोत होता है।
- झारखंड के जंगलों का नैसर्गिक सौंदर्य, उनकी कलाकृति का अभिन्न हिस्सा है।
- झारखंड की आदिवासी परंपरा (स्थापत्य संस्कृति) में चित्रकला का अपना एक स्थान है।
- संथाल आदिवासी समुदाय में भित्ति चित्रण परंपरा अन्य आदिवासी समुदाय से ज्यादा है।
- झारखंड क्षेत्र के महत्वपूर्ण पर्वों पर घर में मिट्टी लिपाई करना, उपलब्ध रंगी मिट्टी से चित्र बनाना और भीतरी तथा बाहरी दीवारों पर चाँद, तारे, फूल, पौधे, मोर, मछली, तोता, मैना आदि तथा ज्यामितिक आकृतियाँ, विविध तरीके से संपूर्ण सृजनात्मक और रचनात्मक रूप से चित्रित करके घर को सजाया जाता है।

- झारखंड की चित्रकारी में फूल (ज्यादातर जंगली फूल), पत्ती और लता का आलेखन सबसे ज्यादा है।
- हजारीबाग जिले के आसपास के इलाकों में ज्यादातर घरों में गीली दूधिया मिट्टी के घोल को उँगलियों द्वारा विभिन्न प्रकार के ज्यामितिक संरचना से अलंकरण करने की परंपरा है।
- आदिवासी घरों के चौखट तथा किवाड़ ज्यादातर अलंकृत नहीं होते हैं, लेकिन कुछ जगहों पर चौखट के शीर्ष पर औजार के सहारे शेर, घोड़ा, हाथी के त्रिआयामी मुँह, चक्र, अर्धचक्र, तारे, जोड़, घटाव, गुणा, भाग के चित्र उकेरे जाते हैं।
- घर में उपयोग होने वाले अन्य सामान खटिया, मचिया, आभूषण, चटाई, टोकरी, आसनी, वाद्ययंत्र को खूबसूरत आकार में निर्माण कर उसे वर्ग, आयत, वृत, मोर, तोता, तरंगित लहेरिया के चित्र आदि से सजाया जाता है।
- यहाँ के सभी आदिवासी समुदायों में नवजात शिशु के जन्म से लेकर मृत्यु तक के संस्कार उपक्रमों में चित्र बनाने की प्रथा प्रचलित है।

संथाली दीवार चित्रण

- संथाल आदिवासियों के बीच भित्ति चित्र की परंपरा काफी समृद्ध एवं प्राचीन रही है।
- भित्ति चित्रण का पहला उदाहरण गुफा चित्र के रूप में मिलता है।
- चित्र की पहली उपलब्धि के रूप में उत्तर प्रदेश के मिर्ज़ापुर के निकट कैमूर की पहाड़ियाँ है, इसके अतिरिक्त उत्तर प्रदेश के बांदा तथा मध्य प्रदेश के रायगढ़, होशंगाबाद, भोपाल आदि, बिहार के संदर्भ में शाहाबाद, चक्रधरपुर, राजगृह तथा हजारीबाग, इस्को में गुफा चित्र पाए जाते हैं।
- गृह-संस्कृति में भी भित्ति चित्रांकन का प्राचीन काल से उल्लेख है।
- संथाल आदिवासी के चित्रों को दो क्षेत्रों में विभक्त है:
    - संथाल परगना :
        - संथाल परगना के भित्ति चित्र में प्राचीनता का भाव है तथा इसमें 'आकार' की प्रधानता है।
        - यहाँ के चित्र 'उभार' लिए हुए है।
        - संथाल परगना में प्रायः सफेद, नीला, लाल और काले रंग का प्रयोग मिलता है।
    - छोटानागपुर :
        - छोटानागपुर में आधुनिकता का भाव है तथा इसमें 'रंग' की प्रधानता है।
        - यहाँ के चित्र 'समतल' है।
        - छोटानागपुर के क्षेत्र में काला, नीला, हरा, सफेद, पीला तथा इन रंगों के मिश्रण से बने कई शेड का प्रयोग किया जाता है।
- सोहराय पर्व के अवसर पर ज्यादातर दीवार चित्रण किया जाता है।
- घर की लिपाई वाली मिट्टी को संथाली में 'फोताहोस' कहते हैं, इसके लिए लकड़ी से बने 'रूसा' का उपयोग किया जाता है।

- दीवार चित्रण में प्राय: मिट्टी रंग का ही प्रयोग किया जाता है।
- संथाली दीवार चित्रों में फूल, पत्ती, लता, पौधा, मोर, मछली, बार्डर, बंशी का काटा, जलकुम्भी तथा ज्यामितिक आकृति विविध तरीके से सम्पूर्ण सृजनात्मकता और रचनात्मकता से चित्रित की जाती है।
- मछली भी मोर के समान प्रायः जोड़े में ही चित्रित की जाती है।
- संथाली समाज के रहन-सहन, घर-द्वार में गमला कहीं भी नहीं मिलता है लेकिन उनके चित्र में गमला का बहुरूप में चित्रण मिलता है।
- डब्लू. जी. आर्चर के अनुसार, 'संथाली रेखांकन तथा चित्रकला में ऊर्ध्वाकार तथा रेखाओं में रचनात्मकता है, जो निश्चित रूप से सम्मान देने लायक है। इसकी शैली को हम जैव ज्यामिति (वाइटल ज्योमेट्री) कह सकते हैं।'

जादोपटिया चित्रकला

- जादो (चित्रकार) एवं पटिया (कागज या कपड़े के छोटे-छोटे टुकड़े) को जोड़कर बनाया जाने वाला चित्रफलक है।
- यह चित्रकारी प्राचीन पट-चित्र कथा परंपरा की लोकचित्र कला शैली है जो मुख्यतः संथालों में प्रचलित है।
- यह चित्रकला दुमका जिले में अत्यंत प्रसिद्ध है।
- बार. बी. रसेल एवं एक स्थानीय चित्रकार हीरालाल के अनुसार, "जादो पटिया चित्र शैली महाराष्ट्र के चित्रकथा से प्रेरित है।" वैसे ये चित्र शैली बंगाल के पटुआ चित्र शैली से भी मिलती-जुलती है।
- इस चित्रकला में कागज के छोटे-छोटे टुकड़ों को जोड़कर निर्मित 15-20 फीट चौड़े पटों पर चित्रकारी की जाती है।
- प्रत्येक पट पर 4 से 16 तक चित्र बनाये जाते हैं।
- इसमें चित्रकारी हेतु मुख्य रूप से लाल, हरा, पीला, भूरा, नीला व काले रंगों का प्रयोग होता है।
- इन चित्रों की रचना करने वाले को संथाली भाषा में 'जादो' कहा जाता है।
- 'जादो' समुदाय को संथाली समाज में "पुरोहित" माना जाता है।
- इसमें बाघ, देवता और जीवन के बाद के दृश्यों का चित्रण किया जाता है, इसलिए इन चित्रों की आकृतियाँ सरल, द्वि-आयामी एवं प्रभावशाली होती हैं।

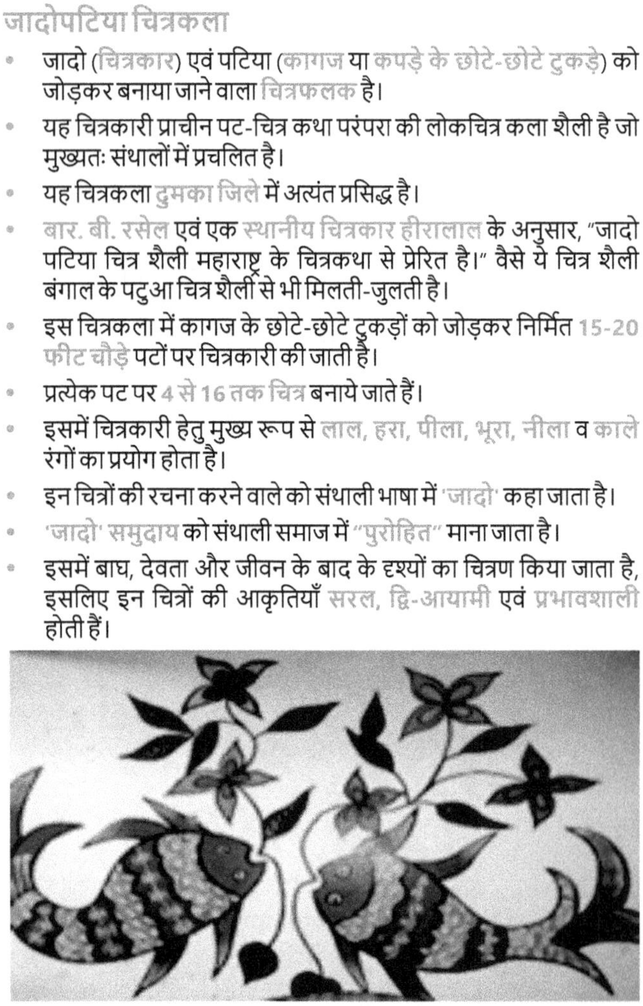

कोहबर चित्रकला

- कोहबर शब्द दो शब्दों 'कोह' एवं 'वर' के मेल से बना है, 'कोह' या खोह का अर्थ गुफा होता है एवं 'वर' दूल्हे को कहा जाता है।
- कोहबर का सामान्य अर्थ 'गुफा में विवाहित जोड़ा' या 'दूल्हे का घर' होता है।
- कोहबर चित्रकला को 2020 में जीआई टैग प्रदान किया गया था।
- कोहबर बिहार के मधुबनी, दरभंगा आदि स्थानों पर भव्य तरीके से बनाया या लिखा जाता है।
- विवाहित महिला द्वारा अपने पति के घर में कोहबर कला का चित्रण किया जाता है।
- कोहबर चित्र की दो शैलियाँ प्रचालित हैं:
  - मिट्टी की दीवारों पर पृष्टभूमि तैयार करने के लिये काली मिट्टी (मैंगनीज) का लेप हाथ से या झाड़ू से किया जाता है।
  - सूख जाने पर उसके ऊपर सफेद मिट्टी (कोलोलीन) का लेप चढ़ाया जाता है जिस पर गीली अवस्था में ही बांस / प्लास्टिक की कंघी से विभिन्न आकृतियाँ इस प्रकार बनाई जाती हैं कि ऊपर की सफेद मिट्टी हट जाती है और नीचे की काली मिट्टी में आकृतियाँ उभर के आती है।

- इसमें घर-आंगन में विभिन्न ज्यामितीय आकृतियों में फूल-पत्ती, पेड़-पौधे, बांस, मछली, मोर, साँप, कछुआ व नर-नारी का चित्रण किया जाता है।

- इसमें सिकी (देवी) का चित्रण मिलता है।
- यह चित्रकारी मुख्यतः हजारीबाग जिले के जोरकाठ, इस्को, सरैया, सहेदा, ठेठांगी, खराटी, राहम आदि गाँवों में रहने वाले बिरहोर जनजाति में सदियों से प्रचलित है।
- चित्रों में कुछ आकृतियाँ समुदाय विशेष की होती है।

सोहराय चित्रकला

- कोहबर के विपरीत सोहराय चित्र काफी रंगीन होता है और यह चित्रकारी सोहराय पर्व से जुड़ी है।
- यह चित्रकारी वर्षा ऋतु के बाद अक्टूबर-नवंबर में घरों की लिपाई-पुताई से शुरु होती है।
- 'मंझू सोहराय' तथा 'कुर्मी सोहराय' इस चित्रकला की दो प्रमुख शैलियाँ हैं।
- इस चित्रकारी में कला के देवता पशुपति को बैल की पीठ पर सवार हुए चित्रित किया जाता है।
- इस चित्रकला में विभिन्न प्रकार के जीव-जंतु जैसे- हवा में लहराते सर्प, हिरण, बैल, मोर, पौधे, फूल, लहेरिया आदि को भी चित्रित किया जाता है।
- यह चित्रकला हजारीबाग जिले में अत्यंत प्रसिद्ध है।
- सोहराय चित्रकला को भी 2020 में जीआई टैग (भौगोलिक संकेतक) प्रदान किया गया था।
- यह झारखंड में किसी भी श्रेणी में प्राप्त होने वाला पहला जीआई टैग है। इसके लिए सोहराय कला विकास सहयोगी समिति, हजारीबाग द्वारा आवेदन दिया गया था।

गंजू चित्रकला

- इस कला में पशुओं, वन्य, पालतू जानवरों एवं वनस्पतियों की तस्वीरें बनाई जाती हैं।
- इस चित्रकला के माध्यम से लुप्तप्राय जानवरों को रीति-रिवाजों में दर्शाया गया है।
- यह चित्रकला अपने आप में एक विशेष शैली है, जिसमें आकृति के साथ-साथ अक्षरों का भी उपयोग किया जाता है।

पईत्कर चित्रकला

- यह चित्रकला प्राचीन काल से झारखंड में विद्यमान है और इसे झारखंड की "स्क्रॉल चित्रकला" भी कहा जाता है।
- यह चित्रकारी अमादुबी (सिंहभूम) गाँव में अत्यंत प्रसिद्ध है, जिसके कारण इस गाँव को "पईत्कर का गाँव" भी कहा जाता है।
- यह भारत की प्राचीन आदिवासी चित्रकला है और माना जाता है कि इसकी शुरुआत सबर जनजाति से हुई थी।
- गरुड़ पुराण में भी यह चित्रकला पाई गई है।
- झारखंड के अतिरिक्त, यह चित्रकला बिहार, उड़ीसा तथा पश्चिम बंगाल में भी लोकप्रिय है।
- इस चित्रकला के माध्यम से जनजातियों द्वारा विभिन्न कहानियों, स्थानीय रीतियों तथा जीवन के बाद होने वाली घटनाओं का वर्णन किया जाता है।

राणा, तेली एवं प्रजापति चित्रकला

- इन तीन चित्रकलाओं का प्रयोग उपर्युक्त तीन प्रजातियों (राणा, तेली एवं प्रजापति) द्वारा किया जाता है।
- इस चित्रकला में पशुपति (भगवान शिव) को पशुओं एवं पेड़-पौधों के देवता के रूप में प्रदर्शित किया जाता है।
- इस चित्रकला में धातु के तंतुओं का प्रयोग किया जाता है।

भित्ति चित्र

- झारखंड के हजारीबाग जिले में घरों की दीवारों पर होने वाली चित्रांकन की कला सबसे आकर्षक एवं सबसे लोकप्रिय है।
- यहाँ की इस्को स्थित गुफाओं में पाषाणकालीन चित्रांकन भी पाए गए हैं।
- इस प्रकार का चित्रांकन मुख्यतः कुर्मी एवं घटवाल जातियों द्वारा किया जाता है।
- इन चित्रकलाओं को कोहबर एवं सोहराय चित्रकला के नाम से जाना जाता है।

कोहबर और सोहराय चित्रकला में अंतर	
कोहबर चित्रकला	**सोहराय चित्रकला**
सिकी (देवी) का चित्रण	प्रजापति या पशुपति का चित्रण
स्त्री-पुरुष संबंधों का चित्रण	जंगली जीव-जंतुओं, पशु-पक्षियों व पेड़-पौधों का चित्रण

टिप्पणी:

- झारखंड के अधिकांश कृषि आधारित गाँवों में आश्विन के महीने में बोये जाने वाली फसलों के बाद ग्रामवासी लोकप्रिय पर्व 'बन्दना' की तैयारी में लग जाते हैं।
- बन्दना में खेती में प्रयुक्त होने वाले जानवरों की पूजा की जाती है।
- मिट्टी की विभिन्न रंगों की चौड़ी पट्टियों और ज्यामितीय आकारों से दीवारों को सजाया जाता है।
- घर के सामने वाली दीवार परम्परागत तरीके से, विशेष 'फ्रेस्को' चित्र के लिये तैयार की जाती है।
- चित्र में बनाये जाने वाले विभिन्न आकार अलग-अलग नामों से जाने जाते हैं, जैसे:
  - बर्फी के आकार की श्रृंखला को 'सुसनी पत'
  - सितारेनुमा आकृतियों को 'जरा पत'
  - हृदय या पान के पत्तों के आकार को 'पान-पत'
  - हथेली के किनारे से बनाई गई आकृति को 'अमलकी'
  - पुष्पाकृति को 'सालुक'
- घर के द्वार पर या आंगन में 'अल्पना' बनाने का रिवाज भी है।
- फूल-पत्तियों की आकृतियों से बनाई गई अल्पना के बीच में 'देवी' के पैरों की आकृतियाँ बनाई जाती हैं

शिल्पकला

- झारखंड एक अनूठा राज्य है, जो प्राकृतिक संसाधनों से भरपूर है और यहाँ के लोगों द्वारा बनाए गयी उत्कृष्ट कलाकृतियों का कला के क्षेत्र में महत्वपूर्ण स्थान है।
- काकी कंघी और काकी माला जैसी कलाएं झारखंड की पहाड़िया जनजाति द्वारा बनाई जाती है।
- लकड़ी से बनी बेरी हैंडल एक वस्तु है, जो किसी भी साप्ताहिक 'हाट' या गांव के बाजार में मिलती है।
- नाव के आकार की टोकरियाँ, दरवाजा पैनल, चम्मच, शिकार तथा मछली पकड़ने के उपकरण, फुलके, कलम स्टैंड, टेबल मैट, बक्सा, क्रिसमस का पेड़ या सुबई घास कटोरा (जंगली घास) बनाने का प्रचलन है एवं चाईबासा इन चीजों के लिए मशहूर है।
- राँची के छोटे गांवों के पास खजूर के पत्तों से अंगुली चित्रित खिलौने, पीढ़ियों से बनाए जा रहे हैं।

वर्तमान में उपयोग होने वाली सभी वस्तुओं का संक्षिप्त विवरण निम्नवत है:

घरेलू उपकरण			
पइला / पैला	डिबरी	घंटी	मलिया
घुघुर (घुंघरू)	घाघर (बड़े घुंघरु)	दालघोंट	करही
घंटी	पांचबत्ती / आरती दीया	शहनाई (वाद्य)	चाभी रिंग
धूपदानी	टीप	करांट	नरसिंघाध्संखवा
हुक्का	सिन्दूर कीया	खुरपी	
कलछुल	डांटा कलछुल	भातछकनी	

सजावट के सामान		
मोमेंटो	मुखौटा	नर्तकध्नर्तकी
बत्तख	गुलदस्ता	कलश
बैलगाड़ी	बैल	हाथी, मेंढ़क
कछुआ	मछली	वाद्य

मूर्तियों में प्रमुख हैं:	
बजरंग बली	शिवाजी
दुर्गा माँ	सरस्वती माता
नन्दी	नागदेवता
विष्णु	कृष्ण
काली माँ	इन्द्र भगवान
गणेश जी	

झारखंड की प्रमुख शिल्पकलाएँ निम्न हैं:

डोकरा शिल्पकला (धातु शिल्प)

- डोकरा कला दस्तकारी की एक प्राचीन कला है जो झारखंड की संस्कृति का एक अहम हिस्सा है और यह कला भारत के साथ-साथ विदेशों में भी लोकप्रिय है।
- इस कला का संबंध मलार जाति से है और इसे 'घढ़वा कला' भी कहा जाता है।
- इसमें पुरानी मोम-कास्टिंग तकनीक का उपयोग करके अथवा कला में मधुमक्खियों से प्राप्त मोम का प्रयोग करके अत्यंत सुंदर मूर्तियों का निर्माण किया जाता है।
- इस कला में तांबा, जस्ता, रांगा (टिन) आदि धातुओं के मिश्रण की ढलाई करके मूर्तियाँ, बर्तन व अन्य सामान बनाए जाते है।
- इस कला का सबसे प्राचीन उदाहरण मोहनजोदड़ो की खुदाई से प्राप्त नृत्य करती हुईं लड़की की प्रसिद्ध मूर्ति है।
- यह कला की विधि 'साइरे-परड्यू' विधि का ही एक परिवर्तित रूप है।

बाँस शिल्प

- बाँस शिल्प झारखंड ही नहीं बल्कि विश्व के प्राचीनतम एवं लोकप्रिय शिल्पों में से एक है।
- बाँस शिल्प मुख्य रूप से महली, संथाल, हो, गोंड, पहाड़िया आदि जनजातियों द्वारा निर्मित किए जाते हैं किन्तु कमोबेश हर जनजाति बाँस के उपयोग एवं महत्त्व को जानते है।
- बाँसुरी इस कला का एक महत्वपूर्ण उदाहरण है जो संथाल परगना, राँची एवं सिंहभूम आदि जिलों में संगीत के क्षेत्र में प्रयोग किया जाता है।

वर्तमान में बनाए जाने वाले बाँस के पारंपरिक वस्तुओं की सूची निम्न है:

सूप	दउरा	झिपनी
झाड़ू / खाँची	ओड़िया	पिंजड़ा (मैना, पड़की पिंजड़ा)

खइचला / उड़लू / पथिया	छटका	चटाई
चंगरी / डहरा	सुपली	गेंडुआ
बेनिया / बेनवा / पंखा	मौनी	फिरफिरी / घिरनी
फूलडाली	गरना	दाल चलनी
ढोंटी	कुमनी	नेठो / विंडो
नाचू / नचुआ एवं डाली	पेलनी	इंद छाता
टोकी / टुकनू	मांदर (खिलौना)	खइरका (तिनका, सींक)
टोकरी (सब्जी, फल)	करम डोलसी	डेला (पौधा घेरने वाला)
टापा (मुर्गी रखकर बेचने वाला)	झापा (चूजा ढकने वाला)	बाँस ककई

लुप्त प्राय वस्तुओं की सूची:	
हरका	पेटी / पेटारी
छाता	तराजू / शेर ढारा
हाँड़ी चलनी (चाला)	सेनी / चाईंड / सैर
भुरकी / चुरकी / टुपला (मुढ़ी नापने वाला)	सेम्बा / पौंती
फटली	ठोंघी लास्सा
डोली / जहाज	डेलंगी / डेमनी / ठेकी
ढाकी / भउका	फेचका

बाँस की आधुनिक कलाकृतियों की सूची निम्नलिखित है:		
लैंप (लालटेन)	बासकेट	बैग
एफिल टावर, आभूषण	जहाज नाव (साधारण एवं टाइटेनिक)	कप
फ्रुट ट्रे	ट्रे (इसके अनेकों डिजाइन बनते हैं)	फूलदान
पूजा टोकरी	पेन, पेन्सिल बॉक्स	जग, मग
डस्टबीन	आकर्षक डोलची	प्लेट
मछली	बाज पक्षी साथ ही अन्य पशु-पक्षी	टोपी
डोर हैंगिंग (दरवाजों पर टांगने वाला)	वॉल हैंगिंग (दीवरों पर टांगने वाला) के अनेकों डिजाइन	बैलगाड़ी
कलश	सोफासेट, सेंटर टेबल एवं पालना	डब्बा
झाड़फानुस	रेस्टोरेंट की छतरी और बच्चों के खिलौनें	मंदिर
घेरा	अस्थायी पूजा पंडाल	बाड़
पलंग, दीवान	मूर्तियाँ, मूर्तियों के ढांचे	कुटिया

काष्ठ शिल्प

- झारखंड में लकड़ी प्राचीनतम कच्चा माल है और बहुतायत मात्रा में पाई जाती है, इसीलिए झारखंड के राँची और हजारीबाग में काष्ठ शिल्प विकसित है।
- लकड़ी का इस्तेमाल अस्त्र बनाने और जलावन के रूप में किया जाता है।
- झारखंड क्षेत्र जंगलों से पूर्णतया आच्छादित है, अतः तकरीबन हर जनजाति में लकड़ी की उपयोगी सामग्रियाँ बनाई जाती हैं।

लकड़ी से बनाई जानेवाली अन्य उपयोगी सामग्रियाँ	
बालकों एवं बड़ों के उपयोग की सामग्री	ललौना, घिरनी, टिकटिकी, चकइ, लटइ, ककइ, गुलेल, रैंचा, भौंरा, लट्टू घोड़ा, झूला, पालना, बनम, मांदर सारंगी ढोल, ढाँक के खोल आदि।
घरेलू उपकरण	लाकुड़, खुरपी, चेटुवा, पीढ़ा, मचिया, खटिया, टंगनी, मुगरा, ढेकी, कोल्हू, पाटा या चीपा कोल्हू, ओखल-मूसल, गौरैया खूँटा ठरकी, बेलना-चकला, काठ पैला आदि।
गृह निर्माण के उपयोग की सामग्री	खूँटा, धरना, मनीथंम, बरंगा, कंड़ी काँड़, बत्ता, दतिया, अचंगा, माचा, दरवाजा, जंगला, पाटइन आदि।
खेती के उपयोग की सामग्री	हल, हुआठ, सगढ, बैलगाड़ी, पाटा, कुरूरपाटा, लाइठ खूँटा, पावठा, पैना, चिगुर, बहिंगा, चुँआ खोल आदि।

प्रस्तर शिल्प

- प्रस्तर शिल्प हजारीबाग जिले के कुसुमडीह, लोलाबंध नाला, पहाड़, राँची जिले के कुरूमगढ़, कुटीटोला जैसे स्थानों पर देखा जा सकता है।
- झारखंड के घाटशिला, चांडिल, पलामू, दुमका और सरायकेला भी प्रस्तर शिल्प के लिए प्रसिद्ध है।
- प्रस्तर शिल्प में पत्थर से सिल-बट्टा, जीव-जंतुओं की मूर्तियों, खरल-मूसल, बेलना-चकला आदि निर्मित होते हैं।
- इनमें से सिल-बट्टा, खरल-मूसल आदि प्रमुखता से उपयोग किए जाते हैं।

मुखौटा शिल्प

- झारखंड के सरायकेला - खरसावां "मुखौटा शिल्प" के लिए प्रसिद्ध है।
- छऊ नृत्य का आगमन सरायकेला जिले में हुआ है तथा सरायकेला छऊ नृत्य में मुखौटा / मुकुट का उपयोग अनिवार्य होता है।
- ये मुखौटे मिट्टी (चिटामाटी), कागज़ (विशेषतया अखबार), कपड़ा और नोंगड़ी (अमरुद अथवा इमली की लकड़ी से बने हुए औजारों) से बनाया जाता है।
- मुखौटा बनाने वाले कुशल कारीगर "महापात्रा, महाराणा" या "सूत्रधार" कहलाता है।
- महाकाव्यों के पात्रों के चेहरे विभिन्न रंगों में रंगे जाते हैं जैसे शिव-उजला, कृष्णा-आसमानी, पार्वती-गुलाबी, चन्द्रमा-उजला, मयूर-गुलाबी।
- एक मुखौटा तैयार करने में सामान्यतया 5 से 6 दिन लग जाते हैं।

लेदरा (केथरी) शिल्प

- झारखंड के हजारीबाग क्षेत्र में लेदरा (अर्थात् फटे-पुराने कपड़े) शिल्प की संवाहक इस क्षेत्र की ग्रामीण महिलाएँ हैं।

- बिहार के उत्तरी क्षेत्र का सुजनी शिल्प अथवा केथरी भी इसी श्रेणी की शिल्पकला है।
- इन्हीं फटे-पुराने कपड़ों से एक सुन्दर कृति का निर्माण किया जाता है जो बच्चों-बूढ़ों के ओढ़ने-बिछाने के काम आता है।
- प्रागैतिहासिक कलाकृतियों की परंपरा आज भी कोहबर, सोहराय तथा लेदरा शिल्पों में देखी जा सकती है।

मृण शिल्प

- मृण शिल्पकला को झारखंड के राँची और हजारीबाग जिले में समृद्ध रूप से देखा जा सकता है।
- इस कला में मिट्टी का उपयोग करके जरूरत की सामग्रियों को बनाया जाता है।
- इस कला में काली एवं लाल मिट्टी का प्रयोग होता है।
- झारखंड में मृण शिल्पकला में कुम्हार जाति के लोग निपुण होते हैं।
- मृण शिल्पकला में मिट्टी के बने बर्तन, खिलौने, मूर्तियाँ, फूलदान, चूल्हे, सिगार और अन्य आवश्यक वस्तुएँ बनाई जाती हैं।
- गुलदस्तों आदि पर सजावट के लिए हाथ से बनाकर चिपकाई जाने वाली विभिन्न प्रकार की आकृतियाँ जैसे फूल, पत्तियाँ आदि को 'ल्यूटिंग' शिल्पकारी कहते हैं।

वस्त्रशिल्प

- वस्त्र शिल्पकला का प्रयोग आदिवासी स्त्रियाँ कपड़े बुनने में करती है।
- इन वस्त्रों को बनाने के लिए हथकरघों का निर्माण किया है।
- "पंची-पाड़वंड" नामक विशेष प्रकार का वस्त्र कमर के नीचे संथाली महिलाओं द्वारा धारण किया जाता है। सामान्यतः यह हरे रंग का होता है, परंतु नीले रंग या चार खाने की पाड़वंड अथवा सफेद रंग की पंची भी बनाई जाती है।
- झारखंड में वस्त्र रंगाई तथा छपाई का कार्य व्यापक पैमाने पर जमशेदपुर एवं खरसावाँ में किया जाता है।
- वस्त्रशिल्प में वस्त्र उत्पादन तकनीकी विकास तथा आकर्षक डिजाइन विकसित करने के लिए 'बुनकर सेवा केंद्र' भागलपुर के साहेबगंज में को-ऑपरेटिव सोसायटी के द्वारा किया जाता है।

भाषा एवं बोली

- झारखंड में भाषायी वर्गीकरण को तीन श्रेणियों में विभाजित किया गया है:
  1. मुण्डा भाषा परिवार
  2. द्रविड़ भाषा परिवार
  3. आर्य भाषा परिवार
- झारखंड स्थित रांची विश्वविद्यालय एकमात्र ऐसा विश्वविद्यालय है जहां क्षेत्रीय एवं जनजातीय भाषाओं एवं बोलियों के अध्ययन एवं अध्यापन की सर्वोत्तम व्यवस्था है।
- सम्पूर्ण भारत में झारखंड राज्य में सर्वाधिक वैविध्यपूर्ण भाषाएँ बोली जाती है।
- झारखंडी भाषा झारखंड की सांस्कृतिक अस्मिता से जुड़ी हुई है।
- झारखंड की भाषाओं को दो भागों में विभाजित किया गया हैं:
  1. आदिवासी / जनजातीय भाषा
  2. सदानी भाषा

प्रमुख आदिवासी / जनजातीय भाषा

संथाली भाषा

- इस भाषा का संबंध ऑस्ट्रो एशियाटिक (मुण्डारी) भाषा परिवार से है और यह झारखंड के संथाली जनजाति, बिहार, उड़ीसा, पश्चिम बंगाल, मध्य प्रदेश, असम, नेपाल, भूटान एवं बांग्लादेश द्वारा बोली जाने वाली भारत की प्राचीनतम भाषाओं में से एक है।
- संथाली अपनी भाषा को होड़ रोड़ अर्थात् होड़ लोगों की बोली कहते हैं।
- संथाली भाषा के दो रूप हैं- शुद्ध संथाली एवं मिश्रित संथाली।
- उत्तरी संथाली : झारखंड के अन्तर्गत देवघर, दुमका, गोड्डा, पाकुड़, साहेबगंज जिलों में तथा पश्चिम बंगाल के मालदा, वीरभूम, बाँकुड़ा, बर्द्धमान जिलों में प्रचलित संथाली को 'उत्तरी संथाली' कहा जाता है।
- दक्षिणी संथाली : पश्चिम बंगाल के मेदिनीपुर एवं उड़ीसा के विभिन्न क्षेत्रों में प्रचलित संथाली 'दक्षिणी संथाली' कहलाती है।
- इस भाषा को सबसे पहले 1845-50 ई. के आसपास उड़ीसा में रहने वाले जर्मिया फिलिप्स नामक एक विदेशी पादरी साहब ने लिपिबद्ध किया था जो कि रोमन, देवनागरी लिपि में ही लिखी जाने वाली भाषा है।
- पंडित रघुनाथ मुर्मू द्वारा सन् 1941 में संथाली भाषा के लिए 'ओलचिकी' नाम की लिपि आविष्कृत की गयी है।
- 92वें संविधान संशोधन, अधिनियम 2003 द्वारा भारतीय संविधान की 8वीं अनुसूची में संथाली भाषा को शामिल किया गया है और आठवीं अनुसूची में शामिल की जानेवाली यह झारखंड की एकमात्र क्षेत्रीय भाषा है।
- डोमन साहू समीर को संथाली साहित्य का भारतेन्दु कहा जाता है (प्रमुख रचना - संताली प्रवेशिक, 1951)।

हो भाषा

- यह झारखंड की जनप्रिय "हो जनजातीय" भाषा है, अतः इस भाषा की अपनी शब्दावली एवं उच्चारण पद्धति है।
- पूर्वी एवं पश्चिमी सिंहभूम जिलों में 'हो' भाषा बोलने वाली जनजातियों का समुदाय है।
- 'लोका बोदरा' नामक व्यक्ति के द्वारा 'हो' भाषा हेतु 'वारङ्क्षिति' नामक लिपि का विकास किया गया है।
- 'हो' भाषा में अधिकतर अघोष एवं अल्पप्राण व्यंजन प्रयुक्त होते हैं, इसलिए इसमें 'य' 'ज' में, 'ख' 'क' में, 'घ' 'ग' में परिवर्तित हो जाता है।
- डॉ. एस. के. तियु के द्वारा प्रकाशित पत्र-पत्रिकाएँ तुर्तुङ, सांयाँ मरसल आदि मुख्य हैं, जिनका 'हो' भाषा एवं साहित्य की प्रगति की दिशा में सराहनीय योग रहा।

मुण्डारी भाषा

- यह मुण्डा जनजाति समूह की समृद्ध, द्वयक्षर एवं अश्लिष्ट योगात्मक भाषा है तथा यहाँ इसे 'होड़ो जागार' भी कहते हैं, जिसमें 'होड़ो' का अर्थ मनुष्य और 'जागार' का अर्थ हैं- भाषा।
- मुण्डारी झारखंड राज्य के राँची, सिंहभूम, हजारीबाग, धनबाद और पलामू जिले में बोली जाती हैं।
- मुण्डा जनजाति के इतिहास के साथ मुण्डारी भाषा का इतिहास भी समृद्ध है, यह ऑस्ट्रो एशियाटिक परिवार की भाषा है।
- मुण्डारी भाषाविदों ने यह दावा किया है कि, यह भाषा संस्कृत से भी पुरानी है और भारत की जितनी भी भाषाएँ हैं, उनमें संस्कृत ही एक ऐसी भाषा है जो उच्चारण एवं व्याकरण की दृष्टि से मुण्डारी भाषा के समान है।
- मुण्डारी भाषा में अनेक शब्द ऐसे मिलते हैं, जो संस्कृत से समान रूप में

आये हैं जैसे- इजलास, इलाका, अनुमान, आइना, उपज आदि।

- मुण्डारी की अपनी लिपि नहीं है, इसलिए रोमन एवं देवनागरी लिपियों में ही लिखी जाती है।
- मुण्डारी भाषा के चार रूप मिलते हैं:
    - हसद मुण्डारी :- खूँटी व मुरहू के आसपास के क्षेत्र में प्रचलित
    - तमड़िया मुण्डारी :- तमाड़ व आसपास के क्षेत्र में प्रचलित
    - केर मुण्डारी :- राँची व आसपास के क्षेत्र में प्रचलित
    - नगुरी मुण्डारी :- नागपुरी भाषा मिश्रित मुण्डारी

कुडुख / उराँव भाषा

- 'कुडुख' उराँव जनजाति की अनेकाक्षर और प्रत्यय संयोग प्रधान भाषा हैं और इसकी उत्पत्ति द्रविड़ियन से हुई हैं।
- कुडुख द्रविड़ियन शब्द हैं और द्रविड़ भाषा में कुडुख शब्द का अर्थ 'मनुष्य' होता हैं।
- उराँव लोगों की उपस्थिति न केवल झारखंड में अपितु छत्तीसगढ़, पश्चिम बंगाल, उड़ीसा में भी है।
- झारखंड के क्षेत्रीय भाषाओं के संदर्भ में इस भाषा का सर्वाधिक लिखित साहित्य मिलता है।
- इसके लिए डा. नारायण उराँव ने एक लिपि 'तोलोंग सिमी' विकसित की हैं।
- कुडुख भाषा में 3 लिंगों की विधि है-
    - पुल्लिंग : मनुष्यों के लिए प्रयुक्त होता है।
    - स्त्रीलिंग : यह भी मनुष्यों के लिए प्रयुक्त होता है।
    - नपुंसकलिंग : इसका प्रयोग निर्जीव वस्तुओं के लिए किया जाता है।

खड़िया भाषा

- इस भाषा का संबंध ऑस्ट्रो एशियाटिक (मुण्डारी) भाषा परिवार से है।
- इस भाषा का उपयोग खड़िया जनजाति के लोग करते हैं, जो मध्य प्रदेश और बंगाल के अलावा झारखंड के रांची जिले की दक्षिण-पूर्वी सीमा से लेकर गुमला जिले के पूर्व तक रहते हैं।
- सिंहभूम जिले में खड़िया बोलने वाले लोग निवास करते हैं, जिन्हें 'हिल खड़िया' कहा जाता है।
- उड़ीसा और छत्तीसगढ़ राज्यों में खड़िया बोलने वाले लोगों को 'ढेल्की खड़िया' कहा जाता है।
- खड़िया भाषियों को झारखंड में 'दूधखड़िया' कहा जाता है।
- खड़िया लिपि का निर्माण उड़ीसा के जुनास बिलुड़ द्वारा किया गया था, परन्तु यह लिपि प्रचलन में नहीं है इसलिए देवनागरी लिपि में ही खड़िया का लेखन कार्य किया जाता है।

माल्टा / मालतो भाषा

- इस भाषा को सैरिया पहाड़िया, माल पहाड़िया, गोंड जनजातियों द्वारा प्रयोग किया जाता है।
- यह कुडुख भाषा का ही एक रूप है और इस भाषा का संबंध द्रविड़ भाषा परिवार से है।

असुरी भाषा

- यह असुर जनजाति में बोली जाने वाली भाषा है।
- यह भाषा लगभग विलुप्तप्राय है और इसे बोलने वाले लोग अत्यल्प ही रह गए है।

प्रमुख सदानी भाषा

पंचपरगनिया भाषा

- यह भाषा पाँच परगनों (पंचपरगना) क्षेत्र- सिल्ली, सोनाहातू, बुण्डू, अड़की और तमाड़ में बोली जाती है।
- पंचपरगनिया नागपुरी, कुरमाली आदि से अलग एवं स्वतंत्र बोली है जिसका अपना व्याकरण एवं भाषिक संरचना है।
- यह भारोपीय (भारतीय-यूरोपीय) भाषा परिवार से संबंधित है।
- इस भाषा का वाच्य भी हिन्दी की तरह ही है।
- इस भाषा में क्षेत्र एवं परिवेश के प्रति सजगता एवं वैष्णव भक्ति का चित्रण मिलता है।

खोरठा भाषा

- जार्ज ग्रियर्सन ने भाषा सर्वेक्षण के दौरान पूर्वी मगही की समीपवर्ती बोली को खोरठा कहा है तथा इस नाम को व्यापक मान्यता मिली हुई है।
- इसके अन्य नामों में खट्टाही, मगहिया, रमगहिया, मुचिआली, ढारमिक्ष आदि बहुश्रुत एवं व्यवहृत रहे हैं।
- यह भारोपीय (भारतीय-यूरोपीय) भाषा परिवार से संबंधित है।
- इसका संबंध खरोष्ठी लिपि से है और यह मागधी प्राकृत से विकसित एक भाषा है।
- यह हजारीबाग के कुछ हिस्सों गिरिडीह, धनबाद, संथाल परगना, बोकारो, राँची व पलामू जिले में बोली जाती है।
- छोटानागपुर के उत्तरी इलाके में मुख्य रूप से व्यवहृत भाषा खोरठा ही है।
- खोरठा साहित्य में अधिकांशतः राजा-रजवाड़ों आदि की कथाएँ मिलती हैं।

कुरमाली / करमाली भाषा

- यह मूलत: कुरमी जाति की भाषा है।
- यह भारोपीय (भारतीय-यूरोपीय) भाषा परिवार से संबंधित है।
- 'अंगिका' बिहार के भागलपुर, बांका और कटिहार जिलों में बोली जान
- यह भाषा राँची, हजारीबाग, गिरिडीह, धनबाद, सिंहभूम एवं संथाल परगना में बोली जाती है।

नागपुरी भाषा

- इस भाषा का विकास मागधी प्राकृत भाषा से हुआ है।
- यह झारखंड की प्रमुख संपर्क भाषा है, जो सम्पूर्ण झारखंड को एक सूत्र में पिरोती है, इसे 'नागपुरी' या 'नगपुरिया' के नाम से जाना जाता है।
- नागपुरी को 'सदानी' कहा गया है क्योंकि यह सदान समुदाय और नागवंशी राजाओं (जो सदानों की जाति बोध) की मातृभाषा रही है।
- लगभग पूरे छोटानागपुर-झारखंड नागवंशी शासन काल में नागपुरी राज भाषा रही है।
- झारखंड में सदानों के साथ आदिवासी भी रहते आए है अतः उन्होंने इसे 'सदरी' या 'सादरी' कहा है।
- नागपुरी को अन्य नामों में 'गँवरी या गँडली' भी कहा जाता है।
- नागपुरी भाषा झारखंड, छत्तीसगढ़, उड़ीसा, असम, बंगाल, बिहार जैसे राज्यों में फैली हुई है तथा बंगाल और असम के मजदूरों द्वारा यह व्यवहृत है।
- नागपुरी में 12 स्वर और 33 व्यंजन हैं।
- नागपुरी के प्रथम ज्ञात कवि बेनीराम महथा (रचना- नागवंशावली) हैं।

अन्य प्रमुख भाषाएँ

मगही भाषा

- मगध की प्राचीन प्रचलित भाषा 'मगही मागधी' का अपभ्रंश नाम हैं।
- झारखंड के परिप्रेक्ष्य में यह जनभाषा का स्वरुप लिए हुए हैं।
- डॉ जार्ज ग्रियर्सन (भाषा वैज्ञानिक) द्वारा प्रचलित मगही दो वर्गों में विभाजित किया गया है-
    - आदर्श मगही : यह मुख्यतः हजारीबाग व पूर्वी पलामू क्षेत्र में बोली जाती है।
    - पूर्वी मगही : यह राँची, रामगढ़, हजारीबाग आदि क्षेत्रों में बोली जाती है।

जिप्सी भाषा

- यह झारखंड के सीमित क्षेत्र में मुख्यतः नट, मलाट व गुलगुलिया जातियों द्वारा बोली जाती है।

भोजपुरी भाषा

- बक्सर जिले के गाँव भोजपुर के आधार पर भोजपुरी भाषा का नामकरण हुआ है।
- उत्तर प्रदेश और बिहार के बड़े हिस्से में व्यवहृत इस भाषा का स्वरुप वर्तमान में अंतर्राष्ट्रीय रूप से प्रचलित हो गया है।
- झारखंड में प्रचलित भोजपुरी दो वर्गों में विभाजित है-
    - आदर्श भोजपुरी : यह मुख्यतः पलामू व उसके आसपास के क्षेत्र में बोली जाती है।
    - नगपुरिया, सदरी व सदानी भोजपुरी : यह छोटानागपुर व गैर-आदिवासी क्षेत्रों में बोली जाती है।
- झारखंड के सभी औद्योगिक शहरों में भोजपुरी भाषी बहुसंख्यक हैं।

अंगिका भाषा

- इसे मैथिली का ही एक रूप माना जाता है।
- यह मुख्य रूप से संथाल परगना क्षेत्र में बोली जाती है।
- झारखंड में अंगिका भाषा देवघर, जामताड़ा, दुमका, गोड्डा, साहेबगंज और पाकुड़ में सामान्य सार्वजनिक उपयोग में हैं।
- अंगिका' बिहार के भागलपुर, बांका और कटिहार जिलों में बोली जाने वाली भाषा भी है।
- इसका एक अन्य नाम "देवघारिया" भी समान रुप से व्यवहृत है।
- छठी शताब्दी में रचित ललित विस्तार नामक ग्रंथ की रचना अंगिका भाषा में की गयी थी।

झारखंड की क्षेत्रीय भाषाओं का विभाजन

भाषा परिवार	भाषा
भारोपीय (भारत-यूरोपीय) भाषा परिवार	हिन्दी, खोरठा, पंचपरगनिया, करमाली, नागपुरी आदि
द्रविड़ (द्रविड़ियन) भाषा परिवार	कुडुख (उराँव)
मुण्डा (आस्ट्रिक/आस्ट्रो-एशियाटिक) (सौरिया पहाड़िया एवं माल पहाड़िया) भाषा परिवार	मुण्डा, संथाली, मुण्डारी, हो, खड़िया आदि

टिप्पणी :

- प्रथम राजकीय भाषा : हिन्दी
- द्वितीय राजकीय भाषाएँ : उर्दू, संथाली, बांग्ला, उड़िया, मुण्डारी, हो, खड़िया, कुडुख, कुरमाली, खोरठा, पंचपरगनिया, नागपुरी, मगही, भोजपुरी, मैथिली, अंगिका।
- आदिवासी एवं देशी भाषा की वैज्ञानिक लिपि के विकास हेतु 2003 में राँची में झारखंड भाषा साहित्य संस्कृति अखरा का गठन किया गया था।

झारखंड का साहित्य व साहित्यकार

झारखंड की मूल संस्कृति में भाषा और साहित्य दोनों क्षेत्रीय विविधताओं के साथ मौजूद हैं। इनमें प्रादेशिक विविधता है, लेकिन बाहरी संस्कृतियों के संपर्क के कारण इनमें कुछ मिश्रण या परिवर्तन हुआ है, लेकिन फिर भी कुछ क्षेत्रों में इसे अक्षुण्ण देखा जा सकता है। झारखंड के साहित्य को निम्नलिखित प्रकार से वर्गीकृत किया जा सकता है:

झारखंड का साहित्य

- **जनजातीय साहित्य**
  - संथाली साहित्य
  - मुंडारी साहित्य
  - हो साहित्य
  - खड़िया साहित्य
  - कुडुख साहित्य
- **सदानी साहित्य**
  - नागपुरी साहित्य
  - खोरठा साहित्य
  - पंचपरगनिया साहित्य
  - कुरमाली साहित्य
- **हिंदी साहित्य**
  - गद्य साहित्य
    - कहानी
    - उपन्यास
    - नाटक
  - पद्य साहित्य

जनजातीय साहित्य

झारखंड के जनजातीय साहित्य के अंतर्गत संथाली साहित्य, मुंडारी साहित्य, हो साहित्य, खड़िया साहित्य एवं कुडुख साहित्य आते हैं, जिनका विवरण निम्नलिखित है:

संथाली साहित्य:

- ऑस्ट्रिक या आग्नेय भाषा परिवार से संबंधित संथाली भाषा झारखंड की सबसे प्रमुख जनजातीय भाषा है।
- यह राज्य की एकमात्र जनजातीय भाषा है जो संविधान की आठवीं अनुसूची में 2003 में शामिल की गई थी।
- संथाली भाषा मुख्यतः उड़ीसा, बंगाल और झारखंड राज्य में बोली जाती है।
- संथाली लोकगीत, लोक कथाएँ एवं लोकोक्तियाँ, वनस्पतियों और जीवों से अधिक संबंधित हैं।
- संथाली लोकगीतों में धर्म, राष्ट्रवाद, प्रेम-सौंदर्य, मनोविज्ञान, विवाह, गृहस्थ, जीवन आदि के विषय मिलते हैं।
- संथाली लोकगीतों में प्रमुख रूप से शृंगार, शांत, करुण और हास्य रस की प्रधानता देखने को मिलती है।
- वर्ष 1852 में जे. फिलिप्स द्वारा लिखित 'ऐन इंट्रोडक्शन टू द संथाल लैंग्वेज' संथाल भाषा पर लिखी गई पहली पुस्तक है।
- वर्ष 1868 में ई. एल. पक्सुले द्वारा रचित प्रथम संथाली शब्दकोश 'ए वोकेब्युलरी ऑफ द संथाली लैंग्वेज' का प्रकाशन हुआ।
- वर्ष 1899 में कैंपवेल द्वारा रचित 'संथाली-इंग्लिश ऐंड इंग्लिश-संथाली शब्दकोश' का प्रकाशन किया गया।
- वर्ष 1929 में पी.ओ. बोडिंग की पुस्तक 'मटीरियल्स फॉर ए संथाली ग्रामर' एवं 'ए संथाली डिक्शनरी' प्रकाशित हुई।
- वर्ष 1951 में सर्वप्रथम डोमन साहू समीर ने देवनागरी लिपि में 'संथाली प्रवेशिका' एवं केवल सोरेन ने 'हिंदी-संथाली कोश' की रचना की।
- संथाली भाषा में अनेक काव्य एवं काव्य-संग्रह देखने को मिलते हैं।
- वर्ष 1953 में श्री पंचानन मरांडी ने 'सेरेज इता' (बीज गीत) और ठाकुर प्रसाद मुर्मू ने 'एभेन आडाड्' (जागरण गान) की रचना की।
- वर्ष 1953 में ही शारदा प्रसाद किस्कू ने देवनागरी लिपि में 41 कविताओं का संग्रह 'भुरका इंपिल' (शुक्रतारा) का प्रकाशन किया।
- वर्ष 1953 में डोमन साहू समीर ने देवनागरी लिपि में 'दिसोम बाबा' नामक पुस्तक लिखी।
- वर्ष 1924 में पी.ओ. बोंडींग ने संथाली लोक कथाओं का संग्रह 'होड़ काहनी को' एवं 1945 में 'गाम' कहानी का प्रकाशन किया।
- वर्ष 1946 में आर. कार्टेयर्स द्वारा रोमन लिपि में लिखित संथाली साहित्य का सबसे पहला उपन्यास 'हाड़मवाक् आतो' (हाड़मा का गाँव) प्रकाशित हुआ।
- संथाली का दूसरा प्रमुख उपन्यास 'मुहिला चेचेत दाई' है, जिसकी रचना ननकू सोरेन ने की थी।
- बाल किशोर वासु द्वारा लिखित प्रथम संथाली कथा-संग्रह 'कुकमू' (स्वप्न) है, जो देवनागरी लिपि में लिखी गयी है।
- 'बसमुंडा' डोमन साहू का प्रकाशित साहित्य है।
- संथाली भाषा साहित्य का प्रथम साहित्यिक नाटक 'विद्रू-चांदन' है, जिसकी रचना रघुनाथ मुर्मू द्वारा की गयी है। प्रथम बार इसका प्रकाशन उड़िया भाषा में वर्ष 1942 में हुआ तथा दूसरी बार इसे वर्ष 1947 ई. में बांग्ला भाषा में प्रकाशित किया गया।
- 1952 ई. में रघुनाथ मुर्मू ने 'खेरवार बीर' नामक दूसरा नाटक लिखा जिसमें उन्होंने मानवों एवं दानवों के संघर्ष का चित्रण किया है।
- रघुनाथ मुर्मू ने सन् 1941 में संथाली भाषा के लिए 'ओलचिकी' लिपि की

खोज की।

- संथाली भाषा के अन्य नाटकों में श्री रूपनारायण श्याम का 'आले आतो' (हमारा गाँव) तथा बालकिशोर बासुकी का 'आकिल आरसी' (ज्ञान दर्पण) प्रमुख हैं।
- सन 1947 में देवनागरी लिपि में प्रकाशित प्रथम समाचार-पत्र 'होड़ संवाद' था, जिसका सम्पादन डोमन साहू समीर ने किया था और यह बिहार सरकार के जनसंपर्क विभाग द्वारा प्रकाशित किया गया था।
- संथाली नाटक 'राही रांवाक् काना' के लिए वर्ष 2010 में भोगला सोरेन को साहित्य अकादमी पुरस्कार से सम्मानित किया गया है।

संथाली रचनाकारों को दिए गए साहित्य अकादमी पुरस्कार का विवरण नीचे तालिका में दर्शाया गया है:

क्रम सं.	रचना	रचनाकार	वर्ष
1.	भाबना (कविता संग्रह)	जदुमणि बेसरा	2005
2.	गुरू गोमके पंडित रघुनाथ मुर्मू (जीवनी)	रामचंद्र मुर्मू	2006
3.	चेत रे सिकायना (नाटक)	खेरवाल सरीन	2007
4.	मनमी (लघु कथाएँ)	बादल हेम्ब्रम	2008
5.	शाय साहेंद (कविता संग्रह)	दमयंती बेशरा	2009
6.	राही रांवाक् काना (नाटक)	भोगला सोरेन	2010
7.	बंचाओ लरहाई (कविता संग्रह)	आदित्य कुमार मांडी	2011
8.	बंचाव अकन गोज होर (लघु कथाएँ)	गंगाधर हांसदा	2012
9.	चंदा बोंगा (कविता संग्रह)	अर्जुन चरण हेम्ब्रम	2013
10.	माला मुदम (नाटक)	जमादार किस्कू	2014
11.	पारसी खातिर (नाटक)	रबिलाल टुडू	2015
12.	नल्हा (कविता)	गोविंद चंद्र मांझी	2016
13.	ताहेना. न तंगी रे (कविता)	भुजंग टुडू	2017
14.	मैरोम (उपन्यास)	श्याम बेसरा 'जीवी रेरक'	2018
15.	सिसिरजली (कहानी संग्रह)	काली चरण हेम्ब्रम	2019
16.	गुड़ डाक कसा डाक	रूपचंद हांसदा	2020

मुंडारी साहित्य:

- मुंडारी भाषा झारखंड के राँची, गुमला, दक्षिणी हजारीबाग, सिमडेगा, उत्तरी पूर्वी सिंहभूम तथा उत्तरी पश्चिमी सिंहभूम जिलों में बोली जाती है।
- मुंडारी लोक साहित्य में लोकगीत, लोक कथा, कहावत, मुहावरे, पहेलियां आदि शामिल हैं।
- मुंडारी लोकगीतों में प्रकृति वर्णन, आदर्श-विचार, सुख-दुःख, आनंद, भूत-प्रेत, पर्व-त्योहार और इनसे संबंधित विषय की प्रमुखता पायी जाती है।
- मुंडारी लोक कथाओं में विभिन्न प्रकार के विषयों से संबंधित घटनाओं का वर्णन गीतों के द्वारा किया जाता है।
- मेनास आड़ेया द्वारा रचित 'मटुरा कहानी' मुण्डा कथाओं का एक प्रमुख लोक संग्रह है।
- 'मुंडारी प्राइमर' जे. सी. व्हिटली द्वारा लिखी गई पहली पुस्तक है, जिसका प्रकाशन 1873 ई. में कलकत्ता से किया गया था।
- 1882 ई. में ए. नोट्रोट द्वारा लिखित दूसरी पुस्तक 'मुंडा मुंडारी जर्मन ग्रामर' प्रकाशित हुई। यह मुंडारी भाषा का प्रथम व्याकरण था। इन्होनें 1899 ई. में 'मुंडारी बाइबिल' नामक पुस्तक भी लिखी।
- मुंडारी भाषा का दूसरा व्याकरण 'रियूडिमेंट्स ऑफ मुंडारी ग्रामर' है, जिसकी रचना जे. डी. स्मेट द्वारा की गई थी।
- 'सोंसो बोंगा' मुंडारी साहित्य की एक प्रमुख लोककथा है, जो मुंडा जनजाति की परंपरा एवं विकास क्रम पर प्रकाश डालता है। इसकी रचना नृत्य-नाट्य के रूप में की गयी है।
- मुंडारी भाषा की प्रमुख पुस्तक वर्ष 1915 में हॉफमैन द्वारा लिखित 'इनसाइक्लोपीडिया मुण्डारिका' है। इसको 'मुंडारी भाषा एवं साहित्य का विश्वकोष' कहा जाता है।
- वर्ष 2000 में रामदयाल मुण्डा ने मुंडारी भाषा में 'आदि धरम', 'फिर भेंट और अन्य नगीत' और 'मुंडारी व्याकरण' आदि रचनाएँ लिखी हैं। उन्हें भारत सरकार द्वारा पद्मश्री से सम्मानित किया जा चुका है।
- जगदीश त्रिगुणायत ने 'मुंडारी लोक कथाएँ' नामक पुस्तक की रचना की है।

मुंडारी साहित्य से संबंधित प्रमुख रचनाएँ/पुस्तकें:

क्र.सं.	रचना/पुस्तक	रचनाकार	वर्ष
1.	ऐन इंट्रोडक्शन टू द मुंडारी लैंग्वेज	राखल दास	1871
2.	मुंडारी प्राइमर	जे. सी. व्हिटली	1873
3.	ए मुंडारी स्टार्ट रीडर	जॉन हॉफमैन	1893
4.	मुंडारी ग्रामर	जॉन हॉफमैन	1903
5.	मुंडा मुंडारी जर्मन ग्रामर	ए. नोट्रोट	1882
6.	होरो दुरनको	मौलवी अब्दुल वली	1907
7.	द मुंडाज एंड देयर कंट्री	एस. सी. रॉय	1912
8.	इन्साइक्लोपीडिया मुंडारिका	जॉन हॉफमैन	1915
9.	मुंडा कम्यूनिटी	एस. सी. रॉय	1928
10.	मुंडारी फोकटेल	पी. के. मित्रा	1956

हो साहित्य:

- हो जनजाति प्रोटोस्ट्रोलायड समूह से संबंधित है, अर्थात् यह आग्नेय भाषा समूह के अंतर्गत मुंडा भाषा समूह की एक उपशाखा है। यह झारखंड में मुख्य रूप से कोल्हान प्रमंडल, राँची आदि क्षेत्रों में बोली जाती है।
- हो लोक साहित्य भी लोकगीत, लोक कथा, लोकोक्ति, पहेली, मुहावरों से निर्मित है।

- हो साहित्य का आरंभ 19वीं सदी से माना जाता है। हो साहित्य में लोकगीत या लोक कथाओं से संबंधित विषय-वस्तु, हो जनजातियों की संस्कृति को दर्शाती हैं।
- सर्वप्रथम 1840 ई. में एशियाटिक सोसाइटी ऑफ बंगाल के आलेख में 'द ग्रामेटिकल कंसट्रक्संस ऑफ द हो लैंग्वेज' प्रकाशित हुआ। इसके बाद जॉन बॉम्बस ने तीन खंडों में 'कम्पटेटिव ग्रामर ऑफ द मॉडर्न आर्यन लैंग्वेज ऑफ इंडिया' प्रकाशित किया।
- हो जनजातियों के लोकगीतों पर प्रथम पुस्तक सी.एच. बॉम्बस तथा एन.के. बोस द्वारा लिखित 'फोकलोर ऑफ द कोल्हान' 1902 ई. में कलकत्ता से प्रकाशित हुई।
- 1905 ई. में ए. नोट्रोट ने 'ग्रामर ऑफ द कोल' नामक पुस्तक लिखी, जिसका प्रकाशन जी.ई.एल. मिशन प्रेस राँची द्वारा हुआ।
- 1915 ई. में लियोनल बरो ने 'हो ग्रामर' की रचना की। 1915 में 13 भागों में प्रकाशित हॉफ मैन की 'इन्साइक्लोपीडिया मुंडारिका' में हो भाषा के अनेक लोकगीतों एवं लोक कथाओं का संकलन है।
- वर्ष 1958 ई. में जगदीश त्रिगुणायत ने 'बाँसुरी बज रही' नामक पुस्तक की रचना की।
- श्री सतीश कोड़ा ने 'रूमुल' की रचना की है। यह किसी हो युवक द्वारा लिखी गई पहली पुस्तक है।
- जॉन डीनी एस. जे. की पुस्तकें 'हो ग्रामर ऐंड वोकेब्युलेरी', 'हो इंग्लिश डिक्शनरी' और 'एन इंट्रोडक्शन टू द हो लैंग्वेज' प्रकाशित हुई।
- वर्ष 1970 ई. में सी. पी. सिंह द्वारा 'हो ट्राइब ऑफ सिंहभूम' नामक पुस्तक प्रकाशित की गई।
- 'हिंदी-हो कोश' का प्रकाशन नागालैंड भाषा परिषद् द्वारा 1982 ई. में किया गया, जिसकी रचना ब्रज बिहारी ने की थी की।
- भाषा साहित्य के प्रमुख विद्वान कमल लोचन कोड़ा ने 'इटा बटा लना बसा, 'जोअर, बोंगा बुरू, मांगे मुनु जंगर आदि की रचनाएँ की।
- अन्य प्रमुख हो लेखकों ने देवेंद्रनाथ सिंकु, अन्नत कुमार पिंगुआ, प्रो. बलराम पाट पिंगुआ, डॉ. आदित्य प्रसार सिन्हा, मोतीलाल बिरूआ, बुधराम हेम्ब्रम आदि का नाम लिया जा सकता है।
- भीमराम सोलंकी ने 1866 ई. में 'हो काजी-व्याकरण ग्रंथ' का प्रकाशन किया गया।
- डब्लू. जी. आर्चर की पुस्तक 'मुंडा दुरङ' में हो लोकगीतों का संकलन है। यह पुस्तक देवनागिरी लिपि में है। इसे हो साहित्य का महाकाव्य कहा जाता है। इसका प्रकाशन 1942 ई. में किया गया।

खड़िया साहित्य:

- खड़िया जनजाति प्रोटो-ऑस्ट्रोलायड प्रजाति से संबंधित है। इनकी खड़िया भाषा मध्यवर्ती मुंडा भाषा की एक उपभाषा है।
- खड़िया लोक साहित्य को लोकगीत, लोक कथा, लोकोक्ति आदि में विभाजित किया गया है।
- खड़िया लोक साहित्य में भूत-प्रेत संबंधी, दैत्य संबंधी, पशु-पक्षी संबंधी, वृक्ष एवं पुष्प संबंधी, व्रत संबंधी कथाएं, चुटकुले और कहावतें आदि शामिल हैं।
- खड़िया शिष्ट साहित्य का आरंभ 1866 ई. के आसपास माना जाता है।
- जी. सी. बनर्जी ने 1894 ई. में 'इंट्रोडक्शन टू खड़िया लैंग्वेज' एवं फ्लोर चेइसंस और डुअर्ट ने 1934 ई. में 'खड़िया शब्दकोश' की रचना की।
- एस.सी. राय की पुस्तक 'द खड़ियाज' 1937 ई. में कैथोलिक प्रेस राँची से छपी थी, जिसमें लोकगीतों, लोक कथाओं और मंत्रों को स्थान दिया गया है।
- डब्ल्यू.सी. आर्चर ने 1942 ई. में 'खड़िया ओलोंग' नामक पुस्तक का प्रकाशन किया, जिसमें खड़िया लोकगीतों का संकलन है।
- स्वतंत्रता-प्राप्ति के बाद 'आदिवासी पत्रिका' एवं आकाशवाणी की स्थापना के बाद खड़िया शिष्ट साहित्य का विकास तेजी से होने लगा। इस पत्रिका में प्यारे केरकेट्टा, सरोज केरकेट्टा, ग्लेरिया सोरेन की कविताएँ, कहानियाँ, लेख आदि प्रकाशित हुए।
- खड़िया भाषा में 'तारदी' एवं 'जोहार' नामक पत्रिकाओं का प्रकाशन किया गया।
- वर्तमान में खड़िया लेखकों में आर.पी. साहू, वंदना टेटे, पुष्पा टेटे, मेरी एस. सोरेन, जुएल सोरेंग आदि का नाम उल्लेखनीय है।
- प्यारे केरकेट्टा की प्रमुख प्रकाशित पुस्तकें-जामा बहार, बेअरथा बिहा (कहानी-संग्रह), लोदरो सोमधी (कहानी-संग्रह), खड़िया कविताएँ (संग्रह), जुझइर डॉड (नाटक), मुड़ सिंड़कि (नाटक) आदि हैं।

कुडुख साहित्य:

- उराँव या कुडुख भाषा को यूरेशिया खंड के द्रविड़ परिवार के अंतर्गत मध्यवर्ती समूह की भाषा माना जाता है। यह मुख्य रूप से झारखंड के राँची, गुमला, लोहरदगा, पलामू, लातेहार, हजारीबाग आदि जिलों में बोली जाती है।
- कुडुख लोक साहित्य में लोकगीत, लोक कथा, पहेलियाँ, कहावत, मुहावरे आदि शामिल है।
- कुडुख शिष्ट साहित्य को कहानी, कविता, उपन्यास, नाटक, निबंध आदि भागों में विभाजित किया जाता है।
- कुडुख साहित्य के विकास में ईसाई मिशनरियों ने सबसे अधिक योगदान दिया है।
- ओ. फ्लैक्स द्वारा 1874 ई. में रचित पुस्तक 'ऐन इंट्रोडक्शन टू द उराँव लैंग्वेज' एवं जॉर्ज कैंपबेल की पुस्तक 'स्पेरिमेंस ऑफ लैंग्वेज ऑफ इंडिया' में कुडुख भाषा से सम्बंधित जानकारी दी गई है।
- कलकत्ता से 1898 ई. में फर्डिनेंट हॉन ने 'कुडुख ग्रामर' एवं 'कुडुख फोकलोर' नामक पुस्तक का प्रकाशन किया।
- 1924 ई. में ए. ग्रिनार्ड की पुस्तक 'ऐन उराँव इंग्लिश डिक्शनरी' और 'ए ग्रामर ऑफ द उराँव लैंग्वेज' ऐंड 'स्टडी इन उराँव एडवर्सरिया' प्रकाशित हुई।
- 1941 ई. में रेवहॉन, धर्मदास लकड़ा और डब्ल्यू. जी. आर्चर की पुस्तक 'लील-खोरा-खेखेल' प्रकाशित हुई, जिसमें नागपुरी एवं कुडुख भाषा के 2660 गीत है।
- आजादी के बाद 1949 में श्री अहलाद तिर्की द्वारा रचित व्याकरण 'कुडुख सरहा' प्रकाशित हुई।
- 1952 ई. में मिखाइल तिग्गा द्वारा रचित व्याकरण की पुस्तक 'कत्थ आरा कत्थ विल्लियन ईदऊ' प्रकाशित हुई। इन्होंने उराँव इंग्लिश-हिंदी शब्दकोश का भी प्रकाशन किया।
- कुडुख भाषा के प्रसिद्ध कवि बिहारी लकड़ा ने 1950 ई. में 'कुडुख दंडी' नामक गीतों की पुस्तक प्रकाशित की। इन्हें 2005 ई. में साहित्य अकादमी पुरस्कार प्रदान किया गया था।
- 1950 ई. में दवले कुजूर की कविता-संग्रह 'मुन्ता-पूँप-झुम्पा' प्रकाशित हुई।
- श्री तेजु भगत, श्री थोथे उराँव और श्री जमुआ भगत ने मिलकर गीत-संग्रह पुस्तक 'चाजिका-कुरूख-डंडी' का प्रकाशन देवनागरी लिपि में किया।
- कुडुख भाषा साहित्य में सन 1950 के बाद इंद्रजीत उराँव का 'खल्ली अयंग', श्रीमती स्वर्णलता प्रसाद का 'कुडुख-हिंदी शब्दकोश' एवं ब्रजबिहारी कुमार का 'कुडुख कोश', कुडुख भाषा प्राध्यापक साहित्य परिषद् का 'कत्थ खीरी' आदि प्रमुख साहित्यिक रचनाएं हैं।
- 1950 ई. में अहलाद तिर्की ने 'धुमकुड़िया' नामक पत्रिका का प्रकाशन किया।
- इसके अतिरिक्त कुड़ुखन, कुड़ुख झरिया, सिनगी दई, जोहार, सरनाफूल आदि पत्रिकाएँ प्रकाशित हुई।

सदानी साहित्य

झारखंड के सदानी साहित्य के अंतर्गत नागपुरी साहित्य, खोरठा साहित्य, पंचपरगनिया और कुरमाली साहित्य आते हैं, जिनका विवरण निम्नलिखित है:

नागपुरी साहित्य:

- नागपुरी भाषा के उद्भव से संबंधित विषय पर अलग विद्वानों के अलग-अलग मत रहें है। डॉ. श्रवण कुमार गोस्वामी ने अपने शोध 'नागपुरी शिष्ट साहित्य' में नागपुरी को आर्यभाषा परिवार का भाग मानते हुए इसे अर्द्धमागधी अपभ्रंश से उत्पन्न माना है।
- नागपुरी झारखंड के राँची, लोहरदगा, गुमला, सिमडेगा, सिंहभूम, लातेहार तथा छत्तीसगढ़ के जसपुर, सरगुजा, कोरबा एवं उड़ीसा के सुंदरगढ़, क्योंझर एवं बारीपदा जिलों में बोली जाती है।
- नागपुरी लोक साहित्य के अंतर्गत लोकगीत, लोक कथा, पहेली आदि बहुत ही समृद्ध रूप में दिए गए हैं। इनमें नागपुरी लोकगीत एवं बांग्ला मिश्रित नागपुरी गीत की प्रचुरता पाई जाती है।
- नागपुरी शिष्ट साहित्य में गीत, कविता, कहानी, उपन्यास, नाटक, निबंध, संस्करण आदि सभी साहित्यिक विधाएं शामिल हैं।
- नागपुरी के प्रथम कवि के रूप में रघुनाथ नृपति को माना जाता है। इनके अलावा हनुमान सिंह, बरजुराम, जय गोविंद, घासी राम, महंत घासी, कंचन आदि को प्रथम परंपरा के कवि माना जाता है। इनकी रचनाएँ सगुण भक्ति धारा से संबंधित है।
- आधुनिक काल के कुछ प्रमुख कवियों में प्रफुल्ल कुमार राय, शिव अवतार चौधरी, लाला रणविजय नाथ शाहदेव, डॉ. बी.पी. केसरी, रामदयाल मुंडा, गिरधारी राम गोंझू आदि प्रमुख हैं।
- नागपुरी गद्य साहित्य का विकास 1900 ई. में हुआ, जिसमें ईसाई धर्म प्रचारकों का महत्वपूर्ण योगदान था।
- ई.एच. हिव्टली ने 1896 ई. में नागपुरी का प्रथम व्याकरण 'नोट्स ऑन दि गँवारी डायलेक्ट ऑफ लोहरदगा, छोटानागपुर' की रचना की थी, जिसे नागपुरी में गद्य साहित्य का प्रारंभ माना जाता है।
- डॉ॰ बिसेश्वर प्रसाद केसरी नागपुरी भाषा के प्रसिद्ध साहित्यकार रहे हैं। इनकी प्रमुख कृतियों में 'नागपुरी भाषा और साहित्य, छोटानागपुर का इतिहास-कुछ संदर्भ कुछ सूत्र, चरित्र निर्माण, नेरुआ लोटा उर्फ सांस्कृतिक अवधारणा और 'झारखंड के सदान' इत्यादि हैं।

नागपुरी साहित्य से संबंधित प्रमुख रचनाएँ तथा रचनाकार:

क्रम सं.	रचना	रचनाकार
1.	नागवंशावली	बेनीराम महथा
2.	नागपुरी फागशतक, लाल रंजना, दुर्गा सप्तशती, नागवंशावली, झूमर	घासीराम महली
3.	सुदामा चरित्र, कृष्ण चरित्र, महाभारत, लंका कांड, उषा हरण	कंचन
4.	नल-चरित्र, कोराम्बे उपाख्यान	द्दग्गपालराम देवधरिया
5.	जीतिया कहानी,फोगली बुढ़िया कर कहानी,नारद मोह लीला,करम महात्मय,श्रीकृष्ण चरित	धनीराम बक्शी
6.	नोट्स ऑन दि गँवारी डायलेक्ट ऑफ लोहरदगा छोटानागपुर (व्याकरण)	ई. एच. हिव्टली
7.	ग्रामर ऑफ दि नागपुरिया सदानी लैंग्वेज	कोनराड बुकआउट
8.	नेरूआ लोटा उर्फ सांस्कृतिक अवधारणा (निबंध), ठाकुर विश्वनाथ शाही (लघु नाटक), कांटी (कहानी-संग्रह)	बी.पी. केसरी
9.	सेवा और नौकरी (एकांकी नाटक), तेतर की छाँह	डॉ. श्रवण कुमार गोस्वामी
10.	मरङ गोमकेः जयपाल सिंह मुंडा, महाराजा मदरा मुंडा	गिरिधारी राम गोंझू
11.	सोनझइर (कहानी-संग्रह)	प्रफुल्ल कुमार राय
12.	मेंजुर पाँइख	नइमुद्दीन मिरदाहा
13.	काका कर कहनी	बड़ाईक ईश्वरी, प्रसाद सिंह
14.	खंखड़ी रूगडा	काली कमार समन

खोरठा साहित्य:

- खोरठा भाषा झारखंड की एक प्रमुख आर्य भाषा परिवार से संबंधित भाषा है, जो मुख्य रूप से धनबाद, बोकारो, हजारीबाग, चतरा, गिरिडीह, कोडरमा आदि जिलों में बोली जाती है।
- खोरठा भाषा के उद्भव एवं विकास के संबंध में कहा गया है कि यह भारत की प्राचीनतम लिपि 'खरोष्ठी' से संबंधित है। 'खरोष्ठी' शब्द ही अपभ्रंशित होकर क्रमशः खरोठ-खरोठी, खोरठा हो गई है।
- खोरठा भाषा लोक साहित्य के अंतर्गत लोकगीत एवं लोक कथा की परंपरा प्रायः सभी क्षेत्रों में देखी जाती है। खोरठा में राजा, मंत्री, राजकुमार, योद्धाओं आदि से संबंधित लोक कथाएँ प्रचलित हैं।
- खोरठा भाषा में पहली पत्रिका 1957 में 'मातृभाषा' के रूप में छपी थी, जिसके संपादक-प्रकाशक श्रीनिवास पानुरी थे।
- श्रीनिवास पानुरी ने धनबाद से 1950 ई में 'मेघदूत' नाम से खोरठा संकलनों का प्रकाशन किया।
- 1985 ई. में खोरठा ढांकी छेतर कमेटी, कोठार से 'एक टोकी फूल' का प्रकाशन किया गया।
- 1980-90 के दशक में शिवनाथ प्रमाणिक की 'रूसल पुटुस', संतोष कुमार महतो की 'एक पथिया डोंगल महुआ', रमनिका गुप्ता की 'बोनेक बोल', और विनोद कुमार की 'सोंधमाटी' आदि पुस्तकों का प्रकाशन हुआ।
- अनिल कुमार गोस्वामी के संपादन में 'सहिया' नामक द्विमासिक पत्रिका का प्रकाशन आरंभ हुआ।
- चितरंजन महतो ने 'जिनगिक टोह' नामक उपन्यास की रचना की।
- कुछ अन्य प्रमुख रचनाकारों में भोगनाथ ओहदार, शांति भारत, कमलेश सिंह, विनोद कुमार, लक्ष्मण महतो आदि की रचनाएँ उल्लेखनीय हैं।

खोरठा साहित्य से संबंधित प्रमुख रचनाएँ तथा रचनाकार:			
क्रम सं.	रचना	रचनाकार	प्रकाशन वर्ष
1.	किसानों का अंतर्नाद	भुवनेश्वर दत्त शर्मा 'व्याकुल'	1943
2.	मेघदूतम(अनुवादित)	श्रीनिवास पानुरी	1950
3.	दिव्य ज्योति, बाल किरण	श्रीनिवास पानुरी	1954
4.	मातृभाषा (प्रथम खोरठा पत्रिका)	श्रीनिवास पानुरी	1957
5.	खोरठा (पाक्षिक पत्रिका)	श्रीनिवास पानुरी	1970
6.	पुटुस फुल(कहानी-संग्रह)	गजाधर महतो	1988
7.	मेका मेकी न मेटमाट	ए.के. झा	1991
8.	बिरसा भगवान	धनपत महतो	1991
9.	डाह नाटक	सुकुमारजी	1992
10.	डिंडाक डोआनी	वंशीडाल	1992
11.	भीसमेक संत	फूलचंद महतो	1993
12.	मुक्तिक डहर	श्याम सुंदर	1995
13.	लुआठी (खोरठा पत्रिका)	गिरधारी गोस्वामी	1999
14.	तितकी (मासिक)	विश्वनाथ दसौंधी 'राज'	1997
15.	सहीदान	फाल्गुनी मरीक कुशवाहा	2000
16.	परासफूल	महेंद्र प्रबुद्ध	2008

पंचपरगनिया साहित्य:

- नागपुरी साहित्य के एक विशिष्ट रूप को ही 'पंचपरगनिया भाषा कहा जाता है। यह मुख्य रूप से झारखंड के पाँच परगना क्षेत्रों; बुंडु, तमाड़, राहे, सोनाहातु, सिल्ली क्षेत्रों में बोली जाती है।
- पंचपरगनिया भाषा लोक साहित्य में मनुष्य के हर्ष-विषाद आशा-आकांक्षा के साथ मानव समाज की रीति-नीति, पर्व त्योहार, संस्कार-संस्कृति तथा परिवेश एवं प्रकृति का चित्रण मिलता है, जिसे लोकगीतों एवं लोक कथाओं के माध्यम से प्रस्तुत किया जाता है।
- पंचपरगनिया भाषा क्षेत्र में शिष्ट साहित्य का आरंभ विनंदिया कवि से माना जा सकता है। ये कवि होने के साथ-साथ सिल्ली के राजा भी थे।
- राजा उपेंद्र नाथ सिंहदेव ने 'आदि झूमर गीत' का संकलन किया है, जिसे पंचपरगनिया भाषा की प्रथम प्रकाशित पुस्तक माना गया है।
- गौराँगिया या गौरांग सिंह पंचपरगनिया के महत्त्वपूर्ण कवियों में से एक हैं। इनके द्वारा रचित गीतों में बांग्ला भाषा का अधिक प्रभाव दिखाई देता है।
- पंचपरगनिया के कबीरपंथी धारा को उच्च स्थान दिलाने में कवि सोबरन का नाम प्रसिद्ध है।
- आधुनिक कवियों में ज्योतिलाल महादानी, रामकिष्टो, विपिन बिहारी, राजकिशोर सिंह, प्रेमानंद महतो, सृष्टिधर महतो, खगेन्द्र महतो, शक्तिधर अधिकारी, करमचंद अहीर, दुर्गा प्रसाद आदि ने पंचपरगनिया भाषा साहित्य के विकास में महत्त्वपूर्ण भूमिका निभाई है।

कुरमाली साहित्य:

- मागधी अपभ्रंश से निकली हुई कुरमाली भाषा सरायकेला खरसावां, पूर्वी सिंहभूम, पश्चिमी सिंहभूम, बोकारो और रांची आदि क्षेत्रों में बोली जाती है।
- कुरमाली लोक साहित्य के दो रूप- गद्यरूप एवं पद्यरूप हैं।
- गद्य साहित्य में लोक कथा, मुहावरे, लोकोक्तियां और पहेलियां होती हैं, जबकि पद्य साहित्य में लोकगीत एवं उसके विविध रूप होते हैं।
- यह भाषा केवल कुड़मी महतो समुदाय तक ही सीमित नहीं, बल्कि इनके साथ निवास करने वाले अन्य जातियों के भाव-विनियम का भी साधन है।
- कुरमाली लोकगीत अधिकतर प्रश्नोत्तर रूप में होते हैं और साहित्यिक छंद विधान के नियम से मुक्त होते हैं। इसके अपने छंद हैं जो गेय हैं।
- गीतों के लय द्वारा ही शैलीगत तत्व को पहचाना जा सकता है।
- उधवा गीत, ढप गीत, डमकच, नटुआ, जावा करम, डाबका, बाँदना, कुँआरी आदि कुरमाली लोकगीत के प्रमुख रूप हैं।
- कुरमाली लोक कथाएँ नागपुरी लोक कथाओं से मिलती-जुलती हैं। लोकनाट्य के रूप में कुरमाली क्षेत्र में छऊ नृत्य, नटुआ नृत्य, डमकच और मछानी को जाना जाता है।
- कुरमाली साहित्य का आरम्भ लगभग 14वीं सदी माना जाता है। इसके बाद 18 वीं सदी में ईसाई पादरी वेसहॉल मार्क द्वारा कुरमाली भाषा की पुस्तक प्रकाशित हुई थी।
- कुरमाली भाषा के मुख्य कवि विनंद सिंह गौराँगिया थे, जिन्हें 'कुरमाली का सूर' कहा जाता है और इनके गीत 'आदि झूमर संगीत' नामक पुस्तक में संकलित हैं।
- 18 वीं एवं 19 वीं शताब्दी के प्रमुख कवियों में करमचंद अहीर, दीनानाथ राय, शिरोमणी, रामकृष्ण, पीतांबर, कृष्णचंद्र राउत, अजमइत जुलाहा आदि का नाम उल्लेखनीय है।
- 20 वीं सदी के कवियों में कमला झरिया, चैतन्य कर्मकार, विपिन बिहारी मुखी, बरजुराम, भोलानाथ कालिंदी, शंकर बोधा, सृष्टिधर, महिपाल आदि प्रमुख हैं।
- कुरमाली साहित्य को "हिंदी भाषाओं" में समूहीकृत किया गया है।

कुरमाली साहित्य से संबंधित प्रमुख रचनाएँ तथा रचनाकार:		
क्रम सं.	रचना	रचनाकार
1.	कुरमाली भाषा तत्त्व	खुदीराम महतो
2.	निधरे आँखि जलआँखि पाते	देवकीनंदन प्रसाद
3.	आदि झूमर संगीत	राजा उपेंद्रनाथ सिंहदेव
4.	करम गीत	बुधु महतो
5.	नेठामाला	निरंजन महतो
6.	कपिला मंगल	राजेंद्र प्रसाद महतो
7.	झूमर संगीत एवं पाला संगीत	रामेश्वर महतो
8.	पथें चलक लेहा नमस्कार	डॉ. नंद किशोर सिंह
9.	भात-भगवान, मानभूमेक, घुघौरा, साधन संगीत	सृष्टिधर सिंह कटियार
10.	जगरामी नारायण	जगराम

झारखंड का हिंदी साहित्य एवं साहित्यकार

झारखंड में हिंदी भाषा में रचित साहित्य समृद्ध एवं संपन्न है। हिन्दी साहित्य के अन्तर्गत लघुकथा, उपन्यास, नाटक, कविता, निबंध, लेख आदि विधाएँ सम्मिलित हैं। ईसाई मिशनरियों ने हिंदी साहित्य को बढ़ाने की दिशा में महत्त्वपूर्ण योगदान दिया। उन्होंने बाइबिल का हिंदी में अनुवाद कर उसे धर्म प्रचार का माध्यम बनाया। यहाँ के हिंदी साहित्य को गद्य एवं पद्य में विभाजित किया जा सकता है।

गद्य साहित्य:

कहानी:

- मुख्य रूप से हिंदी कहानी का आरंभिक काल 1900-1910 ई. के मध्य माना जाता है, लेकिन झारखंड में हिन्दी का विकास हिंदी पत्रिका 'गल्पमाला' के माध्यम से हुआ।
- बैद्यनाथ पोद्दार उर्फ बैजूबाबू हिंदी भाषा में प्रथम पीढ़ी के और राधाकृष्ण द्वितीय पीढ़ी के कहानीकार माने जाते हैं।
- द्वारिका प्रसाद द्वारा लिखित अनेक कहानियों का प्रकाशन 1930 ई. में 'झारखंड' नामक पत्रिका में हुआ।
- शिवनंदन प्रसाद ने 'अल्बर्ट कृष्ण अली' के नाम से अनेक कहानियाँ लिखी।
- डॉ. वचनदेव कुमार ने 'कथा यात्रा' नाम के कहानी-संग्रह की रचना की।
- शिवचंद्र शर्मा ने दो कहानी-संग्रह 'पंचदशतंत्र' तथा 'काँच के तूफान' का प्रकाशन किया।
- 1963-64 में विद्याभूषण द्वारा रचित 'चेहरे के नीचे का चेहरा' कहानी-संग्रह के रूप में प्रकाशित हुआ।
- श्रवण कुमार गोस्वामी, ऋता शुक्ल, रमा सिंह, अनिंदिता, रतन वर्मा, प्रहलादचंद्र दास, रामकुमार तिवारी, जयनंदन, पंकज मित्र आदि का भी झारखंड के हिंदी साहित्य में महत्त्वपूर्ण योगदान रहा है।
- रामचंद्र वर्मा सेंट जेवियर्स कॉलेज में हिंदी के प्राध्यापक थे। इनकी कहानी संकलन का नाम 'ऊसर की दूब' है।
- सन् 1975 में कहानीकार राधाकृष्ण की कहानी 'गेंद और गोल' का प्रकाशन हुआ।
- के. एस. सिंह ने बिरसा मुण्डा और उनके आंदोलन से जुड़ी 'डस्ट स्टॉर्म एंड हैंगिंग मिस्ट : ए स्टडी ऑफ बिरसा मुण्डा एंड हिस मूवमेंट इन छोटनागपुर (1874-1901)' नामक पुस्तक की रचना की।

झारखण्ड के प्रमुख कहानीकार एवं उनकी प्रसिद्ध रचनाएँ:

क्रम सं.	कहानीकार	रचनाएँ
1.	राधाकृष्ण	सिन्हा साहब, रामलीला, सजला, गल्पिका, गेंदा और गुलाब
2.	विद्याभूषण	चेहरे के नीचे चेहरा
3.	शिवचंद्र शर्मा	कांच के तूफान, पंचदश तंत्र
4.	रामचंद्र वर्मा	ऊसर की दूब
5.	योगेन्द्र नाथ सिन्हा	दुम्बी हो, आसमान तारा, मूंछ की लड़ाई, चलो बादल में छिप जाएं
6.	भुवनेश्वरी प्रसाद	भुवन
7.	शिवनंदन प्रसाद	आदि-अनादि-इत्यादि, कल्कि-पुराण
8.	गोपालदास मुंजाल	मोल श्री
9.	डॉ. वचनदेव कुमार	कथा यात्रा
10.	शिवचंद्र शर्मा	पंचदशतंत्र, काँच के तूफान

उपन्यास:

- 1906 ई. में झारखंड का प्रथम उपन्यास चक्रधरपुर के राजा रामचीज सिंह 'वल्लभ' द्वारा रचित 'राजपूतानी शान' को माना जाता है। इन्होंने सामाजिक समस्याओं पर आधारित अधिकतर उपन्यास लिखे हैं।
- उपन्यासों का वास्तविक विकास 1945 ई. के बाद डॉ. द्वारिका प्रसाद और राधाकृष्ण द्वारा रचित उपन्यासों के माध्यम से मिलता है।
- संथाली साहित्य का सबसे पहला उपन्यास 'हाड़मवाक् आतो' 1946 ई. में प्रकाशित हुआ।
- हवलदारी राम गुप्त 'हलधर' का उपन्यास 'कंगाल की बेटी' एवं सत्यनारायण शर्मा का उपन्यास 'आत्महंता' एवं 'टूटती हुई जंजीरे' काफी लोकप्रिय हुए।
- 1990 के बाद झारखंड से संबंधित समसामयिकी पर अनेक उपन्यास लिखे गए, जिनमें सतीशचंद्र का 'कालीमाटी', वासुदेव का 'सुबह के इंतजार में', अवधेश शर्मा का 'मिस्टर अनफिट' प्रमुख हैं।
- प्रसिद्ध साहित्यकार रणेंद्र ने अपनी रचना 'ग्लोबल गाँव के देवता' एवं 'गायब होता हुआ देश' के द्वारा झारखंड की आँचलिकता का बहुत ही बारीकी से वर्णन किया है। 'गायब होता हुआ देश' मुंडा जनजाति पर आधारित रचना है।

झारखंड के प्रमुख उपन्यासकार एवं उनके प्रसिद्ध उपन्यास:

क्रम सं.	उपन्यासकार	उपन्यास
1.	रामचीज सिंह 'वल्लभ'	राजपूतानी शान, ललिता, उमाशंकर
2.	डॉ. द्वारिका प्रसाद	स्वयंसेवक, भटका साथी, सर्द छाया, घेरे के बाहर, गुनाह, पहिए, फुटपाथ
3.	राधाकृष्ण	रूपांतर, सनसनाते सपने
4.	गोपाल दास 'मुंजाल'	पूनम : एक याद
5.	श्याम सुंदर घोष	एक उलूक कथा, एक अपराजिता
6.	ज्योति प्रकाश	सीधा रास्ता
7.	पूर्णिमा केडिया	कच्चे सूत का बंधन
8.	श्रवण कुमार गोस्वामी	एक टुकड़ा सच,भारत बनाम इंडिया, जंगल तंत्रम, दर्पण झूठ ना बोले
9.	ऋता शुक्ला	अग्नि पर्व, समाधान, कनिष्ठा उंगली का पाप, कितने जनम वैदेही
10.	देवेश तांती	काल पुरूष
11.	सतीश चंद्र	काली माटी, वनपाथर, बीते दिन, अपना देश
12.	सत्यनारायण शर्मा	टूटती हुई जंजीरें

13.	मनमोहन पाठक	गगन घटा घहरानी
14.	जयनंदन	श्रमेव जयते, एहि नगरिया में केहि विधि रहना
15.	कमल	आखर चौरासी

नाटक:

- झारखंड में नाटक लेखन की शुरुआत सन् 1913 में हुई थी।
- अनंत सहाय अखौरी द्वारा रचित 'ग्रह का फेर' झारखंड के हिंदी साहित्य का प्रथम नाटक माना जाता है।
- आजादी के बाद के नाटककारों में राधाकृष्ण का 'भारत छोड़ो' सन् 1947 में प्रकाशित हुआ।
- डॉ. सिद्धनाथ कुमार ने काव्य नाटक, रेडियो नाटक और अन्य नाटकों का सृजन किया। इनके पाँच काव्य नाटकों का संग्रह 'सृष्टि की साँझ' प्रकाशित हुआ।
- नाटक विधा को आगे बढ़ाने में डॉ. श्रवण कुमार गोस्वामी की कृतियों का विशिष्ट योगदान है। इनके नाटकों में 'समय' और 'हमारी माँगें पूरी करो' महत्त्वपूर्ण हैं।
- सत्यदेव नारायण किरण का 'तपस्विनी' तथा डॉ. गिरिधारी राम गोंझू गिरिराज का 'झारखंड का अमृत-पुत्र : मरङ गोमके जयपाल सिंह' एवं श्रुतिनाटक 'महाराजा मदरा मुंडा' महत्त्वपूर्ण नाटक हैं।
- हास्य-व्यंग्य के नाटकार डॉ. बालेंदु शेखर तिवारी ने 'मिडियोत्सव' तथा 'फिल्मेरिया' नाटक की रचना की।
- महिला नाटकार अनिंदिता ने अपने रेडियो एकांकियों का संग्रह 'मांदर बज उठा' के नाम से प्रकाशित किया है।

झारखंड के प्रमुख नाटककार एवं उनके प्रसिद्ध नाटक:

क्रम सं.	नाटककार	नाटक
1.	अनंत सहाय अखौरी	ग्रह का फेर
3.	रामदीन पाण्डेय	जीवन यज्ञ, ज्योत्सना
4.	स्वामी शिवानंद तीर्थ	संथाल बोधोदय
5.	बाल मुकुंद पैनाली	मुल्क और मजहब, रावण, चम्बल का प्रतिशोध, रावण वध
6.	अमरनाथ चौधरी	एकांकी संग्रह, इंद्रधनुष
7.	अनंदिता	मांदर बज उठा
8.	सिद्धनाथ कुमार	सृष्टि की सांझ
9.	द्वारिका प्रसाद	आदमी
10.	श्रवण कुमार गोस्वामी	समय, हमारी मांगें पूरी करो
11.	विनय कुमार पाण्डेय	पारिजात और परिधि
12.	गिरिधारी राम गोंझू	झारखंड का अमृतपुत्र : मरङ गोमके जयपाल सिंह, महाराजा मदरा मुण्डा
13.	डॉ. बालेंदु शेखर तिवारी	मिडियोत्सव, फिल्मेरिया
14.	अशोक पागल	कहाँ हो परशुराम, सागर तट की नदी, अमीबा, श्रुतिरंग
15.	रतन प्रकाश	तलाश, ये खास लोग

पद्य साहित्य:

- झारखंड के पद्य साहित्य में वैद्यनाथ पोद्दार और चिरंजी लाल शर्मा प्रारंभिक रचनाकारों में से उल्लेखनीय हैं।
- चिरंजी लाल शर्मा की कविताओं में हास्य-व्यंग्य की प्रधानता होती थी, जबकि अन्य कवि पुरानी शैली की कविताएँ लिखा करते थे।
- वचनदेव कुमार की काव्यकृतियाँ पृथ्वीपुत्री, ओ जन्मा सुनो आदि प्रमुख हैं।
- बालेन्दु शेखर तिवारी, अनुज लुगुन, निर्मला पुतुल, मंजू शर्मा आदि ने भी झारखंड के हिंदी पद्य साहित्य को समृद्ध किया है।

झारखंड के प्रमुख कवि एवं उनकी रचनाएँ:

क्रम सं.	कवि	रचनाएँ
1.	सत्यनारायण शर्मा	मरूपथ, निर्वास द्वीप, तूफान
2.	गोपाल दास 'मुंजाल'	घने अंधकार की ओर
3.	सच्चिदानंद सहाय 'मधुकर'	जनानिस्तान, कनरवी, उपेक्षित, ताजमहल, 'नहीं है, यही है'
4.	राधाकृष्णन	सोमदेव
5.	विद्याभूषण	सोलह सफे, शहर, नदी : एक कथा, कविताएँ सातवें दशक की
6.	वचनदेव कुमार	कविताएँ बेमौसम की, पृथ्वी पुत्र, 'वृत्त एक, बिन्दु अनेक', धूप-छाँव की कविताएँ
7.	काशीनाथ पाण्डेय	उजाड़ का एक कवि
8.	अशोक सिंह	बेटियाँ, माँ की रसोई
9.	नीरज नीर	दो हाथ की दुनिया, मध्य मार्ग, शहर में आदिवासी

झारखंड के कुछ अन्य महत्वपूर्ण रचनाकार एवं उनकी रचनाएँ:

क्रम सं.	रचनाकार	रचनाएँ
1.	डॉ. रामदयाल मुण्डा	आदि धर्म, मुण्डारी टुड को ठारि
2.	सोलेमान मुरमू	कोचे कड़बा
3.	माझी रामदास टुडू	खेरवाल बांशो धोरोम पुथी
4.	महाश्वेता देवी	अरण्येर अधिकार

5.	विक्टर दास	झारखंड : कब्रों पर महल
6.	डॉ. महुआ माजी	मरंग घोड़ा नीलकंठ हुआ
7.	तुहीन सिन्हा	द एज ऑफ पावर
8.	नीलोत्पल मृणाल 'दुमका'	डार्क हार्स एक अनोखी कहानी, औघड़
9.	स्वपनील पाण्डे	द सोल्जर्स गर्ल
10.	निकीता सिंह	लव @ फेसबुक (पहली पुस्तक - 2011)
11.	काजोल आयकत	आसनसोल एमीगोज
12.	जोबा मुर्मू	ओलोन बाहा (अलंकार पुष्प)
13.	गणेश देउस्कर	देसर कथा
14.	चेतन महाजन	द बैड वॉइस ऑफ बोकारो जेल
15.	गजेन्द्र ठाकुर	कुरूक्षेत्र अंतरमनम (मैथिली भाषा)
16.	प्रतिभा प्रसाद	आखिर एक दिन
17.	श्रीकांत सोरेन	हरयार मयम
18.	दिनेश्वर प्रसाद	बजीरा पानी पीता, संझावली
19.	ज्ञान सिंह	समथिंग लाइक लव
20.	हाँसदा सोवेन्द्र शेखर	द मिस्टीरीयस एलाइमंट आंफ रूगी बास्के

झारखंड की पत्र-पत्रिकाएँ

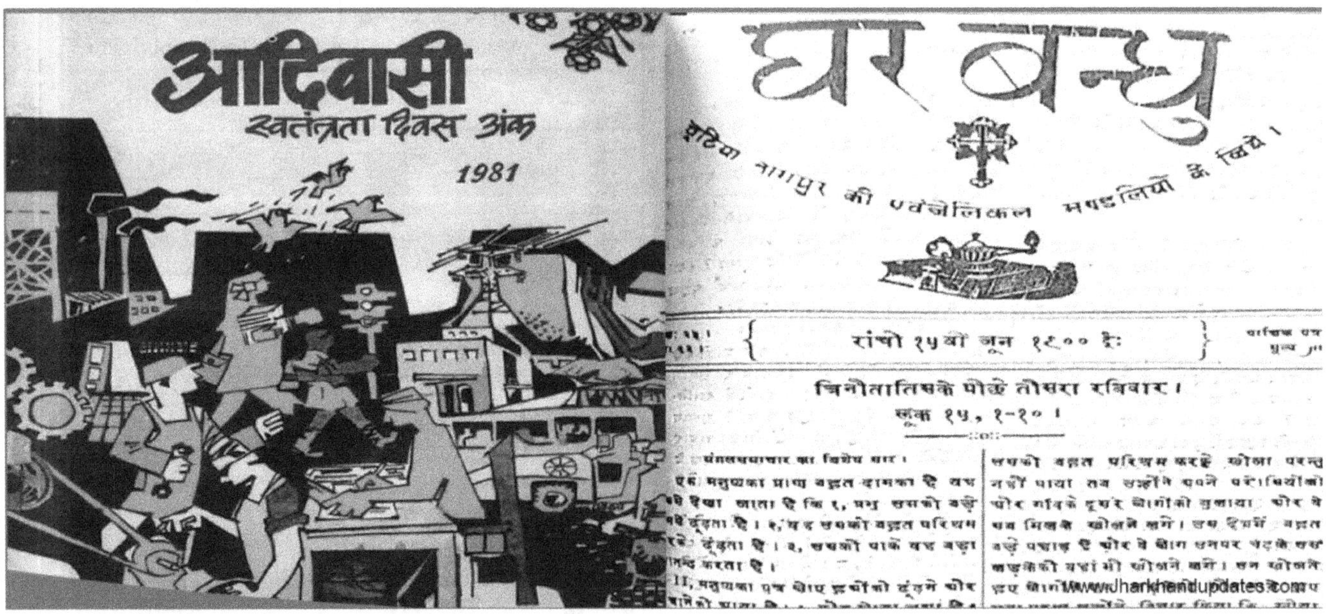

- झारखंड में पत्र-पत्रिकाओं के प्रकाशन की शुरुआत 'घर बंधु' पत्रिका को माना जाता है।
- 1892 में 'वनिता हितैषी' एवं 1898 में 'आर्यावर्त' का प्रकाशन हुआ।
- 1924 ई. में पंडित मामराज शर्मा के द्वारा 'छोटानागपुर' पत्रिका का प्रकाशन आरंभ हुआ।
- कुछ वर्षों के बाद गुमला से 'झारखंड' नामक पत्रिका का प्रकाशन ईश्वरी प्रसाद बड़ाईक ने किया।
- 'स्वर्ण रेखा' तथा 'उल्टी गंगा' नामक पत्रिका का प्रकाशन हुआ, जिसके संपादक क्रमशः हेरंब मिश्र तथा उनके पुत्र सुबोध मिश्र थे।
- हरे कृष्ण चौधरी ने 'निरझर' नामक पत्रिका का प्रकाशन किया।
- 'ग्राम निर्माण' नामक पत्र का प्रकाशन आदिम जाति सेवा मंडल ने आरंभ किया। इसका संपादन मदन मोहन मिश्र कर रहे थे।
- 1950 ई. में प्रथम दैनिक पत्र 'राष्ट्रीय भाषा' का प्रकाशन राँची से आरंभ हुआ, जो उमा प्रेस से छपता था। इसके प्रकाशक देवी प्रसाद मित्र और संपादक बटुकदेव शर्मा थे।
- राधारमण के संपादन में 1951 ई. में सुदर्शन प्रेस से 'कसौटी' पत्रिका का प्रकाशन हुआ।
- 'वर्तमान संदर्भ' त्रैमासिक साहित्यिक पत्रिका का प्रकाशन 2001 से 2003 तक संगीता आनंद के नेतृत्व में किया गया।

- 'संगम' पत्रिका का संपादन 1992 से 2002 तक डॉ. राम कुमार तिवारी ने किया।
- कुडुख भाषा में पत्र-पत्रिकाओं का प्रकाशन 1940-41 से आरंभ हुआ।
- इग्नेश बेक द्वारा 1940 ई. में 'विजबिनको' मासिक पत्रिका एवं श्री अहलाद तिर्की द्वारा 1949 में 'बोलता' नामक मासिक पत्रिका का प्रकाशन किया।
- संथाली भाषा में अनेक पत्र-पत्रिकाओं का प्रकाशन हुआ, जिसमें प्रोटेस्टेंट मिशन का 'पेड़ा होड़' (कुटुम्ब अतिथि) तथा कैथोलिक मिशन का 'मारसालताबोन' मासिक पत्रिकाएं प्रमुख हैं।
- नागपुरी साहित्य विशेषांक, कहानी विशेषांक, संस्कृति विशेषांक, आदिवासी विशेषांक आदि 'संगम' पत्रिका में प्रकाशित होते रहे। इसका प्रकाशन 'नागपुरी कला संगम' ने किया है, जिसके अध्यक्ष श्री सत्यदेव नारायण तिवारी थे तथा वर्तमान में श्री गोविंद नारायण तिवारी हैं।
- इस नई शताब्दी में भी झारखंड में अनेक नई पत्रिकाओं का प्रकाशन आरंभ हुआ है। इनमें 'परिकथा', 'काँची', 'अखरा', 'आईना', 'सहिया', 'वनांचल प्रहरी', 'उदित वाणी', 'दृष्टिपात', 'महुआ' आदि का नाम उल्लेखनीय है।

झारखंड की कुछ प्रमुख पत्र-पत्रिकाएँ:

क्रम सं.	संपादक	पत्र-पत्रिकाएँ
1.	एनाट रॉड	घर बंधु
2.	बालकृष्ण सहाय	आर्यावर्त
3.	संप्रति	बाबूलाल मुर्मू
4.	सुकुमार हलधर	सोशल सर्जन
5.	शरतचंद्र राय	मैन इन इंडिया
6.	रामराज शर्मा	छोटानागपुर पत्रिका
7.	बंदीराम उरांव	आदिवासी समाचार पत्र
8.	लुआठी (खोरठा पत्रिका)	गिरधारी गोस्वामी
9.	पीटर शांति नवरंगी	सत्संग
10.	बंदीराम उरांव और जुलियस तिग्गा (संयुक्त संपादन)	आदिवासी पाक्षिक
11.	जयपाल सिंह मुंडा	आदिवासी सकाम
12.	इग्नेस कुजूर और इग्नेस बैक	अबुआ झारखंड
13.	डोमन साहू समीर	होड़ संवाद
14.	बटुक देव शर्मा	राष्ट्रीय भाषा
15.	सुशील कुमार बागे	जगर साड़ा
16.	जोगेंद्र नाथ तिवारी	नागपुरी
17.	धनंजय प्रसाद	इंजोर
18.	बलवीर दत्त	रांची एक्सप्रेस
19.	लक्ष्मी नारायण	नागपुरिया समाचार
20.	इग्नेस कुजूर	झारखंड समाचार

झारखंड का भूगोल

भौगोलिक परिचय

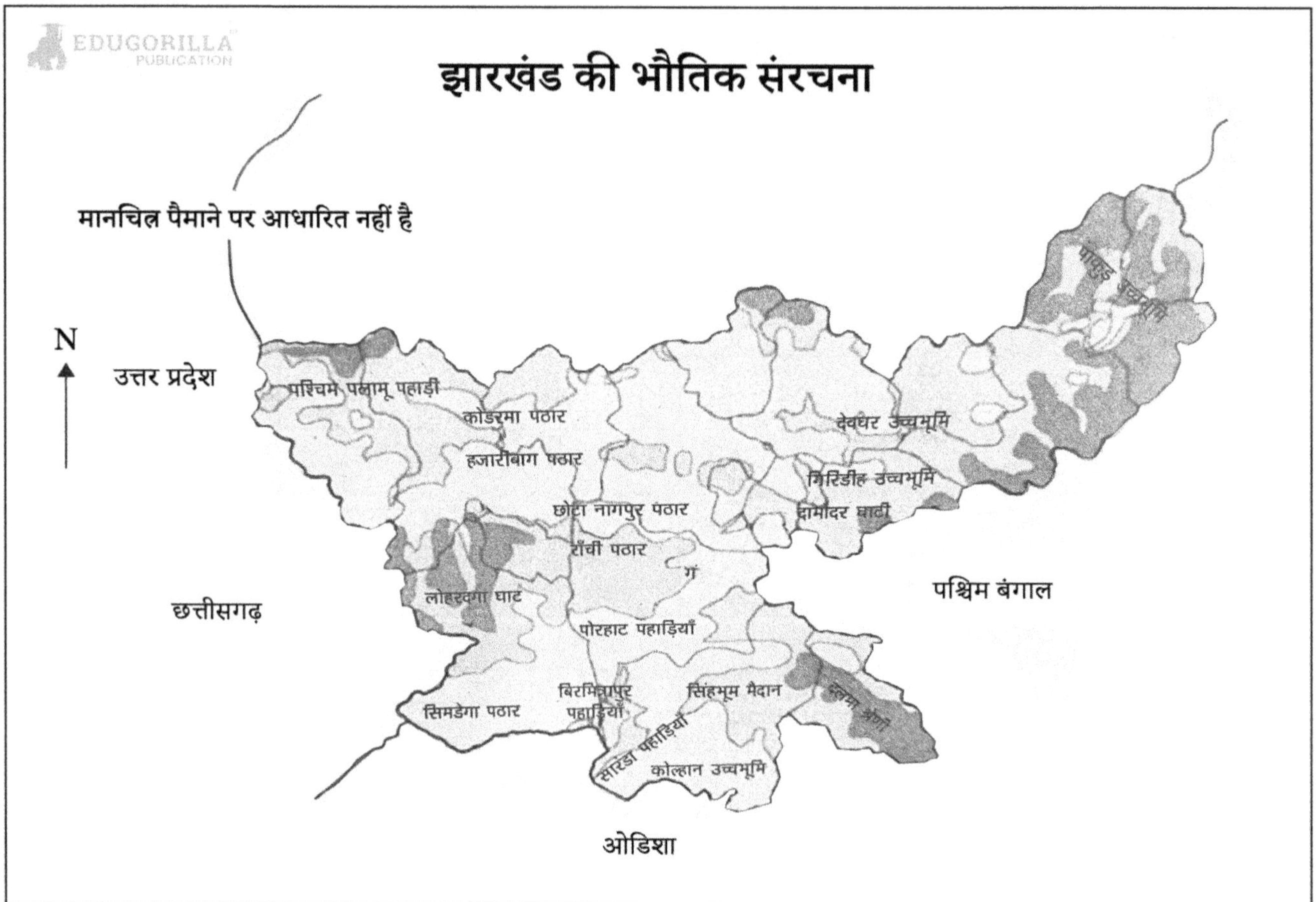

- झारखण्ड राज्य का भौगोलिक विस्तार 21°58′10″ से 25°19′15″ उत्तरी अक्षांश तथा 83°19′50″ से 87°57′ पूर्वी देशांतर के मध्य है।
- यह राज्य विश्व मानचित्र पर उत्तरी गोलार्द्ध में स्थित है।
- इस राज्य का निर्माण एकीकृत बिहार के 46% भूभाग को अलग करके किया गया था।
- झारखण्ड राज्य में मुख्य रूप से छोटानागपुर पठार और संथाल परगना के वन क्षेत्र शामिल हैं।
- छोटानागपुर झारखण्ड का सबसे बड़ा भाग है, जबकि संथाल परगना दूसरा सबसे बड़ा भाग है।
- झारखण्ड राज्य का विस्तार उत्तर से दक्षिण तक 380 किमी तथा पूर्व से पश्चिम तक 463 किमी है।
- झारखण्ड राज्य का क्षेत्रफल 79,714 वर्ग किमी. है जो देश के कुल क्षेत्रफल का 2.42 % है।
- झारखण्ड राज्य की कुल जनसंख्या 3,29,88,134 है जो देश की कुल जंनसंख्या का 2.72 % है।
- झारखण्ड राज्य की सीमाएं देश के 5 राज्यों को संपर्क करती हैं।
- इसके उत्तर में बिहार, दक्षिण में उड़ीसा, पूर्व में पश्चिम बंगाल तथा पश्चिम में छत्तीसगढ़ व पश्चिमोत्तर में उत्तर प्रदेश राज्य अवस्थित हैं।
- झारखण्ड एक स्थलबद्ध अथवा भू-आवेष्ठित राज्य है अर्थात इसकी भौगोलिक सीमा समुद्र को स्पर्श नहीं करती है।
- भारत के अन्य स्थलबद्ध राज्य मध्य प्रदेश, छत्तीसगढ़ एवं हरियाणा हैं।
- कर्क रेखा झारखण्ड राज्य के बिल्कुल मध्य से गुजरती है।
- यह राज्य के लातेहार (नेतरहाट), लोहरदगा (किस्को), गुमला, राँची (काँके व ओरमाँझी) तथा रामगढ़ (गोला) जिले से गुजरती है।
- झारखण्ड राज्य की आकृति चतुर्भुजाकार है।
- झारखण्ड राज्य में आर्कियन काल के ग्रेनाइट-नीस से निर्मित चट्टानों से

लेकर चतुर्थकल्प काल की नवीन जलोढ़ मृदा तक पायी जाती है।

- राज्य की अधिकांश चट्टानों का विस्तार पूरब-पश्चिम दिशा में है।
- सिंहभूम में स्थित चट्टानें राज्य की एकमात्र ऐसी चट्टानें हैं जो दक्षिण-पूर्व से दक्षिण-पश्चिम तक फैली हुई हैं।
- झारखण्ड राज्य की धरातलीय संरचना के निर्माण की दृष्टि से छोटानागपुर का पठार सर्वाधिक महत्वपूर्ण है।
- छोटानागपुर पठार का सबसे ऊँचा स्थान पाट कहलाता है तथा यहाँ वनों व आदिम जनजातियों की बहुलता पायी जाती है।
- झारखण्ड की सबसे ऊंची चोटी पारसनाथ (सम्मेद शिखर) है।
- सोन नदी के अतिरिक्त झारखण्ड की सभी नदियाँ बरसाती हैं तथा गर्मी के दिनों में प्रायः सूख जाती हैं।
- झारखण्ड में कई जलप्रपात और गर्म झरने पाए जाते हैं, जो झारखण्ड के जल संसाधनों की दृष्टि से बहुत महत्वपूर्ण हैं।
- झारखण्ड राज्य की जलवायु उष्णकटिबंधीय मानसून प्रकार की है और राज्य में दक्षिण-पश्चिम मानसून की दोनों शाखाओं से वर्षा होती है।
- पठारी क्षेत्र एवं सिंचाई सुविधाओं के अभाव के कारण इस राज्य में विभिन्न सिंचाई परियोजनाएँ चलाई जा रही हैं।
- दामोदर नदी घाटी परियोजना और सुबर्णरिखा नदी घाटी परियोजना राज्य में संचालित बहुउद्देशीय नदी घाटी परियोजनाओं में प्रमुख हैं।
- दामोदर नदी घाटी परियोजना भारत की पहली बहुउद्देशीय नदी घाटी परियोजना है।
- झारखंड के दस-दस जिले बिहार और पश्चिम बंगाल राज्यों की सीमाओं को छूते हैं।
- गढ़वा राज्य का एकमात्र जिला है जो उत्तर प्रदेश राज्य की सीमा को छूता है।
- गढ़वा जिला तीन राज्यों उत्तर प्रदेश, छत्तीसगढ़ और बिहार के साथ अपनी सीमा साझा करता है।
- खूंटी और लोहरदगा ही ऐसे जिले हैं जो किसी अन्य राज्य की सीमा को नहीं छूते हैं।
- वन स्थिति रिपोर्ट-2019 के अनुसार झारखंड राज्य का कुल कार्बन स्टॉक 178.01 मिलियन टन है, जो 652.70 मिलियन टन कार्बन डाइऑक्साइड के बराबर है। यह देश के कुल कार्बन स्टॉक का 2.50% है।

सर्वाधिक क्षेत्रफल वाले तीन जिले

क्र.सं.	जिला	क्षेत्रफल
1.	प० सिंहभूम	7224 वर्ग किमी.
2.	गुमला	5360 वर्ग किमी.
3.	राँची	5097 वर्ग किमी.

न्यूनतम क्षेत्रफल वाले तीन जिले

क्र.सं.	जिला	क्षेत्रफल
1.	रामगढ़	1341 वर्ग किमी.
2.	लोहरदगा	1502 वर्ग किमी.
3.	पाकुड़	1801 वर्ग किमी.

पड़ोसी राज्यों की सीमाओं को संपर्क करने वाले झारखण्ड के जिले

राज्य	जिले
बिहार	गढ़वा, पलामू, चतरा, हजारीबाग, कोडरमा, गिरिडीह, देवघर, दुमका, गोड्डा, साहेबगंज
प० बंगाल	साहेबगंज, पाकुड़, दुमका, जामताड़ा, धनबाद, बोकारो, रामगढ़, राँची, सरायकेला-खरसावां, पूर्वी सिंहभूम
उड़ीसा	पूर्वी सिंहभूम, सरयकेला-खरसावां, पश्चिमी सिंहभूम, सिमडेगा
छत्तीसगढ़	सिमडेगा, गुमला, लातेहार, गढ़वा
उत्तर प्रदेश	गढ़वा

भूगर्भिक संरचना

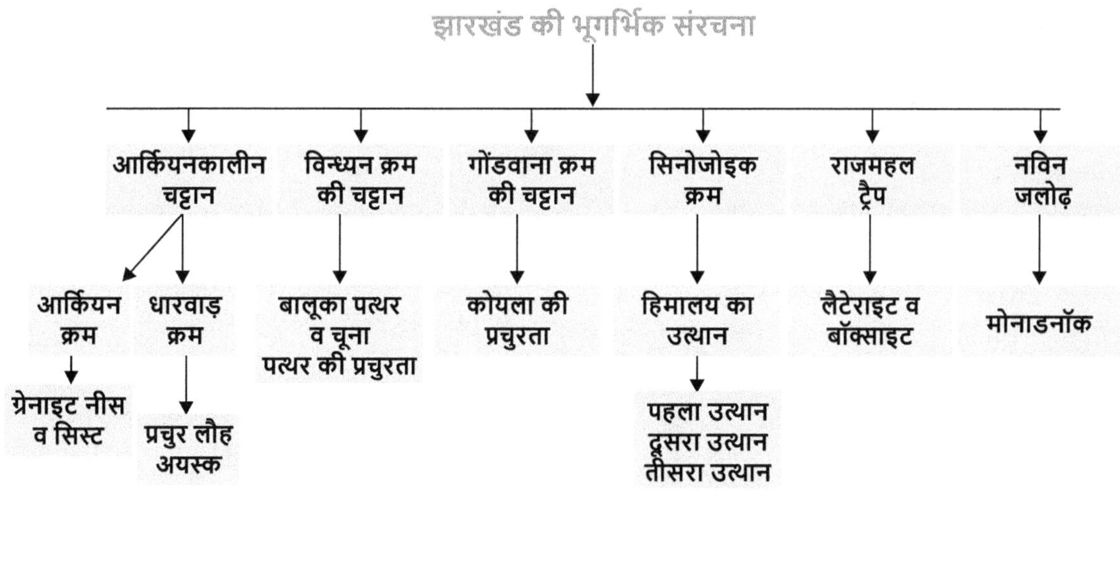

1. आर्कियनकालीन चट्टानें

- झारखण्ड की चट्टानी संरचनाओं में यह सर्वप्रमुख है जिसका विस्तार झारखण्ड के 90 % भू-भाग पर है।
- खनिज संसाधनों की प्रचुरता के कारण ये आर्थिक दृष्टि से झारखंड की सबसे महत्वपूर्ण चट्टानें हैं।
- इन चट्टानों में आग्नेय, अवसादी और कायांतरित चट्टानें मौजूद हैं और छोटानागपुर पठार की आग्नेय, अवसादी और कायांतरित चट्टानें इस काल की चट्टानों से संबंधित हैं।
- इन चट्टानों का विस्तार झारखंड के सिंहभूम, सरायकेला, सिमडेगा और दक्षिण पूर्वी झारखंड के क्षेत्रों में है।
- इन चट्टानों को आर्कियन अनुक्रम और धारवाड़ अनुक्रम चट्टानों में वर्गीकृत किया जा सकता है।

आर्कियन क्रम

- ये गर्म व तरल लावा के जमाव से निर्मित ग्रेनाइट चट्टान हैं, जो जीवाश्म रहित हैं।
- इनमें रूपांतरण के पश्चात ये चट्टानें नीस व सिस्ट में परिवर्तित हो गयी हैं।

धारवाड़ क्रम

- इन चट्टानों का विकास आर्कियन क्रम की चट्टानों के अपरदन एवं निक्षेपण के फलस्वरूप हुआ है।
- इन चट्टानों के बारे में सर्वप्रथम जानकारी कर्नाटक के धारवाड़ जिले में मिली, जिसके कारण इनका नाम धारवाड़ क्रम की चट्टान के रूप में किया गया है।
- ये चट्टानें जीवाश्मों से भी मुक्त हैं।
- झारखण्ड में, कोल्हान क्षेत्र में होने के कारण इसे कोल्हान श्रृंखला की चट्टान के रूप में भी जाना जाता है।
- इन शैलों में लौह-अयस्क की प्रचुर मात्रा में उपलब्धता के कारण इन्हें 'लौह-अयस्क श्रृंखला' कहा जाता है।
- झारखण्ड में ये चट्टानें पूर्वी सिंहभूम, पश्चिमी सिंहभूम तथा सरायकेला-खरसावाँ जिलों में फैली हुई हैं।
- इन शैलों में धात्विक खनिजों की उपलब्धता है, जिनमें लोहा, ताँबा, बॉक्साइट, निकल, सोना, मैगनीज, चाँदी आदि प्रमुख हैं।

2. विंध्यन क्रम की चट्टानें

- सोन नदी क्षेत्र (विशेष रूप से गढ़वा) में झारखंड के उत्तर-पश्चिमी भाग में विंध्य श्रृंखला की चट्टानें पाई जाती हैं।
- ये चट्टानें मूल रूप से रोहतास पठार का दक्षिणी भाग हैं।
- तलछट के जमाव से बनी ये चट्टानें बलुआ पत्थर और चूना पत्थर से बनी क्षैतिज स्तरित चट्टानें हैं।
- इस अवधि के दौरान पारसनाथ पहाड़ी का उत्थान भी हुआ।

3. गोंडवाना क्रम की चट्टानें

- इन चट्टानों का निर्माण दामोदर घाटी के अवसादों से हुआ है।
- इन शैलों में प्रचुर मात्रा में कोयले के भण्डार के साथ-साथ बलुआ पत्थर की परतें भी पाई जाती हैं।
- झारखंड के प्रमुख कोयले के भंडार इसी चट्टान से बने हैं।
- ये चट्टानें आर्थिक रूप से बहुत जरूरी हैं।
- इन चट्टानों का विस्तार गिरिडीह, राजमहल की पहाड़ियों तथा उत्तरी कोयल नदी के घाटी क्षेत्रों में है।

4. सिनोजोइक क्रम

- इस काल में हिमालय के उत्थान के दौरान इसने छोटानागपुर पठार क्षेत्र को भी प्रभावित किया।
- हिमालय के उदय तथा उसके प्रभावों को तीन भागों में वर्गीकृत किया जा सकता है, जिनका विवरण इस प्रकार है -

पहला उत्थान

- हिमालय के प्रथम उत्थान का संबंध मायोसीन काल से है।
- इस अवधि के दौरान, छोटानागपुर पठार क्षेत्र में भूगर्भीय उथल-पुथल के परिणामस्वरूप पाट क्षेत्र का उत्थान हुआ।
- इस उत्थान के फलस्वरूप पाट क्षेत्र रांची-हजारीबाग पठार से लगभग 1000 फीट ऊपर उठ गया।

दूसरा उत्थान

- यह उत्थान उत्तर प्लायोसीन काल से संबंधित है।
- इस अवधि के दौरान भी छोटानागपुर पठार क्षेत्र में भूगर्भीय उथल-पुथल हुई।
- इस दौरान राँची-हजारीबाग पठार लगभग 1000 फीट ऊँचा हुआ, जिससे पाट क्षेत्र लगभग 2000 फीट ऊँचा हो गया।

तीसरा उत्थान

- यह उत्थान प्लीस्टोसीन काल से संबंधित है।
- इस अवधि के दौरान भी छोटानागपुर पठार क्षेत्र में भूगर्भीय उथल-पुथल हुई।
- इस दौरान रांची-हजारीबाग का पठार लगभग 2000 फीट की ऊंचाई तक उठा, जिससे पाट क्षेत्र लगभग 3000-3600 फीट ऊंचा हो गया।

5. राजमहल ट्रैप तथा दक्कन लावा की चट्टानें

- राजमहल ट्रैप जुरासिक युग में लावा के प्रवाह से बने हैं जबकि दक्कन के लावा दरारों में लावा के प्रवाह से बने हैं।
- इन चट्टानों के अपक्षय के फलस्वरूप लैटेराइट और बॉक्साइट का निर्माण हुआ है।
- राजमहल ट्रैप का मूल विस्तार झारखंड के उत्तर-पूर्वी भाग (साहेबगंज के उत्तर-पूर्व और पाकुड़ के पूर्वी भाग) में है।
- इसके अलावा झारखंड के पाट क्षेत्र (पलामू, गढ़वा, गुमला और लोहरदगा) में भी इसका विस्तार है।
- इसकी ऊँचाई 900 से 1100 मीटर तक है।

6. नवीनतम जलोढ़ निक्षेप

- इसका निर्माण नदी के कटाव और जलोढ़ निक्षेपण के फलस्वरूप हुआ है, जो आज भी जारी है।
- यह संरचना झारखंड के राजमहल, सोन नदी घाटी और सुबणरिखा नदी की निचली घाटी के पूर्वी क्षेत्रों में जलोढ़ नदी के जमाव से बनी है।
- मैदानों में इनके निक्षेपण के फलस्वरूप कई स्थानों पर ग्रेनाइट के ऊँचे भू-भाग बन गए हैं, जिन्हें मॉनेडनॉक कहा जाता है।

अन्य तथ्य:

- राज्य की अधिकांश चट्टानें पूर्व-पश्चिम दिशा में फैली हुई हैं।
- झारखण्ड में कोल्हान पहाड़ी क्षेत्र में धारवाड़ शृंखला की चट्टानों का विकास हुआ है।
- इन चट्टानों को 'लौह अयस्क श्रृंखला' भी कहा जाता है।

धरातलीय स्वरूप

- झारखण्ड के धरातलीय स्वरूप के निर्माण में छोटानागपुर पठारी क्षेत्र का सर्वाधिक महत्वपूर्ण योगदान है।
- यह पठार भारत के प्रायद्वीपीय पठार का उत्तर-पूर्वी भाग है।
- यह ओडिशा, पश्चिम बंगाल, बिहार और छत्तीसगढ़ राज्यों की सीमाओं तक फैला हुआ है।
- छोटानागपुर पठार का निर्माण मुख्य रूप से लावा के निक्षेपों से हुआ है।
- झारखंड में आर्कियन चट्टानों की बहुतायत, मिट्टी की कम सरंध्रता और पठारी ढलान के कारण पानी के रिसाव की दर कम है।
- फलस्वरूप यहाँ भूमिगत जल की मात्रा बहुत कम पाई जाती है।
- छोटानागपुर पठार की औसत ऊंचाई 760 मीटर है और इसकी सबसे ऊंची चोटी सम्मेद शिखर (पारसनाथ पहाड़ी) है जिसकी ऊंचाई 1,365 मीटर (4,478 फीट) है।

झारखण्ड के धरातलीय स्वरूप का विभाजन

1. पाट क्षेत्र (पश्चिमी पठार)

- पाट का अर्थ समतल जमीन होता है।
- पारसनाथ के अलावा यह झारखंड का सबसे ऊंचा हिस्सा है।
- यह रांची के उत्तर पश्चिमी भाग से पलामू जिले के दक्षिणी भाग तक फैला हुआ है।
- पाट क्षेत्र का आकार त्रिकोणीय है। इसका शीर्ष दक्षिण में और आधार उत्तर में है।
- इस क्षेत्र के ऊपरी भाग को टांड तथा नीचे के भाग को दोनों कहा जाता है।
- पाट क्षेत्र की समुद्र तल से औसत ऊंचाई 900 मीटर (लगभग 3000 फीट) है।
- झारखंड के तीन सबसे ऊंचे पाट नेतरहाट पाट (1,180 मी./3,871 फीट), गणेशपुर पट (1,171 मी) और जनीरा पट (1,142 मी.) हैं।
- पाट क्षेत्र की प्रमुख पहाड़ियाँ सानू एवं सरौ पहाड़ियाँ हैं।
- पाट क्षेत्र उत्तरी कोयल, शंख आदि नदियों का उद्गम स्थल भी है।
- तश्तरीनुमा बर्वे मैदान झारखंड के पाट क्षेत्र का एक हिस्सा है।

2. राँची का पठार

- रांची का पठार झारखण्ड का सबसे बड़ा पठारी भाग है।
- यह समुद्र तल से 600 मीटर (लगभग 1970 फीट) की औसत ऊंचाई वाला क्षेत्र है।
- रांची के पठार का आकार चौकोर है।
- इस पठारी क्षेत्र से निकलने वाली नदियाँ ढाल के कारण पठार के किनारों पर जलप्रपात बनाती हैं।
- इनमें प्रमुख जलप्रपात बूढ़ाघाघ / लोधाघाघ, हुंडरू, दशम, जोन्हा / गौतमधारा आदि प्रमुख हैं।

3. हजारीबाग का पठार

(a) ऊपरी हजारीबाग का पठार

- यह हजारीबाग जिले में रांची पठार के समानांतर फैला हुआ है।
- पूर्व में यह रांची के पठार से जुड़ा हुआ था, लेकिन दामोदर नदी के कटाव के कारण यह रांची के पठार से अलग हो गया।
- समुद्र तल से इस पठार की औसत ऊंचाई 600 (लगभग 1970 फीट) मीटर है।

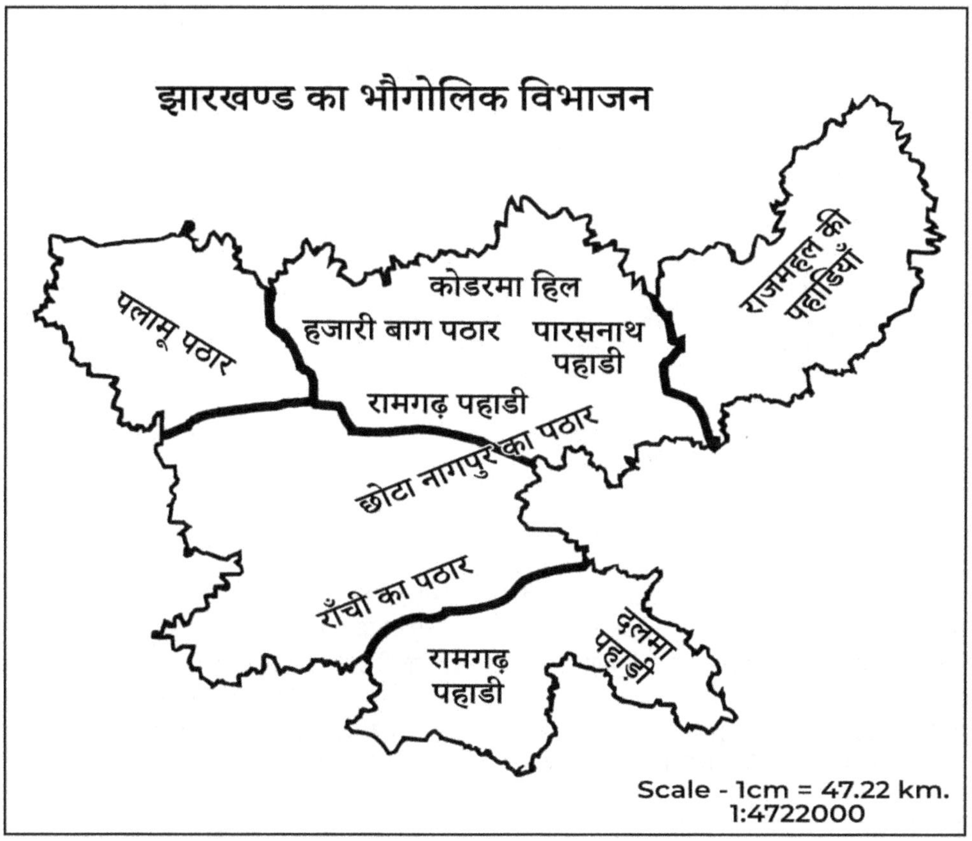

(b) निचला हजारीबाग का पठार

- यह झारखंड का सबसे कम ऊंचाई वाला पठारी क्षेत्र है, जो हजारीबाग जिले के उत्तरी भाग में फैला हुआ है।
- छोटानागपुर के बाहरी भाग में स्थित होने के कारण इसे बाहरी पठार भी कहा जाता है।
- यह क्षेत्र समुद्र तल से 450 मीटर (लगभग 1476 फीट) ऊपर है। यह झारखंड में सबसे कम ऊंचाई वाला पठारी क्षेत्र है।
- इस क्षेत्र में गिरिडीह के पठार पर बराकर नदी की घाटी के पास पारसनाथ की पहाड़ी है, जिसकी ऊँचाई 1,365 मीटर (4,478 फीट) है।
- यह अत्यंत कठोर पाइरोक्सिन ग्रेनाइट से बना है।

4. राजमहल की पहाड़ियाँ एवं मैदानी क्षेत्र

- यह असमान नदी घाटियों और मैदानों से बना है।
- इस पठारी क्षेत्र की समुद्र तल से औसत ऊँचाई 150-300 मीटर है।
- इस क्षेत्र में स्थित राजमहल की पहाड़ी बिहार के दक्षिण-पूर्वी भाग तक फैली हुई है।
- राजमहल पहाड़ी दुमका, देवघर, गोड्डा, पाकुर और साहेबगंज जिलों तक फैली हुई है।
- राजमहल पहाड़ी क्षेत्र 2,000 वर्ग कि.मी. क्षेत्रफल विस्तृत है।
- इस क्षेत्र की नुकीली पहाड़ियों का स्थानीय नाम तोंगरी तथा गुम्बदाकार पहाड़ियों का स्थानीय नाम डोंगरी है।
- चाईबासा का मैदान इस क्षेत्र का प्रमुख मैदान है, जो पश्चिम सिंहभूम के पूर्व-मध्य भाग में स्थित है।
- चाईबासा का मैदान उत्तर में दालमा रेंज, पूर्व में ढालभूम रेंज, दक्षिण में कोल्हान पहाड़ियों, पश्चिम में सारंडा जंगल और उत्तर पश्चिम में पोरहाट पहाड़ियों से घिरा है।
- इसके दक्षिण में अजय नदी घाटी है।

अपवाह प्रणाली

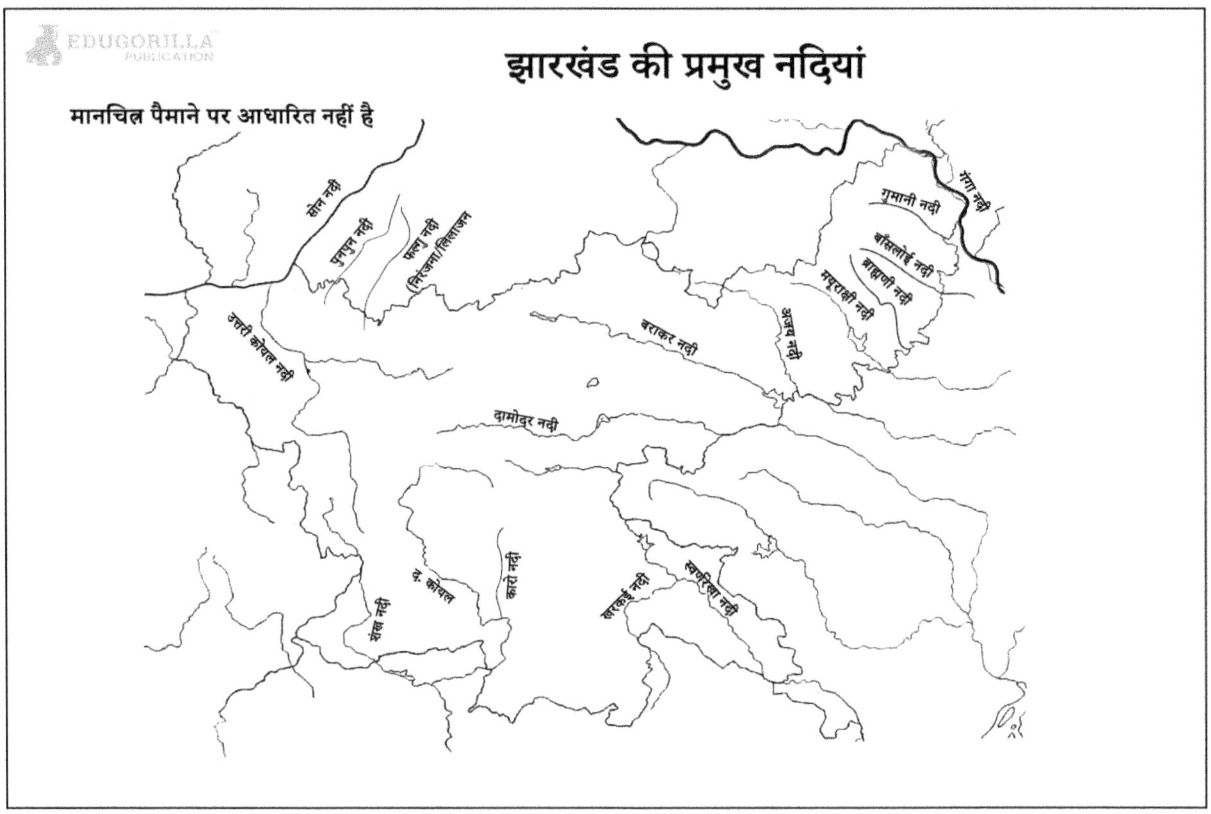

- वर्षा जल तथा अन्य जल के प्रवाह की समग्र व्यवस्था को अपवाह तंत्र कहते हैं।
- पानी की मात्रा, भूमि की संरचना, ढलान की ढलान, वनस्पति का घनत्व और मिट्टी की संरचना राज्य की जल निकासी प्रणाली के निर्माण में प्रमुख भूमिका निभाती है।
- जल संसाधन विभाग, झारखंड सरकार के अनुसार, राज्य का 1.59 लाख हेक्टेयर क्षेत्र जल स्रोतों से आच्छादित है, जो राज्य के कुल क्षेत्रफल का लगभग 2% है।
- राज्य में औद्योगिक क्षेत्र को 4,338 मिलियन क्यूबिक मीटर पानी की आवश्यकता होती है, जबकि सिंचाई के लिए 3,813 मिलियन क्यूबिक मीटर पानी की आवश्यकता होती है।
- शहरी इलाकों में 1616.35 लाख गैलन पानी की जरूरत होती है जबकि यहां 734.35 लाख गैलन पानी ही उपलब्ध है।
- राज्य के अधिकांश भाग में पाई जाने वाली आर्कियन चट्टान के कारण मिट्टी की सरंध्रता बहुत कम है।
- साथ ही पठारी क्षेत्र होने के कारण वर्षा का जल तेजी से बहता है।
- नतीजतन, भूमिगत जल की मात्रा बहुत कम है।

- झारखण्ड में नदियाँ, जलप्रपात एवं गर्मकुण्ड अपवाह प्रणाली के मुख्य घटक हैं।

झारखण्ड में नदियाँ

- सोन नदी को छोड़कर, झारखंड की सभी नदियों में वर्षा होती है, जो पानी के लिए मानसून पर निर्भर हैं। गर्मी के दिनों में ये सूख जाती हैं।
- झारखंड की नदियां कठोर चट्टानी क्षेत्रों से होकर बहने के कारण नौका विहार के लिए उपयुक्त नहीं हैं।
- नौका विहार के लिए एकमात्र मयूराक्षी/मोर नदी का उपयोग किया जाता है।
- प्रवाह की दिशा के अनुसार झारखंड की नदियों को उत्तरी और पूर्वी/दक्षिणी नदियों में विभाजित किया जा सकता है।
- वे नदियाँ जो पठारी भाग से निकलकर उत्तर की ओर प्रवाहित होती हुई गंगा या उसकी सहायक नदी में मिल जाती है, उन्हें उत्तरवर्ती नदी कहा जाता है।
- सोन, पुनपुन, फल्गु, उत्तरी कोयल, चानन आदि झारखंड की प्रमुख उत्तरी नदियाँ हैं।
- वे नदियाँ जो पठार के दक्षिण भाग से निकलकर पूर्व या दक्षिण की ओर प्रवाहित होती हैं, उन्हें पूरबवर्ती / दक्षिणवर्ती नदी कहा जाता है।
- दामोदर, बराकर, स्वणरिखा, शंख, दक्षिणी कोयल, मयूराक्षी आदि झारखण्ड की प्रमुख दक्षिणवर्ती नदियाँ हैं।

उत्तरवर्ती नदियाँ

- वे नदियाँ जो पठार से निकलकर उत्तर की ओर बहती हैं और गंगा या उसकी सहायक नदियों में मिल जाती हैं, उत्तरवर्ती नदियाँ कहलाती हैं।
- सोन, उत्तरी कोयल, पुनपुन, फल्गु, चानन आदि झारखंड की प्रमुख उत्तरी नदियाँ हैं।

सोन नदी

- इसका अपवाह क्षेत्र पलामू व गढ़वा है।
- सोन नदी की कुल लंबाई लगभग 784 किलोमीटर है। इसका अपवाह क्षेत्र लगभग 9030 वर्ग किलोमीटर है।
- यह नदी झारखंड के उत्तर-पश्चिम में सीमा से बहती है।
- सोन नदी को सोनभद्र और हिरण्यवाह नामों से भी जाना जाता है।
- इसकी सहायक नदी उत्तरी कोयल है।

उत्तरी कोयल नदी

- इसका अपवाह क्षेत्र पलामू, लातेहार व गढ़वा है।
- उत्तरी कोयल नदी की कुल लंबाई लगभग 260 किलोमीटर है।
- इस नदी पर झारखंड की कई महत्वपूर्ण सिंचाई परियोजनाएँ स्थापित की गई हैं।
- इसकी सहायक नदियां औरंगा, अमानत और बुढ़ा नदी है।

पुनपुन नदी

- इसका अपवाह क्षेत्र चतरा, औरंगाबाद, गया व पटना है।
- पुनपुन नदी की कुल लंबाई लगभग 200 किलोमीटर है।
- पुनपुन नदी को कीकट और बमागधी नामों से भी जाना जाता है।
- यह नदी सोन नदी के समानांतर बहने वाली नदी है।
- इसकी सहायक नदियां दारधा व मोरहर है।

फल्गु नदी

- फल्गु नदी को अंतः सलिला भी कहा जाता है।
- पितृपक्ष के समय लोग फल्गु नदी में स्नान और दान के लिए आते हैं।
- यह केवल झारखंड में उत्पन्न होती है और मुख्य रूप से बिहार राज्य में बहती है।
- इसकी सहायक नदियां निरंजना (लीलाजन) व मोहना है।

सकरी नदी

- सकरी नदी को सुमागधी (रामायण में नाम) के नाम से जाना जाता है।
- यह नदी मार्ग बदलने के लिए कुख्यात है।
- इसकी सहायक नदियां किउल व मोरहर है।

चानन नदी

- चानन नदी को पंचाने / पंचानन (पांच धाराओं से मिलकर बनने के कारण) नदी के नाम से भी जाना जाता है।

बुढ़ा नदी

- इसका अपवाह क्षेत्र लातेहार है।
- यह नदी झारखंड में सबसे ऊंचा बुढ़ाघाघ जलप्रपात बनाती है।

औरंगा नदी

- इसका अपवाह क्षेत्र लोहरदगा, लातेहार व पलामू है।
- घाघरी, गोवा, नाला, धधारी और सुकरी इसकी सहायक नदियां है।

अमानत नदी

- इसका अपवाह क्षेत्र चतरा, लातेहार व पलामू है।
- जिंजोई, जमुनिया, खैरा, चाको, माइला, सलाही और पाटन इसकी सहायक नदियां है।

नदी	उद्गम	मुहाना
सोन नदी	मैकाल पर्वत की अमरकंटक पहाड़ी	गंगा नदी
उत्तरी कोयल नदी	राँची पठार का मध्य भाग (पिस्का के पास)	सोन नदी
पुनपुन नदी	पलामू जिला	गंगा नदी
फल्गु नदी	छोटानागपुर पठार का उत्तरी भाग	पुनपुन
सकरी नदी	उत्तरी छोटानागपुर का पठार	गंगा का ताल क्षेत्र
चानन नदी	छोटानागपुर का पठार	सकरी नदी
बुढ़ा नदी	महुआडांड़ (लातेहार)	उत्तरी कोयल
औरंगा नदी	किस्को (लोहरदगा)	उत्तरी कोयल
अमानत नदी	चतरा	उत्तरी कोयल

पूरबवर्ती और दक्षिणवर्ती नदियाँ

- वे नदियाँ जो पठार के दक्षिणी भाग से निकलती हैं और पूर्व या दक्षिण की ओर बहती हैं, उन्हें पूरबवर्ती या दक्षिणवर्ती नदियाँ कहा जाता है।
- दामोदर, स्वर्णरखा, बराकर, दक्षिण कोयल, शंख, मयूराक्षी आदि झारखंड की प्रमुख दक्षिणी नदियां हैं।

दामोदर नदी

- दामोदर नदी झारखंड के सात जिलों से होकर गुजरती है, वे जिले हैं- लातेहार, लोहरदगा, रांची, हजारीबाग, गिरिडीह, धनबाद और बोकारो।
- दामोदर नदी की कुल लंबाई लगभग 592 किमी है।
- इसका अपवाह क्षेत्र लगभग 12,800 वर्ग किमी है और इसकी सहायक नदियाँ बराकर, बोकारो, कोनार, जमुनिया, कतरी, भेड़ा आदि हैं।
- दामोदर नदी को देवनदी और बंगाल का शोक नामों से भी जाना जाता है।

- दामोदर नदी रांची और हजारीबाग पठार के बीच दामोदर नदी बेसिन बनाती है।
- धनबाद में प्रवेश करते समय जमुनिया नदी इसमें मिल जाती है।
- पूर्व दिशा से पारसनाथ क्षेत्र से आने वाली कतरी नदी दामोदर में मिल जाती है।
- यह चिरकुंडा के पास बराकर नदी में मिल जाती है और यह झारखंड की सबसे लंबी और बड़ी नदी है।
- दामोदर नदी झारखंड की सबसे प्रदूषित नदी है।
- भारत के अधिकांश कोयला उत्पादक क्षेत्र इसी नदी घाटी क्षेत्र में स्थित हैं। इसके अतिरिक्त अन्य खनिज जैसे चूना, लोहा, अग्नि मिट्टी आदि भी इस क्षेत्र से प्राप्त होते हैं।
- दामोदर नदी के बांध हैं- मैथान, कोनार, बोकारो, बाल पहाड़ी, पंचेत, बेरमो, अय्यर और दुर्गापुर। दुर्गापुर बांध एक बैरियर बांध है।

स्वर्णरिखा नदी

- इसका अपवाह क्षेत्र रांची, जमशेदपुर व सिंहभूम जिला है।
- स्वर्णरिखा नदी की कुल लम्बाई 470 किलोमीटर है।
- इस नदी की रेत में सोने के अंश पाए जाते हैं।
- यह नदी झारखंड से होकर उड़ीसा में प्रवेश करती है जहाँ यह बंगाल की खाड़ी में गिरती है। यह झारखंड की एकमात्र नदी है जो स्वतंत्र रूप से बंगाल की खाड़ी में गिरती है।
- यह रांची में हुंडरू जलप्रपात बनाता है, जबकि इसकी सहायक नदी राढु नदी जोन्हा / गौतमधारा और कांची नदी दशम जलप्रपात को जोन्हा नामक स्थान पर बनाती है।
- राढु नदी तोरांग रेलवे स्टेशन (सिल्ली के दक्षिण) के पास स्वर्णरिखा नदी में मिलती है।
- जमशेदपुर शहर स्वर्णरिखा नदी के तट पर स्थित है।
- इसकी सहायक काकरो, काँची, खरकई, जुमारु, राढु, संजय आदि है।

बराकर नदी

- इसका अपवाह क्षेत्र हजारीबाग, गिरिडीह व धनबाद है।
- बराकर नदी की कुल लम्बाई 225 किलोमीटर है।
- इस नदी का उल्लेख बौद्ध और जैन साहित्य में मिलता है।
- इस नदी के तट पर गिरिडीह में एक जैन मंदिर और मैथन के पास कल्याणेश्वरी मंदिर है।

दक्षिणी कोयल नदी

- दक्षिणी कोयल नदी की कुल लम्बाई 470 किलोमीटर है तथा इसका अपवाह क्षेत्र लोहरदगा, गुमला, पश्चिमी सिंहभूम और राँची है।
- इसकी सहायक नदियां कारो, उसरी, बरसोती आदि है।

शंख नदी

- इसका अपवाह क्षेत्र गुमला है।
- शंख नदी की कुल लम्बाई 240 किलोमीटर है।
- यह नदी अपने उद्गम के बाद बहुत संकरी और गहरी खाई बनाती है।
- गुमला जिले में यह नदी सदनीघाघ जलप्रपात बनाती है।

अजय नदी

- इसका अपवाह क्षेत्र देवघर, जामताड़ा व दुमका है।
- अजय नदी की कुल लम्बाई 288 किमी है।
- इसकी सहायक नदियां पथरो, जयन्ती आदि है।

मोर या मयूराक्षी नदी

- मोर या मयूराक्षी नदी की कुल लम्बाई 250 किलोमीटर है तथा इसका अपवाह क्षेत्र दुमका, साहेबगंज, देवघर और गोड्डा है।
- इस नदी को मोतिहारी और मोर नदी के नाम से भी जाना जाता है।
- यह झारखंड की एकमात्र नौवहन योग्य नदी है।
- इस नदी पर कनाडा के सहयोग से मसानजोर नामक बांध का निर्माण किया गया है।
- इसकी सहायक नदियां धोवाई, टिपरा, पुसरो, भामरी, मुनबिल, सिध, दउना आदि है।

ब्राह्मणी नदी

- ब्राह्मणी नदी की कुल लम्बाई 480 किलोमीटर है।
- इस नदी का बहाव क्षेत्र दुमका, साहेबगंज, देवघर और गोड्डा है।
- इसकी सहायक नदियां गुमरो व ऐरो है।

गुमानी नदी

- इसका बहाव क्षेत्र साहेबगंज और गोड्डा है।
- इसकी सहायक नदी मेरेल है।

तजना नदी

- इसका बहाव क्षेत्र राँची और खूँटी है।
- इस नदी के अपवाह क्षेत्र में खूँटी में असुर सभ्यता के अवशेष मिलते हैं।

काँची नदी

- इसका अपवाह क्षेत्र राँची और खूँटी है।

रोरो नदी

- इसका अपवाह क्षेत्र पश्चिमी सिंहभूम है।
- रोरो नदी की कुल लम्बाई 58 किलोमीटर है।
- चाईबासा शहर इसी नदी के किनारे बसा है।

नदी	उद्गम	मुहाना
दामोदर नदी	छोटानागपुर का पठार (लातेहार जिला का टोरी क्षेत्र)	हुगली नदी (कोलकाता के निकट, पश्चिम बंगाल)
स्वर्णरिखा नदी	छोटानागपुर का पठार (रांची का नगड़ी गांव)	बंगाल की खाड़ी
बराकर नदी	पद्मा (हजारीबाग का पठार)	दामोदर नदी
दक्षिणी कोयल नदी	रांची का नगड़ी गांव	शंख नदी (उड़ीसा)
शंख नदी	चैनपुर प्रखंड (गुमला जिला)	दक्षिणी कोयल नदी
अजय नदी	मुंगेर (बिहार)	भागीरथी नदी (कटबा के निकट, प. बंगाल)
मोर या मयूराक्षी नदी	त्रिकुट पहाड़ी (देवघर)	हुगली (पश्चिम बंगाल)
ब्राह्मणी नदी	दुधवा पहाड़ी (दुमका जिला के उत्तर में स्थित)	हुगली (पश्चिम बंगाल)
गुमानी नदी	राजमहल की पहाड़ी	गंगा नदी (प. बंगाल)
बांसलोई नदी	बाँस पहाड़ी (गोड्डा)	गंगा नदी (प. बंगाल)
तजना नदी	बुण्डू-तमाड़ (राँची)	कारो नदी

काँची नदी	तमाड़ (राँची)	स्वर्णरेखा नदी (मूरी)

रोरो नदी	चाईबासा	कारो नदी

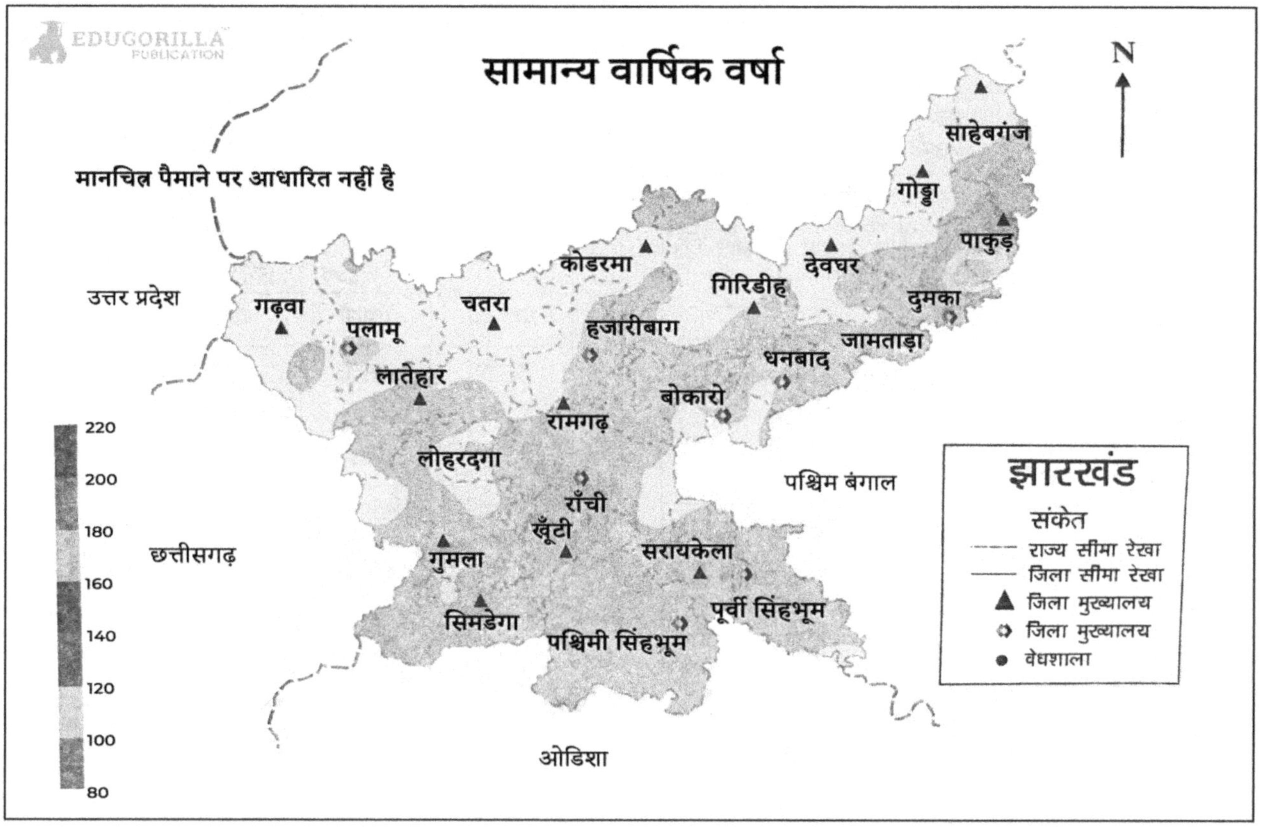

झारखण्ड राज्य गंगा नदी संरक्षण प्राधिकरण

- गंगा नदी झारखंड राज्य के साहेबगंज जिले से होकर गुजरती है।
- इसलिए, गंगा नदी के संरक्षण में झारखंड राज्य की भागीदारी सुनिश्चित करने के उद्देश्य से केंद्र सरकार द्वारा झारखंड राज्य गंगा नदी संरक्षण प्राधिकरण का गठन किया गया है।
- इस प्राधिकरण का गठन 20 फरवरी, 2009 को किया गया था।
- इस प्राधिकरण का मुख्यालय रांची में है।
- इस प्राधिकरण के अध्यक्ष राज्य के मुख्यमंत्री होते हैं।
- प्राधिकरण के अन्य सदस्यों में पर्यावरण मंत्री, वित्त मंत्री, शहरी विकास मंत्री, जल संसाधन एवं सिंचाई मंत्री तथा राज्य सरकार के मुख्य सचिव (सचिव) शामिल हैं।
- इसके अलावा राज्य सरकार द्वारा किसी अन्य मंत्री को प्राधिकरण का सदस्य बनाया जा सकता है।
- इसके अलावा, प्राधिकरण नदी संरक्षण, जल विज्ञान, पर्यावरण इंजीनियरिंग, सामाजिक संघटन और ऐसे अन्य क्षेत्रों में विशेषज्ञता रखने वाले पांच सदस्यों को सहयोजित कर सकता है।

प्राधिकरण की शक्तियां एवं कार्य निम्नवत् हैं –

- प्राधिकरण गंगा नदी के प्रदूषण को प्रभावी रूप से कम करने और उसके संरक्षण के लिए और राष्ट्रीय गंगा नदी घाटी प्राधिकरण के निर्णयों या निर्देशों के कार्यान्वयन के लिए आवश्यक समझे जाने वाले सभी उपाय करने के लिए अधिकृत है।
- प्राधिकरण राज्य स्तर पर सीवरेज अवसंरचना, जलागम क्षेत्र उपचार, बांध के मैदानों की सुरक्षा, जन जागरूकता फैलाने का प्रयास करेगा।
- प्राधिकरण गंगा नदी की जल गुणवत्ता को बनाए रखने के लिए उसके प्रदूषण की रोकथाम, नियंत्रण और उपशमन के उद्देश्य से क्रियाकलापों को विनियमित करेगा और राज्य में नदी पारिस्थितिकी और प्रबंधन से संबंधित उपाय करेगा।
- प्राधिकरण पानी के पुनःचक्रण और पुनः उपयोग, वर्षा जल संचयन और विकेंद्रीकृत मल जलशोधन तंत्र और जलागम में भंडारण परियोजनाओं द्वारा जल संवर्धन को प्रोत्साहित करने का प्रयास करेगा।
- प्राधिकरण जल संरक्षण पद्दतियों के माध्यम से जल की गुणवत्ता और पर्यावरण की दृष्टि से सतत विकास सुनिश्चित करने के उद्देश्य से गंगा नदी में न्यूनतम पारिस्थितिक प्रवाह बनाए रखने का प्रयास करेगा।
- प्राधिकरण गंगा नदी में प्रदूषण निवारण, नियंत्रण और उपशमन के लिए कार्यान्वयन अभिकरणों द्वारा तैयार किए गए विभिन्न कार्यक्रमों या क्रियाकलापों को मानीटर करेगा तथा उनका पुनर्विलोकन करेगा।
- प्राधिकरण राष्ट्रीय गंगा नदी बेसिन प्राधिकरण के निर्णयों या निर्देशों के कार्यान्वयन के उद्देश्य से भूमि अधिग्रहण, अतिक्रमण, अनुबंध, बिजली आपूर्ति आदि से संबंधित मुद्दों और ऐसे मुद्दों को हल करने का प्रयास करेगा।

झारखण्ड में जलप्रपात

- ऊँचाई से गिरने वाले जल को जल प्रपात कहते हैं।
- झारखण्ड के पठारी क्षेत्रों में नर्म चट्टानों के अपरदन से अथवा नदी के मार्ग में कठोर चट्टानों के अवरोध से अनेक जल प्रपात बने हैं।

क्र.स.	जलप्रपात	जिला	विशेषता
1.	बुढ़ाघाघ / लोधाघाघ	लातेहार	• झारखण्ड का सबसे ऊँचा जलप्रपात (137 मी./450 फीट) • उत्तरी कोयल नदी पर स्थित
2.	घाघरी	लातेहार	• नेतरहाट में घाघरी नदी पर स्थित (43 मी./140 फीट)
3.	लोध	लातेहार	• बूढ़ा नदी पर स्थित
4.	गौतमघाघ	लातेहार	• महुआडांड़ प्रखण्ड में स्थित (36 मी./120 फीट)
5.	मिरचईया	लातेहार	• गारू प्रखण्ड में स्थित
6.	कांति	लातेहार	• सेन्हा गाँव से 6 किमी. की दूरी पर स्थित
7.	गुरसिंधु	गढ़वा	• चिनिया क्षेत्र में स्थित
8.	बलचौरा	गढ़वा	• घुरकी प्रखण्ड में कन्हर नदी पर स्थित
9.	सुखलदरी	गढ़वा	• कन्हर नदी पर स्थित (30 मी.)
10.	गूंगाझंझ	गढ़वा	-
11.	हेसातु	गढ़वा	-
12.	सतबहिनी	गढ़वा	• सतबहिनी नदी द्वारा निर्मित
13.	कुण्ड	पलामू	• हुसैनाबाद प्रखण्ड में स्थित
14.	हुण्डरू	राँची	• दूसरा उँचा जलप्रपात (98 मी./321 फीट) • स्वर्णरेखा नदी पर स्थित
15.	दशम / दसोंग	राँची	• काँची नदी पर स्थित (40 मी./130 फीट) • दस धाराओं के कारण दशम नामकरण
16.	जोन्हा / गौतमधारा	राँची	• राढू नदी पर स्थित (17 मी./56 फीट) • मान्यता है कि गौतम बुद्ध ने इस जलप्रपात में स्नान किया था।
17.	सोनुआ	राँची	• अनगड़ा प्रखण्ड में स्थित।
18.	सीता	राँची	• इस जलप्रपात के पास माँ सीता का मंदिर है।
19.	तिरू	राँची	-
20.	पंगुरा	राँची	-
21.	पंचघाघ	खूँटी	• बनाई नदी से संबंधित • ऊँचाई से गिरते समय यह पाँच धाराओं में बंट जाता है।
22.	घरघरिया	लोहरदगा	• पाट क्षेत्र की तलहटी में स्थित
23.	निन्दी	लोहरदगा	-
24.	हेपाद	गुमला	• घाघरा नदी के उद्गम स्थल पर स्थित
25.	नागफेनी	गुमला	• शंख नदी पर स्थित
26.	सदनी / सदनीघाघ	गुमला	• शंख नदी पर स्थित (60 मी./200 फीट) • इसका आकार सर्पाकार है।
27.	प्रेमाघाघ	गुमला	• रायडीह प्रखण्ड में स्थित
28.	सेरका	गुमला	• बिशुनपुर प्रखण्ड में सेरका नदी पर स्थित
29.	केलाघाघ	सिमडेगा	-
30.	सुगाकाटाघाघ	सिमडेगा	• शंख नदी पर स्थित
31.	गोआ	चतरा	• जलेद गाँव में स्थित
32.	तमासीर	चतरा	-
33.	मालूदह	चतरा	-
34.	डुमेर-सुमेर	चतरा	-
35.	केरीदह	चतरा	-
36.	सुरजकुंड	हजारीबाग	-
37.	बोकारो	हजारीबाग	-
38.	रजरप्पा	रामगढ़	• दामोदर एवं भैरवी नदी के संगम पर स्थित (4 मी.)
39.	सतवागन	कोडरमा	-
40.	मुनीडीह / मटिंडा	धनबाद	• मुनीडीह खान के पास स्थित
41.	हिरनी	प. सिंहभूम	• राँची चाईबासा मार्ग पर स्थित - 37 मी./121 फीट (गरहा/रामगरहा नदी पर)
42.	थाकोरा	प. सिंहभूम	• मंझारी प्रखण्ड के विदरी गाँव में स्थित
43.	लुपुंगटु	प. सिंहभूम	• चाईबासा में लुपुंगटु गांव में स्थित
44.	धारागिरी	पूर्वी सिंहभूम	• घाटशिला में स्थित
45.	मोतीझरा	साहेबगंज	• राजमहल पहाड़ी क्षेत्र में अजय नदी पर 46 मी. की ऊँचाई पर स्थित

46.	उसरी	गिरिडीह	• उसरी नदी पर खण्डोली पहाड़ पर स्थित

झारखण्ड में गर्म जलकुंड

- जिस स्थान पर भू-जल स्तर तथा सतह आपस में मिलते हैं, वहाँ जल का प्रवाह सतह की ओर होने लगता है, उसे गर्म जल का कुंड कहते हैं।
- हॉट स्प्रिंग्स मृत ज्वालामुखियों या भूमिगत में स्थित रेडियोधर्मी खनिजों से जुड़े हैं।
- इनमें खनिज लवण, गंधक आदि पर्याप्त मात्रा में पाये जाते हैं।
- इन जलाशयों के जल में उपचारात्मक शक्ति पाई जाती है, जो गठिया, रक्ताल्पता तथा अन्य अनेक रोगों के उपचार में सहायक होती है।

झारखण्ड राज्य में प्रमुख जलकुंड

क्र.स.	गर्म जलकुंड	जिला	विशेषता
1.	सुरजकुंड	हजारीबाग	भारत का सर्वाधिक गर्म जलकुंड (88°C/190°F)
2.	टाईगर प्रपात	हजारीबाग	बराकर नदी पर स्थित
3.	हरहद	हजारीबाग	-
4.	कावा	हजारीबाग	-
5.	रानी बहल	दुमका	मयूराक्षी नदी के तट पर स्थित
6.	झुमका / भुमका	दुमका	रानीबहल के पास मोर नदी पर स्थित
7.	तपातपानी	दुमका	कुमराबाद में मोर / मयूराक्षी नदी पर स्थित
8.	झरियापानी	दुमका	गोपीकांदर के पास स्थित
9.	ततलोई	दुमका	पलासी के पास भुरभुरी नदी पर स्थित
10.	बाराझरना	दुमका	बारा गाँव में स्थित
11.	नुनबिल	दुमका	केनालगुटा के पास स्थित
12.	तेतुलिया	धनबाद	दामोदर नदी के तट पर स्थित
13.	सुसुमपानी	धनबाद	बाघमारा प्रखण्ड में मोर नदी के तट पर स्थित
14.	तातापानी	लातेहार	बरवाडीह प्रखण्ड में स्थित
15.	दुआरी	चतरा	-
16.	शिवपुर सोता	पाकुड़	महेशपुर प्रखण्ड के शिवपुर गाँव में स्थित
17.	बारामसिया	पाकुड़	महेशपुर प्रखण्ड में स्थित
18.	लाडलाउदइ	पाकुड़	बोरू नदी के तट पर स्थित

झारखण्ड में प्रमुख झील/तालाब

क्र.स.	नाम	अवस्थिति	विशेषता
1.	राँची तालाब	राँची	• यह रांची शहर के मध्य में पक्की सड़क से घिरा हुआ है। • इस झील के बीच में स्वामी विवेकानंद की प्रतिमा स्थापित है।
2.	काँकि बाँध	राँची	• यह राँची शहर में स्थित एक प्रमुख पर्यटन स्थल है।
3.	धुर्वा बाँध	राँची	• यह राँची के धुर्वा नामक स्थान पर अवस्थित है।
4.	डिमना झील	जमशेदपुर	• यह झील दालमा वन्यजीव अभ्यारण के पास अवस्थित है।
5.	जयंती सरोवर	जमशेदपुर	• यह जमशेदपुर शहर के बीच में स्थित है।
6.	हुडको झील	जमशेदपुर	• यह झील टेल्को कॉलोनी के बीच में अवस्थित है।
7.	हजारीबाग झील	हजारीबाग	• इसका निर्माण 1831 में ब्रिटिश सरकार द्वारा बनवाया गया था।
8.	तोपचांची झील	धनबाद	• यह झील 214 एकड़ क्षेत्र में विस्तृत है।
9.	गरगा बाँध	बोकारो	• यह बाँध बोकारो शहर से 12 किमी. दूर अवस्थित है।

पर्वत एवं पठार

- झारखंड एक पठारी प्रदेश है, इसीलिए यहाँ छोटे-बड़े सभी प्रकार के पर्वत पाए जाते हैं, जिनकी ऊँचाई कुछ मीटर से लेकर 1365 मीटर तक है।

पारसनाथ पर्वत

- यह झारखंड की सबसे ऊँची पर्वत श्रृंखला है जो गिरिडीह जिले में स्थित है, इसकी ऊँचाई 1365 मीटर है।
- इस पर्वत की कई धार्मिक मान्यताएं हैं, इस पर्वत का नाम जैन धर्म के 23वें तीर्थंकर पारसनाथ के नाम पर रखा गया है।

त्रिकूट पर्वत

- यह पर्वत झारखंड के देवघर जिले में स्थित है, इसकी ऊंचाई लगभग 392 मीटर है।
- मयूराक्षी नदी भी इसी पर्वत से निकलती है।

रांची हिल

- यह पर्वत झारखंड की राजधानी रांची में स्थित है, इसकी ऊंचाई लगभग 350 फीट है।
- इस पहाड़ पर एक प्रसिद्ध शिव मंदिर है और इस मंदिर को पहाड़ी मंदिर के नाम से भी जाना जाता है।

टैगोर हिल

- यह पर्वत भी झारखंड की राजधानी रांची में स्थित है। इसकी ऊंचाई करीब

300 फीट है।

- इसे पहले मोराबादी पहाड़ी कहा जाता था।
- इस पहाड़ी की तलहटी में रामकृष्ण मिशन और दिव्य ज्ञान केंद्र मौजूद हैं।
- यहीं पर रवींद्रनाथ टैगोर के बड़े भाई ज्योतिरिंद्रनाथ टैगोर ने 1912 में अपनी पत्नी कादंबरी देवी की मृत्यु के बाद अपना निवास स्थान बनाया।
- निवास का नाम शांति धाम है और यहां ब्रह्म स्थल के नाम से एक स्मारक का निर्माण किया।
- रवींद्र नाथ टैगोर ने भी यहां कुछ समय बिताया और अपनी कुछ रचनाएं यहीं रचाईं। इस वजह से इस पहाड़ी का नाम टैगोर हिल पड़ा।

राजमहल हिल

- यह पहाड़ झारखंड के साहेबगंज जिले में स्थित है, यह पहाड़ एक बेहतर पर्यटन स्थल है।
- गुमानी नदी भी इसी पर्वत से निकलती है।

सती पहाड़

- यह हजारीबाग के बड़कागांव के इस्को प्रखंड में स्थित है, यहां पाषाणकालीन शैलचित्र मिले हैं।

नचनिया पहाड़

- यहां शिव का प्रसिद्ध गुफा मंदिर है जो गिरिडीह जिले में स्थित है।

कैमूर पर्वत

- यह पहाड़ी झारखंड के गढ़वा जिले को छूती है जहां से शैलचित्र मिलते हैं।

महुदी पर्वत

- यह पर्वत हजारीबाग के बड़कागांव प्रखंड में स्थित है।
- इस पर्वत में गुप्तकाल के 4 मंदिरों के अवशेष मिले हैं जो पत्थरों को काटकर बनाए गए थे।
- डुमारो जलप्रपात और बंदरचुआ जलप्रपात इस पहाड़ी की धारा से बनते हैं। प्रसिद्ध बुधवा महादेव मंदिर इसी पहाड़ी पर स्थित है। यहां कई प्राचीन गुफाएं मौजूद हैं।

गोंडा पहाड़

- यह पहाड़ी रांची जिले में स्थित है।
- इस पहाड़ी की चट्टान को तराश कर रॉक गार्डन बनाया गया है।
- कांके बांध इस पहाड़ी के तल पर स्थित है।

महुलिया पहाड़

- यह पर्वत पूर्वी सिंहभूम के घाटशिला में स्थित है।
- इस पर्वत पर ढल राजाओं की कुल देवी "रंकिणी देवी" का मंदिर है।

बागडू पहाड़

- यह लोहरदग्गा के बागडूपाट में स्थित एक पहाड़ी है जहां "बिरसा उपवन" जैव विविधता पार्क स्थित है।
- इस पार्क को हिंडाल्को ने विकसित किया है।
- यह पहाड़ी बॉक्साइट के भंडारण के लिए प्रसिद्ध है।

गुलगुल पहाड़

- यह झारखंड के गढ़वा जिले के सरुअत गांव में स्थित है, इसलिए इसे सरुअत पहाड़ी भी कहा जाता है।
- यह सम्मेद चोटी (पारसनाथ) के बाद झारखंड की दूसरी सबसे ऊँची पर्वत चोटी है।

सिंगारसी पहाड़

- यह पाकुड़ जिले के आमडापाड़ा में स्थित है।
- पहाड़िया विद्रोह के दौरान यहां जबरा पहाड़िया ने अंग्रेजों के खिलाफ खिलाफ बगावत कर दी थी।
- झारखंड का एकमात्र वायु सेना स्टेशन इस पहाड़ी की तलहटी में स्थित है।

बाराकोपा पहाड़

- यह गोड्डा जिला में स्थित है।
- इसी पहाड़ में प्रसिद्ध माता योगिनी का मंदिर है।

धसनिया पहाड़

- यह जामताड़ा जिला में स्थित है।
- रमना आहड़ी ने इसी पर्वत पर अंग्रेजों के खिलाफ बगावत कर दी थी।

मुड़हर पहाड़ (पवड़)

- यह पर्वत राँची जिला के पिठोरिया में स्थित है।
- मदरा मुंडा की राजधानी सुतियाम्बे यहीं पर अवस्थित है। मदरा मुंडा यही से सुतिया नागखण्ड राज्य का प्रशासन चलाया करते थे।
- इस पहाड़ में मुंडा समुदाय के लिए कई पवित्र स्थल है। इस पहाड़ में भगवान शिव की पूजा मुड़हर बाबा के रूप में होती है जो पहाड़ में स्थित एक गुफा में स्थित है।

हाथी पहाड़

- यह पहाड़ी देवघर शहर के निकट स्थित हैं।
- इस पर्वत में एक विशाल चट्टान है जिसका आकार हाथी जैसा है।
- इस पर्वत को महादेवत्री भी कहते हैं।

मारसिल्ली पहाड़

- नामकुम, रांची में विकसित किया जा रहा यह पर्वत एक पर्यटन स्थल है।
- पहाड़ की चोटी पर भगवान शिव का मंदिर स्थित है जिसे देवलोक धाम कहा जाता है।

झिनझिनी पहाड़ी

- यह धनबाद जिला के कतरास में स्थित है।
- यहां से एक तालाब और शिव मंदिर के अवशेष पाए गए हैं।

बुलबुल पहाड़

- बुलबुल जंगल और बुलबुल पहाड़ लोहारदग्गा के पेशरार प्रखंड में अवस्थित है।
- यह जंगल/पहाड़ माओवादी गतिविधियों के लिए भी जानी जाती है।

लोटा पहाड़

- यह लोटा के आकर का पहाड़ है।
- यह पश्चिम सिंहभूम में चक्रधरपुर के पास अवस्थित है।
- यहां पाषाण युग के अवशेष भी मिले हैं।
- यहां लौह अयस्क के भंडार भी मिले हैं।

बादाम पहाड़

- यह उड़ीसा और झारखंड की सीमा पर स्थित एक पर्वत है, जिसमें लौह अयस्क का विशाल भंडार है।
- यह बादाम के रंग का पहाड़ है और इसमें पाए जाने वाले छोटे-छोटे पत्थर बादाम के आकार के पाए जाते हैं।

रांगा पहाड़

- यह पूर्वी सिंहभूम के डुमरिया में अवस्थित है।
- यह लाल रंग का पहाड़ है।

नरवां पहाड़

- यह पूर्वी सिंहभूम में अवस्थित है।
- यहाँ यूरेनियम का विशाल भंडार पाया जाता है।
- रूस की मदद से यहां अति आधुनिक तरीके से यूरेनियम निकाला जा रहा है।

जलवायु एवं मृदा

झारखंड की जलवायु

- झारखंड उष्ण कटिबंधीय प्रदेश है और यहाँ मानसूनी पवनों का प्रभाव रहता है, जिसके फलस्वरूप झारखंड में उष्ण कटिबंधीय मानसूनी जलवायु का विकास हुआ है।
- यहाँ गर्मी, सर्दी और बरसात के मौसम में पर्याप्त अंतर होता है।
- झारखंड का औसत तापमान 25°C है।

झारखंड में कृषि-जलवायु प्रदेश

- झारखंड राज्य भारत के कृषि-जलवायु क्षेत्र VII के अंतर्गत आता है, जिसे 'पूर्वी पठार और पहाड़ी क्षेत्र' के रूप में जाना जाता है।
- राष्ट्रीय आपदा प्रबंधन संस्थान (NIDM) की रिपोर्ट के अनुसार, झारखंड राज्य को तीन कृषि-जलवायु क्षेत्रों में वर्गीकृत किया जा सकता है।
  1. मध्य व उत्तर-पूर्वी पठार
  2. पश्चिमी पठार
  3. दक्षिण-पूर्वी पठार

झारखंड में ऋतुएँ

जलवायु देश	संबंधित जिले	विशेषता
मध्य व उत्तर-पूर्वी पठार	चतरा, कोडरमा, हजारीबाग, रामगढ़, बोकारो, धनबाद, राँची, देवघर, दुमका, पाकुड़, गोड्डा, जामताड़ा, साहेबगंज, गिरिडीह	• वर्षा का असमान वितरण • औसत वर्षा - 140 से 152 सेमी. • मानसून का देर से आना तथा जल्दी जाना • मृदा की निम्न जलधारण क्षमता • मोटी बलुई मृदा • काली मृदा, घर्षित मृदा तथा जलोढ़ मृदा • मुख्य फसल - धान, गेहूँ, मक्का, मोटा अनाज • नदी द्वारा सिंचाई की व्यवस्था
पश्चिमी पठार	गढ़वा, पलामू, लातेहार, गुमला, लोहरदगा, सिमडेगा, खूँटी	• झारखंड में सबसे ऊँचाई पर अवस्थित कृषि जलवायु क्षेत्र • वर्षा का असमान वितरण • कुछ क्षेत्र सूखा प्रभावित • पाट क्षेत्र में अन्य क्षेत्रों की अपेक्षा अधिक वर्षा • तापमान की अधिकता, परंतु नेतरहाट में न्यूनतम तापमान • लैटेराइट मृदा तथा लाल मृदा • मृदा की अम्लीयता अधिक • मृदा की निम्न जलधारण क्षमता • मृदा की उर्वरता क्षमता कम· प्रमुख फसल - धान, मक्का, गेहूँ, दलहन, तिलहन
दक्षिण-पूर्वी पठार	पूर्वी सिंहभूम, पश्चिमी सिंहभूम, सरायकेला-खरसावां	• वर्षा का असमान वितरण • पूर्वी भाग में अधिक वर्षा • औसत वर्षा - 142 से 155 सेमी. • मृदा की निम्न जलधारण क्षमता • मृदा की निम्न उत्पादकता
दक्षिण-पूर्वी पठार	पूर्वी सिंहभूम, पश्चिमी सिंहभूम, सरायकेला-खरसावां	• वनों की प्रचुरता वाला क्षेत्र • प्रमुख फसल - धान, ज्वार, मोटा अनाज, गेहूँ, मक्का • नदी द्वारा सिंचाई • सागर प्रभावित जलवायु - आर्द्रता अधिक

1. ग्रीष्म ऋतु (मार्च से मध्य जून तक)

- गर्मी का मौसम मार्च में तापमान में वृद्धि के साथ शुरू होता है और मई में अधिकतम तक पहुंच जाता है।
- झारखंड का मासिक औसत तापमान 29°C से 45°C के बीच रहता है।
- झारखंड में मई का महीना सबसे गर्म होता है।
- पठारी भाग होने के कारण मैदानी भागों में लू का प्रकोप नहीं होता है।
- जमशेदपुर राज्य का सबसे गर्म स्थान है।
- ग्रीष्मकाल में झारखंड पठार के उत्तर-पूर्वी भाग में निम्न वायुदाब बनने से पश्चिमी पवनों का प्रवाह समाप्त हो जाता है तथा वातावरण शांत रहता है।
- यहाँ मई के महीने में नॉरवेस्टर के प्रभाव से वज्रपात होता है जिसे मैंगो शावर भी कहते हैं।

स्थान	तापमान
जमशेदपुर	45.0°C
धनबाद	44.6°C
मेदिनीनगर	44.5°C
राँची	41.0°C
हजारीबाग	33.1°C

2. वर्षा ऋतु (जून से अक्टूबर तक)

- झारखंड में बरसात का मौसम जून के मध्य में शुरू होता है।
- झारखंड में वर्षा मुख्य रूप से दक्षिण-पश्चिम मानसूनी हवाओं से होती है।
- यह मानसून की दोनों शाखाओं (बंगाल की खाड़ी की शाखा और अरब सागर की शाखा) से वर्षा प्राप्त करता है।
- यहाँ वर्षा बंगाल की खाड़ी की शाखा द्वारा अपेक्षाकृत अधिक होती है।
- झारखंड के मध्य और पश्चिमी भाग में बंगाल की खाड़ी की शाखा और अरब सागर की शाखा दोनों से वर्षा होती है।
- झारखंड के पूर्वी भाग में वर्षा मुख्य रूप से बंगाल की खाड़ी की शाखा से होती है।
- झारखंड में दक्षिण से उत्तर की ओर तथा पूर्व से पश्चिम की ओर बढ़ने पर वर्षा की मात्रा कम हो जाती है।
- इसके अलावा, उच्च क्षेत्रों में निचले क्षेत्रों की तुलना में अधिक वर्षा होती है।
- झारखंड में कुल वर्षा का 80% वर्षा ऋतु में प्राप्त होता है।
- यहाँ औसत 140 सेमी. वार्षिक वर्षा होती है। इसलिए, यह क्षेत्र मध्यम वर्षा वाला क्षेत्र है।
- नेतरहाट का पठार झारखंड में सबसे अधिक वर्षा (180 सेमी से अधिक) वाला स्थान है जबकि चाईबासा का मैदानी क्षेत्र सबसे कम वर्षा वाला क्षेत्र है।
- सर्वाधिक वर्षा वाला जिला हजारीबाग है।
- राज्य में वार्षिक वर्षा 100 से 200 सेमी के बीच होती है।

3. शीत ऋतु (नवम्बर से फरवरी तक)

- झारखंड में शीत ऋतु नवंबर के महीने में शुरू होती है और फरवरी के महीने तक रहती है।
- ऊंचाई वाले क्षेत्रों की अधिकता के कारण झारखंड में मैदानी क्षेत्रों की तुलना में अधिक ठंड का अनुभव होता है। इसी वजह से यहां सर्दी का मौसम अपेक्षाकृत पहले शुरू हो जाता है।
- सर्दियों के मौसम में मौसम साफ और सुहावना होता है और यहां का तापमान 15°C से 21°C के बीच रहता है।
- इस मौसम में उत्तर पश्चिमी विक्षोभ के कारण हल्की बारिश होती है, जो रबी की फसल के लिए बहुत फायदेमंद है।
- राज्य का सबसे ठंडा महीना जनवरी है और इस दौरान शीत लहर के दौरान पाला भी पड़ता है।
- नेतरहाट राज्य का सबसे ठंडा स्थान है। यहां का न्यूनतम तापमान 7°C तक चला जाता है।

झारखंड के जलवायु प्रदेश

झारखंड को 7 जलवायु क्षेत्रों में बांटा गया है-

1. महाद्वीपीय प्रकार (उत्तर व उत्तर पश्चिमी जलवायु का क्षेत्र)
2. उपमहाद्वीपीय प्रकार (मध्यवर्ती जलवायु क्षेत्र)
3. डेल्टाई प्रभाव क्षेत्र (पूर्वी संथाल परगना)
4. सागरीय प्रभाव वाला जलवायु क्षेत्र (पूर्वी सिंहभूम)
5. आर्द्र वर्षा प्रकार (पश्चिमी सिंहभूम का पश्चिमी क्षेत्र)
6. तीव्र एवं सुखद प्रकार (रांची और हजारीबाग पठार का जलवायु क्षेत्र)
7. शीत वर्षा प्रकार (पाट जलवायु क्षेत्र)

झारखंड के जलवायु प्रदेश	
नाम	महाद्वीपीय प्रकार
प्रभावित क्षेत्र	उत्तरी एवं उत्तरी-पश्चिमी क्षेत्र
विस्तार	पलामू, गढ़वा, चतरा व हजारीबाग व गिरिडीह का मध्यवर्ती भाग तथा संथाल परगना का पश्चिमी भाग (देवघर, उत्तरी दुमका व गोड्डा)
औसत वार्षिक वर्षा	114 सेमी. से 127 सेमी.
विशेषता	• इसकी प्रमुख विशेषता ठंडे के मौसम में अत्यधिक ठंडा तथा गर्मी के मौसम में अत्यधिक गर्म होना है।
नाम	उपमहाद्वीपीय प्रकार
प्रभावित क्षेत्र	मध्यवर्ती क्षेत्र
विस्तार	पूर्वी लातेहार, दक्षिणी चतरा, दक्षिणी हजारीबाग, बोकारो, धनबाद, जामताड़ा एवं दक्षिणी-पश्चिमी दुमका
औसत वार्षिक वर्षा	127 सेमी. से 165 सेमी.
विशेषता	• तापमान में अपेक्षाकृत कमी तथा वर्षा में अपेक्षाकृत अधिकता की विशेषता से युक्त होने के कारण इसे एक विशेष प्रकार की उपमहाद्वीपीय प्रकार की जलवायु का दर्जा दिया गया है।
नाम	डेल्टा प्रकार
प्रभावित क्षेत्र	पूर्वी संथाल परगना क्षेत्र
विस्तार	साहेबगंज तथा पाकुड़
औसत वार्षिक वर्षा	152 सेमी.
विशेषता	• यह पश्चिम बंगाल के नार्वेस्टर क्षेत्र के समान जलवायु है।
नाम	सागर प्रभावित प्रकार
प्रभावित क्षेत्र	पूर्वी सिंहभूम क्षेत्र
विस्तार	पूर्वी सिंहभूम, सरायकेला-खरसांवा एवं पश्चिमी सिंहभूम का पूर्वी क्षेत्र
औसत वार्षिक वर्षा	140 सेमी. से 152 सेमी.
विशेषता	• नार्वेस्टर के प्रभाव क्षेत्र में आने के कारण इस क्षेत्र में नार्वेस्टर से प्रभावित मौसमी घटनाएँ घटित होती हैं। • मानसून से पूर्व यहाँ सामान्यतः तड़ित झंझा देखा जाता है। • यह ग्रीष्म काल में सर्वाधिक वर्षा कराने वाली जलवायु है।
नाम	आर्द्र वर्षा प्रकार
प्रभावित क्षेत्र	पश्चिमी सिंहभूम का पश्चिमी क्षेत्र
विस्तार	सिमडेगा एवं पश्चिमी सिंहभूम का मध्य व पश्चिमी भाग
औसत वार्षिक वर्षा	152 सेमी. से अधिक
विशेषता	• यहाँ मानसून की दोनों शाखाओं द्वारा वर्षा होती है।
नाम	तीव्र एवं सुखद प्रकार
प्रभावित क्षेत्र	राँची-हजारीबाग का पठारी क्षेत्र
विस्तार	राँची एवं हजारीबाग
औसत वार्षिक वर्षा	148 सेमी.
विशेषता	• इस प्रकार की जलवायु झारखंड में अन्य क्षेत्रों में नहीं पायी जाती है। • इस प्रकार की जलवायु के निर्माण में ऊँचे भू-भाग की अहम् भूमिका है तथा ऊँचाई के कारण यहाँ का तापमान अपेक्षाकृत कम रहता है।

नाम	शीत वर्षा प्रकार
प्रभावित क्षेत्र	पाट क्षेत्र
विस्तार	लोहरदगा एवं गुमला
औसत वार्षिक वर्षा	203 सेमी. से अधिक
विशेषता	• इस जलवायु की प्रमुख विशेषता अधिक वर्षा, अधिक बादल निर्माण, ग्रीष्म ऋतु में ठंडा मौसम तथा शीत ऋतु में अत्यंत ठंडा मौसम है। यहाँ शीत ऋतु में तापमान हिमांक से भी नीचे चला जाता है। • यह झारखंड में सर्वाधिक वर्षा वाला क्षेत्र है व यहाँ शीत ऋतु में भी वर्षा होती है।

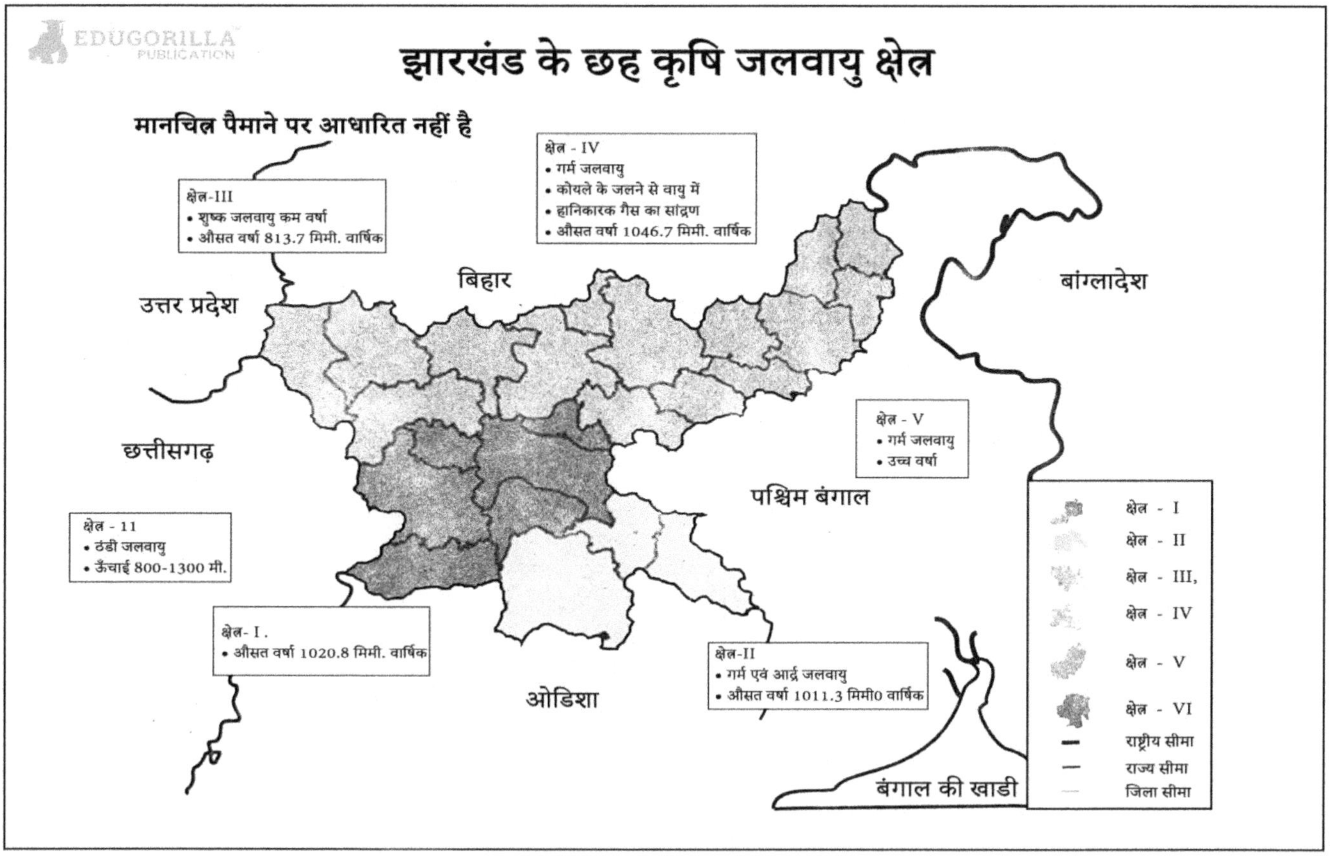

झारखंड की मृदा

- झारखंड में निर्माण प्रक्रिया की दृष्टि से अवशिष्ट मिट्टी मिलती है।
- पठारी क्षेत्रों में धरातल के अन्दर खनिजों एवं चट्टानों के अपक्षय के फलस्वरूप बनने वाले अवशेषों से बनी मिट्टी अवशिष्ट मृदा कहलाती है।
- झारखंड में पाई जाने वाली मिट्टी को 6 प्रकारों में वर्गीकृत किया जा सकता है-

झारखंड में मिट्टी का वर्गीकरण	
मिट्टी का नाम	**विस्तार**
लाल मिट्टी	छोटानागपुर
काली मिट्टी	राजमहल पहाड़ी
लैटेराइट मिट्टी	पलामू का दक्षिणी क्षेत्र, राँची का पश्चिमी क्षेत्र, संथाल परगना, पूर्वी राजमहल क्षेत्र, सिंहभूम का ढालभूम क्षेत्र
रेतीली मिट्टी	पूर्वी हजारीबाग व धनबाद
जलोढ़ मिट्टी	संथाल परगना
अभ्रकमूलक मिट्टी	कोडरमा, मांड़ू, झूमरी तिलैया एवं बड़कागाँव

झारखंड की मिट्टियों की विशेषताएं-

लाल मिट्टी

- यह झारखंड की मुख्य मिट्टी है।
- यह मिट्टी छोटानागपुर के लगभग 90% भाग में पायी जाती है।
- दामोदर घाटी के गोंडवाना क्षेत्र और राजमहल हाइलैंड्स को छोड़कर, पूरे छोटानागपुर क्षेत्र में लाल मिट्टी का प्रभुत्व है।
- यह मिट्टी फेरिक ऑक्साइड और बॉक्साइट से भरपूर होती है जिसके कारण इसका रंग लाल हो जाता है। कहीं-कहीं इस मिट्टी का रंग पीला, स्लेटी, भूरा और काला होता है।

- राज्य के हजारीबाग एवं कोडरमा क्षेत्रों में अभ्रक युक्त लाल मिट्टी पाई जाती है तथा सिंहभूम एवं धनबाद के कुछ भागों में लाल-काली मिश्रित मिट्टी पायी जाती है।
- नीस और ग्रेनाइट के अवशेषों से बनने तथा नाइट्रोजन, फास्फोरस और ह्यूमस की कमी होने के कारण इसकी उर्वरता कम होती है।
- यह मिट्टी ज्वार, बाजरा, रागी, गन्ना, मूंगफली आदि की खेती के लिए बहुत उपयुक्त है।

काली मिट्टी

- इस मिट्टी को रेगुर मिट्टी भी कहा जाता है और यह काले और भूरे रंग की होती है।
- यह मिट्टी बहुत ही महीन कणों से बनी है। इसलिए यह मिट्टी पानी डालने पर चिपचिपी हो जाती है।
- इस मिट्टी में लोहा, चूना, मैग्नीशियम तथा एलोमिना का मिश्रण पाया जाता है।
- इस मिट्टी में नाइट्रोजन, कार्बनिक पदार्थ तथा फॉस्फोरिक अम्ल की कमी पायी जाती है।
- बेसाल्ट के अपक्षय से बनी यह मिट्टी कपास की खेती के लिए बहुत उपयोगी है, लेकिन इस मिट्टी के राजमहल क्षेत्र में धान और चने की खेती की जाती है।

लैटेराइट मिट्टी

- यह गहरे लाल रंग का होता है और इसमें कंकड़ बहुतायत में होते हैं।
- इस मिट्टी का निर्माण मानसून जलवायु की आर्द्रता और शुष्कता में क्रमिक परिवर्तन के परिणामस्वरूप उत्पन्न होने वाली स्थितियों के प्रभाव के कारण होता है।
- यह मिट्टी आयरन ऑक्साइड से भरपूर होती है और यह कम उपजाऊ मिट्टी होती है।
- सिंचाई सुविधाओं की सहायता से इसमें मुख्य रूप से चावल और मोटे अनाज की खेती की जाती है।

रेतीली मिट्टी

- इस मिट्टी में लाल और पीले रंग का मिश्रण पाया जाता है।
- इस मिट्टी में मोटे अनाज की खेती होती है।
- मूल रूप से फुसफुस रेतीली मिट्टी दामोदर घाटी क्षेत्र में पाई जाती है।

जलोढ़ मिट्टी

- यह झारखंड में पायी जाने वाली नवीनतम मृदा है जिसमें मृदा परिच्छेद विकसित नहीं हुआ है।

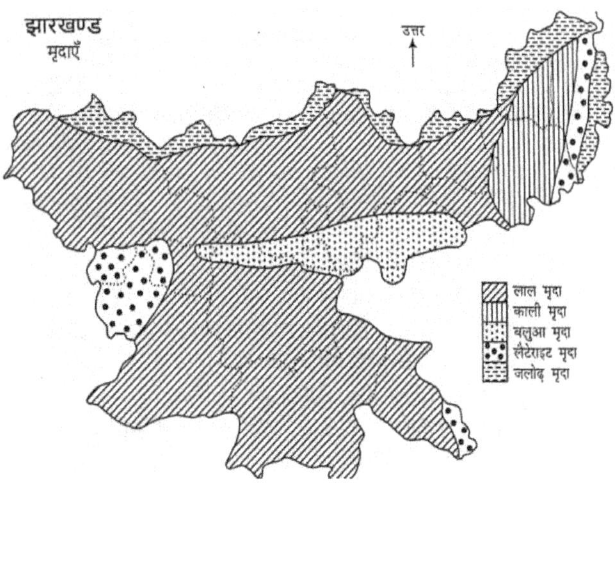

- भांगर (पुरानी जलोढ़) और खादर (नई जलोढ़) दोनों प्रकार की मिट्टी राज्य में पाई जाती हैं।
- राज्य में खादर मिट्टी साहेबगंज के उत्तरी एवं उत्तर-पश्चिमी भाग तथा पूर्वी भाग में भांगर तथा पाकुड़ जिले के क्षेत्र में पाई जाती है।
- इस मिट्टी में चूने व पोटाश की अधिकता पाई जाती है जबकि नाइट्रोजन व ह्यूमस की कमी पाई जाती है।
- यह धान और गेहूँ के लिए बहुत उपयुक्त मिट्टी है।

अभ्रकमूलक मिट्टी

- यह मिट्टी अभ्रक की खानों के निकट पाई जाती है।
- कोडरमा, झुमरी तिलैया, मांडू तथा बड़कागांव के क्षेत्रों में इस मिट्टी की उपस्थिति के कारण इस क्षेत्र को अभ्रक पेटी के नाम से जाना जाता है।
- इस मिट्टी का रंग हल्का गुलाबी होता है और कहीं-कहीं नमी की कमी के कारण इसका रंग पीला हो जाता है।
- यह मिट्टी बहुत उपजाऊ है, लेकिन इन क्षेत्रों में पानी की कमी के कारण इस मिट्टी में उचित कृषि संभव नहीं हो पाई है।

अन्य गौण मिट्टी समूह

मिट्टी का नाम	विस्तार	विशेषता
अपरदित कगारों की मिट्टी	तीव्र ढालयुक्त क्षेत्र	• यह मिट्टी पतली तथा पथरीली है। • यह निम्न उर्वरता वाली मिट्टी है। • सुरगुजा, कुरथी, मक्का आदि की खेती इसमें की जाती है।
उच्च भूमि की घूसर-पीली मिट्टी	पलामू तथा गढ़वा के ऊँचे पठारी क्षेत्र	• इस मिट्टी की उर्वरा शक्ति मध्यम से उच्च स्तर की है।
धात्विक गुणों से युक्त मिट्टी	पश्चिमी सिंहभूम का दक्षिणी भाग	• इस मिट्टी का रंग लालिमायुक्त होता है। • यह मिट्टी कम उपजाऊ होती है।
विषमजातीय मिट्टी	पश्चिमी सिंहभूम के मध्यवर्ती एवं उत्तरी भाग तथा सरायकेला के क्षेत्र	• यह मिट्टी विभिन्न मूल की चट्टानों के अवशेषों को मिलाकर बनी है। • निचली भूमि में यह काली और धूसर तथा ऊँची भूमि में पीली रंग की होती है। • इसमें मध्यम स्तर की उर्वरता पायी जाती है।

मिट्टी का स्थानीय नाम

- चिकनी मिट्टी - केवाल, चीटा, नगरा, गोबरा, हलमाद, हासा
- दोमट मिट्टी - खेरसी, चरका, लोबो, बालसुंदर, आराहासा
- बलुई दोमट मिट्टी - बाला, गोरिस, जारिया, गिटालहासा

भूमि का स्थानीय नाम

- टांड़ (ऊँची भूमि) – दिहार, भीठा, बहारसी, बारी
- दोन (नीची भूमि) - गहड़ा, बहियार, घोघरा, जाह, चौउरा, कनारी

वन एवं वन प्रबंधन

झारखंड के वन

- भारतीय वन सर्वेक्षण की रिपोर्ट 1987 से तैयार की जा रही है। यह रिपोर्ट हर 2 साल में प्रकाशित की जाती है।
- यह रिपोर्ट भारत के पर्यावरण और वन मंत्रालय के अंतर्गत आने वाली संस्था फारेस्ट सर्वे ऑफ इंडिया द्वारा तैयार की गई है।
- झारखंड सरकार ने राज्य में वन क्षेत्र को 33 प्रतिशत से अधिक करने के उद्देश्य से एक वन नीति तैयार की है और इसमें निम्नलिखित प्रमुख बिंदुओं का उल्लेख किया गया है-
  - प्रत्येक गाँव में एक वन समिति होगी, जिसमें गाँव के प्रत्येक परिवार का एक सदस्य होगा।
  - ग्रामीणों की आवश्यकता के अनुसार वृक्षारोपण किया जायेगा।
  - सरकारी एजेंसियों के माध्यम से वनोपज की खरीद की जाएगी।
  - वनों की सुरक्षा की जिम्मेदारी ग्रामीणों और वन विभाग की होगी।
- इस नीति के तहत प्रदेश में 10 हजार से अधिक वन समितियों का गठन किया जा चुका है।
- वन स्थिति रिपोर्ट-2021 के अनुसार झारखंड में राज्य के कुल क्षेत्रफल के 23,721 वर्ग किमी पर वन पाये जाते हैं, जो राज्य के कुल क्षेत्रफल का 29.76% है।
- वन क्षेत्र में वृद्धि (2019-21 के दौरान) - 110 वर्ग कि.मी
- वन क्षेत्र में % वृद्धि (2019-21 के दौरान) - 0.47%
- झारखंड में भारत के कुल वन क्षेत्र का 3.32% है।
- वन रिपोर्ट 2021 के अनुसार, वनों के प्रतिशत के मामले में झारखंड 14वें स्थान पर है, जबकि 2019 की रिपोर्ट में यह 10वें स्थान पर था।
- वन रिपोर्ट 2021 के अनुसार वन क्षेत्र की दृष्टि से 11वें स्थान पर है।
- झारखंड का विस्तार देश के राष्ट्रीय औसत 21.71% से 29.76% अधिक वन क्षेत्र है, लेकिन यह राष्ट्रीय वन नीति के 33% के लक्ष्य से कम है।
- राज्य में प्रति व्यक्ति वनावरण 0.08 हेक्टेयर (वन स्थिति रिपोर्ट-2019) है।
- झारखंड के गढ़वा जिले ने वन क्षेत्र में अधिकतम सकारात्मक वृद्धि (40.13 वर्ग किमी) दिखाई है जबकि लातेहार जिले ने अधिकतम नकारात्मक वृद्धि (-3.30 वर्ग किमी) दिखाई है।
- वन रिपोर्ट 2021 के अनुसार अति सघन वनों में कमी तथा मध्यम एवं खुले वनों में वृद्धि हुई है।
- सर्वाधिक सघन वन वाला जिला लातेहार तथा सबसे कम सघन वन वाला जिला पाकुड़ है।
- सर्वाधिक खुला वन वाला जिला पश्चिमी सिंहभूम तथा सबसे कम खुला वन वाला जिला जामताड़ा है।
- 2021 की रिपोर्ट के अनुसार कुल गैर वन क्षेत्र 55411 वर्ग किमी है। जो 6 वर्ग किमी कम हो गया है।
- झारखंड में जंगल को प्रभावित करने वाला सबसे हानिकारक कारक आग है। 2021 की रिपोर्ट के अनुसार, 29.15% क्षेत्र आगजनी से प्रभावित वन क्षेत्र है।
- झारखंड में कुल कार्बन स्टॉक 184.41 मिलियन टन है। जो देश के कुल कार्बन स्टॉक का कुल 2.57% है।
- गोड्डा जिले में शून्य वृद्धि दर्ज की गई है।
- लातेहार, लोहरदगा, कोडरमा और पाकुड़, इन 4 जिलों में नकारात्मक वृद्धि दर्ज की गई है।
- पिछली वन सर्वेक्षण रिपोर्ट 2019 में प्रकाशित हुई थी। दोनों रिपोर्टों की तुलना की जाए तो वन प्रतिशत में सर्वाधिक वृद्धि क्रमशः गढ़वा जिले में हुई है जहां 40.13 वर्ग किमी की वृद्धि हुई है। इसके बाद पलामू (14.95 वर्ग किमी), हजारीबाग (10.42 वर्ग किमी) और खूंटी (8.25 वर्ग किमी) में क्रमशः सर्वाधिक वृद्धि हुई है।
- भारतीय वन रिपोर्ट 2021 के अनुसार सर्वाधिक वन क्षेत्र वाले जिले इस प्रकार हैं-
- भारतीय वन रिपोर्ट 2021 के अनुसार न्यूनतम वन क्षेत्र वाले जिले इस प्रकार हैं-
- भारतीय वन रिपोर्ट 2021 के अनुसार सर्वाधिक वन प्रतिशत वाले जिले इस प्रकार हैं-
- भारतीय वन रिपोर्ट 2021 के अनुसार न्यूनतम वन प्रतिशत वाले जिले इस प्रकार हैं-
- भारतीय वन रिपोर्ट 2021 के अनुसार, वनों के विभिन्न प्रकारों का क्षेत्रफल और उसका प्रतिशत इस प्रकार है-

झारखंड में वनों की श्रेणियाँ

1. सुरक्षित वन (Protected Forest)

- ऐसे वन जिन पर मनुष्य को पशुओं को चराने तथा कुछ प्रतिबंधों के अधीन लकड़ी काटने की अनुमति होती है, संरक्षित वन कहलाते हैं।
- इस प्रकार के वनों में बिना अनुमति के सभी प्रकार की गतिविधियाँ वर्जित होती हैं।
- हजारीबाग झारखंड का सबसे बड़ा सुरक्षित वन क्षेत्र है जो 18,922 वर्ग किलोमीटर में फैला हुआ है, जो 74.13% है।

2. आरक्षित वन (Reserved Forest)

- ऐसे वन जिनमें जानवरों के चरने और मनुष्यों द्वारा लकड़ी काटने पर पूर्ण प्रतिबंध होता है, आरक्षित वन कहलाते हैं।
- झारखंड में कुल 4,500 वर्ग किमी भूमि पर आरक्षित वनों का विस्तार है, जो 23.74% है।
- राज्य का सबसे बड़ा आरक्षित वन क्षेत्र पोरहाट और कोल्हान वन क्षेत्र है।
- आरक्षित वनों को संरक्षित वन भी कहा जाता है।

3. अवर्गीकृत वन (Unclassed Forest)

- वे वन जो आरक्षित या सुरक्षित वनों की श्रेणी में नहीं आते हैं, अवर्गीकृत वन कहलाते हैं।
- झारखंड में कुल 1696 वर्ग किमी. भूमि पर अवर्गीकृत वनों की सीमा है, जो 2.13% है।
- साहेबगंज राज्य का सबसे बड़ा अवर्गीकृत वन क्षेत्र है।

झारखंड में वन प्रदेश

1. उष्णकटिबंधीय आर्द्र पर्णपाती वन प्रदेश

- आर्द्र / नम पर्णपाती वन 120 सेमी से अधिक वर्षा वाले क्षेत्रों में पाए जाते हैं। इसी कारण ऐसे क्षेत्र को आर्द्र / नम पर्णपाती वन प्रदेश कहते हैं।
- ये महासागरीय मौसम से प्रभावित जलवायु क्षेत्र हैं, जहाँ अधिक वर्षा होती है।
- ये जंगल झारखंड के सिंहभूम, दक्षिण रांची, दक्षिण लातेहार और संथाल परगना में फैले हुए हैं।
- इन वनों में साल, शीशम, जामुन, पलाश, सेमल, महुआ तथा बाँस के वृक्ष पाये जाते हैं।
- साल के पेड़ की ऊंचाई अधिक होती है और इसे पर्णपाती वनों का

राजा भी कहा जाता है।

- राज्य के भूमि क्षेत्र का 2.66% उष्णकटिबंधीय आर्द्र पर्णपाती वन क्षेत्र के अंतर्गत आता है।

2. उष्णकटिबंधीय शुष्क पर्णपाती वन प्रदेश

- शुष्क पर्णपाती वन 120 सेमी से कम वर्षा वाले क्षेत्रों में विकसित हुए हैं। इस कारण ऐसे क्षेत्र को शुष्क पर्णपाती वन प्रदेश कहते हैं।
- ये जंगल झारखंड के पलामू, गिरिडीह, सिंहभूम, हजारीबाग, धनबाद और संथाल परगना में फैले हुए हैं।

जिला	वन क्षेत्रफल 2021 (वर्ग किमी में)	वन क्षेत्रफल 2019 (वर्ग किमी में)
पश्चिम सिंहभूम	3368.44	3366
लातेहार	2403.04	2406
चतरा	1782.09	1777

- इनमें घास और झाड़ियाँ प्रमुख हैं। इसके अतिरिक्त इस वन क्षेत्र में बांस, नीम, पीपल, खैर, पलाश, कटहल तथा गूलर के वृक्ष पाये जाते हैं।

जिला	वन क्षेत्रफल 2021 (वर्ग किमी में)	वन क्षेत्रफल 2019 (वर्ग किमी में)
जामताड़ा	106.02	101
देवघर	205.80	203
धनबाद	218.18	213

- राज्य का 93.25% भूमि क्षेत्र उष्णकटिबंधीय शुष्क पर्णपाती वन क्षेत्र के अंतर्गत आता है।

जिला	2019 (% में)	2021 (% में)
लातेहार	56.80	56.00
चतरा	47.80	47.93
पश्चिम सिंहभूम	46.60	46.63

झारखंड में वनोत्पाद

जिला	2019 (% में)	2021 (% में)
जामताड़ा	5.56	5.85
देवघर	8.22	8.31
धनबाद	10.47	10.70

मुख्य वनोत्पाद

वनों के प्रकार	वन क्षेत्रफल 2021 (वर्ग किमी में)	वन क्षेत्रफल 2021 (% में)
अति सघन वन	2,601.05	3.26
मध्यम सघन वन	9,688.91	12.16
खुला वन	11,431.18	14.34
कुल	23,721.14	29.76
स्क्रब	584.20	0.73

साल (Sal) / सखुआ (Sakhua)

- अत्यधिक कठोर होने के कारण, साल की लकड़ी का उपयोग इमारती लकड़ी, फर्नीचर, रेलवे कोच, पटरियों के स्लैब आदि बनाने के लिए किया जाता है।
- साल के फूलों को सराय के फूल और इसके बीजों से निकलने वाले तेल को कुजरी का तेल कहते हैं। इस तेल का उपयोग प्राकृतिक चिकित्सा में किया जाता है।
- यह झारखंड का राजकीय वृक्ष है।

शीशम (Siscoo)

- अत्यधिक मजबूत होने के कारण इसका उपयोग फर्नीचर बनाने में किया जाता है।

महुआ (Mahua)

- यह झारखंड का सबसे उपयोगी पेड़ है क्योंकि इसकी लकड़ी, फल, फूल और बीज सभी का उपयोग किया जाता है।
- इसकी लकड़ी बहुत मजबूत होने के कारण इसका उपयोग दरवाजे-खंभे आदि बनाने, शराब बनाने, फल-सब्जी बनाने और बीजों से तेल निकालने के लिए किया जाता है।

सागौन (Teak)

- इसकी लकड़ी बहुत मजबूत और सुंदर होती है, जिसका उपयोग फर्नीचर, रेलवे कोच, हवाई जहाज आदि के लिए किया जाता है।

सेमल (Semal)

- इसकी लकड़ी हल्की, मुलायम और सफेद रंग की होती है, जिसका उपयोग पैकिंग बॉक्स, तख्ते और खिलौने बनाने में किया जाता है।
- इससे कपास का उत्पादन भी होता है।

झारखंड में वन क्षेत्र की स्थिति		
वनों की श्रेणियाँ	वन क्षेत्रफल 2021 (वर्ग किमी में)	वन क्षेत्रफल 2021 (% में)
सुरक्षित वन	18,922	74.13%
आरक्षित वन	4,500	23.74%
अवर्गीकृत वन	1,696	2.13%

गम्हार (Gamhar)

- इसकी लकड़ी हल्की, मुलायम और चिकनी होने के साथ-साथ बहुत टिकाऊ होती है, जिसका उपयोग फर्नीचर निर्माण में किया जाता है।
- लकड़ी की नक्काशी की दृष्टि से यह बहुत उपयोगी है।

जामुन (Jambo)

- लंबे समय तक पानी में भी खराब न होने के गुण के कारण इसे ज्यादातर कुओं के आधार के रूप में इस्तेमाल किया जाता है।
- इसका उपयोग फर्नीचर बनाने में भी किया जाता है।

- इसके फलों का प्रयोग खाने में किया जाता है।

आम (Mango)

- इसकी उपलब्धता के कारण इसका उपयोग फर्नीचर तथा दरवाजे आदि बनाने में किया जाता है।

कटहल (Jackfruit)

- इसकी लकड़ी भवनों के काम आती है और इसके फल खाने के काम आते हैं।

केन्दु (Kendu)

- इसकी लकड़ी का उपयोग मुख्य उत्पाद के रूप में किया जाता है और इसकी पत्तियों को द्वितीयक उत्पाद के रूप में उपयोग किया जाता है।
- यह ज्यादातर एक द्वितीयक उत्पाद के रूप में प्रयोग किया जाता है।

गौण वनोत्पाद

लाख/लाह (Lac)

- भारत में कुल लाख उत्पादन का 50% झारखंड में उत्पादित होता है। लाख उत्पादन की दृष्टि से यह भारत का अग्रणी राज्य है।
- लाख उत्पादन के लिए आवश्यक निम्नलिखित भौगोलिक परिस्थितियाँ झारखंड में आसानी से उपलब्ध हैं-
  1. ऊँचाई - समुद्र तल से 350 मी
  2. तापमान - 12 डिग्री सेल्सियस तक
  3. वर्षा - 150 सेमी से कम
- वैशाखी लाख, जेठवी लाख, कटकी लाख और अघानी लाख चार प्रकार के लाख होते हैं।
- झारखंड में कुल लाख उत्पादन का 82% बैसाखी लाख से प्राप्त होता है।
- झारखंड में स्वरोजगार एवं लाख की खेती से अतिरिक्त आय उपलब्ध कराने हेतु रांची, खूँटी, लातेहार, गुमला, सिमडेगा, गढ़वा, दुमका, सरायकेला आदि जिलों में वर्ष 2014-15 में 1750 वन प्रबंधन समितियों का गठन किया गया है।
- लाख से संबंधित शोध कार्य के लिए राज्य के रांची जिले के नामकुम में भारतीय कृषि अनुसंधान परिषद के अंतर्गत 1924 ई. में भारतीय लाख अनुसंधान केंद्र की स्थापना की गई।
- लाख शब्द की उत्पत्ति संस्कृत शब्द लक्ष से हुई है।

केन्दु पत्ता (Kendu Leaves)

- राजस्व प्राप्ति की दृष्टि से यह झारखंड का प्रमुख गौण उत्पाद है।
- इसका उपयोग बीड़ी और तंबाकू के निर्माण के लिए किया जाता है।
- झारखंड राज्य केंदू पत्ता नीति-2015 राज्य में केंदू पत्ता संग्रहण के प्राथमिक संग्राहकों को उचित मजदूरी भुगतान के लिए अधिसूचित किया गया है।

तसर रेशम (Wild Silk)

- तसर रेशम के उत्पादन में झारखंड का देश में प्रथम स्थान है। देश का 60% तसर रेशम यहीं उत्पादित होता है।
- झारखंड में रेशम के कीड़ों को पालने के लिए साल, शहतूत, आसन, अर्जुन आदि वृक्षों का उपयोग किया जाता है।
- राज्य की राजधानी रांची के नगड़ी में भारत सरकार द्वारा 'तसर अनुसंधान केन्द्र' की स्थापना की गई है।
- रेशम आधारित उत्पादों के विकास के लिए राज्य सरकार द्वारा 2006 में 'झारखंड रेशम, वस्त्र एवं हस्तशिल्प विकास निगम (झारक्रॉफ्ट)' का गठन किया गया है।
- झारखंड के चार जिलों में झारक्रॉफ्ट द्वारा रेशम पार्क स्थापित किए गए हैं।

बांस (Bamboo)

- झारखंड में आदिवासी समुदायों द्वारा बांस का उत्पादन घरेलू सामान बनाने और जीविकोपार्जन के लिए किया जाता है।
- इसका व्यावसायिक रूप से कागज उद्योग और गृह निर्माण में उपयोग किया जाता है।

भूमि उपयोग पैटर्न

जिलावार वनों की स्थिति (वन स्थिति रिपोर्ट - 2021)

अन्य तथ्य

- नमामि गंगे परियोजना में शामिल क्षेत्र का केवल 4.15% झारखंड राज्य में विस्तारित है, जबकि इस परियोजना के तहत कवर किए गए कुल वन क्षेत्र का 14.48% झारखंड राज्य में विस्तारित है।
- मुख्यमंत्री जन-वन योजना के तहत वित्तीय वर्ष 2019-20 में झारखंड राज्य में 5,34,204 पौधे रोपे गए हैं।

झारखंड में वन प्रबंधन

- झारखंड राज्य में वन प्रबंधन का पहला प्रयास 1882-85 के बीच जे.एफ. हैबिट द्वारा किया गया था।
- 1909 में, वनों की सुरक्षा के लिए बंगाल सरकार द्वारा एक वन समिति का गठन किया गया था।
- भारत की स्वतंत्रता से पहले, झारखंड क्षेत्र के 95 प्रतिशत में निजी वन थे और बाद में यह सरकारी था। इसके बाद क्षेत्र में वन आवरण में लगातार कमी आ रही है।
- वर्ष 1985-86 में इस क्षेत्र के लगभग 42 प्रतिशत भाग पर वन था, जो वर्तमान में केवल 29.76 प्रतिशत क्षेत्र तक सीमित रह गया है।
- भारत सरकार के लक्ष्य के अनुसार प्रदेश में 33 प्रतिशत वनावरण हेतु इस दिशा में समुचित प्रयास की आवश्यकता है, जिसका एक महत्वपूर्ण घटक वनों का प्रबंधन है।
- राज्य में वन प्रबंधन की दिशा में उठाए गए प्रमुख कदम इस प्रकार हैं-
  - वन प्रबंधन एवं वन संरक्षण में आम जनता की भागीदारी सुनिश्चित करना आवश्यक है। इसके लिए सरकार द्वारा 2001 में संयुक्त वन प्रबंधन संकल्प तैयार किया गया है। इसके तहत प्रदेश में 10 हजार से अधिक वन प्रबंधन समितियों का गठन किया जा चुका है। ये समितियां 21,860 वर्ग किलोमीटर वन क्षेत्र में काम कर रही हैं।
  - वनों के संरक्षण एवं विकास के लिए प्रदेश के सभी क्षेत्रीय वन प्रमंडलों में वन विकास अभिकरण का गठन किया गया है।
  - रांची स्थित बिरसा कृषि विश्वविद्यालय से संबद्ध वानिकी महाविद्यालय में वानिकी संकाय की स्थापना की गई है ताकि वनों के प्रबंधन का उचित प्रशिक्षण दिया जा सके।
  - प्रदेश के 3424 वर्ग किलोमीटर क्षेत्र में वनरोपण का लक्ष्य रखा गया है।
  - प्रदेश में नौ लाख हेक्टेयर से अधिक बंजर भूमि पर पौधरोपण का कार्य शुरू किया गया है।
  - सामाजिक वानिकी को बढ़ावा दिया जा रहा है ताकि वनों पर ग्रामीणों की निर्भरता कम की जा सके। साथ ही शहरी वानिकी के माध्यम से वनरोपण को भी प्रोत्साहित किया जा रहा है।
  - मुख्यमंत्री जन वन योजना के तहत निजी भूमि पर वनरोपण को बढ़ावा दिया जा रहा है।
  - प्रदेश में 100 से अधिक स्थायी नर्सरियों को तकनीकी रूप से उन्नत बनाया जा रहा है।

- ❖ लाख उत्पादन के लिए स्व-सहायता समूहों एवं ग्राम वन प्रबंधन समितियों के माध्यम से निःशुल्क प्रशिक्षण, उपयुक्त मशीन आदि उपलब्ध करायी जा रही है, जिससे ग्रामीणों की आय में वृद्धि हो सके। आम लोगों में प्रकृति के प्रति लगाव और वन्य जीवों के प्रति संवेदनशीलता पैदा करने के लिए जागरूकता अभियान चलाए जा रहे हैं।

भूमि उपयोग के प्रकार	क्षेत्रफल ('000 हे. में)	प्रतिशत
भौगोलिक क्षेत्र	7,972	-
भूमि उपयोग के लिए रिपोर्टिंग क्षेत्र	7,970	100.00
वन	2,239	28.09
भूमि की खेती के लिए उपलब्ध नहीं है	1,281	16.07
स्थायी चारागाह और अन्य चारागाह भूमि	127	1.59
विविध वृक्ष फसलों और उपवनों के अधीन भूमि	121	1.52
कृषि योग्य बंजर भूमि	368	4.62
वर्तमान बंजर भूमि के अलावा अन्य बंजर भूमि	1,105	13.86
वर्तमान बंजर भूमि	1,285	16.13
शुद्ध बोया गया क्षेत्र	1,444	18.12

- ❖ प्रदेश में पर्यावरण हितैषी एवं टिकाऊ तरीकों से ईको टूरिज्म को बढ़ावा दिया जा रहा है। इसके लिए इको टूरिज्म पॉलिसी, 2015 बनाई गई है।

जिला	भौगोलिक क्षेत्रफल 2021 (वर्ग किमी में)	कुल वनाच्छादन	भौगोलिक क्षेत्र का %
बोकारो	2,883	576.00	19.98
चतरा	3,718	1,782.09	47.93
देवघर	2,477	205.80	8.31
धनबाद	2,040	218.18	10.70
दुमका	3,761	577.63	15.36
पूर्वी सिंहभूम	3,562	1,080.69	30.34
गढ़वा	4,093	1,431.72	34.98
गिरिडीह	4,962	905.91	18.26
गोड्डा	2,266	423.35	18.68
गुमला	5,360	1,443.15	26.92
हजारीबाग	3,555	1,363.19	38.35
जामताड़ा	1,811	106.02	5.85
खूंटी	2,535	913.74	36.04
कोडरमा	2,540	1,023.05	40.28
लातेहार	4,291	2,403.04	56.00
लोहरदगा	1,502	504.42	33.58
पाकुर	1,811	287.00	15.85
पलामू	2,535	1,215.73	27.67
रामगढ़	1,341	331.26	24.70
रांची	5,097	1,168.78	22.93
साहेबगंज	2,063	573.95	27.82
सरायकेला-खरसावां	2,657	574.60	21.63
सिमडेगा	3,774	1,243.40	32.95
पश्चिमी सिंहभूम	7,224	3,368.44	46.63
कुल योग	79,716	23,721.14	29.76

- ❖ वित्तीय वर्ष 2015-16 के बजट में अधिसूचित वन भूमि, गैर वन भूमि मुख्य रूप से स्थल विशेष वनीकरण योजनाओं, भूमि संरक्षण योजना, तेजी से बढ़ने वाली पौध योजना, तसर वनीकरण, शीशम वनीकरण आदि के लिए रू 6900 लाख का प्रावधान किया गया है।
- ❖ स्थाई पौधशाला एवं बीज उद्यान योजना के तहत बॉस गैबियन पौधरोपण के लिए औसतन 5 से 8 फ़ीट ऊंचे पौधे तैयार किए जा रहे हैं।
- ❖ केन्द्र प्रायोजित राष्ट्रीय वानिकी योजना के तहत राज्य के 18 क्षेत्रीय एवं वन्य प्राणी संभागों में वन विकास न्यायाधिकरण गठित किये गये हैं।
- ❖ वन अभिलेखों और वन सीमाओं का डिजिटलीकरण किया जा रहा है।
- ❖ शहरी क्षेत्रों में स्थित पार्कों के प्रबंधन के लिए झार-पार्कों का गठन किया गया है।

नदी महोत्सव एवं वृहद् वृक्षारोपण अभियान

- महोत्सव और अभियान 2 जुलाई, 2019 से 2 अगस्त, 2019 तक आयोजित किए गए थे।
- इस अभियान के तहत, राज्य के सभी 24 जिलों में लगभग 140 किलोमीटर की दूरी को कवर करते हुए 24 नदियों के किनारे कुल 15,66,660 पौधे लगाए गए।
- इस अभियान के दौरान जमशेदपुर और रांची वन प्रभाग (प्रत्येक में 1,35,000) और धनबाद वन प्रभाग (1,09,140) में अधिकतम पौधे लगाए गए।

वन अधिकार अधिनियम, 2006 तथा नियमावली- 2008

1. इस अधिनियम के अन्तर्गत वनवासियों को वन भूमि पर निवास करने का अधिकार दिया गया है, जो निम्नलिखित दो प्रकार से परिभाषित है-

- वन में निवास करने वाली अनुसूचित जनजातियाँ – इसके अन्तर्गत अनुसूचित जनजातियों के ऐसे सदस्य या समुदाय आते हैं, जो मुख्य

रूप से वनों में निवास करते हैं तथा आजीविका की वास्तविक आवश्यकताओं के लिए वनों या वन भूमि पर आश्रित हैं। इसके अंतर्गत अनुसूचित जनजाति के पशुपालक समुदाय भी शामिल हैं।

- अन्य पारंपरिक वनवासी - इसमें ऐसे सदस्य शामिल हैं जो मुख्य रूप से 13 दिसंबर, 2005 से पहले कम से कम तीन पीढ़ियों से वन या वन भूमि में निवास कर रहे हैं और वास्तविक आजीविका की जरूरतों के लिए वनों पर निर्भर हों, शामिल हैं।

2. निवास और खेती के लिए वन भूमि पर अधिकार तभी प्राप्त होंगे जब अधिनियम में परिभाषित वनवासी-
    - वन भूमि 13 दिसंबर, 2005 से पहले से ही कब्जे में है।
    - 13 दिसंबर 2007 तक वन भूमि कब्जे में होनी चाहिए।
3. अधिनियम में 'वन ग्राम' को परिभाषित किया गया है। 'वन ग्राम' में रहने वाले ग्रामीणों को खेती और आवास के लिए वन भूमि पहले ही वन विभाग द्वारा दी जा चुकी है, जिसका उन्हें इस अधिनियम के तहत अधिकार मिलना तय है।
4. नए कानून में ग्राम सभा को वन भूमि पर वन निवास का अधिकार निर्धारित करने की प्रक्रिया शुरू करने की शक्ति दी गई है। इस शक्ति का प्रयोग करने के लिए ग्राम सभा को नियम-2008 के अनुसार ग्राम सभा का गठन करना होता है। इस अधिनियम में वनों को बचाने के लिए ग्राम सभा को भी अधिकृत किया गया है। इसके लिए ग्राम सभा अपने सदस्यों में से अलग से एक समिति का गठन करेगी।
5. अनुसूचित जनजाति और अन्य पारंपरिक वन निवासी (वन अधिकारों की मान्यता) अधिनियम, 2006 को लागू करने के लिए मूल रूप से ग्राम सभा को दो तरह से आगे बढ़ना है-
    - वन भूमि पर व्यक्तिगत/सामुदायिक अधिकार निर्धारित करने की प्रक्रिया शुरू की जानी है और इसके लिए एक वन अधिकार समिति का गठन किया जाना है।
    - वनों को बचाने में अधिकार (शक्ति) प्राप्त करने के लिए एक अलग समिति (वन संरक्षण समिति) का भी गठन किया जाना है।
6. वन भूमि पर आवास और कृषि के लिए व्यक्तिगत/सामुदायिक स्तर पर इस कानून में दिए गए अधिकारों के बारे में ग्रामीणों को वास्तविक स्थिति से अवगत होना चाहिए-
    - झारखंड राज्य के 85 प्रतिशत वन इसके 13,000 राजस्व गांवों में संरक्षित वनों के रूप में हैं। इन वनों से लकड़ी, फूल, फल, बीज, पत्तियाँ, लाख आदि एकत्र करने का सामूहिक अधिकार सभी ग्रामवासियों का है और वन कानून मान्य है।
    - गाँव के कोई भी ग्रामीण मुख्य रूप से जंगलों में रह रहे हैं और आजीविका की वास्तविक जरूरतों के लिए जंगलों या वन भूमि पर निर्भर नहीं हैं, अतः वे इस अधिनियम के अनुसार 'वनवासी' नहीं कहलायेंगे तथा उन्हें वन भूमि पर निवास या कृषि का कोई अधिकार नहीं होगा।
7. इस अधिनियम में ग्राम सभा को जंगल बचाने का अधिकार भी दिया गया है। इसके लिए गठित समिति के माध्यम से ग्रामीणों को अधिकार, भागीदारी एवं सम्मान देने का निर्णय वन एवं पर्यावरण विभाग, झारखंड सरकार के संकल्प संख्या 6023 दिनांक 15 नवम्बर, 2007 में लिया गया है, जिसके लिए समस्त ग्रामवासियों को निम्न बिन्दुओं से अवगत –
    - बिना वन सुरक्षा समिति की अनुमति के किसी भी ग्रामीण के विरुद्ध छोटी-मोटी घटनाओं में वन का मुकदमा दर्ज नहीं किया जायेगा।
    - वन अपराध का समाधान वन संरक्षण समिति की संस्तुति पर ही किया जायेगा।

वनीकरण कोष प्रबंधन एवं योजना प्राधिकरण (CAMPA)

- प्राकृतिक वनों के संरक्षण, वन्य जीवों के प्रबंधन, अधोसंरचना विकास एवं अन्य संबंधित गतिविधियों के लिए झारखंड क्षतिपूरक वनीकरण कोष प्रबंधन एवं योजना प्राधिकरण (CAMPA) का गठन किया गया है।
- CAMPA का गठन भारत सरकार द्वारा जुलाई, 2004 में किया गया था और झारखंड CAMPA को अक्टूबर, 2009 में अधिसूचित किया गया था।
- झारखंड CAMPA के मुख्य उद्देश्य और लक्ष्य निम्नलिखित हैं-
    1. मौजूदा प्राकृतिक वनों का संरक्षण, सुरक्षा, पुनर्जनन और प्रबंधन।
    2. संरक्षित क्षेत्रों के अंदर और बाहर वन्यजीवों और उनके आवासों का संरक्षण, सुरक्षा और प्रबंधन।
    3. प्रतिपूरक वनीकरण।
    4. पर्यावरणीय सेवाएं प्रदान करना।
    5. विज्ञान, अनुसंधान, प्रशिक्षण और क्षमता निर्माण।
    6. पर्यावरण संरक्षण और सतत वन प्रबंधन।
- CAMPA गतिविधियों को Google से जोड़ा गया है और झारखंड राज्य में इसके तहत 1605 वृक्षारोपण परियोजनाओं की देखरेख की जा रही है।

वन्यजीव एवं पक्षी अभ्यारण्य

- झारखंड में वन्य जीवों को संरक्षण एवं विकास के लिए विभिन्न वन्य जीव क्षेत्र स्थापित किए गए हैं।
- झारखंड में 1 राष्ट्रीय उद्यान, 11 वन्यजीव अभ्यारण्य और कई जैविक उद्यान हैं।
- वे राज्य की 2.63% भूमि पर फैले हुए हैं, जो राज्य के संरक्षित वन क्षेत्र के 9% में फैला हुआ है।
- 2001 में पूर्वी सिंहभूम जिले में केंद्र सरकार द्वारा देश का पहला गज / हाथी रिजर्व स्थापित किया गया है।
- साहेबगंज जिले में राजमहल पहाड़ियों के आसपास नेचर क्लब द्वारा राजमहल जीवाश्म पार्क विकसित किया गया है।
- झारखंड सरकार ने राज्य के वन्यजीव अभ्यारण्यों में 10 साल की अवधि के लिए वन्यजीव प्रबंधन योजना शुरू की है।

1. राष्ट्रीय उद्यान (National Park)

- बेतला राष्ट्रीय उद्यान झारखंड का एकमात्र राष्ट्रीय उद्यान है जिसकी स्थापना 1986 ई. में हुई थी।
- लातेहार जिले में स्थित, यह पार्क 226.33 वर्ग किमी चौड़े क्षेत्र में फैला हुआ है।
- यहीं पर 1932 में दुनिया की पहली बाघ गणना की गई थी।
- 1973-74 ई. से भारत सरकार द्वारा बाघों के स्व-स्थाने संरक्षण हेतु प्रोजेक्ट टाइगर प्रारंभ किया गया है।
- बाघों की सुरक्षा के लिए यहाँ 'पलामू टाइगर रिजर्व' स्थापित किया गया है, जो झारखंड का एकमात्र टाइगर रिजर्व है।
- यहां बाघ, शेर, तेंदुआ, जंगली सूअर, चीतल, सांभर, गौर, चिंकारा, नीलगाय, भालू, बंदर, मोर, घनेश, वनमुर्गी आदि जंगली जानवर पाए जाते हैं।
- बेतला का पूरा नाम है - बाइसन, हाथी, बाघ, तेंदुआ, एक्सिस-एक्सिस (BETLA - बाइसन, एलीफैंट, टाइगर, लेपर्ड, एक्सिस-एक्सिस)।

पलामू बाघ आरक्ष्य

- यह 1,026 वर्ग किमी के क्षेत्र में फैला हुआ है।
- इस अभ्यारण्य में स्तनधारियों की 47 प्रजातियाँ, पक्षियों की 174 प्रजातियाँ,

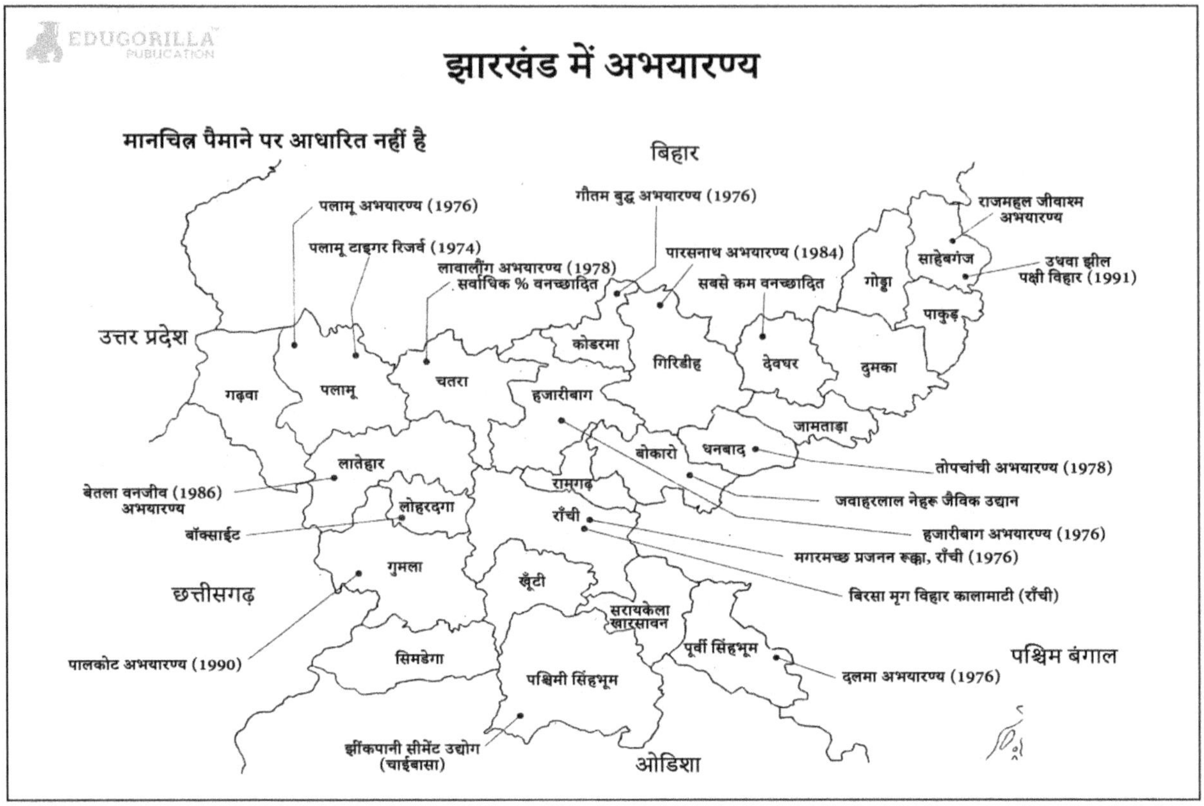

पौधों की 970 प्रजातियाँ, बेलों की 25 प्रजातियाँ, झाड़ियों की 46 प्रजातियाँ, घास की 17 प्रजातियाँ और औषधीय पौधों की 139 प्रजातियाँ पाई जाती हैं।

- इसके अलावा, बाघ और हाथी के अलावा, वन्यजीव (संरक्षण) अधिनियम, 1972 की अनुसूची-1 में शामिल 16 अन्य महत्वपूर्ण प्रजातियाँ भी यहाँ पाई जाती हैं।

2. वन्य जीव अभ्यारण्य (Wild Life Sanctury)

- झारखंड में एकमात्र पलामू वन्यजीव अभ्यारण्य राष्ट्रीय स्तर का है और बाकी सभी अभ्यारण्य राज्य स्तर के हैं। यह राज्य का सबसे पुराना वन्यजीव अभ्यारण्य है।
- पलामू अभ्यारण्य राज्य का सबसे बड़ा अभ्यारण्य है, जो 794 वर्ग किमी क्षेत्र में फैला हुआ है। इसके बाद क्रमशः लवलांग अभ्यारण्य (207 वर्ग किमी) और हजारीबाग अभ्यारण्य (186 वर्ग किमी) है।
- दालमा वन्यजीव अभ्यारण्य (पूर्वी सिंहभूम) में एशियाई हाथियों के स्व-स्थाने संरक्षण के लिए 1992 में परियोजना हाथी शुरू की गई है।
- 26 सितंबर, 2001 को सिंहभूम क्षेत्र में देश का पहला गज आरक्षित (हाथी रिजर्व) स्थापित किया गया था। यह पूर्वी सिंहभूम, पश्चिमी सिंहभूम और सरायकेला-खरसावां जिलों में 13,440 वर्ग किमी के क्षेत्र में फैला हुआ है।
- उधवा झील पक्षी अभ्यारण्य (साहेबगंज) प्रवासी पक्षियों के लिए प्रसिद्ध है। साइबेरिया सहित विश्व के विभिन्न पक्षी यहां आते हैं।

4. जैविक उद्यान (Biological Garden)

- झारखंड में वन्यजीवों के संरक्षण के लिए निम्नलिखित जैविक पार्क स्थापित किए गए हैं:

5. झारपार्क (JHARPARKS)

- झारपार्क का गठन झारखंड सरकार द्वारा उद्यानों के प्रबंधन एवं विकास के लिए किया गया है।
- यह झारखंड पार्क प्रबंधन और विकास प्राधिकरण (JPMDA) द्वारा प्रशासित है।
- इस पहल के तहत झारखंड के निम्नलिखित 10 पार्कों को शामिल किया गया है-

झारखंड जैव-विविधता बोर्ड

- इसकी स्थापना 20 दिसंबर, 2007 को झारखंड सरकार द्वारा 'जैव विविधता अधिनियम, 2002' के आलोक में की गई थी।
- इसका मुख्य उद्देश्य राज्य में जैव-विविधता का संरक्षण करना, इसके घटकों का सतत उपयोग सुनिश्चित करना, इसके लाभों का उचित और समान वितरण सुनिश्चित करना और इसके बारे में ज्ञान का प्रसार करना है।
- झारखंड जैव विविधता बोर्ड राज्य के ग्रामीण क्षेत्रों में आजीविका सुनिश्चित करने के उद्देश्य से जैविक संसाधनों पर आधारित आजीविका प्रशिक्षण भी प्रदान करता है।
- राज्य के लातेहार जिले में स्थित महुआडांड अभ्यारण्य लुप्तप्राय भेड़ियों की प्रजातियों के संरक्षण के लिए प्रसिद्ध है।
- धनबाद के तोपचांची अभ्यारण्य के मध्य में 'हरि पहाड़ी' नामक सरोवर स्थित है।
- झारखंड में अब तक निम्नलिखित 11 वन्य जीव अभ्यारण्य स्थापित हो चुके हैं-

झारखंड जैव-विविधता बोर्ड

- इसकी स्थापना 20 दिसंबर, 2007 को झारखंड सरकार द्वारा 'जैव विविधता अधिनियम, 2002' के आलोक में की गई थी।
- इसका मुख्य उद्देश्य राज्य में जैव-विविधता का संरक्षण करना, इसके घटकों का सतत उपयोग सुनिश्चित करना, इसके लाभों का उचित और समान वितरण सुनिश्चित करना और इसके बारे में ज्ञान का प्रसार करना है।
- झारखंड जैव विविधता बोर्ड राज्य के ग्रामीण क्षेत्रों में आजीविका सुनिश्चित

करने के उद्देश्य से जैविक संसाधनों पर आधारित आजीविका प्रशिक्षण भी प्रदान करता है।

- राज्य के लातेहार जिले में स्थित महुआडांड अभ्यारण्य लुप्तप्राय भेड़ियों की प्रजातियों के संरक्षण के लिए प्रसिद्ध है।
- धनबाद के तोपचांची अभ्यारण्य के मध्य में 'हरि पहाड़ी' नामक सरोवर स्थित है।
- झारखंड में अब तक निम्नलिखित 11 वन्य जीव अभ्यारण्य स्थापित हो चुके हैं-

अभ्यारण्य का नाम	जिला	क्षेत्रफल (वर्ग किमी)
पलामू अभ्यारण्य	पलामू	752.94
हजारीबाग अभ्यारण्य	हजारीबाग	186.25
महुआडांड़ भेड़िया अभ्यारण्य	लातेहार	63.25
दालमा अभ्यारण्य	पूर्वी सिंहभूम	193.22
तोपचांची अभ्यारण्य	धनबाद	12.82
लावालोंग अभ्यारण्य	चतरा	211.00
पारसनाथ अभ्यारण्य	गिरिडीह	49.33
कोडरमा अभ्यारण्य	कोडरमा	177.35
गौतम बुद्ध अभ्यारण्य	कोडरमा	121.14
पालकोट अभ्यारण्य	गुमला	182.83
उधवा झील पक्षी विहार	साहेबगंज	5.65
कुल		2,182.11

- झारखंड के वन्यजीव अभ्यारण्य की स्थापना एवं उनके प्रमुख वन्य जीव-

अभ्यारण्य का नाम	स्थापना	प्रमुख वन्य जीव
पलामू अभ्यारण्य	1976	हाथी, सांभर
हजारीबाग अभ्यारण्य	1976	तेंदुआ, हिरण, सांभर
महुआडांड़ भेड़िया अभ्यारण्य	1976	भेड़िया, हिरण
दालमा अभ्यारण्य	1976	हाथी, तंदुआ, हिरण
तोपचांची अभ्यारण्य	1978	तेंदुआ, हिरण, जंगली भालू
लावालोंग अभ्यारण्य	1978	बाघ, तेंदुआ, नीलगाय, हिरण
पारसनाथ अभ्यारण्य	1984	तेंदुआ, सांभर, हिरण, नीलगाय
कोडरमा अभ्यारण्य	1985	तेंदुआ, सांभर, हिरण
गौतम बुद्ध अभ्यारण्य	1986	चीतल, सांभर, नीलगाय
पालकोट अभ्यारण्य	1990	तेंदुआ, जंगली भालू
उधवा झील पक्षी विहार	1991	जलकौवा, बटान, किंगफिशर

3. प्रमुख पक्षी विहार (Bird Sanctury)

- झारखंड में निम्न प्रमुख पक्षी विहार हैं-

पक्षी विहार	जिला
तिलैया पक्षी विहार	कोडरमा
तेनुघाट पक्षी विहार	बोकारो
चंद्रपुरा पक्षी विहार	बोकारो
ईचागढ़ पक्षी विहार	सरायकेला-खरसांवा
उधवा पक्षी विहार	साहेबगंज

4. जैविक उद्यान (Biological Garden)

- झारखंड में वन्यजीवों के संरक्षण के लिए निम्नलिखित जैविक पार्क स्थापित किए गए हैं:

जैविक उद्यान का नाम	स्थान	प्रमुख बातें
बिरसा भगवान जैविक उद्यान	चकला, ओरमाँझी	• 1994 में स्थापित • सपही नदी के तट पर स्थित
जवाहर लाल नेहरू जैविक उद्यान	बोकारो	• पर्यटन हेतु प्रसिद्ध • पर्यटन हेतु ट्रॉय ट्रेन की व्यवस्था
मगर प्रजनन केन्द्र	मूता, रूक्का	• I U C N द्वारा 1987 में स्थापित
बिरसा मृग विहार	कालामाटी, खूँटी	• सांभर व चीतल का संरक्षण • हिरण प्रजनन हेतु प्राकृतिक आवास
बटरफ्लाई पार्क	ओरमाँझी, राँची	• बिरसा जैविक उद्यान के अंदर निर्माण

5. झारपार्क (JHARPARKS)

- झारपार्क का गठन झारखंड सरकार द्वारा उद्यानों के प्रबंधन एवं विकास के लिए किया गया है।
- यह झारखंड पार्क प्रबंधन और विकास प्राधिकरण (JPMDA) द्वारा प्रशासित है।
- इस पहल के तहत झारखंड के निम्नलिखित 10 पार्कों को शामिल किया गया है-

पार्क का नाम	जिला
बिरसा मुण्डा जैविक उद्यान	राँची
दीनदयाल पार्क	राँची
नक्षत्र वन	राँची
सिद्ध-कान्हू पार्क	राँची

ऑक्सीजन पार्क	राँची
श्री कृष्णा पार्क	राँची
शहीद निर्मल महतो पार्क	हजारीबाग
अम्बेडकर पार्क	सिल्ली
घोड़बंधा थीम पार्क	जमशेदपुर
सिद्ध-कान्हू पार्क	दुमका

झारखंड जैव-विविधता बोर्ड

- इसकी स्थापना 20 दिसंबर, 2007 को झारखंड सरकार द्वारा 'जैव विविधता अधिनियम, 2002' के आलोक में की गई थी।
- इसका मुख्य उद्देश्य राज्य में जैव-विविधता का संरक्षण करना, इसके घटकों का सतत उपयोग सुनिश्चित करना, इसके लाभों का उचित और समान वितरण सुनिश्चित करना और इसके बारे में ज्ञान का प्रसार करना है।
- झारखंड जैव विविधता बोर्ड राज्य के ग्रामीण क्षेत्रों में आजीविका सुनिश्चित करने के उद्देश्य से जैविक संसाधनों पर आधारित आजीविका प्रशिक्षण भी प्रदान करता है।

कृषि एवं सिंचाई प्रणाली

- झारखंड राज्य को बिहार राज्य से 79.70 लाख हेक्टेयर भौगोलिक क्षेत्र को काटकर पारिस्थितिक रूप से भिन्न क्षेत्र (बिहार के मैदानों की तुलना में पहाड़ी और पठारी क्षेत्र) की विकास गतिविधियों की बेहतर योजना और निष्पादन के लिए 15 नवंबर 2000 को अस्तित्व में लाया गया था।
- झारखंड राज्य विशाल और समृद्ध प्राकृतिक संसाधनों से संपन्न है। यह मुख्य रूप से खनिज, वन और समृद्ध कृषि जलवायु क्षेत्र है, जो बागवानी, मत्स्य पालन, और डेयरी के लिए उपयुक्त हैं।
- एक पठारी क्षेत्र होने के कारण झारखंड में अन्य प्रदेशों की तुलना में कृषि योग्य भूमि बहुत ही कम है। यहाँ केवल 23% भूमि ही कृषि के लिए उपयुक्त है।
- सिंचाई के साधनों की कमी है, और पठारी इलाका होने के कारण यहाँ तालाब और कुएं खोदना कठिन होता है।
- चांपाकल (हैण्डपम्प) भी बहुत कारगर नहीं हो पाते क्योंकि जल स्तर बहुत कम होता है। इसलिए, यहाँ की कृषि वर्षा पर निर्भर होती है, तथा कुल सिंचित क्षेत्र मात्र 8-10 प्रतिशत है।
- झारखंड राज्य की कृषि अर्थव्यवस्था प्रकृति पर निर्भरता, कम निवेश, कम उत्पादकता, प्रमुख फसल के रूप में धान के साथ एक फसल, अपर्याप्त सिंचाई सुविधाओं और छोटे और सीमांत जोत की विशेषता है।
- जंगलों से घिरे ऊबड़-खाबड़ खेत, छोटे जोत और बंजर जमीन के कारण कृषि के उन्नत तकनीकों का उपयोग करना चुनौतीपूर्ण होता है। अतः झारखंड में कृषि का समुचित विकास एक बड़ी समस्या है।
- झारखंड राज्य की कुल कृषि योग्य क्षेत्र का 92% हिस्सा असिंचित है।
- यह राज्य वन एवं खनिज सम्पदा से सम्पन्न है परन्तु सुदृढ़ आधारभूत संरचना विकसित न होने के कारण केवल 20 प्रतिशत जनसंख्या ही उद्योग क्षेत्र पर निर्भर करती है।
- राज्य की 80% ग्रामीण आबादी का मुख्य आधार कृषि है। कृषि उनका रोजगार और प्राथमिक आय सृजन गतिविधि है।
- राज्य के कृषि योग्य भूमि संसाधनों में बागवानी और वन उत्पादों के उच्च उत्पादन की अच्छी संभावना है।
- झारखंड की मिट्टियों में फेरिक ऑक्साइड तथा बॉक्साइट का अंश अधिक रहता है, जिससे मिट्टियाँ अधिक लाल रंग की होती हैं।
- अधिकांश जगह ग्रेनाइट तथा नीस के कारण लाल मिट्टियाँ अलग-अलग रूपों में पाई जाती है।
- मिट्टियों में बालू का अंश ज्यादा रहता है। प्रदेश में लैटेराइट मिट्टी अधिक पायी जाती है।
- राजमहल के पहाड़ी भाग में रेगुर (काली मिट्टी) तथा लैटेराइट मिट्टियाँ पाई जाती हैं। हालाँकि, मिट्टी का कटाव और बायोमास के पुनर्चक्रण में विफलता से मिट्टी की उर्वरता कम हो रही है। इसलिए पानी और भूमि प्रबंधन की आवश्यकता है, जो कृषि उत्पादकता में सुधार कर सके।
- झारखंड के किसान ऊँचे खेत को 'टांड' तथा निम्न खेत को 'दोन' कहते हैं। इनकी विशेषता इस प्रकार है:

टांड

- यह अधिवासीय क्षेत्र के आस-पास फैला कृषि क्षेत्र है जहाँ कुओं द्वारा सिंचाई की सहायता से सघन कृषि, विशेषकर सब्जियों का उत्पादन होता है। टांड क्षेत्र में ही दलहन, तिलहन तथा मोटे अनाजों की खेती की जाती है।

दोन

- जल आपूर्ति और उर्वरता के दृष्टिकोण से यह सर्वश्रेष्ठ माना जाता है, जहाँ धान की खेती प्रमुख है।

फसल के प्रकार

- झारखंड में फसलों को क्षेत्र, मौसम और आर्थिक मूल्य आदि के आधार पर विभाजित किया जा सकता है।
- मौसम के आधार पर, भारत में फसलों को रबी, खरीफ और ज़ायद तीन प्रकारों में विभाजित किया जाता है।

1. खरीफ फसलें / बरसाती मौसम की फसल

- ये फसलें जून/जुलाई में मानसून के आगमन के समय बोई जाती हैं और सितंबर/अक्टूबर में मानसून की समाप्ति पर काटी जाती हैं।
- झारखंड में खरीफ फसलें भदई और अगहनी में बांटी जाती हैं।
- भदई फसल मई/जून में बोई जाती है और अगस्त/सितंबर में काटी जाती है, जबकि अगहनी फसल जून में बोई जाती है, और दिसंबर में काटी जाती है।
- राज्य में धान मुख्य खरीफ फसल है। यह खरीफ फसलों के तहत कुल क्षेत्रफल के लगभग दो तिहाई हिस्से में उगाया जाता है, और अन्य प्रमुख खरीफ फसलें मक्का, ज्वार, बाजरा, मूंग, मूंगफली, गन्ना आदि होती हैं।
- मानसून में देरी और फसल के दौरान अल्प वर्षा के कारण वर्ष 2022-23 के मौसम में चालू वित्त वर्ष में धान की खेती के रकबे में भारी कमी आई है।

2. रबी फसलें/ठंडे मौसम की फसल

- रबी फसलें अक्टूबर/नवंम्बर में बोयी जाती हैं और मार्च (वैशाख) में काटी जाती हैं।
  - रबी फसल को वैशाखी/वैशाख फसल भी कहा जाता है।
  - झारखंड के कुल कृषिगत भूमि के 9.20% भाग में रबी फसल बोयी जाती है।
  - रबी फसलों में गेहूँ का सर्वप्रमुख स्थान है। अन्य प्रमुख रबी फसलें हैं-जौ, चना, तिलहन आदि।

3. जायद/गरमा फसलें

- ये फसलें छोटे मौसम की होती हैं जो मार्च/अप्रैल में बोई जाती हैं, और जून/जुलाई में काटी जाती हैं।

- इन फसलों की खेती उन क्षेत्रों में की जाती है जहाँ सिंचाई की सुविधा उपलब्ध होती है या जहाँ भूमि आर्द्र होती है।
- झारखंड में कुल कृषिगत भूमि का केवल 0.73% भाग जायद/गरमा फसलों के लिए उपयुक्त होता है।
- इन फसलों में हरी सब्जियों की खेती की जाती है जो अत्यंत महत्वपूर्ण होती है।

बागवानी

- बागवानी प्रभाग को पोषण, पारिस्थितिक और आजीविका सुरक्षा में सुधार के लिए राष्ट्रीय परिप्रेक्ष्य में बागवानी के समग्र त्वरित विकास की देखरेख करने की जिम्मेदारी सौंपी गई है।
- राष्ट्रीय बागवानी मिशन (एनएचएम) को क्षेत्र आधारित क्षेत्रीय विभेदित रणनीतियों के माध्यम से बागवानी क्षेत्र के समग्र विकास को बढ़ावा देने के लिए केंद्र प्रायोजित योजना के रूप में शुरू किया गया है।
- राज्य में एनएचएम कार्यक्रमों के कार्यान्वयन के लिए सोसायटी पंजीकरण अधिनियम के तहत एक सोसायटी, झारखंड राज्य बागवानी मिशन सोसायटी (जेएसएचएम) पंजीकृत की गई है।
- झारखंड के कृषि और गन्ना विकास विभाग, द्वारा झारखंड राज्य में (एनएचएम) 2005-06 के अंत में 10 जिलों (रांची, हजारीबाग, चतरा, लातेहार, लोहरदगा, सरायकेला, पलामू, पूर्वी सिंहभूम, देवघर, दुमका) में रोपण सामग्री, सब्जी बीज के उत्पादन पर मुख्य ध्यान देने के साथ शुरू किया गया था।
- उद्यानों की स्थापना में बारहमासी और गैर-बारहमासी फल, मसाले, फूलों की खेती, सुगंधित और औषधीय पौधे शामिल हैं। यह योजना केंद्र सरकार द्वारा 100% प्रायोजित थी।
- पूरे राज्य को तीन जोन में बांटा गया है; मध्य और उत्तर पूर्वी पठार और दक्षिण पूर्वी पठार। एनएचएम के तहत बागवानी फसलों को उनके क्षेत्र की उपयुक्तता के अनुसार अपनाया गया है।

जैविक खेती

- जैविक खेती एक ऐसी पद्धति है, जिसमें रासायनिक उर्वरकों, कीटनाशकों तथा खरपतवारनाशियों के स्थान पर जीवांश खाद पोषक तत्वों (गोबर की खाद कम्पोस्ट, हरी खाद, जीवणु कल्चर, जैविक खाद आदि) जैव नाशियों व बायो एजेन्ट का उपयोग किया जाता है।
- झारखंड सरकार द्वारा राज्य भर के कृषि वैज्ञानिकों और सामाजिक विशेषज्ञों की मदद से मसौदा कृषि नीति २०११ को ठीक करने की कवायद शुरू करने के बाद राज्य में जैविक खेती को बढ़ावा देने पर नए सिरे से जोर दिया जा रहा है।
- मसौदा नीति जैविक खेती को लोकप्रिय बनाने पर विशेष जोर देगी ताकि भूमि की उर्वरता को कम करने वाले रासायनिक उर्वरकों पर किसानों की निर्भरता को कम किया जा सके।
- प्रस्तावित नीति में प्रयोगशाला से खेतों तक नई तकनीक का प्रसार सुनिश्चित करने के लिए किसानों के लिए निरंतर प्रशिक्षण की परिकल्पना की गई है।
- किसानों को प्रशिक्षित करने की जिम्मेदारी बिरसा कृषि विश्वविद्यालय (बीएयू) के कृषि वैज्ञानिकों को सौंपा जाएगा।

झारखंड के कृषि प्रदेश

क्र.स.	कृषि प्रदेश	सम्मिलित जिले	तथ्य
1.	उत्तरी कोयल नदी घाटी के कृषि प्रदेश	गढ़वा, पलामू, लातेहार व चतरा का पश्चिमी भाग	धान इस क्षेत्र की प्रमुख फसल है। अन्य फसल चना, मक्का, अरहर, तिलहन, गन्ना आदि।
2.	हजारीबाग पठार के कृषि प्रदेश	चतरा का अधिकांश भाग, हजारीबाग, गिरिडीह तथा कोडरमा	कृषि क्रियाकलाप सीमितधान, मक्का, व रागी फसल उगाई जाती है।
3.	राजमहल की पहाड़ी व उसके सीमावर्ती दक्षिणी क्षेत्रों के कृषि प्रदेश	साहेबगंज, दक्षिणी पाकुड़, गोड्डा,दुमका, देवघर, जामताड़ा	औसत वार्षिक वर्षा 100-130 सेमी, धान की खेती की प्रमुखता।
4.	दामोदर घाटी का कृषि प्रदेश	पश्चिम में लातेहार से लेकर पूर्व में धनबाद तक, जिसमें पूर्वी लातेहार, दक्षिणी चतरा, दक्षिणी हजारीबाग, बोकारो व धनबाद	संपूर्ण क्षेत्र में गोंडवाना क्रम की चट्टानों की प्रधानता (धान, मक्का, तिलहन और दलहन प्रमुख फसलें (कोयला खनन, औद्योगिकीकरण और शहरीकरण का विस्तार।
5.	राँची पठार का कृषि प्रदेश	राँची, पूर्वी लोहरदगा, गुमला व सिमडेगा	औसत वर्षा 120-130 सेमी नकदी फसलों विशेषकर सब्जी की खेती में विस्तार, दोन भूमि में धान की खेती एवं टांड भूमि में रागी, तिलहन, दलहन व फल की खेती।
6.	निचली स्वर्णरेखा घाटी के कृषि प्रदेश	पूर्वी सिंहभूम व सरायकेला का पूर्वी भाग	खनन का विकास, औद्योगीकरण व शहरीकरण का विकास (मुख्य फसल धान व सब्जियां, बहुफसली खेती का विकास)।
7.	चाईबासा का मैदान व समीपवर्ती उच्च भूमि का कृषि प्रदेश	पश्चिमी सिंहभूम का संपूर्ण भाग व पूर्वी सरायकेला	औसत वर्षा 100-140 सेमी, मिट्टी धात्विक गुणों से परिपूर्ण, धान, मक्का व चने की खेती की प्रमुखता।
8.	उत्तरी-पूर्वी सीमांत का कृषि प्रदेश	उत्तरी गोड्डा, साहेबगंज का उत्तरी-पूर्वी भाग	औसत वर्षा 140-160 सेमी, धान, गेहूं, मक्का, चना व दलहन प्रमुख फसलें, कृषि की दृष्टि से राज्य का एकमात्र विकसित क्षेत्र, बहुफसली व्यवस्था का विस्तार।

झारखंड की प्रमुख फसलें			
क्र.स.	**फसल**	**प्रमुख क्षेत्र**	**मुख्य तथ्य**
1.	धान	सिंहभूम, दुमका, राँची, गुमला, हजारीबाग	यह झारखंड की प्रमुख फसल है। यह झारखंड में सबसे ज्यादा उत्पादित होने वाली फसल है। और इसका सबसे ज्यादा उत्पादन सिंहभूम में होता है।
2.	मक्का	पलामू, हजारीबाग, गिरिडीह, साहेबगंज, गोड्डा	राज्य में उत्पादन की दृष्टि से इस फसल का दूसरा स्थान है। पलामू में मक्का का उत्पादन सबसे ज्यादा होता है।
3.	गेहूँ	पलामू, हजारीबाग, गोड्डा	उत्पादन की दृष्टि से राज्य में इसका तीसरा स्थान है। पलामू में गेहूँ का उत्पादन सबसे ज्यादा होता है।
4.	गन्ना	हजारीबाग, दुमका, गोड्डा साहेबगंज, पलामू	यह राज्य की नगदी फसल है। राज्य के उत्पादन में इसका चौथा स्थान है। हजारीबाग में इसका उत्पादन सबसे ज्यादा होता है।
5.	चना	पलामू, गोड्डा, हजारीबाग, साहेबगंज	चना का सर्वाधिक उत्पादन पलामू में होता है।
6.	मडुआ	राँची, गुमला, हजारीबाग, गिरिडीह	यह एक जायद फसल है।
7.	जौ	पलामू, साहेबगंज, गोड्डा, हजारीबाग	पलामू में इसका उत्पादन काफी ज्यादा होता है।
8.	अरहर	पलामू, राँची, हजारीबाग, गुमला, लातेहार	राज्य में चना के बाद इसकी खेती ज्यादा होती है। पलामू इसका प्रमुख उत्पादक क्षेत्र है।
9.	ज्वार-बाजरा	हजारीबाग, राँची, सिंहभूम, गिरिडीह, संथाल परगना	ज्वार- बाजरा एक मोटा अनाज है, इसकी खेती शुष्क एवं उच्च भूमि पर की जाती है, जिसका प्रयोग गरीबों द्वारा खाद्यान्न के रूप में एवं पशुओं के चारे के रूप में किया जाता है। हजारीबाग, रांची, सिंहभूम एवं संथाल परगना इसके मुख्य उत्पादक जिले हैं।
10.	मसूर	पलामू, हजारीबाग, चतरा, कोडरमा	सर्वाधिक उत्पादक क्षेत्र है।
11.	कुरथी	पलामू, लातेहार, राँची, हजारीबाग	इसकी खेती राज्य के लगभग सभी क्षेत्रों में की जाती है।
12.	उड़द	रांची, गुमला, लोहरदगा, पलामू	रांची, गुमला, पलामू, लोहरदगा एवं संथाल परगना उड़द उत्पादन के प्रमुख जिले हैं।

झारखंड की प्रमुख फसलें और उनके उत्पादन क्षेत्र	
फसल	**उत्पादन क्षेत्र**
मक्का	छोटानागपुर का पठारी क्षेत्र
तिलहन	छोटानागपुर क्षेत्र का पठारी भाग
अरहर	पलामू
मरूआ	राँची, हजारीबाग, पलामू
बाजरा	हजारीबाग, राँची, सिंहभूम, संथाल परगना
जौ	पलामू
गन्ना	पलामू, हजारीबाग, संथाल परगना
राई/सरसों	पलामू
तिल	पलामू, हजारीबाग, संथाल परगना
दलहन	पलामू
मसूर	संथाल परगना
आलू	हजारीबाग
मेस्ता	संथाल परगना, राँची, हजारीबाग, सिंहभूम

वैश्विक कृषि और खाद्य शिखर सम्मेलन

- 29-30 नवंबर 2018 को रांची, झारखंड में "वैश्विक कृषि और खाद्य शिखर सम्मेलन 2018" आयोजित किया गया था, जिससे झारखंड की कृषि क्षेत्र में संभावित निवेशकों को झारखंड की कृषि विकास को समझने के लिए अवसर प्रदान किया जा सके।
- यह आयोजन भारत के झारखंड राज्य के कृषि उद्यमियों, प्रगतिशील किसानों, किसान उत्पादक संगठनों के साथ बातचीत करने के लिए एक मंच प्रदान करता है।

शिखर सम्मेलन के उद्देश्य:

- झारखंड के समृद्ध कृषि पारिस्थितिकी तंत्र को प्रदर्शित करने और कृषि और खाद्य क्षेत्र की अप्रयुक्त क्षमता का उपयोग करने के लिए।
- क्षेत्रीय मूल्य श्रृंखलाओं का विकास करना जो बाजार संबंधों को सक्षम बनाना।
- व्यापार समुदाय, सरकारी प्रतिनिधियों, किसान उत्पादक संगठनों (एफपीओ), प्रगतिशील किसानों, कृषि उद्यमियों और अन्य हितधारकों को नेटवर्किंग के लिए एक मंच प्रदान करना।
- 2022 तक किसानों की आय दोगुनी करना और झारखंड को पूर्वी भारत में फूड प्रोसेसिंग हब बनाना।

झारखंड सिंचाई प्रणाली

- झारखंड की कृषि मानसून पर आधारित है, और झारखंड में मानसून अनिश्चित है। ऐसे में राज्य में सिंचाई की आवश्यकता बढ़ जाती है।

- राज्य में कुल कृषि क्षेत्र(29.74 लाख हेक्टेयर) का लगभग 26 प्रतिशत भाग सिंचित है। कुल सिंचित भूमि का 58.3 प्रतिशत भाग सतही जल द्वारा एवं 47.7 प्रतिशत भाग भूमिगत जल द्वारा सिंचित है।
- झारखंड में दुमका, गोड्डा, साहेबगंज और गुमला जिलों में सिंचाई की सर्वाधिक आवश्यकता होती है।
- राँची, लोहरदगा, पश्चिमी सिंहभूम और देवघर जिलों में सिंचाई की उच्च आवश्यकता होती है, जबकि पलामू, गढ़वा, लातेहार, हज़ारीबाग, गिरिडीह में सिंचाई की मध्यम आवश्यकता होती है।
- धनबाद, बोकारो, चतरा, पूर्वी सिंहभूम जिलों में सिंचाई की कम आवश्यकता होती है।
- झारखंड में कुल कृषि योग्य भूमि 29.74 लाख हेक्टेयर है, जिसमें से 24.23 लाख हेक्टेयर भूमि में सिंचाई की सुविधा उलपब्ध कराने के लिए कुल 31 परियोजनाएं चलाई जा रही हैं।

सिंचाई

- फसल की खेती के लिए पानी की पर्याप्त और समय पर उपलब्धता पर बहुत जोर दिया जाता है।
- कृषि उत्पादन बढ़ाने के अलावा, सिंचाई प्रौद्योगिकी, प्रमाणित बीजों और मशीनरी के उपयोग की सुविधा प्रदान करती है।
- मानसून के मौसम के दौरान झारखंड के कुछ जिलों में पर्याप्त वर्षा नहीं होती है।
- कृषि उत्पादन में स्थिरता प्राप्त करने के लिए सिंचाई के बुनियादी ढांचे में सुधार करना आवश्यक है।
- वर्ष 2019-20 में कुल सिंचित क्षेत्र 17,798 हेक्टेयर से बढ़कर 2020-21 में गैर-खाद्य फसलों के लिए 20,436 हेक्टेयर हो गया था।
- राष्ट्रीय बारहवीं पंचवर्षीय योजना (2012-2017) में नई परियोजनाओं के बजाय चल रही सिंचाई परियोजनाओं को पूरा करने पर जोर दिया गया है।
- जल संसाधन मंत्रालय कई वर्षों में एक बार राष्ट्रीय स्तर पर लघु सिंचाई जनगणना आयोजित करता है।

भारत और झारखंड में सिंचाई क्षेत्र

क्षेत्र	कुल भूमि किमी²	कृषि भूमि हेक्टेयर	सिंचाई क्षेत्र हेक्टेयर	सिंचाई दर %
भारत	3,287	140,022	63,256	45.2
झारखंड	80	1,250	102	8.2

कुआं

- कुआं राज्य का सबसे प्राचीन और प्रचलित सिंचाई का साधन है।
- कुओं के माध्यम से सिंचाई के दृष्टिकोण से गुमला जिले का प्रथम स्थान है।
- झारखंड में सिंचाई-कूप के निर्माण में पूरे देश में तीसरे स्थान पर है, जहाँ प्रथम स्थान मध्य प्रदेश का और दूसरा स्थान महाराष्ट्र का है।

रैंक	जिला	प्रतिशत
1.	गुमला	87.2%
2.	गिरिडीह	77.9%
3.	राँची	71.4%
4.	धनबाद	56.2%
5.	हज़ारीबाग	52.7%
6.	सिंहभूम	17.5%

नलकूप

- नलकूप आधुनिक युग का कुआं है, जिससे भूमि की गहराई से जल को खोखले पाइप के माध्यम से निकाला जाता है, और विद्युत या डीजल चालित इंजन से सहायता ली जाती है।
- झारखंड में नलकूप का विकास सीमित है, जिसका मुख्य कारण चट्टानों में कठोरता होती है।
- नलकूप द्वारा सबसे अधिक सिंचाई लोहरदगा जिले में और सबसे कम देवघर जिले में की जाती है।

रैंक	जिला	प्रतिशत
1.	लोहरदगा	32.6%
2.	देवघर	3.8%

झारखंड में सूक्ष्म सिंचाई

- सतत कृषि का भविष्य सूक्ष्म सिंचाई में निहित है। सूक्ष्म सिंचाई न केवल कृषि उत्पादकता को बढ़ाने में सहायता कर सकती है, बल्कि यह जलवायु परिवर्तन और पानी की कमी के युग में ई-पानी, उर्वरक और श्रम आवश्यकताओं के उपयोग को भी कम करती है।
- सूक्ष्म सिंचाई, सिंचाई की एक आधुनिक विधि है। इस विधि द्वारा भूमि की सतह या उपसतह पर ड्रिपर्स, स्प्रिंकलर, फॉगर्स तथा अन्य उत्सर्जकों द्वारा सिंचाई की जाती है।
- ड्रिप सिंचाई पद्धति अधिक दूरी वाली फसलों के लिए सर्वोत्तम है।
- स्प्रिंकलर सिंचाई प्रणाली ज्यादातर रेतीली या दोमट मिट्टी में अपनाई जाती है।
- यह प्रणाली बागवानी फसलों और छोटी घासों के लिए सबसे उपयुक्त है।
- इस विधि में विभिन्न दिशाओं में कम ऊंचाई पर पानी का छिड़काव किया जाता है।
- स्प्रिंकलर सिंचाई के अंतर्गत आने वाला क्षेत्र 41 प्रतिशत है, और ड्रिप सिंचाई 59 प्रतिशत है।
- 31 मार्च, 2021 तक राज्य का सूक्ष्म सिंचाई के तहत कुल क्षेत्रफल 43,399 हेक्टेयर है।

तालाब

- तालाब सिंचाई के लिए एक अहम साधन है, जो धरातलीय जल संचय का उत्तम स्थान है।
- तालाब प्राकृतिक रूप से बने गड्ढों में वर्षा के जल को इकट्ठा करके निर्मित होते हैं, जो भूमि के सिंचाई के लिए उपयोगी होते हैं।
- राज्य में प्राचीन समय से ही तालाब सिंचाई के प्रमुख साधन रहे हैं।
- देवघर जिले में तालाब से सबसे अधिक सिंचाई की जाती है, जबकि सबसे कम सिंचाई गोड्डा में होती है।

रैंक	जिला	प्रतिशत
1.	देवघर	49.3%
2.	धनबाद	43.8%
3.	साहेबगंज	27.7%
4.	दुमका	27.7%
5.	गोड्डा	26.6%

नहर

- राज्य की भौतिक बनावट नहर सिंचाई के लिए उपयुक्त नहीं है, फिर भी नदियों पर छोटे-छोटे बांध बनाए गये है, जिनसें नहरें निकाली गई है और

सिंचाई की जाती है।

- वर्तमान में राज्य के कुल सिंचित क्षेत्र 7.757 लाख हेक्टेयर भूमि के 18 प्रतिशत भाग में नहरों द्वारा सिंचाई होती है।
- झारखंड में नहरों द्वारा सर्वाधिक सिंचाई सिंहभूम क्षेत्र में की जाती है। जबकि इसके बाद सरायकेला-खरसावां का स्थान आता है।

सिंचाई परियोजनाएं		
क्र.स.	**योजना का नाम**	**जिला/राज्य**
1.	दामोदर नदी घाटी परियोजना	झारखंड और बंगाल
2.	स्वर्णरिखा बहुद्देशीय परियोजना	झारखंड, बंगाल एवं ओडिशा
3.	कोनार सिंचाई परियोजना	हजारीबाग
4.	अजय बराज परियोजना	देवघर
5.	गुमानी बराज परियोजना	साहेबगंज
6.	पुनासी जलाशय परियोजना	देवघर
7.	अमानत बराज परियोजना	पलामू
8.	उत्तरी कोयल जलाशय परियोजना	गढ़वा, पलामू, लातेहार
9.	बटेश्वर स्थान गंगा पंप नहर योजना	गोड्डा
10.	अपरशंख जलाशय योजना	गुमला
11.	सोनुआ जलाशय योजना	प. सिंहभूम
12.	पंचखेरो जलाशय योजना	गिरिडीह एवं कोडरमा
13.	सुकरी जलाशय योजना	लोहरदगा
14.	भैरवा जलाशय योजना	रामगढ़
15.	रामरेखा जलाशय योजना	सिमडेगा
16.	केशो जलाशय योजना	कोडरमा
17.	बटाने जलाशय योजना	पलामू
18.	रैसा जलाशय योजना	राँची
19.	तजना जलाशय योजना	खूँटी
20.	सुरंगी जलाशय योजना	तमाड़, राँची
21.	नकटी जलाशय योजना	बंदगाँव, पश्चिमी सिंहभूम
22.	शुरू जलाशय योजना	पश्चिमी सिंहभूम एवं सरायकेला-खरसावाँ

सकल सिंचित क्षेत्र

- सकल सिंचित क्षेत्र फसलों के तहत कुल क्षेत्र में वर्ष में एक बार और/या एक से अधिक बार सिंचाई की जाती है।
- इस प्रकार, यदि एक कृषि वर्ष में एक फसल एक से अधिक बार उगाई जाती है, तो सकल सिंचित क्षेत्र को 'एक से अधिक' के लिए गिना जाता है।
- सकल सिंचित क्षेत्र ने पिछले कुछ वर्षों में राज्य में एक आशाजनक वृद्धि दिखाई है।
- यह 2017-18 में 247 हजार हेक्टेयर से बढ़कर 2019-20 में 269 हजार हेक्टेयर हो गया था।
- हालांकि, 2020-21 में, राज्य में सकल सिंचित क्षेत्र घटकर 258 हजार हेक्टेयर रह गया था।
- भूमि उपयोग सांख्यिकी सूचना प्रणाली के अनुसार- राज्य में सिंचाई के लिए 97,062 यूनिट कुएं, 77,060 यूनिट टैंक और 4,150 यूनिट नहर हैं।

झारखंड में सिंचाई के लिए जल स्रोत	
जल स्रोत	**भाग**
नहर	17.35%
तालाब	19.07%
नलकूप	8.25%
कुआं	29.38%
अन्य	25.77%

बहुउद्देशीय नदी घाटी परियोजना

- एक नदी घाटी परियोजना जो एक साथ कई उद्देश्य जैसे - सिंचाई,बाढ़ नियंत्रण,जल एवं मृदा संरक्षण,जल विद्युत, जल परिवहन,पर्यटन का विकास,मत्स्य पालन,कृषि एवं औद्योगिक विकास आदि की पूर्ति करती है। उसे बहुउद्देशीय नदी घाटी परियोजना कहते हैं। जैसे- सुवर्ण रेखा नदी परियोजना, दामोदर नदी घाटी परियोजना, मयूराक्षी परियोजना, उत्तरी कोयल परियोजना, कोयल-कारो परियोजना आदि ।
- इन परियोजनाओं के तहत नदियों पर बांध बनाकर सिंचाई के साथ-साथ बाढ़ नियंत्रण, जल विद्युत उत्पादन, मत्स्य उत्पादन आदि कार्य किए जाते हैं।

झारखंड में बहुउद्देशीय नदी घाटी परियोजनाएँ

दामोदर नदी घाटी परियोजना

- यह झारखंड की पहली बहुउद्देशीय नदी घाटी परियोजना है जो 1948 में शुरू हुई थी।
- यह झारखंड और पश्चिम बंगाल के बीच एक संयुक्त परियोजना है। यह परियोजना अमेरिकी टेनेसी घाटी परियोजना से प्रेरित है।
- 7 जुलाई, 1948 को दामोदर घाटी निगम (DVC) की स्थापना की गई थी, जिसका मुख्यालय कोलकाता में है।
- इस परियोजना में आठ बड़े बांध, एक अवरोधक बांध (दुर्गापुर बांध), छह जलविद्युत गृह (तिलैया, मैथन, बाल पहाड़ी, पंचेत, बेरमो और कोनार) और तीन थर्मल पावर स्टेशन (बोकारो, चंद्रपुरा और दुर्गापुर) शामिल हैं।
- इस परियोजना में आठ महत्वपूर्ण बांध हैं, जो हैं:
  1. तिलैया (दामोदर की सहायक बराकर नदी पर)
  2. मैथन (दामोदर की सहायक बराकर नदी पर)

3. बाल पहाड़ी (दामोदर नदी के सहायक बराकर नदी पर)
4. पंचेत (दामोदर नदी पर)
5. अय्यर (दामोदर नदी पर)
6. बेरमो (दामोदर नदी पर)
7. बोकारो (दामोदर की सहायक बोकारो नदी पर)
8. कोनार (कोनार नदी पर)।

दामोदर घाटी परियोजना के 4 प्रमुख बाँध

विशेषता	तिलैया	कोनार	मैथन	पंचेत
प्रारंभ की तिथि	21-02-1953	15-10-1955	27-09-1957	06-12-1959
संबंधित नदी	बराकर	कोनार	बराकर	दामोदर
संबंधित जिला	कोडरमा	हजारीबाग	धनबाद	धनबाद
जलग्रहण क्षेत्र (KM^2)	984	997	6293	10966

- इस परियोजना से 1200 मेगावाट बिजली का उत्पादन किया जाता है। इस परियोजना से 8 लाख हेक्टेयर क्षेत्र में सिंचाई की जाती है।

सुवर्ण रेखा नदी परियोजना

- 1982-83 ई. में प्रारंभ यह झारखंड, पश्चिम बंगाल तथा उड़ीसा की संयुक्त परियोजना है। यह परियोजना विश्व बैंक के सहयोग से चलायी जा रही है।
- उद्देश्य: सिंचाई, पनबिजली उत्पादन और जल आपूर्ति के लिए योजना बनाई गई।
- यह झारखंड, पश्चिम बंगाल और उड़ीसा द्वारा संयुक्त रूप से शुरू की गई एक अंतरराज्यीय परियोजना है।
- इस परियोजना के तहत सुवर्ण रेखा नदी पर चांडिल बांध (सरायकेला-खरसावां) एवं गोलूडीह बांध (पूर्वी) तथा खरकई नदी पर ईचा बांध (पश्चिमी सिंहभूम) एवं गजिया बांध (पूर्वी सिंहभूम) बनाया जाना है।
- इसके अतिरिक्त इस पर पालना बांध (सरायकेला-खरसावां) का निर्माण भी किया जा रहा है। इस परियोजना के तहत हुंडरू जलप्रपात से लगभग 200 मेगावाट विद्युत उत्पादन किया जा रहा है।

मयूराक्षी परियोजना

- यह झारखंड एवं पश्चिम बंगाल की संयुक्त परियोजना है।
- इस परियोजना के तहत मयूराक्षी नदी पर दुमका के मसानजोर नामक स्थान पर मसानजोर बांध /कनाडा बांध (कनाडा के सहयोग से) बनाया गया है।
- इस परियोजना के तहत गढ़वा जिले के कुटकू नामक स्थान पर एक बांध एवं विद्युत गृह निर्मित किया जाना है।

उत्तरी कोयल परियोजना

- इस परियोजना से गढ़वा तथा पलामू जिले को सिंचाई की सुविधा प्रदान किए जाने के साथ ही विद्युत उत्पादन का कार्य भी किया जाएगा।

कोयल-कारो परियोजना

- यह परियोजना दक्षिणी कोयल नदी एवं उसकी सहायक कारो नदी पर अवस्थित है।
- 2003 में इस परियोजना को आम जनता के विरोध के कारण बंद कर दिया।

झारखंड की प्रमुख सिंचाई परियोजनाएँ

क्र.सं.	योजना का नाम	संबंधित नदी	संबंधित जिला/राज्य
1.	दामोदर नदी घाटी परियोजना	दामोदर	झारखंड व प. बंगाल
2.	स्वर्णरिखा नदी घाटी परियोजना	स्वर्णरिखा तथा खरकई	झारखंड, प. बंगाल, उड़ीसा
3.	मयूराक्षी परियोजना	मयूराक्षी	झारखंड एवं पश्चिम बंगाल
4.	उत्तरी कोयल परियोजना	उत्तरी कोयल	पलामू
5.	कोयल-कारो परियोजना	दक्षिणी कोयल व कारो	झारखंड
6.	कोनार सिंचाई योजना	कोनार	गिरिडीह
7.	अजय बराज परियोजना	अजय	देवघर एवं जामताड़ा
8.	गुमानी बराज परियोजना	गुमानी	साहेबगंज एवं पाकुड़
9.	पुनासी परियोजना	अजय	देवघर
10.	अमानत बराज परियोजना	अमानत	पलामू
11.	औरंगा जलाशय परियोजना	औरंगा	पलामू
12.	अपरशंख जलाशय योजना	शंख	गुमला
13.	पंचखेरो जलाशय योजना	पंचखेरो	गिरिडीह
14.	सुकरी जलाशय योजना	सुकरी	लोहरदगा
15.	भैरवा जलाशय योजना	भैरवी	हजारीबाग, रामगढ़
16.	रैसा जलाशय योजना	रैसा	राँची
17.	केशो जलाशय योजना	सकरी	कोडरमा
18.	तजना जलाशय योजना	तजना	खूँटी
19.	सोनुआ जलाशय योजना	संजय	प. सिंहभूम
20.	रामरेखा जलाशय योजना	उतयल नाला	गुमला, सिमडेगा
21.	बटाने जलाशय योजना	बटाने	पलामू
22.	सलइया जलाशय योजना	बराकर	हजारीबाग

पर्यावरण संबंधी तथ्य

पारिस्थितिक तंत्र

- प्रकृति में पाए जाने वाले पर्यावरण के समस्त घटकों के मध्य परस्पर क्रिया-प्रतिक्रिया होती है, जिस प्रकार एक परिवार के सभी सदस्य आपस में संबंधित रहते हैं, उसी प्रकार पर्यावरण के विभिन्न घटक भी परस्पर संबंधित एवं एक-दूसरे पर निर्भर रहते हैं।
- जीवों तथा उनके पर्यावरण के पारस्परिक संबंधों के अध्ययन को पारिस्थितिकी कहते हैं।
- पर्यावरण के सजीव एवं निर्जीव घटक संरचना एवं कार्य की दृष्टी से एक तंत्र के रूप में कार्य करते हैं जिसे पारिस्थितिक तंत्र कहते हैं।
- इसके जैविक घटकों में सूक्ष्म जीवों से लेकर सभी जीव-जन्तु तथा पेड़-पौधे शामिल हैं।
- अजैविक घटकों में सभी निर्जीव तत्व जैसे- वायु, जल, मृदा, पर्वत, पठार, चट्टान आदि और उनसे जुड़ी गतिविधियाँ शामिल हैं।
- पर्यावरण को मुख्यतः प्राकृतिक तथा सांस्कृतिक/मानवनिर्मित पर्यावरण में वर्गीकृत किया जा सकता है।
- प्राकृतिक पर्यावरण के अंतर्गत पर्यावरण के ऐसे घटकों को शामिल किया जाता है, जिनका निर्माण प्रकृति द्वारा किया गया है, जैसे- वायु, जल, मिट्टी, पेड़-पौधे, जीव-जन्तु आदि।
- हमारे पर्यावरण में अवांछित तत्वों का प्रवेश पर्यावरण प्रदूषण कहलाता है।
- इन अवांछित तत्वों को प्रदूषक कहा जाता है। प्रदूषक ठोस, द्रव तथा गैस पदार्थ के रूप में अथवा ध्वनि, उष्मा, रेडियोधर्मिता आदि ऊर्जा के रूप में हो सकते हैं। प्रदूषक के प्रकार तथा स्रोत के आधार पर प्रदूषण कई प्रकार के होते हैं, जैसे-

प्रदूषण

वायु प्रदूषण | जल प्रदूषण | मृदा प्रदूषण | ध्वनि प्रदूषण | ताप प्रदूषण

वायु प्रदूषण

- वायु प्रदूषण एक स्थिति है, जिसमें वातावरण में विभिन्न तत्वों के मिश्रण के कारण वायुमंडल में गैसों की मात्रा या अनुपात में असंतुलन होता है।
- वायु प्रदूषण के मुख्य कारण मानव के विकास के दौरान उत्सर्जित प्रदूषक गैसें हैं।
- वर्तमान समय में वायु प्रदूषण का स्तर बढ़ रहा है, जिससे स्वास्थ्य को नुकसान पहुंचने की सम्भावना बढ़ती जा रही है।
- वायु प्रदूषण के कारण वायुमंडल में कार्बन डाइऑक्साइड, सल्फर डाइऑक्साइड, नाइट्रोजन ऑक्साइड और ओजोन जैसी गैसें शामिल होती हैं।
- वायु प्रदूषण के कारण न केवल मानव स्वास्थ्य प्रभावित होता है, बल्कि यह पृथ्वी के तापमान बढ़ने का भी कारण बनता है।
- कृषि कार्य में दलदली भूमि से मिथेन का उत्सर्जन, जो एक प्रमुख हरित गृह गैस है।
- वायु प्रदूषण से बचाव के लिए जल्द से जल्द कदम उठाए जाने चाहिए, जैसे कि जल्द से जल्द प्रदूषकों का उत्सर्जन कम करना, पर्यावरण संरक्षण के लिए उपयुक्त वाहन चुनना और वनों का संरक्षण करना अपरिहार्य हो गया है।

ओजोन क्षरण

- सूर्य से आने वाली पराबैंगनी किरणों को ओजोन परत द्वारा अवशोषित किया जाता हैं जो हमें चर्म कैंसर और अन्य गंभीर बीमारियों से बचाती है।
- हाल के वर्षों में क्लोरोफ्लोरो कार्बन की मात्रा में वृद्धि होने के कारण हमारे ओजोन मंडल को नुकसान पहुंचा है, जिसे ओजोन क्षरण के नाम से जाना जाता है।
- ओजोन क्षरण के परिणामस्वरूप पराबैंगनी किरणों की तीव्रता में वृद्धि हुई है, जिससे भूमण्डलीय उष्मण की दर बढ़ती है और वनस्पति जगत के प्रकाश संश्लेषण की क्रिया पर नकारात्मक प्रभाव पड़ता है।
- झारखंड जैसे वनस्पति-बाहुल्य राज्य में भी ओजोन क्षरण का नकारात्मक प्रभाव देखा गया है। यह वनस्पति की उत्पादकता कम कर परिस्थितिकी तंत्र पर बुरा असर डालता है, जिससे जैव विविधता प्रभावित होती है।
- इसके अतिरिक्त ओजोन क्षरण जैविक तत्वों की आनुवंशिक संरचना में परिवर्तन करता है जो आनुवंशिक गुणों को ह्रास करता है, जिससे जैविक समुदाय की प्रतिरोधक क्षमता कमजोर होती है।
- आज के समय में मानव समुदाय को त्वचा कैंसर, मोतियाबिंद से संबंधित अन्य बीमारियों का सामना करना पड़ रहा है, जिसका मुख्य कारण ओजोन क्षरण होता है।

जल प्रदूषण

- जल प्रदूषण वह संदूषण है, जो जल स्रोतों को पीने, खाना पकाने, सफाई के उपयोग, तैरने और अन्य गतिविधियों के लिए अनुपयोगी बनाता है, जिसे जल प्रदूषकों में रसायन, कचरा, बैक्टीरिया और परजीवी शामिल होते हैं। तो उसे 'जल प्रदूषण' कहा जाता है।
- विभिन्न जल स्रोतों में दैनिक जीवन में उपयोग किए जाने वाले अपशिष्ट पदार्थों जैसे मल-मूत्र, प्लास्टिक, कचरा, डिटर्जेंट आदि का प्रवाह होता है।
- उद्योगों से निकलने वाले रसायन, कचरा, अम्ल और क्षार आदि भी जल स्रोतों में जाते हैं।
- कृषि के कार्यों में प्रयुक्त कीटनाशक और रसायन भी वर्षा जल में घुलकर नदियों में मिलते हैं।
- जल प्रदूषण के कारण अशुद्ध पेयजल की समस्या उत्पन्न होती है, जो मानव स्वास्थ्य को नुकसान पहुंचाती है, साथ ही, अशुद्ध जल मृदा में घुलकर उसकी उर्वरता को प्रतिकूल रूप से प्रभावित करती है, जिससे जैव विविधता पर भी असर पड़ता है।

मृदा प्रदूषण

- मृदा प्रदूषण उस परिवर्तन को कहते हैं, जो मिट्टी के भौतिक, रासायनिक और जैविक गुणों में अवैध परिवर्तन दर्शाता है।
- इस प्रकार के परिवर्तन से मृदा की गुणवत्ता में कमी होती है, जो वनस्पति की उत्पादकता पर असर डालती है।
- यह प्रदूषण मानव स्वास्थ्य के लिए हानिकारक होता है और इसका नकारात्मक प्रभाव जैव विविधता पर भी पड़ता है।
- मृदा प्रदूषण के लिए उत्तरदायी प्रमुख कारण हैं-
  - प्लास्टिक की थैलियों का प्रयोग।
  - रसायनों एवं कीटनाशकों का प्रयोग।
  - वन अपरोपण के कारण मृदा का हास।
  - जल प्रदूषण।

ध्वनि प्रदूषण

- जो ध्वनि मनुष्यों और जीव-जन्तुओं के शारीरिक और मानसिक स्वास्थ्य को अनुपयुक्त रूप से प्रभावित करती है, उसे अवांछित शोर कहा जाता है।
- अंतर्राष्ट्रीय स्तर पर, दिन के समय 45 डेसीबल और रात में 35 डेसीबल से अधिक शोर को मानव स्वास्थ्य के लिए अनुचित माना जाता है।
- ध्वनि प्रदूषण के लिए उत्तरदायी प्रमुख कारणों में मानव द्वारा उत्पन्न शोरगुल जिसमें उद्योगों, परिवहन, मनोरंजन के लिए निकाली गयी ध्वनि शामिल हैं।

- प्राकृतिक रूप से आँधी-तूफान, वर्षा, बिजली, तूफान, चक्रवात आदि के कारण उत्पन्न ध्वनि को भी ध्वनि प्रदूषण में शामिल किया गया हैं।

ताप प्रदूषण

- जीवाश्म ईधन तथा नाभिकीय ऊर्जा हेतु संचालित संयंत्रों, जल को ऊर्जा के लिए इस्तेमाल किये जाने वाले संयंत्रों इत्यादि को ठंडा रखने के लिए अधिक तापमान वाला पानी का उपयोग किया जाता है, जो ताप प्रदूषण को उत्पन्न करता है।
- इस प्रकार के प्रदूषण से पर्यावरण के साथ-साथ जीव-जन्तुओं के स्वास्थ्य पर भी बुरा असर पड़ता है।

जलवायु परिवर्तन

- जलवायु परिवर्तन का अर्थ जलवायु में परिवर्तन है जो प्रत्यक्ष या अप्रत्यक्ष रूप से मानव गतिविधि के लिए जिम्मेदार है, जो वैश्विक वातावरण की संरचना को बदलता है और जो तुलनीय समय अवधि में देखी गई प्राकृतिक जलवायु परिवर्तनशीलता के अतिरिक्त है।
- वर्तमान समय में जलवायु परिवर्तन हमारे समक्ष एक गंभीर चुनौती के रूप में उभरा है, जिसने जैवमण्डल के अस्तित्व पर एक प्रश्नचिह्न खड़ा कर दिया है।
- जलवायु परिवर्तन के लिए कई प्रमुख कारण जिम्मेदार हैं, जिनमें हरित गृह गैसों की मात्रा में वृद्धि, ओजोन क्षरण की मात्रा में वृद्धि तथा अम्लीय वर्षा के लिए उत्तरदायी तत्वों की मात्रा में वृद्धि प्रमुख हैं।

जलवायु परिवर्तन कार्य योजना

- जलवायु परिवर्तन पर राष्ट्रीय कार्य योजना (NAPCC) को वर्ष 2008 में प्रधानमंत्री की जलवायु परिवर्तन परिषद द्वारा शुरू किया गया था।
- इसका उद्देश्य जनता के प्रतिनिधियों, सरकार की विभिन्न एजेंसियों, वैज्ञानिकों, उद्योग और समुदायों के बीच जलवायु परिवर्तन से उत्पन्न खतरे और इसका मुकाबला करने के कदमों के बारे में जागरूकता पैदा करना है।
- NAPCC के मूल में 8 राष्ट्रीय मिशन हैं जो जलवायु परिवर्तन में प्रमुख लक्ष्यों को प्राप्त करने के लिए बहु-आयामी, दीर्घकालिक और एकीकृत रणनीतियों का प्रतिनिधित्व करते हैं। ये निम्नलिखित है।
    - राष्ट्रीय सौर मिशन
    - उन्नत ऊर्जा दक्षता के लिए राष्ट्रीय मिशन
    - सतत आवास पर राष्ट्रीय मिशन
    - राष्ट्रीय जल मिशन
    - हिमालयी पारिस्थितिकी तंत्र को बनाए रखने के लिए राष्ट्रीय मिशन
    - एक हरित भारत के लिए राष्ट्रीय मिशन
    - सतत कृषि के लिए राष्ट्रीय मिशन
    - जलवायु परिवर्तन के लिए सामरिक ज्ञान पर राष्ट्रीय मिशन

राष्ट्रीय अनुकूलन कोष

- भारत सरकार ने वर्ष 2015-16 और 2016-17 में 350 करोड़ रुपये तथा वित्तीय वर्ष 2017-18 में 181.5 करोड़ रूपये का प्रावधान कर जलवायु परिवर्तन राष्ट्रीय अनुकूलन कोष (NAFCC) की स्थापना की है।
- कार्यक्रम का उद्देश्य राज्यों/संघ शासित प्रदेशों को जलवायु परिवर्तन के प्रभावों के साथ-साथ आजीविका और कमजोर लोगों की आय के स्रोत के खिलाफ कमजोर क्षेत्रों और पारिस्थितिक तंत्र का बढ़ती लचीलापन और अनुकूली क्षमता के लिए सहायता अनुदान के रूप में वित्तीय सहायता प्रदान करना है।
- नेशनल बैंक फॉर एग्रीकल्चर एंड रूरल डेवलपमेंट (NABARD) को (NAFCC) के तहत अनुकूलन परियोजनाओं के क्रियान्वयन के लिए राष्ट्रीय कार्यान्वयन इकाई (NIE) के रूप में नियुक्त किया गया है।

जलवायु परिवर्तन की गंभीरता को देखते हुए वैश्विक स्तर पर निम्न प्रयास किए गए हैं-

- सन् 1979 में पहली बार स्विट्जरलैंड के जेनेवा में जलवायु सम्मेलन का आयोजन किया गया। वर्ष 1990 में दूसरी बार जलवायु सम्मेलन का आयोजन किया गया।
- सन 1985 में ऑस्ट्रिया के वियना में वियना कन्वेंशन का आयोजन किया गया जिसमें ओजोन क्षरण हेतु उत्तरदायी पदार्थों (क्लोरोफ्लोरो कार्बन एवं मिथाइल ब्रोमाइड) के उपयोग पर प्रतिबंध लगाने का विचार किया गया।
- 16 सितम्बर, 1987 को कनाडा के मांट्रियल में क्लोरोफ्लोरो कार्बन पर प्रतिबंध लगाने हेतु एक बाध्यकारी समझौता किया गया ताकि ओजोन क्षरण को रोका जा सके।
- 16 सितंबर को प्रतिवर्ष ओजोन संरक्षण दिवस के रूप में मनाया जाता है।
- वर्ष 1992 में ब्राज़ील के रियो डी जेनेरो में पृथ्वी सम्मेलन का आयोजन किया गया इसमें 'यूनाइटेड नेशन फ्रेमवर्क कन्वेंशन ऑन क्लाइमेट चेंज' का गठन किया गया।
- वर्ष 1994 से वैश्विक स्तर पर संयुक्त राष्ट्र जलवायु परिवर्तन सम्मेलन का आयोजन प्रारंभ किया गया।
- वर्ष 1997 में जापान के क्योटो में कार्बन उत्सर्जन की कटौती को लेकर एक बाध्यकारी समझौता किया गया जिसे 'क्योटो प्रोटोकॉल' के नाम से जाना जाता है।
- झारखण्ड राज्य में संयुक्त राष्ट्र विकास कार्यक्रम (UNDP) की सहायता से एक राज्य जलवायु केन्द्र की स्थापना की गयी है।
- राज्य में जलवायु परिवर्तन पर राष्ट्रीय योजना को 30 जून, 2008 को जारी किया गया था जबकि वर्ष 2013 में राज्य में 'जलवायु परिवर्तन पर झारखण्ड कार्य योजना' (SAPCC) का प्रकाशन किया गया।
- इस रिपोर्ट के अनुसार राज्य का सरायकेला-खरसावां जिला सर्वाधिक संवेदनशील जिला है।
- जलवायु परिवर्तन पर राष्ट्रीय कार्य योजना के तहत (NAPCC) राज्य के सरायकेला-खरसावां को ग्रीन इण्डिया मिशन हेतु चुना गया है।
- भारत के 15 कृषि जलवायु प्रदेशों में तीन कृषि जलवायु प्रदेश (मध्य एवं उत्तरी-पूर्वी पठारी उप-कृषि जलवायु प्रदेश, पश्चिमी पठारी उप-कृषि जलवायु प्रदेश तथा दक्षिणी-पूर्वी पठारी उप-कृषि जलवायु प्रदेश) झारखण्ड राज्य में स्थित हैं।

झारखण्ड में पर्यावरण संरक्षण

- झारखण्ड राज्य अपनी जलवायु और जैव विविधता के लिए राष्ट्रीय स्तर पर प्रसिद्ध है।
- राज्य के जंगलों में अनेक प्रकार के पेड़-पौधे, औषधीय पौधे, जड़ी-बूटी और फल-फूल वाले वृक्ष पाए जाते हैं।
- राज्य में नेतरहाट, पिठोरिया घाटी, सारंडा के जंगल, पारसनाथ पहाड़ी, दालमा पहाड़ी, हजारीबाग के वन, पलामू के वन इत्यादि जैव विविधता के दृष्टिकोण से अत्यंत समृद्ध हैं।
- पिछले कुछ वर्षों में, राज्य में तेजी से बढ़ते प्रदूषण ने जैव विविधता पर बुरा असर डाला है।
- इससे झारखण्ड राज्य में कई जानवरों की प्रजातियां विलुप्त हो गई हैं और कई महत्वपूर्ण पेड़-पौधे भी खत्म हो गए हैं।
- विकास कार्यक्रमों के लिए उद्योगों की स्थापना, सड़कों का निर्माण, कृषि का विस्तार आदि के लिए वृक्षों की विस्तृत कटाई हो रही है।
- इससे पर्यावरण प्रदूषण के साथ-साथ जैव विविधता की भी हानि हुई है।
- राज्य में वन, पर्यावरण एवं जलवायु परिवर्तन विभाग द्वारा प्राकृतिक संसाधनों, वन्य-जीव तथा जैव विविधता के संरक्षण हेतु तमाम प्रयास किए जा रहे हैं।

- विभाग द्वारा इस हेतु व्यापक पैमाने पर वनरोपण, वन संरक्षण हेतु जागरूकता अभियान तथा प्रदूषण को नियंत्रित करने हेतु विधिक उपाय किए जा रहे हैं।
- पर्यावरण में असंतुलन उत्पन्न होने के कारण विलुप्त होने वाले जीव-जंतुओं में गिद्धों की संख्या में तेजी से कमी आ रही है।
- 2015 में, वनाच्छादित क्षेत्रों को वृद्धि के लिए राज्य में 'मुख्यमंत्री जन वन योजना' शुरू की गई। इस योजना के माध्यम से, लोगों को निजी भूमि पर वृक्षारोपण करने के लिए प्रोत्साहित किया गया। योजना के अंतर्गत, लोगों को वृक्षारोपण के लिए प्रोत्साहन राशि के रूप में वृक्ष दिया जाता है, और वृक्षों के रख-रखाव पर हुए खर्च का 75 प्रतिशत वन विभाग द्वारा भुगतान किया जाता है।
- 'इको-टूरिज्म नीति (2015)' को राज्य सरकार द्वारा अधिसूचित किया गया है जिसके तहत राज्य सरकार ने इको-फ्रेंडली तरीकों को प्रोत्साहित करने का लक्ष्य रखा है। इस नीति के तहत साहेबगंज में फॉसिल पार्क, गिरिडीह में पारसनाथ, हजारीबाग में कैनहरी हिल, देवघर में त्रिकुट पर्वत, कोडरमा में तिलैया डैम, पलामू में व्याघ्र परियोजना, लातेहार में नेतरहाट और जमशेदपुर में दालमा गज अभ्यारण्य को विकसित किया जा रहा है।
- झारखण्ड राज्य में इको-टूरिज्म को बढ़ावा देने के लिए, स्थानीय गांवों में रहने वाले लोगों को 'नेचर गाइड' के रूप में प्रशिक्षित किया जाएगा, जिससे पर्यटन को बढ़ावा दिया जाएगा और स्थानीय लोगों की आमदनी में भी वृद्धि होगी। राज्य सरकार ने सूखे से निपटने के लिए मनरेगा के तहत डोभा निर्माण कार्य शुरू किया है, जिससे वर्षा जल को संचित किया जा सकेगा

आपदा प्रबंधन

आपदा से तात्पर्य प्राकृतिक अथवा मानवजन्य कारणों से आने वाली किसी ऐसी विपत्ति, दुर्घटना, अनिष्ट और गंभीर घटना से है, जो प्रभावित समुदाय को व्यापक हानि पहुँचाती है। झारखंड देश का एक ऐसा राज्य है, जो आपदा प्रवण है। इसका प्रमुख कारण उसकी विशेष भौगोलिक स्थिति है, जिससे राज्य को समय-समय पर विभिन्न प्रकार की प्राकृतिक और मानव-जनित आपदाओं का सामना करना पड़ता है। वनों में लगने वाली आग और चक्रवात की समस्या भी राज्य के कई हिस्सों को प्रभावित करती है। अतः राज्य में मजबूत संचार, कुशल डेटाबेस, दस्तावेज और अभ्यास के साथ एक प्रभावी आपदा प्रबंधन योजना होना महत्वपूर्ण है। प्राकृतिक आपदाओं की स्थिति में, विशेष रूप से बाढ़, चक्रवात आने की स्थिति में राज्य सरकार द्वारा सेना या राष्ट्रीय आपदा प्रतिक्रिया बल की सेवाओं की आवश्यकता होती है, ताकि प्रभावित आबादी को तुरंत सुरक्षित स्थानों पर ले जाया जा सके और राहत सामग्री तुरंत उपलब्ध हो सके।

आपदाओं का वर्गीकरण:

उत्पत्ति के आधार पर निम्न प्रकार की प्राकृतिक आपदाएं देखी जा सकती हैं:

- जलवायु संबंधी आपदाएं - सूखा, चक्रवात, बादल फटना, तूफान और बिजली गिरना आदि।
- भूगर्भीय आपदाएं - भूकंप, भूस्खलन, खदान में आग लगना आदि।
- जलीय आपदाएं - बाढ़, सुनामी आदि।
- जैविक आपदाएं - महामारी, टिड्डियों का आक्रमण, पशु महामारी और विषाणुजनित संक्रमण आदि।

राज्य में विभिन्न प्रकार की आपदाएँ:

बाढ़

- नदियों, जल स्रोत और जलाशयों का जलस्तर बढ़ने पर अस्थाई रूप से किसी भू-भाग का जलमग्न हो जाना, बाढ़ कहलाता है। सामान्यतः बाढ़, अतिवृष्टि, तेज हवाएं, चक्रवात, सुनामी, बर्फ का पिघलने या बांधों के टूटने आदि के कारण ही आती हैं।
- झारखंड के मुख्यतः 11 जिले बाढ़ से प्रभावित होते हैं, जिनमें गोड्डा, साहिबगंज, दुमका और पाकुड़ सर्वाधिक प्रभावित जिले हैं। अन्य जिलों में देवघर, धनबाद, पूर्वी सिंहभूम, प. सिंहभूम, सरायकेला-खरसावां, गुमला और हजारीबाग हैं।
- ये सभी जिले वर्ष 2000 से 2004 के बीच कई बार बाढ़ से प्रभावित हुए थे।
- वर्ष 2016 में भी भारी मानसूनी वर्षा के कारण गोड्डा, साहिबगंज, पाकुड़ के अतिरिक्त सोन और उत्तरी कोयल नदी घाटी क्षेत्र में गढ़वा, पलामू और लातेहार जिले बाढ़ से प्रभावित हुए थे।
- झारखंड में बाढ़ का सबसे ज्यादा असर पलामू और गढ़वा जिलों में धान की फसल पर पड़ता है।
- झारखंड के तीन जिलों-साहिबगंज, पूर्वी सिंहभूम तथा सरायकेला-खरसावां में सबसे ज्यादा बाढ़ का खतरा रहता है।
- साहिबगंज, गंगा तट पर बसा हुआ है अतः यहां आने वाली बाढ़, मैदानी क्षेत्र वाली बाढ़ होती है। गंगा का जलस्तर बढ़ने से यहाँ कई इलाके जलमग्न हो जाते हैं।
- जमशेदपुर की दो प्रमुख नदियां सुवर्णरेखा और खरकाई हैं। सुवर्णरेखा नदी, रांची से जमशेदपुर की ओर लगभग दक्षिण दिशा में बहती है, और खरकाई, मयूरभंज से लगभग उत्तर दिशा में बहती है।
- मानसून में कई अन्य पहाड़ी नदियां भी, ढेर सारा पानी और मिट्टी लेकर इन दोनों नदियों से जा मिलती हैं, जिससे इन मुख्य नदियों के कुल आयतन में बढ़ोत्तरी हो जाती है तथा बाढ़ का कारण बनती है।
- जमशेदपुर के पास ही सुवर्णरेखा और खरकाई दोनों नदियों का संगम होता है, अतः पानी सुवर्णरेखा नदी के बाँध से छोड़ा जाए या खरकाई के बांध से, दोनों ही स्थिति में, इस पूरे क्षेत्र में बाढ़ का खतरा होता है। 2008 में ओडिशा द्वारा खरकाई बांध से पानी छोड़ने के कारण जमशेदपुर में भयंकर बाढ़ आई थी।
- बाढ़ की समस्या से निपटने के लिए विभिन्न राज्यों द्वारा राज्य आपदा प्रबंधन प्राधिकरण का निर्माण किया गया है, जिसके अंतर्गत बाढ़ के समय प्रभावित लोगों को उचित राहत सामग्री उपलब्ध कराना, उन्हें आपदा प्रभावित क्षेत्र से निकालकर पूर्व नियोजित तरीके से सुरक्षित स्थानों पर पहुँचाना आदि शामिल होता है।

भूकम्प

- पृथ्वी की सतह की अपकृत चट्टानों में एकत्रित ऊर्जा का अचानक बाहर निकलना भूकम्प कहलाता है। इसके कारण जान और माल की भारी क्षति होती है।
- झारखंड राज्य के जिले भूकम्प के जोन-3 और जोन-4 के अंतर्गत आते हैं। रांची शहर जोन-4 के अंतर्गत आता है। राज्य की जमीन पठारी होने के कारण यह भूकंप का केन्द्र तो नहीं बन सकता है, किन्तु सीमावर्ती बिहार, उत्तर प्रदेश, पश्चिम बंगाल व ओडिशा में भूकम्प का केन्द्र हुआ, तो झारखंड में भी बड़ा नुकसान हो सकता है।
- झारखंड में जोन-3 के अंतर्गत गोड्डा, साहिबगंज एवं जोन-4 के अंतर्गत हजारीबाग, देवघर, गढ़वा, गिरिडीह, कोडरमा, चतरा, बोकारो, धनबाद, रांची, लोहरदगा, गुमला, पूर्वी सिंहभूम और पश्चिमी सिंहभूम आदि आते हैं।
- पलामू, हजारीबाग, साहिबगंज, गोड्डा और दामोदर नदी घाटी के आस-पास के क्षेत्र में पाई जाने वाली कैल्साइट की चट्टानें जल्द गर्म हो जाती हैं। इन चट्टानों में तनाव ऊर्जा उत्पादन की क्षमता अधिक होती है।

- रांची में क्रिस्टल क्वार्ट्ज़ चट्टानें अधिक पाई जाती हैं, जो ठंडी रहती हैं। इसकी कठोरता के कारण कम तीव्रता वाली भूकम्पीय तरंग विरुपित नहीं हो पाती हैं, और यहां भूकम्पीय तरंगों का प्रभाव कम होता है।
- झारखंड में भूकंप 26 मार्च 2009 को आया था, जिसकी तीव्रता 4.1 थी।

वज्रपात

- भारतीय मौसम विभाग के अनुसार, वज्रपात या बिजली गिरना एक बड़ा विद्युतीय प्रवाह है जो वर्षा के समय बादलों में अधिक हलचल होने और उनके आपस में घर्षण के कारण उत्पन्न होता है।
- आपदा प्रबंधन के सर्वेक्षण के अनुसार प्राथमिक स्तर पर 15 जिले हैं। इसमें रांची भी शामिल है, जहां ज्यादा वज्रपात होता है और लोगों की जान को खतरा रहता है। वहीं, द्वितीय स्तर पर 9 जिले हैं, जहां वज्रपात की समस्या कम होती है।
- पठारी क्षेत्र होने के कारण यहां भू-गर्भ में हेमेटाइट, बॉक्साइट और यूरेनियम जैसे खनिज मौजूद हैं, जिनकी वजह से आकाशीय बिजली पृथ्वी की ओर आकर्षित होती है और जान-माल को नुकसान पहुंचाती है।
- झारखंड में वज्रपात प्रभावित क्षेत्रों में गढ़वा, पलामू, चतरा, कोडरमा, गिरिडीह, देवघर, दुमका, गोड्डा, पाकुड़, सरायकेला, सिमडेगा, पश्चिमी और पूर्वी सिंहभूम और साहिबगंज शामिल हैं।
- वर्ष 2015 में वज्रपात से 54 व्यक्तियों की मौत हुई, 76 व्यक्ति घायल हुए थे एवं साथ ही 32 पशुओं की भी मौत हुई थी।
- झारखंड में वज्रपात से निपटने के लिए आपदा प्रबंधन विभाग लगातार प्रयास करता रहता है। इन प्रयासों में वज्रपात का पूर्व अनुमान लगाकर दो घंटे पहले स्थानीय लोगों को एसएमएस के माध्यम से इसकी जानकारी देना शामिल है।
- जागरुकता अभियान चलाकर भी लोगों को इससे बचने के उपाय बताये जाते हैं।
- झारखंड के आपदा प्रबंधन विभाग ने बिरसा कृषि विश्वविद्यालय परिसर में एक सेंसर लगाया है, जो 300 किलोमीटर के परिक्षेत्र में वज्रपात की घटनाओं और उनकी शक्ति का अध्ययन करती है।
- रांची के नामकुम ब्लॉक के सेफ्टी ग्रिड में जर्मन लाइटेनिंग अरेस्टर लगाए गए हैं।
- नामकुम के साथ ही रांची एयरपोर्ट और स्टेडियम के अलावा देवघर के बाबा धाम मंदिर में भी लाइटेनिंग अरेस्टर लगाने का कार्य पूरा हो गया है।

सूखा

- सूखा किसी क्षेत्र में लंबे समय तक पानी की आपूर्ति में कमी के फलस्वरूप होता है।
- भारतीय मौसम विज्ञान विभाग, नई दिल्ली के अनुसार, यदि किसी क्षेत्र में सामान्य से 25 प्रतिशत कम वर्षा होती है तो सामान्य सूखा, 25-50% तक कम वर्षा होने पर मध्यम सूखा और 50% से कम वर्षा होने पर गंभीर सूखा कहा जाता है।
- सूखे के प्रमुख कारणों में मानसून की अनिश्चितता, वर्षा की कमी, वनों का विनाश, तापमान में वृद्धि, जल-प्रबंधन पर ध्यान न दिया जाना आदि शामिल हैं।
- झारखंड के सूखे से सर्वाधिक प्रभावित जिले पलामू, गढ़वा, चतरा, लातेहार तथा लोहरदगा के पश्चिमी भाग हैं।
- वर्ष 2010 में राज्य के सभी जिले सूखा प्रभावित थे तथा राज्य का कुल खाद्यान्न उत्पादन घटकर आधा रह गया था।
- वर्ष 2010 में राज्य में 47% वर्षा कम हुई थी, जिसके कारण 10 लाख हेक्टेयर भूमि पर धान की खेती नहीं हुई थी।
- सूखे से सर्वाधिक प्रभावित पलामू जिला है, जहाँ कई वर्षों से वर्षा की मात्रा में गिरावट की प्रवृत्ति देखी गई है, जिसके कारण यहाँ सूखे ने आपदा का रूप ग्रहण कर लिया।

ओलावृष्टि

- बारिश के रूप में गिरने वाली पानी की बूँदें वातावरण की बहुत ठंडी परतों से गुजरती हैं। ये परतें पानी की बूँदों को जमा देती हैं, और जब ये जमी हुई बूँदें बारिश के साथ जमीन पर गिरती हैं, तो इस घटना को ओलावृष्टि के रूप में जाना जाता है।
- ओलों के बनने के लिए आवश्यक बादल सतह से उठने वाली गर्म हवा के साथ लंबवत विकसित होते हैं।
- झारखंड में मुख्यतः रांची, हजारीबाग, गुमला, लोहरदगा आदि क्षेत्र में ओलावृष्टि देखी जाती है। ये क्षेत्र मुख्य रूप से वनों से आच्छादित है।

वन की आग

- झारखंड में शुष्क पतझड़ वन अधिक मात्रा में पाए जाते हैं, जिसके कारण गर्मी के दिनों में वातावरण के अत्यधिक गर्म हो जाने पर वनों में लगने वाली आग की समस्या आपदा का रूप ग्रहण कर लेती है।
- वनों में आग लगना मुख्यतः उत्तरी-पश्चिमी तथा दक्षिणी भाग की समस्या है, जिससे गढ़वा, पलामू, चतरा, लातेहार, हजारीबाग, पूर्वी एवं पश्चिमी सिंहभूम, सिमडेगा और गुमला जिले प्रभावित हैं।
- वनों में आग जैसी आपदा को समाप्त करने के लिए पर्यटन संबंधी कानून में सख्ती, गैर- कानूनी गतिविधियों पर सरकार द्वारा रोक लगाने की आवश्यकता है।
- अत्यधिक पुराने एवं सूखे वृक्षों की पहचान कर उसे काटकर नये वृक्ष लगाने चाहिए, क्योंकि सूखे वृक्षों की ज्वलनशीलता अधिक होती है।
- वनों के अंदर सड़क मार्ग के निर्माण द्वारा वनों को विभाजित करने से आग पूरे वन क्षेत्र में नहीं फैलती है।

जैविक आपदा

- जैविक आपदाओं के अंतर्गत मलेरिया, डेंगू, हैजा, प्लेग और अन्य विषाणुजनित बीमारियां शामिल हैं, हालांकि इन सभी बीमारियों हेतु अब उपचार भी उपलब्ध है।
- झारखंड में कुल जनसंख्या के 42 प्रतिशत लोग अनुसूचित जनजाति के हैं और लगभग 5.17 प्रतिशत लोग अनुसूचित जाति के हैं, जो इस जिले के विभिन्न इलाकों में निवास करते हैं। इसलिए, इन बीमारियों के फैलने से महामारी का खतरा और भी बना रहता है।
- वर्ष 2020 में विषाणुजनित कोविड-19 महामारी भी एक जैविक आपदा के रूप में करोड़ों लोगो की मृत्यु का कारण बनी थी। इससे निपटने हेतु संपूर्ण भारत में विश्व्यापी लॉकडाउन लगाया गया था।
- झारखंड सरकार द्वारा संसाधनों के कुशलतापूर्वक प्रबंधन एवं वैक्सीन द्वारा कोविड महामारी पर काफी हद तक नियंत्रण पा लिया गया है।

खनन दुर्घटना

- खनन दुर्घटना खनिजों या धातुओं के खनन की प्रक्रिया के दौरान होती है।
- खानिजों के खनन के समय मानवीय एवं प्राकृतिक दोनों प्रकार की आपदाएँ उत्पन्न होती हैं।
- झारखंड में भारत के लगभग 38 प्रतिशत खनिज संचित हैं। यहाँ कोयला, लौह अयस्क, बॉक्साइट, यूरेनियम, चूना पत्थर, डोलोमाइट, पाइरोक्सेनाइट, और क्वार्टज के भंडार पर्याप्त मात्रा में उपलब्ध हैं।
- झारखंड में वर्ष 1983 में हरलाडीह कोयला खान में 19 व्यक्ति, वर्ष 1995 में गजालीटाड़ कोयला खान में 64 व्यक्ति, वर्ष 2001 में बागडिगी कोयला खान में 29 व्यक्ति, वर्ष 2006 में भाटडीह कोयला खान में 50 व्यक्ति तथा वर्ष 2016 में लालमटिया कोयला खान में 20 व्यक्तियों की मृत्यु खनन दुर्घटना के कारण हुई है।
- झारखंड में भारत की सबसे प्रसिद्ध झरिया कोयला खान में लगी आग

लगभग एक सदी से जल रही है। 1916 में झरिया कोयला क्षेत्र में पहली बार आग लगने का पता चला था। आज भी वहां इस खान के जलने से पर्यावरण प्रदूषित हो रहा है।

हाथियों का आक्रमण

- झारखंड में हाथियों का आक्रमण प्रतिदिन बढ़ता जा रहा है, जिसने एक गंभीर आपदा का रूप ग्रहण कर लिया है।
- हाथियों के आक्रमण का प्रमुख कारण ग्रामीणों द्वारा सुगन्धित महुआ फूल का संग्रहण है, जिससे हाथी आकर्षित होकर आवासीय क्षेत्र की ओर चले आते हैं।
- झारखंड में हाथी अधिकांशतः दुमका, पूर्वी और पश्चिमी सिंहभूम, चतरा, गढ़वा, रामगढ़ और पलामू आदि के जंगलों में पाए जाते हैं।
- जनसंख्या वृद्धि एवं मानवीय गतिविधियों के कारण, रेलवे लाइन, विद्युत् लाइन, सड़क, आदि बनाने के लिए वनों की अत्यधिक कटाई होने से इनके प्राकृतिक आवास भी खंडित हुए हैं, जिसके कारण जल, भोजन एवं सुरक्षित आवास की कमी होने से भोजन की खोज में हाथी समूहों में जंगल से बाहर निकलते हैं और मानव बस्तियों पर आक्रमण करते हैं।
- झारखंड में प्रतिवर्ष हाथियों के आक्रमण से मरने वालों की औसत संख्या लगभग 108 है। यह समस्या मुख्य रूप से राँची, लातेहार, खूँटी, सिंहभूम आदि जिलों की है।
- झारखंड वन विभाग ने राज्य में हाथियों के आक्रमण से बचने के लिए कुछ हाथी कॉरिडोर बनाए है, जिनमें देवघर हाथी कॉरिडोर, बोकारो हाथी कॉरिडोर आदि प्रमुख हैं।

आपदा प्रबंधन

- आपदा प्रबंधन प्राकृतिक या मानव निर्मित आपदाओं के दौरान जीवन और संपत्ति की रक्षा करने और आपदा के प्रभाव को कम करने के लिए विशेष तैयारी की प्रक्रिया है।
- इसके अंतर्गत रोकथाम, तैयारी, न्यूनीकरण, प्रतिक्रिया, पुनर्निर्माण और पुनर्वास की सतत और एकीकृत प्रक्रिया को शामिल किया जाता है, जो इस प्रकार है:
  1. किसी आपदा के खतरे अथवा संभावना की रोकथाम करना।
  2. अनुसंधान और ज्ञान प्रबंधन सहित क्षमता निर्माण करना।
  3. आपदा के जोखिम, तीव्रता और परिणामों को कम करना।
  4. किसी भी खतरनाक आपदा की स्थिति में त्वरित कार्रवाई करना।
  5. किसी आपदा या उसके प्रभावों की तीव्रता का आकलन करना।
  6. आपदा में फंसे हुए लोगों को वहां से निकालना, उनके पुनर्वास और पुनर्निर्माण हेतु कार्य करना।
- आपदा प्रबंधन की तीन मुख्य अवस्थाएँ हैं:
  1. पूर्व-आपदा अवस्था: इस अवस्था में आपदा से बचने हेतु तैयारी, उसके निवारण और बचाव से संबंधित उपायों का निर्धारण किया जाता है।
  2. आपदा के समय अवस्था: आपदा के दौरान बचाव कार्य में लोगों को सुरक्षित स्थानों पर पहुंचाया जाता है और मूलभूत व्यवस्थाओं, जैसे भोजन, पानी, दवा, वस्त्र आदि की आपूर्ति पर बल दिया जाता है।
  3. आपदा के बाद की अवस्था: इस अवस्था में राहत कार्य, पुनर्वास, आपदा पुनर्निर्माण और सामान्य जीवन बहाली शामिल है।
- इसके साथ ही, राज्य स्तर पर मुख्यमंत्रियों की अध्यक्षता में राज्य आपदा प्रबंधन प्राधिकरण और जिला स्तर पर जिला मजिस्ट्रेट की अध्यक्षता में जिला आपदा प्रबंधन प्राधिकरण का गठन किया गया है।

राष्ट्रीय आपदा प्रबंधन प्राधिकरण:

- राष्ट्रीय आपदा प्रबंधन अधिनियम 2005 के अंतर्गत एक संस्थागत ढाँचा विकसित किया गया है। इसके तहत राष्ट्रीय स्तर पर राष्ट्रीय आपदा प्रबंधन प्राधिकरण, राज्य स्तर पर राज्य आपदा प्रबंधन प्राधिकरण, जिला स्तर पर जिला आपदा प्रबंधन प्राधिकरण का गठन किया गया है।
- इस अधिनियम को 23 दिसंबर, 2005 को राष्ट्रपति की स्वीकृति प्राप्त हुई। इस अधिनियम में 11 अध्याय और 79 धारा हैं।
- यह अधिनियम आपदाओं के प्रभावी प्रबंधन और उनसे जुड़े या उनके प्रासंगिक मामलों के लिए प्रावधान करता है।
- इस अधिनियम का मुख्य उद्देश्य आपदा से प्रभावित लोगों को उनकी जान बचाना और उनकी मदद करना है।
- झारखंड राज्य आपदा प्रबंधन प्राधिकरण का गठन 28 मई, 2010 को किया गया था। इस प्राधिकरण का गठन आपदा प्रबंधन अधिनियम, 2005 की धारा 14 (1) के अंतर्गत किया गया है।
- इस धारा के तहत राज्य के राज्यपाल को एक राज्य आपदा प्रबंधन प्राधिकरण का गठन करने की शक्ति प्रदान की गयी है।
- राष्ट्रीय आपदा प्रबंधन प्राधिकरण का उद्देश्य आपदा नियंत्रण हेतु अलग-अलग स्तरों पर योजना एवं रणनीतियाँ बनाना तथा आपदा के बाद पुनर्निर्माण एवं सामान्य जन-जीवन के पुनर्वास के लिए उपयुक्त परियोजना का निर्माण करना है।

झारखंड आपदा प्रबधंन योजना:

- झारखंड आपदा प्रबधंन योजना के अंतर्गत झारखंड राज्य आपदा विभाग का गठन किया गया है, जिसका प्रमुख कार्य आपदा से प्रभावित व्यक्तियों को त्वरित राहत पहुँचाना है।
- राष्ट्रीय आपदा प्रबंधन अधिनियम के तहत राज्य एवं जिला स्तर पर सभी जिलों में आपातकालीन ऑपरेशन सेंटर का गठन किया गया है तथा इसे वी-सैट उपग्रह से जोड़ा गया है।
- आपातकालीन ऑपरेशन सेंटर का गठन राष्ट्रीय आपदा प्रबंधन अधिनियम 2005 के तहत राज्य के सभी जिलों में किया गया है।
- झारखंड राज्य में वर्ष 2007 से आपदा प्रबंधन केंद्र का परिचालन श्री कृष्ण लोक प्रशासन संस्थान, रांची से किया जाता था।
- 13वें वित्त आयोग की सिफारिश के बाद वर्ष 2012 के बाद से इसका संचालन झारखंड सरकार द्वारा किया जा रहा है।
- वर्ष 2015 में राष्ट्रीय आपदा प्रबंधन संस्थान के सहयोग से झारखंड में 'विद्यालय सुरक्षा कार्यक्रम' का संचालन किया गया है।
- राज्य ग्रामीण विकास संस्थान, जो रांची में स्थित है, पंचायती राज विभाग का शीर्ष प्रशिक्षण संस्थान है। इसमें सरकारी पदाधिकारियों, चुने हुए पंचायत प्रतिनिधियों और स्वयंसेवी संगठन के कार्यकर्ताओं को सामुदायिक नेतृत्व का प्रशिक्षण दिया जाता है।
- झारखंड स्पेस एप्लीकेशन सेंटर झारखंड सरकार की विशेषीकृत एजेंसी है। जो झारखंड राज्य आपदा प्रबंधन प्राधिकरण के दूर संवेदन कार्टोग्राफी, से संबंधित महत्वपूर्ण सूचनाएं उपलब्ध कराती है।
- राज्य में आपदा की पूर्व जानकारी तथा इससे जुड़ी समस्याओं की जानकारी एवं उनके प्रभाव को न्यून करने हेतु 'आपदा प्रबंधन ज्ञान-सह-प्रदर्शन केन्द्र' (सृजन) विभाग का विकास किया गया है।

जिला आपातकालीन संचालन केंद्र:

- झारखंड में, जिला आपातकालीन संचालन केंद्र 3 स्थानों (पूर्वी सिंहभूम, देवघर और धनबाद) में स्थापित किए गए हैं। ये 3 केंद्र वी- सैट आपातकालीन संचार से लैस थे।
- जिला स्तर पर जिला आपातकालीन संचालन केंद्र क्षेत्र स्तर पर ब्लॉक मुख्यालय से जुड़े हुए हैं।
- इसके तहत झारखंड के सभी जिलों में जिलाधिकारी या उपायुक्त की अध्यक्षता में जिला आपदा प्रबंधन समिति का गठन किया गया है।

- इस समिति के अन्य सदस्यों में जिले के मुख्य चिकित्सा पदाधिकारी, पशु चिकित्सा पदाधिकारी,जल एवं सिंचाई विभाग के अभियंता एवं एनजीओ के प्रतिनिधि सदस्य शामिल किए जाते हैं।
- झारखंड राज्य आपदा प्रबंधन प्राधिकरण का मुख्य कार्य जिले की जरूरतों के अनुसार जिला आपदा योजना का निर्माण एवं इसका क्रियान्वयन करना होता है।
- यह प्राधिकरण स्थानीय लोगों को प्रशिक्षित करने तथा आवश्यक दिशा-निर्देश देने का कार्य भी करता है।

प्रखण्ड (ब्लॉक) स्तर पर आपदा प्रबंधन:

- ब्लॉक स्तर पर एक आपदा प्रबंधन समिति की स्थापना की गयी है, जिसमें प्रखंड विकास पदाधिकारी अध्यक्ष होते हैं, और अन्य सदस्यों में समाज कल्याण पदाधिकारी, स्वास्थ्य अधिकारी, ग्रामीण जलापूर्ति अधिकारी, पुलिस अग्निशमन सेवाओं के अधिकारी, गैर-सरकारी संगठनों के प्रतिनिधि तथा वरिष्ठ नागरिक शामिल होते हैं।
- यह समिति, प्रखंड की जरूरतों के अनुसार आपदा प्रबंधन की योजना बनाती है और जिला प्रशासन को उसके क्रियान्वयन में मदद करती है।
- इस समिति के माध्यम से आम जनता को कृत्रिम तरीके से पूर्वाभ्यास (मॉक ड्रिल) कराया जाता है, ताकि वे आपदा से बच सकें।

ग्राम स्तर पर आपदा प्रबंधन:

- ग्राम स्तर पर एक आपदा प्रबंधन समिति की स्थापना की जाती है, जिसके अध्यक्ष के रूप में ग्रामसभा के मुखिया का चयन किया जाता है।
- इस समिति का मुख्य कार्य गाँव के सार्वजनिक प्रबंधन के लिए आपदा प्रबंधन योजनाओं को तैयार करना और उनका कार्यान्वयन करना होता है।

झारखंड राज्य आपदा प्रबंधन प्राधिकरण के उद्देश्य:

- झारखंड राज्य आपदा प्रबंधन प्राधिकरण के निम्नलिखित उद्देश्य हैं:
  1. पुनर्निर्माण में शामिल लाइन विभागों के साथ समन्वय स्थापित करना,
  2. द्विपक्षीय और बहुपक्षीय सहायता एजेंसियों के साथ समन्वय स्थापित करना,
  3. संयुक्त राष्ट्र एजेंसियों, अंतर्राष्ट्रीय, राष्ट्रीय और राज्य-स्तरीय गैर सरकारी संगठनों के साथ समन्वय स्थापित करना,
  4. आपदा प्रबंधन के लिए समान और प्रासंगिक संगठनों के साथ नेटवर्क स्थापित करना।
  5. राज्य सरकार के विभागों द्वारा राज्य योजना के अनुसार तैयार की गई योजनाओं का अनुमोदन करना।

झारखंड राज्य आपदा प्रबंधन प्राधिकरण के कार्य:

झारखंड राज्य आपदा प्रबंधन प्राधिकरण के निम्नलिखित कार्य हैं:

- आपदा प्रबंधन पर नीतियां निर्धारित करना।
- आपदा की स्थिति में केंद्र और राज्य सरकारों के बीच सुचारू समन्वय सुनिश्चित करना।
- सरकार के विभिन्न अंगों और एजेंसियों को एकीकृत करना जो आपातकालीन प्रतिक्रिया और तैयारी, शमन और रोकथाम गतिविधियों के लिए आवश्यक हैं।
- जिला योजना तैयार करने में जिला प्राधिकारियों द्वारा पालन किए जाने वाले दिशा-निर्देश निर्धारित करना।
- अपनी विकास योजनाओं और परियोजनाओं में आपदा की रोकथाम या इसके प्रभावों के शमन के लिए उपायों को एकीकृत करने के उद्देश्य से विभिन्न राज्य विभागों द्वारा पालन किए जाने वाले दिशानिर्देशों को निर्धारित करना।
- आपदा प्रबंधन की नीति और योजना के प्रवर्तन और कार्यान्वयन में समन्वय स्थापित करना।
- आपदा को कम करने के उद्देश्य से आवश्यक राशि के प्रावधान की अनुशंसा करना।
- आपदा प्रबंधन के राज्य संस्थान के कामकाज के लिए व्यापक नीतियां और दिशानिर्देश निर्धारित करना।

आपदा प्रबंधन ज्ञान-सह-सूचना प्रदर्शन केन्द्र (सृजन):

- यह केंद्र झारखंड आपदा प्रबंधन योजना के तहत स्थापित किया गया है।
- इसका मुख्य उद्देश्य लोगों को अलग-अलग प्रकार की संभावित आपदाओं और उनसे होने वाली हानि के बारे में जागरूक करना है।
- इसके साथ ही, यह विभिन्न तकनीकों और उपकरणों से आपदा के प्रभाव को कम करने के लिए भी जानकारी प्रदान करता है।
- ये केंद्र, विभिन्न आपदाओं जैसे- बाढ़, सूखा, खनन आपदा, जंगल में आग आदि के अनुसार विकसित किए गए हैं।
- इन केंद्रों का विकास स्थानीय आवश्यकताओं के आधार पर किया गया है, और वे सूचना प्रदान करने, संचार तथा प्रसार प्रविधियों और जागरूकता के लिए उपकरण के रूप में काम करते हैं।
- इसके लिए निम्नलिखित संस्थान शैक्षणिक एवं तकनीकी कार्यों का संचालन कर रहे हैं:
  1. बिरसा कृषि विश्वविद्यालय रांची (सूखा हेतु),
  2. भारतीय खनन स्कूल, धनबाद (खनन आपदा हेतु),
  3. बिरला प्रौद्योगिकी संस्थान, मेसरा, रांची (भूकंप हेतु),
  4. जे. सैक, रांची (बाढ़, जंगलों की आग, सूखा)।

आपदा राहत कोष (राज्य आपदा मोचन निधि):

- राष्ट्रीय आपदा कार्रवाई बल के समान ही राज्य स्तर पर झारखंड राज्य में समेकित आपदा प्रबंधन हेतु झारखंड आपदा मोचन बल का गठन किया गया है।
- अगस्त, 2016 में इसकी पहली बटालियन के गठन की मंजूरी राज्य कैबिनेट द्वारा दी गई थी। इसकी एक यूनिट में 132 सदस्य शामिल हैं, जिसमें 25 प्रकार के पद हैं।
- आपदा के दौरान राहत कार्य के समुचित संचालन हेतु एक राज्य आपदा कार्रवाई कोष का गठन किया गया है, जिसमें 75 प्रतिशत हिस्सेदारी केन्द्र तथा 25 प्रतिशत राज्य सरकार की होती है।
- भारत सरकार द्वारा वित्त मंत्रालय के व्यय विभाग द्वारा पहली किस्त के रूप में 118.26 करोड़ रुपये भी प्रदान किए गए थे।

राज्य कार्यकारिणी समिति:

- झारखंड में राज्य आपदा प्रबंधन प्राधिकरण की सहायता के लिए एक राज्य कार्यकारी समिति का गठन किया गया है, जिसके अध्यक्ष राज्य के मुख्य सचिव हैं।
- इस समिति का मुख्य कार्य आपदा के संबंध में राष्ट्रीय नीति, राष्ट्रीय योजना और राज्य योजना के क्रियान्वयन एवं उनके बीच समन्वय स्थापित करता है।
- राज्य आपदा मोचन निधि, जिसे आपदा राहत कोष भी कहा जाता है, उसके माध्यम से राज्य में आपदा प्रभावित लोगों को राहत पहुंचाने का फैसला राज्य कार्यकारिणी समिति द्वारा किया जाता है।
- इसके फैसले के बाद, संबंधित विभाग के स्वीकृति आदेश और आंतरिक वित्तीय सलाहकार की सलाह के आधार पर महालेखाकार, झारखंड का आदेश निर्गत किया जाता हैं। आदेश के अनुसार, राहत कोष से धनराशि का आवंटन भी किया जाता है।
- इस समिति का एक अन्य महत्वपूर्ण कार्य जनता को आपदा से बचाने के लिए और उन्हें आपदा से निपटने के उपायों के बारे में जागरूक करना होता है।

- राज्य कार्यकारिणी समिति इस कोष का प्रबंधन भी करती है। जिसकी विवरणी निम्न प्रकार हैं:

	मुख्य सचिव	अध्यक्ष
1.	प्रधान सचिव / सचिव, वित्त विभाग	सदस्य
2.	प्रधान सचिव/सचिव, गृह विभाग	सदस्य
3.	प्रधान सचिव / सचिव, स्वास्थ्य, चिकित्सा, शिक्षा एवं परिवार कल्याण विभाग	सदस्य
4.	प्रधान सचिव / सचिव, आपदा प्रबंधन विभाग	सदस्य सचिव

आपदा प्रबंधन में झारखंड राज्य संबंधित समस्याएं:

- उच्च जोखिम वाले क्षेत्र में मानवीय गतिविधियों एवं जनसंख्या में वृद्धि।
- विकास योजनाओं में आपदा प्रबंधन को समुचित महत्व न देना।
- आपदा प्रबंधन से संबंधित कानूनों का ठीक से लागू न होना।
- आपदा प्रबंधन संबंधित प्रशिक्षण का अभाव।
- आपदा प्रबंधन के प्रति आम लोगों में जागरूकता की कमी।
- आवश्यक उपकरण एवं संसाधनों का अभाव।
- राहत कार्य में विभिन्न संस्थाओं एवं एजेंसियों के बीच सामंजस्य का अभाव।
- आपदा से संबंधित चेतावनी तंत्र का विकास कम होना।
- आपदा प्रबंधन हेतु सरकार द्वारा आवश्यक धनराशि न प्रदान करना।

ऊर्जा संसाधन

- राज्य के आर्थिक और समग्र विकास के लिए ऊर्जा एक अनिवार्य आवश्यकता है।
- आम लोगों की मूलभूत आवश्यकताओं की पूर्ति तथा औद्योगिक विकास के लिए पर्याप्त गुणवत्तापूर्ण विद्युत की उपलब्धता अपरिहार्य है।
- विद्युत ऊर्जा की खपत कृषि, औद्योगिक और वाणिज्यिक क्षेत्रों में प्रगति के साथ-साथ राज्य के लोगों की भलाई का एक सार्वभौमिक रूप से स्वीकृत संकेतक है।
- बिजली की पर्याप्त और विश्वसनीय आपूर्ति के बिना कोई भी बड़ी आर्थिक गतिविधि जारी नहीं रह सकती है।
- यह क्षेत्र रोजगार सृजन, क्षेत्रीय विकास और गरीबी उन्मूलन में महत्वपूर्ण भूमिका निभाता है।
- वर्तमान में बिजली की अपर्याप्त उपलब्धता राज्य के समग्र विकास पर प्रतिकूल प्रभाव डाल रही है।
- मांग आपूर्ति का अंतर साल दर साल बढ़ता जा रहा है।
- झारखंड में स्थिति की गंभीरता इस तथ्य से रेखांकित होती है, कि- राज्य की औसत प्रति व्यक्ति खपत 552 यूनिट है (जिसमें दामोदर घाटी निगम, जमशेदपुर यूटिलिटी एंड सर्विसेज कंपनी और सेल का कमांड क्षेत्र शामिल है) जबकि राष्ट्रीय औसत 720 यूनिट है।

राज्य ऊर्जा दक्षता सूचकांक 2020

- राज्य ऊर्जा दक्षता सूचकांक वर्ष 2020 में जारी किया गया है
- सूचकांक 2020 में 36 राज्यों के प्रदर्शन का आकलन किया गया है।
- ऊर्जा दक्षता के राज्यों और संघ शासित प्रदेशों में झारखंड ने SEEI 2020 में 100 में से 17 अंक हासिल किए।
- बड़े राज्यों में झारखंड SECI के संदर्भ में प्रदर्शन निराशाजनक है। इसका कैटेगरी रैंक 18 है, और कुल मिलाकर यह 26वां है यह रैंकिंग नीचे के तीन में से एक है

राज्य ऊर्जा उपयोगिताएँ और नोडल एजेंसिया

- JBVNL एक राज्य के स्वामित्व वाली DISCOM है, जिसे जनवरी 2014 में शामिल किया गया था।
- यह झारखंड राज्य में 34 लाख से अधिक ग्राहकों को सेवा प्रदान करती है।
- अगस्त 2022 में विद्युत मंत्रालय द्वारा प्रकाशित 10वीं वार्षिक एकीकृत रेटिंग और रैंकिंग: विद्युत वितरण उपयोगिता रिपोर्ट के अनुसार, JBVNL भारत में 52 बिजली वितरण उपयोगिताओं में से 49वीं रैंक पर है। इसने सी-ग्रेड हासिल किया।
- वित्त वर्ष 2019-21 के दौरान सभी एसीएस-एआरआर गैप घटकों पर इसके प्रदर्शन में गिरावट आई है।

झारखंड नवीकरणीय ऊर्जा विकास एजेंसी लिमिटेड

- झारखंड नवीकरणीय ऊर्जा विकास एजेंसी लिमिटेड को राज्य में अक्षय ऊर्जा-स्रोतों के उपयोग को बढ़ावा देने के लिए ऊर्जा विभाग, झारखंड सरकार के प्रशासनिक नियंत्रण के तहत वर्ष 2001 में एक सोसायटी के रूप में शामिल किया गया था।
- झारखंड राज्य सौर ऊर्जा नीति 2015 नामक राज्य सरकार द्वारा अधिसूचित सौर नीति राज्य में सौर ऊर्जा के विकास के लिए 10 अगस्त, 2015 को तैयार की गई थी, और इसे पांच साल तक या किसी अन्य नए के जारी होने तक संचालन में रहना था।
- इस नीति के तहत शुरू की गई सौर ऊर्जा परियोजनाओं को दस वर्षों के लिए प्रोत्साहन के पात्र बने रहना था।
- इसके अलावा, रूफटॉप सौर कार्यक्रमों को बढ़ावा देने और राज्य के रूफटॉप सौर बाजार में निवेश लाने के लिए, राज्य सरकार ने वर्ष 2018 में झारखंड सोलर रूफटॉप नीति अधिसूचित की।

गैर-नवीकरणीय ऊर्जा

- झारखंड अपार खनिज क्षमता और अन्य प्राकृतिक संसाधनों के प्राकृतिक उपहार के साथ एक धन्य भूमि है।
- झारखंड राज्य देश के खनिज मानचित्र पर एक मजबूत स्थिति में है।
- राज्य कोयले के भंडार में पहले स्थान पर है और प्राइम कोकिंग कोल का एकमात्र उत्पादक है।
- झारखंड देश का एकमात्र राज्य है जहां सीआईएल की तीन प्रमुख कोयला निकालने वाली सहायक कंपनियां एक साथ काम कर रही हैं।
- वर्तमान में, झारखंड में सक्रिय कोयला निकालने वाली कंपनियाँ सीसीएल, बीसीसीएल और ईसीएल हैं।
- विद्युत मंत्रालय द्वारा जारी 2021-22 की वार्षिक रिपोर्ट के अनुसार, मैसर्स अडानी, भारत बांग्लादेश को समर्पित बिजली आपूर्ति के लिए गोड्डा, झारखंड में भारत में 1600 MW उत्पादन संयंत्र स्थापित कर रहा है (भारतीय ग्रिड के साथ इंटरकनेक्शन के बिना रेडियल मोड में), जिसके 2022-23 में चालू होने की उम्मीद है।

अल्ट्रा-मेगा पावर प्रोजेक्ट्स

- भारत सरकार ने विद्युत मंत्रालय के माध्यम से अल्ट्रा मेगा पावर प्रोजेक्ट्स की पहल शुरू की थी।
- विद्युत परियोजनाएं, जिसका उद्देश्य बड़ी क्षमता वाली विद्युत परियोजना का विकास करना।
- पावर फाइनेंस कॉर्पोरेशन लिमिटेड को इन परियोजनाओं के विकास की

सुविधा के लिए नोडल एजेंसी के रूप में नियुक्त किया गया है, और केंद्रीय विद्युत प्राधिकरण, उनके लिए साइटों के चयन में शामिल है।

- अब तक 17 अल्ट्रा-मेगा पावर प्रोजेक्ट्स की पहचान की जा चुकी है। प्रारंभ में केवल 9 अल्ट्रा-मेगा पावर प्रोजेक्ट्स प्रस्तावित थे।
- झारखंड में तिलैया अल्ट्रा-मेगा पावर प्रोजेक्ट्स प्रस्तावित किया गया था और 9 परियोजनाओं में से पहली अल्ट्रा-मेगा पावर प्रोजेक्ट्स में परिचालन में है।
- बाद में झारखंड में दूसरे अल्ट्रा-मेगा पावर प्रोजेक्ट्स की स्थापना के लिए देवघर जिले के हुसैनाबाद में एक साइट की पहचान की गई, जिससे राज्य में कुल दो अल्ट्रा-मेगा पावर प्रोजेक्ट्स आए। राज्य सरकार के अनुरोध पर विद्युत मंत्रालय के निर्देश पर तिलैया अल्ट्रा-मेगा पावर प्रोजेक्ट्स को बंद किया जा रहा है और इसके लिए पीपीए को समाप्त कर दिया गया है।

सौभाग्य योजना

- 100 प्रतिशत ग्रामीण विद्युतीकरण की ओर अग्रसर होते हुए, भारत सरकार ने देश के सभी गैर-विद्युतीकृत घरों के विद्युतीकरण को प्राप्त करने पर भी ध्यान केंद्रित किया।
- किए गए अध्ययनों के सावधानीपूर्वक अध्ययन के बाद, यह पाया गया कि घरेलू विद्युतीकरण में प्रमुख बाधाओं में जागरूकता की कमी, नए कनेक्शन प्राप्त करने की लागत, जटिलता और कनेक्शन प्राप्त करने में अन्य रसद कठिनाइयों का सामना करना पड़ा।
- इन आवश्यकताओं को ध्यान में रखते हुए, भारत सरकार ने अक्टूबर 2017 में देश के सभी अविद्युतीकृत घरों में अंतिम मील कनेक्टिविटी और बिजली कनेक्शन पर ध्यान केंद्रित करते हुए प्रधानमंत्री सहज बिजली हर घर योजना: सौभाग्य योजना को व्यवस्थित रूप से डिजाइन और लॉन्च किया।
- सौभाग्य योजना केंद्र और राज्यों के सहयोगात्मक और ठोस प्रयासों के साथ दुनिया की सबसे बड़ी सार्वभौमिक विद्युतीकरण पहलों में से एक है।
- यह दीन दयाल उपाध्याय ग्राम ज्योति योजना का समवर्ती कार्यक्रम है।

सोलर पार्क स्कीम

- सोलर पार्क और अल्ट्रा मेगा सोलर पावर प्रोजेक्ट 12 दिसंबर, 2014 को 20000 मेगावाट की कुल क्षमता के साथ लॉन्च किए गए थे।
- 2017 में, 2021-2022 तक कम से कम 50 सौर पार्क स्थापित करने के लिए सौर पार्क योजना की क्षमता 20000 मेगावाट से बढ़ाकर 40000 मेगावाट कर दी गई थी।

राष्ट्रीय ई गतिशीलता कार्यक्रम

- यह कार्यक्रम 7 मार्च, 2018 को तत्कालीन विद्युत, नवीन और नवीकरणीय ऊर्जा मंत्री द्वारा शुरू किया गया था।
- इस कार्यक्रम का उद्देश्य भारतीय वाहन निर्माताओं, चार्जिंग इंफ्रास्ट्रक्चर कंपनियों, फ्लीट ऑपरेटरों, सेवा प्रदाताओं और अन्य को स्केल की क्षमता हासिल करने और लागत कम करने, स्थानीय विनिर्माण सुविधाएं बनाने, इलेक्ट्रिक के दीर्घकालिक विकास के लिए तकनीकी दक्षताओं को विकसित करने के लिए प्रोत्साहित करना है।
- भारत में वाहन उद्योग और भारतीय इलेक्ट्रिक वाहन निर्माताओं को एक प्रमुख वैश्विक खिलाड़ी के रूप में उभरने में सक्षम बनाना।
- इस कार्यक्रम के तहत भारत में 1 जुलाई, 2021 को 5,00,00,000 हरित किलोमीटर पूरा करने का माइलस्टोन प्राप्त किया गया है।

राज्य में वर्तमान विद्युत परिदृश्य

- झारखंड राज्य विद्युत बोर्ड (जेएसईबी) और तेनुघाट विद्युत निगम लिमिटेड (टीवीएनएल) के विद्युत संयंत्रों की कुल स्थापित क्षमता 1390 मेगावाट है, जिसमें से 1260 मेगावाट थर्मल और 130 मेगावाट हाइडल है।
- इस प्रकार राष्ट्रीय औसत लगभग 24% की तुलना में जलविद्युत का हिस्सा कुल क्षमता का लगभग 9.4% है।
- प्रति वर्ष औसत प्रति व्यक्ति बिजली की खपत लगभग 552 यूनिट है, जो अन्य विकसित राज्यों और 720 यूनिट के राष्ट्रीय औसत की तुलना में बहुत कम है।
- झारखंड में बिजली की उपलब्धता की औसत वार्षिक वृद्धि दर (एएजीआर) 7 प्रतिशत है, जबकि अखिल भारतीय विकास दर 6.3 प्रतिशत है।
- झारखंड में प्रति व्यक्ति बिजली की उपलब्धता में वृद्धि अखिल भारतीय स्तरों के लगभग समान है।
- झारखंड में बिजली की प्रति व्यक्ति उपलब्धता का औसत 5.4 प्रतिशत है, जबकि अखिल भारतीय 4.9 प्रतिशत है।

ऊर्जा नीति

- ऊर्जा नीति का मुख्य उद्देश्य राज्य के विकास की गति को तेज करना और इसे कम से कम अन्य विकसित राज्यों के समकक्ष लाना है।
- यह आर्थिक विकास में राज्य के समग्र लक्ष्यों को पूरा करेगा और इस तरह गरीबी के स्तर को कम करेगा, विशेष रूप से ग्रामीण क्षेत्रों में और अनुसूचित जातियों और अनुसूचित जनजातियों और अन्य पिछड़े वर्गों के लोगों में व्याप्त है।
- झारखंड राज्य का सौभाग्य है कि यहां कोयला आधारित ताप विद्युत उत्पादन की अपार संभावनाएं हैं।
- राज्य में कोयले की प्रचुर उपलब्धता को देखते हुए झारखंड को देश के 'पावर हब' के रूप में विकसित किया जाएगा, जहां से अन्य जरूरतमंद राज्यों को बिजली निर्यात की जाएगी।
- झारखंड ऊर्जा नीति, 2011 को उपभोक्ताओं के साथ केंद्र बिंदु के रूप में संरचित किया गया है, और इसका उद्देश्य सार्वभौमिक पहुंच और विश्वसनीय, गुणवत्ता और सस्ती बिजली प्रदान करने की समग्र आवश्यकता को पूरा करना है।

इस दिशा में निम्नलिखित प्रमुख उद्देश्य हैं:

- 2014 तक सभी घरों में बिजली की पहुंच
- 2014 तक बिजली की मांग को पूरी तरह से पूरा कर लिया जाएगा। ऊर्जा और पीक की कमी को दूर किया जाएगा और पर्याप्त स्पिनिंग रिजर्व उपलब्ध होगा।
- उपभोक्ताओं के हितों का संरक्षण
- कुशल तरीके से और उचित मूल्य पर विश्वसनीय और गुणवत्तापूर्ण बिजली की आपूर्ति।
- 2017 तक बिजली की प्रति व्यक्ति उपलब्धता को बढ़ाकर 1000 यूनिट से अधिक करना
- जेएसईबी को अलग करने के बाद उत्तराधिकारी उपयोगिताओं की वित्तीय टर्नअराउंड और वाणिज्यिक व्यवहार्यता, जिससे इस तथ्य को स्वीकार करते हुए समय की अवधि में राज्य पर वित्तपोषण का बोझ कम हो जाता है, कि- प्रारंभिक संक्रमण अवधि के दौरान, राज्य का समर्थन संपूर्ण की सफलता के लिए एक महत्वपूर्ण निर्धारक होगा व्यायाम।

प्रमुख ताप विद्युत परियोजनाएं

- झारखण्ड में विद्युत उत्पादन के लिए अत्यंत महत्वपूर्ण हैं, क्योंकि यह कोयला पर आधारित है, और इसका पारेषण आसान है।
- झारखण्ड में चार ताप विद्युत परियोजनाएं संचालित हो रही हैं।

बोकारो ताप विद्युत परियोजना

- बोकारो ताप विद्युत को दामोदर घाटी परियोजना के तहत स्थापित किया गया था, जो कोयले पर आधारित पहला विद्युत संयंत्र था। इसे बोकारो नदी (दामोदर नदी की एक सहायक नदी) पर स्थित किया गया था।
- यहाँ बिजली उत्पादन फरवरी 1953 में शुरू हुआ।

चन्द्रपुरा ताप विद्युत परियोजना

- दामोदर घाटी निगम द्वारा इस विद्युत् की स्थापना अक्टूबर, 1965 ई.में की गई।
- यह बोकारो जिला में स्थित है।
- यह दामोदर घाटी निगम के अधीन है।

पतरातू ताप विद्युत केंद्र

- यह महत्वपूर्ण ताप विद्युत केंद्रों में से एक है।
- यह परियोजना चौथी पंचवर्षीय योजना अवधि के दौरान 1973 ई. में पूर्व सोवियत संघ के सहयोग से रामगढ़ जिले में स्थापित की गई।

तेनुघाट ताप विद्युत् केंद्र

- यह परियोजना 1990 के दशक में स्थापित की गई।
- यह राँची के तेनुघाट के निकट लालपनिया नामक स्थान पर स्थित है।

कोडरमा तापीय ऊर्जा केंद्र

- कोडरमा जिले में स्थित एक कोयला आधारित थर्मल पावर प्लांट है, जो भारत के झारखंड राज्य में स्थित है।
- यह विद्युत संयंत्र दामोदर घाटी निगम द्वारा संचालित किया जाता है।

जोजोबेरा पावर प्लांट,

- पूर्वी सिंहभूम में जमशेदपुर के पास जोजोबेरा में स्थित है।
- यह कोयला आधारित पावर प्लांट है।
- यह टाटा पावर द्वारा स्थापित एक निजी पावर प्लांट है, जिससे उत्पन्न हुई बिजली का उपयोग टाटा स्टील द्वारा किया जाता है।

माधव प्रसाद सुपर थर्मल पावर प्लांट

- माधव प्रसाद सुपर थर्मल पावर प्लांट, जिसे जमशेदपुर-कांड्रा पावर स्टेशन भी कहा जाता है।
- यह एक निजी ताप विद्युत केंद्र है, जो ताप विद्युत कांडरा के निकट पदमपुर में स्थित है।
- यह ताप विद्युत केंद्र आधुनिक पावर एंड नेचुरल रिसोर्स के अन्तर्गत आता है।
- यह दो इकाइयों में विद्युत उत्पादन करता है, प्रत्येक की क्षमता 270MW है।

उत्तरी कर्णपुरा ताप विद्युत केन्द्र

- उत्तरी कर्णपुरा ताप विद्युत केन्द्र जो की चतरा जिला के टंडवा में स्थित है।
- यह NTPC के अधीन है, और यहां ३ विद्युत उत्पादन यूनिट लगाई जा रही हैं।
- प्रत्येक की इकाई क्षमता 660 MW है।

जल विद्युत परियोजनाएँ

जल विद्युत परियोजनाएँ	उत्पादन क्षमता
तिलैया जल विद्युत केंद्र	60 मेगावाट
मैथन जल विद्युत केंद्र	60 मेगावाट
पंचेत जल विद्युत केंद्र	60 मेगावाट
कोनार जल विद्युत केंद्र	40 मेगावाट
बल पहाड़ी जल विद्युत केंद्र	20 मेगावाट
स्वर्णरिखा (सिकदरी) जल विद्युत केंद्र	130 मेगावाट

प्रमुख खनिज संसाधन

खनिज संसाधन

- सामाजिक आर्थिक विकास के लिए प्राथमिक भौतिक आधार खनिज संसाधन हैं। किसी राष्ट्र को औद्योगिक विकास की नींव प्रदान करने के लिए खनिज संसाधन महत्वपूर्ण हैं। कोयला, लौह अयस्क, मैंगनीज, बॉक्साइट, अभ्रक और अन्य सामग्री इसके कुछ उदाहरण हैं।
- झारखंड देश में खनिज संपदा के मामले में अग्रणी राज्य है। इसकी भूगर्भिक संरचना विस्तृत और जटिल है, क्योंकि प्राचीन आर्कियन काल से लेकर गोडवाना काल तक कई भूगर्भिक घटनाएं यहाँ घटी थीं।
- झारखंड-उड़ीसा-पश्चिम बंगाल मेखला भारत में पांच खनिज मेखलाओं में से एक है।
- झारखंड राज्य में कोयला, लोहा, अयस्क, बॉक्साइट, चूना पत्थर, तांबा, अभ्रक, ग्रेफाइट, चाइनाक्ले और यूरेनियम जैसे मुख्य खनिज संसाधन होते हैं।
- झारखंड भारत में कोकिंग कोयला और यूरेनियम का एकमात्र उत्पादक राज्य है।
- झारखंड, भारत देश में कोयला, लोहा और बॉक्साइट के उत्पादन में अग्रणी राज्य है।
- झारखंड के खनिजों से भारत की खनिज संपदा के कुल मूल्य का 28 से 30 प्रतिशत होता है, झारखंड राज्य को खनिजों का भंडार या स्टोर हाउस ऑफ मिनरल्स कहा जाता है।
- झारखंड में 24 जिलों में से 10 जिले खनिज राजस्व का लगभग 93 प्रतिशत संग्रहण करते हैं।
- झारखंड राज्य 29.61% वन क्षेत्र के साथ 79,714 वर्ग किलोमीटर भौगोलिक क्षेत्र में फैला है, और भारत के कुल खनिज संसाधनों का लगभग 40% को समाहित किये हुए है।
- खान एवं भूतत्व विभाग झारखंड सरकार के महत्वपूर्ण विभागों में से एक है।
- यह खान निदेशालय और भूविज्ञान निदेशालय का प्रशासनिक विभाग है।
- खान एवं भूतत्व विभाग के मुख्य कार्य एवं गतिविधियाँ राज्य के खनिज भण्डारों का व्यवस्थित सर्वेक्षण एवं मूल्यांकन, उनका दोहन, खानों का प्रशासन एवं खनिज रियायत, खनिजों के अवैध खनन एवं तस्करी की रोकथाम के लिये प्रवर्तन उपाय एवं खनन राजस्व का निर्धारण एवं संग्रहण है।
- खान एवं भूतत्व विभाग वैज्ञानिक और पर्यावरण के अनुकूल तरीके से खनिज संसाधनों के सतत विकास के लिए प्रयास करता है; ताकि राज्य में औद्योगिक विकास के लिए अनुकूल वातावरण तैयार किया जा सके।
- सबसे अधिक खनिज राजस्व संग्रहण धनबाद जिले में होता है। इसके बाद चाईवासा, रामगढ़, चतरा, बोकारो, गोड्डा, कोडरमा, हज़ारीबाग, जमशेदपुर और देवघर आते हैं।
- झारखंड में रेत और मोरम के बाद पत्थर सबसे अधिक उत्पादित गौण खनिज हैं।
- वर्ष 2022-23 में 323411516.7 मीट्रिक टन पत्थर का उत्पादन हुआ।
- वर्ष 2022-23 में गौण खनिजों का कुल उत्पादन 327215226.5 मीट्रिक टन है

झारखंड को खनिज के दृष्टिकोण से तीन भाग में विभाजित किया जाता है-

- उत्तर में अधात्विक खनिज प्रधान क्षेत्र या अभ्रक क्षेत्र।

- मध्य में ईंधन खनिज पट्टी या कोयला प्रधान क्षेत्र।
- दक्षिण भारत के धारवाड़ के चट्टानों में अनेक धात्विक खनिज मिलते हैं, विशेषकर लौह अयस्क।

- उपर्युक्त तीनों खनिजों की प्रमुख पट्टियाँ झारखंड राज्य के पूर्व से पश्चिम दिशा में एक दूसरे के समानांतर विस्तृत हैं। झारखंड के उत्तरी और दक्षिणी भागों में भी धात्विक खनिजों के स्रोत धारवाड़ की पहाड़ियों से मिलते हैं। राज्य के मध्य भाग में दामोदर घाटी क्षेत्र में गोंडवाना क्रम की पहाड़ियाँ होती हैं, जिसमें कोयला भी प्राप्त होता है।

खनिज के प्रकार

- ये दो प्रकार के होते है।

धात्विक खनिज		अधात्विक खनिज	
लोहा	मैंगनीज़	अभ्रक	ऐस्बेस्टस
टंगस्टन	ताँबा	पायराइट	जिप्सम
सीसा	सोना	कायोनाइट	चूना पत्थर
चाँदी	जस्ता	डोलामाइट	फेल्सपार
बॉक्साइट	क्रोमियम	क्वार्टज	गंधक
टिन		ऐपेटाइट	

धात्विक खनिज-लौह समूह के खनिज

लौह अयस्क

- लौह अयस्क की खानों का संकेद्रण झारखंड में उनके दक्षिण-पूर्वी क्षेत्र में है।
- झारखंड में लौह अयस्क धारवाड़ श्रेणी के चट्टान में पाए जाते है।
- झारखंड में लौह अयस्क के सभी खान सिंहभूम के दक्षिण भाग में स्थित है।
- झारखंड के लौह अयस्क में हेमेटाइट वर्ग की प्रधानता है।
- झारखंड में उपलब्ध कुल लौह अयस्क का 99%. हेमेटाइट वर्ग का लौह अयस्क है।
- झारखंड राज्य में पश्चिम सिंहभूम का लौह अयस्क उत्पादन में प्रथम स्थान है।
- झारखंड का सारंडा जंगल में लौह अयस्क का प्रचुर भंडार है।
- राज्य में लौह अयस्क धारवाड़ क्रम या आर्कियन निर्माण वाली चट्टानों से मिलता है।
- भारत की सबसे बड़ी खानों में से एक पश्चिमी सिंहभूम जिले के सारंडा वन क्षेत्र में स्थित चिरिया खान है, जो लोहे के लगभग 2 बिलियन टन के भंडार के साथ देश की सबसे बड़ी खान है।
- झारखंड में लौह अयस्क भंडार का भाग 25 प्रतिशत से अधिक है, और देश में उत्पादित कुल लौह अयस्क का 14 प्रतिशत से अधिक हिस्सा यही से आता है।
- लौह अयस्क का खनन सबसे पहले वर्ष 1904 में (जब बिहार का एक हिस्सा था) सिंहभूम जिले में शुरू हुआ था।
- सिंहभूम जिले का लौह अयस्क उच्चतम गुणवत्ता का होता है।

मैंगनीज़

- मैंगनीज़, झारखंड राज्य में आर्कियन युग की धारवाड़ चट्टानों में पाया जाता है।
- मैंगनीज़ का उपयोग मुख्य रूप से इस्पात बनाने में किया जाता है।
- इस्पात बनाने के अतिरिक्त मैंगनीज का उपयोग सूखी बैट्री और रासायन उद्योग में भी किया जाता है।
- चाईबासा, बरजमुंडा और लिमटू झारखंड राज्य के मुख्य मैंगनीज उत्पादन क्षेत्र हैं।
- जब मैंगनीज़ की मात्रा 5 प्रतिशत से कम होती है तो उसे लोहा कहा जाता है, और जब मैंगनीज की मात्रा 40 प्रतिशत से अधिक होती है तब उसे मैंगनीज कहा जाता है।

क्रोमाइट

- क्रोमाइट एक धातु है, जो क्रोमियम और लोहे के भस्मों का मिश्रण होता है।
- क्रोमाइट में 68 प्रतिशत क्रोमिक ऑक्साइड और 32 प्रतिशत लौह ऑक्साइड होता है।
- क्रोमाइट खनिज का उपयोग इस्पात बनाने और रासायनिक एवं रिफैक्ट्री उद्योगों ,खनिज धातु शोधन, तापरोधी कार्य में भी उपयोग किया जाता है।
- झारखण्ड राज्य में क्रोमाइट कायान्तरित शैल समूह से प्राप्त होता है।
- क्रोमाइट मुख्य रूप से सिंहभूम जिले के रोरोबुरू, किताबुरू, किन्सीबुरू और चिंतागबुरू की पहाड़ियों से प्राप्त किया जाता है।

टंगस्टन

- टंगस्टन एक कठोर, भारी, एवं उच्च द्रवणांक वाली धातु है, जिसे विद्युत बल्बों में उपयोग किया जाता है।
- टंगस्टन का मुख्य अयस्क वुल्फ्रेमाइट है, जो टंगस्टन और मैंगनीज की भस्मों का रासायनिक सम्मिलन है।
- टंगस्टन, झारखंड राज्य के सिंहभूम जिले के कालीमाटी क्षेत्र और हजारीबाग जिले में पाया जाता है।

वेनेडियम

- वेनेडियम का उत्खनन दुपलापारा और दुबलाबेटा क्षेत्र में किया जाता है।
- इस्पात उद्योग में वेनेडियम का उपयोग होता है।

अधात्विक खनिज-लौह समूह के खनिज

ताँबा

- ताँबा मुख्यतः आग्नेय, अवसादी एवं कायान्तरित चट्टानों से प्राप्त किया जाता है।
- ताँबा का व्यापक उपयोग विद्युत एवं ऑटोमोबाइल उद्योग में होता है।
- झारखंड के तांबे की पट्टी दुआरपुरम से लेकर बहरागोड़ा तक अर्धचंद्राकार रूप में फैली हुई है।
- ताँबे की मुख्य खानें मुसाबनी, धोबनी, सुरादा, घाटशिला, राखा, केदाडीह एवं पथरगोड़ा में हैं।
- 1924 ई. में हिंदुस्तान कॉपर कॉम्प्लैक्स ने इस पट्टी में तांबे का खनन शुरू किया।
- हिंदुस्तान कॉपर कॉम्प्लैक्स की मुख्य खानें और कारखाना घाटशिला के निकट स्थित हैं।
- राखा में तांबे को अयस्क शुद्ध करने की एक परियोजना लगाई गयी है।
- ताँबे के खनिजों के शोधन के लिए 1930 ई. में हिंदुस्तान कॉपर कॉम्प्लैक्स द्वारा एक कारखाना मऊ भंडार में स्थापित किया गया था।
- झारखंड का तांबा भंडारण के दृष्टिकोण से देश में तीसरा स्थान है।

टिन

- टिन एक धातु है, जो तांबे के साथ मिलाकर कांसा बनाने के लिए उपयोग किया जाता है।
- धातु टिन कैसीटराइट नामक खनिज से प्राप्त किया जाता है, जो आग्नेय चट्टानों के बीच पाया जाता है।
- राज्य में टिन राँची और हज़ारीबाग जिलों में पाया जाता है।

सीसा

- गैलेना सीसा का अयस्क है, जो परतदार चट्टानों में पाया जाता है।
- सामान्यतः सीसा, चाँदी और जस्ते के साथ मिला हुआ होता है।

- सीसा, झारखंड के हज़ारीबाग, दुमका और पलामू जिलों में पाया जाता है।
- इसका उपयोग विद्युत संचय बैटरी, केबल, युद्ध सामग्री, रंगाई, छपाई, औषधि एवं रबर उद्योग में होता है।

बॉक्साइट

- बॉक्साइट उत्पादन में झारखंड राज्य का देश में तीसरा स्थान है।
- झारखंड में बॉक्साइट उत्पादन में गुमला और लोहरदगा जिले सबसे अहम हैं।
- बॉक्साइट के प्रमुख खनन क्षेत्र बगडू पहाड़, सेरेंडागा, कुच्चा, बंजारी, पकरी, ऊपरी घाट, पाखर आदि शामिल हैं।
- हिंडाल्को कंपनी द्वारा झारखंड में बॉक्साइट खनन कार्य किया जाता है।
- हिंडाल्को का एल्युमिना पाउडर संयंत्र राँची के मूरी में स्थित है, जहाँ से ओडिशा के हीराकुंड और केरल के अतिरिक्त बाकी देश में एल्युमिना पाउडर भेजा जाता है।

झारखंड में अधात्विक खनिज

अभ्रक

- झारखंड राज्य में प्रचुर मात्रा में अभ्रक की उपलब्धता है।
- कोडरमा जिला का झूमरी तिलैया अभ्रक का प्रमुख क्षेत्र है। इसके अतिरिक्त राज्य के गिरिडीह व हजारीबाग में भी इसका उत्पादन होता है।
- कोडरमा को 'भारत की अभ्रक राजधानी' कहा जाता है।
- झारखंड में उच्च कोटि का सफेद अभ्रक पाया जाता है जिसे 'रूबी अभ्रक' कहा जाता है। इसकी गुणवत्ता के कारण इसकी वैश्विक स्तर पर अधिक मांग है।
- झारखंड में उत्पादित कुल अभ्रक का 90% भाग निर्यात कर दिया जाता है।
- अभ्रक का उपयोग बिजली के उपकरण, औषधि, सजावट उपकरण, अग्निरोधक सामग्री आदि के निर्माण में किया जाता है।

कायनाइट

- कायनाइट का सबसे बड़ा भण्डार झारखंड राज्य के पूर्वी सिंहभूम के लिप्साबुरू क्षेत्र है।
- भारतीय तांबा निगम द्वारा सरायकेला-खरसावाँ के निकट कायनाइट का उत्पादन किया जाता है।
- कायनाइट खनिज ताप सहन करने में सक्षम है।
- कायनाइट का उपयोग ताप निरोधक ईंट और चीनी-मिट्टी के बर्तनों के निर्माण में किया जाता है।

ग्रेफाइट

- यह पदार्थ पलामू में सबसे अधिक पाया जाता है। इसके अतिरिक्त लातेहार और गढ़वा में भी ग्रेफाइट मौजूद होता है।
- ग्रेफाइट कार्बन का एक रूप होता है, जिसे काला सीसा भी कहा जाता है।
- इसका उपयोग उच्च ताप उद्योगों में किया जाता है।

चूना पत्थर

- चूना पत्थर झारखंड राज्य के हजारीबाग, राँची, सिंहभूम, पलामू, बोकारो, धनबाद, गढ़वा, गिरिडीह, गोड्डा, लातेहार, पूर्वी सिंहभूम और पश्चिमी सिंहभूम में फैली हुई है।
- इसका उपयोग सीमेंट तैयार करने के अतिरिक्त लौह-इस्पात उद्योग में भी किया जाता है।

एस्बेस्टस

- यह एक खनिज है, जो रेशेदार होता है तथा यह धारवाड़ क्रम की चट्टानों में पाया जाता है।
- यह पूर्वी सिंहभूम, पश्चिमी सिंहभूम और सरायकेला-खरसावां जिलों में उपलब्ध होता है।
- यह खनिज छत बनाने के काम में उपयोग किया जाता है।

डोलोमाइट

- डाल्टनगंज (मेदिनीनगर) और गढ़वा जिले में डोलोमाइट की पर्याप्त मात्रा मौजूद है।
- जब चूने के पत्थर में 45 प्रतिशत से अधिक मैग्नीशियम होता है, तब उसे डोलोमाइट कहलाता है।
- डोलोमाइट का उपयोग सीसा, कागज, लौह इस्पात, सीमेंट, और घरेलू सामग्री के उद्योगों में किया जाता है।
- झारखंड में डाल्टनगंज (मेदिनीनगर) डोलोमाइट का प्रमुख क्षेत्र है।
- सिंहभूम में भी इसका उत्पादन होता है।

फेल्सपार

- फेल्सपार का उपयोग सिरामिक, सीसा और रिफैक्ट्री उद्योग में होता है।
- यह मुख्यत: पेगमाटाइट में क्वार्ट्ज़ के साथ पाया जाता है।
- झारखंड राज्य के गिरिडीह जिले में पाया जाता है।

एपेटाइट

- एपेटाइट खनिज का उपयोग सुपर फॉस्फेट और फॉस्फोरस युक्त पिग आयरन बनाने के लिए उपयोग में लाया जाता है।
- एपेटाइट को झारखंड राज्य के सिंहभूम जिले से प्राप्त किया जाता है।

कोयला

- झारखंड राज्य का मुख्य शक्ति संसाधन है, और इसका राज्य के औद्योगिक विकास में महत्वपूर्ण भूमिका है।
- झरिया में ब्रिटिश काल में हुए कोयला खनन से राज्य में कोयले का उत्पादन शुरू हुआ था।
- गोंडवाना चट्टानों से प्राप्त होने के कारण राज्य में सभी कोयले को गोंडवाना कोयला के नाम से जाना जाता है।
- कोयला, दामोदर घाटी से राजमहल की पहाड़ियों तक फैला हुआ है।
- दामोदर घाटी क्षेत्र सबसे अधिक कोयले उत्पादन करता है और इसका क्षेत्रीय विस्तार पश्चिम से पूर्वी लातेहार तक है।
- राज्य के प्रमुख कोयला उत्पादक क्षेत्र-
    - दामोदर घाटी कोयला क्षेत्र - झरिया, चन्द्रपुरा, रामगढ़, बोकारो, कर्णपुरा आदि
    - बराकर घाटी कोयला क्षेत्र - हजारीबाग का इटखोरी, कुजू व चोप, गिरिडीह आदि
    - अजय घाटी कोयला क्षेत्र - हजारीबाग जिला का जयंती, सहगोरी, कुंडित, करैया आदि
    - राजमहल कोयला क्षेत्र - ब्राह्मणी, पंचवारा, गिलवाड़ी, हैना आदि
    - उत्तरी कोयल घाटी कोयला क्षेत्र - डाल्टेनगंज, हुटार, औरंगा नदी एवं अमानत नदी क्षेत्र आदि।
- दामोदर घाटी क्षेत्र में झरिया, चंद्रपुरा, रामगढ़, बोकारो और कर्णपुरा जैसे क्षेत्र शामिल है, और देश के महत्वपूर्ण कोयला क्षेत्रों में से एक है।
- दामोदर घाटी क्षेत्र से लगभग 95 प्रतिशत कोयला और 100 प्रतिशत कोकस युक्त कोयला के उत्पादन किया जाता है, जो उद्यमों के लिए उपलब्ध होता है। इसके अतिरिक्त, दामोदर घाटी क्षेत्र में कोयले की आसानी से उपलब्धता और रेलमार्ग के विकास के कारण अनेक उद्योगों के विकास की संभावना है।
- दामोदर घाटी कोयला क्षेत्र झरिया कोयला क्षेत्र का प्रमुख कोयला क्षेत्र है।
- बराकर घाटी कोयला क्षेत्र में हजारीबाग जिले और गिरिडीह जिले का कुछ हिस्सा आता है, जहाँ कोयले के भंडार सुरक्षित हैं।
- हजारीबाग क्षेत्र में ईंटखोरी, कुज़ और चोप कोयला क्षेत्र शामिल हैं।

- अजय घाटी कोयला क्षेत्र में जयंती, सहजोरी, कुण्डित, करैया आदि प्रमुख हैं। यहाँ कोयले का प्राप्ति दामोदर घाटी के तुलनात्मक रूप से विस्तृत और अनुक्रमणिक नहीं है। इस क्षेत्र को लोग देवघर कोयला क्षेत्र के नाम से भी जानते हैं। यहाँ कोयला साधारण कोटि का है।

यूरेनियम

- यूरेनियम धातु का अयस्क पिच ब्लैंड होता है, जिसमें लगभग 50 से 80 प्रतिशत यूरेनियम होता है।
- यूरेनियम खनिज झारखंड के पूर्व कैम्ब्रियन और आर्कियन शैलों में अन्य खनिजों के साथ पाया जाता है।
- उत्पादन के दृष्टिकोण से जादूगोड़ा, झारखंड का सबसे बड़ा यूरेनियम उत्पादक है। जहाँ यूरेनियम की प्राप्ति जुरमाड़ीह, नरवाँ, कन्यालुका और केरूआ डुंगरी से होती है।
- जादूगोड़ा में एक यूरेनियम कारखाना भी है, जो यूरेनियम उत्पादन करता है।

थोरियम

- राँची के पठारी और धनबाद क्षेत्रों में पाया जाता है।
- यह एक आण्विक खनिज भी है।

सोप स्टोन

- सोप स्टोन का उपयोग पेंसिल, वार्निश और पाउडर तैयार करने के लिए किया जाता है।
- यह सिंहभूम और हजारीबाग से प्राप्त किया जाता है।

अन्य तथ्य

- झारखंड में खनिज संसाधनों की प्रचुरता है, जिसमें कोयला (भारत के भंडार का 27.3 प्रतिशत), लौह अयस्क (भारत के भंडार का 26 प्रतिशत), तांबा अयस्क (भारत के भंडार का 18.5 प्रतिशत), यूरेनियम, अभ्रक, बॉक्साइट, ग्रेनाइट, चूना पत्थर शामिल हैं।
- झारखंड के विशाल खनिज संसाधन खनन, धातु और संबद्ध क्षेत्रों को निवेश के लिए विशेष रूप से वांछनीय बनाते हैं, क्योंकि इसमें देश के खनिज का 40 प्रतिशत से अधिक है।
- झारखंड भारत में कोकिंग कोल, यूरेनियम और पाइराइट का एकमात्र उत्पादक है। इसके अतिरिक्त कोयला, अभ्रक, केनाइट और तांबा प्रमुख उत्पादक है।
- कोयला सबसे प्रचुर खनिज है, जिसका झारखंड में अधिकतम उत्पादन 126587174.9 मीट्रिक टन के करीब है, इसके बाद लौह अयस्क और बॉक्साइट का स्थान है।
- वर्ष 2022-23 के लिए प्रमुख खनिजों का कुल उत्पादन 138156275.4 मीट्रिक टन है।

झारखंड के विभिन्न जिलों में संचित खनिज

खनिज	जिला
कोयला	धनबाद, रामगढ़, दुमका, बोकारो, लातेहार, गिरिडीह, चतरा, हज़ारीबाग, पाकुड
लौह अयस्क (हेमेटाइट)	पश्चिमी सिंहभूम
एपेटाइट रॉक	पश्चिमी सिंहभूम
कोबाल्ट	राँची, पूर्वी सिंहभूम
चाँदी	पूर्वी सिंहभूम
ताँबा अयस्क	पूर्वी सिंहभूम
कायनाइट	पश्चिमी सिंहभूम, सरायकेला-खरसावाँ, पूर्वी सिंहभूम
ग्रेफाइट	पलामू
फायरक्ले	धनबाद, बोकारो, हज़ारीबाग, पलामू, गिरिडीह, रामगढ़
क्वार्टज और सिलिका	पूर्वी सिंहभूम, पश्चिमी सिंहभूम, सरायकेला-खरसावाँ, दुमका, हज़ारीबाग, देवघर, पलामू, साहेबगंज
बेंटोनाइट	साहेबगंज
बॉक्साइट	लोहरदगा, लातेहार, गुमला, गोड्डा, साहेबगंज
चाइनाक्ले / काओलिन	लोहरदगा, राँची, दुमका, साहेबगंज, पूर्वी सिंहभूम, पश्चिमी सिंहभूम
फेल्सपार	दुमका, हज़ारीबाग, देवघर
गार्नेट	कोडरमा, चतरा
मैग्नेटाइट	पलामू, पूर्वी सिंहभूम
बेराइट	राँची, पलामू, पूर्वी सिंहभूम
टाल्क/ सॉपटोन	पश्चिमी सिंहभूम, पूर्वी सिंहभूम, सरायकेला-खरसावां
डोलोमाइट	पलामू, गढ़वा
लाइम स्टोन	गढ़वा, पलामू, राँची, रामगढ़, हज़ारीबाग, बोकारो, पश्चिमी सिंहभूम
क्रोमाइट	पश्चिमी सिंहभूम
मैंगनीज़ अयस्क	पश्चिमी सिंहभूम
निकेल	पूर्वी सिंहभूम
स्वर्ण अयस्क	राँची, पूर्वी-सिंहभूम, पश्चिमी सिंहभूम, सिमडेगा, पलामू
वर्मीकुलाइट	कोडरमा
अभ्रक	कोडरमा, गिरिडीह, हज़ारीबाग
ब्लैक ग्रेनाइट	दुमका, जामताड़ा, कोडरमा, राँची, खूँटी, सिमडेगा, पलामू, लातेहार, गढ़वा

परिवहन एवं जनसंचार

परिवहन एवं संचार किसी राष्ट्र की प्रगति के मापक है। जिस राज्य में परिवहन एवं संचार की व्यवस्था एवं साधन जितने अधिक एवं सुव्यवस्थित हैं वह राज्य उतना ही अधिक विकसित है। परिवहन का तात्पर्य उन गतिविधियों से है जिसके तहत सामान्य व्यक्तियों के एक स्थान से दूसरे

स्थान पर ले जाने में सहायता होती है। यह व्यवसाय तथा व्यापारिक क्रियाओं के साथ-साथ मानव जीवन को आसान बनाने में भी मदद करती है। झारखंड की भौगोलिक स्थिति सड़क और रेल परिवहन को प्रभावित करती है। वर्ष 1947 से पहले, ब्रिटिश सरकार ने झारखंड क्षेत्र में खनन उद्योग और ब्रिटिश प्रशासनिक अनुबंधों के लिए सड़क और रेल मार्ग विकसित किए थे। स्वतंत्रता प्राप्ति के बाद भारत सरकार तथा तत्कालीन राज्य (बिहार) सरकार ने परिवहन व्यवस्था की दृष्टि से अविकसित क्षेत्रों के विकास पर समुचित ध्यान दिया।

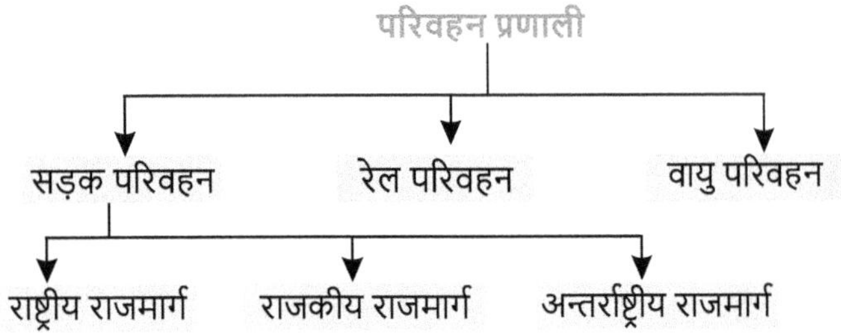

झारखंड की परिवहन प्रणाली

झारखंड में अधिकांशतः पहाड़ी नदियां प्रवाहित होती हैं और यह राज्य पूरी तरह से भूमि बंध है, जिसके कारण यहां जल परिवहन की संभावना न के बराबर है। झारखंड में परिवहन को उपयोगी बनाने के लिए सड़क परिवहन, रेल परिवहन और वायु परिवहन का विकास किया गया है।

सड़क परिवहन

- सड़क परिवहन सड़कों का उपयोग करने वाला एक प्रकार का परिवहन है।
- सड़कों पर परिवहन को आम तौर पर माल के परिवहन और लोगों के परिवहन में बांटा जा सकता है।
- झारखंड राज्य में कुल सड़क मार्ग की लंबाई 26,277 किमी है।
- राज्य में 60% माल का तथा 85% यात्रियों का परिवहन सड़क परिवहन के माध्यम से किया जाता है।
- राज्य में राजकीय राजमार्गों व सड़कों के विकास एवं सुदृढ़ीकरण के लिए वर्ष 2015 में झारखंड राज्य राजमार्ग प्राधिकरण का गठन किया गया है।
- वित्तीय वर्ष 2022-23 में अगस्त तक घनत्व में 6.43 किमी प्रति 1000 वर्ग किमी की वृद्धि हुई है। सड़कों की लंबाई 508 किमी तक बढ़ा दी गई है।
- झारखंड में खनिज संसाधनों की उपलब्धता और खनन गतिविधियों ने सड़क परिवहन के विकास में महत्वपूर्ण भूमिका निभाई है।
- खनिज संसाधनों पर आधारित उद्योगों की स्थापना से सड़क परिवहन और रेल परिवहन के विकास में वृद्धि हुई है।
- झारखंड में सड़क परिवहन को भी राष्ट्रीय राजमार्ग, राजकीय राजमार्ग, जिला सड़कें और अंतराष्ट्रीय राजमार्ग के रूप में वर्गीकृत किया गया है:

राष्ट्रीय राजमार्ग:

- एक ही राज्य के सबसे महत्वपूर्ण मार्गों को जोड़ने वाली सड़क को राष्ट्रीय राजमार्ग का दर्जा दिया जाता है।
- राष्ट्रीय राजमार्ग के लिए सड़कों का चयन राज्य सरकार द्वारा किया जाता है और केंद्र की सहमति के बाद इसे राष्ट्रीय राजमार्ग घोषित किया जाता है।
- राष्ट्रीय राजमार्गों का निर्माण और रख-रखाव भारतीय राष्ट्रीय राजमार्ग प्राधिकरण द्वारा किया जाता है। यह निकाय केंद्रीय लोक निर्माण विभाग की देखरेख में काम करता है।
- झारखंड आर्थिक सर्वेक्षण 2022-23 के अनुसार, राष्ट्रीय राजमार्ग की कुल संख्या 33 है, जिनकी कुल लंबाई 3,340 किमी है।
- NH-33, जो कि सबसे लंबा राष्ट्रीय राजमार्ग है, बिहार बॉर्डर से पश्चिम बंगाल बॉर्डर तक फैला हुआ है। इसकी झारखंड में कुल लंबाई 92.9 किमी है।
- NH 118 झारखंड का सबसे छोटा राष्ट्रीय राजमार्ग है जो झारखंड राज्य के आसनबनी और जमशेदपुर शहरों को जोड़ता है, जिसकी दूरी केवल लगभग 5 किमी है।
- केन्द्र सरकार के भारतमाला परियोजना में राष्ट्रीय राजमार्ग-75 को शामिल किया गया है। इसके अतिरिक्त संबलपुर से राँची के बीच 147 किमी. की सड़क परियोजना को भी भारतमाला परियोजना के तहत मंजूरी प्रदान की गयी है।
- भारतमाला प्रोजेक्ट के तहत गुमला से झारखंड-छत्तीसगढ़ सीमा तक फोर लेन सड़क बनाने की भी योजना है।

झारखंड के प्रमुख राष्ट्रीय राजमार्ग:

क्र.सं.	संख्या	प्रारंभ-समाप्ति	झारखंड में विस्तार	संबंधित जिले	लंबाई (किमी)
1.	2	दिल्ली-कोलकाता	चौपारण से चिरकुंडा (धनबाद)	हजारीबाग, चतरा	192.3
2.	6	कोलकाता-हजीरा	बहरागोड़ा (पू.सिंहभूम) से बामदो (प. सिंहभूम)	हजारीबाग, गिरिडीह, धनबाद, पू. सिंहभूम	22.4
3.	23	चास-तलचर (सिमडेगा)	चास (धनबाद) से तारगा	धनबाद, बोकारो, रामगढ़, रांची, गुमला, सिमडेगा	294.1
4.	31	बरही-गुवाहाटी	बरही (हजारीबाग) से कोडरमा	हजारीबाग, कोडरमा	47.7
5.	32	गोविंदपुर-जमशेदपुर	गोविंदपुर (धनबाद) से बहरागोड़ा (प. सिंहभूम)	धनबाद	93.5
6.	32Ext	गोविंदपुर-जमशेदपुर	बंगाल सीमा से जमशेदपुर	सरायकेला-खरसावाँ, पू. सिंहभूम	
7.	33	बरही-बहरागोड़ा	बरही (हजारीबाग) से बहरागोड़ा (पू.सिंहभूम)	हजारीबाग, रामगढ़, राँची, खूँटी, सरायकेला-खरसावाँ	333.5

8.	43	चाईबासा-चांडिल	चाईबासा से चांडिल	पश्चिमी सिंहभूम	64.5
9.	75	रेणुकूट-राँची	विंडमगंज (गढ़वा) से राँची	गढ़वा, पलामू, लातेहार	259.0
10.	75Ext	राँची-जैतगढ़	राँची से चाईबासा	राँची, खूँटी, प. सिंहभूम	203.9
11.	78	मोकामा-फरक्का	छत्तीसगढ़ सीमा से गुमला	गुमला	23.2
12.	80	मिर्जाचौकी-फरक्का	बिहार सीमा से राजमहल	गोड्डा, साहिबगंज	93.9
13.	98	हरिहरगंज-राजहरा	हरिहरगंज से राजहरा	पलामू	55.4
14.	99	डोभी-चंदवा	हंटरगंज (चतरा) से चंदवा (लातेहार)	चतरा, लातेहार	106.0
15.	100	चतरा-बागोदर	चतरा से बागोदर	चतरा, हजारीबाग	120.0
16.	114 A	शिकारीपाड़ा -डुमरी	पं. बंगाल सीमा से डुमरी	गिरिडीह, देवघर, दुमका	298.0
17.	133	बिहार सीमा-चोपा मोड़	बिहार सीमा से चोपा मोड़	गोड्डा	139.0
18.	133 A	पाकुड़-बहरवा	पाकुड़ से बहरवा	पाकुड़	42.0
19.	133 B	साहेबगंज-बिहार	साहेबगंज से बिहार सीमा	साहेबगंज	11.0
20.	143 A	कुकु-गुमला	कुकु से गुमला	गुमला	71.0
21.	220	चाईबासा-जमशेदपुर	चाईबासा से जमशेदपुर	प. सिंहभूम, पू. सिंहभूम	54.0
22.	333	बिहार सीमा-देवघर	बिहार सीमा से देवघर	देवघर	20.0
23.	333 A	गोड्डा-बिहार सीमा	गोड्डा से बिहार सीमा	गोड्डा	12.5
24.	343	छत्तीसगढ़-गढ़वा	छत्तीसगढ़ से गढ़वा	गढ़वा	47.0
25.	419	कुल्टी-गोविंदपुर	कुल्टी से गोविंदपुर	धनबाद	58.0

झारखंड के कुछ राष्ट्रीय राजमार्गों में परिवर्तन किया गया है, जिनका विवरण नीचे तालिका में दिया गया है:

क्र.सं.	नया राष्ट्रीय राजमार्ग	पुराना राष्ट्रीय राजमार्ग	राष्ट्रीय राजमार्ग के जिलों में विस्तार	लंबाई (किमी)
1.	NH 114A	-	शिकारीपाड़ा, दुमका, लकड़ापहाड़ी, जामा, जरमुंडी, चोपा मोड़, देवघर, सारठ, मधुपुर, गिरिडीह, डुमरी	298.0
2.	18	32, 33, 6, 5	महुदा, चास, बलरामपुर, जमशेदपुर, चांडिल, घाटशिला, बहरागोड़ा	215.5
3.	118	32	आसनबनी, जमशेदपुर	17.0

4.	19	63	बरही, बागोदर, गोविंदपुर	199.82
5.	419	-	जामताड़ा, गोविंदपुर	60.0
6.	20	23, 31, 33, 75	कोडरमा, बरही, पदमा, हजारीबाग, चरही, कुजू, रामगढ़, ओरमांझी, मेसरा, रांची, खूंटी, मुरहू, चक्रधरपुर, चाईबासा, जयंतगढ़	391.6
7.	220	-	चाईबासा, गोविंदपुर	54.0
8.	320	23	रामगढ़, गोला, चास	80.30
9.	22	19, 30, 99	चंदवा, बालूमाथ, चतरा, जोरी - हंटरगंज	106.0
10.	522	100	चतरा, हजारीबाग, बागोदर	120.0
11.	33	31, 80, 110	साहिबगंज, राजमहल, बरहरवा	92.9
12.	133	-	गोड्डा, चोपा मोड़	123.0
13.	133A	-	बरहरवा, पाकुड़	25.0
14.	133B	-	साहिबगंज	11.0
15.	333	-	देवघर	20.0
16.	333A	-	गोड्डा, सुंदरपहाड़ी, लिट्टीपाड़ा, पाकुड़	97.5
17.	39	75, 76	गढ़वा, डाल्टनगंज, लातेहार, चंदवा, कुरु, लोहरदगा, चान्हो, मंदार, रातू, राँची	261.0
18.	139	98	राजहरा, छतरपुर, हरिहरगंज	55.4
19.	43	-	गुमला, राँची, चांडिल, मनीकुल, सरायकेला, चाईबासा	274.0
20.	143	23	पालकोट, कोलेबिरा, थेथैटानगर	122.0
21.	143A	-	गुमला, घाघरा, लोहरदगा, कुरु	71.0
22.	343	-	गढ़वा	48.5
23.	49	6, 23, 200	बहरागोड़ा	23.6
24.	143H	-	जोराम, अम्बापानी, सलंगबहल, बिहाबांध और लिटिबेड़ा	6.50
25.	143D	-	जमटोली, बसिया, कामडारा, तोरपा, खूँटी	81.70
26.	320G	-	हाट-गम्हरिया, जगन्नाथपुर, बराईबुरु, सैडल, मनोहरपुर, आनंदपुर,बानो, कोलेबिरा	180.0
27.	143AG	-	लोहरदगा, भंडरा, बेड़ो, कर्रा, खूँटी, तमाड़	134.5
28.	320D	-	चक्रधरपुर, सोनुआ, गोएलकेरा, मनोहरपुर, सरायकेला	99.7
29.	218	-	पुरुलिया, चंदनकियारी, झरिया, धनबाद	44.4
30.	143B	-	गोविंदपुर, डुमरी, महुआडांड़	52.8

राजकीय राजमार्ग:

- राज्य की राजधानी को जिला मुख्यालय से जोड़ने वाली सड़कें राजकीय राजमार्ग कहलाती हैं। राज्य तथा केन्द्र शासित क्षेत्रों में इनकी व्यवस्था तथा निर्माण का दायित्व राज्य के सार्वजनिक निर्माण विभाग का होता है।
- झारखंड आर्थिक सर्वेक्षण 2022-23 के अनुसार, झारखंड में राजकीय राजमार्ग की कुल लंबाई 1232 किमी है।

- झारखंड में सड़कों की कुल लंबाई 13444 किमी है।
- वर्ष 2015 में झारखंड राज्य राजमार्ग प्राधिकरण का गठन राज्य में राजकीय उच्च पथों के सुदृढ़ीकरण एवं विकास हेतु किया गया है।
- इस प्राधिकरण का मुख्य कार्य राज्य राजमार्ग एवं राज्य सरकार द्वारा इसे सौंपी गई सड़कों के विकास, प्रबंधन, अनुरक्षण और उन्नयन हेतु तात्कालिक और दीर्घकालिक योजना तैयार करना संस्थागत साधन की व्यवस्था करना एवं इसके लिए लोक निजी भागीदारी को प्रोत्साहित करना है।
- राष्ट्रीय राजमार्ग प्राधिकरण, प्रधानमंत्री ग्राम सड़क योजना तथा राज्य संपोषित योजनाओं के द्वारा राज्य में सड़कों का निर्माण कार्य किया जाता है।
- राष्ट्रीय राजमार्ग एवं ग्रामीण पथों के निर्माण का कार्य क्रमशः राष्ट्रीय राजमार्ग प्राधिकरण एवं प्रधानमंत्री ग्राम सड़क परियोजना द्वारा किया जाता है। इनका व्यय केंद्र सरकार द्वारा वहन किया जाता है।
- राजकीय राजमार्ग 5, 8, 11, 14, 15, 16, 17 को राष्ट्रीय राजमार्ग में परिवर्तित कर दिया गया है।
- ग्रामीण सड़कें प्रायः कच्ची सड़कें होती हैं, जिनका निर्माण स्थानीय पंचायत के सहयोग से किया जाता है। झारखंड के मात्र 50% गांव पक्की सड़कों से जुड़े हैं।
- झारखंड में 5880.89 किलोमीटर सड़कें लोक निर्माण विभाग की है। इसका निर्माण और रख-रखाव लोक निर्माण विभाग करता है।

झारखंड में प्रमुख राजकीय राजमार्ग:

राजमार्ग सं.	मार्ग	लंबाई (किमी.)
1.	राँची-नामकुम-टाटीसिल्वे-अनगड़ा-सिल्ली-मुरी	61.4
2.	राँची-काँकि-पतरातू-भुरकुंडा-रामगढ़	57.0
3.	तमाड़-अरकी-खूँटी-बसिया-कोलेबिरा	125.0
4.	कोलेबिरा-बानो-गुआ-जामदा-नोआमुंडी-गम्हरिया	83.0
5.	जमशेदपुर-हाता-चाईबासा	67.0
6.	जमशेदपुर-हाता-चाईबासा	62.2
7.	हजारीबाग-बड़कागाँव-टंडवा-राखेलगड़ी-टांगर मोड़	75.0
8.	कुड़-लोहरदगा-घाघरा-गुमला	71.0
9.	भुसार-महुआडांड़-नेतरहाट-बिशुनपुर-घाघरा	182.0
10.	मेदिनीनगर-लेस्लीरंज-पांकी-हरिहरगंज-बालूमाथ	93.0
11.	गढ़वा-रंका-गोदरमाना-रामानुजगंज	61.6
12.	धनबाद-पातरडीह-चंदनक्यारी-चास	60.0
13.	कोडरमा-जमुआ-टुंडी-गोबिंदपुर	156.0
14.	डुमरी-गिरिडीह-बेंगाबाद-मधुपुर-देवघर	153.0
15.	देवघर-चौपा-जामा-जामताड़ा-रूपनारायणपुर	155.0
16.	देवघर-सरैयाबाद-गोड्डा-पथरगामा-महागामा-पीरपैंती	139.0
17.	भागलपुर-हांसीडीहा-लकड़ापहाड़ी-दुमका-रामपुरहाट	102.0
18.	दुमका-काठीकंड-गोपीकांदर-अमरापाड़ा-बरहेट-साहेबगंज	183.0
	कुल	1886.4
	राष्ट्रीय राजमार्ग में परिवर्तित राजकीय राजमार्ग	654.5
	शेष राजकीय राजमार्ग की लंबाई	1231.9

जिला सड़कें:

- बड़ी सड़कें, जिनके द्वारा जिले में एक स्थान से दूसरे स्थान को जोड़ने वाली सड़कों का निर्माण किया जाता है, उसे जिला सड़कें कहते हैं।
- झारखंड राज्य में जिला सड़कों की लंबाई 4846 किमी है और कुल मार्ग की लंबाई 18.8% है।
- अतिरिक्त मार्ग जो गांव, नगर और निजी मार्ग के अंतर्गत आते हैं, ऐसे मार्गों की लंबाई 7372 किमी है।

अन्तर्राष्ट्रीय राजमार्ग:

- एशिया तथा सुदूर पूर्व आर्थिक सहयोग के द्वारा प्रस्तावित ६३,५०० किमी लंबे अंतर्राष्ट्रीय राजमार्ग में झारखंड राज्य का बरही जिला भी शामिल है।
- भारत में इस राजमार्ग की लंबाई 2,680 किमी प्रस्तावित है जो अमृतसर, दिल्ली, आगरा, कानपुर, कोलकाता से ढाका को तथा आगरा, ग्वालियर, हैदराबाद, बंगलौर एवं बरही को काठमांडू से जोड़ेगा।
- यह अंतर्राष्ट्रीय राजमार्ग, एशियाई राजमार्ग को यूरोपीय अंतराष्ट्रीय राजमार्ग से जोड़ेगा तथा यह सिंगापुर, थाईलैंड, म्यांमार, बांग्लादेश, भारत एवं पाकिस्तान से होकर गुजरेगा।

रेल परिवहन:

- झारखंड में पहली बार १८६२ में ईस्ट इंडिया रेल कंपनी द्वारा कलकत्ता से राजमहल तक रेलवे लाइन का निर्माण किया गया था, तभी से यहाँ रेल परिवहन का विकास शुरू हुआ था।
- राज्य में प्रारम्भिक रेल मार्ग उन्हीं क्षेत्रों में विकसित किये गये थे, जहाँ कोयला, लोहा आदि खनिजों के परिवहन की आवश्यकता थी।
- राज्य में पुरुलिया-रांची रेल लाइन 1907 ई. में तथा राँची-लोहरदगा रेल लाइन 1911 ई. में प्रारम्भ हुई थी।
- 1920-30 के दशक में डाल्टनगंज-बरकाकाना और गोमो-मुरी-चांडिल रेलवे लाइन का निर्माण किया गया था।
- झारखंड में परिवहन के साधनों से राजस्व प्राप्ति में रेलवे द्वारा कोयला और अन्य संसाधनों की ढुलाई से लगभग 15% की आय प्राप्त होती है।
- वर्तमान समय में झारखंड में कुल रेलवे लाइनों की लंबाई 2394.46 किमी है।
- झारखंड का सबसे बड़ा स्टेशन धनबाद रेलवे स्टेशन है, जिससे सबसे अधिक राजस्व की प्राप्ति होती है।
- झारखंड में रेलवे स्टेशन तीन रेलवे क्षेत्रों पूर्वी रेलवे क्षेत्र, पूर्व मध्य रेलवे क्षेत्र और दक्षिण पूर्व रेलवे क्षेत्र के अधिकार क्षेत्र में हैं।
- राज्य में 6 नई रेलवे परियोजनाओं पर कार्य किया जा रहा है, जिसकी कुल लंबाई 565 किलोमीटर है।

- पूर्व मध्य रेलवे का गठन 1996 में हुआ था। राज्य में पूर्व मध्य रेलवे जोन में धनबाद रेल डिवीजन स्थित है।
- चक्रधरपुर रेलवे डिवीजन और राँची रेल डिवीजन दक्षिण पश्चिम रेलवे के अंतर्गत आते हैं।
- अप्रैल, 2003 में राँची रेलवे डिवीजन की स्थापना की गई थी।
- झारखंड राज्य में रेल परियोजनाओं में तेजी लाने हेतु 'झारखंड सेन्ट्रल रेलवे लिमिटेड' कंपनी का गठन किया गया है। इस कंपनी के द्वारा 'शिवपुर-कठौलिया रेल परियोजना' का विकास किया जा रहा है।
- राज्य में नयी रेल परियोजनाओं के विकास हेतु राज्य सरकार व रेल मंत्रालय के बीच एक समझौता हुआ, जिसके अंतर्गत रेल परियोजनाओं के विकास में राज्य सरकार व रेल मंत्रालय की भागीदारी 51: 49 के अनुपात में होगी।
- नयी रेल परियोजनाओं के विकास हेतु दोनों के द्वारा 'झारखंड रेल इन्फ्रास्ट्रक्चर डेवलेपमेंट कॉरपोरेशन लिमिटेड' नामक संयुक्त उपक्रम का गठन भी किया गया है।
- राज्य में रेल पथों का सर्वाधिक घना विस्तार दामोदर घाटी और सुवर्णरिखा नदी क्षेत्र में है, जबकि पलामू का क्षेत्र, ऊपरी दामोदर घाटी क्षेत्र, हजारीबाग का ऊँचा-नीचा पठार और राजमहल पहाड़ी क्षेत्र रेल रहित हैं।
- वर्तमान समय में जमशेदपुर में कंटेनर टर्मिनल का डीपो स्थित है तथा राँची में केन्द्रीय रेलवे विद्युतीकरण संगठन की शाखा स्थित है।
- झारखंड राज्य में प्रस्तावित रेल परियोजनाएँ निम्न हैं:
  1. नामकुम - कान्द्रा रेल लाइन: इसके अन्तर्गत लाभान्वित क्षेत्र रांची, सरायकेला, जमशेदपुर और चाईबासा हैं तथा इसकी लम्बाई 106 किमी है।
  2. गिरिडीह - पारसनाथ - मधुबन रेल लाइन: इसके अन्तर्गत लाभान्वित क्षेत्र गिरिडीह और हज़ारीबाग़ हैं तथा इसकी लम्बाई 49 किमी है।
  3. चितरा - बासुकीनाथ रेल लाइन: इसके अन्तर्गत लाभान्वित क्षेत्र देवघर और दुमका हैं तथा इसकी लम्बाई 38.3 किमी है।
- अन्य रेल परियोजनाएँ निम्न हैं:

क्र.सं	अन्य रेल परियोजनाएँ	लंबाई (किमी.)
1.	राँची- बरकाकाना-हजारीबाग-कोडरमा	203
2.	राँची - लोहरदगा (टोरी तक)	113
3.	कोडरमा - तिलैया	14
4.	कोडरमा - गिरिडीह	111
5.	देवघर - दुमका	60
6.	दुमका - रामपुरहाट	64

आर्थिक सर्वेक्षण 2022-23 से प्राप्त आंकड़ों के आधार पर रेलवे परियोजनाओं की स्थिति:

1. पीरपैंती-जसीडीह रेल लाइन (गोड्डा हंसडीहा को छोड़कर):
   - हंसडीहा-जसीडीह रेल खंड के अंतर्गत दुमका-देवघर जिले में इस रेल खंड के लिए भूमि अधिग्रहण प्रक्रियाधीन है।
   - पीरपैंती-गोड्डा रेल खंड के अंतर्गत जमीन संरेखण में कोयला ब्लॉक होने के कारण अधिग्रहण प्रक्रिया को रोक दिया गया है।
2. रांची-कोडरमा रेल लाइन: कोडरमा से बरकाकाना और रांची से सांकी रेल खंड पूरा हो चुका है और ट्रेन सेवा शुरू हो गई है।
3. शिवपुर-कठौतिया न्यू रेल लाइन: इसका निर्माण झारखंड सेंट्रल रेलवे लिमिटेड द्वारा किया गया है।

वायु परिवहन:

- वायु परिवहन तेज और आसान गतिशीलता प्रदान करता है।
- यह दूरस्थ क्षेत्रों को जोड़ता है यह आर्थिक विकास और राज्य में बेहतर जीवन को बढ़ावा देता है और राज्य में चरम मानकों, व्यापार और पर्यटन पर त्वरित प्रतिक्रिया को सक्षम बनाता है।
- झारखंड में सबसे पहले १८४१ ई. में राँची में हवाई अड्डे का निर्माण किया गया था, जिसका नाम अब 'बिरसा मुण्डा हवाई अड्डा' है। यह झारखंड का एकमात्र अंतराष्ट्रीय हवाई अड्डा है।
- झारखंड के अन्य हवाई अड्डे जमशेदपुर (सोनारी हवाई अड्डा), धनबाद, बोकारो, दुमका (सिद्धो-कान्हो हवाई अड्डा) व धनबाद (मैथन हवाई अड्डा) हैं।
- राज्य सरकार द्वारा राँची में एयर कार्गो की स्थापना हेतु आवश्यक कदम उठाए गए हैं। इस सेवा का लाभ फ्लोरीकल्चर एवं हॉर्टीकल्चर आधारित उद्योग उठा रहे हैं।
- झारखंड में पहली बार जमशेदपुर के सोनारी हवाई अड्डे पर विमान उतारा गया था।
- राज्य सरकार ने दुमका तथा धनबाद में नये ग्लाइडिंग सेंटर की स्थापना की है।

झारखंड में स्थित हवाई अड्डे:

क्रम सं.	हवाई अड्डा का नाम	अवस्थिति
1.	बिरसा मुण्डा हवाई अड्डा	राँची
2.	देवघर हवाई अड्डा	देवघर
3.	सोनारी हवाई अड्डा	जमशेदपुर
4.	बोकारो हवाई अड्डा	बोकारो
5.	धनबाद हवाई अड्डा	धनबाद
6.	मैथन हवाई अड्डा	धनबाद
7.	सिद्धो-कान्हो हवाई अड्डा	दुमका

झारखंड आर्थिक सर्वेक्षण 2022-2023 के अनुसार झारखंड में नागरिक उड्डयन की स्थिति:

क्रम सं.	पैरामीटर	स्थिति
1.	विकास के लिए नई पहलें या नीतियां अपनाना	झारखंड में नागरिक उड्डयन नीति मसौदा तैयार करने के चरण में है
		साहिबगंज में हवाई अड्डे का विकास
		दुमका में राजकीय वाणिज्यिक पायलट प्रशिक्षण संस्थान की स्थापना।
		प्रशिक्षण संबंधी गतिविधियों के लिए झारखंड उड़ान संस्थान का समावेश।

2.	झारखंड से निर्धारित उड़ानों की संख्या	30.09.2022 तक 33 उड़ानें (पिछले वर्ष की तुलना में 15% वृद्धि)
3.	नए जोड़े गए गंतव्य	रांची से लखनऊ
		अहमदाबाद से पुणे
		देवघर से कोलकाता और नई दिल्ली

झारखंड की जनसंचार प्रणाली

- संचार सूचनाओं को उनके उद्गम स्थान से किसी माध्यम के द्वारा गंत्तव्य तक पहुँचाने की प्रक्रिया है।
- जनसंचार में टेलीविजन, प्रिंट मीडिया, रेडियो और सोशल मीडिया जैसे संचार माध्यमों के विभिन्न माध्यमों का उपयोग करके लोगों के एक बड़े हिस्से में सूचना का प्रसार करना शामिल है।

टेलीविजन:

- आम लोगों को शिक्षित और जागरूक करने में तथा सूचना के प्रसार में टेलीविजन प्रसारण एक प्रभावी दृश्य-श्रव्य माध्यम के रूप में जाना जाता है।
- प्रारंभ में टेलीविजन को ऑल इंडिया रेडियो के साथ प्रसारित किया जाता था, लेकिन इसे 1959 में ऑल इंडिया रेडियो से अलग कर दूरदर्शन नाम दिया गया।
- रांची में वर्ष 1984 में दूरदर्शन की स्थापना की गई थी। वर्तमान में दूरदर्शन के 24 चैनल चौबीस घंटे प्रसारण करते हैं। वहीं राज्य के मुख्यालय से प्रसारित 15 चैनल, जिसमे डी डी झारखंड भी शामिल है, टेरेस्ट्रियल एनालॉग से करीब 5 घंटे का कार्यक्रम प्रसारित करते हैं।
- डी डी झारखंड राज्य के जनजातीय समाज और उनकी संस्कृति से जुड़े कार्यक्रम दिखाने वाला झारखंड का एकमात्र चैनल है।

इंटरनेट:

- इंटरनेट जनसंचार का महत्वपूर्ण साधन है। वर्तमान समय में शहरों के साथ-साथ गाँवों में भी जनसंचार हेतु इसका उपयोग किया जा रहा है।
- इंटरनेट द्वारा ही झारखंड में ई-डिस्ट्रिक्ट, झार नेट, भारत नेट, कॉमन सर्विस सेंटर, ई-प्रोक्योरमेंट, ई-मीटिंग, कॉमन पेमेंट गेटवे, ई-ऑफिस इन सभी का कार्यान्वन संभव है।

डाक सेवा:

- वर्ष 2001 में झारखंड राज्य में झारखंड डाक सर्किल की स्थापना की गई है। यह बिहार डाक सर्किल के अंतर्गत कार्यरत है।
- झारखंड राज्य के लिए पिनकोड प्रणाली में प्रथम अंक के रूप में 8 का प्रयोग किया जाता है।
- भारत नेट परियोजना भारत ब्रॉडबैंड नेटवर्क लिमिटेड को पहली बार बी.एस.एन.एल के द्वारा राज्य के साथ जिले रामगढ़, बोकारो, रांची, साहिबगंज और देवघर में शुरुआत की गई।
- सन् 1923 में रेडियो क्लब ऑफ बॉम्बे द्वारा भारत में सर्वप्रथम रेडियो का प्रसारण किया गया था।

रेडियो:

- राज्य की राजधानी राँची में रेडियो संचार के अंतर्गत आकाशवाणी केंद्र की स्थापना 1957 में की गई थी। यह अविभाजित बिहार का दूसरा रेडियो स्टेशन है।
- आकाशवाणी राँची से 1964 ई. में स्थानीय भाषाआ में प्रसारण प्रारंभ हुआ था। अभी नौ भाषाओं में प्रसारण होता है। एफ. एम. ट्रांसमीटर पर विविध भारती का प्रसारण 1999 से प्रारंभ हुआ। इसके पूर्व 1967 से मीडियम वेब पर प्रसारण होता था।
- वर्ष 1984 ई. में दुमका, बोकारो, धनबाद, हजारीबाग, देवघर, जमशेदपुर आदि स्थानों पर लघु शक्ति वाले ट्रांसमीटर केंद्रों की स्थापना की गई।
- वर्तमान में आकाशवाणी राँची में 10 किलोवाट के शक्तिशाली स्टीरियोफोनिक ट्रांसमीटर से लाखों श्रोता जुड़े हुए हैं। राज्य में जमशेदपुर, डाल्टनगंज तथा हजारीबाग में निम्न शक्ति ट्रांसमिशन वाले रेडियो स्टेशन हैं।

प्रभावी जनसंचार के लिए सरकार द्वारा किए गए प्रमुख कार्य:

- प्रभावी जनसंचार के लिए झारखंड सरकार द्वारा किए गए कुछ प्रमुख कार्य निम्न हैं:

ई-डिस्ट्रिक्ट (e-District):

- झारखंड के 24 जिलों में झारखण्ड सेवा पोर्टल को लागू किया गया है। इसमें 54 सेवाएँ प्रदान की जा रही हैं, जिनके अंतर्गत आय, जाति, निवास, जन्म, मृत्यु इत्यादि प्रमाण पत्र बनाये जाते हैं।
- जिला स्तर पर एक हेल्प डेस्क एवं राँची में केन्द्रीय स्तर पर हेल्प डेस्क का निर्माण किया गया है।

झारखंड स्टेट डाटा सेंटर:

- झारखंड स्टेट डाटा सेंटर का त्रिस्तरीय संरचनात्मक एवं क्लाउड के आधार पर निर्माण किया गया है। 1 अगस्त, 2016 से यह सेंटर कार्य कर रहा है।
- इसकी देखभाल राष्ट्रीय सूचना विज्ञान केंद्र द्वारा गठित समिति द्वारा की जाती है, जबकि इसके लेखांकन का कार्य डेलोइट कंपनी द्वारा किया जाता है।
- राष्ट्रीय सूचना विज्ञान केंद्र कें प्रमुख कार्यों में परामर्श, प्रशिक्षण, नेटवर्क और आईसीटी अवसंरचना की स्थापना, वीडियो कॉन्फ्रेंसिंग, एप्लिकेशन सॉफ्टवेयर का डिजाइन और विकास, परियोजना कार्यान्वयन आदि शामिल हैं।

झार नेट (Jhar Net):

- झारखंड सरकार द्वारा वर्ष 2005-06 में नेट की उपयोगिता को देखते हुए झारखंड स्टेट वाइड एरिया नेटवर्क(झार नेट) की स्थापना की गई।
- वर्तमान में झारखंड के सभी जिला मुख्यालयों, 37 अनुमंडलों तथा 214 प्रखंडो में झार नेट सेवा उपलब्ध कराई जा रही है।

भारत नेट:

- वर्ष 2011 में नेशनल ऑप्टिकल फाइबर नेटवर्क परियोजना(भारत नेट) का प्रारंभ किया गया था, जिसका उद्देश्य देश के 2,50,000 ग्राम पंचायतों को ब्रॉड बैंड नेटवर्क से जोड़ना था।
- झारखंड में भारत नेट के प्रथम चरण का क्रियान्वन BSNL द्वारा राज्य के 7 जिलों साहेबगंज, हजारीबाग़, कोडरमा, देवघर, राँची, रामगढ़ एवं बोकारो में केंद्र सरकार की सहायता से शुरू किया गया है।
- इसके प्रथम चरण का विस्तार 6 अन्य जिलों धनबाद, पूर्वी सिंहभूम, गिरीडीह, लातेहर, लोहरदगा और पलामू में किया गया है।

कॉमन सर्विस सेंटर:

- झारखंड में 233 शहरी क्षेत्र तथा 4,460 ग्रामीण क्षेत्र कॉमन सर्विस सेंटर की स्थापना की गई है।
- झारखंड में 4562 ग्राम पंचायतों में एक-एक प्रज्ञा केन्द्रों की स्थापना करके उसे संचालित किया जा रहा है।

ई-प्रोक्योरमेंट:

- झारखंड सरकार ने विभिन्न प्रकार की निविदा प्रक्रियाओं को पारदर्शी बनाने के लिए 5 लाख तथा इससे ऊपर की निविदाओं के लिए ई-प्रोक्योरमेंट परियोजना की व्यवस्था की है।
- इस परियोजना के तहत विभिन्न प्रकार के निविदाओं की प्रक्रिया को इंटरनेट के माध्यम से ऑनलाइन पूरी की जाती है।
- यह परियोजना झारखंड राज्य के 31 विभागों द्वारा उपयोग की जा रही है तथा अब तक 14633 निविदा प्रकाशित की जा चुकी है।

ई-मीटिंग:

- ई-मीटिंग परियोजना में सभी व्यापारियों तथा किसानों को वीडियो कॉन्फ्रेंसिंग के द्वारा एक-दूसरे की समस्याओं की सुनवाई करना शामिल है।
- इसके द्वारा ईंधन खर्च और यातायात के खर्च को कम करने का कार्य किया गया है।

कॉमन पेमेंट गेटवे:

- झारखंड सरकार द्वारा वर्ष 2013 में ऑनलाइन भुगतान की सुविधा को सुगम बनाने के उद्देश्य से कॉमन पेमेंट गेटवे योजना प्रारंभ की गई थी। इसके माध्यम से प्रत्येक नागरिक घर बैठे अपना कर शुल्क तथा सेवाओं का भुगतान निकटतम प्रज्ञा केन्द्रों के माध्यम से कर सकता है।
- किसी भी समय नागरिक अपने कर का भुगतान नेट बैंकिंग, डेबिट कार्ड तथा क्रेडिट कार्ड के माध्यम से कर सकता है।
- पेमेंट गेटवे योजना के द्वारा वाणिज्य कर विभाग, पंजीकरण विभाग, परीक्षा मंडल विभाग, जैप-आईटी, परिवहन विभाग, शहरी विभाग, पर्यटन विभाग, झारखंड जेनेरिक पोर्टल, रांची नगर निगम विभाग इत्यादि को जोड़ा गया जिसके माध्यम से नागरिकों को सारे विभागों के कर भुगतान करने में सुविधा हो सके।

ई-ऑफिस:

- इस योजना के अंतर्गत झारखंड सरकार द्वारा सरकारी विभागों में प्रयोग होने वाले पेपर के स्थान पर इंटरनेट का प्रयोग किया जा रहा है।
- ई-ऑफिस परियोजना में ई-गवर्नेंस विभाग तथा सूचना प्रौद्योगिकी एवं नोडल विभाग कार्यरत हैं तथा इनके साथ-साथ जैप-आईटी (JAP-IT) भी कार्यरत है।
- ई-ऑफिस परियोजना को झारखंड में प्रथम चरण के अंतर्गत चार विभागों एवं जिला मुख्यालयों तथा राँची में शुरू किया गया था।
- झारखंड सरकार द्वारा इस योजना के अंतर्गत डिजिटलीकरण कार्य भी पूरा कर लिया गया है।

भारतीय सूचना प्रौद्योगिकी संस्थान:

- झारखंड में केन्द्र सरकार के सहयोग से निजी सार्वजनिक भागीदारी से भारतीय सूचना प्रौद्योगिकी संस्थान की स्थापना की गयी है।
- मानव संसाधन विकास विभाग तथा भारत सरकार से स्वीकृति प्राप्त अस्थायी तौर पर NIT गेटवे इंस्टिट्यूट, जमशेदपुर में कांके प्रखंड के अंतर्गत एक गाँव में इसी परियोजना के अंतर्गत आई.आई.टी., राँची की स्थायी परिषद् बनाने का प्रस्ताव है।
- इस परियोजना के लिए सेन्ट्रल कोल फील्ड्स लिमिटेड, टाटा कन्सल्टेंसी सर्विस तथा टाटा मोटर्स उद्योग को पार्टनर के रूप में चयनित किया गया है।

कार्य एवं लेखा प्रबंधन सूचना प्रणाली:

- झारखंड सरकार के सभी विभागों में कार्य एवं लेखा प्रबंधन सूचना प्रणाली का प्रयोग किया जा रहा है।
- इस परियोजना के अंतर्गत सभी सरकारी विभागों के कर्मचारियों एवं पदाधिकारियों को कार्य एवं लेखा प्रबंधन सूचना प्रणाली या 'WAMIS' सॉफ्टवेयर के विषय में प्रशिक्षण दिया गया है।
- कार्य एवं लेखा प्रबंधन सूचना प्रणाली सात विभागों में क्रियान्वित है:
    - भवन निर्माण विभाग
    - पथ निर्माण विभाग
    - ऊर्जा विभाग
    - जल संसाधन विभाग
    - पेयजल एवं स्वच्छता विभाग
    - ग्रामीण विकास विभाग
    - वन एवं पर्यावरण विभाग।

सॉफ्टवेयर प्रौद्योगिकी पार्क:

- इस योजना के अंतर्गत सूचना प्रौद्योगिकी के क्षेत्र में सॉफ्टवेयर उद्योग को उत्कृष्ट आधारभूत संरचना प्रदान करने के उद्देश्य से सॉफ्टवेयर टेक्नोलॉजी पार्क की स्थापना की गई है।
- झारखंड के सिंदरी तथा जमशेदपुर में इन्हीं उद्देश्यों को पूरा करने के लिए सॉफ्टवेयर प्रौद्योगिकी पार्क ऑफ इंडिया का निर्माण कार्य पूरा हो गया है। इस कार्य के लिए जिफ्रा को सलाहकार के रूप में नियुक्त किया गया है।

सूचना प्रौद्योगिकी विभाग से संबंधित संस्थाएँ:

राष्ट्रीय सूचना विज्ञान केन्द्र:

- राष्ट्रीय सूचना विज्ञान केन्द्र झारखंड में अपनी महत्त्वपूर्ण सेवाएँ दे रहा है। झारखंड राज्य के गठन के बाद इसकी स्थापना 22 जिलों में की गई।
- राष्ट्रीय सूचना विज्ञान केन्द्र के द्वारा जिला परिवहन कार्यालयों में निबंधन एवं वैट कम्प्यूटरीकृत लाइसेंसो का कम्प्यूटरीकरण, ट्रेजरी कम्प्यूटरीकरण इत्यादि का विकास किया गया है।

जैप-आईटी (JAP-IT):

- जैप-आईटी का गठन 29 मार्च, 2004 को सोसाइटीज रजिस्ट्रेशन एक्ट 21, 1860 के अंतर्गत किया गया है।
- जैप-आईटी की स्थापना भारत सरकार की विभिन्न महत्वपूर्ण ई-गवर्नेंस परियोजनाओं के क्रियान्वयन के लिए सूचना प्रौद्योगिकी एवं ई- गवर्नेंस विभाग के अंतर्गत की गई है।

झारखंड अंतरिक्ष अनुप्रयोग केन्द्र:

- झारखंड अंतरिक्ष उपयोग केंद्र, सूचना प्रौद्योगिकी विभाग के तहत झारखंड राज्य का एक प्रमुख सुदूर संवेदन केंद्र है, जिसकी स्थापना राँची में वर्ष 2003 में साथ की गई थी।
- इस केन्द्र की स्थापना के लिए सूचना प्रौद्योगिकी एवं ई- गवर्नेंस विभाग का निर्माण किया गया।
- झारखंड अंतरिक्ष उपयोग केन्द्र को झारखंड में स्थापित करने का मुख्य उद्देश्य, झारखंड में अंतरिक्ष तकनीक के माध्यम से प्राकृतिक संसाधनों का मानचित्रीकरण तथा उनका आकलन करना है। इसके साथ- साथ भूमंडलीय स्थानीकरण, भौगोलिकी तंत्र, सुदूर संवेदन एवं 34 उपग्रह संपर्क के माध्यम से नोडल एजेंसी के रूप में कार्य करना है।

झारखंड की प्रमुख पत्र-पत्रिकाएं:

- झारखंड में प्रभावी जनसंचार हेतु पत्र-पत्रिकाओं का भी योगदान महत्वपूर्ण है। कुछ पत्र-पत्रिकाओं के नाम नीचे दिए गए हैं:

क्र.सं.	समाचार-पत्र/पत्रिकाएँ	स्थान	प्रकाशन वर्ष
1.	घर बन्धु (साप्ताहिक)	लोहरदगा	1886

2.	वनिता हितैषी	राँची	1918
3.	आर्यावर्त	राँची	1898
4.	छोटानागपुर	राँची	1924
5.	आदिवासी	राँची	1947
6.	राँची एक्सप्रेस (साप्ताहिक)	राँची	1963
7.	उदित वाणी (हिन्दी दैनिक)	जमशेदपुर	1986
8.	ऑब्जर्वर (हिन्दी दैनिक)	धनबाद	1998
9.	हिन्दुस्तान (हिन्दी दैनिक)	राँची	2000
10.	आज (हिन्दी दैनिक)	राँची	2004
11.	नवीन मेल (हिन्दी दैनिक)	डाल्टनगंज	2008
12.	रोजगार प्रभात खबर (पाक्षिक)	राँची	2014
13.	चमकता आइना (हिन्दी दैनिक)	जमशेदपुर / धनबाद	2015
14.	कौमी तंजीम (एकमात्र उर्दू)	राँची	2015

जनसंख्या एवं नगरीकरण

जनसंख्या:

- एक विशेष जाति या कई जातियों के सभी प्राणियों को जो एक विशेष समय में विशेष क्षेत्र में रहते हैं, को क्षेत्र की जनसंख्या कहते हैं।
- देश की जनसंख्या के स्थानीय अध्ययन के लिए मानव भूगोल में जनसंख्या के वितरण, घनत्व, लिंग अनुपात के अतिरिक्त 'जन्म दर, मृत्यु दर, साक्षरता, नगरीय-ग्रामीण जनसंख्या और कार्यशील जनसंख्या' जैसे मुद्दे शामिल होते हैं।
- 2011 जनगणना के अनुसार- भारत की जनसंख्या 1,21,08,54,977 है।
- 2001-2011 में भारत की जनसंख्या की प्रतिशत वृद्धि 17.64, पुरुषों की 17.19 और महिलाओं की 18.12 है।
- 2001 जनगणना के अनुसार- झारखंड की जनसंख्या 2,69,45,829 तथा 2011 जनगणना के अनुसार- झारखंड की जनसंख्या 3,29,88,134 है।
- 2011 जनगणना के अनुसार- झारखंड भारत में 14वां सबसे अधिक जनसंख्या वाला राज्य है।
- झारखंड की जनसंख्या भारत देश की जनसंख्या का लगभग 2.72 प्रतिशत है।
- झारखंड में सर्वाधिक जनसंख्या वाला जिला 'रांची (29,14,253)' तथा न्यूनतम जनसंख्या वाला ज़िला 'लोहरदगा (4,61,790)' है।
- वर्तमान समय में झारखंड में 5 प्रमंडल, 24 जिले, 45 अनुमंडल, 264 प्रखंड, 228 शहर तथा 32,620 गांव है।
- झारखंड में 68.6% हिन्दू, 13.8% मुस्लिम, 9.41% ईसाई, 0.3% सिख तथा 7.89% अन्य धर्मों को मानने वाले लोग रहते हैं।
- चतरा जिले में अनुसूचित जाति की उच्चतम दर (32.65%) है, और खूंटी जिले में अनुसूचित जनजाति की उच्चतम दर (73.25%) है।
- झारखंड में अनुसूचित जाति और अनुसूचित जनजाति की कुल दर देश के औसत से लगभग 1.5 गुना अधिक है
- झारखंड राज्य में कुल जनसंख्या का लगभग 2/3 भाग गाँवों में वास करती है।

जनसंख्या का वर्गीकरण:

वर्गीकरण	जनसंख्या	कुल जनसंख्या का प्रतिशत
पुरुष जनसंख्या	1,69,30,315	51.32
महिला जनसंख्या	1,60,57,819	48.68
ग्रामीण जनसंख्या	2,50,55,073	75.95
नगरीय जनसंख्या	79,33,061	24.05
अनुसूचित जाति (SC)	39,85,644	12.08
अनुसूचित जनजाति (ST)	86,45,042	26.20
अल्पसंख्यक	-	19.12
0-6 आयु वर्ग की जनसंख्या	53,89,595	16.33
राज्य में कुल श्रमिक	1,30,98,274	-
पुरुष श्रमिक	84,24,769	-
महिला श्रमिक	46,73,505	-

2011 के अनुसार, झारखंड की जनसंख्या:

क्रम सं.	जिला	जनसंख्या	पुरूष	महिला
1.	गढ़वा	13,22,784	6,83,575	6,39,209
2.	चतरा	10,42,886	5,33,935	5,08,951
3.	कोडरमा	7,16,259	3,67,222	3,49,037
4.	गिरिडीह	24,45,474	12,58,098	11,87,376
5.	देवघर	14,92,073	7,75,022	7,17,051
6.	गोड्डा	13,13,551	6,77,927	6,35,624
7.	साहेबगंज	11,50,567	5,89,391	5,61,176
8.	पाकुड़	9,00,422	4,52,661	4,47,761
9.	धनबाद	26,84,487	14,05,956	12,78,531
10.	बोकारो	20,62,330	10,72,807	9,89,523

11.	लोहरदगा	4,61,790	2,32,629	2,29,161
12.	पू. सिंहभूम	22,93,919	11,76,902	11,17,017
13.	पलामू	19,39,869	10,06,302	9,33,567
14.	लातेहार	7,26,978	3,69,666	3,57,312
15.	हजारीबाग	17,34,495	8,90,881	8,43,614
16.	रामगढ़	9,49,443	4,94,230	4,55,213
17.	दुमका	13,21,442	6,68,514	6,52,928
18.	जामताड़ा	7,91,042	4,04,830	3,86,212
19.	रांची	29,14,253	14,94,937	14,19,316
20.	खूंटी	5,31,885	2,66,335	2,65,550
21.	गुमला	10,25,213	5,14,390	5,10,823
22.	सिमडेगा	5,99,578	3,00,309	2,99,269
23.	प. सिंहभूम	15,02,338	7,49,385	7,52,953
24.	सरायकेला खरसावां	10,65,056	5,44,411	5,20,645
	कुल आबादी	3,29,88,134	1,69,30,315	1,60,57,819

सर्वाधिक जनसंख्या वाले पांच जिले:

क्रम सं.	जिला	जनसंख्या
1.	रांची	29,14,253
2.	धनबाद	26,84,487
3.	गिरिडीह	24,45,474
4.	पश्चिमी सिंहभूम	22,93,919
5.	बोकारो	20,62,330

न्यूनतम जनसंख्या वाले पांच जिले:

क्रम सं.	जिला	जनसंख्या
1.	लोहरदगा	4,61,790
2.	खूंटी	5,31,885
3.	सिमडेगा	5,99,578
4.	कोडरमा	7,16,259
5.	लातेहार	7,26,978

जनसंख्या वृद्धि दर:

- समय के दो बिन्दुओं के बीच एक क्षेत्र विशेष में रहने वाली जनसंख्या में परिवर्तन को 'जनसंख्या वृद्धि दर' कहते है। इसकी दर को प्रतिशत (%) में व्यक्त किया जाता है।
- 2011 की जनगणना के अनुसार भारत की वार्षिक जनसंख्या वृद्धि दर 1.64% है।
- 2001 जनगणना के अनुसार, झारखंड में दशकीय जनसंख्या वृद्धि दर 22.42% तथा 2011 जनगणना के अनुसार, झारखंड में दशकीय जनसंख्या वृद्धि दर 22.42% है।
- झारखंड में सर्वाधिक जनसंख्या वृद्धि दर वाला जिला 'कोडरमा (43.42%)' तथा न्यूनतम जनसंख्या वृद्धि दर वाला ज़िला 'धनबाद (11.99)' है।
- भारत में झारखंड का दशकीय जनसंख्या वृद्धि दर की दृष्टि से स्थान 10वां है।

सर्वाधिक जनसंख्या वृद्धि दर वाले पांच जिले:

क्रम सं.	जिला	जनसंख्या वृद्धि दर (%)
1.	कोडरमा	43.42
2.	चतरा	31.77
3.	गिरिडीह	28.40
4.	पाकुड़	28.33
5.	देवघर	28.03

न्यूनतम जनसंख्या वृद्धि दर वाले पांच जिले:

क्रम सं.	जिला	जनसंख्या वृद्धि दर (%)
1.	धनबाद	11.99
2.	पूर्वी सिंहभूम	15.68
3.	बोकारो	16.01
4.	रामगढ़/हजारीबाग	17.85
5.	दजामताड़ा/दुमका	20.05

लिंगानुपात:

- लिंगानुपात जनसंख्या में पुरुषों और महिलाओं का अनुपात है।
- 20वीं शताब्दी की शुरुआत में, भारत में लिंगानुपात 972 (महिलाएँ प्रति 1000 पुरुषों पर) था और 1941 तक इसमें गिरावट देखी गई।
- 2001 जनगणना के अनुसार भारत देश का लिंगानुपात 933 तथा 2011 जनगणना के अनुसार भारत देश का लिंगानुपात 943 है।
- 2011 जनगणना के अनुसार, झारखंड में लिंगानुपात 948 (महिलाएँ प्रति 1000 पुरुषों पर) है।
- झारखंड में सर्वाधिक लिंगानुपात वाला जिला 'पश्चिमी सिंहभूम (1005)' तथा न्यूनतम लिंगानुपात वाला ज़िला 'धनबाद (909)' है।
- 2011 जनगणना के अनुसार, झारखंड में सर्वाधिक लिंगानुपात वाले प्रथम पाँच ज़िले 'पश्चिमी सिंहभूम (1005), सिमडेगा (997), खूंटी (997), गुमला (993), पाकुड़ (985)' है।
- 2011 जनगणना के अनुसार, झारखंड में न्यूनतम लिंगानुपात वाले प्रथम पाँच ज़िले 'धनबाद (909), रामगढ़ (922), बोकारो (925), देवघर (935), पलामू (947)' है।
- झारखंड का लिंगानुपात की दृष्टि से भारत में स्थान 17वां है।

भारत की तुलना में झारखंड का स्थान:

नाम	जनसंख्या			वृद्धि-दर	लिंगानुपात
	कुल	पुरुष	महिला	2001-11	2011

भारत	1,21,08,54,977	62,37,24,248	58,64,69,174	17.64	943
झारखंड	3,29,88,134	1,69,39,315	1,60,57,819	22.34	948

2011 के अनुसार, झारखंड का लिंगानुपात:

क्रम सं.	जिला	लिंगानुपात
1.	गढ़वा	935
2.	चतरा	953
3.	कोडरमा	950
4.	गिरिडीह	944
5.	देवघर	925
6.	गोड्डा	938
7.	साहेबगंज	952
8.	पाकुड़	989
9.	धनबाद	909
10.	बोकारो	922
11.	लोहरदगा	985
12.	पूर्वी सिंहभूम	949
13.	पलामू	928
14.	लातेहार	967
15.	हजारीबाग	947
16.	रामगढ़	921
17.	दुमका	977
18.	जामताड़ा	954
19.	रांची	949
20.	खूंटी	997
21.	गुमला	993
22.	सिमडेगा	997
23.	पश्चिमी सिंहभूम	1005
24.	सरायकेला खरसावां	956
	कुल आबादी	948

बाल लिंगानुपात (0 - 6 वर्ष) :

- बाल लिंगानुपात 0 - 6 वर्ष की आयु में प्रति 1000 पुरुषों पर महिलाओं की संख्या के रूप में व्यक्त किया जाता है।
- 2001 की जनगणना में, भारत का बाल लिंगानुपात 927 था जो 2011 की जनगणना में घटकर 919 हो गया है।
- 2001 की जनगणना में, झारखंड का बाल लिंगानुपात 965 था जो 2011 की जनगणना में घटकर 948 हो गया है।
- झारखंड में सर्वाधिक बाल लिंगानुपात वाला जिला 'पश्चिमी सिंहभूम (983)' तथा न्यूनतम बाल लिंगानुपात वाला ज़िला 'धनबाद (916)' है।

वर्गीकरण	2011	2001
ग्रामीण बाल लिंगानुपात	957	973
नगरीय बाल लिंगानुपात	908	930
अनुसूचित जाति बाल लिंगानुपात	984	-
अनुसूचित जनजाति बाल लिंगानुपात	979	-

सर्वाधिक बाल लिंगानुपात वाले पांच जिले:

क्रम सं.	जिला	बाल लिंगानुपात
1.	पश्चिमी सिंहभूम	983
2.	पाकुड़	975
3.	लोहरदगा	970
4.	सिमडेगा	969
5.	लातेहार	968

न्यूनतम बाल लिंगानुपात वाले पांच जिले:

क्रम सं.	जिला	बाल लिंगानुपात
1.	पश्चिमी सिंहभूम	983
2.	पाकुड़	975
3.	लोहरदगा	970
4.	सिमडेगा	969
5.	लातेहार	968

साक्षरता दर :

- भारत में राष्ट्रीय साक्षरता मिशन के अनुसार अगर कोई व्यक्ति अपना नाम लिखने और पढ़ने की योग्यता हासिल कर लेता है तो उसे साक्षर माना जाता है।
- साक्षरता दर को 7 वर्ष या उससे अधिक आयु के व्यक्तियों के साक्षर व्यक्तियों के प्रतिशत के रूप में परिभाषित किया गया है।
- साक्षरता दर का अर्थ 'प्रति सौ लोगों में से कितने लोग साक्षर' हैं।
- 2011 जनगणना के अनुसार, भारत में साक्षरता दर 74.04 % है, जिसमे पुरुष साक्षरता 82.14 % तथा महिला साक्षरता दर 65.46 % है।
- 2011 जनगणना के अनुसार, झारखंड में साक्षरता दर 66.41 % है, जिसमे पुरुष साक्षरता 76.8 % तथा महिला साक्षरता दर 55.4 % है।
- झारखंड में सर्वाधिक साक्षरता दर वाला जिला 'रांची (76.06)' तथा न्यूनतम साक्षरता दर वाला ज़िला 'पाकुड़ (48.82)' है।

- झारखंड में पुरुष साक्षरता दर रांची जिले में सबसे अधिक (84.3 %) है, जबकि सबसे कम पाकुड़ जिले में (57.1 %) है।
- झारखंड में महिला साक्षरता दर रांची जिले में सबसे अधिक (67.4 %) है, जबकि सबसे कम पाकुड़ जिले में (40.5 %) है।
- झारखंड में पुरुष साक्षरता की स्थिति 28वीं तथा महिला साक्षरता की स्थिति 32वीं है।
- झारखंड का साक्षरता दर की दृष्टि से भारत में स्थान 32वां है।

2011 जनगणना के अनुसार, झारखंड की साक्षरता दर:

क्रम सं.	जिला	साक्षरता दर (%)
1.	गढ़वा	60.33
2.	चतरा	60.18
3.	कोडरमा	66.84
4.	गिरिडीह	63.14
5.	देवघर	64.85
6.	गोड्डा	56.40
7.	साहेबगंज	52.04
8.	पाकुड़	48.82
9.	धनबाद	74.52
10.	बोकारो	72.01
11.	लोहरदगा	67.61
12.	पूर्वी सिंहभूम	75.49
13.	पलामू	63.63
14.	लातेहार	59.51
15.	हजारीबाग	69.75
16.	रामगढ़	73.17
17.	दुमका	61.02
18.	जामताड़ा	64.59
19.	रांची	76.06
20.	खूंटी	63.86
21.	गुमला	65.73
22.	सिमडेगा	67.99
23.	पश्चिमी सिंहभूम	58.63
24.	सरायकेला खरसावां	67.70
	कुल आबादी	66.41

वर्गीकरण	2011 में साक्षरता दर (%)	2001 में साक्षरता दर (%)
पुरुष साक्षरता दर	76.84	67.3
महिला साक्षरता दर	55.42	38.9
ग्रामीण साक्षरता दर	61.1	45.7
नगरीय साक्षरता दर	82.3	79.1

सर्वाधिक साक्षरता वाले पांच जिले:

क्रम सं.	जिला	साक्षरता दर (%)
1.	रांची	76.06
2.	पूर्वी सिंहभूम	75.49
3.	धनबाद	74.52
4.	रामगढ़	73.17
5.	बोकारो	72.01

न्यूनतम साक्षरता वाले पांच जिले:

क्रम सं.	जिला	साक्षरता दर (%)
1.	पाकुड़	48.82
2.	साहेबगंज	52.04
3.	गोड्डा	56.40
4.	पश्चिमी सिंहभूम	58.63
5.	लातेहार	59.51

जनसंख्या घनत्व:

- जनसंख्या घनत्व का अर्थ सामान्यतः 'किसी क्षेत्र में प्रति वर्ग किलोमीटर या प्रति मील अथवा प्रति हेक्टेयर में निवास करने वाली जनसंख्या से' है।
- 'जनसंख्या और भूमि के अनुपात' को गणितीय जनसंख्या घनत्व कहा जाता है।
- 2001 की जनगणना के अनुसार, भारत वर्ष में जनसंख्या घनत्व 324 व्यक्ति प्रति वर्ग किलोमीटर था तथा 2011 जनगणना के अनुसार भारत वर्ष में जनसंख्या घनत्व 382 व्यक्ति प्रति वर्ग किलोमीटर है।
- 2001 की जनगणना के अनुसार, झारखंड में जनसंख्या घनत्व 338 व्यक्ति प्रति वर्ग किलोमीटर था तथा 2011 जनगणना के अनुसार, झारखंड में जनसंख्या घनत्व 414 व्यक्ति प्रति वर्ग किलोमीटर है।
- झारखंड में सर्वाधिक जनसंख्या घनत्व वाला जिला 'धनबाद (1316)' तथा न्यूनतम जनसंख्या घनत्व वाला ज़िला 'सिमडेगा (159)' है।
- झारखंड का जनसंख्या घनत्व की दृष्टि से देश में स्थान 14वां है।

2011 के अनुसार, झारखंड का जनसंख्या घनत्व:		
क्रम सं.	जिला	जनसंख्या घनत्व (व्यक्ति प्रति वर्ग किलोमीटर)
1.	गढ़वा	323
2.	चतरा	280
3.	कोडरमा	282
4.	गिरिडीह	493
5.	देवघर	602
6.	गोड्डा	580
7.	साहेबगंज	558
8.	पाकुड़	497
9.	धनबाद	1,316
10.	बोकारो	715
11.	लोहरदगा	307
12.	पूर्वी सिंहभूम	644
13.	पलामू	442
14.	लातेहार	169
15.	हजारीबाग	488
16.	रामगढ़	708
17.	दुमका	351
18.	जामताड़ा	437
19.	रांची	572
20.	खूंटी	210
21.	गुमला	191
22.	सिमडेगा	159
23.	प. सिंहभूम	208
24.	सरायकेला खरसावां	401
	कुल आबादी	441

सर्वाधिक जनसंख्या घनत्व वाले पांच जिले:		
क्रम सं.	जिला	जनसंख्या घनत्व (व्यक्ति प्रति वर्ग किलोमीटर)
1.	धनबाद	1316
2.	बोकारो	715
3.	रामगढ़	708
4.	पूर्वी सिंहभूम	644
5.	देवघर	602

न्यूनतम जनसंख्या घनत्व वाले पांच जिले:		
क्रम सं.	जिला	जनसंख्या घनत्व (व्यक्ति प्रति वर्ग किलोमीटर)
1.	सिमडेगा	159
2.	लातेहार	169
3.	खूंटी	191
4.	पश्चिमी सिंहभूम	208
5.	खूंटी	210

अनुसूचित जनजातियाँ, अनुसूचित जातियाँ और अल्पसंख्यक:

- अनुसूचित जनजाति संख्यात्मक रूप से प्रमुख समुदाय है। यह समुदाय झारखंड राज्य की कुल जनसंख्या का 26.2% है।
- झारखंड की अनुसूचित जनजातियों में 32 आदिवासी समूह शामिल हैं, जिसमें से 8 समूह विशेष रूप से संवेदनशील हैं।
- 2011 जनगणना के अनुसार झारखंड राज्य की कुल जनसंख्या (32.99 मिलियन) में से 8.65 मिलियन आबादी अनुसूचित जनजातियों की है।
- संथाल जनजाति की संख्या सभी जनजातियों में सबसे अधिक है जोकि झारखंड राज्य की कुल जनजाति जनसंख्या का 34.5% है। उरांव, मुंडा और हो का स्थान क्रमशः दूसरा, तीसरा एवं चौथा है जोकि राज्य में कुल जनजाति जनसंख्या का क्रमशः 19.6%, 14.8% और 10.5% है।
- संथाल, मुंडा, उरांव और हो जनजातियों की कुल आबादी जनजातियों की कुल संख्या का तीन - चौथाई है।
- जनजातियों की सबसे अधिक जनसंख्या खूंटी जिले (73.25 प्रतिशत) है तथा न्यूनतम जनजाति जनसंख्या कोडरमा (0.96 प्रतिशत) जिले में है।
- जनजातियाँ, झारखंड राज्य के विशेषकर दक्षिणी एवं उत्तर पूर्वी भाग में रहते हैं।
- संथाली जनजातियाँ विशेष रूप से गिरिडीह, दुमका, पाकुड़ और साहेबगंज जिलों में पायी जाती है। उरांव जनजाति राज्य में लोहरदगा, राँची और गुमला जिलों में है।
- बाकी अन्य छः प्रमुख जनजातियाँ यानी मुंडा, हो, खरवार, लोहरा, भूमिज और खरिया राज्य के क्रमशः खूंटी, पश्चिमी सिंहभूम, पलामू, राँची, पूर्वी सिंहभूम और सिमडेगा जिलों में है।
- झारखंड राज्य में विशेष रूप से कमजोर जनजातियाँ कुल जनजाति जनसंख्या का 3.4 % है।
- सौरिया और माल जनजातियाँ मुख्यत: संथाल परगना में पाई जाति है। लगभग 98% सौरिया पहाड़िया और 56% माल पहाड़िया झारखंड के पाकुड़, साहेबगंज और गोड्डा जिले में निवास करते है।
- विशेषकर कमजोर जनजातियों में सबसे बड़ी जनजाति माल पहाड़ियाओ की है जोकि इन समुदायों की 46% है। इसके सौरिया पहाड़िया आते है जोकि इन समुदायों 16% है।
- कोरवा और पहाड़िया जनजातियाँ मुख्यतः पलामू जिले में निवास करती है। 88% कोरवा और 93% पहाड़िया क्षेत्र के गढ़वा, पलामू और लातेहार जिलों में रहती है।
- सावर जनजाति के लोग पूर्वी सिंहभूम में, असुर जनजाति के लोग गुमला, हजारीबाग, लोहरदगा, रामगढ़ और लातेहार जिलों में और

बिरजिया जनजाति गुमला और लातेहार जिलों में निवास करती है। ये सभी जनजातियाँ प्रमुख रूप से कमजोर हैं।

- भारत की जनगणना, 2011 में झारखंड की अनुसूचित जातियाँ और अल्पसंख्यकों की संख्या का (राज्य की कुल जनसंख्या) में क्रमशः 12.08 प्रतिशत और 19.12 प्रतिशत है।
- झारखंड में 22 अनुसूचित जातियाँ और 5 अल्पसंख्यक समुदाय हैं।
- अनुसूचित जातियाँ सबसे कम पाकुड़ (3.16%) जिले में तथा सबसे अधिक चतरा (32.65%) जिले में निवास करती हैं।
- झारखंड में अल्पसंख्यक धर्मों की निम्न सूची है- मुस्लिम, सिख, बौद्ध, ईसाई, पारसी, और जैन। इन सभी धर्मों को अल्पसंख्यक समुदायों का दर्जा भारत सरकार द्वारा जारी किए गए राज-पत्र की धारा 2 (सी) में अल्पसंख्यक राष्ट्रीय आयोग अधिनियम, 1992 के तहत दिया गया है।
- मुस्लिम समुदाय की जनसंख्या इन सबमें सबसे अधिक है जोकि राज्य की कुल जनसंख्या का 14.5 प्रतिशत है।
- इसके बाद दूसरी सबसे बड़ी अल्पसंख्यक समुदाय ईसाईओं की है जोकि झारखंड राज्य की कुल जनसंख्या के 4.3% है।
- झारखंड राज्य में बाकी अल्पसंख्यकों की संख्या झारखंड की कुल जनसंख्या का मात्र 1% है। इनमे सिख - 0.22%, बौद्ध - 0.03% और जैन - 0.05% है।
- सिमडेगा में सबसे अधिक संख्या में तथा सरायकेला में सबसे निम्न संख्या में अल्पसंख्यक समुदाय है।
- साहेबगंज और पाकुड़ जिलों में मुस्लिम संप्रदाय की कुल जनसंख्या 35% है।
- ईसाई संप्रदाय के लोग मुख्यतः सिमडेगा, खूंटी और गुमला जिलों में हैं। सिमडेगा जिलें में लगभग आधी से अधिक जनसंख्या ईसाइयों की है।
- झारखंड में 41 प्रतिशत ग्रामीण अनुसूचित जाति के घरों में लगभग 25 वर्ष की आयु के कोई साक्षर वयस्क नहीं है।
- चतरा जिले में अनुसूचित जाति के परिवारों में असाक्षरता वाले वस्यकों का अनुपात सबसे अधिक है।
- पश्चिमी सिंहभूम में अनुसूचित जातियों में अर्शिक्षित व्यस्कों की संख्या सबसे कम है।
- 25 वर्ष या उससे अधिक आयु के अशिक्षित व्यस्कों की संख्या सबसे अधिक पाकुड़ जिले में है और दूसरे स्थान पर साहेबगंज जिला है।

अनुसूचित जातियों की सबसे अधिक आबादी वाले जिले (प्रतिशत):

क्रम सं.	जिला	जनसंख्या (प्रतिशत)
1.	चतरा	32.7%
2.	पलामू	27.7%
3.	गढ़वा	24.2%
4.	लातेहार	21.3%
5.	हजारीबाग	17.5%

अनुसूचित जातियों की सबसे अधिक आबादी वाले जिले:

क्रम सं.	जिला	जनसंख्या
1.	पलामू	536382
2.	धनबाद	437309
3.	चतरा	340553
4.	गिरिडीह	325493
5.	गढ़वा	319946

अनुसूचित जातियों की न्यूनतम आबादी वाले जिले (प्रतिशत):

क्रम सं.	जिला	जनसंख्या (प्रतिशत)
1.	पाकुड़	3.16%
2.	गुमला	3.20%
3.	लोहरदगा	3.30%
4.	पश्चिमी सिंहभूम	3.80%
5.	खूँटी	4.50%

अनुसूचित जनजातियों की सबसे अधिक आबादी वाले जिले:

क्रम सं.	जिला	जनसंख्या
1.	राँची	10,42,016
2.	पश्चिमी सिंहभूम	10,11,296
3.	गुमला	70,6,754
4.	पूर्वी सिंहभूम	65,3,923
5.	दुमका	57,1,077

अनुसूचित जनजातियों की सर्वाधिक जनसंख्या वाले जिले (प्रतिशत):

क्रम सं.	जिला	जनसंख्या (प्रतिशत)
1.	खूंटी	73.30%
2.	सिमडेगा	70.80%
3.	गुमला	68.90%
4.	पश्चिमी सिंहभूम	67.30%
5.	लोहरदगा	56.90%

अनूसूचित जनजातियों की न्यूनतम जनसंख्या वाले जिले (प्रतिशत):

क्रम सं.	जिला	जनसंख्या (प्रतिशत)
1.	कोडरमा	1%
2.	चतरा	4.40%
3.	हजारीबाग	7%
4.	धनबाद	8.7%
5.	पलामू	9.3%

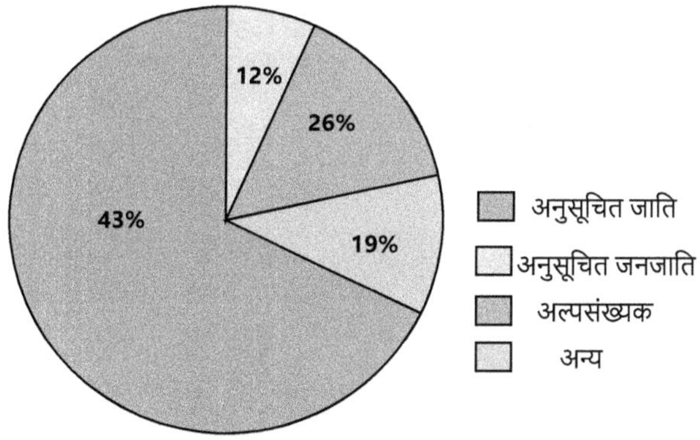

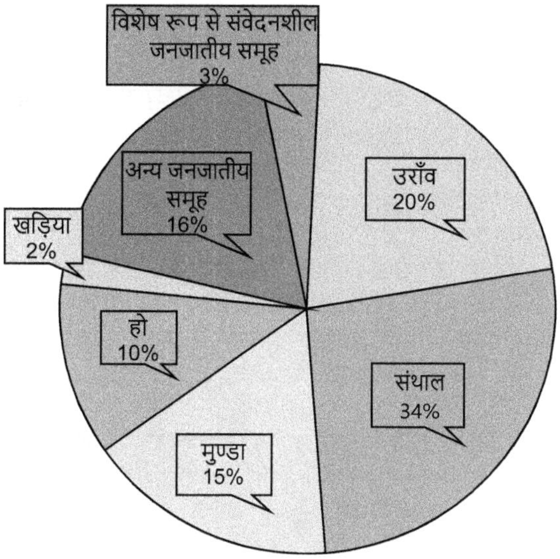

नगरीकरण

- झारखंड की कुल जनसंख्या में ग्रामीण जनसंख्या 2,50,55,073 है, जिसमें 1,27,76,486 पुरुष और 1,22,78,587 महिलाएं हैं।
- जबकि शहरी जनसंख्या 79,33,061 है, जिसमें 41,53,829 पुरुष और 37,79,232 महिलाएं हैं।
- प्रदेश की कुल जनसंख्या में ग्रामीण जनसंख्या 75.95% है, तथा शहरी जनसंख्या 24.05% है।
- झारखंड में 0-6 वर्ष आयु वर्ग की कुल जनसंख्या 53,89,495 है, जिसमें से 27,67,147 बालक एवं 26,22,348 बालिकाएं हैं।
- झारखण्ड के सभी जिलों में राँची की जनसंख्या (29,14,253) सबसे अधिक है।
- इसके बाद क्रमशः धनबाद (26,84,487), गिरिडीह (24,45,4,4) तथा पूर्वी सिंहभूम (22,93,919) आदि जिले हैं।
- जनसंख्या की दृष्टि से सबसे छोटा जिला लोहरदग्गा (4,61,790) है।
- इसके ऊपर क्रमशः खूंटी (5,31,885), सिमडेगा (5,99,578) तथा कोडरमा ((7,16,259) आदि जिले हैं।
- राज्य में आठ जिलों में 10 लाख से कम आबादी है।

सर्वाधिक नगरीय जनसंख्या वाले पाँच जिले		
क्रम सं.	**जिला**	**नगरीय जनसंख्या (%)**
1.	धनबाद	58.13%
2.	पूर्वी सिंहभूम	55.56%
3.	बोकारो	47.70%
4.	रामगढ़	44.13%
5.	राँची	43.14%

न्यूनतम नगरीय जनसंख्या वाले पाँच जिले		
क्रम सं.	**जिला**	**नगरीय जनसंख्या (%)**
1.	गोड्डा	4.91%
2.	गढ़वा	5.27%
3.	चतरा	6.04%
4.	गुमला	6.35%
5.	दुमका	6.82%

झारखंड की प्रमुख नीतियाँ

औद्योगिक नीति

झारखण्ड की औद्योगिक नीति, 2001

- झारखण्ड राज्य निर्माण के लगभग एक वर्ष पश्चात् राज्य की प्रथम औद्योगिक नीति की घोषणा अगस्त, 2001 में की गई। इसे 1 मार्च, 2001 को अधिसूचित कर दिया गया था।
- इस नीति का प्रमुख उद्देश्य राज्य में आधारभूत संरचनाओं का त्वरित विकास, बेरोजगारी में कमी लाना, पूँजी निवेश को बढ़ावा देना, राज्य का संतुलित विकास करना, निजी क्षेत्र को प्रोत्साहन, अनुसंधान एवं विकास द्वारा उत्पादन, लघु एवं कुटीर उद्योगों को बढ़ावा देना एवं उत्पादकता को बढ़ावा देना आदि है।
- इस नीति के लागू होने के बाद राज्य में कई वृहद उद्योग, मेगा उद्योग, मध्यम और लघु उद्योगों की स्थापित हुई।
- इस नीति के सफल कार्यान्वयन के परिणामस्वरूप, राज्य के राजस्व में वृद्धि के साथ-साथ राज्य के सकल घरेलू उत्पाद में वृद्धि के साथ-साथ औद्योगिक उत्पादन में पर्याप्त वृद्धि हुई।
- औद्योगिक नीति, 2001 के सफल क्रियान्वयन में राँची औद्योगिक क्षेत्र विकास प्राधिकरण, आदित्यपुर औद्योगिक क्षेत्र विकास प्राधिकरण, बोकारो औद्योगिक क्षेत्र विकास प्राधिकरण, अधोसंरचना विकास निगम, राज्य खादी बोर्ड एवं झारक्राफ्ट जैसे संगठनों का महत्वपूर्ण योगदान रहा है।
- इस नीति की सफलता से उत्साहित होकर तथा इस नीति में समय के साथ परिवर्तन की आवश्यकता महसूस करते हुए राज्य सरकार ने औद्योगिक नीति, 2012 की घोषणा की थी।

झारखण्ड की औद्योगिक नीति, 2012

- इस नीति के अंतर्गत राज्य में औद्योगीकरण सुनिश्चित करने हेतु कुल 16 उद्देश्यों/नीतियों को चिन्हित किया गया है।
- औद्योगिक नीति, 2012 के प्रमुख उद्देश्य निम्नवत् हैं :
- राज्य में निवेश को प्रोत्साहित करना तथा राज्य में औद्योगिक विकास को निरन्तर प्रोत्साहित करना।
- विनिर्माण और प्रसंस्करण उद्योगों को प्रोत्साहित करना।
- रेशम, हथकरघा, खादी और ग्रामोद्योग को प्रोत्साहित करना ताकि राज्य में रोजगार के पर्याप्त अवसर सृजित हो सकें।
- ग्रामीण क्षेत्रों में हस्तकला गतिविधियों का संवर्धन एवं संरक्षण।
- वृहत, लघु एवं सूक्ष्म उद्योगों में समन्वय स्थापित करना।
- राज्य के खनिज एवं अन्य प्राकृतिक संसाधनों का युक्तिसंगत दोहन एवं अनुकूल उपयोग।
- राज्य में उद्यानिकी एवं खाद्य प्रसंस्करण को बढ़ावा देना।
- पर्यावरण संरक्षण के अनुकूल उद्योगों को प्रोत्साहित करने वाली प्रौद्योगिकी और कौशल को बढ़ावा देना।
- राज्य के औद्योगिक विकास में अनुसूचित जाति, अनुसूचित जनजाति एवं पिछड़े वर्ग के लोगों की भागीदारी सुनिश्चित करना।
- नवीनीकरण एवं प्रौद्योगिकी उन्नयन की दिशा में सार्थक प्रयास ताकि औद्योगिक उत्पादन एवं उत्पादकता को बढ़ाया जा सके।
- राज्य के भीतर क्षेत्रीय विषमता को दूर करना।
- पीपीपी (सार्वजनिक-निजी भागीदारी) मॉडल पर आधारित औद्योगिक पार्कों का विकास करना।
- प्रौद्योगिकी, चिकित्सा और प्रबंधन आदि के क्षेत्र में निजी निवेश से शिक्षण संस्थानों की स्थापना को प्रोत्साहित करना।
- मानव संसाधन विकास और कौशल विकास के क्षेत्र में निजी निवेश को बढ़ावा देना।
- राज्य में निवेश के लिए सुगम एवं भयमुक्त वातावरण का निर्माण करना।
- विकास को प्रोत्साहित करने हेतु विधि व्यवस्था को सुगम, संवेदनशील तथा पारदर्शी बनाना।
- औद्योगिक नीति, 2012 के उद्देश्यों की प्राप्ति हेतु सरकार की कार्यनीति निम्नवत् हैं -
- इस नीति में निजी उद्योग, औद्योगिक क्षेत्र प्राधिकरण, औद्योगिक क्लस्टर एवं औद्योगिक पार्क को विशेष रूप से प्रोत्साहित करने का प्रावधान किया गया है।
- कार्यों के समय पर निस्तारण के लिए "एकल खिड़की सुविधा" का विकास।
- राज्य में अधोसंरचना के विकास के लिए अनुकूल वातावरण सृजित करने पर बल।
- विभिन्न क्षेत्रों में निजी-सार्वजनिक भागीदारी को बढ़ावा देना।
- राज्य में हस्तकला, लघु उद्योग, कुटीर उद्योगों द्वारा निर्मित उत्पादों के लिए बाजार की व्यवस्था पर बल।
- ऑटोमोबाइल, इस्पात, सूचना एवं संचार तकनीकी, प्रसंस्करण आदि हेतु विशिष्ट आर्थिक क्षेत्र के निर्माण पर बल।
- रुग्ण इकाइयों की पहचान एवं उनके संरक्षण एवं विकास हेतु जिला स्तरीय अनुश्रवण प्रणाली का विकास।
- विस्थापन और पुनर्वास नीति, 2008 में सुधार।
- विशेष रूप से अनुसूचित जाति, अनुसूचित जनजाति, पिछड़ा वर्ग, महिला एवं विकलांग वर्ग को प्रोत्साहित करना।
- जिला स्तर पर "भूमि बैंक" का निर्माण एवं उस पर अधोसंरचना का विकास तथा इस भूमि का आवंटन औद्योगिक इकाईयों की स्थापना हेतु करना।
- राज्य में औद्योगिक गलियारों का विकास कर इसमें बिजली, रेलवे संपर्क, कलस्टर जैसे आधारभूत संरचनाओं का निर्माण करना।
- राज्य में वस्त्र औद्योगिक पार्क, सूचना प्रौद्योगिकी पार्क, जड़ी-बूटी पार्क, खाद्यान्न प्रसंस्करण पार्क, औषधीय पार्क आदि का निजी-सार्वजनिक मॉडल पर विकास करना।
- राज्य में विशेष आर्थिक जोन विकसित करना ताकि औद्योगिक निवेश को प्रोत्साहन के साथ-साथ निर्यात में वृद्धि हो सके।
- इसके तहत आदित्यपुर में ऑटोमोबाइल के विकास के लिए एक विशेष आर्थिक क्षेत्र प्रस्तावित है।
- राज्य में औद्योगिक क्षेत्रीय विकास प्राधिकरण की स्थापना करना ताकि भूमि अधिग्रहण, उसका आवंटन एवं नवीकरण से संबंधित गतिविधियों को प्रोत्साहित किया जा सके।
- राज्य में विभिन्न तकनीकी संस्थान, पॉलिटेक्निक कॉलेज, इंजीनियरिंग कॉलेज स्थापित किए जा रहे हैं।

- इन संस्थानों में 25 प्रतिशत सीटें राज्य के निवासियों के लिए आरक्षित होती हैं।
- साथ ही इनके निर्माण में निजी निवेश को बढ़ावा दिया जा रहा है।
- राज्य में विभिन्न तकनीकी संस्थानों, इंजीनियरिंग कॉलेज, पॉलिटेक्निक कॉलेजों की स्थापना की जा रही है।
- इन संस्थानों में 25 प्रतिशत सीटें राज्य के निवासियों के लिए आरक्षित होती हैं।
- रांची एवं दुमका में मिनी टूल रूम स्थापित किये गये हैं।
- प्रत्यक्ष विदेशी निवेश को प्रोत्साहित करने के लिए, राज्य सरकार ने नई दिल्ली और रांची में एनआरआई सेल स्थापित करने का प्रस्ताव रखा है।
- राज्य सरकार द्वारा इन्वेस्टर्स समिट के आयोजन का प्रस्ताव है।।
- झारखण्ड में इस नीति के आलोक में 'मोमेंटम झारखण्ड' नामक गतिविधि का आयोजन किया गया।

झारखण्ड औद्योगिक एवं निवेश प्रोत्साहन नीति, 2016

- झारखंड औद्योगिक और निवेश प्रोत्साहन नीति, 2016 का उद्देश्य अत्याधुनिक बुनियादी ढांचा स्थापित करना, विनिर्माण को बढ़ावा देना, समावेशिता बढ़ाना, नवाचार में तेजी लाना और रोजगार के अवसर पैदा करना है।
- इस नीति का मुख्य उद्देश्य झारखंड राज्य को निवेशकों के लिए एक भरोसेमंद राज्य में बदलने के साथ-साथ राज्य में निरंतर औद्योगिक विकास को प्रोत्साहित करना और परियोजनाओं की स्वीकृति के लिए वेब आधारित पारदर्शी कार्यशैली विकसित करना आदि है।
- इस नीति के क्रियान्वयन हेतु निम्न रणनीति अपनायी गयी है -
- विकास को गति देने के लिए, नवाचार गतिविधियों को प्रोत्साहित करते हुए क्षेत्रीय मूल्य श्रृंखलाओं को एक साथ जोड़ने की आवश्यकता है।
- इंफ्रास्ट्रक्चर के विकास के लिए निजी निवेश और पब्लिक-प्राइवेट पार्टनरशिप को बढ़ावा देना होगा।
- इसमें सड़क, ऊर्जा, औद्योगिक क्लस्टर, औद्योगिक पार्क, ग्रामीण औद्योगीकरण (रेशमकीट पालन, खादी, हैंडीक्रॉफ्ट, खाद्य प्रसंस्करण, हैण्डलूम, बाँस, चमड़ा, लाह आदि) शामिल हैं।
- ग्रामीण महिला स्वयं सहायता समूहों को रेशमकीट पालन, हथकरघा, हस्तकला आदि के लिए गुणवत्तापूर्ण प्रशिक्षण की व्यवस्था की जायेगी।
- औद्योगिक क्षेत्र विशेष रूप से सूक्ष्म, लघु व मध्यम उद्योगों को पर्याप्त व ससमय साख की व्यवस्था की जाएगी।
- अंतर्राष्ट्रीय व्यापार को बढ़ावा देने के लिए अंतर्राष्ट्रीय व्यापार सेवा प्रदाताओं को विकसित किया गया।
- निर्यात उद्योगों को सुविधाएं देने के लिए सिंगल विंडो सिस्टम को मजबूत करना होगा।
- औद्योगिक क्षेत्रीय विकास प्राधिकरण में नये निवेशकों के लिये भूमि का प्रबंधन एवं विकास करना होगा।
- महिलाओं, अनुसूचित जाति एवं अनुसूचित जनजाति के उद्यमियों को विशेष प्रोत्साहन राशि प्रदान की जायेगी।
- निगरानी, मूल्यांकन और शिकायत निवारण प्रणाली को मजबूत किया जाएगा।
- प्रदेश में कौशल विकास कार्यक्रम क्रियान्वित किये जायेंगे।
- अवसंरचनात्मक विकास की गति को तेज किया जाएगा।
- श्रम गहन उद्योगों को प्रोत्साहित किया जाएगा।
- औद्योगिक रूप से कम विकसित क्षेत्रों के विकास पर विशेष बल दिया जायेगा।
- सेक्टर-विशिष्ट कौशल विकास और व्यावसायिक कौशल को मजबूत किया जाएगा।
- स्टार्ट-अप और नवीन उत्पादों के विकास के लिए विश्वविद्यालयों को प्रोत्साहित किया जाएगा।
- तकनीकी उन्नयन और अनुसंधान एवं विकास को समर्थन दिया जाएगा।
- व्यावसायिक सुविधाओं और ई-गवर्नेंस को प्रोत्साहित किया जाएगा।
- महिलाओं को ध्यान में रखकर लेबर सेक्टर में सुधार किया जाएगा।
- मेक इन इंडिया कार्यक्रम के लिए फोकस अप्रोच अपनाई जाएगी। इसके लिए निम्नलिखित कदम उठाए जाएंगे-
- ईज ऑफ डूइंग बिजनेस पर जोर देने के साथ कारोबारी माहौल में सुधार होगा।
- निर्माण प्रक्रिया को कुशल बनाया जाएगा।
- शून्य प्रदूषण उत्सर्जन संयंत्र स्थापित किए जायेंगे।

झारखण्ड औद्योगिक एवं निवेश प्रोत्साहन नीति, 2021

नीति का परिचय

- यह नीति राज्य में 1 अप्रैल 2021 से लागू की गए और अगले पांच वर्ष तक प्रभावी रहेगी।
- इस नीति में कपड़ा और परिधान, ऑटोमोबाइल, ऑटो घटक, कृषि खाद्य और मांस प्रसंस्करण, फार्मास्युटिकल और इलेक्ट्रॉनिक सिस्टम डिजाइन और विनिर्माण को उच्च प्राथमिकता वाले क्षेत्रों के रूप में चिन्हित किया गया है।
- इस नीति के तहत राज्य में उद्योग के लिए किए गए पूंजी निवेश का 25% या अधिकतम 6.25 करोड़ रुपये तक प्रोत्साहन के रूप में प्रदान किया जाएगा।
- इस नीति के तहत राज्य में सूक्ष्म उद्योगों के लिए एक करोड़ रुपये, लघु उद्योगों के लिए 10 करोड़ रुपये और बड़े उद्योगों के लिए 25 करोड़ रुपये के निवेश पर प्रोत्साहन राशि प्रदान की जाएगी।
- सभी वर्ग की महिलाओं को निवेश पर 5% की अतिरिक्त इंसेंटिव राशि दी जाएगी।

दृष्टिकोण व लक्ष्य

- राज्य में उचित कारोबारी माहौल और उच्चस्तरीय संरचना का निर्माण करना ताकि निवेशकों को आकर्षित किया जा सके।
- राज्य में वैश्विक प्रतिस्पर्धा और व्यावसायिक गतिविधियों में नवाचार को बढ़ावा देना।
- राज्य के उद्योगों को चतुर्थ पीढ़ी एवं उसके बाद की नवीन तकनीकों को अपनाने में दक्ष बनाना।
- जमीनी स्तर पर क्षमता निर्माण ताकि सतत् औद्योगिक विकास पर ध्यान केंद्रित किया जा सके।
- अगले दशक में औद्योगिक क्षेत्र में तीव्र और सतत् वृद्धि के लक्ष्य को प्राप्त करना ताकि सकल राज्य घरेलू उत्पाद में इस क्षेत्र की हिस्सेदारी बढ़ाई जा सके।
- इस लक्ष्य की प्राप्ति हेतु निम्न उपाय किये जायेंगे -
- एक प्रभावी, सक्रिय और सहायक संस्थागत प्रणाली का निर्माण।
- प्रचार रणनीतियों का निर्माण और कार्यान्वयन।
- गोदामों, सामान्य सुविधा केंद्रों आदि जैसी बुनियादी सुविधाओं का निर्माण।
- विपणन विकास सहयोग, अनुसंधान एवं विकास और वैश्विक बाजार के लिए प्रयोगशाला समर्थन, आदि।

नीति के प्रमुख उद्देश्य

- राज्य में 1 लाख करोड़ का निवेश आकर्षित कर 5 लाख रोजगार सृजित

करना।

- झारखण्ड को निवेशकों के लिए एक पसंदीदा गंतव्य में बदलना और सतत औद्योगिक विकास को प्रोत्साहित करना।
- परियोजना अनुमोदन, उत्पादन घोषणा की तिथि तथा वित्तीय व गैर-वित्तीय सहायता तथा अनुमोदन के लिए एक समयबद्ध, वेब-आधारित पारदर्शी कार्यतंत्र बनाना।
- गोदामों, अंतर्देशीय कंटेनर डिपो, कोल्ड स्टोरेज, औद्योगिक क्लस्टरों के लिए रेल-रोड कनेक्टिविटी, टूल रूम आदि जैसे बुनियादी ढांचे का सुदृढ़ीकरण।
- निर्यात क्षमता वाले उद्योगों पर ध्यान केंद्रित करना।
- 100% स्वदेशी इनपुट के साथ एमएसएमई क्षेत्र द्वारा निर्मित निर्यात वस्तुओं पर ध्यान केंद्रित करना।
- ओईएम और एमएसएमई/अनुषंगी उद्योगों के बीच संपर्क स्थापित करना।
- सभी क्षेत्रों में विकास के लिए एक सरल, सक्रिय और सहायक प्रणाली प्रदान करना।
- औद्योगिक और निवेश प्रोत्साहन नीति, एमएसएमई अधिनियम-2006 और अन्य नीतिगत हस्तक्षेपों के तहत सुविधाएं प्रदान करके औद्योगिक और सेवा क्षेत्रों में रोजगार सृजन को बढ़ावा देना।
- पारंपरिक क्षेत्रों जैसे खनिज आधारित उत्पादों, हस्तशिल्प, हथकरघा, कृषि और प्रसंस्कृत खाद्य उत्पादों में मूल्यवर्धन और गुणवत्ता प्रतिस्पर्धा बढ़ाने के लिए प्रौद्योगिकी और कौशल उन्नयन करना।
- खाद्य और चारा प्रसंस्करण के समग्र विकास के लिए प्रसंस्करण के स्तर में वृद्धि, बर्बादी को कम करना, मूल्य में वृद्धि करना और किसानों की आय में वृद्धि के साथ-साथ निर्यात में वृद्धि को बढ़ावा देना।
- नवाचार, स्टार्ट-अप और प्रौद्योगिकी हस्तांतरण को प्रोत्साहित करना।

औद्योगिक विकास की रणनीति

- निजी निवेश और सार्वजनिक-निजी भागीदारी को बढ़ावा देना ताकि आधारभूत संरचना-सड़क, बिजली, दूरसंचार, औद्योगिक संपदा, औद्योगिक क्लस्टर और औद्योगिक पार्क विकसित किए जा सकें।
- इसके साथ ही ग्रामीण औद्योगीकरण के लिए रेशमकीट पालन, खादी, हस्तशिल्प, खाद्य प्रसंस्करण, हथकरघा, बांस, चमड़ा और लाख से संबंधित उद्योगों पर ध्यान केंद्रित करना।
- उद्योगों (विशेष रूप से एमएसएमई क्षेत्र को) को समय पर और उचित ऋण की उपलब्धता सुनिश्चित करना।
- निर्यात संवर्धन परिषदों, आईटीपीओ, क्षेत्रीय संघों और एमएसएमई संघों के साथ एक मजबूत नेटवर्क विकसित करना।
- अंतर्राष्ट्रीय व्यापार को बढ़ावा देने के लिए अंतर्राष्ट्रीय व्यापार सेवा प्रदाताओं को विकसित करना।
- निर्यात उद्योगों को सहायता प्रदान करने के लिए सिंगल विंडो सिस्टम को मजबूत करना।
- बेहतर भूमि प्रबंधन और नए निवेशकों के लिए प्लॉट/भूमि की उपलब्धता बढ़ाना।
- समावेशिता को बढ़ावा देने के लिए महिलाओं, अनुसूचित जाति और अनुसूचित जनजाति के उद्यमियों को विशेष प्रोत्साहन प्रदान करना।
- निगरानी, मूल्यांकन व शिकायत निवारण तंत्र का संस्थानीकरण।
- हितधारकों और औद्योगिक संघों के साथ परामर्श तंत्र का संस्थानीकरण।
- उद्यमिता व कौशल विकास कार्यक्रमों पर जोर।
- बुनियादी ढाँचों के विकास में तेजी लाना।
- श्रम प्रधान उद्योगों को बढ़ावा देना।
- औद्योगिक रूप से पिछड़े क्षेत्रों के लिए केन्द्रित दृष्टिकोण।
- प्रौद्योगिकी उन्नयन, अनुसंधान व विकास के सहयोग द्वारा विश्वविद्यालयों को स्टार्ट-अप और नवीन उत्पाद विकास हेतु प्रोत्साहित करना।
- व्यापार सुविधा और ई-शासन को बढ़ावा देना।
- राज्य में अनुकूल श्रम सुधार और व्यापार सुगमता को बढ़ावा देना।
- 'मेक इन इण्डिया' कार्यक्रम पर लक्षित दृष्टिकोण।

विस्थापन एवं पुनर्वास नीति

- झारखंड की विस्थापन और पुनर्वास नीति 25 जुलाई, 2008 को झारखंड सरकार के राजपत्र में प्रकाशित हुई थी।
- झारखंड की विस्थापन एवं पुनर्वास नीति को 9 अध्यायों में बांटा गया है। इस नीति के महत्वपूर्ण बिंदु यहाँ शामिल हैं।

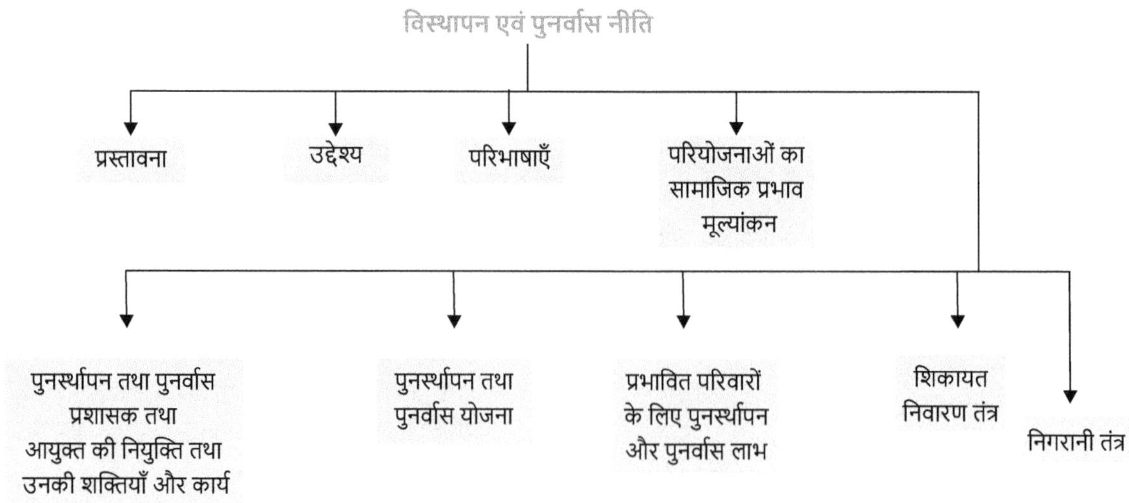

प्रस्तावना

- झारखंड राज्य की ऐतिहासिक घटनाओं की समीक्षा करने पर यह महसूस होता है कि झारखंड के लोगों, विशेषकर आदिवासी मुखियाओं द्वारा कई विद्रोह किए गए, क्योंकि वे अपनी सभ्यता और रीति-रिवाजों में बाहरी हस्तक्षेप के खिलाफ क्रोधित थे।
- आजादी मिलने के बाद आदिवासियों और स्थानीय लोगों ने अपने हितों की रक्षा के लिए अलग राज्य की मांग की, जिसके लिए उन्होंने लंबा संघर्ष किया। नतीजतन, आखिरकार 15 नवंबर, 2000 को एक अलग राज्य की अवधारणा सच हो गई।
- प्राकृतिक संसाधनों से परिपूर्ण राज्य के लोगों की सोच थी कि राज्य के औद्योगिकीकरण से झारखण्ड के लोगों का भविष्य सुनहरा होगा।
- पूर्व में भूमि अधिग्रहण अधिनियम, 1894 एवं कोयला धारक क्षेत्र (A & D) अधिनियम, 1957 के अंतर्गत उद्योगों, डैमों एवं खानों की स्थापना हेतु काफी भूमि अर्जित की गई।
- बड़ी संख्या में लोग भूमि अधिग्रहण के कारण विस्थापित हुए और अपने वन, भूमि, जल संसाधन, सामुदायिक पहचान और आजीविका खो दी।
- अतः औद्योगीकरण एवं उद्योग आदि के लिए भूमि अर्जन के परिप्रेक्ष्य में यह आवश्यक है कि वर्तमान स्थिति का आंकलन कर उपरोक्त पुनर्स्थापन एवं पुनर्वास नीति तैयार की जाए, जिससे पूंजी निवेशकों के साथ-साथ इससे प्रभावित लोगों का भी कल्याण सुनिश्चित किया जा सके।
- पिछले 60-70 वर्षों में झारखंड में रोजगार के लिए आने वाले लोगों की संख्या में उल्लेखनीय वृद्धि हुई है, जिससे झारखंड के लोगों, विशेषकर आदिवासी लोगों की सामाजिक, आर्थिक, राजनीतिक और सांस्कृतिक पहचान पर प्रतिकूल प्रभाव पड़ा है।
- झारखंड राज्य की जनसंख्या में आदिवासियों की संख्या वर्ष 1931 में 50 प्रतिशत से घटकर वर्ष 2011 में लगभग 26.3 प्रतिशत हो गई है।
- राज्य में आदिवासियों की आबादी में कमी के कारण विधान सभा में अनुसूचित जनजातियों के सदस्यों के लिए आरक्षित सीटों की संख्या 1971 में 32 से घटकर 28 हो गई।
- इसी तरह, लोकसभा में आदिवासियों के लिए आरक्षित सीटों की संख्या 7 से घटाकर 5 हो गई।
- 'सर्वोपरि अधिकार' के सिद्धांत के तहत, राज्य को कभी-कभी सार्वजनिक सुविधाएं और बुनियादी ढांचा प्रदान करते हुए निजी संपत्ति का अधिग्रहण करते समय कानूनी शक्तियों का प्रयोग करने की आवश्यकता होती है।
- इसके कारण लोगों को भूमि, आजीविका, आश्रय छोड़ना पड़ता है, जिससे इन लोगों पर मनोवैज्ञानिक, सामाजिक और सांस्कृतिक प्रभाव पड़ता है।
- यह अनुसूचित जाति, अनुसूचित जनजाति, सीमांत किसानों, महिलाओं और समाज के कमजोर वर्गों को सबसे अधिक प्रभावित करता है।
- बाहरी रूप से थोपी गई आवश्यकताओं के बजाय प्रभावित लोगों की सक्रिय भागीदारी के साथ तैयार की गई विकासात्मक प्रक्रिया के मूलभूत भाग के रूप में पुनर्वास और पुनर्स्थापन के मुद्दों को स्वीकार करने की अनिवार्य आवश्यकता है।
- अनैच्छिक विस्थापन से प्रतिकूल रूप से प्रभावित परिवारों को मौद्रिक मुआवजे के अलावा अतिरिक्त लाभ प्रदान करना होगा। स्थिति उन लोगों के लिए और भी खराब है जिनके पास भूमि के संबंध में कानूनी या मान्यता प्राप्त अधिकार नहीं हैं, जैसे कि गैरमजरूआ और वन भूमि धारक, जिस पर वे अपनी आजीविका कमाने के लिए पूरी तरह से निर्भर हैं।
- इस प्रकार योजनाकारों को विस्थापन और पुनर्वास और पुनर्स्थापन प्रक्रिया में उन लागतों को भी शामिल करने की आवश्यकता है जो ऐसी संपत्तियों के अधिग्रहण से प्रभावित होती हैं।
- उपरोक्त तथ्यों के आलोक में विगत वर्षों में झारखण्ड में पुनर्वास एवं पुनर्स्थापन नीति की अधिक आवश्यकता महसूस की गयी।

उद्देश्य

- झारखण्ड पुनर्वास एवं पुनर्स्थापन नीति के उद्देश्य निम्नवत् हैं -
- जहां भी संभव हो, न्यूनतम विस्थापन, विस्थापन न करने या अल्पतम विस्थापन विकल्प को बढ़ावा देना।
- प्रभावित व्यक्तियों की सक्रिय भागीदारी और पुनर्वास प्रक्रिया के त्वरित कार्यान्वयन के साथ पर्याप्त पुनर्वास पैकेज सुनिश्चित करना।
- यह सुनिश्चित करना कि समाज के कमजोर वर्गों, विशेष रूप से अनुसूचित जाति एवं अनुसूचित जनजाति के सदस्यों के अधिकारों की रक्षा के लिए विशेष ध्यान रखा जाता है और उनके उपचार के संबंध में सावधानी और संवेदनशीलता के साथ कार्रवाई की जाती है।
- प्रभावित परिवारों को बेहतर जीवन स्तर प्रदान करने और स्थायी आय प्रदान करने के लिए संयुक्त प्रयास करना।
- विकास योजनाओं और कार्यान्वयन प्रक्रिया के साथ पुनर्वास कार्यों को एकीकृत करना।
- जहां तक विस्थापन भूमि अधिग्रहण के कारण हुआ है, अधिग्रहण करने वाले निकाय और प्रभावित परिवारों के बीच आपसी सहयोग से सौहार्दपूर्ण संबंध स्थापित करना।

परिभाषाएँ

- इस नीति में प्रयुक्त विभिन्न अभिव्यक्तियों की प्रमुख परिभाषाएँ इस प्रकार हैं -
- **प्रभावित परिवार-** एक परिवार जिसकी संपत्ति किसी परियोजना के लिए या किसी अन्य कारण से भूमि के अधिग्रहण के कारण अनैच्छिक विस्थापन से प्रभावित हुई हो।
- **प्रभावित क्षेत्र-** ऐसा क्षेत्र जहां किसी परियोजना के लिए या किसी अन्य कारण से भूमि अधिग्रहण के कारण एक सौ या अधिक परिवारों के विस्थापन की संभावना हो।
- **कृषि श्रमिक-** एक व्यक्ति जो अनुसूचित क्षेत्र में कम से कम 30 वर्षों से और गैर-अनुसूचित क्षेत्र में 15 वर्षों से प्रभावित क्षेत्र घोषित होने की तारीख से पहले रह रहा हो और उस क्षेत्र में शारीरिक श्रम द्वारा कृषि भूमि का अधिग्रहण किया हो।
- **कृषि भूमि-** ऐसी भूमि जिसका उपयोग कृषि या बागवानी, डेयरी उद्योग, कुक्कुट पालन, मछली पकड़ने, रेशम उत्पादन या औषधीय जड़ी-बूटियों के उत्पादन के लिए नर्सरी के रूप में, जानवरों को चराने, घास उगाने आदि के लिए किया जाता है।
- **विस्थापन-** किसी का घर या निवास स्थान को खो देना।
- **परिवार-** परिवार में एक व्यक्ति, उसकी पत्नी या उसके पति, अविवाहित बेटे, अविवाहित बेटियां, अविवाहित भाई, अविवाहित बहनें सम्मिलित होती हैं। इसमें एक व्यक्ति, उसकी पत्नी/पति और "एकमात्र परिवार" के तहत नाबालिग बच्चे शामिल हैं। "पृथक परिवार" में 30 वर्ष से अधिक आयु के अविवाहित पुरुष या महिला, 40 प्रतिशत से अधिक विकलांगता वाले शारीरिक या मानसिक रूप से विकलांग व्यक्ति, नाबालिग अनाथ जो माता-पिता या विधवा दोनों को खो चुके हैं, शामिल होंगे।
- **ग्राम-सभा-** झारखंड पंचायत राज अधिनियम, 2001 में परिभाषित ग्राम सभा।
- **जोत क्षेत्र-** किसी एक व्यक्ति के पास कब्जाधारी या किराएदार या दोनों के रूप में धारित कुल भूमि।
- **रैयत-** एक व्यक्ति जिसका नाम विवादित भूमि के ब्लॉक से संबंधित राजस्व रिकॉर्ड में दिखाई देता है।
- **भूमि अर्जन-** भूमि अर्जन अधिनियम, 1894 या राज्य सरकार के किसी अन्य कानून के तहत अधिग्रहित भूमि।
- **निगम क्षेत्र-** झारखंड नगर निगम अधिनियम, 2001 में परिभाषित

नगरपालिका क्षेत्र।

- अधिभोगी- अनुसूचित जनजाति समुदाय एवं अन्य वनवासी समुदाय का ऐसा सदस्य जिसके पास 13 दिसम्बर 2005 के पूर्व वन भूमि का कब्जा था।
- परियोजना- एक परियोजना जिसमें भूमि अधिग्रहण के परिणामस्वरूप अनैच्छिक विस्थापन शामिल है।
- अर्जनकारी निकाय- एक कंपनी, एक कॉर्पोरेट निकाय, एक संस्था या कोई अन्य संगठन जिसके लिए राज्य सरकार द्वारा भूमि का अधिग्रहण किया जाता है।
- पुनर्स्थापन क्षेत्र - ऐसा क्षेत्र जिसे राज्य सरकार द्वारा इस नीति के तहत् पुनर्स्थापन क्षेत्र घोषित किया गया हो।

परियोजनाओं का सामाजिक प्रभाव मूल्यांकन

- जब भी कोई नई परियोजना शुरु करने अथवा किसी विद्यमान परियोजना का विस्तार करने की इच्छा की जाती है, जिसके अंतर्गत किसी भी क्षेत्र में सामूहिक रूप से एक सौ अथवा अधिक परिवारों का अनैच्छिक विस्थापन शामिल हो, तो प्रशासक, पुनर्स्थापन एवं पुनर्वास में यह सुनिश्चित करेगा कि प्रस्तावित प्रभावित क्षेत्रों में सामाजिक प्रभाव मूल्यांकन किया जाए।
- सामाजिक प्रभाव मूल्यांकन करते समय इस बात को ध्यान में रखा जाएगा कि परियोजना का सार्वजनिक व सामुदायिक संपत्तियों, परिसंपत्तियों और आधारिक ढांचे, सामुदायिक तालाब, चारागाह, भूमि, चारे के लिए भूमि, पौधारोपण, उचित दर की दुकानें, पंचायत घर, सहकारी समितियां, सार्वजनिक उपयोगिताओं जैसे- डाकघर, बीज भंडार, सिंचाई, बिजली, स्वास्थ्य केन्द्र, पार्क, प्रशिक्षण केन्द्र, सामुदायिक केन्द्र, पूजा स्थल, कब्रगाह, शमशान आदि एवं जनजातीय संस्कृति पर क्या प्रभाव पड़ेगा।
- ऐसे मामलों जिनमें पर्यावरणीय प्रभाव मूल्यांकन (EIA) तथा सामाजिक प्रभाव मूल्यांकन (SIA) दोनों ही किए जाने अपेक्षित हों, उनमें पर्यावरणीय प्रभाव मूल्यांकन के लिए परियोजना प्रभावित क्षेत्र में की गई जन-सुनवाई के अंतर्गत सामाजिक प्रभाव मूल्यांकन से संबंधित मामलों को भी शामिल किया जाएगा। ऐसी जन-सुनवाई का कार्य 30 दिनों के अंदर पूरा कर लिया जाएगा।
- सामाजिक प्रभाव मूल्यांकन (SIA) स्वीकृति उन सभी मामलों में अनिवार्य होगी, जिनमें सामूहिक रूप में किसी भी क्षेत्र में 100 या उससे अधिक परिवारों का अनैच्छिक विस्थापन होता है तथा सभी संबंधित पक्षों द्वारा SIA की स्वीकृति में निर्धारित की गई शर्तों का विधिवत रूप से पालन किया जाएगा।
- भूमि अधिग्रहण की कार्रवाई के पूर्व अधियाची निकाय को इस पुनर्वास एवं पुनर्स्थापन नीति के प्रावधानों का विधिवत रूप से पालन करने की लिखित रूप से वचनबद्धता प्रमाण-पत्र देना होगा।

पुनर्स्थापन तथा पुनर्वास प्रशासक तथा आयुक्त की नियुक्ति तथा उनकी शक्तियाँ और कार्य

- जहाँ पर राज्य सरकार इस बात से संतुष्ट हो कि किसी परियोजना के लिए भूमि अर्जन अथवा किसी अन्य कारण से 100 या अधिक परिवारों का अनैच्छिक विस्थापन होने की संभावना है, तो राज्य सरकार अधिसूचना द्वारा उपायुक्त के स्तर से अन्यून स्तर के किसी अधिकारी को पुनर्स्थापनऔर पुनर्वास प्रशासक के रूप में नियुक्त करेगी।
- सामूहिक रूप से 100 से कम परिवारों के विस्थापन वाली परियोजनाओं के मामले में उपायुक्त इस नीति के अधीन प्रभावित परिवारों के पुनर्स्थापनएवं पुनर्वास के लिए जिम्मेदार होंगे।
- पुनर्स्थापन एवं पुनर्वास प्रशासक की सहायता राज्य सरकार द्वारा निर्णीत अधिकारी एवं कर्मचारियों द्वारा की जाएगी।
- पुनर्वास आयुक्त के पर्यवेक्षण, निर्देशों तथा नियंत्रण के अध्ययीन पुनर्स्थापनऔर पुनर्वास प्रशासक प्रभावित परिवारों के विस्थापन और पुनर्वास के लिए सभी उपाय करेगा।
- पुनर्स्थापन और पुनर्वास योजना की तैयारी, निष्पादन और निगरानी के संबंध में समग्र नियंत्रण और पर्यवेक्षण की शक्ति पुनर्स्थापन और पुनर्वास प्रशासकों में निहित होगी।

राज्य सरकार के किसी सामान्य अथवा विशेष आदेशों के अधीन पुनर्स्थापन और पुनर्वास प्रशासक निम्नलिखित कार्य और कर्त्तव्य को संपन्न करेगा-

1. अर्जनकारी निकाय के परामर्श से व्यक्तियों का न्यूनतम विस्थापन और ऐसे विकल्पों का पता लगाना, जिनसे विस्थापन न हो अथवा कम-से-कम विस्थापन हो।
2. पुनर्वास और पुनर्स्थापनस्कीम तैयार करते समय प्रभावित व्यक्तियों एवं संबंधित ग्राम सभाओं के साथ परामर्श करना।
3. यह सुनिश्चित करना कि अनुसूचित जनजातियों और कमजोर वर्ग के प्रतिकूल रूप से प्रभावित व्यक्तियों के हितों का सर्वेक्षण हो।
4. इस नीति के अंतर्गत पुनर्स्थापन और पुनर्वास स्कीम के लिए योजना का प्रारूप तैयार करना।
5. प्रभावित परिवारों, संबंधित ग्रामसभा और अर्जनकारी निकाय के प्रतिनिधियों के साथ परामर्श से भूमि अर्जन के विभिन्न घटकों, पुनर्स्थापन और पुनर्वास कार्यकलापों अथवा कार्यक्रमों के लिए अनुमानित व्यय सहित बजट तैयार करना।
6. प्रभावित परिवारों के पुनर्स्थापनऔर पुनर्वास के लिए पर्याप्त भूमि की व्यवस्था करना।
7. प्रभावित परिवारों हेतु लाभ स्वीकृत करना।
8. ऐसे अन्य कार्य निष्पादित करना जिन्हें राज्य सरकार लिखित में आदेश द्वारा समय-समय पर सौंपती है।

- प्रशासक अपने कार्यों के सम्पादन के लिए किसी तकनीकी विशेषज्ञ/संस्थान से अपेक्षित सहयोग ले सकेगा जिस पर व्यय का वहन अधियायी निकाय द्वारा किया जाएगा।
- पुनर्वास और पुनर्स्थापन प्रशासक, लिखित आदेश द्वारा, उसे सौंपी गई ऐसी प्रशासनिक शक्तियों और कर्तव्यों को किसी ऐसे अधिकारी को सौंप सकता है जो अंचल अधिकारी या समकक्ष अधिकारी के पद से नीचे के न हो।
- इस नीति के तहत राज्य सरकार द्वारा नियुक्त सभी अधिकारी और कर्मचारी पुनर्स्थापन और पुनर्वास प्रशासक के अधीनस्थ होंगे।
- राज्य सरकार इस नीति के तहत पुनर्स्थापन और पुनर्वास के सभी मामलों के लिए सरकार के आयुक्त के स्तर के एक अधिकारी या समकक्ष अधिकारी को पुनर्व्यवस्थापन और पुनर्वास आयुक्त के रूप में नियुक्त करेगी।
- इस नीति को लागू करने के लिए नियुक्त प्रशासनिक एवं अन्य अधिकारी एवं कर्मचारी पुनर्वास एवं पुनर्स्थापन आयुक्त के अधीन होंगे।
- इस नीति के तहत योजनाओं के निर्माण और योजनाओं के उचित कार्यान्वयन की निगरानी के लिए पुनर्स्थापन और पुनर्वास आयुक्त जिम्मेदार होंगे।
- प्रशासक अपने कार्यों के सम्पादन हेतु किसी तकनीकी विशेषज्ञ/संस्था से अपेक्षित सहयोग ले सकेगा, जिसका व्यय अधियायी निकाय द्वारा वहन किया जायेगा।

पुनर्स्थापन तथा पुनर्वास योजना

- इस अध्याय में उल्लिखित प्रक्रिया का प्रभावित क्षेत्रों की घोषणा करने, सर्वेक्षण करने, प्रभावित व्यक्तियों की गणना करने, उपलब्ध सरकारी भूमि तथा पुनर्स्थापन और पुनर्वास के लिए व्यवस्था की जाने वाली भूमि का

आकलन करने, पुनर्स्थापन क्षेत्र की घोषणा करने, स्कीम या योजना तैयार करने तथा इसके अंतिम रूप से प्रकाशन करने संबंधित सभी मामलों में अनुसरण किया जाएगा।

- किसी परियोजना के लिए भूमि के अर्जन अथवा किसी अन्य कारणवश सामूहिक रूप से किसी भी क्षेत्र में एक सौ अथवा अधिक परिवारों के अनैच्छिक विस्थापन की संभावना है, तो वह S.I.A स्वीकृति के 15 दिनों के अंदर आदेश के माध्यम से गांवों के क्षेत्र अथवा स्थानों को प्रभावित क्षेत्र घोषित करेगी।
- इस नीति के अंतर्गत की गई प्रत्येक घोषणा को कम-से-कम तीन दैनिक समाचार पत्र में प्रकाशित किया जाएगा जिनमें से कम-से-कम दो हिन्दी भाषा में होंगे, जिनका प्रचालन गांवों मे अथवा उन क्षेत्रों में होता हो, जिनके प्रभावित होने की संभावना है।
- इस नीति के अंतर्गत घोषणा किए जाने पर पुनर्स्थापन और पुनर्वास प्रशासक प्रभावित होने वाले व्यक्तियों तथा परिवारों की पहचान करने के लिए आधारमूलक (बेसलाइन) सर्वेक्षण और गणना आयोजित करेगा।
- इस सर्वेक्षण में प्रभावित परिवारों के बारे में निम्नानुसार ग्रामवार सूचना दी जाएगी-
  1. परिवार के वे सदस्य जो प्रभावित क्षेत्र में रह रहे हैं, कब से रह रहे हैं, किस व्यापार या कारोबार या पेशे में लगे हुए हैं।
  2. कृषि श्रमिक अथवा गैर कृषि श्रमिक।
  3. अनुसूचित जाति एवं अनुसूचित जनजाति, आदिम जनजाति तथा अन्य पिछड़ा वर्ग से संबंधित परिवार।
  4. दिव्यांग, निराश्रित, अनाथ, विधवाएँ, अविवाहित लड़कियाँ, परित्यक्त महिलाएँ अथवा ऐसे व्यक्ति जिनकी आयु 50 वर्ष से अधिक है, जिन्हें वैकल्पिक आजीविका उपलब्ध नहीं कराई गई है अथवा तत्काल उपलब्ध नहीं कराई जा सकती है और जो अन्यथा परिवार के भाग के रूप में शामिल नहीं होते हैं।
  5. ऐसे परिवार, जो भूमिहीन हैं तथा गरीबी रेखा से नीचे रहनेवाले, किंतु प्रभावित क्षेत्र की घोषणा की तारीख से पहले प्रभावित क्षेत्र में कम-से-कम गैर-अनुसूचित क्षेत्र में 15 वर्ष एवं अनुसूचित क्षेत्र में 30 वर्षों से अन्यून अवधि से लगातार रह रहे हैं तथा जो संबंधित ग्रामसभा द्वारा प्रमाणित हों।
  6. अनुसूचति जनजातियों / अनुसूचित जातियों तथा अन्य वन क्षेत्र में बसे लोगों के ऐसे परिवार जिनके कब्जे में प्रभावित क्षेत्र में 13 दिसम्बर, 2005 से पहले वन भूमि थी।
- इसके अंतर्गत किए जाने वाले प्रत्येक सर्वेक्षण को घोषणा की तारीख से 60 दिन की अवधि के भीतर पूरा किया जाना चाहिए।
- उपर्युक्त सर्वेक्षण के पूरा हो जाने पर सात दिनों के अन्दर पुनर्स्थापन और पुनर्वास प्रशासक, आदेश द्वारा सर्वेक्षण के निष्कर्षों के विवरण का मसौदा ऐसे ढंग से प्रकाशित करेगा जिससे कि प्रभावित होने वाले व्यक्तियों को इसकी सूचना प्राप्त हो सके तथा उससे प्रभावित हो सकने वाले सभी व्यक्तियों से आपत्तियाँ और सुझाव आमंत्रित किये जा सकें।
- सर्वेक्षण और ब्यौरों के मसौदे के प्रकाशन की तारीख से 15 दिन की अवधि समाप्त हो जाने पर और इस संबंध में उसे प्राप्त आपत्तियों और सुझावों पर विचार कर अगले 15 दिनों के अंदर पुनर्स्थापन और पुनर्वास प्रशासक, सर्वेक्षण के ब्यौरों के साथ उसके संबंध में अपनी सिफारिश राज्य सरकार को प्रस्तुत करेंगे तथा इसकी एक प्रति आम सूचना हेतु संबंधित ग्रामसभा तथा पंचायत को भेजी जाएगी।
- पुनर्स्थापन और पुनर्वास प्रशासक के सर्वेक्षण और सिफारिशों के ब्यौरों के प्राप्त होने की तारीख से 30 दिनों के भीतर राज्य सरकार सर्वेक्षण के अंतिम ब्यौरों को शासकीय राजपत्र में प्रकाशित करेगी।
- पुनर्स्थापन एवं पुनर्वास आयुक्त प्रभावित परिवारों के पुनर्स्थापन और पुनर्वास के लिए सर्वेक्षण के ब्यौरों के राजपत्र में प्रकाशन के 15 दिनों के अंदर आदेश के द्वारा किसी क्षेत्र अथवा क्षेत्रों को पुनर्स्थापन क्षेत्र के रूप में घोषित करेगा। पुनर्स्थापन क्षेत्र परियोजना टाउनशिप में अथवा उससे सटे हुए होंगे।
- पुनर्स्थापन एवं पुनर्वास कमिश्नर द्वारा अनुमोदित पुनर्स्थापन कार्य पूरा होने से पहले कोई भौतिक विस्थापन नहीं किया जाएगा। संबंधित ग्राम सभा के परामर्श से पुनर्स्थापन एंड पुनर्वास एडमिनिस्ट्रेटर द्वारा पुनर्स्थापन पूरा होने का प्रमाण पत्र जारी किया जाएगा। परन्तु प्रभावित परिवारों के पुनर्वास हेतु ऐसी भूमि का उपयोग किया जा सकता है जहाँ भवन आदि स्थित न हो।
- पुर्नस्थापन एवं पुनर्वास प्रशासक उन जमीनों की सूची तैयार करेगा, जिन्हें प्रभावित परिवारों के पुर्नस्थापन एवं पुनर्वास के लिए उपलब्ध कराया जा सकता है। तैयार भूमि की सूची में निम्नलिखित शामिल होंगे-
  - परियोजना के लिए उपलब्ध या अधिग्रहीत भूमि और इस उद्देश्य के लिए चिन्हित भूमि।
  - शासकीय बंजर भूमि एवं कोई अन्य भूमि, जो शासन द्वारा निर्धारित हो तथा प्रभावित परिवारों को आवंटन हेतु उपलब्ध हो।
- पुर्नस्थापन एवं पुनर्वास योजना या योजना के प्रयोजनार्थ क्रय अथवा अर्जन हेतु उपलब्ध भूमि।
- पुनर्स्थापन और पुनर्वास प्रशासक राज्य सरकार की ओर से पुनर्स्थापन और पुनर्वास स्कीम के प्रयोजनों के लिए सहमति निर्णय के जरिए या तो किसी व्यक्ति से भूमि खरीद सकता है और इस प्रयोजन के लिए करार कर सकता है अथवा भूमि के अर्जन के लिए राज्य सरकार को कह सकता है।
- प्रभावित परिवारों के आधारिक सर्वेक्षण और गणना तथा पुनर्स्थापन के लिए भूमि की आवश्यकता के आकलन का कार्य पूरा होने के पश्चात् पुनर्स्थापन और पुनर्वास प्रशासक महिलाओं सहित प्रभावित परिवारों के प्रतिनिधियों के साथ तथा अर्जनकारी निकाय के प्रतिनिधि के साथ परामर्श करने के पश्चात् प्रभावित परिवारों के पुनर्स्थापन और पुनर्वास के लिए स्कीम या योजना का प्रारूप तैयार करेगा।
- पुनर्स्थापन और पुनर्वास योजना या योजना के विवरण में निम्नलिखित विवरण शामिल होंगे-
  - परियोजना के लिए अर्जित की जाने वाली भूमि का क्षेत्रफल तथा प्रभावित ग्रामों के नाम।
  - प्रभावित क्षेत्र में प्रभावित व्यक्तियों की ग्राम-वार, परिवार-वार सूची जिसमें आयु, मात्रा और भूमि की प्रकृति तथा प्रभावित क्षेत्र में उनके पास धारित या स्वामित्व वाली अचल संपत्ति शामिल है, जिसे उनके द्वारा खोये जाने की संभावना है।
  - ऐसे क्षेत्र में खेतिहर मजदूरों की सूची और उन व्यक्तियों के नाम जिनकी आजीविका कृषि गतिविधि पर निर्भर है।
  - उन लोगों की सूची जिनका रोजगार या आजीविका परियोजना के लिए भूमि अधिग्रहण के परिणामस्वरूप समाप्त हो गया है।
  - ऐसे दस्तकारों सहित गैर-कृषि कर्मकारों की सूची।
  - प्रभावित भूमिहीन परिवारों की सूची, जिनमें रहने योग्य भूमि नहीं है और गरीबी रेखा से नीचे के परिवार शामिल हैं, जिन्हें ग्राम सभा के परामर्श से पुनर्वास और पुनर्स्थापन के लिए प्रशासक यह सुनिश्चित करेगा कि गरीबी रेखा से नीचे के सभी परिवार सूची में शामिल हैं।
  - प्रभावित व्यक्तियों की सूची।
  - अधिभोगियों की सूची, यदि कोई हो।
  - प्रभावित या प्रभावित होने की संभावना वाली सार्वजनिक सुविधाओं और सरकारी भवनों की सूची।
  - सार्वजनिक और सामुदायिक संपत्तियों और बुनियादी ढांचे का विवरण।

- लाभ एवं पैकेज की सूची, भूमि आवंटन हेतु उपलब्ध भूमि की सूची, प्रभावित परिवारों को प्रदान की जाने वाली अधोसंरचना का विवरण।
- परियोजना क्षेत्र में आने वाली सेवा भूमि, पुनर्वास क्षेत्र में विस्थापितों के स्थानांतरण एवं पुनर्स्थापन की समय-सारणी जैसे-पहनई, महतो, मुण्डई, प्रधानी अथवा छोटानागपुर एवं संताल परगना काश्तकारी अधिनियम के अंतर्गत सेवा भूमि।
- प्रभावित परिवारों के सदस्यों की शैक्षिक योग्यता तथा परियोजना में उपलब्ध रोजगार के अवसर और उनकी योग्यता।

- पुनर्स्थापन और पुनर्वास संबंधी स्कीम या योजना के प्रारूप पर ग्रामीण क्षेत्रों में ग्राम-सभाओं में और उन शहरी और ग्रामीण क्षेत्रों में जहाँ पर ग्राम सभाएँ मौजूद न हों, जन सुनवाईयों में विचार-विमर्श किया जाएगा।
- अनुसूचित क्षेत्रों में ग्राम सभा अथवा पंचायतों के साथ समुचित स्तर पर परामर्श पंचायत (अनुसूचित क्षेत्रों का विस्तार) अधिनियम, 1996 के उपबंधों के अनुसार होगा।
- अनुसूचित क्षेत्रों में 100 या इससे अधिक अनुसूचित जनजातियों के परिवारों के अनैच्छिक विस्थापन के मामलों में जनजातीय सलाहकार परिषद् से परामर्श किया जाएगा।
- पुनर्स्थापन और पुनर्वास लाभों पर होने वाला पूर्ण व्यय तथा प्रभावित परिवारों के पुनर्स्थापन और पुनर्वास पर होने वाला अन्य व्यय अर्जनकारी निकाय द्वारा वहन किया जाएगा।
- संबंधित योजना या स्कीम की स्वीकृति दिये जाने से पूर्व राज्य सरकार यह सुनिश्चित करेगी कि स्वीकृति से पूर्व अर्जनकारी निकाय की सहमति हो गयी है तथा संबंधित लागत तथा अन्य व्यय वहन करने हेतु अर्जनकारी निकाय सहमत हो गया है।
- पुनर्स्थापन और पुनर्वास स्कीम या योजना को स्वीकृति दिए जाने के पश्चात् राज्य सरकार इसे शासकीय राजपत्र में प्रकाशित करेगी। पुनर्स्थापन और पुनर्वास स्कीम या योजना की अंतिम अधिसूचना के पश्चात् यह लागू हो जाएगी।
- ऐसी परियोजनाओं के मामले में जिनमें अर्जनकारी निकाय की ओर से भूमि अर्जन शामिल है और यदि अर्जनकारी निकाय एक ऐसी कम्पनी है जिसे अंश और ऋणपत्र जारी करने का प्राधिकार प्राप्त है, तो ऐसे प्रभावित परिवारों, जो अर्जित की गई भूमि या संपत्ति के लिए प्रतिकर पाने के हकदार हैं।
- किसी परियोजना के लिए अनिवार्यतः अर्जित की गई भूमि को सार्वजनिक प्रयोजन के अलावा किसी अन्य प्रयोजन के लिए अंतरित नहीं किया जा सकता है और यह अंतरण राज्य सरकार के पूर्वानुमोदन के बाद किया जाएगा।
- यदि किसी परियोजना के लिए या उसके अंश के लिए अर्जित की गई भूमि अर्जनकारी निकाय द्वारा कब्जे में लेने की तारीख से पांच वर्ष की अवधि तक परियोजना के लिए आंशिक रूप से तथा पंद्रह वर्षो की अवधि तक पूर्ण रूप से उपयोग में नहीं लायी जाती है, तो उस भूमि को उसके अर्जनकारी निकाय का कोई प्रतिकर या क्षतिपूर्ति की अदायगी किए बिना ही राज्य सरकार के कब्जे में और स्वामित्व में वापस कर दिया जाएगा।
- राज्य सरकार के द्वारा तत्पश्चात् उस भूमि पर अन्य उपयोगी परियोजना स्थापित करने का प्रयास किया जाएगा एवं ऐसा नहीं हो पाने की स्थिति में भूमि प्रभावित परिवारों को वापस कर दी जाएगी।
- अर्जनकारी निकाय को अधिग्रहीत भूमि के विक्रय का अधिकार नहीं होगा।
- यदि किसी सार्वजनिक प्रयोजन के लिए अर्जित भूमि को किसी व्यक्ति या संगठन को किसी प्रतिफल के बदले अंतरित किया जाता है, तो इससे प्राप्त राशि के अस्सी प्रतिशत भाग को उन व्यक्तियों के बीच वितरित किया जाएगा जिनसे भूमि का अर्जन किया गया था।
- राशि का वितरण उस अनुपात में किया जाएगा जिस पर भूमि अर्जित की गई थी।

प्रभावित परिवारों के लिए पुनर्स्थापन और पुनर्वास लाभ

- पुनर्स्थापन और पुनर्वास लाभ को सभी प्रभावित परिवारों के बीच वितरित किया जाएगा।
- ऐसे किसी भी प्रभावित परिवार, जिसके पास अपना घर हो और जिसका घर अधिग्रहीत कर लिया गया हो, को प्रत्येक एकल परिवार के लिए अर्जित किए गए भूमि के लिए ग्रामीण क्षेत्र में 10 डिसमील तथा शहरी क्षेत्र में 5 डिसमील तक आवास के लिए बिना किसी लागत के आवंटित की जाएगी।
- अर्जनकारी निकाय द्वारा आवंटित आवासीय स्थल में एक पक्का घर बनाया जाएगा जिसमें दो शयन कक्ष, एक ड्राइंग कक्ष, एक रसोईघर तथा एक शौचालय हो।
- इसका विस्तार शहरी क्षेत्र में 100 वर्गमीटर तथा ग्रामीण क्षेत्र में 150 वर्गमीटर होगा। यदि कोई व्यक्ति पुनर्वासित क्षेत्र में मकान न लेना चाहता हो, तो उसे एकमुश्त तीन लाख रूपये वित्तीय सहायता दी जाएगी।
- गरीबी रेखा से नीचे की श्रेणी के प्रत्येक परिवार जिनके पास वासभूमि नही हो और जो प्रभावित क्षेत्र की घोषणा की तारीख से पहले गैर-अनुसूचित क्षेत्र में 15 वर्षों से एवं अनुसूचित क्षेत्र में 30 वर्षों से लगातार रह रहा हो और अनैच्छिक रूप से विस्थापित हुआ हो, को पुनर्स्थापन क्षेत्र के ग्रामीण क्षेत्र में 55 वर्गमीटर विस्तार वाला क्षेत्र का मकान मुहैया कराया जा सकता है।
- ऐसे गरीबी रेखा से नीचे की श्रेणी के परिवारों के लिए बहुमंजिला भवनों का निर्माण कराया जा सकता है जिसमें भूतल पर आच्छादित क्षेत्रफल अधिकतम 50 प्रतिशत ही हो। परन्तु यदि कोई परिवार घर नहीं लेना चाहता है, तो उसे एकमुश्त दो लाख रूपये की वित्तीय सहायता प्रदान की जाएगी।
- प्रत्येक ऐसे प्रभावित परिवार जिसे सरकारी भूमि नहीं दी जा सके अथवा प्राप्त न करे, भूमि अर्जन के कारण खोई भूमि का 1/10 वाँ अंश प्रस्तावित परियोजना या टाउनशिप अथवा इसके सटे हुए क्षेत्र में प्राप्त कर सकेगे।
- प्रभावित परिवारों को आवंटित की गई भूमि अथवा घर के पंजीकरण के लिए अदा की जानेवाली स्टाम्प शुल्क तथा अन्य शुल्कों का वहन अर्जनकारी निकाय द्वारा किया जाएगा।
- इस नीति के अंतर्गत प्रभावित परिवारों को आवंटित भूमि या घर सभी प्रकार के ऋण भारों से मुक्त होंगे।
- इस नीति के अंतर्गत प्रभावित परिवारों को आवंटित भूमि या घर प्रभावित परिवार के पति और पत्नी के संयुक्त नाम से होंगे। साथ ही मौद्रिक राशि का भुगतान पति और पत्नी के नाम से खोले गए संयुक्त खाते के माध्यम से किया जाएगा।
- विस्थापित परिवार के पास यदि पशु हो, तो पशुशाला के निर्माण के लिए वित्तीय सहायता के रूप में पैंतीस हजार रूपये की राशि प्रदान की जाएगी।
- प्रत्येक विस्थापित परिवार अपने परिवार, भवन निर्माण सामग्री, अपने सामान तथा पशुओं के स्थानांतरण के लिए एक बार दी जाने वाली वित्तीय सहायता के रूप में पंद्रह हजार रूपये प्राप्त करेगा।
- प्रत्येक प्रभावित परिवार जिसकी पक्की दुकान या गुमटी है जिससे वह व्यवसाय करता है और विस्थापित हुआ है, कार्य शेड या दुकान के निर्माण हेतु एक बार में दी जाने वाली वित्तीय सहायता के रूप में पचास हजार रूपये प्राप्त करेगा।
- ऐसी परियोजना जिसमें अर्जनकारी निकाय की ओर भूमि का अर्जन शामिल हो, तो प्रभावित परिवारों के लिए निम्न व्यवस्थाएँ की जाएंगी-
- वैसे प्रभावित परिवार जिनके भूमि का अधिग्रहण किया गया हो, अर्जनकारी निकाय निकाय एकल परिवार के कम-से-कम एक अहर्त्ता प्राप्त व्यक्ति को अनिवार्य रूप से परियोजना में रोजगार उपलब्ध कराना सुनिश्चित करेगा।

- अर्जनकारी निकाय प्रभावित व्यक्तियों के तकनीकी / व्यावसायिक प्रशिक्षण के लिए व्यवस्था करेगा ताकि ऐसे व्यक्तियों को प्राथमिकता के आधार पर परियोजना में उपर्युक्त कार्य के लिए सक्षम बनाया जा सके।
- यदि प्रभावित परिवारों के नामित सदस्य अन्यथा नियोजन हेतु पात्र हों, तो आयु की ऊपरी सीमा दस वर्ष तक शिथिल कर दी जाएगी।
- उपलब्धता एवं उपयुक्तता के अधीन समस्त अकुशल नये रोजगार तथा परियोजना में सृजित अर्द्धकुशल नियोजन परियोजना प्रभावित परिवारों के सदस्यों को दी जाएगी।
- यदि प्रभावित परिवार के व्यक्ति की परियोजना में नौकरी के दौरान मृत्यु हो जाती है, तो उसके आश्रितों को परियोजना में अनुकंपा के आधार पर नौकरी दी जाएगी।
- यदि प्रभावित परिवार को परियोजना में रोजगार मुहैया नहीं कराया गया है अथवा कोई परिवार का सदस्य परियोजना में नियोजन का इच्छुक नहीं है, तो प्रभावित परिवार को प्रति एकड़ प्रति माह 1000 रूपये की राशि विस्थापन की तिथि से तीस वर्षों तक उपलब्ध कराई जाएगी। प्रत्येक दो वर्ष पर इस राशि में 500 रूपये की बढ़ोत्तरी की जाएगी।
- केन्द्र या राज्य सरकार के सार्वजनिक उपक्रम एजेंसी की परियोजनाओं को छोड़कर अन्य व्यावसायिक परियोजनाओं के मामले में परियोजना इकाई के वार्षिक शुद्ध आय का 1 प्रतिशत प्रभावित परिवारों के बीच मौद्रिक रूप में वितरित किया जाएगा।
- यह राशि वार्षिक वित्तीय परिणाम की घोषणा के तीन माह के अंदर वितरित किया जाएगा।
- अर्जनकारी निकाय द्वारा अनैच्छिक रूप से विस्थापित परिवारों को विस्थापन की तारीख से एक वर्ष की अवधि के लिए प्रति माह 25 दिनों की न्यूनतम कृषि मजदूरी के बराबर मासिक जीविका भत्ता प्रदान किया जाएगा।
- परियोजना प्राधिकारी अपनी लागत पर ऐसी वार्षिक पॉलिसियों की व्यवस्था करेंगे, जिसमें भेद्द प्रभावित व्यक्तियों को एक हजार पाँच सौ रूपये प्रति माह की राशि जीवनभर पेंशन के रूप में प्राप्त होंगे।

अनुसूचित जानजातियों और अनुसूचित जातियों से संबंधित परियोजना प्रभावित पुनर्स्थापन और पुनर्वास लाभ

- ऐसी परियोजना जिसमें 100 या इससे अधिक अनुसूचित जनजातियों के परिवारों का अनैच्छिक विस्थापन होता है, तो विशेष अभियान चलाकर प्राप्य भूमि अधिकारों को सुनिश्चित किया जाएगा तथा अंतरित भूमि पर जनजातीय लोगों के स्वामित्व अधिकार बहाल करने हेतु एक जनजातीय विकास योजना तैयार की जाएगी ।
- इस योजना में पाँच वर्षों के भीतर उन जनजातीय समुदायों, जिन्हें वनों से प्राप्त होने वाले लाभों से वंचित रखा गया है, की आवश्यकताओं को पूरा करने के लिए पर्याप्त वैकल्पिक ईधन, चारा और गैर-इमारती लकड़ी जैसे वनोत्पाद संसाधनों के विकास हेतु कार्यक्रम भी शामिल होंगे।
- प्रभावित परिवारों से भूमि अर्जन किए जाने के किसी भी मामले में उन्हें प्राप्य प्रतिकर की राशि का कम-से-कम एक-तिहाई प्रारंभ में प्रथम किस्त के रूप में अदा किया जाएगा और शेष राशि भूमि का कब्जा लेने के समय अदा की जाएगी।
- प्रभावित अनुसूचित जनजातीय परिवारों को जहाँ तक संभव हो, उसी अनुसूचित क्षेत्र में पुन: बसाया जाएगा।
- ऐसे पुनर्स्थापन क्षेत्र जिनमें मुख्यतया अनुसूचित जनजाति के लोगों की बसावट हो, वहाँ पर सामुदायिक/धार्मिक सभाओं के लिए बिना लागत के भूमि उपलब्ध करायी जाएगी।
- यदि प्रभावित अनुसूचित जनजाति / अनुसूचित जाति / अन्य पिछड़े वर्ग के परिवारों को जिले के बाहर पुनर्स्थापित किया गया है, तो पुनर्स्थापन एवं पुनर्वास लाभ 25 प्रतिशत से अधिक मौद्रिक रूप में दिया जाएगा।
- जलविद्युत परियोजनाओं के मामले में प्रभावित परिवारों, जिन्हें प्रभावित क्षेत्र में नदी या तालाब या बाँध में मछली पकड़ने का अधिकार था, को जलविद्युत परियोजनाओं के क्षेत्र में स्थित जलाशयों में मछली पकड़ने के अधिकार दिए जाएंगे।

पुनर्स्थापन क्षेत्रों में उपलब्ध कराई जानेवाली उनमुक्तियाँ तथा अवसंरचनात्मक सुविधाएँ

- किसी भी क्षेत्र में 100 परिवारों या इससे अधिक परिवारों के सामूहिक रूप में अनैच्छिक विस्थापन के सभी मामलों में पुनर्स्थापन क्षेत्र में राज्य सरकार द्वारा अधिसूचित विस्तृत आधारिक अवसंरचनात्मक सुविधाएँ तथा उनमुक्तियाँ उपलब्ध करायी जाएंगी।
- इस प्रकार की सुविधाओं और उनमुक्तियों में सड़कें, सार्वजनिक परिवहन, जल निकास, सफाई, पेयजल स्रोतों, पशुओं के लिए पेयजल स्रोतों, सामुदायिक तालाब, चारागाह भूमि, पौधारोपण व सामाजिक वानिकी, कृषि वानिकी, उचित दर की दुकाने, पंचायत घर, सहकारी समितियाँ, डाकघर, बीज-सह-उर्वरक भंडार, सिंचाई, बिजली, स्वास्थ्य केन्द्र, शिशु-माता अनुपूरक पौषणिक सेवाएँ, बच्चों के लिए खेल मैदान, पार्क, सामुदायिक केन्द्र, प्रशिक्षण हेतु संस्थागत व्यवस्था, पूजा स्थल, परंपरागत जनजातीय संस्थाओं के लिए भूमि, कब्रगाह/शमशान भूमि तथा सुरक्षा व्यवस्थाएँ शामिल हैं।
- राज्य सरकार यह सुनिश्चित करेगी कि पुनर्स्थापन क्षेत्र किसी ग्राम पंचायत अथवा किसी नगरपालिका का एक भाग बने।
- प्रभावित परिवारों को पुनर्स्थापन वासस्थल में जिला प्रशासन द्वारा आवंटित भूमि एवं आवास के स्वामित्व अधिकार संबंधी कागजात हस्तगत करा दिए जाएंगे।
- जिला प्रशासन के द्वारा नए पुनर्स्थापन वासस्थल को राजस्व ग्राम के रूप में घोषित किया जाएगा, यदि वह पूर्व में किसी राजस्व ग्राम का हिस्सा न रहा हो।
- भविष्य में आवासीय प्रमाण पत्र निर्गत करने के मामलों में प्रभावित परिवार द्वारा प्रभावित क्षेत्र में बिताई गई अवधि / राजस्व खतियान में अंकित नाम का उपयोग किया जा सकेगा।
- पुनर्वास अनुदान तथा लाभों को सूचीबद्ध करना
- इस नीति के अंतर्गत मौद्रिक के रूप में अभिव्यक्त पुनर्वास अनुदान तथा अन्य लाभों को उपभोक्ता मूल्य सूचकांक के साथ सूचीबद्ध किया जाएगा और राज्य सरकार द्वारा समय-समय पर इसे संशोधित किया जाएगा।
- परियोजना के आस-पास के क्षेत्र का विकास
- अर्जनकारी निकाय राज्य सरकार द्वारा किए गए निर्णय के अनुसार परियोजना स्थल की परिधि के पंद्रह किलोमीटर के आस-पास के भौगोलिक क्षेत्र के विकास हेतु उत्तरदायी होगा तथा इसके कार्य क्षेत्र के साथ सटे हुए क्षेत्रों के सामाजिक-आर्थिक विकास में योगदान करेगा।

शिकायत निवारण तंत्र

परियोजना स्तर पर पुनर्स्थापन और पुनर्वास समिति

- प्रत्येक परियोजना जिसमें किसी क्षेत्र में सामूहिक रूप से 100 या इससे अधिक परिवारों का अनैच्छिक विस्थापन होता है।
- राज्य सरकार प्रभावित परिवारों के पुनर्स्थापनऔर पुनर्वास योजना के कार्यान्वयन के निगरानी व समीक्षा के लिए अनुमंडल पदाधिकारी से अन्यून किसी सरकारी अधिकारी की अध्यक्षता में एक समिति का गठन करेगी। इसे पुनर्स्थापन और पुनर्वास समिति' कहा जाता है।
- इस समिति में राज्य सरकार के अधिकारियों के अलावा निम्न सदस्य शामिल है -
- प्रभावित क्षेत्र में रहने वाली महिलाओं का प्रतिनिधि।

- प्रभावित क्षेत्र में रहने वाली अनुसूचित जातियों, अनुसूचित जनजातियों और अन्य पिछड़ी जातियों का एक-एक प्रतिनिधि।
- प्रमुख बैंक का एक प्रतिनिधि।
- प्रभावित क्षेत्र में अवस्थित पंचायतों और नगरपालिकाओं के अध्यक्ष या उनके द्वारा नामित व्यक्ति।
- प्रभावित क्षेत्र में शामिल क्षेत्र के संसद् सदस्य और विधानसभा सदस्य।
- परियोजना का भूमि अर्जन अधिकारी।
- अर्जनकारी निकाय का एक प्रतिनिधि।

जिला स्तर पर पुनर्स्थापन एवं पुनर्वास समिति

- प्रत्येक जिले में राज्य सरकार परियोजना स्तर पर पुनर्स्थापन और पुनर्वास समितियों के अंतर्गत आने वाले मामलों को छोड़कर जिले में प्रभावित परिवारों के पुनर्स्थापन और पुनर्वास के कार्य की प्रगति की निगरानी व समीक्षा के लिए उपायुक्त की अध्यक्षता में एक स्थायी पुनर्स्थापन और पुनर्वास समिति गठित करेगी।
- इस समिति की शक्तियाँ, कार्य आदि राज्य सरकार द्वारा निर्धारित किए जाएंगे।

न्यायाधिकरण

- इस नीति के अंतर्गत शामिल मामलों से पैदा होने वाली शिकायतों का समयबद्ध निपटान करने हेतु राज्य सरकार द्वारा त्रिसदस्यीय न्यायाधिकरण की नियुक्ति की जाएगी।
- यदि किसी प्रभावित व्यक्ति को इस नीति के अंतर्गत उपलब्ध पुनर्स्थापन और पुनर्वास लाभों को मुहैया न कराने के प्रति कोई शिकायत हो, तो वह अपनी शिकायत के समाधान के लिए उपयुक्त याचिका संबंधित न्यायाधिकरण के समक्ष प्रस्तुत कर सकता है।
- न्यायाधिकरण को पुनर्स्थापन तथा पुनर्वास प्रशासक अथवा पुनर्स्थापन और पुनर्वास समिति के निर्णय के विरूद्ध पुनर्स्थापन और पुनर्वास से संबंधित सभी शिकायतों पर विचार करने एवं उनका निपटान करने की शक्ति प्राप्त होगी।
- साथ ही न्यायाधिकरण पुनर्वास प्रशासक या संबंधित अन्य अधिकारी को ऐसे निर्देश जारी कर सकता है जिन्हें वह इस नीति के कार्यान्वयन से संबंधित शिकायतों के निवारण हेतु उचित समझे।
- अर्जनकारी निकाय द्वारा अर्जित भूमि या अन्य सम्पत्ति के लिए प्रतिकर की राशि से संबंधित विवादों का समाधान भूमि अर्जन अधिनियम, 1894 या उस समय संघ अथवा राज्य सरकार द्वारा लागू अधिनियम जिसके अंतर्गत भूमि अर्जन किया गया है।

निगरानी तंत्र

राज्य स्तरीय पुनर्स्थापन और पुनर्वास परिषद्

- राज्य स्तर पर मुख्यमंत्री की अध्यक्षता में एक परिषद होगी, जो पुनर्वास एवं पुनर्स्थापन समिति के क्रियान्वयन पर परामर्श, समीक्षा एवं निगरानी करेगी।
- परिषद में राज्य के मुख्य सचिव, संबंधित विभाग के मंत्री और संबंधित विभाग के सचिव होंगे।
- इस परिषद में राष्ट्रीय ख्याति प्राप्त विशेषज्ञ को सदस्य के रूप में रखा जा सकता है।
- राज्य स्तरीय पुनर्स्थापन और पुनर्वास परिषद की वर्ष में कम-से-कम दो बैठकें आयोजित की जाएंगी।

अनुश्रवण समिति

- उन सभी मामालों, जिनके लिए यह नीति लागू होती है, से संबंधित पुनर्स्थापनऔर पुनर्वास स्कीमों या योजनाओं के कार्यान्वयन की प्रगति की समीक्षा तथा निगरानी करने के लिए विकास आयुक्त की अध्यक्षता में राज्य स्तरीय अनुश्रवण समिति गठित की जाएगी।
- इस समिति में अध्यक्ष के अतिरिक्त सचिव के रूप में राजस्व एवं भूमि सुधार विभाग के सचिव होंगे।
- इसके अतिरिक्त पथ निर्माण, जल संसाधन, उद्योग, कल्याण, स्वास्थ्य, मानव संसाधन, खान एवं भूतत्व, ऊर्जा, वन एवं पर्यावरण, श्रम एवं नियोजन, कृषि, विधि (न्याय विभाग) तथा नगर विकास विभाग के सचिव सदस्य होंगे। साथ ही पुनर्स्थापन और पुनर्वास आयुक्त इस समिति के संयोजक होंगे।
- इस समिति में प्रशासी मंत्रालय/विभाग के सचिव को, जिसकी परियोजना के लिए भूमि का अर्जन किया जाना है, सदस्य के रूप में आमंत्रित किया जाएगा।
- उत्पन्न होने वाले किसी भी मामले के त्वरित निष्पादन हेतु परियोजना से संबंधित पुनर्स्थापन और पुनर्वास प्रशासक तथा अधियाची निकाय के प्रतिनिधि को राज्य स्तरीय अनुश्रवण समिति में स्थायी रूप से आमंत्रित किया जाएगा।

सूचना का आदान-प्रदान

- विस्थापन, पुनर्स्थापन और पुनर्वास से संबंधित सभी जानकारी, प्रभावित व्यक्तियों के नाम और पुनर्स्थापन और पुनर्वास पैकेज का विवरण इंटरनेट पर सार्वजनिक रूप से उपलब्ध कराया जाएगा और परियोजना अधिकारी संबंधित ग्राम सभाओं, पंचायतों आदि को इस जानकारी के बारे में सूचित करेंगे।
- इस नीति के अंतर्गत शामिल प्रत्येक मुख्य परियोजना के पुनर्स्थापन और पुनर्वास के लिए राज्य सरकार के संबंधित विभाग में एक पर्यावलोकन समिति गठित होगी।
- राजस्व एवं भूमि सुधार विभाग, झारखण्ड सरकार इस नीति को प्रभावकारी बनाने एवं क्रियान्वयन करने हेतु नोडल विभाग होगा।
- राज्य सरकार आवश्यकता के अनुसार समय-समय पर इस नीति के प्रावधानों में संशोधन कर सकती है।

झारखण्ड भूमि अर्जन, पुनर्वासन और पुनर्व्यवस्थापन उचित प्रतिकर और पारदर्शिता का अधिकार नियमावली, 2015

- अधिनियम की धारा-4 के अंतर्गत सामाजिक प्रभाव आकलन कराया जाएगा। सामाजिक प्रभाव आकलन का प्रतिवेदन हिंदी भाषा में तैयार किया जाएगा।
- सामाजिक प्रभाव आकलन, जन सुनवाई एवं पुनर्वासन और पुनर्व्यवस्थापन जन सुनवाई भूमि अर्जन क्षेत्र के सभी ग्रामसभा एवं वार्ड सभा में हिंदी भाषा के माध्यम से करायी जाएगी। आदिवासी बहुल वार्ड सभा/ग्रामसभा में अनुवादक के माध्यम से स्थानीय भाषा में समझाया जाएगा।
- भूमि अर्जन अधिनियम के अंतर्गत जमीन मालिकों से भूमि अर्जन हेतु सहमति ली जाएगी। अनुसूचित क्षेत्रों में भूस्वामी के साथ-साथ ग्रामसभा की सहमति भी ली जाएगी। अनुसूचित क्षेत्र में ग्रामसभा पेसा अधिनियम के तहत कराया जाएगा।
- भूमि अर्जन हेतु संबंधित अधियायी निकाय से जमीन का मुआवजा एवं पुनर्वासन और पुनर्व्यवस्थापन की सभी राशि संबंधित उपायुक्त कार्यालय में जमा की जाएगी, ताकि भूस्वामी को राशि ससमय मिल सके।
- वन अधिकार अधिनियम के अंतर्गत जिन लोगों को पट्टा दिया जा रहा है, उन परिवारों को भी जमीन का मुआवजा पुनर्वासन और पुनर्व्यवस्थापन दिया जाएगा।
- भू-अर्जन किए जानेवाले गांवों के व्यक्तियों को उपलब्ध प्रावधान के तहत् पुनर्वासन और पुनर्व्यवस्थापन सुविधा दी जाएगी।
- कृषि मजदूर, लघु व्यापारी व अन्य कारीगर को पुनर्वासन और पुनर्व्यवस्थापन हेतु 200 दिनों का वर्तमान दर से मजदूरी भुगतान किया जाएगा।

- भुगुत बंधक को 25000 रूपये प्रति एकड़ उस भूमि के लिए, जिस पर वे फसल पैदा करते हैं, एकमुश्त भुगतान किया जाएगा।
- संबंधित जिला के अपर-समाहर्त्ता को पुनर्वासन और पुनर्व्यवस्थापन आयुक्त के रूप में अधिसूचित किया गया है।
- प्रमण्डलीय आयुक्त को पुनर्वासन और पुनर्व्यवस्थापन आयुक्त के रूप में अधिसूचित किया गया है।
- सभी जिलों के उपायुक्तों की अध्यक्षता में परियोजना स्तर पर पुनर्वासन और पुनर्व्यवस्थापन समिति गठित किया गया है।
- इस समिति में जनप्रतिनिधि एवं प्रभावित परिवारों के प्रतिनिधि भी सदस्य होंगे, ताकि उनकी समस्या का समाधान जिला स्तर पर ही किया जा सके।
- राज्य सरकार स्तर पर पुनर्वासन और पुनर्व्यवस्थापन योजना की समीक्षा एवं अनुश्रवण करने हेतु विकास आयुक्त की अध्यक्षता में समिति का गठन किया गया है।
- सभी प्रमण्डलीय स्तर पर पुनर्वासन एवं पुनर्व्यवस्थापन प्राधिकार बनाया जाएगा ताकि उनका निष्पादन प्रमण्डल स्तर पर हो सके।
- तत्काल व्यवस्था के तहत माननीय उच्च न्यायालय की सहमति/परामर्श से कार्रवाई की जाएगी।
- राज्य सरकार भूमि बैंक बनाने हेतु तत्पर है, ताकि भविष्य में भू-अर्जन की आवश्यकता कम हो सके।
- किसी भी जिले में बहुफसलीय सिंचित क्षेत्र का दो प्रतिशत से ज्यादा जमीन अर्जित नहीं की जाएगी।
- किसी भी जिले में कुल शुद्ध बोए गए क्षेत्र का एक-चौथाई क्षेत्र से ज्यादा जमीन अर्जित नहीं की जाएगी।
- ग्रामीण क्षेत्रों में भूमि अधिग्रहित करने पर भू-स्वामियों को भूमि के बाजार मूल्य का चार गुना तथा शहरी क्षेत्रों में बाजार मूल्य का दो गुना भुगतान किया जायेगा।
- भूमि अधिग्रहण प्रक्रिया के माध्यम से विस्थापित परिवारों की सार्वजनिक एवं सामुदायिक संपत्तियां, संपत्तियां या बुनियादी ढांचा, विशेष रूप से सड़क, सार्वजनिक परिवहन, जल निकासी, स्वच्छता, पीने के पानी के स्रोत, सामुदायिक जलाशय, चारागाह जैसी सुविधाएं उपलब्ध कराई जाएंगी।

प्रत्यार्पण एवं पुनर्वास नीति, 2009

- इस नीति की घोषणा 2009 में की गयी थी।
- विधि व्यवस्था के समक्ष सबसे बड़ी चुनौती वामपंथी उग्रवाद की समस्या है।
- कानून व्यवस्था के क्षेत्र में उग्रवाद की समस्या इस राज्य की सबसे बड़ी चुनौती बन गई है।
- झारखण्ड राज्य के राँची, गुमला, खूँटी, सिमडेगा, लोहरदगा, पलामू, लातेहार, गढ़वा, चतरा, हजारीबाग, गिरिडीह, कोडरमा, बोकारो, धनबाद, रामगढ़, पूर्वी सिंहभूम, पश्चिमी सिंहभूम, सरायकेला-खरसावाँ आदि जिले इस समस्या से गंभीर रूप से आक्रांत हैं।
- शेष जिलों में भी वामपंथी उग्रवाद अपनी जड़ें जमा रहा है और वहां भी समय-समय पर उग्रवादी घटनाएं होती रहती हैं।
- झारखण्ड राज्य बनने के बाद इस समस्या को एक चुनौती के रूप में लिया गया, जिसमें विशेष सफलता प्राप्त हुई। जिससे उग्रवादियों का मनोबल गिरा हुआ है।
- विभिन्न माध्यमों से प्राप्त सूचनाओं के आधार पर कहा जा सकता है कि बहुत से लोग बहकावे में आकर अथवा गलत धारणाओं के अंतर्गत वामपंथी उग्रवादियों के साथ मिल गए हैं, जिन्हें अब अपनी गलती का अहसास हो रहा है। वे समाज की मुख्य धारा में लौटने को आतुर हैं।
- ऐसे तत्त्वों को एवं उनके परिवार को मुख्य धारा में वापस लाने के उद्देश्य से एक प्रत्यार्पण नीति का निर्धारण सन् 2001 में किया गया था, परन्तु उक्त प्रत्यार्पण नीति का प्रतिफल उत्साहवर्द्धक नहीं पाया गया।
- इस पृष्ठभूमि में इस योजना को उत्साहवर्द्धक एवं आकर्षक बनाए जाने के लिए सम्यक् विचारोपरांत राज्य सरकार पूर्व की नीति के स्थान पर नई प्रत्यार्पण एवं पुनर्वास नीति का निरूपण निम्नवत करती है।

- उद्देश्य
- इस नीति का उद्देश्य वामपंथी उग्रवादियों के प्रत्यापर्ण को प्रोत्साहित करना तथा प्रत्यापर्ण कर चुके उग्रवादियों को समाज की मुख्य धारा से जोड़ते हुए उनके लिए वैकल्पिक रोजगार की व्यवस्था एवं आर्थिक सहायता उपलब्ध कराना है।

परिभाषा

- वामपंथी उग्रवाद का तात्पर्य ऐसे संगठनों के सदस्यों से है, जिन्हें राज्य सरकार द्वारा भारतीय अपराध (संशोधन) अधिनियम, 1908 की धारा 16 के तहत अवैधानिक घोषित किया गया है।

योग्यता

- यह योजना केवल उन्हीं उग्रवादियों पर लागू होगी, जिन्हें उग्रवादी संगठन के दस्ते के सदस्य या उसके ऊपर के पदधारक के रूप में विशेष शाखा द्वारा पहचान की गई हो।
- प्रत्यार्पण करने वाले उग्रवादियों द्वारा संगठन के संबंध में सभी जानकारियों का खुलासा करने/संबंधित आपराधिक मामलों के संबंध में सभी तथ्य उपलब्ध कराने की स्थिति में ही उन्हें विशेष प्रोत्साहन दिया जाएगा। प्रोत्साहन की राशि सरकार द्वारा अनुमोदित पैकेज के अधीन होगी।
- प्रत्यार्पण पूर्ण रूपेण स्वैच्छिक तथा बिना किसी दबाव/उग्रवादी संगठन की प्रेरणा से होना आवश्यक है।
- साधारणत: विशेष शाखा का प्रत्यार्पण संबंधित सभी पहलुओं का सत्यापन ही एकमात्र मानक होगा, किंतु विशेष परिस्थितियों में किसी भी प्रस्ताव के तथ्यों का सत्यापन सरकार अन्य स्रोतों से भी करा सकती है।
- उग्रवादियों द्वारा प्रत्यार्पण मंत्री/सांसद/विधायक/प्रमण्डलीय आयुक्त/प्रक्षेत्रीय पुलिस महानिरीक्षक/पुलिस उप-महानिरीक्षक/जिला दंडाधिकारी/पुलिस अधीक्षक अथवा राज्य सरकार द्वारा मनोनीत पदाधिकारियों के समक्ष किया जा सकता है।
- ये पदाधिकारी समर्पणकर्ता उग्रवादियों को आवश्यक कानूनी कार्रवाई हेतु निकटवर्ती पुलिस स्टेशन या पुनर्वास केन्द्र कैंप/केन्द्र को सुपुर्द करेंगे, जहाँ उनके पुनर्वास योजना का सूत्रण/कार्यान्वयन किया जाएगा।

स्क्रीनिंग समिति

- प्रत्येक उग्रवादी के प्रत्यार्पण को स्वीकार करने के संबंध में निर्णय एक

स्क्रीनिंग समिति द्वारा लिया जाएगा।

- इस समिति के अध्यक्ष जिला पुलिस अधीक्षक होंगे एवं अन्य सदस्य के रूप में जिला दण्डाधिकारी तथा पुलिस महानिदेशक, विशेष शाखा द्वारा एक-एक पदाधिकारी मनोनीत किए जाएंगे।

पुनर्वास समिति

- प्रत्येक जिला में प्रत्यार्पण करने वाले उग्रवादियों के लिए जिला दण्डाधिकारी की अध्यक्षता में जिला पुनर्वास समिति गठित होगी, जिसके सदस्य सचिव, जिला पुलिस अधीक्षक होंगे तथा उप-विकास आयुक्त, महाप्रबंधक, जिला उद्योग केन्द्र जिला के अग्रणी बैंक पदाधिकारी एवं समादेष्टा, गृह रक्षावाहिनी के सदस्य होंगे।

जिला पुनर्वास समिति द्वारा प्रत्येक प्रत्यार्पण कर चुके उग्रवादी के संबंध में निम्नांकित तथ्यों को ध्यान में रखकर पुनर्वास पैकेज तैयार किया जाएगा -

1. उग्रवादी की सामाजिक-आर्थिक पृष्ठभूमि।
2. उम्र।
3. उनके सामान्य शैक्षणिक एवं तकनीकी योग्यता।
4. पुनर्वासन हेतु उपलब्ध विकल्पों के संबंध में उसकी प्राथमिकता।
5. प्रस्तावित पुनर्वास पैकेज की संभाव्यता।

- पुनर्वास पैकेज तैयार करने के संबंध में पुनर्वास समिति द्वारा एनजीओ/परामर्श से व्यावसायिक सहायता प्राप्त की जा सकती है।
- जिला पुनर्वास समिति द्वारा तैयार किए गए प्रत्यर्पित चरमपंथी के निर्दिष्ट, पुनर्वास पैकेज को पुलिस महानिदेशक के माध्यम से सिफारिश के साथ राज्य सरकार को भेजा जाएगा।

पुनर्वास पैकेज

- पुनर्वास पैकेज के अवयव के रूप में निम्नलिखित सुविधाओं को अंकित किया जाएगा-
  - पुनर्वास अनुदान 2,50,000/- रूपये (दो लाख पचास हजार रूपये) होगा, जिसमें से 50,000/- रूपये (पचास हजार) का भुगतान तत्काल प्रत्यार्पण के उपरांत किया जाएगा तथा शेष 2,00,000/- रूपये (दो लाख) का भुगतान दो बराबर किस्तों में होगा, जिसकी पहली किस्त एक वर्ष बाद तथा दूसरी किस्त दो वर्ष बाद प्रत्यार्पित उग्रवादी की गतिविधियों की छानबीन विशेष शाखा द्वारा किए जाने के पश्चात् देय होगी।
  - कार्यशील एवं नियमित आग्नेयशास्त्र, गोला बारूद के समर्पण के बदले अतिरिक्त भुगतान निम्नरूपेण तालिका के अनुसार किया जाएगा–

क्र.सं.	आग्नेयशास्त्र/विस्फोटकों के प्रकार	पुरस्कार से संबंधित राशि
1.	रॉकेट लॉन्चर/एल.एम.जी	1,00,000/-
2.	ए. के. 47/56/74 राइफल/स्नाइपर राइफल	75,000 /-
3.	303 राइफल/पिस्टल/रिवाल्वर	15,000 /-
4.	रिमोट कंट्रोल डिवाईसेस	6,000 /-
5.	ग्रेनेड/हैंड ग्रेनेड	2,000 /-
6.	वायरलेस सेट	2,000 /- से 10,000 /- (रेंज के आधार पर)
7.	आई.ई.डी.	6,000 /-
8.	विस्फोटक सामग्री (प्रति कि०ग्रा०)	2,000 /-

- पुनर्वास समिति द्वारा 3000 / - रूपये प्रतिमाह की वृत्ति पर एक वर्ष तक के व्यावसायिक प्रशिक्षण की व्यवस्था की जाएगी।
- विशेष परिस्थितियों में व्यावसायिक प्रशिक्षण की अवधि एक वर्ष और बढ़ाई जा सकती है।
- अधिकतम 4 डिसमील जमीन गृह निर्माण हेतु आवंटित की जाएगी।
- प्रत्यार्पण करने वाले उग्रवादी को एक आवास निर्माण हेतु अधिकतम 50,000 - (पचास हजार) रूपये की राशि दी जाएगी।
- निःशुल्क प्रदान की जाएगी।
- मुख्यमंत्री कन्यादान योजनांतर्गत महिला राज्यांतर्गत सरकारी चिकित्सा संस्थानों में उग्रवादी एवं उसके परिवार को निःशुल्क चिकित्सा की व्यवस्था की जाएगी।
- सरकारी विद्यालयों में उग्रवादी स्वयं एवं उसके पुत्र तथा पुत्रियों को मैट्रिक तक की शिक्षा उग्रवादी एवं उग्रवादियों की पुत्रियों के वपुनर्वास समिति द्वारा किया जाएगा और कर मुआवजा दिया जाएगा।
- पुनर्वास पैकेज को अंतिम रूप से गृह विभाग, झारखंड द्वारा अनुमोदित किया जाएगा।
- यदि प्रत्यर्पितकर्ता बाद में फिर से उग्रवादी गतिविधि में शामिल हो जाता है, तो पुनर्वास पैकेज के तहत देय सभी लाभ राज्य सरकार या बैंक (यदि ऋण चुकाया नहीं जाता है) द्वारा स्वचालित रूप से जब्त कर लिया जाएगा। प्रत्यर्पणकर्ता अप्रत्यक्ष रूप से उग्रवादी गतिविधियों में शामिल है या नहीं, इस बिंदु पर अंतिम निर्णय राज्य सरकार के स्तर पर होगा।
- न्यायालय संबंधी मामले
- प्रत्यार्पित उग्रवादी के विरूद्ध लंबित जघन्य आपराधिक मामलों को विधि के अनुसार निष्पादित किया जाएगा। अन्य अपराधों के लिए समर्पणकर्त्ता को प्ली बारगेनिंग का विकल्प रहेगा।
- प्रत्यार्पित उग्रवादी को अपना मुकदमा लड़ने के लिए सरकार की ओर से निःशुल्क वकील की व्यवस्था की जाएगी।ैवाहिक कार्यक्रम हेतु अनुदान राशि दी जाएगी।
- यदि प्रत्यार्पण करने वाले उग्रवादी से सिर पर उसके मारे जाने या गिरफ्तार होने पर कोई सरकारी इनाम घोषित हो, तो समर्पण के उपरांत घोषित इनाम राशि उन्हें ही प्रदान कर दी जाएगी।
- संगठन के विभिन्न पदाधिकारीयों के समर्पण करने पर घोषित इनाम की राशि परिशिष्ट-क के अनुरूप भुगतान की जाएगी।
- समर्पण के उपरांत यदि समर्पणकर्ता को उग्रवादियों द्वारा मारा जाता है, तो उसके परिवार को सरकारी संकल्प सं. -423 दिनांक 16.02 .2006 तथा 369 दिनांक 24.01 .2008 के आलोक में लाभों का भुगतान किया जाएगा, यथा- 1,00,000 - (एक लाख) रूपये का अनुदान एवं उसके एक सुयोग्य आश्रित को सरकारी नौकरी दी जाएगी, भले ही मृतक का प्रत्यार्पण के पूर्व आपराधिक इतिहास रहा हो।
- राष्ट्रीय/सहकारी बैंक से स्वनियोजन हेतु 2,00,000 - (दो लाख) रूपये तक के लिए ऋण प्राप्ति में सहायता देगी। ऋण से प्राप्त राशि पर देय ब्याज के विरूद्ध सरकार 50 प्रतिशत की सीमा तक अधिकतम 50,000 - (पचास हजार) रूपये की राशि की प्रतिपूर्ति करेगी।

अथवा

- शारीरिक मानकों को पूरा करने वाले प्रत्यर्पित उग्रवादियों को पुलिस/होमगार्ड/विशेष पुलिस अधिकारी के रूप में नियुक्ति के लिए विचार किया जा सकता है। विशेष परिस्थितियों में निर्धारित भौतिक मानकों में ढील देने का अधिकार पुलिस महानिदेशक एवं महानिरीक्षक को होगा।

- राज्य सरकार द्वारा प्रत्यर्पित उग्रवादी को 5,00,000 - (पांच लाख) जीवन बीमा दिया जाएगा और इसके लिए आवश्यक प्रीमियम का भुगतान किया जाएगा।
- प्रत्यर्पित आतंकवादी (परिवार के अधिकांश सदस्यों के लिए) के आश्रितों के लिए 1,00,000 - (एक लाख) का समूह जीवन बीमा भी प्रदान किया जाएगा।
- यदि प्रत्यर्पित उग्रवादी की संपत्ति उग्रवादियों द्वारा क्षतिग्रस्त की जाती है, तो क्षति का आकलन आकलन पुनर्वास समिति द्वारा किया जाएगा और कर मुआवजा दिया जाएगा।
- पुनर्वास पैकेज को अंतिम रूप से गृह विभाग, झारखंड द्वारा अनुमोदित किया जाएगा।
- यदि प्रत्यर्पितकर्ता बाद में फिर से उग्रवादी गतिविधि में शामिल हो जाता है, तो पुनर्वास पैकेज के तहत देय सभी लाभ राज्य सरकार या बैंक (यदि ऋण चुकाया नहीं जाता है) द्वारा स्वचालित रूप से जब्त कर लिया जाएगा। प्रत्यर्पणकर्ता अप्रत्यक्ष रूप से उग्रवादी गतिविधियों में शामिल है या नहीं, इस बिंदु पर अंतिम निर्णय राज्य सरकार के स्तर पर होगा।

न्यायालय संबंधी मामले

- प्रत्यार्पित उग्रवादी के विरूद्ध लंबित जघन्य आपराधिक मामलों को विधि के अनुसार निष्पादित किया जाएगा। अन्य अपराधों के लिए समर्पणकर्त्ता को प्ली बारगेनिंग का विकल्प रहेगा।
- प्रत्यार्पित उग्रवादी को अपना मुकदमा लड़ने के लिए सरकार की ओर से निःशुल्क वकील की व्यवस्था की जाएगी।
- न्यायिक प्रावधान के तहत आवश्यकता शर्त पूरा करने की स्थिति में सरकार द्वारा राजसाक्षी बनाने/महिला एवं नाबालिग होने की स्थिति में प्रचलित विधि सम्मत कार्रवाई की जा सकती है।
- प्रत्यार्पित उग्रवादी के विरूद्ध लंबित मुकदमे के शीघ्रताशीघ्र निष्पादन हेतु विशेष न्यायालय (फास्ट ट्रैक कोर्ट) गठित किया जाएगा।
- प्रत्यार्पित उग्रवादी द्वारा उग्रवादी गतिविधि में सम्मिलित होने के पीछे लंबित भू-विवाद का कारण होने की स्थिति में संबंधित भूमि विवाद के मामलों का निपटारा प्राथमिकता के आधार पर उपलब्ध न्यायालयों से कराया जाएगा।
- समर्पण किए गए सक्रिय हथियारों, गोला-बारूद, विस्फोटक सामग्री आदि एवं संबंधित उग्रवादी के सिर पर घोषित सरकारी इनामों को छोड़कर समर्पणकर्ता यदि पति एवं पत्नी दोनों हों, तो पुनर्वास पैकेज के अंतर्गत उन्हें एक यूनिट ही माना जाएगा।
- राज्य सरकार प्रत्येक वर्ष इस योजना के कार्यान्वयन की समीक्षा करेगी तथा आवश्यकतानुसार संशोधन करेगी।
- राज्य सरकार में आवश्कतानुसार विशेष परिस्थितियों में उपर्युक्त प्रावधानों में संशोधन की शक्ति निहित होगी।

परिशिष्ट - 1

क्रमांक	श्रेणी	संगठन में स्थान	पुरस्कार
1.	ए.	पोलित ब्यूरो सदस्य/केन्द्रीय कमेटी सदस्य/	12,00,000 / - रूपये
2.	बी.	ऑल्टरनेट केन्द्रीय कमेटी	10,00,000 / - रूपये
3.	सी.	रिजनल ब्यूरो सदस्य/स्पेशल एरिया कमेटी/ राज्य कमेटी सदस्य	10,00,000 / - रूपये
4.	डी.	ऑल्टरनेट स्पेशल एरिया कमेटी सदस्य/राज्य कमेटी सदस्य	8,00,000 / - रूपये
5.	ई.	रिजनल कमेटी सदस्य	7,00,000 / - रूपये
6.	एफ.	जोनल कमेटी सदस्य	6,00,000 / - रूपये
7.	जी.	सब जोनल कमेटी सदस्य	5,00,000 / - रूपये
8.	एच.	एरिया कमांडर/एल.ओ.सी. सदस्य	3,00,000 / - रूपये
9.	आई.	एल.जी.एस. दस्ता कमांडर	1,00,000 / - रूपये
10.	जे.	एल.जी. एस. दस्ता सदस्य	30,000/ - रूपये

नक्सलियों के प्रत्यार्पण एवं पुनर्वास हेतु नई नीति – 2015

- राज्य सरकार द्वारा वामपंथी उग्रवादियों के प्रत्यार्पण एवं पुनर्वास नीति को अधिक आकर्षक बनाने के उद्देश्य से 2009 की प्रत्यार्पण एवं पुनर्वास नीति में 2015 में संशोधन किया गया है, जो इस प्रकार हैं -
- नक्सलियों का श्रेणी-'ए' एवं श्रेणी-' बी' में वर्गीकरण किया जाएगा।
- जोनल कमांडर एवं उससे ऊपर के स्तर के नक्सलियों को श्रेणी-'ए' में रखा जाएगा तथा इन्हें पुनर्वास अनुदान के रूप में कुल ₹5,00,000 रूपये का भुगतान किया जाएगा।
- इसमें से ₹1,00,000 की राशि का भुगतान तत्काल प्रत्यार्पण के उपरांत किया जाएगा तथा शेष ₹4,00,000 की राशि का भुगतान दो बराबर किस्तों में होगा, जिसकी पहली किस्त 1 वर्ष के बाद तथा दूसरी किस्त 2 वर्ष के बाद विशेष शाखा द्वारा प्रत्यार्पित उग्रवादी की गतिविधियों की छानबीन के बाद की जाएगी।
- इसी प्रकार श्रेणी-'बी' में जोनल कमांडर से नीचे के स्तर के नक्सलियों को रखा जाएगा तथा इन्हीं पुनर्वास अनुदान के रूप में कुल ₹2,50,000 रूपये का भुगतान किया जाएगा।
- इसमें से ₹50,000 की राशि का भुगतान तत्काल प्रत्यार्पण के उपरांत किया जाएगा तथा शेष ₹2,00,000 की राशि का भुगतान दो बराबर किस्तों में होगा, जिसकी पहली किस्त 1 वर्ष के बाद तथा दूसरी किस्त 2 वर्ष के बाद विशेष शाखा द्वारा प्रत्यार्पित उग्रवादी की गतिविधियों की छानबीन के बाद की जाएगी।
- नक्सलियों को पुनर्वास परिषद् द्वारा प्रतिमाह ₹ 5,000 की वृत्ति पर एक वर्ष हेतु व्यावसायिक प्रशिक्षण प्रदान किया जाएगा जिसकी अवधि को विशेष परिस्थिति में एक वर्ष तक बढ़ाया जा सकेगा।
- प्रत्यार्पित नक्सलियों अथवा उनके बच्चों को स्नातक स्तर की शिक्षा ग्रहण करने हेतु अधिकतम ₹ 25,000 का वार्षिक भुगतान किया जाएगा।
- यह भुगतान संबंधित शिक्षण संस्थानों को प्रत्येक तिमाही में अग्रिम के रूप में किया जाएगा।
- प्रत्यार्पित नक्सलियों के अच्छे आचरण के आधार पर उनके ऊपर चल रहे मुकदमें की पैरवी हेतु वकीलों पर उनके द्वारा किए जानेवाले व्यय की प्रतिपूर्ति/व्यय हेतु राशि के भुगतान हेतु पुलिस मुख्यालय, राँची द्वारा प्रस्ताव राज्य सरकार के गृह विभाग को उपलब्ध कराया जाएगा।

नक्सली हिंसा में मृत नागरिकों के आश्रितों हेतु अनुग्रह राशि सें संबंधित संकल्प

वर्ष 2006 में राज्य सरकार द्वारा उग्रवादी व आतंकवादी हिंसा में मारे जाने वाले सामान्य नागरिकों के आश्रितों को आर्थिक सुरक्षा प्रदान करने के उद्देश्य से अनुग्रह राशि प्रदान करने के संबंध में निम्नलिखित प्रावधान किए गए हैं-

1. इस प्रकार की हिंसा में मारे जाने वाले सामान्य नागरिकों के आश्रितों को अनुग्रह राशि के तौर पर ₹1,00,000 रूपये प्रदान किया जाएगा।
2. इस प्रकार की हिंसा में स्थायी रूप से अपंग हुए व्यक्ति को ₹ 50,000 रूपये की अनुग्रह राशि प्रदान की जाएगी।
3. इस प्रकार की हिंसा में गंभीर रूप से घायल हुए व्यक्ति को अनुदान तथा सरकारी एवं सरकार द्वारा संचालित अनुसूचित अस्पतालों में निःशुल्क चिकित्सा प्रदान की जाएगी।

स्थानीयता नीति

झारखंड में स्थानीयता नीति (Domicile Policy in Jharkhand)

- राज्य गठन के 15 साल बाद 7 अप्रैल, 2016 को झारखंड सरकार द्वारा स्थानीयता नीति की घोषणा की गई है।
- इस नीति के तहत राज्य के अनुसूचित क्षेत्रों में तृतीय एवं चतुर्थ श्रेणी के पदों की सरकारी नौकरियों को अगले 10 वर्षों के लिए स्थानीय लोगों के लिए आरक्षित किया गया है।
- इस नीति के तहत ऐसे भारतीय नागरिकों को झारखंड का स्थानीय निवासी माना जाएगा, जो निम्नलिखित में से किसी एक शर्त को पूरा करते हों-
    - झारखंड राज्य की भौगोलिक सीमा में निवास करना चाहिए और अंतिम सर्व खतियान में अपना या पूर्वज का नाम पंजीकृत होना चाहिए। भूमिहीन होने की स्थिति में उसकी पहचान संबंधित ग्राम सभा द्वारा की जायेगी, जो झारखंड में प्रचलित भाषा, संस्कृति एवं परम्परा पर आधारित होगी।
    - पिछले 30 वर्षों या उससे अधिक समय से किसी व्यवसाय, रोजगार और अन्य कारणों से झारखंड की भौगोलिक सीमा में निवास किया है और अचल संपत्ति अर्जित की है या ऐसे व्यक्ति की पत्नी/पति/बच्चा है और झारखंड में रहने की प्रतिबद्धता की पुष्टि करता हो।
    - झारखंड राज्य सरकार/राज्य सरकार द्वारा संचालित/मान्यता प्राप्त संस्थानों, निगम आदि में कार्यरत एक अधिकारी/कर्मचारी या उसकी पत्नी/बच्चा होना चाहिए और झारखंड राज्य में निवास करने की प्रतिज्ञा करनी चाहिए।
    - भारत सरकार के अधिकारी/कर्मचारी जो झारखंड राज्य में कार्यरत हैं या उनकी पत्नी/पति/बच्चे और झारखंड राज्य में निवास करने की प्रतिबद्धता की पुष्टि करते हैं।
    - झारखंड राज्य में किसी भी संवैधानिक या कानूनी पद पर नियुक्त व्यक्ति उसका पति/पति/बच्चा होना चाहिए और झारखंड राज्य में निवास करने की प्रतिबद्धता की पुष्टि करता है।
    - ऐसा व्यक्ति, जिसका जन्म झारखंड में हुआ हो और उसने झारखंड में स्थित मान्यता प्राप्त संस्थानों से मैट्रिक या समकक्ष स्तर तक की शिक्षा पूरी की हो और झारखंड राज्य में निवास करने की प्रतिबद्धता की पुष्टि करता हो।

अन्य प्रमुख नीतियाँ

झारखंड की अन्य प्रमुख नीतियां व अधिनियम निम्नलिखित हैं-

सेवा का अधिकार अधिनियम – 2011

- राज्य में सेवा का अधिकार अधिनियम वर्ष 2011 में लागू किया गया है।
- इस अधिनियम में राज्य के अधिकारियों/कर्मचारियों को एक निश्चित समय-सीमा में नागरिक सेवाएं प्रदान करने का प्रावधान किया गया है।
- इस अधिनियम में कुल 172 सेवाओं को शामिल किया गया है, जिनका निष्पादन निर्धारित समय सीमा के भीतर किया जाना आवश्यक है।
- निर्धारित समय-सीमा में सेवा उपलब्ध नहीं कराने पर दोषी अधिकारी/कर्मचारी पर 500 रुपये से लेकर 5000 रुपये तक के आर्थिक दंड का प्रावधान किया गया है।
- जुर्माने की राशि की कटौती दोषी अधिकारी/कर्मचारी के वेतन से की जायेगी।

झारखंड में राज्य खाद्य सुरक्षा कानून – 2015

- केन्द्र सरकार के राष्ट्रीय खाद्य सुरक्षा अधिनियम-2013 के आलोक में प्रदेश में खाद्य सुरक्षा अधिनियम 25 सितम्बर 2015 को लागू किया गया था।
- इस योजना के तहत राज्य के 2.33 लाख से अधिक लोगों के लिए खाद्य सुरक्षा सुनिश्चित की जा सकती है।
- इस योजना के तहत अंत्योदय के तहत 37 लाख से अधिक व्यक्तियों को खाद्य सुरक्षा का लाभ मिलेगा।
- योजनान्तर्गत अन्त्योदय श्रेणी में सम्मिलित परिवारों को प्रतिमाह 35 किग्रा खाद्यान्न उपलब्ध कराया जायेगा।
- योजना के तहत जरूरतमंद लोगों के प्राथमिकता समूह के लोगों को प्रति व्यक्ति प्रति माह 5 किलो खाद्यान्न मिलेगा।
- योजनान्तर्गत हितग्राहियों को एक रुपये प्रति किग्रा की दर से चावल एवं गेहूँ का वितरण किया जायेगा।
- लाभार्थियों की पहचान सामाजिक-आर्थिक एवं जातिगत जनगणना-2011 के आधार पर की जायेगी।
- इस योजना के तहत 65 वर्ष से अधिक आयु के बीपीएल श्रेणी के व्यक्ति को 10 किलो चावल निःशुल्क प्रदान किया जाएगा।
- इस योजना के तहत गर्भवती एवं धात्री माताओं को बच्चे के जन्म से 6 माह तक आंगनबाड़ी केन्द्र के माध्यम से निःशुल्क भोजन एवं मातृत्व लाभ के रूप में 6000 रुपये की आर्थिक सहायता प्रदान की जायेगी।

झारखंड क्रय नीति – 2014

- झारखंड राज्य में वर्ष 2007 में लागू क्रय नीति में संशोधन कर वर्ष 2014 में नई झारखंड क्रय नीति लागू की गई है, जिसमें स्थानीय सूक्ष्म एवं लघु उद्योगों के विकास पर बल दिया गया है। नई झारखंड क्रय नीति का मुख्य उद्देश्य स्थानीय सूक्ष्म एवं लघु उद्योगों को सुरक्षा प्रदान करना है।
- इस नीति के मुख्य प्रावधान इस प्रकार हैं-
    - सूक्ष्म एवं लघु उद्यमों के विकास एवं संवर्धन हेतु उनके उत्पाद राज्य सरकार द्वारा प्राथमिकता के आधार पर क्रय किये जायेंगे।
    - प्रदेश के सूक्ष्म एवं लघु उद्योगों को प्रतिस्पर्धी बनाने के समुचित प्रयास किये जायेंगे।

- सूक्ष्म एवं लघु उद्योगों के उत्पाद राज्य सरकार के विभागों, संस्थाओं एवं सहायता प्राप्त एजेंसियों द्वारा क्रय किये जायेंगे।
- राज्य सरकार के नियंत्रण में कार्यरत सभी प्रशासनिक विभागों, एजेंसियों, बोर्डों, निगमों, विकास प्राधिकरण, नगरपालिका, अधिसूचित क्षेत्र समिति, सहकारी निकाय व अन्य संस्थाओं, जो राज्य सरकार से अनुदान प्राप्त करते हैं अथवा जिस कंपनी में राज्य सरकार की 50% या अधिक हिस्सेदारी है, उन्हें वर्ष 2014-15 एवं उसके आगामी तीन वर्ष तक अपने कुल क्रय का न्यूनतम 20% सूक्ष्म एवं लघु उत्पादों के रूप में क्रय करना अनिवार्य है। 3 वर्ष बाद 1 अप्रैल, 2017 से इन्हें कुल क्रय लक्ष्य का न्यूनतम 20% उत्पाद एवं सेवा निर्माण करना भी अनिवार्य होगा।इस नीति के तहत सूक्ष्म एवं लघु उत्पादन इकाइयों में निर्धारित 20 प्रतिशत वार्षिक क्रय लक्ष्य का 20 प्रतिशत (कुल का 4 प्रतिशत) अनुसूचित जाति एवं जनजाति के स्वामित्व वाली इकाइयों के लिये निर्धारित किया गया है।
- राज्य के प्रत्येक विभाग, सहायता प्राप्त संस्थान एवं सार्वजनिक उपक्रम निर्धारित क्रय लक्ष्य से संबंधित वार्षिक प्रतिवेदन वेबसाइट पर प्रदर्शित करेंगे।
- राज्य की सार्वजनिक क्षेत्र की इकाइयों द्वारा जारी की जाने वाली वस्तुओं एवं सूचीपत्रों के क्रय मूल्य की दर को ठेका प्रणाली के लिए आरक्षित किया गया है।
- सूक्ष्म और लघु इकाइयों को भुगतान में देरी को हल करने के लिए MSMED अधिनियम, 2006 के तहत सूक्ष्म और लघु उद्योग सुविधा परिषद का गठन किया गया है।

झारखंड राज्य की पर्यटन नीति – 2015

झारखंड राज्य की पर्यटन नीति के मुख्य उद्देश्य इस प्रकार हैं-

1. रोजगार के अवसर पैदा करना और पर्यटकों की संख्या बढ़ाना।
2. उपलब्ध संसाधनों का सदुपयोग करना ताकि अधिक से अधिक संख्या में देशी-विदेशी पर्यटकों को प्रदेश में पर्यटन के लिये लम्बे समय तक आकर्षित किया जा सके।
3. प्रत्येक पर्यटन क्षेत्र को विशेष भ्रमण क्षेत्र के रूप में विकसित करना।
4. प्रदेश में पर्यटन क्षेत्रों के विकास में निजी क्षेत्र की भागीदारी बढ़ाना एवं उन्हें मूलभूत सुविधाएं उपलब्ध कराना।
5. मास्टर प्लान तैयार कर उसे क्रियान्वित करना तथा पर्यटन क्षेत्रों का समेकित विकास करना।
6. देशी-विदेशी पर्यटकों को गुणवत्तापूर्ण सेवा प्रदान करना।
7. पर्यटन से संबंधित उत्पादों को बढ़ावा देना।
8. राज्य के सांस्कृतिक स्मारकों को क्षय होने से बचाना।
9. पर्यटन के क्षेत्र में आम लोगों की भागीदारी सुनिश्चित करना तथा सहकारी पर्यटन को प्रोत्साहित कर लोगों को आर्थिक लाभ प्रदान करना।
10. वायु, भूमि, जल आधारित साहसिक पर्यटन साहसिक के विभिन्न क्षेत्रों में झारखंड को प्रमुख स्थान प्रदान करना।
11. उचित सुविधाओं एवं सूचनाओं का विकास कर धार्मिक पर्यटन का विकास करना।
12. झारखंड के समृद्ध हथकरघा उद्योग, सांस्कृतिक विरासत, परंपरा और रीति-रिवाजों को संरक्षित करना और उनके संवर्धन के लिए पर्याप्त कदम उठाना।
13. पर्यटन के क्षेत्र में शासन व्यवस्था को दक्ष, सरल एवं पारदर्शी बनाना।

झारखंड राज्य की खाद्य प्रसंस्करण नीति – 2015

- ·राज्य की खाद्य प्रसंस्करण नीति का मुख्य उद्देश्य खाद्य प्रसंस्करण इकाइयों की स्थापना के लिए आधारभूत सुविधाओं को बढ़ावा देना, निवेश को प्रोत्साहित करना, बाजार नेटवर्क विकसित करना, तकनीकी सहायता प्रदान करना आदि है।
- ·सरकार का लक्ष्य कृषि और संबद्ध क्षेत्रों का विकास करते हुए निवेशकों को लाभ प्रदान करना और खाद्य प्रसंस्करण के क्षेत्र में राज्य को अग्रणी स्थिति में लाना है।
- इस नीति के मुख्य उद्देश्य इस प्रकार हैं-

1. प्रसंस्करण के स्तर को बढ़ाना, अपशिष्ट पदार्थ की मात्रा को कम करना, किसानों की आय में वृद्धि करना और निर्यात को बढ़ावा देना ताकि समग्र रूप से खाद्य प्रसंस्करण क्षेत्र को बढ़ावा दिया जा सके।
2. लघु वनोपज, हर्बल उत्पाद आदि को प्रोत्साहित कर जनजातीय समुदाय के लोगों की आय में वृद्धि करना।
3. नई खाद्य प्रसंस्करण इकाइयों की स्थापना के लिए वित्तीय सहायता प्रदान करना। साथ ही तकनीकी स्तर में सुधार और मौजूदा इकाइयों का विस्तार करना।
4. उत्पादकों और निर्माताओं को बाजार प्रणाली से जोड़ना।
5. तैयार खाद्य पदार्थों की पूर्ण सुरक्षा की व्यवस्था करना तथा उत्पादक क्षेत्रों से उपभोक्ताओं एवं बाजारों तक खाद्य पदार्थों की पहुंच सुनिश्चित करना।
6. मांस एवं मछली की दुकानों में समुचित सुविधा उपलब्ध कराना ताकि स्वस्थ खाद्य पदार्थों की उपलब्धता सुनिश्चित की जा सके।

- उपरोक्त उद्देश्यों को प्राप्त करने के लिए झारखंड सरकार अधोसंरचना के विकास, उचित वातावरण, पूंजी निवेश, तकनीकी एवं कौशल विकास, वित्तीय सहायता एवं अन्य सुविधाओं की बहाली पर ध्यान दे रही है।

झारखंड राज्य की निर्यात नीति – 2015

- झारखंड निर्यात नीति को राज्य सरकार द्वारा वर्ष 2015 में देश के कुल निर्यात में राज्य का हिस्सा 2019 तक 2 प्रतिशत तक लाने के लक्ष्य के साथ अपनाया गया था।
- इस नीति के महत्वपूर्ण बिंदु इस प्रकार हैं-
  - निर्यात में तेजी से वृद्धि के लिए एक सरल, प्रभावी, सहकारी और उत्तरदायी प्रणाली को लागू करना।
  - खनिज आधारित उत्पादों, हस्तशिल्प, हथकरघा, कृषि, पौरुष आहार आदि के पारंपरिक निर्यात को बढ़ावा देना तथा इसके लिए कुशल एवं तकनीकी प्रणाली का विकास करना।
  - निर्धारित समय के भीतर मौसमी फूलों, फलों और सब्जियों को विमानों द्वारा निर्दिष्ट स्थानों पर पहुँचाना।
  - वर्तमान में निर्यात करने वाली इकाइयों पर ध्यान देना तथा निर्यात को प्रोत्साहित करने के लिए उन्हें आवश्यक सहयोग प्रदान करना।
  - अंतर्राष्ट्रीय मानदंडों के अनुसार गुणवत्ता प्रबंधन और पर्यावरण प्रबंधन प्रणाली विकसित करना ताकि निर्यात को अंतर्राष्ट्रीय स्तर तक ले जाया जा सके।
  - अंतर्राष्ट्रीय व्यापार में अधिक से अधिक भागीदारी विकसित करने के लिए उचित प्रयास करना।
  - निर्यातकों को वित्तीय सहायता प्रदान करना।
  - निर्यात संबंधी मुद्दों पर निर्यातकों और अन्य लोगों के बीच जागरूकता पैदा करने के लिए समय-समय पर निर्यात जागरूकता कार्यक्रम आयोजित करना।
- उपरोक्त उद्देश्यों को पूरा करने के लिए झारखंड सरकार अंतरराष्ट्रीय व्यापार सिंगल विंडो सिस्टम, मजबूत विश्लेषणात्मक डेटा, ई-गवर्नेंस, सार्वजनिक-निजी भागीदारी, अनुसंधान और विकास कार्यक्रम आदि को बढ़ावा देने की कोशिश कर रही है।

झारखंड फिल्म नीति – 2015

- राज्य में फिल्म निर्माण को बढ़ावा देने, लोक कला को बढ़ावा देने और राज्य की लोक भाषाओं में फिल्म निर्माण को प्रोत्साहित करने के उद्देश्य से झारखंड फिल्म नीति वर्ष 2015 में लागू की गई है।
- इस नीति के तहत राज्य में झारखंड फिल्म विकास निगम और राज्य स्तरीय फिल्म विकास परिषद का गठन किया गया है।
- राज्य में संगीत नाट्य अकादमी को 'राज्य फिल्म टेलीविजन संस्थान' के रूप में विकसित करने का प्रस्ताव है। इस संस्था द्वारा झारखंडी लोक संस्कृति पर आधारित फिल्म निर्माण को प्रदेश में बढ़ावा दिया जायेगा।
- ·प्रदेश में फिल्म सिटी बनाई जाएगी और इसके लिए निवेश को बढ़ावा दिया जाएगा। साथ ही फिल्म सिटी के निर्माण के लिए सरकार द्वारा औद्योगिक दरों पर जमीन उपलब्ध कराई जाएगी।
- प्रदेश में फिल्म निर्माण से संबंधित अधोसंरचना निर्माण के लिए आसान शर्तों पर ऋण उपलब्ध कराया जाएगा।
- फिल्म निर्माण से जुड़े उपकरण किराये पर उपलब्ध कराये जायेंगे।
- राज्य में मल्टीप्लेक्स निर्माण के लिए प्रथम वर्ष में शत-प्रतिशत, द्वितीय एवं तृतीय वर्ष में 75 प्रतिशत तथा चतुर्थ एवं पंचम वर्ष में 50 प्रतिशत अनुदान दिया जायेगा।
- राज्य में छोटे सिनेमा हॉल को प्रोत्साहित किया जाएगा साथ ही बंद सिनेमा हॉल को फिर से चालू किया जाएगा।
- सौर ऊर्जा से चलने वाले सिनेमा हॉल को कुल निवेश राशि के 50 फीसदी के बराबर अनुदान दिया जाएगा।
- मनोरंजन कर के अलावा, राज्य के सिनेमा हॉल द्वारा प्रति टिकट 6 रुपये और एयर कंडीशनर और अन्य सुविधाओं के लिए 3 रुपये का उपयोग किया जा सकता है।
- राज्य में जिन फिल्मों की शूटिंग 50% है, उन्हें 6 माह के लिए मनोरंजन कर में 50% की छूट दी जाए गी। इसी प्रकार राज्य में शूट की जाने वाली फिल्मों को 6 माह तक 75% तक मनोरंजन कर में 75% तक की छूट दी जायेगी।
- थियेटरों में कैप्टिव पावर प्लांट जेनरेटर लगाने पर 3 वर्ष तक विद्युत कर में छूट प्रदान की जायेगी।
- इस नीति में राज्य में बनने वाली 75 प्रतिशत फिल्मों के लिए वित्त पोषण का प्रावधान किया गया है। इसके लिए फिल्म विकास कोष का गठन किया गया है। इस फंड के लिए मूवी टिकट पर 2 रुपये सरचार्ज का प्रावधान किया गया है।
- इस नीति में प्रदेश की क्षेत्रीय भाषा में बनने वाली फिल्मों को 50 प्रतिशत तथा हिन्दी एवं अन्य भाषाओं की क्षेत्रीय फिल्मों को 25 प्रतिशत अनुदान देने का प्रावधान किया गया है। इसके लिए 10 करोड़ रुपये सालाना अनुदान निर्धारित किया गया है।
- राज्य में पर्यटन स्थलों का विशेष रूप से प्रसारण करने वाली फिल्मों को 50 लाख रुपये तक का अनुदान प्रदान किया जाएगा।
- प्रदेश में फिल्म महोत्सवों का आयोजन, पुरस्कारों का आयोजन, फिल्म सोसायटियों का सुदृढ़ीकरण आदि के माध्यम से फिल्मों को जन-जन तक लोकप्रिय बनाने का प्रयास किया जायेगा।

झारखंड औद्योगिक पार्क नीति – 2015

- झारखंड राज्य के निवासियों को रोजगार उपलब्ध कराने के उद्देश्य से राज्य में औद्योगिक पार्क नीति, 2015 तैयार की गई है।
- यह नीति अधिसूचना जारी होने की तिथि से अगले 5 वर्षों तक लागू रहेगी।
- इस नीति में प्रावधान किया गया है कि छोटानागपुर काश्तकारी अधिनियम-1908 की धारा-49 के अन्तर्गत औद्योगिक पार्क की स्थापना हेतु उपायुक्त द्वारा अनुमति प्रदान की जायेगी।
- इस नीति के तहत राज्य में निजी क्षेत्र, संयुक्त उद्यम एवं निजी-सार्वजनिक भागीदारी के माध्यम से औद्योगिक पार्क की स्थापना का प्रावधान किया गया है। इसका निर्माण 50 एकड़ भूमि पर किया जाएगा, जिसमें कम से कम 15 औद्योगिक इकाइयां स्थापित की जाएंगी।
- निजी क्षेत्र या संयुक्त उद्यम (पीपीपी) में एक विशिष्ट औद्योगिक पार्क स्थापित करने के लिए कम से कम 10 एकड़ भूमि और 5 औद्योगिक इकाइयां अनिवार्य हैं।
- निजी क्षेत्र में औद्योगिक पार्क स्थापित करने के लिए निजी क्षेत्र द्वारा ही भूमि की व्यवस्था की जायेगी। परन्तु यदि भूमि राज्य सरकार के पास उपलब्ध हो तो औद्योगिक पार्क हेतु चिन्हित कुल भूमि का अधिकतम 35% भाग सरकार द्वारा आवंटित किया जा सकता है। यह जमीन कम से कम 30 साल के लिए आवंटित की जाएगी।
- निजी औद्योगिक पार्क के लिए आवंटित कुल भूमि का 60% औद्योगिक इकाइयों के लिए और 40% सूक्ष्म, लघु और मध्यम इकाइयों की स्थापना के लिए आरक्षित किया जाएगा। कुल आवंटित भूमि के 40% भाग को अधोसंरचना अथवा हरित क्षेत्र के रूप में विकसित करना अनिवार्य होगा।
- निजी औद्योगिक पार्क को अधोसंरचना निर्माण हेतु राज्य सरकार द्वारा कुल परियोजना लागत का 50 प्रतिशत अथवा अधिकतम 10 करोड़ रुपये की वित्तीय सहायता प्रदान की जायेगी। इसी तरह, विशिष्ट औद्योगिक पार्कों के लिए कुल परियोजना लागत का 50% या अधिकतम 7 करोड़ रुपये की वित्तीय सहायता प्रदान की जाएगी।
- औद्योगिक पार्क हेतु दी जाने वाली वित्तीय सहायता की अधिकतम अवधि 10 वर्ष होगी, जिसका 5 वर्ष बाद नवीनीकरण किया जायेगा।
- निजी औद्योगिक पार्क को मंजूरी की तारीख से तीन साल के भीतर पूरा करना होगा। यदि निर्धारित अवधि में औद्योगिक पार्क का निर्माण नहीं किया जाता है अथवा नियम तोड़ा जाता है तो राज्य मंत्रिपरिषद की स्वीकृति से राज्य सरकार द्वारा औद्योगिक पार्क का अधिग्रहण कर लिया जायेगा।

झारखंड ऑटोमोबाइल एवं ऑटो-कंपोनेंट नीति – 2015

- भारत दुनिया में दुपहिया वाहनों का दूसरा सबसे बड़ा निर्माता है और ऑटोमोबाइल और ऑटो घटकों के निर्माण के मामले में झारखंड राज्य देश में अग्रणी राज्य है।
- देश के अन्य कई शहरों के साथ-साथ झारखंड राज्य का जमशेदपुर-आदित्यपुर शहर एक ऑटो क्लस्टर के रूप में विकसित हुआ है।
- राज्य में ऑटो निर्माण की अपार संभावनाओं को देखते हुए वर्ष 2015 में झारखंड ऑटोमोबाइल एंड ऑटो-कंपोनेंट पॉलिसी बनाई गई है।
- इस नीति के प्रमुख उद्देश्य निम्न हैं-
    - पूर्वी भारत में झारखंड राज्य को ऑटोमोबाइल और ऑटो-घटकों के निर्माण के लिए एक प्रमुख केंद्र के रूप में विकसित करना।
    - वर्ष 2020 तक इस क्षेत्र में अतिरिक्त 50,000 रोजगार के अवसर सृजित करना।
    - राज्य में मेगा ऑटो परियोजनाओं को आकर्षित करना, नए ऑटो क्लस्टर स्थापित करना और मौजूदा ऑटो क्लस्टर को मजबूत करना।
    - राज्य में टीयर-1, टीयर-2 और टीयर-3 ऑटो-कंपोनेंट स्थापित करने के लिए निर्माताओं को प्रोत्साहित करना।
    - ऑटोमोबाइल और ऑटो-कंपोनेंट उद्योगों को प्रभावित करने वाले वर्तमान में स्थापित बुनियादी ढांचे में कमियों की पहचान करना और इन कमियों को दूर करना।
    - प्रदेश में सार्वजनिक निजी भागीदारी के आधार पर कौशल विकास को बढ़ावा देना।

झारखंड सिंगल विंडो क्लीयरेंस एक्ट, 2015

- राज्य में औद्योगिक विकास को प्रोत्साहित करने के लिए वर्ष 2015 में

झारखंड सिंगल विंडो क्लीयरेंस एक्ट बनाया गया है।

नीति के उद्देश्य

- औद्योगिक विकास को प्रोत्साहन देना।
- विभिन्न लाइसेंसों, अनुमतियों और अनुमोदनों का त्वरित और समयबद्ध अनुमोदन प्रदान करना।
- नए निवेशों को सुगम एवं सरल बनाकर राज्य में निवेश अनुकूल वातावरण सृजित करना।
- विनियामक ढांचे को सरल बनाना।

अन्य महत्वपूर्ण तथ्य

- अधिनियम के उद्देश्यों को पूरा करने के लिए एक शासी निकाय का गठन किया जाएगा जिसके अध्यक्ष मुख्यमंत्री होंगे। इस निकाय के अन्य सदस्य उद्योग मंत्री, वित्त मंत्री, राजस्व एवं भूमि सुधार मंत्री और मुख्य सचिव होंगे। उद्योग सचिव इस निकाय के सदस्य सचिव होंगे।
- शासी निकाय का मुख्य कार्य सिंगल विंडो क्लीयरेंस और उद्योग सरलीकरण के लिए रणनीति दिशा-निर्देश तय करना होगा।
- अधिनियम के तहत मुख्य सचिव की अध्यक्षता में एक उच्च स्तरीय कमेटी का गठन किया जायेगा, जिनका मुख्य कार्य उद्योग सरलीकरण एवं सिंगल विंडो क्लीयरेंस हेतु सिंगल विंडो अप्रूवल कमेटी एजेंसी, जिला स्तरीय नोडल एजेंसी एवं जिला कार्यकारिणी समिति के कार्यों का नियमित निरीक्षण, पर्यवेक्षण एवं समीक्षा करना होगा।
- उद्योग विभाग के प्रमुख सचिव की अध्यक्षता में सिंगल विंडो क्लीयरेंस कमेटी का गठन किया जायेगा, जिसका मुख्य कार्य उद्यम स्थापित करने या उसका संचालन शुरू करने की स्वीकृति प्रदान करना होगा।
- अधिनियम के प्रावधानों के तहत जिले के उपायुक्त की अध्यक्षता में एक जिला कार्यकारिणी समिति का गठन किया जायेगा, जिसका मुख्य कार्य नियमित आधार पर जिला स्तरीय नोडल एजेंसी के कार्यों की निगरानी, पर्यवेक्षण और समीक्षा करना होगा।
- जिला स्तरीय नोडल एजेंसी जिले में निवेश प्रोत्साहन गतिविधियों में सहायता प्रदान करेगी। यह विभिन्न स्वीकृतियों के लिए उद्यमियों को उचित मार्गदर्शन प्रदान करेगी।

झारखंड खाद्य प्रसंस्करण उद्योग नीति – 2015

- झारखंड राज्य की लगभग आधी आबादी कृषि और प्राथमिक क्षेत्र में लगी हुई है। राज्य की जलवायु दशा भी कृषि कार्य के अनुकूल है। अत: राज्य में कृषि एवं संबद्ध गतिविधियों के विकास की अपार सम्भावनाएँ हैं। जहां राज्य में खाद्य प्रसंस्करण उद्योगों के विकास से रोजगार के नए अवसर सृजित हो सकते हैं, वहीं दूसरी ओर अन्य राज्यों की खाद्य आवश्यकताओं को पूरा कर आय के नए अवसर सृजित किए जा सकते हैं।
- राज्य में खाद्य प्रसंस्करण उद्योगों के विकास की संभावनाओं को ध्यान में रखते हुए वर्ष 2015 में झारखंड खाद्य प्रसंस्करण उद्योग नीति बनाई गई है।
- इस नीति का मुख्य उद्देश्य राज्य में खाद्य प्रसंस्करण इकाइयों की स्थापना के लिए अनुकूल वातावरण बनाना, पूंजी निवेश को प्रोत्साहित करना, तकनीकी उन्नयन, विपणन नेटवर्क विकसित करना तथा अनुदान और रियायतें प्रदान करना है।
- इस नीति के मुख्य प्रावधान इस प्रकार हैं-
    - संयंत्र की कुल लागत तथा तकनीकी सिविल कार्य के लिए 35 प्रतिशत सहायता प्रदान की जाएगी। परन्तु सामान्य क्षेत्रों में सहायता की अधिकतम राशि ₹ 500 लाख तथा एकीकृत जनजातीय विकास परियोजना (आईटीडीपी) क्षेत्र में सहायता की राशि 45 प्रतिशत तक होगी।
    - ग्रामीण क्षेत्रों में प्राथमिक प्रसंस्करण केन्द्र/संग्रह केन्द्र की स्थापना हेतु बैंक द्वारा निर्धारित परियोजना लागत का 50 प्रतिशत (सामान्य क्षेत्र हेतु) एवं आईटीडीपी क्षेत्र हेतु 75 प्रतिशत सहायता के रूप में दी जायेगी, जिसकी अधिकतम सीमा 2.5 करोड़ रुपये होगी।
    - कोल्ड स्टोरेज के निर्माण, मूल्यवर्धन और संरक्षण अधोसंरचना की कुल लागत का 35 प्रतिशत (अधिकतम 7 करोड़ रुपये) अनुदान सहायता के रूप में दिया जाएगा। आईटीडीपी क्षेत्र के लिए यह राशि कुल लागत का 50 प्रतिशत होगी।
    - मांस एवं मछली की दुकान की स्थापना अथवा आधुनिकीकरण हेतु परियोजना लागत का 50 प्रतिशत (अधिकतम 5 लाख रुपये) अनुदान सहायता के रूप में प्रदान किया जायेगा। आईटीडीपी क्षेत्र के लिए यह राशि कुल लागत का 75 प्रतिशत होगी।
    - गढ़वा व पलामू जिले में दालों के अधिक उत्पादन को देखते हुए दलहन प्रसंस्करण इकाई स्थापित की जायेगी।
    - टमाटर के अधिक उत्पादन को देखते हुए लातेहार जिले में टमाटर प्रसंस्करण इकाई स्थापित की जायेगी।

झारखंड चारा प्रसंस्करण उद्योग नीति – 2015

- झारखंड राज्य में पशुपालन के विकास की अपार संभावनाएं हैं, जिसमें मांस, डेयरी, सुअर पालन, बकरी पालन, मुर्गी पालन और मछली पकड़ना शामिल है। इस क्षेत्र के विकास के लिए उपयुक्त चारे की उपलब्धता एक महत्वपूर्ण शर्त है।
- राज्य में पशुपालन के विकास की संभावनाओं के परिप्रेक्ष्य में झारखंड चारा प्रसंस्करण उद्योग नीति-2015 तैयार की गई है।
- इस नीति का मुख्य उद्देश्य राज्य में चारा उत्पादन की संभावनाओं का दोहन करना है, कृषि उपोत्पादों की मांग में वृद्धि कर किसानों को भी लाभान्वित किया जा सकता है।
- इस नीति का अन्य उद्देश्य राज्य में चारा प्रसंस्करण इकाइयों की स्थापना के लिए अनुकूल वातावरण बनाना, पूंजी निवेश को प्रोत्साहित करना, तकनीकी उन्नयन, विपणन नेटवर्क विकसित करना और अनुदान और रियायतें प्रदान करना है।
- इस नीति के मुख्य प्रावधान इस प्रकार हैं-
    - सामान्य क्षेत्रों में प्लांट एवं संयंत्र एवं तकनीकी सिविल कार्य की कुल लागत पर 35 प्रतिशत (अधिकतम 500 लाख) की सहायता प्रदान की जायेगी।
    - एकीकृत जनजातीय विकास परियोजना (आईटीडीपी) क्षेत्र में सहायता की राशि 45 प्रतिशत (अधिकतम 500 लाख रुपये) तक होगी।

झारखंड राज्य सौर ऊर्जा नीति – 2015

- झारखंड राज्य सौर ऊर्जा नीति वर्ष 2015 में राज्य में जीवाश्म ईंधन पर निर्भरता कम करने और ऊर्जा के नवीकरणीय स्रोतों के उपयोग को प्रोत्साहित करने के उद्देश्य से लागू की गई है।
- इस नीति के मुख्य उद्देश्य इस प्रकार हैं-
    - निजी क्षेत्र की मदद से वर्ष 2020 तक 2,650 मेगावाट सौर ऊर्जा का उत्पादन करना।
    - सौर ऊर्जा परियोजनाओं के निर्माण के लिए उपयुक्त वातावरण बनाना।
    - राज्य में पर्यावरण प्रदूषण मुक्त ऊर्जा का उत्पादन सुनिश्चित करना।
    - राज्य में सौर ऊर्जा के उत्पादन के लिए स्थानीय विनिर्माण इकाइयों को प्रोत्साहित करना और रोजगार सृजित करना।
- इस नीति के मुख्य प्रावधान इस प्रकार हैं-
    - राज्य सरकार सौर पार्क स्थापित करने के लिए प्रोत्साहन प्रदान करेगी

और इसके लिए राज्य में अनुत्पादक भूमि या अन्य परती भूमि को सौर पार्कों के लिए आवंटित किया जाएगा।

- सोलर पार्क की स्थापना के लिए झारखंड राज्य विद्युत नियामक आयोग (जेएसईआरसी) द्वारा अधोसंरचना विकसित की जाएगी और इसके लिए राज्य सरकार द्वारा वित्तीय सहायता प्रदान की जाएगी।
- सौर ऊर्जा को बढ़ावा देने के लिए जेआरईडीए (झारखंड नवीकरणीय ऊर्जा विकास एजेंसी) को नोडल एजेंसी बनाया गया है।
- झारखंड सरकार सरकारी और निजी भवनों पर रूफटॉप प्लांट लगाएगी। इसके लिए 53 सरकारी भवनों का चयन किया गया है।
- सौर ऊर्जा के क्षेत्र में स्थापित होने वाली परियोजनाओं पर 10 वर्ष तक विद्युत शुल्क में छूट प्रदान की जायेगी।
- सोलर पावर प्लांट को डीम्ड उद्योग का दर्जा दिया जाएगा ताकि झारखंड औद्योगिक नीति के नियम इस क्षेत्र पर लागू न हों।
- आवासीय उपभोक्ताओं को अपनी छतों पर सौर ऊर्जा संयंत्र लगाने पर व्यावसायिक छूट प्रदान की जायेगी।
- सोलर प्लांट में इस्तेमाल होने वाले उपकरणों को वैल्यू एडेड टैक्स के दायरे से बाहर रखा जाएगा।
- सौर ऊर्जा इकाइयों को प्रदूषण निकासी से छूट दी जाएगी और उन्हें झारखंड राज्य प्रदूषण नियंत्रण बोर्ड से अनुमति लेने की आवश्यकता नहीं होगी।

झारखंड मद्य निषेध नीति – 2016

वर्ष 2016 में राज्य में मद्यनिषेध नीति को लागू करते हुए निम्न प्रावधान किया गया है-

- सभी शराब की बोतलों पर 'शराब पीना स्वास्थ्य के लिए हानिकारक है' अंकित होना अनिवार्य है।
- 21 वर्ष से कम आयु के व्यक्तियों को शराब की बिक्री निषिद्ध है।
- राज्य में शराब के प्रचार-प्रसार पर रोक लगा दी गई है।
- राज्य में 50 प्रतिशत से अधिक अनुसूचित जनजाति की आबादी वाली अनुसूचित ग्राम पंचायतों में शराब की दुकानें खोलने पर प्रतिबंध लगा दिया गया है।
- प्रदेश में पचवई की दुकानें नहीं लगेंगी और इसकी फुटकर बिक्री पर रोक लगा दी गई है। केवल आदिवासी त्योहारों एवं सामाजिक आयोजनों के अवसर पर पचवाई का निर्माण एवं सीमित मात्रा में रखने की अनुमति होगी।
- प्रदेश में 15 अगस्त, 26 जनवरी, गांधी जयंती, रामनवमी, दशहरा, होली, ईद और मुहर्रम को ड्राई डे घोषित किया गया है और इस दिन शराब की बिक्री पर प्रतिबंध रहेगा।

झारखंड राज्य की स्टार्टअप नीति – 2016

- झारखंड स्टार्टअप नीति-2016 की घोषणा 6 अक्टूबर 2016 को राज्य सरकार द्वारा की गई थी।
- इसका मुख्य लक्ष्य झारखंड को 2021 तक स्टार्टअप के क्षेत्र में अग्रणी राज्यों में शामिल करना है।
- इसके लिए सरकार ने नवाचार के लिए उपयुक्त माहौल उपलब्ध कराने का लक्ष्य रखा है।
- नीति के तहत 1000 सामान्य स्टार्टअप और 1500 कल्पना आधारित स्टार्टअप पर काम करने का लक्ष्य रखा गया है।
- स्टार्टअप के तहत एक लाख वर्गफीट क्षेत्र में इन्क्यूबेशन सेंटर स्थापित करने का लक्ष्य रखा गया है। इसके तहत राज्य के 10 प्रतिष्ठित संस्थानों को इनक्यूबेशन सेंटर खोलने के लिए 50-50 लाख रुपये का अनुदान दिया जाएगा। यह राशि हर शिक्षण संस्थान को पांच साल तक मिलेगी।
- सूचना एवं प्रौद्योगिकी विभाग ने अगले पांच साल में इसके लिए 250 करोड़ रुपये की व्यवस्था करने का लक्ष्य रखा है। साथ ही पब्लिक-प्राइवेट पार्टनरशिप के आधार पर भी फंड की व्यवस्था की जाएगी।

झारखंड वस्त्र, परिधान और फुटवियर नीति – 2016

- झारखंड में उद्योग एवं प्रोत्साहन नीति- 2016 में टेक्सटाइल क्षेत्र को झारखंड में एक विशेष क्षेत्र के रूप में चिन्हित किया गया है। इसके तहत राज्य में झारखंड वस्त्र, परिधान और फुटवियर नीति-2016 तैयार की गई है।
- रेशम क्षेत्र में झारखंड ने महत्वपूर्ण वृद्धि दर्ज की है तथा झारखंड देश में सर्वाधिक तसर रेशम उत्पादित करने वाला राज्य है। यहाँ देश के कुल तसर रेशम का लगभग 40% उत्पादित किया जाता है।
- झारखंड राज्य में उत्पादित तसर रेशम अपनी गुणवत्ता के कारण वैश्विक स्तर पर जाना जाता है तथा अमेरिका, ब्रिटेन, जर्मनी, फ्रांस जैसे विकसित देशों में इसकी बहुतायात में मांग है।
- राज्य में रेशम के डिजाइन, प्रशिक्षण, उद्यमिता, विपणन व उत्पादन को बढ़ावा देने के उद्देश्य से राज्य सरकार द्वारा झारखंड सिल्क टेक्सटाइल एवं हैंडिक्रॉफ्ट विकास प्राधिकरण (झारक्रॉफ्ट) का गठन वर्ष 2006 में किया गया था। इसके माध्यम से राज्य में लगभग दो लाख रेशम कीट पालकों, सूत कातने वाले लोगों, बुनकरों एवं शिल्पकारों को रोजगार हेतु सहायता प्रदान किया जा रहा है।
- झारक्रॉफ्ट द्वारा राज्य एवं देश के विभिन्न शहरों में 18 आउटलेट का संचालन भी किया जा रहा है। इसमें राँची, दिल्ली, कोलकाता, बेंगलुरू, अहमदाबाद एवं मुंबई प्रमुख हैं।
- झारखंड रेशम उत्पादन के साथ-साथ सूती धागों व हैन्डलूम वस्तुओं के उत्पादन में भी देश का अग्रणी राज्य है। इस परिप्रेक्ष्य में राज्य में कपास ऊन बुनाई, हैन्डलूम वस्त्रों की बुनाई, ऊन व रेशम के धागों आदि को बढ़ावा देने के लिए गंभीर प्रयास किए जा रहे हैं।
- ऐसी वस्तुओं के निर्माण की दृष्टि से रांची, लातेहार, पलामू, रामगढ़, धनबाद, बोकारो, गोड्डा, पाकुड़, साहेबगंज एवं खूँटी प्रमुख जिले हैं।
- सरकार ने राज्य में देवघर में राजनगर (सरायकेला- खरसावाँ) और इरबा (रांची) सिल्क पार्क और मेगा टेक्सटाइल पार्क की स्थापना की है। इसके साथ ही देवघर, दुमका, साहेबरंज, गोड्डा, पाकुड़ और जामताड़ा जिलों को भारत सरकार द्वारा मेगा हथकरघा क्लस्टर योजना में शामिल किया गया है।
- झारखंड सरकार की वस्त्र, परिधान और फुटवियर नीति, 2016 के उद्देश्य निम्न प्रकार हैं-
  - समग्र कपड़ा क्षेत्र में उच्च और सतत विकास दर प्राप्त करना।
  - कपड़ा क्षेत्र की मूल्य श्रृंखला को मजबूत करना।
  - सहकारी क्षेत्र की कताई मिलों को बेहतरी के लिए प्रोत्साहित करना।
  - पावरलूम क्षेत्र का आधुनिकीकरण करके उसे मजबूत करना ताकि वे गुणवत्तापूर्ण वस्तुओं का निर्माण कर सकें।
  - कपड़ा उत्पादन क्षेत्र में सूचना प्रौद्योगिकी का सदुपयोग कर इसकी गुणवत्ता, डिजाइन और मार्केटिंग को बढ़ावा देना।
  - आयात का प्रतिस्थापन करना।
  - कपड़ा उद्योगों के नियमन से संबंधित नियमों का उदारीकरण, ताकि इस क्षेत्र को और अधिक प्रतिस्पर्धी बनाया जा सके।
  - इस नीति के तहत इस क्षेत्र में कुशल श्रमिकों का सृजन करना और 5 लाख रोजगार सृजित करना।

झारखंड किफायती आवास नीति – 2016

- यह नीति 2016 में केंद्र सरकार की 'प्रधानमंत्री आवास योजना-शहरी' के तहत 'सभी के लिए आवास' के अंतर्गत तैयार की गई है।

- इस नीति का मुख्य लक्ष्य 'शहरी क्षेत्रों में सभी परिवारों के लिए किफायती आवास' प्रदान करने के लिए सक्षम वातावरण तैयार करना है।
- इस नीति के तहत आवास की कमी को दूर करने के लिए सार्वजनिक-निजी भागीदारी (पीपीपी) पर जोर दिया जाएगा।
- इस योजना के तहत, अनुसूचित जाति / अनुसूचित जनजाति / अन्य पिछड़ा वर्ग / अल्पसंख्यकों के साथ-साथ वरिष्ठ नागरिकों और दिव्यांग जैसे कमजोर वर्गों को लक्षित किया जाएगा।
- इस नीति के तहत, EWS के LIG और सार्वजनिक-निजी भागीदारी और निजी डेवलपर्स द्वारा बनाई जाने वाली कॉलोनियों में आवास आरक्षित किए जाएंगे। 4000 वर्ग मीटर कालोनियों में न्यूनतम 10% तथा 3000 वर्ग मीटर कॉलोनियों में न्यूनतम 15% आवास कमजोर वर्गों के लिए आरक्षित होंगे।
- पब्लिक-प्राइवेट पार्टनरशिप के तहत बनने वाली कॉलोनियों के लिए सरकार द्वारा जमीन उपलब्ध कराई जाएगी। कुल समर्पित भूमि के 65 प्रतिशत भाग पर कॉलोनी का निर्माण किया जायेगा तथा 35 प्रतिशत पर व्यवसायिक परिसर का निर्माण किया जायेगा। इस निर्मित कॉलोनी में 50 प्रतिशत हिस्सा कमजोर वर्ग के लिए आरक्षित रहेगा।
- मलिन बस्तियों के पुनर्वास के लिए केंद्र 1 लाख रुपये तक की सहायता प्रदान करेगा।
- इस नीति के तहत 100 सदस्यों वाली सहकारी समितियां अपने सदस्यों के लिए सरकारी अनुदानित भूमि पर आवासीय कॉलोनियां बना सकेंगी।
- इस नीति के तहत अति संवेदनशील वर्ग को 3 लाख रुपये वार्षिक आय वाले को 300 वर्ग फुट और 3-6 लाख रुपये वार्षिक आय वाले निम्न आय वर्ग को 600 वर्ग फुट के मकान उपलब्ध कराये जायेंगे।
- इस नीति के तहत शहरी क्षेत्रों में 1200 रुपये प्रति वर्गफीट की दर से आवास उपलब्ध कराया जायेगा।
- EWS के LIG कैटेगरी के लोगों को घर खरीदने के लिए 15 साल के लिए 6 लाख रुपये का लोन दिया जाएगा। इस पर 6.5 फीसदी सालाना की दर से ब्याज लगेगा।
- व्यक्तिगत आवासों के निर्माण के लिए केंद्र की ओर से 1.5 लाख रुपये और राज्य सरकार की ओर से 75 हजार रुपये प्रति हितग्राही अनुदान दिया जाएगा।
- लॉटरी के माध्यम से आवासों का वितरण किया जायेगा।

झारखंड इलेक्ट्रॉनिक्स डिजाइन एवं विनिर्माण नीति –2016

नीति का उद्देश्य

- राष्ट्रीय और अंतरराष्ट्रीय मांग को ध्यान में रखते हुए इस क्षेत्र को प्रतिस्पर्धी बनाना।
- कच्चे माल और उपकरणों की आपूर्ति के लिए एक श्रृंखला बनाना।
- 2020 तक इलेक्ट्रॉनिक्स घटकों के निर्यात में झारखंड की भागीदारी को 2 बिलियन तक सुनिश्चित करना।
- अगले 10 वर्षों में राज्य में न्यूनतम 50 संबंधित इकाइयों का विकास करना।
- इस उद्योग के विकास के लिए मानव संसाधन को प्रशिक्षित करना।
- ग्रामीण जरूरतों को पूरा करने के लिए पर्याप्त उपकरणों का निर्माण करना।

सरकार की रणनीति

- रांची, जमशेदपुर और धनबाद में कम से कम 200 एकड़ भूमि पर ईएसडीएम इनोवेशन हब स्थापित किए जाएंगे।
- स्थानीय कच्चे माल का उपयोग करने वाली कंपनियों को वित्तीय अनुदान प्रदान किया जाएगा।
- निवेशकों को उनकी आवश्यकता के अनुसार भूमि की उपलब्धता सुनिश्चित की जायेगी।
- सड़क, बिजली, पानी आदि मूलभूत सुविधाओं का विकास सरकार द्वारा किया जायेगा।

सरकार द्वारा प्रदत्त अनुदान

- कुल पूंजीगत लागत पर अधिकतम 20 प्रतिशत अनुदान दिया जायेगा।
- सभी ESDM इकाइयों को 5 साल तक आयकर में छूट दी जाएगी।
- सभी ESDM इकाइयों को स्टाम्प ड्यूटी, ट्रांसफर टैक्स और रजिस्ट्रेशन टैक्स में छूट दी जाएगी।
- ESDM इकाइयों द्वारा विदेशों से कच्चा माल लाने पर वाणिज्यिक कर में 50 प्रतिशत की छूट दी जायेगी।
- सौर ऊर्जा संयंत्रों को 10 साल तक बिजली कर से राहत दी जाएगी।
- रूफटॉप सोलर टेक्नोलॉजी का उपयोग करने वाले आवासीय उपभोक्ताओं को बिजली कर में छूट दी जाएगी।

झारखंड बीपीओ/बीपीएम नीति – 2016

नीति का लक्ष्य

- राज्य को बीपीओ और बीपीएम क्षेत्र में समग्र प्राथमिकता वाले राज्य के रूप में विकसित करना ताकि राज्य के लोगों के लिए रोजगार के नए अवसर पैदा किए जा सकें।

नीति का उद्देश्य

- राज्य के जिलों में संचालित बीपीओ एवं बीपीएम के माध्यम से वर्ष 2021 तक 15000 लोगों को रोजगार उपलब्ध कराना।
- सभी जिलों के शहरी एवं ग्रामीण क्षेत्रों में बीपीओ एवं बीपीएम इकाइयों की स्थापना को प्रोत्साहित करना।
- आईटी और आईटीई सेवाओं को प्रोत्साहित करने के लिए छोटे शहरों में बुनियादी सुविधाओं का विकास।

नीति की रणनीति

- सब्सिडी और प्रोत्साहन - इस नीति के तहत सूचीबद्ध बीपीओ और बीपीएम और संबद्ध गतिविधियों को सब्सिडी और प्रोत्साहन प्रदान किया जाएगा।
  1. भूमि की लागत से संबंधित प्रोत्साहन राशि- जो कर्मचारी झारखंड राज्य के निवासी हों अथवा झारखंड से 10वीं कक्षा से ऊपर अध्ययनरत हों, उन्हें भूमि की लागत 30,000 की दर से प्रतिपूर्ति की जायेगी।
  2. पूंजीगत प्रोत्साहन - ए टाइप शहरों में 5 साल, बी टाइप शहरों में 7 साल और सी टाइप शहरों में 9 साल के लिए प्रति सीट अधिकतम 1 लाख रुपये तक सब्सिडी प्रोत्साहन और पुनर्भुगतान दिया जाएगा।
  3. कार्यकारी भुगतान से संबंधित प्रोत्साहन - बीपीओ और बीपीएम इकाइयों को 3 साल के लिए प्रति वर्ष अधिकतम 15,000 रुपये प्रति सीट तक पट्टे या किराए पर दिया जाएगा। इसके तहत पहले साल 100 फीसदी, दूसरे साल 75 फीसदी और तीसरे साल 50 फीसदी का भुगतान किया जाएगा।
  4. अन्य प्रोत्साहन-
     - दूरसंचार लागत का 50% प्रति वर्ष प्रति सीट अधिकतम 30,000 रुपये के अधीन 3 वर्षों के लिए प्रतिपूर्ति की जाएगी।
     - इंटरनेट ब्रॉडबैंड की लागत का 50% प्रति सीट अधिकतम 40,000 रुपये के अधीन प्रतिपूर्ति की जाएगी।
     - सौर ऊर्जा लागत का 15% तक प्रतिपूर्ति की जाएगी।
     - बीपीओ और बीपीएम इकाइयों को 3 साल के लिए बिजली शुल्क की

प्रतिपूर्ति की जाएगी।

- प्रशिक्षण की लागत की प्रतिपूर्ति 4000 रुपये प्रति माह की दर से की जाएगी। यह प्रतिपूर्ति प्रति व्यक्ति 3 माह तक की जाएगी।
- राष्ट्रीय स्तर की प्रदर्शनी में भाग लेने पर 2 लाख रुपये तक की प्रतिपूर्ति दी जाएगी।
- बीपीओ और बीपीएम पेशेवरों को 3 साल के लिए ईपीएफ में 500 रुपये का योगदान दिया जाएगा।
- बीपीओ और बीपीएम इकाइयों को योजना बनाने में मदद के लिए पहली बार प्रति कर्मचारी 10 हजार रुपये की सहायता दी जाएगी।
- दिव्यांग कर्मचारियों को 500 रुपये की अतिरिक्त सहायता दी जाएगी।

झारखंड की खेल नीति – 2020

- झारखंड खेल नीति की घोषणा 29 दिसंबर, 2020 को की गई है।
- इस नीति का उद्देश्य झारखंड राज्य में खेलों को प्रोत्साहित करना है।
- इसमें राज्य के खिलाड़ियों, प्रशिक्षकों, विद्यालय स्तर पर खेलों की अनिवार्यता, पदक जीतने वाले खिलाड़ियों को नगद पुरस्कार, प्रशिक्षकों को पुरस्कार, राज्य के पूर्व खिलाड़ियों को सम्मान एवं पेंशन, दिव्यांग खिलाड़ियों को प्राथमिकता आदि महत्वपूर्ण प्रावधान किये गये हैं।
- प्रदेश के खिलाडियों व प्रशिक्षकों को प्रोत्साहित करने के लिए जयपाल सिंह मुंडा पुरस्कार दिया जाएगा।
- सभी सरकारी और निजी स्कूलों में प्राथमिक से लेकर वरिष्ठ माध्यमिक स्तर तक के पाठ्यक्रम में शारीरिक शिक्षा और खेल को अनिवार्य किया जाएगा।
- प्रतिभाशाली बच्चों को उत्कृष्ट खिलाड़ी बनाने के लिए स्कूल परिसर में विशेष प्रशिक्षण दिया जाएगा।
- सभी सरकारी और निजी स्कूलों में कम से कम एक घंटे का समय शारीरिक गतिविधियों और खेलों के लिए निर्धारित किया जाएगा।
- महाविद्यालयों और विश्वविद्यालयों में खेलों का विकास किया जायेगा।
- राज्य की प्रत्येक विधानसभा में कम से कम एक स्कूल (जिसमें खेल का मैदान या स्टेडियम हो) चिन्हित किया जायेगा, उसमें खेल की उचित सुविधाएँ उपलब्ध करायी जायेगी और उसे ग्रामीण खेल केन्द्र के रूप में विकसित किया जायेगा।
- ग्रामीण खेल केन्द्रों के लिए दो वर्ष के लिए संविदा पर एक खेल मित्र की नियुक्ति की जाएगी, जो ग्रामीण क्षेत्र के लोगों को अपने पसंदीदा खेलों में भाग लेने के लिए प्रोत्साहित करेगा।
- प्रदेश में खेल अकादमी एवं खेल विश्वविद्यालय की स्थापना की जायेगी।
- राज्य के मेगा स्पोर्ट्स कॉम्प्लेक्स में स्पोर्ट्स यूनिवर्सिटी शुरू की जाएगी।
- ·प्रदेश में उच्च प्राथमिकता वाले खेलों के लिए सेंटर ऑफ एक्सीलेंस स्थापित किया जाएगा, जिसमें खिलाड़ियों को प्रशिक्षण दिया जाएगा।
- खिलाड़ियों का चयन खेल निदेशालय द्वारा समय-समय पर निर्धारित मापदण्डों के अनुसार किया जायेगा। इन खिलाड़ियों को मुफ्त आवास, बोर्डिंग, खेल किट, खेल उपकरण, प्रतियोगिता दर्शन और पोषण विशेषज्ञ की सहायता और चिकित्सा सहायता प्रदान की जाएगी।
- खेल निदेशालय द्वारा प्रतिवर्ष 'खेल प्रतिभा खोज' का आयोजन किया जायेगा।

दिव्यांगों हेतु प्रावधान

- विकलांग खिलाडियों को समान अवसर प्रदान करते हुए उनके लिए जिला स्तरीय स्टेडियम की सुविधा उपलब्ध कराई जाएगी तथा पदक जीतने वाले को नकद पुरस्कार भी दिया जाएगा।

खेल संघों को अनुदान हेतु प्रावधान

- राज्य सरकार द्वारा खेल विभाग द्वारा मान्यता प्राप्त खेल संघों को ही अनुदान दिया जायेगा।
- खेल संघों का सोसायटी अधिनियम के तहत पंजीयन कराना अनिवार्य होगा।
- अन्तर्राष्ट्रीय स्तर पर कार्यक्रमों के आयोजन हेतु अनुदान के रूप में अधिकतम एक करोड़ रुपये की राशि प्रदान की जायेगी। इसमें से 50 प्रतिशत राशि तत्काल और 50 प्रतिशत राशि ऑडिट रिपोर्ट प्राप्त होने के बाद दी जाएगी।
- अन्य खेलों के आयोजन के लिए भी अनुदान दिया जाएगा।

झारखंड की पर्यटन नीति – 2020

- यह नीति पर्यटन नीति-2015 की तर्ज पर तैयार की गई है।
- इस नीति का उद्देश्य झारखंड को भारत के पर्यटन मानचित्र पर एक आवश्यक गंतव्य के रूप में स्थापित करना है।
- इस नीति में पर्यटन क्षेत्र में 75,000 रोजगार सृजित करने का लक्ष्य रखा गया है।
- इस नीति के तहत, निवेशकों को निवेशित पूंजी का 30% या अधिकतम ₹10 करोड़ की सब्सिडी प्रदान की जाएगी।
- अधिसूचित क्षेत्र में निवेश करने वाले निवेशकों को 5% की अतिरिक्त सब्सिडी प्रदान की जाएगी।
- प्रदेश में पर्यटन इकाई शुरू करने पर बिजली दरों में 30 प्रतिशत की छूट दी जायेगी।
- पर्यटन इकाई स्थापित करने के लिए निवेशकों द्वारा लिए गए ऋण पर ब्याज में 50% या अधिकतम ₹25 लाख (5 वर्ष के लिए) तक की छूट प्रदान की जायेगी।
- नई पर्यटन इकाई को राज्य माल एवं सेवा कर (एसजीएसटी) के भुगतान में 75 प्रतिशत की छूट तथा स्टाम्प शुल्क में 5 वर्ष तक 2 प्रतिशत तक की छूट दी जायेगी।

अन्य तथ्य

- मधुबन एवं पारसनाथ के प्रबंधन के लिए पारसनाथ विकास प्राधिकरण की स्थापना की जायेगी।
- देवघर की तर्ज पर ईटखोरी और बासुकीनाथ का विकास किया जाएगा।
- लातेहार-नेतरहाट-चांडिल-बेतला-दलमा-मिर्चैया-गेतलसूद सर्किट जैसे इकोलॉजिकल सर्किट को विकसित किया जाएगा।
- नेतरहाट के विकास पर विशेष जोर दिया जाएगा।
- आदिवासी संस्कृति को प्रदर्शित करने के लिए एकीकृत जनजातीय परिसर विकसित किया जाएगा।
- ग्रामीण पर्यटन समिति का गठन किया जायेगा।
- स्थानीय युवाओं को प्रशिक्षण देने के लिए एडवेंचर पर्यटन संस्थान की स्थापना की जाएगी।
- राज्य में फिल्म सिटी की स्थापना की जायेगी तथा राज्य में किसी भी फिल्म की शूटिंग पर फिल्म निर्माण की कुल लागत पर 15 प्रतिशत सब्सिडी दी जायेगी।

झारखंड की सीएसआर नीति – 2020

- यह झारखंड की पहली कॉर्पोरेट सामाजिक उत्तरदायित्व नीति (सीएसआर नीति) है।
- इस पॉलिसी की घोषणा 4 फरवरी, 2021 को की गई है।

नीति के उद्देश्य

- राज्य में सीएसआर निवेश को आकर्षित करने के लिए उपयुक्त वातावरण बनाना और विभिन्न विकासात्मक चुनौतियों का सामना करने के लिए सर्वोत्तम प्रबंधन प्रथाओं को अपनाना।

- राज्य सरकार, कॉर्पोरेट और नागरिक समाज के बीच साझेदारी बनाना और उनकी प्राथमिकताओं और गतिविधियों को सुविधाजनक बनाना।
- केन्द्र एवं राज्य सरकार द्वारा संचालित योजनाओं में समन्वय स्थापित करना एवं संसाधनों के समुचित उपयोग हेतु पारदर्शी वातावरण का निर्माण करना।
- सीएसआर गतिविधियों के उचित कार्यान्वयन और सीएसआर निधियों के प्रभावी उपयोग के लिए ढांचा तैयार करना।
- समुदाय और पर्यावरण पर स्थायी और दीर्घकालिक प्रभाव पैदा करने के लिए सीएसआर परियोजनाओं को प्राथमिकता देना।

सीएसआर का स्रोत

- निजी और सार्वजनिक कॉर्पोरेट
- सार्वजनिक क्षेत्र के उपक्रम
- व्यक्तियों और अन्य इकाइयाँ
- कॉर्पोरेट सीएसआर गतिविधियों में सरकार के साथ या गैर-लाभकारी नींव के माध्यम से या किसी अन्य गैर-सरकारी संगठन के माध्यम से या अन्य कॉर्पोरेट्स के सहयोग से सीधे भागीदारी में संलग्न हो सकते हैं।

ओलंपिक खेल में पुरस्कार राशि

पदक	पुरस्कार राशि (₹ में)
स्वर्ण पदक	2 करोड़
रजत पदक	1 करोड़
कांस्य पदक	75 लाख

विश्वकप या विश्व चैंपियनशिप में पुरस्कार राशि

पदक	पुरस्कार राशि (₹ में)
स्वर्ण पदक	20 लाख
रजत पदक	15 लाख
कांस्य पदक	10 लाख

अन्य तथ्य

- सीएसआर फंड को दो स्तरों पर अनुमति दी जाएगी-
    - स्तर-**1** - उपायुक्त की अध्यक्षता में गठित सीएसआर कमेटी द्वारा। इस स्तर पर, कम धनराशि की अनुमति दी जा सकती है।
    - स्तर-**2** - शासी निकाय/कार्यकारी परिषद द्वारा। इस स्तर पर अधिक राशि के फंड की अनुमति दी जाएगी। इस स्तर पर उद्योग विभाग द्वारा सीएसआर राशि तय की जाएगी।
- इस नीति को प्रभावी और पारदर्शी ढंग से लागू करने के लिए एक सीएसआर पोर्टल संचालित किया जाएगा।
- झारखंड सीएसआर अथॉरिटी का गठन किया जाएगा। इस प्राधिकरण के गठन के साथ ही पूर्व में गठित झारखंड सीएसआर काउंसिल स्वत: भंग हो जाएगी।

सीएसआर प्राधिकरण की संरचना

क्रम	पदाधिकारी का नाम	प्राधिकार
1	मुख्यमंत्री	अध्यक्ष
2	उद्योग सचिव	मुख्य कार्यकारी अधिकारी
3	विद्यालयी शिक्षा एवं साक्षरता सचिव	सदस्य
4	स्वास्थ्य, चिकित्सा, शिक्षा व परिवार कल्याण सचिव	
5	ग्रामीण विकास सचिव	
6	श्रम नियोजन व प्रशिक्षण सचिव	
7	योजना सह वित्त सचिव	
8	उद्योग निदेशक	सदस्य सचिव
9	उद्योग विभाग का एक अधिकारी / परामर्शी	नामित किया जायेगा
10	फिक्की, झारखंड चैप्टर के चेयरमैन	आमंत्रित
11	सीआईआई, झारखंड चैप्टर के चेयरमैन	
12	एसोचैम, झारखंड चैप्टर के चेयरमैन	

झारखंड के भूमि संबंधी कानून

भूमि संबंधी अधिनियम परिचय

- ब्रिटिश शासनकाल में, अंग्रेजों ने विभिन्न प्रकार के कानून बनाकर एक षड्यंत्र चलाया था जिससे प्रशासनिक व्यवस्था को अपने नियंत्रण में लाने का उद्देश्य रखा गया था।
- ब्रिटिश सरकार का मुख्य उद्देश्य उनके राजस्व की वृद्धि करना था।
- ब्रिटिश शासनकाल में, न्यायालयों का उपयोग कर स्थानीय जमींदारों, जागीरदारों और रैयतों की भूमि की नीलामी प्रारंभ की गई।
- ब्रिटिश शासनकाल ने जिला कलेक्टर को जमींदारों की नियुक्ति तथा उन्हें हटाने का अधिकार दिया था।
- 1765 ई. में छोटानागपुर क्षेत्र ब्रिटिश शासन के अधीन आया था।
- 1765 ई. में झारखंड क्षेत्र में मालगुजारी प्रणाली की शुरुआत पहली बार की गई थी।
- 1793 ई. में रामगढ़ के पहाड़ी क्षेत्रों में स्थायी बंदोबस्त रेग्युलेशन एक्ट लागु किया गया था।
- 1824 ई. में झारखंड में पहली बार रैयतों के अधिकारों की परिभाषा करते हुए उनकी सुरक्षा का प्रावधान किया गया।
- इस विद्रोहों में 1831-32 ई. का काल विद्रोह तथा 1895-1900 ई. का बिरसा उलगुलान प्रमुख हैं।
- इन विद्रोहों के परिणामस्वरूप अंग्रेजी शासन द्वारा यह महसूस किये जाने लगा की जनजातीय समस्याओं का निराकरण किये बिना शांतिपूर्वक ढंग से प्रशासन चलना संभव नहीं है।
- जनजातियों की इन समस्याओं (जिसमे भूमि संबंधी समस्याएँ सर्वाधिक महत्त्वपूर्ण हैं) के समाधान हेतु सरकार ने समय समय पर कई सुधार करने के प्रयास किये।
- इस क्रम में सन् 1862 में बाबू राखालदास हलधर के नेतृत्व में भुईहरी भूमि एवं स्थानीय जमींदारों की मझियस भूमि को चिन्हित करने के लिए भुईहरी सर्वे प्रारंभ किया गया, जो 1869 ई. तक चला।
- यह सरकार द्वारा उठाया गया पहला सराहनीय और प्रभावी कदम था, जो जनजातियों की भूमि को संरक्षित करने के लिए उठाया गया था।
- 1834 ई. में छोटा नागपुर क्षेत्र में विल्किंसन कानून लागू किया गया था।
- रांची के आसपास 1869 ई. में बाबू राखालदास हलधर के नेतृत्व में 2,482 गाँवों का भुईहरी सर्वे किया गया।
- ट्रैवर्स सर्वे, थकवास्त सर्वे एवं कैडस्ट्रल सर्वे का सम्बन्ध भूमि सर्वेक्षण से है।
- 1879 ई. में चुटियानागपुर क्षेत्र में छोटानागपुर एवं काश्तकारी प्रक्रिया अधिनियम को लागू किया गया था।
- ब्रिटिश सरकार ने छोटानागपुर के तत्कालीन कमिश्नर फारबेस की सिफारिश पर लिस्टर एवं जॉन रीड को रांची जिले में भूमि की पैमाईश और 1902 में बंदोबस्ती का काम सौंपा।
- यह कार्य 1902 से 1910 ई. तक चला जिसके बाद मुंडा जनजातियों की जमीन से संबंधित खतियान (रिकॉर्ड ऑफ राइट्स) तैयार किया गया।
- मुण्डारी खूँटकट्टीदारी प्रथा को 1903 ई. में मान्यता प्रदान की गयी।
- बिहार भूमि सुधार अधिनियम को 1950 ई. में लागू किया गया था।
- इस प्रक्रिया में सरकार द्वारा उठाए गए कुछ अन्य महत्त्वपूर्ण कदम निम्नवत है:
  - छोटानागपुर भूधृति अधिनियम –1869
    (Chhotanagpur Tenures Act)
  - "1879" में छोटा नागपुर भू -स्वामी और काश्तकारी प्रक्रिया अधिनियम
    (Chota Nagpur Landlord and Tenant Procedures Act)
  - बंगाल काश्तकारी अधिनियम - 1897
    (Bengal Tenancy Act)
  - 1902 में छोटानागपुर में मौजावार सर्वे शुरू हुआ। जिसमें खेवट और खतियान का निर्माण होना था।
  - 1903 में छोटानागपुर काश्तकारी अधिनियम का प्रारूप तैयार किया गया।
  - छोटानागपुर काश्तकारी अधिनियम – 1908
    (Chotanagpur Tenancy Act)
  - संथाल परगना काश्तकारी अधिनियम –1949
    (Santhal Pargana Tenancy Act)

छोटानागपुर भूधृति अधिनियम - 1869

- भुईहरी के नाम भूधृत्तियाँ छोटानागपुर में पाई जाती हैं, जो उन लोगों द्वारा उत्पन्न की गई हैं, जो अपने आप को उन गांवों के मूल निवासियों के वंशज मानते हैं, जहाँ ऐसी भूमि स्थित है।
- कुछ गांवों में, 'भूतखेत', 'डलीकटारी', और 'पहनई' जैसी कुछ भूधृत्तियों को जाना जाता है। इन जमीनों को 'पाहन' या पूजारियों के लिए अलग से संरक्षित रखा जाता है ताकि वे अपने कर्तव्यों का निर्वाह कर सकें।
- 'महतो' के लिए भी गांव में अलग से जमीन रखी जाती है, जिसे 'महतोई' के नाम से जाना जाता है।
- गांव में, 'मंझिहस' नाम से कुछ जमीनें अलग से रखी जाती हैं, जिन्हें उन गांव के अलग-अलग स्वत्वधारियों के उपयोग के लिए आरक्षित किया जाता है। साथ ही 'बठखेत' नाम से ऐसी जमीनें होती हैं, जिन्हें मंझिहस जमीनों पर काम करने वाले गांव के पारिश्रमिकों के लिए नियत किया जाता है।
- इस अधिनियम के शब्दार्थ के अंतर्गत 'भुईहरी' शब्द में 'भूतखेत', 'डलीकटारी', 'पहनई' तथा 'महतोई' शब्दों की परिभाषा होती है।
- विशिष्ट कमिश्नर के कार्य:- यदि कोई व्यक्ति उसकी अधिकारिता के अंतर्गत आने वाली 'भुईहरी' या 'मंझिहस' धरतियों के संबंध में कोई दावा करता है, तो वह उस व्यक्ति के स्वामित्व का जांच-पड़ताल तथा सीमांकन करेगा।
- विशिष्ट कमिश्नर की शक्तियाँ:- विशिष्ट कमिश्नर इस अधिनियम द्वारा उन शक्तियों का उपयोग करेगा, जो कलेक्टर को भू राजस्व की बंदोबस्ती करने की शक्ति देता है।
- रिकार्ड के विषय वस्तु:- विशिष्ट कमिश्नर एक रजिस्टर तैयार करेंगे

जिसमें 'भुईहरी' और 'मंझिहस' श्रेणियों में आने वाली जमीनों के विवरण होंगे।

- अनुचित रूप से बेदखल किए गए व्यक्तियों को पुनर्स्थापित करने की शक्ति:- यदि विशिष्ट कमिश्नर के सामने सिद्ध हो जाता है कि कोई व्यक्ति 'भुईहरी' या 'मंझिहस' धृत्ति धारण करता हुआ जमीन पर कब्जा कर लेता है, तो उनका कर्तव्य होगा कि उन्हें उस व्यक्ति या उसके वारिसों के हाथ से जमीन वापस ले लेना चाहिए।
- विशिष्ट कमिश्नर द्वारा निर्णय:- कर निर्धारक विशिष्ट कमिश्नर के सामने अपनी राय रखेंगे और फैसला करने का अधिकार केवल विशिष्ट कमिश्नर को होगा।
- निर्णयों का पुनर्विलोकन:- केवल विशिष्ट कमिश्नर को ही निर्णयों की पुनर्विचार का अधिकार होगा।
- अपील की शक्ति:- किसी भी निर्णय या आदेश के विरुद्ध प्रमण्डल के कमिश्नर के पास अपील की जा सकेगी, जिसे विशिष्ट कमिश्नर द्वारा पारित किया गया हो।
- मुख्तार एवं वकील की सुनवाई नहीं:- विशिष्ट कमिश्नर की सहमति के बिना लाये गये किसी भी मामले में, मुख्तार या वकील की सुनवाई विशिष्ट कमिश्नर के समक्ष नहीं की जा सकेगी।
- राज्य सरकार नियम बना सकती है:- आवश्यकतानुसार राज्य सरकार कोई नियम बनाने या कोई आदेश पारित करने का अधिकार रखती है।

छोटानागपुर काश्तकारी अधिनियम, 1908

- 1903 तक 'छोटानागपुर काश्तकारी अधिनियम' का प्रारूप तैयार हो गया था।
- इसे संशोधित करके 11 नवंबर 1908 को 'छोटानागपुर काश्तकारी अधिनियम 1908' लागू किया गया था।
- इस अधिनियम को गवर्नर जनरल की मंजूरी से भारतीय परिषद अधिनियम, 1892 की धारा-5 के अधीन अधिनियमित किया गया था।
- यह अधिनियम कुल 19 अध्याय और 271 धाराओं के साथ तैयार किया गया था, जिसका ब्लू प्रिंट जॉन एच हॉफमैन ने बनाया था।

अध्यायों का संक्षिप्त विवरण:-

अध्याय-1 में (धारा -1 से धारा-3 तक)

धारा -1 संक्षिप्त नाम तथा प्रसार:-

- यह अधिनियम 'छोटानागपुर काश्तकारी अधिनियम', 1908 के रूप में जाना जाता है।
- इस अधिनियम के अंतर्गत, उत्तरी और दक्षिणी छोटानागपुर प्रमंडल सम्मिलित है।
- इसमें उड़ीसा, बिहार नगर पालिका अधिनियम 1922 के अधीन कोई नगरपालिका, अधिसूचित क्षेत्र समिति या किसी छावनी के भीतर पड़ते क्षेत्रों को भी शामिल किया जाएगा।

धारा -2 निरसन:-

- अनुसूची 'क' के अंतर्गत निर्दिष्ट अधिनियमों और अधिसूचनाओं का छोटानागपुर प्रमंडल में प्रभाव से अनुवादित किया जाता है।
- अनुसूची 'ख' के अंतर्गत निर्दिष्ट अधिनियमों को धनबाद जिले में और पटमदा, ईचागढ़, और चांडिल थानों में सिंहभूम में लागू नहीं किया जाता।

धारा -3 परिभाषाएं:-

(क) कृषि वर्ष :- वह वर्ष जो किसी स्थानीय क्षेत्र में कृषि कार्य हेतु प्रचलित हो।

(ख) भुगुतबन्ध बंधक :-किसी काश्तकार के हित का उसके काश्तकारी से उधार स्वरूप दिए गए धन के भुगतान को बंधक रखने हेतु इस शर्त पर अंतरण, कि उस पर के ब्याजों के साथ उधार- बंधक की कालावधि के दौरान काश्तकारी से होने वाले लाभों से वंचित समझा जाएगा।

(ग) जोत:- जोत का अर्थ होता है रैयत द्वारा धारित एक या अधिक भूखंड।

(घ) कोड़कर/ कोरकर:- कोड़कर या कोरकर उस खेती या जंगली भूमि को कहते हैं जो किसी भूस्वामी के अतिरिक्त किसी कृषक द्वारा बनाई गई हो।

(ङ) भूस्वामी:- भूस्वामी वह व्यक्ति होता है जिसने किसी काश्तकार को अपनी जमीन दी हो।

(च) काश्तकार:- एक काश्तकार वह व्यक्ति होता है जो किसी अन्य व्यक्ति की भूमि का अधीन होता है और उसके लगान का भुगतान करता होता है।

(छ) लगान:- लगान उस धन या वस्तु को कहते हैं जो रैयत द्वारा धारित भूमि के उपयोग या अधिभोग के बदले उसके स्वामी को दिया जाता है।

(ज) जंगल संपत्ति:- जंगल संपदा में खड़ी फसल भी शामिल होती है।

(झ) मुंडारी खुंटकट्टीदारी काश्तकारी- मुंडारी खुंटकट्टीदारी का हित

(ञ) भूघृति (TENURES):-भूधारक का हित। इसके अंतर्गत मुंडारी खुंटकट्टीदारी काश्तकारी नहीं आती है।

(ट) स्थायी भूघृति:- वंशगत भूघृति।

(ठ) पुनग्राहय भूघृति:- पुनग्राहय भूघृति वह भूघृति है जो परिवार के नर वारिस नहीं होने पर, रैयत के निधन के बाद पुनः भूस्वामी को वापस हो जाती है।

(ड) ग्राम मुखिया:- किसी ग्राम या ग्राम समूह का मुखिया।

(ढ) स्थायी बंदोबस्त (परमानेंट सेटेलमेंट):-1793 इसमें बंगाल, बिहार और उड़ीसा के संबंध में किया गया स्थायी बंदोबस्त।

(ण) डिक्री (DECREE):-सिविल न्यायालय का आदेश।

अध्याय-2 में काश्तकारी के वर्ग (धारा- 4 से धारा- 8 तक)

धारा - 4 काश्तकारों के वर्ग

- काश्तकार धारिताओं में भूधारक (TENURE HOLDERS), रैयत (RAIYAT), दर रैयत और मुंडारी खुंटकट्टीदार को शामिल करता है।
- अधिभोगी रैयत (OCCUPANCY RAIYAT) उस व्यक्ति को संदर्भित करता है जिसे धारित भूमि पर अधिभोग का अधिकार होता है।
- अनधिभोगी रैयत (NON-OCCUPANCY RAIYAT) उस व्यक्ति को संदर्भित करता है जिसे धारित भूमि पर अधिभोग का अधिकार नहीं होता है।

धारा - 5 भूधारक

- इस वाक्य का विवरण हिंदी में निम्नलिखित रूप में किया जा सकता है, "यह व्यक्ति उन लोगों में से है जो खेती कार्यों के लिए अपनी या किसी दूसरे की जमीन को धारण करते हैं और उस जमीन का लगान भी चुकाते हैं।"

धारा -6 रैयत

- ये व्यक्ति रैयत के अंतर्गत आते हैं, जो खेती करने के लिए धारित भूमि के अधिकार से प्रभावित होते हैं।

धारा -7 खुंटकट्टी अधिकारयुक्त रैयत

- जो व्यक्ति जंगल में कृषि योग्य भूमि का अधिभोग उसके मूल प्रवर्तकों या उसकी नर परंपरा के वंशजों द्वारा बनाई गई हो, उन्हें वही रैयत खुंटकट्टी अधिकार प्राप्त होने पर खुंटकट्टी अधिकारयुक्त रैयत कहलाते हैं।

धारा -8 मुंडारी-खुंटकट्टीदार

- वह मुंडारी जो जंगली भूमि के भागों को जोत में लाने के लिए भूमि का अधिकार प्राप्त किया हो, उसे मुंडारी-खुंटकट्टीदार कहा जाता है।

अध्याय :- 3 भू-धारक (धारा 9 से 15 तक)

धारा-9:- भूधारक के लगान वृद्धि के लिए कब दायी नहीं होगा।

- यदि किसी भूधारक की जमीन, स्थायी बंदोबस्त के समय से परिवर्तित नहीं हुई हो तो उसके लगान में कोई वृद्धि नहीं होगी।

धारा -10:- कतिपय भुईंहरों का लगान के लिए दायी नहीं होगा।

- किसी भुईहर की जमीन के लगान में जो कोई वृद्धि नहीं हुई हो, उसे 'छोटानागपुर काश्तकारी अधिनियम 1869' के अंतर्गत दर्ज किसी रजिस्टर में भी नहीं किया जाएगा।

धारा-11: भूगर्भ जल के कुछ अंतरणों को रजिस्टर करना।

- यदि कोई भूगर्भवती या उसके भागों का स्वामित्व उत्तराधिकारी, विरासत, विक्रय, दान या विनिमय द्वारा बदलता है, तो इस परिवर्तन को उस भूमि के मालिक के कार्यालय में रजिस्ट्री कराया जाना चाहिए।
- इसमें उपबंधों का उल्लेख है, जो भूगर्भवती के स्वामित्व बदलने की रजिस्ट्रीकरण प्रक्रिया के साथ संबंधित होते हैं।

धारा -12:- भूगृहीत भूमि या उसके हिस्से के अंतरण का रजिस्ट्रीकरण आदेशप्राप्त भू-स्वामी द्वारा अस्वीकार करने की प्रक्रिया।

- यदि कोई भूस्वामी धारा-11 के अंतर्गत अपनी जमीन के रजिस्ट्रीकरण से इनकार करता है, तो अंतरीति उपायुक्त के पास आवेदन कर सकता है और उचित जांच के बाद उपायुक्त अंतरण रजिस्ट्री होने का आदेश दे सकता है।

धारा -13:- भूगृहीत की जमीन के विभाजन या लगान की जानकारी

- यदि किसी भूगोलीय क्षेत्र के भूमि का विभाजन या विवरण की सूचना रजिस्ट्री द्वारा भूस्वामी को भेज दी जाती हो तो उस क्षेत्र का लगान भूस्वामी द्वारा देय होगा।
- अगर भूस्वामी उस विभाजन या वितरण के लगान पर आपत्ति करता है, तो उसे उपायुक्त के पास आवेदन करने का अधिकार होगा।

धारा-14:- पुनर्ग्रहणीय भूमि के पुनर्ग्रहण पर विवाद के समय विलंगमों को वातिल करना

- जिस जमीन को पहले दे दिया गया हो, उसे पुनर्ग्रहण की स्थिति में फिर से ग्रहण कर लिया जाएगा। कुछ परिस्थितियों में जमीन के पुनर्ग्रहण का निषेध हो सकता है:
  - I. जहां किसी ने आवासीय भवन, निर्माणशाला या अन्य स्थायी भवन का निर्माण किया हो।
  - II. यदि जमीन पर निवासगृह, निर्माणशाला, उद्यान, बागान, नहर, पूजास्थल, श्मशान या कब्रिस्तान स्थापित हैं।
  - III. जहां किसी प्रभावशाली अधिकारी द्वारा प्रबंधित खदान खनन करने के लिए बनाया गया हो।
  - IV. इसके अलावा, यदि कोई प्राधिकारी द्वारा प्राधिकृत खदान बनाया गया हो या भुईहरी भूघृति हो, तो उस भूमि को पुनः ग्रहण नहीं किया जा सकता।

धारा -15:- अध्याय 11 के अनुसार, यदि कोई भूमि पुनःग्रहणीय होती है और उसकी रजिस्ट्री भी हो जाती है तो भूस्वामी को उस पुनर्ग्रहणीय भूमि को वापस लेने का अधिकार होगा।

अध्याय 4 रैयत (धारा-16 से 36 तक)

धारा -16:- विद्यमान अधिभोगाधिकार का बना रहना।

- इस अधिनियम के प्रारंभ से पहले किसी रूढ़ि या प्रथा के अनुसार भूमि में अधिकार प्राप्त होता है।
- अगर उसने भूमि पर 12 वर्षों तक खेती नहीं की है और न ही उसे धारित किया है, तो भी उसका अधिकार नहीं समाप्त होगा।

धारा -17:- बंदोबस्त रैयत की परिभाषा

- धारा-74 के अंतर्गत, बंदोबस्त रैयत की परिभाषण उस व्यक्ति से संबंधित है जिसने इस अधिनियम के लागू होने से पहले या बाद में किसी ग्राम में स्थित भूमि को पूर्ण या अंशतः पट्टे पर धारित किया है।
- 12 साल के अंतराल के बाद भी उस ग्राम के किसान को उनकी जमीन पर बंदोबस्त रहने की मान्यता दी जाएगी।
- जब तक कोई व्यक्ति भूमि को रैयत के रूप में धारण करता है, तब तक वह गांव के बंदोबस्त को रैयत के रूप में 3 साल तक समझा जाएगा।
- यदि कोई व्यक्ति धारा-74 के तहत या उसके बाद भूमि के कब्जे को वापस लेता है, तो उस भूमि के लिए 3 साल से अधिक समय तक का बेकब्जा होने के बावजूद उसे बंदोबस्त रैयत माना जाएगा।

धारा-18: भूईहरों और मुंडारी-खुंटकट्टीदारों को रैयत के रूप में बंदोबस्त

इस धारा में भुईहरों तथा मुंडारी-खुंटकट्टीदारों के बंदोबस्त रैयत होने से संबंधित प्रावधानों का उल्लेख है इसके अंतर्गत:-

I. यदि किसी ग्राम में एक ऐसी भूमि हो जो मंझिहस या बढ़खेता के रूप में ज्ञात भूमि के अतिरिक्त हो, और उस भूमि को 'छोटानागपुर भू-घृति अधिनियम, 1869' के तहत तैयार रजिस्टर में शामिल कर दिया जाए और उस भुईहर परिवार के सदस्य लगातार 12 वर्षों तक उस भूमि को धारण करते आते हों, तो वे बंदोबस्त रैयत माने जाएंगे।

II. यदि किसी गांव की ऐसी भूमि जो मुंडारी-खुंटकट्टीदारों काश्तकारी का भाग नहीं हो, फिर भी इस अधिनियम या इससे पहले किसी विधि के अधीन किसी अभिलेख में मुंडारी-खुंटकट्टीदारों के रूप में दर्ज कर दी गई हो, ऐसे गांव में जिन मुंडारी-खुंटकट्टीदारों के परिवार के सभी पुरुष सदस्य ने उस गांव में लगातार 12 वर्षों से भूमि को धारण किया हो, वे बंदोबस्त रैयत माने जाएंगे।

धारा -19:- बंदोबस्त रैयतों के अधिभोगाधिकार

- धारा-17 या धारा-18 के तहत किसी गांव का बंदोबस्त रैयत होने पर, उस व्यक्ति को उस गांव के सभी भूमि में जो रैयत के रूप में धारित हैं, उन भूमियों में अधिकार होगा।

धारा -20:-

- जब भी किसी अधिभोग जोत के स्वामी को रैयत के सम्पूर्ण हितों के अंतरण में अधिभोगाधिकार प्राप्त करने से कोई नकारात्मक प्रभाव नहीं पड़ेगा।

धारा 21: भूमि के उपयोग संबंधी अधिकारों के बारे में अधिभोगी रैयत के अधिकार

- एक रैयत अपने अधिकारित भूमि को स्थानीय नीति के अनुसार काश्तकारी के उपयोग के लिए उपलब्ध करा सकता है।
- वह अपनी भूमि का उपयोग कृषि कार्य, ईट और कपड़ों के निर्माण, पेयजल उपलब्ध कराने, कृषि कार्य या मत्स्य पालन करने, कुएं खोदने या बांध बनाने, विभिन्न आहार उत्पादों के निर्माण के लिए तथा व्यापार और छोटे कुटीर उद्योगों के लिए भवन बनाने के लिए कर सकता है।

धारा 21क: वृक्षों में अधिभोगी रैयत का अधिकार

- यदि राज्य में कोई ऐसी रैयत हो, जिसके पास किसी भूमि के अधिकार हो और वह भूमि लगान का भुगतान नकद रूप से करता हो या उस भूमि पर लगान मुक्त हो तो: -
  1. रैयत उस भूमि पर वृक्ष तथा बांस लगाने, काटने तथा उन्हें लेने का अधिकार रखता है।
  2. उस भूमि पर लगे बाँस को रैयत काट सकता है और उसे अपने उपयोग के लिए ले सकता है।
  3. रैयत उस भूमि पर लगे वृक्षों के फूल, फल और उनके उत्पादों का उपयोग कर सकता है और वृक्षों पर लाख तथा कुसवारी उगा सकता है और उनका उपयोग कर सकता है।
- यदि ऐसी भूमि के लगान का भुगतान धारा-61 के अनुसार किया जाता हो, तो उस भूमि पर उत्पादित काष्ठ का भूस्वामी और रैयत दोनों का हिस्सा बराबर होगा।
- इस भूमि पर उगने वाले सभी वृक्षों के उत्पादों (जैसे फल, फूल और अन्य उत्पाद) में भूस्वामी का हिस्सा 9/20 और रैयत का हिस्सा 11/20 होगा।

धारा -22:- बेदखली

- यदि कोई अधिभोगी रैयत उस समय की सामाजिक रीति के अनुसार खेती करते हुए अपनी जोत में आता हो, तो उसे केवल निर्दिष्ट मापदंडों के अतिरिक्त बेदखल नहीं किया जाएगा।

धारा -23:-

- धारा 23 में उल्लिखित है कि जब कोई अधिभोगी रैयत अपनी जोत को किसी अन्य व्यक्ति को बेचता है या उसे किसी अन्य व्यक्ति के नाम कर देता है, तो इस प्रक्रिया का रजिस्ट्रीकरण किया जाना चाहिए।
- यदि कोई अधिभोग जोत विक्रय, दान, वसीयत या विनिमय द्वारा अंतरित कर दिया जाए तो अंतरीति उसको भूस्वामी के कार्यालय में रजिस्ट्री करवाएगा।

धारा -24 से 36:-

- धारा-24 से धारा-36 तक लगान का निर्धारण, जोत के बंटवारा के बाद जमीन के लगान का निर्धारण, लगान वृद्धि या कमी का कारण, वृद्धि या कमी करने का उपायुक्त का अधिकार आदि के बारे में वर्णन किया गया है।

अध्याय – 5 खूंटकट्टी अधिकार प्राप्त रैयत - (धारा- 37)

धारा-37:-

- अधिनियम के अधिभोगाधिकारी रैयतों संबंधी प्रावधान उन रैयतों पर भी लागू होंगे जो खूँटकट्टी के अधिकार प्राप्त करते हैं।
- यदि रैयत द्वारा इस अधिनियम के प्रारंभिक बीस वर्षों से अधिक पूर्व भूमि की काश्तकारी की गई हो, तो उस भूमि का लगान नहीं बढ़ाया जाएगा।
- यदि भूमि के लगान में वृद्धि के लिए कोई आदेश जारी किया गया हो तो, लगान की वृद्धि केवल उसी गाँव के समान किसी अन्य भूमि के अधिकारी रैयत के लगान के आधे से अधिक नहीं होगी।

अध्याय – 6 अनधिभोगी रैयत- धारा - (38 से 42)

धारा- 38:- अनधिभोगी रैयत का प्रारंभिक लगान और पट्टा।

- अनधिकृत रैयत की भूमि का लगान, उसके और भूस्वामी के बीच करार के आधार पर ही निर्धारित किया जाएगा।

धारा- 39:- अनधिकृत रैयत को उसी तरीके से जोत का लगान देना होगा जिस प्रकार अधिकृत रैयत देते हैं।

धारा- 40:- अनधिभोगी रैयत के लगान की वृद्धि।

- केवल रजिस्ट्रीकृत करार और धारा-42 के तहत किए गए करार के अलावा, लगान में वृद्धि नहीं की जा सकती है।

धारा- 41:- अनधिभोगी रैयत की बेदखली का आधार

- किसी अनधिकृत रैयत को निम्नलिखित मापदंडों के आधार पर ही बेदखल किया जा सकता है:
  - यदि वह तीसरे कृषि वर्ष के आरंभ से 90 दिनों के भीतर पिछले 2 कृषि वर्षों के लगान का भुगतान नहीं कर सका।
  - जब जोत की भूमि का उपयोग अनुचित होता है जिससे भूमि का मूल्य हानि होती है या जब उसे काश्तकारी प्रयोग के अनुपयुक्त बनाया जाता है।
  - यदि रैयत ने अपने और भूस्वामी के बीच किसी संविदा के प्रावधान का उल्लंघन किया हो।
  - जब रजिस्ट्रीकृत पट्टे की अवधि समाप्त हो गई हो।
  - जब रैयत ने उचित लगान का भुगतान करने से इंकार कर दिया हो।

धारा- 42:- यदि रैयत ने उचित लगान का भुगतान करने से इंकार कर दिया हो तो भूस्वामी को उपयुक्त कार्यालय में आवेदन देना होगा ताकि विभिन्न पक्षों को सुनने के बाद बेदखली होने या न होने का निर्णय लिया जा सके।

अध्याय – 7 अध्याय-4 एवं अध्याय-6 से छूट प्राप्त भूमि

धारा 43:- धारा 43 के अनुसार, वे भूस्वामी जिनकी भूमि विशेषाधिकार से युक्त हैं, और निम्नलिखित प्रकार की भूमियों पर अधिभोगाधिकार अर्जित करना या इन पर अनधिभोगी रैयत संबंधी प्रावधान लागू करना असंभव होगा। अर्थात इन प्रकार की भूमि लगान मुक्त होगी। इनमें शामिल हैं:

- धारा-188 के तहत भूस्वामी की विशेषाधिकारयुक्त भूमि, जो अभिधारी ने 1 वर्ष से अधिक अवधि के लिए रजिस्ट्रीकृत पट्टे पर या 1वर्ष से कम समय के लिए लिखित या मौखिक पट्टे पर धारित की हुई हो।
- यह भूमि सरकार, स्थानीय प्राधिकारी या रेलवे कंपनी द्वारा प्राप्त की गई है।
- किसी छावनी के भीतर सरकार की भूमि।
- यह वह भूमि है, जिसका उपयोग किसी वैधानिक प्राधिकारी द्वारा सड़क, तटबंध, नहर या जलाशय जैसे लोक कार्यों के लिए किया जाता हो।

अध्याय 8 :-जोतों और भूधृतियों के पट्टे और अंतरण (धारा- 44 से 51)

धारा - 44 :- वह अधिभोगी रैयत होता है जिसे भूमि के पट्टे का अधिकार होता है।

- प्रत्येक रैयत अपनी भूस्वामी से पट्टा प्राप्त करने का अधिकारी होगा। पट्टे में सभी बातें जैसे - भूमि का क्षेत्रफल, वार्षिक लगान, भुगतान की किस्ते और अन्य शर्तें उल्लेखित होती हैं।

धारा -45 :- भूस्वामी का प्रतिलेख वचनबंध के लिए हकदार होना

- जब भूस्वामी किसी को काश्तकार के लिए पट्टा देता है तो, पट्टे की शर्तों के अनुसार उसे पट्टे के एक प्रतिलेख का हकदार होता है।

धारा -46:- रैयतों द्वारा अपने अधिकारों के अंतरण पर प्रतिबंध

रैयत अपनी जोत या उसके किसी भी भाग को बंधक, विक्रय, दान, एग्रीमेंट अथवा स्थानांतरण नहीं कर सकता है। लेकिन इसके कुछ अपवाद भी है, जैसे:-

I. यदि अधिभोगी रैयत अनुसूचित जनजाति (एस.टी) का सदस्य हो, तो उपायुक्त के अनुमति से अपनी जोत के किसी भाग को विक्रय, दान या अंतरण कर सकता है बशर्ते की खरीदार रैयत उसी स्थानीय निवासी हो

और अनुसूचित जाति का सदस्य हो।

II. यदि कोई अधिभोगी रैयत अनुसूचित जाति या पिछड़े वर्ग का सदस्य होता है, तो उसे उपायुक्त की सहमति से उसकी जोत या उसके किसी भाग को विक्रय, विनियम, दान, वसीयत या पट्टे के माध्यम से किसी व्यक्ति को दे सकता है (अंतरण) जब तक खरीदार व्यक्ति भी उसी जिले का निवासी और अनुसूचित जाति या पिछड़े वर्ग का सदस्य हो।

III. यदि कोई भोगी रैयत सामान्य जाति का सदस्य हो तो वह किसी को भी अपनी भूमि बिक्री कर सकता है।

IV. अधिभोगी रैयत अपनी जोत या उसके किसी भाग का विक्रय, दान या संविदा (कॉन्ट्रैक्ट) 5 वर्षों से अधिक अवधि के लिए नहीं कर सकता है।

V. यदि अधिभोगी रैयत अपनी जोत या उसके किसी भाग को बंद करना चाहता है, तो वह 7 वर्ष से कम अवधि के लिए भुगतान बंद कर सकता है।

VI. अगर कोई अधिभोगी रैयत चाहे, तो बिहार और उड़ीसा सहकारी समिति अधिनियम 1935 के अधीन रजिस्ट्री कृत कंपनी को 15 जुलाई 15 वर्ष हेतु अपनी भूमि भुगतबंध बंधक कर सकता है।

VII. यदि किसी जोत या उसके किसी भाग के बारे में एक मुकदमा या वाद या चल रहा मामला होता है, जिसमें एक पक्ष अनुसूचित जाति का सदस्य होता हो और दूसरा पक्ष गैर अनुसूचित जाति का सदस्य होता हो, तो उपायुक्त के लिए तीसरे पक्ष की आवश्यकता होगी। (धारा- 46 , 3 'क')

VIII. यदि कोई रैयत किसी समय किसी व्यक्ति को जमीन अंतरित करता है जो समय अवधि से अधिक होती है, तो उसके आवेदन पर उपायुक्त रैयत को समय अवधि समाप्त होते ही 3 वर्ष के भीतर जमीन की वापसी करना आवश्यक होगा। (धारा- 46, 4)

IX. यदि कोई जोत धारक रैयत उपायुक्त के पास इस मामले में आवेदन दे, जहां उसके भूमि का अंतरण हुआ हो और उचित प्रक्रिया का पालन नहीं किया गया हो, तो उस मामले में उचित कार्रवाई होना चाहिए, तो उपायुक्त ऐसे आरोपों की जांच करेगा, परंतु यह आवेदन उपायुक्त तभी स्वीकार करेगा, जब जोत धारक ने अपनी भूमि के अंतरण की तारीख से 12 वर्ष के समय अवधि के भीतर आवेदन प्रस्तुत किया हो। (धारा-46, 4 'क')

X. अगर उपायुक्त जांच के पश्चात यह पाता है, कि किसी जोत धारक की भूमि अंतरण में आवश्यक नियम का उल्लंघन नहीं हुआ है, फिर भी जोतधारक ने आवेदन प्रस्तुत किया है, तो उपायुक्त आवेदन को रद्द कर देगा तथा आवेदनकर्ता को मामले में होने वाले खर्च का भुगतान करने का आदेश देगा। (धारा-46, 4, 'ख')

- जांच करने के बाद, यदि उपायुक्त खोजता है कि खरीदार पक्ष ने नियमों का उल्लंघन करते हुए भूमि का अंतरण अपने पक्ष में कराया है, तो वह जमीन खरीदार पक्ष से वापस लेकर विक्रयकर्ता को उसकी जमीन पर दखल वापस देना होगा।
- अगर खरीदार (अंतरिती) पक्ष ने जोत भूमि पर भवन या संरचना का कार्य निर्मित कर लिया है, और विक्रयकर्ता (अंतरक) उसके मूल्य का भुगतान नहीं करना चाहता हो, तो यदि उपायुक्त को इस बात की जानकारी हो कि जोत भाग पर संरचना का निर्माण छोटानागपुर अभिघृति अधिनियम 1969 के आरंभ से पहले किया गया है, तो उपायुक्त खरीदार पक्ष को कोई आदेश नहीं देगा।
- यदि खरीदार पक्ष ने संरचना का निर्माण किसी भी समय बाद में किया हो, तो उपायुक्त खरीदार पक्ष को 2 वर्ष के भीतर अपने निर्मित संरचना को हटाने का आदेश देगा। उस स्थिति में नियम का उल्लंघन होने के बावजूद भूमि अंतरण को विधि की मान्यता दे देगा। ऐसी स्थिति में खरीदार पक्ष समतुल्य मूल्य की भूमि निकट के किसी वैकल्पिक जोत या भाग में उपलब्ध करा दें या उपायुक्त द्वारा निर्धारित की गई राशि का भुगतान कर दे। सामान्य तौर पर इससे ही कम्पनसेशन कहा जाता है। (धारा-46, 4, 'ग')

धारा -47 :- धारा-47 के अनुसार, न्यायालय द्वारा रैयती अधिकार के विक्रय पर प्रतिबंध लगाया जा सकता है।

- किसी न्यायालय के द्वारा किसी रैयत को उसकी जोत या उसकी किसी भाग के विक्रय के लिए कोई आदेश या डिक्री नहीं पारित किया जाएगा । परंतु निम्न परिस्थितियों में न्यायालय द्वारा रैयत के जोत को विक्रय का आदेश जारी किया जा सकता है-
  (I) जोत संबंधित बकाया लगान की वसूली के लिए।
  (ii) किसी बैंक द्वारा दिया गया ऋण या उधार राशि की वसूली हेतु।
  (iii) यदि बिहार और उड़ीसा लोक मांग वसूली अधिनियम के अंतर्गत जमीन की बिक्री निषिद्ध होती हो, लेकिन इस परिस्थिति में भी अनुसूचित जाति या अनुसूचित जनजाति के अधिकारों वाली जमीन को केवल अनुसूचित जाति या अनुसूचित जनजाति के सदस्य ही खरीद सकते हैं।

धारा -48:- भुईहरी भूघृति के अंतरण पर प्रतिबंध

- किसी भुईहरी कुटुम्ब का कोई भी सदस्य छोटानागपुर भूघृति अधिनियम-1869 के अंतर्गत किसी भी भुईहरी भूघृति का या उसके भाग का अंतरण कर सकता है।
- यह अंतरण ठीक उसी प्रकार का होगा जैसे धारा- 46 में वर्णित है।
- राज्य सरकार चाहे तो भुईहरी कुटुंब के किसी व्यक्ति को उसके भूघृति का विक्रय, दान, विनिमय द्वारा अंतरित करने के संदर्भ में नियम बना सकती है।

धारा -49:-कतिपय प्रयोजनों के लिए अधिभोग जोत या भुईहरी एवं भूघृति का अंतरण

- भूखंड के सदस्य के रूप में, कोई भी भूखंडी अपने खूंट की भूमि या अधिकार को तबादले के लिए धारा-46,47 और 48 के तहत कर सकता है।
  (i) उद्योग स्थापना या इससे जुड़े कार्यों के लिए राज्य सरकार को इस भूमि को अधिसूचित करना चाहिए।
  (ii) खनन कार्य या इससे जुड़े किसी भी परियोजना के लिए या उनसे जुड़े पथ निर्माण के लिए भूमि को अधिसूचित करना आवश्यक होता है।

धारा -50:-धारा -50 में उल्लिखित है कि भू-स्वामी को कुछ विशेष प्रयोजनों के लिए जोत या भूगृहीत करने का अधिकार

धारा 46 एवं 47 के अंतर्गत उपायुक्त किसी जोत के भूस्वामी के द्वारा आवेदन करने पर भूमि के अर्जन करने का आदेश दे सकता है। जैसे-

(I) खैराती, धार्मिक या शैक्षणिक कार्य हेतु।
(ii) राज्य सरकार द्वारा खनन कार्य हेतु।
(iii) यदि जोत के किसी भाग पर मंदिर, मस्जिद, पूजा स्थल, पवित्र उपवन, कब्र या शमशान हो, तो उस भूगतान को अधिकृत नहीं माना जाएगा जो उपायुक्त भूमि के अर्जन के लिए होता है।

धारा -51:-

- भूतपूर्व स्वामी को उनके द्वारा दिए गए लगान के बिना अंतरण की सूचना के अभाव में अभिधारी भू-स्वामी के हित के अंतरिती के प्रति दायी नहीं होगा, जैसे धारा -51 में उल्लेख किया गया है।

अध्याय-9:- लगान के बारे में साधारण उपबंध (धारा-52 से 63)

धारा -52:- किस्त

- एक कृषि वर्ष में लगान की किस्तें प्रत्येक तिमाही में चार सामान्य किस्तों में भुगतान की जाएगी।

धारा -53:- लगान भुगतान की रीतियाँ

- लगान की राशि को कचहरी में या मनीआर्डर से जमा करना चाहिए और उस राशि को भूस्वामी या अभिकर्ता द्वारा निर्दिष्ट की गई उपयुक्त स्थान पर जमा किया जाना चाहिए।

धारा -54:- जब कोई भूमि का स्वामी या कोई अन्य व्यक्ति देय लगान तथा ब्याज के भुगतान करता है, तो उसे रसीद प्रदान की जाती है।

- लगान और उस पर देय ब्याज की राशि का भुगतान करने पर रसीद निःशुल्क प्राप्त करने का अधिकार रहेगा। लगान के भुगतान की रसीद अगर भूस्वामी नहीं देता है, तो उसे 1 माह का कारावास या ₹100 जुर्माना या दोनों का दंड दिया जा सकता है।

धारा -55:- उपायुक्त के न्यायालय में लगान का निक्षेप

- अगर कोई रसीद नहीं देता है तो उस पर अभियोग लगाकर उपायुक्त के न्यायालय में आवेदन किया जा सकता है।

धारा -56:- भू-स्वामी द्वारा जमा की गई राशि की प्राप्ति तथा उसके भुगतान की प्रक्रिया के बारे में बताया गया है।

- यदि भुगतान संबंधी कोई विवाद उठाया जाता है, तो उपायुक्त लिखित आवेदन प्राप्त होने के आधार पर लगान का जमा लेकर रसीद देने के लिए उपलब्ध होगा। उपायुक्त तुरंत इस सूचना को भूस्वामी को दे देगा।

धारा -57:- लगान के लिए वाद या आवेदन जमा करने से पहले सम्बंधित अधिकारी के पास उसकी निर्धारित परिमाण की राशि जमा करने के लिए निर्देश लेने की आवश्यकता होती है।

- धारा-244 और 56 के अंतर्गत, तालीम होने की तिथि से 6 महीने के भीतर वाद दाखिल करना आवश्यक होगा और इसके लिए आवेदन की सीमा निर्धारित की जाएगी।

धारा -58:- धारा -58 के अंतर्गत, लगान की बकाया राशि पर ब्याज के अनुसार देय

- लगान की किस्त जिस दिन देय होती है, उस दिन सूर्यास्त से पूर्व भुगतान किया नहीं जाता है तो उस कृषि वर्ष के अंत में लगान बकाया माना जायेगा।
- यदि भूस्वामी राज्य सरकार हो, तो कृषि वर्ष के अंत में लगान का भुगतान न करने पर लगान बकाया समझा जाएगा।
- जब लगान की बकाया राशि बढ़ जाती है, तो वसूली पक्ष द्वारा अधिकतम 25% साधारण ब्याज से वार्षिक ब्याज के रूप में लगाया जाएगा।
- यदि अभिधारी किसी कृषि वर्ष में बकाया लगान की राशि का भुगतान अगले कृषि वर्ष के भीतर कर दे तो, भुगतान लगान की राशि पर अधिकतम 3% की दर से ही ब्याज आरोपित होगा।

धारा -59:-

- धारा-59 के अंतर्गत, यदि भू-धारक द्वारा पट्टे के अंतर्गत किसी भूमि का बकाया भुगतान नहीं किया जाता है तो पट्टा रद्द किया जा सकता है और भू-धारक को बेदखल कर दिया जाएगा।
- अगर किसी भूमि के मालिक के पास लगान बकाया होता है, तो उन्हें उस पट्टे को रद्द करने का अधिकार होता है।

धारा -60:- पट्टे के बकाया के मामले में, लगान का काश्तकारी पहले प्राथमिकता रखेगा।

- सामान्यतः, लगान का भार केवल किसान पर होता है, लेकिन यदि लगान के बकाए के भुगतान के लिए किसान का विक्रय कर दिया जाता है तो खरीददार किसान का विक्रय की तारीख से पहले के लगान का भार मुक्त कर देगा।

धारा -61:- वस्तुओं के लगान के रूप में देय राशि का रूपांतरण किया जा सकता है।

- यदि कोई अधिभोगी किसान लगान के भुगतान के लिए अपनी फसल का उपयोग कर रहा हो और आगे वह इस लगान का भुगतान नकद (धन) के रूप में करना चाहता हो, तो वह उपायुक्त अधिकारी या राजस्व अधिकारी के पास आवेदन देकर इस विषय में जानकारी प्राप्त कर सकता है।
- उपायुक्त या राजस्व अधिकारी जांच करने के पश्चात वस्तु लगान के बदले लगान हेतु एक उपयुक्त राशि का निर्धारण करेगा।

धारा -61 (क):- अधिभोगी जोत के लगान का रूपांतरण

अगर राज्यपाल सूचना द्वारा आदेश देता है तो उपायुक्त अधिभोगी किसान के हित में लगान को नकदी के रूप में बदलने का विकल्प होता है।

धारा -62:- जब भू-धारक अपने लगान को रूपांतरित करता है, तो नए लगान का अपरिवर्तित रहने का समय निर्धारित होता है।

धारा-61 के तहत निर्धारित लगान की अवधि 15 वर्ष तक अपरिवर्तित रहेगी।

धारा -63:- धारा-63 के अनुसार, निर्धारित लगान की कालावधि 15 वर्षों तक होती है।

- यदि कोई भूस्वामी काश्तकार द्वारा निर्धारित लगान और बकाया ब्याज के अतिरिक्त कोई धन या वस्तु मांगता है या अतिरिक्त भुगतान की शर्त रखता है, तो उसे छह महीने की साधारण कारावास या पाँच सौ रुपये का जुर्माना या दोनों का दंड देना होगा।

अध्याय-9 (क) :- बंजर भूमि का बंदोबस्त (धारा-63 (क)-63 (ख))

धारा -63 (क):- बंजर भूमि का बंदोबस्त पट्टे द्वारा किया जाना

- बंजर भूमि के बंदोबस्त के लिए, राज्य सरकार विहित प्रारूप में पट्टों पर व्यवस्था करेगी। प्रत्येक पट्टे को दो भागों में विभाजित किया जाएगा, जिसमें एक भाग रैयत को और दूसरा भाग जिला उपायुक्त को दिया जाएगा।

धारा -63 (ख):- बंदोबस्त को अपास्त (रद्द) किए जाने का प्रावधान

- इस विधि के अनुसार, अगर 5 वर्षों की अवधि तक बंदोबस्त प्राप्त की गई जमीन पर खेती नहीं की गई हो या धारा-46 के उल्लंघन का दोषी साबित हो तो बंदोबस्त को धारा 63-(क) के तहत अपास्त रद्द किया जा सकता है।

अध्याय 10 :- भू-स्वामी तथा काश्तकार के लिए प्रकीर्ण उपबंध (कोड़कर) (धारा- 64 से 75)

धारा - 64 :- भूमि के कोड़कर में परिवर्तन उपायुक्त के आदेश के अनुसार किया जा सकता है।

- किसी गांव के किसान या भूमिहीन श्रमिक अपने उपायुक्त की पूर्व अनुमति लेकर सामान्य भूमि को कोड़कर उसमें परिवर्तन कर सकते हैं।
- सामान्यत परती या टांड़ भूमि को रैयत कोड़कर समतल बनाते हैं तथा इस पर धान की खेती करते हैं। खेत शुरू में बिना किसी लगान के तैयार किया जाता है, लेकिन बाद में उपयुक्त लगान का निर्धारण किया जाता है। इसके बाद भी, सामान्य लगान दर से हमेशा कम लगान का होता है।

धारा - 65 :- कृषक को बिना अधिकार के बाहर निकालने या उनसे जमीन का कब्जा बनाने की शक्ति होना नहीं चाहिए।

- 1947 में छोटा नागपुर के काश्तकारों द्वारा, धारा 21 के तहत इस प्रावधान को समाप्त कर दिया गया है।

- धारा - 66 :- कतिपय भूमि को कोड़कर में परिवर्तित करने का प्रतिषेघ (रोक)
- किसी भी कृषक या श्रमिक को दूसरे व्यक्ति के प्रत्यक्ष कब्जे वाले बागान, बगीचे, कृषि भूमि या आवास भूमि को कोड़कर में नहीं बदलने की अनुमति दी जा सकती है।

धारा - 67 :- कोड़कर में अधिभोगाधिकार

- यदि कोई रैयत किसी भूमि का जोत धारण करता हो और उसके परिवार के किसी सदस्य ने उस भूमि को कोड़कर में परिवर्तित कर दिया हो, लेकिन वह उस भूमि पर 12 वर्षों तक खेती नहीं किया हो, तो प्रथम व्यक्ति को उस भूमि पर अधिभोगाधिकार बना रहेगा।

धारा - 67 (क):- कोड़कर में समपरिवर्तित भूमि के लगान का निर्धारण

- यदि कोई व्यक्ति भूमि को कोड़कर में बदलता है, तो उस भूमि पर पहले कृषि वर्ष की फसल काटने से 4 वर्ष तक लगान का निर्धारण नहीं किया जाएगा।
- चार साल के बाद, भूमि पर लगान की गणना की जाएगी, लेकिन यह ध्यान रखा जाएगा कि लगान की दर गांव के तृतीय वर्ग के धनहीन भूमि के लिए प्रचलित दर के आधे से अधिक नहीं होगी।

धारा - 68 :- काश्तकार को बेदखल किया जाना

- किसी भी काश्तकार को जमीन से बेदखल करना संभव नहीं होगा, केवल किसी डिक्री या उपायुक्त के आदेश के अनुसार ही किया जा सकता है।

धारा - 69 :- काश्तकार को राहत पाने का अधिकार

- यदि कोई अधिभोगी रैयत किसी भूमि का उपयोग उस रूढ़ि-रीति व नियमों के अनुसार करता हो और उसके कार्य के कारण भूमि की मूल्य में कोई कमी न हो अगर भूस्वामी और काश्तकार के बीच संविदा की शर्तों का पालन किया जाता है।

धारा - 71 :-

- विधि-विरुद्ध बेदखल किए गए काश्तकार को कब्जे में प्रतिस्थापित करने की शक्ति उपायुक्त में अंतर्निहित रहेगी।

धारा-71(क) :- विधिविरुद्ध अंतरिम भूमि पर अनुसूचित जनजातियों के सदस्य को कब्जा प्रत्यावर्तित करने की शक्ति उपायुक्त में अंतर्निहित रहेगी। इस संदर्भ में निम्न विधान है:-

- यदि उपायुक्त को ज्ञात हो कि कोई व्यक्ति धारा-46 के नियम का उल्लंघन करके अनुसूचित जनजाति के रैयत की जमीन को कपट या छल पूर्वक प्राप्त कर चुका है।
- वह खरीदार संपत्ति को साफ सफाई करने का मौका देगा। उसके बाद यदि दोषी पाए जाते हैं तो संपत्ति को बिना किसी शुल्क के उसके अंतरिक्ष में सूचीबद्ध जनजाति के सदस्य को वापस कर देगा।
- अंतरक अर्थात विक्रेता का अगर कोई वारिस नहीं हो, तो ऐसे स्थिति में स्थानीय नियम अनुसार किसी दूसरे अनुसूचित जनजाति के रैयत को उपायुक्त जमीन का पुर्नबंदोबस्त कर देगा।
- यदि उपायुक्त को पता चलता है कि कोई व्यक्ति धारा-46 के नियमों का उल्लंघन करते हुए अनुसूचित जनजाति के रैयत की जमीन कपट या छल पूर्वक प्राप्त करता है, तो उसे सूचित करना आवश्यक होगा। अगर उपायुक्त को जानकारी मिलती है कि अंतरीति ने अनुसूचित जनजाति के सदस्य से प्राप्त जोत पर भवन निर्माण कर लिया है और अंतरक (विक्रेता) ने उसका मूल्य चुकाने में सहमति नहीं दी है, तो उपायुक्त अंतरिति (खरीदार) को भवन हटाने के आदेश देगा।
- अगर उपायुक्त को यह जानकारी मिलती है कि अंतरिति क्रेता ने अंतरण (हस्तांतरण) के तारीख से 30 वर्ष के भीतर अनुसूचित जनजाति के सदस्य से प्राप्त जोत पर भवन निर्माण कर लिया है और वह भवन अभी तक नहीं हटाया गया है, तो उपायुक्त उसे भवन हटाने के लिए आदेश देगा। यदि क्रेता द्वारा भवन नहीं हटाया जाता है तो उपायुक्त खुद उसे हटा सकता है।
- अनुसूचित जनजाति रैयत या उसके वारिस भी ऐसे जमीन पर अपने अधिकार की वापसी का दावा भी 30 वर्ष के भीतर ही कर सकेंगे।
- अगर जांच के बाद उपायुक्त को पता चलता है कि अंतरित (क्रेता) ने बिहार अनुसूचित क्षेत्र विनिमय 1969 कानून के लागू होने से पहले ही किसी भूमि पर भवन बनाया है, तो उसे अंतर यानी विक्रेता को आदेश दिया जाएगा कि वह पुनर्वास के लिए समतुल्य भूमि का विनिमय करें।
- उपायुक्त द्वारा निर्धारित पुनर्वास राशि अंतरक को प्रदान करें। ऐसा करने पर अंतरिति को जमीन से जुड़े अधिकार की मान्यता उपायुक्त दे देगा।
- अगर जाँच के बाद उपायुक्त को पता चलता है कि अंतरिति अर्थात क्रेता ने कब्जे से प्राप्त की हुई जमीन पर अपना हक़ अर्जित किया है और उसके पास अंतरिति प्राप्त करने के लिए कोई अन्य भूमि नहीं है, तो वह उचित राशि का निर्धारण करने के लिए विकल्प खोज सकता है।
- इस धारा के अंतर्गत अनुसूचित क्षेत्र विनिमय न्यायालय (S A R - Scheduled Area Regulation Court) की एक विशेष अदालत की स्थापना आदिवासी भूमि के पुनर्वापसी के लिए की गई है।

धारा-71(ख) :-

- यदि कपट पूर्ण तरीके से कोई भूमि अंतरिति (विक्रय) की जाए, तो जांच उपरांत कपट करने वाले को दंड स्वरूप 3 वर्ष की सजा अथवा ₹1000 जुर्माना या दोनों लगेगा। अपराध जारी रहने की दशा में अपराध की अवधि तक अंतरिती अर्थात (क्रेता) को प्रत्येक दिन अधिकतम ₹50 अतिरिक्त जुर्माना देना होगा।

धारा-72 :- रैयत द्वारा भूमि का अभ्यर्पण (Slender)

- यदि कोई रैयत किसी अनुबंध से नहीं जुड़ा हुआ हो, तो उसे उपायुक्त की पूर्व मंजूरी लेकर अपनी जोत भूमि सरेंडर करने की अनुमति होती है, लेकिन उसे भूस्वामी को सरेंडर के 4 महीने पूर्व सूचित करना होगा। यदि वह ऐसा नहीं करता है, तो उसे सरेंडर के बाद अगले कृषि वर्ष के लिए जोत भूमि का लगान भूस्वामी को देना होगा।

धारा-73 :- रैयत द्वारा भूमि का परित्याग

- अगर कोई रैयत अपनी भूमि को स्वेच्छा से त्याग देता है और लगान देना बंद कर देता है तो उसकी भूमि को भूस्वामी उस व्यक्ति को पट्टे में दे सकता है।
- यदि कोई अधिभोगी रैयत 3 वर्षों के भीतर और अनाधिभोगी रैयत 1 वर्ष के भीतर उपरोक्त भूमि पर कब्जा वापस लेने का अनुरोध उपायुक्त को देता है, और उस अनुरोध के बाद जांच के दौरान पता चलता है कि रैयत ने स्वेच्छा से भूमि का त्याग नहीं किया है, तो ऐसी स्थिति में रैयत द्वारा बकाया लगान के भुगतान करने के बाद रैयत को भूमि पर पुनः कब्जा दिलाने का आदेश दिया जा सकता है।

धारा-74 :- धारा-74 में उल्लिखित है कि किसान के अधिकार की निरंतरता पट्टे की शर्तों पर निर्भर होती है।

धारा-75 :- भूमि का माप

- प्रत्येक भूस्वामी को अपने क्षेत्राधीन भूमि का माप करने का अधिकार होगा या इससे जुड़े दूसरे संपदा का भी सर्वेक्षण कर सकेगा।
- अधिभोगी रैयत सर्वेक्षण या माप का विरोध करेगा। इस तरह, भू-स्वामी अपने मामले में उचित दिशा-निर्देश प्राप्त करने के लिए उपायुक्त से आवेदन कर सकता है।

अध्याय -11 :-रुढ़ि और संविदा (धारा- 76 से 79)

धारा-76

- धारा-76 के अनुसार, कोई रूढ़ि या प्रथा किसी भी अधिकार को प्रभावित नहीं करेगी।

धारा-77 सेवा भू धृतियों तथा जोतों के विषय में व्यावृति:-

- भू-धृति या जोत का प्रभाव अधिकार पर नहीं पड़ेगा।

धारा-78 वासभूमि:-

- यदि कोई रैयत अपनी जोत के किसी भाग को वासभूमि में अभिधृति अधिकृत करें तो वह इस अधिनियम से विनियमित होगा।

धारा-79 :-

- धारा-79 के अनुसार, अपवार्जन के अधिनियम के उल्लंघन को रोकने के लिए प्रतिबंध लगाया जा सकता है।
- इस अधिनियम के लागू होने से पहले या बाद, कोई भूमि स्वामी किसी किसान के साथ संविदा के माध्यम से कोई अधिकार हटाने या अधिकारों से वंचित नहीं करेगा।

अध्याय-12 :-अधिकार अभिलेख और लगान का निर्धारण (धारा- 80 से 100(क))

धारा-80:-

- धारा-80 के अनुसार, एक आदेश दिया जा सकता है जो सर्वेक्षण और अधिकार-अभिलेख तैयार करने की शक्ति देता है।
- यह आदेश प्रत्येक व्यक्ति द्वारा पालन किया जाना चाहिए जो संबंधित कार्य के लिए जिम्मेदार है।
- इस धारा के अनुसार, सर्वेक्षण और अधिकार-अभिलेख तैयार करने की शक्ति विशेष रूप से स्थानीय शासन तंत्रों के लिए जरूरी होती है।

धारा-81:-

- धारा-80 के आदेश अनुसार जो अधिकार अभिलेख तैयार होगा उसमें काश्तकार का नाम, उसका वर्ग, भूमि की सीमा, भू-स्वामी का नाम, भुगतान होने वाला लगान , लगान निर्धारण की प्रक्रिया जैसे शर्ते वर्णित होगी।

धारा-82:-

- जल संबंधी मुद्दों पर सर्वेक्षण करने और अधिकार-अभिलेख तैयार करने की शक्ति है।
- राज्य सरकार को अनुमति होती है कि वे भूमि स्वामियों और काश्तकारों के बीच जल उपयोग और उससे संबंधित विवादों के निपटारे के लिए जिन राजस्व अधिकारियों को आवश्यक मानते हैं, उन्हें नियुक्त कर सकती है।

धारा-83:-

- धारा-83 के तहत, अधिकार-अभिलेख का प्रारंभिक प्रकाशन, संशोधन और अंतिम प्रकाशन की शक्ति होती है।
- इस धारा के अनुसार, अधिकार-अभिलेख के प्रारंभिक प्रकाशन और संशोधन के लिए विशेष निर्देशों का पालन किया जाना चाहिए।
- इसके अलावा, अंतिम प्रकाशन के लिए भी निर्देश दिए गए हैं, जो अधिकार-अभिलेख के संपादन, संचालन और प्रकाशन के लिए जिम्मेदार अधिकारी द्वारा होनी चाहिए।

धारा-84:-

- धारा-84 में विवरण दिया गया है कि अधिकार-अभिलेख का अंतिम प्रकाशन कैसे किया जाना चाहिए और उसकी शुद्धता कैसे सुनिश्चित की जानी चाहिए।
- इसके लिए अधिकार-अभिलेख को समय-समय पर अद्यतन किया जाना चाहिए और उसमें संशोधन किए गए विवरणों का अंतिम प्रकाशन किया जाना चाहिए।
- इसके लिए अधिकार-अभिलेख का निरीक्षण करने वाले अधिकारियों को उसकी शुद्धता को सुनिश्चित करना चाहिए।

धारा-85:-

- किसी क्षेत्र में सर्वेक्षण या अधिकार-अभिलेख के आधार पाए राजस्व अधिकारी किसी काश्तकार द्वारा धारित भूमि का उचित लगान परिनिर्धारित कर सकेगा।
- इस धारा के अनुसार, लगान का निर्धारण संबंधित अधिकारियों द्वारा सूचना दी जाने वाली अधिकृत विवरणों के आधार पर किया जाएगा।

धारा-86:-

- धारा-86 के अनुसार, अगर लगान परिनिर्धारण में किसी भी प्रकार का विवाद होता है तो राजस्व अधिकारी को नए सिरे से तैयार किए गए अधिकार-अभिलेख का विचार करते हुए धारा-85 के तहत लगान का परिनिर्धारण करने की शक्ति होती है।
- इस तरह के विवादों के निस्तारण के लिए धारा-86 महत्वपूर्ण है जो संबंधित अधिकारियों द्वारा संभाला जाना चाहिए।

धारा-87:-

- अधिकार अभिलेख के अंतिम प्रकाशन हो जाने के बाद अगर अलग-अलग पक्षों के बीच कोई विवाद हो तो इसे राजस्व अधिकारी के समक्ष रखा जा सकता है ।
- ऐसे में राजस्व अधिकारी इस वाद/मामले को किसी सक्षम न्यायालय में सुनवाई हेतु भेज सकता है।

धारा-87(क):- कतिपय कार्यवाहियो और वादों में उपरैयत को भी पक्षकार बनाया जाना ।

धारा-88:-

- धारा-88 में बताया गया है कि अगर किसी लगान या उससे जुड़े मामले पर नए फैसले आते हैं तो वे फैसले अधिकार-अभिलेख में प्रविष्ट किए जाएंगे।
- इसके लिए अधिकार-अभिलेख का समय-समय पर अद्यतन किया जाना चाहिए और नए फैसलों को उसमें जोड़ा जाना चाहिए।
- इससे संबंधित फैसलों की जानकारी को अधिकार-अभिलेख में सही ढंग से दर्ज किया जा सकेगा।

धारा-89:-

- धारा-89 में उल्लिखित है कि राजस्व अधिकारी को पुनरीक्षण के कार्यों को संभालना होगा।
- इसके लिए राजस्व अधिकारी को संबंधित दस्तावेजों का निरीक्षण करना होगा ताकि सही जानकारी और आंकड़े हासिल की जा सकें।
- यह भी सुनिश्चित करना होगा कि निर्णय अनुसार कार्रवाई की जाए ताकि किसी भी विवाद का समाधान संभव हो।

धारा-90:-

- धारा-90 में उल्लिखित है कि अधिकार-अभिलेख में होने वाली भूलों की शुद्धि राजस्व अधिकारी द्वारा की जानी चाहिए।
- राजस्व अधिकारी को समय-समय पर अधिकार-अभिलेख को जांच करना चाहिए ताकि किसी भी तरह की भूल से बचा जा सके।

धारा-91:-

- अधिकार अभिलेख की तैयारी के लिए दिए गए किसी आदेश को अधिकार

अभिलेख के अंतिम प्रकाशन के बाद छह महीने तक योग्य अधिकारिक अथवा सिविल न्यायालय द्वारा रोका नहीं जा सकता।

धारा-92:-

- अधिकार-अभिलेख संबंधी विषयों में न्यायालयों की अधिकारिता का वर्जन
- अधिकार अभिलेख की तैयारी से संबंधित कोई विवाद/मुकदमा किसी भी न्यायालय में दाखिल नहीं किया जा सकता।

धारा-93:

- उपायुक्त या सिविल न्यायालय के सामने कुछ कार्यवाही रोकी जा सकती है, जब तक अधिकार-अभिलेख का अंतिम प्रकाशन नहीं हो जाता है।
- अधिकार अभिलेख के अंतिम प्रकाशन के बाद छः महीने तक, किसी भी संबंधित भूमि या उसके कस्तकार को प्रभावित करने वाले किसी भी आवेदन को न तो सिविल न्यायालय में दायर किया जाएगा और न ही उपायुक्त के सामने प्रस्तुत किया जाएगा।

धारा 94:

- अधिकार-अभिलेख में लगान दर्ज की गई कालावधि के लिए, जो भी जानकारी दर्ज हो गई है, वह उसी रूप में बरकरार रहेगी।

धारा 95:

- इस अध्याय के अधीन किए गए कार्यों के लिए, जिसमें अधिकार-अभिलेख की तैयारी और पूर्ण प्रक्रिया शामिल हैं, खर्च का बोझ खर्च अधिभोगियों को उठाना होगा।

धारा 96:

- करार या समझौते को कार्यान्वित करने की शक्ति केवल राजस्व पदाधिकारी को होगी।

धारा-97:

- जब राजस्व अधिकारी द्वारा निर्धारित लगान को लागू करने की तिथि तय की जाती है, तब उस दिन से लगान कार्यान्वित होता है और अगले वर्ष से प्रभावी होता है।

धारा-98:

- राज्य सरकार के आदेशाधीन अधिकार-राज्य सरकार चाहे तो, अपने आदेश के जरिए अभिलेख का पुनरीक्षण एवं लगान का नया परिनिर्धारण का आदेश जारी कर सकता है।

धारा-99:

- जब धारा-98 के अधीन आवेदन पत्र नामंजूर कर दिया जाए तो लगान में वृद्धि की जा सकती है।

धारा 100:

- इस अधिनियम के प्रारंभ से पहले, कुछ अधिकारियों के अभिलेखों के लिए दिए गए निर्देशों को विधिमान्य किया जाना चाहिए।
- इस अधिनियम के पूर्व बंगाल काशतकारी अधिनियम, 1885 की धारा-101 के अंतर्गत, यदि इस अधिनियम धारा-81 के उपखण्ड (ढ) में अधिकार को अभिलिखित किया जाये, तो विधिमान्य होगा।

धारा 100 (क):

- चराई, वन-उपज लेने आदि के अधिकारों एवं उससे संबंधित भुगतान के संबंध में कुछ नियमों को लागू किया जाना चाहिए।
- इसके अनुसार, भूमि का मालिक ही चराई, वन-उपज लेने, मत्स्य पालन आदि अधिकारों का धारक होगा।

अध्याय- 13: (धारा 101 – 117)भूमि संबंधी शर्तों के रूपांतरण एवं उनके अभिलेख

धारा 101: नई भूमि संबंधी शर्तों के खिलाफ प्रतिबंध

- इस अधिनियम के प्रारंभ से और उसके बाद, किसी भी भूमि संबंधी शर्त के साथ काश्तकारी का सृजन नहीं किया जाएगा, सिर्फ एकमात्र शर्त होगी कि वे व्यक्तिगत सेवा करें।

धारा 103: भूमि की वर्तमान मूल्यांकन की प्रक्रिया

- यदि कोई न्यायालय भूमि संबंधी शर्त के मूल्य का निर्धारण करना चाहती हो, तो उसे इस शर्त को लागू किए जाने से पहले पिछले दस वर्षों या उससे कम काम अवधि के औसत मूल्य का विचार करना चाहिए।

धारा 104: भूमि के राजस्व और भूमि संबंधी शर्तों के मूल्य का निर्धारण के लिए तर्क की प्रक्रिया

- यदि कोई काश्तकारी लगान भुगतान के साथ-साथ भूमि संबंधी शर्तों के मूल्य की वसूली की मांग करता है, तो न्यायालय को देखना होगा कि भूमि संबंधी शर्तों का मूल्य और लगान के देय योग उचित लगान से अधिक होता है या नहीं। यदि इस राशि में उचित लगान से अधिक देय होता है, तो न्यायालय उचित लगान से संबंधित निर्णय देगा।

धारा 105: भूमि संबंधी शर्तों का स्वेच्छापूर्वक रूपांतरण

- यदि कोई भूमि किसी भूमि संबंधी शर्त के अधीन धारित होती है तो उस भूमि के अभिधारी या भूस्वामी राजस्व अधिकारी के पास शर्तों के रूपांतरण के लिए लिखित आवेदन करके अनुरोध किया जा सकता है।
- राजस्व अधिकारी इस संबंध में अपनी बुद्धि का उपयोग कर रूपांतरण के लिए उचित राशि का निर्धारण करेंगे और हरतों का रूपांतरण कराएँगे।

धारा 106-117:

- धारा 106 से 117 तक में भूमि संबंधी शर्तों, उनके रूपांतरण और अभिलेख से संबंधित विधि उपलब्ध है।

अध्याय- 14: (धारा 118 – 124) भूमि के मालिकों के विशेष अधिकारों से लैस भूमि के अभिलेख

धारा 118: भूस्वामी के विशेष अधिकारों में भूमि की परिभाषा

इस धारा के अंतर्गत निम्न प्रकार की भूमियों को भूस्वामी की विशेषाधिकारयुक्त भूमि के रूप में माना जाएगा, जैसे कि:-

1. जो भूस्वामी अपने उपकरणों जैसे हल, बैल, ट्रैक्टर आदि से या अपने सेवकों द्वारा या भाड़े के मजदूरों द्वारा जोतता हो।
2. जो किसी अभिधारी व्यक्ति द्वारा एक वर्ष से अधिक अवधि के पट्टे पर या एक वर्ष या उससे कम अवधि के लिखित या मौखिक पट्टे पर रखा गया हो और जो रूढ़िवाद से विशेषाधिकार भूमि के रूप में माना जाता हो।
3. ऐसी भूमि जो रांची और धनबाद जिलों को छोड़कर छोटानागपुर प्रमण्डल में जिरात के रूप में जानी जाती है तथा धनबाद जिले में और सिंहभूम जिले के पटमदा, इचागढ़ और चांडिल थानों में "मान" के रूप में जानी जाती है।
4. उन भूमियों को जो छोटानागपुर भूधृति अधिनियम, 1869 के अधीन तैयार किए गए किसी रजिस्टर में मंझिहस या बठखेत दर्ज होती हैं।

धारा 119 - 123:

- विशेष अधिकार वाली भूमि के सर्वेक्षण और अभिलेख से संबंधित प्रावधान धारा 119 से 123 तक हैं।

धारा 124: कुछ भूमि को भूस्वामी के विशेषाधिकारयुक्त भूमि के रूप में रजिस्टर में दर्ज नहीं किया जाता है।

- जहाँ किसी गाँव में कोई भूमि छोटानागपुर भूधृति अधिनियम, 1869 के अधीन तैयार किसी रजिस्टर में मंझिहस या बठखेता के रूप में दर्ज होती है, उस गाँव की अन्य भूमि को भूस्वामी की विशेषाधिकारयुक्त भूमि के रूप में

अभिलिखित नहीं किया जाएगा।

अध्याय- 15: (धारा 127 – 144) अधिकार अभिलेख और खूंटकट्टी अधिकार: रैयतों और ग्राम पंचायतों की बाध्यता

धारा 127:

- किसी स्थानीय क्षेत्र में राज्य सरकार के आदेश से राजस्व अधिकारी द्वारा खूँटकट्टी अधिकार प्राप्त रैयत, ग्राम मुखिया और अभिधारियों के किसी वर्ग के अधिकारों या बाध्यताओं का एक अधिलेख तैयार किया जाएगा।

धारा 130: अभिलेख की प्रविष्टि या लोप के संबंध में विवादों के विनिश्चय हेतु वाद-विवाद: एक विस्तृत विषयवस्तु

- यदि इस अध्याय के तहत तैयार की गई अभिलेख की कोई प्रविष्टि में शुद्धता के संबंध में विवाद उठे या उसमें से कोई गलत लोप हो जाए, तो अभिलेख के अंतिम प्रकाशन के प्रमाणपत्र के तीन महीने के भीतर किसी भी स्थान पर न्यायालय द्वारा निर्धारित विधि के अनुसार विवाद के निराकरण एवं निपटान के लिए सुनवाई और फैसला खुले न्यायालय में होगा।

धारा 134: अनभिलिखित भूमि को खूँटकट्टी भूमि के वर्ग से अपवर्जित

- जब कोई स्थानीय क्षेत्र के लिए खूँटकट्टीदार अधिकारयुक्त अभिधारी अपने अधिकार और बाध्यताओं के अभिलेख तैयार करते हैं, तो उस क्षेत्र की अनभिलिखित भूमि के संबंध में खूँटकट्टी अधिकार प्राप्त किया जा सकता है।

अध्याय- 16: (धारा 135 – 229) उपायुक्त द्वारा संज्ञेय विषयों की न्यायिक प्रक्रिया

धारा 135: न्यायालय के उपायुक्त का स्थान

- अधिनियम के अधीन वादों और आवेदनों की सुनवाई के लिए उपायुक्त अपनी अधिकारिता के अनुसार स्थानीय सीमाओं के भीतर किसी भी स्थान पर न्यायालय लगा सकता है और हर सुनवाई और निर्णय खुले न्यायालय में होगा।

धारा 136: वाद या आवेदन देने के लिए कार्यालय

- उपायुक्त के सामने वाद या आवेदन प्रस्तुत करने के लिए, उन्हें जिले के राजस्व कार्यालय, उप-कलेक्टर कार्यालय और समक्ष राजस्व अधिकारी के कार्यालय में जमा किया जा सकता है।

धारा 138: भूमि एक से अधिक जिलों या अनुमंडलों में स्थित होने पर अधिकारिता

- अगर किसी भूमि का स्थान एक से अधिक जिलों या अनुमंडलों में होता है तो उस भूमि से संबंधित वाद का निर्णय उस जिले या अनुमंडल में किया जाएगा जहाँ उस भूमि का ज्यादा भाग स्थित होता है।

धारा 139: उपायुक्त द्वारा कुछ वादों और आवेदनों के संज्ञान में लाने का कार्य

- केवल उपायुक्त ही पट्टों की प्रदान या वचनबंध के प्रतिलेख, अभिधारी द्वारा देय लगान का निर्धारण, कृषि भूमि से किसी काश्तकार को बेदखल करने या कृषि की किसी पटटे को रद्द करने से संबंधित सभी वादों पर संज्ञान ले सकते हैं।

धारा 139क: उपायुक्त की अनन्य अधिकारिता

- अध्याय-12 के तहत, कोई भी न्यायालय ऐसे वाद को संज्ञान में नहीं लेगी जिस पर धारा 139 के तहत उपायुक्त द्वारा संज्ञेय आवेदन हो और ऐसे आवेदन पर उपायुक्त का निर्णय अंतिम होगा।

धारा 140: सामूहिक वाद का आवेदन

- एक ही गाँव में जमीन धारकों की किसी भी संख्या या उनके विरोध में किये गए किसी भी वाद या अनुरोध को सामूहिक रूप से उपायुक्त के पास पेश किया जा सकता है। इसी के आधार पर उपायुक्त द्वारा उनका खारिज किया जाना सम्भव नहीं होगा।

धारा 142: सह-हिस्सेदार द्वारा किराए के लिए सूट

- सह-अंशधारी भूस्वामी उसके अपने शेयर के लगान की वसूली के लिए अभिधारी से वाद दे सकता है।

धारा 143-168:

- धारा 143 से 168 तक वादों से संबंधित प्रक्रियाओं का विवरण दिया गया है जिसमें पक्षकारों की पेशकश, गवाही, वादों पर निर्णय आदि शामिल हैं।

धारा 169: बिना हाजिरी की अंतिम सुनवाई

- यदि वाद की अंतिम सुनवाई के दिन दोनों में से कोई भी पक्षकार उपस्थित नहीं होता है तो मामला ख़ारिज कर दिया जाएगा। यदि दोनों में से कोई भी एक पक्षकार हाजिर होता है तो सबूतों के आधार पर निर्णय किया जाता है।

धारा 170: निर्णय

- उपायुक्त द्वारा न्यायालय के सामने खुले अदालत में निर्णय दिया जाएगा और वह निर्णय अंग्रेजी में लिखा जाएगा।

धारा 171: स्थानीय जाँच

- इस अधिनियम के तहत किसी विवाद से संबंधित, किसी भी व्यक्ति को स्थानीय जांच कराने के लिए उपायुक्त पदाधिकारी से प्रतिवेदन लेने का अधिकार होगा।

धारा 172-176:

- धारा 172 से 176 तक इस अधिनियम में वादी द्वारा प्रतिवादी को भुगतान से संबंधित विवादों के लिए विशेष प्रावधान हैं।

धारा 177: लगान के दाहिकार का दावे अन्य व्यक्ति द्वारा किया जाना

- यदि उपायुक्त के सामने अभिधारी या कोई अन्य व्यक्ति दावा करता है कि धारित भूमि पर लगान का हक भूस्वामी के अलावा और किसी व्यक्ति को है, तो उस व्यक्ति को वाद का पक्षधर बनाया जाएगा।

धारा 178: अनधिभोगी रैयत की बेदखली के लिए वाद

- यदि कोई अधिभोगी रैयत लगान का भुगतान नहीं करता है, तो इच्छुक भूस्वामी एक ही वाद में पट्टा रद्द करने या बेदखली तथा बकाए की वसूली का वाद ला सकता है।

धारा 178क: कब्जा के पूर्व जोत की उपज में अनधिभोगी रैयत का अधिकार

- यदि किसी अनधिभोगी रैयत के विरुद्ध धारा- 178 के तहत बेदखली का आदेश जारी किया जाता है, तो न्यायालय द्वारा कब्जा देने के पूर्व अनधिभोगी रैयत को संबंधित खेत पर उसके द्वारा उगाई गई फसल काटने का अधिकार होगा।

धारा 179: भूस्वामी द्वारा पट्टा नहीं देने पर उपायुक्त की रैयत को पट्टा देने की शक्ति

- यदि किसी रैयत के लिए पट्टा जारी किया जाता है और उसके बाद भूस्वामी को तीन महीने का समय दिया जाता है रैयत को पट्टा देने के लिए और उस समय तक भी यदि भूस्वामी रैयत को पट्टा नहीं देता है, तो उपायुक्त के हस्ताक्षर के साथ रैयत को पट्टा दिया जा सकता है।

धारा 180: उपायुक्त की डिक्रियों और आदेशों का लागू किया जाना

- उपायुक्त द्वारा जारी की गई डिक्री या आदेश को निष्पादित करने के लिए कोई भी आवेदन आदेश की तारीख से तीन महीने के भीतर ही स्वीकार्य होगा।

धारा 181-185:

- उपायुक्त द्वारा जारी की गई धारा 181 से 185 तक की डिक्री और आदेशों के निष्पादन के संबंध में प्रावधान हैं।

धारा 186: कुर्की और विक्रय से छूट

- जब उपायुक्त को किसी आदेश को लागू करना होता है, तो उससे उपर्युक्त

वस्तुओं की खरीद करने की आवश्यकता होती है, जिनमें से कुछ वस्तुएं कुर्की और विक्रय से छूट प्राप्त कर सकता है। इन वस्तुओं में निम्नलिखित शामिल होते हैं:

(क) निर्णीत-ऋणी और उसकी पत्नी और बच्चों के वस्त्र और शयन
(ख) निर्णीत-ऋणी की आजीविका के लिए आवश्यक कृषि उपकरण, उसके मवेशी और बीज
(ग) किसान के घर की सामग्री और भवन
(घ) लेखा-बही
(ङ) श्रमिकों और घरेलू सेवकों की मजदूरी
(च) भविष्य में भरण-पोषण करने का अधिकार

धारा 186क: डिक्रियों के निष्पादन पर प्रतिबंध

- जब कोई डिक्री लागू होती है, तब रैयत या दर रैयत को कारागार में बंद नहीं किया जाएगा। इसके साथ ही उनके दखल वाले घर, अन्य भवन एवं उनकी सामग्री और उनसे सटी हुई जगह या उपभोग के लिए आवश्यक भूमि की बिक्री नहीं की जाएगी।

धारा 188: निष्पादन वारंट के प्रभाव की समयावधि

- एक निष्पादन वारंट के प्रभाव की अवधि उस अवधि के अंत तक ही होगी जिसे उपायुक्त द्वारा निर्धारित किया गया होगा। यह अवधि उपायुक्त के हस्ताक्षर वाली वारंट पर अधिकतम साठ दिनों तक हो सकती है।

धारा 191: निर्णीत-ऋणी को गिरफ्तार कर लिये जाने पर प्रक्रिया

- धन संबंधी डिक्री के निष्पादन में एक ऋणी को जेल में निरुद्ध किया जा सकता है यदि:
  1. उन्होंने तुरंत पूरी राशि न्यायालय में जमा नहीं की।
  2. उन्होंने लेनदार को भुगतान की राशि का इंतजाम नहीं किया।
  3. उन्होंने यह समाधान नहीं किया कि उनके पास भुगतान के लिए कोई वर्तमान साधन नहीं है।
- इस डिक्री के अनुसार, गिरफ्तार ऋणी को पचास रुपये तक के भुगतान के लिए अधिकतम छह सप्ताह तक जेल में रखा जा सकता है और इससे अधिक धनराशि के लिए भुगतान के लिए अधिकतम छह महीने तक।

धारा 192: जेल से मुक्त होने पर आगे की कार्यवाहियां

- जब एक निर्णीत ऋणी को सिविल जेल से रिहा किया जाता है, तब उसे उसी आदेश या डिक्री के तहत फिर से गिरफ्तार नहीं किया जा सकता।
- यदि डिक्री की अधिकतम राशि पचास रुपये से कम हो, तो जेल से मुक्त व्यक्ति को उसके दायित्व से मुक्त घोषित किया जा सकता है।
- जब डिक्री की राशि पचास रुपये से अधिक होती है, तो उसके निष्पादन के लिए जेल से मुक्त व्यक्ति की संपत्ति को कुर्क किया जा सकता है।

धारा 193: बंदियों के निर्वाह के लिए आहार-धन

- जो व्यक्ति निर्णीत ऋणी के वारंट हेतु आवेदन करता है, उस समय वारंट जारी करने पर, उपायुक्त द्वारा निर्धारित दर पर तीस दिनों तक उपायुक्त द्वारा बंदी के जीवन-निर्वाह हेतु आहार-धन जमा कराया जाएगा।
- जब तक ऋणी को जेल में बंद रखा जाता है, तब तक वह व्यक्ति माह की शुरुआत में उसी दर से आहार-धन का भुगतान करता रहेगा।
- किसी बंदी के निर्वाह हेतु व्यय किए गए आहार-धन को वाद खर्चों में जोड़ा जाएगा।

धारा 194: कृषक की बेदखली या कब्जा दिलाने के आदेश का निष्पादन

- जब किसी कृषक के विरूद्ध आदेश पारित होता है तो उस आदेश के निष्पादन हेतु उपायुक्त व्यक्ति को भूमि का कब्जा देना चाहिए।
- व्यक्ति जो इस आदेश के विरोध करता है, उसके विरुद्ध मजिस्ट्रेट की शक्तियों का उपयोग करते हुए उपायुक्त आदेश को लागू कराने का अधिकार होगा।

धारा 195: वास्तविक कृषक से भिन्न अभिधारी के पट्टे का रद्दकरण, बेदखली या पुन:स्थापन

- अगर किसी अभिधारी से भिन्न अधिकारी के विरुद्ध पटट् को रद्द करने या अभिधारी को उस भूमि के कब्जे से बेदखल करने या किसी अभिधारी को उस भूमि का कब्जा दिलाने का आदेश हो तो:
  1. यह सूचना संबंधित कृषकों या अभिधारियों में घोषित की जाएगी या
  2. आदेश की सूचना संबंधित भूमि के भीतर या अन्य किसी सुलभ स्थान पर चिपकाई जाएगी।

धारा 196: अविभक्त सपंदा या भूधृत्ति के अंशधारी के पक्ष में दी गयी लगान की डिक्री का निष्पादन

- यदि उपायुक्त किसी अविभक्त संपत्ति या भूमि के अंशधारी के पक्ष में लगान की डिक्री निष्पादन हेतु आदेश जारी करता है, तो ऐसी संपत्ति की बिक्री के लिए आवेदन तब तक स्वीकृत नहीं किया जाएगा जब तक कि निष्पादन होने वाली संपत्ति के खिलाफ उस जिले के किसी भी इलाके में निर्णीत-ऋणी के जंगम संपत्ति का विरोध न किया जाये।

धारा 198: कतिपय दशाओं में स्थावर संपत्ति के विरूद्ध निष्पादन

- जो धन लगान के बकाये के रूप में वसूलनीय हो तथा जो ऋणी के शरीर या जंगम संपत्ति (movable property) से प्राप्त नहीं किया जा सकता हो, उसके भुगतान के लिए, निर्णीत-लेनदार ऐसे ऋणी की किसी स्थावर संपत्ति (immovable property) के विरूद्ध निष्पादन का आवेदन कर सकेगा।

धारा 200: अभिग्रहण (acquisition) और विक्रय के बीच अंतराल

- इस अध्याय के तहत किसी जंगम संपत्ति (movable property) को प्राप्त करने और उसकी बिक्री के बीच कम से कम 10 दिन का अंतराल होना अनिवार्य होगा।

धारा 202: अधिकारियों द्वारा खरीद का प्रतिषेध

- इस अध्याय के अंतर्गत संपत्तियों की बिक्री के लिए वारंट का निर्गमन करने वाले अधिकारी तथा उसके अधीनस्थ व्यक्ति किसी भी प्रकार से न सीधे और न ही असीधे रूप से कुछ भी मांगेंगे।

धारा 206: अभिगृहीत संपत्ति में अन्य व्यक्ति द्वारा हित का दावा किया जाना

- यदि किसी अभिगृहीत जंगम संपत्ति में कोई अन्य व्यक्ति हित का दावा करता है, तो उपायुक्त इस संबंध में जाँच करेगा और यदि कोई पर्याप्त कारण हो तो संपत्ति का विक्रय रोकेगा।
- यदि दावेदार संपत्ति पर अपना अधिकार सिद्ध नहीं कर पाता है तो उपायुक्त दावेदार को कार्यवाहियों के खर्च का भुगतान करने के लिए आदेश देगा।

धारा 208: लगान के बकाये की डिक्री के निष्पादन में भूधृत्ति या जोत की बिक्री

- यदि किसी जोत के लगान में बकाये हों तो उपायुक्त द्वारा डिक्री पारित की जाएगी और जब बकाये जमा हो जाएंगे, तब उस जोत की बिक्री के लिए आवेदन किया जा सकेगा और उसे बेचा जा सकेगा।
- जब आदिवासी या अनुसूचित जाति के रैयत की जोत की बिक्री हो, तब सबसे उच्च बोली लगाने वाले व्यक्ति को बेची जाएगी जो आदिवासी या अनुसूचित जाति का सदस्य हो। इससे भिन्न किसी अन्य व्यक्ति को जोत की बिक्री नहीं की जा सकेगी जब तक कि बोली लगाने वाले आदिवासी या अनुसूचित जाति के सदस्य ने उद्घोषित राशि से कम की बोली नहीं लगाई हो।

धारा 210: जोत के लगान के बकाये हेतु अन्य संपत्ति का विक्रय

- अगर किसी भूमि या जोत की बिक्री के बाद भी अवसंरचित डिक्री राशि बाकी रह जाती है, तो निर्धारित ऋणदाता की कोई अन्य जंगम या स्थायी संपत्ति की बिक्री की जा सकती है और बकाया राशि का भुगतान किया जाएगा।

धारा 211: जब अन्य व्यक्ति भूधृत्ति या जोत पर विधिपूर्ण कब्जा रखने का दावा करे

- यदि किसी भूधर्म या जोत की बिक्री के निश्चित दिन से पहले कोई व्यक्ति यह दावा करता है कि वह जोत के विधिगत कब्जे वाला था जब भूधर्म या जोत बिक्री हुआ था, तो उसे उपायुक्त के सामने लाना चाहिए। उपायुक्त उस पक्षकार की जांच करेगा और यदि पक्षकार ने डिक्री की राशि को न्यायालय में जमा कर दिया है तो उपायुक्त ऋण की राशि और क्रेता को उस दावे का निर्णय देगा।

धारा 212: ऋण की राशि तथा क्रेता को दिये जाने वाले प्रतिकर की राशि जमा कर देने पर स्थावर संपत्ति के विक्रय को अपास्त करने का आवेदन

- यदि किसी डिक्री के निष्पादन में कोई स्थावर संपत्ति (अचल संपत्ति) बेच दी जाती है, तो वह व्यक्ति जो बेचने से पहले उस संपत्ति का स्वामित्व रखता है या विक्रय से पहले उसमें किसी विधिक अधिकार का हकदार होता है, ऐसा दावा कर सकता है। यदि वह दावा को न्यायालय में 90 दिनों के भीतर दर्ज करता है, तो उपायुक्त के न्यायालय उस विक्रय को रोकने के लिए आदेश जारी कर सकता है।

धारा 213: अनियमितता या कपट के आधार पर स्थावर संपत्ति के विक्रय को अपास्त करने हेतु आवेदन

- यदि किसी डिक्री के निष्पादन में किसी संपत्ति का विक्रय कर दिया गया हो, तो विक्रय के तुरंत पूर्व उस व्यक्ति को जो ऐसी संपत्ति पर स्वामित्व रखता हो, उसे तीस दिनों के भीतर उपायुक्त के पास आवेदन करके बता देना चाहिए कि उस संपत्ति के संचालन या प्रकाशन में किसी अनियमितता या कपट का उपयोग हो रहा है। ऐसे मामले में उपायुक्त को आवेदन पर विचार करना चाहिए और उसके विचाराधीन दृष्टिकोण से उपयुक्त विक्रय को अपास्त करना चाहिए।

धारा 215: उपायुक्त के आदेश के विरूद्ध अपील

- धारा 139 के तहत, उपायुक्त द्वारा सोच-विचार किए गए मामलों में, सौ रुपए तक की वादग्रस्त राशि के लिए उपायुक्त का आदेश अंतिम होगा।
- जब पांच हजार रुपए से अधिक और सौ रुपए से कम राशि के वादों में उपायुक्त के आदेश के खिलाफ अपील की जाती है, तो अपील न्यायिक आयुक्त के पास भेजी जा सकती है। और जब पांच हजार रुपए से अधिक राशि से संबंधित निर्णय के विरोध में अपील की जाती है, तब उच्च न्यायालय में अपील की जा सकती है।

धारा 217: बोर्ड या आयुक्त द्वारा पुनरीक्षण को छोड़कर और अपीलों का वर्जन

- धारा 215 के तहत दाखिल की गई अपील में, अगर आयुक्त या उपायुक्त द्वारा पारित किसी भी आदेश के विरोध में कोई अपील नहीं की जाएगी।
- उपायुक्त द्वारा पारित आदेश पर, आयुक्त या बोर्ड कोई ऐसा आदेश पारित कर सकेगा जो उचित माना जाए।

धारा 220: अपील कब सुनी जाएगी

- एक निश्चित तिथि अपील की सुनवाई के लिए निर्धारित की जाएगी जो उपायुक्त या आयुक्त द्वारा नियत की जाएगी।
- अगर अपीलकर्ता या उसका एजेंट उस तारीख पर नहीं हाजिर होते हैं जो सुनवाई की तारीख है, तो अपील खारिज की जाएगी।
- अगर सुनवाई की तारीख पर अपीलकर्ता हाजिर होते हैं लेकिन दूसरा पक्ष नहीं होता है, तो अपील की एक-पक्षीय सुनवाई की जाएगी।

धारा 221: अपील का पुनर्ग्रहण

- अगर अपील खारिज कर दी जाती है तो अपीलार्थी को अपने किसी उपयुक्त कारण के समर्थन में सुनवाई के समय नहीं हाजिर हो पाने के बारे में तीस दिनों के अंदर साबित करना होगा। ऐसा करने पर उपायुक्त या आयुक्त अपील की दोबारा सुनवाई कर सकेंगे।

धारा 222: एकपक्षीय डिक्री पारित किये जाने पर अपील की पुनः सुनवाई

- यदि प्रत्यार्थी की अनुपस्थिति में अपील पर एकपक्षीय सुनवाई की जाए, तो प्रत्यार्थी अपीली न्यायालय में पुनः सुनवाई के लिए आवेदन कर सकता है। यदि प्रत्यार्थी आरोप लगा दे कि उसे सुनवाई की सूचना नहीं दी गई थी या फिर किसी अन्य वजह से वह सुनवाई में शामिल नहीं हो सका था, तो न्यायालय अपील की पुनः सुनवाई करने का आदेश दे सकता है।

धारा 224: न्यायिक आयुक्त या उच्च न्यायालय के पास अपील

- यदि न्यायिक आयुक्त द्वारा बनाई गई किसी डिक्री या धारा 215 के अधीन अपील पर दिया गया कोई आदेश किसी विधि के विपरीत होता है, तो दुसरी अपील की जा सकती है कि विनिश्चय (निर्णय) अनुचित है।

धारा 225: उपायुक्त के बदले न्यायिक आयुक्त द्वारा अपीलों पर सुनवाई

- जब कुछ अपील उपायुक्त और कुछ अपील न्यायिक आयुक्त के सामने रखे गए हों, तब अगर कोई पक्षकार अपने आवेदन से अनुमति देता है, तो न्यायिक आयुक्त उपायुक्त के न्यायालय में लंबित अपीलों को अपने न्यायालय में अंतरित कर सकता है।

धारा 229: सिविल प्रक्रिया संहिता की प्रथम अनुसूची के आदेश 41 के नियम 22 का लागू होना

- विधि संहिता, 1908 की प्रथम अनुसूची के आदेश 41 के नियम 22 के अधीन, उपायुक्त या राजस्व पदाधिकारी के निर्णयों पर सभी अपीलों में लागू होगा, जहां तक ये नियम लागू हो सकें।

अध्याय 16क (धारा 229क) बिहार और उड़ीसा लोक मांग वसूली अधिनियम, 1914 के अधीन लगानों के वसूली की संक्षिप्त प्रक्रिया

धारा 229क: कतिपय दशाओं में प्रमाण-पत्र प्रक्रिया के अधीन लगान के बकाये की वसूली

- भूमि के मालिक और सरकार के बीच भिन्नता होने पर, बिहार और उड़ीसा के लोग लोक मांग वसूली अधिनियम, 1914 के तहत लागू किए गए नियमों के अनुसार बकाया राशि की वसूली के लिए आवेदन कर सकते हैं। यदि ऐसा आवेदन किया जाता है, तो राज्य सरकार को उसे स्वीकृत या अस्वीकृत करने का अधिकार होगा।

अध्याय 17 (धारा 230-238) परिसीमा

धारा 230: भारतीय परिसीमा अधिनियम, 1908 का लागू होना

- यदि किसी वादी, अपीलकर्ता या आवेदक का मामला भारतीय परिसीमा अधिनियम, 1908 से असंगत नहीं होता है, तो वे सभी मामले इस अधिनियम के अधीन आते हैं और उन पर इस अधिनियम के नियम लागू होते हैं।

धारा 231: परिसीमा का साधारण नियम

- इस अधिनियम के अंतर्गत, जहां तक वाद या आवेदन के लिए कोई समय सीमा निर्दिष्ट नहीं है, उन सभी मामलों को वाद के प्रोद्भूत होने की तारीख से

एक वर्ष के भीतर संस्थित करना चाहिए और उन्हें दाखिल करना चाहिए।

धारा 232: पट्टों आदि के अनुदान के लिए वादों और आवेदनों की परिसीमा

- पट्टों और अन्य अनुदानों के मामले में, वाद या आवेदन को कभी भी संस्थित किया जा सकता है और उन्हें दाखिल किया जा सकता है।

धारा 233: बेदखली के लिए वादों की परिसीमा

- किसी भी आधार पर, अधिभोगी या अनधिभोगी रैयत के बेदखल होने के मामले में, वाद, दुरुपयोग या भंग के मामलों को उनकी तारीख से दो वर्ष के भीतर संस्थित करना चाहिए।

धारा 234: लगान के बकाये के लिए वादों और आवेदनों की परिसीमा

- लगान के बकाये की वसूली से संबंधित वाद और आवेदन को तीन वर्षों के भीतर संस्थित करना चाहिए, जो बकाया संबंधित कृषि वर्ष से सम्बन्धित हों।

धारा 236: धन, लेखा या कागज-पत्र के लिए एजेंटों के विरूद्ध वादों की परिसीमा

- एजेंट द्वारा धन वसूली, लेखा या कागजात के सबमिशन के लिए वाद, उन एजेंटों के परिवार के एक साल के अंदर परिदान किया जा सकता है।

धारा 237: जोत का कब्जा वापस पाने के लिए आवेदन की परिसीमा

- यदि किसी जोत से अधिभोगी रैयत को बेदखल कर दिया गया हो, तो बेदखली की तारीख से तीन वर्षों के भीतर उसका कब्जा वापस पाने हेतु आवेदन संस्थित किया जाना चाहिए।

धारा 238: ग्राम मुखिया द्वारा कब्जे की वापसी के लिए वादों या आवेदनों की परिसीमा

- ग्राम मुखिया द्वारा किसी कृषि भूमि के कब्जे को लेकर जब वह बेकब्जा होता है, तो उसके वापसी हेतु वाद या आवेदन की तारीख से तीन वर्ष के भीतर संस्थित होना चाहिए।

अध्याय-18 (धारा 239-255) मुण्डारी खूँटकट्टीदारों के विषय में विशेष उपबंध

- धारा 239: मुण्डारी खूँटकट्टीदार काश्तकारियों पर पूर्ववर्त्ती धाराओं का लागू होना
- इस अध्याय के अगले धाराओं के अधीन, मुण्डारी खूँटकट्टीदारों पर लागू होने योग्य पूर्ववर्त्ती धाराएं, उन व्यक्तियों और उनकी काश्तकारियों पर लागू की जाएगी।

धारा 240: मुण्डारी खूँटकट्टीदारी काश्तकारियों के अंतरण पर प्रतिबंध

- किसी भी मुण्डारी खूँटकट्टीदारी अभिधृत्ति या उसके किसी भी भाग का विक्रय हस्तान्तरणीय नहीं होगा, जो न्यायालय के आदेश या फिर डिक्री के निष्पादन के समय में इस विषय पर प्रभाव डालता है। हालांकि, यदि 1903 के छोटानागपुर काश्तकारी अधिनियम के लिए पहले से ही रजिस्ट्रीकृत किसी बंधक के नाम से ऋण के समाधान में डिक्री या आदेश के माध्यम से कोई भी काश्तकारी या उसके भाग का विक्रय किया जाएगा, तो विक्रय उपायुक्त की पूर्व मंजूरी के अधीन होगा।
- यदि उपायुक्त विक्रय की मंजूरी देने से इंकार करता है, तो वह उस भूमि को नीलाम करेगा और ऋण के वापसी के लिए उचित व्यवस्थाओं की जानकारी देगा।
- मुण्डारी खूँटकट्टीदारी अभिधृत्ति या उसके किसी भाग का कोई बंधक जो साधारण बैनकी के रूप में सात साल से अधिक समय तक प्रभावी नहीं होता, विधिमान्य नहीं होगा।
- यदि कोई पट्टा परती भूमि के मुकर्री पट्टे हो, जो मुण्डारी या मुण्डारियों के किसी समुदाय को भूमि के उपयुक्त भागों पर खेती करने के लिए दिया गया हो या किसी मुण्डारी खेतिहर को रैयत के रूप में खेती करने के लिए दिया गया हो, तो इसके अलावा मुण्डारी खूँटकट्टीदारी अभिधृत्ति या इसके किसी भाग का पट्टा विधिमान्य नहीं होगा।
- अगर कोई अभिधृति मुण्डारी खूँटकट्टीदारों के समुदाय द्वारा धारित हो, तो उस अभिधृति का कोई बंधक या मुकर्री पट्टा विधिमान्य नहीं होगा जब तक सभी मुण्डारी खूँटकट्टीदार इसके लिए सहमत नहीं हो जाते।
- यदि किसी मुण्डारी खूँटकट्टीदारी अभिधृत्ति या उसके किसी भाग के संबंध में पूर्ववर्ती उपधाराओं में बंधित किसी समझौते द्वारा कोई बदलाव किया जाता है, तो ऐसा कोई बदलाव विधिमान्य नहीं होगा जब तक उससे प्रभावित सभी संबंधित मुण्डारी खूँटकट्टीदारों की सहमति न हो।
- यदि कोई पूर्ववर्ती उपधारा मुण्डारी खूँटकट्टीदारों के समुदाय द्वारा धारित अभिधृत्ति या उसके किसी भाग से अलग होने के किसी समझौते के द्वारा किया गया हो, तो ऐसा समझौता विधिमान्य नहीं होगा।
- पूर्ववर्ती उप-धाराओं की किसी बात से किसी विक्रय पर, उप-धारा (1) के परन्तुक में यथाघोषित के सिवाय, छोटानागपुर काश्तकारी (संशोधन) अधिनियम, 1903 के प्रारंभ के पूर्व किए गए किसी विक्रय या बंधक पटट् पर कोई प्रभाव नहीं पड़ेगा।

धारा 241: कतिपय प्रयोजनों के लिए अंतरण

- यदि धारा 240 में उल्लिखित किसी बात की पालना भी होती है, तब भी, कोई मुण्डारी खूँटकट्टीदार अपने भूस्वामी की सहमति के बिना भी निम्न उद्देश्यों के लिए काश्तकारी या संपत्ति का उपयोग कर सकता है:-
    1. भूमि का उपयोग किसी खैराती, धार्मिक या शैक्षिक उद्देश्यों या
    2. निर्माण या सिंचाई के उद्देश्यों के लिए या
    3. ऐसे किसी उद्देश्य के लिए हो सकता है, जिसके लिए यह भूमि उपयुक्त हो।
- पहले अंतरण होने से पहले उपायुक्त इस समस्या का समाधान करेंगे कि अंतरण के बाद भूस्वामी या सह-अंशधारी को पर्याप्त नुकसान का प्रतिपूर्ति दिया जाएगा।

धारा 242: ऐसी काश्तकारी का विधि विरूद्ध कब्जा प्राप्त करने वाले व्यक्तियों की बेदखली

- यदि कोई व्यक्ति किसी मुण्डारी खूँटकट्टीदारी काश्तकारी या उसके किसी भाग का कब्जा धारा 240 के उपबंधों का उल्लंघन करके प्राप्त कर ले तो उपायुक्त उसे वहां से निकाल सकेगा।
- धारा 243: लगान में वृद्धि
- एक मुण्डारी खूँटकट्टीदारी काश्तकारी का किराया केवल निम्नलिखित स्थितियों में ही बढ़ाया जा सकता है:
    1. यदि उपायुक्त के समय सिद्ध हो जाता है कि लगान वृद्धि की मांग केवल पहले बीस वर्षों के दौरान हुई थी और काश्तकारी ठीक से अदा की गई थी।
- उपायुक्त के निर्देशानुसार, उस प्रकार की काश्तकारी का लगान बढ़ाया नहीं जाएगा जो लगान के आधे से अधिक हो।

धारा 244: प्रमाण-पत्र प्रक्रिया के अधीन लगान के बकाये की वसूली

- यदि अधिकार अभिलेख तैयार होने के बाद किसी मुण्डारी खूँटकट्टीदारी काश्तकारी का लगान बकाया हो तो उसकी वसूली के लिए किसी न्यायालय में वाद नहीं चला सकता है। लेकिन भूस्वामी उपायुक्त के पास लिखित रूप में आवेदन कर सकता है कि उसकी वसूली 12.50 प्रतिशत की दर से साधारण ब्याज के साथ की जाए और उसके वसूली करने वाला प्रमाण-पत्र हस्ताक्षरित किया जाए।

धारा 245: स्वत्व के प्रश्न का सिविल न्यायालय में निर्देश

- यदि कोई कार्यवाही धारा 244 के अधीन होती है और उसमें स्वत्व से संबंधित कोई प्रश्न उठता है तो उपायुक्त अपनी राय के अनुसार उस प्रश्न को सिविल न्यायालय में अधिक उचित ढंग से अवधारण करवाने के लिए जिले के मुख्य सिविल न्यायालय में निर्देश देगा।

धारा 246: अधिकार अभिलेख के अभाव में लगान बकाये की वसूली वाद द्वारा किया जाना

- अगर किसी मुण्डारी खूँटकट्टीदारी काश्तकारी के लगान के बकाये के संबंध में अधिकार अभिलेख तैयार नहीं किया गया हो, तो उस भूस्वामी को वाद देने की अनुमति होगी ताकि वह लगान के बकाये की वसूली कर सके।
- यदि किसी वाद में दिए गए निर्णय या आदेश को लागू करने के लिए कुछ धनरक्षक कार्रवाई की जानी चाहिए जैसे जंगम संपत्ति की बिक्री, ऋण की वसूली या अन्य नुकसानदायक कार्रवाई, तब ऐसी कार्रवाई प्रतिवादी के शरीर के खिलाफ निष्पादित की जा सकती है।

धारा 247: धारा 244 या 246 के अधीन कार्यवाहियों का संयोजन

- यदि कोई मुण्डारी खूँटकट्टीदार समूह द्वारा संयुक्त रूप से धारित होता है और उस समूह के सभी सदस्यों के लिए धारा 244 के अंतर्गत प्रमाण-पत्र दिए जाते हैं।
- यदि कोई व्यक्ति धारा 246 के तहत वाद चलाता है या फिर ऐसा आरोप लगाता है कि सभी खूँटकट्टीदारों के लिए कार्यवाही का पक्षकार नहीं बनाया गया है, तो उस आरोप को मान्य नहीं माना जाएगा।

धारा 248: सरकार को देय धन या भूस्वामी को देय लगान की वसूली

- जहाँ कोई मुण्डारी खुँटकट्टीदार के विरुद्ध सरकार को किसी धन या भूस्वामी को देय लगाने के लिए बिहार-उड़ीसा लोक मांग वसूली अधिनियम, 1914 के अधीन डिक्री या प्रमाण-पत्र जारी किया जाता है, वहाँ उपायुक्त उस भूमि की कुर्की कर सकता है, जो उस मुण्डारी खुँटकट्टीदार के द्वारा अधिकृत नहीं है।

धारा 249: सह-अंशधारी काश्तकारों से अंशदान की वसूली

- यदि कोई मुण्डारी खूँटकट्टीदार अपनी काश्तकारी के लगान में सह-अंशधारियों के अंश को शामिल कर देता है, तो सह-अंशधारियों से ब्याज सहित उक्त अंश की वसूली की जाएगी।

धारा 250: अधिकार-अभिलेख में मुंडारी खूंटकट्टीदार काश्तकारों की प्रविष्टि

- सभी मुण्डारी खुँटकट्टीदारों की काश्तकारी अध्याय 12 के अंतर्गत बनाए गए अभिलेख में उल्लेखित रहेंगी।

धारा 251: धारा 87 के अधीन वादों का वर्जन

- मुण्डारी खूँटकट्टीदारी काश्तकारी से संबंधित किसी प्रविष्टि के संबंध में अधिकार-अभिलेख में धारा 87 के तहत कोई विवाद निर्णय लेने के लिए नहीं किया जाएगा।

धारा 252: अधिकार-अभिलेख में प्रविष्टि या लुप्ति विषयक विवादों का विनिश्चय

- इस अधिनियम के अंतर्गत अधिकार-अभिलेख के अंतिम प्रकाशन की तारीख से तीन महीने के भीतर मुण्डारी खूँटकट्टीदारी काश्तकारी से संबंधित किसी भी प्रविष्टि या लुप्ति के विवाद के निर्णय के लिए राजस्व पदाधिकारी के सामने लाया जा सकेगा।

धारा 253: विनिश्चयों के विरूद्ध अपील

- राजस्व पदाधिकारी का निर्णय धारा 252 के अधीन होगा और अगर किसी को इस निर्णय से असंतुष्टि होती है तो वह अपील विधि के अनुसार विहित पदाधिकारी के पास जा सकेगा।

धारा 254: अधिकार-अभिलेख में विनिश्चयों की प्रविष्टि

- जब धारा 252 के अधीन लाए गए वाद का अंतिम रूप से निर्णय हो जाता है तो उसे राजस्व पदाधिकारी द्वारा अंतिम रूप से प्रकाशित अधिकार-अभिलेख में शामिल किया जाता है।

धारा 255: अधिकार-अभिलेख तैयार करने में वाद के निर्णय आदि को साक्ष्य के रूप में ग्रहण नहीं किया जाना

- यदि बंगाल काश्तकारी अधिनियम, 1885 के अधीन कोई आदेश किसी स्थानीय क्षेत्र, संपदा, भूधृति या उसके किसी भाग से संबंधित है, तो राजस्व अधिकारियों द्वारा उस दावे की जाँच करते समय अधिकार-अभिलेख की तैयारी में लगे राजस्व अधिकारी द्वारा इस दावे के बारे में की गयी किसी जांच में साक्ष्य के रूप में नहीं लिया जाएगा की उक्त क्षेत्र, संपदा, भूधृति या भाग मुण्डारी खूँटकट्टीदारी है या नहीं।

अध्याय-19 (धारा 257-271) अनुपूरक उपबंध

धारा 257: संयुक्त भूस्वामी

- जब दो या दो से अधिक भूमिधारी होते हैं, तब सभी कार्य भूमिधारियों द्वारा या उनके प्राधिकृत एजेंट द्वारा किया जाना चाहिए।

धारा 258: कतिपय दशाओं में वादों का वर्जन

- इस अधिनियम में स्पष्ट रूप से उपबंधित धाराओं को छोड़कर, धारा 20,32,35,42,46,49,50,54,61,63,65,73,74 क, 75,85,86,87,89,91 या अध्याय 13,14,15,16,18 के तहत किसी वाद में उपयुक्त या किसी राजस्व पदाधिकारी के आदेश को परिवर्तित या अस्वीकार करने के लिए कोई वाद ग्रहण नहीं किया जाएगा।

धारा 263: साक्षियों या दस्तावेजों का पेश किया जाना

- इस अधिनियम के अंतर्गत, किसी उपायुक्त या राजस्व पदाधिकारी को समन जारी करने और साक्ष्य पेश करने की शक्ति प्रदान की गई है, जो सिविल प्रक्रिया संहिता, 1908 के अनुसार न्यायालय के पास होती है।

धारा 264: अधिनियम के उद्देश्यों की पूर्ति के लिए नियम बनाने की शक्ति

- इस अधिनियम के उद्देश्यों की पूर्ति के लिए, राज्य सरकार को विभिन्न नियम बनाने की अनुमति है।

धारा 265: सिविल प्रक्रिया संहिता की प्रक्रिया लागू करने के संबंध में नियम बनाने की शक्ति

- इस अधिनियम के अधीन राज्य सरकार वे नियम बना सकती है, जो उपायुक्त की प्रक्रिया को विनियमित करने के लिए जरूरी हों, उन बातों के संबंध में जिनके लिए इस अधिनियम द्वारा कोई प्रक्रिया उपबंधित नहीं हुई हो।

धारा 268: देय धन की वसूली

- लगान के मामलों में निर्धारित खर्चों और ब्याज के बकाये को उसी तरीके से वसूला जाएगा जैसे निर्धारित होता है।

धारा 269: एक राजस्व अधिकारी से अन्य राजस्व अधिकारी के पास वादों का अतरण

- इस अधिनियम के अधीन, कोई राजस्व पदाधिकारी किसी भी लंबित वाद, आवेदन या कार्यवाही को अन्य राजस्व अधिकारी की संचिका में अंतरित कर सकता है, जो इस अधिनियम में अधीन कार्य करते हैं।

धारा 270: उपायुक्तों और उप-कलक्टरों पर नियंत्रण

- इस अधिनियम के अंतर्गत उपायुक्त, आयुक्त और बोर्ड द्वारा निर्दिष्ट किए गए निर्देशों और नियंत्रण के अधीन काम करने वाले लोग अपने कर्तव्यों का पालन करेंगे। उप-कलेक्टर भी उपायुक्त के द्वारा निर्दिष्ट किए गए कार्यों

का निर्वहन करने के लिए उनके निर्देशों और नियंत्रण के अधीन रहेंगे।

धारा 271: विशेष अधिनियमितियों की व्यावृत्ति (Exclusiveness)

- किसी भी विधि द्वारा परिभाषित बंदोबस्त पदाधिकारियों की शक्तियों और कर्तव्यों को इस अधिनियम की कोई भी बात प्रभावित नहीं करेगी।

संथाल परगना काश्तकारी अधिनियम, 1949

- भारत के संथाल परगना जिले का निर्माण 1855 ईसवी में हुआ था।
- संथाल परगना में भागलपुर और बीरभूम जिले शामिल थे।
- संथाल परगना के पुराने नाम को जंगलतरी ट्रैक कहा जाता था।
- जंगलतरी ट्रैक को "दामिन-कोह" के नाम से भी जाना जाता है, जिसे प्राचीन काल में "नारी खंड" भी कहा जाता था।
- पहला रैयती कानून 1872 में इस क्षेत्र में बनाया गया था।
- यहां क्षेत्र में 'संथाल परगना सेटलमेंट रेगुलेशन एक्ट, 1872' पहला काश्तकारी कानून है।
- इस क्षेत्र की जमीन का सर्वे रिपोर्ट मैकफरस, एल्सन और गैंजर द्वारा तैयार किया गया था, जो इस क्षेत्र के लिए महत्वपूर्ण योगदान था।
- यह कानून संथाल परगना के भूमिधारियों और किसानों के हित में पारित किया गया था और उन्हें संरक्षण प्रदान करने के उद्देश्य से बनाया गया था।
- संथाल विद्रोह (1855) के परिणामस्वरूप संथाल परगना जिला बनाया गया था।
- इसके लिए 1855 में अधिनियम संख्या 37 को लागू करके भागलपुर और वीरभूम जिलों के कुछ भागों को मिलाकर एक नया जिला संथा परगना का गठन किया गया था।
- इस अधिनियम का नाम संथाल परगना अधिनियम, 1855किया गया था।
- संथाल परगना काश्तकारी अधिनियम, 1949 में 9 अध्याय (Chapters), 72 धाराएँ (Sections) एवं 2 अनुसूचियां (Schedules) हैं।

अध्याय		धारा
I	प्रारंभिकी	संक्षिप्त नाम, आरंभ, कानून का विस्तार क्षेत्र आदि
II	ग्राम प्रधान एवं मूल स्यित	ग्राम प्रधान की नियुक्ति, कबूलियत आदि
III	रैयत	रैयतों के अधिकार, उनकी बेदखली, उनके अधिकार का हस्तांतरण, रेयती भूमि का विनियमन, हस्तांतरण का निबंधन आदि
IV	बंजर भूमि एवं खाली जोतों का बंदोबस्त	बंजर भूमि एवं खाली जोतों की बंदोबस्ती के प्रावधान
V	लगान	लगान संबंधी प्रावधान
VI	निश्चित उद्देश्यों के लिए भूस्वामी द्वारा भूमि का अर्जन	कतिपय प्रयोजनों के लिए जमींदार द्वारा भूमि का अधिग्रहण
VII	न्यायिक प्रक्रिया	न्यायिक प्रक्रिया के प्रावधान
VIII	परिसीमा	परिसीमा के सामान्य नियम
IX	विविध प्रावधान	दण्ड, नोटिस तामिला, बकाया वर प्रावधान

अध्याय – I प्रारंभिकी

अध्याय- 1 (धारा- 1 से 4)

धारा- 1

- यह संथाल परगना भूधारण अधिनियम, 1949 का संक्षिप्त नाम होगा। इसका प्रारंभ और विस्तार भारत के अनुपूरक उपबंध के रूप में किया गया था। इसे संशोधित कर उसके अधिकारों का विस्तार किया गया था।
- यह उस तारीख को लागू होगा जिस दिन राज्य सरकार अधिसूचना द्वारा निर्धारित करेगी।
- यह अधिनियम संथाल परगना के सम्पूर्ण क्षेत्र में लागू होगा, जिसमें दुमका, साहिबगंज, गोड्डा, देवघर, पाकुड़, और जामताड़ा जिले शामिल हैं।

धारा- 2

- इस अधिनियम के द्वारा स्थानीय विस्तार परिवर्तन के अधिकार विभिन्न क्षेत्रों में जारी हैं और किसी विशेष क्षेत्र से अधिनियम की वापसी का प्रभाव होता है।
- राज्य सरकार संथाल परगना प्रमंडल के किसी भी भाग से अधिसूचना जारी कर सकती है, जो इस अधिनियम के तहत स्थानीय विस्तार परिवर्तन के अधिकार देता है।
- इस अधिनियम के द्वारा स्थानीय विस्तार परिवर्तन के अधिकार विभिन्न क्षेत्रों में जारी हैं और किसी विशेष क्षेत्र से अधिनियम की वापसी का प्रभाव होता है।
- राज्य सरकार संथाल परगना प्रमंडल के किसी भी भाग से अधिसूचना जारी
- कर सकती है, जो इस अधिनियम के तहत स्थानीय विस्तार परिवर्तन के अधिकार देता है।

धारा-3

- अनुसूची 'क' में वर्णित विधान के कारण धारा -3 को रद्द कर दिया जाता है, जिससे इसके चौथे स्तंभ तक निर्दिष्ट सीमा तक रद्दीकरण होता है।

धारा- 4

(क) कृषि वर्ष:-
- कृषि वर्ष का अर्थ होता है जहां बंगला साल चलता हो, वहां पहले बैशाख से शुरू होने वाले वर्ष से होता है।

(ख) भुक्तबंध अथवा पूर्ण भोगबंधक:-
- भुक्तबंध या पूर्ण भोगबंधक का अर्थ होता है जो ऋण के रूप में पहली राशि या जो राशि उधार दी जाती है, उससे होने वाली बंधन की स्थिति।

(ग) खास ग्राम:-
- "खास ग्राम" का अर्थ है कि वह किसी ऐसे ग्राम से संबंधित होता है जहाँ न तो मूल रैयत होते हैं और न ही कोई ग्राम प्रधान होता है।
- ग्राम में कभी पहले मूल रैयत या ग्राम प्रधान थे या नहीं, उस बारे में विचार किए बिना, इस बात का विचार नहीं किया जाना चाहिए।

(घ) भूस्वामी:- भूस्वामी का अर्थ ग्राम प्रधान।

(ङ) रैयत:- रैयत का अर्थ भूस्वामी से भिन्न किसी व्यक्ति से है जिसमें अपने या अपने पारिवारिक सदस्यों या भाड़े के मजदूरों के द्वारा

जोतने के लिए भूधारण कराने का अधिकार प्राप्त है।

(च) संथाल सिविल रूल का अर्थ है संथाल परगना अधिनियम, 1955 की धारा -1 खंड -2 के अंतर्गत दी गई परिभाषाओं का स्पष्टीकरण है।

अध्याय- 2 ग्राम -प्रमुख और मूल रैयत (धारा- 5 से 11)

धारा- 5

- यदि किसी खास ग्राम के मूल रैयत या भू-स्वामी द्वारा आवेदन पत्र दिया गया हो, तो स्थानीय रीति के अनुसार दो तिहाई रैयतों की सहमति से उपयुक्त होते हुए उस गांव में ग्राम प्रधान की नियुक्ति की जाएगी।

धारा- 6

- वह गांव खास नहीं है (जिसमें न तो मूल रैयत होते हैं और न ही उस समय के लिए कोई ग्राम प्रधान होता हो)।
- यदि ग्राम प्रधान मर जाता है तो ग्राम के भूस्वामी को इस घटना के 3 महीने के भीतर उपयुक्तता के आधार पर प्रतिवेदन देकर ग्राम प्रधान की नियुक्ति के लिए उपयुक्त व्यक्ति का चयन किया जाएगा।

धारा- 7

- जब ग्राम प्रधान को नियुक्ति मिलती है, तो उन्हें कबूलियत लिखनी होती है जिसे खेत का पट्टा लेने वाले व्यक्ति को देना होता है।
- ग्राम प्रधान को राज्य सरकार द्वारा बनाए नियमों के अनुसार उनके पद के कार्यों का पालन करना होगा।

धारा- 8

- भूस्वामी का कर्तव्य होता है कि वह नये नियुक्त ग्राम प्रधान को ग्राम की जमाबंदी एवं अभिलेख अधिकार यानि खेत खतियान की प्रतियाँ उपलब्ध कराए।

धारा- 9

- धारा 9 में उल्लिखित है कि ग्राम प्रधान को पद परिवर्तन का कोई अधिकार नहीं होता।

धारा- 10

- धारा 10 के तहत कोई ऐसी बंजर भूमि जो मूल रैयत या सहरैयत द्वारा जोत लाने योग्य हो या कोई ऐसी (खाली) परती भूमि जो मूल रैयत या सहरैयत के अधिकार में हो।
- इस अधिनियम में मूल रैयत या सहरैयत की अपरिवर्तनीय रैयती जोत को समझा जाएगा।

धारा- 11

- धारा 11 के अनुसार, सभी मूल रैयतों पर लगाए गए जुर्माने जो वे अदा नहीं कर पाए थे, उन्हें ग्राम प्रधान वसूल करेगा और वे जुर्माने प्रधानों की पुरस्कार निधि में जमा कराए जाएंगे।
- इसका खर्च उपायुक्त के आदेश से होगा।

अध्याय- 3 रैयत (धारा 12 से 26)

धारा- 12

- धारा-12 के अनुसार रैयतों को तीन वर्गों में विभाजित किया जाएगा:
  - (क) निवासी जमाबंदी रैयत - वे रैयत जो उस गांव में निवास करते हैं या जिनका पारिवारिक आवास उस गांव में स्थित है।
  - (ख) गैर -निवासी जमाबंदी रैयत - वैसे रैयत जो उस में निवास नहीं करते हैं या उनका परिवारिक वास स्थान उस गांव में नहीं है।
  - (ग) नए रैयत- वे व्यक्ति जो नए रैयत के रूप में अभिलिखित हैं।

धारा- 13

- रैयत के अधिकार भूमि के उपयोग से संबंधित होते हैं, और वह भूमि जो उसके जोत में होती है, उसका उपयोग कर सकता है।
- यह उस स्थानीय प्रचलन या किसी अन्य तरीके से भूमि के उपयोग के संबंध में हो सकता है।
- लेकिन भूमि का मूल्य नष्ट नहीं होना चाहिए।

धारा- 14

- धारा 14 के अनुसार, किसी भूस्वामी को रैयत को उसके जोत से बेदखल करने की अनुमति नहीं है जब तक उपायुक्त का आदेश नहीं होता।

धारा- 15

- धारा 15 के अनुसार रैयत को अपने उपयोग के लिए अपने जोत में बिना किसी अधिकार मूल्य के खपड़े या ईट बनाने का अधिकार होगा।

धारा- 16

- धारा 16 के अनुसार, रैयत अपने जोत या बंदोबस्त भूमि में पानी, सिंचाई, आहार, तालाब, कुएं आदि के लिए खोदाई या निर्माण कर सकते हैं।

धारा- 17

- धारा 17 के अनुसार, रैयत अपनी जोत भूमि पर वृक्ष, उद्यान और बांस लगा सकता है और उन्हें काटकर गिरा सकता है और उनका उपयोग कर सकता है। तथापि, किसी महुआ वृक्ष को अनुमंडल पदाधिकारी की अनुमति के बिना नहीं काटा जा सकता है।
- रैयत को उसकी खेती में लगाए वृक्षों से बिना किसी शुल्क के लाह उपजाने या रेशम कीट का पालन करने का अधिकार होगा।

धारा- 18

- धारा 18 में बताया गया है कि रैयत अपनी जोत में अपने घरेलू उपयोग के लिए, कृषि प्रयोजनों के लिए और अपने जोत में कच्चा या पक्का मकान बना सकता है।

धारा- 19

- धारा -19 में बताया गया है कि रैयत अपनी जोत को विभाजित कर सकता है और उसका लगान का विवरण भी उसे देना होगा।
- यदि भूस्वामी, ग्राम प्रधान या मूल रैयत कोई होते हैं, तो जोत का विभाजन या उसके लगान के वितरण में सभी की सहमति होगी।
- यदि न्यायालय या कोई अन्य संस्था जोत के विभाजन या लगान के विषय में आदेश देती है और सभी संबंधित पक्षों के समझौते या भूस्वामी, ग्राम प्रधान या मूल रैयत जैसे व्यक्तियों की सहमति नहीं होती है तो जोत के लगान को विभाजित करने के लिए कोई उपाय नहीं होता है। इस स्थिति में, जोत के लगान के वितरण के लिए योग्य व्यक्ति आवेदन कर सकते हैं।
- इसके अलावा, जोत के किसी भी भाग के लगान की राशि तीन रुपए से कम होने की स्थिति में, कोई भी विभाजन नहीं होगा।

धारा- 20

- धारा-20 में रैयत के अधिकारों के हस्तांतरण के बारे में बताया गया है।
- इसके अनुसार, यदि रैयत अपने किसी जोत या उसके अंश के अधिकार का विक्रय, दान, बंधक, रिक्त पत्र, पट्टा या किसी अन्य संविदा या समानुबंध द्वारा हस्तांतरण करता है, तो उसे उस हस्तांतरण का अधिकार अभिलेख रिपोर्ट में उपलब्ध कराना अनिवार्य होगा।
- जब तक रिपोर्ट में उस हस्तांतरण का अधिकार उपलब्ध नहीं होता है, तब तक उस हस्तांतरण को मान्य नहीं माना जाएगा।

धारा- 21

- धारा -21 में गैर आदिवासी रैयत को उनकी भूमि का हस्तांतरण बंद या पूर्ण भोग बंधक से हो सकता है।
- इससे पहले उन्हें सही सूचित तिथि पर बताया जाना चाहिए जब उनके धान के खेत और प्रथम श्रेणी के बारी भूमियों के चौथाई भाग का भुगत होगा।
- इस हस्तांतरण को राज्य सरकार द्वारा स्थापित भूमि बंधक रखने वाले बैंक या उपायुक्त द्वारा स्वीकृत किया जाना चाहिए।
- इसके लिए, भूस्वामी तथा ग्राम प्रधान सहित सभी लोगों की सहमति से जोत

का विभाजन होगा या उसके लगान का वितरण होगा।

- राज्य सरकार को संपूर्ण संथाल परगना या उसके उचित खंड के लिए एक सरकारी गजट अधिसूचना प्रकाशित करनी चाहिए, जिससे स्थापित समझे जाने वाले बैंक या उपायुक्त हस्तांतरण के लिए स्वीकृति दे सकें।
- यह हस्तांतरण बिहार और उड़ीसा कोऑपरेटिव सोसायटी एक्ट 1935 के तहत निबंधित या निबंधित समझी जाने वाली किसी सोसाइटी या संथाल परगना के किसी के नाम होता है।

धारा-22

- धारा-22 में बताया गया है कि कृषि के लिए रैयत अपने क्षेत्र को अस्थाई रूप से न्यास कर सकता है।
- धारा -20 और 21 में विस्तार से बताया गया है कि यदि रैयत को गांव से अस्थाई रूप से अनुपस्थित होना पड़ता है, जैसे कि उसकी बीमारी, शारीरिक अक्षमता, या उसके नियंत्रण से बाहर किसी अन्य कारण से हालात, हल बैल की छति, रैयत के नाबालिग होने की दशा अथवा विधवा होने की दशा में तो ग्राम प्रधान, मूल रैयत अथवा भूस्वामी उसके जोतने के लिए योग्य होते हैं।
- इसके अतिरिक्त, निर्धारित डाक द्वारा अनुमंडल पदाधिकारी को सूचित करके संथाल परगना के किसी रैयत को अपना जोत अस्थाई रूप से न्यास कर सकता है।
- उपधारा-1 के अनुसार, यदि किसी रैयत द्वारा अवधि निर्धारित नहीं की गई हो तथा वह अपने जोत को स्वयं नहीं न्यास करता हो, तो उसके जोत को 10 वर्षों के अंतिम सीमा तक अस्थाई रूप से न्यास किया जाना चाहिए।

धारा- 23 रैयती भूमि का (विनिमय बदलना)

- अपनी भूमि को बदलने की इच्छा रखने वाले उपायुक्त को लिखकर आवेदन दे सकते हैं।
- उपायुक्त विनिमय करने की अनुमति नहीं देंगे जब तक वह संतुष्ट नहीं हो जाते कि जमाबंदी रैयत की है, जिसे विनिमय पक्ष से बदला जाने वाला जमीन है।
- बदली जाने वाली भूमि एक ही गांव में या आस-पास के गांवों में है।
- कारोबार मुक्त बिक्री नहीं होगी, बल्कि दो पक्षों के बीच संभव स्वापन बाज़ार होगा।

धारा- 24

- धारा -24 में रैयती जोतों के कुछ हस्तांतरणों का विवरण है:-
- इस अधिनियम और अधिकार (खेवट खतियान) के नियमों के अनुसार, कोई भी रैयती जोत जो बिक्री, दान, उपहार, विनिमय, वसीयतनामा या बदले के लिए हस्तांतरित किया जाएगा, उस भूमि का स्वामी उसे अपने पास रखेगा।
- धारा -24 (क) में वास भूमि के हस्तांतरण के विवरण दिए गए हैं, जो 1976 के 17 वें संशोधन अधिनियम से सम्बंधित हैं।
- उस भूमि के स्वामी के कार्यालय में हस्तांतरण का निबंधन किया जा सकता है।

धारा- 25 और 26

- धारा 25 और 26 में रैयती जोत के बिक्रय या दान के हस्तांतरण की प्रक्रिया बताई गई है।

अध्याय 4 (धारा- 27 से 42) बंजर भूमियों तथा खाली जोतों की बंदोबस्ती

धारा - 27

- धारा -27 में बंजर भूमि एवं खाली जोतों की बंदोबस्ती विनिहित प्रपत्र में पट्टे या अमलनामें के द्वारा की जाएगी।
- इसके बावजूद, चार प्रतियों को तैयार किया जाएगा। एक प्रति रैयत को, दूसरी प्रति उपायुक्त को, तीसरी प्रति भूस्वामी को और चौथी प्रति ग्राम प्रधान या मूल रैयत को दी जाएगी।

धारा - 28

- धारा 28 में बंजर भूमि या खाली जगहों पर बंदोबस्ती करने के नियमों के अतिरिक्त, निम्नलिखित बिंदुओं पर ध्यान दिया जाएगा।
    I. रैयत की आवश्यकताओं के अनुसार उचित भूमि का वितरण होना चाहिए।
    II. ग्राम समुदाय, समाज या राज्य से मांगे गए सेवाओं के लिए खास ध्यान देना चाहिए।
    III. रैयत की जमाबंदी में बंजर भूमि या खाली जगहों का भी उल्लेख होना चाहिए।
    IV. गांव में वास्तविक रूप से निवास करने वाले श्रमिकों के लिए विशेष व्यवस्थाएं होनी चाहिए जिनके संबंध में गांव के अभिलेख में उल्लेखित है कि उनका निवास गांव में है।

धारा- 29

- धारा 29 में उपायुक्त की अनुमति के बिना कोई मूल रैयत या ग्राम प्रधान किसी मूल रैयत के साथ बंजर भूमि या खाली जोत की बंदोबस्त नहीं कर सकता है।

धारा -30

- धारा 30 में भूस्वामी की सहमति के बिना तथा उपायुक्त के आदेश के बिना कोई मूल रैयत या ग्राम प्रधान बंदोबस्ती भूमि का उपयोग नहीं कर सकता और उसे उप-विभाजन नहीं किया जाएगा।

धारा – 31

- इस अधिनियम में दो या दो से अधिक ग्राम प्रधान, सह-मूल रैयत या भू-स्वामी एक साथ एक ऐसे गांव में बंदोबस्त करते हैं जो संयुक्त रूप से रखा जाता है।
- धारा - 31 में सामूहिक रूप से बंजर भूमि को बंदोबस्त नहीं करती है। ऐसे मामलों में, यदि कोई उपायुक्त के पास शिकायत दर्ज करता है, तो उपायुक्त के विवेक के अनुसार बंदोबस्ती को रद्द कर दिया जा सकता है।

धारा - 32

- धारा 32 में, बंजर भूमि और खाली जोतों के बंदोबस्ती के खिलाफ उपायुक्त के यहाँ आपत्ति हो सकती है।
- कोई व्यक्ति बंजर भूमि की खाली जोत बंदोबस्ती से ग्राम प्रधान, मूल रैयत या भूस्वामी के द्वारा संतुष्ट नहीं हुआ है, तो उसे 1 साल के भीतर उपायुक्त के पास एक आवेदन देकर अपनी शिकायत दर्ज कराने की अनुमति होगी।

धारा - 33

- धारा 33 में उपलब्ध है कि जब भी कोई भूमि बंदोबस्त की जाती है और उसे 5 साल के भीतर आबाद नहीं किया जाता है, तो उपायुक्त के द्वारा इस बंदोबस्त को रद्द किया जाना चाहिए।

धारा - 34

- धारा - 34 में उपायुक्त को गांव के बंजर भूमि के जाहेरथान, शमशान या कब्रिस्तान के क्षेत्र में उपयोग करने की अनुमति है।
- इन क्षेत्रों के लिए भूमि कम होती जाए, तो उपायुक्त, ग्राम प्रधान, या मूल रैयत की सलाह से, बंजर भूमि का संपूर्ण भाग इन क्षेत्रों में सम्मिलित किया जा सकता है, ताकि अतिरिक्त उपयोग के लिए उपलब्ध हो।

धारा - 35

- धारा-35 के अनुसार, बंजर भूमि की बंदोबस्ती को सिंचाई, पीने के पानी, बाढ़ से रक्षा के लिए, बिना ग्राम प्रधान, मूल रैयत, भूस्वामी या उपायुक्त की अनुमति के नहीं की जा सकती है।
- इन स्थानों पर सिंचाई, स्नान, धोने, पीने या घरेलू कार्यों के लिए उपयोग होने वाले पानी में कोई कर लगाना उचित नहीं होगा।

धारा - 36

- धारा - 36 के अनुसार गांव की सीमाओं पर स्थित नालों, शमशान या कब्रिस्तान, शिविर स्थलों, सीमा चिन्हों, रास्तों और पूजा स्थलों को कोई रैयत अन्य किसी उद्देश्य के लिए बदल नहीं सकता है।

धारा - 37

- धारा - 37 के अनुसार, सभी गांव के रैयतों को मवेशी चराने का अधिकार है।
- गांव के भीतर मवेशी चराने के लिए जो भूमि रिकॉर्ड में दर्ज है, उसमें गांव के सभी रैयतों का यह अधिकार होगा कि वह अपने मवेशी को चारागाह या बंजर भूमि में चरा सकते हैं।

धारा - 38

- धारा - 38 के अनुसार कोई भूमि जो ग्राम चारागाह या गोचर के लिए रिकॉर्ड में दर्ज है, कोई भी व्यक्ति चराई के अलावा दूसरे काम के लिए उपयोग नहीं कर सकता है।

धारा - 39

- धारा - 39 के अनुसार भूस्वामी की अनुमति से रैयत अपने जोतों से भिन्न भूमियों में पीने या अन्य कार्यों के लिए जैसे :-तालाब, जलाशय इत्यादि बना सकता है।
- भूस्वामी के साथ बनाए गए अनुबंध के अनुसार, वह मछली पालन और अन्य उत्पादों का उपभोग कर सकता है।

धारा - 40

- धारा -40 के अनुसार किसी विशेष तालाब में मछली मारने अथवा सिंचाई करने का अधिकार भूस्वामी, ग्राम प्रधान या मूल रैयत को होता है।

धारा -41

- धारा - 41 के अनुसार, पहाड़िया गांव में कोई बंजर भूमि या खाली जोत किसी अन्य गांव से सम्बद्ध नहीं हो सकती है।
- यह सिर्फ पहाड़िया गांव के अंतर्गत होना चाहिए जो कमिश्नर द्वारा इस रूप में घोषित किया गया हो।

धारा - 42

- धारा - 42 में उपायुक्त को अपनी मर्ज़ी या आवेदन के आधार पर किसी व्यक्ति या मूल को कृषि भूमि से बेदखल करने का अधिकार होता है।

अध्याय - 5 लगान (धारा- 43 से 52)

धारा - 43

- धारा - 43 के अनुसार, यदि किसी वस्तु का लगान नहीं चुकाया गया है तो उसे वस्तु रूप में वसूला नहीं जा सकता है और न किसी न्यायालय द्वारा स्वीकार किया जाएगा। धारा- 43 -(क) में अधिनियम1955 के द्वारा यह संशोधन किया गया है।
- इसके अनुसार, भूधारक को मुद्रा लगान चार किस्तों में कृषि वर्ष के अंतिम दिन प्रत्येक तिमाही के लिए देना होगा।
- यदि भुगतान समय पर नहीं होता है तो उसे बकाया माना जाएगा।

धारा - 44

- धारा - 44 में हस्तांतरण से संबंधित संपत्ति के लगान के बारे में पूरी जानकारी न होने की वजह से, हस्तांतरित संपत्ति के लगान का उत्तरदायित्व हस्तांतरित करने वाले व्यक्ति को नहीं देना पड़ेगा, भूतपूर्व भूस्वामी या मूल रैयत या भूस्वामी जिसके नाम संपत्ति हस्तांतरित हुई है।
- इसके अलावा, हस्तांतरित संपत्ति के लगान के भुगतान से पहले, हस्तांतरण की नोटिस रैयत, ग्राम प्रधान या मूल रैयत को देना आवश्यक होगा।

धारा -45

- धारा- 45 में उल्लिखित है कि रैयत अपनी किसी जोत के लिए लगान दर या मालगुजारी को विनिहित प्रपत्र डाक मनीआर्डर द्वारा भेजकर भुगतान कर सकता है।

धारा - 46

- धारा- 46 के अनुसार, प्रत्येक रैयत के लगान के लेनदेन का हिसाब ग्राम प्रधान, मूल रैयत या भूस्वामी द्वारा रखा जाएगा।

धारा - 47

- धारा - 47 के तहत हर एक रैयत को अपने चुकाए हुए लगान या उसके ब्याज की रसीद ग्राम प्रधान या मूल रैयत या भूस्वामी या उसके एजेंट से लेने का अधिकार होता है। इसे लगान चुकाने के समय ही लेना चाहिए।

धारा - 48

- उपर्युक्त धारा -48 के आधार पर उचित लेखों और वितरण और प्रर्त्यपण सहित रसीदो के प्रपत्रो को राज्य सरकार तैयार करेगी। ग्राम प्रधान ,मूल रैयत और भूस्वामी के हाथ विक्रय के लिए सभी अनुमंडल कार्यालयों में रखेगी।

धारा - 49

- धारा - 49 में यह उल्लेख किया गया है कि जहाँ रैयत का जोत हस्तांतरण योग्य होता है, तो जोत का लगान, जोत का प्रथम प्रभार होगा।
- इसके अलावा, धारा - 49 में भी बताया गया है कि ग्राम प्रधान, मूल रैयत या भूस्वामी की दशा में, ग्राम लगान जैसे लगान के भुगतान के लिए भूस्वामी, ग्राम प्रधान या मूल रैयत के जोत पर प्रथम प्रभार होगा।

धारा - 50

- धारा - 50 में बताया गया है कि अगर किसी विशेष कारण से लगान कम होता है तो भूस्वामी उसे दर्ज करवा सकता है।
- एक या अधिक कारणों के आधार पर राज्य सरकार लगान में कमी कर सकती है।
- किसी जोत या क्षेत्र में बालू या जैविक उपज भर जाने से स्थाई रूप से लगान में कमी हो सकती है।
- जोत के भूस्वामी के लिए नियम और कानूनों का पालन करने के बावजूद अगर सिंचाई संबंधी व्यवस्था 6 महीने के अंदर नहीं हो पाती है तो भी लगान में कमी हो सकती है।
- यदि किसी क्षेत्र में उत्पादित खाद्यानों की कीमत नीचे जाती है, तो उस स्थान पर लगान में भी कमी हो सकती है।

धारा - 51 लगान कमी की अवधि

- अधीन धारा 50 के अंतर्गत लगान के कामों को करने से लगान की कमी का समाधान नहीं होगा, क्योंकि संथाल परगना के बंदोबस्त विनियम के अधीन लगान की सूची प्रकाशित नहीं की जाती।

धारा -52

- धारा- 52 के अनुसार, यदि कोई भूस्वामी या उसका प्रतिनिधि अपने रैयत, ग्राम प्रधान या मूल रैयत से लगान के अतिरिक्त कुछ भी वसूलता है, तो उसे दंडित किया जाएगा।

अध्याय- 6 (धारा - 53) कतिपय प्रयोजनों के लिए भूस्वामी द्वारा भूमि का अर्जन

धारा - 53

- गांव के भूस्वामी उचित उपयोग से जोत के भाग को अर्जन या लेने के लिए उपायुक्त के पास आवेदन कर सकते हैं।
- जोत का संबंध जोत ग्राम, भूस्वामी या सरकारी नीति से हो सकता है। यह भवन निर्माण, धार्मिक, शैक्षणिक, खान खोदने, उत्पादन, सिंचाई, कृषि और ओद्योगिक उन्नति के लिए उपयोग में आता है।

अध्याय – 7 न्यायिक प्रक्रिया (धारा - 54 से 63)

धारा - 54

- धारा - 54 के अधिनियम के आधार पर न्यायिक प्रक्रिया के संबंध में नियमों को बनाने का राज्य सरकार को अधिकार प्राप्त है, तथा अपील और

संशोधन करने का भी अधिकार है।

धारा – 55

- धारा 55 के तहत, अगर किसी भूस्वामी ने लगान वसूली के लिए किसी रैयत के खिलाफ कोई बात की हो और उस रैयत ने इस बात पर मुकदमा दायर कर दिया हो, तो उस भूस्वामी के विरुद्ध अन्य बात के लिए लगान की वसूली के लिए कोई अन्य मुकदमा दायर नहीं कर सकता है, जब तक कि बात के पहले मुकदमे की तारीख से 6 महीने नहीं बीतते।

धारा - 56

- उपायुक्त के आदेश के बिना, कृषि भूमि से, कोई व्यक्ति बेदखल नहीं किया जाएगा, यदि कोई रैयत को उसके जोत से बेदखल कर दिया गया है तो वह उपायुक्त के न्यायालय में याचिका दायर कर सकता है।

धारा - 57

- धारा 57 के अनुसार, जब तक कि कोई अन्य व्यवस्था स्थापित नहीं होती है, यदि किसी आदेश के विरुद्ध कोई अनुष्ठान नहीं होता है, तो उस आदेश के बदले किसी अन्य आदेश को जारी किया जा सकता है।
  - (क) यदि उप समाहर्ता ने उपायुक्त के अधिकारों का प्रयोग करते हुए कोई फैसला दिया है, तो उस संबंध में अनुमंडल पदाधिकारी को उपायुक्त के अधिकारों की जानकारी दी जानी चाहिए तथा उस पर अपील की जानी चाहिए।
  - (ख) यदि उपायुक्त या उपसमाहर्ता द्वारा आदेश दिया गया हो, तो उस आदेश के खिलाफ अपील आयुक्त के पास दर्ज की जा सकती है। अगर आयुक्त द्वारा आदेश दिया गया हो, तो राज्य सरकार द्वारा नियुक्त न्यायाधिकरण के पास अपील की जा सकती है।

धारा - 58

- धारा - 58 दूसरे अपील के अनुसार यदि उपायुक्त का अधिकार प्राप्त अनुमंडल पदाधिकारी या अन्य समाहर्ता ने निर्णय दिया है, तो उपायुक्त के न्यायालय में दूसरा अपील किया जा सकता है।

धारा - 59

- धारा - 59 पुनरीक्षण (REVISION) :- के अनुसार न्याय आदेश का पुनरीक्षण उपायुक्त या आयुक्त के न्यायालय में किया जा सकता है।
  - (1) आयुक्त या उपायुक्त ने स्वप्रेरणा से या अन्य रूप से, अपने नियंत्रण के अंतर्गत किसी न्यायालय द्वारा निर्णय किया गया किसी ऐसे मुकदमे का अभिलेख मँगा सकते हैं, जिस पर अपील ना हो। किसी पक्ष के आवेदन देने पर आयुक्त ऐसे आदेश नहीं देगा, जब तक कि उपायुक्त या अपर उपसमाहर्ता पुनरीक्षण में या अपील करने पर उसकी सुनवाई की हो या आदेश दिया हो।
  - (2) उपायुक्त लिखित आदेश देकर अपने नियंत्रण के अंतर्गत किसी अनुमंडल पदाधिकारी को अनधिकृत कर सकते हैं वह ऐसे उपसमाहर्ता के न्यायालयों के सभी निर्णयों या किसी एक निर्णय के संबंध में, जो उपायुक्त के नियंत्रण के अंतर्गत किसी अनुमंडल का प्रभार ना रखते हों।

धारा - 60

- धारा - 60 पुनर्निरीक्षण (REVIEW):- धारा 60 के अनुसार उपायुक्त के निर्देश का पुनर्निरीक्षण आयुक्त के न्यायालय में किया जा सकता है। आयुक्त पर्याप्त कारणों से, जिन्हें वे लिखित रूप में अभिलेख करेंगे, किसी आदेश का जिसे उन्हें स्वयं या उनके पूर्व अधिकारी ने इस अधिनियम द्वारा प्रदत किसी अधिकार के प्रयोग में दिया हो, पुनर्निरीक्षण कर सकते हैं।

धारा - 61

- धारा - 61 के अनुसार उपायुक्त द्वारा पारित आदेश पुनर्निरीक्षण प्रक्रिया में जब तक न्याय की हानि नहीं हुई हो अपील शून्य रहेगा।

धारा - 62

- धारा - 62 के अनुसार अपने कर्तव्यों के निर्वहन करने में तथा अपने अधिकारों का प्रयोग करने में उपायुक्त, आयुक्त के निर्देश और नियंत्रण के अधीन रहेगा, एवं अन्य अपर उपसमाहर्ता, अनुमंडल पदाधिकारी एवं उपसमाहर्ता, उपायुक्त के अधीन होंगे।

धारा - 63

- धारा - 63 के अनुसार किसी आवेदन में जो इस अधिनियम के अनुसार उपायुक्त द्वारा संज्ञेय हो, उपायुक्त द्वारा दिए गए आदेश को प्रत्यक्ष या अप्रत्यक्ष रूप से, संशोधित करने या खारिज करने के लिए किसी न्यायालय में कोई वाद नहीं चलेगा, और इस प्रकार का प्रत्येक आदेश, अपील और पुनरीक्षण संबंधी इस अधिनियम के प्रावधानों के अधीन रहकर अंतिम होगा।

अध्याय- 8 परिसीमा (धारा - 64 से 66)

धारा - 64

- सभी आवेदन (धारा - 42 को छोड़कर) जिनके लिए इस अधिनियम के किसी दूसरे स्थान में परिसीमा की कोई अवधि उपबंधित नहीं है, वाद करने के प्रावधान होने पर एक वर्ष के भीतर किए जाएंगे।

धारा - 65

- धारा - 65 के अनुसार (धारा -14) में वर्णित आधार पर रैयत के बेदखली के लिए आवेदन दुरुपयोग संबंधी परिवाद की तारीख से 2 वर्षों के भीतर किया जाएगा।

धारा - 66 अपीलों के लिए परिसीमा

- इस अधिनियम के अधीन प्रत्येक अपील:
- धारा- 57 के अधीन नियुक्त न्यायाधिकरण को या आयुक्त को, जिस आदेश के विरुद्ध अपील की जा रही हो, उस तारीख से 90 दिनों के अन्दर प्रस्तुत की जाएगी।
- उपायुक्त को या अनुमंडल पदाधिकारी को, जिस आदेश के विरुद्ध अपील की जा रही हो, उस तारीख से 60 दिनों के अन्दर प्रस्तुत की जाएगी।

अध्याय- 9 विविध प्रावधान धारा - (67 से 72) तक

धारा - 67

- इस अधिनियम के अधीन किसी व्यक्ति द्वारा उल्लंघन किया जाने पर, उस व्यक्ति को दंड दिया जाएगा।
- जैसे :- भूस्वामी या ग्राम प्रधान या मूल रैयत को किसी गांव के बांधों, आहारो, मेढ़ो, पुस्तों, डाँडो इत्यादि की पुनर्निर्माण करने के लिए कोई सहायता प्रदान नहीं करता है।
- यदि कोई व्यक्ति गांव के रास्ते पड़ाव भूमि या चारागाह का अतिक्रमण करता है तो उसे दंड का भागी होना होगा।
- यदि गांव में कोई व्यक्ति नियमों के विरुद्ध वृक्ष काटता है या गांव के जंगल को विभिन्न प्रकार से हानि पहुंचाता है तो उसे ₹200 तक का जुर्माना लग सकता है। अगर अपराध जारी रहता है तो प्रतिदिन ₹5 तक का जुर्माना लगेगा।
- यदि कोई व्यक्ति धारा 20 के उल्लंघन में गलत तरीके से हस्तांतरित की गई भूमि को जोती जाती है तो उसे 3 वर्ष तक कारावास या ₹1000जुर्माना लग सकता है। यदि दोनों अपराध जारी रहते हैं तो प्रतिदिन अतिरिक्त ₹50 की राशि से दंडित किया जाएगा।
- उपायुक्त के स्वप्रेरणा से या सूचना पाने पर या अपराध किए जाने की तारीख से 3 महीने के भीतर जो उपायुक्त के द्वारा जांच-पड़ताल के बाद ऐसा जुर्माना लगाया जाएगा।
- जुर्माना लगाने के किसी आदेश के विरुद्ध अपील उपायुक्त के पास की जाएगी, और ऐसी अपील पर आयुक्त द्वारा दिया गया आदेश अंतिम फैसला होगा।

धारा - 68

- धारा - 68 के तहत भू-स्वामी से तालीम या नोटिस मांगने की मांग होने पर, उस प्रत्येक सूचना को भूस्वामी के हाथ से लिखित अधिकार द्वारा मजबूत

प्रतिनिधि को तालीम या नोटिस दी जानी चाहिए, यदि भूस्वामी ने उसे स्वीकार करने या लेने के लिए सहमति दी है।

- इस तरह का कार्य अधिनियम के उद्देश्य को पूरा करने में सक्षम होगा।

धारा - 69

- धारा - 69 के अनुसार कुछ भूमि के अधिकार को प्राप्त करने की रोक लगाई जा सकती है, चाहे कोई कानून हो या संथाल परगना में कानून का बल रखने वाला व्यक्ति हो।
- धारा - 20 में धारित या प्राप्त किए गए भूमि में, भूमि अधिग्रहण अधिनियम, 1894 के अधीन खरीदी गई भूमि से संबंधित स्थानीय प्राधिकार या रेलवे कंपनी के लिए, जब तक वह भूमि सरकार, स्थानीय प्राधिकार या रेलवे कंपनी की संपत्ति में होती है।
- भूमि के सीमांकित या अभिलिखित क्षेत्र में सरकार या स्थानीय प्राधिकार के अधिकार वहीं रहेंगे जहाँ सार्वजनिक कार्य के लिए उनकी जरूरत हो।
- ग्राम प्रधान की तरफ से सरकारी जोत, चारागाह, श्मशान और कब्रिस्तान में किसी व्यक्ति को कोई अधिकार नहीं होगा।

धारा - 70

- धारा - 70 के अनुसार बकाया राशि की वसूली के लिए इस अधिनियम के अंतर्गत सभी लगान, ब्याज, हानि और क्षतिपूर्ति को प्रवाहित रीति के अनुसार वसूला जाएगा।

धारा - 71

- धारा -71 में बताया गया है कि राज्य सरकार को अधिसूचना द्वारा नियम बनाने का अधिकार होता है।
- धारा - 5 में राज्य सरकार को पुराने अधिकार की सभ्यता को नुकसान पहुंचाए बिना रैयत की सहमति निश्चित करने के लिए ग्राम प्रधान को अपने कर्तव्यों का संपादन करने की रीति और विधि (धारा - 21) के उप धारा-1 के अधीन रैयती भूमि का हस्तांतरण प्रतिवेदन करने की रीति, निबंधन पदाधिकारी को देय प्रक्रिया शुल्क की राशि (धारा- 53) के अधीन भूमि के अर्जन पर उपबंध और ऐसी भूमि पर कब्जा देने की रीति पर नियम बना सकती है।

धारा - 72

- धारा - 72 विशिष्ट विधानों का परित्राण :- इस अधिनियम कि कोई बात संथाल परगना भूधारण (अनुपूरक अनुबंध) अधिनियम 1949, अन्य विधि में ऊपर रहेगा। उसके बाद संथाल परगना भूधारण (अनुपूरक नियमावली) 1950 लागू किया गया।

सीएनटी तथा एसपीटी में प्रस्तावित संशोधन

- सीएनटी एक्ट 1908 में और एसपीटी एक्ट 1949 में ब्रिटिश सरकार द्वारा पेश किया गया था।
- इन दो एक्टों का मकसद था कि इससे आदिवासियों और अन्य पिछड़ी जातियों की जमीनों की संरक्षा और सुरक्षा हो।
- इस एक्ट में यह भी प्रावधान है कि कोई व्यवसायी इन क्षेत्रों में किसी आदिवासी की जमीन नहीं खरीद सकता है।
- इन कानूनों में यह भी धारा है कि समान जाति के लोगों को छोड़कर अन्य जाति या समुदाय के लोग इन जमीनों को नहीं खरीद सकते।
- केवल वह किसान जो उन्हीं के समुदाय या जाति से आता है, वही उस जमीन को खरीद सकता है।
- समान जाति के किसान एक दूसरे की जमीन को आपस में खरीद और बेच सकते हैं, लेकिन उन्हें इसके लिए जिला अधिकारी से अनुमति लेनी होगी। इस अनुमति के लिए, धारा 46 में विधि बनाई गई है।
- झारखंड भूमि उत्पीड़न से लड़ने के लिए जाना जाने वाला राज्य है।
- भू-उपयोग संबंधी अधिनियम 1977 के तहत, एक व्यक्ति की स्वतंत्र जमीन पर अधिकार होते हुए भी, जमीन बिक्री करने के लिए नहीं दी जा सकती।
- इस अधिनियम के तहत जमीन को छह वर्ष से अधिक समय तक किराए पर भी नहीं दिया जा सकता है और लीज की सीमित छूट के लिए ही होती है।
- इसका अर्थ होता है कि लीज के अधीन जमीन पर किसी व्यावसायिक गतिविधि को करने की अनुमति नहीं होती।
- यह अधिनियम संथाल परगना को छोड़कर झारखंड के सभी जिलों में लागू है।
- महिलाओं के द्वारा रैयत नाम से जमीनों का नामकरण संथाल परगना में होता है, लेकिन उन्हें बिक्री के लिए नहीं बेचा जा सकता है।
- सीएनटी एक्ट में अब तक कुल 26 संशोधन हुए हैं। इसके पहले संशोधन को 1920 ईस्वी में किया गया था और अंतिम संशोधन 1995 ईस्वी में हुआ था।
- 2016 में सीएनटी एक्ट में कुछ संशोधन के प्रस्तावित विधेयक को पेश किया गया था, जिसमें धारा 21, 49 A, 49 B और 71 A में संशोधन के विषय में बात की गई थी।

CNT Act की धारा 49

- इस एक्ट के तहत, सरकार केवल उद्योग और खनन के लिए जनजातियों की जमीन का हस्तांतरण कर सकती है।
- प्रस्तावित संशोधन के अनुसार, सरकार आधारभूत संरचनाओं, रेल परियोजनाओं, कॉलेजों, ट्रांसमिशन लाइनों आदि के लिए भी जमीन हासिल कर सकती है।

CNT Act की धारा 71(क)

- इस धारा के अनुसार, आदिवासियों की जमीन को SAR कोर्ट (Scheduled Area Regulation Court) से क्षतिपूर्ति के अनुभव के आधार पर गैर-आदिवासियों को हस्तांतरित किया जा सकता है।
- प्रस्तावित संशोधन के आधार पर, क्षतिपूर्ति के द्वारा आदिवासियों की जमीन को इस तरह से हस्तांतरित नहीं किया जा सकेगा, और SAR कोर्ट में जमीन वापसी के मामलों पर फैसले होंगे।

CNT Act की धारा 21 और SPT Act की धारा 13

- इस धारा के तहत, मालिक को जमीन की प्रकृति बदलने का अधिकार नहीं है।
- यदि जमीन कृषिभूमि है, तो मालिक सिर्फ कृषि कार्य के अलावा अन्य कार्यों के लिए इस्तेमाल नहीं कर सकता है।
- प्रस्तावित संशोधन के अनुसार, मालिक अपनी जमीन की प्रकृति को बदलने का अधिकार रखेगा।
- अगर जमीन कृषि उपयुक्त होती है, तो मालिक इसे दुकान निर्माण और व्यवसायिक उद्देश्यों के लिए उपयोग कर सकता है।
- संशोधन के अनुसार, एसपीटी एक्ट की धारा 13 को CNT अधिनियम की धारा 21 से समतुल्य माना जाएगा। यह संशोधन 2016 में प्रस्तावित किया गया था।
- संविधान के 66वें संशोधन (990) द्वारा भारतीय संविधान की नौवीं अनुसूची में कुछ धाराएं जो सीएनटी से संबंधित थीं, शामिल की गई हैं।
- इससे न्यायपालिका को सीएनटी एक्ट पर हस्तक्षेप करने की अनुमति नहीं है और संसद को ही इस एक्ट में संशोधन करने का अधिकार है।
- इस संशोधन के तहत, कुल 10 धाराएं संविधान की नौवीं अनुसूची में शामिल की गई हैं जिनमें 46, 47, 48A, 71, 71A, 71B, 20, 241 और 242 शामिल हैं।

धारा	CNT Act, 1908 और SPT Act, 1949	2016
CNT Act , धारा 49	इस विधि के अंतर्गत केवल उद्योग और खनन कार्यों के लिए सरकार द्वारा जमीन ली जा सकती थी।	अब सरकार उद्योग और खनन कार्यों के अलावा आधारभूत संरचनाओं, रेल परियोजनाओं, कॉलेजों, ट्रांसमिशन लाइनों और अन्य कार्यों के लिए भी जमीन ले सकती है। साथ ही, विकास हेतु निगम कंपनियों के लिए भी सरकार जमीन अधिग्रहण कर सकती है।
CNT ACt धारा " 71" (क)	इस धारा के अंतर्गत, एस.ए.आर.कोर्ट के माध्यम से आदिवासियों को उनकी जमीनों की क्षतिपूर्ति के लिए मदद प्रदान की जाती है, जिसमें गैर-आदिवासी भी शामिल हो सकते हैं और उनको इन्हीं जमीनों पर हाकिम होने का अधिकार हो सकता था।	अब नुकसान का मुआवजा नहीं मिल सकता, क्योंकि इस आधार पर ऐसा करना असंभव है। साथ ही, जमीन वापसी के मामले एस.ए.आर.कोर्ट में सुनवाई के लिए रखे जाएंगे।
CNT Act ,धारा "21" और SPT Act ,धारा "13"	"मालिक को जमीन की प्रकृति बदलने का अधिकार नहीं होता है। अगर जमीन पर कृषि होती है, तो मालिक केवल उसे कृषि कार्यों के लिए ही इस्तेमाल कर सकता है। वह किसी अन्य काम के लिए इस्तेमाल नहीं कर सकता।"	अब मालिक को जमीन की प्रकृति बदलने का अधिकार होगा। इसके बाद, मालिक कृषि योग्य जमीन का उपयोग घर, दुकान या अन्य व्यावसायिक उद्देश्यों के लिए कर सकता है।

पेसा 1996

झारखंड पंचायत (अनुसूचित क्षेत्रों का विस्तार अधिनियम 1996)

- राज्य विधान मण्डल द्वारा बनाए गए कानून पंचायतों के लिए परंपरागत और रूढ़िवादी मान्यताओं, सामाजिक और सांस्कृतिक पद्धतियों, तथा सामुदायिक संसाधनों के प्रबंधन के लिए एक परंपरागत प्रणाली को ध्यान में रखकर बनाया जाएगा।
- ग्राम स्तर पर प्रत्येक गांव में एक सभा होगी, जो पंचायत चुनाव नियमावली में नामांकित लोगों से मिलकर गठित होगी।
- ग्राम सभा ग्रामीणों के लिए उनकी सांस्कृतिक पहचान, समुदाय के संसाधनों की संरक्षा और विवादों के पारंपरिक निपटारे में सक्षम होने का मंच होगी।
- हर गाँव की सभा को अपने क्षेत्र के सामाजिक और आर्थिक विकास के लिए योजनाओं, कार्यक्रमों और परियोजनाओं को मंजूर करने के बाद ही पंचायत द्वारा विकास कार्यक्रमों को क्रियान्वयन में लाया जाएगा।
- गांव की सभा को अपने क्षेत्र में गरीबी कम करने और अन्य लोकहित कार्यक्रमों के लिए लाभार्थियों की पहचान और चयन के लिए जिम्मेदार होना चाहिए।
- प्रत्येक ग्राम सभा अपने क्षेत्र में विकास कार्यक्रमों को क्रियान्वित करने के बाद संबंधित ग्राम से उपयोगिता प्रमाण-पत्र प्राप्त करे।
- अनुसूचित क्षेत्रों में हर पंचायत पर स्थानों का आरक्षण होगा, जो संबंधित पंचायत में आरक्षित समुदायों के अनुपात में होगा। जबकि अनुसूचित जनजातियों के लिए स्थानों की कुल संख्या के आधे से कम नहीं होगी और पंचायत के सभी स्तरों पर अध्यक्ष के सभी स्थानों के लिए अनुसूचित जनजातियों के लिए आरक्षित होगा।
- अनुसूचित जनजाति के प्रतिनिधित्व का मध्यवर्ती स्तर या जिला स्तर के पंचायत में नहीं होता है, जिससे उस स्तर पर सदस्य मनोनीत किए जाने की संभावना होती है। हालांकि, मनोनीत व्यक्तियों की संख्या एक दहाई से अधिक नहीं होनी चाहिए।
- विकास योजनाओं के लिए ग्राम सभा या समुचित स्तर पर पंचायतों से अनुसूचित क्षेत्रों में भूमि अर्जन करने से पहले और उन क्षेत्रों के लोगों को प्रभावित करने वाली उन परियोजनाओं से पहले पुनर्वास के परामर्श किए जाएंगे।
- अनुसूचित क्षेत्रों में चल रही परियोजनाओं का वास्तविक नियोजन और क्रियान्वयन राज्य स्तर पर समन्वित किया जाएगा।
- ग्राम सभा या पंचायत के उचित स्तर से पूर्वानुमति लेना अनिवार्य है यदि कोई व्यक्ति लघु खनिज का कोई भी रियायत देना चाहता है।
- ग्राम सभा के पास उसके सीमा क्षेत्र में मादक पदार्थों के विक्रय और सेवन के नियमन और नियंत्रण करने का अधिकार होगा।
- ग्राम सभा को लघु वनोत्पाद के क्षेत्र में स्वामित्व का अधिकार होगा।
- अनुसूचित क्षेत्र में भूमि के हस्तांतरण में, ग्राम सभा को अवैध रूप से हस्तांतरित भूमि की पुनर्वापसी के लिए आवश्यक कदमों को उठाने का अधिकार होगा, जिसमें अनुसूचित जनजातियों का विशेष ध्यान रखा जाएगा।
- ग्राम सभा को अपने सीमा क्षेत्र में स्थित ग्राम स्तरीय हाटों या बाजारों के प्रबंधन और नियंत्रण का अधिकार होगा।
- ग्राम सभा को सामाजिक संस्थाओं और कार्यकर्ताओं के कार्यों को नियंत्रित करने का अधिकार होगा।
- ग्राम सभा को सामाजिक संस्थाओं और कार्यकर्ताओं के कार्यों को नियंत्रित करने का अधिकार होगा।
- ग्राम सभा के पास स्थानीय स्तर पर विभिन्न स्वयोजनों का नियंत्रण होगा, जिसमें जनजातियों के स्वास्थ्य और विकास से संबंधित योजनाएं भी शामिल होंगी। इसके साथ ही सभा के पास उन स्रोतों का नियंत्रण भी होगा, जो इन स्वयोजनों के लिए आवश्यक होंगे।

पेसा के बारे में

पंचायती राज मंत्रालय का अधिदेश

- पंचायती राज मंत्रालय के निर्देशानुसार भारत में पंचायती राज व्यवस्था संवैधानिक विधानों के द्वारा विनियोजित की गई है।

  पांचवीं अनुसूची क्षेत्रों में पंचायत के प्रावधान (अनुसूचित क्षेत्रों पर विस्तार) अधिनियम, 1996 (पेसा) के कार्यान्वयन की निगरानी के लिए है।
- भारत में, पंचायती राज व्यवस्था को संबंधित विधानों द्वारा विनियोजित किया गया है।
- पंचायती राज मंत्रालय ने अनुच्छेद 243 वाले नौवें भाग, भाग IXक के अनुसार जिला योजना समिति के संबंध में विधि में प्रावधान किया है और पांचवें अनुसूची क्षेत्रों में पंचायत के अधिकारों का प्रावधान किया है। इसके अलावा, अनुसूचित क्षेत्रों पर विस्तार अधिनियम, 1996 (पेसा) के कार्यान्वयन की निगरानी के लिए एक अधिदेश भी जारी किया गया है।
- 1992 के संविधान (तिहत्तरवां संशोधन) अधिनियम से, जो भारतीय संविधान के नौवें भाग में शामिल है, पंचायतों को ग्रामीण भारत के लिए स्थानीय स्वशासन की संस्थाओं के रूप में एक संवैधानिक स्तर प्रदान किया गया है।
- यह अधिनियम 24 अप्रैल,1993 से प्रभावी हो गया था।
- भारतीय संविधान के अनुच्छेद 243 (1) और अनुच्छेद 244 के खंड (1) और (2) में स्पष्ट रूप से बताया गया है कि अनुसूचित क्षेत्रों और जनजातीय क्षेत्रों में स्थानीय स्वशासन की संस्थाएं गठित की जाएंगी और संविधान के नौवें भाग के प्रावधानों को लागू किया जाएगा।
- अनुच्छेद 243 ड(4)(ख) संसद को कानून बनाने और नौवें भाग के प्रावधानों को अनुसूचित क्षेत्रों और जनजातीय क्षेत्रों में विस्तारित करने की शक्ति प्रदान करता है।
- ऐसे अपवादों और संशोधनों को ऐसे कानूनों में निर्दिष्ट किया गया हो जो संविधान के नौवें भाग के प्रयोजनों के अनुसार हों।
- इस तरह के कानूनों को अनुच्छेद 368 के प्रयोजन के लिए संविधान संशोधन के लिए माना नहीं जाएगा।

पांचवी अनुसूची का क्षेत्र

- संविधान की पांचवीं अनुसूची के अतिरिक्त, असम, मेघालय, त्रिपुरा और मिजोरम के अलावा अन्य राज्यों में रहने वाली अनुसूचित जनजाति को भी प्रशासन और अनुसूचित क्षेत्रों के नियंत्रण से संबंधित दर्जा दिया गया है।
- पंचायतों के प्रावधान (अनुसूचित क्षेत्रों पर विस्तार) अधिनियम, 1996 (पेसा), कुछ संसाधनों और अपवादों को छोड़कर संविधान के नौवें भाग को, संविधान के अनुच्छेद 244(1) के अंतर्गत अधिसूचित पांचवीं अनुसूची के क्षेत्रों के लिए विस्तारित करता है।
- वर्तमान में, आंध्र प्रदेश, छत्तीसगढ़, गुजरात, हिमाचल प्रदेश, झारखंड, मध्य प्रदेश, ओडिसा, राजस्थान और तेलंगाना राज्यों में पांचवी अनुसूची क्षेत्र मौजूद हैं।

गांव और ग्राम सभा की परिभाषा

- पेसा अधिनियम के तहत, अनुच्छेद 4 (ख) के अनुसार, एक गाँव का गठन एक बस्ती या बस्तियों के समूह या एक पुरवा या पुरवों के समूह को
- पंचायती राज मंत्रालय का अधिदेश संविधान के नौवें भाग, भाग IXक के अनुच्छेद 243के अनुसार जिला योजना समिति के संबंध में प्रावधान और मिलाकर किया जाता है।
- इस गाँव में एक समुदाय निवास करता है, जो अपनी विशिष्ट परंपराओं और रीति-रिवाजों के अनुसार अपने मामलों का प्रबंधन करता है।
- अनुच्छेद 4 (ग) के तहत, पेसा अधिनियम के हर गांव में उन सभी व्यक्तियों के लिए एक ग्राम सभा होगी, जो ग्राम स्तर पर पंचायत के मतदाता सूची में शामिल किए गए हैं।
- पेसा अधिनियम द्वारा ग्राम सभा को निम्नलिखित विशेष शक्तियों से लाभ मिलता है:

(क) ग्राम सभा लोगों की परंपराओं, रिवाजों और संस्कृति की सुरक्षा और संरक्षण के लिए विशेष ध्यान देती है।

(ख) समुदाय के संसाधनों की रक्षा और विवाद समाधान के परंपरागत तरीकों की संरक्षा ग्राम सभा द्वारा सुनिश्चित की जाती है।

(ग) निम्नलिखित कार्यों को सम्पादित करना: -

1. सामाजिक और आर्थिक विकास के लिए नीतियों, कार्यक्रमों और परियोजनाओं को स्वीकृति देना।
2. गरीबी हटाने और अन्य कार्यक्रमों के तहत लाभार्थियों की पहचान करना।
3. पंचायत द्वारा योजनाओं, कार्यक्रमों और परियोजनाओं के लिए धन का उपयोग करने के लिए एक प्रमाण-पत्र जारी करना।

पेसा उपयुक्त स्तर पर ग्राम सभा/पंचायतों को निम्नलिखित की शक्तियाँ प्रदान करती है-:

(i) पूर्ववती भूमि अधिग्रहण, पुनर्वास और विस्थापित लोगों के पुनर्वास में अनिवार्य सलाह देने का अधिकार है।

(ii) उचित स्तर पर, पंचायत को लघु जल निकायों की योजना और प्रबंधन का कार्य सौंपा जाता है।

(iii) उचित स्तर की ग्राम सभा या पंचायत को, खान और खनिजों के लिए संभावित लाइसेंस पट्टा और रियायतों की सिफारिश देने का अधिकार होता है।

(iv) मादक पदार्थों की विक्रय/खपत को विनियमित करना।

(v) लघु वनोपज के स्वामित्व का उन्नयन।

(vi) भूमि के हस्तांतरण को रोकना और हस्तांतरित भूमि का पुनरुत्थान करना।

(vii) ग्रामीण बाजारों का प्रबंधन करना और उनके विकास के लिए उचित कदम उठाना।

(viii) अनुसूचित जनजाति के लोगों को दिए जाने वाले ऋणों पर नियंत्रण रखना और उन्हें सही तरीके से समझाना कि वे इसे समय पर वापस करें।

(ix) सामाजिक क्षेत्र में कार्यकर्ताओं और संस्थानों, जनजातीय उपयोजना और संसाधनों सहित स्थानीय योजनाओं के नियंत्रण का होना।

पेसा का महत्व

- पेसा का सफल क्रियान्वयन विकास को संभव बनाएगा और साथ ही पांचवी अनुसूची क्षेत्रों में लोकतंत्र की मजबूती भी आएगी।
- पेसा से निर्णय लेने में लोगों की भागीदारी में वृद्धि होगी जो अधिकतर लोगों को लाभ पहुंचाएगी।
- पेसा आदिवासी क्षेत्रों में अलगाव को कम करेगा और सार्वजनिक संसाधनों के उपयोग पर बेहतर नियंत्रण होगा।
- पेसा से जनजातीय आबादी में गरीबी और बाहर पलायन कम होगा क्योंकि प्राकृतिक संसाधनों पर नियंत्रण और प्रबंधन से उनकी आजीविका और आय में सुधार होगा।
- पेसा जनजातीय आबादी के शोषण को कम करेगा।
- यह उन्हें ऋण देने, शराब की बिक्री और गांव बाजारों के प्रबंधन में सक्षम बनाएगा।
- पेसा के प्रभावी कार्यान्वयन से भूमि के अवैध हस्तांतरण को रोका जा सकेगा और आदिवासियों की अवैध रूप से हस्तांतरित जमीन को बहाल किया जा सकेगा।
- पेसा परंपराओं, रीति-रिवाजों और जनजातीय आबादी की सांस्कृतिक पहचान के माध्यम से सांस्कृतिक विरासत को बढ़ावा देगा।

पंचायती राज मंत्रालय की पहल

- भारत सरकार पेसा की महत्वता को स्वीकार करती हुई, राज्य सरकारों के साथ साझेदारी बनाकर पेसा को प्रभावी ढंग से कार्यान्वित करने की कोशिश कर रही है। इस कार्रवाई में कुछ बिंदु शामिल हैं:-

(I) 21.5.2010 को सभी पांचवी अनुसूची के क्षेत्रों वाले राज्यों को पेसा के कार्यान्वयन के लिए समूचे दिशा-निर्देश जारी किए गए थे।

(ii) अनुसूचित जातियों वाले राज्यों में पेसा अधिनियम के कार्यान्वयन की निरंतर समीक्षा करने के लिए राज्य दौरे, पत्राचार और बैठकों/कार्यशालाओं का आयोजन किया जाता है।

(iii) 4-5 फरवरी, 2016 को नई दिल्ली में राष्ट्रीय स्तर की कार्यशाला का आयोजन करके राज्यों में पेसा के कार्यान्वियन की प्रगति और आगे के मार्ग के तय किए जाने के लिए मुद्दों और चुनौतियों की समीक्षा की जाती है।

(iv) आरजीएसए के तहत, पांचवी अनुसूची क्षेत्रों वाले राज्यों को ग्राम पंचायत स्तर पर ग्राम सभा संघटक और राज्य, जिला और ब्लॉक स्तर पर पेसा समन्वयक तैनात करने के लिए आर्थिक सहायता प्रदान की जाएगी।

(v) पांचवी अनुसूची क्षेत्रों में "सामुदायिक लामबंदी" पर एक पुस्तिका का प्रकाशन किया गया है।

(vi) पेसा से संबंधित विषयों पर विभिन्न शोध अध्ययन और कार्रवाई अनुसंधान प्रायोजित किए जाने चाहिए।

(vii) राज्यों को पेसा के प्रावधानों के कार्यान्वयन के लिए नियम बनाने और राज्य पंचायती राज अधिनियम और कानूनों में संशोधन कर उन्हें पेसा के अनुकूल बनाने के लिए सहमत होना चाहिए।

(viii) केन्द्र सरकार के मंत्रालयों / विभागों से पेसा के प्रावधानों के अनुरूप संशोधन के लिए अनुरोध करना चाहिए।

झारखंड की राजव्यवस्था

राजव्यवस्था का परिचय

झारखंड राज्य का गठन

- झारखंड राज्य के गठन के लिए 2 अगस्त, 2000 को लोकसभा में बिहार राज्य पुनर्गठन विधेयक, 2000 पारित किया गया।
- भारतीय संघ के 28वें राज्य झारखंड को बिहार पुनर्गठन अधिनियम द्वारा 15 नवंबर, 2000 को महान भगवान बिरसा मुंडा की जयंती पर अस्तित्व में लाया गया था। इस दिन को 'झारखंड दिवस' के रूप में भी जाना जाता है।
- बिहार पुनर्गठन अधिनियम, 2000 द्वारा बिहार के 18 जिलों तथा 4 प्रमंडलों को मिलाकर बिहार से अलग कर झारखंड राज्य की स्थापना की गई।
- भारतीय संविधान के उपबंधो के अनुसार झारखंड की शासन प्रणाली का स्वरूप लगभग वही है, जो भारतीय संघ के अन्य राज्यों का हैं।

झारखंड राज्य का भौगोलिक विस्तार

- झारखंड अर्थात "जंगल की भूमि" पूर्वी भारत में स्थित एक राज्य है।
- झारखंड की सीमा पूर्व में पश्चिम बंगाल, पश्चिम में उत्तर प्रदेश एवं छत्तीसगढ़, उत्तर में बिहार, और दक्षिण में ओडिशा से सलंग्न हैं।
- इसका क्षेत्रफल 79,714 किमी^{2} (30,778 वर्ग मील) है।
- यह क्षेत्रफल के अनुसार 15वां सबसे बड़ा और जनसंख्या के अनुसार 14वां सबसे बड़ा राज्य है।

झारखंड राज्य में प्राकृतिक संपन्नता

- यह राज्य झरनों, पहाड़ियों वाले प्रमुख प्राकृतिक पर्यटन स्थलों एवं धार्मिक स्थल जैसे बैद्यनाथ धाम, पारसनाथ और रजरप्पा के लिए प्रसिद्ध है।
- झारखंड अपने समृद्ध खनिज संसाधनों जैसे यूरेनियम, अभ्रक, बॉक्साइट, ग्रेनाइट, सोना, चांदी, ग्रेफाइट, मैग्नेटाइट, डोलोमाइट, फायर-क्ले, क्वार्ट्ज, फील्डस्पार, कोयला, लोहा, तांबा आदि के लिए प्रसिद्ध है।
- राज्य में प्राकृतिक संसाधनों जैसे खनिज, वन और जल संसाधन एवं इनके सतत उपयोग को सुनिश्चित करने हेतु उचित प्रावधान हैं।

झारखंड की राजनैतिक व्यवस्था से जुड़े कुछ प्रमुख तथ्य

- झारखंड राज्य में एकसदनीय विधानमंडल की व्यवस्था है।
- झारखंड राज्य विधानसभा में सदस्यों की कुल संख्या 82 है, जिसमें 81 सदस्यों का प्रत्यक्ष निर्वाचन होता है तथा 01 एंग्लो इंडियन सदस्य की नियुक्ति राज्यपाल द्वारा की जाती है।
- 91वें संविधान संशोधन, 2003 के अनुसार, झारखंड राज्य के मंत्रिपरिषद में कुल सदस्यों की संख्या मुख्यमंत्री सहित 12 से अधिक नहीं हो सकती है, जो कि कुल सदस्यों का अधिकतम 15% होती है।
- झारखंड विधान सभा की कुल सीटों में से 09 सीटें अनुसूचित जातियों के लिए तथा 28 सीटें अनुसूचित जनजातियों के लिए आरक्षित हैं।
- झारखंड राज्य में राज्य सभा के लिए 06 तथा लोकसभा के लिए 14 सीटें (कुल - 20) निर्धारित है।
- लोकसभा के लिए निर्धारित 14 सीटों में से 01 अनुसचित जातियों के लिए तथा 05 अनुसूचित जनजातियों लिए आरक्षित है।
- राज्य का सबसे बड़ा संसदीय क्षेत्र पश्चिमी सिंहभूम तथा सबसे छोटा संसदीय क्षेत्र चतरा है।
- झारखंड राज्य में गुमला तथा लोहरदगा दो ऐसे जिले हैं, जिनके सभी विधानसभा क्षेत्र अनुसूचित जनजाति हेतु आरक्षित है।
- हिंदी झारखंड की आधिकारिक भाषा है। राँची शहर इसकी राजधानी है, और दुमका इसकी उप राजधानी है।

झारखंड की राजनीतिक संरचना

झारखंड की राजनीति भारत के संविधान पर आधारित है, जो राज्य की शासन संरचना एवं कार्यों को परिभाषित करती है। किसी राज्य की राजनीतिक संरचना में राज्य सभा, विधान सभा, राज्यपाल, मुख्यमंत्री, राज्य मंत्रिपरिषद, न्यायपालिका, स्थानीय सरकार और राजनीतिक दल शामिल होते हैं। इसे निम्न प्रकार समझा जा सकता है:

राज्यों के प्रमुख

- विधानसभा के सदस्यों का निर्वाचन राज्य के प्रादेशिक निर्वाचन क्षेत्रों से प्रत्यक्ष मताधिकार द्वारा किया जाता है।
- राज्यपाल राज्य का संवैधानिक प्रमुख होता है, जो भारत के राष्ट्रपति का प्रतिनिधित्व करता है, और राष्ट्रपति द्वारा नियुक्त किया जाता है।
- मुख्यमंत्री राज्य का नेता एवं सरकार का प्रमुख होता है। मुख्यमंत्री बहुमत दल या गठबंधन से विधान सभा के सदस्यों द्वारा चुना जाता है।
- मुख्यमंत्री सरकारी नीतियों और कार्यक्रमों को लागू करने के लिए जिम्मेदार होता है।
- झारखंड का मुख्यमंत्री राज्य सरकार का प्रमुख होता है।

मंत्रिपरिषद एवं विधायिका

- मंत्रिपरिषद, जिसमें सत्तारूढ़ दल या गठबंधन के मंत्री शामिल होते हैं, निर्णय लेने और नीति निर्माण में मुख्यमंत्री की सहायता करती है।
- विधायिका को झारखंड विधान सभा के रूप में भी जाना जाता है, राज्य में एकसदनीय विधायिका है।
- झारखंड विधान सभा का कार्यकाल पांच वर्ष है, जब तक कि इसे भंग नहीं किया जाता।
- विधानसभा अध्यक्ष के सत्रों की अध्यक्षता करता है।

न्यायपालिका

- राँची में स्थित झारखंड उच्च न्यायालय, राज्य का सर्वोच्च न्यायिक प्राधिकरण है।
- यह झारखंड पर अधिकार क्षेत्र का प्रयोग करता है, और राज्य में निचली अदालतों और न्यायाधिकरणों से उत्पन्न होने वाली अपील, रिट याचिकाओं और अन्य मामलों को सुनता है।
- उच्च न्यायालय में एक मुख्य न्यायाधीश और भारत के राष्ट्रपति द्वारा नियुक्त अन्य न्यायाधीश होते हैं।

स्थानीय सरकार

- झारखंड में स्थानीय सरकार की त्रिस्तरीय प्रणाली है, जिसमें ग्राम स्तर पर ग्राम पंचायत, ब्लॉक स्तर पर पंचायत समिति और जिला स्तर पर जिला

परिषद शामिल हैं।

- ये स्थानीय निकाय ग्रामीण विकास, स्वास्थ्य, शिक्षा और बुनियादी ढांचे जैसे क्षेत्रों में जमीनी स्तर के शासन और सेवा वितरण के लिए उत्तरदायी हैं।
- झारखंड में पंचायती राज संस्थाओं के माध्यम से स्थानीय स्वशासन की एक मजबूत प्रणाली है। पंचायती राज संस्थाएँ ग्रामीण विकास, स्थानीय प्रशासन और नियोजन प्रक्रियाओं में एक महत्वपूर्ण भूमिका निभाती हैं, और जमीनी स्तर पर भागीदारी शासन को बढ़ावा देने के लिए महत्वपूर्ण कार्य करती हैं।

राजनीतिक दल

- झारखंड में प्रमुख राजनीतिक दलों में भारतीय जनता पार्टी (बीजेपी), भारतीय राष्ट्रीय कांग्रेस (आईएनसी), झारखंड मुक्ति मोर्चा (जेएमएम) और राष्ट्रीय जनता दल (आरजेडी) शामिल हैं।
- ये पार्टियां राज्य विधानसभा चुनावों में भाग लेती है, और प्रमुख के रूप में निर्वाचित होकर झारखंड की राजनीति को आकार देने में महत्वपूर्ण भूमिका निभाती हैं।

विधानसभा (Legislative Assembly)

- विधानसभा, जिसे शासन सभा या राज्य विधानसभा के रूप में भी जाना जाता है, भारत के राज्यों और केंद्र शासित प्रदेशों का विधायी निकाय है।
- भारतीय संविधान के अनुच्छेद-168 के अनुसार प्रत्येक राज्य का एक विधानमंडल होगा, जिसमें राज्यपाल, विधानसभा एवं विधानपरिषद (विधानपरिषद होने की स्थिति में) होगी।
- भारतीय संविधान के अनुच्छेद-170 के अनुसार राज्य में एक विधानसभा की गठन के लिए एक आपूर्ति व्यवस्था है।
- विधानसभा के सदस्यों का निर्वाचन राज्य के प्रादेशिक निर्वाचन क्षेत्रों से प्रत्यक्ष मताधिकार द्वारा किया जाता है।
- किसी भी राज्य की विधानसभा में सदस्यों की कुल संख्या कम से कम 60 और अधिकतम 500 होनी चाहिए। भारत में सिक्किम (32), गोवा (40), अरुणाचल प्रदेश (40), तथा मिजोरम (40) विधानसभा सदस्यों वाले राज्य है, जो इसके अपवाद हैं।
- भारतीय संविधान के अनुच्छेद-178 के अनुसार प्रत्येक राज्य के विधानसभा के लिए एक अध्यक्ष तथा उपाध्यक्ष का पद निर्धारित किया गया है, इनका चुनाव सम्बंधित विधानसभा के सदस्यों द्वारा किया जाता है।

झारखंड विधानसभा

- झारखंड विधानसभा का गठन 20 नवंबर 2000 को हुआ।
- वर्तमान में 5वीं झारखंड विधानसभा में सदस्यों की संख्या 82 है, जिसमे 81 सदस्यों का निर्वाचन व्यस्क मताधिकार के आधार पर तथा 1 सदस्य का मनोनयन राज्यपाल के द्वारा एंग्लो-इंडियन समुदाय के प्रतिनिधि के रूप में किया जाता है।
- झारखंड विधानसभा की कुल 82 सीटों में से 28 सीटें अनुसूचित जनजाति के लिए 9 सीटें अनुसूचित जाति के लिए तथा सामान्य श्रेणी के लिए 44 सीटें निर्धारित है।
- झारखंड राज्य में राज्य सभा के लिए 06 सीटें तथा लोकसभा के लिए 14 सीटें निर्धारित हैं।
- भारतीय संविधान के अनुच्छेद-172(1) के अनुसार विधानसभा का कार्यकाल 5 वर्ष का होता है, परंतु राज्य में आपात स्थिति लागू होने पर संसद के द्वारा इसकी अवधि छह माह तक बढ़ाई जा सकती है। इसे पुन: छह माह और बढ़ाया जा सकता है। इस तरह से इसका कार्यकाल 1 वर्ष तक बढ़ाया जा सकता है।

झारखंड की वर्तमान (पाँचवी) विधानसभा की संरचना

राजनीतिक दल का नाम	सदस्य संख्या
झारखंड मुक्ति मोर्चा (झामुमो)	29
भारतीय जनता पार्टी (भाजपा)	26
भारतीय राष्ट्रीय कांग्रेस	17
ऑल झारखण्ड स्टूडेंट्स यूनियन (आजसू)	02
राष्ट्रीय जनता दल (राजद)	01
राष्ट्रवादी कांग्रेस पार्टी	01
भारतीय कम्युनिस्ट पार्टी (सीपीआई)	01
निर्दलीय	02
मनोनीत (एंग्लो इण्डियन)	01
रिक्त	02

झारखंड विधानसभा

विधानसभा भवन	नया विधानसभा भवन, राँची
कुल सदस्य संख्या	82 (निर्वाचित - 81 तथा मनोनीत - 1)
अनुसूचित जाति (SC)	09
अनुसूचित जनाजति (ST)	28
सामान्य	44
मनोनीत (एंग्लो-इण्डियन)	01
प्रथम विधानसभा अध्यक्ष	इंदर सिंह नामधारी
वर्तमान विधानसभा अध्यक्ष	रवीन्द्रनाथ महतो (झामुमो)
प्रथम विधानसभा उपाध्यक्ष	बागुन सुमब्राई
प्रथम प्रोटेम स्पीकर	विशेश्वर खाँ
वर्तमान प्रोटेम स्पीकर	स्टीफन मरांडी
प्रथम नेता प्रतिपक्ष	स्टीफन मरांडी
वर्तमान नेता प्रतिपक्ष	बाबूलाल मरांडी (भाजपा)
प्रथम संसदीय कार्यमंत्री	रामचंद्र केसरी
वर्तमान संसदीय कार्यमंत्री	आलमगीर आलम
प्रथम मनोनीत सदस्य	जोसेफ पेचेल गॉलस्टेन
वर्तमान मनोनीत सदस्य	ग्लेन जोसेफ गॉलस्टेन
विधानसभा उत्कृष्ट सदस्य (प्रथम)	विशेश्वर खाँ (2001)
विधानसभा उत्कृष्ट सदस्य (नवीनतम)	मेनका सरदार (2018)
विधानसभा की पत्रिका	उड़ान (त्रैमासिक)

झारखंड विधानसभा के अध्यक्षों की सूची

क्रम सं.	नाम	कार्यकाल
1.	इंदर सिंह नामधारी	22 नवंबर, 2000 से 29 मार्च, 2004
2.	बागुन सुम्ब्रई (कार्यवाहक)	29 मार्च, 2004 से 29 मई, 2004

3.	इंदर सिंह नामधारी	04 जून, 2004 से 11 अगस्त, 2004
4.	मृगेन्द्र प्रताप सिंह	18 अगस्त, 2004 से 11 जनवरी, 2005
5.	सबा अहमद (कार्यवाहक)	12 जनवरी, 2005 से 01 मार्च, 2005
6.	इंदर सिंह नामधारी	15 मार्च, 2005 से 14 सितम्बर, 2006
7.	आलमगीर आलम	20 अक्टूबर, 2006 से 26 दिसम्बर, 2009
8.	चंद्रेश्वर प्रसाद सिंह	06 जनवरी, 2010 से 19 जुलाई, 2013
9.	शशांक शेखर भोक्ता	25 जुलाई, 2013 से 23 दिसम्बर, 2014
10.	दिनेश उराँव	07 जनवरी, 2015 से 24 दिसंबर, 2019
11.	रवीन्द्र नाथ महतो	07 जनवरी, 2020 से अब तक

विधानसभा सदस्य बनने के लिए योग्यताएँ

विधान सभा के सदस्यों का कार्यकाल 5 वर्षों का होता है किंतु विशेष परिस्थितियों में राज्यपाल को यह अधिकार है कि वह इससे पूर्व भी उसको विघटित कर सकता है।

विधान सभा के सदस्य बनने के लिए आवश्यक है कि व्यक्ति:

- भारत का नागरिक हो।
- उसकी न्यूनतम आयु सीमा 25 वर्ष हो।
- वह केंद्र सरकार या किसी राज्य सरकार के अधीन लाभ के पद पर न हो।
- वह पागल या दिवालिया न हो।

विधानसभा अध्यक्ष की भूमिका एवं अधिकार

- विधानसभा अध्यक्ष का पद निष्पक्ष होता है।
- विधानसभा अध्यक्ष को राज्यपाल का संदेश स्वीकार करने का अधिकार होता है।
- लोकसभा अध्यक्ष की तरह विधानसभा अध्यक्ष, विधानसभा की कार्यवाही चलाने का अधिकारी होता है।
- विधानसभा अध्यक्ष की अनुपस्थिति में विधानसभा उपाध्यक्ष सदन की कार्यवाही की अध्यक्षता करता है।
- विधानसभा अध्यक्ष का कार्यकाल 5 वर्ष का होता है।
- विधानसभा अध्यक्ष एवं उपाध्यक्ष को कम-से-कम 14 दिन की पूर्व सूचना के उपरांत लाए गए अविश्वास प्रस्ताव को विधानसभा में पास करा के पद से हटाया जा सकता है।
- अगर किसी विधेयक में पक्ष और विपक्ष का मत बराबर न हो, तो विधानसभा अध्यक्ष मत विभाजन में भाग नहीं लेते हैं, लेकिन यदि मत बराबर होता है तो वे विधेयक के लिए निर्णायक मत देते हैं।
- जब कोई विधेयक दोनों सदनों में पास हो जाता है, तो विधानसभा अध्यक्ष को उस विधेयक पर अपना हस्ताक्षर करने का अधिकार होता है।

विधानसभा सदस्यों की भूमिका एवं अधिकार

- भारतीय संविधान के अनुच्छेद-194 के अनुसार विधानसभा सदस्यों (विधायकों) को कुछ अधिकार होते हैं। सदन में विधायक अपनी बात अध्यक्ष की पूर्व अनुमति के बिना रख सकते हैं।
- सदन में विधायकों द्वारा दिए गए किसी वक्तव्य के विरुद्ध किसी भी न्यायालय में कोई वाद नहीं चलाया जा सकता है। हालांकि, विधानसभा के अंदर न्यायपालिका की आलोचना करने का अधिकार सदस्यों को नहीं होता है।
- विधायकों को सदन के अधिवेशन के आरंभ होने के 40 दिन पहले और अधिवेशन की समाप्ति के 40 दिन बाद तक दीवानी मुकदमों के लिए गिरफ्तार नहीं किया जा सकता है।

विधानसभा के कार्य एवं शक्तियां:-

1. विधायी कार्य

- विधानसभा को राज्य सूची के सभी विषयों पर कानून बनाने का अधिकार है, और साथ ही वह समवर्ती सूची के विषयों पर भी कानून बना सकती है। यह ध्यान रखना महत्वपूर्ण है कि समवर्ती सूची के विषयों पर संसद और विधानसभा दोनों कानून बना सकते हैं, लेकिन संसद द्वारा बनाए गए कानून को प्राथमिकता दी जाती है।
- कोई भी साधारण विधेयक विधानसभा में पास होने के बाद विधानपरिषद में पेश किया जाता है।
- देश के छः राज्यों, आंध्र प्रदेश, बिहार, कर्नाटक, महाराष्ट्र, तेलंगाना एवं उत्तर प्रदेश में विधानपरिषद है,लेकिन झारखंड में विधानपरिषद नहीं है।

2. वित्तीय कार्य

- राज्यपाल की सिफारिश के बाद धन विधेयक केवल विधानसभा में ही पेश किया जाता है।
- धन विधेयक विधानसभा में पास होने के बाद विधानपरिषद के पास भेजा जाता है जो उसे अधिक से अधिक 14 दिन तक पास होने से रोक सकती है।
- विधानपरिषद द्वारा धन विधेयक को रद्द करने या उस पर 14 दिन तक कोई कार्यवाही न करने की स्थिति में भी उसे दोनों सदनों द्वारा पास समझा जाता है।
- इसके बाद राज्यपाल की स्वीकृति के लिए भेज दिया जाता है जिसे धन विधेयक पर अपनी स्वीकृति देनी ही पड़ती है।
- राज्यपाल धन विधेयक को पुनर्विचार के लिए वापस नहीं भेज सकता है।

3. संवैधानिक कार्य

- संविधान के कुछ अनुच्छेदों में संशोधन करने के लिए भारतीय संसद को देश के आधे राज्यों के विधानमंडलो की स्वीकृति आवश्यक होती है।
- विधानसभा के निर्वाचित सदस्यों को राष्ट्रपति के चुनाव में भाग लेने का अधिकार है यह अधिकार विधानपरिषद के सदस्यों को प्राप्त नहीं है।
- विधानसभा द्वारा विधानपरिषद के एक तिहाई सदस्यों को चुना जाता हैं।
- विधानसभा के सदस्य राज्यसभा में राज्य के प्रतिनिधियों के चुनाव में भाग लेते है।
- राज्य विधानसभा द्वारा अपने सदस्यों में से एक को अध्यक्ष और दूसरे को उपाध्यक्ष चुना जाता है।
- राज्य की मंत्री परिषद विधानसभा के प्रति पूर्ण रूप से उत्तरदायी होती है।
- राज्य मंत्रिपरिषद के विरुद्ध विधानसभा में अविश्वास प्रस्ताव लाया जा सकता है।

4. विधानसभा की निर्वाचन संबंधी शक्तियां

- विधानसभा के निर्वाचित सदस्यों को राज्य में उतना ही मताधिकार प्राप्त होता है, जितना कि संसद के दोनों सदनों के सदस्यों को राष्ट्रपति के निर्वाचन में होता है।
- विधानसभा के मनोनीत सदस्य एवं राज्य विधानपरिषदों (द्विसदनीय विधायिका के मामले में) के सदस्य (निर्वाचित या मनोनीत) राष्ट्रपति के निर्वाचन में भाग नहीं लेते है।

विधानसभा के सत्र

- विधानसभा के सत्र बुलाने की शक्ति राज्यपाल के पास है, जैसा कि संविधान

में निर्धारित है।

- संविधान यह भी निर्धारित करता है कि सत्र की अंतिम बैठक और अगले सत्र की पहली बैठक के बीच 6 महीने से अधिक का अंतर नहीं होना चाहिए।
- विधानसभा के गठन के बाद, राज्यपाल प्रत्येक वर्ष के पहले सत्र में एक अभिभाषण देता है।
- विधानसभा आमतौर पर एक वर्ष में तीन सत्र आयोजित करती है, जिन्हें बजट सत्र, मानसून सत्र और शीतकालीन सत्र के रूप में जाना जाता है।
- विधानसभा के प्रत्येक सत्र की पहली बैठक राष्ट्रगान और राज्य गान के गायन के साथ शुरू होती है, और सत्र की अंतिम बैठक राष्ट्रगान के गायन के साथ समाप्त होती है।

विवरण	राज्य
सबसे कम विधानसभा सीट वाला राज्य	सिक्किम (32)
सबसे अधिक विधानसभा सीट वाला राज्य	उत्तर प्रदेश (403)
सबसे कम विधानसभा सीट वाला संघीय राज्य	पुदुचेरी (30)
सबसे अधिक विधानसभा सीट वाला संघीय राज्य	दिल्ली (70)

राज्यपाल

राज्यपाल की भूमिका

- राज्यपाल किसी भी राज्य का एक ऐसा संवैधानिक पद होता है, जिसके द्वारा कार्यपालिका के कार्यों का संचालन होता है।
- राज्यों में राज्यपाल एवं केन्द्र शासित प्रदेशों में उपराज्यपाल होते हैं।
- भारतीय संविधान के अनुच्छेद 153 से 162 तक राज्यपाल को कार्यपालिका, विधायका तथा न्यायपालिका से संबंधित अधिकार प्राप्त है।
- कुछ मामलों में, राज्यपाल को विवेकाधिकार दिया जाता है, जिसके तहत वह मंत्रिपरिषद के परामर्श के बिना भी कार्य कर सकते हैं।
- राज्यपाल सभी राज्य विश्वविद्यालयों के कुलाधिपति भी होते हैं, उनकी स्थिति राज्य में वही होती है जो केंद्र में राष्ट्रपति की होती है।
- 1956 के 7वें संशोधन के तहत एक राज्यपाल एक से अधिक राज्यों के लिए भी नियुक्त किया जा सकता है।
- मुख्यमंत्री और राज्य मंत्रिपरिषद की नियुक्ति राज्यपाल द्वारा की जाती है।
- राज्य की मंत्रिपरिषद राज्यपाल को सहायता और परामर्श देती है।

राज्यपाल के लिए योग्यताएं

- वह भारत का नागरिक हो।
- उसकी आयु कम से कम 35 वर्ष हो।
- वह राज्य सरकार या केंद्र सरकार या दोनों के अधीन किसी सार्वजनिक उपक्रम के लाभ के पद पर न हो।
- वह संसद या किसी भी विधानमंडल का सदस्य न हो, यदि ऐसा होता है तो राज्यपाल की शपथ से पहले उन्हें इस सदस्यता से त्यागपत्र देना पड़ेगा।
- वह राज्य विधानसभा के सदस्य चुने जाने के लिए योग्य हो।
- वह पागल या दिवालिया घोषित ना किया गया हो।

राज्यपाल की नियुक्ति

- भारतीय संविधान के अनुच्छेद 155 अनुसार राज्यपाल की नियुक्ति भारत के राष्ट्रपति द्वारा प्रधानमंत्री की सलाह से की जाती है।
- राज्यपाल उच्च न्यायालय के मुख्य न्यायाधीश के समक्ष शपथ लेता है।

राज्यपाल की नियुक्ति के सम्बंध में दो प्रकार के नियम भी हैं:-

1. किसी भी व्यक्ति को उसके निवासी राज्य का राज्यपाल नियुक्त नहीं किया जा सकता है।
2. राज्यपाल की नियुक्ति से पहले, उस राज्य के मुख्यमंत्री से सलाह लेना अनिवार्य होता है। परन्तु, 1967 के बाद से राज्यपाल की नियुक्ति मुख्यमंत्री की सलाह-विचार के बिना की जाने लगी है।

राज्यपाल की कार्य अवधि

- भारतीय संविधान के अनुच्छेद 156 के अनुसार राज्यपाल राष्ट्रपति के प्रसादपर्यंत होता है।
- राज्यपाल का कार्यकाल उसके पद ग्रहण की तिथि से पांच वर्ष तक होती है, उससे पहले किसी भी समय राष्ट्रपति उसे पदच्युत या पदमुक्त कर सकता है।
- यदि राज्यपाल अपने कार्यकाल के समाप्त होने के बाद भी अपने पद पर बना रहता है तो वह प्रतिदिन के वेतन का हक़दार होता है।

राज्यपाल के कार्य एवं शक्तियां

- राज्यपाल की शक्तियां राष्ट्रपति के समान है एवं राज्यपाल की शक्तियां राज्य सूची के विषयों तक सीमित होती है।
- संविधान के अनुसार आपातकालीन, कूटनीतिक तथा सैन्य अधिकारों को छोड़कर राज्यपाल अपने सभी कार्यों का संपादन विधानसभा के प्रति उत्तरदायी 'मंत्रिपरिषद' की सहायता से करेगा, किन्तु भारतीय संविधान, राज्यपाल को स्वविवेक की शक्तियां भी प्रदान करता है।

राज्यपाल की शक्तियों को निम्न रूप में श्रेणीबद्ध किया जा सकता है:-

1. कार्यकारी शक्तियां

- कार्यपालिका के सभी कार्य राज्यपाल के नाम से किये जाते है।
- राज्यपाल ही राज्य के मुख्यमंत्री की नियुक्ति करता है, तथा वह मुख्यमंत्री की सलाह पर मंत्रिपरिषद के अन्य सदस्यों की भी नियुक्ति करता है, तथा उन्हें पद एवं गोपनीयता की शपथ दिलाता है।
- राज्यपाल, राज्य के उच्चाधिकारियों जैसे महाधिवक्ता, लोकायुक्त, राज्य लोक सेवा आयोग के अध्यक्ष तथा उसके सदस्यों की नियुक्ति करता है।
- राज्यपाल राज्य के उच्च न्यायलय में न्यायाधीशों की नियुक्ति सम्बन्धी परामर्श भी राष्ट्रपति को भेजता है।
- ऐसे व्यक्ति जिनको साहित्य, विज्ञान, कला एवं सामाजिक सेवा सहकारिता आंदोलन के संबंध में विशेष ज्ञान है, विधान परिषद में कुल सदस्यों के 1/6 सदस्यों का नाम मनोनयन करता है।
- राज्यपाल, राज्य विधानसभा में आंग्ल- भारतीय समुदाय के एक सदस्य को मनोनीत करता है।
- राज्यपाल को अपनी सरकार से राज्य के विषय में समस्त जानकारी प्राप्त करने का अधिकार है।
- राज्यपाल को मंत्रिपरिषद के निर्णयों से अवगत कराना मुख्यमंत्री का कर्तव्य होता है।
- अनुच्छेद 356 के तहत राज्य में जब राष्ट्रपति शासन लगाया जाता है, तब राज्यपाल संघ के एक अभिकर्ता के रूप में कार्य करता है, जिसे 'राज्यपाल की आपातकालीन शक्ति' कहा जाता है।

2. विधायी शक्तियां

- राष्ट्रपति संसद का अभिन्न अंग हैं, उसी प्रकार राज्यपाल भी अपने राज्य के विधानमंडल का अभिन्न अंग होता है।

- आम चुनाव के बाद विधानसभा का प्रथम अधिवेशन राज्यपाल के सम्बोधन के साथ प्रारंभ होता है।
- राज्यपाल प्रत्येक वर्ष के प्रथम सत्र को संबोधित करता है और यदि उस राज्य में द्विसदनात्मक विधानमंडल हो, तो संयुक्त अधिवेशन को संबोधित करता है।
- राज्यपाल को राज्य विधानमंडल का सत्रावसान करने सत्र बुलाने एवं विधानसभा को विघटित करने का अधिकार प्राप्त है।
- राज्य विधायिका द्वारा पारित किसी भी विधेयक को अनुमोदन और स्वीकृति के लिए राज्यपाल के पास भेजा जाता है।
- राज्य के राज्यपाल के पास पूर्ण वीटो, निलंबन वीटो (धन विधेयकों को छोड़कर) का अधिकार है, परन्तु, पॉकेट वीटो का अधिकार नहीं है।
- राज्यपाल वित्त विधेयक को पुनर्विचार के लिए विधायिका को वापस भेज सकता है।
- हालांकि, यदि विधायिका बिना किसी संशोधन के विधेयक पारित करती है, तो राज्यपाल को इसे स्वीकृति देनी होगी।
- राज्यपाल के पास कुछ विशेष विधेयकों को राष्ट्रपति के विचार के लिये आरक्षित करने का अधिकार होता है।
- राष्ट्रपति के पास ऐसे विधेयकों के संबंध में यह अधिकार होता है कि वह केवल पहली बार ही नहीं अपितु दूसरी बार आने पर भी विधयक पर अपनी सहमति को स्थगित कर सकता है।
- भारतीय संविधान के अनुच्छेद 213 के अनुसार राज्यपाल के पास राष्ट्रपति की अनुमति के बिना विधायिका के अवकाश के दौरान अध्यादेश जारी करने का अधिकार है।

3. वित्तीय शक्तियां

- धन विधेयकों और वित्त विधेयकों के संबंध में राज्यपाल को वही शक्तियां प्राप्त हैं, जो केंद्र सरकार में राष्ट्रपति को प्राप्त हैं।
- विधानसभा में कोई भी धन विधेयक राज्यपाल की अनुमति के बिना पेश नहीं किया जा सकता है।
- राज्यपाल की अनुमति के बिना कोई भी अनुदान की मांग नहीं की जा सकती है।
- राज्यपाल के हस्ताक्षर के बाद ही विधानमंडल द्वारा पारित कोई विधेयक अधिनियम बनता है।

4. न्यायिक शक्तियां

- अनुच्छेद 217(1) के अंतर्गत राष्ट्रपति, उच्च न्यायालय के न्यायाधीशों की नियुक्ति राज्यपाल की सलाह से करता है।
- जिला न्यायाधीशों की नियुक्ति एवं पदोन्नति भी राज्यपाल ही करता है।
- भारतीय संविधान के अनुच्छेद 161 के अनुसार राज्यपाल राज्य के कानूनों के अंतर्गत किसी भी व्यक्ति को दिए गए दंड को क्षमादान, लघुकरण, निलंबन आदि में परिवर्तन कर सकता है।

5. विवेकाधिकार सम्बन्धी शक्तियां

- राज्यपाल मंत्रिमंडल की सलाह मानने के लिए बाध्यकारी नहीं है।
- राज्यपाल जब देखता है कि राज्य का प्रशासन संविधान के अनुसार चलना संभव नहीं है तो ऐसी स्थिति में राज्यपाल अनुच्छेद 356 के तहत राष्ट्रपति से उस राज्य में राष्ट्रपति शासन लागू करने की सिफारिश कर सकता है।
- संविधान द्वारा किन्हीं राज्यों के राज्यपाल को (नागालैंड, सिक्किम, अरुणाचल प्रदेश,असम, मिजोरम, मेघालय और त्रिपुरा) विशेष कार्यों के संबंध में स्वविवेक की शक्तियां भी प्रदान की गई है।
- राज्य विधान सभा में किसी भी राजनीतिक दल को स्पष्ट बहुमत नहीं मिलने पर राज्यपाल अपने विवेक के आधार पर किसी भी राजनीतिक दल के नेता को सरकार बनाने के लिए आमंत्रित कर सकता है।

6. अन्य शक्तियां

- विविध शक्तियों के अंतर्गत राज्यपाल राज्य लोक सेवा आयोग का वार्षिक प्रतिवेदन और राज्य के संबंध में महालेखा परीक्षक का प्रतिवेदन प्राप्त करता है और उन्हें विधानमंडल के समक्ष रखता है।

झारखंड के वर्तमान राज्यपाल

- सीपी राधाकृष्णन 2023 से झारखंड के 10वें और वर्तमान (अप्रैल 2023 तक की जानकारी के अनुसार) राज्यपाल हैं।
- वह भारतीय जनता पार्टी (भाजपा) के सदस्य हैं और कोयम्बटूर से दो बार लोकसभा के लिए चुने गए हैं।
- वह तमिलनाडु में भारतीय जनता पार्टी के पूर्व प्रदेश अध्यक्ष भी रहे और हाल तक वह भारतीय जनता पार्टी के राष्ट्रीय कार्यकारिणी सदस्य थे।
- वह 2016 से लेकर 2019 तक अखिल भारतीय कॉयर बोर्ड के अध्यक्ष भी रहे, जो सूक्ष्म, लघु और मध्यम मंत्रालय के अंतर्गत आता है।

राज्यपाल से संबंधित भारतीय संविधान के महत्वपूर्ण अनुच्छेद

अनुच्छेद	विषय
153	प्रत्येक राज्य के लिए एक राज्यपाल
155	राज्यपाल की नियुक्ति
156	राज्यपाल की पदावधि
157	राज्यपाल नियुक्त होने के लिए अर्हताएं
158	राज्यपाल के पद के लिए शर्तें
159	राज्यपाल द्वारा शपथ या प्रतिज्ञान
160	कुछ आकस्मिकताओं में राज्यपाल के कृत्यों का निर्वहन
163	राज्यपाल की सहायता और सलाह देने के लिए मंत्रिपरिषद
167	राज्यपाल को जानकारी देने आदि के संबंध में मुख्यमंत्री के कर्त्तव्य
176	राज्यपाल का विशेष अभिभाषण
361	राष्ट्रपति और राज्यपालों और राजप्रमुखों का संरक्षण
213	राज्यपाल को राष्ट्रपति के समान प्राप्त अधिकार राज्यपाल के अध्यादेश

झारखंड के राज्यपाल

क्र. सं.	राज्यपाल	कब से कब तक (कार्यकाल)	
1.	प्रभात कुमार	15 नवंबर, 2000	03 फरवरी, 2002
2.	एम. रामा जोइस	15 जुलाई, 2002	11 जून, 2003
3.	वेद प्रकाश मारवाह	12 जून, 2003	09 दिसम्बर, 2004
4.	सैयद सिब्ते रज़ी	10 दिसंबर, 2004	25 जुलाई, 2009
5.	कटीकल शंकरनारायणन	26 जुलाई, 2009	21 जनवरी, 2010
6.	एमओ हसन फारूक मारीकर	22 जनवरी, 2010	03 सितम्बर, 2011
7.	सैयद अहमद	04 सितंबर, 2011	17 मई, 2015
8.	द्रौपदी मुर्मू	18 मई, 2015	13 जुलाई, 2021
9.	रमेश बैस	14 जुलाई, 2021	17 फरवरी, 2023
10.	सीपी राधाकृष्णन	18 फरवरी, 2023	पदधारी

राज्य मंत्रिपरिषद एवं मुख्यमंत्री

- संविधान के अनुच्छेद 163(1) के अनुसार राज्यपाल को उनके कार्यों में सहायता एवं परामर्श देने के लिए एक मंत्रिपरिषद होगी जिसका प्रधान मुख्यमंत्री होगा।
- राज्य की कार्यपालिका की शक्तियां राज्यपाल में निहित है, परन्तु वास्तविक रूप से ये शक्तियां मुख्यमंत्री की अध्यक्षता में मंत्रिपरिषद को प्राप्त है।

राज्य मंत्रिपरिषद

- भारतीय संविधान के अनुच्छेद-164 के अनुसार, मंत्रिपरिषद के प्रधान की नियुक्ति राज्यपाल द्वारा की जाती है।
- मुख्यमंत्री की सलाह पर मंत्रिपरिषद के शेष सदस्यों की नियुक्ति राज्यपाल द्वारा की जाती है।
- यदि मंत्रिपरिषद का कोई सदस्य राज्य विधानमंडल के किसी सदन का सदस्य नहीं होता है, तो उसे अगले छः माह के अन्दर विधानमंडल के किसी भी सदन की सदस्यता प्राप्त करना अनिवार्य होता है ताकि वह मंत्री बना रह सके।
- 91वें संविधान संशोधन अधिनियम, 2003 के तहत राज्य में मंत्रियों की कुल संख्या (मुख्यमंत्री सहित) विधानसभा सदस्यों की कुल संख्या का 15 प्रतिशत से अधिक नहीं हो सकती, लेकिन इसकी न्यूनतम संख्या 12 होनी चाहिए।
- 82 सदस्यों की झारखंड विधानसभा में मंत्रियों की अधिकतम संख्या मुख्यमंत्री सहित 12 है।
- मंत्रिपरिषद राज्य की विधानसभा के प्रति सामूहिक रूप से और राज्यपाल के प्रति व्यक्तिगत रूप से उत्तरदायी होती है।
- मंत्रियों का मासिक वेतन एवं भत्ता विधानमंडल द्वारा निर्धारित किया जाता हैं। प्रत्येक मंत्री पद ग्रहण करने से पूर्व राज्यपाल के समक्ष पद एवं गोपनीयता की शपथ लेता है।

कार्यकाल

- सामान्य रूप से मंत्रिपरिषद का कार्यकाल 5 वर्ष का होता है।
- भारतीय संविधान के अनुच्छेद-164 (1) के अनुसार, मंत्रिपरिषद सभी सदस्य राज्यपाल के प्रसादपर्यंत अपने पद पर बने रहते हैं।
- मंत्रिपरिषद से किसी मंत्री को उसके पद से हटाने के लिए, राज्यपाल को मुख्यमंत्री की सलाह के आधार पर काम करना होता है।
- सामान्य रूप से, जब तक राज्य सरकार को विधानसभा में बहुमत प्राप्त रहता है, मंत्रिमंडल बना रहता है।
- मुख्यमंत्री की मृत्यु होने या अपने पद से त्याग पत्र देने की स्थिति में मंत्रिपरिषद स्वतः भंग हो जाती है।
- यदि किसी राज्य में संवैधानिक व्यवस्था विफल हो जाती है, तो अनुच्छेद-356 के तहत या देश पर बाह्य आक्रमण होने की स्थिति में केन्द्र सरकार द्वारा अनुच्छेद-352 का प्रयोग करके राज्य मंत्रिपरिषद को समाप्त किया जा सकता है।

मंत्रिपरिषद के कार्य

- राज्य मंत्रिपरिषद संघ की मंत्रिपरिषद की तरह विभिन्न प्रकार की प्रशासनिक, विधायी एवं वित्तीय कार्यों का संचालन करती है।
- विधानसभा के प्रत्येक अधिवेशन के प्रारंभ में उसकी व्यवस्था से संबंधित सभी कार्यक्रम मंत्रिपरिषद के द्वारा तैयार किये जाते है।
- राज्य मंत्रिपरिषद राज्य प्रशासन का केंद्र एवं विधानमंडल की दिशा-निर्देशक होती है। यह कार्यपालिका एवं विधायिका के बीच एक कड़ी का काम करती है।
- विधानमंडल के सदस्य होने के कारण मंत्रिपरिषद के सभी सदस्य विधानमंडल की बैठकों में भाग लेते हैं।
- विधानमंडल के सत्र के दौरान विधायकों द्वारा पूछे गए प्रश्नों का उत्तर संबंधित विभाग के मंत्री को देना होता है।
- विधानसभा में बजट प्रस्तुत करने से पहले मंत्रिपरिषद बजट को स्वीकृति देती है।
- राज्य के विधानमंडल द्वारा बनाये गए किसी कानून को राज्य में लागू करना मंत्रिपरिषद का दायित्व होता है।
- मंत्रिपरिषद विभिन्न मदों में व्यय की जाने वाली राशि का निर्धारण करती है। विभिन्न मंत्रालयों के बीच वित्तीय समन्वय करते हुए बजट तैयार करती है, और विभिन्न क्षेत्रों और कार्यक्रमों के लिए धन आवंटित करती है।
- मंत्रिपरिषद राज्य की जनता पर किसी भी प्रकार के कर या टैक्स का आरोपण करती है, और कर नीतियों के अनुपालन की जांच करती है।
- मंत्रिपरिषद स्थानीय संस्थाओं को दी जाने वाली अनुदान की राशि का निर्धारण करती है। वह विभिन्न प्रकार की योजनाओं के लिए वित्तीय समर्थन प्रदान करती हैं, जो स्थानीय स्तर पर विकास और सुशासन को समर्थन करते हैं।

मंत्रिपरिषद के अंतर्गत मंत्री

1. कैबिनेट स्तर के मंत्री - ये अपने-अपने विभागों के प्रमुख होते हैं, और इन्हे अपने विभागों से संबंधित मामलों में स्वायत्तता प्राप्त होती है। मुख्यमंत्री अपने विभागों से संबंधित मुद्दों पर इनकी सलाह लेते हैं।
2. राज्य स्तरीय मंत्री (स्वतंत्र प्रभार) - ये मंत्रिपरिषद में दूसरे स्तर के मंत्री होते हैं।
3. राज्य मंत्री - राज्य मंत्री मुख्य रूप से कैबिनेट स्तर के मंत्रियों को उनकी भूमिकाओं में सहायता करते हैं।
4. उप मंत्री - ये चौथे स्तर के मंत्री होते हैं। वे अपने संबंधित विभागों में कैबिनेट मंत्रियों के सहायक के रूप में काम करते हैं।

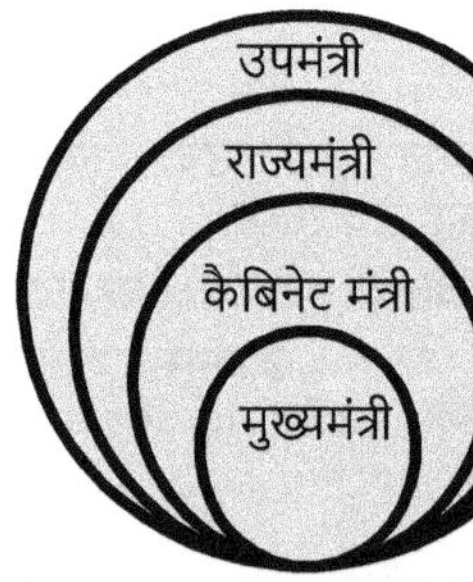

मंत्रिपरिषद से संबंधित संविधान के कुछ प्रमुख अनुच्छेद

अनुच्छेद	संबंधित विषय
162	राज्य की कार्यपालिका शक्ति का विस्तार
163	राज्यपाल को सहायता और सलाह देने के लिए मंत्रिपरिषद
164	मंत्रियों के बारे में अन्य उपबंध
166	राज्य की सरकार के कार्य का संचालन (समस्त कार्यपालिका कार्यवाही राज्यपाल के नाम से)
167	राज्यपाल को जानकारी देने आदि के सम्बन्ध में मुख्यमंत्री के कर्तव्य

मंत्रिमंडल एवं मंत्रिपरिषद में अंतर	
मंत्रिमंडल (cabinet)	**मंत्रिपरिषद (Council of Ministers)**
मंत्रिमंडल एक लघु निकाय होता है जिसमें 15 से 20 मंत्री होते है।	मंत्रिपरिषद एक बड़ा निकाय होता है जिसमें 60 से 70 मंत्री होते हैं।
इसमें केवल कैबिनेट मंत्री शामिल होते हैं। अतः यह मंत्रिपरिषद का एक भाग है।	इसमें मंत्रियों की तीन श्रेणियां– कैबिनेट मंत्री, राज्य मंत्री एवं उपमंत्री होता है।
यह एक निकाय की तरह है। यह सामान्यतः हफ्ते में एक बार बैठक करती है और सरकारी कार्यों के संबंध में निर्णय करती है। इसके कार्यकलाप सामूहिक होते हैं।	यह सरकारी कार्यों हेतु एक साथ बैठक नहीं करती है क्योंकि इसका कोई सामूहिक कार्य नहीं है।
इसे संविधान के अनुच्छेद 352 में 1978 के 44वें संविधान संशोधन अधिनियम द्वारा शामिल किया गया था, अतः यह संविधान के मूल स्वरूप में शामिल नहीं थी।	यह एक संवैधानिक निकाय है, इसका विस्तृत विवरण संविधान के अनुच्छेद 74 तथा 75 में किया गया है। इसका आकार और वर्गीकरण संविधान में वर्णित नहीं है इसके आकार का निर्धारण प्रधानमंत्री समय और परिस्थिति को ध्यान में रखकर करता है।

मुख्यमंत्री

- मुख्यमंत्री का अर्थ है सरकार का मुखिया एवं वास्तव में कार्यकारी प्राधिकारी मुख्यमंत्री ही होता है। परन्तु, भारत के संविधान के अनुसार राज्य स्तर पर राज्यपाल कानूनी तौर पर राज्य का मुखिया होता है।
- राज्य की विधानसभा में बहुमत वाले दल या गठबंधन के नेता को मुख्यमंत्री बनाने का प्रावधान है, परन्तु अगर विधानसभा में किसी दल या गठबंधन को स्पष्ट बहुमत नहीं मिलता है तो राज्यपाल अपने स्वविवेक से मुख्यमंत्री की नियुक्ति कर सकता है।
- भारतीय संविधान में मुख्यमंत्री पद के लिए कोई योग्यता निहित नहीं है परन्तु मुख्यमंत्री के लिए आवश्यक है कि वह राज्य विधानसभा या विधानपरिषद का सदस्य हो।
- विधानमंडल का सदस्य न होने वाला व्यक्ति भी मुख्यमंत्री के पद पर नियुक्त किया जा सकता है परन्तु इसके लिए आवश्यक है कि उसे अगले छः माह के भीतर विधानमंडल के किसी भी सदन की सदस्यता प्राप्त करना अनिवार्य होता है ताकि वह मंत्री बना रह सके।
- मुख्यमंत्री और उनकी मंत्रिपरिषद के सभी सदस्य पद ग्रहण करने से पहले राज्यपाल के समक्ष पद एवं गोपनीयता की शपथ लेते है।
- मुख्यमंत्री तभी तक अपने पद पर रह सकते हैं, जब तक उसे विधानसभा का बहुमत प्राप्त है।

मुख्यमंत्री के कार्य एवं शक्तियां

- मुख्यमंत्री राज्य में मंत्रिपरिषद का निर्माता होता है, और राज्यपाल मुख्यमंत्री के परामर्श पर ही अन्य मंत्रियों की नियुक्ति करता है।
- मंत्रियों के बीच विभागों का वितरण और परिवर्तन होने पर मंत्रिमंडल से उनके निष्कासन जैसे अधिकार मुख्यमंत्री में समाहित होते हैं।
- मुख्यमंत्री राज्य में मंत्रिपरिषद की बैठकों की अध्यक्षता करता है, और उनके निर्णय को प्रभावित करने की शक्ति रखता है। सामान्यतः मुख्यमंत्री के निर्णय को मंत्रिपरिषद का निर्णय माना जाता है।
- मुख्यमंत्री राज्य के उच्च न्यायालय एवं अन्य न्यायालयों सहित न्यायपालिका के साथ समन्वय एवं संबंध बनाए रखता है। वे न्यायाधीशों की नियुक्ति और न्यायिक निर्णयों के कार्यान्वयन में भूमिका निभाते हैं।
- मुख्यमंत्री भारत के राष्ट्रपति, राज्य के राज्यपाल और केंद्र सरकार के साथ अपने संबंधों में राज्य सरकार का प्रतिनिधित्व करता है। वे अंतर-राज्य परिषदों और अन्य मंचों में भी राज्य का प्रतिनिधित्व करते हैं।
- विधानसभा के प्रस्ताव मुख्यमंत्री की सलाह के आधार पर तैयार किए जाते हैं।
- वह सदन में सभी नीति संबंधी घोषणाएँ करता है और शासन-नीतियों को सुरक्षा प्रदान करता है।
- मुख्यमंत्री विधानमंडल के कार्यकाल के समाप्त होने के पूर्व ही राज्यपाल इसे भंग करने की सलाह दे सकता है।

झारखंड के वर्तमान मुख्यमंत्री: हेमंत सोरेन

- हेमंत सोरेन एक भारतीय राजनेता हैं, जो वर्तमान (अप्रैल 2023) में पूर्वी भारत के एक राज्य झारखंड के मुख्यमंत्री के रूप में कार्यरत हैं।
- वह झारखंड मुक्ति मोर्चा (झामुमो) पार्टी के सदस्य हैं, जो झारखंड में एक क्षेत्रीय राजनीतिक दल है।
- उन्होंने 23 दिसंबर 2009 को विधानसभा सदस्य (विधायक) के रूप में अपना राजनीतिक जीवन शुरू किया।
- हेमंत सोरेन ने 29 दिसंबर, 2019 को झारखंड राज्य के मुख्यमंत्री के पद पर पुनः शपथ ली थी।
- उन्होंने जुलाई 2013 से दिसंबर 2014 तक झारखंड के मुख्यमंत्री के रूप में काम किया था।
- वह 24 जून 2009 से 04 जनवरी 2010 तक राज्यसभा के सदस्य रहे। बाद में, उन्होंने 11 सितंबर 2010 से 08 जनवरी 2013 तक झारखंड के उपमुख्यमंत्री के रूप में कार्य किया।

झारखंड के मुख्यमंत्री	
नाम	**कार्यकाल (कब से कब तक)**
बाबूलाल मरांडी	15 नवंबर 2000 से 17 मार्च 2003 तक
अर्जुन मुंडा	18 मार्च 2003 से 02 मार्च 2005 तक
शिबू सोरेन	02 मार्च 2005 से 12 मार्च 2005 तक
अर्जुन मुंडा	12 मार्च 2005 से 14 सितम्बर 2006 तक
मधु कोड़ा	14 सितम्बर 2006 से 23 अगस्त 2008 तक
शिबू सोरेन	30 दिसंबर 2009 से 31 मई 2010 तक
राष्ट्रपति शासन	**19 जनवरी 2009 से 29 दिसंबर 2009 तक**
अर्जुन मुंडा	11 सितम्बर 2010 से 18 जनवरी 2013 तक
हेमंत सोरेन	13 जुलाई 2013 से 23 दिसंबर 2014 तक
रघुवर दास	28 दिसंबर 2014 से 28 दिसंबर 2019 तक
हेमंत सोरेन	29 दिसंबर 2019 से अब तक

प्रशासनिक ढांचा

- झारखंड राज्य में प्रशासनिक व्यवस्था के अंतर्गत राज्य को 5 प्रमंडलों, 24 जिलों, 45 अनुमंडलों तथा 263 प्रखंडों में विभक्त किया गया है।
- राज्य के प्रशासनिक मुख्यालय राँची में अवस्थित है, जो दो भागों में विभक्त है:-
- मुख्य भाग सचिवालय प्रोजेक्ट भवन एच.ई.सी. हटिया में है, एवं दूसरा भाग नेपाल हाउस, कोरंगा में है।
- झारखंड राज्य के प्रमुख प्रशासनिक विभाग, जो निम्न हैं-

1.	कृषि, पशुपालन एवं सहकारिता विभाग	16.	भवन-निर्माण विभाग
2.	मंत्रिमंडल सचिवालय एवं निगरानी विभाग	17.	मंत्रिमंडल (निर्वाचन) विभाग
3.	वाणिज्य विभाग	18.	आबकारी विभाग
4.	ऊर्जा विभाग	19.	पेयजल एवं स्वच्छता विभाग
5.	खाद्य सार्वजनिक वितरण एवं उपभोक्ता मामले विभाग	20.	वन, पर्यावरण एवं जलवायु परिवर्तन मामले विभाग
6.	स्वास्थ्य, चिकित्सा शिक्षा एवं परिवार कल्याण विभाग	21.	गृह, जेल एवं आपदा प्रबंधन विभाग
7.	उच्च एवं तकनीकी शिक्षा विभाग	22.	उद्योग विभाग
8.	सूचना एवं जनसंपर्क विभाग	23.	सूचना एवं प्रौद्योगिकी एवं ई-गवर्नेंस विभाग
9.	विधि विभाग	24.	खान एवं भूतत्त्व विभाग
10.	कार्मिक, प्रशासनिक सुधार एवं राजभाषा विभाग	25.	योजना-सह-वित्त विभाग
11.	राजस्व, पंजीकरण एवं भूमि सुधार विभाग	26.	सड़क निर्माण विभाग
12.	ग्रामीण विकास विभाग	27.	स्कूली शिक्षा एवं साक्षरता विभाग
13.	पर्यटन, कला संस्कृति, खेलकूद एवं युवा मामले विभाग	28.	परिवहन विभाग कार्य विभाग
14.	नगर विकास एवं आवास विभाग	29.	जल संसाधन विभाग
15.	कल्याण विभाग	30.	महिला, बाल विकास एवं सामाजिक सुरक्षा विभाग

- इन सभी विभागों का कार्य राज्यपाल द्वारा संपादित किया जाता है।
- जिस मंत्री के अधीन जो विभाग होता है वह उस विभाग का प्रधान होता है।
- मंत्री की सहायता के लिए एक सरकारी सचिव तथा एक निजी सहायक होता है।
- सचिवालय के प्रमुख सचिव को लोक सेवाओं का अध्यक्ष कहा जाता है।
- मंत्रिपरिषद का मुख्य सलाहकार होने के कारण मुख्य सचिव सरकारी तंत्र का प्रधान होता है।

राज्य सचिवालय के प्रमुख कार्य निम्नलिखित है-

- राज्य सचिवालय का प्रमुख मुख्य रूप से प्रशासनिक कार्यों के लिए जिम्मेदार होता है, इसमें सभी विभागों के कार्य पर नियंत्रण सुनिश्चित करना कि सभी कार्य विनियमों के अनुसार किए जाते हैं।
- मुख्यमंत्री और मंत्रिपरिषद को सचिवीय सहायता देना।
- वित्त विभाग के परामर्श से विभागीय बजट तैयार करना।
- वेतन, नियुक्ति, पदोन्नति के नियम बनाना।
- सरकारी राजस्व वसूली को सुनश्चित करना।
- प्रशिक्षण के अधिकारियों का चयन और प्रशिक्षण नीति तय करना।

राज्य में क्षेत्रीय प्रशासन को पाँच भागों में विभक्त किया गया है-

1. प्रमंडलीय प्रशासन | 2. जिला प्रशासन | 3. अनुमंडल प्रशासन | 4. प्रखंड प्रशासन | 5. ग्राम पंचायत

1. प्रमंडलीय प्रशासन

झारखंड में वर्तमान में पाँच प्रमंडल है:-

प्रमंडल	मुख्यालय
उत्तरी छोटानागपुर	हज़ारीबाग
दक्षिणी छोटानागपुर	राँची
संताल परगना	दुमका
पलामू	मेदिनीनगर
कोल्हान	चाईबासा

- प्रमंडलीय शासन व्यवस्था के प्रमुख प्रमंडलीय आयुक्त होते है।
- आयुक्त के कार्यो में जिलाधिकारियों के विधि विकास कार्यो में पर्यवेक्षक की भूमिका तथा न्यायालयों के कार्य आदि शामिल है।
- आयुक्त के सहायक अपर जिला दंडाधिकारी स्तर के सचिव के आलावा एक उपनिदेशक (खाद्य), उपनिदेशक (पंचायती राज), तथा अपर जिला अधिकारी (फ्लाइंग स्क्वाड) के रूप में होते है।

2. जिला प्रशासन

- झारखंड राज्य में कुल 24 जिले हैं, जो अलग-अलग विभागों के अंतर्गत आते हैं।
- हर जिले में एक जिला प्रशासन होता है जिला प्रशासन का प्रमुख जिलाधिकारी होता है, जो जिले के विभिन्न कार्यों के लिए जिम्मेदार होता है।
- झारखंड राज्य में जिलाधिकारी को उपायुक्त पद के नाम से जाना जाता है।

झारखंड जिलाधिकारी के रूप में उपायुक्त को निम्न कार्य करने होते है-

- भूमि पंजीकरण का कार्य करना।
- जिला विकास कार्यों का प्रबंधन करना।
- शिक्षा, स्वास्थ्य और जल संसाधन जैसे क्षेत्रों में सेवाओं की पहुंच बनाए रखना।
- जिले में न्यायपालिका सुविधाओं का प्रबंधन करना।
- संगठनों और स्थानीय अधिकारियों के साथ समन्वय करना।
- समुदाय के साथ संबंधों को संभालना और समुदाय के लिए सेवाएं प्रदान करना
- झारखंड जिला प्रशासन के अधिकारी जिले में विभिन्न विभागों के निर्देशकों के साथ सहयोग करते हुए जिले के विकास और सुधार के लिए कार्य करना।
- जिलाधिकारी की भूमिका के साथ ही उपायुक्त को जिला पदाधिकारी की भूमिका भी निभानी पड़ती है।

नागरिक सुविधाओं की क्रियान्वयन हेतु उपायुक्त के कार्य निम्न है -

- जिला स्तर के सभी अधिकारियों पर बजट नियंत्रण रखना।
- जिला कोषागार का प्रबंध करना।
- अनुसूचित जाति, अनुसूचित जनजाति, पिछड़े वर्गों, सैनिको तथा भूमिहीन के लिए भूमि-बंदोबस्त संबंधी कार्य करना।
- राष्ट्रपति, प्रधानमंत्री, उपराष्ट्रपति, केंद्र अथवा राज्य के मंत्रियो के जिला भ्रमण दौरों पर सुरक्षा-प्रबंध करना।
- जिला के मतदाता सूची को अद्यतन कराना।
- जनगणना संबंधी कार्य पूर्ण कराना।
- जिला स्तर के सभी चुनावों को शांतिपूर्वक संपन्न कराना।
- आपदा, दुर्घटना, उग्रवादी, गतिविधियों में प्रभावित पीड़तों को मुआवजा देना।

3. अनुमंडल प्रशासन

- जिला प्रशासन के बाद क्षेत्रीय प्रशासन में अनुमंडल प्रशासन आता है, जिनका प्रमुख अनुमंडल पदाधिकारी (एस.डी.एम.) होता है।
- झारखंड में कुल 45 अनुमंडल है, जो राज्य के विभिन्न क्षेत्रों का प्रबंधन करते हैं। झारखंड अनुमंडल प्रशासन राज्य सरकार के विभिन्न विभागों के निदेशकों के साथ सहयोग करते हुए अपने क्षेत्र में कई कार्यों को संभालते हैं।

झारखंड अनुमंडल प्रशासन के महत्वपूर्ण कार्य निम्नलिखित हैं-

- अनुमंडल विकास कार्यों का प्रबंधन करना।
- विभिन्न सरकारी योजनाओं और केंद्र सरकार के द्वारा निर्धारित योजनाओं के लिए अनुमंडल स्तर पर निगरानी करना।
- अनुमंडल स्तर पर विभिन्न सरकारी विभागों और संगठनों के साथ सहयोग करना।

- समुदाय के लिए सेवाएं प्रदान करना।
- अनुमंडल स्तर पर न्यायपालिका सुविधाओं का प्रबंधन करना।
- अनुमंडल अधिकारी कृषि एवं भूमि संबंधी राजस्व वसूलने और क्षेत्राधिकारी के आदेशों के विरुद्ध अपील सुनने का कार्य करता है।
- अनुमंडल अधिकारी अपने क्षेत्र में कानून व्यवस्था बनाये रखने हेतु पुलिस पर नियंत्रण तथा आदेश जारी करता है।

4. प्रखंड प्रशासन

- झारखंड राज्य में प्रखंड प्रशासन, जिला प्रशासन के बाद द्वितीय स्तर का प्रशासन होता है।
- झारखंड को कई प्रशासनिक स्तरों में बांटा गया है, और प्रखंड (खंड या ब्लॉक) प्रशासन की सबसे छोटी इकाई है। झारखंड में कुल 263 प्रखंड हैं, जो आगे पंचायतों में विभाजित हैं।
- प्रखंड प्रशासन स्थानीय शासन के लिए उत्तरदायी है, और जमीनी स्तर पर लोगों को विभिन्न सेवाओं का वितरण सुनिश्चित करता है।
- खंड विकास अधिकारी (बीडीओ) खंड प्रशासन का प्रमुख होता है, और प्रखंड के समग्र विकास के लिए जिम्मेदार होता है।
- प्रखंड प्रशासन के तहत, लोगों को स्वास्थ्य सेवा, शिक्षा, कृषि, जल आपूर्ति, बिजली और सड़क जैसी मूलभूत सेवाएं प्रदान करने के लिए प्रयास किया जाता हैं। प्रखंड प्रशासन समाज के उत्थान के लिए जमीनी स्तर पर विभिन्न सरकारी योजनाओं और कार्यक्रमों को भी लागू करता है।
- क्षेत्र में कानून व्यवस्था बनाए रखने में प्रखंड प्रशासन भी महत्वपूर्ण भूमिका निभाता है। प्रखंड पुलिस स्टेशन प्रखंड प्रशासन की देखरेख में कार्य करता है और लोगों की सुरक्षा सुनिश्चित करता है।
- प्रखंड प्रशासन में अंचलाधिकारी तथा प्रखंड विकास पदाधिकारी कार्य प्रमुख होते हैं।

प्रमंडल	मुख्यालय	जिला	अनुमंडल	प्रखंड
1. उत्तरी छोटानागपुर	हजारीबाग	1. हजारीबाग	हजारीबाग सदर, बरही	16
		2. गिरिडीह	गिरिडीह, खोरी महुआ, डुमरी, बगोदर, सरिया	13
		3. चतरा	चतरा, सिमरिया	12
		4. धनबाद	धनबाद	10
		5. बोकारो	चास, बरमो	09
		6. रामगढ़	रामगढ़	06
		7. कोडरमा	कोडरमा	06
कुल	**-**	**07**	**13**	**72**
2. दक्षिणी छोटानागपुर	राँची	1. राँची	राँची सदर, बुंडू	18
		2. गुमला	गुमला, चैनपुर, बसिया	12
		3. सिमडेगा	सिमडेगा	10
		4. लोहरदगा	लोहरदगा	07
		5. खूँटी	खूँटी	06
कुल	**-**	**05**	**08**	**53**
3. संथाल परगना	दुमका	1. दुमका	दुमका सदर	10
		2. देवघर	देवघर, मधुपुर	10
		3. साहेबगंज	साहेबगंज, राजमहल	09
		4. गोड्डा	गोड्डा, महगमा	09
		5. जामताड़ा	जामताड़ा	06
		6. पाकुड़	पाकुड़	06
कुल	**-**	**06**	**09**	**50**
4. पलामू	मेदिनीनगर	1. पलामू	मेदिनीनगर, हुसैनाबाद, छतरपुर	21
		2. गढ़वा	गढ़वा, रंका, नगर उंटारी	20
		3. लातेहार	लातेहार सदर, महुआडांड़	09
कुल	**-**	**03**	**08**	**50**

5. कोल्हान	चाईबासा	1. पश्चिमी सिंहभूम	चाईबासा, पोड़ाहाट- चक्रधरपुर, जगन्नाथपुर	18
		2. पूर्वी सिंहभूम	ढालभूम (जमशेदपुर), घाटशिला	11
		3. सरायकेला-खरसावां	सरायकेला, चांडिल	09
कुल	-	**03**	**07**	**38**
कुल योग	-	**24**	**45**	**263**

झारखंड की प्रशासनिक इकाई

झारखंड की प्रशासनिक इकाई	झारखंड की प्रशासनिक इकाई	समकक्ष पुलिस प्रमुख
प्रमंडल	आयुक्त	उपायुक्त/जिला दंडाधिकारी
जिला	उपायुक्त/जिला दंडाधिकारी	आरक्षी अधीक्षक
अनुमंडल	अनुमंडल पदाधिकारी	आरक्षी उपाधीक्षक
प्रखंड/अंचल	प्रखंड विकास पदाधिकारी/अंचल अधिकारी	अवर निरीक्षक/थाना प्रभारी

झारखंड राज्य में प्रशासनिक संरचना

- मुख्य सचिव (Chief Secretary)
- विभागीय सचिव (Secretary of Departments)
- विशेष सचिव / अतिरिक्त सचिव/ संयुक्त सचिव / उप सचिव / अवर सचिव (Special Secretary / Additonal Secretary/Joint Secretary)
- प्रमंडलीय आयुक्त (Commissioner)
- उपायुक्त (Deputy Commissioner)
- अनुमंडल पदाधिकारी (Sub-Divisional Officer)
- प्रखंड विकास पदाधिकारी / अंचलाधिकारी (Block Deveopment Officer/ Circle Officer)
- प्रखंड स्तरीय निरीक्षक / अंचल निरीक्षक (Block Level Inspector/Circle Inspector)
- ग्राम-स्तरीय कार्यकता / राजस्व कर्मचारी (Village-Level Functionary/ Revenue Staff)

5. ग्राम पंचायत

- झारखंड के ग्रामीण क्षेत्रों में ग्राम पंचायतें स्थानीय स्वशासन का सबसे निचला स्तर हैं, और वे राज्य में त्रिस्तरीय पंचायती राज व्यवस्था का हिस्सा हैं।
- ग्राम पंचायत निर्वाचित निकाय हैं, जो गांवों का प्रतिनिधित्व करते हैं, और स्थानीय प्रशासन और उनके संबंधित क्षेत्रों में विकास के लिए जिम्मेदार हैं।
- ग्राम पंचायतों की स्थापना झारखंड पंचायत राज अधिनियम, 2001 के तहत की जाती है, इस अधिनियम के अंतर्गत एक ग्राम पंचायत का गठन 5,000 की जनसंख्या के लिए होता है, तथा हर 500 की जनसंख्या पर एक ग्राम पंचायत सदस्य निर्वाचित होता है।
- ग्राम पंचायतों की अध्यक्षता सरपंच द्वारा की जाती है, सरपंच ग्राम पंचायत का प्रमुख होता है, और ग्राम पंचायत के अध्यक्ष के रूप में कार्य करता है।
- सरपंच ग्राम पंचायत के सदस्यों द्वारा चुने जाते हैं, तथा ग्राम पंचायतों के सदस्य गांव के भीतर विभिन्न निर्वाचन क्षेत्रों से सीधे चुनाव के माध्यम से चुने जाते हैं।
- ग्राम पंचायत ग्रामीण विकास, बुनियादी ढांचे के विकास, स्वास्थ्य और स्वच्छता, शिक्षा, सामाजिक कल्याण के प्रबंधन एवं गांव में सरकारी योजनाओं के क्रियान्वयन के लिए जिम्मेदार हैं।
- ग्राम पंचायतें ग्राम स्तर के रिकॉर्ड, रजिस्टर और भूमि, संपत्ति, जन्म, मृत्यु और अन्य स्थानीय मामलों से संबंधित दस्तावेजों को बनाए रखने के लिए जिम्मेदार हैं।
- ग्राम पंचायतें स्थानीय प्रशासन, विकास परियोजनाओं, कल्याणकारी योजनाओं और अन्य ग्राम-स्तरीय मुद्दों से संबंधित मामलों पर चर्चा करने और निर्णय लेने के लिए नियमित बैठकें आयोजित करती हैं, और वे अपने प्रदर्शन और अनुपालन के लिए पंचायती राज संस्थानों के उच्च स्तर और राज्य सरकार के प्रति जवाबदेह हैं।

स्थानीय स्वशासन

- स्थानीय स्वशासन का तात्पर्य है नागरिकों का अपने ऊपर स्वयं का शासन अर्थात लोगों के द्वारा स्वयं की शासन व्यवस्था।
- प्राचीन काल में स्थानीय स्वशासन विद्यमान था तथा ग्रामीण शासन प्रबन्धन के लिए लोगों के अपने नियम होते थे। इन नियमों के पालन में प्रत्येक व्यक्ति स्वैच्छिक भूमिका निभाता था।
- ब्रिटिश काल में ग्रामीण स्थानीय प्रशासन की अपेक्षा नगरीय स्थानीय संस्थाओं के विकास पर अधिक ध्यान दिया गया था। इसका आरम्भ वर्ष 1687 मद्रास नगर निगम की स्थापना से माना जाता है। इस प्रकार ब्रिटिश काल में विकसित हुआ भारत का स्थानीय शासन लगभग 336 वर्ष पुराना है।
- 1982 में लॉर्ड रिपन ने निर्वाचित स्थानीय सरकारी निकाय के गठन की शुरुआत की।
- स्थानीय शासन के लोकतांत्रिक महत्त्व के कारण भारतीय संविधान में 73वाँ एवं 74वाँ संविधान संशोधन करते हुए संवैधानिक दर्जा प्रदान कर दिया गया और 14 अप्रैल 1993 से स्थानीय शासन पंचायती एवं नगरीय में विभक्त कर लागू कर दिया है।
- यह भारत में केन्द्र एवं राज्य सरकारों के पश्चात् तीसरे स्तर की सरकार बन गयी:
  - शीर्ष पर केंद्र सरकार
  - मध्य में राज्य सरकार
  - अंत में स्थानीय सरकार

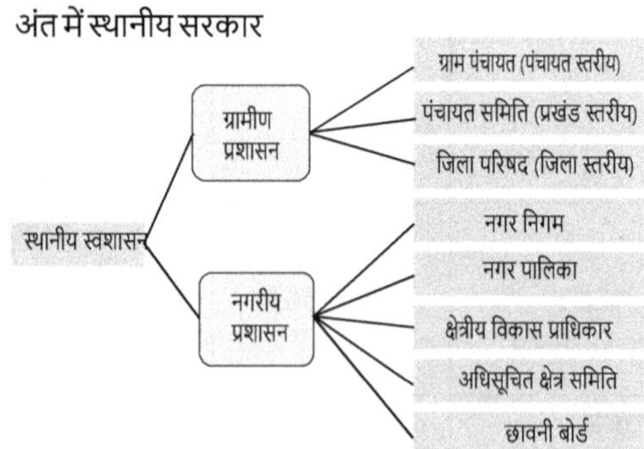

झारखंड में ग्राम प्रशासन के अंतर्गत ग्राम पंचायत, पंचायत समिति और जिला परिषद शामिल है जबकि नगरीय प्रशासन के अंतर्गत नगर निगम, नगरपालिका, क्षेत्रीय विकास प्राधिकार, अधिसूचित क्षेत्र समिति तथा छावनी बोर्ड शामिल है।

ग्रामीण प्रशासन

1. ग्राम पंचायत

- झारखंड में ग्राम पंचायत स्थानीय स्वशासन की मूल इकाई है। ग्राम पंचायतें ग्रामीण क्षेत्रों में स्थानीय शासन के लिए जिम्मेदार हैं, और ग्रामीण समुदायों के विकास में महत्वपूर्ण भूमिका निभाती हैं।
- झारखंड पंचायती राज अधिनियम 2001 के तहत प्रत्येक 5,000 ग्रामीण जनसंख्या पर एक ग्राम पंचायत के गठन का प्रावधान किया गया है।
- वर्तमान में झारखंड में 4,423 पंचायत है तथा सभी पंचायतो में ग्राम पंचायत कार्यरत है इनमें से 2,071 पंचायतों को अधिसूचित घोषित किया गया है, इन पंचायतों के सभी पद अनुसूचित जनजाति हेतु आरक्षित है।
- ग्राम पंचायत का प्रधान मुखिया होता है तथा उसकी सहायता के लिए उपमुखिया का प्रावधान किया गया है इन दोनों का कार्यकाल 5 वर्षो का होता है।

ग्राम पंचायत की आय के स्रोत
करारोपण से प्राप्त आय
राज्य सरकार से प्राप्त अनुदान
लोगों एवं अन्य संस्थाओं से स्वैच्छिक दान

ग्राम पंचायत में मुखिया अथवा उसकी अनुपस्थिति की स्थति में उपमुखिया के कर्त्तव्य निम्न है-

- ग्राम पंचायत की बैठक आयोजित करना एवं उनकी अध्यक्षता करना।
- ग्राम पंचायत के अभिलेखों की रक्षा करना। ग्राम पंचायत कर्मियों पर प्रशासनिक नियंत्रण रखना।
- ग्राम पंचायत कर्मियों पर प्रशासनिक नियंत्रण रखना।

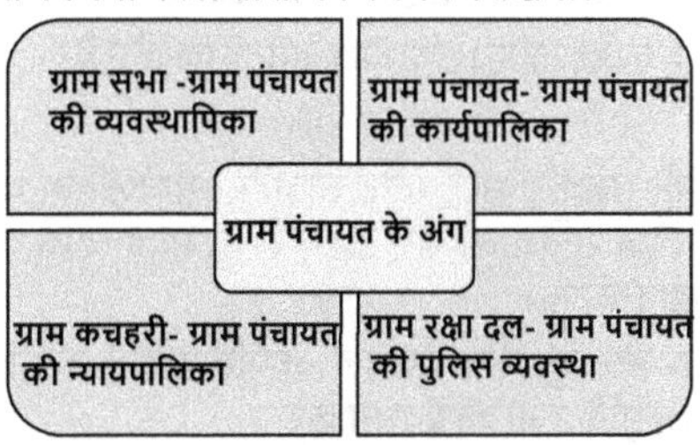

ग्राम सभा

- ग्राम सभा, ग्राम पंचायत की विधायिका का कार्य करती है।
- ग्राम सभा पंचायत (अनुसूचित क्षेत्रों तक विस्तार) अधिनियम, 1996 (पेसा अधिनियम) के तहत स्थापित एक ग्राम-स्तरीय संस्था है।
- यह एक वैधानिक निकाय है जिसमें एक गांव के सभी वयस्क सदस्य शामिल होते हैं और इसका नेतृत्व ग्राम प्रधान करता है, जो ग्राम पंचायत का निर्वाचित प्रमुख होता है।
- ग्राम सभा प्रत्यक्ष लोकतंत्र और निर्णय लेने में सामुदायिक भागीदारी के लिए एक मंच के रूप में कार्य करती है।
- इसके पास गांव में वार्षिक योजनाओं, बजट और सरकारी कार्यक्रमों के लाभार्थियों को मंजूरी देने की शक्ति है।
- राज्य में जनसंख्या के अनुपात में ग्राम सभा में अनुसूचित जाति, जनजाति के लिए आरक्षण व्यवस्था लागू की गयी है।
- यह वृक्षारोपण और ग्रामीण वनों के संरक्षण का प्रबंधन करती है।

ग्राम पंचायत

- यह ग्राम सभा की कार्यकारिणी समिति होती है। इसमें मुखिया के आलावा 8 अन्य सदस्य होते है।
- ग्राम पंचायत के मुखिया का प्रमुख कार्य ग्राम सभा एवं ग्राम पंचायत की बैठकों का आयोजन एवं उसकी अध्यक्षता करना तथा ग्राम सभा एवं ग्राम पंचायत के निर्णयों का क्रियान्वयन सुनिश्चित करना है।
- ग्राम पंचायत सामाजिक और आर्थिक विकास के लिए वार्षिक योजनाओं और कार्यक्रमों को लागू करने से पहले उनकी समीक्षा और अनुमोदन करने के लिए उत्तरदायी है।

ग्राम कचहरी

- ग्राम कचहरी प्रत्येक गांव के मामूली दीवानी एवं फौजदारी मामलों के लिए उत्तरदायी होती है।
- ग्राम कचहरी का प्रमुख सरपंच कहलाता है, जिसका चुनाव प्रत्यक्ष निर्वाचन प्रणाली के आधार पर किया जाता है।
- ग्राम कचहरी अधिकतम 10,000 रूपये तक के मामले के निपटाने का कार्य कर सकती है तथा इसे अधिकतम 3 माह के साधारण कारावास एवं 1,000 रूपये तक जुर्माना लगाने का अधिकार प्राप्त है।

ग्राम रक्षा दल

- झारखंड के पंचायती राज अधिनियम, 2001 के अनुसार ग्राम पंचायत "ग्राम रक्षा दल" का गठन करती है।
- यह गांव की पुलिस व्यवस्था है जिसमें 18 से 30 वर्ष के युवाओं को शामिल किया जाता है।
- ग्राम रक्षा दल के नेता को दलपति कहा जाता है।
- इसकी नियुक्ति मुखिया एवं कार्यकारिणी के अन्य सदस्यों की सलाह पर की जाती है।
- ग्राम रक्षा दल के कुछ प्रमुख कार्य गांव की सुरक्षा व्यवस्था को बनाए रखना, बाँध अथवा पुलों को सुरक्षा प्रदान करना, ग्राम पंचायत की परिसंपतियों को संरक्षित करना, आगजनी की घटना में सामूहिक सुरक्षा व्यवस्था करना है।

2. पंचायत समिति

- पंचायती राज व्यवस्था में द्वितीय स्तर पर स्थित यह संस्था इस प्रणाली की केन्द्रीय इकाई है।
- इसकी स्थापना प्रखंड/ खंड (Block) स्तर पर की जाती है एवं संबंधित प्रखंड के नाम पर इसका नामकरण किया जाता है।
- पंचायत समिति का प्रधान **प्रमुख** कहलाता है तथा उसकी सहायता के लिए एक **उपप्रमुख** होता है, इन दोनों का कार्यकाल 5 वर्षों का होता है।
- प्रमुख तथा उपप्रमुख का चयन पंचायत समिति के सदस्य अपने सदस्यों के बीच में से आपसी मतों द्वारा करते हैं।
- पंचायत समिति के सदस्य दो-तिहाई बहुमत से अविश्वास प्रस्ताव पारित करके प्रमुख को उसके पद से हटा सकते हैं।
- प्रखंड विकास पदाधिकारी (Block Development Officer) पंचायत समिति का पदेन सचिव होता है। इसका कार्य पंचायत समिति के निर्णयों का क्रियान्वयन करना है।
- खंड विकास पदाधिकारी पंचायत समिति की कार्यवाही में हिस्सा लेता है परंतु वह मतदान नहीं कर सकता है।

पंचायत समिति के कार्य

- पंचायत समिति के प्रमुख का कार्य समिति की बैठकों का आयोजन एवं उसकी अध्यक्षता करना है।
- प्रमुख की अनुपस्थिति में उपप्रमुख द्वारा उसके कायों का संपादन किया

जाता है।

- पंचायत समिति के आय का प्रमुख स्रोत सरकार से प्राप्त अनुदान, भूमिकर तथा उपार्जित कर है।
- पंचायत समिति के कार्यों को निम्न 3 भागों में वर्गीकृत किया जा सकता है-

1. राज्य सरकार द्वारा विभिन्न विकास कार्यक्रमों के संचालन हेतु निर्देशित कार्य।
2. सामुदायिक विकास कार्यक्रम जिसके तहत कृषि, सिंचाई, पशुपालन एवं मत्स्य पालन, लघु एवं कुटी उद्योग, शिक्षा, स्वास्थ्य तथा अन्य कल्याणकारी कार्य शामिल हैं।
3. ग्राम पंचायत के कार्यों का निरीक्षण तथा जाँच, ग्राम पंचायत के बजट का संशोधन, नये कर लगाना तथा प्रखंड विकास पदाधिकारी के कार्यों का पर्यवेक्षण।

3. जिला परिषद

- यह पंचायती राज्य व्यवस्था में तृतीय एवं सर्वोच्च स्तर की इकाई है।
- भारत के झारखंड राज्य में एक स्थानीय सरकारी निकाय है।
- झारखंड जिला परिषद निर्वाचित निकाय हैं जो जिले के ग्रामीण क्षेत्रों का प्रतिनिधित्व करते हैं और स्थानीय प्रशासन और विकास के लिए जिम्मेदार हैं।
- झारखंड जिला परिषदों की स्थापना झारखंड पंचायत राज अधिनियम के तहत की जाती है, जो उनकी शक्तियों, कार्यों और जिम्मेदारियों को रेखांकित करती है।
- जिला परिषद की बैठक कम से कम तीन माह में एक बार बुलानी आवश्यक होती है। यह बैठक जिला मुख्यालय में या जिले में कहीं भी की जा सकती है।
- झारखंड जिला परिषदों का नेतृत्व जिला परिषद अध्यक्ष करते हैं तथा उनकी सहायता के लिए एक उपाध्यक्ष होता है जो परिषद के सदस्यों द्वारा चुने जाते हैं।
- जिला परिषदों के सदस्य जिला स्तर पर विभिन्न निर्वाचन क्षेत्रों से सीधे चुनाव के माध्यम से चुने जाते हैं।
- जिला परिषद सदस्य दो-तिहाई बहुमत द्वारा अविश्वास प्रस्ताव पारित कर अध्यक्ष को उसके पद से हटा सकते हैं। अध्यक्ष को राज्य सरकार द्वारा भी उसके पद से हटाया जा सकता है।

जिला परिषद के कार्य

- झारखंड जिला परिषद विभिन्न कार्यों के लिए जिम्मेदार हैं, जिनमें ग्रामीण विकास, बुनियादी ढांचा विकास, स्वास्थ्य और स्वच्छता, शिक्षा, सामाजिक कल्याण और जिले के ग्रामीण क्षेत्रों में सरकारी योजनाओं और कार्यक्रमों का कार्यान्वयन शामिल है।
- झारखंड जिला परिषदें निर्वाचित प्रतिनिधियों के लिए ग्रामीण आबादी की शिकायतों और मांगों को सुनने और उनके अधिकारों और कल्याण की वकालत करने के लिए एक मंच के रूप में भी कार्य करती हैं।
- जिला स्तर पर जिला परिषद आपदा प्रबंधन में महत्वपूर्ण भूमिका निभाती है। यह बाढ़, सूखा और चक्रवात जैसी प्राकृतिक आपदाओं के दौरान विभिन्न सरकारी विभागों और एजेंसियों के साथ समन्वय करके आपदा तैयारी, शमन, प्रतिक्रिया और पुनर्प्राप्ति की दिशा में कार्य करता है।
- झारखंड जिला परिषदें निर्वाचित प्रतिनिधियों के लिए ग्रामीण आबादी की शिकायतों और मांगों को सुनने और उनके अधिकारों और कल्याण की वकालत करने के लिए एक मंच के रूप में भी कार्य करती हैं।

नगरीय प्रशासन

1. नगर निगम

- नगर निगम का गठन ऐसे शहरों में किया जाता है जहाँ 10 लाख से ज्यादा जनसंख्या निवास करती है।
- झारखंड के नगरीय प्रशासन में नगर निगम उच्चतम निकाय है।
- झारखंड में कुल 9 नगर निगम है - राँची, धनबाद, देवघर, हज़ारीबाग, चास, आदित्यपुर, मेदनीनगर, मानगो एवं गिरिडीह।
- झारखंड के प्रथम नगर निगम की स्थापना 15 सितंबर, 1979 को राँची में की गयी थी।
- नगर निगम के अध्यक्ष को महापौर कहा जाता है। महापौर शहर का प्रथम नागरिक कहा जाता है। इसकी सहायता के लिए एक उपमहापौर होता है तथा इन दोनों का कार्यकाल 5 वर्षों का होता है।
- महापौर नगर निगम का नाममात्र का प्रधान होता है। नगर निगम का वास्तविक प्रधान कमिश्नर होता है जिसकी नियुक्ति झारखंड सरकार द्वारा की जाती है।

नगरपालिका

- झारखंड में नगरपालिका एक वार्ड प्रणाली का पालन करती है, जिसमें शहरी क्षेत्रों को वार्डों में विभाजित किया जाता है, और प्रत्येक वार्ड का प्रतिनिधित्व एक वार्ड सदस्य द्वारा किया जाता है जो उस वार्ड के निवासियों द्वारा चुना जाता है।
- झारखंड में नगर पालिकाएं शहरी नियोजन और विकास के लिए भी जिम्मेदार हैं, जिसमें विकास योजनाओं की तैयारी, भूमि उपयोग विनियम, भवन उपनियम और भवन कोड और विनियमों का प्रवर्तन शामिल है।
- झारखंड में नगरपालिकाएं अपना वार्षिक बजट तैयार करती हैं, जिसमें वित्तीय वर्ष के लिए उनकी आय और व्यय की रूपरेखा होती है। वे विभिन्न स्रोतों के माध्यम से राजस्व उत्पन्न करते हैं, जैसे संपत्ति कर, सेवाओं के लिए उपयोगकर्ता शुल्क और राज्य और केंद्र सरकार से अनुदान।

2. नगर परिषद

- नगर परिषद का गठन सन 1992 में हो गया था जो विभिन्न संशोधनों के बाद वर्तमान स्वरूप में आया।
- नगर परिषद क्षेत्र की आबादी 5 लाख से 10 लाख के बीच होती है।
- नगर परिषद के सदस्यों की संख्या राज्य सरकार निर्धारित करती है।
- नगर परिषद के अध्यक्ष एवं उपाध्यक्ष अवैतनिक होते है।

नगर परिषद के निम्नलिखित कार्य होते है-

  - नगर की सड़कों, पुलों, स्ट्रीट लाइटिंग, सार्वजनिक पार्कों और अन्य सार्वजनिक सुविधाओं सहित शहरी बुनियादी ढांचे के विकास और रखरखाव करना।
  - पर्याप्त और सुरक्षित पेयजल आपूर्ति प्रदान करना, सीवेज और स्वच्छता सुविधाओं का प्रबंधन करना।
  - सार्वजनिक स्वास्थ्य और स्वच्छता सुनिश्चित करने के उपाय करना, जिसमें बीमारियों के खिलाफ निवारक उपाय, सार्वजनिक स्वास्थ्य रिकॉर्ड का रखरखाव और स्वास्थ्य और स्वच्छता कार्यक्रमों का कार्यान्वयन शामिल है।
  - नगर परिषद सामाजिक कल्याण कार्यक्रम और निम्न पहल कर सकती हैं, जैसे कि आर्थिक रूप से कमजोर वर्गों के लिए आवास प्रदान करना, शिक्षा को बढ़ावा देना, स्वास्थ्य सेवा और वंचित समुदायों का कल्याण करना।

3. नगर पंचायत

- नगर पंचायत का गठन ऐसे शहरों में किया जाता है जहां की आबादी 5,000 से 10,000 के बीच हो।
- झारखंड में कुल 20 नगर पंचायत है।

झारखंड में नगर पंचायत			झारखंड में नगर परिषद		
क्र.सं.	नगर पंचायत	जिला	क्र.सं.	नगर परिषद	जिला
1.	बुण्डु	राँची	1.	गुमला	गुमला
2.	खूँटी	खूँटी	2.	सिमडेगा	सिमडेगा
3.	बचरा	चतरा	3.	लोहरदगा	लोहरदगा
4.	कोडरमा	कोडरमा	4.	झूमरी तिलैया	कोडरमा
5.	डोमचांच	कोडरमा	5.	फुसरो	बोकारो
6.	बड़की सरईया	गिरिडीह	6.	चिरकुण्डा	धनबाद
7.	धनवार	गिरिडीह	7.	चतरा	चतरा
8.	हुसैनाबाद	पलामू	8.	रामगढ़	रामगढ़
9.	छतरपुर	पलामू	9.	बिश्रामपुर	पलामू
10.	हरिहरगंज	पलामू	10.	गढ़वा	गढ़वा
11.	लातेहार	लातेहार	11.	चाईबासा	पश्चिमी सिंहभूम
12.	श्री बंशीधर नगर	गढ़वा	12.	चक्रधरपुर	पश्चिमी सिंहभूम
13.	मझियांव	गढ़वा	13.	जुगसलाई	पूर्वी सिंहभूम
14	चकुलिया	पूर्वी सिंहभूम	14.	सरायकेला	सरायकेला -खरसावां
15	कपली	सरायकेला -खरसावां	15.	मिहिजाम	जामताड़ा
16.	जामताड़ा	जामताड़ा	16.	दुमका	दुमका
17.	बासुकीनाथ	दुमका	17.	साहेबगंज	साहेबगंज
18.	बरहरवा	साहेबगंज	18.	पाकुड़	पाकुड़
19.	राजमहल	साहेबगंज	19.	गोड्डा	गोड्डा
20.	महगामा	गोड्डा	20.	मधुपुर	देवघर

4. क्षेत्रीय विकास प्राधिकरण

- झारखंड का एकमात्र क्षेत्रीय विकास प्राधिकरण राँची क्षेत्रीय विकास प्राधिकरण (RRDA) है। जिसकी स्थापना 1975 ई. में हुई।
- इसका मुख्य काम योजनाबद्ध तरीके से नगर का विकास करना है। यह लोगो को निम्न दरों पर मकान और भूखंड उपलब्ध कराता है।

5. अधिसूचित क्षेत्र समिति

- इसका विकास उस शहर में किया जाता है जिसमें वर्तमान में नगरपालिका का गठन नही हुआ है लेकिन भविष्य में नगरपालिका बनाने का प्रावधान है। इस कारण इसे "छोटी नगरपालिका" भी कहा जाता है। इसका गठन 5,000 से 10,000 आबादी वाले शहर में किया जाता है।
- झारखंड राज्य में एकमात्र अधिसूचित क्षेत्र समिति (NAC) जमशेदपुर है।

6. छावनी बोर्ड

- झारखंड का एकमात्र छावनी बोर्ड रामगढ़ में है जिसकी स्थापना 1941 ई. में हुई।
- छावनी बोर्ड भारत में स्थानीय सरकारी निकाय हैं जो नामित क्षेत्रों को नियंत्रित करते हैं जहां सैन्यकर्मी और उनके परिवार निवास करते हैं।
- छावनी बोर्ड में आधे सदस्य निर्वाचित और आधे सदस्य मनोनीत होते हैं, जिनमें सैन्य प्रतिनिधि, पदेन सदस्य और निर्वाचित नागरिक प्रतिनिधि शामिल होते हैं।
- छावनी बोर्ड भारत सरकार के रक्षा मंत्रालय के अंतर्गत कार्य करती है इनकी कार्यप्रणाली नगर पालिकाओं के समान ही होती है।
- इसका प्रमुख कार्य छावनी क्षेत्र के भीतर जल आपूर्ति, स्वच्छता, सड़कों, स्ट्रीट लाइटिंग, पार्कों और उद्यानों जैसी नागरिक सुविधाओं का प्रावधान और रखरखाव करना है।

कानून एवं व्यवस्था

कानून एवं व्यवस्था किसी समाज या समुदाय के भीतर शांति, एवं सार्वजनिक सुरक्षा बनाए रखने के लिए सरकार या शासी निकाय द्वारा स्थापित नियमों, विनियमों और प्रक्रियाओं की प्रणाली को संदर्भित करता है। इसमें कानूनों के प्रवर्तन, व्यवस्था के रखरखाव, अपराध की रोकथाम और नियंत्रण के साथ-साथ नागरिकों के अधिकारों और स्वतंत्रता की सुरक्षा शामिल है।

- कानून एवं व्यवस्था सामाजिक सामंजस्य बनाए रखने, व्यक्तियों और समुदायों की सुरक्षा सुनिश्चित करने और समाज के भीतर न्याय और निष्पक्षता के सिद्धांतों को बनाए रखने के लिए आवश्यक हैं। यह विवादों को सुलझाने, व्यक्तिगत अधिकारों की रक्षा करने और समग्र रूप से समाज के कल्याण को बढ़ावा देने के लिए एक ढांचा प्रदान करता है।
- नक्सलवाद, भूमि विवाद और जाति आधारित संघर्ष जैसे मुद्दों के कारण झारखंड में कानून व्यवस्था की स्थिति अतीत से एक चिंता का विषय रहा है।
- झारखंड सरकार, पुलिस और अन्य कानून प्रवर्तन एजेंसियों के साथ, राज्य में कानून व्यवस्था बनाए रखने और अपने नागरिकों की सुरक्षा सुनिश्चित करने की दिशा में काम कर रही है।

झारखंड में बिगड़ती कानून व्यवस्था के कुछ संभावित कारण

नक्सलवाद और वामपंथी उग्रवाद

- झारखंड नक्सलवाद और वामपंथी उग्रवाद से प्रभावित रहा है, जिसने राज्य में कानून व्यवस्था के लिए एक महत्वपूर्ण चुनौती ला दी है।
- नक्सली समूह, जिन्हें अक्सर माओवादी कहा जाता है, झारखंड के कुछ हिस्सों में सक्रिय रहे हैं और सुरक्षा बलों, सरकारी संस्थानों और बुनियादी ढांचे पर हमलों सहित हिंसा के कृत्यों में शामिल रहे हैं, जिससे उन क्षेत्रों में कानून एवं व्यवस्था की स्थिति अव्यवस्थित हो गई है।

भूमि विवाद

- भूमि विवाद, विशेष रूप से अधिग्रहण, स्वामित्व और भूमि के वितरण जैसे मुद्दों से संबंधित, झारखंड में एक लंबी चुनौती रही है।
- ये विवाद अक्सर आदिवासी समुदायों, गैर-आदिवासी समुदायों और उद्योगों सहित विभिन्न समूहों के बीच संघर्ष का कारण बनते हैं, जिसके परिणामस्वरूप कानून एवं व्यवस्था की स्थिति बिगड़ जाती है।

अपर्याप्त कानून प्रवर्तन संसाधन

- पुलिस कर्मियों, बुनियादी ढांचे और प्रौद्योगिकी सहित कानून प्रवर्तन संसाधनों की सीमित उपलब्धता झारखंड में कानून एवं व्यवस्था के प्रभावी रखरखाव को बाधित करती है।
- कुछ क्षेत्रों में अपर्याप्त पुलिस उपस्थिति और बुनियादी ढाँचा एक सुरक्षा निर्वात उत्पन्न कर सकता है, और कानून एवं व्यवस्था की स्थिति को अव्यवस्थित करने में योगदान देता है।

कमजोर शासन और भ्रष्टाचार

- कमजोर शासन, जवाबदेही की कमी और कानून प्रवर्तन एजेंसियों और प्रशासन में भ्रष्टाचार भी झारखंड में कानून एवं व्यवस्था के बिगड़ने में योगदान करते हैं।

झारखंड कानून व्यवस्था को बेहतर करने के उपाय

- झारखंड पुलिस को ईमानदारी एवं सद्भाव के साथ कार्य करके सामान्य जनता का विश्वास जीतना चाहिए।
- राज्य अपराध और अपराधियों पर उचित कार्यवाही के द्वारा अंकुश लगाया जाना चाहिए।
- स्कूल और कॉलेजों में पढ़ने वाले विद्यार्थियों को कम्युनिटी अथवा सामुदायिक पुलिसिंग की ट्रेनिंग दी जानी चाहिए।
- सामुदायिक पुलिसिंग के अंतर्गत, किसी भी स्वयंसेवक को पुलिस की मदद करने की अनुमति देनी चाहिए, लेकिन पुलिस की भूमिका निभाने की नहीं। स्वयंसेवकों की तैनाती से पहले, उनकी आपराधिक पृष्ठभूमि की जांच की जानकारी होनी चाहिए।
- महिलाओं एवं बच्चों को साइबर अपराध से बचाने के लिए कुछ कार्यक्रम शुरू किये जाये जैसे कि ऑनलाइन साइबर रजिस्ट्रेशन यूनिट, कैपेसिटी बिल्डिंग यूनिट, अवेररनेस क्रिएशन यूनिट और रिसर्च एंड डेवलपमेन्ट यूनिट का गठन इत्यादि।
- न्यायपालिका एवं विभिन्न कानूनी प्रणाली को मजबूत करना चाहिए, जिससे कि झारखंड में कानून व्यवस्था को बेहतर बनाया जा सके।
- झारखंड में कानून व्यवस्था में सुधार के लिए सरकार, कानून प्रवर्तन एजेंसियों, स्थानीय समुदायों, नागरिक समाज संगठनों और अन्य प्रासंगिक अभिनेताओं सहित विभिन्न हितधारकों के बीच प्रभावी समन्वय और सहयोग आवश्यक है।

न्यायपालिका

- न्यायपालिका सरकार की वह शाखा है, जो किसी देश या अधिकार क्षेत्र के कानूनों की व्याख्या और उन्हें लागू करने के लिए जिम्मेदार है।
- यह अदालतों और न्यायाधीशों की एक प्रणाली के रूप में कार्य करता है, जो निष्पक्ष रूप से कानूनी विवादों का निर्णय करता है, संविधान और कानूनों की व्याख्या करता है, और व्यक्तिगत अधिकारों और स्वतंत्रता की सुरक्षा सुनिश्चित करता है।
- यह कानून के शासन को बनाए रखने, मौलिक अधिकारों की रक्षा करने और देश की स्वतंत्रता को बनाए रखने में महत्वपूर्ण भूमिका निभाती है।

न्यायपालिका की संरचना

- भारतीय संविधान एकीकृत न्यायिक व्यवस्था की स्थापना करता है। इसका अर्थ यह है कि विश्व के अन्य संघीय देशों के विपरीत भारत में अलग से प्रांतीय स्तर के न्यायालय नहीं हैं।
- भारत में न्यायपालिका की संरचना पिरामिड की तरह है, जिसमें सबसे ऊपर सर्वोच्च न्यायालय तदुपरांत उच्च न्यायालय तथा इसके बाद जिला और अधीनस्थ न्यायालय है। नीचे के न्यायालय अपने ऊपर के न्यायालयों की देखरेख में काम करते हैं।

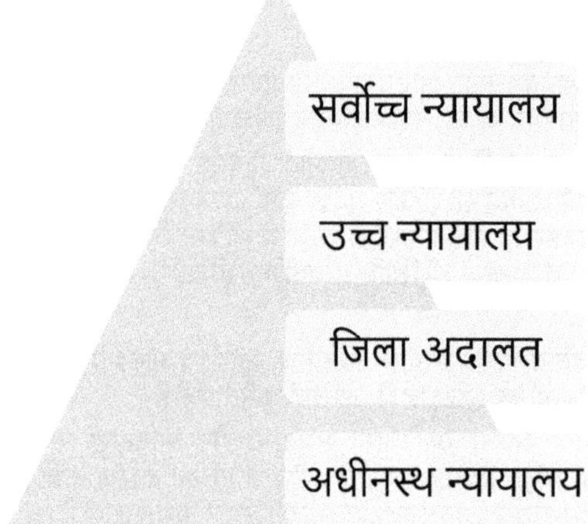

सर्वोच्च न्यायालय

- भारत की स्वतंत्र न्यायपालिका का शीर्ष सर्वोच्च न्यायालय भारत के संविधान के तहत सर्वोच्च न्यायिक मंच और अपील की अंतिम अदालत है।
- यह भारत के संविधान के तहत 26 जनवरी, 1950 को स्थापित किया गया था, और यह नई दिल्ली में स्थित है।
- सर्वोच्च न्यायालय के पास मूल, अपीलीय और सलाहकार क्षेत्राधिकार है, और इसके निर्णय भारत के सभी न्यायालयों के लिए बाध्यकारी हैं।
- सर्वोच्च न्यायालय निचली अदालतों से अपील सुनता है, और भारतीय संविधान के तहत गारंटीकृत मौलिक अधिकारों के प्रवर्तन के लिए रिट जारी करने की शक्ति भी रखता है।
- भारत के सर्वोच्च न्यायालय में भारत के मुख्य न्यायाधीश (CJI) सहित अधिकतम 34 न्यायाधीश शामिल हैं।
- भारत के राष्ट्रपति कानूनी क्षेत्र में उनकी योग्यता और अनुभव के आधार पर सर्वोच्च न्यायालय के न्यायाधीशों की नियुक्ति करते हैं।
- सर्वोच्च न्यायालय के न्यायाधीश 65 वर्ष की आयु तक पद धारण करते हैं।
- इसके पास न्यायिक समीक्षा की शक्ति है, जो इसे संविधान की व्याख्या करने और कानूनों और सरकारी कार्यों की संवैधानिकता निर्धारित करने की अनुमति देती है।
- भारत के सर्वोच्च न्यायालय के निर्णय भारत के क्षेत्र के भीतर सभी अदालतों और प्राधिकरणों के लिए बाध्यकारी हैं।

उच्च न्यायालय

- भारतीय संविधान के अनुच्छेद-214 के तहत प्रत्येक राज्य में एक उच्च न्यायालय की व्यवस्था की गयी है।
- दो या दो से अधिक राज्यों के लिए एक ही उच्च न्यायालय या एक बड़ी जनसंख्या वाले किसी राज्य के लिए एक से अधिक उच्च न्यायालय की व्यवस्था करना भारतीय संसद का विशेषाधिकार है।
- झारखंड राज्य के गठन के बाद 15 नवंबर, 2000 को उच्च न्यायालय का गठन हुआ, जो राँची में अवस्थित है।
- माननीय मुख्य न्यायाधीश (झारखंड उच्च न्यायालय) के निर्देशानुसार वर्तमान में दो न्यायालयों की अदालती कार्यवाही का निर्धारित दिनों पर

सीधा प्रसारण दिनांक 15.12.2021 से शुरू किया गया है। झारखंड उच्च न्यायालय, न्यायालय की कार्यवाही की सीधा प्रसारण शुरु करने वाला भारत का छठा उच्च न्यायालय है।

उच्च न्यायालय में न्यायाधीशों की नियुक्ति के लिए निम्नलिखित योग्यताएँ होनी चाहिए:

- वह भारत का नागरिक हो।
- वह कम से कम 10 वर्षों तक भारत में न्यायिक पद पर रह चुका हो।
- वह किसी राज्य के उच्च न्यायालय में या एक से अधिक राज्यों के उच्च न्यायालय में कम से कम दस वर्ष तक अधिवक्ता के रूप में सेवा दे चुका हो।
- न्यायाधीश बनने के लिए कोई न्यूनतम आयु सीमा निर्धारित नहीं है तथा उम्मीदवार ने 62 वर्ष की आयु पूरी न किया हो।

न्यायाधीशों का कार्यकाल एवं त्यागपत्र

- संविधान ने उच्च न्यायालय के न्यायाधीश का कार्यकाल निर्धारित नहीं किया है। हालाँकि, यह इस संबंध में निम्नलिखित चार प्रावधान करता है:
  1. वह 62 वर्ष की आयु प्राप्त करने तक पर बना रहेगा।
  2. वह राष्ट्रपति को पत्र लिखकर अपने पद से इस्तीफा दे सकता है।
  3. राष्ट्रपति (संसद की सिफारिश पर) उसे पद से हटा सकता है।
  4. सर्वोच्च न्यायालय में नियुक्त होने या अन्य न्यायालय में स्थानांतरण होने पर वह वर्तमान न्यायालय में अपना पद छोड़ देता है।
- मुख्य न्यायाधीश एवं अन्य न्यायाधीश अपना त्यागपत्र राष्ट्रपति को देते है।

उच्च न्यायालय को तीन प्रकार के क्षेत्राधिकार प्राप्त है-

1. मूल क्षेत्राधिकार
2. अपीलीय क्षेत्राधिकार
3. प्रशासनिक क्षेत्राधिकार

1. मूल क्षेत्राधिकार

- मूल क्षेत्राधिकार के अंतर्गत संविधान की व्याख्या तथा नागरिकों के अधिकारों की सुरक्षा संबंधी मामले आते है।
- भारतीय संविधान के अनुच्छेद-226 के अनुसार मौलिक अधिकार से संबंधित कोई भी मामला सीधे उच्च न्यायालय में लाया जा सकता है।
- मौलिक अधिकारों को बहाल करने के लिए रिट जारी की जा सकती है।

2. अपीलीय क्षेत्राधिकार

- राज्य उच्च न्यायालय का अपीलीय अधिकार क्षेत्र राज्य की न्यायिक प्रणाली के भीतर निचली अदालतों से अपील सुनने के अपने अधिकार को संदर्भित करता है।
- संघीय ढांचे वाले देशों सहित कई देशों में, राज्य उच्च न्यायालय राज्य स्तर पर सर्वोच्च अपीलीय अदालतें हैं।
- अपीलीय क्षेत्राधिकारों में उच्च न्यायालय अपने सभी अधीनस्थ न्यायालयों के आदेशों के विरुद्ध दायर हुई अपीलों को सुनता है।

3. प्रशासनिक क्षेत्राधिकार

- राज्य उच्च न्यायालय के प्रशासनिक क्षेत्राधिकार में आम तौर पर प्रशासनिक कानून के मामलों और राज्य सरकार के भीतर प्रशासनिक निकायों या एजेंसियों के कार्यों, निर्णयों या विनियमों से संबंधित विवादों को सुनने का अधिकार शामिल होता है।
- यह अपने अधीनस्थ अदालतों का पर्यवेक्षण और नियंत्रण करता है।

मौलिक अधिकारों को लागू करवाने के लिए उच्च न्यायालय निम्नलिखित पाँच प्रकार की रिट जारी कर सकता है-

1. बंदी प्रत्यक्षीकरण
2. परमादेश
3. प्रतिषेध
4. अधिकार पृच्छा
5. उत्प्रेषण

1. बंदी प्रत्यक्षीकरण (Habeas Corpus)

- बंदी प्रत्यक्षीकरण एक कानूनी शब्द है जो किसी ऐसे व्यक्ति के अधिकार को संदर्भित करता है जिसे हिरासत में लिया गया है या जेल में डाल दिया गया है, और वह अपनी हिरासत को चुनौती दे सकता है और अदालत या न्यायाधीश के सामने लाया जा सकता है।
- यह याचिका हिरासत में लिए गए व्यक्ति के द्वारा या उनके संबंधी या पहचान के किसी व्यक्ति द्वारा भी दायर की जा सकती है।

2. परमादेश (Mandamus)

- परमादेश एक कानूनी शब्द है, जो एक रिट या अदालती आदेश को संदर्भित करता है, जो एक सरकारी अधिकारी या निचली अदालत को एक विशिष्ट कर्तव्य या कार्यवाही करने का आदेश देता है।
- यह एक सार्वजनिक प्राधिकरण या संगठन को जारी किया जाने वाला आदेश होता है, जिसमें उसे सार्वजनिक कर्तव्यों का पालन करने के लिए आदेश दिया जाता है, जिसे वह अपनाने में बाध्य होता है, लेकिन इसे अस्वीकार करने या पूरा नहीं करने की स्थिति में भी यह जारी की जा सकती है।
- यह रिट किसी भी सार्वजनिक प्राधिकरण, सार्वजनिक निकाय, निचली अदालतों, ट्रिब्यूनल या सरकार के खिलाफ जारी की जा सकती है।

3. प्रतिषेध (Certiorari)

- प्रतिषेध शब्द का शाब्दिक अर्थ होता है 'वर्जित करना'।
- यह रिट किसी न्यायिक अथवा अर्ध-न्यायिक संस्था के खिलाफ जारी किया जा सकता है।
- प्रतिषेध रिट का प्रयोजन उच्चतम न्यायालय को अपनी अधिकारिता से बाहर निकलने से रोकना होता है तथा इसे विधायिका, कार्यपालिका या किसी निजी व्यक्ति या संस्था के खिलाफ प्रयोग नहीं किया जा सकता।

4. अधिकार पृच्छा (Quo Warranto)

- अधिकार पृच्छा का शाब्दिक अर्थ है 'किस अधिकार या वारंट द्वारा।'
- किसी सार्वजनिक कार्यालय द्वारा किसी व्यक्ति की अवैध हिरासत को रोकने के लिए सर्वोच्च न्यायालय या उच्च न्यायालय यह रिट जारी करते हैं।
- इस रिट के माध्यम से न्यायालय सार्वजनिक पद पर किसी व्यक्ति के दावे की वैधता की पुष्टि करता है।
- अधिकार-पृच्छा केवल तभी जारी की जा सकती है, जब किसी क़ानून या संविधान द्वारा बनाए गए स्थायी चरित्र का मूल सार्वजनिक कार्यालय शामिल हो।
- इसे निजी या मंत्रिस्तरीय कार्यालय के खिलाफ जारी नहीं किया जा सकता है।

5. उत्प्रेषण (Prohibition)

- उत्प्रेषण' शब्द का अर्थ होता है 'प्रमाणित करना' या 'सूचित करना'।
- यह रिट उच्चतम अदालत द्वारा एक निचली अदालत या न्यायाधीश को जारी किया जाता है जो उन्हें आदेश देती है कि वे अपने पास लंबित मामलों को अपने पास स्थानांतरित करें या अपने द्वारा दिए गए आदेशों को रद्द करें।
- यह अधिकार क्षेत्र की अधिकता या कमी या कानूनी त्रुटि के आधार पर जारी किया जाता है। इस रिट के माध्यम से न्यायपालिका गलतियों को हीं नहीं रोकती बल्कि इसे ठीक करने का भी काम करती है।

जिला अदालत

- भारतीय न्यायिक प्रणाली के पदानुक्रम में जिला न्यायालय निचली अदालतें हैं।
- जिला न्यायालयों की अध्यक्षता एक जिला न्यायाधीश करता है, जिसे उच्च न्यायालय के परामर्श से राज्य सरकार द्वारा नियुक्त किया जाता है।
- जिला न्यायालयों के पास कुछ मौद्रिक और अधिकार क्षेत्र की सीमाओं के

अधीन सिविल और आपराधिक दोनों मामलों को सुनने और निर्णय लेने की शक्ति है।

- दीवानी मामलों में संपत्ति, अनुबंध और अन्य नागरिक मामलों पर पक्षों के बीच विवाद शामिल हैं।
- आपराधिक मामलों में चोरी, हत्या और भारतीय दंड संहिता के तहत दंडनीय अपराध शामिल हैं।
- जिला न्यायाधीश के अलावा, जिला न्यायालय में कई अन्य न्यायाधीश नियुक्त किए जा सकते हैं, जैसे अतिरिक्त जिला न्यायाधीश, सहायक जिला न्यायाधीश और मजिस्ट्रेट।
- जिले में दायर मुकदमों की सुनवाई करती है।
- निचली अदालतों के फ़ैसले पर की गई अपील की सुनवाई करती है।
- गंभीर प्रकार के आपराधिक मामलों पर फ़ैसला देती है।

अधीनस्थ न्यायालय

- उच्च न्यायालय के अधीन कई श्रेणी के न्यायालय होते है, जिन्हें अधीनस्थ न्यायालय के श्रेणी में रखा जाता है।
- अधीनस्थ न्यायालयों के संबंध में विभिन्न उपबंध संविधान के भाग 6 में अनुच्छेद 233 से 237 तक उल्लिखित है।
- राज्य के प्रत्येक जिला में एक जिला अदालत होती है। संबधित जिला भर के अपील संबंधित क्षेत्राधिकार उस जिला अदालत की होती है।
- जिला अदालत के अंतर्गत अतिरिक्त जिला अदालत, कोर्ट, मुसिफ मजिस्ट्रेट अदालत, द्वितीय श्रेणी विशेष न्यायिक मजिस्ट्रेट अदालत, रेलवे के लिए विशेष न्यायिक मजिस्ट्रेट अदालत आदि जिला अदालत के अंतर्गत काम करती है।
- जिला न्यायाधीशों की नियुक्ति (अनुच्छेद 233), पदस्थापना एवं पदोन्नति राज्यपाल द्वारा (उच्च न्यायालय के परामर्श पर) की जाती है।
- अधीनस्थ न्यायालयों में एक जिला न्यायाधीश अदालत और एक मुंसिफ न्यायाधीश अदालत होती है।
- जिला न्यायाधीश के न्यायालय में अतिरिक्त न्यायाधीश, संयुक्त न्यायाधीश और सहायक न्यायाधीश की अदालते सम्मिलित होती है।
- अधीनस्थ न्यायालय के दूसरे श्रेणी के न्यायालय मुंसिफ न्यायाधीश या दीवानी न्यायाधीश के नाम से जाना जाता है।
- अधीनस्थ न्यायालय फ़ौजदारी और दीवानी दोनों प्रकार के मुकदमों पर विचार करती है।

योग्यता

- केन्द्र या राज्य सरकार की सेवा में कार्यरत नहीं होना चाहिए।
- कम से कम 7 वर्ष तक अधिवक्ता का अनुभव होना चाहिए।
- उसकी नियुक्ति की सिफारिश उच्च न्यायालय द्वारा की गई हो।

अन्य न्यायाधीशों की नियुक्ति

- राज्य की न्यायिक सेवा के अन्य पदों पर राज्यपाल जिला न्यायाधीश के अलावा अन्य न्यायाधीशों की नियुक्ति कर सकता है परंतु इस संबंध में राज्य लोक सेवा आयोग तथा सम्बंधित उच्च न्यायालय का परामर्श आवश्यक है।

अधीनस्थ न्यायालयों पर नियंत्रण

- उच्च न्यायालय को जिला न्यायालयों व अन्य न्यायालयों में न्यायिक सेवा से संबंधित व्यक्ति की पदस्थापना, पदोन्नति एवं अन्य मामलों पर नियंत्रण का अधिकार होता है।
- उच्च न्यायालय किसी अधीनस्थ न्यायालय से किसी दूसरे अधीनस्थ न्यायालयों में किये मुकदमे को स्थानांतरित कर सकता है।
- अधीनस्थ न्यायालयों के कर्मचारियों के वेतन, भत्ते तथा सेवा संबंधित नियम का निर्धारण कर सकता है।
- उच्च न्यायालय अधीनस्थ न्यायालयों में कर्मचारियों की नियुक्ति कर सकता है।
- उच्च न्यायालय अपने अधीनस्थ न्यायालयों की कार्यवाही का विवरण माँग सकता है।

न्यापालिका से सम्बंधित संविधान के अनुच्छेद एवं विवरण	
अनुच्छेद 124	उच्चतम न्यायालय की स्थापना और गठन
अनुच्छेद 125	उच्चतम न्यायालय के न्यायाधीशों के वेतन आदि
अनुच्छेद 126	कार्यकारी मुख्य न्यायमूर्ति की नियुक्ति
अनुच्छेद 127	तदर्थ (ad-hoc) न्यायाधीशों की नियुक्ति
अनुच्छेद 128	उच्चतम न्यायालयों की बैठकों में सेवानिवृत्त न्यायाधीशों की उपस्थति
अनुच्छेद 129	उच्चतम न्यायालय का अभिलेख न्यायालय होना
अनुच्छेद 130	उच्चतम न्यायालय का स्थान
अनुच्छेद 131	उच्चतम न्यायालय की आरंभिक अधिकारिता
अनुच्छेद 132	कुछ मामलों में उच्च न्यायालयों से अपीलों में उच्चतम न्यायालय की अपीली अधिकारिता
अनुच्छेद 133	उच्च न्यायालयों से सिविल विषयों से सम्बंधित अपीलों में उच्चतम न्यायालय की अपीली अधिकारिता
अनुच्छेद 134	दांडिक विषयों में उच्चतम न्यायालय की अपीली अधिकारिता
अनुच्छेद 135	विद्यमान विधि के अधीन संघीय न्यायालय की अधिकारिता और शक्तियों का उच्चतम न्यायालय द्वारा प्रयोक्तव्य होना
अनुच्छेद 136	अपील के लिए उच्चतम न्यायालय की विशेष अनुमति
अनुच्छेद 137	निर्णयों या आदेशों का उच्चतम न्यायालयों द्वारा पुनर्विलोकन
अनुच्छेद 138	उच्चतम न्यायालय की अधिकारिता वृद्धि
अनुच्छेद 139	कुछ रिटों को प्रत्यक्ष निपटारा करने की शक्ति उच्चतम न्यायालय को दिया जाना
अनुच्छेद 140	उच्चतम न्यायालय की आनुषंगिक शक्तियाँ
अनुच्छेद 141	उच्चतम न्यायालय द्वारा घोषित विधि का सभी न्यायालयों द्वारा आबद्धकर होना
अनुच्छेद 142	उच्चतम न्यायालय की डिक्रियों और आदेशों का प्रवर्तन और प्रकटीकरण आदि के बारे में आदेश
अनुच्छेद 143	उच्चतम न्यायालय से परामर्श करने की राष्ट्रपति की शक्ति
अनुच्छेद 144	सिविल और न्यायिक प्राधिकारियों द्वारा उच्चतम न्यायालय की सहायता में कार्य किया जाना
अनुच्छेद 145	न्यायालय के नियम
अनुच्छेद 146	उच्चतम न्यायालय के अधिकारी और सेवक तथा व्यय

अनुच्छेद 214	राज्यों के उच्च न्यायालय
अनुच्छेद 215	उच्च न्यायालयों का अभिलेख न्यायालय होना
अनुच्छेद 216	उच्च न्यायालयों का गठन
अनुच्छेद 217	उच्च न्यायालय के न्यायाधीशों की नियुक्ति और उसके पद की शर्तें
अनुच्छेद 218	उच्चतम न्यायालय से सम्बंधित कुछ उपबंधों का उच्च न्यायालयों में लागू होना
अनुच्छेद 219	उच्च न्यायालय के न्यायाधीशों द्वारा शपथ ग्रहण या प्रतिज्ञान
अनुच्छेद 220	स्थायी न्यायाधीश रहने के बाद विधि-व्यवसाय पर निबंधन
अनुच्छेद 221	उच्च न्यायालय के न्यायाधीशों के वेतन आदि
अनुच्छेद 222	किसी न्यायाधीश का एक उच्च न्यायालय से दूसरे उच्च न्यायालय को अंतरण
अनुच्छेद 223	कार्यकारी मुख्य न्यायमूर्ति की नियुक्ति
अनुच्छेद 224	अपर और कार्यकारी न्यायाधीशों की नियुक्ति
अनुच्छेद 225	विद्यमान उच्च न्यायालयों की अधिकारिता
अनुच्छेद 226	कुछ रिट निकालने की उच्च न्यायालय की शक्ति
अनुच्छेद 227	सभी न्यायालयों के अधीक्षण की उच्च न्यायालय की शक्ति
अनुच्छेद 228	कुछ मामलों का उच्च न्यायालय को अंतरण
अनुच्छेद 229	उच्च न्यायालयों के अधिकारी और सेवक तथा व्यय
अनुच्छेद 230	उच्च न्यायालयों की अधिकारिता का संघ राज्य क्षेत्रों पर विस्तार
अनुच्छेद 231	दो या अधिक राज्यों के लिए एक ही उच्च न्यायालय की स्थापना
अनुच्छेद 232	जिला न्यायाधीशों की नियुक्ति
अनुच्छेद 233क	कुछ जिला न्यायाधीशों की नियुक्तियों का और उनके द्वारा दिए गए निर्णयों आदि का विधिमान्यकरण
अनुच्छेद 234	न्यायिक सेवा में जिला न्यायाधेशों से भिन्न व्यक्तियों की भर्ती
अनुच्छेद 235	अधीनस्थ न्यायालयों पर नियंत्रण

प्रमुख अधिनियम

1. झारखंड राज्य महिला आयोग अधिनियम, 2005

- झारखंड राज्य महिला आयोग अधिनियम, 2005 एक ऐसा अधिनियम है, जिसे झारखंड राज्य में महिलाओं के लिए एक 'राज्य आयोग' स्थापित करने के लिए अधिनियमित किया गया था। आयोग की स्थापना महिलाओं के अधिकारों और हितों की रक्षा करने और राज्य में लैंगिक समानता को बढ़ावा देने के लिए की गई है।

झारखंड राज्य महिला आयोग का गठन

- झारखंड राज्य सरकार द्वारा एक निकाय का गठन किया गया, जिसे झारखंड राज्य महिला आयोग के नाम से जाना जाता है।
- आयोग इस अधिनियम के अधीन प्रदत्त शक्तियों का प्रयोग करता है। इस आयोग के अध्यक्ष एवं सभी गैर-सरकारी सदस्य महिलाएँ होनी चाहिए।
- झारखंड राज्य महिला आयोग की अध्यक्ष का मनोनयन राज्य सरकार द्वारा किया जाता है।
- पाँच गैर-सरकारी महिला सदस्य जिन्हें समाज सेवा, विधि विधान, समाज कल्याण, प्रशासन, स्वास्थ्य, शिक्षा तथा स्वयंसेवी संस्था, ट्रेड यूनियन या ऐसी संस्था या उद्योग की व्यवस्था एवं प्रबंधन का अनुभव हो।
- इनमें से एक अनुसूचित जनजाति, एक अनुसूचित जाति एवं एक अल्पसंख्यक वर्ग से होनी चाहिए।
- एक-एक सरकारी सदस्य, कल्याण विभाग के प्रतिनिधि के रूप एवं गृह मंत्रालय के विशेष प्रतिनिधि के रूप में होना चाहिए।
- आयोग की सदस्य सचिव (महिला) जो राज्य सरकार द्वारा नामित की जायेगी, पदेन सदस्य सचिव होगी।
- अध्यक्ष एवं प्रत्येक सदस्य तीन वर्षों से अनधिक कालावधि तक पदधारण करेंगे, जो राज्य सरकार द्वारा विनिर्दिष्ट की जायेगी।
- अध्यक्ष या कोई भी गैर सरकारी सदस्य लिखित रूप में सरकार को संबोधित पत्र अध्यक्ष अथवा सदस्य का पद त्याग कर सकता है।
- यदि राज्य के हित में अध्यक्ष अथवा किसी सदस्य को अपने पद पर बने रहना लोकहित में न हो, तो उसे सरकार द्वारा अपने पद से हटाया जा सकेगा।

झारखंड महिला आयोग के कार्य

- विद्यमान विधियों के अधीन महिलाओं की सुरक्षा से संबंधित सभी तथ्यों का अन्वेषण और जाँच करना।
- महिलाओं की सुरक्षा के निमित्त किये गये कार्यों पर एक वार्षिक प्रतिवेदन या कोई और दावा जो आयोग उचित समझे, राज्य सरकार को प्रस्तुत करेगा।
- राज्य में महिलाओं की स्थिति में गुणात्मक सुधार हेतु सुरक्षा के उपायों के व्यवहारिक कार्यान्वयन हेतु प्रतिवेदनों की अनुशंसा करना।
- महिलाओं को प्रभावित करने वाले विद्यमान विधियों और उसके उपबंधों का समय-समय पर पुनरावलोकन करना और उसमें संभावित संशोधनों को अनुशंसा करना, जिससे कि विधान में किसी प्रकार की कमी, अपर्याप्तता अथवा त्रुटियों को ठीक करने हेतु सुधारात्मक विधायी परामर्श दिया जा सके।
- राज्य में महिलाओं के विरूद्ध हो रहे उत्पीड़न, यातनाओं और अत्याचायों द्वारा महिलाओं से संबंधित विधि और विधिक उपयों के उल्लंघन के सभी मामलों को सक्षम प्राधिकारियों के समक्ष प्रस्तुत करना।

2. झारखंड राजमार्ग अधिनियम, 2005

- झारखंड राजमार्ग अधिनियम, 2005 एक ऐसा अधिनियम है, जिसे भारत के झारखंड राज्य में राजमार्गों के विकास और रखरखाव को विनियमित करने के लिए अधिनियमित किया गया था। यह अधिनियम एक राज्य राजमार्ग प्राधिकरण की स्थापना का प्रावधान करता है, और राजमार्गों के निर्माण, टोल के संग्रह और यातायात के नियमन के लिए भूमि के अधिग्रहण का प्रावधान करता है।
- राजमार्ग बुनियादी ढांचे हेतु भूमि के अधिग्रहण के लिए मुआवजे का निर्धारण 'भूमि अधिग्रहण अधिनियम, 1894' के प्रावधानों के अनुसार किया जाता है।

राजमार्ग की घोषणा, राजमार्ग प्राधिकार और अधिकार एवं कर्त्तव्य

- राज्य सरकार, शासकीय राजपत्र में अधिसूचना के द्वारा, किसी भी मार्ग, पथ या भूमि को राजमार्ग के रूप में अधिसूचित कर सकती है और उसे निम्नलिखित रूप में वर्गीकृत कर सकती है:-
    - कोई राजकीय राजमार्ग (विशेष)
    - कोई राजकीय राजमार्ग
    - जिले की कोई मुख्य सड़क
    - जिले की अन्य कोई सड़क
    - ग्रामीण पथ
- राज्य सरकार, राज्य के सभी राजमार्ग या किसी विशेष राजमार्ग या राजमार्गों के लिए इस अधिनियम या इसके किसी प्रावधान के द्वारा किसी व्यक्ति या किसी प्राधिकार को राजमार्ग प्राधिकारी नियुक्त कर सकेगी।
- राजमार्ग प्राधिकरण अपनी शक्तियों का प्रयोग 'झारखंड राजमार्ग अधिनियम' के द्वारा करेगा और इसके प्रावधानों के तहत निर्दिष्ट सीमाओं या विशिष्ट आदेशों के अधीन अपने कर्तव्यों का पालन करेगा।
- राजमार्ग प्राधिकरण इन शक्तियों का उपयोग समानांतर सड़कों के विकास को सुविधाजनक बनाने और ऐसी सड़कों की बाधा को रोकने के लिए करेगा।
- यह अतिक्रमण और इनसे संबंधित अन्य सभी असंगत गतिविधियों को रोकने और हटाने के लिए भी आवश्यक कार्यवाही करेगा।
- राजमार्ग प्राधिकार हेतु यह विधि सम्मत होगा कि वह राजमार्गों के निर्माण, अनुरक्षण विकास या सुधार करने का कार्य करें।

3. झारखंड शिक्षा न्यायाधिकरण अधिनियम, 2005

- झारखंड शिक्षा न्यायाधिकरण अधिनियम, 2005 एक ऐसा अधिनियम है, जिसे भारत के झारखंड राज्य में एक 'शिक्षा न्यायाधिकरण' स्थापित करने के लिए अधिनियमित किया गया था।
- अधिकरण का उद्देश्य शिक्षा से संबंधित विवादों को सुलझाना और यह सुनिश्चित करना है कि शैक्षणिक संस्थान कानून के अनुसार संचालित हों।
- इस अधिनियम के तहत, शिक्षा संबंधी विवादों की सुनवाई के साथ-साथ इसके समाधान पर भी विचार किया जाता है।
- ये विवाद शिक्षण संस्थानों के शिक्षकों या कर्मचारियों की नियुक्ति या बर्खास्तगी से संबंधित हो सकते हैं या शैक्षणिक संस्थानों में छात्रों के प्रवेश या निष्कासन से संबंधित हो सकते हैं।
- यह अधिनियम अधिकरण के अध्यक्ष और सदस्यों की नियुक्ति का प्रावधान करता है, जिनके पास शिक्षा, कानून या प्रबंधन के क्षेत्र में अनुभव होना चाहिए।
- अधिकरण को शैक्षिक अधिकारियों के निर्णयों के खिलाफ अपील सुनने और शैक्षणिक संस्थानों पर बाध्यकारी आदेश पारित करने का अधिकार है। अधिकरण किसी शैक्षणिक संस्थान द्वारा कानून के किसी भी उल्लंघन का स्वत: संज्ञान ले सकता है।

अदालतों (झारखंड उच्च न्यायालय और भारत के सर्वोच्च न्यायालय को छोड़कर) के संबंध में झारखंड शिक्षा न्यायाधिकरण अधिनियम, 2005 के अधिकार

- शैक्षणिक संस्थान के मामलों के संबंध में किसी पद पर भर्ती से संबंधित मामले।
- शिक्षण संस्थानों के कर्मचारियों की सेवा शर्तों से संबंधित सभी मामले।
- शिक्षण संस्थानों के प्रबंधन के खिलाफ कर्मचारियों की शिकायतें।
- शैक्षिक संस्थानों के प्रबंधन के खिलाफ शिक्षण मानकों, शुल्क संरचना बुनियादी सुविधाओं के विकास कार्यों और संबंधित मामलों के खिलाफ अभिभावकों और छात्रों के माता-पिता की शिकायतें।
- शैक्षणिक संस्थानों से संबंधित ऐसे मामले जिन्हें राज्य सरकार द्वारा समय-समय पर अधिसूचना द्वारा अधिकरण को भेजा जाता है।

4. झारखंड पंचायती राज अधिनियम, 2001

- झारखंड राज्य में 'झारखंड पंचायत राज विधेयक 2001', 30 मार्च 2001 को विधान सभा में पारित हो गया और अब यह कानून बन गया है।
- इस कानून के तहत राज्य में पंचायत चुनाव आयोजित होते है।
- अनुसूचित क्षेत्रों और गैर अनुसूचित क्षेत्रों में अलग-अलग कानून होंगे और अलग-अलग तरीके से पंचायती राज कार्य करेगा।
- यह अधिनियम ग्राम पंचायतों, पंचायत समितियों और जिला परिषदों सहित झारखंड में पंचायती राज संस्थाओं के संगठन, शक्तियों और कार्यों के लिए प्रावधान करता है। यह इन संस्थानों के चुनाव के संचालन और स्थानीय शासन में उनकी भूमिका को भी नियंत्रित करता है।

संशोधन

- झारखंड पंचायती राज अधिनियम 2001 के बाद वर्ष 2001 से 2004 तक कुछ संशोधन किए गए हैं, जिनका विवरण इस प्रकार है:
    - **संशोधन 1:** किसी भी निर्वाचित पद के उम्मीदवार का नाम उस पद के निर्वाचन क्षेत्र की मतदाता सूची में शामिल होना आवश्यक है।
    - **संशोधन 2:** अनुसूचित क्षेत्र के पंचायतों के मुखिया, पंचायत समिति के प्रमुख और जिला परिषद के अध्यक्ष आदि पदों में एक तिहाई पद अनुसूचित जनजाति की महिलाओं के लिए आरक्षित होगा।
    - **संशोधन 3:** सभी उपमुखिया, उपप्रमुख, उपाध्यक्ष आदि पदों को अनुसूचित क्षेत्रों में अनारक्षित रखा गया है।
    - **संशोधन 4:** 2010 के अध्यादेश के अनुसार सभी वर्गों में सभी स्तर पर महिलाओं के लिए आरक्षण होगा।

झारखंड पंचायती राज अधिनियम में कटौती और विसंगति

- झारखंड पंचायती राज अधिनियम, 2001 की सिफारिशों पर अध्ययन करने से पूर्व यह समझना आवश्यक है कि केन्द्रीय पंचायत उपबंध (अनुसूचित क्षेत्रों पर विस्तार) अधिनियम, 1996 की धारा 4 यह स्पष्ट करती है कि राज्य विधान मंडल इसकी धाराओं से असंगत कोई कानून नहीं बनायेगा, लेकिन झारखंड पंचायती राज अधिनियम, 2001 में उक्त केन्द्रीय कानून द्वारा अनुसूचित क्षेत्रों की ग्राम सभाओं और पंचायतों को दी गयी अधिकारों को शामिल नहीं किया गया है।
- विकास की विभिन्न परियोजनाओं के लिये तथा ऐसी अन्य परियोजना के कारण विस्थापित हुए लोगों को अनुसूचित क्षेत्रों में बसाने के लिए आवश्यक भूमि का अधिग्रहण करने से पहले ग्राम सभा या उपयुक्त स्तर की पंचायत से विचार-विमर्श करना होगा। अनुसूचित क्षेत्रों में ऐसी परियोजनाओं के समन्वय की ज़िम्मेदारी राज्य स्तर पर वहन की जाएगी।
- अनुसूचित क्षेत्रों में खनिजों के खनन हेतु खनन लीज पर प्रत्याशित लाइसेंस देने से पहले ग्राम सभा या उपयुक्त स्तर की पंचायत को सिफारिश करनी होगी जिन्हें अनिवार्य रूप से माना जाएगा।
- झारखंड पंचायती राज अधिनियम, 2001 के प्रावधान के अनुसार ग्राम पंचायत स्तर पर अनुसूचित जनजातियों, अनुसूचित जातियों तथा पिछड़ी जातियों के लिए कुल आरक्षण 80 प्रतिशत तक सीमित कर दिया जाएगा।

कोरम

- एक बैठक के लिए कोरम, ग्राम सभा के कुल सदस्यों का 1/10वां होगा, जिसमें से कम से कम एक तिहाई सदस्य महिलाएं होनी चाहिए।
- परंतु, किसी अनुसूचित क्षेत्र में, बैठक के लिए कोरम ग्राम सभा के कुल सदस्यों का एक तिहाई होगा, जिसमें से कम से कम एक तिहाई महिलाएं होनी चाहिए।
- यदि बैठक के लिए नियत समय पर, कोरम के लिए अपेक्षित संख्या में

सदस्य उपस्थित नहीं होते हैं, तो बैठक की अध्यक्षता करने वाला व्यक्ति बैठक को भविष्य की किसी ऐसी तारीख और समय के लिए स्थगित कर देगा जैसा वह नियत करे और एक नई सूचना दी जाएगी।

- निर्धारित तरीके से और ऐसी स्थगित बैठक आयोजित करने के लिए कोरम की आवश्यकता नहीं होगी, परंतु ऐसी बैठक में किसी नए विषय पर विचार नहीं किया जाएगा।

5. झारखंड गोवंशीय पशु हत्या प्रतिषेध अधिनियम, 2005

- झारखंड गोवंशीय पशु हत्या प्रतिषेध अधिनियम, 2005, भारत के झारखंड राज्य में एक कानून है, जो गायों और बैलों सहित गोजातीय मवेशियों के वध के साथ-साथ वध के उद्देश्य से उनके परिवहन, कब्जे और बिक्री पर प्रतिबंध लगाता है। यह कानून राज्य के भीतर गोमांस की बिक्री, कब्जे और खपत पर भी प्रतिबंध लगाता है।
- अधिनियम 2005 में झारखंड विधान सभा द्वारा पारित किया गया था, और इसे 19 दिसंबर 2005 को झारखंड के राज्यपाल की सहमति प्राप्त हुई थी।

किसी भी गोवंशीय पशु को साशय क्षति पहुँचाने के लिए दंड का प्रावधान

- यदि कोई व्यक्ति गोमांस वाले पशु को अत्यधिक हानि पहुंचाता है, तो उसे दोषसिद्धि के बाद कठोर कारावास की अवधि का समापन करने तक के लिए कैद कर दिया जाएगा जो एक से तीन वर्ष तक हो सकती है और उसे जुर्माने के लिए भुगतान करना होगा, जो तीन हजार रुपये तक हो सकता है।
- कानून उल्लंघन करने वालों पर सख्त दंड लगाता है, जिसमें 10 साल तक की कैद और 10,000 रुपये तक का जुर्माना शामिल है।
- अधिनियम, 15 वर्ष से अधिक आयु के मवेशियों के वध के लिए कुछ अपवाद बनाता है, या जो प्रजनन, ड्राफ्ट या किसी अन्य उद्देश्य के लिए स्थायी रूप से अयोग्य हो गए हैं। हालांकि, वध एक निर्दिष्ट स्थान पर और सक्षम प्राधिकारी से पूर्व अनुमति के साथ किया जाना चाहिए।
- यदि किसी वाहन द्वारा गौ-पालन अधिनियम के विनियमों का उल्लंघन करते हुए गायों या उनके मांस को वहन किया जाता है, तो सरकार उस वाहन को जब्त कर सकती है। इसके साथ ही, उस वाहन के मालिक को भी दंडित किया जा सकता है।

6. झारखंड शहरी जल संरक्षण और पेयजल नियामक प्राधिकरण अधिनियम, 2016

- झारखंड शहरी जल संरक्षण और पेयजल नियामक प्राधिकरण अधिनियम, 2016 भारत में एक राज्य कानून है, जिसका उद्देश्य झारखंड राज्य के भीतर शहरी क्षेत्रों में जल संसाधनों के सतत उपयोग और प्रबंधन को बढ़ावा देना और पीने के पानी की आपूर्ति और वितरण को विनियमित करना है।
- प्राधिकरण का मुख्यालय राँची में स्थित है।
- प्राधिकरण में एक अध्यक्ष और राज्य सरकार द्वारा अधिसूचित दो अन्य सदस्य है।
- प्राधिकरण के अध्यक्ष और सदस्यों की नियुक्ति निर्दिष्ट चयन समिति की सिफारिश पर राज्य सरकार द्वारा की जाती है।

प्राधिकरण के प्रमुख उद्देश्य

- झारखंड राज्य के शहरी क्षेत्र के सभी लोगों/नागरिकों को सुरक्षित और गुणवत्तापूर्ण पेयजल उपलब्ध कराना।
- नगरीय क्षेत्र में उपलब्ध भूमिगत, संचित एवं सतही जल का संरक्षण कराना।
- वर्षा जल का सतही संरक्षण एवं वर्षा जल संचयन, उन्नयन/पुनर्भरण एवं सतही जल के संरक्षण जैसी प्रचलित वैज्ञानिक विधियों द्वारा भू-जल स्तर को ऊपर उठाने के लिए कदम उठाना।
- जल स्रोतों का पुनर्भरण और जल विनियमन करना।
- नदियों, झीलों और अन्य स्रोतों को पीने योग्य बनाए रखने के लिए वैज्ञानिक जल प्रबंधन सुनिश्चित करना।

7. झारखंड सिंगल विंडो क्लीयरेंस एक्ट, 2015

- झारखंड सिंगल विंडो क्लीयरेंस एक्ट, 2015 भारतीय राज्य झारखंड की सरकार द्वारा राज्य में उद्योगों की स्थापना के लिए एक सरलीकृत और समयबद्ध मंजूरी प्रक्रिया प्रदान करने के लिए बनाया गया एक कानून है।
- इस अधिनियम का उद्देश्य व्यवसाय के अनुकूल वातावरण बनाकर और नौकरशाही बाधाओं को दूर करके राज्य में निवेश और रोजगार को बढ़ावा देना है।
- अधिनियम के तहत, राज्य में उद्योग स्थापित करने के प्रस्तावों की मंजूरी के लिए सिंगल विंडो सिस्टम स्थापित किया गया है।
- यह प्रणाली निवेशकों के लिए वन-स्टॉप-शॉप के रूप में कार्य करती है, जहां वे सरकार के विभिन्न विभागों और एजेंसियों से सभी आवश्यक मंजूरी और अनुमोदन के लिए आवेदन कर सकते हैं। निकासी प्रक्रिया समयबद्ध और पारदर्शी है, प्रक्रिया के प्रत्येक चरण के लिए स्पष्ट समयसीमा है।
- यह अधिनियम एक राज्य स्तरीय सिंगल विंडो क्लीयरेंस कमेटी के गठन का भी प्रावधान करता है, जो निवेश प्रस्तावों को अंतिम मंजूरी देने के लिए उत्तरदायी है।
- सिंगल विंडो क्लीयरेंस कमेटी आवश्यकता पड़ने पर अन्य विभागीय सचिवों या किसी भी विभाग के किसी अन्य अधिकारी को विशेष अनुरोध के रूप में आमंत्रित कर सकती है।

सिंगल विंडो क्लीयरेंस कमेटी के कार्य

- सिंगल विंडो क्लीयरेंस कमेटी (SWCC) राज्य सरकार द्वारा अधिसूचित व्यवसाय की स्थापना और व्यवसाय संचालन शुरू करने के लिए मंजूरी की शक्तियों का प्रयोग करेगी।
- शहरी स्थानीय निकाय (ULB) और पंचायती राज संस्थान (PRI) सहित वैधानिक निकायों के साथ निहित शक्तियों को छोड़कर, राज्य सरकार उपयुक्त अधिसूचना के माध्यम से, यदि आवश्यक हो, तो उसे कोई अन्य अधिकार दे सकती है। SWCC, ULB और PRI के संबंध में प्रस्तावों को सीधे उनके साथ या संबंधित जिले के उपायुक्त के माध्यम से उनकी शीघ्र मंजूरी की सुविधा के लिए आगे बढ़ाएगी।
- SWCC द्वारा मंजूरी और अनुमोदन के चरण तक शक्तियों के प्रतिनिधिमंडल का प्रयोग किया जाएगा। उसके बाद, सभी मंजूरी और अनुमोदन संबंधित उपयुक्त प्राधिकारी द्वारा जारी किए जाएंगे।
- सूक्ष्म, लघु और मध्यम उद्यम (MSME) परियोजनाओं के लिए वित्तीय प्रोत्साहनों का अनुमोदन इस समिति द्वारा किया जाएगा तथा एमएसएमई परियोजनाओं के अलावा यह समिति अनुमोदन के लिए उच्चाधिकार प्राप्त समिति को सिफारिश करेगी।

8. झारखंड ग्रामीण आधारभूत संरचना एवं सामाजिक-आर्थिक विकास अधिनियम, 2005

- यह झारखंड राज्य के ग्रामीण, पिछड़े एवं खन्न क्षेत्र में आधारभूत संरचना, शिक्षा एवं रोजगार को बढ़ावा देने तथा सामाजिक-आर्थिक विकास हेतु अतिरिक्त संसाधन एकत्र करने के लिए झारखंड राज्य विधानमंडल द्वारा पारित एक अधिनियम है।
- यह अधिनियम एक ग्रामीण अवसंरचना कोष के निर्माण का प्रावधान करता है, जिसका उपयोग ग्रामीण विकास परियोजनाओं और बुनियादी सुविधाओं के वित्तपोषण के लिए किया जाता है।

कर का भुगतान, वसूली एवं अपील

- खनिज धारित भूमि से संबंधित कर का भुगतान करने के लिए, भूमि के मालिक राज्य सरकार द्वारा निर्धारित अधिकारी को अधिसूचना देकर निर्धारित तिथि, समय और अंतराल के साथ कर देना होगा। यदि कोई

व्यक्ति एक से अधिक खनिजों के लिए धारित भूमि का मालिक होता है, तो कर भुगतान के लिए उस नियमों के अनुसार भुगतान किया जाएगा।

- खनिज धारित भूमि के प्रत्येक धारक को कर के भुगतान में निर्धारित तिथि पर भुगतान करने की अवधि दी जाती है।
- यदि कोई धारक निर्धारित अवधि में कर का भुगतान नहीं करता है, तो वह दंडित किया जाएगा।
- दंड की राशि उस अवधि के लिए लगाई जाएगी, जिस अवधि में चूक हुई है। दंड राशि की अधिकतम सीमा भुगतेय कर की तीन गुने से अधिक नहीं होगी।
- हालांकि, जब भी ऐसा दंड लगाया जाएगा, तो खनिज धारित भूमि के धारक को सुनवाई करने का समुचित अवसर दिया जाएगा।
- यदि किसी व्यक्ति पर आरोप लगाया गया है, और उसने भुगतान नहीं किया है, तो उसके बकाए रह गए भू-राजस्व को अधिसूचित प्राधिकारी द्वारा आकलित कर और दण्ड के रूप में वसूला जाएगा।
- यदि कोई व्यक्ति अधिसूचित प्राधिकारी द्वारा पारित आकलन आदेश से असंतुष्ट होता है, तो वह अपीलीय प्राधिकारी के समक्ष तीस दिनों के भीतर अपील दायर कर सकता है। अपीलीय प्राधिकारी उस आदेश पर अपना उचित मत देने के बाद उसे फिर से पारित कर सकता है।
- अपीलीय आदेश के अन्तर्गत अधिसूचित प्राधिकारी द्वारा पारित कोई भी आदेश अंतिम होगा।

ग्रामीण आधारभूत संरचना एवं सामाजिक-आर्थिक विकास कोष

- "झारखंड ग्रामीण आधारभूत संरचना एवं सामाजिक आर्थिक विकास कोष" नामक कोष की स्थापना की जाएगी, जिसका संचालन यथाविहित प्रक्रिया से किया जाएगा।
- यह कोष राज्य सरकार द्वारा उपयोग में लाया जाएगा ताकि राज्य सरकार संबंधित उत्पादन कार्यक्रमों को बढ़ावा देने, ग्रामीण क्षेत्रों और खनन क्षेत्रों में स्वास्थ्य, शिक्षा, स्वच्छता और नियोजन के विकास एवं संवर्द्धन के लिए उपयुक्त आधारभूत संरचनाओं के विकास के लिए समुचित कदम उठाए जा सकें। इसे लागू करने के लिए, राज्य सरकार उपयुक्त आधारभूत संरचना विकास कार्यक्रम तैयार करेगी।

नियम बनाने की शक्ति

- राज्य सरकार अधिसूचना द्वारा इस अधिनियम के उद्देश्य को लागू करने के लिए नियम बना सकती है। विशेष रूप से पूर्ववर्ती शक्तियों की व्यापकता पर बिना विपरीत प्रभाव डाले, ऐसे नियमों में सभी अथवा निम्नांकित विषयों के लिए प्रावधान होंगे:
- जिसमें कंडिका के मामले में खनिज धारित भूमि का वार्षिक मूल्य निर्धारण और अपीलीय प्राधिकारी की नियुक्ति और संबंधित प्रक्रिया का प्रावधान।
- खनिज धारित भूमि, जिससे खनिज का उत्पादन नहीं किया जा रहा हो, के कर का निर्धारण।
- समिति की नियुक्ति।
- विवरणी एवं अन्य प्रासंगिक आवश्यक सूचनाओं को समर्पित करना।
- एक से अधिक खनिज वाली खनिज धारित भूमि के शुल्क का भुगतान।
- अधिसूचित प्राधिकारी के द्वारा कर का निर्धारण।
- अधिसूचित प्राधिकारी की शक्तियों, कर्तव्यों एवं कृत्यों का प्रत्यायोजन एवं यथाविहित अन्य ऐसे सभी मामले, जो आवश्यक हों।
- इस धारा के अन्तर्गत नियम बनाते समय राज्य सरकार नियमों का उल्लंघन करने की स्थिति में 25,000 रुपये तक जुर्माना एवं जहाँ उल्लंघन लगातार जारी हो, प्रतिदिन 1,000 रुपए तक का अतिरिक्त जुर्माना, जब तक ऐसा उल्लंघन जारी रहता हो, दण्ड स्वरूप देय होगा।

प्रमुख आयोग

झारखंड लोक सेवा आयोग (JPSC)

- झारखंड लोक सेवा आयोग का गठन राज्य सरकार की अधिसूचना संख्या 118 से दिनांक 16 जनवरी 2001 को किया गया था।
- आयोग की स्थापना राज्य के राज्यपाल द्वारा भारत के संविधान के अनुच्छेद 315 के प्रावधानों के तहत की गई थी।
- आयोग का मुख्यालय रांची में है।
- आयोग की स्थापना राज्य में सरकारी पदों पर भर्ती करने के लिए एक आयोग के उद्देश्य से की गई थी।
- आयोग का मुख्य उद्देश्य राज्य में सरकारी पदों पर प्रशासनिक सेवा, पुलिस सेवा, वित्त सेवा और कई अन्य पदों पर भर्ती करने के लिए लिखित प्रतियोगी परीक्षा और साक्षात्कार भी आयोजित करना है।
- इसके सदस्यों का कार्यकाल 6 वर्ष या अधिकतम 62 वर्ष की आयु (जो पहले हो) होता है।
- झारखंड लोक सेवा आयोग के पहले अध्यक्ष डॉ. फटिक चन्द्र हेम्ब्रम थे।
- 22 सितंबर, 2022 को डॉ. मेरी नीलिमा केरकेट्टा को झारखंड लोक सेवा आयोग के अध्यक्ष के रूप में नियुक्त किया गया था।

झारखंड कर्मचारी चयन आयोग (JSSC)

- झारखंड कर्मचारी चयन आयोग (जेएसएससी) का गठन झारखंड कर्मचारी चयन आयोग अधिनियम 2008 (झारखंड अधिनियम 16, 2008) द्वारा किया गया है।
- झारखंड कर्मचारी चयन आयोग का मुख्यालय रांची में है।
- यह आयोग राज्य सरकार के अधीन वर्ग 'ग' के सभी पदों एवं वर्ग 'ख' के अराजपत्रित पदों पर नियुक्ति के लिए वर्दी धारी सेवाओं यथा-पुलिस, अग्निशमन एवं होमगार्ड को छोड़कर, जिनपर आंशिक अथवा पूर्ण रूप से सीधी नियुक्ति का प्रावधान हो, एवं जिनका चयन झारखंड लोक सेवा आयोग द्वारा नहीं होता है, पर नियुक्ति हेतु अनुशंसा के लिए उत्तरदायी है।
- झारखंड कर्मचारी चयन आयोग की प्रथम अध्यक्ष श्रीमती मृदुला सिन्हा, (आई.ए.एस) थीं।
- झारखंड कर्मचारी चयन आयोग के वर्तमान अध्यक्ष श्री सुधीर त्रिपाठी, सेवानिवृत्त आई.ए.एस है।

झारखंड मानव अधिकार आयोग (JHRC)

- झारखंड मानव अधिकार आयोग मानव अधिकार संरक्षण अधिनियम, 1993 के तहत स्थापित एक वैधानिक संगठन है, जो मानव के लिए राज्य सूची में उल्लिखित विषयों के अंतर्गत अधिकारों के उल्लंघन की जाँच करता है।
- इसकी स्थापना झारखंड राज्य में मानवाधिकारों को बढ़ावा देने और उनकी रक्षा करने के उद्देश्य से की गई थी।
- आयोग में एक अध्यक्ष और अन्य सदस्य होते हैं, जिन्हें सरकार द्वारा नियुक्त किया जाता है।
- झारखंड मानव अधिकार आयोग मानवाधिकारों के उल्लंघन की शिकायतों की जांच करता है और ऐसे उल्लंघनों को रोकने के उपाय करता है।

- यह राज्य एजेंसियों के कामकाज की निगरानी भी करता है और मानवाधिकारों का उल्लंघन करने वालों के खिलाफ कार्रवाई करता है।
- आयोग के पास गवाहों को बुलाने, शपथ के तहत उनकी जांच करने और किसी भी मामले से संबंधित रिकॉर्ड मांगने की शक्ति है।
- झारखंड मानव अधिकार आयोग राज्य में मानवाधिकारों को बढ़ावा देने और उनकी रक्षा करने के लिए अन्य सरकारी एजेंसियों और गैर-सरकारी संगठनों के साथ मिलकर काम करता है।
- आयोग मानव अधिकारों के उल्लंघन के पीड़ितों को कानूनी सहायता प्रदान करता है, और उनके लिए मुआवजे और पुनर्वास उपायों की सिफारिश करता है।
- झारखंड मानव अधिकार आयोग वर्तमान कार्यवाहक अध्यक्ष संतोष कुमार सत्पथी है।
- झारखंड मानव अधिकार आयोग के प्रथम अध्यक्ष न्यायमूर्ति श्री रंगनाथ मिश्रा थे।

झारखंड राज्य निर्वाचन आयोग (JHEC)

- झारखंड राज्य निर्वाचन आयोग की स्थापना 14 मई 2001 की की गई थी।
- 73 वें संविधान संशोधन के तहत अनुच्छेद 243(K) पंचायती राज संस्थाओं हेतु तथा अनुच्छेद 243(ZA) शहरी स्थानीय स्वशासन संस्थाओं के चुनाव का सफल संचालन कराने हेतु एक संवैधानिक संस्था है।
- राज्य निर्वाचन आयुक्त की नियुक्ति राज्यपाल द्वारा की जाती है।
- इसके सदस्यों का कार्यकाल 5 वर्ष या 65 वर्ष की आयु (जो भी पहले हो) होता है।
- पंचायतों के निर्वाचन हेतु निर्वाचक नामावली तैयार कराना ,चुनाव का सफल संचालन, निर्देशन एवं नियंत्रण का अधिकार राज्य निर्वाचन आयोग को प्राप्त है।
- राज्य निर्वाचन आयुक्त को उच्च न्यायालय के न्यायाधीश की तरह अपने पद से हटाया जा सकता है।
- झारखंड के वर्तमान मुख्य निर्वाचन अधिकारी डॉ. देवेंद्र कुमार तिवारी, आई.ए.एस (सेवानिवृत्त) है।

झारखंड अल्पसंख्यक आयोग (JSMC)

- झारखंड अल्पसंख्यक आयोग का गठन वर्ष 2001 में किया गया था।
- वर्ष 2001 के दौरान बिहार से झारखंड राज्य के अलग होने के बाद आयोग में एक अध्यक्ष, तीन उपाध्यक्ष और पांच सदस्य होते हैं।
- मुस्लिम, सिख, ईसाई, बौद्ध, जैन और पारसी छह धार्मिक अल्पसंख्यक हैं। बांग्ला और उड़िया भाषाई अल्पसंख्यक हैं।
- आयोग का उद्देश्य झारखंड में विभिन्न धार्मिक और भाषाई समूहों के बीच सांप्रदायिक सद्भाव और शांतिपूर्ण सह-अस्तित्व को बढ़ावा देना है।
- आयोग अल्पसंख्यक समुदायों के खिलाफ भेदभाव और अत्याचार की शिकायतों की जांच करता है और उचित कार्यवाही करता है।
- आयोग झारखंड में अल्पसंख्यक समुदायों की सामाजिक, आर्थिक और शैक्षिक स्थिति पर शोध और अध्ययन करता है।
- आयोग अल्पसंख्यक समुदायों के विकास के लिए नीतियों और कार्यक्रमों पर सरकार को सलाह देता है।
- झारखंड राज्य अल्पसंख्यक आयोग के वर्तमान अध्यक्ष कमाल खां है।

झारखंड राज्य महिला आयोग (JSWC)

- झारखंड राज्य महिला आयोग वर्ष 1993 में गठित एक वैधानिक निकाय है जो राज्य में महिलाओं के खिलाफ अपराध से संबंधित मुद्दों से निपटने के लिए तथा राज्य में महिलाओं के कल्याण के लिए अर्ध-न्यायिक निकाय के रूप में कार्य करता है।
- झारखंड राज्य महिला आयोग का गठन एक अध्यक्ष और अन्य सदस्यों के साथ किया गया था।
- राज्य का समाज कल्याण विभाग राज्य महिला आयोग के अध्यक्ष की नियुक्ति के लिए नियम बनाता है। उनका वेतन और अन्य परिलब्धियां राज्य सरकार द्वारा निर्धारित एवं संशोधित की जाती हैं।
- झारखंड राज्य महिला आयोग के पास महिलाओं के खिलाफ भेदभाव और हिंसा की शिकायतों की जांच करने और अपराधियों के खिलाफ उचित कार्रवाई करने की शक्ति है।
- आयोग महिलाओं को प्रभावित करने वाले मुद्दों पर अध्ययन और शोध करने और नीतिगत मामलों पर सरकार को सिफारिशें करने के लिए जिम्मेदार है।
- लैंगिक समानता और महिला सशक्तिकरण को बढ़ावा देने के लिए झारखंड राज्य महिला आयोग अन्य संगठनों के साथ मिलकर भी काम करता है।
- झारखंड राज्य महिला आयोग का उद्देश्य जीवन के हर क्षेत्र में महिलाओं को समानता प्रदान करना, महिलाओं को आत्मनिर्भर बनाने के लिए प्रशिक्षण प्रदान करना, एवं नागरिकों के रूप में सभी अधिकारों तक महिलाओं की पहुंच बनाना है।
- सुश्री कल्याणी शरण झारखंड राज्य महिला आयोग की अध्यक्ष हैं।

ई-गवर्नेंस

- ई-गवर्नेंस शब्द दो शब्दों, "ई-इलेक्ट्रॉनिक" और "गवर्नेंस" का संयोजन है। यह देश के संचालन और प्रशासन को इलेक्ट्रॉनिक माध्यम के द्वारा संचालित करने की तकनीक है।
- भारत में ई-गवर्नेंस की शुरुआत 1970 के दशक में हुई थी जब सरकार ने चुनाव, जनगणना, कर-प्रशासन आदि से संबंधित गहन कार्यों के प्रबंधन के लिए ICT (इनफार्मेशन एंड कम्युनिकेशन टेक्नोलॉजी) के अनुप्रयोगों पर ध्यान देना शुरू किया।
- ई-गवर्नेंस के द्वारा संगठन, नियंत्रण और निगरानी इत्यादि सरकारी काम इलेक्ट्रॉनिक माध्यम से किए जाते हैं।

ई-गवर्नेंस द्वारा संचालित कुछ विशेष पहल निम्न है:

1. ई-जिला

- यह एक व्यापक और वेब-सक्षम सेवा पोर्टल है, जो सरकारी सेवाओं के लिए एक इलेक्ट्रॉनिक प्रवेश द्वार के रूप में कार्य करता है। यह एक एकीकृत समाधान है, जो विभिन्न राज्यों में भिन्न-भिन्न विभागों की आवश्यकताओं को पूरा करता है।
- यह अपने नागरिकों को विभिन्न ई-गवर्नेंस से संबंधित सेवाएं प्रदान करता है जैसे-ग्रामीण क्षेत्रों के लोगों को जन्म, मृत्यु, आय, आवास, जाति आदि के लिए पंचायत भवनों और अन्य स्थानों पर स्थित सामान्य सेवा केंद्रों (सीएससी) में डिजिटल हस्ताक्षर के साथ इलेक्ट्रॉनिक / डिजिटल प्रमाण पत्र प्राप्त करने में सक्षम बनाती है, जिसे प्रज्ञा केंद्र भी कहा जाता है।
- इसमें शासन की सेवाओं, कार्य प्रणाली, संगठन, नियमों, नियंत्रण और निगरानी इत्यादि को इंटरनेट और अन्य तकनीकी माध्यम का उपयोग करके प्रबंधित किया जाता है।

2. ई-सेवा

- सरकार द्वारा संचालित ई-सेवा अधिकारी को ऑनलाइन माध्यम से सेवा

तक पहुँचने में सक्षम बनाती है। इस परियोजना के अंतर्गत कुछ आवश्यक सेवाओं का प्रदान किया जाता है जैसे कि विभिन्न प्रमाण पत्र, वित्तीय सेवाएं जैसे कोई शुल्क जमा करना, लाइसेंस नवीनीकरण शुल्क, बिल भुगतान जैसे- पानी बिल, बिजली बिल आदि, ई-लर्निंग सेवाएं आदि।

- ई-सेवा पोर्टल समयबद्ध सेवा और पारदर्शिता सुनिश्चित करता है।
- यह परियोजना उद्यमशीलता को बढ़ावा देती है, और युवा पीढ़ी को सरकारी सेवाओं को देने के लिए अपना खुद का व्यवसाय स्थापित करने में मदद करती है। उदाहरण के लिए, राजस्थान में ई-मित्र पोर्टल।

3. ई-कोर्ट

- इसका मुख्य उद्देश्य भारतीय न्यायपालिका के ICT की राष्ट्रीय नीति और कार्य योजना के तहत सूचना और संचार प्रौद्योगिकी का उपयोग करके इलेक्ट्रॉनिक अवसंरचना का निर्माण और सुधार करना है।
- इसके अलावा, अदालतों में सुधार करके प्रदर्शन को सुनिश्चित करना, ई-फाइलिंग, ई-शुल्क भुगतान, ई-कियोस्क और ऐप की स्थापना को प्रोत्साहन देना है।
- इस परियोजना के माध्यम से, कानूनी सेवाएं तेजी से और कम लागत में प्रदान की जा सकती हैं, और अदालतों को उपयोगकर्ता के अनुकूल बनाया जा सकता है।

4. ई-कार्यालय:

- यह भारत सरकार की मुख्य पहल है।
- इसका मुख्य उद्देश्य सरकारी कार्यालयों को ऐसी सुविधाएं प्रदान करना है, जो हितधारकों की भौतिक उपस्थिति के बिना ई-ऑफिस के माध्यम से उन्हें सेवा प्रदान करने में सक्षम बनाती है।
- इसके तहत, कार्यालयों को फाइल सिस्टम को कम करने के लिए ई-फाइल का उपयोग करना होता है।

ई-गवर्नेंस के उद्देश्य:

- शासन में सुधार के लिए ई-गवर्नेंस को लागत प्रभावी साधन के रूप में देखा जाता है। शासन के पारंपरिक तरीकों से ऑनलाइन प्लेटफॉर्म पर स्थानांतरित करके, सरकार की कागजी कार्यवाही, कर्मियों और कार्यप्रणाली पर महत्वपूर्ण लागत जोखिम को कम किया जा सकता है।
- सरकारी प्रशासन को अधिक पारदर्शी और जवाबदेह बनाना है।
- लोगों को अधिक सुविधाजनक तरीके से सेवाएं प्रदान करना और सरकार एवं जनता के बीच संवाद को सुगम बनाना।
- इससे नागरिकों को कम समय और कम खर्च में आसानी से सुविधाएं उपलब्ध हो सकती है।

ई-गवर्नेंस के स्तंभ:

- डिजिटल इंफ्रास्ट्रक्चर: इस स्तंभ में डिजिटल सेवा वितरण को सक्षम करने के लिए आवश्यक तकनीकी आधारभूत संरचना का विकास शामिल है। इसमें एक विश्वसनीय और सुरक्षित संचार नेटवर्क, इंटरनेट कनेक्टिविटी और हार्डवेयर और सॉफ्टवेयर इंफ्रास्ट्रक्चर की स्थापना शामिल है।
- सेवा वितरण: यह स्तंभ डिजिटल माध्यम से सरकारी सेवाओं के वितरण पर केंद्रित है। इसमें ऑनलाइन पोर्टल, मोबाइल एप्लिकेशन और अन्य डिजिटल चैनल शामिल हैं, जो नागरिकों को सरकारी सेवाओं तक आसान और सुविधाजनक पहुंच प्रदान करते हैं।
- डिजिटल साक्षरता: यह स्तंभ डिजिटल साक्षरता के महत्व और सरकारी सेवाओं तक पहुँचने के लिए डिजिटल प्लेटफॉर्म का प्रभावी ढंग से उपयोग करने के लिए आवश्यक कौशल रखने वाले नागरिकों की आवश्यकता पर जोर देता है।
- कानूनी और नीतिगत ढांचा: इस स्तंभ में ई-गवर्नेंस का समर्थन करने वाले कानूनी और नीतिगत ढांचे की स्थापना शामिल है। इसमें कानूनों और विनियमों का विकास शामिल है, जो डिजिटल शासन को बढ़ावा देते हैं और नागरिकों की गोपनीयता और डेटा को सुरक्षित रखते है।
- संस्थागत ढांचा: इस स्तंभ में ई-गवर्नेंस का समर्थन करने के लिए संस्थागत क्षमता का विकास शामिल है। इसमें ई-गवर्नेंस पहलों के कार्यान्वयन और निरीक्षण के लिए जिम्मेदार समर्पित एजेंसियों और इकाइयों की स्थापना शामिल है।

ई-गवर्नेंस में सहभागिता के माध्यम

- इंटरएक्टिव पोर्टल: इस प्रकार के पोर्टल में, नागरिकों को सरकारी सेवाओं के लिए आवेदन करने और उनसे संबंधित जानकारी प्राप्त करने की सुविधा मिलती है। नागरिक इन पोर्टलों के माध्यम से सरकार के साथ संवाद कर सकते हैं।
- सामाजिक मीडिया: सोशल मीडिया के माध्यम से नागरिक सरकार के साथ अपने विचारों और सुझावों को साझा कर सकते हैं।
- ऑनलाइन सत्र: नागरिकों को सरकार के निर्णयों, योजनाओं और कार्यक्रमों के बारे में जानकारी देने और इनके बारे में चर्चा करने का मौका मिलता है।
- मोबाइल एप्लिकेशन: मोबाइल एप्लिकेशन के माध्यम से नागरिक सरकारी सेवाओं का उपयोग कर सकते हैं। इन एप्लिकेशन में, नागरिकों को अलग-अलग सेवाओं के लिए आवेदन करने और उनसे संबंधित जानकारी प्राप्त करने की सुविधा मिलती है।
- ई-मेल और सम्पर्क केंद्र: ई-मेल या संपर्क केंद्र के माध्यम से नागरिक सरकारी सेवाओं और उनसे संबंधित मुद्दों के संबंध में जानकारी प्राप्त कर सकते हैं और सरकार को अपने विचारों, सुझावों, शिकायतों और समस्याओं के बारे में सूचित कर सकते हैं।

ई-गवर्नेंस में सहभागिता के प्रकार:-

1. G2C (सरकार से नागरिक): इस प्रकार की सहभागिता में सरकार अपनी सेवाओं, योजनाओं और नीतियों को नागरिकों तक पहुंचाने के लिए इंटरनेट के माध्यम से अपने नागरिकों के साथ संवाद करती है। यह नागरिकों को सरकार की योजनाओं और उपलब्ध सेवाओं की जानकारी और उनसे निवेदन करने का अवसर प्रदान करती है।

2. G2B (सरकार से व्यवसाय): इस प्रकार की सहभागिता में सरकार व्यवसायों और उद्यमियों को अपनी नीतियों और योजनाओं के बारे में जानकारी प्रदान करती है और उनसे संबंधित अनुप्रयोगों के लिए अनुमति देती है।

3. G2G (सरकार से सरकार): इसमें एक सरकार से दूसरी सरकार तक संप्रेषण को समझाता है, जो अन्य सरकारों के साथ समझौते और नीतियों को साझा करती है। यह सहभागिता स्थानीय, राज्य और केंद्रीय सरकारों के बीच संभव होती है।

4. G2E (सरकार से कर्मचारी): यह सरकार और उसके कर्मचारियों के बीच संवाद को दर्शाता है। इसका मुख्य उद्देश्य कर्मचारियों के लाभों को बढ़ाकर उन्हें संतुष्ट करना और सरकार व उनके कर्मचारियों के मध्य एक कुशल सम्पर्क स्थापित करने से है।

भारत में ई-गवर्नेंस की चुनौतियां

- भारत विविध संस्कृतियों और धर्मों वाला देश है, जो ई-गवर्नेंस परियोजनाओं को लागू करना चुनौतीपूर्ण बनाता है क्योंकि ई-गवर्नेंस एप्लिकेशन ज्यादातर अंग्रेजी भाषा में हैं, जो कि कई लोगों की पहली भाषा नहीं है।
- भारत में कम साक्षरता स्तर भी ई-गवर्नेंस परियोजनाओं के लिए एक महत्वपूर्ण चुनौती है। निरक्षर लोग ई-गवर्नेंस अनुप्रयोगों का उपयोग करने में सक्षम नहीं होते हैं, इसलिए इन परियोजनाओं को अधिक सफलता नहीं मिली है।

- सरकारी वेबसाइटें उपयोगकर्ता के अनुकूल नहीं हैं, और अधिकांश ई-गवर्नेंस एप्लिकेशन उपयोगकर्ता गैर-विशेषज्ञ उपयोगकर्ता हैं, जिन्हें इन एप्लिकेशन का सही उपयोग करना चुनौतीपूर्ण लगता है।
- अभिगम्यता एक और महत्वपूर्ण मुद्दा है। भारतीय आबादी का एक बड़ा हिस्सा विभिन्न कारणों से ई-गवर्नेंस गतिविधियों का उपयोग करने में सक्षम नहीं है, जिसमें अपर्याप्त इंटरनेट, संसाधनों की कमी आदि शामिल हैं।
- राज्य या केंद्र सरकारों द्वारा प्रदान की जाने वाली अधिकांश ई-गवर्नेंस सेवाएं एकीकृत नहीं हैं।
- भारत जैसे विकासशील देशों में ई-गवर्नेंस परियोजनाओं को लागू करने की लागत भी एक महत्वपूर्ण चुनौती है, क्योंकि आबादी का बड़ा हिस्सा गरीबी रेखा से नीचे जीवन यापन कर रहा है।
- व्यक्तिगत डेटा की गोपनीयता और सुरक्षा बनाए रखना ई-गवर्नेंस को लागू करने में एक महत्वपूर्ण बाधा है, क्योंकि यह सरकारी सेवाओं तक पहुँचने के लिए आवश्यक है।

ई-गवर्नेंस के लाभ

- ई-गवर्नेंस प्रणालियाँ सरकारी प्रक्रियाओं को स्वचालित और सुगम करती हैं, जिससे वे तेज़ और अधिक कुशल बनती हैं।
- ई-गवर्नेंस प्रणाली नागरिकों के लिए सूचना और सेवाओं को अधिक सुलभ बनाकर पारदर्शिता को बढ़ावा देते हैं। इससे भ्रष्टाचार को कम करने में भी मदद मिलती है।
- ई-गवर्नेंस सिस्टम नागरिकों को सरकारी सेवाओं और सूचनाओं तक आसान पहुंच प्रदान करते हैं, और नागरिक मामलों में उनकी भागीदारी बढ़ाते हैं।
- ई-गवर्नेंस से व्यवसाय और नए अवसरों का सृजन हुआ है।
- ई-गवर्नेंस के परिणाम स्वरूप एक कॉमन डेटा तैयार हो जाता है जिसका उपयोग विभिन्न उद्देश्यों के लिये किया जा सकता है।
- ई-गवर्नेंस द्वारा सरकार को सभी डेटा और आँकड़ों तक आसानी से पहुंच मिलती है।

डिजिटल इंडिया के तहत ई-गवर्नेंस

- ई-गवर्नेंस भारत के महत्वपूर्ण प्रोग्राम 'डिजिटल इंडिया' का एक प्रमुख स्तंभ अथवा प्रणाली है।
- इसके अंतर्गत सभी सरकारी कार्यालयों और विभागों की सूचनाएं और सेवाएं देश के नागरिकों तक पहुंचाई जाना निर्धारित किया गया है, यह नई टेक्नोलॉजी ई-गवर्नेंस के रूप में जानी जाती है।
- डिजिटल इंडिया का उद्देश्य देश को डिजिटल रूप से सशक्त समाज और ज्ञान अर्थव्यवस्था में परिणत करना है।

डिजिटल इंडिया कार्यक्रम के नौ स्तंभ-

1. ब्रॉडबैंड हाईवे	2. मोबाइल कनेक्टिविटी के लिए सार्वभौमिक पहुँच	3. पब्लिक इंटरनेट एक्सेस कार्यक्रम
4. ई-गवर्नेंस - प्रौद्योगिकी के माध्यम से सरकार में सुधार	5. ई-क्रांति - सेवाओं की इलेक्ट्रॉनिक डिलीवरी	6. सभी के लिए सूचना
7. इलेक्ट्रॉनिक्स विनिर्माण	8. नौकरियों के लिए आईटी क्षेत्र	9. अर्ली हार्वेस्ट कार्यक्रम

डिजिटल इंडिया पहल

- डिजिटल इंडिया' भारत सरकार द्वारा 1 जुलाई, 2015 को एक डिजिटल रूप से सशक्त समाज और ज्ञान अर्थव्यवस्था में बदलने की दृष्टि से शुरू किया गया एक प्रमुख कार्यक्रम है। इस कार्यक्रम का उद्देश्य देश के प्रत्येक नागरिक को डिजिटल बुनियादी ढांचे, सेवाओं और संसाधनों तक पहुंच प्रदान करना है।
- इसे इलेक्ट्रॉनिक्स और सूचना प्रौद्योगिकी मंत्रालय द्वारा लॉन्च किया गया है।

डिजिटल इंडिया पहल के प्रमुख उद्देश्यों में शामिल हैं:

- ब्रॉडबैंड हाईवे नेटवर्क की स्थापना और वाई-फाई हॉटस्पॉट की स्थापना के माध्यम से ग्रामीण और दूरदराज के क्षेत्रों सहित सभी नागरिकों को हाई-स्पीड इंटरनेट कनेक्टिविटी प्रदान करना।
- ऑनलाइन पोर्टल और मोबाइल एप्लिकेशन के माध्यम से सरकारी सेवाओं तक आसान पहुंच प्रदान करना, इस प्रकार सरकारी कार्यालयों में भौतिक यात्राओं की आवश्यकता को कम करना।
- राष्ट्रीय डिजिटल साक्षरता मिशन जैसी पहलों के माध्यम से, विशेष रूप से ग्रामीण क्षेत्रों में आबादी के बीच डिजिटल साक्षरता को बढ़ावा देना।
- स्वदेशी डिजिटल प्रौद्योगिकियों और उत्पादों के विकास को प्रोत्साहित करने के लिए, इस प्रकार देश के आईटी क्षेत्र के विकास को बढ़ावा देना।
- शिक्षा, स्वास्थ्य सेवा और अन्य सामाजिक सेवाओं की गुणवत्ता में सुधार के लिए डिजिटल तकनीकों का लाभ उठाना।
- डिजिटल इंडिया पहल के कई घटक हैं, जिसमें ग्रामीण क्षेत्रों को हाई-स्पीड इंटरनेट से जोड़ने के लिए भारतनेट परियोजना, व्यक्तिगत दस्तावेजों के लिए एक सुरक्षित डिजिटल भंडार प्रदान करने के लिए डिजिटल लॉकर परियोजना और दस्तावेजों पर ऑनलाइन हस्ताक्षर की सुविधा के लिए ई-साइन परियोजना शामिल है।
- अन्य पहलों में राष्ट्रीय ऑप्टिकल फाइबर नेटवर्क परियोजना, राष्ट्रीय ग्रामीण इंटरनेट और प्रौद्योगिकी मिशन और डिजिटल इंडिया पोर्टल शामिल हैं।

झारखंड की अर्थव्यवस्था

अर्थव्यवस्था का सामान्य परिचय

- झारखंड की अर्थव्यवस्था का मुख्य आधार कृषि और कृषि सम्बंधित गतिविधियां हैं।
- भारत के 2.4 प्रतिशत भू-भाग पर झारखंड अवस्थित है।
- झारखंड राज्य के 79,714 वर्ग किमी क्षेत्र में से 18,423 वर्ग किमी क्षेत्र में वन स्थित है तथा राज्य में कृषि योग्य भूमि का क्षेत्रफल 38 लाख हेक्टेयर है।
- खनिज भंडार के लिए प्रसिद्ध झारखंड देश का सबसे समृद्ध राज्य माना जाता है, परन्तु फिर भी इसकी गिनती गरीब राज्यों में होती है।
- देश की कुल जनसंख्या में झारखंड की हिस्सेदारी 2.7 प्रतिशत है।
- देश की अर्थव्यवस्था में झारखंड का योगदान 2 प्रतिशत से भी कम है।
- झारखंड सरकार के वित्त विभाग के दस्तावेज के अनुसार वर्ष 2000-01 में जब यह प्रदेश बिहार से अलग होकर अस्तित्व में आया था, तब देश की अर्थव्यवस्था में इसका योगदान 1.5 प्रतिशत हुआ करता था।
- वित्त वर्ष 2004-05 से वर्ष 2010-11 की अवधि में देश की अर्थव्यवस्था में झारखंड का योगदान बढ़कर 1.65 प्रतिशत हो गया।

सकल मूल्य वर्धन (GVA)

- सकल मूल्य वर्धन देश की अर्थव्यवस्था में प्राथमिक, द्वितीयक और तृतीयक क्षेत्रों द्वारा उत्पादित सभी अंतिम वस्तुओं और सेवाओं के मौद्रिक मूल्य का योग होता है।
- राष्ट्रीय सांख्यिकी कार्यालय (NSO) सकल मूल्य वर्धन के लिए तिमाही और वार्षिक दोनों अनुमान प्रदान करता है। इसमें अर्थव्यवस्था में उपलब्ध सभी वस्तुओं और सेवाओं को शामिल करते हुए यह आठ व्यापक श्रेणियों के क्षेत्रवार वर्गीकरण डेटा को प्रदर्शित किया जाता है। आठ मुख्य श्रेणियां इस प्रकार है:
  1. कृषि, वानिकी और मत्स्य पालन,
  2. खनन एवं उत्खनन,
  3. विनिर्माण,
  4. बिजली, गैस, पानी की आपूर्ति और अन्य जनोपयोगी सेवाएँ,
  5. निर्माण,
  6. व्यापार, होटल, परिवहन, संचार और प्रसारण से संबंधित सेवाएँ,
  7. वित्तीय, रियल एस्टेट और व्यावसायिक सेवाएँ,
  8. लोक प्रशासन, रक्षा और अन्य सेवाएँ।

स्थिर कीमतों (2011-12) पर आर्थिक गतिविधियों द्वारा सकल मूल्य वर्धन में वृद्धि-दर

क्र.स.	वर्ष/क्षेत्र और उप-क्षेत्र	CAGR 2011-12 से 21-22	विकास दर 18-19 से 19-20	विकास दर 19-20 से 20-21	विकास दर 20-21 से 21-22
1.	कृषि, वानिकी और मत्स्य पालन	3.4	0.0	6.8	14.0
2.	खनन एवं उत्खनन	-0.6	0.5	-18.2	-0.6
I.	**प्राथमिक (1+2)**	**1.9**	**0.2**	**-3.8**	**8.8**
3.	उत्पादन	4.9	-9.5	0.3	5.2
4.	बिजली, गैस, जलापूर्ति और अन्य उपयोगिताएँ	5.2	23.1	-6.4	12.2
5.	निर्माण	2.6	1.5	-8.0	10.9
II.	**माध्यमिक (3+4+5)**	**4.3**	**-5.3**	**-2.3**	**7.0**
6.	व्यापार, मरम्मत, होटल और रेस्टोरेंट	8.6	10.2	-19.7	12.3
7.	परिवहन, भंडारण और संचार	3.4	4.5	-17.3	4.6
8.	वित्तीय सेवाएं	6.0	6.1	5.5	6.0
9.	अचल संपत्ति, आवास और पेशेवर सेवाओं का स्वामित्व	6.1	4.1	-3.1	6.8
10.	लोक प्रशासन	1.9	-10.1	3.4	1.9
11.	अन्य सेवाएं	7.7	24.0	0.1	8.6
III.	**तृतीयक (6+7+8+9+10+11)**	**5.8**	**6.7**	**-8.7**	**7.5**
12.	बुनियादी कीमतों पर GSVA	4.3	1.1	-5.6	7.6

लगातार कीमतों पर सकल राज्य मूल्य वर्धित (GSVA) में क्षेत्रीय हिस्सेदारी

क्र.स.	वर्ष/क्षेत्र और उप-क्षेत्र	2019-20	2020-21	2020-21
1.	कृषि, वानिकी और मत्स्य पालन	12.2	13.8	14.7
2.	खनन एवं उत्खनन	8.9	7.7	7.2
I.	**प्राथमिक (1+2)**	**21.2**	**21.6**	**21.8**
3.	उत्पादन	22.1	23.5	22.9
4.	बिजली, गैस, जलापूर्ति और अन्य उपयोगिताएँ	1.8	1.8	1.9
5.	निर्माण	8.8	8.5	8.8
II.	**माध्यमिक (3+4+5)**	**32.7**	**33.8**	**33.6**
6.	व्यापार, मरम्मत, होटल और रेस्टोरेंट	14.0	11.9	12.4
7.	परिवहन, भंडारण और	7.5	6.6	6.4
8.	वित्तीय सेवाएं	3.2	3.5	3.5

9.	अचल संपत्ति, आवास और पेशेवर सेवाओं का स्वामित्व	9.2	9.4	9.3
10.	लोक प्रशासन	5.4	5.9	5.6
11.	अन्य सेवाएं	6.8	7.2	7.3
III.	**तृतीयक (6+7+8+9+10+11)**	**46.1**	**44.6**	**44.6**
12.	बुनियादी कीमतों पर GSVA	100.0	100.0	100.0

किसी अर्थव्यवस्था उत्तम ढंग से समझने के लिए इसके घटकों या क्षेत्रों का अध्ययन करना आवश्यक हैं। आर्थिक क्रियाओं के आधार पर अर्थव्यवस्था के तीन क्षेत्र निम्न है-

1. प्राथमिक क्षेत्र - इसके अंतर्गत कृषि, वानिकी, पशुपालन, मत्स्यपालन, मुर्गीपालन और खनन तथा खनिज उत्पादन शामिल होते हैं।
2. द्वितीयक क्षेत्र - इसके अंतर्गत विनिर्माण शामिल होता है।
3. तृतीयक क्षेत्र - इसके अंतर्गत, परिवहन, संचार, बैंकिंग, शिक्षा, स्वास्थ्य, बीमा, बैंकिंग आदि सेवाएं शामिल होती हैं।

झारखंड का सबसे विकासशील क्षेत्र- तृतीयक क्षेत्र

- पिछले एक दशक (2011-12 से 2021-22) में राज्य की अर्थव्यवस्था के तीन प्रमुख क्षेत्रों में तृतीयक/सेवा क्षेत्र झारखंड का सबसे तेजी से बढ़ने वाला क्षेत्र रहा है।
- इस क्षेत्र का उत्पादन, अधिकतर राज्यों के सकल मूल्य वर्धन (GVA) से 46 प्रतिशत अधिक का योगदान करता है, इस क्षेत्र ने वित्त वर्ष 2011-12 और वित्त वर्ष 2019-20 के बीच औसत वार्षिक वृद्धि दर 6.2 प्रतिशत दर्ज की है।
- तृतीयक क्षेत्र के अधिकांश उप-क्षेत्रों की तुलना में 'परिवहन, भंडारण, संचार और प्रसारण से संबंधित सेवाएं' अपेक्षाकृत कम दर से बढ़ीं।
- 2020-21 के महामारी वर्ष के दौरान इसके उत्पादन के मूल्य में 17.3 प्रतिशत की गिरावट आई और वर्ष 2021 में केवल 4.6 प्रतिशत की रिकवरी हुई- परिणामस्वरूप, तृतीयक क्षेत्र के GVA में इसकी हिस्सेदारी वर्ष 2011-12 में 18.2 प्रतिशत से घटकर वर्ष 2021-22 में 14.4 प्रतिशत हो गई।
- तृतीयक क्षेत्र के GVA में इस उप-क्षेत्र की हिस्सेदारी ने वर्ष 2011-12 से 2015-16 के बीच बढ़ती प्रवृत्ति दिखाई लेकिन उसके बाद गिरावट शुरू हो गई। वर्ष 2019-20 में इसकी हिस्सेदारी घटकर 16.3 प्रतिशत रह गई।
- पिछले एक दशक में तृतीयक क्षेत्र के उत्पादन के कुल मूल्य में 'रियल एस्टेट, निवास और व्यावसायिक सेवाओं का स्वामित्व' का हिस्सा लगभग अपरिवर्तित रहा है।
- तृतीयक क्षेत्र के उत्पादन के मूल्य में उनका हिस्सा 2011-12 में 20.5 प्रतिशत और वर्ष 2019-20 में 19.9 प्रतिशत था। ऐसा इसलिए हुआ है क्योंकि उनकी वृद्धि-दर तृतीयक क्षेत्र की औसत वृद्धि-दर के लगभग बराबर रही है। जबकि तृतीयक क्षेत्र 7.6 प्रतिशत की औसत वार्षिक दर से बढ़ा, यह उप-क्षेत्र वर्ष 2011-12 और 2019-20 के बीच 7.2 प्रतिशत की दर से बढ़ा।
- 2020-21 में, इस उप-क्षेत्र के उत्पादन के मूल्य में 3.1 प्रतिशत की कमी आई, जबकि तृतीयक क्षेत्र के उत्पादन में 8.7 प्रतिशत की कमी आई और वर्ष 2021-22 में, दोनों ने क्रमशः 6.8 और 7.5 प्रतिशत की वसूली की।
- परिणामस्वरूप, तृतीयक क्षेत्र के GVA में इसकी हिस्सेदारी वर्ष 2020-21 में मामूली सुधार के साथ 21.0 प्रतिशत हो गई और वर्ष 2021-22 में इस स्तर पर बनी रही।
- 'परिवहन, भंडारण, संचार और प्रसारण' से संबंधित सेवाओं के उप-क्षेत्रों के भीतर, हवाई परिवहन सबसे तेजी से बढ़ने वाला उप-क्षेत्र रहा है। हालाँकि, यह क्षेत्र इतना छोटा है कि इतनी प्रभावशाली वृद्धि के बावजूद, तृतीयक क्षेत्र के GVA में इसके हिस्से ने कोई महत्वपूर्ण बदलाव नहीं किया है।
- 2011-12 और 2019-20 के बीच हवाई परिवहन लगभग 32 प्रतिशत की औसत वार्षिक दर से बढ़ा।
- वर्ष 2011-12 में इस क्षेत्र द्वारा सकल मूल्य वर्धन लगभग 14 करोड़ रुपए थी।
- यह वर्ष 2019-20 में बढ़कर 128 करोड़ रुपये हो गया है। इस क्षेत्र का GVA, हालांकि, 2020-21 के COVID-19 महामारी वर्ष में लगभग 35 प्रतिशत कम हो गया।
- इस क्षेत्र ने वर्ष 2021-22 में 32 प्रतिशत की वृद्धि दर्ज कर रिकवर किया।
- वहीं स्टोरेज में सबसे कम वृद्धि दर्ज की गई है। वास्तव में, इस उप-क्षेत्र का GVA 2011-12 और 2019-20 के बीच 1.5 प्रतिशत की चक्रवृद्धि वार्षिक दर (CAGR) पर संकुचित हुआ है।
- इस उप-क्षेत्र का GVA वर्ष 2011-12 में ही 4 करोड़ रुपये था जो वर्ष 2019-20 में घटकर लगभग 3 करोड़ रुपये रह गया और वर्ष 2020-21 और 2021-22 के दौरान 3 करोड़ रुपये से कम रहा।
- तृतीयक क्षेत्र के GVA में इस उप-क्षेत्र की हिस्सेदारी लगभग नगण्य है।

स्थिर कीमतों पर तृतीयक क्षेत्र और इसके उप-क्षेत्रों के उत्पादन का मूल्य (₹ करोड़)

वस्तु	व्यापार, मरम्मत, होटल और रेस्तरां	परिवहन, भंडारण, संचार और प्रसारण से संबंधित सेवाएं	वित्तीय सेवाएं	अचल संपत्ति, आवास और पेशेवर सेवाओं का स्वामित्व	लोक प्रशासन	अन्य सेवाएं	तृतीय श्रेणी का उद्योग
2018-19	26569	15063	6250	18432	12536	11454	90304
2019-20	29289	15745	6632	19194	11271	14200	96331
2020-21 (P.)	23507	13019	6997	18592	11656	14221	87991
2021-22 (Pr.)	26387	13613	7416	19850	11880	15440	94586
CAGR 2011-12 और 2019-20	12.4	6.2	6.1	7.2	1.7	8.6	7.6
विकास दर 20-21	-19.7	-17.3	5.5	-3.1	3.4	0.1	-8.7
विकास दर 2021-22	12.3	4.6	6.0	6.8	1.9	8.6	7.5
2011-12 और 2020-21 के बीच CV*	30.5	13.7	18.6	19.8	18.1	26.3	20.4

* Coefficient of variation (CV)

आर्थिक नियोजन

परिचय

- आर्थिक नियोजन का अर्थ स्वीकृत राष्ट्रीय प्राथमिकताओं के अनुसार संसाधनों का विभिन्न विकासात्मक क्रियाओं में प्रयोग करना है।
- आर्थिक नियोजन एक संगठित आर्थिक प्रयास है, जिसमें राज्य एक निश्चित अवधि में, निश्चित आर्थिक और सामाजिक लक्ष्यों की प्राप्ति के लिए प्राकृतिक, आर्थिक और मानवीय संसाधनों को विवेकपूर्ण ढंग से समन्वय और नियंत्रण करता है।
- भारत में नियोजन को 'समवर्ती सूची' (सातवीं अनुसूची) के रूप में जाना जाता है।
- किसी राज्य के आर्थिक नियोजन के घटकों में उस राज्य विशेष का स्वास्थ्य, रोजगार, कृषि, सिंचाई की स्थितियां, विद्युत् आपूर्ति, गरीबी एवं रहन-सहन का स्तर, मुद्रास्फीति का स्तर आदि शामिल होता है। आर्थिक नियोजन के विस्तृत अध्ययन के लिए इन घटकों का अध्ययन अनिवार्य है।

झारखंड में स्वास्थ्य की स्थिति

- वर्तमान में, सतत विकास लक्ष्य (SDG)-3 के अधिकांश संकेतकों में, जो अच्छे स्वास्थ्य और कल्याण का प्रतिनिधित्व करते हैं, झारखंड की स्थिति राष्ट्रीय औसत से बेहतर है। स्वास्थ्य क्षेत्र के विभिन्न स्तर निम्न है:

बाल स्वास्थ्य

- वर्तमान में, झारखंड राज्य में बच्चों और वयस्कों के बीच स्वास्थ्य की स्थिति में महत्वपूर्ण सुधार हुआ है, हालांकि प्राप्त परिणामों के स्तरों में जिलों में भारी असमानता है।

बाल स्वास्थ्य के अंतर्गत मृत्यु दर संकेतक- झारखंड एवं भारत का तुलनात्मक अध्ययन

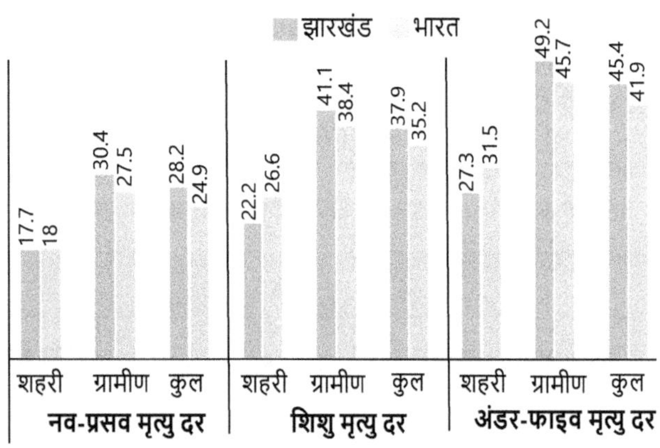

पोषण स्तर

- पोषण की कमी एक और समस्या है जिससे राज्य जूझ रहा है। कुपोषण की उच्च दर के परिणामस्वरूप एक बच्चे की खराब वृद्धि और विकास होता है और अंततः भविष्य के आर्थिक नुकसान हो सकते हैं।
- चार संकेतकों अर्थात अविकसित, कुपोषित, कम वजन और अधिक वजन का उपयोग करके, बच्चों की पोषण स्थिति की तुलना सम्पूर्ण भारतीय स्तर से की जाती है।
- यह देखा गया है कि झारखंड में 39.4 प्रतिशत बच्चे कम वजन के हैं जो सम्पूर्ण भारतीय स्तर 32.1 प्रतिशत से बहुत अधिक है।
- झारखंड में 2.8 प्रतिशत बच्चे अधिक वजन वाले हैं, यह सम्पूर्ण भारतीय स्तर 3.4 प्रतिशत से काफी कम है।

पोषण संबंधी संकेतकों का अध्ययन

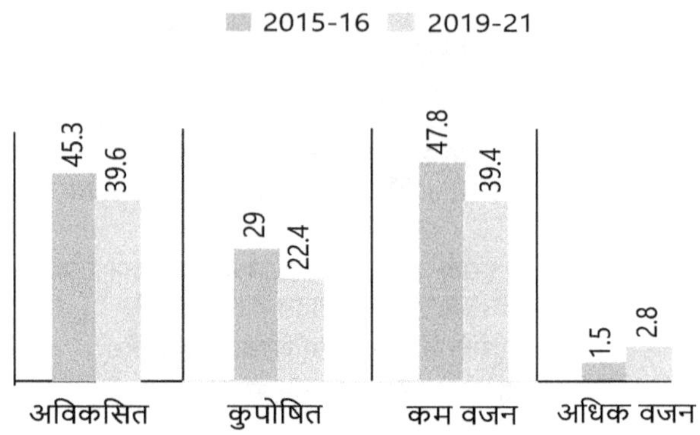

एनीमिया संकेतक

- झारखंड में, आयु वर्ग 6-59 महीने के लगभग 67.5 प्रतिशत बच्चे एनीमिया से ग्रस्त हैं जो 67.1 प्रतिशत के अखिल भारतीय स्तर के समान है।

6-59 महीने के एनीमिया से ग्रसित बच्चे (झारखंड एवं भारत)

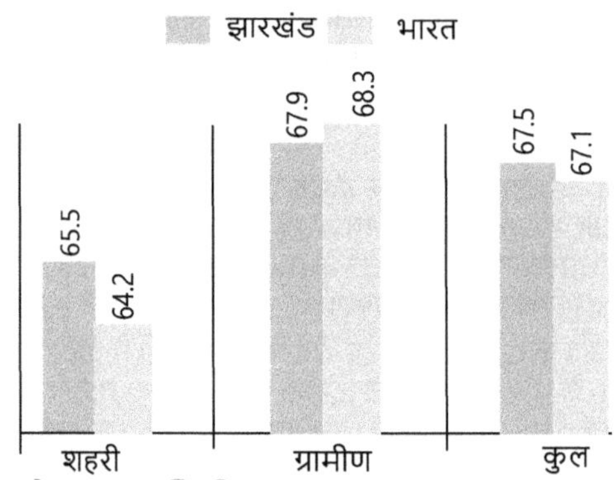

झारखंड में स्तनपान स्थिति

- झारखंड में, 76.1 प्रतिशत शिशु (6 महीने से कम) 'विशिष्ट स्तनपान' के अंतर्गत थे। यह दर राष्ट्रीय औसत 63.7 प्रतिशत से काफी अधिक है।
- 2015-16 में यह 64.8 प्रतिशत बताई गई थी, जो 2019-21 में बढ़कर 76.1 प्रतिशत हो गई है।

विशिष्ट स्तनपान के अंतर्गत शिशु (6 महीने से कम)- (झारखंड एवं भारत)

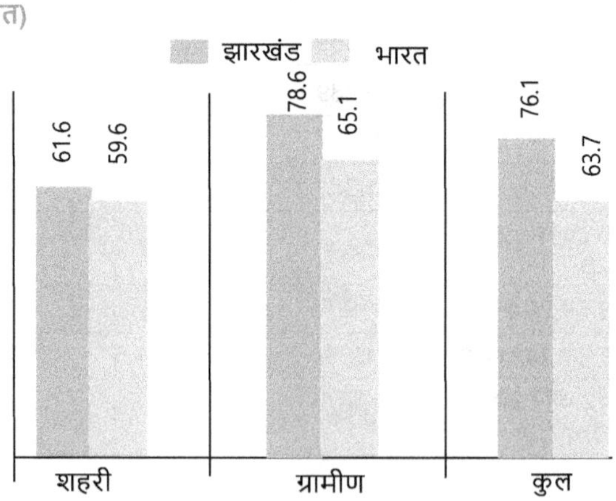

मातृ स्वास्थ्य और मृत्यु दर स्थिति

- देश में और झारखंड में भी मातृ मृत्यु दर में कमी आई है। 2018-19 में, झारखंड में एमएमआर (मातृ मृत्यु दर) प्रति 1,00,000 पर जीवित जन्म 56 था, जो प्रति 10,000 जीवित जन्मों पर 97 के अखिल भारतीय आंकड़े से बहुत कम है।
- झारखंड में, केवल 38.6 प्रतिशत माताओं को 4 बार प्रसवपूर्व देखभाल विज़िट प्राप्त हुईं जो अखिल भारतीय औसत 58.1 प्रतिशत से बहुत कम है। अत: प्रसवपूर्व देखभाल बढ़ाने के लिए राज्य की स्वास्थ्य व्यवस्था सुविधाओं में सुधार लाने की आवश्यकता है।

कोविड-19 टीकाकरण स्थिति

- मार्च 2022 को जारी आंकड़ों के अनुसार, राज्य में टीकाकरण करने वालों की कुल संख्या 4,33,41,816 थी। राज्य के सभी जिलों ने टीकाकरण का निर्धारित लक्ष्य हासिल कर लिया है।
- रांची में सबसे अधिक अर्थात कुल 39,29,086 लोगों को टीका लगाया गया, उसके बाद पूर्वी सिंहभूम में जहां 35,81,069 लोगों को टीका लगाया गया।
- टीकाकरण किए गए लोगों की संख्या संबंधित जिलों की जनसंख्या पर भी निर्भर करती है।

स्वास्थ्य में राज्य का व्यय

- भारत में प्रति व्यक्ति कुल स्वास्थ्य व्यय 4470 रुपये है, जबकि राज्य में यह 2995 रुपये (बहुत कम) है। राज्य में सकल घरेलू उत्पाद के प्रतिशत के रूप में सरकारी स्वास्थ्य व्यय केवल 1 प्रतिशत है।

स्वास्थ्य व्यय संकेतक- झारखंड एवं भारत

संकेतक	झारखंड	भारत
प्रति व्यक्ति कुल स्वास्थ्य व्यय (₹ में)	2995	4470
प्रति व्यक्ति सरकारी स्वास्थ्य व्यय (₹ में)	1005	1815
सकल घरेलू उत्पाद (जीएसडीपी) के % के रूप में सरकारी स्वास्थ्य व्यय	1.2	1.28
सरकारी स्वास्थ्य व्यय सामान्य सरकारी व्यय (GGE) के % के रूप में	6.1	4.81
कुल स्वास्थ्य व्यय के हिस्से के रूप में ओओपीई (THE) %	63.9	48.2

- शहरी क्षेत्रों में स्वास्थ्य सेवा वितरण प्रणाली को बढ़ाने के लिए राज्य सरकार ने, राज्य के 17 जिलों में 25 अटल क्लीनिक शुरू किये थे।
- सितंबर, 2022 तक, कुल 99 अटल क्लीनिक स्थापित किए जा चुके हैं, जिनमें से 98 क्लीनिक कार्यरत हैं।

	अटल क्लीनिकों की संख्या	स्थापित	कार्यात्मक	डॉक्टरों का पैनल	2022 में आयोजित ओपीडी की कुल संख्या (सितंबर 2022 तक)
झारखंड	100	99	98	77	126.138
पूर्वी सिंहभूम	17	16	16	12	22,177
धनबाद	12	12	12	10	14,454
रांची	12	12	12	11	14,288
बोकारो	10	10	10	9	11,423
देवघर	9	9	9	9	31,570

झारखंड में रोजगार की स्थिति

- ग्रामीण क्षेत्रों में, झारखंड की बेरोजगारी दर सभी आयु समूहों और पुरुषों और महिलाओं दोनों में देश के औसत से कम है।
- ग्रामीण क्षेत्रों में महिलाओं की बेरोजगारी दर देश में सभी आयु वर्ग की महिलाओं की तुलना में लगभग 95 प्रतिशत कम है।
- शहरी क्षेत्रों में, राज्य में पुरुषों की बेरोजगारी दर देश के पुरुषों की तुलना में अधिक है।
- हालांकि, महिलाओं के बीच, यह देश भर में महिलाओं की तुलना में कम है।
- झारखंड में श्रम-बल भागीदारी दर (LFPR) और श्रमिक जनसंख्या अनुपात (WPR), दोनों भारतीय औसत से अधिक है, हालांकि 2017-18 से 2020-21 की अवधि के दौरान दोनों में बहुत उच्च दर से वृद्धि हुई है।
- WPR, LFPR की तुलना में तेजी से बढ़ा है, जबकि LFPR 11.8 प्रतिशत की औसत वार्षिक दर से बढ़ा है। इस अवधि में WPR 13.6 प्रतिशत की दर से बढ़ा है।

आवधिक श्रम बल सर्वेक्षण वार्षिक रिपोर्ट, 2022, (NSSO, MoSPI, भारत सरकार द्वारा जारी आकड़ो के अनुसार) बेरोजगारी दर प्रतिशत

वर्ष		झारखंड				भारत			
		15-29 वर्ष	15-59 वर्ष	15 वर्ष और उससे अधिक	सभी आयु वर्ग के	15-29 वर्ष	15-59 वर्ष	15 वर्ष और उससे अधिक	सभी आयु वर्ग के
ग्रामीण	पुरुष	7.2	3.2	3.0	2.9	11.6	4.3	3.8	3.9
	महिला	0.4	0.1	0.1	0.1	8.2	2.2	2.1	2.1
	व्यक्ति	**4.9**	**2.0**	**1.9**	**1.8**	**10.7**	**3.6**	**3.3**	**3.3**
शहरी	पुरुष	23.4	10.4	10.0	9.9	16.6	6.4	6.1	6.1
	महिला	18.9	7.3	6.8	6.8	24.9	9.1	8.6	8.6
	व्यक्ति	**22.6**	**9.8**	**9.3**	**9.3**	**18.5**	**7.1**	**6.7**	**6.7**
ग्रामीण+शहरी	पुरुष	10.5	4.8	4.4	4.4	13.0	4.9	4.5	4.5
	महिला	2.2	0.8	0.7	0.7	12.5	3.7	3.5	3.5
	व्यक्ति	**7.9**	**3.4**	**3.1**	**3.1**	**12.9**	**4.6**	**4.2**	**4.2**

झारखंड में कृषि एवं सिंचाई की स्थिति

- झारखंड का समग्र विकास कृषि एवं उससे संबंधित उद्योगों के विकास पर निर्भर करता है।
- पिछले पांच वर्षों (2017-22) में, इस क्षेत्र ने खरीफ और रबी दोनों मौसमों के लिए फसल उत्पादन, उपज और क्षेत्र में वृद्धि देखी है।
- फिर भी, उत्पादन के तरीकों में परिवर्तन हुए हैं। फसल सघनता में भी काफी वृद्धि हुई है, जो 2017-18 में 140.8 प्रतिशत से बढ़कर 2018-19 में 142.4 प्रतिशत हो गई है, तथा 2020-21 में घटकर 135.8 प्रतिशत हो गई है।
- झारखंड में, भूमि के स्वामित्व का वितरण काफी विषम है, जिसमें लगभग 70 प्रतिशत जोत सीमांत प्रकृति की है और कुल 3091 हजार हेक्टेयर भूमि (24 प्रतिशत) में से केवल 754 हजार हेक्टेयर को कवर करती है।
- दामोदर, मयूराक्षी, बराकर, उत्तरी कोयेल, दक्षिणी कोयेल, संख, सुवर्णरेखा, खरकई और अजय यहाँ की प्रमुख नदियाँ हैं और राज्य के जल का प्रमुख स्रोत है।
- राज्य में कुल बुवाई का क्षेत्र 1.57 लाख हेक्टेयर है जिसमें से 8 प्रतिशत क्षेत्र में ही सिंचाई की सुविधा उपलब्ध हो पाती है।

विद्युत आपूर्ति एवं उत्पादन स्थिति

- झारखंड में स्थापित विद्युत क्षमता 2,590 मेगावाट है। जिसके स्रोत, 420 मेगावट तेनुघाट ताप बिजलीघर से, 840 मेगावाट पतरातू ताप पनबिजलीघर से, 130 सिक्कीद्रि बिजली परियोजना से और 1,200 मेगावाट दामोदर घाटी निगम ताप/पनबिजली परियोजना से हैं।
- ताप व पनबिजली पर आधारित विभिन्न बिजलीघरों की क्षमता 4,736 मेगावाट की जा सकती है जिसमें 686 पनबिजली उत्पादन शामिल है।

बिजली से युक्त घरों में रहने वाली आबादी	शहरी	99.0%
	कुल	94.3%

2020 - 21 तक झारखंड में स्रोत-वार सकल सिंचित क्षेत्र (हेक्टेयर में)

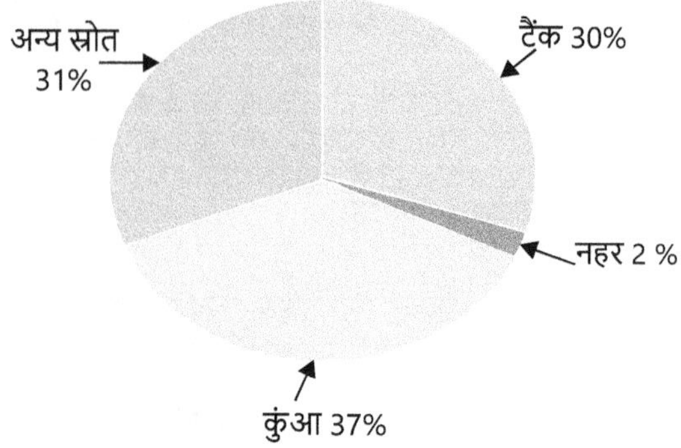

झारखंड में मुद्रास्फीति का स्तर

- झारखंड में, मुद्रास्फीति की दर वर्ष 2021 के दौरान 'नई मौद्रिक नीति ढाँचे' में निर्धारित दर के भीतर रही लेकिन वर्ष 2022 में इस स्तर से अधिक हो गई। वर्ष 2022 में मुद्रास्फीति की दर जनवरी 2022 से अक्टूबर 2022 तक उच्च रही थी।
- आरबीआई की निर्धारित ऊपरी सीमा जो 6 प्रतिशत से अधिक बनी हुई है और इस वर्ष (2023) के पिछले दो महीनों में 6 प्रतिशत से थोड़ी कम रही है।
- झारखंड में पिछले डेढ़ वर्ष अर्थात अगस्त 2021 से दिसंबर 2022 के दौरान अन्य वस्तु समूहों की तुलना में ईंधन और प्रकाश और कपड़े और जूते की कीमतों में बहुत तेजी से वृद्धि हुई है।
- पिछले दो महीनों में राज्य की मुद्रास्फीति दर में कमी आई है जिसका कारण वर्ष 2022 (नवंबर और दिसंबर 2022) में इन वस्तुओं की कीमत में वृद्धि की दर में कमी है।

झारखंड में गरीबी का स्तर

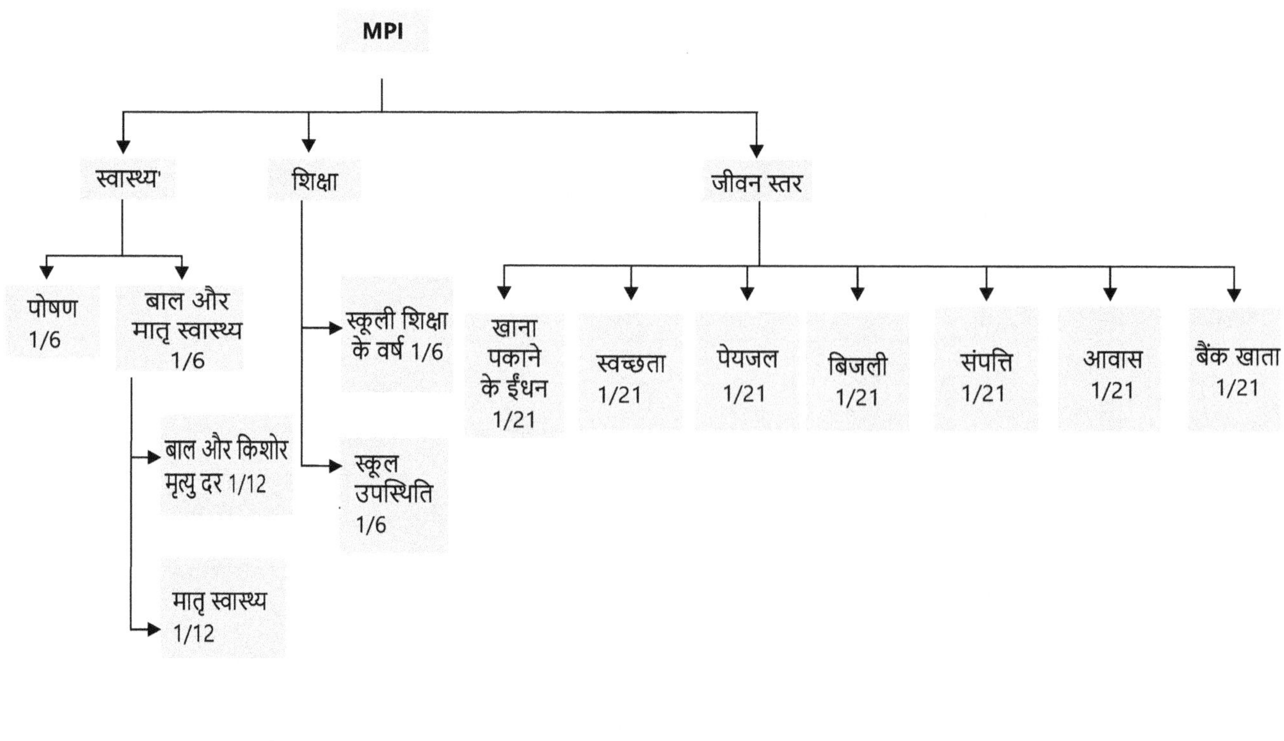

- बहुआयामी गरीबी सूचकांक (एमपीआई), जैसा कि नीति आयोग द्वारा गणना की गई है, लोगों के अभाव के 12 संकेतकों का एक संयुक्त सूचकांक है।
- ये 12 संकेतक पोषण, बाल और किशोर मृत्यु दर, मातृ स्वास्थ्य, स्कूली शिक्षा के वर्ष, स्कूल में उपस्थिति, खाना पकाने के ईंधन तक पहुंच, स्वच्छता, पेयजल, बिजली, आवास, संपत्ति और बैंक खाते हैं।
- वे मानव जीवन के तीन सबसे महत्वपूर्ण आयामों-स्वास्थ्य, शिक्षा और जीवन स्तर से संबंधित हैं। पहले तीन संकेतक स्वास्थ्य से संबंधित हैं, अगले दो शिक्षा से संबंधित हैं और अंतिम सात जीवन स्तर से संबंधित हैं।
- तीन आयामों को उनमें से प्रत्येक को समान भार -1 / 3 भार सौंपा गया है। प्रत्येक आयाम के भीतर, प्रत्येक संकेतक को एक समान भार दिया गया है।
- इस प्रकार, पोषण को 1/6 वां भार और 'बाल और किशोर मृत्यु दर' और 'मातृ स्वास्थ्य' को मिलाकर 1/6 वां भार दिया गया है, अर्थात उनमें से प्रत्येक को 1/12 वां; 'स्कूली शिक्षा के वर्ष' और 'स्कूल उपस्थिति' प्रत्येक को 1/6 वां भार दिया गया है; और 'खाना पकाने के ईंधन तक पहुंच', 'स्वच्छता', 'पेयजल', 'बिजली', 'आवास', 'संपत्ति और बैंक खाते' के प्रत्येक संकेतक को 1/21 भार सौंपा गया है।
- राष्ट्रीय परिवार स्वास्थ्य सर्वेक्षण (NFHS) द्वारा प्रदान किए गए डेटा का उपयोग बहुआयामी गरीबी की गणना के लिए किया जाता है।
- नीति आयोग ने 'राष्ट्रीय बहुआयामी गरीबी सूचकांक बेसलाइन रिपोर्ट-2021' प्रकाशित की थी, जिसमें राज्य में 42.16 प्रतिशत लोग गरीब पाए गए थे।
- बहुआयामी गरीबों का प्रतिशत ग्रामीण क्षेत्रों में 50.93 प्रतिशत और शहरी क्षेत्रों में 15.26 प्रतिशत पाया गया।
- राज्य में गरीबी की तीव्रता 47.91 प्रतिशत अर्थात ग्रामीण क्षेत्रों में 48.27 प्रतिशत और शहरी क्षेत्रों में 44.24 प्रतिशत थी।
- राज्य का बहु-आयामी गरीबी सूचकांक (हेड काउंट अनुपात और गरीबी की तीव्रता का उत्पाद) इस प्रकार ग्रामीण क्षेत्रों में 0.202 अर्थात 0.246 और शहरी क्षेत्रों में 0.067 था।
- ये गणना वर्ष 2015-16 के दौरान आयोजित NFHS-IV के चौथे दौर पर आधारित थी।
- वर्ष 2015-16 और 2019-21 के बीच, अर्थात NFHS के चौथे और पांचवें दौर के बीच झारखंड में गरीबी का हेड काउंट अनुपात लगभग 13 प्रतिशत (5.6 प्रतिशत अंक) कम हो गया।
- इस अवधि में ग्रामीण क्षेत्रों में गरीबी का सिर गणना अनुपात लगभग 17 प्रतिशत (8.7 प्रतिशत अंक) और शहरी क्षेत्र में लगभग 27 प्रतिशत (4.2 प्रतिशत अंक) कम हुआ।
- राज्य में गरीबी की तीव्रता में भी 8.6 प्रतिशत (4.1 प्रतिशत अंक) की कमी आई है।
- इस अवधि के दौरान राज्य के ग्रामीण क्षेत्रों में इसमें 10.2 प्रतिशत (4.9 प्रतिशत अंक) और शहरी क्षेत्र में 6.2 प्रतिशत (2.7 प्रतिशत अंक) की कमी आई।

उद्योग

- जब मानव ज्ञान और कौशल का उपयोग करके किसी विशेष क्षेत्र में वस्तुओं का निर्माण, उत्पादन या वृहद रूप से सेवा प्रदान किया जाता है, तो उन्हें उद्योग कहा जाता है।
- उद्योगों के फलस्वरूप उत्पादों की गुणवत्ता बढ़ती है और उनके दाम सस्ते होते हैं, जिससे लोगों के जीवन में सुधार होता है और वे सुविधाजनक जीवन जीने के लिए सक्षम होते हैं।

उद्योगों के प्रकार

- सूक्ष्म, लघु और मध्यम उद्यम (MSME) विकास की प्रक्रिया में महत्वपूर्ण भूमिका निभाते हैं और उद्यमशीलता को व्यापक बनाकर स्थानीय रूप से कच्चे माल और स्वदेशी कौशल का उपयोग करके आर्थिक समृद्धि के लिए उत्पादन, रोज़गार और निर्यात के संदर्भ में औद्योगीकरण के महत्वपूर्ण पहलू को संभव बनाते हैं।
- सूक्ष्म, लघु और मध्यम उद्यम आर्थिक विकास में महत्वपूर्ण भूमिका निभाते हैं और सकल घरेलू उत्पाद का 29.7 प्रतिशत और निर्यात में 49.66 प्रतिशत योगदान करते हैं।
- इस क्षेत्र से कृषि के बाद, लगभग 60 मिलियन लोगों को रोजगार उपलब्ध होता है जो 28.5 मिलियन उद्यमों के माध्यम से होता है।
- सूक्ष्म, लघु और मध्यम उद्यम, बड़े उद्योगों के सहायक होते हैं और स्वदेशी कौशलों, आधारिक नवाचारों और उद्यमिता विकास के लिए अनुकूल वातावरण बनाने के लिए मूल्य श्रृंखला का एक अभिन्न अंग होते हैं।
- इस क्षेत्र में हथकरघा, हस्तशिल्प, नारियल-जटा (कॉइअर), रेशम-उत्पादन, खादी और ग्रामोद्योग, लघु उद्योग और पावरलूम जैसे आठ उपसमूह होते हैं।
- खादी, ग्रामोद्योग और नारियल-जटा (कॉइअर) क्षेत्र MSME के विकास में अन्य प्रमुख योगदाता हैं।
- कई वैश्विक कंपनियाँ भारतीय MSME से आपसी लाभ की रणनीतिक साझेदारी के लिए तेजी से देख रही हैं, जिसमें कम लागत वाले उत्पादों का विनिर्माण स्थानीय कौशलों और क्षमताओं के साथ नवाचारी क्षमताओं के एक संयोजन का होता है।

इकाइयों का प्रकार	संयंत्र और मशीनरी में निवेश	कुल बिक्री या कारोबार
सूक्ष्म उद्यम	1 करोड़	5 करोड़ से अधिक नहीं होता
लघु उद्यम	10 करोड़	50 करोड़ से अधिक नहीं होता
मध्यम उद्यम	50 करोड़	250 करोड़ से अधिक नहीं होता

लघु तथा मध्यम उद्यम के % शेयर	
सूक्ष्म उद्यम	99.4%
लघु उद्यम	0.52%
मध्यम उद्यम	0.1%

झारखंड में उद्योग की स्थिति

- झारखंड राज्य के आर्थिक विकास में प्राकृतिक संसाधनों का अत्यधिक योगदान है। झारखंड में खनिज संसाधन की विस्तृतता के कारण अनेक खनिज आधारित उद्योगों का विकास हुआ है।
- कुल खनिज संपदा का 40 प्रतिशत से अधिक भाग झारखंड राज्य में ही पाया जाता है। उद्योग से रोजगार के अवसर प्राप्त होते है
- कुटीर उद्योगों में बहुत कम पूँजी की आवश्यकता होती है और अधिकांशतः इनमें व्यक्ति का पुश्तैनी कार्य होता है।
- झारखंड तेजी से औद्योगीकरण के मामले में भारत का अग्रणी राज्य बनता जा रहा है।
- झारखंड का प्रशासन सक्रिय रूप से कौशल के विकास पर काम कर रहा है और राज्य के निर्यात की मात्रा बढ़ा रहा है।
- झारखंड सरकार ने अपने मुख्य स्तंभों में से एक के रूप में खनन और

खनिज, कृषि और प्रसंस्कृत खाद्य सहित श्रम-गहन व्यवसायों के विकास के माध्यम से विकेंद्रीकृत नौकरी के विस्तारीकरण पर प्रकाश डाला है।

- झारखंड सरकार खनिज अन्वेषण, इस्पात, प्लास्टिक, रसायन, बिजली, सीमेंट, धातु विज्ञान और वाहन घटकों, प्रकाश इंजीनियरिंग और वस्त्र सहित विभिन्न प्रकार के उद्योगों में निवेश को प्रोत्साहित करती है।
- रेशम उत्पादन, हथकरघा, हस्तकला, खादी और वस्त्र जैसे मौजूदा ग्रामीण उद्योगों को पुनर्जीवित करने हेतु और उन्हें विश्व स्तर पर प्रतिस्पर्धी बनाने के लिए आधुनिकीकरण/ तकनीकी उन्नयन में सहायता करने और आवश्यक सामान्य सुविधाएँ, बैकवर्ड और फॉरवर्ड लिंकेज तथा विपणन समर्थन प्रदान करने की योजना है।
- उद्योग समर्थक रणनीति और निवेशक अनुकूल माहौल के कारण झारखंड के औद्योगिक क्षेत्र ने अपेक्षाकृत सफलतापूर्वक प्रदर्शन किया है। राज्य ने अनिवार्य रूप से सभी उप-क्षेत्रों को उनकी संपूर्णता में शामिल कर लिया है।

औद्योगिक उत्पादन में उप-क्षेत्रों का हिस्सा

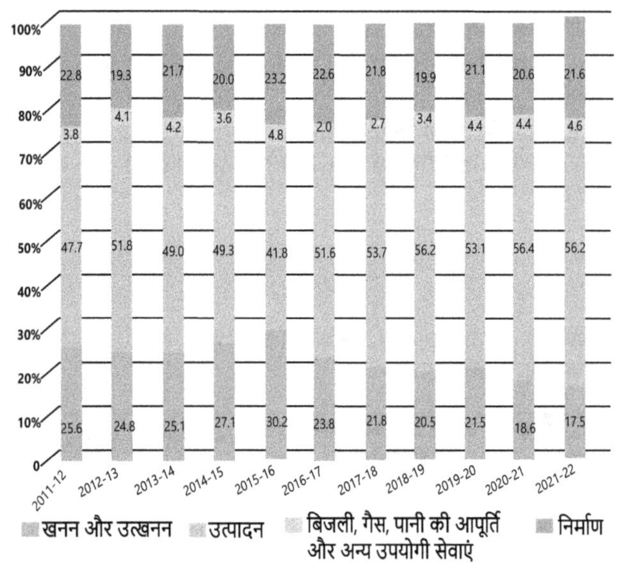

झारखंड उद्योग संरचना

- पुराने औद्योगिक क्षेत्रों की मौजूदा संरचना जीर्ण-शीर्ण हो गई है, जो उनके औद्योगिक इकाइयों पर असर डाल रही है।
- इसलिए, राज्य सरकार अगले वित्तीय वर्ष में सभी पुराने औद्योगिक क्षेत्रों को पुनर्निर्माण करने का कार्य करेगी।
- इसके अलावा, क्षेत्रीय संतुलन बनाने और नए औद्योगिक क्षेत्रों के निर्माण के विकल्पों को ध्यान में रखते हुए नए औद्योगिक क्षेत्र का भी प्रस्ताव है।
- 2023-24 के वर्ष में, MSME (सूक्ष्म, लघु और मध्यम उद्यम) क्षेत्र के माध्यम से बड़े पैमाने पर रोजगार के अवसर प्रदान करने, ग्रामीण क्षेत्रों के औद्योगिकीकरण और क्षेत्रीय असंतुलन को कम करने के लिए एक विशेष MSME निदेशालय स्थापित करने का प्रस्ताव है।
- इसके साथ ही, MSME को विशेष रूप से प्रोत्साहन प्रदान करने और उनकी जरूरतों को पूरा करने के लिए एक नई MSME नीति भी लागू की जाएगी।
- झारखंड फूड/फीड प्रसंस्करण प्रोसेसिंग इंडस्ट्री पॉलिसी, 2015 के तहत बड़े पैमाने में रोजगार सृजन तथा निवेश हुआ है तथा कृषि उत्पाद का मूल्य संवर्धन एवं किसानों की आय तथा उत्पादों की गुणवत्ता में वृद्धि हुई है।
- राज्य में उद्योगों के विकास और विस्तार विशेषकर मध्यम, लघु और सूक्ष्म उद्योगों को प्रधानता देते हुए वर्ष 2023-24 में उद्योग विभाग के लिए 474.50 करोड़ रुपये का बजट प्रस्तावित है।

झारखंड में खनिजों का महत्व

- राज्य के औद्योगिक उत्पादन में खनन का बड़ा हिस्सा है।
- झारखंड में सबसे अधिक उत्पादन वाला खनिज कोयला है, जो 126587174.9 मीट्रिक टन के करीब है। इसके बाद लौह अयस्क और बॉक्साइट का स्थान है।
- खनिजों के उत्पादन से कुल राजस्व संग्रह वर्ष 2020-21 में 4413.78 करोड़ रु. रहा।
- यह 2022-23 में 4486.26 करोड़ रुपये घटने से पहले 2021-22 में बढ़कर 6909.34 करोड़ रुपये हो गया।
- झारखंड में खनिज संसाधनों की प्रचुरता है, जिसमें कोयला (भारत के भंडार का 27.3 प्रतिशत), लौह अयस्क (भारत के भंडार का 26 प्रतिशत), तांबा अयस्क (भारत के भंडार का 18.5 प्रतिशत), यूरेनियम, अभ्रक, बॉक्साइट, ग्रेनाइट, चूना पत्थर, चांदी, ग्रेफाइट, मैग्नेटाइट और डोलोमाइट शामिल हैं।
- झारखंड के विशाल खनिज संसाधन खनन, धातु और संबद्ध क्षेत्रों को निवेश के लिए विशेष रूप से वांछनीय बनाते हैं क्योंकि इसमें देश के खनिज खजाने का 40 प्रतिशत से अधिक है।
- झारखंड भारत में कोकिंग कोल, यूरेनियम और पाइराइट का एकमात्र उत्पादक है।
- इसके अलावा, राज्य कोयला, अभ्रक, ग्रेनाइट और तांबे का एक प्रमुख उत्पादक है।
- झारखंड भारत का प्रमुख तसर रेशम उत्पादक (गैर-शहतूत रेशम) है।
- वर्ष 2020-21 में निरपेक्ष रूप से प्रमुख खदानों से खनिजों का कुल उत्पादन 316804034.9 मीट्रिक टन था; जो 2021-22 में घटकर 184390410 मीट्रिक टन और फिर 2022-23 में 138156275.4 मीट्रिक टन हो गया।
- इसी प्रकार लघु खदानों से खनिजों का कुल उत्पादन 2020-21 में 717009815.8 घन फुट (Cft.) रहा।
- यह 2021-22 में बढ़कर 717537217.6 (Cft.) हो गया और फिर 2022-23 में यह घटकर 327215226.5 (Cft.) हो गया।

झारखंड में खनिज आधारित उद्योग

1. लौह एवं इस्पात उद्योग (Iron and Steel Industry)
   - टाटा आयरन एण्ड स्टील कंपनी (टिस्को) (Tata Iron & Steel Company - TISCO)
     - टाटा स्टील की स्थापना 1907 में दोराबजी टाटा ने साकची (जमशेदपुर) में की थी और 1911 में इस संयंत्र से लोहे का उत्पादन शुरू हुआ।
     - 1914 में इस्पात का उत्पादन भी प्रारंभ हुआ। टाटा स्टील की स्थापना का विचार जमशेदजी नौशेरवानजी टाटा का था। हालांकि, उन्हें टाटा स्टील का वास्तविक संस्थापक माना जाता है।
     - यह भारत का प्रथम और सबसे बड़ा लोहा एवं इस्पात संयंत्र है।
     - यह स्थापित होने के समय सबसे बड़ा इस्पात निर्माण संयंत्र था।
     - यह पूर्वी सिंहभूम जिले में स्थित है, जो स्वर्णरेखा और खरकई नदी के संगम पर है।
     - 1948 में टाटा समूह ने अपने उद्योगों का विस्तार करते हुए जमशेदपुर में 'टाटा इंजीनियरिंग एंड लोकोमोटिव' की स्थापना की गई थी।
     - 2005 में टिस्को का नाम बदलकर उसे 'टाटा स्टील' (Tata Steel) कर दिया गया है।

टिस्को को विभिन्न खनिजों की प्राप्ति निम्न स्थानों से होती है:-

1. कोकिंग कोयला- रानीगंज तथा झरिया से

2. मैंगनीज एवं क्रोमाइट- चाईबासा खान से
3. चूना पत्थर एवं डोलोमाइट- सुन्दरनगर (उड़ीसा) से
4. कच्चा लोहा- मयूरभंज तथा नोआमुण्डी (सिंहभूम) से

- बोकारो स्टील संयंत्र (Bokaro Steel Plant)
  - 29 जनवरी 1964 में स्थापित यह झारखंड का दूसरा लौह-इस्पात उद्योग है। 2 अक्टूबर 1972 में इस संयंत्र में आग की पहली भट्टी स्थापित की गई थी।
  - 1974 से इस संयंत्र में उत्पादन प्रारंभ हुआ और 26 फरवरी, 1978 को यहाँ से 1.7 मीट्रिक टन इगनाट स्टील (Ignot Steel) का उत्पादन पूर्ण हुआ।
  - यह भारत का पहला स्वदेशी स्टील संयंत्र है।
  - यह बोकारो के माराफारी नामक स्थान पर स्थित है।
  - इसकी स्थापना रूस (सोवियत यूनियन) की सहायता से हुई थी।
  - यह भारत का चौथा बड़ा लौह-इस्पात संयंत्र है।
  - यह संयंत्र दामोदर नदी घाटी के तेनुघाट और गरगा डैम के समीप स्थित है।
  - इसका संचालन स्टील अथॉरिटी ऑफ इंडिया लिमिटेड (SAIL) के अंतर्गत किया जाता है।

इस संयंत्र को विभिन्न खनिजों की प्राप्ति निम्न स्थानों से होती है:-

1. कोकिंग कोयला- झरिया से
2. लौह-अयस्क- क्योंझोर की खान से
3. चूना पत्थर- मध्य प्रदेश से

2. तांबा उद्योग (Copper Industry)

- 1924 में झारखंड के सिंहभूम जिले में भारत का प्रथम तांबा उद्योग स्थापित किया गया था।
- ये खाने तांबे के अयस्क को रज्जूमार्ग द्वारा मउ भंडारा भेजते थे, जहाँ इससे शुद्ध तांबा निकाला जाता था।
- 1930 में इंडियन कॉपर कॉरपोरेशन (Indian Copper Corporation) ने घाटशिला के पास एक तांबा शोधन केन्द्र स्थापित किया था।
- झारखंड में तांबा उद्योग के अन्य महत्वपूर्ण केन्द्र:-
  1. हिन्दुस्तान कॉपर लिमिटेड - जादूगोड़ा
  2. इंडियन केबल कंपनी लिमिटेड – जमशेदपुर

3. एलुमिनियम उद्योग (Aluminium Industry)

- भारत में एलुमिनियम अयस्क (एलुमिना) का 16% भाग झारखंड से प्राप्त होता है।
- झारखंड के मुरी (रांची) में इंडियन एलुमिनियम कंपनी लिमिटेड द्वारा 1938 में एलुमिनियम उद्योग की स्थापना की गई है।
- यह भारत का दूसरा सबसे पुराना एवं दूसरा सबसे बड़ा संयंत्र है।
- इस संयंत्र को लोहरदगा से बॉक्साइट के रूप में कच्चा माल प्राप्त होता है।
- बॉक्साइट से एलुमिना बनाकर यह अलमपुरम और अलवा (केरल), बेलूर (कोलकाता) और लेई (मुंबई) के कारखानों में भेजा जाता है।
- एलुमिनियम का उपयोग बर्तन, बिजली के तार, मोटर, रेल और वायुयान बनाने में किया जाता है।

4. सीमेंट उद्योग (Cement Industry)

- झारखंड में चूना पत्थर के प्रचुर भंडार के कारण यहाँ सीमेंट उद्योग का पर्याप्त विकास संभव हो रहा है।
- झारखंड के जपला (पलामू), झींकपानी (पश्चिमी सिंहभूम), खलारी (रांची), सिंदरी (धनबाद), जमशेदपुर (पूर्वी सिंहभूम), डोमोटांड (हजारीबाग) इत्यादि क्षेत्रों में सीमेंट उद्योग स्थापित किए जा रहे हैं।
- सिंदरी, बोकारो, झींकपानी और जमशेदपुर के कारखानों में सीमेंट बनाने के लिए स्लैग और स्लज का उपयोग किया जाता है। स्लेग और स्लज सीमेंट कारखानों के उत्पाद होते हैं।
- झारखंड में झींकपानी और जमशेदपुर के लाफार्ज सीमेंट कारखाने लोहे-इस्पात उद्योग के अवशेषों पर आधारित सीमेंट संयंत्र हैं।
- झारखंड में पहला सीमेंट उद्योग 1921 में जपला (पलामू) में स्थापित किया गया था।

5. इंजीनियरिंग उद्योग (Engineering Industry)

- हैवी इंजीनियरिंग कॉरपोरेशन (Heavy Engineering Corporation - HEC)
  - 31 दिसंबर 1958 को भारत सरकार ने रूस और चेकोस्लोवाकिया की सहायता से रांची के हटिया नामक स्थान पर एक संयंत्र की स्थापना की।
  - इस संयंत्र की स्थापना कंपनी अधिनियम, 1956 के तहत की गई थी।
  - देश के प्रथम प्रधानमंत्री पंडित जवाहर लाल नेहरू ने अपनी रांची यात्रा के दौरान 15 नवंबर 1963 को इस संयंत्र को राष्ट्र को समर्पित किया था।
  - 1964 में इस संयंत्र में उत्पादन शुरू हुआ।
  - यहाँ कल-कारखानों के लिए मशीनों, कल-पुर्जों और अन्य इंजीनियरिंग उत्पादों का निर्माण किया जाता है।

HEC के द्वारा तीन संयंत्रों की स्थापना की गई है:

1. HMBP (हैवी मशीन बिल्डिंग प्लांट): यह संयंत्र रूस की सहायता से स्थापित हुआ है और किसी भी उद्योग की संरचना डिजाइन करने की क्षमता रखता है।

2. HMTP (हैवी मशीन टूल्स प्लांट): चेकोस्लोवाकिया की सहायता से स्थापित यह संयंत्र भारी मशीनों के औजारों का निर्माण करता है।

3. FFP (फांउड्री फोर्ज प्लांट): यह संयंत्र चोकोस्लोवाकिया की सहायता से स्थापित हुआ है और एक ढलाई भट्टी है। इसमें भारी मशीनों या औजारों के निर्माण के लिए लोहा गलाया जाता है और विशेष आकृतियों में ढालने का काम किया जाता है।

अन्य इंजीनियरिंग इकाईयाँ	
इकाई का नाम	स्थान
गार्डन रीच शिपबिल्डर्स एण्ड इंजीनियर्स लिमिटेड	धुर्वा (रांची)
भारत वेस्टफालिया लिमिटेड	नामकुम (रांची)
ऊषा मार्टिन ब्लैक वायर रोप्स लिमिटेड	टाटीसिल्वे (रांची)
एशियन रिफ्रैक्ट्रीज लिमिटेड	बोकारो
इंडियन एक्सप्लोसिव फैक्ट्री	गोमिया (बोकारो)
टाटा इंजीनियरिंग एण्ड लोकोमोटिव कंपनी (टेल्को)	जमशेदपुर
इंडियन स्टील एण्ड वायर प्रोडक्ट्स लिमिटेड	जमशेदपुर
इंडियन स्टील एण्ड वायर प्रोडक्ट्स लिमिटेड	जमशेदपुर
रेलवे इंजीनियरिंग वर्कशाप	जमशेदपुर
धनबाद इंजीनियरिंग वर्क्स	कुमारधुबी (धनबाद)
हिन्दुस्तान स्टील लिमिटेड	धनबाद
न्यू स्टैंडर्ड इंजीनियरिंग	धनबाद

6. कोयला धोवन उद्योग (Coal Washeries Industry)

- कोयले से शेल, फायरक्ले आदि अशुद्धियों को दूर करने के लिए कोयला धोवन गृहों का उपयोग किया जाता है।

- झारखंड में जामादोबा, बोकारो, लोदला, करगाली, दुगदा, पाथरडीह, कर्णपुरा आदि प्रमुख कोयला धोवन केंद्र हैं।
- बोकारो के करगाली कोल वाशरी एशिया की सबसे बड़ी कोल वाशरी है।

7. उर्वरक उद्योग (Fertilizer Industry)

- भारत का प्रथम उर्वरक कारखाना सिंदरी (धनबाद) में फर्टिलाइजर कॉरपोरेशन ऑफ इंडिया द्वारा 1951 में स्थापित किया गया था।
- 15 जून, 2016 को इसका नामकरण हिन्दुस्तान उर्वरक एवं रसायन लिमिटेड (HUCL) कर दिया गया है जिसे एक संयुक्त उपक्रम कंपनी बना दिया गया है जिसमें निम्न हिस्सेदारी है:

  1. कोल इण्डिया लिमिटेड, एनटीपीसी, आईओसीएल - 89%

  2. फर्टिलाइजर कॉरपोरेशन ऑफ इण्डिया लिमिटेड, हिन्दुस्तान फर्टिलाइजर कॉरपोरेशन लिमिटेड - 11%
- यह पूर्वी भारत का सबसे बड़ा उर्वरक कारखाना है।
- यहाँ अमोनियम सल्फेट, नाइट्रेट और यूरिया उत्पादित किए जाते हैं।

8. काँच उद्योग (Lead Industry)

- भुरकुण्डा (रामगढ़) में जापान के सहयोग से अत्याधुनिक काँच कारखाना स्थापित किया गया है।
- यह कारखाना 'इण्डो-आशाई ग्लास फैक्ट्री' के नाम से भी जाना जाता है।
- झारखंड में काँच का उत्पादन के अन्य प्रमुख क्षेत्र हैं: कतरासगढ़, अम्बोना (धनबाद), और कान्द्रा (सिंहभूम)।
- इसकी कच्चे माल की प्राप्ति राजमहल पहाड़ी क्षेत्र, मंगल घाट और पत्थर घाट से होती है।

9. रिफ्रैक्ट्री उद्योग (Refractory Industry)

- इस उद्योग में उच्च ताप सहन करने वाली धमन भट्टियों का निर्माण किया जाता है जिसका प्रयोग लौह-इस्पात उद्योग सहित विभिन्न उद्योगों में किया जाता है।
- झारखंड में चिरकुण्डा, कुमारधुबी, धनबाद, रांची रोड, मुग्मा आदि क्षेत्रों में इस प्रकार के उद्योगों का विकास हुआ है।
- दामोदर घाटी क्षेत्र में पायी जाने वाली मिट्टी इस उद्योग की स्थापना के लिए महत्वपूर्ण है।

झारखंड में वन आधारित उद्योग

1. लाह उद्योग (Lac Industry)

- भारत में कुल लाह का 60% उत्पादन झारखंड राज्य से होता है।
- लाह उत्पादन के मामले में झारखंड भारत में पहले स्थान पर है।
- कुसुम, पलाश, बेर आदि पौधों पर लाह के कीटों का पालन किया जाता है।
- लाह उत्पादन के दृष्टिकोण से पलामू प्रमंडल इसका पहला स्थान है। इसके बाद रांची और पश्चिमी झारखंड की जगह है।
- विश्व भर में टोरी (लातेहार) का लाह निर्यात की दृष्टि से प्रथम स्थान है।
- झारखंड में कुल लाह उत्पादन का 90% निर्यात किया जाता है।
- लाह उत्पादन के मामले में राज्य में खूँटी प्रथम स्थान पर है।
- 1925 में भारतीय लाह अनुसंधान संस्थान की स्थापना नामकुम (रांची) में की गई थी।

2. रेशम उद्योग (Silk Industry)

- झारखंड में देश का 76.4% तसर रेशम उत्पादित किया जाता है।
- रेशम उत्पादन की दृष्टि से सिंहभूम (40%) संथाल परगना (26%) और हजारीबाग (13%) प्रमुख क्षेत्र हैं।
- तसर रेशम का उत्पादन झारखंड राज्य में मुख्य रूप से चाईबासा, खरसावां, जमशेदपुर, मेदिनीनगर, हजारीबाग, लोहरदगा, दुमका और अन्य स्थानों पर किया जाता है।
- राजधानी रांची में नगड़ी नामक स्थान पर 'तसर अनुसंधान केंद्र' स्थित है।

3. तंबाकू उद्योग (Tobacco Industry)

- तंबाकू उद्योग झारखंड में मुख्य रूप से बीड़ी उद्योग के रूप में विकसित हुआ है।
- बीड़ी का निर्माण पत्ता और तंबाकू से किया जाता है।
- झारखंड में बीड़ी उद्योग का विकास सरायकेला, जमशेदपर, चक्रधरपुर और संथाल परगना में मुख्य रूप से हुआ है।

4. माचिस उद्योग

- रेशम एवं तम्बाकू उद्योग की तरह यह भी वनों पर आधरित लघु उद्योग है।
- झारखंड के कोडरमा जिले में माचिस उद्योग की एक इकाई स्थापित की गई है।

झारखंड में औद्योगिक क्षेत्र विकास प्राधिकरण

- BIADA- बोकारो औद्योगिक क्षेत्र विकास प्राधिकरण
- RIADA- रांची औद्योगिक क्षेत्र विकास प्राधिकरण
- AIADA- आदित्यपुर (जमशेदपुर) औद्योगिक क्षेत्र विकास प्राधिकरण
- SPIADA- संथाल परगना औद्योगिक क्षेत्र विकास प्राधिकरण

झारखंड के प्रमुख उद्योग एवं कंपनी

क्र.सं.	कंपनी का नाम	उद्योग	स्थान	स्वामित्व
1.	टाटा स्टील (टिस्को)	स्टील	जमशेदपुर	टाटा समूह
2.	टाटा याडोगोवा	स्टील	जमशेदपुर	टाटा समूह
3.	टेल्को	वाहन	जमशेदपुर	टाटा समूह
4.	टाटा टिमकेन	रौलर बीयरिंग्स	जमशेदपुर	टाटा समूह
5.	टाटा पिगमेंट	लौह ऑक्साइड	जमशेदपुर	टाटा समूह
6.	टिन प्लेट	टिन की चादर	जमशेदपुर	टाटा समूह
7.	टीआरएफ (टाटा रॉबिन्स फ्रेजर लिमिटेड)	औद्योगिक मशीन	जमशेदपुर	टाटा समूह
8.	एग्रिको (एग्रिको ऑर्गैनिक्स लिमिटेड)	कृषि उपकरण	जमशेदपुर	टाटा समूह
9.	बोकारो इस्पात लिमिटेड	स्टील	बोकारो	केन्द्र सरकार
10.	सीसीएल (सेंट्रल कोलफील्ड्स लिमिटेड)	कोयला	रांची	केन्द्र सरकार
11.	इसीएल (ईस्टर्न कोलफील्ड लिमिटेड)	कोयला	संथाल परगना	केन्द्र सरकार
12.	बीसीसीएल (भारत कोकिंग कोल लिमिटेड)	कोयला	धनबाद	केन्द्र सरकार
13.	एचइसी (हैवी इंजीनियरिंग कॉरपोरेशन)	भारी मशीन	रांची	केन्द्र सरकार

14.	हिन्दुस्तान कॉपर लिमिटेड	तांबा	घाटशिला, पूर्वी सिंहभूम	केन्द्र सरकार
15.	सिंदरी उर्वरक कारखाना	उर्वरक	धनबाद	केन्द्र सरकार
16.	गार्डेन रीच सीप बिल्डर्स एंड इंजीनियर लिमिटेड	डीजल इंजन	रांची	केन्द्र सरकार
17.	उड़ीसा मैंगनीज व मिनरल लि.	स्टील	कान्द्रा, सरायकेला-खरसावां	निजी
18.	उषा मार्टिन लि.	स्टील	जमशेदपुर	उषा मार्टिन ग्रुप
19.	उषा बेल्ट्रान	केबुल	रांची	उषा मार्टिन ग्रुप
20.	उषा मार्टिन इंडस्ट्रीज	पिग आयरन	जमशेदपुर	-
21.	हिंडालको इंडस्ट्रीज लि.	एलुमिना	मूरी, रांची	बिड़ला समूह
22.	बिहार कास्टिक सोडा व केमिकल्स	कास्टिक सोडा	पलामू	बिड़ला समूह
23.	एसीसी लिमिटेड	सीमेंट	चाईबासा, प. सिंहभूम, सिंदरी, धनबाद	एसीसी समूह
24.	बोकारो सीमेंट प्लांट	सीमेंट	जोजोबेरा, पू. सिंहभूम प. सिंहभूम	-
25.	आईसीआई इंडिया	विस्फोटक	गोमिया	आईसीआई ग्रुप
26.	बिहार स्पंज आयरन	स्पंज लोहा	चांडिल, सरायकेला-खरसावां	मोदी उमेश कुमार
27.	जूम वल्लभ स्टील्स लि.	स्पंज लोहा	दुग्धा, सरायकेला-खरसावां	निजी
28.	ब्रह्मपुत्र मेटैलिक्स लि.	स्पंज लोहा	गोला, रामगढ़	निजी
29.	आशीर्वाद स्टील इंड. लि.	स्पंज लोहा	गम्हरिया, जमशेदपुर	निजी
30.	जय दुर्गा आयरन प्रा. लि.	स्पंज लोहा	झूमरी तिलैया, कोडरमा	निजी
31.	इंडो अशाई	ग्लास	भुरकुण्डा, रामगढ़	निजी
32.	इण्डियन स्टील एण्ड वायर	स्टील की छड़	पूर्वी सिंहभूम	निजी
33.	हैदराबाद इण्डस्ट्रीज लि.	एसबेस्टस	जसीडीह	निजी
34.	बिहार इंडस्ट्रीज कॉर्पोरेशन	सिरेमिक	मधुपुर	निजी
35.	अंजनी फेरो एलोय	फेरो एलोय	मिहिजाम, जामताड़ा	निजी
36.	गौतम फेरो एलोय लि.	फेरो एलोय	रामगढ़	निजी
37.	द टिन प्लेट कंपनी	टिन	जमशेदपुर	निजी
38.	एलायड रिफ्रैक्ट्रीज प्रा. लि.	रिफ्रैक्ट्री	अमघाटा, धनबाद	निजी
39.	सेल रिफ्रैक्ट्रीज यूनिट	रिफ्रैक्ट्री	रामगढ़	निजी
40.	झरिया फायरब्रिक्स वर्क्स	रिफ्रैक्ट्री	धनसर, धनबाद	निजी
41.	मिनरल एंड केमिकल प्रो.	रिफ्रैक्ट्री	केंदपोसी, प. सिंहभूम	निजी
42.	राज रिफ्रैक्ट्रीज प्रा. लि.	रिफ्रैक्ट्री	हरदाग, रांची	निजी
43.	टाटा-रोबिन्स फ्रेजर लि.	बिजली, कोयला आदि	-	केंद्र सरकार

झारखंड में पंजीकृत MSMEs का विवरण 2021-22 और 2022-23 (अगस्त, 2022 तक)

श्रेणी↓	वर्ष ⟶	2021-22	2022-23
कुटीर	इकाइयां (संख्या)	17103	9579
	निवेश (लाख रुपये में)	88084.47	47188.68
	रोजगार	**107624**	**45111**
छोटे	इकाइयां (संख्या)	744	255
	निवेश (लाख रुपये में)	60847.66	20386.82
	रोजगार	**19729**	**3580**
मध्यम	इकाइयां (संख्या)	59	07
	निवेश (लाख रुपये में)	63444.18	77663.40
	रोजगार	**5128**	**955**
कुल	इकाइयां (संख्या)	17906	9841
	निवेश (लाख रुपये में)	212376.31	145238.90
	रोजगार	**132481**	**49646**

भारत और झारखंड में उद्योगों का संरचनात्मक अनुपात (2018-19 से 2019-20)

विशेषताएँ	2018-19		2019-20	
	भारत	झारखड	भारत	झारखड
स्थायी पूंजी/कारखाना (लाख रुपये में)	1429.9	3574.4	3574.4	3441
निश्चित पूंजी/प्रति संलग्न (लाख रुपये)	21.3	42.8	22	48
मजदूर / कारखाना	52.8	61.6	53	58.9
व्यक्ति संलग्न/कारखाना	67.2	83.5	67.4	71.6
शुद्ध मूल्य वर्धित/कारखाना (लाख रुपये)	525.4	1093.9	591.9	767.5
शुद्ध मूल्य वाधित/संलग्न व्यक्ति (लाख रुपये)	7.8	13.1	7.3	10.7

उद्योग	औद्योगिक क्षेत्र
लोह इस्पात	टाटानगर , बोकारो

एल्युमिनियम	मुरी (रांची)
ताँबा	घाटशिला, कोडरमा, जदुगोड़ा
जस्ता	टुंडु
काँच	कतरासगढ़, अबोना, रामगढ़, खेलारी, कुमार डुब्बी
चमड़ा	रांची
मोटरगाड़ी	जमशेदपुर
इंजीनियरिंग	रांची, बोकारो, चन्द्रपुरा, रामगढ़, गिरिडीह, कर्णपुरा, साहजोरी, पंचुवाड़ा, हतार
कोकिंग कोयला	धनबाद, झरिया, सिंदरी, बनियाडीह
कोयला धोबन	बोकारो, जमाडोबा, लोदना, करगली, दुग्धा, भोजढीह, पाथरडीह, कर्णपुरा
बारूद	गोमिया

शराब	तपुदाना, रांची
रिफ्रैक्ट्री	कुमार डुब्बी, चीरकुंडा, मुगमा, झरिया
हस्तकरघा	रांची, हजारीबाग, डालटेन गंज
सूती	गिरिडीह, जमशेदपुर, रांची
तसर	रांची, संथाल परगना, सिंहभूम, पलामू, हजारीबाग
तंबाकू	सराय केला, चक्रधर पुर, संथाल परगना
चावल	साहेबगंज
लकड़ी	सिंहभूम, रांची, चायबासा, चक्रधरपुर, हजारीबाग
कागज	संथाल परगना
प्लाईवुड	चाकुलिया
लाह	रांची, सिंहभूम, हजारीबाग

प्रमुख योजनाएं एवं कार्यक्रम

संस्थागत वित्त से संबंधित योजनाएं

- प्रधानमंत्री किसान सम्मान निधि योजना (दिसंबर 2018/कृषि एवं किसान कल्याण मंत्रालय)
    - इस योजना के तहत, दो हेक्टेयर तक की संयुक्त भूमि वाले छोटे और सीमांत किसान परिवारों को तीन समान किस्तों में 6,000 रुपये प्रति वर्ष की सहायता राशि प्रदान की जाती है।
    - इस योजना का उद्देश्य उचित फसल स्वास्थ्य और उचित पैदावार सुनिश्चित करने के लिए किसानों की वित्तीय जरूरतों को पूरा करना है, जो प्रत्याशित कृषि आय के अनुरूप है।
- प्रधानमंत्री मुद्रा योजना (PMMY) (अप्रैल 2015/वित्त मंत्रालय)
    - प्रधानमंत्री मुद्रा योजना (PMMY) गैर-कॉर्पोरेट और लघु और सूक्ष्म उद्यमों को गैर-कृषि गतिविधियों के लिए 10 लाख रुपये तक का ऋण प्रदान करने की योजना है। ऋण की राशि की मात्रा के आधार पर मुद्रा ऋण को तीन संवर्गों में वर्गीकृत किया गया है, जो निम्न हैं:
        1. शिशु: 50,000 रु. तक की ऋण राशि।
        2. किशोर : 50,000 रु. से अधिक एवं 5 लाख रु. तक की ऋण राशि।
        3. तरुण: 5 लाख रु. से अधिक एवं 10 लाख रु. तक की ऋण राशि।
- स्टैंड अप इंडिया ऋण कार्यक्रम (अप्रैल 2016/वित्त मंत्रालय)
    - ग्रीन फील्ड उद्यम स्थापित करने के उद्देश्य से, "स्टैंड अप इंडिया" योजना प्रति बैंक शाखा में कम से कम एक अनुसूचित जाति (SC) या अनुसूचित जनजाति (ST) और कम से कम एक महिला उधारकर्ता को 10 लाख से 1 करोड़ रुपये की राशि के बीच बैंक ऋण की सुविधा प्रदान करती है।

वित्तीय समावेशन से संबंधित योजनाएं

- प्रधानमंत्री जन धन योजना (अगस्त 2014/वित्त मंत्रालय)
    - इसका लक्ष्य बैंकिंग/बचत, जमा खाता, ऋण, प्रेषण बीमा, पेंशन आदि वित्त-संबंधित सेवाओं को प्रभावी ढंग से सभी तक पहुँचाना है।
    - यह योजना देश के लोगों को वित्तीय समावेशन, आकस्मिक और जीवन बीमा प्रदान करती है।
    - झारखंड में, नवंबर, 2022 तक लगभग 1.7 करोड़ खाते खोले गए, जो राष्ट्रीय स्तर पर खोले गए कुल लाभार्थी खातों का लगभग 4 प्रतिशत था।

ग्रामीण विकास से संबंधित योजनाएं

- बिरसा हरित ग्राम योजना (BHGY) (जुलाई 2020/झारखण्ड सरकार)
    - BHGY के अंतर्गत एक ऐसे वनीकरण कार्यक्रम की परिकल्पना की गई है जो दो लाख एकड़ से अधिक अप्रयुक्त सरकारी परती भूमि को कवर करेगा।
    - इस योजना में राज्य में लगभग पांच लाख परिवारों को प्रति परिवार 100 फलदार पौधे उपलब्ध कराने का लक्ष्य है।
- नीलांबर पीतांबर जल समृद्धि योजना (NPJSY) (मई 2020/झारखण्ड सरकार)
    - नीलांबर पीतांबर जल समृद्धि योजना का उद्देश्य वर्षा जल और भूजल प्रवाह को रोककर कृषि जल भंडारण इकाइयों का निर्माण करना है।
    - अनुमान के मुताबिक, इससे राज्य में लगभग 5 लाख एकड़ कृषि योग्य भूमि की सिंचाई में मदद मिल सकती है।
- वीर शहीद पोटो हो खेल विकास योजना (मई 2020/झारखण्ड सरकार)
    - वीर शहीद पोटो हो खेल विकास योजना जमीनी स्तर पर खेल की आधारभूत संरचना से संबंधित योजना है।
    - इस योजना का लक्ष्य राज्य भर में 5,000 से अधिक खेल मैदानों को विकसित करना और सभी 4,300 पंचायतों में कम से कम एक खेल मैदान होना है।
    - इस योजना के तहत खेल मैदान के रूप में विकसित किए जाने वाले लगभग 4,398 स्थलों की पहचान की गई है और 3,791 पर काम शुरू हो गया है। 17 अक्टूबर, 2022 तक, उनमें से लगभग 1,279 पूरे हो चुके हैं।

मदद मिल सके ताकि वे काम कर सकें, कमाई कर सकें और गरीबी से बाहर आ सकें।

- यह कार्यक्रम विशेष रूप से कमजोर जनजातीय समूहों (PVTGs), ट्रांसजेंडरों और तस्करी से बचाए गए लोगों जैसे निर्दिष्ट लक्षित समूहों के लिए कुछ अपवादों के साथ 15-35 वर्ष के आयु वर्ग के युवाओं पर केंद्रित है, जहां ऊपरी आयु सीमा 45 वर्ष तक हो सकती है।

- झारखंड ग्रामीण विकास के अवसर (JOHAR) (2017/ग्रामीण विकास मंत्रालय)
  - यह विश्व बैंक द्वारा समर्थित और झारखंड स्टेट लाइवलीहुड प्रमोशन सोसाइटी (JSLPS) द्वारा कार्यान्वित झारखंड सरकार की एक महत्वाकांक्षी परियोजना है।
  - इसमें झारखंड के 17 जिलों के 68 ब्लॉकों में दो लाख ग्रामीण उत्पादक परिवार शामिल हैं।
  - यह परियोजना 2 लाख ग्रामीण परिवारों को उच्च मूल्य कृषि और सिंचाई, पशुधन, मत्स्य पालन और गैर-लकड़ी वन उत्पाद (NTFP) हस्तक्षेपों के माध्यम से आजीविका के अवसर प्रदान करके उनकी आय को दोगुना करने का लक्ष्य रखती है।
  - परियोजना का लक्ष्य चुनिंदा कृषि और गैर-कृषि क्षेत्रों में दो लाख परिवारों की आय में वृद्धि और विविधता लाना है।

झारखंड आर्थिक सर्वेक्षण 2022-23 में संकलित कुछ प्रमुख योजनाएं

- राष्ट्रीय ग्राम स्वराज अभियान (RGSA) (अप्रैल 2018/पंचायती राज मंत्रालय)
  - भारत सरकार ने सतत विकास लक्ष्यों (एसडीजी) को प्राप्त करने के लिए पंचायती राज संस्थानों (PRI) को मजबूत करने के प्राथमिक उद्देश्य के साथ 01.04.2018 से 31.03.2022 तक कार्यान्वियन के लिए राष्ट्रीय ग्राम स्वराज अभियान की पुनर्गठित केंद्र प्रायोजित योजनाओं की शुरुआत की है।
  - इस योजना में पंचायतों के निर्वाचित प्रतिनिधियों के लिए उनके चुनाव के छह महीने के भीतर बुनियादी उन्मुखीकरण प्रशिक्षण और दो साल के भीतर पुनश्चर्या प्रशिक्षण सुनिश्चित करने के लिए चरणबद्ध संतृप्ति मोड के लिए कार्यक्रम पर ध्यान केंद्रित किया गया है।
  - आरजीएसए प्रभावी सामुदायिक संघटन सुनिश्चित करने के लिए SHG-PRI अभिसरण पर जोर देता है।
  - झारखंड में वित्तीय वर्ष 2021-22 के लिए RGSA के तहत लगभग 45 प्रशिक्षण निर्धारित किए गए थे, जिनमें से लगभग 28 पूरे हो गए थे। इसी तरह वित्तीय वर्ष 2022-23 के लिए कुल 114 प्रशिक्षण निर्धारित किए गए हैं जिनमें से करीब 65 पूरे हो चुके हैं। वित्तीय वर्ष 2021-22 के लिए RGSA के कुल बजट प्रावधान 9,036 लाख रुपये हैं और इसमें से लगभग 1,290.40 लाख रुपये खर्च किए जा चुके हैं।
- ग्राम पंचायत विकास योजना (GPDP)
  - ग्राम पंचायत विकास योजनाएं समुदाय के लिए स्थानीय विकास एजेंडा तय करने और विकासात्मक मुद्दों के स्थानीय समाधान खोजने में संलग्न होने का एक अवसर है।
  - उक्त योजना के तहत पंचायतों को उपलब्ध संसाधनों का उपयोग करते हुए आर्थिक विकास एवं सामाजिक न्याय के लिए पंचायत विकास योजना (PDP) तैयार करना अनिवार्य किया गया है।
  - PDP योजना एक भागीदारी प्रक्रिया पर आधारित होनी चाहिए जिसमें संविधान की ग्यारहवीं अनुसूची में सूचीबद्ध 29 विषयों से संबंधित सभी संबंधित केंद्रीय मंत्रालयों/लाइन विभागों की योजनाओं के साथ पूर्ण अभिसरण शामिल है।
  - वित्तीय वर्ष 2021-22 के लिए राज्य की कुल 4,630 पंचायत विकास योजनाओं का अनुमोदन किया गया तथा वित्तीय वर्ष 2022-23 के लिए सितंबर 2022 तक 4,624 पंचायत विकास योजनाओं का अनुमोदन किया गया है।
  - वित्तीय वर्ष 2022-23 के लिए जन योजना अभियान के दौरान कई गतिविधियों का प्रदर्शन किया गया। यह अभियान 2 अक्टूबर, 2022 से 31 जनवरी, 2023 तक चलाया गया। इस दौरान 3,077 निर्धारित सभाओं में से लगभग 3,074 सभाओं का आयोजन किया गया। लगभग 5,382 फैसिलिटेटर नियुक्त किए गए और लगभग 5,096 फ्रंट लाइन वर्कर्स को भी नामांकित किया गया।
- स्वामित्व (अप्रैल 2020/पंचायती राज मंत्रालय)
  - यह योजना ग्रामीण बसे हुए (अबादी) क्षेत्रों में संपत्ति के स्पष्ट स्वामित्व की स्थापना की दिशा में एक सुधारात्मक कदम है, जिसमें ड्रोन तकनीक का उपयोग करके भूमि पार्सल का मानचित्रण किया गया है और कानूनी स्वामित्व कार्ड (संपत्ति कार्ड/टाइटल डीड) जारी करने के साथ गांव के परिवारों के मालिकों को 'रिकॉर्ड ऑफ राइट्स' प्रदान किया गया है।
  - इस योजना ने झारखंड के कुल 32,712 गांवों में से 757 गांवों को अधिसूचित किया है और 240 गांवों में ड्रोन सर्वेक्षण पूरा कर लिया गया है।

शहरी विकास से संबंधित योजनाएं

- राष्ट्रीय शहरी आजीविका मिशन (NULM) (सितंबर 2013/आवास और शहरी गरीबी उन्मूलन मंत्रालय)
  - राष्ट्रीय शहरी आजीविका मिशन (NULM) को आवास और शहरी गरीबी उन्मूलन मंत्रालय (MHUPA), भारत सरकार द्वारा 23 सितंबर, 2013 को मौजूदा स्वर्ण जयंती शहरी रोज़गार योजना (SJSRY) के स्थान पर लॉन्च किया गया था।
  - NULM का प्राथमिक लक्ष्य शहरी सहित शहरी गरीब गृहविहीन जनसंख्या हैं।
  - NULM का प्राथमिक लक्ष्य शहरी सहित गरीब गृहविहीन जनसंख्या को उनके मजबूत जमीनी स्तर के संस्थानों में संगठित करने, बाजार उन्मुख रोजगार से जुड़े कौशल विकास के अवसर पैदा करने और ऋण की आसान पहुंच सुनिश्चित करके स्वरोजगार को बढ़ावा देने पर ध्यान केंद्रित करने के लिए है।
  - मिशन का उद्देश्य चरणबद्ध तरीके से बुनियादी सेवाओं के साथ-साथ शहरी बेघरों को आश्रय प्रदान करना भी है।
  - मिशन उभरते बाजार के अवसरों तक पहुँचने के लिए शहरी पथ विक्रेताओं को उपयुक्त स्थान, संस्थागत ऋण, सामाजिक सुरक्षा और कौशल तक पहुँच की सुविधा प्रदान करके शहरी पथ विक्रेताओं की आजीविका संबंधी चिंताओं से निपटने के लिए भी निर्देशित है।
- सामाजिक एकजुटता और संस्था विकास (SM & ID)
  - यह मिशन शहरी गरीबों की ऋण जरूरतों को पूरा करने के लिए बैंक लिंकेज पर ध्यान केंद्रित करता है।
  - संसाधन संगठन (RO)/सामुदायिक संसाधन व्यक्ति (CRP) को SHG, उनके संघों और उनके विकास की सुविधा के लिए प्रावधान किया गया है।
  - मिशन में स्वयं सहायता समूहों और उनके संघों के लिए प्रशिक्षण और अन्य क्षमता निर्माण सहायता प्रदान करने के प्रावधान हैं।
- कौशल प्रशिक्षण और प्लेसमेंट के माध्यम से रोजगार (EST & P) (सितम्बर 2013)
  - इसके अंतर्गत उद्योग की मांग और राष्ट्रीय स्तर पर मान्यता प्राप्त पाठ्यक्रम के अनुसार प्रशिक्षण प्रदान किया जाना है।

- राष्ट्रीय पारिवारिक लाभ योजना (NFBS) (अगस्त 1995/केंद्र सरकार)
  - इस योजना के तहत, एक BPL परिवार 18 से 64 वर्ष की आयु के प्राथमिक कमाने वाले की मृत्यु पर एकमुश्त राशि पाने का हकदार है।
  - सहायता राशि 10,000 रुपये है।

झारखंड सरकार की विशेष सामाजिक सहायता योजनाएं

- स्वामी विवेकानंद निशक्त स्वालंबन प्रोत्साहन योजना (SVNSPY) (2006)
  - यह झारखंड सरकार की एक विकलांगता पेंशन योजना है। इस योजना के तहत वर्तमान में 1000 रुपये मासिक पेंशन के रूप में दिया जाता है।
- राज्य सामाजिक सुरक्षा वृद्धावस्था पेंशन योजना (SSSOAPS) (नवंबर 2007/समाज कल्याण विभाग)
  - 60 वर्ष या उससे अधिक आयु के व्यक्ति, 18 वर्ष या उससे अधिक आयु की विधवाएँ, 40 प्रतिशत विकलांगता वाले व्यक्ति और और 10,500 रुपये (ग्रामीण क्षेत्रों में) और 12,500 रुपये (शहरी क्षेत्रों में) से कम वार्षिक आय वाले बंधुआ मजदूर के रूप में रजिस्टर्ड लोग 600 रुपये मासिक पेंशन के हकदार हैं।
- आदिम जनजाति पेंशन योजना (AJJPY) (जुलाई 2015/बाल विकास एवं सामाजिक सुरक्षा विभाग)
  - यह योजना केंद्र और राज्य सरकार द्वारा 50:50 के अनुपात पर वित्त पोषित है।
  - आदिम जनजाति जिनके परिवार के सदस्य सरकारी, निजी या सार्वजनिक क्षेत्रों में कार्यरत नहीं हैं और ऐसे परिवारों से संबंधित विवाहित महिलाओं को योजना के तहत लाभ प्रदान किया जाएगा।
  - यदि किसी परिवार में कोई विवाहित महिला नहीं है तो परिवार के मुखिया के नाम पर पेंशन स्वीकृत की जायेगी।
  - झारखंड के सभी आदिवासी समुदाय विकास के एक स्तर पर नहीं हैं, इसलिए अति गरीब आदिवासी समुदाय जो प्रागैतिहासिक तौर पर जीवन यापन करते हैं जैसे शिकार एवं संग्रह करने वाले लोगों को प्राथमिक वंचित आदिवासी समुदाय (आदिम कमजोर जनजातीय समूह या PVTGs) के रूप में पहचाना गया है।
  - झारखंड के 32 आदिवासी समुदायों में, 8 समुदाय प्राथमिक वंचित आदिवासी समुदाय (PVTGs) के रूप में शामिल हैं, इस योजना के अंतर्गत इन 8 आदिवासी समुदायों से प्रत्येक एक व्यक्ति जैसे असुर, बिरजिया, बिरहोर, कोरवा, माल पहाड़िया, सौरिया पहाड़िया, सवार, मासिक पेंशन के रूप में 1000 रुपये प्राप्त करते हैं।
  - इस योजना के अंतर्गत PVTGs समुदाय से जुड़े 67,843 व्यक्ति (30.09.2022 तक) को लाभ प्रदान किया गया है, वित्तीय वर्ष 2022-23 के दौरान, कुल 67843 (30.09.2022 तक) लाभार्थी इस योजना से लाभान्वित हुए।
- राज्य विधवा सम्मान पेंशन योजना (RVSPY)
  - योजना के तहत पेंशन 18 वर्ष या उससे अधिक आयु की सभी विधवाओं को देय है।
  - इस योजना के लाभार्थियों के लिए BPL और वार्षिक आय सीमा में छूट होगी।
  - योजना के तहत देय मासिक पेंशन 600 रुपये की राशि है।
- प्रधानमंत्री आदर्श ग्राम योजना (PMAGY) (ग्रामीण विकास मंत्रालय)
  - प्रधानमंत्री आदर्श ग्राम योजना 50 प्रतिशत से अधिक अनुसूचित जाति-आबादी वाले गाँवों को सामंजस्यपूर्ण गाँवों में बदलने के उद्देश्य से शुरू की गई है जहाँ सामाजिक न्याय और समानता कायम है और सभी निवासी सामूहिक रूप से समाज के शांतिपूर्ण और समग्र विकास की दिशा में काम करते हैं।
  - चरण-1 में झारखंड के 100 गांवों का चयन किया गया था और उन्हें विकसित करने के लिए केंद्रीय सहायता के रूप में वित्तीय वर्ष 2014-15 से 2019-20 के बीच 26 करोड़ रुपये की राशि जारी की गई थी।
  - दूसरे चरण के तहत, 720 गाँव चयन के लिए पात्र थे, जिनमें से 96 गाँवों के अलावा 512 नए गाँवों का चयन किया गया था, जो पहले से ही पिछले चरणों में चुने गए थे।
  - केंद्र सरकार ने इन गांवों को विकसित करने के लिए वित्त वर्ष 2018-19, 2019-20 और 2020-21 के लिए 2791.70 करोड़ रुपये प्रस्तावित किए हैं। हालांकि, 156 पात्र गांवों को अभी भी दूसरे चरण के तहत शामिल किया जाना बाकी है।
- सांसद आदर्श ग्राम योजना (SAGY) (2010/ग्रामीण विकास मंत्रालय)
  - योजना का प्रमुख उद्देश्य उन प्रक्रियाओं को गति देना है जो चिन्हित ग्राम पंचायतों के समग्र विकास की ओर ले जाती हैं और गांवों में आबादी के सभी वर्गों के जीवन स्तर और जीवन की गुणवत्ता में काफी सुधार करती हैं।
  - 27 जनवरी, 2022 तक, सांसद आदर्श ग्राम योजना के अंतर्गत 96 चिन्हित ग्राम पंचायतें हैं और उनमें से 83 ने SAGY पोर्टल पर ग्राम विकास योजनाओं (VDP) को तैयार और अपलोड किया है। VDP के तहत नियोजित गतिविधियों की कुल संख्या 6933 है, जिनमें से 3366 पहले ही की जा चुकी हैं।
- मुख्यमंत्री स्मार्ट ग्राम पंचायत योजना (CM SGY) (पंचायती राज मंत्रालय)
  - इसका उद्देश्य स्वास्थ्य, शिक्षा, आजीविका, कृषि, सूक्ष्म उद्यम, सुरक्षित पेयजल और स्वच्छता, स्वच्छ वैकल्पिक ऊर्जा, पर्यावरण संरक्षण और जलवायु-लचीला समुदाय विकसित करने के क्षेत्रों में उपयुक्त प्रौद्योगिकी के हस्तांतरण को सुनिश्चित करना है। इस कार्यक्रम के तहत खुली प्रतियोगिता के माध्यम से कुल 5 ग्राम पंचायतों का चयन किया गया है।
- MLA आदर्श ग्राम योजना (AGY) (2014/ग्रामीण विकास विभाग)
  - योजना के तहत, विधायक (MLA) आजीविका के कई विकल्पों के साथ गांव को प्रगतिशील समुदायों में बदलने के उद्देश्य से एक गांव का चयन करते हैं।
  - MLA-AGY के तहत एक सौ गांव चिन्हित हैं।
  - इनमें 81 विधायकों द्वारा 81 गांवों का चयन किया गया है, जिसमें झारखंड के प्रसिद्ध और प्रशंसित क्रांतिकारियों के 19 पैतृक गांव शामिल हैं।
- महिला किसान सशक्तिकरण परियोजना (MKSP) (2007/ग्रामीण विकास मंत्रालय)
  - MKSP का प्राथमिक उद्देश्य महिलाओं की भागीदारी और उत्पादकता बढ़ाने के लिए व्यवस्थित निवेश करके कृषि में महिलाओं को सशक्त बनाना और ग्रामीण महिलाओं की आजीविका के कृषि आधारित साधन बनाना और उन्हें बनाए रखना है।
- दीन दयाल उपाध्याय ग्रामीण कौशल योजना (सितंबर 2014/ग्रामीण विकास मंत्रालय)
  - यह राष्ट्रीय ग्रामीण आजीविका मिशन के तहत एक उप-योजना है।
  - यह प्लेसमेंट से जुड़ा कौशल विकास कार्यक्रम है। कार्यक्रम ग्रामीण ड्रॉपआउट के प्रशिक्षण पर केंद्रित है ताकि उन्हें कौशल बनाने में

- राष्ट्रीय खाद्य सुरक्षा मिशन (NFSM) (2007/ राष्ट्रीय विकास परिषद (NDC))
  - उत्पादन क्षेत्र का विस्तार करके और राष्ट्र के नामित जिलों में उत्पादकता को बढ़ाकर, यह चावल, गेहूं, दालों, मोटे अनाज और पोषक अनाज के उत्पादन को बढ़ाने का प्रयास करता है।
- राष्ट्रीय कृषि विकास योजना (RKVY) (2007/ कृषि एवं किसान कल्याण मंत्रालय)
  - कृषि क्षेत्र में विभिन्न प्रकार के हस्तक्षेपों को बढ़ावा देने और 4 प्रतिशत वार्षिक वृद्धि हासिल करने के लिए, राष्ट्रीय कृषि विकास योजना शुरू की गई थी।
  - सरकार ने राज्यों के अनुभव और प्रतिक्रिया के आधार पर कार्यक्रम को 'राष्ट्रीय कृषि विकास योजना - कृषि और संबद्ध क्षेत्रों के कायाकल्प के लिए लाभकारी दृष्टिकोण' (RKVY - RAFTAAR) के रूप में नामित किया है।
- बिरसा फसल विस्तार योजना (2021/झारखंड सरकार, कृषि, पशुपालन एवं सहकारिता विभाग)
  - इस योजना का उद्देश्य राज्य के किसानों को रियायती दर पर विभिन्न बीज उपलब्ध कराना है। इस योजना का उद्देश्य विभिन्न प्रकार की फसलों की खेती को प्रोत्साहित करना है।
- समेकित बिरसा ग्राम सह कृषक पाठशाला (2021/झारखंड सरकार)
  - इस कार्यक्रम के तहत कृषक पाठशाला में स्थानीय किसानों की क्षमता में सुधार किया जाएगा, उन्हें कृषि क्षेत्र, पशुपालन, मत्स्य पालन, सुअर पालन आदि में रोजगार के लिए प्रशिक्षण देकर उनकी आय में वृद्धि की जाएगी।

खाद्य और पोषण सुरक्षा से संबंधित योजनाएं

- पीवीटीजी डाकिया योजना (2017/झारखंड सरकार)
  - इस योजना के तहत, एक पीवीटीजी परिवार को 35 किग्रा खाद्यान्न निःशुल्क प्रदान किया जाता है।
- चावल फोर्टिफिकेशन योजना (2019/झारखंड सरकार)
  - यह एक ऐसी योजना है जो सर्जिकल तरीके से कुपोषण की समस्या से लड़ने में मदद करती है।
- अन्नपूर्णा योजना (अप्रैल 2000/ग्रामीण विकास मंत्रालय)
  - यह खाद्य सहायता उन वरिष्ठ नागरिकों को प्रदान की जाती है जो इसके पात्र हैं एवं जो राष्ट्रीय वृद्धावस्था पेंशन योजना में शामिल नहीं हैं।
  - इस योजना के अंतर्गत पात्र लाभार्थी की आयु 65 वर्ष या उससे अधिक होनी चाहिए।
- मुख्यमंत्री दाल-भात योजना (अगस्त 2011/झारखंड सरकार)
  - मुख्यमंत्री दाल-भात योजना के तहत गरीब BPL परिवारों को मात्र 5 रुपये में एक समय का भोजन उपलब्ध कराया जाता है।
- सोना-सोबरन धोती-साड़ी वितरण योजना (अक्टूबर 2021/खाद्य आपूर्ति विभाग)
  - यह झारखंड सरकार की एक प्रमुख योजना है जो राज्य में जरूरतमंद लोगों को वस्त्र सुरक्षा प्रदान करती है।
- उपभोक्ता कल्याण कोष योजना (उपभोक्ता मामले खाद्य और सार्वजनिक वितरण मंत्रालय)
  - विभाग ने वित्त वर्ष 2016-17 में 2.5 करोड़ रुपये के राज्य योगदान और 7.5 करोड़ रुपये के केंद्र सरकार के योगदान के साथ 10 करोड़ रुपये के उपभोक्ता कल्याण कोष का गठन किया है।
  - वित्तीय वर्ष 2021-22 में उक्त निधि में 10 करोड़ रुपये की वृद्धि करने के लिए राज्यांश से ढाई करोड़ रुपये निधि में अंतरित किया गया है।
- कुपोषण के उन्मूलन और एनीमिया में कमी के लिए रणनीतिक कार्रवाई (SAAMAR) – (मार्च 2021/समाज कल्याण, महिला एवं बाल विकास विभाग)
  - यह एक अभियान योजना है जिसका उद्देश्य एनीमिक महिलाओं और कुपोषित बच्चों की पहचान करना है और राज्य में इस समस्या से प्रभावी ढंग से निपटने के लिए विभिन्न विभागों को इसमें शामिल करना है।
- पोषण अभियान (पोषण के लिए कार्यों को सुदृढ़ और सुसंगत बनाने के लिए साझेदारी और अवसर) (मार्च 2018/ महिला एवं बाल विकास विभाग)
  - इस योजना की अनूठी विशेषता यह है कि इसका उद्देश्य देश में कुपोषण के खिलाफ जन आंदोलन बनाना है।
  - कुपोषण से लड़ने के लिए, विशेष रूप से बच्चों, गर्भवती महिलाओं और स्तनपान कराने वाली माताओं के बीच, भारत सरकार ने पोषण अभियान शुरू किया, यह कार्यक्रम झारखंड में सफलतापूर्वक चल रहा है।

बुनियादी ढांचा और संचार से संबंधित योजनाएं

- दीन दयाल उपाध्याय ग्राम ज्योति योजना (20 नवंबर 2014/विद्युत मंत्रालय)
  - इसका उद्देश्य पूरे ग्रामीण भारत को निरंतर बिजली की आपूर्ति प्रदान करना।
  - 1000 दिनों के भीतर 1 मई, 2018 तक 18,452 विद्युतीकृत गांवों का विद्युतीकृत करना इस योजना का प्रमुख लक्ष्य रखा गया था।
  - ग्रामीण क्षेत्रों में उपभोक्ताओं के लिए ट्रांसफॉर्मर, फीडर और मीटरिंग सहित ग्रामीण क्षेत्रों में बिजली के संचरण, वितरण और आपूर्ति के लिए बुनियादी ढांचे के सुदृढ़ीकरण और विश्वसनीयता में सुधार करना इसका उद्देश्य है।
- राजीव गांधी ग्रामीण विद्युतीकरण योजना (अप्रैल 2005/विद्युत मंत्रालय)
  - इसका उद्देश्य BPL (गरीबी रेखा से नीचे) परिवारों को मुफ्त बिजली कनेक्शन जारी करके ग्रामीण घरों में बिजली पहुंचाना है।
  - यह योजना 90 प्रतिशत की सीमा तक केंद्र सरकार द्वारा और 10 प्रतिशत ग्रामीण विद्युतीकरण निगम द्वारा वित्त पोषित है।
- सहज बिजली हर घर योजना (सौभाग्य योजना) (अक्टूबर 2017/विद्युत मंत्रालय)
  - इस योजना का उद्देश्य शत-प्रतिशत ग्रामीण विद्युतीकरण हासिल करने की दिशा में कदम बढ़ाते हुए देश के सभी गैर-विद्युतीकृत घरों का विद्युतीकरण करने पर ध्यान केंद्रित करना है।
  - सौभाग्य योजना जो केंद्र और राज्यों के सहयोगात्मक और समेकित प्रयासों के साथ चलाई जा रही है। यह दीन दयाल उपाध्याय ग्राम ज्योति योजना के एक समवर्ती कार्यक्रम के रूप में शुरू की गई है।
- प्रधानमंत्री किसान ऊर्जा सुरक्षा एवं उत्थान महाभियान (PM KUSUM) योजना (मार्च 2019/नवीन और नवीकरणीय ऊर्जा मंत्रालय)
  - इस योजना के अंतर्गत अपना सोलर पम्प स्थापित करने और कृषि पम्पों के सौरकरण के लिए सब्सिडी प्रदान की जाती है। किसान दो मेगावाट तक ग्रिड से जुड़े सौर विद्युत संयंत्र भी स्थापित कर सकते हैं।
- सोलर पार्क योजना (दिसंबर 2014/नवीन एवं नवीकरणीय ऊर्जा मंत्रालय)
  - सौर पार्क योजना का उद्देश्य बड़े पैमाने पर सौर ऊर्जा परियोजनाओं के विकास को बढ़ावा देना और सौर ऊर्जा परियोजनाओं की स्थापना के लिए आवश्यक बुनियादी सुविधाओं के साथ सौर पार्क बनाना है।

- कौशल प्रशिक्षण कार्यक्रमों के लिए पाठ्यक्रम की अवधि, मॉड्यूलर रोजगार योग्य कौशल (MES) क्षेत्र कौशल परिषद (SSC) पाठ्यक्रमों के साथ संरेखित राष्ट्रीय कौशल योग्यता फ्रेमवर्क (NSQF) के अनुसार होनी चाहिए।
- प्रशिक्षण प्रतिष्ठित कौशल प्रशिक्षण प्रदाताओं (STP) या योग्य प्रशिक्षकों द्वारा प्रदान किया जाना है।
- कौशल प्रशिक्षण प्राप्त करने के लिए प्रमाणन मान्यता प्राप्त प्रमाणन एजेंसियों (CA) अर्थात राष्ट्रीय व्यावसायिक प्रशिक्षण परिषद (NCVT)/(सेक्टर कौशल परिषद) SSC द्वारा किया जाना है।

- स्व-रोजगार कार्यक्रम (SEP) (अप्रैल 1999/श्रम एवं रोजगार मंत्रालय)
  - दीनदयाल अंत्योदय योजना-राष्ट्रीय शहरी आजीविका मिशन (DAY-NULM) का SEP घटक शहरी गरीबों के व्यक्तियों/समूहों को लाभप्रद स्वरोजगार उद्यम/सूक्ष्म उद्यम स्थापित करने के लिए वित्तीय सहायता प्रदान करने पर केंद्रित है।
  - यह घटक शहरी गरीबों के SHG को बैंक से आसान ऋण प्राप्त करने और SHG ऋणों पर ब्याज सब्सिडी का लाभ उठाने में भी सहायता करता है। सामुदायिक आयोजक (CO) और ULB के पेशेवर शहरी गरीबों में से संभावित लाभार्थियों की पहचान करते हैं।
  - इस घटक के तहत संभावित लाभार्थियों के लिए कोई न्यूनतम शैक्षिक योग्यता आवश्यक नहीं है। किसी भी प्रतिष्ठित संस्थान के माध्यम से वित्तीय सहायता देने से पहले लाभार्थियों को उद्यमिता विकास कार्यक्रम (EDP) प्रशिक्षण प्रदान किया जाना है।
- शहरी स्ट्रीट वेंडर्स को समर्थन (SUSV) (सितंबर 2013/आवास एवं शहरी कार्य मंत्रालय)
  - DAY-NULM का SUV घटक वेंडरों, वेंडर जोन और मौजूदा प्रथाओं की पहचान करने के लिए शहर भर में स्ट्रीट वेंडर सर्वेक्षण का प्रस्ताव करता है।
  - इस घटक के तहत प्रावधान विक्रेताओं को पहचान पत्र जारी करना है जो ULB द्वारा किया जाता है। इसके आलावा शहर की सड़क बिक्री योजना और विक्रेता बाजार का विकास, विक्रेताओं के बुनियादी बचत बैंक जमा खाते खोलना, सुविधा प्रदान करना, कार्यशील पूंजी आवश्यकताओं और सामाजिक सुरक्षा अभिसरण के लिए बैंक लिंकेज प्रदान करना भी इस योजना का प्रमुख कार्य है।
- शहरी बेघरों के लिए आश्रय योजना (SUH) (सितंबर 2013)
  - DAY-NULM के SUH घटक में शहरी बेघरों को आश्रय और आवश्यक सेवाएं प्रदान करने का प्रस्ताव है।
  - आश्रयों को सामान्य और विशेष आश्रयों में वर्गीकृत किया गया है। सामान्य आश्रयों में सभी आश्रय जैसे 'पुरुष आश्रय', 'महिला आश्रय' और 'पारिवारिक आश्रय' शामिल हैं, जबकि विशेष आश्रय वे हैं जो गृहविहीन व्यक्तियों के ऐसे वर्गों की विशेष आवश्यकताओं को ध्यान में रखते हैं, जैसे वृद्ध व्यक्ति बिना देखभाल के, मानसिक रूप से बीमार, ठीक हो रहे मरीज और उनके परिजन आदि।
- मुख्यमंत्री श्रमिक योजना (MSY) (अगस्त 2020/शहरी विकास और आवास विभाग)
  - कोविड-19 के कारण बड़ी संख्या में ऐसे मजदूर जो देश के विभिन्न हिस्सों में काम कर रहे थे, झारखंड लौट आए, उनके पास आजीविका का कोई साधन नहीं था। उनकी आजीविका सुनिश्चित करने और मजदूरी रोजगार प्रदान करने के लिए यह महत्वाकांक्षी योजना शुरू की गई थी।
  - योजना का मुख्य उद्देश्य झारखंड में एक वित्तीय वर्ष में शहरी अकुशल श्रमिक/परिवार को 100 दिनों के मजदूरी रोजगार की गारंटी देना है।
- प्रधानमंत्री आवास योजना- शहरी (जून 2015/शहरी विकास मंत्रालय)
  - यह भारत सरकार की एक योजना है जिसका लक्ष्य हर शहरी गरीब को कम कीमत पर घर उपलब्ध कराना है।
- आयुष्मान भारत (सितंबर 2018/स्वास्थ्य एवं परिवार कल्याण मंत्रालय)
  - आयुष्मान भारत योजना दो अंतर-संबंधित घटकों के माध्यम से सार्वभौमिक स्वास्थ्य कवरेज के लिए प्रयास करती है - लोगों के घरों के करीब मुफ्त और गुणवत्तापूर्ण स्वास्थ्य सेवा प्रदान करने के लिए स्वास्थ्य और कल्याण केंद्रों (HWCs) की स्थापना और प्रधानमंत्री जन आरोग्य योजना (PM-JAY), गरीब और कमजोर परिवारों के लिए एक स्वास्थ्य बीमा कवर प्रदान करता है।
- राष्ट्रीय शहरी स्वास्थ्य मिशन (NUHM) (मई 2013/ स्वास्थ्य एवं परिवार कल्याण मंत्रालय)
  - NUHM शहरी आबादी की स्वास्थ्य देखभाल की जरूरतों को पूरा करने की परिकल्पित किया गया है। यह मिशन गरीबों को आवश्यक प्राथमिक स्वास्थ्य देखभाल सेवाएं उपलब्ध कराता है और इलाज के लिए खर्च होने वाले रुपयों को कम करके करता है।
- अटल क्लीनिक (2019/शहरी विकास मंत्रालय)
  - शहरी क्षेत्रों में स्वास्थ्य सेवा वितरण प्रणाली को बढ़ाने के लिए, राज्य सरकार ने शुरू में राज्य भर के 17 जिलों में 25 अटल क्लीनिक शुरू किए थे, जिसमें पूरे झारखंड में 100 से अधिक अटल क्लीनिक खोलने का लक्ष्य था।
  - अटल क्लीनिक सामान्य बाहरी रोगियों के विभाग के रूप में कार्य करेगा और सामान्य स्वास्थ्य समस्याओं के लिए मुफ्त उपचार और दवाएं प्रदान करेगा।

कृषि से संबंधित योजनाएं

- मृदा स्वास्थ्य कार्ड योजना (2015/कृषि और किसान कल्याण मंत्रालय)
  - मृदा स्वास्थ्य कार्ड का उपयोग "मृदा स्वास्थ्य कार्ड योजना" के एक भाग के रूप में मृदा स्वास्थ्य की वर्तमान स्थिति का मूल्यांकन करने के लिए किया जाता है और साथ ही, मृदा स्वास्थ्य में परिवर्तन की पहचान करने के लिए जो भूमि प्रबंधन से प्रभावित होते हैं।
  - कार्ड मृदा स्वास्थ्य के संकेत प्रदान करता है जिसका मूल्यांकन तकनीकी या प्रयोगशाला उपकरण के उपयोग के बिना किया जा सकता है।
- राष्ट्रीय कृषि बाजार (e-NAM) (2016/कृषि और किसान कल्याण मंत्रालय)
  - NAM का प्राथमिक लक्ष्य खरीदारों और विक्रेताओं के बीच सूचना विषमता को समाप्त करके और समय पर ऑनलाइन भुगतान सुनिश्चित करते हुए वास्तविक मांग और आपूर्ति के आधार पर वास्तविक समय मूल्य खोज को बढ़ावा देकर कृषि विपणन में एकरूपता प्राप्त करना है।
- कृषि विस्तार का उप मिशन (SMAE)/कृषि प्रौद्योगिकी प्रबंधन अभिकरण (ATMA) कार्यक्रम (2014/भारत सरकार)
  - इस उप मिशन का लक्ष्य कर्मियों की भौतिक पहुंच, विषय वस्तु विशेषज्ञों के माध्यम से गुणवत्ता में सुधार और नियमित क्षमता निर्माण, सूचना प्रसार के संवादात्मक तरीकों, सार्वजनिक-निजी भागीदारी, सूचना और संचार के व्यापक और अभिनव उपयोग के माध्यम से कृषि विस्तार तंत्र को पुनर्गठित और मजबूत करना है।

- योजना की क्षमता 21-03-2017 को 20,000 मेगावाट से बढ़ाकर 40,000 मेगावाट कर दी गई। इन पार्कों को 2023-24 तक स्थापित करने का प्रस्ताव है।

- उज्जवल डिस्कॉम एश्योरेंस योजना-UDAY (नवंबर 2015/विद्युत मंत्रालय)
  - इस योजना का उद्देश्य सभी को सस्ती और सुलभ 24×7 बिजली उपलब्ध कराना है।
  - UDAY योजना का उद्देश्य राजकोषीय अनुशासन के साथ-साथ राजस्व-पक्ष और लागत-पक्ष दक्षता दोनों के लिए एक समाधान प्रदान करना है।

श्रम और रोजगार से संबंधित योजनाएं

- पीएम स्वनिधि (जून 2020/आवास एवं शहरी कार्य मंत्रालय)
  - पीएम स्वनिधि कार्यक्रम का उद्देश्य स्ट्रीट वेंडर्स को अपनी आजीविका फिर से शुरू करने के लिए कम लागत कार्यशील पूंजी ऋण प्रदान करना है, जो COVID-19 महामारी के कारण प्रभावित हुए हैं।
  - 17 दिसंबर, 2022 तक इस योजना के तहत लगभग 42 हजार आवेदकों को ऋण वितरित कर दिया गया है, जिसमे 35 हजार आवेदक झारखंड के है।
  - उनके बीच इस योजना से लाभान्वित 51 प्रतिशत ओबीसी हैं, 29 प्रतिशत सामान्य हैं, 9 प्रतिशत अल्पसंख्यक समुदाय हैं, 8 प्रतिशत अनुसूचित जाति और 4 प्रतिशत एसटी हैं।
- प्रधानमंत्री कौशल विकास योजना (जुलाई 2015/कौशल विकास और उद्यमशीलता मंत्रालय)
  - इसका उद्देश्य उद्योग की आवश्यकताओं के अनुरूप व्यावसायिक प्रशिक्षण कार्यक्रमों में भाग लेने के लिए बड़ी संख्या में युवाओं को सक्षम और एकत्रित करना है, ताकि वे रोजगारपरक बनें और उच्च गुणवत्ता वाले कौशल के साथ आजीविका कमा सकें।
  - इसका उद्देश्य वर्तमान कार्यबल की उत्पादकता को बढ़ाना और देश की वास्तविक जरूरतों के साथ कौशल प्रशिक्षण को एकीकृत करना है।
- मुख्यमंत्री श्रमिक योजना (अगस्त 2020/श्रम, रोजगार, प्रशिक्षण और कौशल विकास विभाग)
  - इस योजना के तहत प्रत्येक लाभार्थी को प्रति वर्ष कम से कम 100 दिन का रोजगार दिया जाएगा।
  - मुख्यमंत्री श्रमिक योजना जॉब कार्ड के लिए ऑनलाइन आवेदन करने के लिए, राज्य सरकार ने एक पोर्टल भी लॉन्च किया है जहां सभी इच्छुक उम्मीदवार अपना पंजीकरण करा सकते हैं और योजना का जॉब कार्ड प्राप्त कर सकते हैं।
  - इस योजना का मुख्य उद्देश्य यह है कि किसी भी गरीब या मजदूर को पैसे की कमी का नुकसान नहीं होना चाहिए।

शिक्षा से संबंधित योजनाएं

- रिकॉग्निशन ऑफ प्रायर लर्निंग (RPL) 'पूर्व शिक्षण की मान्यता कार्यक्रम' (2015/कौशल विकास और उद्यमिता मंत्रालय)
  - मान्यता रिकॉग्निशन ऑफ प्रायर लर्निंग (RPL) का उद्देश्य व्यक्तियों को उनकी पूर्व शिक्षा, औपचारिक, गैर-औपचारिक, या अनौपचारिक, मान्यता प्राप्त करने का अवसर प्रदान करना है।
  - उच्च शिक्षा के लिए वैकल्पिक मार्ग प्रदान करना और अनियमित कार्यबल की दक्षताओं को संरेखित करना।
  - इन शिविरों का प्राथमिक उद्देश्य कार्यबल के कौशल और ज्ञान को पहचानना और प्रमाणित करना है, जिसे उन्होंने गैर-औपचारिक और अनौपचारिक माध्यमों से हासिल किया है।
  - मई 2018 में इसके संचालन के बाद से, कुल 4453 उम्मीदवारों को RPL कार्यक्रम के तहत प्रशिक्षित किया गया है, जिनमें से 8.4% उम्मीदवारों का मूल्यांकन और प्रमाणन किया गया था।
  - RPL कार्यक्रम कार्यबल के पूर्व शिक्षण और कौशल को पहचानने और मान्यता देने के लिए एक संरचित प्रक्रिया प्रदान करता है, जो उनकी रोजगार क्षमता और करियर के अवसरों को बढ़ा सकता है।
- सक्षम झारखंड कौशल विकास योजना (सितंबर 2016/कौशल विकास और उद्यमिता मंत्रालय)
  - सक्षम झारखंड कौशल विकास योजना का उद्देश्य 18-35 वर्ष के आयु वर्ग के युवाओं को गुणवत्तापूर्ण कौशल प्रशिक्षण प्रदान करना है।
  - इस योजना के तहत, राज्य सरकार कौशल प्रशिक्षण के लिए योग्य उम्मीदवारों को वित्तीय सहायता प्रदान करती है, और प्रशिक्षण और प्लेसमेंट सेवाओं की लागत भी वहन करती है। यह योजना युवाओं को अपना व्यवसाय शुरू करने के लिए प्रोत्साहित करने और समर्थन देने के लिए उद्यमिता विकास प्रशिक्षण भी प्रदान करती है।
- कॉलेज शिक्षा और सीखने के साथ रोजगार उत्कृष्टता कार्यक्रम (उच्च एवं तकनीकी शिक्षा और कौशल विकास विभाग)
  - यह कार्यक्रम उन छात्रों की मदद करेगा, जिन्होंने अपनी 12वीं कक्षा या स्नातक की पढ़ाई पूरी कर ली है और उन्हें सॉफ्ट स्किल्स में एक एकीकृत कार्यक्रम और एक डोमेन देकर उन्हें उस डोमेन में रोजगार योग्य बनाने में मदद मिलेगी।
  - EXCEL कार्यक्रम का लक्ष्य 4 वर्षों की अवधि में झारखंड राज्य में 50,000 युवाओं को प्रशिक्षित करना है।

स्वास्थ्य और पोषण से संबंधित योजनाएं

- जननी सुरक्षा योजना (अप्रैल 2005/स्वास्थ्य और परिवार कल्याण मंत्रालय)
  - यह झारखंड के गांवों और शहरी दोनों क्षेत्रों में रहने वाली गर्भवती महिलाओं के लिए एक बहुत ही महत्वपूर्ण योजना है।
  - जननी सुरक्षा योजना का मुख्य उद्देश्य संस्थागत प्रसव को बढ़ावा देकर मातृ एवं नवजात मृत्यु दर को कम करना है।
  - शहरी क्षेत्रों में महिलाओं को 1000 रुपये जबकि ग्रामीण क्षेत्रों में महिलाओं को 1400 रुपये दिए जाते हैं।
- जननी शिशु सुरक्षा कार्यक्रम (जून 2011/स्वास्थ्य और परिवार कल्याण मंत्रालय)
  - जननी शिशु सुरक्षा कार्यक्रम' में चिकित्सा जांच, आहार देखभाल, उपचार, घर से अस्पताल तक यात्रा की सुविधा एवं वापसी निःशुल्क है।
  - जननी शिशु सुरक्षा कार्यक्रम का प्रमुख उद्देश्य शासकीय स्वास्थ्य संस्थाओं में गर्भवती महिलाओं एवं शिशु के जन्म से 1 वर्ष तक के लिए स्वास्थ्य सेवाऐं उपलब्ध कराना है। योजनान्तर्गत निःशुल्क औषधि, सामग्री, परिवहन भोजन जांच, ब्लड ट्रान्सफ्यूजन उपलब्ध कराया जाता है।
- राष्ट्रीय कुष्ठ उन्मूलन कार्यक्रम (1983/स्वास्थ्य और परिवार कल्याण मंत्रालय)
  - इसका उद्देश्य भारत को कुष्ठ रोग मुक्त दर्जा हासिल कराना है।
  - इस कार्यक्रम को विश्व स्वास्थ्य संगठन का भी समर्थन प्राप्त है।
- ममता वाहन योजना (अक्टूबर 2011/स्वास्थ्य और परिवार कल्याण मंत्रालय)
  - इस योजना का मुख्य उद्देश्य मातृ एवं शिशु मृत्यु दर में संस्थागत प्रसव के माध्यम से कमी लाना है।
  - मुफ्त रेफरल परिवहन इस कार्यकम का एक महत्वपूर्ण घटक है।

मुफ्त रेफरल परिवहन के तहत गर्भवती महिलाओं को प्रसव हेतु घर से अस्पताल लाने एवं प्रसव के बाद अस्पताल से वापस घर जानें के लिए परिवहन की व्यवस्था किए जाने का प्रावधान है।

- राष्ट्रीय एड्स नियंत्रण संगठन (1992/स्वास्थ्य और परिवार कल्याण मंत्रालय)
    - यह संगठन यह सुनिश्चित करता है कि HIV/AIDS से संक्रमित लोगों के साथ गरिमापूर्ण व्यवहार किया जाए और स्वास्थ्य सेवाओं के मामले में उनके साथ कोई भेदभाव न हो।
- स्वास्थ्य बीमा योजना (अप्रैल 2008/श्रम एवं रोजगार मंत्रालय)
    - झारखंड राज्य सरकार ने 2022 में आयुष्मान भारत मुख्यमंत्री जन आरोग्य योजना लागू की है, जो राष्ट्रीय आयुष्मान भारत - प्रधानमंत्री जन आरोग्य योजना का राज्य-स्तरीय संस्करण है।
    - इस योजना के तहत, राज्य में पात्र लाभार्थियों को 5 लाख रुपये तक कैशलेस और पेपरलेस उपचार प्राप्त होगा।
    - आयुष्मान भारत मुख्यमंत्री जन आरोग्य योजना के तहत लाभ माध्यमिक और तृतीयक अस्पताल में भर्ती के लिए लागू होंगे, और पहले से मौजूद बीमारियों को पहले दिन से कवर किया जाएगा।
    - झारखंड राज्य सरकार का उद्देश्य विशेष रूप से दूरस्थ और दुर्गम क्षेत्रों में रहने वाले लोगों को गुणवत्तापूर्ण स्वास्थ्य सेवाएं प्रदान करना और राज्य में बीमारी के बोझ को कम करना है।

पेयजल और स्वच्छता से संबंधित योजनाएं

- हर घर जल योजना (2019/केंद्र सरकार: जल शक्ति मंत्रालय)
    - "हर घर नल योजना" का उद्देश्य देश के प्रत्येक ग्रामीण परिवार को स्वच्छ पेयजल उपलब्ध कराना है।
    - सरकार का लक्ष्य वर्ष 2024 तक इस योजना के माध्यम से हर घर में पेयजल के लिए कनेक्शन उपलब्ध कराना है।
- स्वच्छ भारत मिशन - ग्रामीण चरण -1 (अक्टूबर 2014/ केंद्र सरकार: जल शक्ति मंत्रालय एवं पेयजल और स्वच्छता विभाग)
    - स्वच्छ भारत मिशन-ग्रामीण, 02 अक्टूबर, 2014 को लॉन्च किया गया, जिसका उद्देश्य महात्मा गांधी की 150वीं जयंती, 2 अक्टूबर, 2019 तक भारत को खुले में शौच मुक्त (ODF) बनाना था।
    - इस कार्यक्रम के तहत ग्रामीण भारत में लगभग 100 मिलियन शौचालयों का निर्माण किया गया।
    - नवंबर 2018 में झारखंड को भी खुले में शौच से मुक्त (ODF) घोषित किया गया था।
- स्वच्छ भारत मिशन का चरण 2-ग्रामीण: ओडीएफ प्लस (फरवरी 2020/ केंद्र सरकार: जल शक्ति मंत्रालय एवं पेयजल और स्वच्छता विभाग)
- ओडीएफ प्लस राइजिंग विलेज के अंतर्गत "राइजिंग" श्रेणी के मानदंड इस प्रकार हैं-
    - गांव के सभी घरों में कार्यात्मक शौचालय की सुविधा होनी चाहिए।
    - गाँव के सभी स्कूलों/आंगनवाड़ी केन्द्रों/पंचायत घरों में पुरुषों और महिलाओं के लिए अलग-अलग शौचालयों के साथ कार्यात्मक शौचालय की सुविधा होनी चाहिए।
    - गांव में ठोस के साथ-साथ तरल अपशिष्ट प्रबंधन की व्यवस्था होनी चाहिए।
    - 17 दिसंबर, 2022 तक, पलामू जिले के 263 गांवों को ओडीएफ प्लस 'आकांक्षी गांव' घोषित किया गया था।
    - इसके बाद गिरिडीह जिले में 224 ऐसे गांव थे। पूर्वी सिंहभूम (170 गाँव), धनबाद (137 गाँव), देवघर जैसे जिलों के गाँव (129 गाँव) और बोकारो (116 गाँव) ने 'खुले में शौच मुक्त' स्थिति को बनाए रखने में उल्लेखनीय रूप से अच्छा प्रदर्शन किया है।
    - स्वच्छ भारत मिशन ग्रामीण के द्वितीय चरण में देश के 50 प्रतिशत गांवों ने खुले में शौच मुक्त होने का दर्जा हासिल कर लिया है।
    - जल शक्ति मंत्रालय के अनुसार, "अब तक (09 मई 2023 तक) 2.96 लाख से अधिक गांवों ने स्वयं को खुले में शौच मुक्त घोषित किया है।"
- स्वच्छ भारत मिशन-शहरी (अक्टूबर 2021/ केंद्र सरकार: आवास एवं शहरी मामलों का मंत्रालय)
    - स्वच्छ भारत मिशन - शहरी (SBM-U) भारत में सरकार के नेतृत्व में स्वच्छता कार्यक्रम है, जिसका उद्देश्य शहरी क्षेत्रों को खुले में शौच, कूड़े और अस्वच्छ परिस्थितियों से मुक्त बनाना है।
    - इसके उद्देश्यों में खुले में शौच का उन्मूलन, ठोस अपशिष्ट का प्रबंधन, उचित सीवेज सिस्टम का कार्यान्वयन, और स्वच्छता प्रथाओं से संबंधित व्यवहारिक परिवर्तनों को बढ़ावा देना शामिल है।
    - कार्यक्रम का अंतिम लक्ष्य शहरी क्षेत्रों में रहने वाले लोगों को स्वच्छ और स्वस्थ रहने की स्थिति प्रदान करके उनके जीवन की गुणवत्ता और कल्याण में सुधार करना है।

महिला एवं बाल विकास और सामाजिक सुरक्षा से संबंधित योजनाएं

- महिला हेल्पलाइन योजना (1 अप्रैल 2015/ महिला एवं बाल विकास मंत्रालय)
    - महिला हेल्पलाइन योजना का उद्देश्य हिंसा के शिकार महिलाओं को एक एकल संख्या के माध्यम से मुफ्त 24 घंटे तत्काल और आपातकालीन प्रतिक्रिया प्रदान करना है।
    - इस योजना के तहत, महिलाओं को उचित समर्थन सेवाओं और सरकारी योजनाओं और कार्यक्रमों के बारे में जानकारी प्रदान की जाती है।
    - वर्ष 2020-21 और 2021-22 के बीच, महिला एवं बाल विकास मंत्रालय, भारत सरकार, द्वारा झारखंड को उपरोक्त उद्देश्य के लिए लगभग 34 लाख रुपये प्रदान किए गए हैं, जिसमें से 84 प्रतिशत फंड का उपयोग किया गया है और वित्तीय वर्ष 2022-23 (सितंबर तक) में राज्य में महिला हेल्पलाइन पर 964 शिकायतें प्राप्त हुई हैं, जिनमें से 85.6 प्रतिशत शिकायतों को हल कर लिया गया है।
- बेटी बचाओ बेटी पढ़ाओ योजना (22 जनवरी 2015/महिला एवं बाल विकास मंत्रालय, स्वास्थ्य और परिवार कल्याण मंत्रालय और मानव संसाधन विकास मंत्रालय)
    - झारखंड के 12 जिलों में बेटी बचाओ, बेटी पढ़ाओ योजना कार्यान्वयन हो रही है। इस योजना के तहत 2401 गुड्डी-गुड्डा बोर्ड स्थापित किए गए हैं और पंचायत भवनों में प्रदर्शित किए जा रहे हैं।
    - इस कार्यक्रम से सहायता प्राप्त करने वाली महिलाओं में से लगभग 58 प्रतिशत रांची, रामगढ़, पूर्व सिंहभूम और लोहरदगा से थीं।
- मुख्यमंत्री कन्यादान योजना (1 अप्रैल 2006/ झारखंड महिला एवं बाल विकास मंत्रालय)
    - यह एक राज्य वित्तपोषित योजना है जो गरीब परिवारों की बेटियों की शादी के खर्चों में मदद करती है।
    - इस योजना से फिस्कल वर्ष 2021-22 में लगभग 10 हजार लड़कियों को लाभ मिला। रांची में इस योजना के तहत सबसे अधिक लाभार्थी (1000) थे, जिसके बाद गढ़वा का स्थान था जिसमें 790 लाभार्थी थे।
    - वित्तीय वर्ष 2022-23 में इस योजना के लिए 2365 लाख रुपये अनुमानित बजट था, जिसमें से 1845 लाख रुपये दिसंबर 6, 2022 तक खर्च किए गए थे।
- सामाजिक कुरीति निवारण योजना (बुरी प्रथाओं के उन्मूलन और

अच्छी प्रथाओं के लिए प्रोत्साहन के लिए योजना) (2017/ महिला एवं बाल विकास मंत्रालय)

- समाजिक कुरीति निवारण योजना का उद्देश्य राज्य से बुरी प्रथाओं को उन्मूलित करना है। यह जागरूकता उत्पादन कार्यक्रमों, कार्यशालाओं और सेमिनारों के माध्यम से लाखों लोगों तक पहुँचाती है।
- इस योजना के तहत दहेजमुक्त समुदाय विवाहों को बढ़ावा देने के लिए प्रोत्साहन दिया जाता है और मास संग्रह भी इस योजना के तहत किए जाते हैं।
- 2022-23 वित्तीय वर्ष में 185 लाख रुपये इस योजना के लिए आवंटित किए गए थे, जिसमें से 46.27 लाख रुपये दिसंबर 06, 2022 तक खर्च किए गए थे।

- तेजस्विनी योजना (EAP) (6 अक्टूबर 2022/झारखंड महिला विकास समाज)
  - यह विश्व बैंक द्वारा चालित भारत में पहली परियोजना है जो केवल 14-24 वर्ष की आयु की किशोरी लड़कियों और युवतियों के कल्याण पर ध्यान केंद्रित करती है।
  - यह परियोजना झारखंड महिला विकास समिति (JWDS) के माध्यम से आयोजित की जा रही है जिसमें परियोजना की अवधि पांच वर्ष है।
- मुख्यमंत्री सुकन्या योजना (24 फरवरी 2019/महिला बाल विकास एवं सामाजिक सुरक्षा विभाग)
  - मुख्यमंत्री सुकन्या योजना गरीब परिवारों की बेटियों को वित्तीय सहायता प्रदान करने के लिए प्रायोजित है, इस योजना के अंतर्गत बेटी के कक्षा I में प्रवेश और उसके बाद कक्षाओं V, VII, X और XII में सफलता हासिल करते ही उनके बैंक खाते में 500 रुपये जमा किए जाते हैं और योजना के तहत गर्भवती महिला के खाते में 500 रुपये जमा किए जाते हैं।
  - योजना के अंतिम चरण में, 18-20 वर्ष की बेटी के खाते में उनकी वोटर सूची में शामिल होने के बाद उन्हें 10,000 रुपये के सहायता राशि प्रदान की जाती है।
  - वित्तीय वर्ष 2021-22 में इस योजना से लगभग 2.42 लाख लड़कियों को लाभ प्राप्त हुआ और रांची में 21,805 और पूर्वी सिंहभूम में 19,076 लाभार्थियों की सबसे अधिक संख्या थी।
  - वित्तीय वर्ष 2022-23 में इस योजना के लिए 113.34 करोड़ रुपये आवंटित किए गए और 6 दिसंबर, 2022 तक 23.81 करोड़ रुपये खर्च हो चुके हैं।
- स्वामी विवेकानन्द निःशक्त स्वावलम्बन प्रोत्साहन योजना (2006)
  - स्वामी विवेकानंद निष्कट स्वावलंबन प्रोत्साहन योजना निःशक्तों को सामाजिक सुरक्षा प्रदान करने और गरिमा से जीने के लिए उन्हें प्रोत्साहित करने के लिए बनाई गई है।
  - योजना के तहत राज्य के निवासियों को 600 रुपये की मासिक धनराशि प्रदान की जाती है जो जनजाति वाले श्रेणी से हों, 5 वर्ष से अधिक की आयु वाले हों और जिनके पास जिला मेडिकल बोर्ड से निष्क्रियता प्रमाणपत्र हो।
  - वित्तीय वर्ष 2022-23 में, रामगढ़ (2547) ने लाभार्थियों की सबसे अधिक वृद्धि दर्ज की है, जिसे बोकारो (2530) और गिरिडीह (2478) ने अनुसरण किया है।
- मुख्यमंत्री राज्य सामाजिक सुरक्षा वृद्धावस्था पेंशन योजना
  - योजना के तहत निम्नलिखित वर्गों के लोगों को पेंशन मिलती है - विधवाएं, विकलांग व्यक्ति, मुक्त बंधकों, व बेसहारा लोग जो 60 वर्ष या उससे अधिक की उम्र के हैं, पेंशन की राशि 1000 रुपये प्रति माह प्रति व्यक्ति है।
  - योजना के तहत ग्रामीण क्षेत्रों में वार्षिक आय 10,500 रुपये तथा शहरी क्षेत्रों में 12,500 रुपये से कम होना आवश्यक है।
  - योजना से वित्तीय वर्ष 2022-23 में कुल 1261235 लोग लाभान्वित हुए, इस योजना के अंतर्गत सबसे अधिक लाभार्थी गिरिडीह जिले में हैं जिसे 35049 लोगों ने लाभ प्राप्त किया है, उसके बाद बोकारो (24076) और रांची (20908) हैं।
- मुख्यमंत्री राज्य महिला निराश्रित सम्मान पेंशन योजना/राज्य विधवा सम्मान पेंशन योजना (15 अगस्त 2018/झारखंड महिला बाल विकास एवं सामाजिक सुरक्षा विभाग)
  - राज्य की 18 वर्ष से अधिक आयु की विधवाओं को वित्तीय सहायता प्रदान करने के लिए, उन महिलाओं को विभाग द्वारा पेंशन प्रदान की जाती है जो किसी भी अन्य राज्य या केंद्र सरकार द्वारा विधवा पेंशन योजना के तहत शामिल नहीं हैं।
  - वित्तीय वर्ष 2022-23 (30 सितंबर, 2022 तक) के दौरान, इस योजना के तहत 348679 लोगों को लाभ प्राप्त हुआ है।
- किशोरी बालिका योजना (SAG) (फरवरी 2019)
  - यह एक केंद्र प्रायोजित योजना है जिसका उद्देश्य पोषण घटक के अनुसार 11-14 वर्ष की आयु की बालिकाओं को उनके स्वास्थ्य और पोषण की स्थिति में सुधार के लिए पोषण सहायता प्रदान करना है।
  - इस योजना में एक गैर-पोषण घटक भी है जहां यह जीवन कौशल प्रशिक्षण, सार्वजनिक सेवाओं तक पहुंच आदि प्रदान करता है और यह उन्हें औपचारिक स्कूली शिक्षा में वापस जाने के लिए प्रेरित करता है।
- इंदिरा गांधी राष्ट्रीय वृद्धावस्था पेंशन योजना (IGNOAPS) (1995/भारत सरकार)

i. इंदिरा गांधी राष्ट्रीय वृद्धावस्था पेंशन योजना (IGNOAPS) - (60-79 वर्ष)

- इस योजना के तहत 60 से 79 वर्ष के आयु वर्ग के BPL परिवारों (BPL सर्वे 2002 की सूची में शामिल) के व्यक्तियों को 1000 रुपये प्रति माह की दर से पेंशन मिलती है जिसमें केंद्र और राज्य का हिस्सा क्रमशः 200 रुपये और 800 रुपये प्रति माह है।

ii. इंदिरा गांधी राष्ट्रीय वृद्धावस्था पेंशन योजना (IGNOAPS) - (80 वर्ष से अधिक)

- इस योजना के तहत, BPL परिवारों के 80 वर्ष और उससे अधिक आयु के व्यक्ति 1000 रुपये प्रति माह की दर से पेंशन के पात्र हैं, जिसमें केंद्र और राज्य का हिस्सा दोनों का हिस्सा 500-500 रुपये प्रति व्यक्ति है।

iii. इंदिरा गांधी राष्ट्रीय विधवा पेंशन योजना (IGNWPS) (2009)

- इसके अंतर्गत 40-59 वर्ष की BPL विधवाएं 200 रुपये मासिक पेंशन की हकदार हैं।

- इंदिरा गांधी राष्ट्रीय विकलांगता पेंशन योजना (IGNDPS) (फरवरी, 2009/केंद्र सरकार)
  - योजना के अंतर्गत गरीबी रेखा से नीचे रहने वाले गंभीर और बहु-दिव्यांग व्यक्तियों को वित्तीय सहायता प्रदान की जाती है।
  - यह योजना उन्हें 1000 रुपये की मासिक पेंशन का हकदार बनाती है जिसमें केंद्र सरकार का हिस्सा 300 रुपये और राज्य सरकार का 700 रुपये प्रति व्यक्ति है।

जनजातीय कल्याण और वंचितों के लिए हस्तक्षेप से संबंधित योजनाएं

- पहाड़िया स्वास्थ्य योजना (झारखंड कल्याण विभाग)

- पीवीटीजी समुदाय ('विशिष्टतः असुरक्षित जनजातीय समूह') को स्वास्थ्य सेवाएं प्रदान करने के लिए पहाड़िया समुदाय के वर्चस्व वाले क्षेत्रों में कल्याण विभाग द्वारा एक पहाड़िया स्वास्थ्य उप-केंद्र की स्थापना की गई थी।
- संथाल परगना के चार जिलों में 18 पहाड़िया स्वास्थ्य देखभाल उप-केंद्र हैं जिनमें एक सहायक नर्स, एक दाई, एक एमएचडब्ल्यू और एक डॉक्टर सहित उचित संरचनात्मक इकाइयों और स्वास्थ्य कर्मचारियों के साथ आदिवासी समुदायों, विशेष रूप से पहाड़िया आदिवासी में स्वास्थ्य सेवाएं प्रदान करने के लिए हर सप्ताह दौरा किया जाता है।

- बिरसा आवास योजना (2008/झारखंड कल्याण विभाग)
  - झारखंड सरकार का कल्याण विभाग राज्य गठन के बाद से बिरसा आवास योजना को लागू कर रहा है।
  - इस योजना का उद्देश्य पीवीटीजी श्रेणी से संबंधित परिवारों को 1,31,500 रुपये प्रति आवास किराए पर एक सौ प्रतिशत अनुदान के साथ आवास की सुविधा प्रदान करना है।
- शहीद ग्राम विकास योजना (2017-18/ झारखंड सरकार)
  - इस योजना का मुख्य उद्देश्य उन आदिवासी शहीदों को श्रद्धांजलि देना है जो अंग्रेजों के खिलाफ भारतीय स्वतंत्रता संग्राम में लड़े थे।
  - इस योजना में उनके जन्म स्थान को 'आदर्श गांव' के रूप में विकसित कर श्रद्धांजलि देने की परिकल्पना की गई है।
  - इस योजना के तहत शहीदों के गांवों में बिरसा मुंडा, गया मुंडा, जात्रा टाना भगत, वीर बुधु भगत, सिद्धू कान्हू-चंद-भैरव, नीलाम्बर पीताम्बर, दिवाकिशुन, तेलंगा खरिया, भागीरथी मांझी और पोटो हो इत्यादि शामिल है।
  - इन गांवों में सरकार द्वारा आवास, पेयजल, सौर ऊर्जा, लिफ्ट सिंचाई, स्मारक स्थलों/प्रतिमाओं का जीर्णोद्धार और अन्य आवश्यकता आधारित बुनियादी ढांचा उपलब्ध कराया जा रहा है।

प्राकृतिक संसाधन : वन, जल और खनिज संसाधन से संबंधित योजनाएं

- मुख्यमंत्री जन वन योजना (2015 नवंबर/ झारखंड वन, पर्यावरण एवं जलवायु परिवर्तन विभाग)
  - इस योजना का उद्देश्य राज्य में हरित क्षेत्र को बढ़ाने के लिए निजी भूमि पर वृक्षारोपण को प्रोत्साहित करके किसानों की आय के साधनों में वृद्धि के साथ-साथ राज्य के अधिसूचित वनों पर दबाव कम करना है।
  - इस कार्यक्रम के माध्यम से गांव के निवासियों को अपनी जमीन और खेतों के किनारों पर पेड़ लगाने के लिए प्रोत्साहित किया जाता है।
  - वन विभाग उन्हें प्रोत्साहन के रूप में वृक्षारोपण और रखरखाव से जुड़ी लागत का एक हिस्सा देता था।

आर्थिक सर्वेक्षण 2022-23

सामान्य परिचय

- झारखंड विधानसभा का बजट सत्र 27 फरवरी 2023 से शुरू हुआ। बजट सत्र के चौथे दिन 2 मार्च 2023 को वित्तमंत्री डॉ. रामेश्वर उरांव द्वारा आर्थिक सर्वेक्षण पेश किया गया था।
- आर्थिक सर्वेक्षण वित्त मंत्रालय द्वारा जारी की गई एक वार्षिक रिपोर्ट है। यह पिछले एक वर्ष में राज्य के आर्थिक प्रगति और प्रदर्शन का लेखा-जोखा होता है।

समष्टि आर्थिक अवलोकन

- झारखंड का GSDP 2019-20 में 1.1 प्रतिशत की दर से बढ़ा था जबकि 2020-21 में 5.5 प्रतिशत की दर से घट गया था।
- कोविड-19 महामारी ने पूरे देश की अर्थव्यवस्था पर गंभीर प्रभाव डाला लेकिन झारखंड की अर्थव्यवस्था, कोविड के प्रति उचित प्रबंधन के अभाव के कारण देश के अन्य हिस्सों की तुलना में गंभीर रूप से प्रभावित हुई थी।
- देश की वास्तविक GDP में 6.6 प्रतिशत की गिरावट आई थी जबकि झारखंड में कोविड काल में केवल 5.5 प्रतिशत की गिरावट आई थी।
- वर्ष 2021-22 में, कोविड-19 के दूसरे और तीसरे लहरों के बावजूद, झारखंड की अर्थव्यवस्था में सुधार हुआ।
- वित्तीय वर्ष 2021-22 में, झारखंड की विकास दर 8.2 प्रतिशत रही। चालू वित्त वर्ष 2022-23 में इसके 7.8 प्रतिशत और वर्ष 2023-24 में 7.4 प्रतिशत बढ़ने का अनुमान है।

व्यापक आर्थिक अवलोकन

- सकल राज्य मूल्य वर्धित (GSVA), जो उत्पाद करों और उत्पाद सब्सिडी का शुद्ध GSDP है। 2011-12 और 2018-19 के बीच स्थिर कीमतों पर 5.8 प्रतिशत की औसत वार्षिक दर और मौजूदा कीमतों पर 10.6 प्रतिशत की दर से बढ़ा।
- वर्ष 2019-20 में स्थिर और मौजूदा कीमतों पर GSVA की वृद्धि दर क्रमशः 1.1 प्रतिशत और 1.6 प्रतिशत तक कम हो गई और 2020-21 में क्रमशः 5.6 प्रतिशत और 2.9 प्रतिशत कम हो गई।
- 2021-22 में, स्थिर कीमतों पर GSVA में 7.6 प्रतिशत और मौजूदा कीमतों पर 14.6 प्रतिशत की वृद्धि हुई।

भारत और झारखंड

- झारखंड कम आय वाले राज्यों में से एक है।
- झारखंड का स्थिर मूल्यों पर GSDP वर्ष 2021-22 में स्थिर मूल्यों पर सकल घरेलू उत्पाद का 1.61 प्रतिशत रहा है और राज्य की प्रति व्यक्ति आय देश की प्रति व्यक्ति आय से लगभग 40 प्रतिशत कम है।
- ज्यादातर वर्षों में, झारखंड की विकास दर देश की विकास दर से अधिक रही है।
- वित्त वर्ष 2022-23 में, देश की विकास दर का अनुमान 7 प्रतिशत है जबकि झारखंड की विकास दर 7.8 प्रतिशत है।
- वित्त वर्ष 2023-24 में देश की विकास दर 6 से 6.8 प्रतिशत तक बढ़ने का अनुमान है, जबकि झारखंड में 7.4 प्रतिशत की वृद्धि का अनुमान है।

झारखंड के GSDP की क्षेत्रीय संरचना

- वर्ष 2019-20 में, तृतीयक क्षेत्र के उत्पादन मूल्य में 6.7 प्रतिशत की वृद्धि हुई, प्राथमिक क्षेत्र में 0.2 प्रतिशत वृद्धि हुई और द्वितीयक क्षेत्र में 5.3 प्रतिशत की कमी हुई।
- वर्ष 2020-21 में, तृतीयक क्षेत्र का उत्पादन 8.7 प्रतिशत घटा, जबकि द्वितीयक क्षेत्र का उत्पादन 2.3 प्रतिशत घटा और प्राथमिक क्षेत्र का उत्पादन 3.8 प्रतिशत घटा।
- तृतीयक क्षेत्र न केवल राज्य के GSVA में प्रमुख योगदानकर्ता रहा है बल्कि पिछले कुछ वर्षों में इसकी हिस्सेदारी भी बढ़ी है।
- वर्ष 2011-12 में इसकी हिस्सेदारी 38.5 प्रतिशत थी, जो वर्ष 2021-22 में 44.6 प्रतिशत हो गई है।

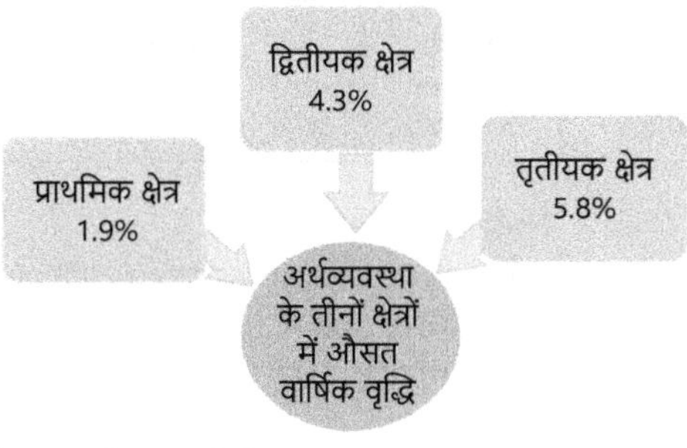

झारखंड में महंगाई एवं गरीबी का स्तर

- झारखंड में, 2021 की अवधि में मुद्रास्फीति की दर 'नई मौद्रिक नीति ढाँचे' के निर्धारित स्तर में ही रही, लेकिन वर्ष 2022 में इस स्तर से अधिक रही।
- जनवरी 2022 से अक्टूबर 2022 तक मुद्रास्फीति की दर बहुत अधिक रही।
- अगस्त 2021 से दिसंबर 2022 की अवधि में झारखंड में अन्य उत्पादों की तुलना में ईंधन और प्रकाश, कपड़े और जूतों की कीमतें तेजी से बढ़ीं।
- झारखंड में वर्ष 2015-16 और 2019-21 के बीच गरीबी का हेड काउंट लगभग 13 प्रतिशत (5.6 प्रतिशत अंक) कम हो गया है।
- राज्य में वर्ष 2015-16 (NFHS-IV) में, 42.16 प्रतिशत लोग बहुआयामी गरीब होने के लिए गिने गए, जिनमें 50.93 प्रतिशत लोग ग्रामीण क्षेत्रों में थे और 15.26 प्रतिशत शहरी क्षेत्रों में थे।
- स्वास्थ्य और शिक्षा के संकेतकों में सुधार और लोगों के जीवन-स्तर में सुधार के कारण झारखंड में गरीबी कम हुई है।
- वर्ष 2019-21 में बहुआयामी गरीबों का प्रतिशत घटकर 36.6 प्रतिशत, ग्रामीण क्षेत्रों में 42.2 प्रतिशत और शहरी क्षेत्रों में 11.1 प्रतिशत हो गया।

राजकोषीय विकास और राज्य वित्त

- वर्ष 2021-22 में राज्य की राजस्व प्राप्तियों में लगभग 24 प्रतिशत की वृद्धि हुई है तथा चालू वित्त वर्ष में लगभग 19 प्रतिशत की वृद्धि का अनुमान है।
- वर्ष 2021-22 में राज्य के कुल व्यय में लगभग 10 प्रतिशत की वृद्धि हुई थी और चालू वित्त वर्ष (2022-23 बअ) में लगभग 30 प्रतिशत की वृद्धि का अनुमान है।

राज्य की राजस्व प्राप्तियों की संरचना

- 2015-16 से 2021-22 तक झारखंड राज्य का कर राजस्व 10.8 प्रतिशत की औसत वार्षिक दर से बढ़ा है।
- वाणिज्यिक कर राज्य के अपने कर राजस्व के मुख्य स्रोतों में से एक है।
- 2015-16 और 2018-19 के बीच झारखंड ने अपने कर राजस्व में 80 प्रतिशत से अधिक का योगदान दिया।
- हालांकि, पिछले तीन वर्षों में, राज्य के कुल कर राजस्व में इसकी हिस्सेदारी में कमी आई है, लेकिन यह 70 प्रतिशत से ऊपर बनी हुई है।
- झारखंड के अन्य दो महत्वपूर्ण कर राजस्व स्रोत हैं - उत्पाद शुल्क और परिवहन। इसके अलावा, झारखंड को पंजीकरण और भू-राजस्व से भी कर राजस्व प्राप्त होता है।
- 2015-16 से 2021-22 तक झारखंड राज्य का गैर-कर राजस्व 7.8 प्रतिशत से बढ़ा है।
- झारखंड अपने गैर-कर राजस्व में 9.4 प्रतिशत की औसत वार्षिक दर (CAGR) से वृद्धि हुई है और इस अवधि के दौरान भारत सरकार से अनुदान में 6.4 प्रतिशत की वृद्धि हुई है।
- झारखंड के कुल गैर-कर राजस्व का एक बड़ा हिस्सा अनुदान सहायता से आता है।
- 2015-16 और 2021-22 के बीच, झारखंड के गैर-कर राजस्व में अनुदान सहायता की हिस्सेदारी 51.5 प्रतिशत से 63.4 प्रतिशत के बीच बढ़ी है।
- चालू वित्त वर्ष में, झारखंड के कुल गैर-कर राजस्व का अनुमानित प्रतिशत 55.8 है।

पूँजी प्राप्तियाँ

- राज्य सरकार की पूंजीगत प्राप्तियों में ऋण की वसूली, अन्य गैर-ऋण पूँजीगत प्राप्तियाँ और उधार तथा सरकार की अन्य देनदारियाँ शामिल हैं।
- इनमें से, उधार और अन्य देनदारियाँ, जिनमें आंतरिक ऋण के साथ-साथ भारत सरकार से उधार लेना शामिल है, राज्य की पूँजीगत प्राप्तियों का मुख्य स्रोत है।
- यह राज्य की कुल पूँजी प्राप्तियों का 99 प्रतिशत से अधिक है। हालांकि, 2015-16 से 2020-21 की अवधि के दौरान इसकी वृद्धि लगभग स्थिर रही। इस अवधि के दौरान, यह केवल 0.8 प्रतिशत की औसत वार्षिक दर (CAGR) से बढ़ी।
- वित्तीय वर्ष 2021-22 में पिछले वर्षों की तुलना में इसमें 22.5 प्रतिशत की गिरावट आई है, लेकिन चालू वित्त वर्ष (2022-23 ब.अ.) में लगभग 59 प्रतिशत की वृद्धि का अनुमान है।

राज्य सरकार की पूंजीगत प्राप्तियां (करोड़ रुपये में)

	2018-19	2019-20	2020-21	2021-22	2022-23 (बअ)
ऋणों की वसूली	47.57	49.19	48.78	1291.73	75.84
अन्य रसीदें	0.0	0.0	0.0	0.0	0.0
उधार और अन्य देन-दारियां	9688.87	12265.84	17655.33	9839.87	18000.00
पूंजी प्राप्तियां	9736.44	12315.03	17704.11	11131.60	18075.84

राज्य का व्यय

- 2015-16 से 2021-22 तक राज्य का कुल व्यय CAGR के अनुसार 6.1 प्रतिशत की औसत वार्षिक दर से बढ़ा है।
- योजनाओं पर खर्च करने की औसत वार्षिक दर 2015-16 और 2021-22 के बीच 4.8 प्रतिशत से बढ़ी है जबकि स्थापनाओं के लिए खर्च की औसत वार्षिक दर 7.8 प्रतिशत से बढ़ी है।
- योजनाओं पर व्यय राज्य के कुल व्यय का 50 प्रतिशत से अधिक और स्थापना पर 50 प्रतिशत से कम होता है।
- वर्ष 2017-18 से 2021-22 तक कुल व्यय का लगभग 53 प्रतिशत योजनाओं पर तथा शेष 47 प्रतिशत स्थापना पर व्यय किया गया।
- राज्य के कुल व्यय का मुख्य घटक राजस्व व्यय होता है।
- पिछले दो वर्षों (2020-21 और 2021-22) में, यह राज्य के कुल व्यय का चार-पाँचवाँ (चार बटा पांच) हिस्सा था।
- चालू वित्त वर्ष (2023-24) में भी इसका अनुमान है कि यह राज्य के कुल व्यय का लगभग तीन-चौथाई हिस्सा होगा।
- वेतन, पेंशन और ब्याज के भुगतान समेत प्रतिबद्ध राजस्व व्यय ने पिछले दो वर्षों में कुल व्यय का लगभग एक-तिहाई (कुल स्थापना व्यय का लगभग तीन-चौथाई) भाग बनाया है।
- इससे, विकास और कल्याणकारी योजनाओं के लिए पर्याप्त धनराशि बची है।

झारखंड सरकार का व्यय (₹ करोड़ में)					
	2019-20	**2020-21**	**2021-22**	**2022-23 (BE)**	**CAGR (15-16 से 21-22)**
I. स्थापना व्यय	33160.12	33735.03	34915.1	43842	7.1
(i)राजस्व खाते पर	28829.7	30893.5	30617.61	37031.81	6.7
(a) ब्याज भुगतान	5307.7	6094.3	6286.05	6661.57	11.2
(b) वेतन	12782.3	12836.6	13121.73	15943.87	8.2
(c) पेंशन	6004.6	6796.5	7614.3	8045.38	11.4
(ii). पूंजी खाते पर	4330.43	2841.57	4297.49	6380.99	10.3
II. योजना व्यय	37572.05	40118.81	42949.78	57259	5.4
(a) राजस्व खाते पर	27626.9	28370.1	32160.3	39241.5	12.6
(b) पूंजी खाते पर	9945.11	11748.68	10789.48	18017.5	-5.9
कुल राजस्व व्यय	56456.6	59263.6	62777.91	76273.31	9.4
कुल पूंजीगत व्यय	14275.51	14590.25	15086.97	24827.7	-2.8
प्रतिबद्ध राजस्व व्यय	24094.6	25727.4	27022.08	30650.82	9.7
कुल व्यय	70732.17	73853.84	77864.88	101101	6.1

राज्य की घाटे की स्थिति

- झारखंड राजस्व अधिशेष विशेषता वाले राज्यों में से एक है।
- राजस्व-अधिशेष का उपयोग इस राज्य में पूंजीगत संपत्तियों के निर्माण के लिए किया जाता है।
- राज्य का राजकोषीय घाटा ज्यादातर FRBM सीमा के भीतर ही रहता है।
- वर्ष 2021-22 में इसका GSDP में हिस्सा 0.76 प्रतिशत था।
- चालू वित्त वर्ष (2022-23 बअ) में इसका GSDP में हिस्सा 2.81 प्रतिशत रहने का अनुमान है।

झारखंड के बजट घाटे की स्थिति (कुल मिलाकर ₹ करोड़ में)				
	2019-20	**2020-21**	**2021-22**	**2022-23 (बअ)**
राजस्व घाटा	-1960.51	3113.9	-6493.95	-6751.86
GSDP का %	-0.63	1.04	-2.02	-1.77
राजकोषीय घाटा	8034.4	14910.5	2604.21	11286.47
GSDP का %	2.59	4.96	0.76	2.96
प्राथमिक घाटा	2726.7	8816.2	-3681.84	4624.9
GSDP का %	0.88	2.93	-1.07	1.21
GSDP	310305	300716	343178	381125

राज्य के ऋण और देनदारियाँ

- वर्ष 2020-21 को छोड़कर, ऋण-GSDP-अनुपात 35 प्रतिशत से कम रहा है और ब्याज-राजस्व-प्राप्ति अनुपात भी 10 प्रतिशत से कम है।
- पिछले दो वर्षों से, राज्य की शुद्ध उधारी भी राज्य के लिए निर्धारित उधार सीमा के भीतर रही है।

संस्थागत वित्त

- वर्ष 2014-15 और 2021-22 के बीच झारखंड में ATM की कुल संख्या 3.81 प्रतिशत की औसत वार्षिक दर से बढ़ी है।
- वर्ष 2014-15 और 2021- 22 के बीच राज्य की कुल जमा राशि की वार्षिक औसत वृद्धि दर 10.74 प्रतिशत रही। वर्ष 2020-21 में लगभग 15 प्रतिशत की भारी वार्षिक वृद्धि देखी गई।
- सितंबर 2022-23 तक झारखंड की कुल जमा राशि 29,070,942 करोड़ रुपये थी।
- वर्ष 2014-15 और 2021-22 के बीच झारखंड में बैंकों द्वारा नियोजित अग्रिमों में औसत वार्षिक वृद्धि दर 5.74 प्रतिशत रही।
- राज्य की विभिन्न बैंक श्रेणियों को देखते हुए, CD अनुपात (क्रेडिट टू डिपॉजिट अनुपात) का क्रेडिट सभी श्रेणियों के तहत बहुत सारे वर्षों से कम था। इसमें सिर्फ दो अपवाद की श्रेणियाँ है - निजी क्षेत्र के बैंक और लघु वित्त बैंक।
- जून 2022 तक राज्य के निजी क्षेत्र के बैंकों का जमा अनुपात 69.75 प्रतिशत था।
- हालांकि, वर्ष 2018-19 से लेकर 2021-22 तक लगातार हर **लघु स्मॉल फाइनेंस बैंकों का क्रेडिट टू डिपॉजिट अनुपात 100 प्रतिशत** से अधिक रहा है। जून, 2022 तक इन वित्त बैंकों का CD अनुपात 151.99 प्रतिशत था।
- अधिकतम वित्तीय स्वतन्त्रता और राज्य के क्षेत्रीय विकास को प्राप्त करने के लिए किसान क्रेडिट कार्ड का संवितरण, केसीसी को स्मार्ट केसीसी और रूपे कार्ड में बदलना, पी एम किसान योजना, PMJDY, APY, स्टैंड अप इंडिया लोन योजना, ACP और प्रधानमंत्री मुद्रा योजना को क्रियान्वित किया जा रहा है।

झारखंड में मुद्रास्फीति

- वर्ष 2022 की अवधि में झारखंड और भारत दोनों में मुद्रास्फीति की दर उच्च रही। जनवरी, 2022 से अक्टूबर, 2022 तक यह 6 प्रतिशत से अधिक रही, जो कि आरबीआई की निर्धारित ऊपरी सीमा है और इस वर्ष के पिछले दो महीनों में 6 प्रतिशत से मामूली रूप से नीचे रही है।
- झारखंड में अगस्त, 2021 से दिसंबर, 2022 की अवधि में अन्य कमोडिटी समूहों की तुलना में 'ईंधन और प्रकाश' और 'कपड़े और जूते' की कीमतों में बहुत तेजी से वृद्धि हुई है।
- CPI में इन दो कमोडिटी समूहों का संयुक्त भार लगभग 13.4 प्रतिशत है, इसलिए, उनकी कीमतों में बढ़ोतरी ने राज्य की मुद्रास्फीति दर को अत्यधिक प्रभावित किया है। इन दोनों वस्तुओं की कीमतों में अत्यधिक वृद्धि के बावजूद, खाद्य और पेय पदार्थों की कीमतों में कम वृद्धि के कारण अगस्त, 2021 और दिसंबर, 2021 की अवधि में झारखंड में मुद्रास्फीति की दर अपेक्षाकृत कम रही।
- झारखंड में मुद्रास्फीति की दर, जो देश की तुलना में ज्यादातर कम रही है, जनवरी, 2022 में देश की मुद्रास्फीति दर से अधिक रही और जून, 2022 तक इससे ऊपर रही और उसके बाद लगभग बराबर रही।

झारखंड और भारत में मुद्रास्फीति की दर				
वर्ष	2021		2022	
	झारखंड	भारत	झारखंड	भारत
जनवरी	1.97	4.06	6.19	6.01
फरवरी	2.66	5.03	6.99	6.07
मार्च	3.47	5.52	7.49	6.95
अप्रैल	-	4.23	7.73	7.79
मई	-	6.3	7.51	7.04
जून	4.26	6.26	6.86	7.01
जुलाई	4.13	5.59	5.65	6.71
अगस्त	4.39	5.3	6.24	7.0
सितम्बर	2.6	4.35	7.22	7.41
अक्टूबर	2.68	4.48	6.73	6.77

विभिन्न क्षेत्रों का सर्वेक्षण

1. ग्रामीण विकास और पंचायती राज

- वित्त वर्ष 2021-22 की अवधि में, लगभग 37 लाख लोगों ने महात्मा गांधी राष्ट्रीय ग्रामीण रोजगार गारंटी अधिनियम (मनरेगा) के तहत काम करने की मांग की।
- उसी तरह, वित्त वर्ष 2022-23 (22 जनवरी 2023 तक) में, लगभग 26.6 लाख लोगों ने काम करने की मांग की, जिन्हें सभी को रोजगार के अवसर प्रदान किए गए।
- इस प्रक्रिया में, वर्तमान वित्त वर्ष में लगभग 5.4 करोड़ मानव दिवस के रोजगार के अवसर पहले ही उत्पन्न हो चुके हैं और लगभग 32.6 हजार परिवारों ने 100 दिनों के रोजगार का अनुपालन कर लिया है।
- वित्त वर्ष 2019-20 से 2022-23 के बीच, इस रोजगार के उत्पादन में लगभग 36 प्रतिशत की वृद्धि हुई है।
- बिरसा हरित ग्राम-योजना (BHGY), नीलांबर पीताम्बर जल समृद्धि योजना (NPJSY) और वीर शहीद पोटो हो खेल विकास योजना (VSPHKVY) जैसी नई योजनाएं भी तेजी से अग्रसर हो रही हैं।
- अब तक, पिछले दो वित्तीय वर्षों (2021, 2022) में, BHGY ने लगभग 48 हजार परिवारों को लाभ दिया है और योजना के तहत लगभग 47 लाख फलदार पेड़ लगाए गए हैं।
- इसी तरह, NPJSY के तहत कुल शुरू किए गए कार्यों में से लगभग 49 प्रतिशत और VSPHKVY के तहत लगभग 1, 279 खेल मैदान पहले ही पूरे हो चुके हैं।
- सोसायटी ने सफलतापूर्वक सेल्फ-हेल्प ग्रुप्स (SHG) और अन्य गाँव या क्लस्टर स्तर के संगठनों का एक व्यापक नेटवर्क बनाया है।
- अब तक, राज्य में लगभग 9,183 SHG, 572 ग्राम-स्तरीय संगठन और 16 क्लस्टर स्तर के संघ सक्रिय हैं।
- PMGSY (प्रधानमंत्री ग्राम सड़क योजना) ने लगभग 99 प्रतिशत पात्र बसावटों को सफलतापूर्वक जोड़ दिया है।
- प्रदेश में इस योजना के विभिन्न चरणों में लगभग 27 हजार किलोमीटर सड़क निर्मित की गई हैं, जो कुल स्वीकृत सड़क लंबाई (33,053) के 83 प्रतिशत से अधिक है।
- वर्तमान में, राज्य में विभिन्न सामाजिक सहायता योजनाओं के अंतर्गत लगभग 33.47 लाख लाभार्थी हैं, जिनमें से लगभग 58.31 प्रतिशत महिला लाभार्थी हैं।
- राज्य विशिष्ट योजनाओं के अंतर्गत लगभग 20.65 लाख लाभार्थी हैं।
- वर्तमान में, राज्य में 4,345 ग्राम पंचायतें और 55 शहरी स्थानीय निकाय हैं।
- प्रदेश में वित्तीय वर्ष 2021-22 और 2022-23 की अवधि में लगभग 4,630 और लगभग 4,624 पंचायत विकास योजनाएँ तैयार की गईं।
- वित्त वर्ष 2021-22 में पंचायतों के विभिन्न स्तरों पर करीब 1500 करोड़ रुपये खर्च किए गए।
- राज्य में कुल 1999 करोड़ रूपये के उपलब्ध धनराशि को 15वें वित्त आयोग के अनुदान के तहत पंचायतों को आवंटित की गयी है।

वर्ष-वार स्वीकृत श्रम बजट, उपलब्धता और निधियों का उपयोग (29 जनवरी, 2023 तक)		
वित्तीय प्रगति	वित्त वर्ष 2022-2023	वित्त वर्ष 2021- 2022
स्वीकृत श्रम बजट (लाख में	900	1105
औसत मजदूरी दर प्रति व्यक्ति प्रति दिन (रु)	233.24	224.92
कुल केंद्र रिलीज (लाख में)	186410.1	2,72,455.5
कुल उपलब्धता (लाख में)	272077.1	2,72,496.8
प्रतिशत उपयोगिता	73.85	122.42
कुल व्यय (लाख रुपये में)	2,00,933.7	3,33,580.1
मजदूरी (लाख रुपये में)	1,73,273.0	2,42,258,5
कुल व्यय के % के रूप में मजदूरी	86.2	72.6
सामग्री और कुशल मजदूरी (लाख रुपये में)	21,258.8	83,427.1
सामग्री (%)	10.93	25.62
कुल प्रशासनिक व्यय (लाख रुपये में)	6,401.9	7,894.4
प्रशासनिक व्यय (%)	3.19	2.37
प्रति व्यक्ति औसत लागत प्रति दिन (रुपये में)	301.91	317.08
eFMS के माध्यम से कुल व्यय का (%)	99.73	99.9
15 दिनों के भीतर उत्पन्न भुगतान (%)	99.98	99.95

2. शहरी विकास

- झारखंड में शहरी परिवारों को बिजली (99 प्रतिशत), बेहतर पेयजल (95 प्रतिशत) और शौचालय सुविधा (91 प्रतिशत) के अनुपात में बुनियादी सुविधाएं प्राप्त हैं।

- शहरी स्वच्छता के क्षेत्र में, स्वच्छ सर्वेक्षण-2022 में 100 शहरी स्थानीय निकायों (ULB) वाले राज्यों में झारखंड देश में दूसरे स्थान पर था।
- शहरी स्वच्छता के क्षेत्र में उल्लेखनीय बेहतर प्रदर्शन के लिए राज्य को 2017 से 2022 के स्वच्छ सर्वेक्षण के दौरान कई बार सम्मानित किया गया है।
- स्वच्छ सर्वेक्षण - 2022 के तहत झारखंड के दो ULB को 'सर्वश्रेष्ठ नागरिक प्रतिक्रिया' से सम्मानित किया गया जबकि झारखंड में 15 ULB को खुले में शौच मुक्त (ODF) घोषित किया गया, 23 ULB को ODF+ घोषित किया गया और 3 ULB को ODF++ का दर्जा दिया गया था।
- स्वच्छ भारत मिशन -अर्बन (SBM-U) ने शहरी झारखंड में उल्लेखनीय रूप से अच्छा प्रदर्शन किया है, जहाँ 87 प्रतिशत वार्डों में शत-प्रतिशत घर-घर जाकर ठोस कचरा एकत्र करने की सुविधा है।
- पुरुष और महिला साक्षरता, दोनों की स्थिति, और NNMR, IMR, U5MR, आदि जैसे स्वास्थ्य संकेतकों का प्रदर्शन झारखंड के शहरी इलाकों में काफी बेहतर है।
- निर्धारित 100 में से कुल 99 अटल क्लीनिक स्थापित करने के पश्चात यह लक्ष्य लगभग हासिल कर लिया गया है।
- जो अटल क्लीनिक पहले से स्थापित हैं उनमें से कुल 98 क्लीनिक काम कर रहे हैं जो झारखंड के शहरी क्षेत्रों में स्वास्थ्य सेवा वितरण प्रणाली को बढ़ावा दे रहे हैं।
- झारखंड में शहरी आबादी की दशकीय वृद्धि दर 32.4 प्रतिशत थी।
- झारखंड की कुल झुग्गी आबादी का लगभग 72.4 प्रतिशत अकेले प्रथम श्रेणी के शहरों में निवास करता है, जबकि राजधानी राँची में ही झुग्गी आबादी का सबसे अधिक हिस्सा (19.9 प्रतिशत) है।
- राँची स्मार्ट सिटी ने इंडिया स्मार्ट सिटीज अवार्ड्स प्रतियोगिता में 'स्मार्ट सिटीज लीडरशिप अवार्ड' जीता, जमशेदपुर को 3-स्टार रेटिंग मिली और इसे झारखंड का सबसे स्वच्छ शहर घोषित किया गया।

शहरी झारखंड का सामाजिक-आर्थिक प्रोफाइल		
आर्थिक संकेतक		
कार्यकर्ता भागीदारी दर (2020-21) - 15 वर्ष और उससे अधिक	शहरी	41.9%
	कुल	59.6%
बेरोजगारी दर (2019-20) - 15 वर्ष और उससे अधिक	शहरी	9.3%
	कुल	3.1%
गरीबी हेडकाउंट अनुपात (HCR) (2011-12)	शहरी	24.8%
	कुल	36.9%
बहुआयामी गरीबी प्रमुख गणना अनुपात (2019-21)	शहरी	11.1
	कुल	36.6%
सामाजिक संकेतक		
साक्षर महिलाएं (2019-21)	शहरी	80.1%
	कुल	61.7%
साक्षर पुरुष (2019-21)	शहरी	92.0%
	कुल	81.3%
नवजात मृत्यु दर (NNMR) (2019-21)	शहरी	17.7%
	कुल	28.2%
शिशु मृत्यु दर (IMR) (2019-21)	शहरी	22.2%
	कुल	37.9%
अंडर-फाइव मृत्यु दर (U5MR) (2019-21)	शहरी	27.3%
	कुल	45.4%
5 वर्ष से कम उम्र के बच्चे जिनका वजन कम है (2019-21)	शहरी	30.0%
	कुल	39.4%
आवास संकेतक		
बिजली वाले घरों में रहने वाली आबादी	शहरी	99.0%
	कुल	94.3%
बेहतर पेयजल स्रोत वाले घरों में रहने वाली आबादी	शहरी	94.6%
	कुल	86.6%
बेहतर स्वच्छता सुविधाओं का उपयोग करने वाले घरों में रहने वाली जनसंख्या	शहरी	75.9%
	कुल	56.7%
खाना पकाने के लिए स्वच्छ ईंधन का उपयोग करने वाले परिवार	शहरी	71.0%
	कुल	31.9%

3. कृषि और संबद्ध सेवाएँ

- पिछले पांच वर्षों में, झारखंड ने खरीफ और रबी दोनों मौसमों के लिए फसल उत्पादन, उपज और क्षेत्र में वृद्धि हासिल की है। हालांकि, फसल उत्पादन के पैटर्न में बदलाव आया है।
- फसल सघनता में भी काफी वृद्धि हुई है, जो 2020-21 में 135.8 प्रतिशत रही जो कि 2018-19 में 142.4 प्रतिशत थी।
- राज्य में सकल सिंचित क्षेत्र 2019-20 में 2,69,000 हेक्टेयर से घटकर 2020-21 में 2,58,000 हेक्टेयर हो गया।
- कृषि वित्त पोषण में, राज्य में काफी वृद्धि हुई है। कुल 20.52 लाख छोटे और सीमांत किसानों को राज्य में कृषि वित्त पोषण का लाभ मिला है।
- सब्जी उत्पादन 2017-18 में 3475.2 टन से बढ़कर 2021-22 में 3818.21 हजार टन हो गया जो सब्जी उत्पादन में वृद्धि दर्शाता है।
- राज्य में फलों का उत्पादन 2017-18 में 1081.7 हजार टन से बढ़कर 2020-21 में 1312.18 हजार टन हो गया।
- ऊन का उत्पादन 2017-18 में 18,71,000 किलोग्राम से 2019-20 में 21,00,000 किलोग्राम तक बढ़ गया।
- दूध उत्पादन 2016-17 में 18.94 लाख मीट्रिक टन (Lmt.) से बढ़कर 2021-22 में 26.29 Lmt. हो गया है जो इसमें वृद्धि दर्शाता है।
- 2016-17 में अंडे का उत्पादन 0.51 बिलियन से बढ़कर 2021-22 में 0.88 बिलियन हो गया।
- मांस का उत्पादन भी लगातार बढ़ा है, जो 2016-2017 में 0.55 Lmt. से बढ़कर 2021-22 में 0.79 Lmt. हो गया है।
- 2017-18 और 2020-21 के बीच झारखंड में मछली की संख्या में काफी वृद्धि हुई है। 2017-18 में मछली की कटाई कुल 1.90 लाख टन थी जबकि, 2020-21 में यह बढ़कर 2.38 लाख टन हो गई।
- कृषि और संबद्ध गतिविधियों के क्षेत्र में मुद्दों को हल करने के लिए सरकार ने कई महत्वपूर्ण क़दम उठाए हैं। इनमें से कुछ हैं: बीज

वितरण कार्यक्रम, झारखंड कृषि ऋण माफी योजना, समेकित बिरसा ग्राम सह कृषक पाठशाला, कृषि क्लीनिक, कृषि मेला, किसान कॉल सेंटर और कृषक हेल्प लाइन, बुनियादी ढाँचा विकास आदि।

- भारत का यह पहला राज्य (झारखंड) बन गया है जो बीज वितरण में तकनीक का भी मिश्रण करता हुआ नई विकसित ब्लॉकचेन तकनीक का उपयोग करता है।
- सरकार ने अधिक स्वास्थ्य लाभ, उत्पादों के साथ जैविक को बढ़ावा देने के लिए भी पहल की है और अपना पहला जैविक हाट भी स्थापित किया है।

4. खाद्य और पोषण सुरक्षा

- झारखंड में खाद्य और पोषण सुरक्षा की स्थिति में निरंतर सुधार हुआ है। 2021-22 की अवधि में, खाद्य एवं अन्न के उत्पादन और खरीद में महत्वपूर्ण प्रगति हुई है।
- राज्य में चावल का उत्पादन 2020-21 में 27.53 Lmt. से बढ़कर 2021-22 में 29.28 Lmt. हो गया है, जबकि इसी अवधि के दौरान राज्य में चावल की खरीद 4.28 Lmt. से बढ़कर 5.12 Lmt. हो गई है।
- धान की खरीद में, 2021-22 में लगभग 7.53 Lmt. की खरीद की गई है और इसी अवधि के दौरान राज्य में लगभग 1.39 लाख किसानों को इसका लाभ मिला है।
- राष्ट्रीय खाद्य सुरक्षा अधिनियम **(NFSA) लाभार्थी (94.42 प्रतिशत) और झारखंड राज्य आकस्मिक खाद्य कोष (93.12 प्रतिशत)** के प्रदर्शन में झारखंड शीर्ष राज्यों में से एक था।
- पोषण के सन्दर्भ में 2005-06 से 2019-21 के बीच कम वजन वाले शिशुओं (2500 ग्राम से कम) का प्रतिशत 19 प्रतिशत से बेहतर होकर 16 प्रतिशत हो गया है।
- इसी प्रकार, अल्पविकास और दुर्बलता से पीड़ित बच्चों का प्रतिशत 2005-06 में क्रमशः 50 प्रतिशत और 29 प्रतिशत था जो 2019-21 में क्रमशः 40 प्रतिशत और 22 प्रतिशत पर आ गया है।
- एनीमिक बच्चों की स्थिति भी कम हो गई है। वित्तीय वर्ष 2005-06 से 2019-21 के बीच इनका प्रतिशत से बढ़कर 67 प्रतिशत हो गया।
- 2005-06 में, कम वजन वाली महिलाओं (18.5 से कम बीएमआई) का प्रतिशत 43 प्रतिशत था जो 2019-21 में 26 प्रतिशत हो गया है।
- इसी अवधि के दौरान, गैर-गर्भवती (69 प्रतिशत से 66 प्रतिशत) और गर्भवती महिलाओं (69 प्रतिशत से 57 प्रतिशत) में एनीमिया के आँकड़ों में भी काफी सुधार हुआ है।
- पाँचवें राष्ट्रीय परिवार स्वास्थ्य सर्वेक्षण (2019-21) के अनुसार, झारखंड में बच्चों की मृत्यु दर (<5 वर्ष) 45.4 है जो राष्ट्रीय औसत 41.9 से थोड़ी अधिक है। हालांकि, यह 2005-06 में 112.4 से काफी कम हो गयी है।
- इसी तरह, नव-प्रसव मृत्यु-दर (NNMR) और शिशु-मृत्यु-दर (IMR) 2005-06 में क्रमशः 53.5 और 76.6 से घटकर 2019-21 में क्रमशः 28.2 और 37.9 हो गई है।
- राज्य ने MMR में भी महत्वपूर्ण गिरावट देखी है। 2015-17 में यह 76 प्रति लाख जीवित जन्म था जो 2018-20 में घटकर 56 प्रति लाख जीवित जन्म हो गया है।
- राष्ट्रीय औसत 97 प्रति लाख जीवित जन्म है और इस प्रकार झारखंड ने MMR को कम करने में काफी अच्छा प्रदर्शन किया है।

5. उद्योग

- झारखंड औद्योगिक एवं निवेश प्रोत्साहन नीति 2021-22, औद्योगीकरण को बढ़ावा देने और राज्य की अर्थव्यवस्था को प्रोत्साहित करने के लिए उद्योग को एक आकर्षक और कस्टम-अनुरूप निवेश पैकेज प्रदान करता है।
- झारखंड कॉरपोरेट सोशल रिस्पॉन्सिबिलिटी काउंसिल (JCSRC) की स्थापना चैनल, सलाह, निगरानी और यह सुनिश्चित करने के लिए की गई है कि फर्मों द्वारा राज्य को दी जाने वाली CSR सेवाओं का उद्देश्य भूख, गरीबी, शिक्षा और महिला ससक्तीकरण के परिणामी मुद्दों को कम करना है।
- एक **मेगा फूड पार्क** स्थापित किया जाएगा जिसमें संग्रह केंद्रों, प्राथमिक प्रसंस्करण केंद्रों, केंद्रीय प्रसंस्करण केंद्रों, कोल्ड चेन और अन्य आपूर्ति श्रृंखला बुनियादी ढांचे के अलावा खाद्य प्रसंस्करण सुविधाएं स्थापित करने के लिए उद्यमियों के लिए लगभग 25-30 पूरी तरह से निर्मित, भूखंड उपलब्ध होंगे।
- झारखंड में एक नई नीति **मेक इन झारखंड (खरीद वरीयता) नीति** भी बनाई जा रही है और तीन नई औद्योगिक नीतियाँ जैसे (1) झारखंड इलेक्ट्रिक वाहन नीति-2022 (2) झारखंड इथेनॉल उत्पादन प्रोत्साहन नीति- 2022 और (3) झारखंड औद्योगिक मेक-इन-झारखंड पहल को बढ़ावा देने के लिए पार्क एंड लॉजिस्टिक्स पॉलिसी-2022 भी लॉन्च की गई है।
- इस वर्ष (2022-23) सी-कैपिटल क्रिएशन में बड़ी वृद्धि हुई है, जो राज्य में औद्योगिक विकास के लिए एक सकारात्मक संकेत है।
- देश के कुल महिला-स्वामित्व वाले संस्थान में से, झारखंड में संस्थान 3,10,388 स्थित हैं। इस संबंध में **देश में महिला मालिकों के साथ सभी MSME में झारखंड का हिस्सा 2.51 प्रतिशत** है।
- राज्य के औद्योगिक उत्पादन में खनन का बड़ा हिस्सा है। झारखंड में सबसे अधिक उत्पादन वाला खनिज कोयला है, जो 126587174.9 मीट्रिक टन के करीब है। इसके बाद लौह अयस्क और बॉक्साइट का स्थान है।
- वर्ष 2022-23 के लिए प्रमुख खनिजों का कुल उत्पादन 138156275.4 मीट्रिक टन है। खनिजों के उत्पादन से कुल राजस्व संग्रह वर्ष 2020-21 में 4413.78 करोड़ रु. रहा। यह 2022-23 में 4486.26 करोड़ रुपये घटने से पहले 2021-22 में बढ़कर 6909.34 करोड़ रुपये हो गया।

6. आधारभूत संरचना और संचार

- झारखंड ने सार्वभौमिक और विश्वसनीय आधारभूत संरचना और संचार सुविधाएँ हासिल की है।
- झारनेट 2.0 ने झारखंड में सभी स्तरों पर विश्वसनीय सेवाएँ प्रदान की है। इसने राज्य मुख्यालय को सभी 24 जिलों के मुख्यालयों, 38 उप मंडल मुख्यालयों, 240 ब्लॉक मुख्यालयों और उसके विभिन्न क्षैतिज कार्यालयों से सफलतापूर्वक जोड़ा है।
- पिछले वर्ष कि तुलना में, वर्ष 2022 में निबंधित सी.एस.सी (CSCs) में 36.9 प्रतिशत और कार्यात्मक सी.एस.सी (CSCs) में 8.37 वृद्धि प्रतिशत हुई है।
- झारखंड में CSCs के माध्यम से पंजीकृत असंगठित श्रमिकों के लिए निर्धारित लक्ष्य का 83 प्रतिशत हासिल किया है।
- राज्य ने 2022 तक PMGDISHA योजना के तहत छात्रों के प्रमाणीकरण के लिए निर्धारित लक्ष्य की तुलना में 79.3 प्रतिशत प्राप्त किया है।
- डिजिटल असमानता को दूर करने के लिए 2405 ग्राम पंचायतो में से 1602 में ब्रॉडबैंड सेवाए बहाल की और 2325 हॉटस्पॉट लगाया।
- इसके अतिरिक्त 1268 ग्राम स्तरीय उद्यमी (VLEs) ने CSC परियोजना के तहत इंश्योरेंस योजना में, वर्ष 2022 में अपना निबंधन कराया।

- ग्रामीण नागरिको को डिजिटल रूप से जोड़ने और शिक्षित करने के लिए झारखंड में कुल 844 डिजी गाँव की पहचान की गयी। यह MEITY और HDFC के प्रायोजन से किया गया।
- राज्य सरकार ने वामपंथी उग्रवाद प्रभावित क्षेत्रों में वाई-फाई हॉटस्पॉट स्थापित कर 782 को हाई स्पीड इन्टरनेट हब के रूप में विकसित किया है। इस योजना के तहत 782 वाई फाई हॉटस्पॉट की स्थापना की गयी, जिनमें से 111 पश्चिम सिंहभूम में स्थापित किए गए है। इसके बाद खूँटी (73) और राँची (70) का स्थान है।
- डिजिटल कनेक्टिविटी के विकास और विस्तार के उद्देश्य से ऊर्जा एक प्रमुख तत्व है। झारखंड ने SEEI (राज्य ऊर्जा दक्षता सूचकांक) 2020 में 100 में से 17 अंक हासिल किए है, जो इस क्षेत्र में सुधार का संकेत देता है।
- अप्रैल, 2022 में नीति आयोग द्वारा जारी SECI (राज्य ऊर्जा और जलवायु सूचकांक) स्कोर के अनुसार, झारखंड में वितरण कंपनी (डिस्कॉम) का प्रदर्शन स्कोर 58.3 है।
- इसके आधार पर, JBVNL ने भारत में 52 बिजली वितरण उपयोगिताओं में से 49वीं रैंक प्राप्त की है।
- वर्ष 2022 में राष्ट्रीय राजमार्गों की कुल लम्बाई का विस्तार हुआ है।
- वित्त वर्ष 2022-23 (अगस्त) में सड़क घनत्व में 6.43 किमी/100 वर्ग किमी की वृद्धि हुई है।
- सड़क की लम्बाई बढ़कर 508 किमी दी गयी है। SHAJ योजना के तहत लगभग 451 किमी लम्बाई की सड़कों का निर्माण किया गया है।
- वर्ष 2022 में तीन नई एविएशन कनेक्टिविटी स्थापित की गयी। अब रांची से लखनऊ और देवघर से कोलकता तक एविएशन कनेक्टिविटी स्थापित हो गयी है।
- इसके अलावा राज्य से पुणे और अहमदाबाद के लिए भी हवाई मार्ग से कनेक्टिविटी शरू हो गयी है।
- नागरिक उड्डयन कनेक्टिविटी के क्षेत्र में, वर्तमान और पिछले विकास के परिणामस्वरूप, वित्त वर्ष 2022-23 में झारखंड से निर्धारित उड़ानों की संख्या में पिछले वित्तीय वर्ष की तुलना में 15 प्रतिशत की वृद्धि हुई है।
- ये तीनो संरचना और संचार क्षेत्र में एक दूसरे के पूरक है।

7. श्रम और रोजगार

- झारखंड में LFPR और WPR, दोनों अखिल भारतीय औसत से अधिक है, हालांकि 2017-18 से 2020-21 की अवधि के दौरान दोनों में बहुत उच्च दर से वृद्धि हुई है।
- WPR, LFPR की तुलना में तेजी से बढ़ा है, जबकि LFPR 11.8 प्रतिशत की औसत वार्षिक दर से बढ़ा है। इस अवधि में WPR 13.6 प्रतिशत की दर से बढ़ा है।
- राज्य में LFPR और WPR शहरी क्षेत्रों की तुलना में ग्रामीण क्षेत्रों में अधिक रहा है।
- महिलाओं का LFPR और UPR पुरुषों की तुलना में कम है। ऐसा इसलिए है क्योंकि महिलाओं को आवाजाही और काम में भागीदारी पर कई सामाजिक प्रतिबंधों का सामना करना पड़ता है।
- हालांकि, पुरुषों की तुलना में महिलाओं का LFPR और WPR तेजी से बढ़ा है।
- इस प्रकार यह राज्य में श्रम और कार्यबल के बढ़ते स्त्रीकरण की ओर इंगित करता है।
- हालांकि, देश में राष्ट्रीय स्तर की तुलना में राज्य में स्व-नियोजित श्रमिकों का प्रतिशत अधिक है और उन श्रमिकों का प्रतिशत जो नियमित वेतन पर है, देश की तुलना में राज्य में कम है।
- यह राज्य में उन नौकरियों की कमी की ओर इंगित करता है जो नियमित वेतन प्रदान करती हैं।

8. झारखंड में बेरोजगारी दर

- वर्ष 2017-18 में, सभी आयु वर्गों में बेरोजगारी की दर सामान्य स्थिति (PS+SS) में 7.7 प्रतिशत थी। इसके बाद, यह वर्ष 2020-21 में 3.1 प्रतिशत हो गई।
- इस प्रकार, सभी आयु समूहों में बेरोजगारी दर 2017-18 और 2020-21 के बीच 26.2 प्रतिशत की वार्षिक औसत दर (CAJR) से कम हो गई है।
- झारखंड में भी, देश के अन्य हिस्सों की तरह, शिक्षित लोगों में बेरोजगारी अधिक होती है जबकि, निरक्षर और कम शैक्षिक योग्यता वालों में कम होती है।
- विस्तृत अध्ययन से पता चलता है कि गरीब बेरोजगार रहने का जोखिम नहीं उठा सकते हैं, इसलिए वे किसी भी काम के लिए तैयार रहते हैं जबकि धनवान लोग एक अच्छी नौकरी की प्रतीक्षा करते हैं और बेरोजगार होकर इसलिए रहते हैं कि उन्हें अपनी पसंद की नौकरी नहीं मिल रही है।

रोजगार सृजन और श्रमिकों के कल्याण के लिए सरकार की पहल:-

- सरकार ने बेरोजगारों को रोजगार प्रदान करने और नियोजित लोगों के काम करने और रहने की स्थिति में सुधार करने के लिए कई पहल की हैं।
- वित्तीय वर्ष 2022-23 में लगभग 2 करोड़ लोगों को मनरेगा के तहत रोजगार प्रदान किया गया। इस योजना के तहत करीब 57 करोड़ व्यक्ति दिवस के रोजगार का सृजन हुआ है।
- इसी तरह 14 दिसंबर 2022 तक लगभग 55 हजार लोगों को प्रशिक्षण दिया गया जिनमें से लगभग 37 हजार का मूल्यांकन किया गया है और लगभग 25 हजार को दीन दयाल उपाध्याय ग्रामीण कौशल्या योजना (डीडीयू-जीकेवाई) के माध्यम से नौकरी पर रखा गया है।
- पीएम स्वनिधि कार्यक्रम के अंतर्गत 17 दिसंबर 2022 तक राज्य के 42000 फुटपाथ दुकानदार को माईक्रो क्रेडिट और 35000 को क्रेडिट की सुविधा दी गयी है। पीएमकेवीवाई के अंतर्गत, झारखंड में अब तक 2,94,504 लोग नामांकित हुए है जिसमें से 2,15,190 उम्मीदवार हस्ताक्षरित है।
- राज्य में 875 रोजगार मेला नियोक्ता है और लगभग 50 हजार उम्मीदवारों को ऐसे मेलों/शिविरों के माध्यम से रोजगार दिया गया है।
- निदेशालय अपने पोर्टल पर पंजीकृत उम्मीदवारों को करियर परामर्श और व्यावसायिक मार्गदर्शन प्रदान करता है। यह 'जरूरत' नामक ऐप का उपयोग करता है जो स्थानीय नियोक्ताओं को सेवा प्रदाताओं से जोड़ना है।
- कौशल और प्रशिक्षण प्रदान करने के लिए और इस माध्यम से राज्य के लोगों की रोजगार क्षमता में सुधार करने के लिए, निदेशालय ने राज्य में 74 सरकारी आईटीआई स्थापित किए हैं। इनमें से 62 सह-शैक्षिक है और 12 विशेष रूप से महिलाओं के लिए है।
- श्रम और रोजगार मंत्रालय ने प्रवासी श्रमिकों, निर्माण श्रमिकों, गिग और प्लेटफॉर्म श्रमिकों सहित असंगठित श्रमिको (NDUW) का एक राष्ट्रीय डेटाबेस बनाने के लिए ई-श्रम पोर्टल विकसित किया है।
- इस पोर्टल पर 06 अक्टूबर 2022 तक झारखंड के लगभग ९० लाख असंगठित श्रमिकों का पंजीकरण हो चुका है।
- मुख्यमंत्री श्रमिक (कामगार के लिए शहरी रोजगार मजदूरी) योजना प्रत्येक वित्तीय वर्ष में एक बेरोजगार को माँग करने पर 100 दिनों का आश्वस्त मजदूरी रोजगार प्रदान करने के उद्देश्य से 'मुख्यमंत्री श्रमिक' को झारखंड में लॉन्च किया गया है। इसके अंतर्गत मजदूरों को न्यूनतम मजदूरी दी जाती है। यह कार्यक्रम इन श्रमिकों के माध्यम से टिकाऊ संपत्ति (जैसे सड़के, नहरे तालाब, कुएँ,

भवन, पार्क, वृक्षारोपण आदि) निर्मित करने के लिए बनाया गया है।

9. शिक्षा

- 2020-21 और 2021-22 की अवधि में शिक्षा के माध्यमिक (8.7 प्रतिशत) और उच्चतर माध्यमिक (5.9 प्रतिशत) स्तरों पर छात्रों के नामांकन में प्रभावशाली वृद्धि के साथ झारखंड में स्कूली शिक्षा के सभी स्तरों पर छात्रों के नामांकन में वृद्धि हुई है।
- स्कूली शिक्षा के लगभग सभी स्तरों पर नामांकन में लैंगिक समानता सूचकांक (GPI) राष्ट्रीय स्तर की तुलना में झारखंड में काफी बेहतर रहा है।
- उच्च माध्यमिक स्तर पर लड़कियों के नामांकन में लगातार वृद्धि हुई है। झारखंड में 2019-20 से 2021-22 के दौरान लड़कों की तुलना में इसी अवधि के दौरान राष्ट्रीय स्तर पर उच्च माध्यमिक के GPI में धीरे-धीरे गिरावट आई है।
- छात्रों के नामांकन में भी लगातार वृद्धि हुई है। वर्ष 2021 के लिए स्कूली शिक्षा के लगभग सभी उच्च स्तरों, विशेषकर उच्चतर माध्यमिक स्तर (GPI = 1.59) पर विशेष जरूरतों वाले छात्रों के नामांकन में GPI का झुकाव लड़कियों के पक्ष में है।
- डीओई-प्रबंधित स्कूलों में 2021-22 के दौरान झारखंड में सभी प्रकार के प्रबंधन के स्कूलों की तुलना में बुनियादी सुविधाओं की बेहतर उपलब्धता थी, विशेष रूप से कार्यात्मक लड़कियों के शौचालयों, कार्यात्मक पेयजल सुविधाओं, पुस्तकालय सुविधाओं, बिजली की उपलब्धता के संदर्भ में सुविधाएँ, आदि इसमें सम्मिलित है।
- राज्य में एक झारखंड राज्य मुक्त विश्वविद्यालय (JSOU), एक राज्य सार्वजनिक विश्वविद्यालय और दो राज्य निजी विश्वविद्यालयों स्थापित किया गया है।
- उच्च शिक्षा में सकल नामांकन अनुपात (GER) व्यवस्थित रूप से इंगित करता है कि उच्च शिक्षा में छात्रों के नामांकन में वर्षों से लगातार वृद्धि हुई है।
- छात्र-शिक्षक अनुपात (PTR) यानी कॉलेजों और विश्वविद्यालयों सहित उच्च शिक्षण संस्थानों में प्रति शिक्षक छात्रों की संख्या राष्ट्रीय औसत की तुलना में झारखंड में बहुत अधिक है।
- झारखंड में नियमित रूप से संचालित सभी उच्च शिक्षण संस्थानों में PTR 2019-20 की अवधि में 54 पर रहा, जो राष्ट्रीय औसत (PTR = 23) के दोगुने से भी अधिक है।
- झारखंड में 2019-20 की अवधि में नियमित और दूरस्थ मोड में संचालित विश्वविद्यालयों और कॉलेजों में प्रति शिक्षक 85 छात्र और नियमित मोड में प्रति शिक्षक 77 छात्र हैं।
- स्कूली शिक्षा के सभी स्तरों पर लैंगिक अंतर को और कम करने के लिए, समग्र शिक्षा के तहत झारखंड राज्य में 70377 लड़कियों की नामांकन क्षमता के साथ 203 कस्तूरबा गांधी बालिका विद्यालय (केजीबीवी) स्वीकृत किए गए हैं।
- जनजातीय आबादी की शिक्षा को मिशन मोड में लिया गया है।
- आदिवासी छात्रों के सर्वांगीण विकास के लिए गुणवत्तापूर्ण शिक्षा प्रदान करने के लिए दूरस्थ क्षेत्रों और ब्लॉक स्तर पर नए एकलव्य मॉडल आवासीय विद्यालय (EMRS) खोले जाने का प्रस्ताव है।
- जनजातीय बच्चों को उच्च अध्ययन करने के लिए कई छात्रवृत्तियाँ उपलब्ध हैं जैसे पोस्ट-मैट्रिक छात्रवृत्ति, उच्च शिक्षा के लिए छात्रवृत्ति, राष्ट्रीय फैलोशिप, विदेशी शिक्षा के लिए छात्रवृत्ति, इत्यादि।
- मारंग गोमके जयपाल सिंह मुंडा विदेशी छात्रवृत्ति योजना का विस्तार अनुसूचित जाति के 25 छात्रों तक को शामिल करने के लिए किया गया है जिसके तहत अल्पसंख्यकों और अन्य पिछड़ा वर्ग (ओबीसी) के साथ-साथ अनुसूचित जनजातियों को यूनाइटेड किंगडम में उच्च शिक्षा प्राप्त करने में सरकार की तरफ से सहायता मिलेगी।

10. स्वास्थ्य और पोषण

- हाल ही में प्रकाशित नीति एसडीजी इंडिया इंडेक्स से स्पष्ट है कि मातृ मृत्यु दर अनुपात (MMR) और पाँच वर्ष से कम उम्र के बच्चों की मृत्यु-दर (U5MR) जैसे प्रमुख परिणामों में प्रभावशाली कमी देखी गई है।
- झारखंड में MMR 71 प्रति'00,000 जीवित जन्म था जो भारत (113 प्रति'00,000 जीवित जन्म) की तुलना में बहुत कम है और एसडीजी लक्ष्य (70 प्रति'00,000 जीवित जन्म) के काफी करीब है।
- इसी तरह, झारखंड में U5MR (34 प्रति'000 जीवित जन्म) राष्ट्रीय औसत (36 प्रति'000 जीवित जन्म) से कम है, हालांकि अभी भी लक्ष्य स्तर (25 प्रति' 000 जीवित जन्म) से अधिक है।
- पिछले वर्ष की तुलना में बाल-मृत्यु-दर संकेतकों में भी सुधार हुआ है।
- राज्य ने 73.9 प्रतिशत टीकाकरण कवरेज हासिल किया है जो सम्पूर्ण भारतीय स्तर 76.4 प्रतिशत से कम है।
- बोकारो और लातेहार जिलों में पूर्ण टीकाकरण (9-11 महीने) में 100 प्रतिशत टीकाकरण दर हासिल कर ली गई है, जबकि जामताड़ा में टीकाकरण दर (77 प्रतिशत) सबसे कम है।
- 5 वर्ष की आयु में टीकाकरण के मामले में, खूंटी जिले में सबसे अधिक टीकाकरण दर 69 प्रतिशत है, इसके बाद दुमका और लातेहार (64 प्रतिशत) हैं, जबकि सबसे कम टीकाकरण का स्तर पलामू और साहिबगंज (30 प्रतिशत प्रत्येक) में है।
- झारखंड में स्तनपान प्रथा काफी प्रभावशाली है, जैसा कि 6 महीने से कम उम्र के शिशुओं के उच्च अनुपात से स्पष्ट है, जिन्हें 'विशेष रूप से स्तनपान' कराया गया था। राज्य में 76.1 प्रतिशत शिशु विशेष रूप से स्तनपान करते हैं जो राष्ट्रीय औसत 63.7 प्रतिशत से अधिक है।
- प्रसव-संबंधी देखभाल के सन्दर्भ में केवल 38.6 प्रतिशत माताओं को 4 बार प्रसव-पूर्व देखभाल प्राप्त हुई जो 58.1 प्रतिशत सुधारों के सम्पूर्ण भारतीय औसत से बहुत कम है।
- राज्य में वयस्क पुरुषों के स्वास्थ्य की स्थिति भी चिंताजनक है।
- सामान्य से कम बॉडी मास इंडेक्स (बीएमआई) वाले पुरुषों का अनुपात लगभग राष्ट्रीय औसत के समान है।
- इसी तरह, राज्य में पुरुषों का 15 प्रतिशत मोटापे से ग्रस्त हैं। कोविड महामारी से सुचारू रूप से निपटने के लिए राज्य के प्रयासों की सराहना की जानी चाहिए।
- मार्च, 2022 तक स्वास्थ्य के लिए कुल बजट 1,69,442.45 लाख रूपये था। कुल स्वीकृत बजट में से 59 प्रतिशत धनराशि का उपयोग राज्य की स्वास्थ्य गुणवत्ता में सुधार के लिए किया गया है।
- आधारभूत संरचना के लिए स्वीकृत बजट के विरूद्ध इस वित्तीय वर्ष में 99 प्रतिशत व्यय किया गया है।

11. पेयजल एवं स्वच्छता

- अंतःविषय जल संसाधन अध्ययन के लिए दक्षिण एशिया कंसोर्टियम (SaciWATERs) की नवीनतम रिपोर्ट के अनुसार, यह पाया गया है कि प्रत्येक वर्ष 443 मिलियन से अधिक स्कूल दिवस पानी से संबंधित बीमारियों से होने वाली बीमारी के कारण व्यर्थ जाते हैं।
- यह सुनिश्चित करने के लिए कि स्कूली बच्चों के लिए एक स्वस्थ और ज्ञानप्रद वातावरण का निर्माण हो, उन्हें सुरक्षित पेयजल, हाथ धोने की सुविधाओं के साथ-साथ सुरक्षित, निजी और उपयोगकर्ता के अनुकूल स्वच्छता सुविधाएँ उपलब्ध हो, झारखंड सरकार अथक प्रयास कर रही है।
- दिसंबर 2022 तक नल जल कनेक्शन के आच्छादन में रामगढ़ (55.3 प्रतिशत), सिमडेगा (40.39 प्रतिशत), बोकारो (35.81 प्रतिशत) और धनबाद (31.96 प्रतिशत) जैसे जिलों में अधिकतम है।
- झारखंड के गिरिडीह जिले में, वित्तीय वर्ष 2022-23 में कुल 144 गांवों

में 100 प्रतिशत नल कनेक्शन पाया गया।

- उसके बाद धनबाद, सरायकेला और खरसावां जिलों में क्रमशः 116 और 66 गांवों ने 100 प्रतिशत कवरेज प्राप्त किया।
- बोकारो 44.4 प्रतिशत), पूर्वी सिंहभूम 46.6 प्रतिशत) और देवघर 39.2 प्रतिशत) जैसे जिलों में स्कूलों में स्वच्छ नल जल आपूर्ति के कवरेज के मामले में काफी अच्छा प्रदर्शन किया गया है।
- 2019-20 (नवंबर) में झारखंड को खुले में शौच मुक्त घोषित किया गया था।
- स्वच्छ भारत मिशन-ग्रामीण के दूसरे चरण में झारखंड का प्रदर्शन सराहनीय रहा।
- ओपन डेफिकेशन फ्री (ODF+) आकाँक्षी गाँवों, ओडीएफ प्लस राइजिंग विलेज और ओडीएफ प्लस मॉडल गांवों की प्रतिशत हिस्सेदारी में काफी वृद्धि हुई है।
- स्वच्छ भारत मिशन शहरी चरण-2, खुले में शौच, मैला ढोने की प्रथा को खत्म करने, आधुनिक और वैज्ञानिक नगरपालिका ठोस अपशिष्ट प्रबंधन, स्थानीय निकायों के लिए क्षमता-वृद्धि और स्वच्छता और सार्वजनिक स्वास्थ्य के साथ इसके जुड़ाव के बारे में जागरूकता पैदा करने में सहायक राष्ट्रीय वार्षिक ग्रामीण स्वच्छता सर्वेक्षण (एनएआरएसएस) के तीन संस्करणों में भी झारखंड के ग्रामीण क्षेत्रों में स्वच्छता की स्थिति दिखाने वाले प्रमुख संकेतकों में सुधार हुआ है।
- कुल मिलाकर राज्य के पेयजल और स्वच्छता विभाग ने झारखंड राज्य के प्रत्येक ज़िले में पेयजल और स्वच्छता सुविधाओं में सुधार के लिए काफी प्रयास किए हैं।

जल जीवन मिशन -हर घर जल स्थिति (झारखंड और भारत) 11 फरवरी, 2023 के अनुसार

	शत प्रतिशत नल कनेक्शन वाले गांवों की सूचना	प्रमाणित गांवों की संख्या	गांवों का प्रमाणित प्रतिशत
झारखंड	633	101	15.96
भारत	152995	48513	31.71

12. बाल कल्याण

- समाज कल्याण, महिला एवं बाल विकास विभाग (DSWWCD) बच्चों की सुरक्षा, देखभाल और पालन-पोषण सुनिश्चित करने के लिए कार्य कर रहा है।
- बाल कल्याण एवं विकास की योजनाओं को उच्च स्तर पर लागू किया जा रहा है ताकि वे अपनी वास्तविक क्षमताओं को विकसित करने में सक्षम हो सकें।
- राज्य द्वारा बाल कल्याण के लिए कुछ योजनाओं का संचालन किया जा रहा है, जिनमें राज्य पोषण मिशन, आंगनवाड़ी केंद्रों का सुदृढ़ीकरण और किशोर न्याय कोष शामिल हैं।
- कई बाल विकास की योजनाएं केंद्र और राज्य सरकारों द्वारा सह-प्रायोजित की जा रही हैं।
- इनमें आंगनवाड़ी सेवाओं की ई-स्थापना, प्री-स्कूल किट, AWW/AWH को यूनिफॉर्म, बाल संरक्षण सेवाएं, AWS के तहत आंगनवाड़ी केंद्रों का निर्माण-रखरखाव, अपग्रेडेशन और पोषण अभियान शामिल हैं।
- बाल-कल्याण के लिए कार्यान्वित कार्यक्रम निम्नानुसार हैं:

ICPS कार्यक्रम के घटक

घटक	उद्देश्य
राज्य बाल संरक्षण सोसायटी (SCPS)	प्रभावी सेवा वितरण सुनिश्चित करने के लिए, ICPS को मिशन मोड में लागू किया जा रहा है और योजना के कार्यान्वयन के लिए राज्य और जिला स्तर पर मौलिक इकाइयों के रूप में राज्य और जिला बाल संरक्षण समितियों की स्थापना की है।
राज्य दत्तक ग्रहण संसाधन एजेंसी	दत्तक ग्रहण एक ऐसी प्रक्रिया है जिसके माध्यम से एक बच्चे को जैविक माता-पिता से स्थायी रूप से अलग कर दिया जाता है क्योंकि या तो वे मर चुके हैं या उन्होंने बच्चे को त्याग दिया है या आत्मसमर्पण कर दिया है। राज्य गोद लेने के कार्य का समन्वय और विकास करेगा।
जिला बाल संरक्षण समिति	ICPS योजना के कार्यान्वयन के लिए एक मौलिक इकाई के रूप में प्रत्येक जिले में एक जिला बाल संरक्षण सोसायटी की स्थापना की परिकल्पना करता है।
NGO द्वारा संचालित बाल गृह/आश्रय गृह/पश्चात् देखभाल गृह के लिए अनुरक्षण अनुदान	से बहुत से बच्चे मौजूद हैं जिन्हें देखभाल और संरक्षण की आवश्यकता है जो बाल कल्याण समितियों (CWCs) के माध्यम से किशोर न्याय व्यवस्था में प्रवेश करते हैं और जिन्हें किसी जांच के दौरान आवासीय देखभाल और संरक्षण की आवश्यकता होती है और उनकी दीर्घकालिक देखभाल, उपचार, शिक्षा, प्रशिक्षण, विकास और पुनर्वास के दौरान आवास की सहायता देनी चाहिए। उनके लिए ICPS के तहत शेल्टर होम, बाल गृह, अवलोकन गृह और पश्चात् देखभाल गृह चलाए जा रहे हैं।
सरकार द्वारा चलाए जा रहे बाल गृह/आश्रय गृह/पश्चात् देखभाल गृह के लिए भरण-पोषण अनुदान	एक बड़ी संख्या में ऐसे बच्चे हैं जिन्हें देखभाल और संरक्षण की आवश्यकता हैं जो बाल कल्याण समितियों (CWCs) के माध्यम से किशोर न्याय व्यवस्था में प्रवेश करते हैं और जिन्हें किसी जांच के दौरान आवासीय देखभाल और संरक्षण की आवश्यकता होती है और उनकी दीर्घकालिक देखभाल, उपचार, शिक्षा, प्रशिक्षण, विकास और पुनर्वास के दौरान आवास की सहायता देनी चाहिए।
शहरी और अर्ध-शहरी क्षेत्रों में खुले आश्रय (दोनों राज्य और गैर सरकारी संगठन चलाते हैं)	गैर सरकारी संगठनों और राज्य सरकार दोनों द्वारा चलाए जा रहे खुले आश्रय स्थल वाले बच्चों के लिए स्थायी आवासीय सुविधाएं प्रदान करने के लिए नहीं हैं, बल्कि मौजूदा संस्थागत देखभाल सुविधाओं के पूरक हैं।
विशेष दत्तक-ग्रहण अभिकरण चलाने के लिए NGO को अनुदान	गोद लेने के लिए अनाथ, परित्यक्त और आत्मसमर्पण करे जाने वाले बच्चों को रखने की सुविधा के लिए, किशोर न्याय (बच्चों की देखभाल और संरक्षण) संशोधन अधिनियम 2006 राज्य सरकार को प्रत्येक जिले में अपने एक या अधिक संस्थानों या स्वैच्छिक संगठनों को विशेष दत्तक ग्रहण एजेंसी के रूप में मान्यता देने का अधिकार देता है।
वैधानिक समर्थन सेवाएं	इस शीर्ष के तहत, CWC और JJB की स्थापना बच्चों की देखभाल और संरक्षण संशोधन अधिनियम, 2006 के अनुसार की जानी है।

13. महिला और सामाजिक सुरक्षा

- 2011 की जनगणना के अनुसार देश के कुल विकलांग व्यक्तियों में **झारखंड के विकलांगों का अनुपात 2.87 प्रतिशत** है।
- राज्य में विकलांग श्रमिकों का अनुपात कुल विकलांग जनसंख्या का 37.68 प्रतिशत है।
- लगभग 31 प्रतिशत विकलांग बच्चे (5-19 वर्ष), राज्य के किसी भी शैक्षणिक संस्थान में नहीं जा रहे हैं।
- सामाजिक सुरक्षा में सामाजिक बीमा कार्यक्रम, सामाजिक सहायता कार्यक्रम, सार्वभौमिक कार्यक्रम, पारस्परिक लाभ योजनाएं, राष्ट्रीय भविष्य निधि और अन्य व्यवस्थाएं शामिल हैं, जिसमें बाजारोन्मुख दृष्टिकोण सम्मिलित हैं, जो राष्ट्रीय कानून या अभ्यास के अनुसार देश की सामाजिक सुरक्षा प्रणाली का हिस्सा हैं।
- विकलांग व्यक्ति अधिनियम, 1995 (SIPDA) के कार्यान्वयन के लिए डिसेबल फ्रेंडली भवनों का निर्माण और विकलांगों के लिए विशेष उपकरण, विकलांगों के कल्याण में शामिल हैं जिसमें विकलांगों के लिए कार्यशालाओं का आयोजन तथा उनका आर्थिक और सामाजिक सर्वेक्षण आयोजित करना भी शामिल है।
- राज्य सरकार की एक अन्य पेंशन योजना, मुख्यमंत्री राज्य सामाजिक सुरक्षा वृद्धावस्था पेंशन योजना है जो विधवा, विकलांग व्यक्ति, बंधुआ मजदूर (18 वर्ष की आयु से ऊपर) और 60 वर्ष और उससे अधिक के असहाय व्यक्ति और बीपीएल परिवारों से संबंधित हैं।
- साथ ही गैर-बीपीएल परिवारों को मासिक पेंशन भी प्रदान की जाती है।
- आदिम तथा कमजोर जनजातीय समूहों के लिए मुख्यमंत्री राज्य पेंशन योजना/मुख्यमंत्री राज्य आदिम जन जाति पेंशन योजना के तहत असुर, बिरहिया, बिरहोर, बिरजिया, कोरवा, माल पहाड़िया, सौरिया पहाड़िया और सावर जैसे चिन्हित आठ आदिम आदिवासी परिवारों में से, प्रत्येक से एक व्यक्ति को 1000 रुपये मासिक पेंशन मिलता है।
- इसके अलावा, मुख्यमंत्री राज्य महिला निराश्रित सम्मान पेंशन योजना / राज्य विधवा सम्मान पेंशन योजना राज्य की उन विधवाओं को वित्तीय सहायता प्रदान करती है जिनकी आयु 18 वर्ष से अधिक है।
- विभाग की महिला कल्याण योजनाओं के माध्यम से महिलाओं के बेहतर स्वास्थ्य, शिक्षा, क्षमता निर्माण और रोजगार कौशल के लिए वित्तीय सहायता प्रदान करने का प्रयास किया जा रहा है।
- किशोर लड़कियों के लिए योजनाएं, गर्भवती और स्तनपान कराने वाली महिलाओं और बच्चों के लिए पूरक पोषण, दवा किट का प्रावधान, प्रशिक्षण कार्यक्रम (स्ट्रैप), बाल संरक्षण सेवाएं, प्रधानमंत्री मातृ वंदना योजना, स्वाधार गृह योजना, उज्जवला योजना, महिला शक्ति केंद्र, महिला छात्रावास का निर्माण इत्यादि कुछ ऐसी योजनाएं हैं जो महिला कल्याण के लिए निर्देशित हैं।

महिलाओं की शैक्षिक और स्वास्थ्य स्थिति

संकेतक	2019-21	2015-16
6 वर्ष और उससे अधिक आयु की महिला जनसंख्या (%) जो कभी स्कूल में गई थी	64.5	61.1
कुल जनसंख्या का लिंग अनुपात (प्रति 1,000 पुरुषों पर महिलाएं)	1050	1002
पिछले पांच वर्षों में पैदा हुए बच्चों के लिए जन्म के समय लिंगानुपात (प्रति 1,000 पुरुषों पर महिलाएं)	899	919
10 या अधिक वर्षों की स्कूली शिक्षा वाली महिलाएं (%)	33.2	28.7
20-24 वर्ष की आयु की महिलाओं की शादी 18 वर्ष की आयु से पहले (%)	32.2	37.9
कुल प्रजनन दर (प्रति महिला बच्चे)	2.3	2.6
15-19 आयु वर्ग की महिलाएं (%) जो सर्वेक्षण के समय पहले से ही मां थीं या गर्भवती थीं	9.8	12.0
15-49 वर्ष के आयु वर्ग की सभी महिलाएं जो एनीमिक हैं	65.3	65.2

14. आदिवासी कल्याण

- झारखंड में सरकारी रोज़गार के सदर्भ में, अनुसूचित जनजातियों (3.49 प्रतिशत) की तुलना में अनुसूचित जातियों (5.08 प्रतिशत) का ज्यादा प्रतिशत सरकारी नौकरियों में कार्यरत हैं।
- झारखंड में केवल 8.2 प्रतिशत अनुसूचित जाति परिवारों के पास वेतनभोगी नौकरी होती है जबकि इस क्षेत्र में अनुसूचित जाति परिवारों की संख्या 6.08 प्रतिशत है।
- कुछ विशेष आवासीय विद्यालयों में आईसीटी प्रयोगशालाओं की स्थापना के माध्यम से आवासीय उच्च विद्यालयों में ई-लर्निंग कार्यक्रम शुरू करने की योजना बनाई गई है जिससे शिक्षा की गुणवत्ता में सुधार किया जा सके।
- PVTGs समुदाय के लोगों को स्वास्थ्य सेवाओं की पहुँच देने के लिए कल्याण विभाग ने पहाड़ों में स्वास्थ्य उप-केंद्र की स्थापना की है।
- झारखंड सरकार के कल्याण विभाग द्वारा वंचितों, विशेष रूप से झारखंड राज्य में रहने वाली अनुसूचित जनजातियों को मुफ्त प्राथमिक स्वास्थ्य सेवाएं प्रदान करने के उद्देश्य से, झारखंड में 14 कल्याण अस्पताल स्थापित किए गए हैं।

झारखंड की जनसंख्या की सामाजिक संरचना

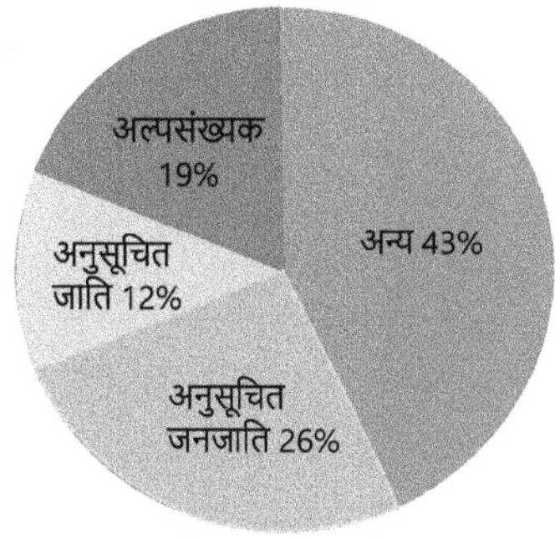

झारखंड की अनुसूचित जनजातियों की संरचना

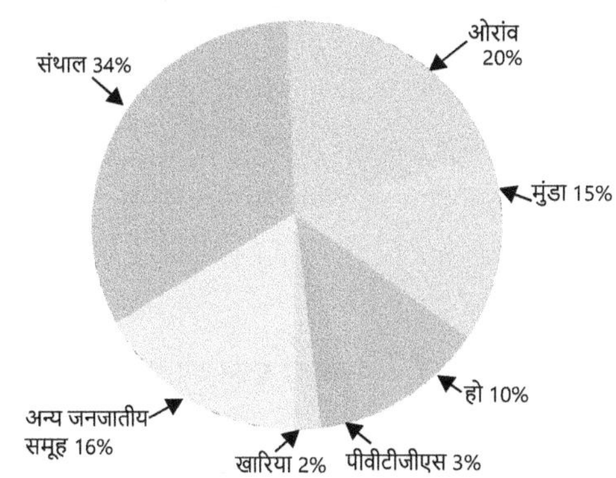

15. प्राकृतिक संसाधन: वन, जल एवं खनिज संसाधन

खनिज

- झारखंड में जादूगोड़ा यूरेनियम खदान सबसे बड़ी और सबसे पुरानी यूरेनियम खदानों में से एक है। यह खदान यूरेनियम कॉर्पोरेशन ऑफ इंडिया लिमिटेड (UCIL) द्वारा संचालित होती है और इसमें लगभग 45 हजार टन यूरेनियम का अनुमानित भंडार है।
- वित्तीय वर्ष 2020-21 में, खनन और उत्खनन क्षेत्र ने राज्य के सकल मूल्य वर्धित (GSVA) में लगभग 8.9 प्रतिशत का योगदान दिया है।
- वर्ष 2022 में, इस राज्य का कुल वार्षिक भूजल पुनर्भरण 6.20 बिलियन क्यूबिक मीटर (बीसीएम) था, जो वर्ष 2020 की तुलना में लगभग 0.05 बीसीएम अधिक है।
- राज्य में वार्षिक निकासी योग्य भूजल संसाधन 5.69 बीसीएम हैं और वर्तमान में वार्षिक भूजल निकासी 1.78 बीसीएम है।
- अब तक, वार्षिक भूजल निकासी का स्तर 29.13 प्रतिशत से बढ़कर 31.35 प्रतिशत हो गया है जबकि इसे 2020 में आकलन किया गया था।
- थर्मल, हाइड्रो और अन्य नवीकरणीय ऊर्जा स्रोतों का वर्तमान अनुपात 92 प्रतिशत, 5 प्रतिशत और 3 प्रतिशत है।
- 2020 से 2021 तक राज्य में गैर-हाइड्रो नवीकरणीय ऊर्जा स्रोतों से कुल विद्युत उत्पादन में लगभग 20 प्रतिशत की वृद्धि हुई है।

वन और वृक्ष आवरण

- 'फॉरेस्ट कवर चेंज मैट्रिक्स' वन और गैर-वन क्षेत्रों के बीच और वनों के विभिन्न वर्गों के बीच अंतर-संचालन संबंधी परिवर्तनों का निरीक्षण करने के लिए एक बहुत अच्छा उपकरण है।
- 2019 और 2021 के आकलन अवधि के बीच लगभग 83 वर्ग किलोमीटर गैर-वन क्षेत्र को वन क्षेत्र में परिवर्तित कर दिया गया है।
- विवृत वन श्रेणी में वन आवरण में 162 वर्ग किलोमीटर और अति सघन और मध्यम सघन वन श्रेणी में तीन-तीन वर्ग किलोमीटर की वृद्धि हुई है।
- इस अवधि के दौरान झाड़ियाँ 85 वर्ग किलोमीटर तक घट गई हैं।

राज्य के भौगोलिक क्षेत्र के प्रतिशत के रूप में कुल वन, VDF, MDF और OF

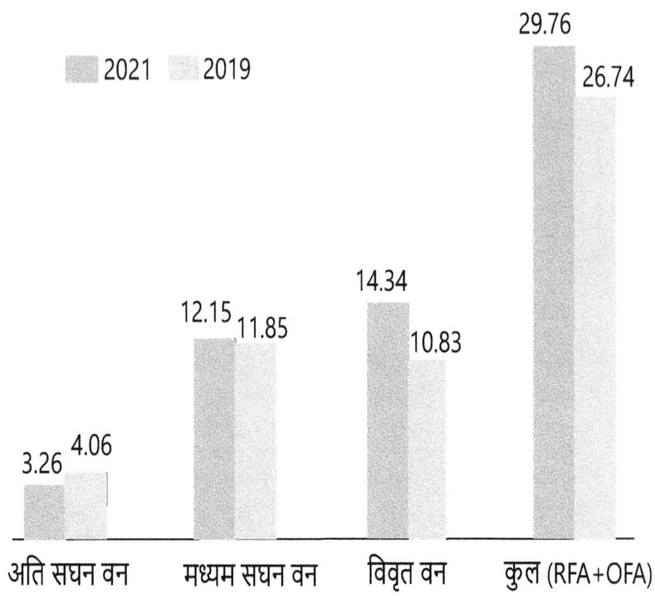

कुल वनावरण में VDF, MDF और OH का अनुपात

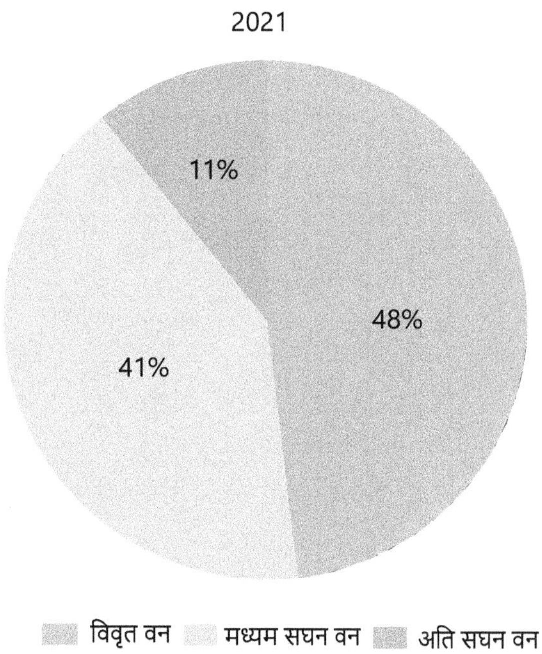

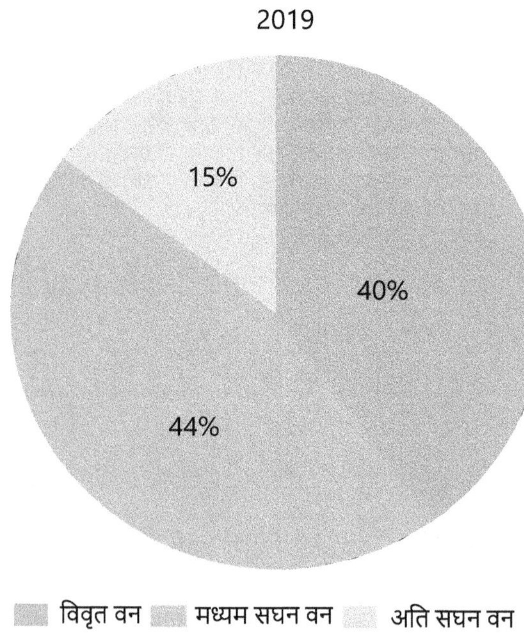

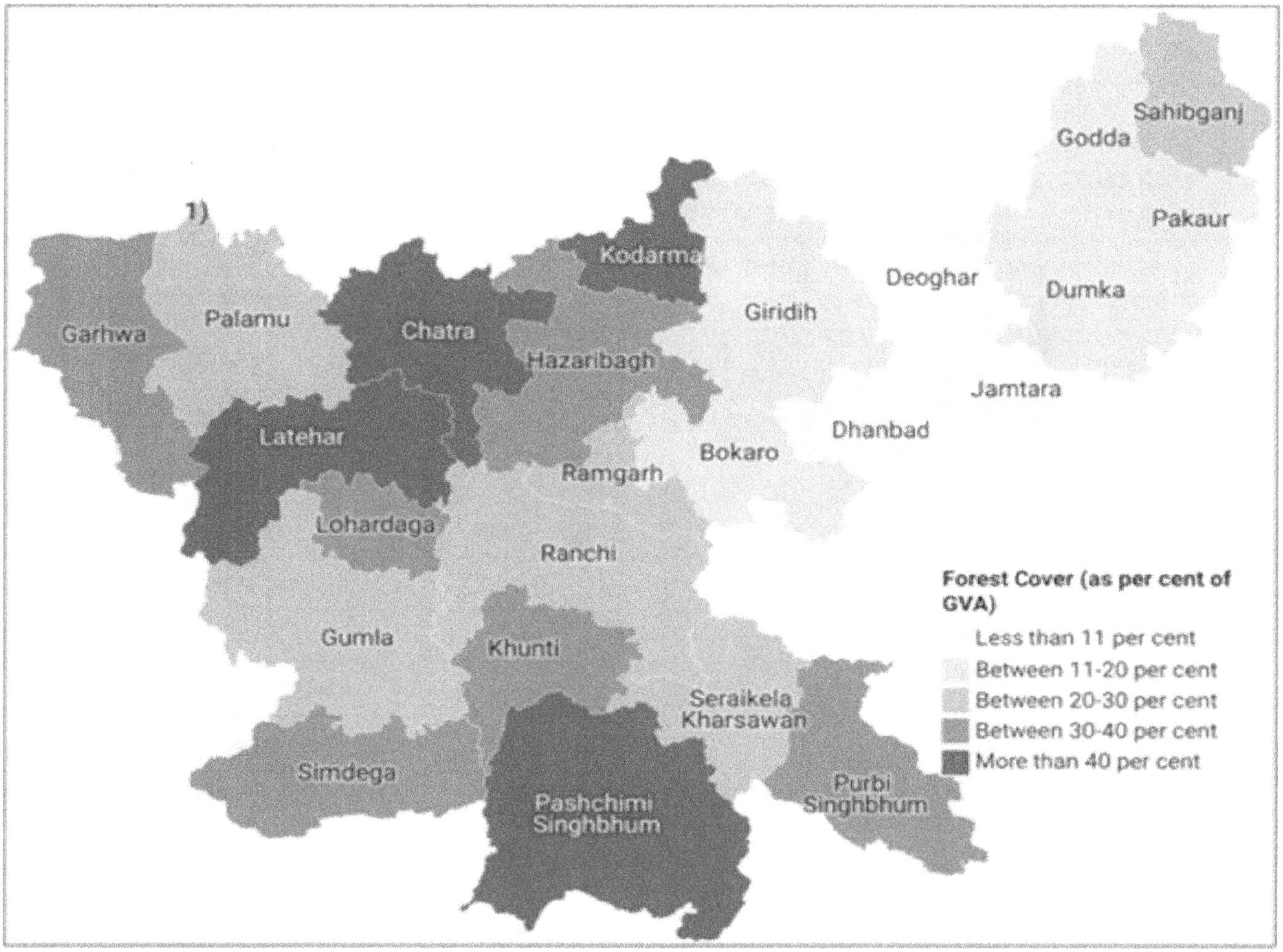

16. कला, शिल्प और संस्कृति

- झारखंड की जनजातियों के सांस्कृतिक जीवन का एक महत्वपूर्ण अंग विभिन्न प्रकार के नृत्यों के साथ पूरक संगीत है।
- राज्य में कला और संस्कृति को बढ़ावा देने के लिए पर्यटन, कला, संस्कृति, खेल और युवा मामलों का विभाग झारखंड कला मंदिर सहित तीन सरकारी सांस्कृतिक संस्थानों यथा होटवार, राजकीय छऊ नृत्य कला केंद्र, सरायकेला और राजकीय मानभूम छऊ नृत्य कला केंद्र सिल्ली, रांची का संचालन कर रहा है।
- पिछले वर्षों में, इन तीन संस्थानों ने बड़ी संख्या में लोगों को प्रशिक्षण प्रदान किया है, जिनका विवरण निम्न है:

संस्थाएं	प्रशिक्षण का क्षेत्र	2020-21	2021-22
झारखंड कला मंदिर, होटवार	कथक, भरतनाट्यम, ओडिसी, गायन, चित्रकला और चित्रकारी, तबला, बांसुरी और लोक नृत्य	COVID-19 प्रतिबंधों के कारण कोई प्रशिक्षण नहीं	56
राजकीय छऊ नृत्य कला केंद्र, सरायकेला	सरायकेला छऊ नृत्य, खरसावां छऊ नृत्य, मानभूम छऊ नृत्य, मुखौता प्रशिक्षण	124	64
राजकीय छऊ नृत्य कला केंद्र, सरायकेला	मानभूम छऊ नृत्य	25	25
कुल प्रशिक्षण	⟶	**149**	**145**

ज़िला	शिल्प	ग्राम/ उप-जिला
देवगढ़	कांसी घास	जसीडीह, शिकारीपाड़ा, नोनीहाट, जादोपटिया
दुमका	काले और लाल मिट्टी के बर्तन और मिट्टी	-
दुमका	छऊ मुखौटा	चरीदा
दुमका	ढोकरा धातु की ढलाई	शिकारीपाड़ा
हजारीबाग	जादुपटुआ चित्रकला	जादुपटुआ
रांची	खोवर और सोहराई चित्रकला	हजारीबाग
रांची	बाँस का काम	रांची, सोसो, चेलागी, खूंटी, बम्हानी

17. खेल और युवा मामले

- झारखंड सरकार ने खेल में राज्य की जनसंख्या की भागीदारी और

उभरते हुए खिलाड़ियों की प्रतिभा को निखारने के लिए झारखंड खेल नीति 2022 की शुरुआत की है।

- नई खेल नीति का उद्देश्य सिर्फ खिलाड़ियों और प्रशिक्षकों को पुरस्कार देने के माध्यम से प्रोत्साहित करना नहीं है, बल्कि यह जमीनी स्तर पर खिलाड़ियों की नीव को सुधार करने के लिए भी है।
- सरकार ने झारखंड खेल प्राधिकरण (SAJHA) की स्थापना भी की है।
- यह प्राधिकरण लोगों के लिए विभिन्न कार्यक्रमों, टूर्नामेंट, खेल गतिविधियों और प्रशिक्षण सत्रों का आयोजन करेगा और राज्य सरकार और केंद्र सरकार द्वारा प्रस्तावित विभिन्न नीतियों को लागू करने के लिए उत्तरदायी होगा।

उपरोक्त विवरण में प्रयुक्त होने वाले संक्षिप्त पद

संक्षिप्त शब्द	पूर्ण शब्द
GSVA	सकल राज्य मूल्य वर्धन
GSDP	सकल राज्य घरेलू उत्पाद
GDP	सकल घरेलू उत्पाद
NFHS	राष्ट्रीय परिवार स्वास्थ्य सर्वेक्षण
CAGR	चक्रवृद्धि वार्षिक वृद्धि दर
BE	बजट अनुमान
CAGR	चक्रवृद्धि वार्षिक वृद्धि दर
FRBM	राजकोषीय उत्तरदायित्व और बजट प्रबंधन
ATM	अतुल्यकालिक अंतरण विधा
KCC	किसान क्रेडिट कार्ड
PMJDY	प्रधानमंत्री जन-धन योजना
APY	अटल पेंशन योजना
ACP	वार्षिक क्रेडिट योजना
CPI	उपभोक्ता मूल्य सूचकांक
ULB	शहरी स्थानीय निकाय
ODF	खुले में शौच मुक्त
SBM-U	स्वच्छ भारत मिशन (शहरी)
LMT	लाख मीट्रिक टन
PDS	सार्वजनिक वितरण प्रणाली
BMI	बॉडी मास इंडेक्स
MMR	मातृ मृत्यु अनुपात
CSC	सामान्य सेवा केंद्र
JBVNL	झारखंड बिजली वितरण निगम लिमिटेड
SHAJ	झारखंड राज्य राजमार्ग प्राधिकरण
LFPR	श्रम बल भागीदारी दर
WPR	श्रमिक जनसंख्या अनुपात
GPI	लैंगिक समानता सूचकांक
PTR	छात्र-शिक्षक अनुपात
(PS+SS)	सामान्य प्रधान स्थिति और सहायक स्थिति

बजट 2023-24

- झारखंड के वित्त मंत्री श्री रामेश्वर उरांव ने 3 मार्च, 2023 को राज्य के लिए वित्तीय वर्ष 2023-24 का बजट प्रस्तुत किया है, जिसकी राशि 1,16,418 करोड़ रुपए है। इस बजट में ग्रामीण विकास, कृषि, स्वास्थ्य, शिक्षा आदि क्षेत्रों पर विशेष ध्यान दिया गया है।
- राजस्व व्यय के लिए 84,676 करोड़ रुपये और पूंजीगत व्यय के लिए 31,742 करोड़ रुपये बजट का प्रस्ताव वर्ष 2023-24 में रखा गया है।
- वर्ष 2023-24 के बजट को 'हमीन कर बजट' नाम दिया गया है।
- कुल व्यय में स्थापना एवं योजना व्यय का अनुपात वर्ष 2023-24 में 39:61 प्रस्तावित है।
- 2023-24 के वित्त वर्ष में, 25,317 करोड़ रुपये के पूंजीगत व्यय का अनुमान लगाया गया है।
- 2022-23 में बजट अनुमान के मुकाबले राजकोषीय घाटा की कमी का अनुमान 2,500 करोड़ रुपए है। इसके विपरीत, राजस्व अधिशेष का अनुमान बजट अनुमान से 2,701 करोड़ रुपए अधिक होने की उम्मीद है। जीएसडीपी के अनुमानों को बजट चरण की तुलना में 5.2% कम कर दिया गया है।
- वर्ष 2023-24 में राज्य के आर्थिक विकास दर वर्ष 2011-12 के स्थिर मूल्य तथा वर्तमान मूल्य पर क्रमशः 7.4 प्रतिशत तथा 11.06 प्रतिशत अनुमानित है।

बजट के अंतर्गत प्रक्षेत्र के दृष्टिकोण से आवंटित राशि (करोड़ में)

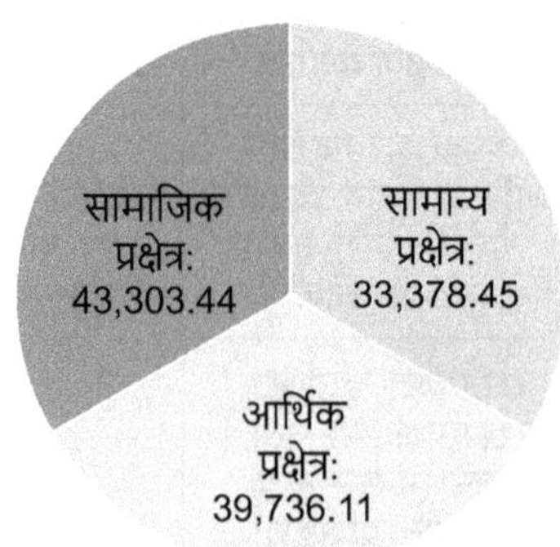

बजट के मुख्य अंश

सकल राज्य घरेलू उत्पाद

- वर्ष 2023-24 के लिए झारखंड राज्य का सकल राज्य घरेलू उत्पाद (जीएसडीपी) (मौजूदा कीमतों पर) 4,23,289 करोड़ रुपये अनुमानित है।
- यह राशि 2022-23 की तुलना में 11.1% की वृद्धि दर्शाती है।

व्यय

- 2023-24 में व्यय (ऋण चुकौती को छोड़कर) 1,10,093 करोड़ रुपये अनुमानित है, जो 2022-23 के संशोधित अनुमानों से 19% अधिक है।
- इसके अलावा 6,325 करोड़ रुपये का कर्ज राज्य चुकाएगा।

प्राप्तियां

- 2023-24 के लिए प्राप्तियां (उधारियों को छोड़कर) 98,418 करोड़ रुपये अनुमानित हैं। 2022-23 के अनुपात में इसमें 18% की वृद्धि हुई है।
- 2022-23 में, प्राप्तियां (उधारियों को छोड़कर) मामूली रूप से बढ़कर 389 करोड़ रुपये होने का अनुमान है।

राजस्व अधिशेष

- 2023-24 के लिए राजस्व अधिशेष, जीएसडीपी का 3.2% (13,661 करोड़ रुपए) होने का अनुमान है, जो 2022-23 की संशोधित अनुमानित दर (जीएसडीपी का 2.5%) से अधिक है।
- 2022-23 में राजस्व अधिशेष बजट अनुमान (जीएसडीपी का 1.7%) सेअधिक होने का अनुमान है।

राजकोषीय घाटा

- 2023-24 के लिए राजस्व अधिशेष, जीएसडीपी का 3.2% (13,661 करोड़ रुपए) होने का अनुमान है, जो 2022-23 की संशोधित अनुमानित दर (जीएसडीपी का 2.5%) से अधिक है।
- 2022-23 में राजस्व अधिशेष बजट अनुमान (जीएसडीपी का 1.7%) सेअधिक होने का अनुमान है।

नीतिगत विशेषताएं

- "बिरसा सिंचाई कूप संवर्धन मिशन" नामक नई योजना के अंतर्गत, ग्रामीण विकास के लिए एक लाख किसानों की भूमि पर सिंचाई कुओं का निर्माण किया जाएगा।
- इसके लिए राज्य रोजगार गारंटी योजना तथा मनरेगा से भी अनुदान प्रदान किया जाएगा।
- नए आंगनवाड़ी चलो अभियान के तहत, आंगनवाड़ियों में (स्कूल जाने से पहले) आने वाले बच्चों को कपड़े, पाठ्यपुस्तकें, फर्नीचर और अन्य जरूरी वस्तुओं की प्रदान की जाएगी, जो महिलाओं, बाल विकास और सामाजिक सुरक्षा के लिए महत्वपूर्ण है।
- झीलों की सफाई और जल स्रोतों के संरक्षण के द्वारा सिंचाई में सुधार के लिए पांच एकड़ क्षेत्र का आबंटन किया गया है।

झारखंड की अर्थव्यवस्था

- जीएसडीपी: 2022-23 में झारखंड की जीएसडीपी (स्थिर मूल्यों पर) का अनुमान है कि 7.8% बढ़ेगी। पिछले वर्ष 5.5% तक कम होने के बाद, 2021-22 में जीएसडीपी में 8.2% की वृद्धि हुई। इसके मुकाबले, 2020-21 में 6.6% के कम होने के बाद, 2021-22 में कुल राष्ट्रीय घरेलू उत्पाद में 8.7% की वृद्धि होने का अनुमान है।
- क्षेत्र: 2021-22 में कृषि, मैन्यूफैक्चरिंग और सेवा क्षेत्रों में ऊंची वृद्धि की उम्मीद है। पिछले साल 2020-21 में कृषि में 8.8% की वृद्धि हुई, जबकि मैन्यूफैक्चरिंग और सेवा क्षेत्रों में संकुचन देखा गया। 2021-22 में कृषि, मैन्यूफैक्चरिंग और सेवा क्षेत्रों का योगदान मौजूदा कीमतों पर अर्थव्यवस्था में क्रमशः 26%, 29% और 45% का अनुमान है।
- प्रति व्यक्ति जीएसडीपी: 2022-23 में झारखंड की प्रति व्यक्ति जीएसडीपी मौजूदा कीमतों पर 86,060 रुपए अनुमानित है, जो 2021-22 से 9% अधिक है।

मद	2021-22 वास्तविक	2022-23 बजटीय	2022-23 संशोधित	बअ 2022-23 से संअ 2022-23 में परिवर्तन का %	2023-24 बजटीय	संअ 2022-23 से बअ 2023-24 में परिवर्तन का %
कुल व्यय	77,865	1,01,101	98,990	-2.1%	1,16,418	17.6%
(-) ऋण का पुनर्भुगतान	4,247	6,714	6,714	0.0%	6,325	-5.8%
शुद्ध व्यय (E)	**73,618**	**94,387**	**92,276**	**-2.2%**	**1,10,093**	**19.3%**
कुल प्राप्तियां	80,853	1,01,101	98,990	-2.1%	1,16,418	17.6%

(-उधारियां)	9,840	18,000	15,500	-13.9%	18,000	16.1%
शुद्ध प्राप्तियां (R)	**71,013**	**83,101**	**83,490**	**0.5%**	**98,418**	**17.9%**
राजकोषीय घाटा (E-R)	2,604	11,286	8,786	-22.2%	11,675	32.9%
जीएसडीपी का %	0.8%	2.8%	2.3%	2.8%	-	-
राजस्व अधिशेष	6,944	6,752	9,453	40.0%	13,661	44.5%
जीएसडीपी का %	2.0%	1.7%	2.5%	3.2%	-	-
प्राथमिक घाटा	**-3,682**	**4,625**	**2,123**	**-54.1%**	**4,887**	**130.2%**
जीएसडीपी का %	-1.1%	1.2%	0.6%	1.2%	-	-

(बअ: बजट अनुमान और सअ: संशोधित अनुमान)

2023-24 में व्यय एवं पूंजी परिव्यय

- 2023-24 में झारखंड के बजट अनुमानों के अनुसार, 2022-23 की तुलना में पूंजी परिव्यय पर 49% अधिक खर्च करने का अनुमान है। प्रमुख क्षेत्रों में जलापूर्ति और स्वच्छता, और ग्रामीण विकास शामिल हैं, जिसके लिए पूंजी परिव्यय क्रमशः 120% और 42% बढ़ेंगे।
- जीएसडीपी में स्वयं कर राजस्व का अनुपात राज्य की राजस्व बढ़ाने की क्षमता को दर्शाता है। 2023-24 में इस अनुपात का अनुमान 10.2% है, जबकि 2021-22 के वास्तविक आंकड़ों के अनुसार यह केवल 7.9% था।
- 2023-24 के लिए राजस्व व्यय का प्रस्ताव 84,676 करोड़ रुपए है, जो 2022-23 के संशोधित अनुमान से 14% अधिक है। इसमें वेतन, पेंशन, ब्याज, अनुदान और सब्सिडी के खर्च शामिल हैं।
- पूंजी परिव्यय: 2023-24 के लिए पूंजी परिव्यय 21,248 करोड़ रुपए अनुमानित है जो 2022-23 के संशोधित अनुमान से 49% अधिक है। पूंजी परिव्यय संपत्ति निर्माण की दिशा में व्यय को दर्शाता है।
- राज्य में ऋण और अग्रिम के बजटीय आबंटन में 2022-23 में 2,564 करोड़ रुपये से अधिक का विस्तार (170% की वृद्धि) अनुमानित है। 2023-24 में इसके केवल 2% बढ़ने का अनुमान है।
- प्रतिबद्ध व्यय: राज्य के व्यय में प्रतिबद्ध व्यय आम तौर पर वेतन, पेंशन और ब्याज के भुगतानों को शामिल करता है। यदि बजट के एक बड़े हिस्से को प्रतिबद्ध व्यय के लिए अलग कर दिया जाता है तो राज्य को पूंजीगत व्यय जैसे अन्य व्यय पर फैसला लेने में कमी आती है क्योंकि उसे अपनी प्राथमिकताओं के लिए लचीला रहना होता है।
- 2023-24 में झारखंड के अपनी अनुमानित राजस्व प्राप्ति के 33% के आधार पर 32,178 करोड़ रुपये का प्रतिबद्ध व्यय करने की अनुमति देने की उम्मीद है। इस व्यय में वेतन (17% राजस्व प्राप्ति), पेंशन (9%) और ब्याज भुगतान (7%) शामिल होगा।
- 2022-23 के संशोधित अनुमान के अनुसार, प्रतिबद्ध व्यय में 8% की वृद्धि की जानी चाहिए। 2022-23 में पेंशन पर खर्च बजट अनुमान से 9% कम होने की उम्मीद है। 2021-22 में, वास्तविक राजस्व प्राप्तियों का 39% प्रतिबद्ध व्यय के लिए खर्च किया गया था।

क्षेत्रवार व्यय

- 2023-24 के दौरान झारखंड के बजटीय व्यय का 72% हिस्सा विभिन्न क्षेत्रों के लिए खर्च किया जाएगा। जिसकी विस्तृत तालिका नीचे दी गयी है:

झारखंड बजट 2023-24 में क्षेत्रवार व्यय (करोड़ रुपए में)

मद	2021-22 वास्तविक	2022-23 बजटीय	2022-23 संशोधित	2023-24 बजटीय	संअ 2022-23 से बअ 23-24 में परिवर्तन का %	बजटीय प्रावधान 2023-24 बअ
शिक्षा, खेल, कला एवं संस्कृति	11,269	14,220	13,521	15,384	14%	समग्र शिक्षा के लिए 1,286 करोड़ रुपए आवंटित। पीएम-पोषण के लिए 401 करोड़ रुपए आवंटित।
ग्रामीण विकास	7,566	12,711	10,271	14,405	40%	मनरेगा सहित ग्रामीण रोजगार गारंटी योजनाओं के लिए 1,467 करोड़ रुपए आवंटित।
समाज कल्याण एवं पोषण	4,500	7,286	8,208	8,811	7%	राज्य वृद्धावस्था पेंशन योजना के लिए 1,587 करोड़ रुपए आवंटित।
पुलिस	5,727	6,532	6,906	7,085	3%	जिला पुलिस के लिए 3,454 करोड़ रुपए
स्वास्थ्य एवं परिवार कल्याण	4,823	5,630	5,776	7,050	22%	अस्पतालों, डिस्पेंसरियों और पीएचसी के लिए 727 करोड़ रुपए आवंटित।
परिवहन	3,645	4,136	3,892	6,310	62%	सड़कों और पुलों पर पूंजी परिव्यय के लिए 5,300 करोड़ रुपए आवंटित किए गए हैं, जो 2022-23 के संशोधित अनुमानों से 63% अधिक है।
कृषि एवं संबद्ध गतिविधियां	3,888	5,054	4,154	4,393	40%	प्रधानमंत्री कृषि सिंचाई योजना के लिए 164 करोड़ रुपए आवंटित।
जलापूर्ति एवं सैनिटेशन	1,236	4,072	2,205	4,393	99%	प्रमुख सिंचाई पर पूंजी परिव्यय के लिए 470 करोड़ रुपए आवंटित किए गए हैं जो 2022-23 के संशोधित अनुमानों से 52% अधिक है।

ऊर्जा	3,896	3,478	3,631	3,617	0%	प्रमुख सिंचाई पर पूंजी परिव्यय के लिए 470 करोड़ रुपए आवंटित किए गए हैं जो 2022-23 के संशोधित अनुमानों से 52% अधिक है।
शहरी विकास	2,421	2,998	2,977	3,254	9%	PMAY (शहरी) के लिए सहायता अनुदान से 390 रुपए आवंटित।
सभी क्षेत्रों में कुल व्यय का %	68%	71%	70%	72%	3%	-

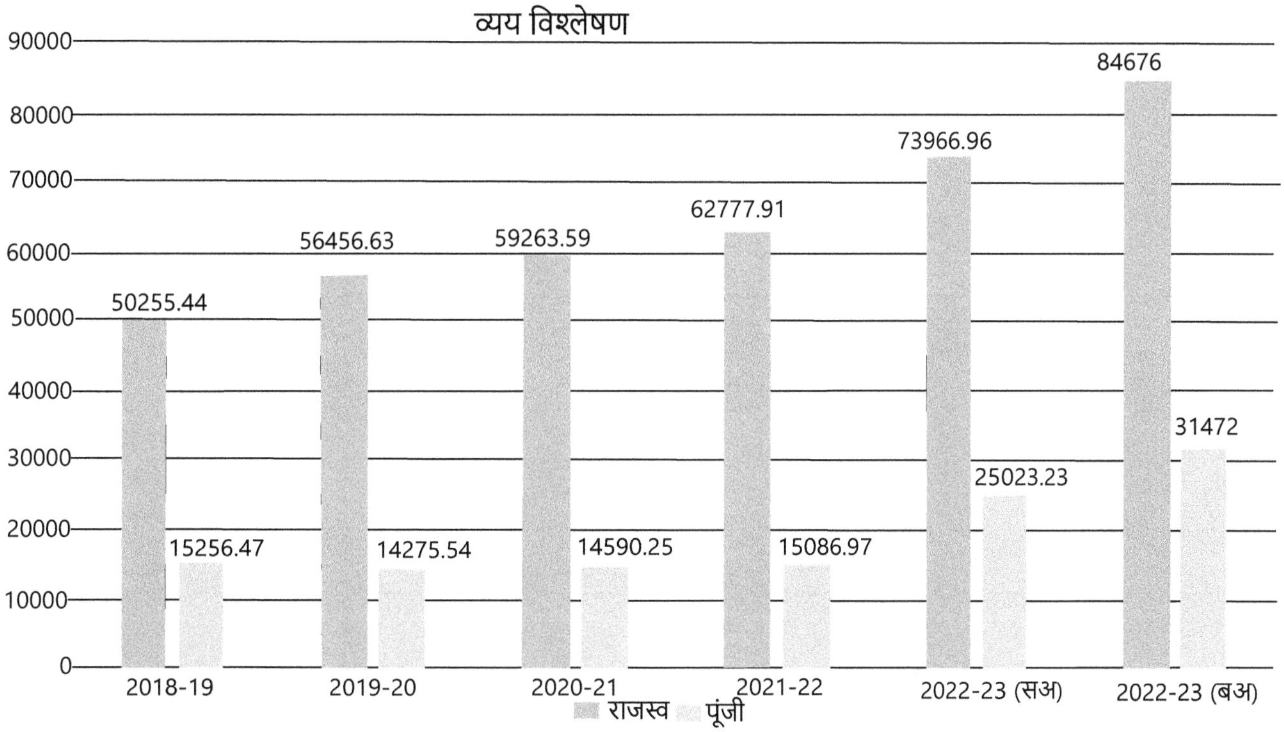

2023-24 में प्राप्तियां

- 2023-24 के लिए कुल राजस्व प्राप्ति का अनुमान 98,337 करोड़ रुपए है, जो 2022-23 के संशोधित अनुमान से 18% अधिक है। इसमें से 48,119 करोड़ रुपए (49%) राज्य अपने संसाधनों से जुटाएगा और 50,218 करोड़ रुपए (51%) केंद्र से प्राप्त होंगे।
- हस्तांतरण: 2023-24 में राज्य की हिस्सेदारी केंद्रीय करों में 33,779 करोड़ रुपए होने का अनुमान है जो 2022-23 के संशोधित अनुमान से 8% अधिक है।
- 2023-24 में केंद्र से अनुदान 16,438 करोड़ रुपए होने का अनुमान है, जो 2022-23 के संशोधित अनुमानों से 14% अधिक है।
- राज्य का स्वयं कर राजस्व: झारखंड का कुल स्वयं कर राजस्व 2023-24 में 30,860 करोड़ रुपए होने का अनुमान है, जो 2022-23 के संशोधित अनुमान से 25% अधिक है। 2023-24 में जीएसडीपी के प्रतिशत के रूप में स्वयं कर राजस्व का अनुमान 7.3% है। राज्य ने 2022-23 के लिए इस अनुपात को 6.2% पर अनुमानित किया था और यह थोड़ा बढ़कर 6.5% होने का अनुमान है।
- 2023-24 के लिए अनुमान है कि राज्य जीएसटी स्वयं कर राजस्व का सबसे बड़ा स्रोत (45%) होगा। 2022-23 के संशोधित अनुमानों की तुलना में राज्य जीएसटी राजस्व में 27% की वृद्धि का अनुमान है। इस खाते पर 2022-23 में बजट से 5% अधिक प्राप्तियों की उम्मीद है।
- 2023-24 में सेल्स टैक्स/वैट स्वयं कर राजस्व का दूसरा सबसे बड़ा स्रोत होने का अनुमान है, जिसमें झारखंड के स्वयं कर राजस्व का 28% शामिल होगा।
- इसमें 2022-23 के संशोधित अनुमानों से 40% तक वृद्धि का अनुमान है। 2023-24 में राज्य उत्पाद शुल्क का झारखंड के स्वयं कर राजस्व में 8% योगदान का अनुमान है, जो 2022-23 के संशोधित अनुमानों से 15% अधिक होगा। हालांकि, 2022-23 में राज्य उत्पाद शुल्क के लिए बजट अनुमान से 18% कम होने का अनुमान है।

राज्य सरकार की प्राप्तियों का विश्लेषण (करोड़ रुपए में)						
मद	**2021-22 वास्तविक**	**2022-23 बजटीय**	**2022-23 संशोधित**	**बअ 2022-23 से संअ 2022-23 में परिवर्तन का %**	**2023-24 बजटीय**	**संअ 2022-23 से बअ 2023-24 में परिवर्तन का %**
राज्य के स्वयं कर	21,290	24,850	24,726	0%	30,860	25%
राज्य के स्वयं गैर-कर	10,031	13,763	12,883	-6%	17,259	34%
केंद्रीय करों में हिस्सेदारी	27,735	27,007	31,364	16%	33,779	8%

केंद्र से सहायतानुदान	10,667	17,406	14,447	-17%	16,438	14%
राजस्व प्राप्तियां	**69,722**	**83,025**	**83,420**	**0%**	**98,337**	**18%**
गैर ऋण पूंजीगत प्राप्तियां	1,292	76	70	-8%	81	16%
शुद्ध प्राप्तियां	**71,014**	**83,101**	**83,490**	**0%**	**98,418**	**18%**

(बअ: बजट अनुमान और सअ: संशोधित अनुमान)

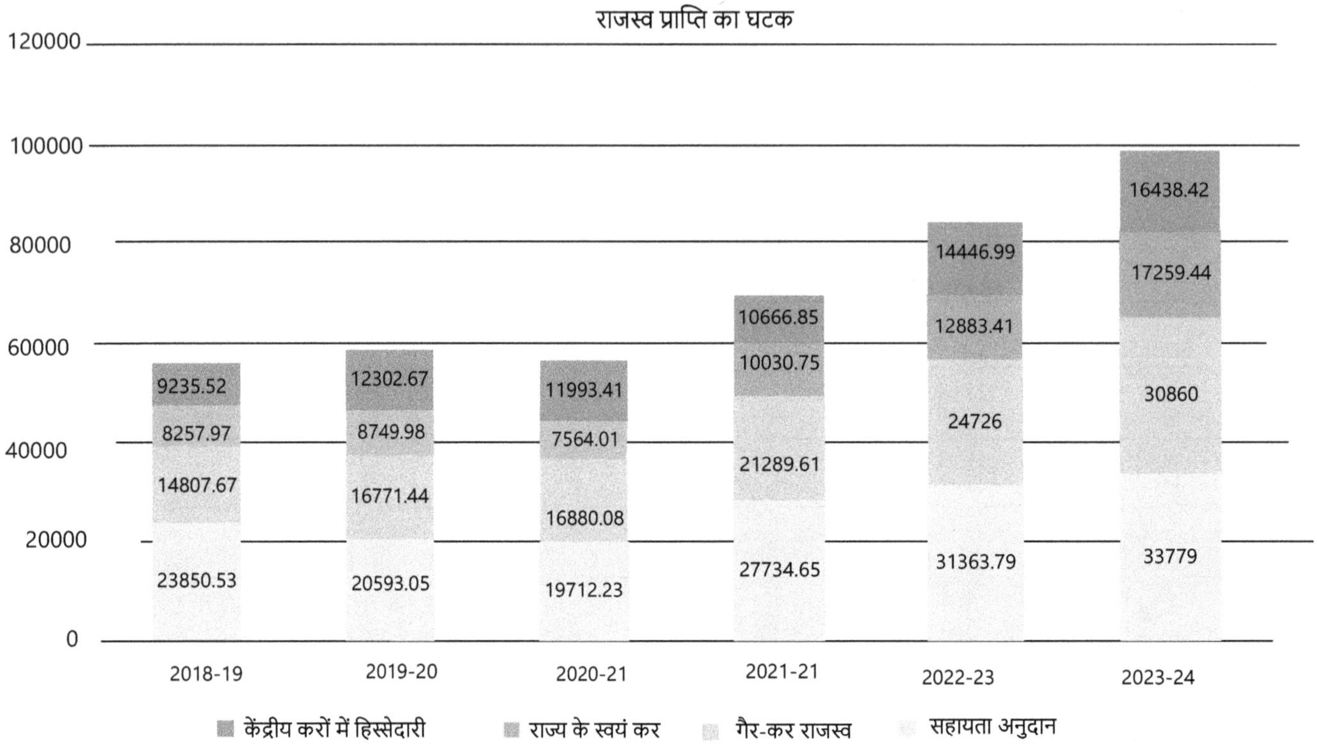

मद	2021-22 बअ	2021-22 वास्तविक	बअ* से वास्तविक में परिवर्तन का %
शुद्ध प्राप्तियां (1+2)	76,776	71,015	-8%
1. राजस्व प्राप्तियां (क+ख+ग+घ)	76,706	69,723	-9%
क. स्वयं कर राजस्व	23,265	21,290	-8%
ख. स्वयं गैर कर राजस्व	13,500	10,031	-26%
ग. केंद्रीय करों में हिस्सा	22,050	27,735	26%
घ. केंद्र से सहायतानुदान	17,891	10,667	-40%
इसमें जीएसटी क्षतिपूर्ति अनुदान	1,568	1,526	-3%
2. गैर ऋण पूंजीगत प्राप्तियां	70	1,292	1745%
3. उधारियां	14,500	9,840	-32%
इसमें जीएसटी क्षतिपूर्ति ऋण	0	-	-
शुद्ध व्यय (4+5+6)	86,988	73,618	-15%

4. राजस्व व्यय	75,755	62,778	-17%
5. पूंजीगत परिव्यय	9,661	9,377	-3%
6. ऋण और अग्रिम	1,572	1,463	-7%
7. ऋण पुनर्भुगतान	4,289	4,247	-1%
राजस्व घाटा	952	6,944	629%
राजस्व घाटा (जीएसडीपी का %)	0.3%	2.0%	678%
राजकोषीय घाटा	10,211	2,604	-74%
राजकोषीय घाटा (जीएसडीपी का %)	2.8%	0.8%	-73%

(बअ: बजट अनुमान) *घाटे की गणना के लिए, जीएसटी मुआवजा ऋण को अनुदान के रूप में नहीं माना जाता है।

रुपया कहाँ से आता है

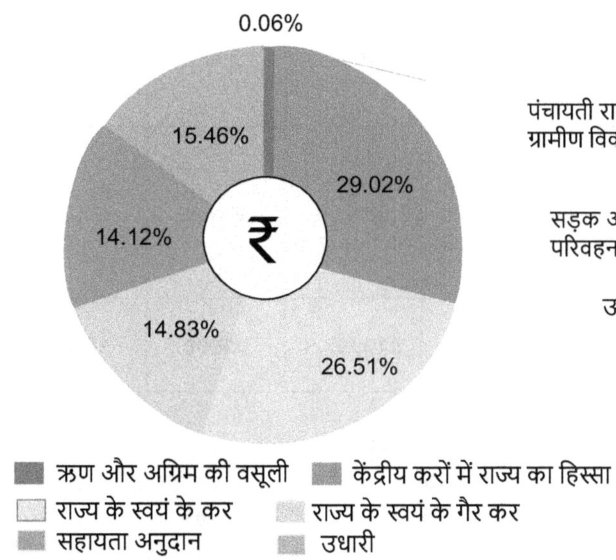

रुपया कहाँ जाता है

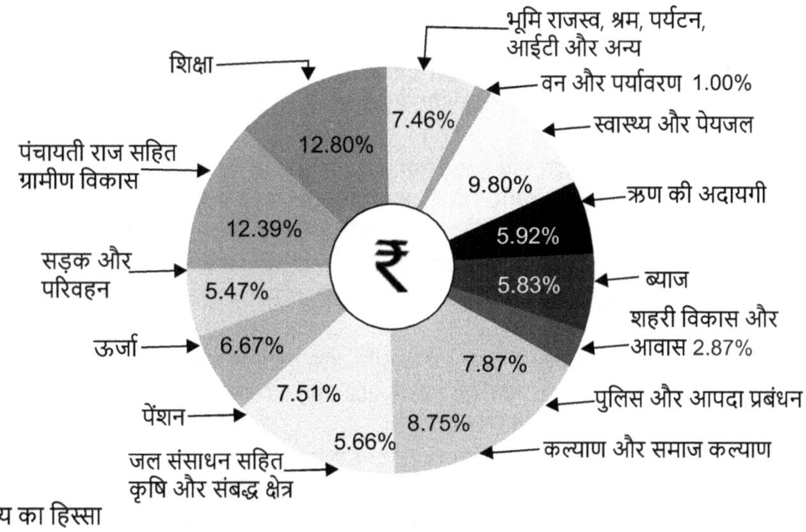

झारखंड बजट: क्षेत्रवार विशेषताएं

- वर्ष 2023-24 में कुल 43,411 करोड़ रुपये की राशि का आउटकम बजट प्रस्तुत किया गया है, जो विगत वर्ष की तुलना में लगभग 11 प्रतिशत अधिक है।
- वर्ष 2023-24 के आउटकम बजट में झारखंड सरकार के 13 विभागों की कुल 238 राज्य एवं केन्द्रीय योजनायें सन्निहित हैं।

क्र.स.	विभाग	*अनुमानित बजट (करोड़ में)
1.	कृषि, पशुपालन एवं सहकारिता विभाग	4,627
2.	पेजयल एवं स्वच्छता विभाग	4,372.21
3.	खाद्य, सार्वजनिक वितरण एवं उपभोक्ता मामले	2,750.15
4.	वन, पर्यावरण एवं जलवायु परिवर्तन विभाग	1,162.70
5.	स्वास्थ्य, चिकित्सा शिक्षा एवं परिवार कल्याण	7,040.90
6.	उच्च एवं तकनीकी शिक्षा विभाग	2,354
7.	पंचायती राज विभाग	1,968
8.	ग्रामीण विकास विभाग	8,166
9.	ग्रामीण कार्य विभाग	4,293.57
10.	एसटी, एससी, अल्पसंख्यक एवं पिछड़ा वर्ग कल्याण	3,011.65
11.	स्कूली शिक्षा एवं साक्षरता विभाग	12,546
12.	नगर विकास एवं आवास विभाग	3,346.37
13.	महिला, बाल विकास एवं सामाजिक	7,171

(*प्रत्येक विभाग के अंतर्गत आने वाले कुछ मुख्य क्षेत्र एवं योजनाओं के लिए आवंटित राशि का विवरण उस विभाग के साथ तालिका के रूप में संलग्न है।)

1. कृषि, पशुपालन एवं सहकारिता विभाग

- सिंचाई सुविधाओं और सिंचाई क्षमता के विस्तार हेतु जल संसाधन विकास के लिए अलग से 1,964 करोड़ रुपए का बजट आवंटित किया गया है।
- इसके अलावा, सरकार ने किसानों को सिंचाई कूप उपलब्ध कराने के लिए ग्रामीण विकास के बजट में भी प्रावधान किया है।
- इस योजना के अंतर्गत, एक लाख किसानों की व्यक्तिगत भूमि पर सिंचाई कूप निर्मित किया जाना प्रस्तावित है।
- इसके लिए, प्रत्येक लाभार्थी को राज्य योजना से 50 हजार रुपये दिए जायेंगे और शेष राशि मनरेगा योजना से उपलब्ध कराई जाएगी।
- इसके अलावा, सरकार ने अपने बजट में किसानों की सिंचाई को बढ़ाने में मदद के लिए 5 एकड़ से कम क्षेत्र वाले सभी तालाबों से गाद हटाने तथा डीप बोरिंग के लिए 500 करोड़ रुपए का बजट आवंटित किया है।

क्र.स.	विभाग	कुल योजनाएं	राज्य का हिस्सा (रुपए लाख में)	केंद्र का हिस्सा (रुपए लाख में)	वित्तीय परिव्यय (रुपए लाख में)
1.	कृषि विभाग	28	181987	35077	217064
2.	पशुपालन विभाग	5	23240	3360	26600
3.	सहकारिता विभाग	6	55300	1500	56800
4.	मत्स्य विभाग	14	13457	4788	18245
5.	डेयरी विकास विभाग	6	39330	180	39510
कुल योग (परिणामी बजट योजनाएं)		**59**	**313314**	**44905**	**358219**

2. पेयजल एवं स्वच्छता विभाग

- वित्तीय वर्ष 2023-24 के लिए, पेयजल एवं स्वच्छता विभाग के लिए 4,372.21 करोड़ रुपये का बजट प्रस्तावित है, जो 2019-20 के तुलना में 72.15 प्रतिशत अधिक है।
- जल जीवन मिशन के तहत, वर्ष 2024 तक राज्य के कुल 61 लाख से अधिक ग्रामीण परिवारों को कार्यरत घरेलू नल संयोजन (FHTC) द्वारा शुद्ध पेयजल की उपलब्धता सुनिश्चित करने का लक्ष्य रखा गया है।
- अब तक, इस योजना से 18.97 लाख परिवारों को लाभ पहुंचाया गया है। आगामी वित्तीय वर्ष 2024-25 में शत्-प्रतिशत उपलब्धि हासिल करने का लक्ष्य रखा गया है।
- स्वच्छ भारत मिशन (ग्रामीण) के फेज-II के अंतर्गत, ठोस एवं तरल कचरा प्रबंधन के आधार पर, 2,005 गांवों को 1 स्टार, 202 गांवों को 3 स्टार एवं 229 गांवों को 5 स्टार से सम्मानित किया गया है।

क्र.स.	राज्य योजना का नाम	राज्य का हिस्सा (रुपए लाख में)	केंद्र का हिस्सा (रुपए लाख में)	वित्तीय परिव्यय (रुपए लाख में)
1.	शहरी जलापूर्ति	14700	0	14700
2.	ग्रामीण पाइप जलापूर्ति योजना	10420.5	0	10420.5
3.	ग्रामीण पाइप जलापूर्ति (संचालन-रखरखाव)	5000	0	5000
4.	ग्रामीण जल आपूर्ति (ड्रिल्ड ट्यूबवेल/कुआँ)	4577	0	4577
5.	स्वच्छ भारत मिशन (SBM) ग्रामीण (डीडब्ल्यूएस)	5000	5000	10000
6.	जल जीवन मिशन (JJM)/राष्ट्रीय ग्रामीण पेयजल मिशन	280300	94900	375200
कुल - परिणामी बजट योजनाएं (6)		**319997.5**	**99900**	**419897.5**

3. खाद्य, सार्वजनिक वितरण एवं उपभोक्ता मामले विभाग

- वर्ष 2023-24 में खाद्य, सार्वजनिक वितरण एवं उपभोक्ता मामले विभाग के लिए 2,750.15 करोड़ रुपये का बजट प्रस्तावित है, जो वित्तीय वर्ष 2019-20 की तुलना में 103.46 प्रतिशत अधिक है।
- अन्तर्राष्ट्रीय मिलेट वर्ष 2023 के क्रम में जन वितरण प्रणाली के अन्तर्गत मोटा अनाज किये जाने का प्रस्ताव है। इसके अतिरिक्त प्रोटीनयुक्त अन्य खाद्य सामग्रियों का वितरण भी किया जायेगा।

क्र.स.	योजनाएं	राज्य का हिस्सा (रुपए लाख में)	केंद्र का हिस्सा (रुपए लाख में)	वित्तीय परिव्यय (रुपए लाख में)
1.	धोती-साड़ी योजना का वितरण	60000	0	60000
2.	अंत्योदय अन्न योजना (AAY)	2800	0	2800

3.	गोदाम निर्माण/नवीनीकरण	6000	0	6000
4.	प्राथमिकता हाउस होल्ड योजना (राष्ट्रीय खाद्य सुरक्षा अधिनियम, 2013 के तहत)	10200	0	10200
5.	एनएफएसए के तहत कवर नहीं किए गए गरीब व्यक्तियों के लिए खाद्यान्न वितरण योजना	52100	0	52100
6.	सरकारी खाद्य केंद्र के लिए योजना	2000	0	2000
7.	धान उपार्जन योजना	2000	0	2000
8.	नमक वितरण योजना	10000	0	10000
9.	योग्य लाभार्थियों के लिए डाकिया योजना	700	0	700
10.	सहायता (दोपहिया वाहन चलाने के लिए पेट्रोल की खरीद के लिए मुख्यमंत्री सब्सिडी) योजना	1000	0	1000
11.	दालों के वितरण की योजना	55500	0	55500
कुल - परिणामी बजट योजनाएं (11)		**202300**	**0**	**202300**

4. वन, पर्यावरण एवं जलवायु परिवर्तन विभाग

- राज्य सरकार द्वारा वर्ष 2023-24 में लघु वन उत्पादों के प्रसंस्करण इकाईयों को प्रोत्साहित करने का प्रस्ताव है।
- राज्य में काफी संख्या में ऐसे गांव है, जो जंगल के बीच अवस्थित हैं तथा अभी तक पक्की सड़क से नहीं जुड़े हैं, बजट राशि की सहायता से राज्य सरकार इन सभी गांवों को आगामी वित्तीय वर्षों में पक्की सड़क से जोड़ने का कार्य करेगी।

क्र.स.	योजनाएं	राज्य का हिस्सा (रुपए लाख में)	केंद्र का हिस्सा (रुपए लाख में)	वित्तीय परिव्यय (रुपए लाख में)
1.	वन संवर्धन संचालन	1260	0	1260
2.	अधिसूचित वन भूमि पर वनीकरण और मृदा संरक्षण	15000	0	15000
3.	अधिसूचित वन के बाहर की भूमि पर वृक्षारोपण	4500	0	4500
4.	प्रतिपूरक वनीकरण	9559.05	0	9559.05
5.	जलग्रहण क्षेत्र उपचार योजना	1800	0	1800
6.	एकीकृत वन्यजीव प्रबंधन योजना	4800	0	4800
7.	वन भूमि का शुद्ध वर्तमान मूल्य	17102	0	17102
8.	ब्याज	392	0	392
9.	अन्य	990	0	990
10.	शहरी वानिकी योजना	3600	0	3600
11.	नदी किनारे वृक्षारोपण योजना	3000	0	3000
कुल - परिणामी बजट योजनाएं (11)		**62003.05**	**0**	**62003.05**

5. स्वास्थ्य, चिकित्सा शिक्षा एवं परिवार कल्याण विभाग

- झारखंड बजट 2023-24 स्वास्थ्य, चिकित्सा शिक्षा एवं परिवार कल्याण विभाग द्वारा आगामी वित्तीय वर्ष में बोकारो और रांची में मेडिकल कॉलेज खोले जाएंगे।
- इसके अलावा, पलामू, चाईबासा और दुमका में मानसिक स्वास्थ्य केंद्र खोले जाएंगे।
- रांची में पीपीपी मोड पर अल्कोहल डीएडिक्शन सेंटर (नशामुक्ति केंद्र) खोले जाएंगे। साथ-साथ ही स्वच्छ ग्राम क्लीनिक के संचालन और प्रबंधन के लिए वित्त वर्ष 2023-24 में अनुमति दी जाएगी।
- इसके अलावा नए नर्सिंग और फार्मेसी कॉलेजों को भी शुरू करने के लिए वित्त वर्ष 2023-24 में बजट आवंटित किया जाएगा।

क्र.स.	योजनाएं	राज्य का हिस्सा (रुपए लाख में)	केंद्र का हिस्सा (रुपए लाख में)	वित्तीय परिव्यय (रुपए लाख में)
1.	स्वास्थ्य क्षेत्र के लिए अनुदान (केंद्र प्रायोजित)	0		46900
3.	आयुष पर राष्ट्रीय मिशन (चाईबासा आयुर्वेदिक मेडिकल कॉलेज - अस्पताल के लिए राज्य का हिस्सा)	7300		21300
3.	रांची न्यूरो संस्थान - मनश्चिकित्सा और संबद्ध विज्ञान (रिनपास)	1800	0	1800
4.	राजेंद्र इंस्टीट्यूट ऑफ मेडिकल साइंसेज (रिम्स)	30000	0	30000
5.	डॉक्टरों, पैरामेडिकल स्टाफ के लिए आउटसोर्सिंग, सभी अस्पतालों के लिए सफाई और सुरक्षा सेवाएं, स्वास्थ्य केंद्र (PMCH) धनबाद-MGMMCH जमशेदपुर सहित) डायग्नोस्टिक सेंटर	6676	0	6676
6.	सहायता में NHM अनुदान	39060	63240	102300
7.	मुख्यमंत्री गंभीर बीमारी उपचार योजना, मुख्यमंत्री निशुल्क डायग्नोस्टिक एंड रेडियोलॉजी टेस्ट स्कीम और मुख्यमंत्री निशुल्क ब्रेस्ट एंड सर्वाइकल कैंसर स्क्रीनिंग स्कीम	10000	0	10000
8.	फार्मेसी क्षेत्र का सुदृढ़ीकरण	1800	0	1800
9.	मेडिकल कॉलेज और 500 बिस्तर वाले अस्पताल की स्थापना की लागत, वजीफा आदि।	32500	0	32500
10.	आयुष क्षेत्र का सुदृढ़ीकरण	1304.91	0	1304.91
11.	एंबुलेंस/मृत्यु वाहन योजना	1000	0	1000
12.	राज्य के स्वास्थ्य ढांचे का सुदृढ़ीकरण और जिला स्तर तक उन्नयन	40250	0	40250
13.	सभी अस्पतालों, स्वास्थ्य केंद्रों, प्रयोगशालाओं, कार्यालयों, नैदानिक केंद्रों और अन्य संस्थानों के लिए आउटसोर्सिंग (मेडिकल कॉलेज को छोड़कर)	25000	0	25000
14.	आयुष्मान भारत-मुख्यमंत्री जन आरोग्य योजना	30000	0	30000
15.	प्रधानमंत्री जन आरोग्य योजना (PMJAY)	10000	5	10005
16.	पीएम-आयुष्मान भारत हेल्थ केयर इन्फ्रास्ट्रक्चर मिशन	12869	23804	36673
17.	किशोर स्वास्थ्य देखभाल योजना	3500	0	3500
18.	शिशु स्वास्थ्य देखभाल योजना	2500	0	2500
19.	क्षेत्रीय क्लीनिक-हाट मोहल्ला/स्लम/ईटीसी	2000	0	2000
20.	मुख्यमंत्री हाट-बाजार, आदि, क्लीनिक	1500	0	1500
कुल - परिणामी बजट योजनाएं (20)		**259059.91**	**147949**	**407008.91**

(6). उच्च एवं तकनीकी शिक्षा विभाग

- झारखंड बजट 2023-24 के अंतर्गत, 2354.53 करोड़ रुपये के बजट से उच्च एवं तकनीकी शिक्षा को बढ़ावा देने का प्रस्ताव है।
- सभी राजकीय विश्वविद्यालयों में इनोवेशन कम स्टार्ट अप सेंटर बनाने का प्रस्ताव है।
- बरही, बुंडू, पतरातू, चाईबासा, जमशेदपुर, खूंटी में नए राजकीय पॉलिटेक्निक कॉलेज खोले जाने का प्रस्ताव है।
- गोड्डा, जामताड़ा, लोहरदगा, चतरा, हजारीबाग, खूंटी, बगोदर, पलामू में बने पॉलिटेक्निक कॉलेजों का संचालन अगले शैक्षणिक सत्र से होगा।
- आईटीआई संस्थानों की मजबूत संरचना और उन्हें अपडेट करने के लिए बजट में प्रस्ताव है।
- नए नर्सिंग कॉलेज और फार्मेसी कॉलेज की स्थापना होगी।
- सभी छात्रावासों में बच्चों को निःशुल्क भोजन एवं रसोईया सहित अन्य कर्मी उपलब्ध कराये जाने का लक्ष्य है।
- छात्रावासों में मॉडल लाइब्रेरी की स्थापना का प्रस्ताव है।

क्र.स.	योजनाएं	राज्य का हिस्सा (रुपए लाख में)	केंद्र का हिस्सा (रुपए लाख में)	वित्तीय परिव्यय (रुपए लाख में)
1.	उच्च शिक्षा विभाग (कुल - परिणामी बजट योजनाएं-6)	55396.32	5000	60396.32
2.	प्राविधिक शिक्षा विभाग (कुल - परिणामी बजट योजनाएं-4)	28800	0	28800
कुल योग		**84136.32**	**5000**	**89196.32**

(7). पंचायती राज विभाग

- बजट 2023-24 के अंतर्गत, झारखंड सरकार पंचायत स्तर पर सभी सुविधाएं एक छत के नीचे उपलब्ध कराने के लिए पंचायत सचिवालयों को सुदृढ़ीकृत करने की योजना शुरू कर रही है।
- सभी पंचायत सचिवालयों में प्रज्ञा केंद्र के माध्यम से सभी प्रकार के प्रमाण-पत्र, ऑनलाइन सुविधाएं, बैंकिंग सेवाएं, निर्धारित दिनों पर नियुक्ति संबंधी सुविधाएं और हल्का से सम्बंधित काम की सुविधा उपलब्ध होगी।
- इसके अतिरिक्त ग्रामीणों के सामान्य पठन-पाठन हेतु प्रत्येक पंचायत सचिवालय में चरणबद्ध तरीके से पंचायत ज्ञान केन्द्र की स्थापना की जायेगी।
- पंचायत सचिवालयों का जिला एवं राज्य स्तर से संवाद स्थापित करने तथा सरकारी योजनाओं के प्रचार-प्रसार हेतु 65 इंच का LED टी.वी. अधिष्ठापित करने की योजना प्रस्तावित है।
- 15 वें वित्त आयोग अनुदान मद में 1,307 करोड़ रुपये की राशि प्राप्त होने की संभावना है, जिसमें से जिला परिषदों को 10 प्रतिशत, पंचायत समितियों को 15 प्रतिशत, तथा ग्राम पंचायतों को 75 प्रतिशत राशि दी जायेगी।
- उक्त राशि से संबंधित त्रिस्तरीय संस्थाओं द्वारा 30 प्रतिशत जलापूर्ति पर, 30 प्रतिशत स्वच्छता पर और शेष 40 प्रतिशत का व्यय स्थानीय आवश्यकता आधारित योजनाओं पर किया जा सकेगा।
- इससे पंचायत स्तर पर अधोसंरचना की कमी को पूरा किया जा सकेगा।
- वर्ष 2023-24 में, पंचायती व्यवस्था के सुदृढ़ीकरण के लिए 1,968 करोड़ रुपये का बजट प्रस्तावित है।

क्र.स.	योजनाएं	राज्य का हिस्सा (रुपए लाख में)	केंद्र का हिस्सा (रुपए लाख में)	वित्तीय परिव्यय (रुपए लाख में)
1.	स्थानीय ग्रामीण निकायों के लिए अनुदान (केंद्र प्रायोजित)	0	130700	130700
2.	मुख्यमंत्री पंचायत प्रोत्साहन पुरस्कार योजना	1000	0	1000
3.	क्षमता निर्माण और प्रशिक्षण	1000	0	1000
4.	राष्ट्रीय ग्राम स्वराज अभियान	5000	7500	12500
कुल - परिणामी बजट योजनाएं (4)		**7000**	**138200**	**145200**

(8). ग्रामीण विकास विभाग

- मनरेगा तथा राज्य योजना के विस्तार से किसानों को सिंचाई कूप देने के लिए **'बिरसा सिंचाई कूप संवर्धन मिशन'** नाम से एक नई योजना की शुरुआत की जाएगी। इस योजना के अंतर्गत लाखों किसानों को उनकी व्यक्तिगत जमीन पर कुआं बनाने का मौका दिया जाएगा।
- वर्ष 2023-24 में भी 9 करोड़ मानव दिवस सृजन करने का लक्ष्य है। इस हेतु 1,260 करोड़ रुपये का बजट प्रस्तावित है।

क्र.स.	योजनाएं	राज्य का हिस्सा (रुपए लाख में)	केंद्र का हिस्सा (रुपए लाख में)	वित्तीय परिव्यय (रुपए लाख में)
1.	प्रधानमंत्री आवास योजना ग्रामीण	148176	206011	354187
2.	राष्ट्रीय ग्रामीण आजीविका मिशन	30000	45000	75000
3.	मनरेगा (MGNREGA)	31500	94500	126000
4.	ब्लॉक बिल्डिंग (प्रमुख कार्य)	28000	0	28000
5.	पहल- सूक्ष्म ड्रिप सिंचाई पर बागवानी हस्तक्षेप	7200	0	7200
6.	प्रधानमंत्री कृषि सिंचाई योजना	4000	6000	10000
7.	अम्बेडकर आवास योजना	10000	0	10000
8.	लिफ्ट सिंचाई योजना	2000	0	2000
9.	जौहर (JOHAR) योजना	100	0	100
10.	जलसंभर विकास कार्यक्रम के लिए अनुदान	10000	0	10000
11.	मुख्यमंत्री आजीविका संवर्धन योजना	100	0	100
12.	बिरसा विशिष्ट जनजाति विकास योजना	100	0	100
13.	मनरेगा श्रमिकों को अनुदान	24300	0	24300
14.	स्टार्ट-अप ग्राम उद्यमिता कार्यक्रम (SYP)	760	1140	1900
15.	दीनदयाल उपाध्याय ग्रामीण कौशल योजना (DDU-GKY)- आजीविका कौशल	8000	12000	

16.	ग्रामीण स्वरोजगार प्रशिक्षण संस्थान (RSETI)	0	800	800
17.	महिला किसान सशक्तिकरण परियोजना	1600	2400	4000
18.	राष्ट्रीय ग्रामीण आर्थिक परिवर्तन परियोजना	5600	8400	14000
कुल - परिणामी बजट योजनाएं (18)		**311436**	**376251**	**687687**

(9). ग्रामीण कार्य विभाग

- झारखंड बजट 2023-24 में ग्रामीण कार्य विभाग को 4293.57 करोड़ रुपये का बजट दिया गया है।
- पीएम ग्राम सड़क योजना के अंतर्गत इस योजना से 3000 किलोमीटर ग्रामीण सड़कों को जोड़ा जाएगा।
- मुख्यमंत्री ग्राम सड़क योजना के तहत सभी स्वास्थ्य उपकेंद्र, बाजार-हाट, पंचायत कार्यालय, मध्य / उच्च विद्यालय, पोस्ट ऑफिस / बैंक को पक्की सड़क से जोड़ने की योजना है।
- पुरानी सड़कों को सतह नवीकरण - सह - विशेष मरम्मती योजना के अंतर्गत चरणबद्ध तरीके से सुधारा जाएगा।

क्र.स.	योजनाएं	राज्य का हिस्सा (रुपए लाख में)	केंद्र का हिस्सा (रुपए लाख में)	वित्तीय परिव्यय (रुपए लाख में)
1.	मुख्यमंत्री ग्राम सेतु योजना	58540	0	58540
2.	प्रधानमंत्री ग्राम सड़क योजना (PMGSY)	40000	60000	100000
3.	वामपंथी उग्रवाद (LWE) प्रभावित क्षेत्रों (RCPLWEA) के लिए PMGSY-रोड कनेक्टिविटी परियोजना के तहत JSRRDA के लिए अनुदान	8000	12000	20000
4.	मुख्यमंत्री ग्राम सड़क योजना	100000	0	100000
5.	भूतल नवीकरण-सह विशेष मरम्मत	120000	0	120000
कुल - परिणामी बजट योजनाएं (5)		**326540**	**72000**	**398540**

(10). अनुसूचित जनजाति, अनुसूचित जाति, अल्पसंख्यक एवं पिछड़ा वर्ग कल्याण विभाग

- वित्तीय वर्ष 2022-23 में एसटी, एससी, अल्पसंख्यक और पिछड़ा वर्ग कल्याण में प्री-मेट्रिक छात्रवृत्ति के तहत 22 लाख से अधिक विद्यार्थियों को 462 करोड़ से अधिक भुगतान किया जाएगा।मुख्यमंत्री रोजगार सृजन योजना (CMEGP) अंतर्गत अब तक 5600 युवाओं को लाभ प्रदान किया गया है। 2023 -2024 में इस योजना के अंतर्गत 2 लाख युवाओं को लाभ देने का लक्ष्य है।
- पारंपरिक वाद्य यंत्रों की आपूर्ति का प्रस्ताव जनजाति संस्कृत एवं कला केंद्रों में किया जाएगा।
- मणिकी, मुंडा, डाकुआ आदि को न्यायिक, प्रशासनिक एवं वित्तीय कार्यों के लिए सुलभ करने के लिए वहां दोपहिया सुलभ करने का प्रस्ताव है।
- झारखंड की लगभग 50% जनजाति आबादी गरीबी रेखा से नीचे आती है। यही स्थिति अनुसूचित जाति, अन्य पिछड़ा वर्ग और राज्य में रहने वाले अल्पसंख्यकों की भी है। यह सरकार के लिए चिंता का विषय है; इसलिए राज्य ने अनुसूचित जनजाति, अनुसूचित जाति, अल्पसंख्यक और पिछड़ा वर्ग कल्याण विभाग ने उनके कल्याण और एकीकरण के लिए विभिन्न योजनाएं शुरू की हैं।

योजनाएं मुख्य रूप से निम्नलिखित विषयगत क्षेत्रों से संबंधित हस्तक्षेपों पर ध्यान केंद्रित करती हैं:

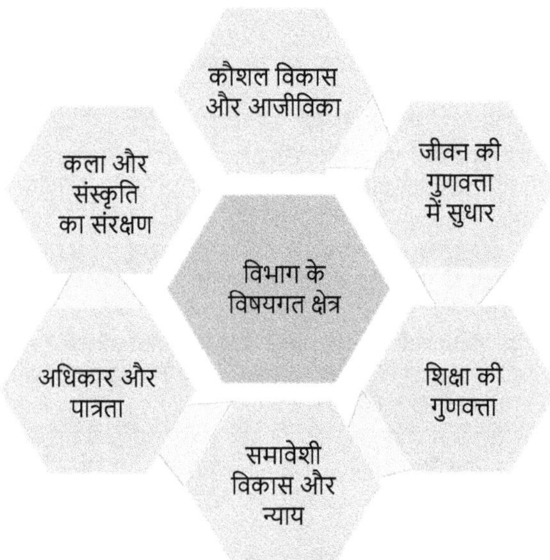

क्र.स.	योजनाएं	राज्य का हिस्सा (रुपए लाख में)	केंद्र का हिस्सा (रुपए लाख में)	वित्तीय परिव्यय (रुपए लाख में)
1.	अल्पसंख्यक कल्याण विभाग (कुल - परिणामी बजट योजनाएं-5)	7200	3000	10200
2.	अनुसूचित जनजाति, अनुसूचित जाति और पिछड़ा वर्ग कल्याण विभाग (कुल - परिणामी बजट योजनाएं-24)	92293	96629	188922
कुल योग		**99493**	**99629**	**199122**

(11). स्कूली शिक्षा एवं साक्षरता विभाग

- बजट में स्कूली शिक्षा एवं साक्षरता विभाग को 12546 करोड़ रुपए का आवंटन किया गया है।

- चाईबासा, दुमका और बोकारो में नेतरहाट विद्यालय की तर्ज पर आवासीय विद्यालय निर्माण किया जायेगा।
- गुरुजी क्रेडिट कार्ड, मुख्यमंत्री शिक्षा प्रोत्साहन योजना एवं एकलव्य प्रशिक्षण योजना में 37000 बच्चों को लाभ देने का लक्ष्य रखा गया है। इनमें से एकलव्य प्रशिक्षण योजना में निःशुल्क कोचिंग दी जाएगी।
- सभी सरकारी विद्यालयों में बालिकाओं और बालकों के लिए अलग-अलग शौचालय बनाने का लक्ष्य है।
- कक्षा 1 से 5 तक के बच्चों को पहली बार बांग्ला और उड़िया भाषा में प्रारंभिक शिक्षा दी जाएगी। पहले मुंडारी, कुडुख, हो, खड़िया एवं संथाली भाषा में शिक्षा दी जाती थी।

क्र.स.	योजनाएं	राज्य का हिस्सा (रुपए लाख में)	केंद्र का हिस्सा (रुपए लाख में)	वित्तीय परिव्यय (रुपए लाख में)
1.	माध्यमिक शिक्षा विभाग (कुल - परिणामी बजट योजनाएं-(4)	46700	0	46700
2.	प्राथमिक शिक्षा विभाग (कुल - परिणामी बजट योजनाएं -13)	157699.7	177800.02	335499.71
कुल योग		**204399.7**	**177800.02**	**382199.71**

(12). नगर विकास एवं आवास विभाग

- अमृत 2.0 योजना अंतर्गत रामगढ़ शहरी जलापूर्ति योजना, सिमडेगा शहरी जलापूर्ति योजना तथा 45 तालाबों के जीर्णोद्धार का कार्य करने का प्रस्ताव है।
- एशियन विकास बैंक द्वारा संपोषित योजना के अंतर्गत वर्ष 2023-24 में झुमरीतिलैया शहरी जलापूर्ति योजना, मेदिनीनगर शहरी जलापूर्ति योजना एवं राँची इन्टेक वर्क्स का निर्माण कार्य प्रारम्भ किया जायेगा।
- विश्व बैंक द्वारा संपोषित झारखंड नगर विकास परियोजना (JMDP) अंतर्गत वर्ष 2023-24 में लोहरदगा, गुमला एवं कपाली नगर निकायों में शहरी जलापूर्ति योजनाओं का निर्माण कार्य प्रारम्भ करने का प्रस्ताव है।

क्र.स.	योजनाएं	राज्य का हिस्सा (रुपए लाख में)	केंद्र का हिस्सा (रुपए लाख में)	वित्तीय परिव्यय (रुपए लाख में)
1.	शहरी स्थानीय निकायों के लिए अनुदान	0	67400	67400
2.	शहरी परिवहन प्रणाली	12000	0	12000
3.	नागरिक सुविधाएं	18500	0	18500
4.	बाह्य सहायता प्राप्त परियोजनाएँ (EAP)	23000	0	23000
5.	नमामि गंगे सहित पर्यावरण एवं वन मंत्रालय, भारत सरकार-एनआरसीपी (NLCP सहित) और NGRBA द्वारा प्रायोजित योजनाएं	100	0	100
6.	राष्ट्रीय शहरी आजीविका मिशन (NULM)	2000	4800	6800
7.	स्वच्छ भारत मिशन (ठोस अपशिष्ट प्रबंधन सहित)	3200	3800	7000
8.	शहरी नवीनीकरण मिशन-अमृत	20000	35200	55200
9.	प्रधानमंत्री आवास योजना (PMAY)	16000	23000	39000
10.	जल आपूर्ति, ठोस अपशिष्ट प्रबंधन, सीवरेज और ड्रेनेज, सिविक इंफ्रास्ट्रक्चर हाउसिंग इत्यादि में शहरी परियोजनाएं	10000	0	10000
11.	भूमि अधिग्रहण, अवसंरचना विकास और क्षमता निर्माण के लिए आरडीए को अनुदान	1500	0	1500
12.	मुख्यमंत्री श्रमिक योजना के लिए अनुदान (कामगार के लिए शहरी रोजगार मंजूरी)	500	0	500
13.	प्रमुख शहरी परियोजनाएं और नागरिक संरचनाएं	38480	0	38480
14.	ग्रेटर रांची विकास एजेंसी लिमिटेड के लिए आधारभूत संरचना विकास	5000	0	5000
15.	ग्रेटर रांची डेवलपमेंट एजेंसी लिमिटेड के तहत आवासीय एवं अन्य स्ट्रक्चर का निर्माण	13500	0	13500
कुल - परिणामी बजट योजनाएं (15)		**163780**	**134200**	**297980**

(13). महिला, बाल विकास एवं सामाजिक सुरक्षा विभाग

- वर्ष 2023-24 में 800 नए आँगनबाड़ी भवनों का निर्माण करने का प्रस्ताव है। इसके लिए आगामी वित्तीय वर्ष में 100 करोड़ रुपये का बजट प्रस्तावित है।

- सभी आँगनबाड़ी केंद्रों को प्रति केंद्र 6,000 रुपये की दर से समेकित निधि उपलब्ध कराई जाएगी ताकि तुरंत आवश्यकताओं की पूर्ति की जा सके।
- आँगनबाड़ी सेविकाओं और सहायकों के चयन और मानदेय के नियम निर्धारित किए गए हैं और उनकी मासिक मानदेय में 3,100 से 4,800 रुपये की वृद्धि की गई है।
- 2023-24 के वर्ष से आँगनबाड़ी सेविकाओं के मासिक मानदेय में 500 रुपये तथा सहायिकाओं के मासिक मानदेय में 250 रुपये की वृद्धि की गई है।
- साथ ही, इन सभी के लिये 500 रुपये प्रतिवर्ष प्रीमियम का भुगतान राज्य सरकार द्वारा करते हुए उन्हें सामूहिक बीमा योजना से आच्छादित करने का प्रस्ताव है।
- सभी आँगनबाड़ी सेविकाओं को स्मार्टफोन उपलब्ध कराके उन्हें आधुनिक सूचना तंत्र से जोड़ने के उद्देश्य से एक योजना प्रस्तावित है।
- महिलाओं, बच्चों और सामाजिक सुरक्षा हेतु वर्ष 2023-24 में 7,171 करोड़ रुपये का बजट प्रस्तावित है, जो वित्तीय वर्ष 2019-20 की तुलना में 66 प्रतिशत अधिक है।
- इसके अतिरिक्त सर्वजन पेंशन योजना का उद्देश्य गरीब, जरूरतमंद लोगों तथा अंतिम पायदान पर खड़े व्यक्ति को आर्थिक सहायता पहुंचाना है। इस योजना के अंतर्गत लगभग 11 लाख नए लाभुकों को जोड़कर अब तक 21 लाख 8 हजार लाभुकों को शामिल किया गया है। वर्ष 2023-24 में राज्य के सर्वजन पेंशन योजनाओं के लिए 2,131 करोड़ रुपये का प्रस्ताव है।
- विधवा पुनर्विवाह को प्रोत्साहित करने हेतु प्रोत्साहन राशि, महिलाओं में स्वच्छता के प्रसार हेतु निःशुल्क सेनेटरी नैपकीन का वितरण, प्रसव पूर्व गर्भवती महिलाओं को पौष्टिक आहार उपलब्ध कराने एवं प्रसव उपरान्त मातृत्व केयर किट वितरण करने के उद्देश्य से महिला एवं किशोरी कल्याण योजना का प्रारंभ आदि व्यवस्था की जानी है। आंगनबाड़ी केंद्र में आने वाले बच्चों को पाठशाला पूर्व शिक्षा हेतु 'आंगनबाड़ी चलो अभियान योजना' की शुरुआत भी की जाएगी।
- इस योजना के अंतर्गत बच्चों को पोशाक और वर्क-बुक तथा सभी केन्द्रों में फर्नीचर आदि की व्यवस्था करने के लिए वर्ष 2023-24 में 190 करोड़ रुपये का बजट प्रस्तावित है।

क्र.स.	योजनाएं	राज्य का हिस्सा (रुपए लाख में)	केंद्र का हिस्सा (रुपए लाख में)	वित्तीय परिव्यय (रुपए लाख में)
1.	निःशक्तजनों के लिए योजनाएँ	0	2400	2400
2.	चिकित्सा किट	224	336	560
3.	आईसीडीएस की स्थापना टी (224 परियोजना + 20 DSWO कार्यालय)	15032.18	22548.26	37580.44
4.	मुख्यमंत्री कन्यादान योजना	3000	0	3000
5.	आंगनबाड़ी कार्यकर्ताओं/सहायिकाओं को अतिरिक्त मानदेय	36756	0	36756
6.	स्वामी विवेकानंद निशक्त स्वावलंबन प्रोत्साहन योजना	28820	0	28820
7.	प्री-स्कूल किट्स	461.18	691.78	1152.96
8.	AWW/AWH के लिए यूनिफॉर्म	297.25	445.88	743.13
9.	एकीकृत बाल संरक्षण योजना	2000	3000	5000
10.	गर्भवती, स्तनपान कराने वाली महिलाओं और बच्चों के लिए SNP	51400	39000	90400
11.	NSAP कार्यक्रम इंदिरा गांधी राष्ट्रीय पुराना आयु पेंशन योजना (60-79 वर्ष की आयु के पेंशनभोगियों के लिए)	91093.6	22773.4	113867
12.	राज्य सामाजिक सुरक्षा पेंशन योजना	158663	0	158663
13.	आदिम जनजातीय समूह के लिए पेंशन योजना	8087	0	8087
14.	NSAP कार्यक्रम इंदिरा गांधी राष्ट्रीय विधवा पेंशन योजना	22848	9792	32640
15.	NSAP कार्यक्रम इंदिरा गांधी राष्ट्रीय विकलांगता पेंशन योजना	2317	993	3310
16.	राष्ट्रीय परिवार लाभ योजना	0	2000	2000
17.	विकलांगों का कल्याण	500	0	500
18.	विद्यालयों/पुनर्वास केन्द्रों/छात्रावास/गृहों आदि का संचालन	700	0	700
19.	आंगनवाड़ी केन्द्रों का सुदृढ़ीकरण	7847.89	0	7847.89
20.	HIV/एड्स से प्रभावित व्यक्तियों के लिए राज्य पेंशन योजना	671	0	671
21.	राज्य विधवा सम्मान पेंशन योजना	46338	0	46338
22.	तेजस्विनी योजना	10000	0	10000

23.	NSAP कार्यक्रम इंदिरा गांधी राष्ट्रीय वृद्धावस्था पेंशन योजना (80 वर्ष और उससे अधिक आयु के पेंशनरों के लिए)	5054	5054	10108
24.	प्रधानमंत्री मातृ वंदना योजना	192.48	288.72	481.2
25.	ICDS के तहत AWCS का निर्माण / रखरखाव उन्नयन	1356	2034	3390
26.	पोषण अभियान योजना	3558	5338	8896
27.	कंबल और कपड़ा वितरण योजना	3000	0	3000
28.	आंगनबाड़ी केंद्र में जाने वाले बच्चों को यूनिफार्म की आपूर्ति के लिए योजना	4869	0	4869
29.	सावित्री बाई फुले किशोरी समृद्धि योजना	30000	0	30000
30.	PMMVY के तहत नकद राहत योजना	3680	0	3680
31.	AWC भवन निर्माण योजना (ABCS)	10000	0	10000
32.	महिला और किशोरी कल्याण योजना (MKKY)	7528	0	7528
33.	आंगनवाड़ी चलो अभियान योजना (ACHAY)	19000	0	19000
कुल - परिणामी बजट योजनाएं (33)		**575293.58**	**116695.04**	**691988.62**

उपरोक्त तालिका में मौजूद संक्षिप्त शब्द
कार्यालय जिला समाज कल्याण अधिकारी (DSWO)
राष्ट्रीय सामाजिक सहायता कार्यक्रम (NSAP)
आंगनवाड़ी कार्यकर्ता (AWW)
आंगनवाड़ी सहायिका (AWH)
आंगनवाड़ी केंद्र (AWC)
AWC भवन निर्माण योजना (ABCS)
प्रधानमंत्री मातृ वंदना योजना (PMMVY)

बजट से संबंधित कुछ अन्य प्रमुख क्षेत्र

पर्यटन, कला संस्कृति, खेलकूद और युवा कार्य

- नेतरहाट को पर्यटक स्थल के रूप में विकसित करने के लिए नेतरहाट पर्यटन विकास प्राधिकरण की स्थापना की जाएगी।
- इसके साथ ही राज्य में खेलकूद को बढ़ावा देने के लिए ग्रास रूट ट्रेनिंग सेंटर और सिद्धो कान्हू युवा खेल क्लब की स्थापना की जाएगी।
- वित्त वर्ष 2023-24 के लिए पर्यटन विभाग के लिए 349.20 करोड़ रुपये का बजट प्रस्तावित है।

सूचना, प्रौद्योगिकी एवं ई-गवर्नेस

- वर्ष 2023-24 में ब्लॉकचेन इन्फ्रास्ट्रक्चर के माध्यम से ई-गर्वेनेंस सर्विस को अत्याधुनिक पारदर्शी, सुरक्षित एवं विश्वसनीय डिजिटल प्लेटफार्म बनाने का प्रस्ताव है।
- वर्ष 2023-24 में राज्य सरकार द्वारा RTI पोर्टल विकसित किया जायेगा। इस पोर्टल के माध्यम से RTI आवेदन/प्रथम अपीलीय आवेदन प्राप्त किये जायेंगे एवं उसके शुल्क का भुगतान इंटरनेट बैंकिंग के माध्यम से किया जा सकेगा।
- वर्ष 2023-24 में स्टेट डाटा रिकवरी सेंटर के निर्माण का प्रस्ताव है।
- सूचना एवं प्रौद्योगिकी विभाग के लिए वर्ष 2023-24 में 304.36 करोड़ रुपये का बजट प्रस्तावित है।

सूचना एवं जनसम्पर्क

- झारखंड राज्य के पत्रकारों को सामाजिक सुरक्षा प्रदान करने के उद्देश्य से पत्रकार सम्मान सुरक्षा योजना लागू की गई है।
- जनता एवं सरकार के साथ द्विपक्षीय वार्ता हेतु नवीनतम तकनीक के माध्यम से रिमोट कॉन्क्रेसिंग एवं मॉनेटरिंग सिस्टम 'एक पहल' प्रारम्भ करने की योजना है, जिसके द्वारा माननीय मुख्यमंत्री, मंत्रियों एवं पदाधिकारियों द्वारा लाईव वीडियो कॉन्फ्रेसिंग के माध्यम से संवाद स्थापित किया जायेगा।
- सरकार और आम जनता के मध्य दो तरफा संवाद के महत्व में सूचना एवं जनसम्पर्क विभाग की भूमिका को और प्रभावी बनाने के उद्देश्य से सरकार ने वर्ष 2023-24 में 215.66 करोड़ रुपये का बजट प्रस्तावित है।

गृह, कारा एवं आपदा प्रबंधन

- 2023-24 वर्ष में, गृह, कारा और आपदा प्रबंधन विभाग के लिए 9,158.25 करोड़ रुपये का बजट प्रस्तावित किया गया है।
- राज्य के सभी जिलों में अवस्थित पुलिस लाईन का चरणबद्ध सुदृढ़ीकरण किये जाने की योजना है। इसके तहत पुलिस प्रशिक्षण केन्द्र, मुसाबनी, जामताड़ा एवं पाकुड़ पुलिस लाईन में क्वार्टर निर्माण, गोड्डा पुलिस लाईन में रिजर्व ऑफिस, क्वार्टर, परेड ग्राउण्ड आदि के निर्माण का प्रस्ताव है।
- राज्य के काराओं में व्याप्त ओवरक्राउडिंग की समस्या को दूर करने के उद्देश्य से नये कारा का निर्माण तथा चक्रधरपुर और चाण्डिल में उप कारा का निर्माण प्रस्तावित है।
- माननीय न्यायालय में राज्य काराओं के बंदियों के उपस्थापन/विचारण हेतु विभिन्न काराओं/संबंधित व्यवहार न्यायालयों में वीडियो कॉन्फ्रेंसिंग सिस्टम का अधिष्ठापन कराया जाना प्रस्तावित है।

योजना और विकास विभाग

- वर्ष 2023-24 में योजना एवं विकास विभाग के लिए 341.69 करोड़ रुपये का बजट प्रस्तावित है।

- वर्ष 2023-24 के बजट में झारखण्ड सरकार के 13 विभागों की कुल 238 राज्य एवं केन्द्रीय योजनायें सन्निहित हैं।
- विकास के लिए योजनाओं का अवधारण और सूत्रण के साथ-साथ विभिन्न प्रक्षेत्रों में क्रिटिकल गैप पूरा करने में योजना एवं विकास विभाग की भूमिका अत्यंत महत्वपूर्ण है।

उद्योग

- राज्य में उद्योगों के विकास और विस्तार विशेषकर मध्यम, लघु और सूक्ष्म उद्योगों को प्रधानता देते हुए वर्ष 2023-24 में उद्योग विभाग के लिए 474.50 करोड़ रुपये का बजट प्रस्तावित है।
- वर्ष 2023-24 में MSME क्षेत्र के माध्यम से बड़े पैमाने पर रोजगार के अवसर प्रदान करने, ग्रामीण क्षेत्रों के औद्योगिकीकरण और क्षेत्रीय असंतुलन को कम करने के लिए एक प्रतिबद्ध MSME (सूक्ष्म, लघु और मध्यम उद्यम) निदेशालय स्थापित करने का प्रस्ताव है।
- साथ ही, MSME को विशेष रुप से प्रोत्साहन प्रदान करने और उनकी जरुरतों को पूरा करने के लिए नई MSME पॉलिसी लागू करने का भी प्रस्ताव है।

ऊर्जा

- राज्य में गुणवत्तापूर्ण निर्बाध बिजली आपूर्ति करना सरकार का लक्ष्य है।
- 100 यूनिट मुफ्त बिजली योजना के अंतर्गत, राज्य के सभी घरेलू और शहरी उपभोक्ताओं को अगस्त 2022 से 100 यूनिट मुफ्त बिजली का लाभ प्रदान किया जा रहा है। इस योजना से लगभग 18 लाख उपभोक्ताओं को लाभ मिल रहा है।
- वर्ष 2023-24 में इस योजना को जारी रखने के लिए, बिजली उपभोक्ताओं को सब्सिडी देने के लिए 2,300 करोड़ रुपये का बजट प्रस्तावित किया गया है।
- केन्द्र सरकार की योजना संशोधित वितरण क्षेत्र योजना (RDSS) के तहत राज्य सरकार की ऊर्जा हानि को कम करने एवं वितरण व्यवस्था सुदृढ़ करने के लिए पुराने केबल को एबी केबल से बदलने, नये विद्युत उपकेन्द्र बनाने, पुराने ट्रांसफार्मर को बदलने और नया लगाने के साथ-साथ लगभग 13 लाख उपभोक्ताओं को स्मार्ट प्रीपेड मीटर युक्त करने की योजना प्रस्तावित है।
- गैर पारम्परिक ऊर्जा के क्षेत्र में भी राज्य सरकार ने सोलर पॉलिसी लागू की है।
- इसके तहत फ्लोटिंग सोलर प्लांट अधिष्ठापन हेतु गेतलसुद में पूर्व से स्वीकृत योजना के अतिरिक्त चाण्डिल में भी PPP मोड में प्लांट स्थापना का प्रस्ताव है।
- वर्ष 2023-24 में तेनुघाट विद्युत निगम लिमिटेड (TVNL) का क्षमता विस्तार एवं सामर्थ्य संवर्धन का प्रस्ताव है।
- साथ ही, तेनुघाट विद्युत निगम लिमिटेड को आवंटित कोल ब्लॉक राजबार माईन्स को प्रारम्भ किया जायेगा।
- **वर्ष 2023-24 में विद्युत हेतु 7,769.10 करोड़ रुपये का बजट प्रस्तावित** है।

नागर विमानन

- 2023-24 के वर्ष में, दुमका और बोकारो में स्थित हवाई अड्डों से उड़ान शुरू करने का प्रस्ताव रखा गया है।
- साहेबगंज जिला में हवाई अड्डे के निर्माण हेतु चिन्हित भूमि का तकनीकी व्यवहार्यता सर्वेक्षण कार्य शुरू कराया जा चुका है।
- भूमि अधिग्रहण तथा हवाई अड्डे के निर्माण के लिए भारतीय विमानपत्तन प्राधिकरण के साथ MoU करने का प्रस्ताव आगामी वित्तीय वर्ष में रखा गया है।
- दुमका में राज्य सरकार द्वारा मल्टी इंजन रेटिंग के साथ कमर्शियल पायलट लाइसेंस स्तर के प्रशिक्षण केन्द्र हेतु नागरिक उड्डयन महानिदेशालय (DGCA) से अनुमोदन प्राप्त करने की कार्रवाई प्रक्रियाधीन है।
- इस योजना के अंतर्गत 30 प्रशिक्षुओं को वाणिज्यिक पायलट लाइसेंस प्रशिक्षण दिया जाएगा।
- वर्ष 2023-24 से, जनता के लिए सस्ती दर पर एयर एम्बुलेंस सेवा की शुरुआत की जाएगी।
- राज्य में घरेलू उड़ान के विस्तार और पायलट प्रशिक्षण जैसे कार्यक्रमों के **क्रियान्वयन के लिए वर्ष 2023-24 में 354.40 करोड़ रुपये का बजट प्रस्तावित** है।

पथ परियोजनाएं

- 2023-24 के वर्ष में निम्नलिखित पथ परियोजनाओं का शुभारंभ किया जाना प्रस्तावित है:
  1. साहेबगंज-बरहेट-जामताड़ा-दुमका-गोविन्दपुर ए०डी०बी० पथ का फोरलेन में उन्नयन।
  2. कोडरमा-जमुआ-गिरिडीह-टुण्डी-गोविन्दपुर (SH-13) पथ का फोरलेन में उन्नयन।
  3. सतसंग-भिरखीबाद पथ का फोरलेन में उन्नयन।
- वर्ष 2023-24 में बाह्य सम्पोषित परियोजना के अन्तर्गत लगभग 400 किमी पथ निर्माण प्रस्तावित है।
- **वर्ष 2023-24 में पथ निर्माण विभाग के लिए 5,856.79 करोड़ रुपये का बजट प्रस्तावित** है।

श्रम, नियोजन, प्रशिक्षण एवं कौशल विकास

- वर्ष 2023-24 में, ITI संस्थानों के मूल संरचना को सुदृढ़ करने, पाठ्यक्रम को अपग्रेड करने और नवीन और आधुनिक तकनीक का उपयोग करके उत्कृष्ट शिक्षण व्यवस्था प्रदान करने का प्रस्ताव है।
- वर्ष 2023-24 में, मुख्यमंत्री सारथी योजना के तहत, राज्य के 1 लाख 40 हजार युवक-युवतियों को कौशल प्रशिक्षण दिया जाना है। प्रशिक्षण के बाद, जब रोजगार नहीं मिलेगा, तो पुरुषों को 6 महीने तक प्रतिमाह 1000 रुपए और महिलाओं और दिव्यांगों को **6 महीने तक प्रतिमाह 1500 रुपए** दिए जाएंगे।
- वर्ष 2023-24 में, श्रम, नियोजन और प्रशिक्षण विभाग के बजट को 67 प्रतिशत बढ़ाकर, **985.85 करोड़ रुपए करना** प्रस्तावित है।

झारखंड विविध

झारखंड में प्रथम

प्रथम महिला		
क्रम संख्या	**महिला का नाम**	**रिकॉर्ड / उपलब्धि**
1.	द्रौपदी मुर्मू	झारखंड की पहली महिला राज्यपाल एवं भारत देश की पहली आदिवासी महिला राष्ट्रपति
2.	ज्ञान सुधा मिश्रा	झारखंड उच्च न्यायालय के प्रथम मुख्य न्यायाधीश
3.	दीपिका कुमारी	तीरंदाजी में ओलंपिक पदक जीतने वाली झारखंड की पहली महिला बनीं
4.	प्रेमलता अग्रवाल	माउंट एवरेस्ट फतह करने वाली झारखंड की पहली महिला
5.	निक्की प्रधान	झारखंड की पहली महिला हॉकी खिलाड़ी जिन्होंने ओलंपिक में भारत का प्रतिनिधित्व किया
6.	बिनीता सोरेन	दुनिया की सबसे ऊंची पर्वत चोटी माउंट एवरेस्ट पर चढ़ने वाली पहली आदिवासी महिला एवं एवरेस्ट पर तिरंगा फहराने वाली झारखंड राज्य की प्रथम आदिवासी महिला
7.	लक्ष्मी लकरा	इंजन चालक के रूप में भारत में उत्तर रेलवे में शामिल होने वाली झारखंड की पहली महिला
8.	जोबा माँझी	झारखंड सरकार में प्रथम महिला मंत्री
9.	लक्ष्मी सिंह	झारखंड राज्य की राज्य महिला आयोग की प्रथम अध्यक्ष
10.	सावित्री पुर्त्ती	झारखंड राज्य की प्रथम अंतर्राष्ट्रीय आदिवासी हॉकी महिला खिलाड़ी
11.	विजय नीलमणि खलखो	झारखंड राज्य की प्रथम अंतर्राष्ट्रीय महिला एथलीट
12.	रमा खलखो	रांची की प्रथम महिला मेयर
13.	निमीशा त्रिपाठी	आस्ट्रेलियन इंडीवर फेलोशिप पुरस्कार द्वारा सम्मानित किए जाने वाली झारखंड की प्रथम महिला वैज्ञानिक
14.	रेव्ह चोन्हेन मिंज	पेरसि प्रीस्ट पद पर नियुक्त होने वाली झारखंड की प्रथम महिला पादरी
15.	सीमा सिन्हा	झारखंड राज्य के फ़ास्ट ट्रैक कोर्ट की प्रथम महिला न्यायाधीश
16.	जमुना टुडू	झारखंड राज्य की पहली महिला पर्यावरणविद्
17.	कोमलिका बारी	वह टाटा तीरंदाजी अकादमी में विश्व खिताब जीतने वाली झारखंड की पहली खिलाड़ी हैं
18.	श्रीमती मृदुला सिन्हा	झारखंड राज्य की प्रथम महिला जो झारखंड कर्मचारी चयन आयोग की अध्यक्ष बनी

प्रथम पुरुष		
क्रम संख्या	**पुरुष का नाम**	**रिकॉर्ड / उपलब्धि**
1.	महेंद्र सिंह धोनी	महेंद्र सिंह धोनी(झारखंड राज्य से प्रथम अंतरराष्ट्रीय क्रिकेट कप्तान) के नेतृत्व में, भारत ने 2011 एक दिवसीय अंतरराष्ट्रीय विश्व कप जीता
2.	जयपाल सिंह मुंडा	एम्स्टर्डम में आयोजित 1928 के ग्रीष्मकालीन ओलंपिक में जयपाल सिंह मुंडा(झारखंड राज्य से प्रथम अंतरराष्ट्रीय हॉकी कप्तान) ने भारतीय फील्ड हॉकी टीम का नेतृत्व करते हुए स्वर्ण पदक जीता
3.	प्रभात कुमार	झारखंड राज्य के प्रथम राज्यपाल (गवर्नर)
4.	विनोद चंद्र पाण्डेय	झारखंड राज्य के प्रथम कार्यवाहक राज्यपाल
5.	विनोद कुमार गुप्ता	झारखंड राज्य के उच्च न्यायालय के पहले मुख्य न्यायाधीश
6.	बाबूलाल मरांडी	झारखंड राज्य के मुख्य मंत्री
7.	मधु कोड़ा	झारखंड राज्य के निर्दलीय मुख्य मंत्री

8.	इंदर सिंह नामधारी	झारखंड राज्य के पहले विधानसभा अध्यक्ष
9.	बागुन सुम्ब्रई	झारखंड राज्य के पहले विधानसभा उपाध्यक्ष
10.	जोसेफ पेचेल गालस्टीन (एंग्लो-इण्डियन)	झारखंड राज्य के पहले मनोनीत विधानसभा सदस्य
11.	विशेश्वर खाँ	झारखंड राज्य के पहले प्रोटेम स्पीकर
12.	जयपाल सिंह	झारखंड राज्य के निर्माण हेतु प्रथम प्रयास (1939 ईस्वी में)
13.	मंगलमय बनर्जी	झारखंड राज्य के पहले महाधिवक्ता
14.	विजय शंकर दुबे	झारखंड राज्य के प्रथम मुख्य सचिव
15.	शिवाजी महान कैरे	झारखंड राज्य के प्रथम पुलिस महानिदेशक
16.	न्यायमूर्ति लक्ष्मण उराँव	झारखंड राज्य के प्रथम लोकायुक्त
17.	दीप सेनगुप्ता	झारखंड के प्रथम शतरंज खिलाड़ी जो कि विश्व विजेता बन गए
18.	बुद्धा भगत	प्रथम क्रांतिकारी जिन्हें पकड़ने हेतु अंग्रेजों ने (₹1000) इनाम की घोषणा की थी (कोल विद्रोह से सम्बंधित)
19.	आशीष सिंह	झारखंड राज्य का पहला परखनली (टेस्ट ट्यूब) शिशु (बेबी)
20.	सुधेन्द्रु नारायण सिंह	झारखंड राज्य के नागरिक द्वारा विदेश में छऊ नृत्य का पहला प्रदर्शन किया (1938 ईस्वी में)
21.	रणधीर वर्मा	झारखंड राज्य के पहले अशोक चक्र प्राप्तकर्ता
22.	अल्बर्ट एक्का	झारखंड राज्य के प्रथम परमवीर चक्र प्राप्तकर्ता
23.	जुएल लकड़ा	पद्मश्री सम्मान पाने वाले झारखंड के प्रथम आदिवासी
24.	फटिक चंद्र हेम्ब्रम	झारखंड लोक सेवा आयोग के प्रथम अध्यक्ष
25.	न्यायमूर्ति एम. वाई. इकबाल	सुप्रीम कोर्ट में नियुक्त होने वाले झारखंड राज्य के पहले निवासी
26.	श्री विष्णुदेव नारायण सिंह	झारखंड राज्य में राँची विश्वविद्यालय के पहले कुलपति
27.	स्टीफ़न मरांडी	झारखंड राज्य में प्रथम विपक्ष के नेता
28.	कैप्टेन विल्किंसन	झारखंड राज्य के प्रथम नागरिक प्रशासक

अन्य तथ्य जो झारखंड में प्रथम स्थान पर है:		
क्रम संख्या	**तथ्य का नाम**	**तथ्य से जुडी व्याख्या**
1.	ऐतरेय ब्राह्मण में पुण्ड्र नाम से	झारखंड राज्य के प्रथम साहित्यक उल्लेख
2	ढाल विद्रोह (1767 - 77 ईस्वी)	झारखंड राज्य प्रथम जनजातीय आंदोलन
3.	कोल विद्रोह (1831 - 32 ईस्वी)	झारखंड राज्य में प्रथम सुसंगठित जनजातीय विद्रोह
4.	रोहिणी गाँव में घुड़सवार सैनिको द्वारा (12 जून, 1857 ईस्वी को)	1857 की क्रांति में झारखंड राज्य में प्रथम आंदोलन
5.	घरबंधु	झारखंड राज्य की प्रथम हिंदी मासिक प्रत्रिका
6.	राष्ट्रीय भाषा	झारखंड राज्य का प्रथम हिंदी दैनिक समाचार पत्र
7.	डेली प्रेस	झारखंड राज्य का प्रथम अंग्रेजी दैनिक समाचार पत्र
8.	आर्यव्रत	झारखंड राज्य की प्रथम हिंदी साप्ताहिक समाचार पत्रिका
9.	आक्रांत	झारखंड राज्य की प्रथम फ़िल्म
10.	मुख्य ब्रहा	झारखंड राज्य की प्रथम संथाली फिल्म
11.	सोनाकर नागपुर	झारखंड राज्य की प्रथम नागपुरी फिल्म
12.	राँची विश्वविद्यालय	झारखंड राज्य का प्रथम विश्वविद्यालय
13.	बिसरा कृषि विश्वविद्यालय	झारखंड राज्य का प्रथम कृषि विश्वविद्यालय
14.	संत कोलम्बा महाविद्यालय, हजारीबाग	झारखंड राज्य का पहला महाविद्यालय

15.	राजेंद्र चिकित्सा महाविद्यालय	झारखंड राज्य का प्रथम चिकित्सा महाविद्यालय
16.	राजकीय आयुर्वेद महाविद्यालय, लोहरदगा	झारखंड राज्य का प्रथम आयुर्वेद महाविद्यालय
17.	घाटशिला	झारखंड राज्य का प्रथम तांबा कारखाना
18.	कलकत्ता से राजमहल	झारखंड राज्य का प्रथम रेल मार्ग
19.	लिलैया	झारखंड राज्य का प्रथम बिजली घर
20.	जमशेदपुर से हावड़ा तक	झारखंड राज्य खनन करके निर्मित प्रथम रेलमार्ग
21.	जपला सीमेंट उद्योग	झारखंड राज्य का प्रथम सीमेंट उद्योग
22.	राँची नगरपालिका	झारखंड राज्य की प्रथम नगरपालिका झारखंड राज्य (1869)
23.	राँची नगर निगम	झारखंड राज्य का प्रथम नगर निगम (1979)
24.	झरिया (धनबाद)	झारखंड राज्य का प्रथम कोयला खनन
25.	एग्रीकल्चर सेंटर ऑफ़ एक्सीलेंस, राँची	झारखंड राज्य का पहला एग्रीकल्चर सेंटर ऑफ़ एक्सीलेंस
26.	दूरदर्शन केंद्र, राँची	झारखंड राज्य का प्रथम दूरदर्शन केंद्र
27.	बिसरा मुंडा हवाई अड्डा	झारखंड राज्य का प्रथम हवाई अड्डा
28.	राँची	सबसे प्रथम जनजातीय आबादी वाला जिला
29.	जपला	झारखंड राज्य में प्रथम सीमेंट उद्योग की स्थापना

प्रमुख पुरस्कार

पद्म भूषण

क्रम संख्या	पद्म भूषण प्राप्तकर्ता	विषय	वर्ष
1.	श्री रूस्तमजी होमसजी मोदी	व्यापार और उद्योग	1989
2.	एस. के.बन्दोपाध्याय	चिकित्सा	2010
3.	श्री महेन्द्र सिंह धोनी	खेल	2018
4.	श्री करिया मुंडा	सार्वजनिक मामलों	2019

पद्म श्री

क्रम संख्या	पद्म श्री प्राप्तकर्ता	विषय	वर्ष
1.	श्री बहादुर सिंह	खेल	1983
2.	डॉ. परसुराम मिश्रा	विज्ञान और इंजीनियरिंग	2000
3.	गुरू केदार नाथ साहू	कला	2005
4.	पंडित गुरू श्यामाचरण पति	कला	2006
5.	श्री मंगला प्रसाद मोहंती	कला	2008
6.	श्री महेन्द्र सिंह धोनी	खेल	2009
7.	डॉ राम दयाल मुंडा	कला	2010
8.	श्री मकरध्वज दरोगा	कला	2011
9.	पंडित श्री गोपाल प्रसाद दुबे	कला	2012
10.	श्रीमती प्रेमलता अग्रवाल	खेल	2013
11.	श्री अशोक भगत	सामाजिक कार्य	2015
12.	श्रीमती दीपिका कुमारी	खेल	2016
13.	श्री सीमोन ओरॉन	पर्यावरण और सामाजिक कार्य	2016
14.	श्री बालबीर दत्त	साहित्य और शिक्षा	2017
15.	श्री मुकुद नायक	कला	2017
16.	दिगंबर हाँसदा	साहित्य और शिक्षा	2018
17.	श्री बुलु इमाम	सामाजिक कार्य	2019
18.	श्रीमती जमुना टुडू	सामाजिक कार्य	2019
19.	मधु मंसूरी	नागपुरी गीत	2020
20.	गुरू शशधर आचार्य	छऊ नृत्य	2020
21.	चुटनी देवी	समाज सेविका	2021
22.	श्री गिरधारी राम घोंजू (मरणोपरांत)	साहित्य और शिक्षा	2022
23.	डॉ. जनम सिंह सोय	साहित्य और शिक्षा	2023

झारखंड राज्य को प्राप्त प्रमुख पुरस्कार

संगीत नाटक अकादमी पुरस्कार, 2019

- 6 फरवरी, 2019 को, प्रसिद्ध लोक कलाकार मुकुंद नायक को प्रतिष्ठित संगीत नाटक अकादमी पुरस्कार से सम्मानित किया गया।
- पुरस्कार समारोह राष्ट्रपति राम नाथ कोविंद की उपस्थिति में आयोजित किया गया, जिन्होंने नायक को लोक कला के क्षेत्र में उनके असाधारण

योगदान के लिए पुरस्कार प्रदान किया।

नागार्जुन अवार्ड

- बिहार सरकार ने हाल ही में हिंदी सेवा सम्मान एवं पुरस्कार योजना के तहत रांची निवासी सादित्यकर सत्यनारायण को नागार्जुन पुरस्कार से सम्मानित किया।
- यह प्रतिष्ठित पुरस्कार हिंदी भाषा और साहित्य के क्षेत्र में सत्यनारायण के असाधारण योगदान की मान्यता के रूप में कार्य करता है।

सूर्यदत्ता स्त्री शक्ति राष्ट्रीय पुरस्कार, 2021

- झारखंड की सिस्टर लूसी उन आठ महिलाओं में शामिल हैं, जिन्हें सूर्यदत्ता ग्रुप ऑफ इंस्टीट्यूट्स, पुणे द्वारा पुरस्कार प्रदान किया गया।
- 'माहेर मां का घर' अनाथ होम्स की संस्थापक सिस्टर लुसी कुरियन को उनके परोपकारी कार्यों के माध्यम से समाज में उनके असाधारण योगदान के लिए सम्मानित किया गया।

डायना अवॉर्ड

- गिरिडीह की रहने वाली चंपा कुमारी को उनके गांव में बाल हिंसा से निपटने के उनके प्रयासों के सम्मान में प्रतिष्ठित डायना पुरस्कार के लिए चुना गया है।
- यह सम्मानित पुरस्कार, जो यूके द्वारा प्रदान किया जाता है, कुमारी के उल्लेखनीय साहस और उनके समुदाय पर सकारात्मक प्रभाव डालने के प्रति समर्पण के लिए एक अच्छे सन्देश के रूप में है।

युवा आदर्श विधायक पुरस्कार, 2019

- अमित मंडल को वर्ष 2019 के लिए भारतीय संसद के सर्वश्रेष्ठ युवा मॉडल विधायक पुरस्कार के प्राप्तकर्ता के रूप में मान्यता दी गई थी।
- यह प्रतिष्ठित पुरस्कार एक युवा विधायक के रूप में उनके असाधारण कौशल और योगदान को स्वीकार करता है।

उत्कृष्ट विधायक पुरस्कार, 2018

- उत्कृष्ट विधायक पुरस्कार पोटका विधानसभा क्षेत्र के भाज़पा विधायक श्रीमती मेनका सरदार जी को प्रदान किया गया था।
- 2017 में यह पुरस्कार श्रीमती विमला प्रधान को दिया गया था।

बाल साहित्य पुरस्कार, 2021

- वर्ष 2021 के लिए साहित्य अकादमी का बाल साहित्य पुरस्कार शोभा हांसदा को उनके कविता संग्रह 'हाली मोन' के लिए प्रदान किया गया।

कीर्ति चक्र, 2017

- जामताड़ा के स्वर्गीय प्रमोद कुमार को उनकी वीरता और विशिष्ट सेवाओं के लिए भारत के राष्ट्रपति द्वारा 2017 के लिए कीर्ति चक्र पुरस्कार से सम्मानित किया गया।

स्पेशल लीडरशिप अवॉर्ड, 2016

- 4 अक्टूबर, 2016 को 'ई-झारखंड शिखर सम्मेलन' ने रघुबर दास को विशेष नेतृत्व पुरस्कार प्रदान किया, जो उस समय झारखंड राज्य के मुख्यमंत्री थे।

मुख्यमंत्री पदक, 2016

- वर्ष 2016 के लिए झारखंड मुख्यमंत्री वीरता पुरस्कार मोहम्मद अर्शी (एसपी ग्रामीण जमशेदपुर) और कांस्टेबल सुबोध कुमार को उनकी बहादुरी के लिए प्रदान किया गया।
- उन्हें उनके असाधारण साहस और ड्यूटी के दौरान उत्कृष्ट प्रदर्शन के लिए सम्मानित किया गया।

शौर्य चक्र, 2015

- रांची के स्वर्गीय लेफ्टिनेंट कर्नल संकल्प शुक्ला को युद्ध में उनकी बहादुरी के लिए 2015 के शौर्य चक्र से सम्मानित किया गया था।
- उन्होंने 5 दिसंबर 2014 को जम्मू-कश्मीर के उरी सेक्टर में छह पाकिस्तानी आतंकवादियों को सफलतापूर्वक मार गिराया था।

राष्ट्रपति पुरस्कार, 2016

- झरिया की रोशनी मुखर्जी को राष्ट्रपति पुरस्कार से सम्मानित किया गया।
- यह पुरस्कार उन्हें तत्कालीन राष्ट्रपति प्रणब मुखर्जी द्वारा 22 जनवरी, 2016 को नई दिल्ली में राष्ट्रपति भवन सांस्कृतिक केंद्र के सेरेमोनियल हॉल में प्रदान किया गया था।

फेम इंडिया श्रेष्ठ सांसद पुरस्कार, 2018

- झारखंड के गोड्डा से लोकसभा सदस्य निशिकांत दुबे को 2018 में सक्रिय सांसद पुरस्कार से सम्मानित किया गया था।
- यह सम्मान उनके परिश्रमी कार्य और उनके संसदीय कर्तव्यों के प्रति समर्पण की सराहना के लिए दिया गया।

लॉरियस पुरस्कार

- लॉरियस स्पोर्ट्स गुड अवार्ड एक अत्यधिक सम्मानित प्रशंसा है जो फ्रांस से उत्पन्न होती है।
- रांची जिले के ओरमानी के उटुप गांव के युवा स्वयंसेवक संस्था की फुटबॉल टीम को यह भेंट दी गई।

तेनजिंग नार्गे अवॉर्ड

- जमशेदपुर की रहने वाली 51 वर्षीय पर्वतारोही प्रेमलता अग्रवाल को एडवेंचर के क्षेत्र में उनकी उल्लेखनीय उपलब्धियों के लिए प्रतिष्ठित तेनजिंग नोर्गे अवार्ड से सम्मानित किया गया है।

कृषि कर्मण पुरस्कार, 2020

- भारत सरकार ने झारखंड को उसके सराहनीय चावल उत्पादन के लिए पुरस्कार से सम्मानित किया।
- यह सम्मान जनवरी 2020 में बेंगलुरु में आयोजित एक समारोह में प्रदान किया गया था।
- गौरतलब है कि झारखंड को इससे पहले 2018 में भी यह पुरस्कार मिला था।

युवा साहित्य अकादमी पुरस्कार, 2019

- अनुज लुगुन को उनकी मार्मिक कविता "बाग और सुगना मुंडा की बेटी" के लिए युक्त साहित्य अकादमी पुरस्कार से सम्मानित किया गया।

एल्युमनी अवार्ड, 2019

- 18 अक्टूबर, 2019 को, विकास भारती विष्णुर के सचिव डॉ. अशोक भगत को उपराष्ट्रपति वेंकैया नायडू द्वारा सामाजिक कार्य के लिए पूर्व छात्र पुरस्कार से सम्मानित किया गया।

स्वच्छ सुंदर शौचालय पुरस्कार, 2019

- जून 2019 में, केंद्रीय जल मंत्रालय ने स्वच्छ सुंदर शौचालय पुरस्कार श्रेणी में झारखंड को शीर्ष स्थान की प्राप्ती हुई।
- इस पुरस्कार श्रेणी में देश के सभी जिलों में झारखंड राज्य के गिरिडीह ने प्रथम स्थान प्राप्त किया।

स्वच्छ सर्वेक्षण 2022

- 30 सितंबर, 2022 को नई दिल्ली के तालकटोरा स्टेडियम में आयोजित एक समारोह में झारखंड को 100 शहरी निकायों वाले राज्यों के बीच स्वच्छ सर्वेक्षण 2022 में दूसरे स्थान से सम्मानित किया गया।
- यह पुरस्कार केंद्रीय आवास और शहरी मामलों के मंत्री हरदीप सिंह पुर ने राष्ट्रपति द्रौपदी मुर्मू की उपस्थिति में प्रदान किया।

विश्व स्वास्थ्य संगठन (वर्ल्ड हेल्थ आर्गेनाइजेशन) द्वारा पुरस्कार

- हर साल 31 मई को विश्व स्वास्थ्य संगठन द्वारा विश्व तंबाकू निषेध दिवस मनाया जाता है।
- भारत के एक पूर्वी राज्य झारखंड को 2022 के लिए विश्व तंबाकू निषेध दिवस पुरस्कार प्राप्त करने के लिए चुना गया था।
- झारखंड में स्वास्थ्य विभाग के राज्य तंबाकू नियंत्रण कक्ष को विश्व तंबाकू निषेध दिवस के अवसर पर यह पुरस्कार प्राप्त हुआ था।

सर्वाधिक बड़ा, छोटा, लंबा, ऊँचा (भारत, एशिया तथा विश्व में झारखंड की स्थिति सहित)

झारखंड राज्य की सामान्य जानकारी		
1.	राज्य का आधिकारिक नाम स्थापना के बाद	झारखंड
2.	झारखंड राज्य की स्थापना	15 नवंबर, 2000
3.	झारखंड राज्य का स्थापना दिवस	15 नवंबर
4.	झारखंड राज्य की राजधानी	राँची
5.	झारखंड राज्य हाईकोर्ट (उच्च न्यायालय) है	राँची
6.	झारखंड राज्य की प्रथम भाषा	हिंदी
7.	झारखंड राज्य की दूसरी भाषा	उर्दू
8.	झारखंड राज्य की अन्य भाषाएँ	संथाली, बंगला, मुंडारी, कुडुख, हो, नागपुरिया, खोरठा एवं पंचपरगनिया
9.	झारखंड राज्य की उपराजधानी	दुमका
10.	झारखंड राज्य का राजकीय पशु	हाथी
11.	झारखंड राज्य का राजकीय वृक्ष	साल
12.	झारखंड राज्य का राजकीय फूल	प्लाश

सामान्य भौगोलिक तथ्य		
1.	झारखंड राज्य की भौगोलिक स्थिति	भारत का उत्तर-पूर्वी भाग
2.	झारखंड राज्य का ज्यामितीय आकार	चतुष्कोष
3.	भारत के कुल भौगोलिक क्षेत्र में झारखंड राज्य का हिस्सा (प्रतिशत में)	2.42 प्रतिशत
4.	झारखंड राज्य की लंबाई (उत्तर से दक्षिण)	380 किमी
5.	झारखंड राज्य की चौड़ाई (पूर्व से पश्चिम)	463 किमी
6.	झारखंड राज्य में जिलों की संख्या	24
7.	झारखंड राज्य से जुड़े राज्यों की संख्या	05
8.	झारखंड राज्य से जुड़े राज्यों के नाम	बिहार, ओडिशा, पश्चिम बंगाल, छत्तीसगढ़, उत्तर प्रदेश
9.	झारखंड राज्य के वह जिले जो बिहार से जुड़े हुए है	10 (साहिबगंज, गोड्डा, गढ़वा, देवघर, गिरिडीह, कोडरमा, हजारीबाग, चतरा, पलामू, दुमका)
10.	झारखंड राज्य के वह जिले जो उत्तर प्रदेश से जुड़े हुए है	1 (गढ़वा)
11.	झारखंड राज्य के वह जिले जो छत्तीसगढ़ से जुड़े हुए है	4 (गढ़वा, लातेहार, गुमला, सिमडेगा)
12.	झारखंड राज्य के वह जिले जो ओडिशा से जुड़े हुए है	4 (सिमडेगा, पश्चिमी सिंहभूम, सरायकेला-खरसावां, पूर्वी सिंहभूम)
13.	झारखंड राज्य के वह जिले जो पश्चिमी बंगाल से जुड़े हुए है	10 (पूर्वी सिंहभूम, सरायकेला-खरसावां, रांची, रामगढ़, बोकारो, धनबाद, जामताड़ा, दुमका, पाकुड़, साहिबगंज)
14.	झारखंड राज्य में सबसे पश्चिमी जिला	गढ़वा
15.	झारखंड राज्य में सबसे उत्तरी जिला	साहिबगंज
16.	झारखंड राज्य में सबसे दक्षिणी जिला	पश्चिमी सिंहभूम
17.	झारखंड राज्य में सबसे पूर्वी जिला	साहिबगंज
18.	क्षेत्रफल की दृष्टि से देश में झारखंड राज्य की स्थिति	15 वाँ स्थान
19.	झारखंड राज्य में मंडलों (डिवीज़न) की संख्या	05
20.	झारखंड राज्य के मंडलों (डिवीज़न) के नाम	उत्तर छोटानागपुर, दक्षिण छोटानागपुर, संथाल परगना, पलामू, कोल्हान
21.	झारखंड राज्य में सबसे बड़ा मंडल (क्षेत्रफल के अनुसार)	उत्तर छोटानागपुर
22.	झारखंड राज्य में सबसे छोटा मंडल (क्षेत्रफल के अनुसार)	पलामू
23.	झारखंड राज्य में सबसे बड़ा जिला (क्षेत्रफल के अनुसार)	पश्चिमी सिंहभूम
24.	झारखंड राज्य में सबसे छोटा जिला (क्षेत्रफल के अनुसार)	रामगढ़
25.	झारखंड राज्य में कुल वन क्षेत्र	23,553 वर्ग किमी.
26.	झारखंड राज्य में कुल अनुमंडल की संख्या	43
27.	झारखंड राज्य में कुल ब्लॉक की संख्या	260
28.	झारखंड राज्य में कुल जिला परिषद की संख्या	24
29.	झारखंड राज्य में जिला परिषदों के सदस्यों की संख्या	445
30.	झारखंड राज्य में कुल पंचायतो की संख्या	4,423
31.	झारखंड राज्य में कुल नगर निगम की संख्या	5
32.	झारखंड राज्य में नगर निगम के नाम	रांची, धनबाद, देवघर, चास और जमशेदपुर
33.	झारखंड राज्य में भू-आबद्ध जिलों की संख्या	2
34.	झारखंड राज्य में भू-आबद्ध जिलों के नाम	लोहरदगा, खूँटी

35.	झारखंड राज्य में वह जिले जो तीन राज्यों से सटे हुए है (संख्या)	1
36.	झारखंड राज्य में वह जिले जो तीन राज्यों से सटे हुए है (नाम)	गढ़वा
37.	झारखंड के वह जिले जो दो राज्य से सीमा साझा करते है (संख्या)	5

38.	झारखंड के वह जिले जो दो राज्य से सीमा साझा करते है (नाम)	साहिबगंज, दुमका, (बिहार एवं पश्चिम बंगाल), सिमडेगा (छत्तीसगढ़ एवं ओडिशा), सरायकेला-खरसावां, पूर्वी सिंहभूम (ओडिशा एवं पश्चिम बंगाल)

भौगोलिक तथ्य			
1.	झारखंड में सबसे ऊँचा जलप्रताप	बूढ़ाघाघ (लातेहार)	छोटा नागपुर पठार के भीतर लातेहार जिले के मध्य में स्थित बुढा घाघ एक मनोरम स्थल है। यह बुरहा नदी के किनारे स्थित है, जो हरे-भरे जंगलों से घिरा हुआ है।
2.	झारखंड में सबसे बड़ा चिड़ियाघर	बोकारो चिड़ियाघर	जवाहरलाल नेहरू जैविक उद्यान के अंतर्गत बोकारो चिड़ियाघर आता है
3.	झारखंड में सबसे बड़ा अजायबघर	राँची	झारखंड की राजधानी राँची है।
4.	झारखंड में सबसे ज्यादा गर्म स्थान	जमशेदपुर	जमशेदपुर जिला को टाटा नगर के नाम से भी जाना जाता है।
5.	झारखंड में सबसे ज्यादा वर्षा होने वाला स्थान	नेतरहाट	नेतरहाट, एक सुंदर हिल स्टेशन, भारतीय राज्य झारखंड के लातेहार जिले में स्थित है।
6.	झारखंड में सबसे ज्यादा वर्षा होने वाला जिला	हजारीबाग	झारखंड राज्य की राजधानी राँची है।
7.	झारखंड में सबसे कम वर्षा होने वाला स्थान	चाईबासा का मैदानी भाग	चाईबासा शहर रारू नदी के पश्चिम में स्थित है, जो सुबणरिखा नदी की एक सहायक नदी है।
8.	झारखंड में वृक्षावरण (आईएसएफआर 2021)	2,867 (वर्ग किलोमीटर)	–
9.	झारखंड में जंगल से बाहर पेड़ों की सीमा (आईएसएफआर 2021)	14,306 (वर्ग किलोमीटर)	–
10.	झारखंड में बहुत घने जंगल (आईएसएफआर 2021)	2,601 (वर्ग किलोमीटर)	–
11.	झारखंड में मध्यम रूप से घने जंगल (आईएसएफआर 2021)	9,689 (वर्ग किलोमीटर)	–
12.	झारखंड में खुले जंगल (आईएसएफआर 2021)	11,431 (वर्ग किलोमीटर)	–
13.	झारखंड में सबसे ज्यादा ठंडा स्थान	नेतरहाट	नेतरहाट, एक सुंदर हिल स्टेशन, भारतीय राज्य झारखंड के लातेहार जिले में स्थित है।
14.	झारखंड राज्य में सबसे बड़ी एलुमिनियम इकाई	मूरी	मुरी शहर (टाउन) झारखंड राज्य के रांची जिले में स्थित है।
15.	झारखंड राज्य में सबसे ज्यादा जनजाति वाला प्रमण्डल	संथाल परगना	प्राचीन काल में, संथाल परगना क्षेत्र को 'नारीखंड' कहा जाता था।
16.	झारखंड राज्य में सबसे ज्यादा जलप्रपात वाला जिला	राँची	जोन्हा जलप्रपात, पंचगघ जलप्रपात, दशम जलप्रपात आदि राँची में स्थित हैं
17.	झारखंड राज्य में सबसे ज्यादा गर्म जलकुण्ड वाला जिला	हजारीबाग	हजारीबाग शहर भारतीय राज्य झारखंड में स्थित है और एक नगर निगम के रूप में कार्य करता है
18.	झारखंड राज्य में सर्वाधिक वन क्षेत्र	गढ़वा	सारंडा वन भारतीय राज्य झारखंड में पश्चिमी सिंहभूम के पहाड़ी क्षेत्र में स्थित है। इस वन की विशेषता इसके घने वनस्पति आवरण से है।
19.	झारखंड राज्य में सर्वोच्च शिखर	सम्मेद शिखर (पारसनाथ)	झारखंड की सबसे ऊंची चोटी पारसनाथ पहाड़ी के ऊपर स्थित सम्मेद शिखर है।

20.	झारखंड राज्य में सबसे बड़ी नदी घाटी परियोजना	दामोदर नदी घाटी परियोजना	दामोदर घाटी परियोजना पूर्वी भारत में अग्रणी नदी घाटी विकास परियोजना थी, जिसे झारखंड के हजारीबाग जिले में कोनार नदी पर सफलतापूर्वक बनाया गया था।
21.	झारखंड राज्य में सबसे बड़ा हवाई अड्डा	बिरसा मुंडा हवाई अड्डा	बिरसा मुंडा हवाई अड्डा रांची में स्थित है। हवाई अड्डे में भूमि का एक विशाल विस्तार शामिल है, जो लगभग 1,568 एकड़ में फैला हुआ है।
22.	झारखंड में कुंओ द्वारा सबसे अधिक सिंचाई किए जाने वाला जिला	गुमला	गुमला टाउन झारखंड के ऊपरी दक्षिणी पश्चिमी भाग में स्थित है।
23.	झारखंड में तालाब द्वारा सबसे अधिक सिंचाई किए जाने वाला जिला	देवघर	देवघर देवी-देवताओं ("देव") के दिव्य निवास ("घर") को दर्शाता है। इस शहर को आमतौर पर "बैद्यनाथ धाम" या "बाबा धाम" के रूप में भी जाना जाता है।
24.	झारखंड में नलकूप द्वारा सबसे अधिक सिंचाई किए जाने वाला जिला	लोहरदगा	लोहरदगा जिले की स्थापना 1983 में राँची जिले के तीन अलग-अलग जिलों, अर्थात् रांची, लोहरदगा और गुमला में विभाजन के बाद की गई थी।
25.	झारखंड राज्य में, गैस टरबाइन पर आधारित विद्युत उत्पादन केन्द्र	मैथन हाइड्रोइलेक्ट्रिक पावर स्टेशन	मैथन हाइड्रोइलेक्ट्रिक पावर स्टेशन, जिसे मैथन बांध के नाम से भी जाना जाता है, भारतीय राज्य झारखंड में धनबाद से 48 किमी दूर स्थित है।
26.	झारखंड राज्य में, कोयला पर आधारित ताप विद्युत गृह	बोकारो ताप विद्युत गृह	बोकारो थर्मल पावर स्टेशन झारखंड के बोकारो जिले में स्थित है।
27.	झारखंड राज्य में, सर्वाधिक कोयला उत्पादन करने वाला जिला	झरिया (धनबाद)	झरिया कोयला क्षेत्र भारत के पूर्वी क्षेत्र में स्थित एक महत्वपूर्ण कोयला भंडार है।
28.	झारखंड राज्य में सबसे बड़ा पठारी भाग	राँची की पठार	छोटा नागपुर पठार एक विशाल क्षेत्र को शामिल करता है, जिसमें रांची पठार इसका सबसे बड़ा घटक है।
29.	झारखंड राज्य में राष्ट्रीय राजमार्गों की संख्या	30	प्रेस सूचना ब्यूरो (भारत सरकार) के अनुसार, झारखंड राज्य में 30 राष्ट्रीय राजमार्ग हैं।
30.	झारखंड राज्य में राज्य राजमार्गों की संख्या	18	पथ निर्माण विभाग (रोड कंस्ट्रक्शन डिपार्मेंट), झारखंड सरकार के अनुसार झारखंड राज्य में 18 राज्य राजमार्ग हैं।
31.	झारखंड राज्य में राष्ट्रीय राज्य राजमार्ग की लम्बाई	1886.400 किलो मीटर	पथ निर्माण विभाग (रोड कंस्ट्रक्शन डिपार्मेंट), झारखंड सरकार के अनुसार झारखंड राज्य में राष्ट्रीय राजमार्गों की लम्बाई 1886.400 किलो मीटर हैं।
32.	झारखंड राज्य में सर्वाधिक लंबी नदी	दामोदर नदी	दामोदर नदी का उद्गम पलामू पहाड़ियों से होता है जो झारखंड राज्य में छोटा नागपुर पठार पर स्थित है।
33.	झारखंड राज्य में, सर्वाधिक बड़ी नदी	दामोदर नदी	दामोदर नदी भारतीय राज्यों झारखंड और पश्चिम बंगाल से होकर गुजरती है।
34.	झारखंड राज्य से, बंगाल की खाड़ी में स्वतंत्र रूप से गिरने वाली एकमात्र नदी	सुबणरिखा नदी	सुबणरिखा नदी झारखंड के राँची जिले में 600 मीटर की ऊंचाई पर नगरी गांव के पास से निकलती है। बंगाल की खाड़ी में गिरने से पहले नदी 395 किलोमीटर की दूरी तक बहती है।
35.	झारखंड राज्य में, नौगम्य नदी (नैवीगब्ले रिवर)	मयूराक्षी नदी	मयूराक्षी नदी का स्रोत झारखंड में त्रिकुट पहाड़ी पर है, और यह भारतीय राज्यों झारखंड और पश्चिम बंगाल से होकर बहती है।
36.	झारखंड राज्य में, सर्वाधिक उत्पादक फसल	धान	बिसरा कृषि विश्वविद्यालय द्वारा झारखंड में चावल (धान) पर स्थिति पत्र के अनुसार "झारखंड में वर्षा आधारित चावल प्राथमिक फसल है, जो 67.3% भूमि (1.48 मिलियन हेक्टेयर) को कवर करती है, और 10-14 क्विटल प्रति हेक्टेयर (1.0-1.4 टन प्रति हेक्टेयर) का उत्पादन करती है।"
37.	झारखंड राज्य में, सबसे ज्यादा मक्का उत्पादक जिला	पलामू	पलामू झारखंड के उत्तर-पश्चिमी क्षेत्र में स्थित एक जिला है, जिसकी सीमाएं पूर्व में चतरा जिले, पश्चिम में गढ़वा जिले और दक्षिण में लातेहार जिले से लगती हैं।
38.	झारखंड राज्य में, सबसे ज्यादा गेहूँ उत्पादक जिला	पलामू	रबी की सबसे महत्वपूर्ण फसलों में से एक गेहूं है, जिसकी आमतौर पर सितंबर से दिसंबर तक खेती की जाती है और फरवरी से मई तक कटाई करी जाती है।

39.	झारखंड राज्य में, प्राचीन जनजाति का नाम	असुर	असुर समुदाय अल्पसंख्यक ऑस्ट्रोएशियाटिक जातीय समूह का गठन करता है जो मुख्य रूप से भारतीय राज्य झारखंड में रहते है। वे मुख्य रूप से गुमला, लोहरदगा, पलामू और लातेहार जिलों में केंद्रित हैं।
40.	झारखंड राज्य में, सबसे ज्यादा जनसंख्या वाली जनजाति	संथाल	संथाल जनजाति को भारत में सबसे अधिक आबादी वाला स्वदेशी समुदाय माना जाता है। वे मुख्य रूप से झारखंड, पश्चिम बंगाल, बिहार, ओडिशा और असम राज्यों में केंद्रित हैं।
41.	झारखंड राज्य से, 8 वीं अनुसूची में शामिल जनजातीय भाषा	संथाली	संथाली एक ऑस्ट्रो-एशियाटिक परिवार की भाषा है जो मुख्य रूप से भारत के पूर्वी और मध्य क्षेत्रों में बोली जाती है, खासकर पश्चिम बंगाल, झारखंड और ओडिशा राज्यों में।
42.	झारखंड राज्य का क्षेत्रीय विकास प्राधिकरण	राँची क्षेत्रीय विकास प्राधिकरण	–
43.	झारखंड राज्य का छावनी बोर्ड (कैंटोनमेंट बोर्ड)	रामगढ़ छावनी बोर्ड	–
44.	झारखंड राज्य में सबसे ज्यादा जिले वाला प्रमण्डल	उत्तरी छोटानागपुर	उत्तरी छोटानागपुर प्रमण्डल में 7 जिले है।
45.	झारखंड राज्य में सबसे ज्यादा प्रखण्ड के जिले	पलामू (21 प्रखण्ड)	पलामू जिले में 21 प्रखण्ड है।
46.	झारखंड राज्य का वह जिला जो, समुन्द्र से सबसे नजदीक है	पूर्वी सिंहभूम	पूर्वी सिंहभूम जिला झारखंड के दक्षिणपूर्वी क्षेत्र में स्थित है। इसकी स्थापना 16 जनवरी 1990 को तत्कालीन सिंहभूम जिले से नौ ब्लॉकों को अलग करके की गई थी।

प्रशासनिक तथ्य

1.	झारखंड राज्य में सबसे बड़ा संसदीय क्षेत्र	पश्चिमी सिंहभूम
2.	झारखंड राज्य में सबसे छोटा संसदीय क्षेत्र	चतरा
3.	झारखंड राज्य में सबसे ज्यादा बार मुख्यमंत्री रहे	अर्जुन मुंडा
4.	झारखंड राज्य में विधान सभा में सदस्यों की कुल संख्या	82
5.	झारखंड राज्य में विधान सभा में निर्वाचित सदस्यों की संख्या	81
6.	झारखंड राज्य की विधान सभा में मनोनीत सदस्य	01
7.	झारखंड राज्य की विधान सभा में अनुसूचित जनजाति के लिए आरक्षित सीटों की संख्या	28
8.	झारखंड राज्य की विधान सभा में अनुसूचित जाति के लिए आरक्षित सीटों की संख्या	09
9.	झारखंड राज्य की विधानसभा में अनारक्षित सीटों की संख्या	44
10.	झारखंड राज्य से, लोकसभा में सदस्यों की संख्या	14
11.	झारखंड राज्य से राज्यसभा में सदस्यों की संख्या	06
12.	झारखंड राज्य से लोकसभा में अनुसूचित जनजाति के लिए आरक्षित सीटों की संख्या	05
13.	झारखंड राज्य से लोकसभा में अनुसूचित जाति के लिए आरक्षित सीटों की संख्या	01

अर्थव्यवस्था से जुड़े तथ्य

1.	झारखंड राज्य में प्रथम कोल वाशरी	घाटो (रामगढ़)	टाटा स्टील ओपन-कास्ट वेस्ट बोकारो कोलियरी का स्वामित्व करते है, जिसे 1951 में देश की पहली कोल वाशरी शुरू करने का उल्लेखनीय सम्मान प्राप्त है।
2.	झारखंड राज्य में प्रथम लोहा -इस्पात उद्योग	टिस्को	26 अगस्त, 1907 को, जमशेदजी टाटा और दोराबजी टाटा ने टाटा आयरन एंड स्टील कंपनी (टिस्को) की स्थापना की और झारखंड के जमशेदपुर में स्थित भारत का पहला लोहा और इस्पात निर्माण संयंत्र स्थापित किया।

3.	झारखंड राज्य में प्रथम उर्वरक कारखाना	सिंदरी, धनबाद	झारखंड राज्य के धनबाद जिले में स्थित, सिंदरी भारत में पहला उर्वरक संयंत्र का कारखाना है। सिंदरी संयंत्र का 1974 में आधुनिकीकरण हुआ। 2015 में, सरकार ने "बोली मार्ग" "(बिडिंग रूट)" के माध्यम से सिंदरी संयंत्र को पुनर्जीवित करने की अपनी योजना की घोषणा की।
4.	झारखंड राज्य में प्रथम इस्पात कारखाना	साकची (जमशेदपुर)	साकची टाटा स्टील साइट और सुबर्णरिखा नदी के बीच स्थित एक क्षेत्र है।
5.	झारखंड राज्य में प्रथम बहुउद्देशीय परियोजना	दामोदर नदी घाटी परियोजना	दामोदर नदी, जिसे "बंगाल का शोक" भी कहा जाता है, हुगली नदी की एक सहायक नदी है। भारत की स्वतंत्रता के बाद, 1948 में दामोदर घाटी निगम की स्थापना की गई, जिससे यह देश की पहली बहुउद्देशीय नदी घाटी परियोजना बन गई।
6.	झारखंड राज्य में सबसे बड़ा विस्फोटक कारखाना	गोमिया	झारखंड में स्थित, बोकारो (गोमिया) एशिया का सबसे बड़ा विस्फोटक संयंत्र है और भारत में अपनी तरह का एकमात्र है।
7.	झारखंड राज्य में सबसे बड़ा अर्थेन बाँध	तेनुघाट बांध	तेनुघाट बांध, झारखंड, भारत में बोकारो जिले के पेटरवार ब्लॉक में स्थित है, जो दामोदर नदी पर फैला है। बांध का निर्माण 1973 में शुरू हुआ और 1978 में समाप्त हुआ।
8.	सबसे अधिक खनिज संसाधन वाला राज्य	झारखंड	झारखंड कोयले सहित प्रचुर खनिज संसाधनों का दावा करता है, जैसे-लौह अयस्क (भारत के भंडार का 26%), तांबा अयस्क (भारत के भंडार का 18.5%), यूरेनियम, अभ्रक, बॉक्साइट, ग्रेनाइट, चूना पत्थर, चांदी, ग्रेफाइट, मैग्नेटाइट और डोलोमाइट इत्यादि।
9.	कोल बेड मीथेन परियोजना	उत्तर कर्णपुरा और बोकारो, झारखंड	झारखंड कोल बेड मीथेन के पास 26 बिलियन क्यूबिक मीटर से अधिक का व्यापक संसाधन आधार है, जो 27 वर्ग किलोमीटर के क्षेत्र को कवर करता है। कोल बेड मीथेन प्राकृतिक गैस का एक अपरंपरागत रूप है जो कोयले की परतों में जमा होता है।

झारखंड राज्य के प्रमुख अखबार

क्रम संख्या	प्रमुख अखबार (समाचार पत्र)	प्रकाशित स्थान	भाषा
1.	उदित वाणी	जमशेदपुर	हिन्दी
2.	हिन्दुस्तान	राँची	हिन्दी
3.	दैनिक आज	राँची	हिन्दी
4.	आब्जर्वर	धनबाद	हिन्दी
5.	दैनिक नवीन मेल	डाल्टेनगंज	हिन्दी
6.	दैनिक चमकता आइना	राँची	हिन्दी

7.	डेली टेलीग्राफ	जमशेदपुर	अंग्रेजी
8.	जनमत	धनबाद	हिन्दी
9.	राँची एक्सप्रेस	राँची	हिन्दी
10.	अमृत बाजार पत्रिका	जमशेदपुर	हिन्दी
11.	प्रभात खबर	राँची	हिन्दी
12.	दैनिक फारूखी तंजीम	राँची	उर्दू
13.	आवाज	धनबाद	हिन्दी
14.	हिन्दुस्तान टाइम्स	राँची	अंग्रेजी

प्रमुख स्थलों के उपनाम तथा नए नाम

भौगोलिक उपनाम एवं उनके तथ्य		
क्रम संख्या	**उपनाम**	**नए नाम**
1.	झारखंड राज्य का शेफील्ड	भेंडरा (बोकारो)
2.	झारखंड राज्य का शिमला	राँची
3.	भारत देश का रुहर	छोटानागपुर का पठार / झारखंड
4.	भारत देश की अभ्रक राजधानी	कोडरमा
5.	भारत देश का पिट्सबर्ग	जमशेदपुर
6.	बैद्यनाथ धाम (देवघर)	झारखंड राज्य में प्राचीन मंदिर
7.	झारखंड राज्य का सांस्कृतिक (कल्चरल) स्थान	देवघर
8.	छोटानागपुर का पठार	छोटानागपुर पठार का वह भाग जो झारखंड के अंतर्गत आता है, खनिज का स्त्रोत है
9.	शहीदों का नगर	राँची
10.	भारत का स्वीट्जरलैण्ड	छोटा नागपुर की पठार
11.	छोटा नागपुर की रानी	नेतरहाट
12.	मन्दिरों का गाँव	मलूटी
13.	कारखानों का शहर	जमशेदपुर
14.	सात सौ पहाड़ियों का क्षेत्र	सारण्डा (सिंहभूम)
15.	पहाड़ियों की मल्लिका	नेतरहाट
16.	मन्दिरों का शहर	देवघर

17.	छोटा नागपुर का प्रवेश द्वार	चतरा
18.	बूढ़ा घाघ	लौघ प्रपात
19.	कोयला नगरी	जमशेदपुर
20.	खेल नगरी	धनबाद
21.	इस्पात नगरी	जमशेदपुर
22.	मोटरिस्ट्स पैराडाइज	राँची
23.	पण्डों-पुजारियों की नगरी	वासुकीनाथ
24.	हजार उद्यानों का शहर	हजारीबाग

व्यक्ति के उपनाम एवं उनके वास्तविक नाम

क्रम संख्या	उपनाम	वास्तविक नाम
1.	धरती आबा	बिरसा मुण्डा
2.	सिस्टर निर्मला	कुसुम जोशी
3.	छोटानागपुर केसरी	रामनारायण सिंह
4.	बड़ी दादी	सरोजा अय्यर
5.	नेचुरल लीडर	कुमार नृपेन्द्रनाथ शाहदेव
6.	मारंग मोमके	जयपाल सिंह
7.	दिशोम गुरु	शिबू सोरेन
8.	प्रिंस ऑफ छोटानागपुर स्टेट	मुकुन्द नायक
9.	चाचा	बसन्त कुमार तिर्की

स्थानों/संस्थानों के नए नाम एवं पुराने नाम

क्रम संख्या	पुराने नाम	नए नाम
1.	प्रवर्षण गिरि	श्री रामरेखा पर्वत
2.	गुप्त काशी	मलूटी
3.	मोरखी	मयूराक्षी
4.	जंगल तराई	संथाल परगना
5.	शाम्ब सादन	आँजन ग्राम
6.	फाँसी टुँगरी	राँची पहाड़ी
7.	बैजनाथ मठ	देवघर

8.	साकची	जमशेदपुर
9.	कुकुरा/कोकरा	राँची
10.	पुण्डु	छोटा नागपुर
11.	विजाराबाग	डाल्टनगंज
12.	राँची यूरोपियन ल्यूनेटिक एसाइलम	केन्द्रीय मनोचिकित्सा संस्थान
13.	इण्डियन मेंटल हॉस्पिटल	रिनपास
14.	डब्लिन यूनिवर्सिटी मिशन कॉलेज	सन्त कोलम्बा महाविद्यालय
15.	साहेब बाँध	राँची झोल
16.	पेनिसुलर लोकोमोटिव कम्पनी	टाटा इंजीनियरिंग एण्ड लोकोमोटिव के.
17.	कालीमाटी स्टेशन	टाटानगर स्टेशन
18.	नागपुरी कला संगम	झारखंड कला संगम
19.	गैरियन थियेटर	सैनिक थियेटर
20.	यूरोपियन जेल	केन्द्रीय कारा, हजारीबाग
21.	टेम्पुल ग्राउण्ड	कीनन स्टेडियम

खेलकूद

- झारखंड एथलेटिक्स, भारोत्तोलन, हॉकी और क्रिकेट सहित विभिन्न खेल विधाओं में उत्कृष्ट एथलीटों के जनक के रूप में अपने समृद्ध इतिहास पर गर्व करता है।
- उनकी उल्लेखनीय उपलब्धियां युवा पीढ़ी के लिए प्रेरणा की किरण के रूप में काम करती हैं, यह प्रदर्शित करते हुए कि खेल वास्तव में एक व्यवहार्य कैरियर मार्ग हो सकता है।
- खिलाड़ियों के आत्मविश्वास को बढ़ाने के लिए झारखंड राज्य सरकार ने कई सकारात्मक कदम उठाए हैं।
- इनमें राज्य सरकार की नौकरियों में खिलाड़ियों के लिए 2% आरक्षण कोटा और छात्रों के लिए स्कूली पाठ्यक्रम में खेलों को अनिवार्य रूप से शामिल करना है।
- खेलकूद में सकारात्मक माहौल बनाने की प्रक्रिया से ही, झारखंड राज्य के खिलाड़ियों ने राष्ट्रीय और अंतर्राष्ट्रीय स्तर पर अच्छा प्रदर्शन किया है।

झारखंड खेल नीति

झारखंड खेल नीति-2022 का अनावरण राज्य में खेलों और खिलाड़ियों को सर्वोच्च प्राथमिकता देने के प्राथमिक उद्देश्य से किया गया था।

झारखंड खेल नीति, 2022 के मुख्य उद्देश्य:

- इस नीति का उद्देश्य राज्य के खेल के बुनियादी ढांचे को बढ़ाना और खेल के विकास के लिए एक सहायक पारिस्थितिकी तंत्र प्रदान करना है, जिससे झारखंड खेल प्रतिभाओं के लिए एक प्रमुख केंद्र के रूप में उभर सके।
- राज्य में विभिन्न खेल विधाओं में खिलाड़ियों की क्षमता और विकास को बढ़ाने पर ध्यान केंद्रित किया जा रहा है।
- इस नीति का उद्देश्य खेलों को एक आकर्षक और व्यवहार्य करियर विकल्प बनाना है और प्रतिभाशाली व्यक्तियों को नए अवसर प्रदान करना है जिससे कि उनके सफल होने की संभावना बढ़ जाएगी।
- नीति का यह भी उद्देश्य है कि, जमीनी स्तर से लेकर राज्य स्तर तक सामाजिक परिवर्तन और विकास के उत्प्रेरक के रूप में खेलों का लाभ उठाना है।
- नीति के तहत, एक ऐसा वातावरण बनाना शामिल है जो सभी उम्र के नागरिकों के लिए खेल और शारीरिक गतिविधियों को बढ़ावा देता है।
- नीति में यह भी बिंदु है कि, खिलाड़ियों का एक व्यापक डेटाबेस स्थापित करना और ऐसे संसाधन उपलब्ध कराना है जो स्वदेशी और पारंपरिक खेलों को बढ़ावा देने के लिए अंतरराष्ट्रीय मानकों के अनुरूप हों।
- इसके अतिरिक्त, नीति खेल पर्यटन को बढ़ावा देने और विकलांग खिलाड़ियों को समान अवसर प्रदान करने का प्रयास करती है।
- नीति की विशेषता यह है कि, प्रतिभाशाली खिलाड़ियों को उनके चुने हुए खेल विषयों में राष्ट्रीय और अंतर्राष्ट्रीय स्तर पर सफलता प्राप्त करने का मार्ग प्रदान करना है। इसमें होनहार प्रतिभाओं की पहचान करना और उन्हें अपने कौशल और क्षमताओं को विकसित करने के अवसर देना शामिल है।

खेल नीति की कुछ अन्य उल्लेखनीय विशेषताएं:

- राज्य स्तरीय नौकरियों में झारखंड के खिलाड़ियों की सीधी भर्ती द्वितीय, तृतीय और चतुर्थ श्रेणी के पदों पर की जाएगी।
- खेल विश्वविद्यालय की स्थापना की जाएगी।
- राज्य में अनुकूल खेल वातावरण को बढ़ावा देने के लिए, फुटबॉल, तीरंदाजी और एथलेटिक्स के विकास के लिए एक रोडमैप तैयार करने के लिए विशेष पहल की जाएगी।

- पूर्व खिलाड़ियों के लिए पेंशन योजना की व्यवस्था है।
- योग्य खिलाड़ियों के लिए छात्रवृत्ति कार्यक्रम की व्यवस्था है।
- नीति में खेल-संबंधी गतिविधियों के साथ-साथ संचार कौशल विकास के लिए सार्वजनिक-निजी भागीदारी और प्रायोजन को आकर्षित किया जाता है।
- झारखंड में स्कूली बच्चों के बीच खेलों के विकास को बढ़ावा देने के लिए, खेल विभाग को उन संगठनों के साथ सहयोग करना है जो राज्य में खेल विकास की ओर रुचि रखते हैं।
- विभिन्न स्तरों पर खेलों को बढ़ावा देने के लिए झारखंड फुटबॉल, हॉकी और अन्य खेलों के लिए झारखंड प्रीमियर लीग आयोजित करने की योजना बना रहा है।

झारखंड खेल प्राधिकरण

- झारखंड खेल प्राधिकरण एक सरकारी निकाय है जो राज्य में खेलों को बढ़ावा देने और विकसित करने के लिए जिम्मेदार है।
- झारखंड खेल प्राधिकरण का गठन वर्ष 2006 में किया गया था।
- झारखंड खेल प्राधिकरण खेल प्रतिभाओं की पहचान करने के साथ राज्य में खेलों को बढ़ावा देने के लिए नीतियां और कार्यक्रम विकसित करता है।
- झारखंड खेल प्राधिकरण राज्य में खेल के बुनियादी ढांचे, जैसे स्टेडियम, प्रशिक्षण सुविधाओं और खेल परिसरों के विकास और रखरखाव के लिए जिम्मेदार होता है।
- प्राधिकरण खेल में भागीदारी को प्रोत्साहित करने और खेल संस्कृति को बढ़ावा देने के लिए जिला, राज्य और राष्ट्रीय स्तर जैसे विभिन्न स्तरों पर खेलो को आयोजित करता है।
- झारखंड खेल प्राधिकरण राज्य में खेल विकास को बढ़ावा देने के लिए सरकारी एजेंसियों, खेल संघों और निजी संगठनों सहित विभिन्न हितधारकों के साथ सहयोग करता है।
- प्राधिकरण खेलों को बढ़ावा देने और आम जनता के बीच स्वास्थ्य, फिटनेस और समग्र कल्याण के लिए खेलों के लाभों के बारे में जागरूकता बढ़ाने के लिए भी जिम्मेदार है।

झारखंड खेल प्राधिकरण की पे एंड प्ले योजना (पे एंड प्ले स्कीम ऑफ़ स्पोर्ट अथॉरिटी ऑफ़ झारखंड)

- झारखंड सरकार ने खेल और शारीरिक गतिविधियों को बढ़ावा देने और समर्थन करने के लिए मोरहाबादी के बिरसा स्टेडियम में 2017 में पे एंड प्ले योजना शुरू की थी।
- यह योजना सरकार और निजी संगठनों के बीच एक समान अवसर बनाने और खेलों में समावेशिता को बढ़ावा देने के लिए एक सहयोगी प्रयास है।
- यह पहल उन लोगों को खेल सुविधाओं और संसाधनों तक पहुंच प्रदान करती है जिनके पास खेलों के प्रति अपने जुनून को आगे बढ़ाने के साधनों की मौजूदगी नहीं होती है।
- यह योजना रुचि रखने वाले खिलाड़ियों को योग, कैरम, शतरंज, कराटे, टेबल टेनिस, वॉलीबॉल, तलवारबाजी और कबड्डी सहित कई खेल सुविधाओं प्रदान करती है।
- योग और कैरम की मासिक फीस 250 रुपये है।
- जबकि अन्य खेलों के लिए रु 500 शुल्क है।
- इसके अतिरिक्त, खिलाड़ियों को 50 रुपये पंजीकरण के लिए देना होगा।

झारखंड ओलंपिक संघ

- 2000 में, झारखंड राज्य के गठन के बाद, झारखंड ओलंपिक संघ की स्थापना हुई और उसी वर्ष भारतीय ओलंपिक संघ से संबद्धता प्राप्त की।
- राष्ट्रीय स्तर के खेल आयोजनों में राज्य की पहली भागीदारी पंजाब में 32वें राष्ट्रीय खेलों में हुई।
- 2007 में, झारखंड ओलंपिक संघ ने 34 वें राष्ट्रीय खेलों की मेजबानी के लिए एक बोली प्रस्तुत की, जो अंततः राज्य को आवंटित की गई।

झारखंड में पहला खेल विश्वविद्यालय

- 17 जून 2015 को, झारखंड सरकार ने झारखंड खेल विश्वविद्यालय और झारखंड खेल अकादमी बनाने के लिए सेंट्रल कोलफील्ड लिमिटेड के साथ समझौता ज्ञापन (एमओयू) किया था।
- इस समझौता ज्ञापन का उद्देश्य झारखंड के एथलीटों को विश्व स्तरीय कोचिंग प्रदान करना है, जिससे उनके कौशल और क्षमताओं को बढ़ाया जा सके।
- झारखंड खेल अकादमी के प्रारंभिक चरण में 15 विभिन्न खेल विधाओं में 1400 एथलीटों को प्रशिक्षण देना शामिल है।
- सेंट्रल कोलफील्ड लिमिटेड और राज्य सरकार चयनित एथलीटों को मुफ्त प्रशिक्षण देगी और उनकी शिक्षा के लिए सुविधाएं प्रदान करेगी।

झारखंड राज्य में खेल पुरस्कार

- झारखंड सरकार 29 अगस्त को कई खेल पुरस्कार प्रदान करती है, जिसे खेल दिवस के रूप में मनाया जाता है।
- झारखंड राज्य में खेल पुरस्कार खेल हस्तियों जैसे बिरसा मुंडा, जयपाल सिंह, अल्बर्ट एक्का, अब्दुल हामिद और अन्य के नाम पर रखा गया है।
- बिरसा मुंडा पुरस्कार राष्ट्रीय और अंतरराष्ट्रीय स्तर के खिलाड़ियों को प्रदान किया जाता है जिन्होंने देश को गौरवान्वित किया है।
- जयपाल सिंह पुरस्कार प्रशिक्षकों को उनकी असाधारण प्रशिक्षण क्षमताओं के लिए दिया जाता है।
- अब्दुल हमीद सम्मान विभिन्न खेल गतिविधियों में उत्कृष्ट प्रदर्शन करने वाले विश्वविद्यालय और कॉलेज के छात्रों को दिया जाता है।
- अनमोल ऐंड पुरस्कार विभिन्न खेल गतिविधियों में स्कूली बच्चों के उल्लेखनीय प्रदर्शन का जश्न मनाने के लिए प्रदान किया जाता है।
- इसके अलावा, जरूरतमंद खिलाड़ियों को अनुदान और रियायतें देने के लिए झारखंड में एक खिलाड़ी कल्याण कोष की स्थापना की गई है।

सरकारी नौकरी के लिए आरक्षण

- 2014 में, झारखंड राज्य सरकार ने सीधी भर्ती के लिए नियमों को लागू किया, जो निर्धारित करता है कि सभी राज्य स्तरीय पदों में 2% पद खेल कोटा के तहत खेल योग्यता वाले व्यक्तियों के लिए आरक्षित होंगे।

झारखंड राज्य के प्रमुख खिलाड़ी

जयपाल सिंह मुंडा

- 3 जनवरी 1903 को जन्मे जयपाल सिंह मुंडा भारतीय आदिवासी और झारखंड आंदोलन के प्रमुख नेता थे।
- जयपाल सिंह मुंडा एक प्रतिभाशाली हॉकी खिलाड़ी भी थे।
- जयपाल सिंह मुंडा ने अंतर्राष्ट्रीय स्तर पर भारत का प्रतिनिधित्व किया, 1925 में 'ऑक्सफोर्ड ब्लू' की उपाधि से सम्मानित होने वाले एकमात्र खिलाड़ी बने।
- 1928 के ओलंपिक में उनका नेतृत्व कौशल स्पष्ट था, जहाँ उन्होंने भारतीय टीम का नेतृत्व किया।
- जयपाल सिंह मुंडा ने मोहन बागान क्लब के लिए एक हॉकी टीम की स्थापना की और कई टूर्नामेंटों में सक्रिय रूप से भाग लिया।
- इसके अतिरिक्त, उन्होंने भारतीय खेल परिषद में सदस्यता पद संभाला और बंगाल हॉकी संघ के सचिव के रूप में कार्य किया।

महेन्द्र सिंह धोनी

- महेंद्र सिंह धोनी का जन्म 7 जुलाई 1981 को राँची, झारखंड में हुआ था।

- महेंद्र सिंह धोनी भारतीय क्रिकेट टीम के कप्तान भी रहे थे।
- महेंद्र सिंह धोनी ने 2004 में भारतीय क्रिकेट टीम के लिए पदार्पण किया और जल्दी ही खुद को दुनिया के सर्वश्रेष्ठ विकेटकीपर एवं बल्लेबाज के रूप में स्थापित कर लिया।
- उनके नेतृत्व में, भारतीय क्रिकेट टीम ने 2007 में आईसीसी विश्व ट्वेंटी-20, 2011 में आईसीसी क्रिकेट विश्व कप और 2013 में आईसीसी चैंपियंस ट्रॉफी सहित कई बड़े टूर्नामेंट जीते।
- महेंद्र सिंह धोनी, को राजीव गांधी खेल रत्न पुरस्कार और पद्म श्री से सम्मानित किया गया है।
- महेंद्र सिंह धोनी ने भारतीय घरेलू क्रिकेट में झारखंड क्रिकेट टीम का प्रतिनिधित्व किया।
- दिसंबर 2014 में, महेंद्र सिंह धोनी ने टेस्ट क्रिकेट टीम से सन्यास ले लिया, और अगस्त 2020 में उन्होंने वन डे इंटरनेशनल क्रिकेट से भी सन्यास ले लिया था।

दीपिका कुमारी

- दीपिका कुमारी का जन्म वर्ष 1994 में झारखंड राज्य के रांची शहर में हुआ था।
- दीपिका कुमारी एक भारतीय पेशेवर तीरंदाज है।
- 2010 के राष्ट्रमंडल खेलों में महिलाओं की व्यक्तिगत रिकर्व स्पर्धा में, वह विजयी हुई और स्वर्ण पदक जीत लिया ।
- इसके अतिरिक्त, उन्होंने डोला बनर्जी और बोम्बायला देवी के साथ, उसी प्रतियोगिता में महिला टीम रिकर्व इवेंट में भारत के लिए स्वर्ण पदक भी हासिल किया।

असुंता लकरा

- असुंता लकरा भारतीय महिला राष्ट्रीय महिला हॉकी टीम की कप्तान थीं।
- असुंता लकरा झारखंड राज्य के उरांव जनजाति से हैं।

मिशाल बेंजामिन लकरा

- मिशाल बेंजामिन लकरा झारखंड राज्य से हैं और भारत का प्रतिनिधित्व करने वाली एक पेशेवर मुक्केबाज हैं।
- मिशाल बेंजामिन लकरा ने हैदराबाद में 56वीं सीनियर नेशनल बॉक्सिंग चैंपियनशिप, 2009 में सिल्वर पदक जीता था।
- मिशाल बेंजामिन लकरा ने जमशेदपुर में 34वें राष्ट्रीय खेल (पुरुष मुक्केबाजी) 2011 में स्वर्ण पदक जीता था।

पूर्णिमा महतो

- झारखंड राज्य में जमशेदपुर की रहने वाली पूर्णिमा महतो एक कुशल तीरंदाज और तीरंदाजी कोच हैं।
- पूर्णिमा महतो ने 1998 के राष्ट्रमंडल खेलों में भारतीय राष्ट्रीय तीरंदाजी चैंपियनशिप और रजत पदक जीता था।
- पूर्णिमा महतो ने 2008 और 2012 के ग्रीष्मकालीन ओलंपिक में भारतीय राष्ट्रीय टीम को प्रशिक्षित किया था।
- भारतीय तीरंदाजी में पूर्णिमा महतो के उत्कृष्ट योगदान के कारण उन्हें 29 अगस्त, 2013 को भारत के राष्ट्रपति द्वारा द्रोणाचार्य पुरस्कार से सम्मानित किया गया।

सिल्वेनस डंग डंग

- 27 जनवरी, 1949 को जन्मे सिल्वेनस डंग डंग एक पूर्व फील्ड हॉकी खिलाड़ी हैं, जो भारत के झारखंड में सिमडेगा के रहने वाले हैं।
- 8 वर्ष 2016 में सिल्वेनस डंग डंग को एक लाइफ्टाइम अचीवमेन्ट अवार्ड (ध्यानचंद अवार्ड) से पुरस्कृत किया गया।
- सिल्वेनस डंग डंग "आयरन मैन ऑफ हॉकी" के नाम से भी प्रसिद्ध है।

सुमराय टेटे

- सुमराई टेटे का जन्म 15 नवंबर 1979 को झारखंड के सिमडेगा में हुआ था।
- सुमराई टेटे एक पेशेवर फील्ड हॉकी खिलाड़ी हैं, जिन्होंने भारत की महिला राष्ट्रीय टीम का प्रतिनिधित्व किया है।
- सुमराई टेटे ने मैनचेस्टर में 2002 के राष्ट्रमंडल खेलों में टीम को स्वर्ण जीतने में मदद करने में महत्वपूर्ण भूमिका निभाई थी।
- सुमराई टेटे को प्रतिष्ठित ध्यानचंद पुरस्कार प्राप्त करने वाली भारत की पहली महिला हॉकी खिलाड़ी होने का गौरव प्राप्त है।
- सुमराई टेटे झारखंड राज्य हॉकी खेल की ब्रांड एंबेसडर थी।

निक्की प्रधान

- निक्की प्रधान झारखंड के आदिवासी क्षेत्र से आती हैं और उनका जन्म 1993 में हुआ था।
- उनके पिता बिहार पुलिस में एक कांस्टेबल के रूप में कार्यरत थे, जबकि उनकी माँ एक गृहिणी थीं।
- निक्की प्रधान ने 2011 में एशिया कप में भारतीय अंडर-17 टीम के लिए पदार्पण किया।
- बाद में निक्की प्रधान को 2016 रियो ओलंपिक में भारतीय टीम के लिए चुना गया।
- निक्की प्रधान का प्रभावशाली रिकॉर्ड है, जिसमें जकार्ता में 2018 एशियाई खेलों में रजत पदक, 2017 एशिया कप में स्वर्ण पदक और मस्कट में आयोजित 2022 एशिया कप में कांस्य पदक शामिल है।
- इसके अतिरिक्त, उन्होंने 2016 में सिंगापुर में एशियाई चैंपियंस ट्रॉफी में स्वर्ण पदक जीता।

शुभलक्ष्मी शर्मा

- शुभलक्ष्मी शर्मा का जन्म 31 दिसंबर 1989 को झारखंड के हजारीबाग में हुआ था।
- शुभलक्ष्मी शर्मा भारत की एक पेशेवर क्रिकेटर हैं।
- शुभलक्ष्मी शर्मा बल्लेबाजी और गेंदबाजी दोनों में माहिर हैं।

दिवाकर प्रसाद

- दिवाकर प्रसाद, राँची शहर के रहने वाले हैं।
- दिवाकर प्रसाद एक पूर्व भारतीय मुक्केबाज हैं।

अरुणा मिश्रा

- अरुणा मिश्रा का जन्म 23 नवंबर 1979 को झारखंड के जमशेदपुर में हुआ था।
- अरुणा मिश्रा, एक महिला भारतीय मुक्केबाज है।
- अरुणा मिश्रा ने 2003 एशियाई चैंपियनशिप, 2004 में नॉर्वे में विश्व चैम्पियनशिप और 2011 विश्व पुलिस और फायर खेलों में स्वर्ण पदक जीता था।
- अरुणा मिश्रा झारखंड राज्य में पुलिस इंस्पेक्टर भी हैं।

सौरभ सुनील तिवारी

- सौरभ सुनील तिवारी का जन्म 30 दिसंबर 1989 को जमशेदपुर, झारखंड में हुआ था।
- सौरभ सुनील तिवारी एक प्रमुख भारतीय क्रिकेटर हैं जो बाएं हाथ के मध्य क्रम के बल्लेबाज के रूप में माहिर हैं।
- सौरभ सुनील तिवारी ने मलेशिया में आयोजित 2008 के अंडर -19 विश्व कप में भारतीय टीम की जीत में एक बल्लेबाज के रूप में महत्वपूर्ण भूमिका निभाई थी।
- इंडियन प्रीमियर लीग में सौरभ सुनील तिवारी मुंबई इंडियंस, रॉयल

चैलेंजर्स बैंगलोर और दिल्ली डेयरडेविल्स टीम का हिस्सा थे।

- सौरभ सुनील तिवारी ने अपना एक दिवसीय अंतर्राष्ट्रीय डेब्यू अक्टूबर 2010 में विशाखापत्तनम में ऑस्ट्रेलिया के खिलाफ खेलते हुए किया था।

झानो हंसदाह

- झानो हंसदाह का जन्म 24 अक्टूबर 1975 को झारखंड में हुआ था।
- तीरंदाजी के क्षेत्र में, झानो हंसदा ने वर्ष 2006 के दौरान कई उपलब्धियां अर्जित कीं।
- उन्होंने एशियाई चैंपियन और विश्व कप तीरंदाजी में स्वर्ण पदक के साथ-साथ टीम स्पर्धा में रजत पदक जीता।
- इसके अतिरिक्त, उन्होंने दोहा एशियाई खेलों और 19वें राष्ट्रमंडल खेलों में टीम स्पर्धा में कांस्य पदक हासिल किया।
- वर्तमान में झानो हंसदा झारखंड पुलिस में सब-इंस्पेक्टर के पद पर कार्यरत हैं।

झारखंड राज्य को प्राप्त महत्वपूर्ण खेल अवार्ड

लॉरियस स्पोर्ट्स अवार्ड, 2019

- 2019 में, युवा, झारखंड स्थित एक एनजीओ, जो बालिका सशक्तिकरण को बढ़ावा देने पर ध्यान केंद्रित करता है, को प्रतिष्ठित लॉरियस स्पोर्ट फॉर गुड अवार्ड से सम्मानित किया गया।
- युवा एनजीओ की स्थापना 2009 में फ्रांज गैस्लर और रोज थॉमसन गैस्टलर द्वारा की गई थी।
- युवा एनजीओ झारखंड के ग्रामीण क्षेत्रों में एक फुटबॉल कार्यक्रम का आयोजन कराता है, जिससे लगभग 450 लड़कियों को लाभ होता है।

टोक्यो ओलंपिक 2020 के लिए क्वालीफाइंग टीम

- भारतीय महिला हॉकी टीम ने लगातार दूसरी बार ओलंपिक के लिए क्वालीफाई किया है।
- भुवनेश्वर में ओलंपिक क्वालीफाइंग हॉकी टूर्नामेंट के दौरान ओवरटाइम राउंड में यूएसए को 6-5 से हराकर टीम ने अपना स्थान सुरक्षित कर लिया।
- भारतीय टीम में झारखंड की दो खिलाड़ी निक्की प्रधान और सलीमा टेटे शामिल थीं, जिनका टीम की सफलता में अहम योगदान रहा।

36 वीं जूनियर राष्ट्रीय एथलेटिक्स चैंपियनशिप

- 36 वीं जूनियर राष्ट्रीय एथलेटिक्स चैंपियनशिप गुवाहाटी (असम) में आयोजित की गई और झारखंड ने पदक तालिका में 10वां स्थान हासिल किया।
- राज्य के उत्कृष्ट प्रदर्शन को कुल 9 पदकों से चिह्नित किया गया, जिसमें 5 स्वर्ण, 3 रजत और 1 कांस्य पदक शामिल हैं।

झारखंड में 34 वें राष्ट्रीय खेल

- रांची शहर ने 34वें राष्ट्रीय खेलों की मेजबानी हुई थी , जो 12 फरवरी, 2011 को शुरू हुआ और 26 फरवरी, 2011 को संपन्न हुआ।
- इन खेलों में कुल 36 टीमों ने भाग लिया, जिसमें 8511 खिलाड़ी शामिल थे।
- इन राष्ट्रीय खेलों में 33 विभिन्न खेलों को शामिल करते हुए 444 कार्यक्रम हुए।
- झारखंड ने कुल 33 स्वर्ण, 26 रजत और 34 कांस्य पदक जीतकर पांचवां स्थान हासिल कर उल्लेखनीय उपलब्धि हासिल करी थी।

क्रीड़ा महोत्सव

- 2018 में, रांची ने 7वें राष्ट्रीय वनवासी क्रीड़ा महोत्सव की मेजबानी की, जिसमें देश भर के लगभग तीन हजार खिलाड़ियों ने भाग लिया।
- वनवासी खेलों की शुरुआत मुंबई में वर्ष 1988 में हुई थी, और चौथे वनवासी खेलों का आयोजन रांची, झारखंड में वर्ष 2000 में किया गया था।
- झारखंड ने सातवें राष्ट्रीय वन खेल महोत्सव में उत्कृष्ट प्रदर्शन करते हुए कुल 25 स्वर्ण, 17 रजत, और 18 कांस्य पदक जीते।

राष्ट्रीय बेंचप्रेस प्रतियोगिता 2018

- राष्ट्रीय बेंचप्रेस प्रतियोगिता को वर्ष 2018 में रांची में आयोजित किया गया था।
- कर्नाटक प्रतियोगिता में समग्र चैंपियन के रूप में उभरा, जबकि झारखंड ने दूसरा स्थान हासिल किया।
- झारखंड ने प्रतियोगिता में 20 स्वर्ण, 17 रजत और 16 कांस्य पदक जीतकर उत्कृष्ट प्रदर्शन किया।

तैराकी प्रतियोगिता

- राँची के वीर बुधु भगत स्विमिंग पूल में आयोजित 70वीं ग्लेन मार्क सीनियर नेशनल स्विमिंग चैंपियनशिप का समापन 28 सितंबर 2016 को हुआ।
- कर्नाटक की टीम ने प्रतियोगिता में 246 अंक हासिल कर ओवर ऑल चैंपियनशिप का खिताब हासिल किया।
- झारखंड इस प्रतियोगिता में कोई भी पदक हासिल करने में विफल रहा।

नेशनल आर्चरी चैम्पियनशिप

- झारखंड तीरंदाजी एसोसिएशन ने 10 अप्रैल, 2016 को झारखंड के खरसावां जिले के अर्जुन स्टेडियम में 23वीं सीनियर राष्ट्रीय तीरंदाजी चैंपियनशिप का आयोजन किया।
- झारखंड की टीम ने असाधारण प्रदर्शन किया और ओवरऑल चैंपियन बनकर उभरी, जबकि मणिपुर की टीम उपविजेता रही।
- झारखंड की अनीता कुमारी ने महिला वर्ग में स्वर्ण पदक जीता और सेना के एम राजीव ने पुरुष वर्ग में स्वर्ण पदक हासिल किया।

खेल महाकुंभ, 2018

- तीसरा खेल महाकुंभ 19 मार्च से 24 मार्च, 2018 तक बिरसा मुंडा एथलेटिक्स स्टेडियम, खेल गांव, रांची में आयोजित किया गया।
- इस भव्य आयोजन में 8 से 12 वर्ष की आयु के लगभग 1,89,000 बच्चों ने उत्साहपूर्वक भाग लिया।

71 वीं सीनियर राष्ट्रीय वॉलीबॉल प्रतियोगिता, 2023

- झारखंड वॉलीबॉल एसोसिएशन की वॉलीबॉल टीम ने पहली बार 71वीं सीनियर नेशनल वॉलीबॉल चैंपियनशिप में अपना सर्वश्रेष्ठ प्रदर्शन कर फेडरेशन कप वॉलीबॉल प्रतियोगिता और गोवा में होने वाले राष्ट्रीय खेलों में भाग लेने के लिए क्वालीफाई किया है।

दो दिवसीय फुटबॉल चयन प्रक्रिया

- झारखंड खेल प्राधिकरण विभाग द्वारा कमर तुढ़नी फुटबॉल स्टेडियम तुमका में 16 से 22 वर्ष आयु वर्ग के योग्य खिलाड़ियों के लिए दो दिवसीय चयन प्रक्रिया का आयोजन किया गया।
- चयन नव स्थापित स्वीकृत फुटबॉल उत्कृष्टता केंद्र के लिए आयोजित किया गया था, जिसे एकलव्य प्रशिक्षण केंद्र के रूप में भी जाना जाता है।

झारखंड राज्य के प्रसिद्ध स्टेडियम

क्रम संख्या	प्रसिद्ध स्टेडियम	जिला
1.	अलबर्ट एक्का स्टेडियम	गुमला
2.	डिगवाडीह स्टेडियम	धनबाद
3.	रेलवे स्टेडियम	धनबाद/राँची
4.	कीनन स्टेडियम	जमशेदुपर

5.	बिरसा मुंडा एथलेटिक्स स्टेडियम	राँची
6.	एस्ट्रो टर्फ हॉकी स्टेडियम	राँची
7.	जयपाल सिंह स्टेडियम	राँची
8.	जवाहरलाल नेहरू स्टेडियम	राँची
9.	बाखरा स्टेडियम	बाखरा
10.	केकेएन स्टेडियम	देवघर
11.	मोहन कुमार मंगलम स्टेडियम	बोकारो स्टील सिटी
12.	बलदेव साहू स्टेडियम	लोहरदगा
13.	हजारीबाग स्टेडियम	हजारीबाग
14.	इंडोर स्टेडियम	दुमका/पाकुड़
15.	गोल्फ मैदान	धनबाद
16.	चाईबासा स्टेडियम	चाईबासा
17.	खेलगांव	राँची
18.	जेआरडी टाटा स्पोर्ट्स कॉम्प्लेक्स फुटबॉल स्टेडियम	जमशेदुपर

प्रमुख पर्यटन स्थल

टैगोर हिल

- अल्बर्ट एक्का चौक के पास राँची से लगभग 4 किलोमीटर उत्तर में स्थित टैगोर हिल का नाम प्रसिद्ध कवि रवींद्रनाथ टैगोर के सम्मान में रखा गया है।
- लगभग 300 फीट की ऊंचाई पर स्थित यह पहाड़ी साहसिक उत्साही लोगों के लिए एक लोकप्रिय गंतव्य है, जो रॉक क्लाइम्बिंग और ट्रेकिंग का आनंद लेते हैं।
- उल्लेखनीय है कि इस तरह की गतिविधियों में संलग्न होने के लिए पहाड़ी की स्थिति एक आदर्श स्थान है।

पहाड़ी मंदिर

- राँची रेलवे स्टेशन से लगभग 8 किलोमीटर दूर, रातू रोड के निकट स्थित पहाड़ी मंदिर को देखा जा सकता है।
- भगवान शिव को समर्पित यह मनोरम पूजा स्थल 2140 फीट की ऊंचाई पर स्थित है।
- राँची झील मंदिर के तल पर स्थित है, और यह आगंतुकों को पहाड़ी मंदिर की ओर जाने से पहले खुद को शुद्ध करने के लिए स्नान घाट प्रदान करती है।

हुंडरू जलप्रपात

- हुंडरू जलप्रपात राँची के सुबर्णरिखा नदी के मार्ग पर स्थित है।
- 320 फीट की ऊंचाई के साथ यह राज्य का सबसे ऊंचा जलप्रपात है।
- मुख्य शहर राँची से हुंडरू जलप्रपात की दूरी लगभग 45 किलोमीटर है।
- यह प्राकृतिक आश्चर्य पर्यटकों को अपनी सुरम्य सुंदरता से आकर्षित करता है।

रॉक गार्डन

- प्रसिद्ध पर्यटन स्थल राँची का रॉक गार्डन अल्बर्ट अक्का चौक से लगभग 4 किलोमीटर की दूरी पर स्थित है।
- गोंडा पहाड़ी की चट्टानों से निर्मित उद्यान लोकप्रियता और महत्व की दृष्टि से जयपुर के उद्यान के बाद दूसरे स्थान पर है।
- विशेष रूप से, रॉक गार्डन की एक अनूठी विशेषता डबल किनारों के साथ लोहे की छड़ का झूला है।
- इसके अतिरिक्त, कांके बांध की झील रांची रॉक गार्डन के करीब है।

जगन्नाथ मंदिर

- जगन्नाथ मंदिर रांची के बड़कागढ़ रियासत के उदयपुर परगना जगन्नाथपुर धुरवा में स्थित है।
- नागवंशी राजा ठाकुर अनी नाथ शाहदेव द्वारा 1691 ईस्वी में निर्मित, मंदिर उत्कल पुरी में जगन्नाथ मंदिर के बाद बनाया गया है।
- यह लगभग 85-90 मीटर ऊंची एक मामूली पहाड़ी पर स्थित है।
- मंदिर के वातावरण को हरे-भरे पेड़ों की बहुतायत से बढ़ाया गया है, जो इसके शांत वातावरण को जोड़ता है।

विज्ञान केंद्र (साइंस सेंटर)

- राँची विज्ञान केंद्र भारत के झारखंड राज्य में अपनी तरह का पहला केंद्र है।
- यह झारखंड विज्ञान और प्रौद्योगिकी परिषद के तहत स्थापित किया गया था, जो विज्ञान और प्रौद्योगिकी विभाग और झारखंड सरकार के दायरे में आता है।
- विज्ञान केंद्र मोरहाबादी के चिरौंदी गांव में 13 एकड़ भूमि पर स्थित है।

उलिहातू

- उलिहातू भारतीय राज्य झारखंड के खूंटी जिले के खूंटी सदर अनुमंडल के अरकी सीडी ब्लॉक में स्थित एक गांव है।
- यह एक श्रद्धेय स्वतंत्रता सेनानी, धार्मिक नेता और आदिवासी आइकन बिरसा मुंडा के जन्मस्थान के रूप में प्रसिद्ध है।
- बिरसा मुंडा का जन्म 15 नवंबर, 1875 को उलिहातू गांव में हुआ था।

पंचघाघ जलप्रताप

- पंचघाघ जलप्रपात भारतीय राज्य झारखंड के खूंटी जिले में स्थित एक सुंदर जलप्रपात है।

पेरवाघाघ जलप्रपात

- पेरवाघाघ जलप्रपात एक लुभावनी जलप्रपात है जो भारतीय राज्य झारखंड के खूंटी जिले में पाया जाता है।
- जलप्रपात की विशेषता इसके क्रिस्टल-क्लियर जल प्रवाह से है, जो इसकी सुंदरता को बढ़ाता है।

रानी जलप्रपात

- जिला मुख्यालय से 20 किलोमीटर की दूरी पर खूंटी-तमाड़ मार्ग पर स्थित एक आश्चर्यजनक जलप्रपात है, जिसे रानी जलप्रपात के नाम से जाना जाता है।
- यह सुरम्य जलप्रपात ताजना नदी पर स्थित है, जो सैंडबैंक बनाता है।

अमरेश्वर धाम

- अंगराबारी या अमरेश्वर धाम, झारखंड के खूंटी के निकट स्थित है।
- अमरेश्वर धाम भगवान शिव की पूजा के लिए समर्पित हिंदू मंदिरों में से एक है।
- ऋषि शंकराचार्य स्वामी स्वरूपानंद सरस्वती द्वारा मंदिर परिसर का नाम बदलकर अमरेश्वर धाम कर दिया था।

- यह पूजनीय मंदिर राष्ट्रीय राजमार्ग-20 से खूंटी-तोरपा मार्ग पर स्थित है।

निचला घाघरी जलप्रपात

- निचला घाघरी जलप्रपात, भारतीय राज्य झारखंड का एक प्रसिद्ध पर्यटक आकर्षण है, जो लातेहार जिले में नेतरहाट से केवल 10 किलोमीटर की दूरी पर स्थित है।
- निचला घाघरी जलप्रपात अपनी मनोरम सुंदरता और आश्चर्यजनक दृश्यों के लिए सरहाया जाता है।

लोध जलप्रपात

- भारत के झारखंड राज्य में लातेहार जिले के दक्षिण डिवीजन पलामू टाइगर रिजर्व के भीतर स्थित, लोध जलप्रपात या बुद्धा घाघ घने जंगल के बीच स्थित एक जलप्रपात है।
- यह आश्चर्यजनक जलप्रपात, जिसे झारखंड में सबसे ऊंचे जलप्रपात के रूप में भी जाना जाता है, भारत में 21 वें सबसे ऊंचे जलप्रपात के रूप में शुमार है।
- यह जलप्रपात लातेहार जिले के छोटा नागपुर पठार क्षेत्र में बुरहा नदी पर स्थित है।

बेतला राष्ट्रीय उद्यान

- बेतला राष्ट्रीय उद्यान झारखंड के लातेहार जिले के छोटा नागपुर पठार में स्थित एक राष्ट्रीय उद्यान है जो वन्यजीवों की एक विस्तृत श्रृंखला का घर है।
- राष्ट्रीय उद्यान का नाम उन पांच जानवरों के नाम पर रखा गया है, जिनके लिए यह सबसे अच्छी तरह से जाना जाता है - बाइसन, हाथी, बाघ, तेंदुआ और चीतल।
- बेतला नाम वास्तव में इन जानवरों के आद्याक्षर से लिया गया एक संक्षिप्त नाम है।

मैगनोलिया सूर्यास्त बिंदु

- मैगनोलिया सूर्यास्त बिंदु झारखंड राज्य के नेतरहाट जिले में स्थित है।
- तत्तापानी गर्म जलकुण्ड
- तत्तापानी अपने प्राकृतिक गर्म जलकुण्ड के लिए प्रसिद्ध है, जो सुकारी नदी के किनारे से निकलता हैं।
- ये गर्म जलकुण्ड तत्तापानी में नदी के किनारे कई स्थानों पर पाए जाते हैं।

तत्तापानी गर्म जलकुण्ड

- तत्तापानी अपने प्राकृतिक गर्म जलकुण्ड के लिए प्रसिद्ध है, जो सुकारी नदी के किनारे से निकलता हैं।
- ये गर्म जलकुण्ड तत्तापानी में नदी के किनारे कई स्थानों पर पाए जाते हैं।

पलामू टाइगर रिजर्व

- पलामू टाइगर रिजर्व झारखंड, भारत में स्थित एक प्रमुख टाइगर रिजर्व है और भारत में स्थापित मूल नौ टाइगर रिजर्व में से एक है।
- यह झारखंड राज्य का एकमात्र बाघ अभयारण्य (टाइगर रिजर्व) है और बेतला राष्ट्रीय उद्यान का एक अभिन्न अंग है।

महुआडांड़ अभयारण्य

- झारखंड के लातेहार जिले में स्थित महुआडांड़ भेड़िया अभयारण्य एक वन्यजीव अभयारण्य है जो बेतला राष्ट्रीय उद्यान का हिस्सा है।
- अभयारण्य को 1976 में भारतीय भेड़ियों की आबादी के संरक्षण के प्राथमिक उद्देश्य के साथ एक संरक्षित क्षेत्र घोषित किया गया था, और वर्तमान में यह देश का एकमात्र भेड़िया अभयारण्य है।

मां उग्रतारा मंदिर

- मां उग्रतारा मंदिर झारखंड राज्य के लातेहार जिले में स्थित एक महत्वपूर्ण मंदिर है।
- यह मंदिर राज्य की राजधानी राँची से लगभग 90 किलोमीटर की दूरी पर स्थित है और लातेहार शहर से 37 किलोमीटर दूर है।

पालकोट अभयारण्य

- पालकोट वन्यजीव अभयारण्य पालकोट के पास स्थित एक संरक्षित क्षेत्र है, जो भारत में झारखंड के गुमला और सिमडेगा जिलों में फैला हुआ है।

नवरतनगढ़ किला

- गुमला जिले के सिसई प्रखंड में स्थित नवरतनगढ़ किला नागवंशी राजवंश की महत्वपूर्ण राजधानियों में से एक था।
- राजा दुर्जन साल ने 1636 और 1639 के बीच किले के निर्माण का काम शुरू किया और तब से इसे इस क्षेत्र में एक महत्वपूर्ण ऐतिहासिक स्मारक के रूप में मान्यता दी गई है।

हजारीबाग वन्यजीव अभयारण्य

- झारखंड राज्य के हजारीबाग जिले में स्थित हजारीबाग वन्यजीव अभयारण्य, 1955 में स्थापित एक संरक्षित क्षेत्र है।
- यह अभयारण्य विभिन्न जानवरों की प्रजातियों जैसे सांभर, नीलगाय, चीतल, मोर, सुस्त भालू, काले भालू, लकड़बग्घे और कबूतर के लिए एक प्राकृतिक आवास के रूप में कार्य करता है।

रजरप्पा जलप्रताप

- रजरप्पा भारतीय राज्य झारखंड में रामगढ़ जिले में एक जलप्रताप और तीर्थस्थल है।

लॉलॉन्ग वन्यजीव अभयारण्य

- लॉलॉन्ग वन्यजीव अभयारण्य लॉलॉन्ग सीडी ब्लॉक में पाया जा सकता है, जो भारतीय राज्य झारखंड के चतरा जिले के चतरा उपखंड में स्थित है।

डुमेर सुमेर जलप्रताप

- डुमेर सुमेर एक जलप्रताप है जो चतरा से लगभग 12 किलोमीटर उत्तर की दिशा में स्थित है।

भद्रकाली मंदिर

- यह मंदिर भदुली गांव में स्थित है, जो इटखोरी ब्लॉक से लगभग 1.5 किलोमीटर दूर है।
- यह मन्दिर चतरा-चौपारण पथ के किनारे पाया जाता है।

कौलेश्वरी मंदिर

- कौलेश्वरी मंदिर एक श्रद्धेय तीर्थस्थल है जो सती/काली की अभिव्यक्ति कौलेश्वरी देवी की पूजा के लिए समर्पित है।
- यह पवित्र स्थल झारखंड राज्य के चतरा जिले के चतरा अनुमंडल में स्थित है।

तिलैया डैम

- 1953 में, भारतीय राज्य झारखंड के कोडरमा जिले में बराकर नदी पर तिलैया बांध का निर्माण किया गया था।

गौतम बुद्ध वन्यजीव अभयारण्य

- गौतम बुद्ध वन्यजीव अभयारण्य, बिहार राज्य के गया जिले और पूर्व-मध्य भारत में झारखंड राज्य के कोडरमा जिले में स्थित है।

कोडरमा वन्यजीव अभयारण्य

- कोडरमा वन्यजीव अभयारण्य भारतीय राज्य झारखंड में कोडरमा जिले के उत्तरी क्षेत्र में स्थित है।

तेनुघाट बांध

- तेनुघाट बांध एक जो अर्थफिल बांध है झारखंड राज्य के बोकारो जिले में स्थित है।
- यह बांध दामोदर नदी पर स्थित है।

जवाहरलाल नेहरू जैविक उद्यान

- जवाहरलाल नेहरू जैविक उद्यान बोकारो स्टील सिटी, झारखंड में स्थित एक प्राणि उद्यान है।
- यह 1980 के दशक में स्थापित किया गया था और इसकी सुविधाओं और

सुविधाओं को बढ़ाने के लिए 1989 में संशोधन किया गया था।

मैथन बांध

- मैथन बांध धनबाद शहर से लगभग 48 किलोमीटर दूर स्थित है।
- मैथन बांध का निर्माण 1948 में दामोदर घाटी निगम द्वारा किया गया था, और बांध की लंबाई लगभग 15,712 फीट और ऊंचाई 165 फीट है।

पंचेत बांध

- झारखंड के धनबाद जिले के पंचेत क्षेत्र में स्थित पंचेत बांध दामोदर नदी पर बनाया गया है।
- इस बहुउद्देशीय बांध का उद्घाटन 1959 में हुआ था और यह दामोदर घाटी निगम के पहले चरण के तहत बनाए गए चार बांधों में से एक है।
- पंचेत बांध चिरकुंडा से लगभग 9 किलोमीटर की दूरी पर स्थित है।

तोपचांची झील

- तोपचांची झील झारखंड के धनबाद जिले में एक भौगोलिक पर्यटन स्थल है।
- राष्ट्रीय राजमार्ग 2 पर स्थित यह स्वर्णिम चतुर्भुज पर स्थित है।
- धनबाद रेलवे स्टेशन झील से 37 किलोमीटर दूर है और बोकारो से 41 किलोमीटर दूर है।
- हालांकि झील एक कृत्रिम झील है, जंगलों और पहाड़ियों के बीच इसका हरा-भरा वातावरण इसे एक आदर्श पिकनिक स्थल बनाता है।

गुरसंधू जलप्रपात

- झारखंड के गढ़वा में स्थित गुरसंधू जलप्रपात एक प्रसिद्ध पर्यटन स्थल है।
- इसकी प्राकृतिक सुंदरता, आसपास के क्षेत्रों से बड़ी संख्या में पर्यटकों को आकर्षित करती हैं।

जुबली पार्क

- जमशेदपुर, झारखंड में स्थित जुबली पार्क, एक विशाल शहरी पार्क है जो जॉगिंग और साइकिल चलाने जैसी कई मनोरंजक गतिविधियाँ प्रदान करता है।
- इसमें फव्वारे, एक चिड़ियाघर और कई अन्य आकर्षण शामिल हैं।
- टाटा स्टील कंपनी ने शुरू में इस पार्क को टाटानगर (जमशेदपुर) शहर को उपहार के रूप में दिया था।

डिमना झील

- डिमना झील, एक कृत्रिम जलाशय, झारखंड के जमशेदपुर से लगभग 15 किलोमीटर दूर दलमा वन्यजीव अभयारण्य के पास है।
- डिमना झील को टाटा स्टील ने 1944 में क्षेत्र में पानी की कमी को दूर करने के लिए बनाया था।

दलमा वन्यजीव अभयारण्य

- झारखंड के जमशेदपुर शहर से 10 किलोमीटर की दूरी पर स्थित दलमा वन्यजीव अभयारण्य एक संरक्षित वन्यजीव अभयारण्य है।
- दलमा वन्यजीव अभयारण्य 1975 में स्थापित किया गया था और यह भारतीय हाथियों की एक महत्वपूर्ण आबादी का घर स्थल है।

रंकिनी मंदिर

- रंकिनी मंदिर बंसीला ग्राम पंचायत के रोहिणीबेरा गाँव में स्थित है, जो झारखंड के जमशेदपुर के पोटका प्रखंड के अंतर्गत आता है।
- यह पवित्र मंदिर हाटा-जादुगोरा स्टेट हाईवे के निकट स्थित है।

चितेश्वर मंदिर

- पूर्वी सिंहभूम जिले के बहरागोड़ा ब्लॉक में, लगभग चार सौ साल पुराना प्राचीन चितेश्वर मंदिर है।
- इस मंदिर की प्रमुख विशेषताओं में से एक मंडप है, जहां एक शिवलिंग स्थापित है।

भुवनेश्वरी मंदिर

- देवी भुवनेश्वरी को समर्पित मंदिर खरंगझार, टेल्को, जमशेदपुर में स्थित है।

हुडको झील

- हुडको झील झारखंड के जा।मशेदपुर में स्थित है।

हिरनी जलप्रपात

- हिरनी जलप्रपात भारत के झारखंड राज्य के पश्चिमी सिंहभूम में स्थित एक जलप्रपात है।
- यह जलप्रपात खूंटी से 20 किलोमीटर की दूरी पर, हिरनी जलप्रपात रांची से 62 किलोमीटर और चाईबासा से 68 किलोमीटर की दूरी पर स्थित है।

सारंडा वन

- सारंडा वन भारतीय राज्य झारखंड में पश्चिमी सिंहभूम जिले के पहाड़ी क्षेत्र में स्थित एक घना जंगल (वन) है।
- यह वन प्रसिद्ध रूप से एशिया के सबसे बड़े साल वन के रूप में जाना जाता है और जमशेदपुर से 122 किलोमीटर की दूरी पर स्थित है।
- सारंडा वन लगभग 900 वर्ग किलोमीटर के क्षेत्र में फैला हुआ है और इसके लहरदार इलाके के कारण इसे लोकप्रिय रूप से 'सात सौ पहाड़ियों की भूमि' के रूप में जाना जाता है।
- जंगल विभिन्न प्रकार के पेड़ों का घर है, जिनमें साल, महुआ और कुसुम प्रमुख हैं।
- सारंडा जंगल में हो जनजाति का निवास है, जो पीढ़ियों से इस क्षेत्र में रह रहे हैं।

महादेवशाला मंदिर

- महादेवशाला मंदिर भारतीय राज्य झारखंड के पश्चिमी सिंहभूम जिले में गोइलकेरा के पास स्थित एक प्राचीन मंदिर है।
- यह मंदिर भगवान शिव को समर्पित है और महादेवसाल क्षेत्र में सारंडा जंगल के अंदर स्थित है।
- महादेवशाला मंदिर को इस क्षेत्र के सबसे पुराने और सबसे प्रतिष्ठित मंदिरों में से एक माना जाता है।
- मंदिर घने जंगलों से घिरा हुआ है और आगंतुकों को पूजा और ध्यान करने के लिए एक शांत और शांतिपूर्ण वातावरण प्रदान करता है।
- महादेव साल मंदिर हर साल बड़ी संख्या में भक्तों और पर्यटकों को आकर्षित करता है, खासकर शिवरात्रि के त्योहार के दौरान।

बैद्यनाथ ज्योतिर्लिंग मंदिर

- बैद्यनाथ ज्योतिर्लिंग मंदिर को बैद्यनाथ धाम के नाम से भी जाना जाता है और यह भारतीय राज्य झारखंड के देवघर शहर में स्थित है।
- बैद्यनाथ धाम भारत में सबसे प्रतिष्ठित हिंदू तीर्थ स्थलों में से एक है, क्योंकि यह बारह ज्योतिर्लिंगों में से एक है, जिन्हें भगवान शिव का सबसे पवित्र निवास स्थान माना जाता है।
- बैद्यनाथ ज्योतिर्लिंग को वह स्थान माना जाता है जहाँ भगवान शिव एक ज्योतिर्लिंग के रूप में प्रकट हुए थे और यह उनकी अनंत और शाश्वत प्रकृति का प्रतीक है।

त्रिकुट पहाड़ी

- त्रिकुट पहाड़ी भारत के झारखंड राज्य के देवघर शहर से लगभग 15 किलोमीटर की दूरी पर स्थित एक पवित्र हिंदू तीर्थ स्थल है।
- 'त्रिकुट पहाड़ी' नाम इस तथ्य से लिया गया है कि इस स्थल में तीन पहाड़ियाँ शामिल हैं, जिनके बारे में माना जाता है कि यह ब्रह्मा, विष्णु और महेश्वर (शिव) की पवित्र त्रिमूर्ति का प्रतिनिधित्व करती हैं।

कुण्डेश्वरी मंदिर

- कुण्डेश्वरी मंदिर झारखंड राज्य के देवघर जिले में है।

उधवा पक्षी अभयारण्य

- उधवा पक्षी अभयारण्य भारतीय राज्य झारखंड में एकमात्र पक्षी अभयारण्य है।
- अभयारण्य लगभग 5.65 वर्ग किलोमीटर के क्षेत्र में फैला है।

- यह अभयारण्य उधवा शहर के पास स्थित है।
- अभयारण्य विभिन्न प्रकार की पक्षी प्रजातियों का घर है, जिनमें प्रिटिनकोल, एग्रेट, वैगटेल, प्लोवर, लैपविंग, सारस, आइबिस और बगुला शामिल हैं।

मां योगिनी मंदिर

- मां योगिनी मंदिर भारत के झारखंड राज्य में गोड्डा जिले के पथरगामा ब्लॉक में स्थित एक प्राचीन हिंदू मंदिर है।
- मंदिर जिला मुख्यालय से लगभग 15 किलोमीटर की दूरी पर स्थित एक छोटे से गांव बरकोप में स्थित है।
- ऐतिहासिक और धार्मिक ग्रंथों के अनुसार, मंदिर को द्वापर युग का माना जाता है, और कहा जाता है कि पांडवों ने इस स्थल पर कई साल बिताए थे।
- मां योगिनी मंदिर देवी योगिनी को समर्पित है, जिन्हें हिंदू पौराणिक कथाओं में देवी दुर्गा का एक रूप माना जाता है।
- मां योगिनी मंदिर इस क्षेत्र का एक महत्वपूर्ण सांस्कृतिक और धार्मिक स्थल है, और इसे झारखंड राज्य की समृद्ध सांस्कृतिक विरासत का प्रतीक माना जाता है।

संचालित प्रमुख ऑपरेशन

झारखंड राज्य में प्रमुख संचालित ऑपरेशन कुछ इस प्रकार है:

ऑपरेशन ग्रीन हंट

- ऑपरेशन ग्रीन हंट राज्य सरकारों के नेतृत्व में एक नक्सल विरोधी अभियान था।
- "ऑपरेशन ग्रीन हंट" शब्द मूल रूप से छत्तीसगढ़ पुलिस अधिकारियों द्वारा राज्य में भारतीय कम्युनिस्ट पार्टी (माओवादी) (लेफ्ट-विंग एक्सट्रेमिसम) के खिलाफ एक सफल अभियान का वर्णन करने के लिए गढ़ा गया था।
- यह ऑपरेशन 2009 और 2011 के बीच नक्सली प्रभावित भारतीय राज्य झारखंड, छत्तीसगढ़, ओडिशा और पश्चिम बंगाल में हुआ था।
- इस ऑपरेशन का उद्देश्य वामपंथी उग्रवाद (लेफ्ट-विंग एक्सट्रेमिसम) से मुकाबला करना था।
- यह ऑपरेशन केंद्र और राज्य सरकारें दोनों के बीच एक संयुक्त प्रयास था।
- ऑपरेशन में माओवादी विद्रोहियों को निशाना बनाने के लिए जमीनी ऑपरेशन, हवाई सहायता और खुफिया जानकारी जुटाना शामिल था।

ऑपरेशन एनाकोंडा - I

- ऑपरेशन एनाकोंडा - I झारखंड में 2011 में चलाया गया एक महत्वपूर्ण नक्सल विरोधी ऑपरेशन था।
- ऑपरेशन का उद्देश्य झारखंड राज्य के पश्चिमी सिंहभूम जिले के सारंडा वन क्षेत्र से नक्सली (माओवादी) (वामपंथी उग्रवाद) (लेफ्ट विंग एक्सट्रेमिसम) उग्रवादियों का सफाया करना है।
- ऑपरेशन एनाकोंडा - I में हेलीकॉप्टरों और उन्नत उपकरणों के उपयोग के साथ-साथ राज्य पुलिस और अर्धसैनिक बलों (पेरा मिलिट्री फोर्सेज) की एक बड़ी तैनाती शामिल थी।
- ऑपरेशन का प्राथमिक उद्देश्य क्षेत्र में पुलिस उपस्थिति स्थापित करना और नक्सली खतरे को खत्म करना था।
- इस ऑपरेशन में कई नक्सली उग्रवादियों को मार गिराया गया और कई अन्य को गिरफ्तार किया गया।
- नतीजतन, सुरक्षा बल क्षेत्र में कई पुलिस चौकियों को स्थापित करने में सक्षम हुए, जिससे क्षेत्र पर सरकार के नियंत्रण को मजबूत करने में मदद मिली।
- ऑपरेशन ने क्षेत्र में नक्सली आंदोलन को एक बड़ा झटका दिया और प्रभावित क्षेत्रों में शांति और स्थिरता बहाल करने में मदद की।

ऑपरेशन एनाकोंडा - II

- ऑपरेशन एनाकोंडा - II 2013 में शुरू किया गया था और सुरक्षा बलों की एक संयुक्त टीम द्वारा चलाया गया था, जिसमें केंद्रीय पुलिस रिजर्व बल की कोबरा इकाई, भारतीय रिजर्व बटालियन, झारखंड पुलिस और झारखंड राज्य के जगुआर कमांडो शामिल थे।
- ऑपरेशन पश्चिम सिंहभूम जिले के सारंडा वन क्षेत्र पर केंद्रित था, जिसे नक्सली आतंकवादियों का गढ़ माना जाता है।
- ऑपरेशन में शामिल सुरक्षा बल नक्सली खतरे का मुकाबला करने और क्षेत्र में एक मजबूत पुलिस उपस्थिति स्थापित करने के लिए उन्नत उपकरणों और रणनीति का उपयोग किया था।
- ऑपरेशन पश्चिम सिंहभूम जिले के सारंडा वन क्षेत्र पर केंद्रित था, जिसे नक्सली आतंकवादियों का गढ़ माना जाता था।
- ऑपरेशन ने क्षेत्र में कई विकास परियोजनाओं के सफल कार्यान्वयन की सुविधा भी प्रदान की है, जिससे स्थानीय समुदायों के जीवन स्तर में सुधार करने और आर्थिक विकास को बढ़ावा देने में मदद मिली है।

ऑपरेशन प्रहार

- झारखंड राज्य में नक्सलियों ने आसपास के इलाके से कक्षा 12वीं के आदिवासी छात्रों को नक्सली संगठन में शामिल करना शुरू कर दिया था।
- इसलिए, प्रशासन ने 2018 में ऑपरेशन प्रहार को लॉन्च किया था।
- ऑपरेशन प्रहार का मुख्य उद्देश्य कक्षा 12 के आदिवासी छात्रों को नक्सली समूह में शामिल होने से रोकना था।
- ऑपरेशन प्रहार झारखंड राज्य में अत्यधिक सफल रहा था।

ऑपरेशन नई दिशा

- ऑपरेशन नई दिशा, झारखंड राज्य में एक ऐसी पहल जिसमें प्रशासन द्वारा किसी भी हथियार का उपयोग नहीं किया गया है।
- ऑपरेशन नई दिशा में नक्सलियों को एक सम्मानजनक जीवन जीने का अवसर प्रदान किया है।
- ऑपरेशन नई दिशा से नक्सलियों की सोचने के तरीको में बदलाव लाया जा रहा है।
- ऑपरेशन नई दिशा का परिणाम यह है कि, नक्ससली हथियार को त्याग कर अन्य रोजगार की ओर आ रहे है।
- ये रोजगार प्रसाशन द्वारा निर्धारित किया जाता है।
- रामपादो लोहरा जो एक समय में नक्सलियों के लिए वर्दी, प्रचार पत्रिका कवर बनाते थे, वो 2013 से झारखंड राज्य के पुलिस कर्मियों के लिए वर्दी की सिलाई का कार्य करते है।
- रेशमी महली भी माओवादी (नक्सली) थीं। शांतिपूर्ण जीवन जीने के लिए रेशमी महली की दृढ़ प्रतिबद्धता थी। इसलिए वह जिला कलेक्ट्रेट कार्यालय में कैंटीन खोलकर प्रशासन से ऑपरेशन नई दिशा के लाभार्थी बनने का अनुरोध किया था। अधिकारियों ने उन्हें जिला कलेक्ट्रेट कार्यालय में जगह प्रदान किया और 2011 में रेशमी महली ने कैंटीन खोलकर, लोगो की सेवा की ओर एक सराहनीय कदम उठाया था।

ऑपरेशन मुस्कान

- झारखंड पुलिस ने लापता बच्चों का पता लगाने और उनके पुनर्वास के लिए ऑपरेशन मुस्कान शुरू किया था।
- इस तरह की योजना पहले गाजियाबाद (उत्तर प्रदेश) प्रशासन द्वारा लागू की जा चुकी है।
- ऑपरेशन औपचारिक रूप से अप्रैल 2015 में शुरू किया गया था।
- पुलिस को ट्रेन स्टेशनों और अन्य स्थानों पर गुमशुदा बच्चों की तलाश करनी होती है, उन्हें सुरक्षा प्रदान करनी होती है इसके अलावा बच्चो के

माता-पिता को भी ट्रैक करना होता है।

- खोज और पुनर्प्राप्ति प्रक्रिया को सुविधाजनक बनाने के लिए एक वेब पोर्टल और टोल-फ्री नंबर स्थापित किया गया है।
- सभी गुमशुदा बच्चों की रिपोर्ट वेब पोर्टल के माध्यम से सुलभ एकल डेटाबेस में पंजीकृत हैं।
- गुमशुदा बच्चों की गुमशुदगी के 24 घंटे के भीतर प्रथम सूचना रिपोर्ट (फर्स्ट इनफार्मेशन रिपोर्ट) में उनकी रिपोर्ट दर्ज की जाती है।

ऑपरेशन चक्रव्यूह

- जून 2021 में, झारखंड प्रशासन ने भारतीय कम्युनिस्ट पार्टी (सीपीआई) के माओवादियों (नक्सलियों) के खिलाफ "ऑपरेशन चक्रव्यूह" शुरू किया था।
- ऑपरेशन झारखंड राज्य में गुमला जिले से 80 किमी दूर स्थित कुरुमगढ़ थाना क्षेत्र के जंगली और पहाड़ी क्षेत्र में चलाया गया था।
- ऑपरेशन का उद्देश्य सीपीआई माओवादी गतिविधियों को बेअसर करना और प्रभावित क्षेत्र में शांति बहाल करना था।

ऑपरेशन खोज

- झारखंड सरकार ने वर्ष 2013 में झारखंड के लातेहार जिले में नक्सलियों के खिलाफ अभियान चलाया गया था।
- ऑपरेशन का मकसद नक्सलियों की गतिविधियों को दबाना और प्रभावित इलाके में शांति लाना था।
- ऑपरेशन में भारतीय सशस्त्र बलों और झारखंड पुलिस के बीच एक समन्वित प्रयास शामिल था।
- यह ऑपरेशन कई हफ्तों तक चला, इस दौरान बड़ी संख्या में नक्सलियों को गिरफ्तार किया गया और उनके ठिकानों को नष्ट कर दिया गया।
- ऑपरेशन को क्षेत्र में नक्सली हिंसा को रोकने में सफलता के रूप में देखा गया।

ऑपरेशन अग्निदूत

- नक्सली विद्रोह का मुकाबला करने के लिए झारखंड के पलामू जिले में "ऑपरेशन अग्निदूत" शुरू किया गया था।
- ऑपरेशन में भारतीय सशस्त्र बलों और झारखंड पुलिस के बीच एक संयुक्त प्रयास शामिल था।

ऑपरेशन वरुण

- ऑपरेशन वरुण को वर्ष 2003 में झारखंड राज्य के धनबाद जिले में लॉन्च किया गया था।
- ऑपरेशन वरुण का मुख्य लक्ष्य राज्य में पेयजल की कमी के मुद्दे को हल करना था।
- ऑपरेशन वरुण झारखंड के लोगों, विशेष रूप से ग्रामीण क्षेत्रों में, स्वच्छ पीने के पानी की उपलब्धता सुनिश्चित करेगा।
- ऑपरेशन वरुण की सफलता ने झारखंड में पेयजल की स्थिति में सुधार करने में मदद की है और राज्य के पानी की कमी वाले क्षेत्रों में रहने वाले लोगों को राहत प्रदान की है।

ऑपरेशन कॉम्ब

- झारखंड राज्य के धनबाद जिले में रेलवे स्टेशनों पर डकैती की घटनाओं को रोकने के लिए ऑपरेशन कॉम्ब का आयोजन किया गया था।

ऑपरेशन जस्टिस

- झारखंड राज्य के विभिन्न शहरों में मजदूरों को मजदूरी से प्राप्त होने वाले रूपए का आश्वासन देने के लिए "ऑपरेशन जस्टिस" नामक एक ऑपरेशन शुरू किया गया था।

ऑपरेशन जंगल

- ऑपरेशन जंगल झारखंड राज्य के गढ़वा (टाउन) में चलाया गया एक नक्सल विरोधी अभियान था।
- ऑपरेशन का उद्देश्य क्षेत्र में नक्सली विद्रोह का मुकाबला करना था।
- नक्सलियों के खिलाफ लड़ाई में स्थानीय आबादी का विश्वास और सहयोग जीतने के लिए सुरक्षा बल सामुदायिक पहुंच प्रयासों में भी लगे हुए हैं।

ऑपरेशन जाल

- मई 2013 में, झारखंड राज्य के लातेहार जिले के बेंडी जंगलों में नक्सलियों के खिलाफ ऑपरेशन जाल शुरू किया गया था।
- ऑपरेशन का उद्देश्य क्षेत्र में नक्सली विद्रोह को जड़ से खत्म करना था, जो कई वर्षों से अशांति और हिंसा का कारण बने हुए थे।

ऑपरेशन टोडरमल

- ऑपरेशन टोडरमल का मुख्य उद्देश्य झारखंड राज्य के सभी जिलों में उचित भूमि वितरण को बनाए रखना है।

ऑपरेशन धनवंतरि

- ऑपरेशन का मुख्य उद्देश्य झारखंड राज्य में नकली दवाओं के निर्माण, वितरण और बिक्री को एकदम खत्म करना था।

ऑपरेशन ट्राइडेंट

- ऑपरेशन ट्राइडेंट वर्ष 2020 में लॉन्च किया गया था।
- ऑपरेशन ट्राइडेंट को झारखंड राज्य के राँची एवं सरायकेला-खरसावां जिलों में नक्सलियों की गतिविधियों को खत्म करने के लिए शुरू किया गया था।

ऑपरेशन सफाया

- ऑपरेशन सफाया झारखंड और बिहार राज्य के सीमावर्ती क्षेत्रों में रहने वाले नक्सलियों के खिलाफ संयुक्त अभियान चलाया गया था।
- ऑपरेशन सफाया, दोनों राज्य बिहार और झारखंड के प्रशासन द्वारा चलाया गया था।

ऑपरेशन डबल बुल्ल

- ऑपरेशन डबल बुल्ल को झारखंड पुलिस द्वारा 2022 में शुरू किया गया था।
- ऑपरेशन डबल बुल्ल को लोहरदगा जिले के जंगलो में एवं लोहरदगा से जुड़े जिलों में संचालित किया गया था।
- ऑपरेशन डबल बुल्ल से नक्सली के नौ लोगो को पकड़ा गया था।

प्रमुख सामाजिक एवं आर्थिक योजनाएँ

झारखंड किसान फसल राहत योजना

- झारखंड किसान फसल राहत योजना का उद्देश्य झारखंड में प्राकृतिक आपदाओं के कारण फसल के नुकसान की स्थिति में किसानों को सुरक्षा प्रदान करना है।
- पात्रता:
    - किसानों को मूल रूप से झारखंड राज्य का निवासी होना चाहिए।
    - लघु और सीमांत किसान (स्माल एंड मार्जिनल फार्मर) होना चाहिए
    - दोनों भूस्वामी एवं भूमिहीन किसान पात्र है।
- क्रियान्वयन संस्था:
    - झारखंड सरकार के शासन के तहत कृषि, पशुपालन और सहकारिता विभाग।

समेकित बिरसा ग्राम विकास योजना सह कृषक पाठशाला

- इस योजना के तहत झारखंड राज्य के प्रत्येक जिले में एक कृषि फार्म का चयन किया जाएगा।
- इन कृषि फार्मों को नई सिंचाई तकनीकों के अलावा बागवानी, पशुपालन और मछलीपालन के लिए आधुनिक खेती के विभिन्न अत्याधुनिक तकनीक

एवं उपकरण दिए जायेंगे।

- इस कृषि फार्मों से जुड़े किसानो को प्रशिक्षण (ट्रेनिंग) दी जाएगी, जिससे कि किसानो की आर्थिक आय में वृद्धि हो जाए।
- वित्तीय वर्ष 2021-22 के लिए लगभग 50 करोड़ रुपये दिए गए थे।

झारखंड कृषि ऋण माफी योजना

- योजना का उद्देश्य झारखंड राज्य में किसानों को अल्पकालिक कृषि ऋण के वित्तीय बोझ से राहत प्रदान करना है।
- योजना के प्राथमिक लक्ष्य निम्नलिखित हैं:
  - ऋण के लिए फसल ऋण धारकों की पात्रता में वृद्धि करना,
  - नए फसल ऋण की उपलब्धता को सुविधाजनक बनाना,
  - किसानों के पलायन (माइग्रेशन) को रोकना,
  - कृषि अर्थव्यवस्था को मजबूत करना।
- राज्य सरकार इस योजना के तहत प्रति किसान 50 हजार रुपये तक का कर्ज माफ करेगी।
- पात्रता:
  - आवेदक झारखंड राज्य का स्थायी निवासी होना चाहिए।
  - छोटे या सीमांत किसान द्वारा किसान क्रेडिट कार्ड के माध्यम से ऋण प्राप्त किया जाना चाहिए।
  - आवेदक को या तो अपनी भूमि पर स्वयं खेती करनी चाहिए या पट्टे की भूमि पर खेती करनी चाहिए।
  - आवेदक की आयु कम से कम 18 वर्ष होनी चाहिए।
  - प्रति परिवार केवल एक किसान ऋण माफी के लिए पात्र है।
- इस योजना को एक ऑनलाइन प्लेटफॉर्म का उपयोग करते हुए एक वेब पोर्टल के माध्यम से क्रियान्वित किया जाएगा।

मुख्यमंत्री कृषि आशीर्वाद योजना

- मुख्यमंत्री कृषि आशीर्वाद योजना किसानों की वित्तीय स्थिति में सुधार लाने और उन्हें खरीफ सीजन के शुरू होने से पहले समय पर निवेश सहायता प्रदान करने के उद्देश्य से राज्य सरकार द्वारा शुरू की गई एक महत्वाकांक्षी योजना है।
- पात्रता:
  - झारखंड राज्य के सभी छोटे और सीमांत किसान (स्माल एंड मार्जिनल फार्मर), जिनके पास अधिकतम 5 एकड़ तक कृषि योग्य भूमि है, योजना के तहत आवेदन करने के पात्र हैं।
- योजना का लाभ:
  - इस योजना के तहत, अधिकतम 5 एकड़ भूमि वाले छोटे और सीमांत किसानों को प्रति वर्ष 5000 रुपये प्रति एकड़ प्राप्त होंगे, जो कि डायरेक्ट बेनिफिट ट्रांसफर सिस्टम के माध्यम से सीधे उनके बैंक खातों में स्थानांतरित किए जाएंगे।

बिरसा किसान योजना

- बिरसा किसान योजना को अगस्त, 2021 में मुख्यमंत्री हेमंत सोरेन जी द्वारा लांच किया गया था।
- बिरसा किसान योजना के लिए किसानों को पंजीकरण कराने और एक विशिष्ट आईडी (विशिष्ट पहचान प्रमाण पत्र) प्राप्त करने की आवश्यकता होगी, जिसे पंजीकरण के लिए नामित सरकारी पोर्टल के माध्यम से प्राप्त किया जा सकता है।
- यह विशिष्ट पहचान प्रमाण पत्र, चिप-आधारित तकनीक का उपयोग करता है।
- यह आईडी किसानों को सरकारी लाभों के बारे में जानकारी प्राप्त करने में सक्षम बनाएगी, क्योंकि इसमें उनकी भूमि, फसलों और उत्पादन के बारे में विवरण शामिल होगा।
- इस पहचान प्रमाण पत्र में किसानों के सभी रिकॉर्ड मौजूद होंगे, जैसे कि उनका आधार कार्ड नंबर, बैंक खाते की जानकारी, मोबाइल नंबर, उनका उत्पादन, जमीन और फसल आदि।
- पात्रता:
  - इस योजना का लाभ विशेष रूप से झारखंड में रहने वाले किसानों के लिए उपलब्ध है। अन्य राज्य के किसान योजना के लाभ के लिए पात्र नहीं हैं।
- योजना का लाभ:
  - इस योजना के लागू होने से भ्रष्टाचार में कमी आएगी।
  - इस योजना के शुरू होने से किसानों की आय दोगुनी करने का लक्ष्य हासिल किया जा सकता है।
  - चिप आधारित कार्ड किसान के पहचान पत्र की तरह काम करेगा।
  - इस योजना के तहत, झारखंड राज्य के किसान कृषि प्रशिक्षण प्राप्त करेंगे।

मीठी क्रांति योजना

- फरवरी 2019 में झारखंड के मुख्यमंत्री रघुबर दास ने किसानों के लिए एक नई योजना शुरू की थी, जिसे मीठी क्रांति योजना (मीठी क्रांति योजना) के नाम से जाना जाता है।
- इस योजना में मधुमक्खी पालन प्रशिक्षण और किसानों को 1 लाख रुपये की एक इकाई प्रदान करना शामिल है, जिससे वे मधुमक्खी पालन और शहद बेचने का व्यवसाय शुरू कर सकें।
- सरकार 80,000 रुपये का अनुदान प्रदान करेगी, और किसानों को 20,000 रुपये का निवेश करना होगा।
- योजना का उद्देश्य 2022 तक किसानों की आय चौगुनी करना है।
- इस योजना का बजट 100 करोड़ रूपए है।
- योजना का लाभ:
  - किसानों को शहद व्यवसाय शुरू करने के लिए प्रशिक्षण और वित्तीय सहायता प्रदान की जाएगी।

ब्याज मुक्त कृषि ऋण योजना

- 29 नवंबर, 2018 को झारखंड के तत्कालीन मुख्यमंत्री रघुबर दास ने ब्याज मुक्त कृषि ऋण योजना की शुरूआत करी थी।
- इस योजना के तहत एकमात्र शर्त यह है कि ऋण को एक वर्ष के भीतर वापस किया जाना चाहिए क्योंकि राज्य सरकार एक वर्ष से अधिक समय तक ब्याज दर वहन नहीं करेगी।
- महिला स्वयं सहायता समूहों को प्रोत्साहित करने के लिए डेयरी किसानों को 50% सब्सिडी दी जाती है और बदले में डेयरी फार्मिंग के लिए व्यक्तियों को रखा जाता है।
- झारखंड राज्य के मुख्यमंत्री ने यह भी सुझाव दिया है कि डेयरी और सौर खेती के लिए खेती, पशुपालन पर समान ध्यान देने पर किसानों की आय चार गुना तक बढ़ सकती है।
- योजना का लाभ:
  - आय में लगातार वृद्धि प्रदान करके, यह योजना किसानों के लिए वित्तीय सुरक्षा प्रदान करती है।
  - इसके अतिरिक्त, यह योजना पूरे वर्ष राज्य के सभी गांवों को निर्बाध बिजली आपूर्ति के प्रावधान पर जोर देती है।
  - 2018 से, किसानों को फसल बीमा के लिए कोई प्रीमियम देने की आवश्यकता नहीं है, क्योंकि यह एक शून्य-प्रीमियम योजना बन गई है।
  - बिजली की सार्वभौमिक पहुंच सुनिश्चित करने के लिए सभी गांवों को बिजली प्रदान की जाएगी।

- मोबाइल एप्लिकेशन किसानों को फसलों, मौसम के पैटर्न, सरकारी योजनाओं और सब्सिडी के बारे में बहुमूल्य जानकारी प्रदान करेगी।

आकांक्षा कार्यक्रम

- आकांक्षा कार्यक्रम को झारखंड सरकार द्वारा 2016 - 17 में शुरू किया गया था।
- आकांक्षा कार्यक्रम सरकारी स्कूलों के चयनित छात्रों को मेडिकल और इंजीनियरिंग प्रवेश परीक्षाओं के लिए मुफ्त कोचिंग प्रदान करता है, जिससे उन्हें इन अत्यधिक प्रतिस्पर्धी परीक्षाओं की तैयारी करने में मदद मिलती है।
- आकांक्षा कार्यक्रम वंचित छात्रों को उनके प्रवेश परीक्षाओं में उत्कृष्टता प्राप्त करने के लिए आवश्यक कौशल और ज्ञान से परिपूर्ण करने के लिए मानार्थ कोचिंग, अध्ययन सामग्री और एक सीखने का माहौल प्रदान करती है।
- पात्रता:
    - राज्य विभाग सभी जिलों में 11वीं कक्षा में सरकारी स्कूल के छात्रों के लिए चयन परीक्षा आयोजित करता है।
    - परीक्षा योग्यता के आधार पर शीर्ष 40 छात्रों को निर्धारित करती है, जिन्हें इंजीनियरिंग और मेडिकल दोनों धाराओं के लिए मुफ्त शिक्षा प्राप्त करने का अवसर प्रदान किया जाता है।
    - चयनित छात्रों को उनके 11वीं और 12वीं कक्षा के वर्षों के लिए स्कूली शिक्षा के साथ-साथ इंजीनियरिंग और मेडिकल चयन परीक्षणों के लिए मानार्थ आवासीय कोचिंग प्रदान की जाती है।
    - कार्यक्रम इस सेवा को प्रदान करने के लिए झारखंड की राजधानी शहर में उपलब्ध सर्वोत्तम शिक्षण संकाय को नियुक्त करता है।

मुख्यमंत्री फेलोशिप योजना

- झारखंड सरकार की मुख्यमंत्री फैलोशिप योजना का उद्देश्य उन आर्थिक और वित्तीय बाधाओं को खत्म करना है जो झारखंड में छात्रों को उच्च शिक्षा प्राप्त करने से रोकते हैं।
- यह पहल पूरे देश के प्रमुख शैक्षणिक संस्थानों में बैचलर ऑफ टेक्नोलॉजी और इंटीग्रेटेड मास्टर ऑफ बिजनेस एडमिनिस्ट्रेशन जैसे व्यावसायिक पाठ्यक्रमों का अध्ययन करने वाले झारखंड के छात्रों तक सीमित है।
- इन व्यावसायिक पाठ्यक्रमों में नामांकन करने पर पात्र छात्र इस फैलोशिप से लाभान्वित हो सकते हैं।
- जो छात्र निजी विश्वविद्यालयों सहित झारखंड के राज्य विश्वविद्यालयों की पीएचडी (डॉक्टर ऑफ फिलॉसफी) प्रवेश परीक्षा में सर्वोच्च अंक प्राप्त करते हैं या उत्कृष्टता प्राप्त करते हैं, वे 15,000 रुपये की मासिक फेलोशिप के लिए पात्र हैं।
- यह फेलोशिप प्रत्येक वर्ष के अंत में संतोषजनक प्रगति के अधीन तीन साल तक के लिए प्रदान की जाएगी।
- जिन छात्रों को दुनिया भर के शीर्ष 100 विश्वविद्यालयों में अपना शोध कार्य प्रस्तुत करने के लिए चुना जाता है, उन्हें उनके जीवन काल में एक बार विदेश यात्रा के खर्च को कवर करने के लिए 1 लाख रुपये या आवश्यक राशि प्रदान की जाती है।
- छात्रवृत्ति योजना द्वारा छात्रों को कक्षा/पाठ्यक्रम के आधार पर दो प्रमुख श्रेणियों में विभाजित किया गया है, जिसमें छात्रों का नामांकन किया जाता है। छात्रवृत्ति के लिए आवेदन करने पर छात्रों को नीचे दी गई दो श्रेणियों में से एक श्रेणी का चयन करना होगा। नीचे दो श्रेणियों का विवरण दिया गया है:
    - तकनीकी व्यावसायिक स्तर की छात्रवृत्ति
    - अनुसंधान छात्रवृत्ति
- पात्रता:
    - छात्र झारखंड राज्य का निवासी होना चाहिए,
    - छात्र को चालू (करंट ईयर) वित्तीय वर्ष के दौरान कोई अन्य योजना से छात्रवृत्ति प्राप्त नहीं करनी चाहिए।

झारखंड किफायती शहरी आवास नीति (झारखंड अफोर्डेबल अर्बन हाउसिंग पॉलिसी)

- झारखंड किफायती शहरी आवास नीति को 2016 में शुरू किया गया था।
- इस नीति का उद्देश्य आर्थिक रूप से कमजोर वर्गों, कम आय वाले समूहों और समाज के अन्य कमजोर वर्गों पर विशेष जोर देने के साथ शहरी क्षेत्रों के सभी निवासियों को किफायती आवास प्रदान करने के लिए एक अनुकूल वातावरण स्थापित करना है।
- इस नीति के निम्नलिखित विशिष्ट उद्देश्य हैं:
    - स्लम पुनर्विकास और नए आवास के साथ-साथ किराये के आवास सहित शहरी गरीबों के लिए आवास संबंधी सभी मुद्दों को संबोधित करने के लिए एक व्यापक नीतिगत ढांचा विकसित किया जायेगा।
    - कम और अनौपचारिक आय वाले बाजार क्षेत्रों की जरूरतों को पूरा करने के लिए सक्रिय बाजार-आधारित पहलों को बढ़ावा दिया जायेगा।
- लक्ष्य समूह (टारगेट ग्रुप): यह नीति शहरी गरीबों को लक्षित करती है जिन्हें राज्य द्वारा आय मानदंड के आधार पर आर्थिक रूप से कमजोर वर्ग (ईडब्ल्यूएस) और निम्न आय समूह (एलआईजी) से संबंधित व्यक्तियों के रूप में वर्गीकृत किया गया है:

क्रम संख्या	समूह	वार्षिक घरेलू आय सीमा
1.	ईडब्ल्यूएस	रुपये 3,00,000 तक की राशि
2.	एलआईजी	रुपये 3,00,001 से रुपये 6,00,000 तक

झारखंड औद्योगिक एवं निवेश प्रोत्साहन नीति 2021

- नीति का मुख्य उद्देश्य झारखंड राज्य में 1,00,000 करोड़ रुपये से अधिक के निवेश को आकर्षित करना है, जिससे 5,00,000 लोगों के लिए रोजगार के नए अवसर आएंगे।
- नीति का अन्य उद्देश्य झारखंड को एक पसंदीदा निवेश गंतव्य के रूप में स्थापित करना है, जिससे राज्य में स्थायी औद्योगिक विकास को बढ़ावा मिले।
- समावेशीता को बढ़ावा देने के लिए, अनुसूचित जाति / अनुसूचित जनजाति समुदायों से संबंधित महिलाओं और उद्यमियों को विशेष प्रोत्साहन प्रदान किया जाएगा।
- हितधारकों और औद्योगिक संघों के साथ एक परामर्श तंत्र के साथ एक निगरानी, मूल्यांकन और शिकायत निवारण तंत्र को संस्थागत बनाया जाएगा।
- औद्योगिक रूप से अविकसित क्षेत्रों पर केंद्रित दृष्टिकोण के साथ बुनियादी ढांचे के विकास में तेजी लाई जाएगी और श्रम प्रधान उद्योगों को बढ़ावा दिया जाएगा।
- विश्वविद्यालयों को स्टार्ट-अप के लिए प्रौद्योगिकी उन्नयन, अनुसंधान और विकास, और नवीन उत्पाद विकास का समर्थन करने के लिए प्रोत्साहित किया जाएगा।
- इसके अतिरिक्त, व्यापार सुविधा और ई-गवर्नेंस को बढ़ावा दिया जाएगा।
- राज्य अनुकूल श्रम सुधार करेगा और व्यापार करने में आसानी बढ़ाएगा।
- अंत में, 'मेक इन इंडिया' कार्यक्रम पर केंद्रित दृष्टिकोण अपनाया जाएगा।

झारखंड कॉरपोरेट सोशल रिस्पॉन्सिबिलिटी पॉलिसी 2020

- इस पॉलिसी से, झारखंड राज्य में विभिन्न विकासात्मक बाधाओं से निपटने

के लिए कॉर्पोरेट सामाजिक उत्तरदायित्व निवेश (कॉरपोरेट सोशल रिस्पॉन्सिबिलिटी इंवेस्टमेंट्स) और प्रभावी प्रबंधन तकनीकों (इफेक्टिव मैनेजमेंट टेक्निक्स) को प्रोत्साहित करने वाले सहायक वातावरण को बढ़ावा दिया जाएगा।

- उनके उद्देश्यों और संचालन को सुसंगत बनाने और संसाधनों का कुशल उपयोग करने के लिए सरकार, निगमों और नागरिक समाज संगठनों के बीच एक सहयोगी साझेदारी बनाने का लक्ष्य है।
- पारदर्शिता स्थापित करने और तुलनीय सरकारी वित्त पोषित योजनाओं के परिणामस्वरूप अनावश्यक प्रयासों को रोकने के लिए झारखंड कॉरपोरेट सोशल रिस्पॉन्सिबिलिटी पॉलिसी 2020 में प्रावधान है।
- झारखंड राज्य में समुदायों और पर्यावरण पर एक स्थायी, दीर्घकालिक प्रभाव बनाने के लिए सार्थक कॉर्पोरेट सामाजिक उत्तरदायित्व परियोजनाओं को प्राथमिकता दिया जाएगा।
- यह पॉलिसी (नीति) झारखंड राज्य में कॉर्पोरेट सामाजिक उत्तरदायित्व गतिविधियों के कुशल कार्यान्वयन और कॉर्पोरेट सामाजिक उत्तरदायित्व निधियों के प्रभावी उपयोग के लिए एक रूपरेखा को निर्धारित करेगा।

झारखंड अधिप्राप्ति नीति 2013 (झारखंड प्रोक्योरमेंट पॉल्सी 2013)

- झारखंड अधिप्राप्ति नीति 2013 का उद्देश्य राज्य के सूक्ष्म और लघु उद्यमों को वरीयता के आधार पर बढ़ावा देना और विकसित करना है।
- झारखंड अधिप्राप्ति नीति 2013 स्थानीय सूक्ष्म लघु मध्यम उद्यमों और अन्य औद्योगिक उद्यमों के बीच प्रतिस्पर्धात्मकता को प्रोत्साहित करने के मूल सिद्धांतों पर आधारित है।
- झारखंड अधिप्राप्ति नीति 2013 मूल रूप से सरकारी विभागों और संस्थानों द्वारा राज्य के सूक्ष्म और लघु उद्यमों से खरीद की सुविधा पर केंद्रित है।
- राज्य सरकार के नियंत्रणाधीन सभी प्रशासनिक विभाग/एजेंसियां, विभागाध्यक्ष और उनके अधीनस्थ कार्यालय, बोर्ड, निगम, विकास प्राधिकरण, सुधार ट्रस्ट, नगर पालिका, अधिसूचित क्षेत्र समिति, सहकारी निकाय और राज्य सरकार द्वारा सहायता प्राप्त संस्थाएं एवं जिन कंपनियों में सरकार का हिस्सा 50% या अधिक है, वे उत्पादित उत्पादों की कुल वार्षिक खरीद के न्यूनतम 20% की खरीद और प्रदान की जाने वाली आवश्यक सेवाओं के न्यूनतम 15% की खरीद सुनिश्चित करेंगी।
- गुणवत्ता, प्रतिस्पर्धात्मकता और लागत प्रभावशीलता से समझौता किए बिना राज्य के उद्यमों से अधिक सामान और सेवाएं प्राप्त करने का प्रयास किया जाएगा।

झारखंड निर्यात संवर्धन नीति 2015

- झारखंड निर्यात संवर्धन नीति का मुख्य उद्देश्य झारखंड से निर्यात के तीव्र और निरंतर विकास को सुगम बनाना और 2019 तक अखिल भारतीय निर्यात में झारखंड राज्य की हिस्सेदारी को 2% तक बढ़ाना है।
- निर्माता और निर्यातक के बीच उचित संपर्क के लिए एक मजबूत समर्थन प्रणाली को विकसित करना।
- क्षेत्रीय स्तर पर निर्यात को बढ़ावा देने के लिए क्षेत्रीय आयुक्तों की अध्यक्षता में क्षेत्रीय निर्यात संवर्धन समिति का गठन किया जाएगा और इसमें डीआईसी के महाप्रबंधक, आईएडीए के एमडी, प्रमुख निर्यातक, स्थानीय उद्योग संघ, अग्रणी बैंक आदि जैसे सदस्य शामिल होंगे।
- उद्योग निदेशालय (डायरेक्टरेट ऑफ़ इंडस्ट्रीज), झारखंड राज्य में निर्यात प्रोत्साहन और विपणन की गतिविधियों को देखेंगे।
- झारखंड राज्य में एक नोडल एजेंसी की पहचान की जाएगी जो सभी सरकारी विभागों और निर्यात प्रोत्साहन परिषदों के साथ समन्वय स्थापित करेगी जिससे कि निर्यातक को अनुकूल वातावरण प्राप्त हो।
- झारखंड के उन निर्यातकों को निर्यातक कार्ड जारी किया जाएगा, जिनके पास सरकार के चेक गेटों पर निर्यात खेप के शीघ्र पारित होने के लिए अच्छा ट्रैक रिकॉर्ड है, इस शर्त के अधीन सरकार द्वारा जारी किए गए नियमों, विनियमों, निर्देशों आदि के प्रावधान प्रचलित हैं।
- विभिन्न उत्पाद समूहों में राज्य में उत्कृष्ट निर्यात प्रदर्शन के लिए झारखंड के निर्यातकों के बीच वार्षिक रूप से निर्यात पुरस्कार वितरित किया जाएगा।
- झारखंड राज्य विशेष रूप से राज्य के प्रमुख व्यावसायिक केंद्रों से पोर्ट कनेक्टिविटी प्रदान करने के लिए नई रेल परियोजनाओं को शुरू करने के लिए केंद्र सरकार से विचार-विमर्श करेगी।

झारखंड विशेष आर्थिक क्षेत्र नीति 2003 (झारखंड स्पेशल इकोनॉमिक जोन पॉलिसी 2003)

- झारखंड राज्य का विशेष आर्थिक क्षेत्र निवेशकों के लिए अनुमोदन और निकासी के लिए सिंगल विंडो क्लीयरेंस प्रदान करेगा।
- उद्योग विभाग विशेष आर्थिक क्षेत्र के लिए झारखंड सरकार का नोडल विभाग होगा।
- प्रत्येक विशेष आर्थिक क्षेत्र का एक विकास आयुक्त नामित किया जाएगा।
- विकास आयुक्त जो राज्य और केंद्र सरकार का प्रतिनिधित्व करने वाले और निर्दिष्ट विशेष आर्थिक क्षेत्र में सभी निवेशों के लिए नामित प्राधिकारी होंगे।
- विकास आयुक्त को अधिसूचित विशेष आर्थिक क्षेत्रों के लिए और औद्योगिक विकास क्षेत्र के लिए उपयुक्त प्राधिकारी माना जाता है।
- विशेष आर्थिक जोन क्षेत्र में औद्योगिक उपयोग हेतु भूमि के हस्तान्तरण पर स्टाम्प शुल्क एवं पंजीयन शुल्क में 50 प्रतिशत की छूट दी जायेगी।
- झारखंड राज्य के विशेष आर्थिक क्षेत्र को बिजली शुल्क और कर से मुक्त किया जाता है।
- राज्य सरकार विशेष आर्थिक क्षेत्र को स्थानीय प्राधिकरण घोषित करेगी, जो मौजूदा पंचायतों को प्रतिस्थापित करेगा। इस तरह के स्थानीय प्राधिकरण सभी शक्तियों के साथ निहित होंगे और मौजूदा प्रावधानों में सभी कार्यों को पूरा करेंगे। राज्य सरकार आगे इस स्थानीय प्राधिकरण को नगर पालिका घोषित कर सकती है।
- उच्च न्यायालय के अनुमोदन के अनुरूप विशेष आर्थिक क्षेत्र में आवश्यकतानुसार विशेष न्यायालयों को विशेष क्षेत्रीय अधिकार क्षेत्र प्रदान किया जाएंगे। ऐसे न्यायालयों के लिए निर्धारित न्यायालय शुल्क और उपयुक्त सेवा शुल्क अधिसूचित किए जा सकते हैं।
- राज्य सरकार निजी क्षेत्र के प्रारूपों सहित उपयुक्त प्रारूपों के माध्यम से शिक्षा और प्रशिक्षण सुविधाओं के विकास और वृद्धि को सुगम बनाएगी। विशेष आर्थिक क्षेत्र के लिए शिक्षा नीति का उद्देश्य अंतरराष्ट्रीय बाजारों की जरूरतों और गतिशीलता के अनुरूप अत्यधिक कुशल और प्रबंधकीय मानव संसाधन का आधार तैयार करेगी।

झारखंड औद्योगिक नीति 2012

- इस नीति का उद्देश्य झारखंड राज्य को निवेशकों के पसंदीदा गंतव्य के रूप में बदलना है।
- सार्वजनिक निजी भागीदारी मोड के तहत झारखंड राज्य में औद्योगिक पार्कों/क्लस्टरों/औद्योगिक क्षेत्रों का निर्माण किया जाएगा।
- झारखंड राज्य के खनिज और अन्य प्राकृतिक संसाधनों के इष्टतम उपयोग को सुगम बनाना भी इस पॉलिसी का उद्देश्य है।
- झारखंड राज्य में सूचना प्रौद्योगिकी, जैव प्रौद्योगिकी, पर्यटन आदि जैसे कौशल आधारित, पर्यावरण प्रदूषण मुक्त उद्योगों को बढ़ावा दिया जायेगा।
- रोजगार सृजन, स्थानीय संसाधनों के उपयोग और तैयार उत्पादों की निर्यात क्षमता का दोहन करने के उद्देश्यों को प्राप्त करने के लिए झारखंड के ग्रामीण क्षेत्रों में सेरीकल्चर, हस्तशिल्प, हथकरघा, खादी और ग्रामोद्योग आदि के विकास में तेजी लाने के लिए भी इस योजना (पॉलिसी) की शुरुआत की गयी थी।
- झारखंड राज्य में स्टील, ऑटोमोबाइल, खाद्य और कृषि-प्रसंस्करण, इलेक्ट्रॉनिक्स, सूचना और संचार प्रौद्योगिकी के लिए समर्पित नए औद्योगिक बुनियादी ढांचे की स्थापना की जायेगी।

- स्थानीय उद्योगों की आवश्यकता के अनुरूप उपयुक्त वैज्ञानिक, तकनीकी और प्रबंधकीय कौशल के साथ मानव संसाधन का विकास किया जायेगा और झारखंड राज्य में अधिकतम रोजगार को प्राप्त किया जायेगा।
- झारखंड राज्य के प्रत्येक जिले में कम से कम 200-500 एकड़ भूमि का अधिग्रहण कर भूमि बैंक बनाने का प्रयास किया जाएगा और बुनियादी औद्योगिक बुनियादी ढांचे के प्रावधान के साथ उन्हें औद्योगिक संपदा के रूप में सीमांकित किया जाएगा।
- कच्चे माल के मूल्यवर्धन के लिए झारखंड राज्य में अपना संयंत्र लगाने वाले औद्योगिक उद्यमों को खानों/कैप्टिव खानों को वरीयता के आधार पर आवंटित करने का प्रस्ताव है।

झारखंड ऑटोमोबाइल और ऑटो-कंपोनेंट पॉलिसी 2016

- झारखंड राज्य को पूर्वी भारत में ऑटोमोबाइल और ऑटो-कंपोनेंट निर्माण इकाइयों के लिए सबसे पसंदीदा गंतव्य बनाने की बात कही गई थी।
- 2020 तक झारखंड राज्य में 50,000 कर्मियों के लिए अतिरिक्त रोजगार के अवसर सृजित करने का लक्ष्य रखा गया था।
- झारखंड राज्य में मेगा ऑटोमोबाइल परियोजनाओं को आकर्षित करना और नई ऑटोमोबाइल परियोजनाओं की स्थापना को बढ़ावा देने की बात कही गई थी।
- झारखंड राज्य में टीयर-1, टीयर-2 और टीयर-3 जिलों में ऑटो-कंपोनेंट निर्माताओं की स्थापना की बात करी गई थी। इससे झारखंड राज्य में रोजगार के नए अवसर आ जायेंगे।
- झारखंड राज्य में ऑटोमोबाइल और ऑटो-पुर्जे उद्योग को प्रभावित करने वाली मौजूदा बुनियादी ढांचे के अंतराल की पहचान और उसे दूर करने के लिए कार्यवाही की जाएगी।

झारखंड राज्य जल नीति, 2011

- इस नीति का उद्देश्य झारखंड राज्य में सतत विकास प्राप्त करने और नागरिकों के लिए आर्थिक और सामाजिक लाभों को अधिकतम करने के लिए राज्य के जल संसाधनों को बढ़ावा देना है।
- नीति को इस तरह से लागू करने के लिए डिज़ाइन किया गया है जो नदियों और आस-पास की भूमि दोनों में प्रमुख पारिस्थितिक मूल्यों के संरक्षण को प्राथमिकता देती है, इस प्रकार भविष्य की पीढ़ियों के लिए उनकी निरंतर सुरक्षा और संरक्षण सुनिश्चित करती है।
- जल संसाधनों की योजना और विकास की देखरेख के लिए, राज्य और नदी बेसिन दोनों स्तरों पर एक नया संस्थागत ढांचा स्थापित किया जाएगा।
- यह व्यवस्था पूरे क्षेत्र में जल संसाधनों के प्रभावी और स्थायी प्रबंधन को सुनिश्चित करने के लिए मार्गदर्शन और विनियमन प्रदान करने के लिए जिम्मेदार होगी।

प्रमुख शैक्षणिक संस्थान

शिक्षा के क्षेत्र में झारखंड

- 2011 में झारखंड राज्य में साक्षरता दर 66.40 प्रतिशत है।
- राज्य में साक्षरता दर पुरुषों में 76.8 प्रतिशत है जबकि महिलाओं में साक्षरता दर 55.40 प्रतिशत है।
- साक्षरता दर के क्षेत्रीय वितरण में रांची 76.10 प्रतिशत के साथ पहले और पूर्वी सिंहभूम 75.50 प्रतिशत के साथ दूसरे स्थान पर है।
- पाकुड़ जिला सबसे कम साक्षरता दर वाला जिला है जिसमें सिर्फ 48.82 प्रतिशत लोग साक्षर हैं।
- रांची (84.30 प्रतिशत) और धनबाद (83.80 प्रतिशत) पुरुष साक्षरता में सबसे आगे हैं, जबकि रांची (67.40 प्रतिशत) और धनबाद (64.3 प्रतिशत) में महिला साक्षरता दर सबसे अधिक है।
- न्यूनतम पुरुष साक्षरता दर में जहाँ पाकुड़ (57.10 प्रतिशत) है, वहीं न्यूनतम स्त्री साक्षरता दर में भी पाकुड़ (40.50 प्रतिशत) का ही नाम है।
- राज्य सरकार निरंतर प्रयास कर शिक्षा योजनाओं को क्रियान्वयन करती है ताकि शिक्षा की गति को बढ़ाया जा सके।
- राष्ट्रीय महिला सशक्तिकरण के लिए बालिका शिक्षा को विशेष ध्यान दिया जाता है और पूरा सहयोग दिया जाता है।
- अनेक शैक्षिक योजनाओं को प्रदेश में क्रियान्वित किया जाता है जो शिक्षा के महत्व को स्पष्ट करते हैं।
- शिक्षा के छह मुख्य स्तर होते हैं-
    - प्राथमिक (कक्षा 1 से 5)
    - उच्च प्राथमिक (कक्षा 6 से 8)
    - माध्यमिक (कक्षा 9 से 10)
    - उच्चतर माध्यमिक (कक्षा 11 से 12)
    - स्नातक
    - स्नातकोत्तर
- छात्रों को सर्व शिक्षा अभियान के माध्यम से प्राथमिक और उच्च प्राथमिक विद्यालयों में नामांकित किया जाता है।
- RMSA (राष्ट्रीय माध्यमिक शिक्षा अभियान), केंद्र सरकार की प्रमुख योजना है, जिसका उद्देश्य 100% लड़कों या लड़कियों को माध्यमिक शिक्षा प्रदान करना है जो कक्षा 8 उत्तीर्ण करते हैं।
- राष्ट्रीय माध्यमिक शिक्षा अभियान का उद्देश्य स्नातक तक गुणवत्तापूर्ण शिक्षा प्रदान करना है।
- यह अभियान पीपीपी मोड में निजी निवेश को बढ़ावा देता है।
- सरकारी माध्यमिक विद्यालयों और प्रशासन में संस्थागत सुधार करने का उद्देश्य भी है।
- शिक्षकों की बहाली के लिए राष्ट्रीय माध्यमिक शिक्षा अभियान एक स्वतंत्र संस्थान बनाता है।
- इस अभियान का एक उद्देश्य अंग्रेजी और विज्ञान विषयों को बढ़ावा देना है।
- राष्ट्रीय माध्यमिक शिक्षा अभियान के तहत 189 माध्यमिक विद्यालयों को उच्च विद्यालयों में उन्नयन किया गया है।
- इसके अलावा, 53 विद्यालयों में पहले से ही व्यावसायिक शिक्षा पाठ्यक्रम चल रहे हैं।
- सत्र 2016-17 में कक्षा 1 से कक्षा 5 तक के छात्रों के लिए पाठ्य-पुस्तक तैयार किए गए और वितरित किए गए।
- वार्षिक सत्र 2017-18 से कक्षा 6 से कक्षा 8 तक के छात्रों के लिए पाठ्य-पुस्तकों का वितरण किया गया।
- कक्षा 1 और कक्षा 2 के छात्रों के लिए संथाली, मुंडारी, खड़िया और कुड़ुख भाषाओं में पाठ्य-पुस्तकें तैयार की गईं।
- शैक्षिक सत्र 2017-18 में कक्षा 1 और कक्षा 2 के छात्रों के लिए उड़िया और बांग्ला भाषा में भी पाठ्य-पुस्तकें तैयार की गईं और वितरित की गईं।
- 2016 से छात्र-छात्राओं के लिए 'आकांक्षा-40' कार्यक्रम शुरू किया गया है।
- इस कार्यक्रम के द्वारा राज्य के बच्चों को मेडिकल में इंजीनियरिंग तकनीकी संस्थानों में सफलता प्राप्त करने के लिए कोचिंग की व्यवस्था की गई है।
- ई-विद्यावाहिनी कार्यक्रम प्रारंभ किया गया है जो विद्यालयों की रियल टाईम मॉनिटरिंग तथा बच्चों के सीखने के स्तर की ट्रैकिंग के लिए उपयोगी है।
- इस कार्यक्रम के जरिए 465 माध्यमिक एवं उच्च माध्यमिक विद्यालयों में कंप्यूटर आधारित शिक्षा की शुरुआत की जा रही है।
- सभी विद्यालयों के छात्रों का मूल्यांकन सतत तथा समग्र मूल्यांकन के माध्यम से किया जा रहा है।
- माध्यमिक एवं उच्च माध्यमिक विद्यालयों में स्टैण्डर्ड ऑपरेटिंग प्रोसीजर (SOP) का निर्माण किया गया है जो मूल्यांकन की विस्तृत और समझदार व्यवस्था सुनिश्चित करने में मदद करता है।

- झारखंड में 17 जिले में शिक्षा एवं प्रशिक्षण संस्थान (DIET) और प्राथमिक शिक्षक प्रशिक्षण महाविद्यालय (PTTC) स्थापित हैं।
- संख्या के आधार पर झारखंड के 260 प्रखंडों में से 203 प्रखंडों में कस्तूरबा गांधी बालिका विद्यालय संचालित होते हैं।
- झारखंड सरकार द्वारा 57 झारखंड बालिका आवासीय विद्यालय खोलने की योजना है।
- इस योजना के अंतर्गत, प्रत्येक विद्यालय में 350 बालिकाएँ नामांकित होंगी, जिसमें से 75 प्रतिशत बालिकाएँ लक्षित वर्ग से संबंधित होंगी।
- इस योजना से झारखंड के बच्चों को उच्च शिक्षा की सुविधा मिलेगी और उन्हें अधिक समान अवसर मिलेंगे।
- भारत सरकार द्वारा महिला समानता शिक्षा को बढ़ावा देने के लिए महिला सामान्यीकरण अधिनियम, 1989 से लागू है।
- भारत सरकार द्वारा राष्ट्रीय उच्चत्तर शिक्षा अभियान की शुरुआत करके उच्चतर शिक्षा तक पहुंच बढ़ाने और गुणवत्तापूर्ण शिक्षा को उपलब्ध कराने का लक्ष्य है। इस अभियान में राज्य सरकार की भागीदारी 35 प्रतिशत है।
- सरकार ने निर्णय लिया है कि राज्य के सभी विश्वविद्यालयों और कॉलेजों में दो पालियों में पढ़ाई कराने का विकल्प उपलब्ध होगा। इससे लगभग 4 लाख छात्र, जो अपेक्षाकृत कम अंक प्राप्त करते हैं, लाभान्वित होंगे और राज्य में उच्च शिक्षा को एक नया आयाम मिलेगा।

झारखंड के प्रमुख शिक्षण संस्थान

क्रम संख्या	विश्वविद्यालय का नाम	स्थापना वर्ष	सरकारी/निजी
1.	बिरला इंस्टीट्यूट ऑफ टेक्नोलॉजी	1955	निजी
2.	राँची विश्वविद्यालय	1960	सरकारी
3.	बिरसा कृषि विश्वविद्यालय	1981	सरकारी
4.	संस्कृत विश्वविद्यालय	1983	सरकारी
5.	सिद्धो कान्हू मुर्मू विश्वविद्यालय	1992	सरकारी
6.	विनोबा भावे विश्वविद्यालय	1992	सरकारी
7.	सिक्किम मणिपाल विश्वविद्यालय	1995	निजी
8.	कोल्हान विश्वविद्यालय	2007	सरकारी
9.	नीलाम्बर पीताम्बर विश्वविद्यालय	2007	सरकारी
10.	सेंट्रल यूनिवर्सिटी ऑफ झारखंड	2009	सरकारी
11.	इंडियन इंस्टीट्यूट ऑफ मैनेजमेंट (आईआईएम)	2009	सरकारी
12.	झारखंड राय विश्वविद्यालय	2011	निजी
13.	साईं नाथ विश्वविद्यालय	2012	निजी
14.	उषा मार्टिन विश्वविद्यालय	2012	निजी
15.	रक्षा शक्ति विश्वविद्यालय	2016	सरकारी
16.	बिनोद बिहारी महतो विश्वविद्यालय	2017	सरकारी
17.	श्यामा प्रसाद मुखर्जी	2017	सरकारी
18.	आई.सी.एफ.ए.आई विश्वविद्यालय	2021	निजी

झारखंड के तकनीकी संस्थान

क्रम संख्या	नाम	सरकारी/निजी
1.	बिहार इंस्टीट्यूट ऑफ टेक्नोलॉजी	सरकारी

2.	इंडियन स्कूल ऑफ माईन्स	सरकारी
3.	नेशनल इंस्टीट्यूट ऑफ टेक्नोलॉजी	सरकारी
4.	झारखंड प्रौद्योगिकी विश्वविद्यालय	सरकारी
5.	गर्वन्मेंट इंजीनियरिंग कॉलेज	सरकारी
6.	नेशनल इंस्टीट्यूट ऑफ फाउड्री एण्ड फोर्ज टेक्नालॉजी	सरकारी
7.	भारतीय प्रबंधन संस्थान	सरकारी
8.	इंस्टीट्यूट ऑफ चारटेड फाईनेंशियल ऐनालाईस्ट्स ऑफ इंडिया	निजी
9.	ऐलिस इंस्टीट्यूट ऑफ टेक्नोलॉजी	निजी
10.	बिरसा इंस्टीट्यूट ऑफ टेक्नोलॉजी	निजी
11.	केम्ब्रीज इंस्टीट्यूट ऑफ टेक्नोलॉजी	निजी
12.	आर० टी० सी० इंस्टीट्यूट ऑफ टेक्नोलॉजी	निजी
13.	निलाय एजुकेश्नल ट्रस्ट ग्रुप ऑफ इंस्टीट्यूशन	निजी
14.	सेन्टर फॉर बायो इन्फमेटिक्स	निजी
15.	इंस्टीट्यूट ऑफ साईन्स एण्ड मेनेजमेंट	निजी
16.	केजरीवाल इंस्टीट्यूट ऑफ मेनेजमेंट स्टडीज डेवल्पमेंट	निजी
17.	स्टेट इंस्टीट्यूट ऑफ होटल मेनेजमेंट एंड केटरिंग टेक्नोलॉजी	सरकारी
18.	इंस्टीट्यूट ऑफ मेनेजमेंट स्टडीज (रांची विश्वविद्यालय)	सरकारी
19.	अमीटी यूनिवर्सिटी	निजी
20.	एस.एन. सिन्हा इंस्टीट्यूट ऑफ बिजनेस मेनेजमेंट	निजी
21.	इंस्टीट्यूट ऑफ चार्टड फाइनेंसियल अनेलिस्ट ऑफ इंडिया	निजी

झारखंड के विधि महाविद्यालय

क्रम संख्या	विधि महाविद्यालय के नाम	जिला	सरकारी/निजी
1.	छोटानागपुर लॉ कॉलेज	राँची	सरकारी
2.	धनबाद लॉ कालेज	धनबाद	निजी
3.	राजेन्द्र लॉ कॉलेज	हजारीबाग	निजी
4.	नेशनल यूनिवर्सिटी ऑफ स्टडी एंड रिसर्च	राँची	सरकारी
5.	गिरिडीह विधि महाविद्यालय	गिरिडीह	निजी
6.	इमामुल हई खान विधि महाविद्यालय	बोकारो	निजी

7.	झारखंड विधि महाविद्यालय	कोडरमा	निजी
8.	कोपरेटिव विधि महाविद्यालय	सिंहभूम (जमशेदपुर)	निजी

राष्ट्रीय महत्व के संस्थान

क्रम संख्या	संस्थान का नाम	अवस्थिति	स्थापना वर्ष
1.	इंडियन स्कूल ऑफ माइन्स (IIT)	धनबाद	1926
2.	राष्ट्रीय प्रौद्योगिकी संस्थान	जमशेदपुर	1960
3.	भारतीय प्रबंधन संस्थान	राँची	2009
4.	भारतीय सूचना प्रौद्योगिकी संस्थान	राँची	2016
5.	अखिल भारतीय आयुर्विज्ञान संस्थान	देवघर	2019

झारखंड के रिसर्च इंस्टीट्यूट

क्रम संख्या	संस्थान का नाम	अवस्थिति	सरकारी/निजी
1.	केंद्रीय खनन एवं ईंधन अनुसंधान संस्थान	धनबाद	सरकारी
2.	सेंट्रल माइन रिसर्च इंस्टीट्यूट(सी.एम.आर.आई.)	धनबाद	सरकारी
3.	मृदा सुलह एंड रिसर्च इंस्टीट्यूट	हजारीबाग	सरकारी
4.	सेंट्रल तसर रिसर्च एंड ट्रेनिंग इंस्टीट्यूट	राँची	सरकारी
5.	सेंट्रल पोलैंड राइस रिसर्च इंस्टीट्यूट	हजारीबाग (डेमोटांड़)	सरकारी
6.	आई.सी.ए.आर.आर.सी.ई.आर. रिसर्च सेंटर	राँची	सरकारी
7.	बी.आई.टी. (डिपार्टमेंट ऑफ फार्मास्यूटिकल साइंस)	राँची	निजी
8.	गवर्नमेंट फार्मेसी कॉलेज	राँची	सरकारी
9.	इंडियन इंस्टीट्यूट ऑफ नेचुरल रेजिन एंड गेम्स	राँची	सरकारी

झारखंड के होम्योपैथिक महाविद्यालय

क्रम संख्या	संस्थान का नाम	अवस्थिति	सरकारी/निजी
1.	सरकारी होम्योपैथिक चिकित्सा महाविद्यालय	गोड्डा	सरकारी
2.	होम्योपैथिक चिकित्सा महाविद्यालय और अस्पताल	दुमका	सरकारी
3.	सिंहभूम होम्योपैथिक मेडिकल कॉलेज	जमशेदपुर	सरकारी

4.	देवकी महावीर होम्योपैथिक मेडिकल कॉलेज एण्ड रिसर्च इंस्टीट्यूट,गढ़वा	राँची	निजी

झारखंड के मेडिकल एण्ड डेंटल कॉलेज			
क्रम संख्या	संस्थान का नाम एवं स्थापना वर्ष	अवस्थिति	सरकारी/निजी
1.	सेंट्रल इंस्टीट्यूट आफ साइकेट्री (1918)	राँची	सरकारी
2.	राजेन्द्र इंस्टीट्यूट ऑफ मेडिकल साइंस (1960)	राँची	सरकारी
3.	महात्मा गांधी मेडिकल कॉलेज एण्ड हॉस्पिटल (1961)	जमशेदपुर	सरकारी
4.	पाटलिपुत्र मेडिकल कॉलेज एण्ड हॉस्पिटल (1969)	धनबाद	सरकारी
5.	रांची इंस्टीट्यूट ऑफ न्यूरो साइकेट्री एण्ड एलाइड इंस्टीट्यूट (रीनपास)	सरी	सरकारी
6.	अवध डेन्टल कॉलेज एण्ड हॉस्पिटल	जमशेदपुर	निजी
7.	वनांचल डेन्टल कॉलेज एण्ड हॉस्पिटल	गढ़वा	निजी
8.	हजारीबाग कॉलेज ऑफ डेन्टल साइंस एण्ड हॉस्पिटल	हजारीबाग	निजी
9.	ऑल इंडिया इंस्टीट्यूट ऑफ मेडिकल साइन्स (ऐम्स) (2019)	देवघर	सरकारी
10.	दुमका चिकित्सा महाविद्यालय (2019)	दुमका	सरकारी

झारखंड के प्रशिक्षण संस्थान			
क्रम संख्या	प्रशिक्षण संस्थान के नाम	अवस्थिति	सरकारी/निजी
1.	श्री कृष्णा लोक प्रशासन प्रशिक्षण संस्थान	राँची	सरकारी
2.	झारखंड न्यायिक एकादमी	राँची	सरकारी
3.	सीमा सुरक्षा बल प्रशिक्षण केन्द्र	हजारीबाग	सरकारी
4.	भारतीय कोयला प्रबन्धन संस्थान	राँची (काँके)	सरकारी
5.	जंगल वारफेयर स्कूल	नेतरहाट (लातेहार)	सरकारी
6.	आई०टी०बी०पी० प्रशिक्षण केन्द्र	सुकुरहुटू (राँची)	सरकारी
7.	जगुआर प्रशिक्षण केन्द्र	टेन्डर (राँची)	सरकारी
8.	कोबरा प्रशिक्षण केन्द्र	कोडरमा	सरकारी
9.	क्षेत्रीय प्रशिक्षण केन्द्र (आर०टी०आई०)	राँची	सरकारी
10.	प्रबन्धन प्रशिक्षण (मेकन)	राँची	सरकारी

11.	राजकीय ग्रामीण विकास संस्थान	राँची	सरकारी
12.	झारखंड पुलिस अकादमी	हजारीबाग	सरकारी
13.	झारखंड सशस्त्र पुलिस प्रशिक्षण संस्थान	पदमा,हजारीबाग	सरकारी
14.	ट्रैफिक एवं ट्रांसपोर्ट स्कूल	जमशेदपुर	सरकारी

झारखंड के सरकारी पॉलिटेक्निक

क्रम संख्या	सरकारी पॉलिटेक्निक के नाम	अवस्थिति
1.	शसरकारी पॉलिटेक्निक आदित्यपुर	सरायकेला
2.	सरकारी वूमेन्स पॉलिटेक्निक, जमशेदपुर	पूर्वी सिंहभूम
3.	सरकारी पॉलिटेक्निक	राँची
4.	सरकारी वूमेन्स पॉलिटेक्निक	राँची
5.	सरकारी पॉलिटेक्निक,भागा	धनबाद
6.	सरकारी पॉलिटेक्निक, खुटरी	बोकारो
7.	सरकारी वूमेंस पॉलिटेक्निक	बोकारो
8.	कसरकारी पॉलिटेक्निक, निरसा	धनबाद
9.	सरकारी पॉलिटेक्निक	लातेहार
10.	सरकारी पॉलिटेक्निक	कोडरमा
11.	सरकारी पॉलिटेक्निक	दुमका
12.	सरकारी पॉलिटेक्निक	सरायकेला-खरसावाँ

झारखंड के स्वायत संस्थान

क्रम संख्या	स्वायत संस्थान के नाम	अवस्थिति
1.	इंडियन इंस्टीट्यूट ऑफ मेनेजमेंट	रांची
2.	इंडियन इंस्टीट्यूट ऑफ टेक्नोलॉजी	धनबाद
3.	इंडियन इंस्टीट्यूट ऑफ इनफॉर्मेशन टेक्नोलॉजी	राँची
4.	नेशनल इंस्टीट्यूट ऑफ टेक्नोलॉजी	जमशेदपुर

5.	नेशनल इंस्टीट्यूट ऑफ फोर्ग एण्ड फाउंड्री टेक्नोलॉजी	रांची
6.	नेशनल इंस्टीट्यूट ऑफ स्टडी एण्ड रिसर्च इन लॉ	राँची
7.	जेवियर लेवर रिलेसन्स् इंस्टीट्यूट (एक्स० एल० आर० आई०)	जमशेदपुर
8.	जेवियर इंस्टीट्यूट ऑफ सोशल सर्विस (एक्स० आई० एस० एस०)	राँची

झारखंड के शोध संस्थान

क्रम संख्या	संस्थान का नाम	अवस्थिति
1.	रामदयाल मुण्डा जनजातीय शोध संस्थान (टी० आर० आई)	राँची
2.	भारतीय कृषि शोध संस्थान	बरही, हजारीबाग
3.	इंडियन इंस्टीट्यूट ऑफ नेचुरल रेसिन एंड गम्स	नामकुम, राँची
4.	राष्ट्रीय पादप आनुवांशिक संसाधन ब्यूरो	नामकुम, राँची
5.	सेन्ट्रल तसर शोध एवं प्रशिक्षण संस्थान	राँची
6.	सेन्ट्रल इंस्टीट्यूट ऑफ माइनिंग एंड फ्यूल रिसर्च	धनबाद
7.	नेशनल मेटलरजिकल लेबोरेटरी आ.सी.ए.आर-आर.सी.ई.आर शोध संस्थान	जमशेदपुर
8.	मृदा शोध संस्थान	नामकुम, राँची
9.	चावल अनुसंधान केन्द्र	हजारीबाग
10.	केन्द्रीय खनन अनुसंधान केन्द्र	हजारीबाग
11.	केन्द्रीय ईंधन शोध संस्थान	धनबाद

झारखंड में चिकित्सा महाविद्यालय

क्रम संख्या	संस्थान का नाम	अवस्थिति	स्थापना वर्ष
1.	हास्पिटल फॉर मेंटल डिजिजेस	कांके, राँची	1918
2.	रिनपास	राँची	1925
3.	राँची आयुर्विज्ञान संस्थान (रिम्स)	राँची	1950
4.	एम.जी.एम. मेडिकल कॉलेज	जमशेदपुर	1964
5.	पाटलिपुत्र मेडिकल कॉलेज	धनबाद	1974
6.	फूलो-झानो मुर्मू मेडिकल कॉलेज	दुमका	2019
7.	नशेख भिखारी मेडिकल कॉलेज	हजारीबाग	2019
8.	पलामू मेडिकल कॉलेज	पलामू	2019
9.	हास्पिटल फॉर मेंटल डिजिजेस	देवघर	2019

झारखंड में पशु चिकित्सा महाविद्यालय			
क्रम संख्या	संस्थान का नाम	अवस्थिति	स्थापना वर्ष
1.	राँची कॉलेज ऑफ़ वेटरनरी साइंस एंड एनिमल हसबेंडरी	राँची	1961
2.	राँची वेटरिनरी कॉलेज	राँची	1964

झारखंड में कृषि महाविद्यालय			
क्रम संख्या	संस्थान का नाम	अवस्थिति	स्थापना वर्ष
1.	राँची कृषि महाविद्यालय	राँची	1955
2.	भारतीय कृषि अनुसंधान संस्थान	बरही, हजारीबाग	2015

झारखंड में प्रस्तावित आयुर्वेद महाविद्यालय		
क्रम संख्या	संस्थान का नाम	अवस्थिति
1.	आयुर्वेद मेडिकल कॉलेज	चाईबासा (प० सिंहभूम)
2.	आयुर्वेद फार्मेसी कॉलेज	साहेबगंज व गुमला
3.	यूनानी मेडिकल कॉलेज	गिरिडीह
4.	राजकीय आयुर्वेद महाविद्यालय	लोहरदगा

झारखंड में अन्य शिक्षा केन्द्र			
क्रम संख्या	संस्थान का नाम	अवस्थिति	स्थापना वर्ष
1.	नेतरहाट आवासीय विद्यालय	नेतरहाट, लातेहार	1954
2.	राज्य ग्रामीण विकास संस्थान	राँची	1954
3.	भारतीय विधि माप विज्ञान संस्थान	राँची	1960
4.	सैनिक स्कूल	तिलैया, कोडरमा	1963
5.	इंदिरा गाँधी आवासीय विद्यालय	हजारीबाग	1984
6.	एस.पी.जी. ब्लाइंड स्कूल	राँची	–
7.	क्षितिज बहरा-गूंगा स्कूल	हिनू, राँची	–
8.	परमाणु ऊर्जा केन्द्रीय विद्यालय	तुरामडीह, पू. सिंहभूम	2006

प्रमुख व्यक्तित्व

स्वतंत्रता संग्राम से संबंधित व्यक्तित्व

बिरसा मुंडा

- बिरसा मुंडा 15 नवंबर 1875 को खूँटी के मुंडा परिवार में जन्मे थे।
- बिरसा मुंडा ने जर्मन एवेंजेलिकल चर्च द्वारा संचालित विद्यालय में अपनी प्रारंभिक शिक्षा ग्रहण की।
- बिरसा मुंडा भारत में झारखंड राज्य के एक आदिवासी नेता थे।
- भारतीय स्वतंत्रता आंदोलन में बिरसा मुंडा ने अपना सक्रिय योगदान दिया था।
- बिरसा मुंडा, मुंडा जनजाति के सदस्य थे और उन्होंने अपने जाति के लोगों के लिए लड़ाई लड़ी थी।
- बिरसा मुंडा ने छात्र जीवन में चाईबासा के भूमि आंदोलन से जुड़ने के बाद, सिर्फ 18 साल की उम्र में, चक्रधरपुर के जंगल आंदोलन से जुड़ गए।
- भारत में आदिवासी समुदाय के इतिहास में बिरसा मुंडा को भगवान के रूप में माना जाता है।
- उन्होंने आदिवासी भूमि के शोषण के खिलाफ एक आंदोलन का नेतृत्व करते हुए ब्रिटिश औपनिवेशिक शासन और बाहरी लोगों के खिलाफ लड़ाई लड़ी।
- बिरसा मुंडा को लगता था कि भारत में आदिवासियों पर अंग्रेजों और अन्य बाहरी लोगों द्वारा अत्याचार हो रहा है। वे उनकी जमीन और संसाधनों पर कब्जा कर रहे हैं।
- उन्होंने समझा कि आदिवासी समुदायों को अपने शोषण और उत्पीड़न के खिलाफ एकजुट होकर लड़ना चाहिए।
- बिरसा मुंडा ने 1 अक्टूबर 1894 को नेतृत्व करते हुए कई आदिवासी लोगों को अपने आंदोलन में शामिल होने के लिए प्रेरित किया।
- उन्होंने अंग्रेजों से कर माफी के लिए आंदोलन शुरू किया था। उन्होंने 19वीं शताब्दी के अंत में अंग्रेजों और उनके सहयोगियों के विरुद्ध विद्रोह का आवाहन किया था।
- बिरसा मुंडा ने मूलवासियों के हक के लिए जमींदारों और साहूकारों के खिलाफ निर्णायक बगावत का नेतृत्व किया।
- बिरसा मुंडा ने 'बिरसाइत पंथ' नामक एक नए पंथ की शुरुआत की।
- इस पंथ में सिंगबोंगा की अराधना पर बल दिया गया था।
- बिरसाइत पंथ में उपासना हेतु गाँव के सरना स्थल को सबसे उपयुक्त स्थान मान्यता दी गयी।
- बिरसा मुंडा ने अहिंसा का समर्थन किया और पशु बलि का विरोध किया।
- उन्होंने हड़िया सहित सभी प्रकार के मद्यपान के त्याग का उपदेश दिया।
- बिरसा ने जनेऊ (यज्ञोपवीत) धारण करने पर बल दिया।
- डोम्बारी बुरू पहाड़ बिरसा आंदोलन का प्रमुख केन्द्र-बिंदु था।
- 1895 ई. में बिरसा को अंग्रेज सरकार द्वारा षड़यंत्र रचने के आरोप में गिरफ्तार कर लिया गया था।
- बिरसा मुंडा को जी. आर. के. मेयर्स (डिप्टी सुपरिटेन्डेंट) द्वारा गिरफ्तार किया गया था।
- सजा के रूप में उन्हें 2 साल की जेल और 50 रूपये का जुर्माना भुगतना पड़ा था। जुर्माना न चुकाने के कारण सजा की अवधि को 6 माह के लिए विस्तारित कर दिया गया था।
- 1900 ई. में उन्हें फिर से गिरफ्तार कर लिया गया था।
- 9 जून, 1900 ई. को राँची जिले में होने वाली बिमारी हैजा से बिरसा की मृत्यु हो गई।
- बिरसा मुंडा को भगवान के रूप में स्मरण किया जाता है और हर साल उनके जन्मदिन पर उनकी विरासत को याद करते हुए बिरसा मुंडा दिवस का आयोजन किया जाता है।

सिद्धो -कान्हू

- सिद्धो और कान्हू दो भाई थे।
- सिद्धो मुर्मू का जन्म सन् 1815 ईस्वी में झारखंड राज्य के संथाल परगना प्रमंडल के साहेबगंज जिले के बरहेट प्रखंड के भोगनाडीह नामक गांव में हुआ था।
- वह एक संथाल आदिवासी परिवार में जन्मे थे।
- सिद्धो-कान्हू ने शोषण के खिलाफ विद्रोह करने का निर्णय किया था जिसके लिए उन्होंने जनसमूह को एकत्रित करने और एकजुट करने के लिए परंपरागत तरीकों का अनुसरण किया।
- 1855-56 में प्रारंभ संथाल विद्रोह का नेतृत्व सिद्धो, कान्हु, चाँद तथा भैरव ने किया।
- सिद्धो द्वारा विद्रोह के दौरान नारा दिया गया - "करो या मरो, अंग्रेजों हमारी माटी छोड़ो"
- अंग्रेजों द्वारा संथाल विद्रोह के विरूद्ध कार्रवाई में चाँद तथा भैरव की गोली लगने से मौत हुई।
- सिद्धो तथा कान्हु को गिरफ्तार कर फाँसी दी गई।

तिलका मांझी

- तिलका मांझी का जन्म 11 फरवरी 1750 को सुल्तानगंज थाना, झारखंड के तिलकपुर गाँव में एक संथाल परिवार (गोत्र - मुर्मू) में हुआ था।
- 1771 से 1784 तक अंग्रेजों के शासन के विरुद्ध विद्रोह किया गया था।
- तिलका माँझी ने वनचरीजोर (भागलपुर) से अंग्रेजों के विरूद्ध विद्रोह प्रारंभ किया। साल पत्ता इस विद्रोह का प्रतीक चिह्न था जिसके द्वारा घर-घर संदेश भेजकर संथालों को संगठित किया गया।
- 1785ई. में वीर स्वतंत्रता सेनानी को गिरफ्तार कर लिया गया और उसे भागलपुर में बरगद के पेड़ पर फांसी दी गई। इस पेड़ के नाम पर अब बाबा तिलका माँझी चौक प्रसिद्ध है।
- झारखंड के स्वतंत्रता सेनानियों में सर्वप्रथम शहीद होने वाले स्वतंत्रता सेनानी तिलका माँझी हैं।
- तिलका माँझी के नाम पर ही 1991 में भागलपुर विश्वविद्यालय का पुन: नामकरण तिलका माँझी भागलपुर विश्वविद्यालय के रूप में किया गया।

भागीरथ माँझी

- भागीरथ माँझी का जन्म तलडीहा (गोड्डा) में खरवार जनजाति में हुआ था।
- भागीरथ माँझी को बाबाजी के नाम से भी जाना जाता है।
- भागीरथ माँझी ने 1874 ई, में खरवार आंदोलन का प्रारंभ किया। प्रारंभ में यह आंदोलन एकेश्वरवाद तथा सामाजिक सुधार की शिक्षा के प्रसार पर केंद्रित था, परन्तु बाद में यह आंदोलन राजस्व बन्दोबस्ती के विरूद्ध एक जन आंदोलन में परिणत हो गया।
- भागीरथ माँझी ने कर जमींदारों को कर न देने की अपील की। इसके परिणामस्वरूप उन्हें गिरफ्तार कर लिया गया।
- 1877 ई. में भागीरथ माँझी रिहा किए गये तथा 1879 ई. में उनकी मृत्यु हो गयी।

बुद्ध भगत

- बुद्ध भगत का जन्म 17 फरवरी 1792 को राँची जिले के चान्हो प्रखंड के सिल्ली गाँव के उरांव परिवार में हुआ था।
- बुद्ध भगत ने 1828 से 1832 तक हुए कोल विद्रोह में नेतृत्व किया था।

- ब्रिटिश सरकार ने बुद्ध भगत को पकड़ने के लिए 1000 रूपये का इनाम रखा था।
- 14 फरवरी 1832 को बुद्ध भगत अपने भाई, बेटे भतीजे और 150 साथियों के साथ मारे गए।

जतरा भगत

- जतरा भगत का जन्म 2 अक्टूबर, 1888 को चिंगरी नावाटोली गाँव (विशुनपुर, गुमला) में हुआ था।
- 1914 ई. में जतरा भगत हेसराग गाँव के तुरिया भगत से मति का प्रशिक्षण प्राप्त करते समय आत्मबोध की प्राप्ति हुई।
- उन्होंने ताना भगत आंदोलन की शुरुआत की, जो गांधीजी के आंदोलन से प्रभावित था।
- जतरा भगत की मृत्यु 1916 ई. में हुई।
- सन् 1948 में भारत सरकार ने ताना भगत रैयत कृषि भूमि पुनर्वापसी अधिनियम को पारित किया था।

रघुनाथ महतो

- रघुनाथ महतो ने सरायकेला-खरसावां के नीमडीह प्रखंड के घुटियाडीह गाँव में जन्म लिया था।
- वे चुआर विद्रोह के प्रथम दौर के नेता थे।
- उन्होंने 1769 में 'अपना गाँव अपना राज, दूर भगाओ विदेशी राज' का नारा दिया था।
- वर्ष 1778 में लोटागाँव के समीप सभा करते समय अंग्रेजों की गोला-बारी में उनकी मृत्यु हो गई।

गंगा नारायण सिंह

- गंगा नारायण सिंह का जन्म बाड़भूम (वीरभूम) राज परिवार में हुआ था।
- इन्होनें 1832-33 ई. में मानभूम के भूमिज विद्रोह का नेतृत्व किया था।
- इस विद्रोह को अंग्रेजों ने 'गंगा नारायण का हंगामा' कहां।
- 7 फरवरी, 1833 को खरसावां के ठाकुर चेतन सिंह के सैनिकों के द्वारा गंगा नारायण सिंह की हत्या कर दी गई।

तेलंगा खड़िया

- तेलंगा खड़िया का जन्म 9 सितंबर, 1806 ई. को सिसई थाने के मुगुं ग्राम में हुआ था। वह खड़िया जाति के किसान थे।
- खड़िया भाषा में, वह व्यक्ति जो वीर, निर्भीक एवं कुशल वक्ता होता है, 'तेब्बलंगा' कहा जाता है। इसी कारण उन्हें 'तेलंगा' नाम मिला है।
- उन्होंने 1849-50 ई. में खड़िया समाज को संगठित कर विद्रोह आरंभ किया जो अंग्रेजों के विरुद्ध था।
- उनके विद्रोह के कारण अंग्रेज सरकार सतर्क हो गई। एक दिन जब वे कुम्हारी गाँव के बसिया थाने में सभा कर रहे थे, तब उन्हें गिरफ्तार करके कलकत्ता भेज दिया गया।
- तेलंगा गुमला जिले के गांव-गांव में घूमते थे, लोगों को अंग्रेजों की शोषण नीति से अवगत कराते थे और उन्होंने लोगों को तीर चलाने, लाठी चलाने और गदा चलाने का प्रशिक्षण दिया जाता था। वे लोगों को अंग्रेजों के खिलाफ हथियार उठाने के लिए उकसाते थे।
- 1880 ई. के 23 अप्रैल को सिसई स्थित अखाड़े में सुबह-सुबह जब स्वामी दयानंद सरस्वती प्रशिक्षण शुरू करने से पहले प्रार्थना करने के लिए सिर झुकाए तो बोधन सिंह ने उन्हें गोली मार दी।
- उनके शिष्यों ने उनकी लाश को कोयल नदी पार कर गुमला के सोसो नीम टोली के एक टाड़ में दफ़ना दिया। आज इस टाड़ को 'तेलंगा तोपा टांड' के नाम से जाना जाता है।

रानी सर्वेश्वरी

- रानी सर्वेश्वरी संथाल परगना के सुल्तानाबाद की रानी थी।
- रानी सर्वेश्वरी ने 1781-82 में पहाड़िया सरदारों के सहयोग से संथाल परगना क्षेत्र में विद्रोह किया था।
- 6 मई, 1807 को भागलपुर जेल में रानी सर्वेश्वरी की मृत्यु हो गयी।

पोटो सरदार

- पोटो सरदार झारखंड के प्रमुख आदिवासी आंदोलनकारी थे। इन्होनें अंग्रेजों के विरूद्ध विद्रोहों में प्रमुखता से भाग लिया था।
- इन्होनें सिंहभूम में लोगों को एकजुट कर कई अंग्रेज सैनिकों की हत्या की थी।
- ब्रिटिश सरकार द्वारा 1 तथा 2 जनवरी, 1838 को पोटो सरदार सहित 7(मुंडा) आदिवासियों को सिंहभूम में ब्रिटिश सैनिकों की हत्या के आरोप में फाँसी की सजा सुनाई गयी।
- पोटो सरदार का संबंध मुंडा जनजाति से था।

1857 के विद्रोह से संबंधित व्यक्तित्व

जमादार माधव सिंह, सूबेदार नादिर अली खाँ तथा सूबेदार जयमंगल पाण्डेय

- 1857 के विद्रोह में जमादार माधव सिंह, सूबेदार नादिर अली खाँ तथा सूबेदार जयमंगल पाण्डेय ने लेफ्टिनेंट ग्राहम के नेतृत्व में हजारीबाग जाने के क्रम में रामगढ़ में विद्रोह किया।
- 3 अक्टूबर को नादिर अली खाँ तथा जयमंगल पाण्डेय को अंग्रेजी सेना द्वारा गिरफ्तार किया गया।
- दोनों को 4 अक्टूबर को फाँसी दे दी गई।
- माधव सिंह अंग्रेजी सेना से बचकर भाग निकला।

पांडेय गणपत राय

- पांडेय गणपत राय का जन्म भारतीय स्वतंत्रता संग्राम के एक महानायक के रूप में माना जाता है। उनका जन्म 17 फरवरी 1809 को झारखंड के लोहरदगा जिले के भंडारा प्रखंड के भौरा गाँव में हुआ था।
- 1857 की भारतीय स्वतंत्रता संग्राम में पांडेय गणपत राय ने राजा विश्वनाथ शाहदेव के साथ मिलकर विद्रोह की अगुआई की।
- ब्रिटिश शासन के विरोध में खड़े होने के लिए, पांडेय गणपत राय और उनके सहयोगी लोहरदगा के जंगलों में छिप गए थे और सरकार के विरुद्ध छापामार युद्ध जारी रखा।
- उनकी वीरता और साहस के बावजूद, पांडेय गणपत राय को अंत में ब्रिटिश सरकार ने 21 अप्रैल 1858 को राँची के जिला स्कूल गेट पर फाँसी दे दी। ठाकुर विश्वनाथ शाहदेव को भी फाँसी दे दी गई थी।

ठाकुर विश्वनाथ शाहदेव

- ठाकुर विश्वनाथ शाहदेव का जन्म 1817 ईस्वी के 12 अगस्त को सतरंगी नामक बड़कागढ़ की राजधानी में हुआ था।
- 1857 की क्रांति में विद्रोही सैनिकों के दल का नेतृत्व गणपत राय और राजा विश्वनाथ शाहदेव ने संभाला था।
- लोहरदगा के जंगलों में छिपकर अंग्रेजों के दमन से बचने के लिए सरकार के विरुद्ध छापामार युद्ध चलाया गया था।
- 1858 ईस्वी के 16 अप्रैल को राँची के जिला स्कूल के गेट पर कदंब पेड़ से लटका कर ठाकुर विश्वनाथ को फाँसी दे दी गयी थी। उसके बाद पांडेय गणपत राय को भी फाँसी दे दी गयी थी।

टिकैत उमराव सिंह

- उमराव सिंह, जो 1857 की क्रांति में शामिल हुए थे, का जन्म ओरमांझी प्रखंड के खटंगा पातर गाँव में हुआ था।

- टिकैत उमराव सिंह ओरमाँझी 12 गाँवों के जमींदार थे।
- अंग्रेजों द्वारा विद्रोहियों में भय उत्पन्न करने के लिए कैप्टेन मैक्डोनाल्ड की मद्रासी सेना की सहायता से टिकैत उमराव सिंह को उनके दीवान शेख भिखारी और भाई घासी सिंह के साथ गिरफ्तार कर लिया गया था।
- उन्हें अंग्रेजों ने ओरमांझी से राँची ले जाकर मोराबादी में टैगोर हिल के पास 8 जनवरी, 1858 को फाँसी दी गई।

राजा नीलमणि सिंह

- वे 1857 के विद्रोह के समय पंचेत के राजा थे जो अंग्रेजों के खिलाफ खड़े हुए थे।
- उन्होंने अपने इलाके के संथालों को उकसाया था ताकि वे विद्रोह करें।
- कैप्टेन माउंट गोमेरी ने उनके सरकार विरोधी रवैये के कारण उन्हें नवंबर, 1857 को गिरफ्तार किया और उन्हें कलकत्ता के अलीपुर जेल में भेज दिया।

राजा अर्जुन सिंह

- 1857 के विद्रोह के समय वे पोरहाट के राजा थे। उन्होंने चाईबासा के विद्रोही सैनिकों को अपने यहाँ शरण दी थी।
- कैप्टेन आर. सी. बर्च ने सैनिक विद्रोह के समय पोरहाट राजा अर्जुन सिंह को उनकी सेना के साथ चाईबासा में बंदूकों और सरकारी खजानों के साथ आत्मसमर्पण के लिए बुलाया था।
- अर्जुन सिंह ने 17 सितंबर, 1857 ई. को चाईबासा में डुगडुगी पिटवाकर खुद को 'सिंहभूम का राजा' घोषित कर दिया।
- अंग्रेजों ने 1000 रुपये का इनाम घोषित करके अर्जुन सिंह की गिरफ्तारी के लिए निर्देश दिए और उनके राज्य को जब्त करने का ऐलान किया।
- उन्होंने अंग्रेजों के विरुद्ध आंदोलन शुरू किया था जो नवंबर 1857 से फरवरी 1859 तक चला।
- उन्हें बंदी बनाकर वाराणसी भेज दिया गया। बाद में जब उनका राज्य वापस किया गया तो भी अर्जुन सिंह ने सिंहभूम न लौटने का निर्णय ले लिया और उन्होंने वाराणसी में ही अंतिम संस्कार का विधान किया।

नीलाम्बर-पीताम्बर

- 1857 के विद्रोह के दौरान पलामू में नीलाम्बर शाही और पीताम्बर शाही ने विद्रोह का नेतृत्व किया।
- नीलाम्बर-पीताम्बर ने शाहपुर, चैनपुर गढ़, लेस्लीगंज, रंकागढ़, पलामू किला आदि में विद्रोही गतिविधियों को अंजाम दिया।
- नीलाम्बर-पीताम्बर को पकड़ने के लिए अंग्रेजी सेना पुरजोर कोशिश करती रही, पर वे बार-बार अंग्रेजी सेना को चकमा देने में कामयाब होते रहे।
- जब भोगता बंधु अपने पारिवारिक सदस्यों के साथ एक गुप्त स्थान पर भोजन कर रहे थे तो जासूसों ने उन्हें पकड़ लिया।
- उन्हें अप्रैल 1859 को लेस्लीगंज में फाँसी दे दी गई।

शेख भिखारी

- शेख भिखारी का जन्म राँची के ओरमाँझी (होक्टे गांव) में 1831 ई. में हुआ था।
- ये ठाकुर विश्वनाथ राय के दीवान थे।
- ये 1819 में राँची के बुड़मू थाना में जन्मे थे।
- उन्होंने 1857 के सैनिक विद्रोह में भाग लिया था।
- इन्हें 8 जनवरी, 1858 को फाँसी पर चढ़ा दिया गया था।
- उनके सम्मान में एक स्मारक का निर्माण भी किया गया है।

झारखंड के प्रमुख समाज सेवी

सिमोन उराँव

- ये झारखंड के "जल पुरूष" के नाम से विख्यात हैं।
- उनके द्वारा सिंचाई के लिए कई जलाशय और पर्यावरण हेतु वृक्षा रोपण किया गया है।
- उनकी कृत्तियों के लिए 2016 में "पद्म श्री" पुरस्कार मिला है।

अशोक भगत

- वे सामाजिक कार्यकर्त्ता है और "विकास भारती" नामक गैर सरकारी संस्था चलाते है।
- झारखंड के ग्रामीण क्षेत्रों में उनकी संस्था ने अच्छा काम किया है।
- उनका "बोड़ा बाँध" मशहूर है।
- 2015 में उन्हें पद्म श्री पुरस्कार दिया गया।

बलबीर दत्त

- बलवरी दत्त झारखंड के वरिष्ठ पत्रकार है।
- वे "राँची एक्सप्रेस के संस्थापक सम्पादक रहे है। उन्होंने कई पुस्तके लिखी हैं- 'कहानी झारखंड आंदोलन की', 'सफरनामा पाकिस्तान', 'इतिहास से साक्षात्कार' इत्यादि।
- उन्हें मुकुन्द नायक के साथ 2016 में 'पद्म' श्री पुरस्कार प्रदान किया गया।

झारखंड के कुछ अन्य खिलाड़ी

माइकल किण्डो

- वे झारखंड के पूर्व हाकी खिलाड़ी थे जिन्होंने 1972 में सम्पन्न ओलम्पिक में भारत का प्रतिनिधित्व किया।
- 1975 के विश्व कप हाकी प्रतियोगिता जीतने वाली भारत की टीम का प्रतिनिधित्व किया।
- उन्हें अर्जुन पुरस्कार मिला था।

प्रेमलता अग्रवाल

- वे झारखंड की महिला पर्वतारोही है जिन्होंने सात पर्वत शिखरों पर चढने में सफलता पाई।
- 2011 में 48 वर्ष की उम्र में उन्होने माउट एवरेस्ट चढ़ने में सफलता पाई।
- 2013 में उन्हें पद्म श्री का पुरस्कार दिया गया।

सचिन्द्र कुमार राणा

- झारखंड के नये बैडमिटन कोच जिन्हें गोपीचन्द द्वारा चयनित किया गया है।
- झारखंड बैडमिटन के बैनर तले खिलाड़ियो को प्रशिक्षण देने की योजना है।

कान्ति बा

- सिमडेगा निवासी भारतीय खिलाड़ी हैं।
- वे भी 2002 में मैचेंस्टर गॉमनवेल्थ गेम्स में हॉकी गोल्ड जीतने वाली भारतीय हॉकी टीम की सदस्य रही है।

मासिरा सुरीन

- वे भी झारखंड की निवासी के साथ साथ भारतीय हॉकी दल की सदस्य रह चुकी हैं।
- मैचेंस्टर में सम्पन्न कॉमनवेल्थ गेम्स में भारतीय टीम का प्रतिनिधित्व कर चुकी हैं।

मुकेश कंचन

- झारखंड के दिव्यांग क्रिकेटर जो भारतीय दिव्यांग एकादश टीम के सदस्य रह चुके हैं और कुछ प्रतियोगिता में भाग भी लिया है।

सावित्री पूर्ति

- सावित्री पूर्ति, झारखंड की महिला खिलाड़ी हैं। वे वर्तमान में भारतीय रेलवे में क्लर्क के पद पर काम कर रही हैं।

झारखंड समसामयिकी

अप्रैल 2022

- नीति आयोग द्वारा जारी स्टेट एनर्जी एंड क्लाइमेट इंडेक्स राउंड-1 रिपोर्ट के अनुसार, झारखंड को इस श्रेणी में एचीवर के रूप में मान्यता दी गई है। यह उपलब्धि ऊर्जा और जलवायु संबंधी पहलों की दिशा में राज्य के सराहनीय प्रयासों को दर्शाती है। विभिन्न श्रेणियों के लिए स्कोर हैं:

  डिस्कॉम का प्रदर्शन - 58.3,

  ऊर्जा दक्षता - 17.2,

  पर्यावरणीय स्थिरता - 19,

  स्वच्छ ऊर्जा पहल - 2.9,

  नई पहल - 9.3, और

  पहुंच, सामर्थ्य एवं विश्वसनीयता - 46.5
- नई दिल्ली के विज्ञान भवन में आयोजित एक समारोह में, उपराष्ट्रपति एम. वेंकैया नायडू ने तपन पटनायक को छऊ नृत्य शैली में उनके उल्लेखनीय योगदान के लिए संगीत नाटक अकादमी पुरस्कार प्रदान किया।
- विनोबा भावे विश्वविद्यालय साइबर पाठ्यक्रमों की पेशकश करने वाला पूर्वी भारत का पहला विश्वविद्यालय बन गया है। साइबर पाठ्यक्रम जुलाई 2022 में शुरू होने का प्रस्ताव रखा गया था।
- झारखंड के मुख्यमंत्री हेमंत सोरेन ने अंडर-17 सब-जूनियर नेशनल बॉयज-गर्ल्स रेसलिंग चैंपियनशिप और फेडरेशन कप सीनियर पुरुष-महिला कुश्ती चैंपियनशिप का उद्घाटन किया। उन्होंने राँची के शहीद गणपत राय इंडोर स्टेडियम खेलगांव में कार्यक्रम का उद्घाटन किया।
- झारखंड के राँची शहर ने नौवीं राष्ट्रीय रेस वॉक चैंपियनशिप की मेजबानी की। पुरुष वर्ग में जुनैद ने दो मिनट 40.16 सेकेंड का समय लेकर स्वर्ण पदक जीता जबकि महिला वर्ग में रमनदीप ने तीन मिनट 0.04 सेकेंड का समय लेकर शीर्ष स्थान हासिल किया।
- झारखंड सरकार ने देवघर में त्रिकुट पर्वत रोपवे दुर्घटना की जांच के लिए एक समिति का गठन किया है। वित्त विभाग के प्रधान सचिव अजय कुमार सिंह के नेतृत्व में बनी कमेटी मामले की गहन जांच करेगी।
- 3 अप्रैल 2022 को बोकारो स्टील सिटी में मिथिला सांस्कृतिक परिषद के मुख्य वार्षिक उत्सव 'विद्यापति स्मृति पर्व' का उत्साह के साथ समापन हुआ।
- 4 अप्रैल 2022 को आदिवासी समाज का सबसे बड़ा प्रकृति पर्व सरहुल पर्व झारखंड राज्य में मनाया गया था।
- दिल्ली पब्लिक स्कूल बोकारो के आठवीं कक्षा के छात्र अथर्व अक्षत ने इंटरनेशनल सोशल स्टडीज ओलंपियाड 2021-22 में मेडल जीता। ओलंपियाड का परिणाम 20 अप्रैल, 2022 को घोषित किया गया था। साइंस ओलंपियाड फाउंडेशन, जिसका मुख्यालय नई दिल्ली में है, ने ऑनलाइन मोड में इंटरनेशनल सोशल स्टडीज ओलंपियाड 2021-22 का आयोजन करवाया था।
- झारखंड के प्रसिद्ध साहित्यकार अच्युतानंद मिश्र को 5 अप्रैल, 2022 को वर्ष 2021 के लिए प्रतिष्ठित देवी शंकर अवस्थी पुरस्कार से सम्मानित किया गया। उन्हें यह पुरस्कार उनकी आलोचनात्मक पुस्तक "कोलाहल में कविता की आवाज़" के लिए प्रदान किया गया।
- मुख्यमंत्री हेमंत सोरेन की अध्यक्षता में हुई मंत्रिपरिषद की बैठक में सिकटिया मेगा उद्वहन सिंचाई योजना के लिए अनुमानित राशि 484.35 करोड़ रुपये की प्रशासनिक स्वीकृति प्रदान की गई। इस योजना का उद्देश्य देवघर और जामताड़ा जिलों में चार ब्लॉकों को सिंचाई सुविधा प्रदान करना था।
- 6 अप्रैल, 2022 को झारखंड राज्य सरकार ने सरायकेला-खरसावां जिले में स्थित चांडिल में एक औद्योगिक प्रशिक्षण संस्थान स्थापित करने के लिए टाटा स्टील फाउंडेशन के साथ एक समझौता ज्ञापन पर हस्ताक्षर किया था। इस पहल का उद्देश्य राज्य में युवाओं के कौशल सेट को बढ़ाना और उन्हें उद्योग के लिए तैयार करना था।
- 7 अप्रैल, 2022 को झारखंड के मुख्यमंत्री हेमंत सोरेन ने राज्य की राजधानी राँची में सिरोम टोली सरना स्थल के सौंदर्यीकरण योजना की आधारशिला रखी।
- स्थानीय कला और उत्पादों को समर्थन और प्रोत्साहित करने के लिए, कृषि परामर्श और ग्रामीण विकास संस्थान ने 23 अप्रैल, 2022 को राँची स्टेशन पर 'वन स्टेशन वन प्रोडक्ट स्कीम' का दूसरा अस्थायी स्टाल खोला। यह पहल राँची रेलवे डिवीजन के तहत शुरू की गई थी।
- जमशेदपुर के लेखक अंशुमान भगत को 24 अप्रैल, 2022 को मुंबई स्थित संगठन मान ओ मौसमी द्वारा वर्ष 2022 के लिए सर्वश्रेष्ठ लेखक पुरस्कार से सम्मानित किया गया था। यह पुरस्कार उनकी साहित्यिक कृति "एक सफर में" के लिए प्रदान किया गया था।
- 26 अप्रैल 2022 को पश्चिमी सिंहभूम जिले के श्रम अधीक्षक ने जिले में राज्य के दूसरे सुरक्षित और जिम्मेदार प्रवासन केंद्र का शुभारंभ किया । इस पहल का उद्देश्य प्रवासी श्रमिकों के सुरक्षित और जिम्मेदार प्रवास को सुनिश्चित करना था।

मई 2022

- 3 मई, 2022 को झारखंड की राजधानी राँची के सुरेश्वर धाम में स्थित देश के दूसरे सबसे बड़े शिवलिंग मंदिर में श्रद्धांजलि अर्पित करने के लिए एक भव्य कलश यात्रा के साथ पांच दिवसीय अनुष्ठान कार्यक्रम की शुरुआत की गई।
- मुख्यमंत्री सचिवालय द्वारा 5 मई, 2022 को जारी प्रेस विज्ञप्ति के अनुसार अंडर-17 महिला फीफा विश्व कप, 2022 के प्रशिक्षण कार्यक्रम के लिए चयनित 33 सदस्यीय भारतीय टीम में झारखंड की सात प्रतिभाशाली महिला खिलाड़ियों को चुना गया। चयनित खिलाड़ियों के नाम अंजलि मुंडा, सलीना कुमारी, सुधा अंकिता तिर्की, अस्तम उरांव, पूर्णिमा कुमारी, नीतू लिंडा और अनीता कुमारी है।
- झारखंड सरकार, 50% अनुदान के साथ खरीफ फसल के बीज उपलब्ध करा रही है। यह पहल बीज विनिमय एवं वितरण कार्यक्रम योजना के अंतर्गत आती है। इसका उद्देश्य किसानों को समय से पहले बीज वितरित करना है।
- 15 मई, 2022 को झारखंड राज्य में साहिबगंज के मंडल वन अधिकारी मनीष तिवारी ने बताया कि राज्य सरकार ने डॉल्फिन सफारी के लिए साहिबगंज जिले में गंगा नदी के किनारे दो संभावित स्थानों की पहचान की है।
- 18 मई, 2022 को सेल-बोकारो स्टील प्लांट और डालमिया भारत फाउंडेशन के बीच कौशल विकास संयंत्र स्थापित करने के लिए समझौता ज्ञापन पर हस्ताक्षर किया।
- 25 मई, 2022 को सिमडेगा हॉकी अध्यक्ष मनोज कोनबेगी ने बताया कि आयरलैंड में जूनियर भारतीय महिला हॉकी टीम में सिमडेगा की ब्यूटी डुंगडुंग, दीपिका सोरेंग और महिमा टेटे का चयन किया गया।
- सोसायटी फॉर साइंस के अध्यक्ष डॉ. टी. पचल ने घोषणा की है कि सोसायटी ने पहली बार बोकारो में विज्ञान फिल्म महोत्सव आयोजित करने

का निर्णय लिया है। यह कार्यक्रम भारतीय स्वतंत्रता के 75वें वर्ष की स्मृति में आयोजित किया जाएगा, जिसे 2022 में विज्ञान जागरूकता वर्ष के रूप में नामित किया गया है।

- 29 मई, 2022 को धनबाद में खान सुरक्षा महानिदेशालय ने क्षेत्रीय कार्यालयों की संख्या 29 से बढ़ाकर 38 करने की घोषणा करते हुए एक अधिसूचना जारी की है।
- विश्व स्वास्थ्य संगठन ने झारखंड को विश्व तंबाकू निषेध दिवस पुरस्कार 2022 के प्राप्तकर्ता के रूप में सम्मानित किया।

जून 2022

- झारखंड में हजारीबाग जिले में पुरातात्विक खुदाई से मध्ययुगीन काल से चतुर्भुज कुएं की खोज हुई थी।
- गुरु सुशांत महापात्र को प्रतिष्ठित गुरु ब्रह्म पुरस्कार से सम्मानित किया गया। उन्हें झारखंड राज्य के सरायकेला छऊ नृत्य रूप में उपयोग किए जाने वाले मुखौटे बनाने के लिए सम्मानित किया गया।
- देवघर हवाई अड्डे के निदेशक संदीप ढींगरा ने बताया कि कि बहुप्रतीक्षित श्रावणी मेला उत्सव से पहले, देवघर अंतर्राष्ट्रीय हवाई अड्डे पर घरेलू उड़ानें शुरू होंगी।
- झारखंड के मुख्यमंत्री हेमंत सोरेन ने 15 जून 2022 को एक आदेश जारी कर वन विभाग को वन क्षेत्र के पांच किलोमीटर के दायरे में स्थित सभी आरा मिलों को खत्म करने का निर्देश दिया था।
- झारखंड राज्य की राजधानी राँची की रहने वाली कृतिका सिंह को 15 जून, 2022 को मुंबई में आयोजित एक समारोह में प्रतिष्ठित इम्पैक्ट मीडिया अवार्ड मिला। यह पुरस्कार उन्हें पद्मश्री प्रसून जोशी ने प्रदान किया। कृतिका को पहले 2016 में उनके असाधारण प्रदर्शन के लिए एमएसएल ग्रुप मेस्ट्रो अवार्ड इंडिविजुअल से सम्मानित किया गया था।
- 20 जून, 2022 से झारखंड पर्यटन विभाग ने धनबाद जिले में तीन दिवसीय साहसिक खेल आयोजन शुरू किया। पहली बार, इस आयोजन में पैरासेलिंग, वॉल क्लाइम्बिंग, सर्फिंग, कयाकिंग, रिंगो राइडिंग और जेट स्कीइंग जैसी रोमांचक गतिविधियाँ शामिल थी।
- टाटा स्टील के नोवामुंडी बॉक्सिंग सेंटर में 15वीं झारखंड स्टेट बॉक्सिंग चैंपियनशिप का समापन 19 जून, 2022 को हुआ। जूनियर और युवा वर्ग में पूर्वी सिंहभूम की पलक कुमारी, अनु पांडे और राहुल कुमार को सर्वश्रेष्ठ मुक्केबाज का पुरस्कार दिया गया। पश्चिमी सिंहभूम के सूरज राणा ने जूनियर पुरुष वर्ग में सर्वश्रेष्ठ मुक्केबाज का पुरस्कार जीता।
- 21 जून, 2022 को झारखंड के मुख्यमंत्री हेमंत सोरेन की अध्यक्षता में हुई बैठक में, राज्य मंत्रिमंडल ने शहरी विकास विभाग के राज्य में महापौर चुनाव दलीय आधार (पार्टी-बेसिस) के बजाय गैर-दलीय (नॉन-पार्टी बेसिस) आधार पर कराने के प्रस्ताव को मंजूरी दी।
- 27 जून, 2022 को झारखंड के पश्चिमी सिंहभूम जिले में जिला प्रशासन और टाटा स्टील फाउंडेशन के बीच एक समझौता ज्ञापन पर हस्ताक्षर के बाद एक बहु-कौशल केंद्र स्थापित किया जाएगा। समझौते पर पश्चिमी सिंहभूम की उपायुक्त अनन्या मित्तल (आईएएस) और टाटा स्टील फाउंडेशन के मुख्य कार्यकारी अधिकारी (सीईओ) सौरव रॉय ने हस्ताक्षर किए।
- 29 जून, 2022 को झारखंड के मुख्यमंत्री हेमंत सोरेन ने पंचकठिया/बाबूपुर, बरहेट, साहिबगंज में मिल्क कूलिंग सेंटर का उद्घाटन किया।
- 29 जून, 2022 को झारखंड के मुख्यमंत्री हेमंत सोरेन ने गोड्डा योजना शुरू करी। इस योजना का मुख्य उद्देश्य गोड्डा जिले में बच्चों में कुपोषण को दूर करना है। इस योजना ने क्षेत्र में बच्चों के स्वास्थ्य और पोषण में सुधार लाने के उद्देश्य के लिए विभिन्न कार्यक्रम चलाए थे।
- 30 जून, 2022 को धनबाद में कृषि विज्ञान केंद्र की वैज्ञानिक सीमा सिंह ने घोषणा की कि धनबाद में भारतीय प्रौद्योगिकी संस्थान (ISM) ने COVID-19 से प्रभावित किसानों की मदद के लिए एक नई स्मार्ट ऑटो-सिंचाई प्रणाली विकसित की है। इसके अतिरिक्त, संस्थान ने क्षेत्र में कृषि और खेती को प्रोत्साहित करने और समर्थन करने के लिए एक उन्नत मृदा निगरानी प्रणाली भी विकसित की है।

जुलाई 2022

- केंद्रीय उपभोक्ता मामले, खाद्य और सार्वजनिक वितरण, कपड़ा, वाणिज्य और उद्योग मंत्री पीयूष गोयल ने 'राष्ट्रीय खाद्य सुरक्षा अधिनियम के लिए राज्य रैंकिंग सूचकांक' के उद्घाटन संस्करण का अनावरण किया। सूचकांक के अनुसार, झारखंड ने 0.754 के स्कोर के साथ सामान्य राज्यों की श्रेणी में दसवां स्थान हासिल किया।
- आईसीएफएआई विश्वविद्यालय, राँची ने झारखंड के आसपास के ग्रामीण इलाकों में छात्रों के शिक्षा मानकों को बढ़ाने के उद्देश्य से 'विद्या दान' नामक एक अभिनव की शुरुआत की।
- ग्रामीण विकास मंत्रालय (भारत सरकार) ने श्यामा प्रसाद मुखर्जी रूर्बन मिशन योजना के तहत जून महीने के लिए डेल्टा रैंकिंग जारी करी थी। रैंकिंग के अनुसार झारखंड राज्य ने सर्वोच्च स्थान हासिल किया था।
- 401 करोड़ रुपये की लागत से निर्मित देवघर हवाई अड्डे का उद्घाटन 12 जुलाई, 2022 को प्रधानमंत्री नरेंद्र मोदी द्वारा किया गया। राँची में हवाई अड्डे के बाद, देवघर हवाई अड्डा झारखंड राज्य का दूसरा अंतरराष्ट्रीय हवाई अड्डा है।
- उद्घाटन समारोह के हिस्से के रूप में, प्रधानमंत्री ने कई परियोजनाओं का अनावरण किया, जिसमें 2,000 तीर्थयात्रियों को समायोजित करने में सक्षम दो बड़े तीर्थ भवनों का निर्माण, जलसर लेकफ्रंट का विकास, और शिवगंगा तालाब की वृद्धि (एन्हांसमेंट) शामिल है।
- नई शिक्षा नीति को लागू करने के लिए झारखंड राज्य सरकार ने विश्वविद्यालय अनुदान आयोग की ओर से प्रारूप उपलब्ध कराया गया। इस प्रारूप के आधार पर नई शिक्षा नीति-2022 को प्रदेश के सभी सात विश्वविद्यालयों में चालू शैक्षणिक सत्र से लागू करने का प्रस्ताव बनाया गया था।
- झारखंड के कृषि पशुपालन और सहकारिता मंत्री, बादल पत्रलेख ने 19 जुलाई, 2022 को हेसग, हटिया ने नवनिर्मित पशुपालन निदेशालय भवन, सभागार (ऑडिटोरियम) और 24x7 पेट क्लिनिक का उद्घाटन किया।
- नीति आयोग के वाइस चेयरमैन सुमन बेरी ने 21 जुलाई, 2022 को इंडिया इनोवेशन इंडेक्स-2021 जारी किया, जिसमें 17 प्रमुख राज्यों की श्रेणी में झारखंड राज्य को 10वां स्थान दिया गया।
- झारखंड के मुख्यमंत्री हेमंत सोरेन ने 24 जुलाई, 2022 को नई दिल्ली में झारखंड राज्य की नई पर्यटन नीति की शुरुआत की। इस नीति में निवेशकों के लिए विशेष पैकेज शामिल किया गया था।
- झारखंड के मुख्यमंत्री हेमंत सोरेन ने 29 जुलाई, 2022 को राज्य की राजधानी राँची में वर्ल्ड ट्रेड सेंटर की आधारशिला रखी। परियोजना का उद्देश्य झारखंड के निर्यात को बढ़ावा देना और राज्य को निर्यात उद्योग में अग्रणी बनाने की दृष्टि से बेहतर सुविधाएं प्रदान करना है।
- दिल्ली और देवघर के बीच इंडिगो एयरलाइन की नई सीधी उड़ान सेवा का वर्चुअल लॉन्च 30 जुलाई, 2022 को नागरिक उड्डयन मंत्री ज्योतिरादित्य एम. सिंधिया और नागरिक उड्डयन राज्य मंत्री (सामान्य) डॉ. वी.के. सिंह (सेवानिवृत्त) द्वारा किया गया।

अगस्त 2022

- टेक कंपनी सेटलमिंट के सहयोग से, झारखंड सरकार ने ब्लॉकचेन तकनीक का उपयोग कर किसानों को बीज वितरण शुरू किया गया।

झारखंड कृषि क्षेत्र में ब्लॉकचेन तकनीक को लागू करने वाला भारत का पहला राज्य बन गया है।

- झारखंड में महिला, बाल विकास और सामाजिक सुरक्षा विभाग मंत्री जोबा मांझी ने वर्ल्ड ब्रेस्टफीडिंग वीक के उप-लक्ष्य में 1 अगस्त 2022 को राज्य स्तरीय कार्यक्रम शुरू किया। कार्यक्रम 1 अगस्त से 7 अगस्त तक चला था। वर्ल्ड ब्रेस्टफीडिंग वीक के लिए वर्ष 2022 का विषय "शिक्षा और सहयोग के माध्यम से स्तनपान को बढ़ावा देना" था।
- 9 अगस्त 2022 को झारखंड की राजधानी राँची के मोरहाबादी में मुख्यमंत्री हेमंत सोरेन और राज्यसभा सांसद शिबू सोरेन द्वारा झारखंड आदिवासी महोत्सव 2022 का उद्घाटन किया गया।
- 15 अगस्त, 2022 को झारखंड के मुख्यमंत्री हेमंत सोरेन ने राज्य भर के पुलिस अधिकारियों और कर्मियों को उनकी अनुकरणीय सेवा के लिए राष्ट्रपति पुलिस पदक और अन्य प्रशस्तियां प्रदान की।
- 18 अगस्त, 2022 को झारखंड स्थित कोल इंडिया लिमिटेड (CIL) की सहायक कंपनी सेंट्रल कोलफील्ड्स लिमिटेड (CCL) ने 2021 के लिए कोयला मंत्री पुरस्कार समारोह में सुरक्षा श्रेणी में दूसरा पुरस्कार और स्थिरता श्रेणी में तीसरा पुरस्कार जीता।
- 20 अगस्त 2022 को झारखंड के मुख्यमंत्री हेमंत सोरेन ने एक उप-समिति स्थापित करने की स्वीकृति प्रदान की। समिति का उद्देश्य राज्य के भीतर अनुसूचित जनजाति, अनुसूचित जाति, अति पिछड़ा वर्ग (एस-1) और पिछड़ा वर्ग (एस-2) के आरक्षण के लिए उचित प्रतिशत पर चर्चा करना था।
- 23 अगस्त, 2022 को, झारखंड सरकार ने ब्रिटिश उच्चायोग (हाई कमीशन) के साथ राज्य में पिछड़े वर्गों के पांच असाधारण छात्रों को 'चेवेनिंग मारंग गोमके जयपाल सिंह मुंडा छात्रवृत्ति' देने के लिए एक समझौते पर हस्ताक्षर किया था। यह छात्रवृत्ति यूनाइटेड किंगडम में एक वर्षीय मास्टर डिग्री प्रोग्राम के लिए पूर्ण वित्तीय सहायता प्रदान करने का प्रस्ताव रखा था।
- 24 अगस्त, 2022 को झारखंड के शिक्षा मंत्री जगरनाथ महतो और स्वास्थ्य मंत्री बन्ना गुप्ता ने धुर्वा, राँची में तंबाकू मुक्त शैक्षणिक संस्थानों के लिए 'कार्यान्वयन निर्देशिका' जारी की थी।
- साहित्य अकादमी ने 24 अगस्त, 2022 को बाल साहित्य पुरस्कार 2022 के विजेताओं की घोषणा की, जिसमें झारखंड राज्य के दो उल्लेखनीय लेखक मिहिर वत्स और सालगे हांसदा शामिल थे।
- भारत सरकार के शिक्षा मंत्रालय ने 25 अगस्त, 2022 को आधिकारिक सूची प्रकाशित की, जिसमें देश भर के विभिन्न राज्यों के 46 शिक्षकों के नाम शामिल हैं, जिन्हें राष्ट्रीय शिक्षक पुरस्कार 2022 के लिए चुना गया है। सूची में नामित प्राप्तकर्ताओं में से एक शिप्रा मिश्रा है, जो झारखंड राज्य से हैं।
- 30 अगस्त, 2022 को, सेंट्रल कोलफील्ड्स लिमिटेड (सीसीएल) ने राँची में एमडीओ (माइन डेवलपर और ऑपरेटर) मोड के माध्यम से पिपरवार भूमिगत खदानों के संचालन के लिए मैसर्स जेएमएस माइनिंग प्राइवेट लिमिटेड के साथ एक समझौता ज्ञापन में प्रवेश किया।

सितम्बर 2022

- 1 सितंबर 2022 से झारखंड में पुरानी पेंशन योजना (ओल्ड पेंशन स्कीम) बहाल कर दी गई है।
- 3 सितंबर 2022 को, अरविंद कुमार सिंह ने स्टील अथॉरिटी ऑफ इंडिया लिमिटेड (सेल) में निदेशक (तकनीकी, परियोजना और कच्चा माल (रॉ मटेरियल)) का पद ग्रहण किया। अरविंद कुमार सिंह, एक प्रबंधन प्रशिक्षु (तकनीकी) के रूप में, 1987 में सेल के भिलाई स्टील प्लांट में प्रवेश किया था।
- शिक्षक दिवस (05 सितम्बर) के अवसर पर चतरा जिले के उत्क्रमित (अपग्रेडेड) हाई स्कूल के शिक्षक बिनेश्वर कुमार, बोकारो जिले के प्लस टू हाई स्कूल की शिक्षक आशा रानी और अंगारा जिले के एसएस प्लस टू हाई स्कूल के प्रिंसिपल अवनींद्र सिंह को, शिक्षा में उत्कृष्ट योगदान के लिए राज्य पुरस्कार से सम्मानित किया गया।
- 14 सितंबर 2022 को हुई झारखंड मंत्रिपरिषद की बैठक में झारखंड इलेक्ट्रिक व्हीकल पॉलिसी-2022 के गठन को मंजूरी दी गई।
- 16 से 30 सितंबर तक झारखंड में फाइलेरिया को खत्म करने के उद्देश्य से एक अभियान शुरू किया गया था।
- झारखंड में कम वर्षा और अपर्याप्त फसल कवर के आलोक में, झारखंड मंत्रिपरिषद की बैठक ने 2022-23 सीजन के दौरान किसानों को आकस्मिकता और रबी फसलों के लिए 90% सब्सिडी पर बीज के प्रावधान को मंजूरी दी है।
- राज्य सरकार ने राँची में प्रस्तावित अजीम प्रेमजी विश्वविद्यालय (निजी विश्वविद्यालय) की स्थापना के लिए अजीम प्रेमजी फाउंडेशन के साथ एक समझौता ज्ञापन (एमओयू) को मंजूरी दे दी है। समझौते के अनुसार विश्वविद्यालय की स्थापना के लिए 120-150 एकड़ भूमि 99 वर्ष के दीर्घकालीन पट्टे पर उपलब्ध कराई जायेगी।
- आंगनबाडी केन्द्रों में आने वाले 03-06 वर्ष के बच्चों को शीतकालीन पोशाक उपलब्ध कराने की राज्य योजना को ड्रेस आपूर्ति योजना के क्रियान्वयन की स्वीकृति मिल गयी है। इस पहल के तहत आंगनबाड़ी केंद्रों में आने वाले बच्चों को सर्दियों की वर्दी मिलेगी।
- मानसून सत्र के दौरान, झारखंड विधानसभा ने कौशल विद्या उद्यमिता, डिजिटल और कौशल विश्वविद्यालय विधेयक, 2022 और अजीम प्रेमजी विश्वविद्यालय विधेयक, 2022 नामक दो विधेयक पारित किए। 19 सितंबर, 2022 को राज्यपाल रमेश बैस ने दोनों विधेयकों को मंजूरी दे दी थी।
- झारखंड विधानसभा ने अपने सत्र के दौरान पंडित रघुनाथ मुर्मू जनजातीय विश्वविद्यालय विधेयक, 2022 पारित किया, जिसे बाद में 20 सितंबर, 2022 को राज्यपाल रमेश बैस द्वारा अनुमोदित किया गया।
- डॉ मैरी नीलिमा केरकेट्टा, एक सेवानिवृत्त भारतीय प्रशासनिक सेवा अधिकारी, को झारखंड लोक सेवा आयोग के नए अध्यक्ष के रूप में नियुक्त किया गया है।
- झारखंड आयुष विभाग के निदेशक ने 22 सितंबर 2022 को सभी जिला आयुष अधिकारियों को पत्र जारी कर अपने-अपने जिलों में 10 बिस्तरों वाले आयुष अस्पताल का निर्देश दिया था।
- बिंदू आहूजा जो जमशेदपुर के मोतीलाल नेहरू पब्लिक स्कूल में सहायक शिक्षक और उत्कृष्टता समन्वयक हैं। 25 सितंबर, 2022 को आयोजित एक आभासी समारोह में लर्निंग मैटर्स द्वारा बिंदू आहूजा को 'द स्टार एजुकेटर अवार्ड्स 2022-चैंपियन ऑफ डिजिटल ट्रांसफॉर्मेशन' से सम्मानित किया गया।
- टाटा स्टील ने 27 सितंबर, 2022 को जमशेदपुर में कदमा बायोडायवर्सिटी पार्क का उद्घाटन किया। इस पार्क की स्थापना शहर में और उसके आसपास के इलाको में हरियाली बढ़ाने और जैव विविधता को बढ़ावा देने की दिशा में एक महत्वपूर्ण कदम है।
- आयरन एंड स्टील के लिए अनुसंधान एवं विकास केंद्र (आरडीसीआईएस) सेल, राँची और भारतीय प्रौद्योगिकी संस्थान (इंडियन स्कूल ऑफ माइन्स) ने नैनो-प्रौद्योगिकी के अनुप्रयोग पर सहयोग करने के लिए एक समझौता ज्ञापन पर हस्ताक्षर किए हैं।
- राँची के केंद्रीय मनोचिकित्सा संस्थान के निदेशक डॉ. वासुदेव दास ने देश की पहली मस्तिष्क उत्तेजना प्रयोगशाला (ब्रेन स्टिमुलेशन लेबोरेटरी) का उद्घाटन किया।

- झारखंड उच्च न्यायालय के सेवानिवृत्त न्यायाधीश न्यायमूर्ति अमिताभ कुमार गुप्ता को पांच साल की अवधि के लिए झारखंड राज्य विद्युत नियामक आयोग (जेएसईआरसी) के नए अध्यक्ष के रूप में नियुक्त किया गया है।
- 30 सितंबर, 2022 को नई दिल्ली के तालकटोरा स्टेडियम में राष्ट्रपति द्रौपदी मुर्मू की उपस्थिति में केंद्रीय आवास और शहरी मामलों के मंत्री हरदीप सिंह पुरी ने झारखंड को स्वच्छ सर्वेक्षण 2022 पुरस्कार प्रदान किया। झारखंड को 100 शहरी निकायों वाले राज्यों में देश के दूसरे सबसे अच्छे राज्य के रूप में मान्यता प्राप्त हुई थी।

अक्टूबर 2022

- झारखंड के खाद्य आपूर्ति मंत्री, रामेश्वर उरांव ने 3 अक्टूबर, 2022 को मीडिया से बात करते हुए बताया कि राज्य सरकार गोदामों और अन्य केंद्रों से खाद्यान्न परिवहन करने वाले वाहनों की निगरानी के लिए एक भौगोलिक स्थिति ट्रैकिंग प्रणाली का उपयोग करेगी। इससे सरकार को राज्य के भीतर राशन वितरण प्रक्रिया में किसी भी तरह की गड़बड़ी पर नजर रखने में मदद मिलेगी।
- झारखंड के गुमला जिले में रहने वाले अष्टम उरांव को फीफा अंडर-17 महिला विश्व कप 2022 के लिए भारतीय महिला फुटबॉल टीम का कप्तान बनाया जाएगा।
- झारखंड की उप-राजधानी दुमका में राज्य का पहला भव्य कन्वेंशन सेंटर 9 अक्टूबर, 2022 को बनकर तैयार हो गया है। यह सेंटर विशेष रूप से सांस्कृतिक कार्यक्रमों, बड़े पैमाने पर सेमिनार, कार्यशालाओं, प्रशिक्षण सत्रों आदि के लिए बनाया गया है।
- 9 अक्टूबर, 2022 को श्यामल मल्लिक की अध्यक्षता में इंडियन पीपुल्स थिएटर एसोसिएशन की झारखंड राज्य में बैठक हुई। बैठक के दौरान, यह निर्णय लिया गया कि इंडियन पीपुल्स थिएटर एसोसिएशन का 15वां राष्ट्रीय पूर्ण सत्र झारखंड के पलामू जिले में स्थित मेदिनीनगर (डाल्टनगंज) शहर में आयोजित किया जायेगा।
- झारखंड की निवासी अस्मिता दोरजी ने 10 अक्टूबर, 2022 को पूरक ऑक्सीजन के उपयोग के बिना नेपाल में स्थित दुनिया के आठवें सबसे ऊंचे पर्वत मनासलू पर चढ़कर एक महत्वपूर्ण उपलब्धि हासिल की। इस चुनौतीपूर्ण चढ़ाई को पूरा करने में अस्मिता दोरजी को लगभग 26 दिन लगे। नेपाल सरकार ने मनासलू शिखर सम्मेलन का आयोजन किया था।
- 13 अक्टूबर, 2022 को झारखंड में धनबाद नगर निगम ने केंद्र सरकार के राष्ट्रीय स्वच्छ वायु कार्यक्रम के तहत 187 करोड़ रुपये की कार्य योजना तैयार की। शहर की वायु गुणवत्ता में सुधार के लिए केंद्र सरकार के निर्देश के बाद यह योजना तैयार की गई थी।
- 14 अक्टूबर से 18 अक्टूबर, 2022 तक झारखंड राज्य में 'तीसरा झारखंड विज्ञान फिल्म महोत्सव' आयोजित किया गया। महोत्सव का दूसरा चरण 18 अक्टूबर को राज्य के गिरिडीह जिले के सर जेसी बोस गर्ल्स हाई स्कूल में संपन्न हुआ।
- 14 अक्टूबर, 2022 को दो दिवसीय तीसरे झारखंड साइंस फिल्म फेस्टिवल का उद्घाटन बीएसएल के प्रभारी निदेशक अमरेंदु प्रकाश ने किया। यह महोत्सव साइंस फॉर सोसाइटी (झारखंड) और बीएसएल के तत्वावधान में संयुक्त रूप से आयोजित किया गया था।
- 20 अक्टूबर, 2022 को, गुजरात के राजकोट में आयोजित 'इंडिया अर्बन हाउसिंग कॉन्क्लेव 2022' में प्रधानमंत्री नरेंद्र मोदी द्वारा प्रधानमंत्री आवास योजना (शहरी) के सफल कार्यान्वयन के लिए झारखंड राज्य को तीन अलग-अलग श्रेणियों के लिए सम्मान दिया गया। झारखंड को यह पुरस्कार हरदीप सिंह पुरी, आवास और शहरी मामलों के मंत्री, भारत सरकार द्वारा महिला सशक्तिकरण, कुष्ठ रोगियों के लिए बेहतर आवास परियोजनाओं एवं योजना के व्यापक प्रचार और जागरूकता के लिए असाधारण प्रयासों के लिए प्रदान किया गया।
- झारखंड उद्योग विभाग ने झारखंड इलेक्ट्रिक वाहन नीति, 2022 को लागू करने के लिए 19 अक्टूबर, 2022 को राजपत्र अधिसूचना जारी की थी।
- गुमला जिला प्रशासन ने 23 अक्टूबर, 2022 को 'सावित्रीबाई फुले किशोरी समृद्धि योजना' के ब्रांड एंबेसडर के रूप में गुमला जिले की निवासी और अंडर -17 भारतीय महिला फुटबॉल टीम की कप्तान अष्टम उरांव को नियुक्त किया। सुधा अंकिता तिर्की और अन्य फुटबाल खिलाड़ी को जिला प्रशासन द्वारा सम्मानित किया गया।
- 24 अक्टूबर, 2022 को हजारीबाग की उपायुक्त नैन्सी सहाय द्वारा बाल विवाह मुक्त सुरक्षित बचपन सुरक्षित भारत अभियान की शुरुआत की गई। अभियान का उद्देश्य झारखंड के हजारीबाग जिले में बाल विवाह के सामाजिक मुद्दे को समाप्त करना है और इसे जिले के सभी आंगनवाड़ी केंद्रों, स्कूलों, पंचायतों और अन्य संस्थानों में लागू किए जाने की बात कहीं गई थी।
- 25 अक्टूबर, 2022 को ऋषि सुनक को भारतीय मूल के पहले ब्रिटिश प्रधानमंत्री के रूप में नियुक्त किया गया था। ऋषि सुनक ने अपनी कोर टीम की घोषणा करी थी, जिसमें झारखंड के सिंदरी (धनबाद) निवासी प्रज्वल पांडेय भी शामिल हैं। प्रज्वल पांडे 2019 में 16 साल की उम्र में यूके की कंजरवेटिव पार्टी के सदस्य बने थे।
- 26 अक्टूबर, 2022 को, भारत सरकार ने प्रोफेसर डॉ. श्रीकांत पाल द्वारा बनाए गए 'अल्ट्रा-वाइडबैंड एंटीना' के लिए मंजूरी दे दी, जो कि झारखंड में बिड़ला इंस्टीट्यूट ऑफ टेक्नोलॉजी मेसरा राँची में इलेक्ट्रॉनिक्स और संचार इंजीनियरिंग विभाग के एक संकाय सदस्य हैं। साथ ही भारत सरकार ने इस आविष्कार के लिए प्रो. डॉ. श्रीकांत पाल को पेटेंट सर्टिफिकेट भी जारी किया था।
- झारखंड के खूंटी में बिरसा कॉलेज को 26 अक्टूबर, 2022 को निर्मित हॉकी टर्फ मैदान के लिए FIH फील्ड सर्टिफिकेट प्राप्त हुआ।
- झारखंड राज्य मंत्रिमंडल ने राज्य में इथेनॉल उत्पादन को बढ़ावा देने के लिए एक नीति को मंजूरी दी है। इथेनॉल उत्पादन प्रोत्साहन नीति-2022 में झारखंड में इथेनॉल उत्पादन से संबंधित कारखाना खोलने में निवेशकों के कुल निवेश के आधार पर 25 प्रतिशत या अधिकतम 30 करोड़ रुपये की सब्सिडी शामिल है। इसके अतिरिक्त, नई एमएसएमई इकाइयां अपनी कुल ऋण राशि के आधार पर 6 प्रतिशत प्रति वर्ष की दर से ब्याज सब्सिडी के लिए पात्र होंगी।
- झारखंड इलेक्ट्रिक वाहन नीति के तहत, इलेक्ट्रिक वाहनों के उपयोग को प्रोत्साहित करने के लिए राज्य सरकार ने उनकी खरीद पर अनुदान देने की घोषणा की है। राज्य में नई इलेक्ट्रिक कार खरीदने पर अधिकतम 1.50 लाख रुपये, जबकि इलेक्ट्रिक स्कूटर या दोपहिया वाहन खरीदने पर 10 हजार रुपये का अनुदान दिया जाएगा। साथ ही इलेक्ट्रिक ऑटो खरीदने पर 30 हजार रुपये और ई-बस खरीदने पर अधिकतम 20 लाख रुपये का अनुदान दिया जाएगा।

नवंबर 2022

- राँची जिले में स्थित रचिता कासलीवाल के स्टार्टअप, "मेडिसेवा-अच्छे स्वास्थ्य का वादा" को 7 नवंबर, 2022 को प्रधानमंत्री नरेंद्र मोदी द्वारा जय विज्ञान और जय अनुसंधान श्रेणी में एक सराहनीय पहल के रूप में मान्यता दी गई।
- झारखंड में हिंदुस्तान फर्टिलाइजर्स एंड केमिकल्स लिमिटेड के सिंदरी प्लांट में 8 नवंबर, 2022 को नीम कोटेड यूरिया का उत्पादन शुरू हुआ। 25 मई, 2018 को प्रधानमंत्री नरेंद्र मोदी ने हर्ल परियोजना सिंदरी की आधारशिला रखी थी।

- राँची के मेगा स्पोर्ट्स कॉम्प्लेक्स स्थित ठाकुर विश्वनाथ शाहदेव इंडोर स्टेडियम में 17 नवंबर 2022 को झारखंड की खेल निदेशक सरोजिनी लाकरा द्वारा 'खेलो इंडिया महिला वुशु लीग' का उद्घाटन किया गया।
- झारखंड केंद्रीय विश्वविद्यालय में जनसंचार विभाग की शोधकर्ता पूजा कुमारी को भुवनेश्वर में आयोजित 6वें राष्ट्रीय मीडिया कॉन्क्लेव में सर्वश्रेष्ठ शोध पत्र का पुरस्कार मिला। यह आयोजन तीन दिवसीय कार्यक्रम था जो 23 नवंबर, 2022 को संपन्न हुआ।
- एक्सपो उत्सव 2022 का शुभारंभ 24 नवंबर, 2022 को झारखंड के माननीय राज्यपाल रमेश बैस द्वारा राँची के मोरहाबादी मैदान में किया गया। इस उत्सव में कई प्रमुख राष्ट्रीय और अंतर्राष्ट्रीय ब्रांड शामिल हुए थे।
- झारखंड के शिक्षा मंत्री जगरनाथ महतो ने 29 नवंबर, 2022 को घोषणा की कि केंद्र सरकार की स्फूर्ति योजना के तहत लगभग 2 करोड़ रुपये की लागत से भेंद्रा, बोकारो में एक सामान्य सुविधा केंद्र स्थापित किया जाएगा। इसके लिए भेंद्रा में जमीन चिन्हित कर ली गई है।
- इंडियन क्लासिक कप बॉडी बिल्डिंग एंड फिटनेस चैंपियनशिप का खिताब झारखंड राज्य में राँची जिले के खलारी ब्लॉक में स्थित मैक्लुस्कीगंज के रहने वाले रवि गिरी ने जीता।
- झारखंड के जमशेदपुर में सोनारी के रहने वाले अनंत राणा ने आयरनमैन इंडिया प्रतियोगिता में 'आयरनमैन' का खिताब हासिल कर इतिहास रच दिया। अनंत राणा ने दुनिया की सबसे चुनौतीपूर्ण ट्रायथलॉन प्रतियोगिताओं में भाग लिया था। इस प्रतियोगिता में साइकिल चलाना, तैरना और दौड़ना शामिल है।
- झारखंड में स्थित तीन स्कूलों को "स्वच्छ विद्यालय पुरस्कार 2021-22" के लिए चुना गया है। चयनित सभी विद्यालय माध्यमिक विद्यालय हैं, जिनमें दो ग्रामीण क्षेत्रों में और एक शहरी क्षेत्र में स्थित है। पुरस्कार के लिए चुने गए विद्यालयों में सोनाहातु गाँव का कस्तूरबा गांधी विद्यालय, नोआमुंडी कस्बे (टाउन) का कस्तूरबा गांधी विद्यालय और यू.वी. कदमा (जमशेदपुर) स्थित टाटा वर्कर्स यूनियन विद्यालय है।
- झांसी स्थित प्रेस क्लब सभागार में बहुभाषी आदिवासी-देशी काव्य पाठ कार्यक्रम का आयोजन किया गया। आयोजन के दौरान, पहला जयपाल-जूलियस-हन्ना साहित्य पुरस्कार तीन प्रतिभाशाली आदिवासी साहित्यकारों, रेमन लोंगकू (तांग्सा जनजाति के कवि), सुनील गायकवाड़ (भील जनजाति के कवि) और उज्ज्वला ज्योति तिग्गा (उराँव जनजाति के कवि) को प्रदान किया गया।
- भारत सरकार के राष्ट्रीय रोप-वे कार्यक्रम से झारखंड को लाभ होगा, जिसका उद्देश्य राज्य के पांच प्रमुख पहाड़ी क्षेत्रों में पर्यटन को बढ़ावा देना है। इसमें झारखंड राज्य के बोकारो जिले के लुगु बुरु घंटाबाड़ी और धनबाद जिले के मैथन शामिल हैं।

दिसंबर 2022

- 6 दिसंबर 2022 को झारखंड के इंटर कॉलेजों को प्लस टू स्कूलों में तब्दील करने की घोषणा की गई है। इस निर्णय के पीछे का उद्देश्य झारखंड में शिक्षा के स्तर में सुधार करना और छात्रों को बेहतर शिक्षा के अवसर प्रदान करना है।
- झारखंड के मुख्यमंत्री हेमंत सोरेन ने 10वीं और 12वीं की बोर्ड परीक्षा पास करने वाले कम आय वाले परिवारों के छात्रों को उच्च शिक्षा का अवसर प्रदान करने के लिए 'गुरुजी स्टूडेंट क्रेडिट कार्ड योजना' शुरू की है। इस योजना का प्राथमिक लक्ष्य झारखंड राज्य के बच्चों को प्रतिष्ठित शिक्षण संस्थानों में अपनी पढ़ाई करने के लिए वित्तीय सहायता देना है।
- राष्ट्रीय विज्ञान, प्रौद्योगिकी और संचार परिषद ने तीन दिवसीय राष्ट्रीय बाल विज्ञान कांग्रेस प्रायोजित की। दिल्ली पब्लिक स्कूल, बोकारो से बाल विज्ञान कांग्रेस की शुरुआत की गई थीं। वर्ष 2022 के लिए बाल विज्ञान कांग्रेस का विषय "स्वास्थ्य और कल्याण के लिए पारिस्थितिकी तंत्र को समझना" था।
- राँची विश्वविद्यालय अपने छात्रों की सुविधा के लिए 14 दिसंबर, 2022 को कॉमन सर्विस सेंटर शुरू करने वाला देश का पहला विश्वविद्यालय बन गया।
- झारखंड पर्यटन विभाग ने 15 दिसंबर, 2022 को झारखंड पर्यटन फोटोग्राफी और वीडियोग्राफी प्रतियोगिता का शुभारंभ किया था। यह प्रतियोगिता 15 जनवरी, 2023 तक जारी रही थी और इसमें विभिन्न विषयों जैसे धार्मिक पर्यटन स्थल, त्योहार, पारंपरिक मेले, प्राचीन स्थल और स्मारक, नृत्य शामिल हुए थे।
- तीन दिवसीय 'गूंज महोत्सव' का उद्घाटन झारखंड के राज्यपाल रमेश बैस ने 18 दिसंबर, 2022 को राँची, झारखंड के सिल्ली में किया था। इस महोत्सव के दौरान कलाकारों द्वारा सांस्कृतिक प्रदर्शन का आयोजन किया गया।
- झारखंड के गोड्डा में स्थित अडानी पावर प्लांट ने 16 दिसंबर, 2022 को अपने पहले चरण में 800 मेगावाट बिजली का उत्पादन शुरू किया। इस उत्पन्न बिजली की शुरुआत में बांग्लादेश को आपूर्ति की गई। झारखंड सरकार इस संयंत्र द्वारा उत्पादित बिजली का 25% प्राप्त करने का हकदार है।
- 18 दिसंबर, 2022 को दिल्ली पब्लिक स्कूल, बोकारो के प्रधानाचार्य ए. एस. गंगवार को शिक्षा के क्षेत्र में शिक्षकों के बीच डिजिटलीकरण, नवाचार और नेतृत्व कौशल के विकास में उनके उत्कृष्ट योगदान के लिए 'एग्जेम्पलरी लीडर ऑफ द ईयर 2022 अवार्ड' से सम्मानित किया गया।
- 19 दिसंबर, 2022 को केंद्रीय नागरिक उड्डयन राज्य मंत्री वी.के. सिंह ने बताया कि 2022 और 2025 के बीच राष्ट्रीय मुद्रीकरण पाइपलाइन के तहत राँची हवाई अड्डे को लीज पर देने के लिए चुना गया है।
- 20 दिसंबर, 2022 को झारखंड के राज्यपाल रमेश बैस ने राँची के सिल्ली कॉलेज में एक ऑनलाइन हाई-एंड लाइब्रेरी और अध्ययन केंद्र का उद्घाटन किया।
- 20 दिसंबर 2022 को संस्थान में आयोजित कार्यक्रम 'संवाद 3.0' के दौरान डॉ. जोसेफ मैरिएनस कुजूर ने बताया कि जेवियर इंस्टीट्यूट ऑफ सोशल सर्विस को विश्वविद्यालय में बदलने की तैयारी चल रही है। उन्होंने आगे कहा कि इस उद्देश्य के लिए 35 एकड़ भूमि में फैले राँची के बांधगांव, नामकुम में एक नए परिसर की पहचान की गई है।
- 22 दिसंबर 2022 को झारखंड आदिवासी विकास समिति द्वारा राँची में डॉ. रामदयाल मुंडा स्मृति सम्मान समारोह का आयोजन किया गया, जिसमें रविकांत भगत, सुकुल उरांव, रिंकू उरांव और जितेंद्र भगत को पद्म श्री डॉ. रामदयाल मुंडा पुरस्कार से सम्मानित किया गया।
- राँची में वर्ल्ड ट्रेड सेंटर स्थापित करने की योजना को झारखंड के मुख्यमंत्री हेमंत सोरेन ने मंजूरी दे दी है। राँची के धुर्वा क्षेत्र में 3.45 एकड़ में प्रस्तावित वर्ल्ड ट्रेड सेंटर की अनुमानित लागत 44.60 करोड़ रुपये है।
- झारखंड के कोडरमा जिला प्रशासन को उनके डीईजीएस कंप्यूटर बेसिक ट्रेनिंग सेंटर अवधारणा के लिए भारत सरकार के सूचना एवं प्रौद्योगिकी मंत्रालय द्वारा डिजिटल इंडिया पुरस्कार के लिए चुना गया है।
- झारखंड के वन मृदा स्वास्थ्य कार्ड का अनावरण संजय श्रीवास्तव ने किया, जो झारखंड में प्रधान मुख्य वन संरक्षक के रूप में कार्यरत हैं। आयोजन राँची के लालगुटवा स्थित वन उत्पादकता संस्थान में हुआ।
- झारखंड सरकार डिग्री कॉलेजों से इंटरमीडिएट की पढ़ाई को खत्म करके इंटर कॉलेजों को प्लस टू स्कूलों में बदलने की योजना बना रही है। इस पहल का उद्देश्य झारखंड में शिक्षा की गुणवत्ता को बढ़ाना और छात्रों को सफल होने के बेहतर अवसर प्रदान करना है।

- आर्यभट्ट सभागार, राँची में आयोजित आम निकाय चुनाव प्रक्रिया में रंजीता हेम्ब्रम को झारखंड प्रशासनिक सेवा संघ का अध्यक्ष चुना गया। यह झारखंड के लिए एक ऐतिहासिक क्षण है, क्योंकि हेम्ब्रम राज्य में प्रशासनिक सेवा संघ के 22 साल के इतिहास में पद संभालने वाली पहली महिला बनीं है।
- झारखंड की एक युवा कवि और स्वतंत्र पत्रकार जसिंटा केरकेट्टा को फोर्ब्स इंडिया के दिसंबर 2022 संस्करण में भारत की स्व-निर्मित महिलाओं की सूची में शामिल किया गया है।
- झारखंड के कहानीकार और उपन्यासकार रणेंद्र को कहानी कहने की दुनिया (स्टोरीटेलिंग) में उनके उत्कृष्ट योगदान के लिए 14वां प्रेमचंद स्मृति कथा सम्मान पुरस्कार प्राप्त करने के लिए चुना गया है। यह पुरस्कार एक कहानीकार और उपन्यासकार के रूप में उनकी उल्लेखनीय यात्रा को मान्यता देता है।
- झारखंड के लोहरदगा में शीला अग्रवाल सरस्वती विद्या मंदिर परिसर में तीन दिनों तक चलने वाली 33वीं प्रांतीय बाल वर्ग खेल प्रतियोगिता का समापन हुआ। लोहरदगा जिले के रहने वाले कमलेश उरांव तीन स्वर्ण पदक जीतकर सर्वश्रेष्ठ एथलीट बनकर उभरे।
- सुप्रीम कोर्ट कॉलेजियम ने संजय कुमार मिश्रा को झारखंड हाईकोर्ट का नया मुख्य न्यायाधीश नियुक्त करने की सिफारिश केंद्र सरकार से की है। केंद्र सरकार से मंजूरी मिलने पर संजय कुमार मिश्रा मुख्य न्यायाधीश का पद ग्रहण करेंगे।
- झारखंड विधानसभा में अनुपूरक बजट (सप्लीमेंट्री बजट) पेश हुआ है। इस बजट के मुख्य बिंदु कुछ इस प्रकार है:
  - झारखंड विधानसभा के शीतकालीन सत्र (विंटर सेशन) के दौरान वित्त मंत्री डॉ. रामेश्वर उरांव ने दूसरा पूरक बजट (सप्लीमेंट्री बजट) पेश किया,
  - इस बजट का आकार 8533.89 करोड़ रुपये है,
  - राजस्व व्यय के लिए 4671.14 करोड़ रुपये प्रावधान किए गए हैं,
  - पूंजीगत व्यय के लिए 3862.74 करोड़ रुपये प्रावधान किए गए हैं,
  - पूरक बजट की कुल राशि में प्रभारित व्यय के रूप में 20.71 करोड़ रुपये का प्रावधान किया गया है,
  - राशि का समुचित आवंटन सुनिश्चित करने हेतु उच्च न्यायालय, राज्यपाल एवं झारखण्ड लोक सेवा आयोग द्वारा प्रभारित व्यय के रूप में प्रावधान किया गया है,
  - सरकार द्वारा ऊर्जा विभाग को सर्वाधिक राशि (2733.15 करोड़ रुपये) आवंटित की गई है। यह प्रावधान ग्रामीण विद्युतीकरण योजना जैसी कि बिजली की स्थिति में सुधार लाने के उद्देश्य से विभिन्न योजनाओं के लिए किया गया है,
  - सरकार ने आपदा प्रबंधन के लिए 2000 करोड़ रुपये की राशि आवंटित की है। यह प्रावधान प्राकृतिक आपदाओं के प्रभाव को कम करने और प्रभावित समुदायों को समय पर राहत प्रदान करने की सरकार की प्रतिबद्धता को दर्शाता है।
  - सामाजिक सुरक्षा के उद्देश्य से समाज कल्याण विभाग को 1158.85 करोड़ रुपये की राशि आवंटित की गई है। इस प्रावधान का उद्देश्य समाज के कमजोर वर्गों, जैसे कि बुजुर्ग, विकलांग और आर्थिक रूप से वंचित व्यक्तियों की सहायता प्रदान करने में सुधार करना है।

जनवरी 2023

- 1 जनवरी, 2023 को मीडिया रिपोर्टों के अनुसार, बोकारो और दुमका जिले में हवाई अड्डा जल्द ही बनाए जाएगा । इसके परिणामस्वरूप राज्य में कुल पांच हवाई अड्डे बन जाएंगे।
- 4 जनवरी, 2023 को दामोदर घाटी निगम ने झारखंड राज्य के कमांड क्षेत्र में 2200 मेगा वाट सौर ऊर्जा संयंत्र स्थापित करने की योजना की घोषणा की है।
- 6 जनवरी, 2023 को पूर्वी सिंहभूम जिले के वरिष्ठ पुलिस अधीक्षक प्रभात कुमार ने जमशेदपुर के साकची स्थित कंपोजिट कंट्रोल रूम में क्यूआर कोड (क्विक रिस्पांस कोड) स्कैनिंग के जरिए स्मार्ट पुलिसिंग सिस्टम की शुरुआत कर दी है।
- 11 जनवरी, 2023 को झारखंड के रामगढ़ इंजीनियरिंग कॉलेज में उन्नत अनुकूलन तकनीक और अनुप्रयोग-2023 पर अंतर्राष्ट्रीय सम्मेलन आयोजित हुआ था।
- दिल्ली पब्लिक स्कूल, बोकारो के प्रधानाचार्य डॉ. ए.एस. गंगवार ने 12 जनवरी, 2023 को बताया कि स्कूल को 7 स्टार रेटिंग स्कूल अवार्ड 2022 से सम्मानित किया गया है।
- 15 जनवरी, 2023 को नई दिल्ली के मौसम भवन के 'वृष्टि सभागार' में आयोजित भारत मौसम विज्ञान विभाग के 148वें स्थापना दिवस समारोह में राँची मौसम स्टेशन को भारत का सर्वश्रेष्ठ मौसम स्टेशन घोषित किया गया।
- झारखंड राज्य में गुमला जिले के जिला कलेक्टर, सुशांत गौरव, और गुमला नगर परिषद के अध्यक्ष, दीप नारायण उरांव ने 16 जनवरी, 2023 को शहर में झारखंड के पहले बर्तन बैंक का उद्घाटन किया। नगर परिषद प्रशासन ने शहर के वंचित नागरिकों को स्टेनलेस स्टील के बर्तन उपलब्ध कराने के लिए इस बर्तन बैंक की स्थापना की थी। इस पहल से प्लास्टिक के उपयोग को कम करके, पर्यावरण की रक्षा की जा सकती है।
- कोडरमा जिले के डिप्टी कलेक्टर आदित्य रंजन ने घोषणा की है कि परिवहन विभाग झारखंड राज्य के कोडरमा और चतरा जिलों में क्षेत्रीय ड्राइविंग प्रशिक्षण केंद्र स्थापित करेगा।
- भारत सरकार के विज्ञान एवं प्रौद्योगिकी मंत्रालय ने डीएवी (दयानंद एंग्लो वैदिक) पब्लिक स्कूल, बोकारो स्टील सिटी में कक्षा 9वीं की छात्रा एना सिन्हा और कक्षा 6वीं के ईशान कुमार झा को इंस्पायर अवार्ड से सम्मानित किया है।
- झारखंड राज्य के जामताड़ा जिले के निवासी अरविंद वर्णवाल ने गणतंत्र दिवस से पहले हिमालय श्रृंखला के केदारकांठा पर्वत पर 12050 फीट की प्रभावशाली ऊंचाई पर तिरंगा फहराकर देश का गौरव बढ़ाया है।
- भारत के राष्ट्रपति ने गणतंत्र दिवस की पूर्व संध्या पर 25 जनवरी, 2023 को वर्ष 2023 के लिए पद्म पुरस्कार प्राप्तकर्ता की घोषणा करी थी। झारखंड के रहने वाले डॉ. जनम सिंह सोय को प्रतिष्ठित पद्म श्री पुरस्कार प्राप्त करने के लिए चुना गया है। हो भाषा के प्रचार-प्रसार और संरक्षण के लिए डॉ. जनम सिंह सोय ने सराहनीय कार्य किया है।
- झारखंड के कृषि मंत्री बादल पत्रलेख ने राज्य में सूखे से प्रभावित किसानों की सहायता के लिए 467.32 करोड़ रुपये के बजट के साथ 'जल संरक्षण योजना' शुरू की है। इस योजना का लक्ष्य झारखंड के 24 जिलों में सभी ब्लॉकों में 2,133 तालाबों का नवीनीकरण और 2,795 रिसाव टैंकों का निर्माण करना है।
- चौथी ओपन कोयला आंचल क्लासिक महिला और पुरुष पावरलिफ्टिंग और बॉडीबिल्डिंग चैंपियनशिप 29 जनवरी 2023 को धनबाद के जीसीईटी सेंट जेवियर्स इंटरनेशनल स्कूल में हुई। धनबाद के धनेश्वर विजयी हुए और उन्हें स्ट्रॉन्ग मैन ओपन पॉवरलिफ्टिंग अवार्ड से सम्मानित किया गया।
- झारखंड के मुख्यमंत्री हेमंत सोरेन ने गणतंत्र दिवस के अवसर पर उप राजधानी दुमका में आयोजित एक समारोह में तीन स्वतंत्रता सेनानियों की पत्नियों को सम्मानित किया। सम्मान पाने वाली महिलाएँ चंद्रावती देवी,

पर्वतिया देवी और सरोतिया देवी है।

- जमशेदपुर को हाल ही में 'राष्ट्रीय स्वच्छ वायु कार्यक्रम' में शामिल शहरों की सूची में जोड़ा गया है। इस कार्यक्रम का उद्देश्य वायु गुणवत्ता प्रबंधन के लिए एक राष्ट्रीय ढांचा विकसित करना है और इसने वायु प्रदूषण के लिए समयबद्ध कमी का लक्ष्य निर्धारित किया है।
- केंद्रीय पर्यावरण, वन एवं जलवायु परिवर्तन मंत्रालय ने झारखंड के गिरिडीह जिले में स्थित श्री सम्मेद शिखरजी पर्वत श्रृंखला से जुड़े पर्यावरण की दृष्टि से संवेदनशील क्षेत्र की सुरक्षा सुनिश्चित करने के लिए क्षेत्र में पर्यटन और इको-टूरिज्म गतिविधियों पर तत्काल प्रतिबंध लगा दिया है।
- नई दिल्ली के विज्ञान भवन में आयोजित एक कार्यक्रम में, राष्ट्रपति द्रौपदी मुर्मू ने झारखंड के कोडरमा जिला प्रशासन को आम लोगों, विशेषकर युवाओं को कंप्यूटर की जानकारी प्रदान करने में उनके उल्लेखनीय कार्य के लिए डिजिटल इंडिया अवार्ड से सम्मानित किया। प्रशासन की ओर से कोडरमा के जिलाधिकारी आदित्य रंजन ने पुरस्कार ग्रहण किया।

फ़रवरी 2023

- झारखंड के मुख्यमंत्री हेमंत सोरेन के आदेश के बाद 1 फरवरी, 2023 को सार्वजनिक वितरण प्रणाली (पब्लिक डिस्ट्रीब्यूशन सिस्टम) की शुरुआत की गई। इस पहल का उद्देश्य उन लाभार्थियों को राशन कार्ड प्रदान करने की प्रक्रिया में तेजी लाना है जो भोजन के अपने मूल अधिकार से वंचित हैं। यह कार्यक्रम 14 फरवरी, 2023 तक जारी रहा था।
- भारत के गृह मंत्री अमित शाह ने झारखंड के देवघर जिले में स्थित जसीडीह में 450 करोड़ रुपये के नैनो यूरिया तरल उर्वरक संयंत्र की आधारशिला रखी। यह संयंत्र भारतीय किसान उर्वरक सहकारी लिमिटेड की पांचवीं उर्वरक इकाई है और इससे सालाना छह करोड़ नैनो यूरिया की बोतलों का उत्पादन होने की उम्मीद है। उर्वरक की आपूर्ति झारखंड, बिहार, पश्चिम बंगाल और ओडिशा के किसानों को की जाएगी।
- झारखंड राज्य के कोडरमा जिले में जल शक्ति अभियान के तहत, कोडरमा की जरगा पंचायत में कंझाटांड़ को 'कैच द रेन' पहल के लिए चुना गया है, और मरकचो के अरकोसा पुनर्वास गांव 'सिंगल यूज प्लास्टिक मुक्त गांव' बनने के लिए राष्ट्रपति पुरस्कार के लिए चुना गया है।
- अंडर-17 सैफ महिला फुटबॉल चैंपियनशिप 2023 के लिए भारतीय महिला फुटबॉल टीम ने सिमडेगा जिले के दो प्रतिभाशाली फुटबॉलरों विकास बड़ा और सोलिना डांग को अपने राष्ट्रीय शिविर में शामिल होने के लिए चुना गया है।
- झारखंड शिक्षा परियोजना परिषद की निदेशक किरण कुमारी पासी के मुताबिक, झारखंड के सरकारी स्कूलों में पहली कक्षा से बारहवीं कक्षा तक पढ़ने वाले सामान्य वर्ग के छात्र 'मुख्यमंत्री विशेष छात्रवृत्ति योजना' (चीफ मिनिस्टर स्पेशल स्कालरशिप स्कीम) के पात्र होंगे।
- उद्योग अकादमी सम्मेलन ने 17 फरवरी, 2023 को दामोदर घाटी निगम (दामोदर वैली कॉर्पोरेशन) को सार्वजनिक क्षेत्र की इकाइयों की श्रेणी में आईएसी कॉरपोरेट अवार्ड 2023 से सम्मानित किया। दामोदर घाटी निगम (दामोदर वैली कॉर्पोरेशन) ने भविष्य के लिए समावेशी संगठन बनाने में अपने अग्रणी काम के लिए पुरस्कार जीता। कंपनी के सदस्य सचिव ने नई दिल्ली में निगम की ओर से पुरस्कार प्राप्त किया।
- छत्तीसगढ़ राज्य के भिलाई जिले में 17 से 22 फरवरी तक आयोजित नेशनल पावरलिफ्टिंग चैंपियनशिप में झारखंड की आश्रिता तिर्की ने भारत की सीनियर स्ट्रॉन्ग वुमन का खिताब जीता, अखलाक खान ने जूनियर स्ट्रांगमैन ऑफ इंडिया का खिताब जीता और आफताब आलम को बेस्ट लिफ्टर के रूप में सम्मानित किया गया। झारखंड पावरलिफ्टिंग एसोसिएशन के सचिव अशोक कुमार गुप्ता ने राष्ट्रीय रैफरी की भूमिका निभाई।
- 18 फरवरी, 2023 को सी.पी. राधाकृष्णन ने झारखंड राज्य के 11वें राज्यपाल के रूप में शपथ ली। पद और गोपनीयता की शपथ झारखंड उच्च न्यायालय के कार्यवाहक मुख्य न्यायाधीश अपरेश कुमार सिंह ने दिलाई थी। राधाकृष्णन ने रमेश बैस का स्थान लिया, जो जुलाई 2021 से झारखंड राज्य के राज्यपाल थे। सी.पी. राधाकृष्णन कोयम्बटूर, तमिलनाडु राज्य से दो बार लोकसभा सदस्य रह चुके है।
- झारखंड के बोकारो जिले के प्रसिद्ध बांसुरी वादक पंडित चेतन जोशी को 23 फरवरी, 2023 को नई दिल्ली में राष्ट्रपति द्रौपदी मुर्मू द्वारा संगीत नाट्य अकादमी पुरस्कार-2019 प्रदान किया गया।

मार्च 2023

- 1 मार्च, 2023 को, NTPC, भारत की सबसे बड़ी एकीकृत बिजली उत्पादन कंपनी, ने झारखंड के उत्तरी करनपुरा में देश के पहले वातानुकूलित कंडेनसर सुपरक्रिटिकल प्लांट को चालू करके रिड्यूस, रियूज और रीसायकल सिद्धांत के माध्यम से जल संरक्षण के प्रति अपनी प्रतिबद्धता को सिद्ध किया।
- झारखंड नवीकरणीय ऊर्जा विकास एजेंसी के अधिकारियों के अनुसार, जमशेदपुर सौर ऊर्जा की ओर बढ़ रहा है। 10 मार्च, 2023 तक, शहर के लिए 37 मेगा वाट का सौर ऊर्जा संयंत्र प्रस्तावित किया गया है, जिसमें सोनारी हवाई अड्डे पर 2.2 मेगा वाट का सौर ऊर्जा संयंत्र पहले से ही संचालन है।
- 13 मार्च, 2023 को, मीडिया की रिपोर्टों के अनुसार झारखंड राज्य के पूर्वी सिंहभूम जिले के एक युवा कथाकार शेखर मल्लिक को कोलकाता में भारतीय भाषा परिषद से प्रतिष्ठित युवा पुरस्कार प्राप्त होगा।
- अखिल भारतीय फुटबॉल महासंघ (AIFF) ने अंडर-17 महिला फुटबॉल चैंपियनशिप के लिए 20 सदस्यीय भारतीय टीम की घोषणा की थी। यह चैंपियनशिप 18 से 29 मार्च, 2023 तक चला था। टूर्नामेंट में भाग लेने के लिए झारखंड के सात फुटबॉलरों का चयन किया गया है। विकास बड़ा (डिफेंडर), निशिमा कुमारी (डिफेंडर), बबिता कुमारी (फॉरवर्ड), अनीशा उरांव (गोलकीपर), शौलिना डांग (मिडफील्डर), शिवानी टोप्पो (फॉरवर्ड), और ललिता बोपई (मिडफील्डर)।
- ईस्ट जोन जूनियर हॉकी चैंपियनशिप 19 से 26 मार्च 2023 तक एस्ट्रोटर्फ हॉकी स्टेडियम बिरसा कॉलेज कैंपस, खूंटी में आयोजित की गई।
    - चैंपियनशिप का आयोजन हॉकी झारखंड व जिला प्रशासन खूंटी द्वारा संयुक्त रूप से किया गया।
    - हॉकी टूर्नामेंट में झारखंड की महिला और पुरुष टीमें चैंपियन बनकर उभरीं। पुरुषों के फाइनल में, झारखंड का सामना ओडिशा से हुआ, जिसने अंततः 3-1 से गेम जीत लिया।
    - झारखंड टीम के दीपक सोरेंग को प्लेयर ऑफ द मैच के पुरस्कार से नवाजा गया।
- झारखंड शिक्षा परियोजना परिषद द्वारा उत्कृष्ट विद्यालयों के प्रबंधन समिति सदस्यों का राज्य स्तरीय सम्मेलन दिनांक 20 मार्च 2023 को झारखंड के राँची के टाना भगत स्टेडियम खेलगांव में आयोजित किया गया था।
- 23 मार्च, 2023 को केंद्रीय सड़क परिवहन और राजमार्ग मंत्री नितिन गडकरी ने झारखंड को 11,400 करोड़ रुपये से अधिक की लागत से निर्मित 21 सड़क परियोजनाओं का प्रस्तुतीकरण किया था। इनमें से 18 परियोजनाओं का राँची में शिलान्यास किया गया। यह परियोजना कुछ इस प्रकार है:
    - 62 करोड़ रुपये की लागत से मोहम्मदगंज से हैदरनगर वाया पंसा अघोरी (17 किलोमीटर) सड़क निर्माण।

- 59 करोड़ रुपये की लागत से चैनपुर से महुआडांड मार्ग (डुमरी तक) 12 किमी की दो लेन की सड़क का निर्माण किया जाएगा।
- 57 करोड़ रुपये की लागत से गुमला से कोलेबीरा तक 47 किमी की सड़क का निर्माण किया जाएगा।
- गोला-चारू रोड पर कामता में 35 करोड़ रुपये की लागत से रेलवे ओवरब्रिज बनाया जाएगा।
- देवलटांड़ में भगवान आदित्यनाथ मंदिर को राष्ट्रीय मार्ग -33 से जोड़ने वाली 2 किमी की सड़क का निर्माण 2 करोड़ रुपये की लागत से किया जाएगा।
- वाराणसी-राँची आर्थिक कॉरिडोर का एक खंड, उदयपुर से भोगू तक चार लेन की सड़क, 50 किलोमीटर की दूरी तय करता है और इसकी लागत 1437 करोड़ रुपये होने का अनुमान है।
- भोगू से संखा तक 49 किलोमीटर की चार लेन की सड़क, जो वाराणसी-राँची आर्थिक कॉरिडोर का भी हिस्सा है। इस पर 1391 करोड़ रुपये खर्च होने की उम्मीद है।
- रायपुर-धनबाद आर्थिक कॉरिडोर के गोला से ओरमांझी को जोड़ने वाली 28 किलोमीटर लंबी चार लेन की सड़क का निर्माण 1330 करोड़ रुपये की लागत से किया जाएगा।
- 20 किमी लंबाई में फैले लोहरदगा रोड बाईपास को 459 करोड़ रुपए की लागत से बनाया जाएगा।
- दुआरी से रोल तक 26 किलोमीटर लंबी सड़क 85 करोड़ रुपये की लागत से बनी है।

- 27 मार्च, 2023 को मीडिया के अनुसार, झारखंड में औद्योगिक और पर्यटन क्षेत्रों के विकास को बढ़ावा देने के उद्देश्य से एक कॉरिडोर बनाने की योजना तैयार की गई है। राज्य सड़क निर्माण विभाग इस योजना के तहत 6 चार लेन सड़क गलियारों का निर्माण करेगा। निर्माण के लिए छह कॉरिडोर चुने गए हैं, ये रूट हैं:
  - ईस्ट-वेस्ट कॉरिडोर 393 किलोमीटर की दूरी तक फैला है और मुदिसेमर से दुमका तक है। यह कॉरिडोर चतरा, बरही, बेंगाबाद, मधुपुर, सरथ और पलाजोरी से होकर गुजरता है।
  - पूर्वी कॉरिडोर, जो 121 किलोमीटर की दूरी तय करता है, साहिबगंज से जामताड़ा, निरसा, सिंदरी और चंदनक्यारी होते हुए चांडिल तक जाता है।
  - उत्तर-दक्षिण कॉरिडोर 275 किलोमीटर की दूरी तक फैला है, जो राष्ट्रीय राजमार्ग-2 (अंताकिडीह)-विष्णुगढ़ पर झुमरी तलैया से शुरू होता है और पेटरवारकासमार, बारलंगा, सिल्ली राडगांवसरायकेला, चाईबासा और जैतगढ़ होते हुए ओडिशा सीमा पर समाप्त होता है।
  - सेंट्रल कॉरिडोर 140 किलोमीटर की दूरी तय करता है और राँची से बिहार में डोभी की सीमा तक चलता है, जो बुद्धमू, टंडवा, चतरा और हंटरगंज से होकर गुजरता है।
  - टूरिस्ट कॉरिडोर 270 किलोमीटर की दूरी तय करता है और मिलन चौक (सिल्ली रंगमती रोड) से चामा मोड़ तक चलता है, जो सरजामडीह, तमाड़, खूंटी, गोविंदपुरसीसाई, घाघरा, नेतरहाट, गारू, सरयू, लातेहार, हेरहंज, बालूमठ और मैक्लुस्कीगंज जैसे विभिन्न स्थलों से होकर गुजरता है।
  - होली टूरिस्ट कॉरिडोर 170 किलोमीटर की दूरी तक फैला है और राँची से ओरमांझी, गोला, रजरप्पा, डुमरी और गिरिडीह होते हुए देवघर तक जाता है। यह कॉरिडोर लुगुबुरु, पारसनाथ और बाबाधाम जैसे विभिन्न स्थलों को जोड़ने के लिए बनाया गया है।
- 28 मार्च, 2023 को मीडिया रिपोर्टों के अनुसार झारखंड राज्य के खिलाड़ी जो विश्व चैम्पियनशिप या विश्व कप में भाग लेंगे, उन्हें अब नकद पुरस्कार मिलेगा। झारखंड राज्य के खेल निदेशालय ने खिलाड़ियों को नकद पुरस्कार देने के संबंध में विज्ञापन जारी किया है।
  - झारखंड राज्य के खिलाड़ी कुल 24 प्रतियोगिताओं में नकद पुरस्कार प्राप्त करेंगे।
  - अंतर्राष्ट्रीय स्तर पर विशेष ओलंपिक में भाग लेने वाले विकलांग खिलाड़ियों को 50,000 रुपये का नकद पुरस्कार मिलेगा।
- नेशनल बैंक फॉर एग्रीकल्चर एंड रूरल डेवलपमेंट (नाबार्ड) ने 29 मार्च, 2023 को राँची के झारखंड मंत्रालय सभागार में एक स्टेट क्रेडिट सेमिनार आयोजित किया। संगोष्ठी के दौरान, नाबार्ड ने आगामी वित्तीय वर्ष 2023-24 में झारखंड के लिए 43,725 करोड़ रुपये की राज्य ऋण योजना का प्रस्तुतीकरण किया था।